ঘনাদা সমগ্র

প্রেমেন্দ্র মিত্র

১

সম্পাদনা : সুরজিৎ দাশগুপ্ত

আনন্দ

প্রথম সংস্করণ জানুয়ারি ২০০০
একাদশ মুদ্রণ জুলাই ২০১৮

প্রচ্ছদ সমীর সরকার
অলংকরণ ওঙ্কারনাথ ভট্টাচার্য

ISBN 978-81-7215-395-3

আনন্দ পাবলিশার্স প্রাইভেট লিমিটেডের পক্ষে ৪৫ বেনিয়াটোলা লেন
কলকাতা ৭০০ ০০৯ থেকে সুবীরকুমার মিত্র কর্তৃক প্রকাশিত এবং
ক্রিয়েশন ২৪বি/১বি, ড. সুরেশ সরকার রোড
কলকাতা ৭০০০১৪ থেকে মুদ্রিত।

GHANADA SAMAGRA: Volume I
[Adventure]
by
Premendra Mitra

Published by Ananda Publishers Private Limited
45, Beniatola Lane, Calcutta-700009

৩৫০.০০

ভূমিকা

অ্যাটম বোমায় বিধ্বস্ত জাপানের আত্মসমর্পণে দ্বিতীয় মহাযুদ্ধের অবসান। পরদিন ১৯৪৫ খ্রিস্টাব্দের ১৫ অগস্ট থেকে বাংলায় আনন্দোৎসব। আকাশ থেকেও বর্ষার কালো মেঘ কেটে শরতের নীলিমা ফুটে উঠল, নীচের মাটিতে জাগল কাশ ফুলের ঢেউ। এসে গেল পুজো, সেই সঙ্গে দেব সাহিত্য কুটিরের ১৩৫২ বঙ্গাব্দের পূজাবার্ষিকী 'আলপনা' আর তার ভেতর থেকে বেরিয়ে এলেন ঘনশ্যামদা, সংক্ষেপে ঘনাদা। সেই পূজা বার্ষিকীতে প্রকাশিত 'মশা' গল্পটি থেকেই ঘনাদা গল্পমালার শুরু। কিশোর-কিশোরীর জন্য লেখা হলেও প্রকাশের সঙ্গে সঙ্গে সববয়েসি পাঠকের সমাজে সাড়া পড়ে যায়। তারপর থেকে প্রতি বছরেই দেব সাহিত্য কুটিরের কর্তৃপক্ষ তাঁদের পূজাবার্ষিকীর জন্য ঘনাদার একটি গল্প দাবি করতে থাকেন। আর প্রেমেন্দ্র মিত্র বছরে বছরে লিখে যেতে থাকেন 'পোকা', 'নুড়ি', 'কাঁচ' প্রভৃতি এক-একটি গল্প।

'মশা' গল্পে প্রথম প্রবেশে ঘনাদার চরিত্র নির্মীয়মাণ বলে একটুখানি অনিশ্চিত। তখন মেসের কোন তলায় থাকেন তিনি, জানানো হয়নি। তখন তিনি এক-এক সময় মেসের এক-এক বাসিন্দার কাছ থেকে সিগারেট চেয়ে নেন, কিন্তু 'নুড়ি' গল্প থেকে দেখি যে তিনি সিগারেট ধার করেন শুধু শিশিরের কাছ থেকেই এবং 'মাছ' গল্প শুরু করার মধ্যে তাঁর ২৩৫৭টা সিগারেট শিশিরের কাছ থেকে ধার করা হয়ে গেছে। ঘনাদার সিগারেট ধার করার অভ্যাস প্রতিষ্ঠা করার জন্য প্রেমেন্দ্র মিত্র যেমন পাঁচটি গল্প নিয়েছেন তেমনই ঘনাদার মেসের ঠিকানা বাহাত্তর নম্বর বনমালি নস্কর লেন জানাবার জন্যও তিনি ষষ্ঠ গল্প 'টুপি' পর্যন্ত অপেক্ষা করেছেন। এইভাবে এক-এক বছরে এক-একটি গল্পে তিনি গড়ে তুলেছেন ঘনাদার বিপুল ঐশ্বর্যমণ্ডিত ঐতিহ্য। লক্ষ্যণীয় যে ঘনাদার গল্পসমগ্রের প্রথম খণ্ডে সংকলিত গল্পগুলির লেখক-চরিত্রের নাম জানানো হয়নি। পাঠক হিসেবে আমরা শুধু এইটুকুই জেনেছি যে উত্তমপুরুষে যিনি উপস্থিত তিনিও শিশির, গৌর, শিবুর মতো এই মেসেরই একজন বাসিন্দা। এই উত্তমপুরুষ প্রথম মুখ খুলেছেন 'ছুঁচ' গল্পটিতে। এর আগে পর্যন্ত মেসের এই বাসিন্দাটির উপস্থিতি আমরা টেরই পাইনি।

প্রেমেন্দ্র যখন ঘনাদার গল্পগুলি লেখা শুরু করেন তখন তিনি সিনেমার জগতে আষ্টেপৃষ্ঠে জড়িত। তাঁর পরিচালিত বাংলায় 'পথ বেঁধে দিল' ও হিন্দিতে 'রাজলক্ষ্মী' মুক্তি পায় ১৯৪৫-এই; সেই বছরেই মুক্তিপ্রাপ্ত নীরেন লাহিড়ীর 'ভাবীকাল' ছবিটির তিনি ছিলেন উপদেষ্টা, কাহিনীকার ও চিত্রনাট্যকার—চিন্তায়, গীতিহীনতায় ও সংলাপবিরলতায় 'ভাবীকাল' নতুন বাংলাছবির প্রথম ইঙ্গিত; আবার ১৯৪৭-এই

তাঁর পরিচালিত 'নতুন খবর' ও 'কালোছায়া' মুক্তি পায়—দুটি ছবিতেই বিগত দশকের রোমান্টিক চরিত্রাভিনেতা ধীরাজ ভট্টাচার্যকে সম্পূর্ণ নতুন ধরনের অভিনয়ে তিনি প্রয়োগ করেন; এবং একই সঙ্গে পরিচালক সুশীল মুজমদারের জন্য লেখেন 'অভিযোগ'-এর কাহিনী, চিত্রনাট্য ও গীতি; আবার ১৯৫০-এ মুক্তি পায় তাঁর রচিত ও পরিচালিত 'কুয়াশা'; তা ছাড়া আবার সুশীল মজুমদারের ফরমাশে লিখে দেন 'দিগভ্রান্ত'র কাহিনী ও চিত্রনাট্য। এত সব কথা ঘনাদার গল্পের প্রসঙ্গে আনলাম এটা বলার জন্য যে চলচ্চিত্র জগতের প্রচণ্ড চাপের মধ্যেও প্রেমেন্দ্র মিত্র নিয়ম করে নিষ্ঠার সঙ্গে বছরে বছরে ঘনাদার গল্প লিখে গেছেন।

ফিল্মি ফরমাশে জর্জরিত ওই পর্বে প্রেমেন্দ্র, কী দারুণ পরিশ্রম করে ঘনাদার গল্পগুলি লিখেছিলেন ভাবলে সত্যিই অবাক হতে হয়। গল্পগুলি মোটেই উদ্দাম কল্পনার উধাও পক্ষবিস্তার নয়, বরং মেধা ও শ্রমের আনন্দঘন মিলনের রোমাঞ্চকর পরিণাম। পড়লেই বোঝা যায় যে এক-একটি গল্প লেখার জন্য প্রত্যেক বছর তাঁকে নতুন নতুন কত ব্যাপক প্রস্তুতির ও কত গভীর গবেষণার আয়োজন করতে হত। এক পক্ষে তাঁকে চিন্তা করতে হত যে এবারে কোন বৈজ্ঞানিক বিষয় বা সূত্র অবলম্বন করে লিখবেন, সেই চিন্তার মধ্যে এটাও খেয়াল রাখতে হত যে বিষয়টির সমকালীন প্রাসঙ্গিকতা কতখানি এবং একবার মনঃস্থির করার পরে শুরু হত সেই বিষয়টির সঙ্গে জড়িত যাবতীয় জ্ঞাতব্য তথ্য সংগ্রহের পালা। অপর পক্ষে চলত বিষয়টি নিয়ে গল্প নির্মাণের জন্য কোনও উপযুক্ত স্থান বা দ্বীপ বা দেশের অনুসন্ধান এবং কাহিনী সংঘটনের জন্য পছন্দমতো ক্ষেত্র চিহ্নিত করার পর শুরু হত সেই অঞ্চলের বিশদ প্রাকৃতিক তথা ভৌগোলিক বিবরণ ও বৈশিষ্ট্যগুলি এবং সেইসঙ্গে সেখানকার ভাষা, খাবার-দাবার, পোশাক-পরিচ্ছদ, উৎসব-মেলা, সংস্কৃতি, জনজীবন ইত্যাদি, এমন কী জীবজন্তুর স্বভাব-চরিত্র সম্বন্ধেও পর্যাপ্ত জ্ঞান আহরণ। কিন্তু গল্প লেখার সময় শুধু সেটুকু তথ্য ও জ্ঞানই বেছে নিতেন যেটুকু গল্পটিকে বিপুল অবিশ্বাস্যতা সত্ত্বেও সত্যপ্রতিম করে তোলার জন্য নিতান্তই প্রয়োজন। সেই বাছাইয়ের পরে বিভিন্ন চরিত্রকে ব্যবহার করে প্রেমেন্দ্র মিত্র যেভাবে ঘটনাগুলি কল্পনা ও বিন্যস্ত করে এক-একটি নাটকীয় কাহিনী গড়ে তুলতেন সেটাই তাঁর প্রতিভার পরিচয়।

ঘনাদার প্রতি প্রেমেন্দ্রর বিশেষ পক্ষপাত ছিল বলেই শত অসুবিধের মধ্যেও প্রত্যেক বছর তিনি ঘনাদাকে নিয়ে গল্প লিখে গেছেন। পক্ষপাতের একটি কারণ এই যে যেমন পাঠকেরা ঘনাদাকে ভীষণ ভাল না-বেসে পারেনি তেমনই লেখকও।

তা ছাড়া প্রেমেন্দ্র সারা জীবনই অন্তরে ছিলেন তাদের দলের দলী 'অগ্নি-আখরে আকাশে যাহারা লিখিছে আপন নাম' এবং ঘনাদার কাহিনী লেখার উপলক্ষ্যে তিনি উত্তর থেকে দক্ষিণ মেরু, দুর্গম অরণ্যপথ, দুরারোহ আগ্নেয়গিরি, এমন কী এভারেস্টেরও শিখরে, পৃথিবীর দুর্জ্ঞেয় বা দুরধিগম্য নানা প্রান্তে প্রান্তে অভিযান করে বেড়িয়েছেন এবং কল্পনা-সাধিত সেসব অভিযানে নিজেই পেয়েছেন গভীর আনন্দ। মানসিকতায় তিনি বৈজ্ঞানিক, বস্তুর স্বরূপসন্ধানী ও যুক্তিবাদী এবং স্বভাবে জ্ঞানপিপাসু ও তথ্যজিজ্ঞাসু আর প্রতিভায় ছিলেন উদ্ভাবনে উর্বর ও সংস্থাপনে

কুশলী। চলচ্চিত্র শিল্পের সমস্ত বাস্তব ভিড়-ব্যস্ততা ও হিসেব-কেতাবের দাবি-দাওয়ার জটাজালের মধ্যে বাঁধা পড়েও তাই সেই মানসিকতা, স্বভাব ও প্রতিভাকে চরিতার্থ করার সুযোগ তিনি খুঁজে নিতেন ঘনাদার কাহিনী রচনার মাধ্যমে।

অপর একটি কারণ হল ছোটদের বিকাশশীল চরিত্রে বিজ্ঞানমনস্কতা জাগ্রত করার দায়। তাঁর মুখে শুনেছি, দেশবন্ধু চিত্তরঞ্জনের মৃত্যুর কিছুদিন পরে কলকাতায় সাম্প্রদায়িক দাঙ্গা বাধে, তখন তিনি চলে যান তাঁর জন্মস্থান বারাণসীতে এবং সেখানে কলকাতা থেকে আসেন মনোরঞ্জন ও ক্ষিতীন্দ্রনারায়ণ ভট্টাচার্য দু-ভাই। বিজ্ঞানে আগ্রহ-উদ্দীপক বাংলা শিশুসাহিত্য গড়ে তোলার জন্য তখন তিনজনে মিলে নানা পরিকল্পনা করেন। প্রেমেন্দ্র উৎসাহের চোটে লিখে ফেললেন ছোট একটি উপন্যাস এবং বছর তিনেক পরে মনোরঞ্জন ভট্টাচার্য 'রামধনু' নামে একটি পত্রিকার সম্পাদনা শুরু করলেন আর তাতেই বেরোয় প্রেমেন্দ্র মিত্রের সেই উপন্যাস, যা পরে 'পিঁপড়ে পুরাণ' নামে ডি. এম. লাইব্রেরি পুস্তিকা আকারে প্রকাশ করেন। প্রেমেন্দ্র অচিরে হয়ে ওঠেন সুধীরচন্দ্র সরকার সম্পাদিত 'মৌচাক' পত্রিকার একজন নিয়মিত লেখক। একে একে 'কুহকের দেশে' 'ময়দানবের দ্বীপ', 'পৃথিবী ছাড়িয়ে', (পরে 'শুক্রে যারা গিয়েছিল' নামে প্রকাশিত) 'আকাশের আতঙ্ক', 'শমনের রং সাদা' প্রভৃতি কাহিনী লিখে তিনি বাংলায় বিজ্ঞানভিত্তিক মৌলিক সাহিত্যসৃষ্টির পথ খুলে দেন আর পাশাপাশি লেখেন বিজ্ঞান-বিষয়ক নানা নিবন্ধ, এমনকী বেঙ্গল ইমিউনিটি কোম্পানির জন্য বিজ্ঞাপনের কপি লেখাতেও তিনি অভিনবত্ব আনেন বিজ্ঞানের জ্ঞান সহজ করে পরিবেশনে। বিজ্ঞানচেতনা সঞ্চার করা ছিল প্রেমেন্দ্রর জীবনের একটা ব্রত। ঘনাদার গল্পে আছে সাহিত্যের মাধ্যমে সেই ব্রত পালনের তন্নিষ্ঠা ও বিস্তার।

আরও একটি কারণ স্পষ্ট— সাহিত্যিকের দায়। ফ্যাসিস্ট-বিরোধী লেখক ও শিল্পী সংঘ থেকে ১৯৪৪ সালে 'কেন লিখি' নামে যে-সংকলনটি প্রকাশিত হয় তাতে প্রেমেন্দ্র মিত্র লিখেছিলেন, 'লেখাটা শুধু অবসর বিনোদন নয়, মানসিক বিলাস নয়। সামনে ও পেছনের এই দুর্ভেদ্য অন্ধকারে দুর্জ্ঞেয় পণ্যময় জীবনের কথা জীবনের ভাষায় বলার বিরাট বিপুল এক দায়।' লেখাটা তাঁর জীবিকা ছিল না, ছিল জীবন। তাই তিনি লেখার কারণকে এক কথায় প্রকাশ করেছিলেন, 'আমি লেখার একটিমাত্র কারণই বুঝি—বুঝি যে সত্যিকার লেখা শুধু প্রাণের দায়েই লেখা যায়—জীবনের বিরাট বিপুল দায়।' একটি বাক্যের এই মন্তব্যটির গভীরতর তাৎপর্যকে বোঝা প্রয়োজন। কারণ উল্লিখিত দায়টা ঘনাদার গল্পগুলো লেখার পেছনেও সমান সক্রিয়। ঘনাদার বানিয়ে বানিয়ে নিজের বাহাদুরির গল্পগুলির অবলম্বন যেসব তথ্য বা তত্ত্ব রয়েছে তার কোনওটাই বানানো বা লেখকের উদ্ভাবিত নয়, সবগুলোই সম্পূর্ণ সত্য, শুধু ঘটনাবলির বিন্যাসটাই যেটুকু উদ্ভাবিত, প্রকৃতপক্ষে তাঁর সমস্ত গুলগল্পই ছদ্মবেশী শিক্ষামূলক সাহিত্য। ঘনাদার মজাদার গল্পের মোড়কে জ্ঞান বিতরণকেও প্রেমেন্দ্র মিত্র মনে করতেন তাঁর সাহিত্যিক কর্তব্য বলে। বিনোদন আর জ্ঞানদান একই সাহিত্যিক প্রক্রিয়ায় পরিণত হয়েছে ঘনাদার গল্পগুলিতে।

দুই

অর্থাৎ ঘনাদার সম্পূর্ণ কাল্পনিক কাহিনীর ঘটনাজালে আমরা যেসব অজানা বা অচেনা বা নতুন শব্দ কি নাম পাই সেসবকে প্রথমে লেখকের বা কথকের কল্পিত বা বিরচিত মনে হলেও আসলে সেগুলি সত্যিই। তেমনই সত্য বিজ্ঞানের কি ভূগোলের কি ইতিহাসের যেসব তত্ত্ব বা তথ্যের উল্লেখ রয়েছে সেসবও। আশ্চর্য কল্পনার জটিল স্রোতে ভাসিয়ে দেওয়া অজস্র জ্ঞাতব্য বিষয়—এটাই লেখকের গল্পগুলো বলার জন্য ভেবে ঠিক করা কায়দা বা ধরন। তাঁর গল্প বলার এই বিশেষ-ধরনটাকে তিনি প্রথম গল্পেই অভীষ্ট পাঠককুলকে বুঝিয়ে দিয়েছেন।

'মশা' গল্পটির ঘটনাস্থল সাখালীন দ্বীপ। যখন প্রেমেন্দ্র মিত্র এই গল্পটি লিখেছিলেন তখন এই দ্বীপটি হঠাৎ সংবাদ-জগতে গুরুত্ব পেয়ে যায়, কারণ তখন দ্বিতীয় মহাযুদ্ধের বিজয়ী পক্ষ আর বিজিত পক্ষের মধ্যে সন্ধির ব্যবস্থাগুলোর সময় সামনে এসে পড়ে সাখালীনের ভাগ্য নির্ণয়ের প্রশ্ন। তাই ঘনাদার মুখে শুনি, 'সাখালীন দ্বীপের নাম শুনেছ, কিন্তু কিছুই জানো না—কেমন?' সাখালীন আগে ছিল একা রাশিয়ার, বিংশ শতাব্দীর প্রথম দশকে রুশ-জাপান যুদ্ধে জয়ী হয়ে জাপান লাভ করে দ্বীপটির দক্ষিণ ভাগের উপর কর্তৃত্ব, আবার দ্বিতীয় মহাযুদ্ধের পরে বিজয়ী পক্ষের শরিক সোভিয়েত রাশিয়া সে-কর্তৃত্ব ফিরে পায়। যে-সময়কার গল্প ঘনাদা এখানে বলেছেন সে-সময় সাখালীন বিভক্তই ছিল। আবার 'নুড়ি' গল্পে প্রেমেন্দ্র ঘনাদাকে নিয়ে গেছেন দক্ষিণ গোলার্ধে নিউ হেব্রাইডিজের অন্তর্গত এফাটার কাছে যেখানে ২০° অক্ষরেখা ও ১৭০° দ্রাঘিমা কাটাকুটি করেছে সেখানে আনিওয়া দ্বীপের সংলগ্ন এমন একটা ছোট্ট দ্বীপে যেটার মিকিউ নাম গল্পের প্রথম দিকে ঘনাদা একবারই মাত্র বলেছিলেন আলতোভাবে, কিন্তু পরে যখন অন্যতম শ্রোতা মনে রাখার জন্য দ্বীপটার নাম আবার জানতে চেয়েছেন তখন ঘনাদা বললেন, 'যা ডুবে গেছে তার নামে কী দরকার?' এই উত্তর থেকে বুঝতে পারি যে ঘনাদার কল্পনা থেকে মিকিউ দ্বীপটি গল্পের খাতিরে একবার মাথা তুলে উঠে আবার সেই কল্পনার মধ্যেই তলিয়ে গেছে। কিন্তু অস্তিত্বহীন নিতান্তই কল্পনাপ্রসূত এরকম স্থানের বা বস্তুর উল্লেখ ঘনাদার গল্পে খুবই কম। অবশ্য এই প্রসঙ্গে 'লাট্টু' গল্পটির উল্লেখ করতে পারি। পঞ্চাশের দশকে ভিন্ন গ্রহ থেকে আসা ফ্লাইং সসার বা উড়ন্ত চাকির বিষয়টা নিয়ে পৃথিবী জুড়ে প্রচুর উত্তেজনা দেখা দেয়, তার অস্তিত্ব বা উদ্ভব নিয়ে তর্ক থেকেই গেছে, তবু সেই আছে-কি-নেই-কে-জানে জিনিসটি নিয়ে 'লাট্টু' গল্পটি লেখা।

বৈজ্ঞানিক কৌতূহলের দিক থেকে 'মশা' ও 'পোকা'র মধ্যে মিল রয়েছে—দুটি গল্পই নির্মিত হয়েছে জীববিজ্ঞানের ক্ষেত্রে—প্রথমটিতে মশার শরীরে এবং পরেরটিতে সিস্টোসার্কা গ্রিগেরিয়া তথা পঙ্গপালের শরীরে এমন রাসায়নিক পরিবর্তনের কথা বলা হয়েছে যা জীববিজ্ঞানী সম্প্রদায়ের একাংশের গবেষণার বিষয়। পার্থক্য শুধু এই যে ওই গবেষকগণের উদ্দেশ্য মানবের হিতসাধন আর

গল্পদুটির বৈজ্ঞানিক দুজনের লক্ষ্য মানবের অনিষ্টসাধন। কিন্তু অনিষ্টের চক্রান্তকে বানচাল করতে না পারলে ঘনাদার মান-মর্যাদা কীসের? আবার বিংশ শতাব্দীর দ্বিতীয়ার্ধে পরমাণু শক্তির জন্য পৃথিবীর অগ্রণী দেশগুলির মধ্যে যে-প্রতিযোগিতা শুরু হয় তার প্রতিফলন হয়েছে 'কাঁচ' ও 'হাঁস' গল্পদুটিতে—এর মধ্যে 'কাঁচ' গল্পটি থেকে জানতে পারি যে দ্বিতীয় মহাযুদ্ধ শুরুর সময় থেকেই জার্মানি পরমাণু বিজ্ঞানের চর্চায় বহুদূর এগিয়ে গিয়েছিল এবং মার্কিন যুক্তরাষ্ট্র প্রথম পরমাণু বোমা তৈরি করলেও পরমাণু বিজ্ঞানে জার্মানিই অধিক অগ্রসর ছিল এ সত্য আজ স্বীকৃত। ভারত যখন পরমাণু বিজ্ঞানের চর্চায় নেহাত অপরিণত তখন প্রেমেন্দ্র 'কাঁচ' গল্পে মৌল উপাদান ইউরেনিয়াম আর 'হাঁস' গল্পে হাইড্রোজেনের বদলে ডিউটেরিয়ামওয়ালা ভারী জল খোঁজ করার কাহিনী দিয়ে বাংলার কিশোরদের তথা সব বয়েসি পাঠকের মনে পরমাণু বিজ্ঞান সম্বন্ধে কৌতূহল জাগাতে চেয়েছেন। তেমনই 'ফুটো' গল্পে মহাশূন্যের ফোর্থ ডাইমেনশন বা চতুর্থ মাপের জটিল গণিতকে ঘটনার রূপে উদাহরণ দিয়ে যেভাবে সরল করে তিনি বুঝিয়েছেন তা নবীন মনকে মহাজাগতিক বিজ্ঞান সম্বন্ধে আগ্রহী করবে, আবার একই সঙ্গে ওই গল্প নতুন প্রজন্মকে উৎসাহিত করবে মঙ্গলগ্রহে যাবার যে-সাধনায় এক শ্রেণীর বৈজ্ঞানিক নিমগ্ন তার সামিল হতে।

অন্নদাশঙ্কর রায় লিখেছেন, 'ঘনাদার জন্য তাঁর স্রষ্টার নাম চিরস্থায়ী হবে।' এই ঘোষণার তাৎপর্য আমাদের বিশেষ বিবেচনা দাবি করে। ঘনাদার গল্প, যা এক অর্থে লম্বা লম্বা বাততালা, সেগুলোকে আজগুবি গুলগল্পের পর্যায়ে ফেলা কোনওমতেই উচিত হবে না, যদিও 'সুতো' গল্পটির প্রস্তাবনায় হাঁসের পেট থেকে পাওয়া কৌটোর চিরকুটে 'ঘনাদার গুল' কথাটাই লেখা দেখা গেছে। স্বয়ং প্রেমেন্দ্র মিত্র ১৯৭৪-এ SPAN পত্রিকার সঙ্গে এক সাক্ষাৎকারে বলেছিলেন, 'Ghana-da is a teller of tall tales, but the tales always have a scientific basis. I try to keep them as factually correct and as authentic as possible.' ঘনাদার গল্প রচনায় প্রেমেন্দ্র-প্রতিভা বিশেষ ভাবে প্রকাশ পেয়েছে যেসব গল্পে সেসবের মধ্যে এই খণ্ডের অন্তর্গত 'ছুঁচ' গল্পটি স্বতন্ত্র উল্লেখের দাবিদার। ঘনাদার বয়ানে মূল গল্পাংশে ঘনাদার স্রষ্টা প্রেমেন্দ্র মিত্র ইতিহাস, ভূগোল, রসায়ন-বিদ্যা, পদার্থ-বিদ্যা, প্রাণী-বিদ্যা ইত্যাদি সাধারণ জ্ঞানের বিস্তর বিষয়কে অসাধারণ কৌশলে ও দক্ষতার সঙ্গে মিশ্রণ করে ঘনাদার বাহাদুরির বৃত্তান্তকে যেমন জ্ঞানগর্ভ তেমনই রোমাঞ্চকর রূপ দিয়েছেন। আর সেসবের বিপরীতে কৌতুকের বিষয় হিসেবে দেখিয়েছেন মেসের অন্যান্য বাসিন্দাদের বিদ্যের বহর—জর্জ ওয়াশিংটনের কুড়ুল দিয়ে চেরি গাছ কাটার বিখ্যাত ঘটনাটিকে একজন যখন চালিয়েছে লিঙ্কনের নামে তখন আরেকজন শুধরে দেবার নামে নিউটনের নাম করেছে এবং প্রথমজন সেই ভুলটাকে মেনে নিয়েছে 'উদারভাবে'। এই গল্পের আরবীয় প্রসঙ্গের জের টেনেছেন 'মাছি' গল্পটিতে।

ঘনাদার গল্পগুলিতে উপস্থাপিত তথ্য ও সত্যের যে-রহস্যজাল প্রেমেন্দ্র মিত্র সৃষ্টি

করে গেছেন তা গল্পগুলি সংকলনের সময় সম্পাদকের কাজকে কঠিন করে তুলেছে। সে-কাজ আরও কঠিন হয় এজন্য যে মুদ্রিত মূল কপিতেই অনেক ভুল থেকেছে। তীব্র একাগ্রতার সঙ্গে একবার গল্প লিখে ফেলার পরে তার প্রুফ দেখার মতো আগ্রহ প্রেমেন্দ্রর ছিল না। দু-একটি উদাহরণ দিই। প্রথম গল্প 'মশা' প্রকাশিত হয় 'আলপনা'-তে, তারপর মুদ্রিত হয় 'ঘনাদার গল্প', 'ঘনাদা চতুর্মুখ', 'অফুরন্ত ঘনাদা' প্রভৃতি একাধিক সংকলনে, সবগুলোতেই একই ছাপার ভুল থেকে যায়—অ্যাম্বার চুরির পরে ঘনাদা ঠিক করেন যে স্টিমার-ঘাটার ওপর কড়া নজর রাখলে চোর 'সাখালীন থেকে বেরুতে পারতে পারবে না'। বাধ্য হয়ে অতিরিক্ত 'পারতে' কথাটা কেটে দিয়েছি। উল্লিখিত তিনটি গ্রন্থেই 'ছড়ি' গল্পে শিশিরের কাছে ঘনাদার ধার-করা সিগারেটের সংখ্যা '২৩৯৮টা' মুদ্রিত হয়েছে। এটাকে করেছি '৩২৯৮টা'। আবার 'টুপি' গল্পের শুরুতে এভারেস্ট শিখরের তিব্বতি নাম বলা হয়েছে 'চো মো লঙ মা', কিন্তু কিছুক্ষণ পরে ঘনাদা যখন সেই নামটি পুনরাবৃত্তি করেছেন তখন হয়ে গেছে 'চো সো লঙ মা'। সাধারণ পাঠকের কাছে 'মো' আর 'সো'র যথার্থতা নিয়ে তর্ক অবান্তর এবং এই ধাঁধা একাধিক বইয়ে রয়ে গেছে। খোঁজ করে জানলাম, 'মো'-ই হবে। একাধিক গ্রন্থে সংকলিত 'ঢিল' গল্পটিতে মেসের ঠিকানা 'বারো নম্বর বনমালি নস্কর লেন' চলে এসেছে। 'ছুঁচ' গল্পে গ্যাবোঁতে যখন ঘনাদার সন্দেহ নিরসনের জন্য সোলোমাস বলছেন যে কীভাবে লাভালের সঙ্গে পরামর্শ করে গ্রিসে যাবার নাম করে তিনি গ্যাঁবোতে হাজির হলেন সেখানে মূল গ্রন্থ 'আবার ঘনাদা' থেকে কয়েকটি শব্দের ছাড় গ্রন্থানুক্রমে বহাল থেকেছে। এখানে, 'আমি গ্যাঁবোতে হাজির হব'—এই অংশটি বর্তমান সম্পাদক-কৃত খোদার ওপর নয়, ছাপাখানার উপর খোদকারি।

আমার লক্ষ্য ছিল সম্পাদনার সময় প্রেমেন্দ্রর প্রতি অনুগত থাকার। তাই 'সুতো' গল্পে তিনি যা লিখেছিলেন তার রদবদল করিনি, যদিও তিনি নিজেই ঘনাদারই আর এক মহান কাহিনী 'সূর্য কাঁদলে সোনা'তে কিছু কিছু অন্যরকম লিখেছেন। কাহিনী দুটির ঐতিহাসিক পরিপ্রেক্ষিত সম্প্রসারিত হয়েছে 'ঘনাদাকে ভোট দিন' গল্পটিতেও। অনুমান করা যায় যে 'সুতো' লেখার পরে প্রেমেন্দ্র ইংকাদের হত্যা ও পেরু লুণ্ঠনের ইতিহাস অন্তত ছ-সাত বছর ধরে গভীর ভাবে অধ্যয়ন করেই 'সূর্য কাঁদলে সোনা' উপন্যাসটি লিখেছিলেন এবং সেদিক থেকে 'সূর্য কাঁদলে সোনা'র নাম ও তথ্যগুলি স্বাভাবিক ভাবেই বেশি নির্ভরযোগ্য। কিন্তু আমি প্রেমেন্দ্রর লেখার ওপর কলম চালাতে সাহস করিনি, বিশেষত তিনি নিজেই যেখানে আরও যাচাই করে 'সূর্য কাঁদলে সোনা'তে (বর্তমানে 'ঘনাদা তস্য তস্য' গ্রন্থের অন্তর্ভুক্ত) সেই বর্বরতা ও বিশ্বাসঘাতকতার কাহিনী লিখে গেছেন, বরং এখানে আমি যদ্দৃষ্টং তৎ রক্ষিতং নীতিই অবলম্বন করেছি। তিনি যদি আগে কিছু ভুল লিখে পরে তা না শুধরে থাকেন তা হলে আমি কে যে তাঁর ভুল শুধরে দেব! আমার দৌড় ছাপার ভুল শুধরে দেওয়া পর্যন্ত। 'ভাষা' গল্পে ম্যালে ও চিনে ভাষায় অনেক কথাবার্তা আছে—আমি নিশ্চিত যে এখানেও প্রেমেন্দ্র তাঁর স্বভাব অনুসারে যথেষ্ট খোঁজখবর করে ম্যালে ও

চিনে ভাষার সংলাপগুলি লিখেছিলেন, কিন্তু ওগুলি যথাযথ ছাপা হয়েছে কিনা তা পরীক্ষা করে দেখতে পারিনি এবং পাঠকদের অনুরোধ করব যে ও-দুটি ভাষা জানা থাকলে নিজেই ঠিক-বেঠিক যেন নিজগুণে যাচাই করে নেন ও আমাদেরও ভুলগুলো জানান আর জানা না থাকলে যেন বিশ্বাস করেন যে প্রেমেন্দ্র মিত্র এখানে নির্ভুল থাকতেই সচেষ্ট ছিলেন, কোনও স্তরে মুদ্রণ-প্রমাদ না হয়ে থাকলে সমস্ত নির্ভুলই আছে। এখানে এই খণ্ডের শেষ গল্প 'মাটি'তে ব্যবহৃত একটি শব্দের ওপর টীকা দেওয়া উচিত—শব্দটি হল 'নেফা' (NEFA), যা North East Frontier Agencyর সংক্ষিপ্ত রূপ, এর এখন অস্তিত্ব নেই—নেফা ১৯৭২ থেকে অরুণাচল প্রদেশ নামে পরিচিত।

জাতের বিচারে ঘনাদার গল্পগুলিকে মূলত দুভাগে ভাগ করা যায়—কল্পবিজ্ঞানের গল্প আর ইতিহাসের গল্প। কল্পবিজ্ঞানের গল্পকে আধুনিক যুগের রূপকথা বলতে পারি। আধুনিক মানুষ চারপাশের বস্তুবিশ্বের চরিত্র ও স্বরূপ সন্ধান করে, সেই বিশ্বকে নিজের প্রয়োজন মতো উন্নত বা পরিবর্তন করার সাধনা করে—মানুষের এই সন্ধান ও সাধনাকে অবলম্বন করেই আধুনিক রূপকথা বা কল্পবিজ্ঞান সাহিত্যের উন্মেষ। এই কল্পবিজ্ঞানের গল্পগুলি ঘনাদাকে ঘিরেই রচিত। সবগুলোই ঘনাদার নিজের কীর্তি-কাহিনী। আর ঘনাদার পূর্বপুরুষদের কাহিনী নিয়ে লেখা হয়েছে ইতিহাসের গল্পগুলি। এই খণ্ডের অন্তর্ভুক্ত সমস্ত গল্পই বিশ্বসাহিত্যে দ্রুত বিকাশশীল কল্পবিজ্ঞান জাতের। বাংলা সাহিত্যেও কল্পবিজ্ঞান শাখার ঐশ্বর্যমণ্ডিত ঐতিহ্যের সূচনা ঘনাদার এই গল্পগুলি—যে-ঐতিহ্যের প্রথম সম্ভাবনা দেখা গিয়েছিল 'পিঁপড়ে পুরাণ' নামের ছোট একটি উপন্যাসে। কিন্তু প্রকৃত বিজ্ঞান ভিত্তিক কাহিনীর শুরু 'কুহকের দেশে' থেকে যাতে রেডিয়মের তেজস্ক্রিয় শক্তিকে ঘিরে ঘটনাচক্র গড়ে উঠেছে।

তবে বিশুদ্ধ কল্পবিজ্ঞান থেকে ঘনাদার গল্প স্বতন্ত্র। প্রেমেন্দ্র নিজেই এগুলোকে tall tales-এর পর্যায়ভুক্ত করেছেন। এই পর্যায়ের সাহিত্যরচনায় সবচেয়ে বিখ্যাত নাম কল্পনার সঙ্গে ব্যঙ্গের সমাহারে লেখা 'The Gods of Pegana', 'A Night at an Inn' প্রভৃতি গ্রন্থের লেখক লর্ড ডানসেনি, যাঁর পুরো নাম Edward Morten Drax Plankett Dunsany এবং মার্ক টোয়েন, আন্তন শেখভ, এইচ জি ওয়েলস, জি কে চেস্টারটন, আর্থার কোনান ডয়েল, রে ব্র্যাডবুরি প্রভৃতি বিভিন্ন লেখক বিভিন্ন সময়ে বিভিন্ন ধরনের tall tales লিখেছেন। প্রেমেন্দ্রর নিজস্ব ধরন হল সত্যের বা জ্ঞাতব্য বিষয়ের উপরে অবিশ্বাস্যতার মনোহর প্রলেপ প্রয়োগ। ডাহা মিথ্যেকে সহনীয় বা বিশ্বাস্য করে তোলার কোনও চেষ্টা না করে অবিশ্বাস্যতাকেই উপভোগ্য করে তোলার সঙ্গে সঙ্গে ইহলোক ও পরিপার্শ্ব সম্বন্ধে চেতনা জাগানো। স্বভাবতই অভিনবত্বের জন্য ঘনাদার গল্প জনপ্রিয়তাও লাভ করেছে প্রচুর। ঘনাদার বহুগল্পের অনুবাদ শুধু যে নানা পত্র-পত্রিকায় প্রকাশিত হয়েছে তা নয় ইংরেজি অনুবাদে বই হয়ে বেরিয়েছে 'The Adventures of Ghana-da' আর হিন্দি অনুবাদে দুখানি বই: 'ঘনশ্যামদা' ও 'ঘনশ্যামদা-কা অউর কিসসা'।

তিন

গল্পের রসগ্রহণের জন্য জরুরি না হলেও তথ্যের দিক থেকে এটা কৌতূহলোদ্দীপক যে ঘনাদার দৌলতে বিখ্যাত মেসটা একেবারে কাল্পনিক নয়, তার একটা বাস্তব ভিত্তি রয়েছে। প্রথম যৌবনের অস্থিরতায় প্রেমেন্দ্র যখন একবার শ্রীনিকেতনে যাচ্ছেন কৃষিবিজ্ঞান পড়তে, একবার ঢাকা যাচ্ছেন দাদামশায়ের মতো ডাক্তার হবার জন্য বিজ্ঞান পড়তে, যখন কলকাতায় হরিশ চাটুজ্যে স্ট্রিটে দিদিমার বাড়িটা বিবিধ কারণে ভাড়া দেওয়া রয়েছে তখন কলকাতায় এসে একাধিকবার তিনি ভবানীপুরে গোবিন্দ ঘোষাল লেনের এক মেসে ছিলেন। সেই মেসেরই ছায়া পড়েছে বনমালি নস্কর লেনের মেসের উপর, হয়তো সেই মেসের এক বাসিন্দা বিমল ঘোষেরও ছায়া পড়েছে ঘনাদার উপর—প্রেমেন্দ্র তাঁকে ডাকতেন টেনদা বলে—তবে টেনদা ছিলেন অসাধারণ ব্যক্তিত্বসম্পন্ন ও হৃদয়বান। আর প্রেমেন্দ্র ছিলেন তাঁর একান্ত গুণমুগ্ধ। এই গল্পগুলি পড়ে বোঝাই যায় যে ঘনাদার মেসে থাকার খরচ মেসের গুণমুগ্ধ শ্রোতৃবৃন্দই পরম উৎসাহে বহন করে তাঁর বিপুল চিত্তাকর্ষক আত্মনেপদী অবিশ্বাস্য গল্পগুলি শোনার লোভে, যদিও প্রথম গল্পটিতে জানানো হয়েছে যে ঘনাদার বড় বড় কথার জ্বালায় মেসের বাসিন্দারা জ্বালাতন, কিন্তু দ্বিতীয় গল্পটিতেই দেখি যে মেসের সদস্যরা ঘনাদার গল্পে আকৃষ্ট হতে শুরু করেছে।

প্রথম গল্পে বিপিন নামে এক মেসবাসীর দেখা পেয়েছি, কিন্তু পরে তাকে দেখা যায় না। ঘনাদার আসরে প্রধান কুশীলব শিশির, শিবু ও গৌর এবং এই তিনজন ছাড়াও একজন রয়েছে যে সাধারণত নেপথ্যে থেকে গল্পগুলি পাঠকসমাজের জন্য আনন্দের সঙ্গে লিখে গেছে অর্থাৎ গল্পগুলির 'আমি'। এই 'আমি' আস্তে আস্তে আত্মপ্রকাশ করেছে এবং যথাসময়ে নিজের নামটিও জানাবে—কিন্তু সেটা জানাবে পরবর্তী খণ্ডে। নামগুলির আড়ালে রয়েছেন এক-একজন বাস্তব চরিত্র। শিবু মানে রসসাহিত্যের স্রষ্টারূপে স্বনামখ্যাত শিবরাম চক্রবর্তী যাঁর মতে প্রেমেন্দ্রই বাংলা ছোটগল্পের শ্রেষ্ঠ শিল্পী, গৌর মানে গৌরাঙ্গপ্রসাদ বসু যিনি চলচ্চিত্রের পরিচালক ও একই সঙ্গে একাধিক গল্প-সংকলনের সম্পাদক, আর শিশির মানে চলচ্চিত্রের প্রযোজক ও অভিনেতা শিশির মিত্র, যিনি গৌরাঙ্গপ্রসাদের সঙ্গে মিলে বসুমিত্র চিত্র প্রতিষ্ঠান গঠন করেছিলেন এবং বসুমিত্রের ব্যানারেই প্রেমেন্দ্র মিত্র স্বরচিত কাহিনী অবলম্বনে 'কালোছায়া' ছবিটি তৈরি করেছিলেন।

লেখক হিসেবে প্রেমেন্দ্র মিত্রের আত্মপ্রকাশ আকস্মিক ও নাটকীয়। ১৯২৩ খ্রিস্টাব্দের নভেম্বর মাসে ঢাকা থেকে কলকাতায় এসে গোবিন্দ ঘোষাল লেনের ওই মেসে থাকার সময় আবিষ্কার করেন ঘরের একটা জানলার খাঁজে গোঁজা কার লেখা পুরনো একটি পোস্টকার্ড, কৌতূহলের বশে চিঠিটি পড়তে পড়তে তাঁর মনে বিদ্যুতের উদ্‌ভাসে এল দুটি গল্প, সেই রাত্রেই গল্পদুটি লিখে পরদিন সকালে পাঠিয়ে দিলেন সেকালের সবচেয়ে সম্ভ্রান্ত পত্রিকা 'প্রবাসী'তে। ফিরে গেলেন ঢাকাতে। মাস তিনেক পরে কলকাতা থেকে সম্পর্কে মামা বীরেন সেনের এক ছত্রের পোস্টকার্ড:

সুধীর, তোর প্রবাসী এলে পড়ে পাঠিয়ে দেব। প্রেমেন্দ্ররই ডাকনাম সুধীর। প্রেমেন্দ্র ওরফে সুধীর তো অবাক। পরের চিঠিতে মামা খুলে জানালেন যে 'প্রবাসী' জানিয়েছে, দুটি গল্পই মনোনীত ও অচিরে প্রকাশিত হবে। 'প্রবাসী'তে ১৯২৪-এর মার্চে 'শুধু কেরানি' আর এপ্রিলে 'গোপনচারিণী' প্রকাশের সঙ্গে সঙ্গে বাংলা সাহিত্যিক মহলে সাড়া পড়ে গেল। সেই বছরেই 'কল্লোল' পত্রিকায় লেখেন 'সংক্রান্তি', তার পরে আরও গল্প, আরও কবিতা ও 'মিছিল' নামে উপন্যাসটি। পাশাপাশি স্কুলের ছাত্রাবস্থায় লেখা 'পাঁক' উপন্যাসটি ধারাবাহিক ভাবে বেরোয় প্রথমে 'সংহতি' পত্রিকায়, তারপর 'বিজলী'তে ও শেষাংশ 'কালি-কলমে'।

রবীন্দ্রনাথ 'পুনশ্চ'র গদ্যকবিতাগুলি লেখার পাঁচ বছর আগেই প্রেমেন্দ্র মিত্র ১৯২৫-এ 'বিজলী', 'কালি-কলম' প্রভৃতি পত্রিকায় লেখেন 'আজ এই রাস্তার গান গাইব—এই নগরের শিরা-উপশিরার', 'মানুষের মানে চাই', দেশবন্ধুর শবযাত্রা দেখে লেখেন 'পায়ের শব্দ শুনতে পাও? নিযুত নগ্ন পায়ের মহাসংগীত' ইত্যাদি কবিতাগুলি। নিঃসংশয়ে বলা যায় যে এই কবিতাগুলিই বাংলা গদ্যকবিতার শুরু। সেজন্য বুদ্ধদেব বসু লিখেছেন, 'He is one of our earliest practitioners—one might say pioneers—of the prose poem' এবং এরও আগে প্রেমেন্দ্রর এসব কবিতার ছন্দ ও ভঙ্গি কীভাবে তাঁকে উদ্বুদ্ধ করেছিল সেই প্রসঙ্গে লিখেছেন, 'এই ফ্রি ভর্সকে পালিশ করে নিজের মনের সঙ্গে মানিয়ে নিয়ে আমি আমার জীবনের প্রথম উল্লেখযোগ্য কবিতা "শাপভ্রষ্ট" লিখলুম' আর প্রেমেন্দ্রকে বর্ণনা করেছেন 'কবির মধ্যে কবি' বলে।

প্রেমেন্দ্র মিত্রর প্রথম কবিতার বই 'প্রথমা' প্রকাশিত হয় ১৯৩২ সালে। ততদিনে তাঁর ছোটগল্পের তিনটে বই বেরিয়ে গেছে—'পঞ্চশর', 'বেনামী বন্দর' আর 'পুতুল ও প্রতিমা'। এই ছোটগল্পগুলির বৈশিষ্ট্য হল এক-একটি বাস্তব পরিস্থিতির ভাবার্দ্রতা-বর্জিত গভীর বিশ্লেষণ ও তার সূত্র ধরে মানুষের চরিত্রে নিহিত অতল রহস্যের অমোঘ উদ্‌ভাসন। পরে পরে প্রকাশিত 'মৃত্তিকা', 'অফুরন্ত', 'মহানগর', 'নিশীথনগরী', 'ধূলিধূসর' প্রভৃতি ছোটগল্পের সংকলনগুলি এক-একটি চরিত্রশালা—সে-চরিত্রশালায় দেখি যে মানুষের মনের ভেতরে জালের মতো ছড়ানো অন্ধকার বা স্বল্পালোকিত অলিগলিতে যেসব অভিরুচি ও আবেগ, যেসব ভালবাসা ও দ্বেষহিংসা, যেসব প্রবণতা ও প্রবৃত্তি লুকিয়ে থাকে, সেসব অনুকূল বা দুর্বল মুহূর্তে আত্মপ্রকাশ বা আক্রমণ করে আশ্রয়দাতাকে এবং তখন অপ্রত্যাশিতভাবে ভেঙে পড়ে মানুষের বাইরের চেহারা, তার প্রতিজ্ঞা, তার ব্যক্তিত্ব, তার সংস্কার। খ্যাতির শিখরে পৌঁছে তারাশঙ্কর বন্দ্যোপাধ্যায় স্বীকার করেছেন যে প্রেমেন্দ্রর 'পোনাঘাট পেরিয়ে' গল্পটি পড়ে তিনি নিজের মতো করে গল্প লেখার প্রেরণা ও সাহস পেয়েছিলেন। বিষয়বস্তু ও রচনাশৈলীকে সম্পূর্ণ এক করে ফেল্বার কৌশলে সিদ্ধ প্রেমেন্দ্র মিত্রকে বাংলা ছোটগল্পের সর্বাগ্রগণ্য শিল্পী বলা যায়। সরোজ বন্দ্যোপাধ্যায় লিখেছেন, 'ছোটগল্পের টেকনিকের ক্ষেত্রে প্রেমেন্দ্র মিত্র যে শাশ্বত স্বাক্ষর রেখে গেলেন, সে টেকনিক আসলে তাঁর বিষয়বস্তুই।'

প্রেমেন্দ্র মিত্রের লেখা সমগ্র সাহিত্য পরিমাণে স্বল্প হলেও বৈচিত্র্যে বিপুল। তিনি কত রসের কত স্বাদের গল্প যে লিখেছেন তার হিসেব দেওয়ার স্থান এখানে নেই। তবু খুব সংক্ষেপে উল্লেখ করতে পারি যে নিছক কল্পনার পাখা মেলে দেওয়ার আনন্দেই তিনি এমন অনেক গল্প, কবিতা, ছড়া ইত্যাদি লিখেছেন—যেমন 'পরীদের গল্প,' 'কোয়াই', 'চড়ুই পাখিরা কোথায় যায়,' 'ল্যাজ-নাড়া ছড়া' ইত্যাদি—যেগুলিতে পাওয়া যায় রূপকথার অথবা লোককথার অনাবিল রস। আবার 'মাহুরি কুঠিতে এক রাত,' 'বাঘটা! ও বাঘ! বাঘ!' প্রভৃতি কৌতুক রসের গল্প ও ছড়া। অপ্রাকৃত রসের রহস্যঘন গল্প লিখতে তিনি ভালবাসেন—এ-জাতের গল্পগুলির মধ্যে 'ভানুমতীর বাঘ', 'জঙ্গলবাড়ির বৌরাণী', 'তেনা-রা', 'নিশুতিপুর', 'মাঝরাতের কল', 'কলকাতার গলিতে', 'জোড়াকুঠির ভাঙাপোল' ইত্যাদি বিশেষ উল্লেখযোগ্য। 'হয়তো', 'তেলেনাপোতা আবিষ্কার' প্রভৃতি গল্পেও তাঁর অপ্রাকৃত আবহ সৃষ্টির প্রতিভা প্রতিপন্ন হয়েছে। আবার ভূতের গল্পের সঙ্গে অদ্ভুত রসের অপূর্ব মিলন হয়েছে মেজোকর্তার গল্পগুলিতে। ঘনাদার মতো মেজোকর্তাও এক বিচিত্র চরিত্র। এঁরা যে-অর্থে বিচিত্র সে অর্থে না হলেও পরাশর বর্মাও কম বিচিত্র নন, কারণ তিনি পেশায় গোয়েন্দা হলেও স্বভাবে কবি এবং এক-এক গল্পে তাঁর এক-এক সাংস্কৃতিক আগ্রহের পরিচয় পাওয়া যায়। এমনই আর এক চরিত্র মামাবাবু। প্রেমেন্দ্রর সৃষ্ট এ ধরনের চরিত্রগুলির মধ্যে মামাবাবুই সবচেয়ে প্রবীণ, কারণ তাঁর প্রথম আবির্ভাব 'মৌচাক' পত্রিকায় প্রকাশিত 'কুহকের দেশে' নামের কিশোর-উপন্যাসে এবং পুনরাবির্ভাব 'ড্রাগনের নিশ্বাসে', তারপরে আরও কতকগুলি বৈজ্ঞানিক তদন্তের গল্পে।

কেমন মানুষ ছিলেন প্রেমেন্দ্র মিত্র? এক কথায় এর উত্তর—অন্তরঙ্গতায় ও আন্তরিকতায় ভরপুর এক মানুষ। যেমন চেনা-অচেনা সমস্ত মানুষকে ভালবাসার তেমনই সমস্ত মানুষের ভালবাসা কেড়ে নেওয়ার অদ্ভুত ক্ষমতা ছিল। তাঁর বাড়িতে সারাক্ষণ সাহিত্য ও সিনেমা জগতের, সাধারণভাবে সংস্কৃতি জগতের, মানুষের আসাযাওয়া এবং বার্ট্রান্ড রাসেল-এর সাম্প্রতিকতম রচনার চুলচেরা বিচার থেকে পরদিনের ঘোড়দৌড়ে সম্ভাব্য বিজেতা ঘোড়ার ঠিকুজিকুষ্টি, জে বি এস হলডেন-এর ভারতীয় নাগরিকত্ব গ্রহণ থেকে কমপিউটার ব্যবস্থার বিপুল সম্ভাবনা পর্যন্ত পৃথিবীর যাবতীয় বিষয় নিয়েই আলোচনা চলত। অতিথি-অভ্যাগতদের প্রতি তাঁর স্ত্রী বীণা মিত্রর ছিল অপার প্রশ্রয় ও উদার আপ্যায়ন। তাঁর কথা প্রসঙ্গে লীলা মজুমদার লিখেছেন, 'প্রত্যেকটি কৃতী পুরুষের পিছনে একজন করে অসামান্যা নারীর প্রভাব থাকে...অনেক পরে প্রেমেন্দ্র নিজেও বলেছিলেন, যতক্ষণ পর্যন্ত না বীণা তাঁর যে-কোনও নতুন লেখাকে অনুমোদন করছে ততক্ষণ তাঁরও শান্তি থাকত না।' শিক্ষা প্রতিষ্ঠানের উচ্চ শিক্ষা প্রেমেন্দ্রর ছিল না, কিন্তু নিজেকে তিনি খুবই উচ্চ শিক্ষিত করেছিলেন। তিনি ছিলেন ইহবাদী ও যুক্তিবাদী, জীবনজিজ্ঞাসু ও জীবনপ্রেমিক এক জীবন্ত বিশ্বকোষ এবং মানবিক সহৃদয়তার এক দুর্লভ দৃষ্টান্ত।

১৯৭৫ সালে যখন 'প্রেমেন্দ্র রচনাবলী' প্রকাশে তিনি সম্মতি দেন তখন স্বয়ং

প্রেমেন্দ্র মিত্র সম্পাদক রূপে আমাকে মনোনয়ন করেছিলেন, কিন্তু সেই প্রকাশকের পরিকল্পনা ছিল অন্যরকম। এবার 'ঘনাদা সমগ্র' সম্পাদনার দায়িত্ব পেয়ে আমি তাঁর পরিবারবর্গ ও বর্তমান প্রকাশকের উদ্দেশে আমার ধন্যতা জানাই।

১ ডিসেম্বর ১৯৯৯ **সুরজিৎ দাশগুপ্ত**
কলকাতা

সূচিপত্র

ঘনাদা নিত্যনতুন

ঘনাদার জুড়ি নেই

ঘনাদার গল্প

মশা

গল্পটাই আগে বলব, না, গল্প যাঁর মুখে শোনা, সেই ঘনশ্যাম-দার বর্ণনা দেব, বুঝে উঠতে পারছি না।

গল্পটা কিন্তু ঘনশ্যাম-দা, সংক্ষেপে ঘনাদার সঙ্গে এমন ভাবে জড়ানো, যে তাঁর পরিচয় না দিলে গল্পের অর্ধেক রসই যাবে শুকিয়ে। সুতরাং ঘনাদার কথা দিয়েই শুরু করা বোধ হয় উচিত।

ঘনাদার রোগা লম্বা শুকনো হাড়-বার-করা এমন একরকম চেহারা, যা দেখে বয়স আন্দাজ করা একেবারে অসম্ভব। পঁয়ত্রিশ থেকে পঞ্চান্ন যে কোনও বয়সই তাঁর হতে পারে। ঘনাদাকে জিজ্ঞেস করলে অবশ্য একটু হাসেন, বলেন, "দুনিয়াময় টহলদারি করে বেড়াতে বেড়াতে বয়সের হিসেব রাখবার কি আর সময় পেয়েছি! তবে—" বলে ঘনাদা যে গল্পটা শুরু করেন, সেটা কখনও সিপাই মিউটিনির, কখনও বা রুশ-জাপানের প্রথম যুদ্ধের সময়কার। সুতরাং ঘনাদার বয়স আন্দাজ করা আমরা ছেড়ে দিয়েছি। শুধু এইটুকুই মেনে নিয়েছি যে গত দুশো বছর ধরে পৃথিবীর হেন জায়গা নেই যেখানে তিনি যাননি, হেন ঘটনা ঘটেনি যার সঙ্গে তাঁর কোনও যোগ নেই।

কয়েক বছর হল কেন যে কৃপা করে তিনি আমাদের এই গলিটির ছোট্ট মেসে এসে উঠেছেন তা ঠিক বলতে পারি না। আমাদের ছুটিছাটার আড্ডায় তিনি যে নিয়মিতভাবে এসে বসেন, এও তাঁর অসীম করুণা বলতে হবে। প্রায়ই অবশ্য তিনি ভয় দেখান যে পাততাড়ি গুটিয়ে আবার নিরুদ্দেশ হয়ে যাবেন, কিন্তু সাধারণত সেটা মাসের শেষে, মেসের খরচের তাগাদা পড়বার সময়। বুঝে শুনে কিংবা হতাশ হয়েই তাঁর কাছে তাগাদা করা আমরা ছেড়ে দিয়েছি। ঘনাদা আমাদের আড্ডায় এসে নিয়মিতভাবে সবচেয়ে ভাল আরাম-কেদারাটায় বসেন, যার ভাগ্য যেদিন ভাল থাকে, তার কাছে সেদিন সিগারেট চেয়ে নিয়ে ধরান, তারপর চোখ বুজে প্রায় ধ্যানস্থ হয়ে থাকতে থাকতে হঠাৎ হয়তো আমাদের কোনও একটা কথায় বেশ একটু উচ্চৈঃস্বরেই হেসে ওঠেন।

অপ্রস্তুত হয়ে আমরা তখন তাঁর দিকে তাকাই। ঘনাদা একটু নড়ে চড়ে উঠে বসে সিগারেটে একটা লম্বা টান দিয়ে ঈষৎ বিদ্রূপের স্বরে বলেন, "কী কথা হচ্ছিল—বন্যার?"

আমরা লজ্জিত ভাবে স্বীকার করি যে সামান্য দামোদরের বানের কথা আমরা আলোচনা করছিলাম।

ঘনাদা আমাদের দিকে এমন করুণা-মিশ্রিত অবজ্ঞার সঙ্গে তাকান, মনে হয় দামোদরের বানে আমাদের নিজেদের ভেসে যাওয়াই ভাল ছিল। তারপর জিজ্ঞাসা করেন, "টাইড্যাল ওয়েভ কাকে বলে জানো? দেখেছ কখনও সেই প্রলয়ের ঢেউ—যাকে বলে সমুদ্র-জলোচ্ছ্বাস!"

সংকুচিতভাবে স্বীকার করি যে নামটা জানলেও ব্যাপারটা সম্বন্ধে নিজেদের কোনও অভিজ্ঞতা নেই।

ঘনাদা হেসে বললেন, "কেমন করে আর থাকবে! তা হলে শোনো। তখন মুক্তোর ব্যবসা করব বলে তাহিতি দ্বীপে গিয়ে উঠেছি..."

ঘনাদার সেই সুদীর্ঘ চিত্তাকর্ষক গল্প থেকে জানা যায় যে কী করে এই রকম এক টাইড্যাল ওয়েভের মাথায় এক বেলায় তাহিতি থেকে একেবারে ফিজি দ্বীপে গিয়ে তিনি উঠেছিলেন।

এ গল্প শোনার পর আমাদের অবস্থা কী হয়, তা বলাই বাহুল্য। দিন দুপুরে সূর্যের সামনে মিটমিটে লণ্ঠনের মতো আর কী!

ঘনাদার ভয়ে আমাদের অত্যন্ত সাবধানে কথাবার্তা বলতে হয়। কিন্তু আটঘাট বেঁধে যতই কিছু বলি না কেন, ঘনাদার হাত থেকে নিষ্কৃতি নেই। দেখা যায়, ঠিক তিনি টেক্কা দিয়ে বসে আছেন!

হয়তো কথায় কথায় কে বলেছে যে, আজকাল অনেকেরই চোখে চশমা—চোখের জোর আর বড় বেশি নেই। ঘনাদা তাঁর মার্কা-মারা হাসিটি হেসে অমনই গিয়ে উঠলেন একেবারে অ্যান্ডিজ পাহাড়ের চুড়োয়, পৃথিবীর সবচেয়ে বড় পাখি 'কন্ডর' শকুনের বাসার খোঁজে।

"হ্যাঁ, চোখের জোর দেখেছি বটে সেবার! অ্যান্ডিজ পাহাড়ের ওপর পথ হারিয়ে ফেলেছি, শীতে প্রায় জমে যাবার জোগাড়, সঙ্গে একজন আর্জেনটাইন শিকারি আর বোরোরো জাতের এক সাড়ে ছ-ফুট লম্বা রেড ইন্ডিয়ান গাইড। সন্ধ্যা হয়-হয়, আর খানিকক্ষণের মধ্যে পথ না খুঁজে পেলে এই পাহাড়ের ওপরই বরফ চাপা পড়ে মরতে হবে। এমন সময় আমাদের চূড়োর নীচেকার খানিকটা মেঘ একটু ফাঁক হয়ে গেল। কিন্তু বারো হাজার ফুট ওপর থেকে সেই ফাঁক দিয়ে কী আর দেখা যাবে। কিন্তু তখনও বোরোরো জাতের তীক্ষ্ণ দৃষ্টির কথা তো জানি না। হাত দুটো দূরবিনের মতো করে সে একবার চোখের সামনে ধরলে, তারপর বললে 'ব্যস, আর ভয় নেই!'

অবাক হয়ে জিজ্ঞাসা করলাম, 'ভয় তো নেই, কিন্তু কী দেখতে পেলে তুমি?'

সে হেসে বললে, 'কেন, ওই তো নীচে শিকারিদের তাঁবু ফেলা রয়েছে, বড় একটা কুকুর নিয়ে লাল কোট-পরা এক শিকারি এইমাত্র তাঁবুতে ঢুকল—'

শুনে আমি তো অবাক।"

ঘনাদার কথা শুনে আমরা ততোধিক অবাক হয়ে বললাম, "বারো হাজার ফুট ওপর থেকে লাল রঙের কোট পর্যন্ত দেখতে পেলে!"

"তা না হলে আর চোখের জোর কীসের! শকুনের চোখ কী রকম জানো? দু

মাইল ওপর থেকে ভাগাড়ের গোরুর লাশ ওরা দেখতে পায়। এই বোরোরো শিকারিদের চোখ তেমনই।”

এরপর আমরা যে নির্বাক হয়ে গেলাম তা বলা বাহুল্য।

প্রায় নির্বাক হয়েই আজকাল থাকি। এর ভেতর সেদিন কী থেকে বুঝি মশার প্রসঙ্গ উঠে পড়েছিল। ঘনাদা তখনও এসে পৌঁছোননি। তাই বোধ হয় আমাদের অতটা সাহস। তা ছাড়া ভেবেছিলাম যে সামান্য মশা মারবার ব্যাপারে ঘনাদা তাঁর কামান দাগা প্রয়োজন বোধ করবেন না।

কিন্তু ভুল ভাঙতে আমাদের দেরি হল না। বিপিন সবে তাদের গাঁয়ে কী ভাবে মশা মারবার ব্যবস্থা হচ্ছে সেই কথা তুলেছে। হঠাৎ দরজায় ঘনাদার আবির্ভাব।

“কী কথা হচ্ছিল হে?”

আমরা অত্যন্ত সংকুচিত হয়ে বলি, “নাঃ, এমন কিছু নয়, এই মশা মারবার কথা বলছিলাম।”

বিপিন তাড়াতাড়ি আরাম-কেদারাটা ছেড়ে সসম্মানে ঘনাদার জন্যে জায়গা করে দেয়।

ঘনাদা তাতে সমাসীন হয়ে শিশিরের কাছে একটা সিগারেট চেয়ে নিয়ে ধরিয়ে বললেন, “ওঃ, মশা!”

আমরা কতকটা আশ্বস্ত হই। যাক, ঘনাদার দৃষ্টি তা হলে মশা পর্যন্ত পৌঁছোবে না! কিন্তু পরমুহূর্তেই বোমা ফাটল—যে সে বোমা নয়, একেবারে অ্যাটমিক!

“হ্যাঁ, মেরেছিলাম একবার একটা মশা।”

আমরা স্তম্ভিত! ঘনাদা মশার প্রসঙ্গও বাদ দিতে চান না দেখে নয়, স্তম্ভিত, তাঁর এই অবিশ্বাস্য বিনয়ে। মশাই যদি মারতে হয়, তা হলে ঘনাদা মাত্র একটি মশা মারবেন, এ যে কল্পনাও করা যায় না!

শিশির সাহস করে বলেই ফেলল, “একটি মশা মেরেছিলেন!”

“হ্যাঁ, একটিমাত্র মশাই জীবনে মেরেছি।” আমাদের হতবুদ্ধি করেই ঘনাদা বলে চললেন, “মেরেছি ১৯৩৯ সালের ৫ অগাস্ট, সাখালীন দ্বীপে!”

আমরা ফ্যাল-ফ্যাল করে তাঁর দিকে চেয়ে আছি দেখে একটু চুপ করে থেকে আবার বললেন, “সাখালীন দ্বীপের নাম শুনেছ, কিন্তু কিছুই জানো না—কেমন? দ্বীপটা জাপানের উত্তরে সরু একটা করাতের মতো উত্তর-দক্ষিণে লম্বালম্বি হয়ে পড়ে আছে। তার দক্ষিণ দিকটা ছিল জাপানিদের, আর উত্তরটা রাশিয়ার। সেই দ্বীপের পুবদিকের সমুদ্রকূলে তখন অ্যাম্বার সংগ্রহ করবার একটি কোম্পানির হয়ে কাজ করছি। এমন অখাদ্য পাণ্ডববর্জিত জায়গা দুনিয়ায় আর আছে কি না সন্দেহ। বছরের অর্ধেক সেখানে মুষলধারে বৃষ্টি পড়ে, আর বাকি অর্ধেক বরফে সব জমে যায়। তার ওপর আছে ভীষণ তুষার-ঝড় আর গাঢ় জমাট কুয়াশা। কোনও রকমে দামি কিছু অ্যাম্বার সংগ্রহ করেই সেমুখো আর হব না এই ছিল মতলব। কিন্তু সে আশায় ছাই পড়ল। আমাদের কোম্পানির তানলিন নামে এক চিনা মজুর একদিন সকালে হঠাৎ নিরুদ্দেশ—তার সঙ্গে এ পর্যন্ত যা অ্যাম্বার জোগাড় হয়েছিল, সেই

মহামূল্য থলিটাও।

সাখালীন দ্বীপটি তো নেহাত ছোটখাটো নয়, তার বেশির ভাগ আবার জঙ্গল আর পাহাড়। সে সব পাহাড়-জঙ্গলের অনেক জায়গায় মানুষের পায়ের চিহ্নই পড়েনি। সুতরাং এই দ্বীপে কাউকে খুঁজে বার করা সোজা নয়। তবে একটা আশার কথা ছিল এই যে, অ্যাম্বারের মতো দামি রত্ন চুরি করে সাখালীন দ্বীপে লুকিয়ে থেকে কারুর লাভ নেই। সে চোরাই মাল বেচতে তাকে কোনও বড় সভ্য দেশে যেতেই হবে। আর সাখালীন দ্বীপ ছেড়ে এপ্রিল থেকে অক্টোবরের মধ্যে কাউকে যেতে হলে প্রধান শহর অ্যালেকজ্যানড্রোভসক থেকে ব্লাডিভস্টকের স্টিমার না ধরে উপায় নেই। অক্টোবরের পরে অবশ্য সমুদ্র জমে বরফ হয়ে যায়। তখন লুকিয়ে কুকুর-টানা স্লেজে করে পালানো সম্ভব। কিন্তু প্রধান স্টিমার-ঘাটায় কড়া নজর রাখবার ব্যবস্থা করলে তার আগে চোর কিছুতেই সাখালীন থেকে বেরুতে পারবে না। অক্টোবর পর্যন্ত তাঁকে খুঁজে বার করবার সময় অন্তত আমরা পাব।

বেতারে অ্যালেকজ্যানড্রোভসক-এর পুলিশের কাছে সমস্ত খবর পাঠিয়ে আমি ও আমাদের ক্যাম্পের ডাক্তার মি. মার্টিন দুজন কুলি নিয়ে তানলিনের খোঁজে বেরিয়ে পড়লাম।

কয়েকদিন জলা-জঙ্গলে ঘুরে ঘুরে যখন প্রায় হতাশ হয়ে উঠেছি তখন হঠাৎ ভাগ্যক্রমে একটা হদিস পেয়ে গেলাম।

টিয়ারা পাহাড়ের কাছে সেদিন সন্ধ্যায় আমরা তাঁবু ফেলেছি। ওখানকার আদিম গিলিয়াক জাতির এক শিকারির কাছে সকালবেলায় একটা উড়ো খবর পেয়েছিলাম যে, এই দিক দিয়ে একজন চিনাকে যেতে দেখা গেছে। কিন্তু তখনও পর্যন্ত সে খবরে বিশ্বাস করবার মতো কোনও প্রমাণ পাইনি।

রাত্রে তাঁবুর মধ্যে ঘুমোনো একরকম অসম্ভব। সাখালীন দ্বীপে বড় হিংস্র জানোয়ার বলতে শুধু ভালুক ছাড়া আর কিছু নেই। সাধারণত তারা মানুষকে আক্রমণ করে না, কিন্তু দিনে মাছি ও রাত্রে মশা যা আছে তা হিংস্র জানোয়ারকে হার মানায়। আমি আর মি. মার্টিন তাই কোনও রকমে ঘুমোতে না পেরে তখন বাইরে এসে দাঁড়িয়ে গল্প করছি। হঠাৎ চমকে উঠে বললাম, 'দেখেছেন, মি. মার্টিন!'

মি. মার্টিনের দৃষ্টিও সেদিকে তখন গেছে। অবাক হয়ে তিনি বললেন, 'হ্যাঁ! বেশ জোরালো আলো বলে মনে হচ্ছে। এই জনমানবহীন জায়গায় ওরকম আলো আসছে কোথা থেকে? ভুতুড়ে ব্যাপার নাকি?'

খানিকক্ষণ লক্ষ করে বললাম, 'না, ভুতুড়ে নয়, বেশ স্বাভাবিক ব্যাপার। দূরের ওই পাহাড়ে ঢিবিটার পেছনে নিশ্চয় কোনও একটা বাড়ি আছে—এ আলো সেখান থেকেই আসছে।'

মি. মার্টিন অবাক হয়ে বললেন, 'কিন্তু এখানে শখ করে অমন বাড়ি করবে কে? গিলিয়াক, ওরোক বা টুঙ্গুস জাতের অসভ্য শিকারি ছাড়া এ অঞ্চলে তো কেউ আসে

না। এদিকে কোনও খনি ইদানীং হয়েছে বলেও জানি না।'

ব্যাপারটা সম্বন্ধে কৌতূহল যত বেশিই হোক, সন্ধান নেবার জন্যে সকাল পর্যন্ত আমরা নিশ্চয় অপেক্ষা করতাম, কিন্তু সেই মুহূর্তে রাত্রির স্তব্ধতা হঠাৎ এক অমানুষিক চিৎকারে যেন বিদীর্ণ হয়ে গেল।

একবার আমি ও মি. মার্টিন দুজনে দুজনের মুখের দিকে চাইলাম, তারপর ভেতর থেকে টর্চটা বের করে এনে কোনও কথা না বলেই বেরিয়ে পড়লাম। একেবারে নিরস্ত্র যে আমরা ছিলাম না তা বোধ হয় বলবার দরকার নেই। দুজনের কোমর-বন্ধেই পিস্তল আঁটা ছিল।

যে পাথুরে ঢিবিটার পেছন থেকে আলো দেখা যাচ্ছিল, সেটা খুব বেশি দূর নয়, প্রায় শ তিনেক গজ হবে। ঢিবিটার পাশ দিয়ে ঘুরে যাবার পরই দেখা গেল আমাদের অনুমান ভুল হয়নি। একটা মাঝারি গোছের বাড়ির একটা জানালা থেকে উজ্জ্বল আলোটা দেখা যাচ্ছে।

আশ্চর্যের কথা এই যে, অমানুষিক যে চিৎকার আমরা শুনেছিলাম তা একবার উঠেই একেবারে স্তব্ধ হয়ে গেছে। চারিধার এমন শান্ত যে দুজনে একসঙ্গে সে শব্দ না শুনলে মনের ভুল বলেই সেটা গণ্য করতাম।

বাড়িটার কাছে এসে তখন আমরা বেশ একটু ফাঁপরে পড়েছি। এখন করা যায় কী! অজানা জায়গায় সম্পূর্ণ অপরিচিত এক বাড়িতে হঠাৎ মাঝরাতে এসে ডাকাডাকি করাটা মোটেই সুবিধের হবে না, তা বুঝতে পারছিলাম। কিন্তু ফিরে যাওয়া তো তখন আর যায় না।

যে জানালাটা দিয়ে আলো আসছিল সেখানে গিয়ে সাবধানে একবার উঁকি দিলাম। মস্ত বড় একটা ঘর, মিউজিয়াম যেমন থাকে অনেকটা সেইরকম। প্রকাণ্ড একটা কাচে ঘেরা টেবিল ঘরটার মাঝখানে বসানো। সে কাচের ভেতর কী আছে দেখতে পেলাম না। লোকজনও কেউ সেখানে নেই। এত রাত্রে থাকবার কথাও না।

সেখান থেকে সরে এসে দরজায় ধাক্কা দেব কিনা ভাবছি, এমন সময় পেছন থেকে সরু অথচ তীক্ষ্ণ কণ্ঠে ইংরেজিতে এক আদেশ শুনলাম, 'প্রাণে বাঁচতে চাও তো হাত তোলো—'

চমকে ফিরে দাঁড়িয়ে দেখি, বেঁটে গোছের জোয়ান একটি লোক আমাদের দিকে পিস্তল উঁচিয়ে দাঁড়িয়ে আছে! তার পেছনে লম্বা-চওড়া যমদূতের মতো চেহারার এক প্রহরী; তারও হাতে পিস্তল।

ব্যাপারটা বেশ নাটুকে হয়ে জমে উঠেছিল বটে, কিন্তু শেষ পর্যন্ত পরস্পরের পরিচয় পাওয়ার পর সব আবার থিতিয়ে সহজ হয়ে গেল।

পিস্তল হাতে যিনি আমাদের হাত তুলতে বলেছিলেন, জানতে পারলাম, তিনি মি. নিশিমারা নামে একজন জাপানি কীটতত্ত্ববিদ। সাখালীনের কীটপতঙ্গ নিয়ে গবেষণা করবার জন্য এই ঘাঁটিটি বসিয়েছেন। আমরা কী উদ্দেশ্যে তাঁর বাড়িতে হানা দিয়েছিলাম শোনবার পর লজ্জিত হয়ে তিনি আমাদের কয়েকদিন তাঁর ওখানে থেকে তাঁর কাজকর্ম দেখে যেতে অনুরোধ করলেন। সঙ্গে সঙ্গে এ আশ্বাসও দিলেন যে

পলাতক চিনা মজুরের সন্ধান তাঁর লোকজনের মারফত তিনিই করিয়ে দেবেন। এ অঞ্চল তাঁর একরকম হাতের মুঠোয়। তাঁর লোকজনের হাত এড়িয়ে কারুর পালাবার ক্ষমতা নেই।

কথাটা যে কতখানি সত্য, একদিন পার না হতেই বুঝতে পারলাম। পরের দিন সকালেই মি. নিশিমারা তাঁর গবেষণাগার আমাদের ঘুরিয়ে ঘুরিয়ে দেখিয়ে অনেক কিছু বুঝিয়ে দিলেন। সাধারণ কীটতত্ত্বের গবেষণা তিনি যে করেন না, তাঁর ল্যাবরেটরির নানা বিভাগ দেখেই তা অবশ্য বোঝা যায়। শুধু পর্যবেক্ষণ নয়, কীটপতঙ্গ লালন-পালন ও পরিবর্ধন করবার জন্য রাসায়নিক ও বৈদ্যুতিক নানা যন্ত্রপাতি ও উপাদান-উপকরণ তাঁর বিরাট ল্যাবরেটরিতে আছে।

মি. মার্টিন এক সময়ে তাঁকে জিজ্ঞাসা করলেন, 'পোকা-মাকড়ের ভেতর মশাই দেখছি আপনার গবেষণার প্রধান বিষয়।'

মি. নিশিমারা একটু হেসে বললেন, 'তাতে আশ্চর্য হবার কিছু আছে? মানুষের সভ্যতার মশাই হচ্ছে সবচেয়ে বড় শত্রু। এই সাখালীন দ্বীপ থেকে শুরু করে সমস্ত পৃথিবীতে শুধু ম্যালেরিয়ার বাহন হিসেবে মশা কী পরিমাণ ক্ষতি প্রতিনিয়ত করছে, ডাক্তার হিসেবে আপনার নিশ্চয় অজানা নয়।'

মি. মার্টিন বললেন, 'কিন্তু আপনার গবেষণাগারে তো দেখছি মশার লালন-পালনই হল আসল কাজ। এর দ্বারা ম্যালেরিয়ার কী প্রতিকার হবে বুঝতে পারছি না।'

নিশিমারা আবার হেসে বললেন, 'না বোঝবারই কথা। শুধু মশা মেরে নয়, মশা যাতে আর ম্যালেরিয়ার বাহন না হতে পারে, সেই চেষ্টা করে আমি ম্যালেরিয়া সমস্যার নতুন ভাবে সমাধান করতে চাই।'

আমাদের একটু অবাক হতে দেখে তিনি বললেন, 'মশা কী করে রোগের জীবাণু ছড়ায় আপনাদের নিশ্চয় জানা আছে। তার মুখ একটা ডাক্তারি যন্ত্রের বাক্স বললেই হয়। গায়ের ওপর বসে প্রথম একটি যন্ত্রে সে চামড়া ফুটো করে, তারপর আর একটি যন্ত্রে মুখের লালা সেখানে লাগিয়ে দিয়ে আমাদের রক্ত যাতে চাপ না বেঁধে যায় তার ব্যবস্থা করে। এরপর তৃতীয় যন্ত্র-নল দিয়ে সে রক্ত শুষে নেয়।

আমাদের শরীরে যে রোগের জীবাণু ঢোকে, সে তার ওই দ্বিতীয় যন্ত্রের লালা থেকে। মশার জন্মের পর যদি কোনও উপায়ে তার লালার এমন রাসায়নিক পরিবর্তন করে দেওয়া যায় যে, বিষাক্ত ম্যালেরিয়ার জীবাণু তার ভেতর বাঁচতেই পারবে না, তা হলে মশা হাজার কামড়ালেও আর আমাদের ভয় নেই। আমার গবেষণাগারে মশার লালা-পরিবর্তনের সেই চেষ্টাই আমি করছি।'

বিশ্বাস করি না করি, নিশিমারার কথায় প্রতিবাদ কিছু করিনি। সমস্ত গবেষণাগারটা আমাদের কাছে তখনই কেমন রহস্যময় মনে হয়েছে। আগের রাত্রের সেই অমানুষিক চিৎকারের শব্দের কথা তখনও ভুলতে পারিনি। নিশিমারাকে জিজ্ঞাসা করায় তিনি সেটা কোনও বন্য জন্তুর আওয়াজ বলে হেসে উড়িয়ে দিয়েছিলেন বটে, কিন্তু মনে হয়েছে কিছু যেন তিনি গোপন করে যাচ্ছেন।

সেই গোপন রহস্য যে কী, সেইদিন রাত্রেই টের পেলাম। নিশিমারা আমাদের যত্ন-আতিথ্যের কোনও ত্রুটি করেননি। রাত্রের খাওয়া-দাওয়া সেরে আমরা তখন আমাদের জন্যে নির্দিষ্ট ঘরটিতে শুতে এসেছি, হঠাৎ মি. মার্টিন বললেন, 'এরই মধ্যে শুয়ে কী হবে? আসুন একটু বাইরে ঘুরে আসি।' তাঁর কথায় রাজি হয়ে বাইরে বেরুতে গিয়ে অবাক হয়ে গেলাম। আমাদের ঘরের দরজা বাইরে থেকে বন্ধ!

'এর মানে?' মি. মার্টিন অত্যন্ত চিন্তিত ভাবে আমার দিকে চেয়ে জিজ্ঞাসা করলেন।

মানে ঠিক না বুঝতে পারলেও এই দরজা বন্ধ করার পেছনে যে কোনও শয়তানি মতলব আছে, সে বিষয়ে কোনও সন্দেহ তখন আর আমাদের নেই।

কিন্তু এত সহজে আমরা হার মানব কেন? ছাদের কাছে হাওয়া চলাচলের একটা ছোট ভেন্টিলেটর ছিল। কোনও রকমে তারই পাল্লা ভেঙে দুজনে সেখান দিয়ে গলে বাইরে গিয়ে নামলাম।

ঘুটঘুটে অন্ধকার রাত্রি। শুধু ল্যাবরেটরির একটা ঘরে তখনও আলো জ্বলছে। সন্তর্পণে সেই ঘরটার পেছনে একটা জানালার ধারে গিয়ে দাঁড়াবার আগেই সেই কালকের রাতের মতো রক্ত জল-করা আর্তনাদ শুনতে পেলাম। সে আর্তনাদ শোনার সঙ্গে সঙ্গেই আমরা জানালা বেয়ে ঘরের ভেতর লাফিয়ে পড়েছি। কিন্তু এ কী ব্যাপার! যার খোঁজে আমরা বেরিয়েছি, সেই তানলিনই মেঝের ওপর লুটিয়ে পড়ে অসীম যন্ত্রণায় কাতরাচ্ছে। তার একপাশে কাল রাতে যাকে দেখেছিলাম সেই যমদূতের মতো কাফ্রি প্রহরী দাঁড়িয়ে, অন্য পাশে ফাঁপা একটা কাঁচের মোটা নলের জিনিস হাতে করে মি. নিশিমারা।

'ব্যাপার কী, মি. নিশিমারা?' বেশ একটু উত্তেজিত ভাবেই জিজ্ঞাসা করলাম। মি. নিশিমারা আমাদের দেখে রাগে বিস্ময়ে খানিক্ষণ কথাই বলতে পারলেন না। তারপর অনেক কষ্টে নিজেকে সামলে বললেন, 'আমার আতিথেয়তার ওপর একটু বেশি অত্যাচার করছেন নাকি আপনারা? এ ঘরে আসতে কে আপনাদের অনুমতি দিয়েছে?'

'কেউ দেয়নি, এখন বলুন এখানে হচ্ছে কী?'

মি. নিশিমারা অদ্ভুত ভাবে হেসে বললেন, 'যা হচ্ছে তা তো দেখতেই পাচ্ছেন। এ লোকটাকে সাপে কামড়েছে, তারই চিকিৎসা করছিলাম।' মি. মার্টিন তখন মেঝেয় বসে পড়ে তানলিনকেই পরীক্ষা করছিলেন। তিনি মুখ তুলে কঠিন স্বরে বললেন, 'এ তো মারা গেছে। আর সাপেও একে কামড়ায়নি। বলুন, কী করেছেন একে?'

'কী করেছি জানতে চান?' নিশিমারা কখন এরই মধ্যে কোথা থেকে একটা পিস্তল হাতে নিয়েছেন লক্ষই করিনি। সেইটে আমাদের দিকে উঁচিয়ে ধরে তিনি বললেন, 'বেশ, সেই কথাই বলব তা হলে, শুনুন। পৃথিবীর সবচেয়ে আশ্চর্য আবিষ্কারের কথা শুনে মরার সৌভাগ্য আপনাদেরই হোক। আপনাদের তানলিন সাপের কামড়ে মারা যায়নি—মারা গেছে মশার কামড়ে—সামান্য একটা মশার কামড়ে!'

নিশিমরা তীক্ষ্ণ উচ্চ অট্টহাস্যে আমাদের স্তম্ভিত করে আবার বলতে লাগলেন, 'বিশ্বাস করতে পারছেন না ব্যাপারটা, কেমন? কোনও ভাবনা নেই, এক্ষুনি প্রত্যক্ষ প্রমাণ আপনাদের দিচ্ছি। কিন্তু তার আগে বলে যাই, শুনুন। মশার লালার রাসায়নিক পরিবর্তনের কথা যা বলেছিলাম, মনে আছে তো? সে পরিবর্তন আমি সত্যিই করেছি। ডিম থেকে শুরু করে মশা যখন সামান্য জলের পোকা হয়ে থাকে, তখন পর্যন্ত তার ওপর নানা প্রক্রিয়া চালিয়ে মশার লালার এমন রাসায়নিক পরিবর্তন আমি ঘটিয়েছি যে, সাপের বিষের চেয়েও সে লালা মারাত্মক হয়ে উঠেছে। কাল রাত্রে যে চিৎকার শুনেছিলেন, সে এমনই একজনের ওপর মশার কামড়ের পরীক্ষার ফল। তানলিনের অবস্থা তো সামনেই দেখতে পাচ্ছেন—এইবার আপনার পালা।'

নিশিমারার ইঙ্গিতে সেই যমদূত তখন মি. মার্টিনকে অবলীলাক্রমে তুলে ধরেছে। তাঁর দিকে এগিয়ে গিয়ে নিশিমারা বললেন, 'এই কাঁচের নল দেখছেন, এর ভেতর একটি মাত্র বিষাক্ত মশা ভরা আছে। এই একটি মশা কিন্তু এখনও আপনার মতো জনবিশেক জোয়ানকে অনায়াসে পরপারে পাঠিয়ে দিতে পারে। আপনি বিজ্ঞানের পীঠস্থান, সভ্য মার্কিন মুলুকের লোক। তাই আপনাদের দুই বন্ধুর মধ্যে বিজ্ঞানের পরীক্ষায় প্রাণ দেওয়ার গৌরব আমি আপনাকেই দিতে চাই। বেশি কিছু আপনাকে করতে হবে না। এই নলটি এমন কায়দায় তৈরি যে গায়ে চেপে ধরার সঙ্গে সঙ্গে সামনের ঢাকনাটা ভেতর দিকে খুলে যায়—হিংস্র মশাটাও উড়ে এসে কামড়ে দিতে দেরি করে না...'

সমস্ত মাথার ভেতর কেমন ঝিমঝিম করছিল! মনে হচ্ছিল আর যেন দাঁড়াতে পারব না! কিন্তু তারই মধ্যে হঠাৎ মরিয়া হয়ে সজোরে একটা ঘুষি ছুঁড়লাম। নিশিমারা আচমকা ঘুষি খেয়ে ছিটকে পড়লেন, সঙ্গে সঙ্গে তাঁর হাত থেকে কাঁচের নলটা মেঝেয় আছড়ে পড়ে চুরমার হয়ে গেল।

তারপর যে ব্যাপার ঘটল তা বর্ণনা করা যায় না। কল্পনা করো যে, ভাঙা নল থেকে বেরিয়ে সেই সাক্ষাৎ শমন ঘরের ভেতর উড়ে বেড়াচ্ছে আর চারজন মানুষ উন্মাদ হয়ে তাকে এড়িয়ে ঘর থেকে পালাবার চেষ্টা করছে—ঘরের মাঝখানে আবার তানলিনের মৃতদেহ।

কোনওরকমে দরজার কাছে পৌঁছে খিলটা খুলে বেরুতে যাব, এমন সময় সেই বিশাল কাফ্রি বাঘের মতো আমার ঘাড়ের ওপর এসে পড়ল।

আর বুঝি আশা নেই! মশাটা ঠিক আমার নাকের কাছে একবার ঘুরে গেল। তার পরেই সেই কাফ্রি এক সঙ্গে পাঁচটা রেলের ইঞ্জিনের মতো চিৎকার করে আমার ঘাড়ের ওপর নেতিয়ে পড়ে গেল। বুঝলাম, মশার দংশন-জ্বালার সঙ্গে সব জ্বালা তার জুড়িয়েছে।

কিছু ভাববার আর সময় নেই। উঠে পড়ে আবার পালাতে যাচ্ছি, এমন সময়ে দেখি, মি. নিশিমারা যুযুৎসুর প্যাঁচে মি. মার্টিনকে চিত করে ফেলে দিয়েছেন আর মশাটা ঠিক তার মাথার কাছে উড়ছে। ছুটে গিয়ে হেঁচকা টান দিয়ে মি. মার্টিনকে

খানিকটা সরিয়ে দিলাম। সঙ্গে সঙ্গে নিশিমারার আর্তনাদ শোনা গেল! মশাটা ঠিক তাঁর গালের ওপর গিয়ে বসেছে।

এবার আর একমুহূর্ত দেরি হল না। আমার প্রচণ্ড এক চাপড় গিয়ে পড়ল নিশিমারার গালে। মশা আর নিশিমারার ভবলীলা একসঙ্গেই সাঙ্গ হয়ে গেল!"

মশা মারবার পরিশ্রমেই যেন হাঁপিয়ে একটা দীর্ঘশ্বাস ছেড়ে ঘনাদা বললেন, "জীবনে তারপর মশা মারতে আর প্রবৃত্তি হয়নি।"

পোকা

ঘনাদা সেদিন প্রায় জব্দ হয়ে গিয়েছিলেন।

প্রায় জব্দ এই জন্য যে সত্যিকারের জব্দ হবার পাত্র ঘনাদা নন। যত বেকায়দায় পড়ুন না কেন, নিজেকে সামলে নেবার অসামান্য প্রতিভা ঘনাদার আছে। তেলা-মাছের মতো যে-কোনও বেয়াড়া অবস্থা থেকে তিনি পিছলে বেরিয়ে যেতে পারেন।

সেদিন কিন্তু অবস্থাটা তাঁর বড় বেশি কাহিল হয়ে উঠেছিল। মেসের সকলের হাসি-ঠাট্টার চোটে তাঁর এতদিনের খ্যাতি-প্রতিপত্তি প্রায় ভেসে যায় আর কি!

মেসের তেতলার একটি ছোট চোর-কুঠরি গোছের ঘরে ঘনাদা একা থাকেন। এই ব্যবস্থাটা শুধু তাঁর নিজেরই মনঃপূত নয়, আমাদেরও অনুমোদিত। ঘনাদার মতো অসামান্য পুরুষের সংস্পর্শে দিনরাত থাকা একটু বিপজ্জনক বলেই আমাদের ধারণা।

ঘনাদার তেতলার সেই ঘরে সেদিন রাত বারোটা নাগাদ হঠাৎ একটা খণ্ডযুদ্ধ বেধেছে বলে আমাদের মনে হল। শনিবারের রাত। পরের দিন ছুটি, সুতরাং ভোরে উঠবার তাড়া নেই বলে আমরা সবাই যে যার দলে একটু বেশিক্ষণ পর্যন্ত তাস পাশা খেলে সবেমাত্র শুতে গেছি, এমন সময় টেবিল-চেয়ার ওলটানোর সঙ্গে ওপরকার ঘরে ঘনাদার অমানুষিক চিৎকারে বিছানা থেকে উঠে বসলাম!

ব্যাপার কী!

তাস পাশা ইত্যাদি খেলা ঘনাদার দুচক্ষের বিষ। শনিবার রাত্রে তাই তিনি আমাদের ওপর বিরক্ত হয়ে অন্যান্যদিনের চেয়ে একটু সকাল সকালই শুতে চলে যান। তারপর ওপরের ঘরে আলবোলায় তাঁর আরাম করে তামাক খাওয়ার শব্দ কখন করাতে কাঠ-চেরার মতো মধুর নাক-ডাকার আওয়াজে মিশে যায়, সমস্তই

আমরা নীচে থেকে টের পাই।

আজ হঠাৎ সেই সুখনিদ্রায় কী এমন আকস্মিক ব্যাঘাত ঘটল। ঘনাদার চিৎকার শুনলে তো মনে হয়, ব্যাঘাতটা হিংস্র কোনও সাতদিনের উপোসি বাঘ বা পাগলা গারদ ভেঙে বেরিয়ে আসা ছুরি হাতে খুনে গুণ্ডা ছাড়া আর কিছু হতে পারে না। কিন্তু ঘনাদার মতো ত্রিভুবনজয়ী বীরের কাছে এসব তো তুড়ি দিয়ে উড়িয়ে দেওয়ার বস্তু! তা হলে ব্যাপারটা কী হতে পারে?

এই রহস্যময় ব্যাপারের নায়ক ঘনাদাই পর-মুহূর্তে হুড়মুড় করে সিঁড়ি দিয়ে নেমে আসছেন শুনতে পেলাম। তাড়াতাড়ি এগিয়ে গিয়ে উদ্বিগ্ন কণ্ঠে জিজ্ঞাসা করলাম, "ব্যাপার কী, ঘনাদা!"

আমরা সবাই এখনও জেগে আছি, ঘনাদা বোধহয় ভাবেননি। আমাদের সকলের উৎকণ্ঠিত প্রশ্নের সামনে প্রথমটা এক মুহূর্তের জন্য তিনি কেমন যেন একটু অপ্রস্তুত হয়ে পড়লেন! কিন্তু সে বোধহয় আমাদের মনের ভুল। পরের মুহূর্তেই আমাদের সকলকে একেবারে স্তম্ভিত করে দিয়ে তিনি চাপা গলায় বললেন, "ব্যাপার? ব্যাপার যা ভেবেছিলাম তা-ই!"

কথাগুলো যেমন দুর্বোধ, ঘনাদার গলার স্বর তার চেয়ে বেশি রহস্যময়। সে স্বরে এমন একটা বিভীষিকার আভাস যে মনে হল শিরদাঁড়ার ভেতর দিয়ে হিম একটা জলের ধারা যেন হঠাৎ বয়ে গেল!

শিবুই প্রথম এ ধাক্কা কতকটা সামলে উঠে কম্পিত কণ্ঠে জিজ্ঞাসা করলে, "ভূত-টুত নাকি ঘনাদা?"

"ভূত!" ঘনাদার বিদ্রূপের স্বরে বোঝা গেল, সামান্য ভূত-টুতের কথা তুলে শিবু তাঁকে কতখানি অপমান করেছে।

"সবাই মিলে একবার দেখে আসব!" প্রস্তাব করলে গৌর।

ঘনাদার তাতে কিন্তু ঘোর আপত্তি দেখা গেল। তাঁর কথায় মনে হল আমাদের অতখানি বিপদের মুখে পাঠাতে তিনি রাজি নন। তিনি বরং রাতটা আমাদের কারুর ঘরে শুয়ে কাটিয়ে দিয়ে সকালে যা করবার করবেন। কিন্তু আমরা অত সহজে নিরস্ত হতে পারলাম না। ঘনাদার মতো লোককে যার জন্য মাঝরাত্রে পরিত্রাহি ডাক ছাড়তে হয়, সে ব্যাপার যে কী, সন্ধান করবার চেষ্টা না করে আমরা থাকি কী করে!

সবাই মিলে সন্তর্পণে সিঁড়ি দিয়ে ঘনাদার ঘরে গিয়ে উঠলাম। ঘনাদা তাড়াতাড়িতে আলোটাও জ্বালতে পারেননি। ঘর একেবারে অন্ধকার। আলো জ্বাললে কী দেখতে হবে কে জানে ভেবে সুইচটা টিপতেও যেন ভয় করছিল! শিশিরই প্রথম সুইচটা টিপে দিলে সাহস করে।

কিন্তু কোথায় কী!

ওলটানো চেয়ার টেবিল ছাড়া ঘরে তো কোনও কিছু দেখবার মতো নেই!

যথাসাধ্য চেষ্টা করেও আটকাতে না পেরে ঘনাদা আমাদের পেছন পেছনই ঘরে এসে ঢুকেছিলেন। আমরা অবাক হয়ে তাঁর দিকে তাকাতেই পরম গম্ভীর মুখে তিনি বললেন, "কী বলেছিলাম!" তাঁর ভাবখানা এই যে ঘরে কিছু না থাকাই যেন একটা

ভয়ংকর রহস্য।

আমরা কিছু বলবার আগেই হঠাৎ ঘরের মধ্যে একটা অদ্ভুত শব্দ শোনা গেল। গোঁ করে একটা শব্দ মেঝে থেকে ওপরে উঠে ঠক করে একটা আওয়াজে শেষ হল। আচমকা এই শব্দে আঁতকে উঠে প্রথমটা প্রায় নিজেদের অজান্তে হুড়মুড় করে সিঁড়ির দিকে হটে গিয়েছিলাম, কিন্তু পর মুহূর্তেই ব্যাপারটা বুঝতে পেরে হাসতে হাসতে পেটে খিল ধরে যাবার জোগাড়।

গৌরই ছিল সবার সামনে। গোড়ায় পিছু লাফ দিয়ে হটে এলেও সে তখন মেঝে থেকে সেই ভয়ংকর রহস্যের মূলাধার বস্তুটিকে তুলে ধরেছে।

বড় গোছের একটা নারকুলো পোকা!

একবার ঘনাদার আর একবার সেই পোকার দিকে চেয়ে মেসের সকলের হাসি আর থামতে চায় না। শিশির অনেক কষ্টে তারই মাঝে দম নিয়ে জিজ্ঞাসা করলে, "শেষকালে এই একটা পোকা আপনাকে এমন ভয় পাইয়ে দিলে, ঘনাদা!"

সঙ্গে সঙ্গে আবার হাসির ধুম পড়ে গেল। কিন্তু এত হাসি-ঠাট্টা ঘনাদাকে যেন স্পর্শই করল না। অবিচলিত ভাবে নিজের বিছানার ওপর এসে বসে অদ্ভুত দৃষ্টিতে তিনি আমাদের সকলের দিকে একবার তাকালেন, তারপর গম্ভীর মুখে বললেন, "একটা পোকা দেখে ভয় পেয়েছি, না?"

পা দুটো গুটিয়ে আর একটু আরাম করে বসে তিনি হঠাৎ জ্বলন্ত দৃষ্টিতে আমাদের দিকে তাকিয়ে তীক্ষ্ণ স্বরে জিজ্ঞাসা করলেন, "একটা পোকার পেছনে আট হাজার মাইল কখনও ছুটে বেড়িয়েছ? তিন হাজার টন মরা পোকা নিয়ে কী করবে কখনও ভাবতে হয়েছে? পকেটে একটা কাঁচের বন্ধ শিশি আর হাতে একটা কাগজ সম্বল করে আফ্রিকার গহনতম বনে-জঙ্গলে-জলায় কখনও একটা পোকার খোঁজে ঘুরে বেড়াতে হয়েছে?"

আমাদের হাসি তখন প্রায় শুকিয়ে গিয়েছে। তবু একবার জিজ্ঞাসা করলাম, "কী সে পোকা, ঘনাদা! এই নারকুলো পোকা?"

"না, তার নাম—সিস্টোসার্কা গ্রিগেরিয়া!"

"থাক থাক, ঘনাদা! পোকা হলেও কৃষ্ণের জীব তো বটে। অমন যা-তা গালাগালি দেওয়াটা কি উচিত?"

শিবুর বলার ধরনে হাসিটা আর একবার উথলে উঠতেই এক ধমকে সেটা থামিয়ে দিয়ে ঘনাদা বললেন, "গালাগাল নয়, এ-ই হল তার বৈজ্ঞানিক নাম।"

আমরা সিঁড়িটার দিকে পা বাড়াবার আগেই ঘনাদা শুরু করে দিলেন, "১৯৩১ সালের ২২ ডিসেম্বর। লাটভিয়ার রিগা শহরের সমস্ত পথঘাট বরফে ঢেকে গেছে। আগের রাত্রে এমন প্রচণ্ড তুষার-ঝটিকা শহরের ওপর দিয়ে বয়ে গেছে যে, মিউনিসিপ্যালিটির লোকজন এসে বরফ কেটে পরিষ্কার না করে দেওয়া পর্যন্ত অনেকে বাড়ির দরজাই খুলতে পারেনি। আমি যথারীতি প্রাতঃভ্রমণ সেরে আমার হোটেলে ফিরছি, এমন সময় খটাখট শব্দে এক ঘোড়ায় টানা 'দ্রোসকি' আমার কাছেই এসে থামল। মোটা আস্ত্রাকান গায়ে মাথায় রুশ টুপি-পরা মিলিটারি চেহারার একটি

লোক তা থেকে নেমে আমায় ভাল করে লক্ষ করে হাতে একটি চিঠি দিলে।

সে চিঠি পড়ে সত্যিই অবাক হয়ে জিজ্ঞাসা করলাম, 'জেনারেল ভরনফ এখানে আছেন তা তো জানতাম না!'

লোকটি সবিনয়ে বললে, 'আজ্ঞে হ্যাঁ, তিনি আজ তিন বছর এখানেই আছেন। আপনার সঙ্গে এখুনি একবার দেখা করতে চান।'

'তা তো চিঠি পড়েই বুঝলাম, কিন্তু তিনি যার সঙ্গে দেখা করতে চান আমি যে সেই লোক, আপনি বুঝলেন কী করে?'

আস্ট্রাকান কোটটার গলাটা একটু তুলে দিয়ে লোকটি বললে, "তা কি আর বুঝতে দেরি হয়! জেনারেল আপনার অনেক গল্পই আমার কাছে করেছেন, তা ছাড়া রিগা শহরের এই রক্ত-জমানো শীতে শুধু একটা সোয়েটার চাপিয়ে প্রাতঃভ্রমণে বেরুতে আর কেউ যে পারে না তা আমি ঠিক জানি।' "

শিবুর একটু বুঝি কাশি শোনা গেল। সেইসঙ্গে আমাদেরও। ঘনাদা গ্রাহ্য না করে বলে চললেন, "গেলাম তারপর জেনারেল ভরনফের বাড়ি। রিগা উপসাগরের দক্ষিণ পাড়ে নোংরা পুরোনো শহরের এক ঘিঞ্জি পাড়ায় ভরনফের ভাঙা দু-কামরা আস্তানা দেখে যত অবাক হলাম, তার চেয়ে বেশি হলাম স্বয়ং তাঁকে দেখে।

জেনারেল ভরনফের সঙ্গে আফ্রিকায় শিকারের সূত্রে আমার পরিচয়। একসঙ্গে নাইপার নদীতে আমরা ডিঙি বেয়ে দুশো পাঁচশো মাইল ঘুরে বেড়িয়েছি, কঙ্গোর গভীরতম জঙ্গলে গরিলার খোঁজে ফিরেছি প্রাণ হাতে নিয়ে, মাসাইদের সঙ্গে শুধু তীর-ধনুক দিয়ে শিকার করেছি। খাঁটি প্রুশিয়ান বলতে যা বোঝায়, চেহারায় চরিত্রে তিনি ঠিক তা-ই ছিলেন। শরীর ও মন দুই-ই একেবারে শক্ত ইস্পাতের তৈরি। শারীরিক কষ্ট কাকে বলে জানেন না, মানসিক দুর্বলতা কাকে বলে বুঝতে দেন না কখনও। প্রথম মহাযুদ্ধে জার্মান সেনাপতি হিসেবে তিনি যথেষ্ট নাম করেছিলেন, রাজকীয় সম্মানও পেয়েছিলেন প্রচুর। সেই লোকের এই দুরবস্থা কী করে সম্ভব? আর্থিক অবস্থা তাঁর যত খারাপ হয়েছে, শরীর ভেঙে পড়েছে তার চেয়ে অনেক বেশি। এ যেন আগের ভরনফের ছায়ামাত্র!

ভদ্রতা-বিরুদ্ধ হলেও কী করে এ দুর্দশা তাঁর হল তা না জিজ্ঞেস করে পারলাম না। অদ্ভুতভাবে আমার দিকে চেয়ে ভরনফ বললেন, 'এ শহরে আপনি এসেছেন জেনে সে কথা বলতেই ডেকে পাঠিয়েছি। পৃথিবীর আর কেউ যে কথা জানে না তা-ই আজ আপনাকে বলব। আসুন।'

আমায় ভেতরের ঘরে নিয়ে গিয়ে ভরনফ একটা দেরাজ খুলে একটা ফটো বার করলেন, তারপর জিজ্ঞেস করলেন, 'এ-ফটো কার জানেন?'

ফটোটা দেখেই চিনেছিলাম। অবাক হয়ে বললাম, 'এ ফটো তো ড. রথস্টাইনের। পনেরো বছর আগে সি-সি মাছি সম্বন্ধে গবেষণা করতে গিয়ে আফ্রিকায় মারা পড়েন।'

ভরনফ ধীরে ধীরে মাথা নেড়ে বললেন, 'না, মারা সে পড়েনি, আজও বেঁচে আছে। নিজের মৃত্যু সে বিশেষ কোনও কারণে এইভাবে রটিয়েছিল।'

'কিন্তু আপনি সে কথা জানলেন কী করে?'

কয়েক মুহূর্ত চুপ করে থেকে ভরনফ প্রায় অস্পষ্ট স্বরে বললেন, 'সে আমার ভাই।'

'আপনার ভাই! ড. রইস্টাইন হলেন ইহুদি, আর আপনি খাস জার্মান। কী রকম ভাই?'

'সহোদর ভাই। এক বাপ-মায়েরই আমরা সন্তান!' বলে ভরনফ অত্যন্ত বিষণ্ণভাবে আমার দিকে তাকিয়ে বললেন, 'আপনার সঙ্গে যখন আমার আলাপ তখন আফ্রিকায় শিকারের ছুতোয় এই ভাইকেই আমি খুঁজে বেড়াচ্ছিলাম।'

একটু চিন্তিতভাবে ভরনফের দিকে তাকালাম। দুঃখে অভাবে তাঁর মাথা খারাপ হয়ে গিয়েছে নাকি? ভরনফ আমার সে দৃষ্টির অর্থ বুঝে ম্লান হেসে বললেন, 'আপনি মনে করছেন, আমার বোধ হয় মাথা খারাপ হয়েছে! রথস্টাইন ইহুদি হয়ে কী করে আমার সহোদর ভাই হতে পারে আপনি ভেবে পাচ্ছেন না, নয়? গত মহাযুদ্ধে বীরত্বের জন্য জার্মানির শ্রেষ্ঠ সম্মান পেয়েও লাটভিয়ার এই শহরে একটা নোংরা পল্লীতে এই দারিদ্র্যের মধ্যে চোরের মতো কেন দিন কাটাচ্ছি ভাবলেই বুঝতে পারবেন।'

আমায় চুপ করে থাকতে দেখে ভরনফ আবার বললেন, 'আমায় সবাই খাস জার্মান হিসেবে প্রুশিয়ানদের চেয়েও কড়া দাম্ভিক বলে জানত, এখনও অনেকে জানে। কিন্তু আসলে আমিও ইহুদি। তবে আমার ভাই ইহুদি জাতের গৌরব ছিল একদিন, আর আমি ছিলাম কুলাঙ্গার। জার্মানিতে—আর শুধু জার্মানিতে কেন—সমস্ত ইউরোপে ইহুদি-বিদ্বেষ কী রকম প্রবল, তা নিশ্চয় জানেন। গত দু হাজার বছর ধরে আমাদের ওপর যে অত্যাচার এরা করেছে, তার তুলনা হয় না। মাঝে মাঝে এ বিদ্বেষ কিছুদিনের জন্যে একটু চাপা থেকেছে মাত্র, তারপর আবার দাউ দাউ করে জ্বলে উঠে আমাদের ধনে-প্রাণে ধ্বংস করেছে। ছেলেবেলা থেকেই এই ইহুদি-বিদ্বেষ আমাদের ক্ষিপ্ত করে তুলেছে—কিন্তু আমাদের দুভাইকে দুভাবে।

আমার ভাই জ্যাকব, রথস্টাইন আমাদের পদবি, চেষ্টা করেছে বৈজ্ঞানিক হিসেবে ইহুদি জাতের মুখোজ্জ্বল করতে, আর আমি পিতৃপরিচয় ভাঁড়িয়ে জার্মানদের সঙ্গেই মিশে যেতে চেয়েছি ইহুদি-বিদ্বেষ এড়াবার জন্যে। বিদ্যাবুদ্ধিতে জ্যাকবের চেয়ে আমি অনেক খাটো। বাপ-মা দুই-ই মারা যাবার পর বিশ বছর বয়সে আমি তাই একটা খনির চাকরি নিয়ে ব্রেজিলের জঙ্গলে চলে যাই। সেখান থেকে বছর পাঁচেক বাদে যখন জার্মানিতে ফিরে এলাম তখন আমি একেবারে খাঁটি প্রুশিয়ান, চেহারায় চলনে বলনে আমায় অন্য কিছু বলে চেনে কার সাধ্য।

ঘটনাচক্রেই প্রুশিয়ান সাজবার এ সুযোগ আমার মিলে গেছল। বিশুদ্ধ প্রুশিয়ান বংশের একটি ছেলে আবিষ্কার-পর্যটনের নেশায় ব্রেজিলের জঙ্গলে এসে আমাদেরই খনির আস্তানায় মারা পড়ে। তার সঙ্গে আমার চেহারার মিলের কথা অনেকেই সে সময় বলেছিল। তারই সুযোগ আমি নিলাম। মরবার সময়—তার সেবা করার দরুন—সে কয়েকটি কাগজপত্র ও জিনিস আমার হাতেই দেয় জার্মানিতে ফিরিয়ে

নিয়ে যাবার জন্য। সেই কাগজপত্রের জোরে আমি অনেকটা নির্ভয়ে ভরনফ সেজে বসলাম। সামরিক বিভাগে ঢুকে উন্নতিও করলাম যথেষ্ট! কেউ কোনওদিন একটু সন্দেহও করতে পারল না।

এতদিনে ইচ্ছে করেই জ্যাকবের সঙ্গে আমি দেখা করিনি, যদিও তার সব খবরই রাখতাম। একদিন হঠাৎ বার্লিন থেকে মিউনিক যাবার পথে ট্রেনের একটি কামরায় তার সঙ্গে দেখা হয়ে গেল। আমি তখন বড় মিলিটারি অফিসার। মিউনিকে যাচ্ছি একটা জরুরি তদন্তে, আর জ্যাকব সেখানে যাচ্ছে বৈজ্ঞানিকদের কী একটা সম্মেলনের সভাপতি হিসেবে।

আমি তাকে গোড়াতেই চিনলেও আমার মিলিটারি জাঁদরেল পোশাকে ও চালচলনে সে প্রথমটা কিছু বুঝতে পারেনি। সন্দিগ্ধভাবে দু-একবার তাকিয়েছিল মাত্র। পরিচয় দেবার আমার ইচ্ছে ছিল না, কিন্তু দিতে হল ঘটনাচক্রে। মাঝখানের একটা স্টেশনে গাড়ি থামতে আমার একজন তাঁবেদার কর্মচারী আমায় সেলাম দিতে এল আমার কামরায়। জ্যাকবকে দেখলেই ইহুদি বলে চেনা যায়। চেহারায় পোশাকে নিজের জাত লুকোবার কিছুমাত্র চেষ্টা তার নেই। আমার তাঁবেদার অফিসারটি যেমন গোঁড়া তেমনই অভদ্র। সে জ্যাকবের মুখের সামনেই আমায় বললে, 'এই ইহুদি জানোয়ারটা আপনার সঙ্গে এক গাড়িতে যাচ্ছে! দেব এ কামরা থেকে ঘাড় ধরে বার করে?'

মরমে মরে গিয়েও বাইরে দাম্ভিকতার ভান করে বললাম, 'থাক, তার দরকার নেই, রাস্তায় কত বেড়াল-কুকুরও থাকে!'

একজন ইহুদিকে একটু জব্দ করবার সুবিধে না পেয়ে একটু অপ্রসন্ন হয়েই অফিসারটি শেষ পর্যন্ত কামরা থেকে নেমে গেল। গাড়িও দিল ছেড়ে। জানলার বাইরে মুখ বাড়িয়ে ছিলাম, হঠাৎ ফিরে দেখি, জ্যাকব একদৃষ্টে আমার দিকে চেয়ে আছে। অত্যন্ত অস্বস্তির সঙ্গে মুখ ফিরিয়ে নিলাম, কিন্তু খানিক বাদেই তার দিকে না চেয়ে পারলাম না।

এখনও সে আমার দিকে চেয়ে আছে, কিন্তু তার মুখে একটু অনুকম্পার হাসি। কামরায় আমরা দুজন ছাড়া আর কেউ নেই—এই ভাগ্যি, নইলে একটা ইহুদির সামনে কড়া প্রুশিয়ান অফিসারের এরকম অস্বস্তি দেখে তারা সন্দিগ্ধই হয়ে উঠত।

হঠাৎ জ্যাকব বললে, 'ওইটুকুর জন্যই ধরা পড়ে গেলে, আইজ্যাক।'

যতদূর সম্ভব মিলিটারি মেজাজের ভান করে বললাম, 'কী বলছ কী তুমি! কার সঙ্গে কথা কইছ জানো?'

'আর আস্ফালন করে লাভ কী আইজ্যাক? আমি তোমায় চিনতে পেরেছি। সত্যিকারের প্রুশিয়ান অফিসার একটা ইহুদিকে কামরা থেকে নামিয়ে দেবার এ সুযোগ কক্ষনও ছাড়ত না!'

সজল চোখে খানিক তার দিকে তাকিয়ে থেকে তার হাত দুটো ব্যাকুলভাবে ধরে ফেলে এবার বললাম, 'আমায় ক্ষমা করো, জ্যাকব! কী দুঃখে এ ছদ্মরূপ নিয়েছি তা জানো?'

'তা জানি। কিন্তু ইহুদি-বিদ্বেষের প্রতিশোধ কি এইভাবে নেওয়া যায়? ওই পোশাক তোমার চামড়া পুড়িয়ে দিচ্ছে না!'

জ্যাকবের চেহারা একমুহূর্তে এমন বদলে গেল যে, সত্যি ভয় পেয়ে গেলাম! তার চোখ দিয়ে যে আগুন ঠিকরে বেরুল, বুকের ভেতরকার কত বড় আগ্নেয়গিরি তা থেকে উঠে আসছে বুঝে স্তম্ভিত হয়ে গেলাম।

একটু শান্ত হয়ে জ্যাকব বললে, 'যেমন করে পারো, লুকিয়ে-চুরিয়ে মিউনিকে আমার সঙ্গে দেখা কোরো। ইহুদি-বিদ্বেষের কী প্রতিশোধের আয়োজন হচ্ছে, তোমায় বুঝিয়ে দেব।'

মিউনিকে সত্যিই তার সঙ্গে দেখা করেছিলাম এবং যা শুনেছিলাম ও দেখেছিলাম তাতে বুঝেছিলাম, অতবড় বৈজ্ঞানিক হয়েও ইহুদি-বিদ্বেষের দরুন পদে পদে প্রত্যেক জায়গায় অপমানিত লাঞ্ছিত হয়ে জ্যাকব একেবারে উন্মাদ হয়ে গেছে। কিন্তু উন্মাদ হয়ে সে যে প্রতিশোধের পরিকল্পনা করছে, তার বৈজ্ঞানিক কূট কৌশল শুধু শয়তানের মাথাতেই জন্মানো সম্ভব। তার সঙ্গে কথা কইতে কইতে বুঝলাম, ইহুদি-বিদ্বেষের বিরুদ্ধে লড়বার একই প্রেরণা আমাদের দুজনের মধ্যে কী বিভিন্নভাবে কাজ করেছে! জাতের কুলাঙ্গার হয়েও আমি ধীরে ধীরে সাম্প্রদায়িক সংকীর্ণতাকে জয় করে মানুষকে ভালবাসতে শিখেছি, আর জাতির অপমানের শোধ নিতে গিয়ে জ্যাকব মানুষের শত্রুই হয়ে দাঁড়িয়েছে। তার পরিকল্পনায় সমস্ত মানবজাতির কতখানি ক্ষতি হবে বুঝিয়ে তাকে নিরস্ত করবার চেষ্টা করেছিলাম, কিন্তু তীব্র বিদ্রূপের হাসি হেসে সে বলেছিল, 'নকল প্রুশিয়ান সাজতে সাজতে তুমি খানিকটা তা-ই হয়ে গেছ। আমার কথা তুমি বুঝবে না।'

'এর কিছুদিন পরে সে সি-সি মাছি সম্বন্ধে গবেষণা করবার নামে আফ্রিকায় চলে যায়। কিন্তু আমি জানতাম ওটা তার একটা ছুতোমাত্র।'

ভরনফের কথা শেষ হলে আমি একটু চুপ করে থেকে জিজ্ঞাসা করলাম, 'জ্যাকব রথস্টাইন যে সত্যি মারা যাননি, আপনি জানলেন কী করে?'

'জানলাম প্রত্যক্ষ প্রমাণ পেয়ে।' একটা কাগজের ফাইল দেরাজ থেকে বার করে ভরনফ বললেন, 'খবরের কাগজের এই কাটিংগুলো পড়ে দেখলে বুঝতে পারবেন, গত দশ বছরে এশিয়া-ইউরোপের নানা জায়গায় কী রকম অদ্ভুতভাবে ছোটখাটো দুর্ভিক্ষ দেখা দিয়েছে। দেশভরা সোনার শস্য চক্ষের নিমেষে কীভাবে ছারখার হয়ে গেছে! এখনও পর্যন্ত জর্জিয়া, রুমানিয়া, মোরাভিয়া প্রভৃতি ছোটখাটো রাজ্যের ওপর দিয়েই এ বিপদ গেছে। বড় বড় দেশ এখনও রেহাই পেয়ে আছে। কিন্তু বেশিদিন আর নয়। তার আয়োজন সম্পূর্ণ হলেই সমস্ত ইউরোপ সে বিপদ ঠেকাতে পারবে কিনা সন্দেহ!'

বললাম, 'কিন্তু এই ব্যাপারে আমাকে কেন ডেকেছেন বুঝতে পারছি না।'

'বুঝিয়ে দিচ্ছি, শুনুন। আমি নিজে বৃদ্ধ অথর্ব হয়ে পড়েছি। জার্মানির জঙ্গিমহলে এতদিন পরে কেমন করে জানি না আমার সত্যকার জাত সম্বন্ধে একটা সন্দেহের হাওয়া ওঠায় আমায় এখানে এসে প্রায় অজ্ঞাতবাস করতে হচ্ছে। যা আর পারি না,

তা-ই আপনাকে করতে হবে। জ্যাকবকে খুঁজে বার করতে হবে। আমি জানি যদি কেউ পারে তো আপনিই পারবেন।'

অবাক হয়ে বললাম, 'বলেন কী! পনেরো বছর যে লোকের কোনও পাত্তা নেই, তাকে আমি কোথায় খুঁজে বার করব? করবই বা কী করে?'

একটা ছোট কাঁচের কৌটো খুলে ধরে ভরনফ বললেন, 'খুঁজে বার করবেন এর সাহায্যে। এই আপনার নিদর্শন!'

'এ কী!' সত্যিই বিমূঢ় হয়ে বললাম, 'এ তো একটা মরা পোকা দেখছি!'

'হ্যাঁ, এই মরা পোকাই আপনাকে তার সন্ধান বলে দেবে। এ পোকা আফ্রিকার কোথায় যে জন্মায়, কোনও বৈজ্ঞানিক তা আজও জানে না। এ পোকা যেখানে পাবেন, জানবেন জ্যাকব সেখানেই তার চরম শয়তানি ষড়যন্ত্র পাকিয়ে তুলছে।'

'কিন্তু জ্যাকবের সন্ধান পেলেই বা করব কী?'

আমার হাতে ছোট একটা বন্ধ কাঁচের শিশি আর একটা কাগজ দিয়ে ভরনফ বললেন, 'কী করবেন, এই কাগজে লেখা আছে। আজ দশ বছর পরে জ্যাকবের পৈশাচিক চক্রান্ত ব্যর্থ করবার এই অস্ত্র আমি অনেক কষ্টে আবিষ্কার করেছি।' "

ঘনাদা চুপ করলেন। গৌর জিজ্ঞাসা করলে, "তারপর! জ্যাকবের খোঁজ আর পেলেন না বুঝি?"

"না, পেলাম বইকী! না পেলে কর্সিকাতে তিন হাজার টন মরা পোকা জমল কী করে?"

শিবু অধৈর্যের সঙ্গে বললে, "আহা, খুলেই বলুন না একটু!"

ঘনাদা একটু বিজয়-গর্বের হাসি হেসে বললেন, "সমস্ত আফ্রিকা ঘুরে বার-এল-আরব নদীর ধারে পৃথিবীর সবচেয়ে লম্বা মানুষ ডিঙ্কাদের দেশে তখন এসেছি। পকেটে সেই পোকার কৌটো তখনও আছে, কিন্তু মনে কোনও আশা নেই জ্যাকবকে খুঁজে পাবার। সাতফুট লম্বা আমার ডিঙ্কামাঝির সঙ্গে তার সালতির চেয়ে সরু লম্বা ডিঙিতে সেদিন জলার মধ্যে কুমির শিকারে গেছি। হঠাৎ তীরের ঝোপ থেকে একটা পোকা ঠিক আমার কোলের ওপরে এসে পড়ল। ছুঁড়ে ফেলে দিতে গিয়ে হঠাৎ চমকে গেলাম। কৌটোটা পকেট থেকে বার করে মরা পোকাটা তার পাশে ধরে স্তম্ভিত হয়ে গেলাম একেবারে। সেই সিস্টোসার্কা গ্রিগেরিয়া।

তারপর জলা-জঙ্গল তোলপাড় করে জ্যাকবের আস্তানা খুঁজে বার করতে দেরি হল না। লোকটা তখন সত্যিই উন্মাদ হয়ে গেছে। তার সর্বনাশা পরিকল্পনার তোড়জোড় প্রায় শেষ।

পরিচয় দিয়ে আলাপ করবার পর আমার কাছে খোলাখুলি ভাবেই তিনি তখন সব কথা বললেন! দুদিন পরে ইউরোপের আকাশ কী করে অন্ধকার হয়ে যাবে সিস্টোসার্কা গ্রিগেরিয়ার ঝাঁকে বলতে বলতে তাঁর চোখ জ্বলে উঠল। গত পনেরো বছরের সাধনায় এমন অদ্ভুত পরিবর্তন তিনি তাদের জীবনধারায় নাকি করেছেন যে, কোথা থেকে ছাড়লে কতদূর পর্যন্ত গিয়ে তারা মাঠ-ঘাট শ্মশান করে দেবার জন্যে নামবে, তিনি তা বলে দিতে পারেন।

তাঁর প্রথম লক্ষ্য ইটালি। দুদিন পরেই ছ হাজার বর্গমাইল ব্যাপী এক ঝাঁক পোকা তিনি উড়িয়ে দেবেন ইটালিতে। তারপর একটা শ্যাওলার ছোপও কোথাও থাকবে না। ইটালির পর জার্মানি ও ইংল্যান্ডে কী ভাবে তিনি তাঁর অজেয় বাহিনী পাঠাবেন, সব নাকি তাঁর ছক-বাঁধা আছে। আফ্রিকার এই অঞ্চলে সিস্টোসার্কা গ্রিগেরিয়ার জন্মস্থান খুঁজে বার করে তিনি এমনভাবে তাদের সংখ্যা বাড়িয়ে নিজের পরিকল্পনা-মাফিক তৈরি করেছেন যে, ইউরোপ দশ বছর সমস্ত অস্ত্র দিয়ে যুঝেও তাদের শেষ করতে পারবে না।

দুদিন বাদে সেই পতঙ্গের ঝাঁক সত্যিই উড়তে দেখলাম। সুডান থেকে লিবিয়া টিউনিসিয়ার আকাশ যেন রাতের মতো অন্ধকার হয়ে গেল! কিন্তু এ পতঙ্গের ঝাঁক তবু ইটালি পর্যন্ত পৌঁছোল না। অর্ধেক মরল লিবিয়ার মরুতে, আর বাকি অর্ধেক কর্সিকার সমুদ্রের ওপর ঝরা-পাতার মতো মরে ঝরে পড়ল। সেই মরা পোকার ওজনই তিন হাজার টন।"

"কিন্তু তারা মরল কেন?" জিজ্ঞাসা করলে শিশির।

"মরল ভরনফ যে বন্ধ শিশিটি দিয়েছিলেন তার দরুন। তার ভেতর এমন একটি রোগের জীবাণু ছিল যা সিস্টোসার্কা গ্রিগেরিয়ার যম। দুদিন আগে একটি পতঙ্গের মধ্যে সেই বিষ আমি ঢুকিয়ে দিয়েছিলাম একটা ছুঁচ দিয়ে। সেই রোগ তারপর সংক্রামক হয়ে সমস্ত পতঙ্গ-বাহিনীকে ধ্বংস করে দেয়!"

"ও, সিস্টোসার্কা গ্রিগেরিয়া তা হলে পঙ্গপাল!" বললে শিবু। "কিন্তু সে পঙ্গপাল তো শেষ হয়ে গেছে, তা হলে আজ আপনার একটা পোকায় অত ভয় কীসের?"

অবজ্ঞার হাসি হেসে ঘনাদা বললেন, "সিস্টোসার্কা গ্রিগেরিয়া শেষ হয়ে গেছে, কিন্তু জ্যাকব রথস্টাইন তো হয়নি। পৃথিবীর কোন প্রান্তে বসে সে আবার কোন শয়তানি ষড়যন্ত্র পাকাচ্ছে কে জানে? হয়তো ওই পোকাটাই তার অগ্রদূত!"

নুড়ি

ঘনাদার হাই তোলা একটা অনুষ্ঠান বিশেষ। গরাদের ফাক থেকে পুঁচকে দুপেয়ে জানোয়ারগুলোর বেআদবি দেখে দেখে সিংহ মশাই-এর যখন দিক ধরে যায়, তখন তার আলস্য-ভাঙা দেখবার সৌভাগ্য যদি কারুর হয়ে থাকে তা হলে সে ঘনাদার হাই তোলার কিঞ্চিৎ মর্ম বুঝতে পারবে। তেমনই বিরাট মুখব্যাদান, তেমনই দন্তরুচিকৌমুদির শোভা ও তেমনই তিন বৎসর তৈলবিহীন গোরুর গাড়ির চাকার

আওয়াজের মতো সুদীর্ঘ একটানা একটি সুরলহরী। সিংহমশাই তবু ঘনাদার মতো তুড়ি দিতে পারে না।

ঘনাদার হাই তোলা দেখে আমরা সত্যি তাজ্জব হয়ে গেলাম। তাজ্জব হলাম তাঁর হাই তোলার দৃশ্যে নয়, তিনি যে হাই তুললেন কী করে শুধু এই কথা ভেবে।

রাম, শিবু ও আমি পরস্পরে হতাশ ভাবে মুখ চাওয়া-চাওয়ি করলাম। হায়, হায়!—সন্ধ্যার সমস্ত আয়োজনটাই মাটি!

সকাল থেকে অবিশ্রান্তভাবে বৃষ্টি পড়ছে। করপোরেশনের কর্তব্যপরায়ণতার দৌলতে সে বৃষ্টির জলের সাধ্য কি যে সহজে রাস্তা থেকে বেরোয়। ট্রাম বাস বন্ধ। কলকাতা প্রায় ভেনিস হয়ে উঠেছে বললেই হয়। এ হেন সন্ধ্যাটা মেসে বসে জমাবার জন্য সন্ধ্যা থেকে ঘনাদাকে উসকে দেবার কী চেষ্টাটাই না করা হয়েছে!

কিন্তু এ বাদলায় ঘনাদাও যেন বাসি মুড়ির মতো মিইয়ে গেছেন।

যে-ঘনাদার কাছে তিল ফেলতে না ফেলতে তাল হয়ে ওঠে, জলের ছিটে পড়তে না পড়তে যিনি প্রলয় প্লাবনে আমাদের ভাসিয়ে দেন, সেই ঘনাদাকে আজ সন্ধ্যা থেকে একটু তাতিয়ে তুলতে পর্যন্ত পারা গেল না।

অথচ কোনও অনুপানই বাদ পড়েনি।

ঘনাদাকে ধার দিতে দিতে শিশিরের সিগারেট কেস প্রায় খালি হয়ে এসেছে, শিবু ও রাম সেই যে নতুন মার্কিন সিগারেট লাইটারটা তাঁর হাতে দিয়েছে, তা প্রায় বাজেয়াপ্ত হবার শামিল জেনেও এখনও পর্যন্ত একবার ফেরত চায়নি। মেসের ম্যানেজার আমাদের শাসনে ভুলেও একবার ছমাসের বাকি পাওনার কথা তোলেনি এবং আমরা সবাই টমটম চালানো থেকে অ্যাটম বোমা পর্যন্ত হেন প্রসঙ্গ নেই যা ঘনাদার সামনে টোপ গিলতে তুলে ধরিনি।

কিন্তু আরাম-কেদারায়—কমন রুমের একমাত্র আরাম-কেদারায় সেই যে ঘনাদা গা এলিয়ে দিয়েছেন, তারপর তাঁকে একটু সোজা করে বসাতেও পারিনি।

মাছ ধরার প্রসঙ্গ দিয়ে শিবু অনুষ্ঠান শুরু করেছে। রাম তাতে ফোড়ন দিয়ে বলেছে, বর্ষার দিনে মাছ নাকি টোপ খায় ভাল।

কিন্তু মাছে টোপ খাক বা না খাক, আমাদের টোপ বৃথাই নষ্ট হয়েছে। এমনকী কত বড় এক মহাশের একবার তার ছিপে উঠেছিল, গৌরাঙ্গ সগর্বে তা দুহাত ছড়িয়ে দেখিয়ে দেবার পরও ঘনাদার কোনও সাড়াশব্দ পাওয়া যায়নি।

মহাশের থেকে ঘনাদা একেবারে দক্ষিণ মেরুসাগরে মহাতিমি শিকারের কথা তুলবেন এই আশাই আমরা করেছিলাম, কিন্তু তার বদলে তিনি ক্লান্তভাবে শুধু একটু সিগারেটের ধোঁয়া ছেড়েছেন।

মাছ থেকে আমরা পাহাড়ে ওঠার কথা তুলেছি। হাতের কাছে এমন একটা হিমালয় থাকা সত্ত্বেও বাঙালির ছেলেদের কেন যে পাহাড়ে চড়ার এতটুকু উৎসাহ ও যোগ্যতা নেই তা নিয়ে গৌরাঙ্গ দুঃখ প্রকাশ করেছে।

আমরা আড়চোখে চেয়ে দেখেছি ঘনাদা আরাম-কেদারার হাতলের ওপর একটা পা তুলে দিয়ে আর একটু আয়েশ করে শুয়েছেন।

পাহাড়ে চড়া থেকে বন্দুক ছোঁড়া ও তা থেকে আবার ঘোড়ায় চড়ায় আমরা ঘুরে গেছি।

ঘনাদা সিগারেটে সুখ-টান দিয়ে চোখ দুটি মুদ্রিত করেছেন।

হতাশ হয়ে শেষ পর্যন্ত আমরা ওয়েট-লিফটিং অর্থাৎ ওজন তোলার কথা পেড়েছি। বিজ্ঞানের নজির তুলে শিবু বলেছে—"পোকামাকড়েরা যখন নিজেদের চেয়ে বহুগুণ ওজনের জিনিস তুলতে পারে, তখন মানুষেই বা পারবে না কেন?"

প্রশ্নটা মাঠেই মারা গেছে।

ঘনাদা হাই তুলেছেন এবং আমরা এবার আশা ছেড়ে দিয়েছি।

মরিয়া হয়েই রাম বোধ হয় শেষ চেষ্টা করেছে। কলাকৌশল সব জলাঞ্জলি দিয়ে সোজাসুজি জিজ্ঞাসা করেছে, "আচ্ছা, ঘনাদা, আপনি কখনও ওয়েট-লিফটিং করেননি?"

"ওয়েট-লিফটিং!" ঘনাদা নেহাত আলস্যভরে বলেছেন, "না, ওয়েট-লিফটিং করিনি। তবে একবার একটা পাথর তুলেছিলাম।"

আমরা একেবারে উদ্গ্রীব হয়ে উঠে বসেছি। গৌরাঙ্গ সোৎসাহে জিজ্ঞাসা করেছে, "পাথর তুলেছেন! কত বড় ঘনাদা?"

আমাদের একেবারে দমিয়ে ধরাশায়ী করে ঘানাদা বলেছেন, "কত বড় আর! এই এতটুকু নুড়ি—ছটাকখানেক ওজন হবে।"

আমাদের হতাশার দীর্ঘনিশ্বাস শেষ হবার আগে ঘনাদা অত্যন্ত তাচ্ছিল্যভরে আবার বলেছেন, "মিকিউ দ্বীপটা তাতেই তো ফেটে চৌচির হয়ে গেল।"

"একটা দ্বীপ ফেটে চৌচির হয়ে গেল? শুধু একটা নুড়ি তোলার জন্য?" নিজেদের অজান্তে আমরা প্রশ্ন করে ফেলেছি।

ঘনাদা যেন অবজ্ঞাভরে আমাদের দিকে তাকিয়ে বলেছেন, "হ্যাঁ, তাইতেই ফেটে চৌচির হয়ে সমুদ্রে ডুবে গেল।"

না, আর ঘনাদাকে উসকানি দেবার দরকার হয়নি।

তিনি নিজেই এবার শুরু করেছেন।

"নিউ হেব্রাইডিজের নাম শুনেছিস কখনও?

আর শুনে থাকলেও আসলে কী বস্তু বোধ হয় জানিস না। নিউ হেব্রাইডিজ হল নিউজিল্যান্ডের ঠিক উত্তরে অস্ট্রেলিয়ার উত্তর-পূর্ব কোণে কয়েকটি ছোট ছোট দ্বীপের জটলা।

পৃথিবীর মাইল পঞ্চাশ ওপর থেকে দেখলে মনে হবে যেন সমুদ্রের ওপর ক-টা পাথর-কুচি ফাঁক ফাঁক করে সাজিয়ে ইংরেজি 'ওয়াই' অক্ষরটা লেখা।

এই 'ওয়াই'-এর তিনটে হাতা যেখানে এসে মিলেছে সেখানকার এফাটা দ্বীপটাই হল সমস্ত দ্বীপপুঞ্জের রাজধানী।

এফাটায় দুটো বন্দর, ভিলা আর হাভানা। ভিলা বন্দরেই সরকারি আস্তানা।

চন্দন কাঠের ব্যবসার জন্য তখন নিউ হেব্রাইডিজের একেবারে দক্ষিণের

আনিওয়া নামে একটি দ্বীপে থাকি। সেখান থেকে সরকারি লাইসেন্স নেবার জন্যে ভিলা বন্দরে ক-দিনের জন্যে এসেছি।

সরকারি দপ্তরখানা সব দেশেই সমান। আঠারো মাসে তাদের বছর। নিউ হেব্রাইডিজে আবার এ বিষয়ে গোদের ওপর বিষফোড়া আছে। একা রামে রক্ষা নেই, সুগ্রীব সেখানে দোসর। নিউ হেব্রাইডিজের রাজধানী এক, কিন্তু রাজত্ব দুজনের। ইংরেজ আর ফরাসি এক সঙ্গে মিলে সেখানে শাসন করে। সুতরাং সাত দিনের কাজ সাত সপ্তাহেও সারা হল না। ইংরেজি থেকে ফরাসি আর ফরাসি থেকে ইংরেজিতে তরজমা হতে হতে আমার লাইসেন্সের আর্জি, কোন লালফিতের জালে যে জড়িয়ে পড়েছে তার হদিসই তখন পাচ্ছি না। ঠিক এই সময়ে মঁসিয়ে পেত্রার সঙ্গে আমার হঠাৎ আলাপ হয়। আলাপ হল আশ্চর্য ভাবে। রাজধানী ও বন্দর হলে কী হয়, ভিলাতে ভাল একটা হোটেল নেই। মালানা নামে একটি দেশি লোকের টিনের চাল দেওয়া একটা মেটে দোতলার ওপরকার একখানা ঘর ভাড়া করে আছি। সেদিন সরকারি দপ্তরখানা থেকে যত অকর্মণ্য কর্মচারীদের সঙ্গে বচসা করে ক্লান্ত হয়ে বাসায় ফিরছি, এমন সময় ওপরে আমারই ঘরে তুমুল আন্দোলন হচ্ছে বলে মনে হল।

নড়বড়ে কাঠের সিঁড়ি দিয়ে অত্যন্ত অবাক হয়ে ওপরে উঠে গেলাম। ঘরের দরজায় যাবার সময় আমি তালা দিয়ে গেছি নিজের হাতে। সে ঘরে গণ্ডগোল হয় কী করে!

সিঁড়ি দিয়ে উঠে মাঝখানের বারান্দাটুকু পার হবার আগেই মালানার সঙ্গে দেখা। আমার ঘর থেকে সে উত্তেজিতভাবে বেরিয়ে আসছে। আমায় দেখতে পেয়েই সে হাত-পা নেড়ে জানালে যে এখুনি আমাদের পুলিশে যাওয়া দরকার।

'পুলিশে যাওয়া দরকার? কেন?'

'আর কেন? কোথাকার এক ফরাসি গুণ্ডা এসে আপনার ঘর দখল করেছে। আমি কত ঠেকাবার চেষ্টা করলাম, তা শুনলই না। জোর করে তালা ভেঙে ঘরে ঢুকল। এখনই আমি থানায় যাচ্ছি।'

হেসে বললাম, 'তার আগে লোকটার চেহারা একবার দেখা দরকার নয় কি!'

মালানা সভয়ে বলল, 'দেখবেন কী মশাই! সে একেবারে খুনে গুণ্ডা। কী করে বসবে ঠিক নেই।'

হেসে বললাম, 'আমি কী করব যখন ঠিক আছে তখন ভাবনা কী?'

মালানা কথাটা ঠিক বুঝতে না পেরে একটু হতভম্ব হয়ে ভয়ে ভয়ে আমার পিছু পিছু এল।

ঘরে ঢুকেই দেখি আমার জিনিসপত্র চারিদিকে ছত্রাকারে ছড়ানো। তারই মধ্যে আমার ডেক-চেয়ারটিতে গা এলিয়ে দিয়ে বিশাল চেহারার একটি লোক নিশ্চিন্ত আরামে পাইপ টানছে। পরনে একটা প্যান্ট ছাড়া তার কিছু নেই। গরমের দরুনই বোধ হয় গায়ের জামাজোড়া সব খুলে ফেলেছে। লোকটার গায়ের চামড়া সাদা এবং গোঁফ-দাড়ির ছাঁট দেখলে ফরাসি বলেই মনে হয়।

আমায় ঢুকতে দেখেই লোকটা ডেক-চেয়ারে উঠে বসে বাঘের মতো ফরাসি ভাষায় হুঙ্কার দিয়ে উঠল, 'কে রে, হতভাগা নিগার!'

মালান তো সেই হুঙ্কার শুনেই তীরের মতো ছিটকে গিয়ে পড়ল বারান্দায়। তারপর আর তার চুলের টিকি দেখা গেল না।

মুচকে একটু হেসে আমি একেবারে পরিষ্কার বাংলায় বললাম, 'চিনতে পারছ না, সাহেব! আমি তোমার যম!'

দুর্বোধ ভাষা শুনে আর আমায় হাসতে দেখে সাহেব একেবারে খেপে গেল। আমায় প্রায় কাঁচাই গিলে ফেলবে এমনই ভাবে দাঁত কড়মড় করে দাঁড়িয়ে উঠে এবার ইংরেজিতে বললে, 'বেরিয়ে যা শিগগির, কালা নেটিভ! নইলে তোর গায়ের সমস্ত চামড়া আমি খুলে নেব।'

আগের মতোই হেসে বললাম, 'বল কী সাহেব, আমার যে শুনেই গা সুড়সুড় করছে, কিন্তু তার আগে তোমায় যে একটু গা তুলতে হবে, এটা আমারই ঘর কিনা।'

আমার মুখে চোস্ত জার্মান শুনে সাহেব প্রথমটা একেবারে থ হয়ে গেল। যাই হোক, সাহেব একেবারে মুখখু নয়, জার্মান ভাষাটা অন্তত বোঝে জেনে আমার একটু কৌতূহলও তখন বেড়েছে।

প্রথমে হতভম্ব হলেও পরমুহূর্তেই আমার কথার বিষটুকুর জ্বালাতে সাহেব একেবারে ফেটে পড়ল, 'এ ঘর তোমার? প্রমাণ কী তার?'

আবার একটু হেসে আমার জিনিসপত্রগুলো দেখিয়ে দিয়ে বললাম, 'প্রমাণ তো তুমিই ঘরময় ছড়িয়ে রেখেছ।'

'বটে!' বলে সাহেব হঠাৎ আমার সুটকেসটা ধরে বাইরের বারান্দায় ছুঁড়ে ফেলে দিয়ে বললে, 'যাও, তোমার প্রমাণ ঘরের বার হয়ে গেছে। আর সুবুদ্ধি যদি এখনও না হয় তা হলে একটি লাথিতে তোমাকেও ওই প্রমাণের পিছু পিছু পাঠিয়ে দেব।'

ঘরের মাঝখানেই সাহেবের প্রকাণ্ড কেবিন ট্রাঙ্কটা পড়েছিল। সেটা তুলে নিয়ে বললাম, 'সেটা একটু অভদ্রতা হয় নাকি? তার চেয়ে বরং তুমিই দেখো, সাহেব, আমি তোমার মোট বইবার সমস্যাটা মিটিয়ে দিচ্ছি।'

ট্রাঙ্কটা ছুঁড়ে বারান্দা পার করে নীচে ফেলে দিলাম।

সাহেব এক লহমা হাঁ করে দাঁড়িয়ে থেকে একেবারে তোপের গোলার মতো আমার ওপর ঝাঁপিয়ে পড়ল।

জামাটা একটু ঝেড়ে নিয়ে চেয়ে দেখি, জানালার কাছে সচাপ্টে যেমন ভাবে পড়েছিল সাহেব সেইভাবেই শুয়ে আছে। নট নড়ন-চড়ন নট কিচ্ছু!

ঘরের কুঁজো থেকে তার মুখে জল ছিটিয়ে দিয়ে নিজেই এবার গিয়ে তুলে ধরলাম।

সাহেব হাঁফিয়ে উঠে বসে চোখ না খুলেই চেঁচিয়ে উঠল, 'আমি মরে গেছি, নির্ঘাত মরে গেছি।'

তাকে একটা ঝাঁকানি দিয়ে বললাম, 'হ্যাঁ, মরে তুমি নরকে এসেছ। যমরাজ তোমায় অভ্যর্থনা করতে এসেছেন। চেয়ে দেখো!'

সাহেব এবার চোখ খুলে তাকিয়ে বললে, 'অ্যাঁ—মরিনি তা হলে! কিন্তু আমার শিরদাঁড়া ভেঙে গুঁড়ো হয়ে গেছে!'

বললাম, 'না, তাও হয়নি। উঠে দাঁড়াও দেখি।'

সাহেব কিন্তু বসে বসে আমায় ভাল করে লক্ষ করে বললে, 'তুমি কি জাপানি?'

তারপর নিজে নিজেই আবার বললে, 'উঁহুঃ, জাপানিদের চেহারা তো এরকম হয় না!'

হেসে বললাম, 'আমি জাপানি নয়—বাঙালি। বাংলাদেশের নাম শুনেছ কখনও?'

'বাংলাদেশ!' সাহেবের চোখ দুটো বড় হয়ে উঠল, 'বাংলাদেশের নাম শুনিনি আবার? তাগোরের সঙ্গে আমার কত আলাপ ছিল।'

'তাগোরের সঙ্গে! তাগোর আবার কে?'

'বাঃ—রাবীন্দ্রা নাত্‌ তাগোর!'

বুঝলাম কবিগুরুর নাম ফরাসি উচ্চারণে এই রকম দাঁড়িয়েছে। জিজ্ঞাসা করলাম, 'তার সঙ্গে তোমার আলাপ ছিল? কোথায় আলাপ হয়েছিল?'

একটু যেন ভড়কে গিয়ে সে বললে, 'আলাপ মানে দেখাশোনা আর কি! পারিতে দেখাশোনা হয়েছিল।'

বেশ একটু কড়াভাবে জিজ্ঞাসা করলাম, 'কী সূত্রে?'

সাহেব আরও আমতা আমতা করে বললে, 'মানে, তিনি যখন ওখানে ছিলেন তখন কাগজে তাঁর ফটো দেখেছিলাম।'

ধমক দিয়ে এবার বললাম, 'দেখো সাহেব, আমার কাছে ওসব ধাপ্পা দিয়ে কোনও লাভ হবে না। তোমার পাততাড়ি গুটিয়ে এঘর থেকে সরে পড়তেই হবে। নাও ওঠো।'

সাহেব এবার রীতিমতো কাঁদুনি গেয়ে উঠল, 'উঠব তো! কিন্তু যাব কোন চুলোয় শুনি? পোড়া শহরে কি একটা হোটেল আছে? সারাদিন ঘুরে একটা ঘরের বারান্দা পর্যন্ত ভাড়া পাইনি। আমি কি রাস্তায় গিয়ে শোব?'

এবার হেসে ফেলে বললাম, 'আচ্ছা, আমার এখানে থাকতে পারো, কিন্তু বেচাল যেন আর না দেখি।'

সাহেব নিজের গর্দানটায় একবার হাত বুলিয়ে নিয়ে বললে, 'না, আমার গর্দানটা বিমা করা নেই।'

মালপত্র নীচে থেকে তুলে এনে তারপর আমরা বেশ জমিয়ে বসে আলাপ শুরু করলাম। মঁসিয়ে পেত্রা আমারই মতো ভবঘুরে লোক। ঝগড়া দিয়ে শুরু হওয়ায় এবং দুজনেই এক ধাতের লোক হওয়ায়, 'দোস্তি'-টা আমাদের খুব তাড়াতাড়ি হয়ে গেল। আমি ইতিমধ্যে আমার চন্দন কাঠের ব্যবসার কথা বলেছি। মঁসিয়ে পেত্রা মাথা নেড়ে বলেছে, 'ওসব চন্দন কাঠ-টাট কোনও কাজের নয়, এ দ্বীপপুঞ্জের আসল মাল হল গন্ধক! দেখো না এক বছরের মধ্যে এই গন্ধকের ব্যবসায় কী রকম লাল হয়ে যাই।'

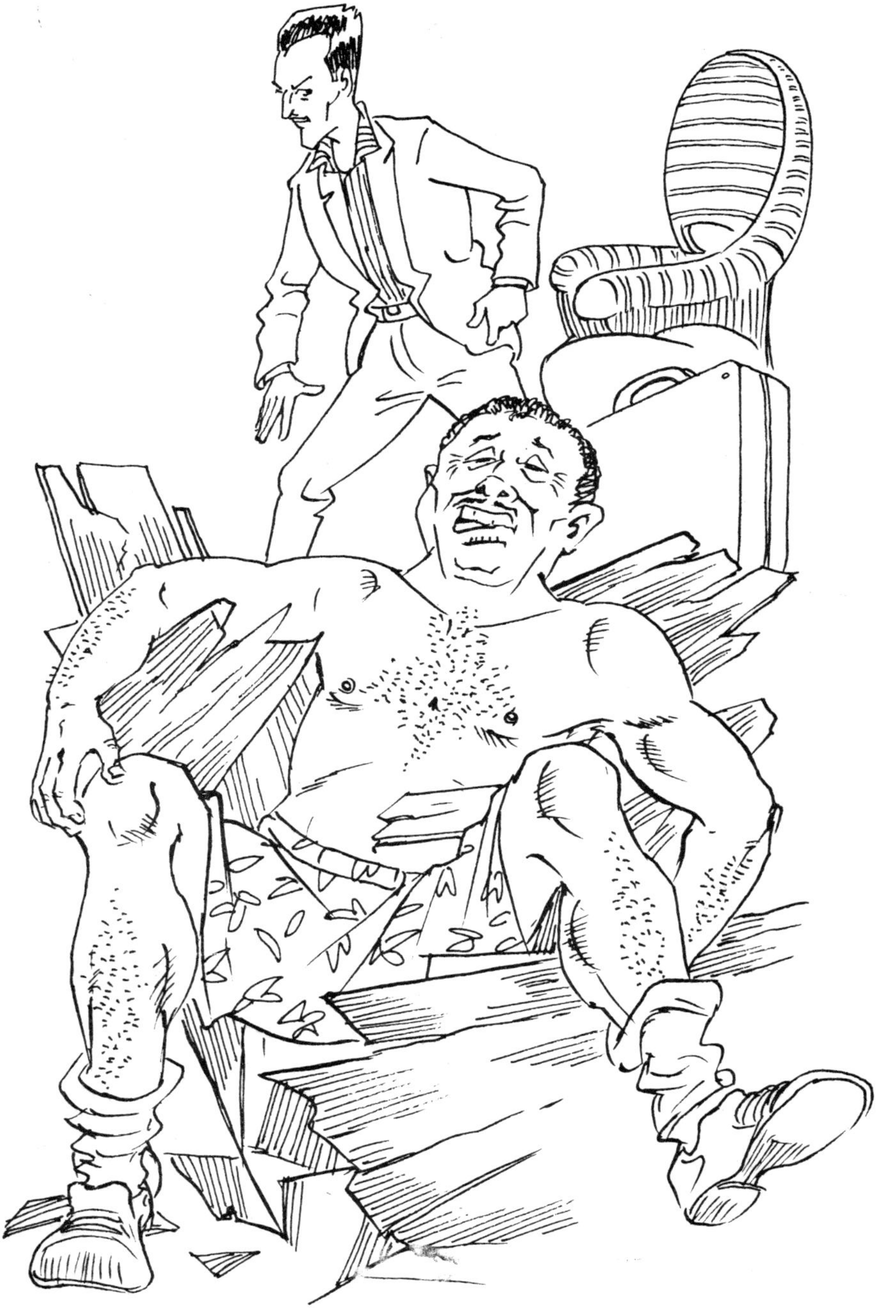

উদারভাবে পেত্রা তারপর আমাকে তার ব্যবসার ভাগীদার করতে রাজি হয়েছে। আমি হেসে বলেছি, 'আগে তুমি গন্ধকের খনি খুঁজে বার করো, তারপর দেখা যাবে!'

পেত্রা অত্যন্ত ক্ষুণ্ণ হয়ে বলেছে, 'ওঃ, তুমি আমায় অবিশ্বাস করছ—পাগল ভাবছ আমায়! আচ্ছা, দেখতে পাবে একদিন।'

পেত্রার আস্ফালন যে একেবারে মিথ্যে নয়, একদিন সত্যিই তার প্রমাণ পেয়েছি। কিন্তু সে প্রায় বছর ছয়েক বাদে। এই ছ বছর তার কোনও খোঁজই রাখিনি বা পাইনি। এফাটা দ্বীপে মালানার বাড়িতে আমার ঘরে দুদিন থাকার পর হঠাৎ একদিন সকালবেলা কিছু না বলে কয়ে সে নিরুদ্দেশ হয়ে গেছল। একটু অবাক হলেও তার সম্বন্ধে বিশেষ মাথা ঘামাইনি। এ রকম খামখেয়ালি লোক দুনিয়ায় এ পর্যন্ত অনেক দেখেছি। বিকেলে কী করবে সকালে তারা নিজেরাই জানে না।

ছ বছর বাদে আবার তার সঙ্গে সাক্ষাৎ! এবার খুব অদ্ভুত ভাবে।

আনিওয়া দ্বীপে ফিরে এসে চন্দন কাঠের পেছনে তখনও লেগে আছি। কিন্তু ব্যবসা অত্যন্ত মন্দা। ফিজি দ্বীপের চন্দন কাঠ উজাড় করবার পর বেহিসাবি সদাগরেরা এই দ্বীপে হানা দিয়ে অবাধে যথেচ্ছভাবে চন্দন গাছ কেটে একেবারে সাবাড় করে দিয়েছে বললেই হয়।

ব্যবসা গুটিয়ে নিয়ে আবার কোথাও পাড়ি দেব কিনা ভাবছি। এমন সময় অদ্ভুত একটা ব্যাপারে কৌতূহলী হয়ে উঠলাম। আনিওয়া দ্বীপের দক্ষিণ-পূর্ব কোণে সমুদ্রের ধারের একটি ছোট গাঁয়ের সর্দারের বাড়িতে তখন আমি থাকি। কিছুদিন ধরেই গাঁয়ের লোকদের ভেতর একটা চাঞ্চল্য ও উত্তেজনা লক্ষ করছিলাম। সেদিন তার কারণটা জেনে অবাক হয়ে গেলাম।

আমাদের গাঁ থেকে মাইল দশেক দূরে সমুদ্রের ওপর আর একটি ছোট দ্বীপ দেখা যায়। দ্বীপ না বলে তাকে সমুদ্রের ভেতর থেকে ওঠা একটা পাহাড় বলাই উচিত। যেদিকে যাও, সমুদ্রের ওপর থেকে প্রায় খাড়া পাহাড়ের দেয়াল প্রায় দু হাজার ফুট উঠে গেছে।

এ দ্বীপটিকে এ অঞ্চলের লোকে অপদেবতার বাসা বলেই জানে। জনমনিষ্যি সেখানে থাকে না। শুধু ঝাঁকে ঝাঁকে সামুদ্রিক পাখি সন্ধ্যার পর সেই পাহাড়ের নীচের দিকের খাঁজে ও পাথুরে তাকে রাত্রিবাস করতে নামে। দুঃসাহসী দু-চার জন দেশি লোক তাদের ভারা-ঝোলানো কাটা মারান নৌকোয় দিনের বেলা সেখানে, সেই পাখিদের আবর্জনার সার হিসেবে অত্যন্ত দামি, 'গুয়ানো' সংগ্রহ করতে যায়। কিন্তু মরে গেলেও সেখানে রাত কাটায় না। এমনকী দিনের বেলাতেও পাহাড়ের ওপর কী আছে তারা কোনও দিন সাহস করে চড়ে দেখেনি।

এই ভুতুড়ে পাহাড়ে কিছুদিন থেকে অপদেবতার উৎপাত নাকি আরও বেড়ে গেছে। 'গুয়ানো' কুড়োতে গিয়ে এক দলের জন ছয়েক নাকি আশ্চর্য ভাবে মারা পড়েছে। ওপর থেকে প্রকাণ্ড একটা পাথর ঠিক তাদের লক্ষ করেই কে গড়িয়ে দিয়েছিল। আরেক দল পাহাড়ের ওপর বিকট এক মূর্তি দিনের বেলাতেই দেখতে

পেয়েছে।

এসব ছাড়া রাত্রে আজকাল পাহাড়ের ওপর এই গাঁ থেকেই অদ্ভুত ধোঁয়ার কুণ্ডলী উঠতে দেখা যায়, মাঝে মাঝে রহস্যজনক শব্দও সেখান থেকে ভেসে আসে।

পাছে পাহাড়ের অপদেবতার কোপ এই গাঁ পর্যন্ত এসে পৌঁছায়, সেই ভয়েই গাঁয়ের লোক সারা। ভূতের ওঝারাও সময় বুঝে নিজেদের ক্ষমতা জাহির করতে ব্যস্ত। অপদেবতাকে ঠাণ্ডা করবার কড়ার দিয়ে তারা ষোড়শোপচারে ভূত পুজোর আয়োজন করেছে।

সর্দারের কাছে ব্যাপারটা সব শুনে, আমি নিজেই পাহাড়ে দ্বীপে যাব ঠিক করলাম। সর্দারের নিষেধ-মানা, উপরোধ-অনুরোধ যদি বা কাটানো গেল, দ্বীপে আমায় নৌকোয় পৌঁছে দেয় এমন লোকই পেলাম না গাঁয়ে।

অবশেষে রেগে ছোট একটা ডিঙি নিয়ে নিজেই একদিনে বিকেলে দ্বীপের উদ্দেশে রওনা হলাম। সঙ্গে একটা ধারালো ছুরি। আর কুয়ো থেকে যা দিয়ে ডুবে-যাওয়া বালতি ঘড়া তোলে সে রকম কাঁটার গোছা বাঁধা একটা লম্বা মজবুত দড়ি। রাত কাটাবার মতো কিছু খাবার-দাবারও সর্দার সঙ্গে দিয়েছিল, যদিও রাত আমার সেখানে কাটবে কি না সে বিষয়ে তার ঘোরতর সন্দেহ।

আমার ডিঙি সমুদ্রে ঠেলে দেবার সময় সর্দার প্রায় কেঁদে ফেলে আর কি! এতদিন এক সঙ্গে থাকার দরুন আমার ওপর এই সরল অসভ্য মেলানেশিয়ের সত্যি একটা মায়া পড়েছিল। এমন সাধ করে বেঘোরে মরতে যাওয়ায় তাই সে সত্যিই ব্যথা পেয়েছে।

একলা ডিঙি বেয়ে ভূতুড়ে পাহাড়ের দিকে যেতে যেতে নিজেরও কাজটা একটু বেশিরকম গোঁয়ারতুমি বলে মনে হচ্ছিল। কোথায় কোন চুলোয় কী ভূতুড়ে কাণ্ড হচ্ছে, তাতে তোর মাথাব্যথা কেন বাপু! কিন্তু ঘরের খেয়ে বনের মোষ তাড়াতে যাওয়াই যার স্বভাব তার উপায় কী!

ভূতুড়ে দ্বীপের ধারে গিয়ে যখন পৌঁছোলাম তখন সন্ধ্যা পার হয়ে গেছে। সামুদ্রিক পাখিদের অধিকাংশই পাহাড়ের খাঁজে খাঁজে ডানা গুটিয়ে তখন নিজেদের আশ্রয় খুঁজে নিয়েছে। দু-চারটে দেরি করে ফেরা পাখির পাখার ঝটপটানি শুধু শোনা যাচ্ছে।

সুবিধেমতো এক জায়গায় পাহাড়ের ধারে নৌকো বেঁধে ছুরিটা আর দড়ি-বাঁধা কাঁটাটা নিয়ে তীরে উঠলাম। তীরে মানেও পাথর। সে পাথরের তীর গজ কুড়ি পরেই খাড়া পাহাড়ের দেয়ালে শেষ হয়েছে। ছুরিটা কোমরে গুঁজে দড়ি-বাঁধা কাঁটাগুলো ওপরের দিকে ছুঁড়ে দিলাম। একবার ফসকাবার পর ওপরের একটা খাঁজে কাঁটা আটকে গেল। ঠিক মতো আটকেছে কিনা দড়ি নেড়ে একবার দেখে নিয়ে তা-ই বেয়ে সেই খাঁজের ভেতর পা দিয়ে গিয়ে দাঁড়ালাম। তারপর আবার কাঁটা ছুঁড়ে ওপরের কোনও খাঁজে লাগাবার কসরত।

এমনই ভাবে প্রাণ হাতে করে পাহাড়ের মাথায় গিয়ে যখন উঠলাম তখন বেশ রাত হয়েছে। আমি পাহাড়ের পশ্চিম দিক দিয়ে উঠেছিলাম। সে দিকটা অন্ধকার হলেও

ওপারে কৃষ্ণপক্ষের চতুর্থী না পঞ্চমীর চাঁদের আলো পড়ে চারিদিক বেশ ভালই দেখা যাচ্ছে।

সেই আলোয় সামনে যা দেখা গেল তাতে আমি সত্যি অবাক! পাহাড়ের ওপরে ছোট একটি হ্রদ। নীচে থেকে এ জলাশয়টির কথা কল্পনাও করা যায় না। কেউ করেওনি এপর্যন্ত। সমস্ত পাহাড়টা যেন পেয়ালার মতো এই হ্রদটিকে ওপরে তুলে ধরেছে।

নিঃসঙ্গ পাহাড়ের চূড়ায় চাঁদের আলোয় ঝলমলে হ্রদটিকে কী সুন্দর যে দেখাচ্ছিল, কী বলব!

দড়ি বেয়ে ওঠার পরিশ্রমে বেশ ক্লান্ত হয়ে পড়েছিলাম। হ্রদের ধারে একটা পাথরের চাঁই-এর পাশে বসে মুখ চোখে জল দিতে যাচ্ছি, হঠাৎ নিজের ইচ্ছার বিরুদ্ধেই সমস্ত শরীর এক মুহূর্তের জন্য কেমন যেন হিম হয়ে গেল।

হ্রদের ঠিক ওপারে জলের ভেতর থেকে সত্যিই একটা বিকট মূর্তি ওপরে উঠে আসছে। মূর্তিটা মানুষের মতো সোজা হয়ে হাঁটছে—কিন্তু মানুষের সঙ্গে আর কোনও সাদৃশ্য তার নেই। কবন্ধের মতো, বর্তুলাকার বীভৎস একটা ধড় যেন দুটো থামের ওপর দাঁড় করানো—তার হাঁটার ভঙ্গিও এমন অমানুষিক যে আপনা থেকে সমস্ত শরীর শিউরে উঠে।

মূর্তিটা জল থেকে উঠে বিশ্রী টলমলে পায়ে দুলতে দুলতে ওপারের পাহাড়ের একটা অন্ধকার গহ্বরের মধ্যে অদৃশ্য হয়ে গেল।

না, এ রহস্যের মীমাংসা না করলে নয়। মন শক্ত করে যথাসম্ভব সাবধান হয়ে হ্রদের পাড় দিয়ে ওপারে দৌড়ে গেলাম।

সামনে সুড়ঙ্গের মতো সেই গহ্বর। এক মুহূর্ত ইতস্তত করে ছুরিটা কোমর থেকে খুলে নিয়ে তার ভেতর গিয়ে ঢুকলাম। সুড়ঙ্গটা বেশি দীর্ঘ নয়, একটা বাঁক ফিরতেই দূরে একটা আলোকিত জায়গা দেখা গেল । এই কি তা হলে হ্রদের জলের সেই বিকট জীবের আস্তানা? আলো জ্বালবার ক্ষমতাও কি তার আছে?

সন্তর্পণে পা টিপে টিপে সেখানে গিয়ে পৌঁছোলাম। সুড়ঙ্গটা এখানে একটা মাঝারি গোছের গুহায় শেষ হয়েছে।

গুহার ভেতরে পৌঁছে একেবারে হতভম্ব হয়ে গেলাম। সেখানে কেউ নেই, কিন্তু ঘরের এক পাশে একটা কেরোসিনের বাতি জ্বলছে, দেওয়ালে পোশাক-আশাক টাঙানো।

এই ভুতুড়ে দ্বীপে এই দুর্গম পাহাড়ের চূড়ায় মানুষ এল কোথা থেকে! জলের তলা থেকে ওঠা সেই অমানুষিক জীবটিই বা গেল কোথায়!

অবাক হয়ে দেওয়ালের ধারের পোশাকগুলো লক্ষ করছি এমন সময় সমস্ত গুহা কাঁপিয়ে সশব্দে একটা বন্দুকের গুলি আমার কানের পাশ দিয়ে দেয়ালে গিয়ে লাগল।

বিদ্যুৎগতিতে ঘুরে দাঁড়াবার সঙ্গে সঙ্গে আমার ছুরিও হাত থেকে ছুটে বেরিয়ে ওধারের দেওয়ালে বিঁধে গিয়ে কাঁপতে লাগল। যে বন্দুক ছুঁড়েছিল তার ডান হাতের

জামার আস্তিন সেই ছুরিতে দেওয়ালের সঙ্গে আঁট হয়ে গেছে। হাত নাড়বার তার ক্ষমতা নেই।

লোকটার ওপর এবার ঝাঁপিয়ে পড়তে যাচ্ছিলাম। হঠাৎ থমকে দাঁড়িয়ে সবিস্ময়ে বললাম, 'এ কী, মঁসিয়ে পেত্রা!'

মঁসিয়ে পেত্রা করুণভাবে একটু হেসে বললেন, 'হ্যাঁ, আপাতত তোমার বন্দী!'

অর্ধেক রাত তারপর আমাদের পরস্পরের খোঁজখবর নিতেই কেটে গেল। কী করে বন্দরের খোঁজে নানা জায়গা ঘুরে মঁসিয়ে পেত্রা শেষে এই দ্বীপে উঠেছে, সব কাহিনী শোনার পর জিজ্ঞাসা করলাম, 'কিন্তু জলের তলার সেই কিম্ভূতকিমাকার জীবটি তা হলে কী?'

পেত্রা একটু হেসে আমায় নিয়ে গুহার একদিকের একটি পাথরের দরজা সরিয়ে অন্য একটা ছোট গুহায় নিয়ে গেল। পাথরের দরজাটি এমন কায়দায় বসানো যে এমনিতে চোখে পড়ে না। আমারও চোখে পড়েনি।

ছোট গুহার ভেতরে ঢুকে সামনের দিকে আঙুল দেখিয়ে পেত্রা বললে, 'এই তোমার সেই বিকট জীব।'

অবাক হয়ে দেখি সামনে দুটো ডুবুরির পোশাক দেওয়ালের ধারে সাজানো হয়েছে! পোশাক দুটি সাধারণ ডুবুরির পোশাক থেকে একটু অবশ্য ভিন্নভাবে তৈরি।

পেত্রা নিজেই সে কথা আমায় জানালে, 'পোশাকগুলো আমি নিজেই ফরমাশ দিয়ে গড়িয়ে এনেছি।'

'কিন্তু কেন?' অবাক হয়ে জিজ্ঞাসা করলাম।

'কেন?—আচ্ছা দেখবে চলো,' বলে পেত্রা আমায় নিয়ে আবার সেই হ্রদের ধারে গিয়ে বললে, 'জলে এখন একটু হাত দাও দেখি।'

হাত দিয়ে সবিস্ময়ে বললাম, 'এ কী, এ তো রীতিমতো গরম! ঘণ্টা তিনেক আগেও তো ঠাণ্ডা দেখেছি!'

পেত্রা থেমে বললে, 'এইটেই এ হ্রদের রহস্য এবং তারই কিনারা করবার জন্যে এই ডুবুরির পোশাক। এ হ্রদ থেকে থেকে হঠাৎ এত গরম হয়ে ওঠে যে ওপরে ঝঞ্ঝার কুণ্ডলী উঠতে থাকে। এদেশে লোকরা তাই দেখে ভাবে এখানে অপদেবতা আছে।'

জিজ্ঞাসা করলাম, 'তুমি ডুবুরির পোশাকে এ হ্রদের জলে নেমে কী পেয়েছ?'

'কী পেয়েছি, কাল ঠাণ্ডা হবার পর নীচে নামলেই দেখতে পাবে।'

পরের দিন জল ঠাণ্ডা হতে প্রায় বিকেল হয়ে গেল। ডুবুরির পোশাক পরে আমরা দুজনে তারপর হ্রদের নীচে নামলাম। পাহাড়ের ওপরে হলেও হ্রদটি খুব কম গভীর নয়। কিন্তু জল এমন পরিষ্কার যে দেখতে কিছু কষ্ট হয় না।

জলের তলায় পরস্পরের সঙ্গে কথা বলবার জন্যে আমরা একটা 'স্পিকিং টিউব' অর্থাৎ কথা কইবার রবারের নলের ব্যবস্থা করে গিয়েছিলাম।

হ্রদের তলায় এক জায়গায় এসে পেত্রা বললে, 'নীচের দিকে চেয়ে কিছু দেখতে

পাচ্ছ?'

বললাম, 'দেখতে পাচ্ছি তো নীলচে একরকম পাথর।'

'নীলচে পাথর নয়, পৃথিবীর সব চেয়ে দামি রত্ন হিরে যার মধ্যে পাওয়া যায় এ সেই পাথর।'

'হিরে!' উত্তেজিত ভাবে নীচের দিকে চেয়ে দেখতে দেখতে চমকে উঠলাম। নীলচে পাথরের গায়ে সত্যিই নানা জায়গায় আরেক জাতের পাথর এই জলের তলাতেও জ্বলজ্বল করছে।

হিরে! চারিধারে এত হিরে! এই হ্রদের মধ্যে তো সাতটা সাম্রাজ্যের ঐশ্বর্য তা হলে লুকোনো রয়েছে। মনের ওপর যেন রাশ রুখল না। ওরই ভেতর প্রকাণ্ড একটা জ্বলজ্বলে পাথর দেখতে পেয়ে সেটা নেবার জন্যে পাগল হয়ে উঠলাম। বাটালি গোছের একটা যন্ত্র পেত্রা সঙ্গে এনেছিল। সেটা দিয়ে ঠুকে ঠুকে ধারের পাথর আলগা করে যখন সেটা তুললাম তখন অবাক হয়ে দেখি তার নীচে একটা নলের মতো গর্ত বেরিয়ে পড়েছে এবং তার ভেতর দিয়ে হুহু করে জল গলে যাচ্ছে!

এই সামান্য ব্যাপারে পেত্রা কিন্তু হঠাৎ যেন খেপে গেল। আমার আরও কয়েকটা হিরে সংগ্রহ করবার ইচ্ছে ছিল কিন্তু সে একেবারে পাগলের মতো টানতে টানতে আমায় ওপরে নিয়ে গিয়ে তুলল। শুধু তাই নয়, ডুবুরির পোশাক ছেড়ে ফেলেই আমায় কোনও কথা বলবার অবসর না দিয়ে, টেনে নিয়ে গেল পাহাড়ের এক প্রান্তে। সেখান থেকে দড়ির একটি সিঁড়ি জলের ধার পর্যন্ত টাঙানো এবং জলের ধারে পাহাড়ে একটি খাঁজের আড়ালে একটি ছোট মোটর-লঞ্চ দেখলাম লুকোনো রয়েছে।

দড়ির সিঁড়ি দিয়ে মোটর-বোটে নেমে সেটি চালিয়ে মাইল দশেক দ্বীপটি থেকে দূরে যাবার আগে মুখে ফেনা উঠিয়েও পেত্রার কাছ থেকে একটা কথা বার করতে পারলাম না।

অবশেষে অত্যন্ত রেগে বললাম, 'আমার কথার জবাব যদি না দাও তা হলে তোমায় বোট থেকে আমি সমুদ্রে ফেলে দেব—বুঝেছো! বলো—এ রকম ভাবে হঠাৎ পাগলের মতো পালিয়ে আসার মানে কী?'

'মানে এখুনি বুঝতে পারবে। কানে আঙুল দিয়ে শক্ত হয়ে বোটের রেলিং ধরে বোসো দেখি।'

তার পরের কথা আর শুনতে পেলাম না। আমি দ্বীপটির দিকেই মুখ ফিরিয়েছিলাম। হঠাৎ আকাশ ফাটানো শব্দে সেই বিরাট পাহাড়ের দ্বীপটি তুবড়ির খোলের মতো চৌচির হয়ে ফেটে গিয়ে সমুদ্রের জলে ডুবে গেল।

প্রলয়ের মতো যে ঝড় তারপর উঠল, আর যে সব প্রচণ্ড ঢেউ এসে দৈত্যের মতো কিছুক্ষণ আমাদের বোট নিয়ে লোফালুফি শুরু করলে, তাদের হাত থেকে বেঁচে নিরাপদ জায়গায় পৌঁছতে বেশ কিছুক্ষণ কেটে গেল।

এইবার পেত্রাকে জিজ্ঞাসা করলাম, 'ব্যাপার কী বলো তো পেত্রা!'

'ব্যাপার আর কী? তোমার এই হিরে তোলা!'

'ওই এক ছটাক একটা নুড়ি তোলাতেই এত বড় একটা দ্বীপ ফেটে চৌচির হয়ে

গেল!'

'তা যাবে না!' পেত্রা বুঝিয়ে দিল, 'দ্বীপটা আসলে একটা আগ্নেয়গিরি ছাড়া কিছু নয়। ওপরে যে হ্রদ দেখেছ সেটা এককালে ছিল আগুন বেরুবার মুখ, এখন কোনও রকমে বুজে গিয়ে বহুকালের বৃষ্টির জল জমে হ্রদ হয়ে উঠেছে। কিন্তু নীচেকার আগুন যে এখনও নিভে যায়নি, জল মাঝে মাঝে গরম হওয়াতেই তা বোঝা যায়।

হ্রদের তলাটি খুব পুরু তো নয়। তুমি নুড়ি তোলার সঙ্গে সঙ্গে কোনও গোপন ফুটো তাই সেখানে বেরিয়ে পড়ে। সেই ফুটো দিয়ে হ্রদের জল গভীর পাতালের প্রচণ্ড আগুনের ওপর গিয়ে পড়ে। সে জলের তার পর বাষ্প হয়ে উঠতে কতক্ষণ! ওপরে তো সরু একটা ফুটো। বেরুবার পথ না পেয়ে সেই বাষ্প তাই ক্রমশ প্রচণ্ড বেগ পেতে পেতে গোটা পাহাড়টাকে ফাটিয়ে বেরিয়ে গেছে। ঐ নুড়িটুকু তুলেই দ্বীপটাকে তুমি ডোবালে!' "

ঘনাদার গল্প শেষ হলে গৌরাঙ্গ সবিস্ময়ে জিজ্ঞাসা করলে, "দ্বীপটার নাম কী ছিল ঘনাদা?"

ঘনাদা বিরক্ত হয়ে বললেন, "যা ডুবে গেছে তার নামে কী দরকার?"

"আর সেই ছটাক-খানেক হিরেটা?" শিবু জিজ্ঞাসা করলে, 'সেটা নিশ্চয় হাতছাড়া করেননি।'

ঘনাদা হঠাৎ কেমন যেন অন্যমনস্ক হয়ে গেলেন। শিবুর কথাটা বোধ হয় তাঁর কানে গেল না।

কাঁচ

ঘনাদা কোথায়!

কোথায় গেলেন ঘনাদা!!

সবাই মিলে সারাদিন যাঁকে চোখে চোখে পাহারায় রাখা হয়েছে, এই ভর সন্ধের সময় সকলকে ফাঁকি দিয়ে তিনি কোথায় পালালেন—এবং কেমন করে!!!

নীচে ওপরে ছাদে পর্যন্ত আমরা সবাই ঘুরে এলাম। কোথাও ঘনাদার চিহ্ন নেই।

সত্যিই কি ঘনাদা তাঁর গল্পের বাহাদুরির খেল আমাদের প্রত্যক্ষ দেখিয়ে দিলেন? তেতলার ছাদ থেকে লাফিয়েই পড়লেন আমাদের এড়াতে?

আমাদের এড়াতে চাইবার কারণ একটা অবশ্য ছিল, কিন্তু সত্যি, সেটা ঘনাদার কাছে ছাদ থেকে লাফিয়ে পড়তে বাধ্য করবার মতো গুরুতর হতে পারে তা আমরা

ভাবিনি।

আমরা শুধু একটা মজাই করতে চেয়েছিলাম ঘনাদাকে নিয়ে।

ফন্দিটা শিবুর। ঘনাদা সেদিন তাঁর মৌরসিপাট্টা করা আরাম-কেদারায় বসে শিশিরের সিগারেটের টিনের সদ্ব্যবহার করতে করতে আমাদের দু-চারটে খোশগল্প শোনাচ্ছেন, এমন সময় শিবু যেন অত্যন্ত ব্যস্তভাবে ঘরে ঢুকে বললে, "এই যে, ঘনাদা! আপনাকেই খুঁজছিলাম।"

শিবুর কথার ধরনে আমরা একটু অবাক হয়েই তার দিকে তাকালাম। ঘনাদাই নিজের দরকারে যথাসময়ে আমাদের খুঁজে বার করেন, এক গল্প শোনা ছাড়া তাঁকে গরজ করে খোঁজবার কারণ আর কিছু তো কখনও দেখা যায়নি!

ঘনাদার পাশেই একটা মোড়া টেনে নিয়ে বসে শিবু বেশ ব্যাকুলভাবে জিজ্ঞাসা করলে, "কাল বিকেলে আপনার তেমন জরুরি কোনও কাজ আছে নাকি!"

আমরা এবার অতিকষ্টে হাসি চাপলাম। ঘনাদার কাজ! এত বড় আজগুবি কথা কখনও আমরা শুনিনি।

ঘনাদা শিবুর প্রশ্নে বোধহয় আমাদের মতোই হতভম্ব হয়েছিলেন, কিন্তু দস্তুর মতো গম্ভীরভাবে বললেন, "কাল বিকেলে? দাঁড়াও...কমিশনারের সঙ্গে একবার...প্রিমিয়ারকে একটা ফোন..."

মনে মনে সশব্দে ঘনাদা যা আওড়ালেন তাতে বোঝা গেল, দ্বিতীয় মহাযুদ্ধে চার্চিল সাহেবকে একদিনে এতগুলো দায় একসঙ্গে সামলাতে হয়নি।

কিন্তু শেষ পর্যন্ত শিবুর ওপর সদয় হয়ে বললেন, "তা খানিকক্ষণ সময় হতেও পারে, কিন্তু কেন বলো তো?"

"না, এমন কিছু না। আমাদের Athletic Club-এ কাল একটা ব্যাপার আছে কিনা, তাতে আপনাকে একটু থাকতে হবে।"

ঘনাদার মুখ তাঁর পক্ষে যতখানি সম্ভব উজ্জ্বল হয়ে উঠল। শিবুদের ক্লাবে এর আগে একবার তাঁর যাবার সৌভাগ্য হয়েছিল। সেখানে শরীরচর্চা যতটা না হোক, এ সমস্ত অনুষ্ঠানে ভোজটা বেশ জমকালো রকমেরই হয়। ঘনাদা উৎসাহটা যতদূর সম্ভব লুকোবার চেষ্টা করে বললেন, "তা বলছ যখন এত করে, তা না হয় যাব-খন। কিন্তু কী ব্যাপারটা বল তো?"

"একটা 'বক্‌সিং কন্টেস্ট'—মুষ্টিযুদ্ধের প্রতিযোগিতা—আপনাকে সালিশি অর্থাৎ রেফারির কাজ করতে হবে।"

মুষ্টিযুদ্ধ শুনে ঘনাদার মুখে যেটুকু ছায়া নেমে এসেছিল, রেফারিগিরি শুনেই সেটুকু কেটে গেল। বললেন, "রেফারি হতে হবে। বেশ বেশ! তা ভাল রেফারি বুঝি আর কাউকে পেলে না!"

"পাব না কেন?" শিবু গম্ভীরভাবে বললে, "কিন্তু এবারে একটু ফ্যাসাদ আছে কিনা! জানাশোনা রেফারিরা কেউ রাজি হচ্ছে না!"

"কেন বলো তো?" ঘনাদার ভ্রূ একটু কুঞ্চিত মনে হল।

"ব্ল্যাক টাইগারের নাম শুনেছেন কিনা জানি না, মিশকালো নিগ্রো বক্‌সার—

আর একেবারে বাঘের মতোই হিংস্র। মাসখানেক হল কলকাতায় এসেছে। তার সঙ্গে আমাদের ওয়েলটার ওয়েট চ্যাম্পিয়ন সুরজিৎ দাসের লড়াই কিনা!"

"তাতে রেফারির ভয়টা কীসের?" আমরাই জিজ্ঞাসা করলাম।

"ব্ল্যাক টাইগারের পরিচয় তা হলে জানো না মনে হচ্ছে," শিবু আমাদের দিকে একটু অনুকম্পাভরেই তাকাল, "এ পর্যন্ত পাঁচজন রেফারিকে সে হাসপাতালে পাঠিয়েছে, একজন তো আর ফেরেইনি। একটু মেজাজ বিগড়োলে কে রেফারি আর কে তার প্রতিদ্বন্দ্বী তার হুঁশই থাকে না।"

শিবু ঘনাদাকে লুকিয়ে আমাদের দিকে যৎসামান্য একটু চোখ টিপতেই ব্যাপারটা আমাদের আর বুঝতে বাকি রইল না।

শিশির ন্যাকা সেজে জিজ্ঞাসা করলে, "তা এ রকম খুনেদের আসরে ঘনাদাকে রেফারি করা কেন বাপু!"

"বাঃ, ঘনাদার মতো রেফারিই তো দরকার। রেফারিকে রেফারিগিরিও করবে, আবার 'কালা বাঘ' কিছু বেয়াড়াপনা করলে একটি আপারকাট-এ তাকে শায়েস্তাও করতে পারবে! বলুন না ঘনাদা, সেই ব্যাটলিং মিকিকে আপনি শুধু স্ট্রেট লেফটে কী রকম নাজেহাল করেছিলেন!"

অন্যদিন হলে ঘনাদাকে আর দুবার বলতে হত না, কিন্তু সেদিন মেজাজটা তাঁর কেমন বিগড়ে গেছে বলে মনে হল। বিরসভাবে একটু হেসে তিনি হঠাৎ উঠে পড়লেন।

গৌর অবাক হবার ভান করে জিজ্ঞাসা করলে, "ও কী, উঠলেন কেন? কাল রেফারি হবেন তো?"

ঘনাদা কিছু বলবার আগেই শিবু বলে উঠল, "আরে ওকথা আবার জিজ্ঞাসা করতে হয়। এমন একটা সুবিধে ঘনাদা ছাড়েন কখনও। কাল তা হলে সন্ধে ছটায় ঠিক রইল।"

ঘনাদা কী একটা যেন বলতে গিয়ে না বলে বেরিয়ে গেলেন।

ওপরের সিঁড়িতে তাঁর পায়ের শব্দ মিলিয়ে যাবার পর আমাদের ঘর হাসির রোলে ফেটে যাবার উপক্রম।

তারপর আজ সেই সন্ধে থেকে ঘনাদাকে খুঁজছি!

হঠাৎ অদৃশ্য না হলে ঘনাদা যে আমাদের সকলের চোখকে ফাঁকি দিয়ে বাড়ি থেকে বেরিয়ে যেতে পারেন না এ বিষয়ে আমরা নিঃসন্দেহ। কিন্তু তা হলে তিনি গেলেন কোথায়!

শিবুর সব কিছুতেই বাড়াবাড়ি। ঘর দোর ছাদ থেকে বাথরুম পর্যন্ত সব তন্ন তন্ন করে খুঁজে হতাশ হয়ে সে হঠাৎ বললে, "আচ্ছা, খাটের তলাটা তো দেখা হয়নি।"

আমরা হেসে উঠে আপত্তি জানালাম। আর যেখানে হোক খাটের তলায় গিয়ে ঘনাদা লুকিয়ে থাকবেন, এটা কল্পনা করা যায় না।

কিন্তু ঘরে ঢুকে খাটের তলায় উঁকি মেরে সত্যিই থ হয়ে গেলাম। ঘনাদা খাটের তলায় মেঝেতে উপুড় হয়ে শুয়ে আছেন।

সে দৃশ্যটা ভোলবার নয়। খাটের তলায় ঘনাদা আর বাইরে আমরা বিমূঢ় হয়ে পরস্পরের দিকে তাকিয়ে। আমরা তো এমন হতভম্ব যে হাসতে পর্যন্ত ভুলে গেছি।

ঘনাদা কিন্তু সেই অবস্থাতেও এক মুহূর্তের মধ্যে নিজেকে সামলে নিলেন। তারপর হামাগুড়ি দিয়ে এমনভাবে খাটের তলা থেকে বেরিয়ে এলেন যেন খাটের তলায় শুয়ে থাকাটা তাঁর একটা স্বাভাবিক নিত্য-নৈমিত্তিক অভ্যাস।

এতক্ষণে আমাদের মুখে কথা ফুটল।

"ব্যাপার কী, ঘনাদা! এমন সময়ে খাটের তলায়!" জিজ্ঞাসা করলে শিশির।

ঘনাদা কিছু না বলে গম্ভীরভাবে শুধু ডান হাতটা বাড়িয়ে দিলেন! হাতে যা রয়েছে সেটা একটা চশমার কাচ বলেই মনে হল!

"এতক্ষণ ধরে খাটের তলায় ওই একটা ভাঙা কাঁচের টুকরো খুঁজছিলেন!" আমি না বলে পারলাম না।

তার উত্তরে ঘনাদা নাকের ভেতর দিয়ে যে শব্দটা বার করলেন, তার অর্থ বিরক্তি অধৈর্য অবজ্ঞা সবই একসঙ্গে হতে পারে। তারপর শব্দটাকে ভাষায় রূপ দিয়ে আমাদের দিকে করুণার দৃষ্টিতে চেয়ে বললেন, "একটা ভাঙা কাঁচের টুকরো—কেমন?"

গতিক সুবিধে নয় দেখে শিবু তাড়াতাড়ি বললে, "ওদিকে বক্সিং কিন্তু শুরু হয়ে যাবে...।"

আর বক্সিং! ঘনাদার গল্প তখন শুরু হয়ে গেছে, "এই ভাঙা কাঁচের টুকরোটি না থাকলে হিরোসিমা নাগাসাকির বদলে লন্ডনেই প্রথম অ্যাটম বোমা পড়ত তা জানো!"

"জানবার আমাদের দরকার নেই"—শিবু দুর্বলভাবে শেষ চেষ্টা করে বললে, "এখন আপনি চলুন তো!"

"এই যে যাই," বলে খাটের ওপরই বেশ আরাম করে বসে ঘনাদা বললেন, "১৯৩৯ সালের ১ সেপ্টেম্বর! তারিখটা তোমাদের মনে আছে নিশ্চয়। যে মহাযুদ্ধে সমস্ত পৃথিবী রক্তে ভেসে গেল তার প্রথম স্ফুলিঙ্গ সেইদিন জার্মানি আর পোল্যান্ডের সীমান্তে জ্বলে উঠেছিল। হিটলারের দুরন্ত বাহিনী সেদিন পোল্যান্ডের ওপর বন্যার মতো ঝাঁপিয়ে পড়েছে আর আমি বেঙ্গুয়েলা বন্দর থেকে ছ্যাকরাগাড়ির মতো এক ট্রেনে চেপে অ্যাংগোলার মাঝামাঝি কুয়াঞ্জা স্টেশনের উদ্দেশে রওনা হয়েছি। আমার লক্ষ্য অবশ্য কুয়াঞ্জা স্টেশন নয়। সেখানে নেমে কুয়াঞ্জা নদীর যেখানে উৎস সেই বিহে পাহাড়েই যাবার জন্যে আমি বেরিয়েছি।"

একটু হেসে আমাদের মুখের ভাবগুলো একটু লক্ষ করে ঘনাদা বললেন, "ভূগোলের পরীক্ষার মতো লাগছে বুঝি। বুঝিয়ে বলছি দাঁড়াও। অ্যাংগোলার নাম নিশ্চয় শুনেছ। না শুনে থাকলে আফ্রিকার ম্যাপটা একবার খুলে দেখো। তলার দিকে পুবের আতলান্তিক মহাসাগরের ধারে একটা সবুজ রঙের ছাপা দেশ পাবে। দেশটা পর্তুগিজদের দখলে, কিন্তু রেলটা ইংরেজদের। আর ওই রেলপথ আর সমুদ্রের ধারের কিছু কিছু জায়গা ছাড়া ভেতরের অধিকাংশ পাহাড় জঙ্গল মরুপ্রান্তর এখনও

প্রায় অজানা বললেই হয়। সেখানে বান্টুনিগ্রো জাতের কাফ্রিরা একরকম স্বাধীনভাবেই থাকে।

রেলের যে কামরাটায় উঠেছিলাম সেটা প্রথম শ্রেণীর। নোভা লিসবোয়া স্টেশন পর্যন্ত একাই বেশ আরামে সেটায় কাটালাম। নোভা লিসবোয়াতে নতুন দুজন যাত্রী উঠল । সারা রাস্তা একলাই একটা কামরা দখল করে যেতে পারব এ আশা করিনি, কিন্তু নতুন সঙ্গী দুজন অমন বেয়াড়া অভদ্র না হলে ভাল হত। কথাবার্তা ও চেহারা দেখে গোড়াতেই বুঝেছিলাম তাদের দুজনেই জার্মান। অ্যাংগোলা পর্তুগিজদের দখলে হলেও জার্মানদের আনাগোনা এখানে কিছুদিন ধরে খুব বেড়েছে জানতাম। শুধু নতুন নাৎসি তেলক কেটে তারা যে এখন সাপের পাঁচ পা দেখেছে তা জানা ছিল না।

নতুন যাত্রীদের লটবহর বড় বেশি। বড় বড় চটে মোড়া থলি প্যাকিং বাক্স প্রভৃতি এক গাড়ি মাল ব্রেকভ্যানে না দিয়ে কামরায় তোলাই অন্যায়। তবু গোড়ায় তা নিয়ে কোনও প্রতিবাদ করিনি। কিন্তু জার্মান যাত্রীদের অভদ্রতা ক্রমশ সীমা ছাড়িয়ে গেল। একটি কেবিন ট্রাঙ্ক ও একটি হোল্ডঅল ছাড়া আমার সঙ্গে কিছু নেই। কেবিন ট্রাঙ্কটা বার্থ-এর ওপর রেখে হোল্ডঅলটা খুলে তার ওপর শুয়ে শুয়ে আমি নতুন যাত্রীদের মাল তোলা দেখছিলাম, হঠাৎ একজন আমায় অসভ্যের মতো যা হুকুম করলে আমাদের ভাষায় অনুবাদ করলে তার অর্থ দাঁড়ায়, 'এই কালাভূত, তোর মোট সরা এখান থেকে!'

যেন কিছুই বুঝিনি এইভাবে লোকটার দিকে বোকার মতো তাকিয়ে রইলাম। দুজনের মধ্যে এই লোকটাই দেখলাম বেশি জোয়ান। ছ-ফুট লম্বা, পাক্কা আড়াই মন লাশ।

আমায় নড়তে না দেখে একটা গালাগাল দিয়ে লোকটা আমার হাত ধরে হেঁচকা টান দিয়ে বললে, 'শুনতে পাচ্ছ না, জানোয়ার কোথাকার! বুটের একটা ঠোক্করে একেবারে গাড়ির বাইরে ফেলে দেব।'

যেন কিছুটা বুঝতে পেরেছি এমনই ভাবে বোকার মতো উঠে দাঁড়িয়েই কেবিন ট্রাঙ্কটা টেনে নামিয়ে নীচে ফেললাম। দুর্ভাগ্যের বিষয় তার ডান পা-টা সেইখানেই ছিল। ট্রাঙ্কটা বেশ ভারী। পায়ের যন্ত্রণায় চেঁচিয়ে উঠে নেংচাতে নেংচাতে লোকটা প্রথম মিনিট কয়েক তো আমার চতুর্দশ পুরুষ উদ্ধার করলে। তারপর বুনো গণ্ডারের মতো তেড়ে এল আমার দিকে।

এবার একটা সিগারেট ধরালাম।

লোকটা তখন ডিগবাজি খেয়ে তার সঙ্গীর ঘাড়েই গিয়ে পড়ে দুজনে মিলে মাটিতে গড়াগড়ি দিচ্ছে।

কয়েক সেকেন্ড হতভম্ব হয়ে পরস্পরের দিকে তাকিয়ে দুজনে গা ঝেড়ে উঠে ঘুষি বাগিয়ে আমার দিকে এগিয়ে আসছে, এমন সময় দরজা থেকে শোনা গেল, 'আরে, আরে, হের ডস নাকি!'

তিনজনই অবাক হয়ে সেদিকে চাইলাম।

ট্রেন তখন ছেড়ে দিয়েছে। কামরার দরজাটা ভেজিয়ে দিয়ে পিপের মতো গোল, বেলের মতো চাঁচামাথা মাঝবয়সী যে-জার্মান ভদ্রলোকটি আমার দিকে এগিয়ে এল, প্রথমটা তাকে সত্যিই চিনতে পারিনি।

আমাদের কাছাকাছি এসে, মারমূর্তি তার দুটি সঙ্গীর দিকে চোখ পড়তে একটু অবাক হয়ে সে বললে, 'ব্যাপার কী হে! তোমরা লড়াই করছিলে নাকি!'

এবার দুজনের মুখে খানিকক্ষণ খই ফুটল যেন। কালা আদমির কাছে জব্দ হয়ে গায়ের জ্বালা মুখের তোড়ে বার করতে তারা কিছু বাকি রাখলে না।

তাদের কথা শেষ হবার পর বেলের মতো তেল-মাথা জার্মানের সে কী হাসি! পিপের মতো ভুঁড়ি তার ফেটে যায় আর কি!

অনেক কষ্টে হাসি থামিয়ে সে বললে, 'তোমরা আর ঝগড়া করবার লোক পাওনি!'

আমার দিকে ফিরে তারপর বললে, 'কিছু মনে কোরো না, হের ডস, এরা সেদিনের ছোকরা, তোমার পরিচয় কোথা থেকে জানবে!'

হেসে আবার বললে, 'আমায় চিনতে পারছ তো?'

চিনতে আমি তখনই পেরেছি। মাথার শেষ ক-গাছি চুল উঠে গেলেও এবং ভুঁড়িটি বেশ কয়েক ইঞ্চি বাড়লেও আগেই তাকে আমার চেনা উচিত ছিল। দুনিয়ার পাণ্ডববর্জিত সব দুর্গম জায়গায় প্রাণ হাতে নিয়ে দুর্লভ ধাতুর খোঁজে যারা ঘুরে বেড়ায়, ফন্দিবাজ প্যাপেনকে তারা সবাই চেনে। অমন একটি ধূর্ত শয়তান এ লাইনে আর দুটি নেই। আমার সঙ্গে দু-চারবার তার ঠোকাঠুকি আগেই হয়ে গেছে বলেই আমার অত খাতির তার কাছে। শুধু দেশ দেখার জন্য এত লটবহর নিয়ে প্যাপেন যে এই জঙ্গল মরুভূমির দেশে আসেনি তা বুঝতে পারলেও, মুখে অমায়িক হেসে আমি তার হাত ঝাঁকানি দিলাম।

এইবার শেয়ানে শেয়ানে কোলাকুলি শুরু হল। আমি প্যাপেনকে দেখে যতটা সন্দিগ্ধ হয়ে উঠেছি, প্যাপেনও আমাকে দেখে তার চেয়ে বেশি বই কম নয়। এখন কে কৌশলে কার পেট থেকে কথা বার করে নিতে পারে তারই প্যাঁচ কষাকষি চলল। আমার পাশে বসে প্যাপেন এমন অন্তরঙ্গের মতো গল্প শুরু করলে যেন কোনও রেষারেষি আমাদের মধ্যে নেই। দুজনের কেউই কম যায় না। ঘণ্টা দুয়েক সমানে নানান কায়দা করেও কেউ কারুর মুখ থেকে একটা বেফাঁস কথাও বার করতে পারলাম না। বাঁকা রাস্তায় সুবিধে করতে না পেরে প্যাপেন হঠাৎ হেসে উঠে সোজাসুজিই জিজ্ঞেস করে বসল, 'আর লুকোচুরিতে লাভ নেই। সত্যি করে বলো তো, ডস, কোথায় চলেছ?'

হেসে বললাম, 'হয়তো সেখানে তোমার সঙ্গে দেখা হবে!

'আমার সঙ্গে দেখা!' প্যাপেন একেবারে আকাশ থেকে পড়ল, 'আরে আমি তো যাচ্ছি একেবারে অ্যাংগোলার শেষ প্রান্তে লুয়াও স্টেশনে।'

'তাই নাকি!' হেসে বললাম, 'মালপত্র দেখে তাই মনে হচ্ছে বটে।'

'আরে, ওসব মালপত্র তো লুয়াও-র এক হাসপাতালের জন্য নিয়ে যাচ্ছি।

আজকাল আর পাহাড়ে পর্বতে সোনা রুপো খুঁজে বেড়াবার মতো শরীরে সামর্থ্য নেই, তাই এই সব মাল জোগাবার কাজ নিয়েছি।' প্যাপেন আমাকে একেবারে জল বুঝিয়ে দিয়ে আবার জিজ্ঞাসা করলে, 'কিন্তু তুমি কোথায় নামবে তা তো বললে না!'

আগের মতোই হেসে বললাম, 'যেখানেই নামি, দেখা আমাদের যথাস্থানে হবে বলে মনে হচ্ছে।'

হঠাৎ প্যাপেন গম্ভীর হয়ে বললে, 'দেখা কিন্তু এবার আমাদের না হলেই ভাল হত।'

'কেন বলো তো!' একটু বিদ্রূপের সঙ্গেই বললাম, 'এবার থার্ড রাইখ অর্থাৎ নাৎসি জার্মানির হয়ে টহল দিতে বেরিয়েছ বলে?'

খানিক চুপ করে থেকে প্যাপেন তেমনই গম্ভীরভাবে বললে, 'হ্যাঁ, তা-ই যদি বলি!'

'তা হলে বলব নাৎসিদের সে চরেদের দৌড় কত একবার দেখে মরতে চাই।'

বাকি দুজন জার্মান গোঁজ হয়ে অন্য এক বেঞ্চিতে বসে এতক্ষণ কান খাড়া করে আমাদের আলাপ শুনছিল। আর থাকতে না পেরে তাদের একজন দাঁত খিঁচিয়ে বলে উঠল, 'তোমার বাসনা অপূর্ণ থাকবে না।'

তার দিকে ফিরে একটু হাসলাম। ক-দিন বাদে তার অভিশাপ সত্যিই ফলবার উপক্রম হবে তখন ভাবিনি।

দিন পনেরো পরের কথা।

বিহে অধিত্যকায় একটা খাড়া পাহাড়ের চূড়ার নীচে তাঁবুর মধ্যে বসে লণ্ঠনের আলোয় সে অঞ্চলের একটা ম্যাপ আঁকছিলাম। অন্ধকার রাত, চারিদিক একেবারে নিস্তব্ধ। সারাদিন দক্ষিণ-পূর্ব মুখে যে ঝড়ের মতো হাওয়া বয়েছে তা-ও এখন যেন ক্লান্ত হয়ে থেমে গেছে।

ম্যাপ আঁকায় খুব যে আমার মন ছিল তা নয়। থেকে থেকে কান খাড়া করে যা শোনবার চেষ্টা করছিলাম হঠাৎ তার আভাস পেয়ে ম্যাপের ওপর নিবিষ্টভাবে ঝুঁকে পড়লাম। একটু পরেই ভারী গলার আওয়াজ শুনতে পেলাম—'একি! এখানেও হের ডস যে!'

মুখ তুলে তাকিয়ে দেখি প্যাপেন ও তার দুই সঙ্গী যথাসম্ভব নিঃশব্দে আমার তাঁবুর মধ্যে এসে দাঁড়িয়েছে।

সারাদিন পাহাড়ের চূড়া থেকে লটবহর ও কুলির দল নিয়ে দূর থেকে তাদের আসা যে আমি লক্ষ করেছি, তাদের আসার জন্যই যে এমন করে আসর সাজিয়ে বসে আছি একথা ঘুণাক্ষরে বুঝতে না দিয়ে অত্যন্ত অবাক হবার ভান করে বললাম, 'তাই তো, সত্যিই আমাদের আবার দেখা হল দেখছি।'

'হুঁ, কিন্তু না হলেই ভাল হত।' প্যাপেনের মুখ রীতিমতো গম্ভীর।

'কেন বল তো! এ পাহাড়ে সোনাদানা যা আছে তাতে আমি আর কতটুকু ভাগ বসাতে পারব। তোমাদের যত খুশি নাও না।'

'সোনাদানার খোঁজে আমরা আসিনি, আর তুমিও না,' প্যাপেন বেশ একটু রাগের সঙ্গেই বললে, 'সোনাদানার জন্যে কেউ গেগার কাউন্টার সঙ্গে আনে না।'

মেঝের ওপর গেগার কাউন্টারটা যেন সেইমাত্র চোখে পড়ল, এইভাবে বললাম, 'তাই তো, গেগার কাউন্টারটা ভুলে সঙ্গে এনেছি দেখছি। ইউরেনিয়াম রেডিয়াম প্রভৃতি ধাতুর খোঁজে এ-যন্ত্রের দরকার হয় শুনেছি।'

আমার বিদ্রূপে এবার তেলেবেগুনে জ্বলে উঠে প্যাপেন বললে, 'তুমি সেই খোঁজেই এসেছ আমরা জানি। কিন্তু এ সন্ধান তোমায় ছাড়তে হবে।'

'কেন, নাৎসি জার্মানির হয়ে শুধু তোমরাই সে সন্ধান করবে বুঝি?'

'হ্যাঁ, আমরাই করব। এ পাহাড়ে যে ইউরেনিয়াম-ঠাসা পিচব্লেন্ডের শিরা আছে সে খবর পেয়েই আমরা এসেছি। শুধু তুমি কোথা থেকে এ খবর পেলে বুঝতে পারছি না।'

একটু হেসে বললাম, 'নাৎসিদের ওপর কেউ টেক্কা দিতে পারে তা সহজে বিশ্বাস হয় না, না?'

যার পায়ে কেবিন ট্রাঙ্ক পড়েছিল সে-ই এবার হুংকার দিয়ে উঠল, 'নাৎসিদের ওপর টেক্কা দিতে চেষ্টা করলে কী হয় এখনই হাড়ে হাড়ে বুঝিয়ে দেব।'

হেসে বললাম, 'তার আগে একটা কথা বুঝিয়ে দিলে খুশি হতাম। নাৎসি জার্মানির হঠাৎ ইউরেনিয়ামের ওপর অত ঝোঁক পড়ল কেন?'

এবার প্যাপেনের সঙ্গী দুজন হেসে উঠল। তারপর ঘৃণাভরে বললে, 'তোমরা যার গোলাম সেই ইংরেজ-জাতকে তাদের দ্বীপ সমেত একেবারে নস্য করে শূন্যে মিশিয়ে দেবার জন্য।'

প্যাপেন বাধা দিতে যাচ্ছিল, কিন্তু ছোকরাদের মুখ তখন খুলে গেছে। থামায় কার সাধ্য। উত্তেজিতভাবে বলে চলল, 'রেডিয়াম থেকে শুধু সামান্য দু-একটা রোগ সারাবার ছেলেখেলাই এতদিন দেখেছ, জার্মানি এবার এমন কিছু তা থেকে তৈরি করবে, দশ হাজার বজ্র যার কাছে পটকাবাজি।'

সত্যিই অবাক হয়ে বললাম, 'যে অ্যাটম বোমা এতদিন শুধু কল্পনাতেই ছিল, নাৎসিরা তা তৈরি করবে!'

'হ্যাঁ, আর সেই জন্যেই এ তল্লাটে আর কোনও ভাগীদার আমরা সহ্য করব না। সুবোধ ছেলের মতো তোমায় ঘরে ফিরতে হবে।'

'যদি না ফিরি?' বলার সঙ্গে সঙ্গে দুটো পিস্তল আমার দিকে উঁচু হয়ে উঠল।

পায়ে চোট খাওয়া জার্মান জোয়ান মুখ বেঁকিয়ে বললে, 'ভালয় ভালয় এই বেলা যদি সরে না পড়ো তা হলে...'

তার কথা শেষ হবার আগেই প্যাপেন চমকে উঠে বললে, 'ও কী! ওটা কীসের আওয়াজ!'

পিস্তলের দিকে নজর থাকলেও কান আমার এই আওয়াজের জন্যই এতক্ষণ সজাগ হয়ে ছিল। যাক, কুয়াঞ্জা শহরে নেমে আমার অতি মূল্যবান একটি বেলা নষ্ট করা বিফল হয়নি। আমার পুরোনো অনুচর নোয়ালা তার কথা রেখেছে তা হলে।

নিস্তব্ধ রাতের বুকের স্পন্দনের মতো সুদূরের দ্রিম দ্রিম আওয়াজটা এবার স্পষ্ট শোনা গেল। প্যাপেন কাঁচা আনাড়ি লোক নয়। আফ্রিকায় এতকাল ঘুরে এ-শব্দের ভাষা সে বোঝে।

সঙ্গীদের একজন কী বলতে যাচ্ছিল, তাকে ধমকে থামিয়ে অনেকক্ষণ ধরে একমনে সে একটানা সমস্ত শব্দগুলো শুনে গেল, তারপর আপনা হতেই তার চোখ আমার ওপরেই এসে পড়ল।

মুখটা যথাসম্ভব করুণ করে বললাম, 'আমি সত্যি দুঃখিত, প্যাপেন, মনে হচ্ছে আমায় সরিয়ে দিলেও এ তল্লাটে তোমরা বেশিদিন টিকতে পারবে না।'

প্যাপেনের মুখ তখন বেশ ফ্যাকাশে হয়ে এসেছে। গম্ভীর মুখে বললে, 'হ্যাঁ, জংলিদের ঢাক তো তা-ই বলছে। কালকের মধ্যেই ওদের পক্ষে আমাদের আক্রমণ করা অসম্ভব নয়।'

এত বড় বিপদের মুখে আমার কথাটা প্যাপেন ও তার সঙ্গীদের কাছে তুচ্ছ হয়ে গেল। নিজেদের মধ্যে পরামর্শ করবার জন্য তারা বেরিয়ে যাবার পর প্রাণভরে নিজের মনে এক চোট হেসে নিলাম। নোয়ালাকে দিয়ে সময় মতো দূর থেকে ঢাক বাজাবার ফন্দিটা এতখানি সফল হবে কিনা সে বিষয়ে মনে একটু সন্দেহ সত্যিই ছিল।

নিজের ফন্দিতে নিজের কী সর্বনাশ ডেকে আনছি তখনও কি জানি? বুঝতে পারলাম হঠাৎ শেষরাত্রে ঘুম থেকে চমকে জেগে উঠে। প্যাপেনরা কী করেছিল জানি না, আমি কিন্তু তাদের ভড়কে দিয়ে বেশ নিশ্চিন্ত মনেই ক্যাম্প খাটে শুয়ে গভীরভাবে ঘুমিয়ে পড়েছিলাম। হঠাৎ জেগে টের পেলাম জনকয়েক কালো মুশকো জোয়ান মুখে কাপড় গুঁজে আমারই খাটের সঙ্গে শক্ত করে আমায় বাঁধছে। তাদের উত্তেজিত কথাবার্তা শুনে বুঝতে তখন আমার বাকি নেই যে আমার দুষ্ট বুদ্ধি আমারই কাল হয়েছে। প্যাপেনকে ভয় দেখিয়ে এ অঞ্চল থেকে তাড়াবার জন্যে নোয়ালাকে দিয়ে যে মিথ্যে ঢাকের বাদ্যি বাজিয়েছিলাম, প্যাপেনের কুলিরাও তা সত্যি বলে ধরে নিয়েছে। কাফ্রি কুলিরা এ ঢাকের ভাষা বোঝে। জংলিরা যখন পরের দিন আমাদের শেষ করে দেবে-ই এবং তখন সঙ্গে থাকলে কুলিদেরও যখন মারা পড়তে হবে তখন সময় থাকতে প্রাণ বাঁচাবার সঙ্গে উপরি লাভ তারা করে নেবে না কেন, এই হল তাদের কথা। জানাশোনা বিশ্বাসী কুলির দল এরকম অবশ্য সাধারণত করে না, কিন্তু ব্যাপারটা লুকিয়ে রাখবার জন্যে প্যাপেন সম্ভবত নতুন অজানা লোক ভাড়া করে এনেছিল। তাইতেই সর্বনাশ!

কুলিরা যেভাবে বেঁধে গেছল তাতে পরের দিন নোয়ালা এসে না খুলে দিলে ওই অবস্থাতেই হয় অনাহারে শুকিয়ে, নয় জংলিদের হাতে মরতে হত। কিন্তু নোয়ালা যে খবর নিয়ে এল তা আরও ভয়ংকর। অবশ্য এই দুঃসংবাদ দেবার দরকার না থাকলে নোয়ালা আমার খোঁজে আসত না এবং আমারও মুক্তি হত না। নোয়ালার খবর শোনবার পর কিন্তু মুক্তি পাওয়া না-পাওয়া সমান কথা মনে হল। নোয়ালার মিথ্যে ঢাকের আওয়াজে শুধু কুলিরাই ভুল বোঝেনি, দূর-দূরান্তের জংলি জাতেরাও তাতে উত্তেজিত হয়ে উঠেছে। দিনের বেলা এ অঞ্চলের শুকনো লম্বা ঘাসের জঙ্গলের ওপর দিয়ে

উত্তর-পশ্চিম থেকে সারাক্ষণ প্রচণ্ড এক হাওয়া বয়। সে হাওয়ার শব্দের জন্য আর নিজের দুঃখের চিন্তায় এতক্ষণ যা খেয়াল করিনি, এইবার কান পেতে তা শুনতে পেলাম। দক্ষিণের সমস্ত আকাশ ঢাকের আওয়াজে গমগম করছে।

কী এখন করা যায়! যতদূর বোঝা যাচ্ছে জংলিরা দল বেঁধে অনেক আগেই রওনা হয়েছে। ঘণ্টা দুয়েকের মধ্যেই হিংস্র বন্যার মতো তারা এই অধিত্যকায় এসে পৌঁছবে। এখন পালাবার কথা ভাবা বাতুলতা, অথচ কুলিরা যেভাবে সব লুট করে নিয়ে গেছে তাতে বন্দুক দূরের কথা, যুঝে মরবার মতো একটা লোহার ডাণ্ডাও নেই।

এইবার প্যাপেনদের কী অবস্থা হয়েছে দেখতে গিয়ে আরও অবাক হলাম। কুলিরা তাদেরও সর্বস্ব লুট করে নিয়ে গেছে সত্যি, কিন্তু বাঁধা পড়ে আছে শুধু একা প্যাপেন। বাঁধন খোলবার পর প্যাপেনের কাছে সব খবর পেলাম। তার সঙ্গী দুজন একেবারে আকাট গোঁয়ার নাৎসি। ঢাকের আওয়াজের মর্ম নিয়ে প্যাপেনের সঙ্গে তাদের ঝগড়া হয়েছে। প্যাপেন তাদের ফিরে যেতে পরামর্শ দিয়েছিল। তাতে তারা তাকে ভীরু কাপুরুষ বলে গাল দিয়ে নিজেরাই বন্দুক টর্চ ও গেগার কাউন্টার নিয়ে সেই রাত্রেই পাহাড়ের দিকে রওনা হয়ে গেছে। জংলিরা আসুক না-আসুক, ইউরেনিয়ামের খনির খোঁজ তারা করবেই।

ঝোড়ো হাওয়ার শব্দ ছাপিয়ে জংলিদের ঢাকের বাদ্যি আর চিৎকার ক্রমশ আরও কাছে তখন শোনা যাচ্ছে। কিন্তু জংলিদের হাতে প্রাণ যাওয়ার চেয়ে এই বিপদটাই তখন বড় মনে হল। বিহে অধিত্যকায় ইউরেনিয়াম যে কী পরিমাণ আছে তা আমি নিজেই গত কয়েকদিনে জানতে পেরে অবাক হয়েছি। পিচব্লেন্ডের সে সব মোটা মোটা শিরার সন্ধান পাওয়া জার্মান ছোকরা দুজনের পক্ষে একেবারেই অসম্ভব নয়। এত কষ্ট এত ফন্দি ফিকিরের পর এই ঐশ্বর্য শেষ পর্যন্ত তা হলে নাৎসিদের হাতেই পড়বে! না, তা কিছুতেই হতে পারে না। কিন্তু জংলিদের হাতে খানিক বাদেই যার প্রাণ যেতে বসেছে তার পক্ষে কী এমন করা সম্ভব!

হঠাৎ প্যাপেনকে একটা চুরুট ধরাতে দেখে মাথার মধ্যে আমার যেন বিদ্যুৎ খেলে গেল। এখনও হয়তো এক ঢিলে দু পাখি অনায়াসে মারা যায়। নাৎসি ছোকরারা দক্ষিণ দিকের পাহাড়েই গেছে, জংলিরাও সেই দিক থেকে আসছে। জংলিদের হাতে তারা পড়ুক বা না পড়ুক, এক উপায়ে দুই শত্রুকেই এখন হার মানানো যেতে পারে।

উত্তেজিত কণ্ঠে বললাম, 'শিগগির, প্যাপেন, শিগগির, তোমার দেশলাইটা দাও।'

'দেশলাই! দেশলাই কী হবে?'

রেগে উঠে বললাম, 'জংলিদের হাত থেকে বাঁচতে যদি চাও তো শিগগির দেশলাইটা দাও।'

'দেশলাই দিয়ে তুমি হাজার হাজার জংলি ঠেকাবে!' প্যাপেন যেভাবে আমার দিকে তাকাল তাতে বুঝলাম আমার মাথা নিশ্চিত বিপদের মুখে খারাপ হয়েছে বলে তার ধারণা।

এবার ধমকে উঠলাম, 'দেশলাই তুমি দেবে কি না?'

প্যাপেনের কথায় কিন্তু একেবারে বসে পড়লাম। আমার মারমূর্তি দেখে সভয়ে

সে বললে, 'দেশলাই কোথায় পাব। মাত্র ওই একটা কাঠিই ছিল। কুলিরা কি কিছু রেখে গেছে!'

সত্যিই এবার হতাশ হলাম। সামান্য একটা দেশলাই-এর কাঠির অভাবে এত বড় সুযোগটা নষ্ট হয়ে যাবে। হঠাৎ নিজের পকেটে কী একটা হাতে ঠেকল। তুলে দেখি, একটা কাঁচের টুকরো। আগের দিন দূরবিন থেকে খুলে গেছল বলে পকেটে রেখে দিয়েছিলাম। কুলিরা দূরবিনটা নিয়ে গেছে, কাঁচটায় আর হাত দেয়নি।"

ঘনাদা একটু থেমে সগর্বে আমাদের দিকে চেয়ে বললেন, "এই কাঁচের টুকরোর জোরেই জংলিদের হাত থেকে সে যাত্রা বেঁচে ফিরলাম, নাৎসিরাও অ্যাটম বোমা তৈরি করবার মতো ইউরেনিয়াম পেল না।"

শিশির ভুরু কুঁচকে বললে, "তার মানে?"

অনুকম্পার হাসি হেসে ঘনাদা বললেন, "এই সোজা ব্যাপারটা আর বুঝতে পারলে না! আগেই তো বলেছি বিহে অধিত্যকায় সারাদিন উত্তর-পশ্চিম থেকে একটা ঝোড়ো হাওয়া বয়, সমস্ত অধিত্যকাটা তার ওপর শুকনো ঘাসের জঙ্গলে ঢাকা। এই কাঁচের ভেতর দিয়ে সূর্যের আলো ফোকাস করে সেই ঘাসে আগুন ধরিয়ে দিলাম। দেখতে দেখতে কোটি কোটি নাগনাগিনীর মতো সে আগুন দক্ষিণ দিকে যতদূর চোখ যায় ছড়িয়ে গেল। জংলিরা আমাদের আক্রমণ করবে কি, প্রাণ নিয়ে পালাতে পারলে তখন বাঁচে। আর নাৎসি ছোকরারা সে আগুনে যদি রক্ষাও পেয়ে থাকে তা হলেও ইউরেনিয়াম খোঁজবার ফুরসত আর তাদের মেলেনি।"

হঠাৎ শিশিরের হাতটা টেনে নিয়ে হাত-ঘড়িটা দেখে ঘনাদা বললেন, "তাই তো শিবু, তোমাদের ক্লাবের অনুষ্ঠানটা তো শেষ হয়ে গেল দেখছি। আজ আর গিয়ে তো লাভ হবে না কিছু।"

শিশিরের সিগারেটের টিনটা ভুলে তুলে নিয়ে ঘনাদা উঠে গেলেন। আমরা থ হয়ে বসে রইলাম।

মাছ

ঘনাদা একেবারে ব্যাঘ্রঝম্প দিয়ে থালার উপর দু বাহু মেলে ধরে হাঁ-হাঁ করে উঠলেন। রামভুজ নেহাত আমাদের মেসের অনেক পুরোনো ঠাকুর, তাই, নইলে আর কেউ হলে বোধ হয় গামলা-টামলা সুদ্ধ উল্টে পড়ে খাবার ঘরে একটা কেলেঙ্কারি বাধিয়ে ফেলত।

রামভুজ ঘনাদাকে চেনে। তাই শুধু এক পা পিছিয়ে গিয়ে, বাঁ-হাতের বাটি-বসানো থালাটা চিনে ভেলকিবাজের মতো অদ্ভুত কায়দায় সামলে নিয়ে বললে, "কী হোইলো বাবু, মাছের ঝোল খাইবেন না! ভাল মাগুর মাছের ঝোল।"

"মাগুর মাছের ঝোল খাব আমি!" ঘনাদার কথায় মনে হল, হিন্দু ধর্মের সবচেয়ে নিষিদ্ধ খাদ্য যেন তাঁকে জোর করে খাওয়াবার চেষ্টা করা হচ্ছে।

আসল ব্যাপারটা যে কী তা আমরা অবশ্যই সবাই জানি—ঘনাদা নিজের ফাঁদে নিজেই ধরা পড়ে, বেরুবার জন্য এখন ছটফট করছেন।

ছুটির দিন, আর তার ওপর গৌরের পাশের খবর বার হবার দরুন সকালবেলা সবাই মিলে বসে একটা খাওয়া-দাওয়ার আয়োজনের ব্যবস্থা করছিলাম। এমন সময়ে শিশিরের কাছে একটা সিগারেট ধার করতে—এ পর্যন্ত মাত্র ২৩৫৭টা তিনি ধার নিয়েছেন—ঘনাদা ঘরে ঢুকেছেন। যথারীতি সিগারেটটা ধরিয়ে চলে যাবার মুখে আমাদের ভাবগতিক দেখে বোধহয় সন্দিহান হয়ে জিজ্ঞাসা করেছেন, "ব্যাপার কী হে! সকালেবেলা এত জরুরি মিটিং কীসের?"

"এই একটু ফিস্টের ব্যবস্থা করছি আজ। আপনি—"

"ফিস্ট!" ঘনাদা শিবুকে কথাটা আর শেষ করতে দেননি। 'ফিস্ট' শুনলেই তাঁর ভয় হয়, পাছে কেউ তাঁর কাছে চাঁদা চেয়ে বসে! তাই অত্যন্ত বিরক্ত হয়ে বলেছেন, "তোমাদের নিত্যি ওই এক হুজুগ। আমার বাপু পেটটা আজ তেমন ভাল নেই।"

যেন অত্যন্ত দুঃখিত হয়ে গৌর বলেছে, "আচ্ছা, আপনার জন্য তা হলে আলাদা ব্যবস্থাই করব।"

"হ্যাঁ, তাই কোরো!" বলে ঘনাদা বেরিয়ে গেছেন।

সেই আলাদা ব্যবস্থার দরুন মাংসের কালিয়ার বদলে তাঁকে সত্যিই মাগুর মাছের ঝোল পরিবেশন করা হবে, ঘনাদা তখন ভাবতেই পারেননি! আপত্তিটা তাই তাঁর এত তীব্র। সব বুঝেসুঝেও শিবু কিন্তু ন্যাকা সেজে জিজ্ঞাসা করলে, "আপনিই না সকালে বললেন, পেটটা তেমন ভাল নেই, তাই তো আপনার জন্যে আলাদা করে—"

শিবুকে কথাটা শেষ করতে না দিয়ে ঘনাদা যেন আর্তনিনাদ করে উঠলেন, "তাই বলে—মাগুর মাছ?"

গৌর যেন অত্যন্ত সংকুচিত ভাবে জানালে, "কেন, মাগুর মাছ তো রুগির পথ্যি, হালকা বলেই জানি।"

"জানো যদি তো তোমরাই খাও না! আমার অত উপকার না-ই করলে।" খেঁকিয়ে উঠলেন ঘনাদা।

এবার আমাকেই কথা বলতে হল। বেশ একটু কাঁচুমাচু মুখ করে বললাম, "তা হলে তো বড় মুশকিল হল ঘনাদা, আমাদের জন্য যে আবার মাংসের কালিয়া রান্না হয়েছে—তা-ও আবার চর্বিওয়ালা খাসির মাংস—সে তো আপনার চলবে না!"

ঘনাদা যেন অত্যন্ত অনিচ্ছা-সহকারে বললেন, "যেমন করে হোক তা-ই চালাতে হবে। অন্য যে-কোনও মাছ হলেও হত, কিন্তু মাগুর মাছ প্রাণ থাকতে তো মুখে তুলতে পারব না।"

"মাগুর মাছে এত আপত্তি কেন বলুন তো?" অবাক হয়ে জিজ্ঞাসা করলে গৌর। ঘনাদার পাতের ধারে রামভুজ তখন মাংসের কালিয়ার বাটি ধরে দিয়েছে। পর পর সে রকম দুটি বাটি শেষ না করা পর্যন্ত ঘনাদা মুখ তুলে তাকাবার পর্যন্ত ফুরসত পেলেন না।

মাংসের পর চাটনি এবং তারপর দই ও সন্দেশ পর্যন্ত ঘনাদা যেন এক নিশ্বাসে চোখ কান বুজে চালিয়ে গেলেন। সন্দেশের পর পান্তোয়ায় এসে তাঁর গতি একটু মন্থর হতে দেখে ভরসা পেয়ে বললাম, "পেটটা আপনার সত্যিই আজ খারাপ ছিল দেখছি, ঘনাদা।"

আমার কথার খোঁচা যদি কিছু থাকে তা ঘনাদাকে স্পর্শই করল না। Acute angle-এ তিনি খাওয়া শুরু করেছিলেন, এখন Obtuse angle-এ পৌঁছে তাঁর শরীর মন মেজাজ শরতের আকাশের মতো প্রসন্ন হয়ে গেছে।

মধুর ভাবে একটু হেসে বললেন, "সেইজন্যই বুঝি মাগুর মাছের ব্যবস্থা করেছিলি? ভাল—ভাল! তা, তোদের আর দোষ কী বল, মাগুর মাছ যে কেন খাই না, তোরা কী করে বুঝবি?

"একটু বুঝিয়েই দিন না!" সকাতর অনুনয় করলে গৌর।

ঘনাদা উদারভাবে আশ্বাস দিলেন, "আচ্ছা দেব, দেব, এই—"

প্রকাণ্ড পান্তোয়াটায় কণ্ঠরুদ্ধ হয়ে যাওয়ার দরুন তাঁর শেষ কথা আর শোনা গেল না।

খাওয়া-দাওয়ার পর বসবার ঘরে তাঁর মৌরসিপাট্টাওয়ালা আরাম-কেদারাটি দখল করে শিশিরের একটা সিগারেট—২৩৫৮টা হল—ধার নিয়ে আরাম করে ধরিয়ে ঘনাদা শুরু করলেন, "১৯২৯ সালের ২৩ সেপ্টেম্বর যে-চন্দ্রগ্রহণ হয়, তার কথা তোমাদের না-জানাই স্বাভাবিক, কারণ সে-চন্দ্রগ্রহণ বাংলাদেশে দূরে থাক, ভারতবর্ষ থেকেও দেখা যায়নি। তবে ড. আলফ্রেড হিল যে কারণে ১৯৩০-এ এফ. আর. জি. এস, অর্থাৎ 'ফেলো অব দ্য রয়্যাল জিওগ্রাফিকাল সোসাইটি' রূপে মনোনীত হয়ে সম্মানলাভ করেন...কিভু এবং এডওয়ার্ড হ্রদের মধ্যে নতুন একটি নদী জন্মাবার কিছু বিবরণ তোমরাও হয়তো শুনে থাকবে।"

ভূগোলের জ্ঞান আমাদের সকলেরই সমান। ওরই মধ্যে শিবু যা একটু-আধটু চর্চা করে। ঘনাদা ওই পর্যন্ত বলে চুপ করবার পর সে জিজ্ঞাসা করলে, "কিভু আর এডওয়ার্ড হ্রদ কোথায় বলুন তো? আফ্রিকায় না?"

"হ্যাঁ। আফ্রিকায় বেলজিয়ান কঙ্গোর একেবারে পুবে—বিষুবরেখার কিছু দক্ষিণে।"

আমরা কেউই সেখানে নতুন নদী জন্মাবার কথা শুনিনি জেনে, ঘনাদা দ্বিগুণ উৎসাহভরে আবার আরম্ভ করলেন, "জার্মানির এক নামজাদা সার্কাস কোম্পানি আর স্পেনের এক চিড়িয়াখানার বায়না নিয়ে আফ্রিকার জঙ্গলে জঙ্গলে তখন নানা জাতের অদ্ভুত দুষ্প্রাপ্য প্রাণী ধরে বেড়াচ্ছি। চিড়িয়াখানার ফরমাশ মতো প্রায় সবকিছুই তখন

ধরা হয়ে গেছে। জিরাফ আর জেব্রার মাঝামাঝি অদ্ভুত প্রাণী ওকাপি, কঙ্গোর লাল বামন মোষ, বাঘা বেড়াল, চিতা, হায়না, এ সব তো আমার সঙ্গে আছেই, তা ছাড়া নানা জাতের পাখি, মাছ, সাপও জোগাড় করেছি। সার্কাস কোম্পানির ফরমাশটাই তখন হাসিল করতে বাকি। সেটা বেশ একটু শক্ত। তাদের জন্য একটা বাচ্চা গোরিলা ধরে নিয়ে যেতে হবে। গোরিলা ধরা বড় সোজা কথা নয়। তার ওপর এমন দুর্ভেদ্য জঙ্গলে ও পাহাড়ে তারা লুকিয়ে থাকে যে, তাদের সন্ধান পাওয়াই মুশকিল। কঙ্গো ও ক্যামেরুনস-এর নিবিড় জঙ্গলে প্রথমে বনমানুষদের মধ্যে সবচেয়ে বিশাল এই প্রাণীটি আবিষ্কৃত হয়। তারপরে কঙ্গোর পুবে কিভু হ্রদের কাছাকাছি পাহাড়ের প্রায় দশ হাজার ফুট উঁচু জঙ্গলে, আর এক আরও বড় জাতের গোরিলার সন্ধান পাওয়া যায়। আপাতত সেই গোরিলার আস্তানার দিকেই যাচ্ছিলাম। আফ্রিকার—বিশেষ করে কঙ্গোর—জঙ্গলে চলাফেরা যে কী ব্যাপার, ভুক্তভোগী না হলে কল্পনাই করতে পারবে না। এ সব জঙ্গল এমন দুর্ভেদ্য যে প্রতি পদে কুড়ুল-কাস্তে দিয়ে পথ পরিষ্কার না করলে এক পা-ও এগুনো যায় না। দেড়শো থেকে দুশো ফুট উঁচু বড় বড় গাছ লতায়-পাতায় আকাশ এমন ঢেকে রেখেছে যে দিনের বেলাতেও সেখানে সূর্যের আলো অতিকষ্টে চুঁইয়ে আসে। সেই ঘন গাছের জটলার তলায় আগাছার জঙ্গলই ১৫ ফুট উঁচু। তারই ভিতর আবার অর্চিলা ও লতানে রবার গাছের দুর্ভেদ্য জট।

যে জায়গাটায় সেদিন বিশ্রাম করবার জন্যে তাঁবু ফেলেছিলাম, সেখানে এই জঙ্গল অনেকটা হালকা হয়ে সাভানা অর্থাৎ ঘাসের প্রান্তর শুরু হয়েছে। এই ঘাসও অবশ্য যেমন-তেমন নয়। ছ-ফুট উঁচু একটা জোয়ান মানুষ তার ভেতর অনায়াসে ডুবে যায়। একটা প্রকাণ্ড বাওবাব গাছের তলায় বেশ খানিকটা জায়গা পরিষ্কার করে আমাদের আস্তানা পাতা হয়েছিল। আফ্রিকার জঙ্গলে শিকারে বেরুনোকে বলে 'সফরি'। আমাদের সফরিতে লোকজন তো বড় কম নয়! আসবাবপত্র, রসদ ও জন্তু-জানোয়ারের খাঁচা বাক্স ইত্যাদি বইবার জন্যেই একশো-জন কাফির জাতের মুটে আছে, তার ওপর আছে পাঁচজন মাসাই জাতের শিকারি।

এ অঞ্চলে সিংহের উপদ্রব খুব বেশি বলে আস্তানার চারদিকে চারটে আগুন জ্বালাবার ব্যবস্থা করে ও পালা করে দুজন শিকারিকে পাহারায় রেখে সবে তখন নিজের তাঁবুতে এসে শোবার বন্দোবস্ত করছি।

আমার তাঁবুতে দু-চারটে দামি পাখির খাঁচা ও মাছ-গিরগিটি ধরনের দুষ্প্রাপ্য প্রাণীর কাঁচের জারগুলো সাধারণত থাকে। একটা মাছের জার কী করে ভেঙে ফুটো হয়ে সমস্ত জলটা দেখলাম মাটিতে গড়িয়ে পড়েছে। মাছটা কাঁচের জারের তলায় খাবি খাচ্ছে দেখে সেটাকে অন্য একটা জারে তুলে রেখে জল ঢালছি, এমন সময়ে জুগন এসে ঘরে ঢুকল।

জুগন আমার সবচেয়ে বিশ্বাসী অনুচর ও সমস্ত কাফির-কুলি ও মাসাই-শিকারিদের সর্দার। যেমন দৈত্যের মতো তার চেহারা, সাহসও তেমনই অসীম। খাটো একটা বল্লম হাতে মানুষ-খেকো সিংহের সামনে সে নির্ভয়ে এগিয়ে

যেতে পারে। চোখে দেখা যায়—এমন কোনও প্রাণীকে সে গ্রাহ্যই করে না। কিন্তু তার সব সাহস শুধু দিনের বেলায়। রাত হয়েছে কি—একটা পাতা নড়লেও ভূত প্রেত জুজুর ভয়ে সে আঁতকে ওঠে। যাদের ধরা-ছোঁয়া-দেখা যায় না সেই অশরীরী জীবেরা সেই সময়েই তার মতো শিকারিদের ঘাড় মটকাবার জন্যে ওত পেতে থাকে বলে তার ধারণা।

জুগনের মুখ-চোখের ভাব দেখেই বুঝলাম, রীতিমতো ভয় পেয়েই সে এতরাত্রে আমার তাঁবুতে ঢুকেছে।

আবার কোন জুজু কোথায় দেখেছে বলে তাকে ঠাট্টা করতে যাচ্ছি, এমন সময় নিজেই একটা অদ্ভুত শব্দ শুনতে পেয়ে চমকে গেলাম।

ভাঁটার মতো চোখগুলো বড়-বড় করে আমার দিকে তাকিয়ে সভয়ে জুগন বললে, 'শুনতে পাচ্ছেন, বোয়ানা?'

শুনতে তখন ভালরকমই পেয়েছি। না, সিংহ কি খ্যাপা হাতির ডাক নয়। অন্ধকার রাত্রির কোনও সুদূর প্রান্ত থেকে সমস্ত আকাশের বুক কাঁপিয়ে অস্ফুট একটা ভয়ের স্পন্দন যেন উঠছে—গুম গুম গুম।

একদিকে সে শব্দ শেষ না-হতে আরেক দিকে সে শব্দের অবিকল প্রতিধ্বনি শুরু হয়ে গেল। সে প্রতিধ্বনি তারপরেই অন্য আর-এক দিক-প্রান্ত ধরে নিতে দেরি করলে না। এমনই সে শব্দ যে, অন্ধকার আকাশের এককোণ থেকে আর-এককোণে কোনও অদৃশ্য বিরাট দৈত্য যেন লোফালুফি করছে মনে হল।

ভাল করে খানিকক্ষণ শুনে নিয়ে জিজ্ঞাসা করলাম, 'কিছু বুঝলে, জুগন?'

জুগন সভয়ে বললে, 'হ্যাঁ, বোয়ানা। বলছে, দেবতার দুশমন, শয়তানকে চাই! কোনও পাহাড়-জঙ্গল তাকে লুকিয়ে রাখতে পারবে না। তেলের কড়া তৈরি।'

বললাম, 'ঠিকই বুঝেছ, তবে আর-একটু মন দিয়ে শোনো! বুঝবে, শুধু শয়তান নয়—বলছে, সাদা শয়তানকে চাই।'

আর একবার কান পেতে জুগন আমার কথায় সায় দিয়ে বললে, 'সাদা শয়তানই বলছে বটে, বোয়ানা। কিন্তু কার কথা বলছে বুঝতে পারছি না। আমাদের নয় তো?'

এবার হেসে বললাম, 'তোমাদের কথা তো বাদই দিলাম। কাফ্রিদের মধ্যেও আমাকে সাদা শয়তান—কানা না হলে কেউ বলবে না। সুতরাং আক্রোশটা যার ওপরই হোক, আমরা নির্ভয়ে থাকতে পারি।'

ইতিমধ্যে ওই শব্দের অল্পবিস্তর মানে বুঝে আমায় কাফির কুলি ও মাসাই শিকারিদের অনেকে সভয়ে আমার তাঁবুর সামনে এসে জড়ো হয়েছিল। তাদেরও ওই কথাই বলে রাত্রের মতো বিদায় করলাম।

মুখে ওদের অভয় দিলাম বটে, কিন্তু সারারাত দুর্ভাবনায় ভাল করে ঘুমোতে পারলাম না। আফ্রিকার সঙ্গে ঘনিষ্ঠ পরিচয় যাদের আছে, এ-শব্দের অসামান্য ক্ষমতা ও ভয়ংকর মর্ম তারা ভাল করেই জানে। এ-শব্দ আফ্রিকার অত্যাশ্চর্য নিজস্ব জিনিস। আসলে বিশেষ এক ধরনের বিরাট ঢাকের শব্দ ছাড়া এ-আর কিছু নয়। কিন্তু যে-দেশের দুর্ভেদ্য জঙ্গলে, দশ মাইল দূরের গাঁয়ের লোকেরা পরস্পরের ধারে-কাছে

ঘেঁষে না ও পরস্পরের ভাষা বোঝে না, সেই দেশে এই ঢাকের শব্দের মারফত টেলিগ্রাফের মতো তাড়াতাড়ি শত-শত মাইল দূর-দূরান্তরে খবর পাঠিয়ে দেওয়া যায়। এ-ঢাকের শব্দের নিজস্ব একটা ভাষা আছে। সম্পূর্ণ ভিন্ন জাতের এবং ভিন্ন ভাষার লোকেরা এই ঢাকের ভাষা অনায়াসে বুঝতে পারে। এ-ঢাকের শব্দ বিলি করবার ব্যবস্থাও অদ্ভুত। এক গাঁ থেকে ঢাকের শব্দ শোনামাত্র অন্য গাঁ তৎক্ষণাৎ সে-খবর ঢাকের আওয়াজে প্রচার করে দেয়। এমনই করে দেখতে দেখতে বহুদূরে সে খবর ছড়িয়ে যায়। কারুর বিরুদ্ধে এ-ঢাক যদি একবার বেজে ওঠে, তা হলে যতদূরে পালাক, এ-ঢাকের নাগাল থেকে পরিত্রাণ পাবার আশা নেই।

বহুদিন আফ্রিকার বহু জায়গায় ঘোরার দরুন এ-ঢাকের ভাষা আমি ভাল করেই বুঝি! আপাতত ঢাকের খবর যা শুনলাম, তার সঙ্গে আমার সম্পর্ক কিছু নেই বলেই মনে হল। তবু অস্বস্তিটা একবারে গেল না।

পরের দিন সকালে তাঁবু তুলে আমরা সাভানা পেরিয়ে পাহাড়ের দিকে রওনা হলাম! এই পাহাড়ের প্রায় হাজার-দশেক ফুট উঁচুতে পৌঁছোলে গোরিলার রাজ্যের সন্ধান পাওয়া যাবে বলে আমার বিশ্বাস। পাহাড় যেমন খাড়াই, তেমনই গভীর জঙ্গলে ঢাকা। যত ওপরেই উঠি, ঢাকের শব্দ কিন্তু আমাদের সঙ্গ ছাড়ে না। দিনের পর দিন, রাতের পর রাত সে-শব্দ আমাদের পিছুতে লেগেই রইল।

চারদিনের দিন কিভু হ্রদের কাছাকাছি গিয়ে পৌঁছোলাম। আশপাশের ঘন কাঁটা-ঝোঁপে ভর্তি দুর্ভেদ্য জঙ্গলের চেহারা দেখে মনে হল, গোরিলাদের আস্তানা খুব দূরে নেই। সুবিধে মতো একটা জায়গা দেখে সন্ধের আগেই তাঁবু ফেলে একটু একটু এদিক-ওদিক জঙ্গলটার অবস্থা বুঝতে বেরুলাম। গোরিলা শিকার করা দস্তুরমতো কঠিন ব্যাপার, কিন্তু জ্যান্ত গোরিলা ধরা তার চেয়েও অনেক শক্ত। বড় ধাড়ি গোরিলাকে জ্যান্ত ধরা তো অসম্ভব বললেই হয়। এমনিতে তারা মানুষ দেখলে গা ঢাকা দিয়ে এড়িয়েই যায়, নিজে থেকে কখনও আক্রমণ করে না। কিন্তু একবার ঘাঁটালে আর রক্ষে নেই। তখন তাদের মতো হিংস্র ভয়ংকর প্রাণী পৃথিবীতে আর দেখা যায় না। একেবারে অব্যর্থভাবে গুলি না মারতে পারলে তাদের রোখা তখন অসম্ভব। শিকারির নাগাল একবার পেলে, ঢাকের মতো নিজের বুক চাপড়াতে চাপড়াতে এসে তাকে পাঁকাটির মতো মটকে ভেঙে দিতে পারে।

ধাড়ি গোরিলা ধরার আশা তাই কেউ করে না। ধরতে হলে বাচ্চা গোরিলাই ধরবার চেষ্টা করতে হয়। বাচ্চা গোরিলাকে একা-একা পাওয়া কিন্তু শক্ত। ছোট-ছোট পরিবারে ভাগ হয়ে গোরিলারা দলবদ্ধ হয়েই দিনের বেলা গাছের ফলমূল খেয়ে বেড়ায়। রাত্রে ধাড়ি গোরিলা কোনও গাছের তলায় পাহারায় থাকে, আর বাচ্চা আর মেয়ে গোরিলারা গাছের ওপর ডালপালা দিয়ে তৈরি মাচার মতো বাসায় ঘুমোয়। কোনও রকমে কোনও বাচ্চা কোথাও একবার ছটকে না পড়লে তাকে ধরা তাই কঠিন।

পরের দিন কীভাবে কোন দিক দিয়ে গোরিলা ধরবার ব্যবস্থা করব তাই এক জায়গায় দাঁড়িয়ে ভাবছি, এমন সময় জুগন হন্তদন্ত হয়ে ছুটে এসে হাঁপাতে হাঁপাতে

যা বললে তাতে আমি একেবারে থ হয়ে গেলাম।

সে নাকি আমাদেরই তাঁবু থেকে কিছু দূরে পাহাড়ের এক গুহার মধ্যে একটা গোরিলাকে যেতে দেখেছে। সে গোরিলাটা নাকি দেখতে কতকটা সাদা রঙের।

সাদা রঙের গোরিলাই তো অসম্ভব আজগুবি ব্যাপার! তবু সন্ধ্যার আবছা-অন্ধকারে জুগনের দেখবার কোনওরকম ভুল হয়েছে ভাবা যেতে পারে। কিন্তু গোরিলা একা-একা গুহায় থাকে এ-রকম কখনও শুনিনি। না, ব্যাপারটার সন্ধান নিতেই হয়।

জুগনকে সঙ্গে নিয়ে সেই গুহার মুখে যখন পৌঁছোলাম তখন চারিদিকে বেশ অন্ধকার হয়ে গেছে।

গুহাটা খুব বড় নয়। পাহাড়ের গায়ে একটা বড় ফাটলের মতো। কিন্তু ভেতরটা একেবারে জমাট অন্ধকার। সেই অন্ধকার গুহায় গোরিলার মতো সাংঘাতিক প্রাণীর খোঁজে ঢোকা প্রায় আত্মহত্যা করারই সামিল।

প্রথমে তাই গুহার মুখে বারকয়েক বন্দুকের আওয়াজ করলাম। ভয় পেয়ে যদি গুহা থেকে বেরিয়ে পড়ে। তাতে কোনও ফল না পাওয়ায় একটা শুকনো কাঠ মশালের মতো জ্বেলে নিয়ে বাধ্য হয়েই ভেতরে ঢুকলাম।

ফাটলটা খানিকটা সোজা গিয়ে, ডানদিকে বেঁকে গেছে। সামনে আমি বন্দুক হাতে সন্তর্পণে এগুচ্ছি। পেছনে জুগন মশাল হাতে আসছে। গোরিলাটা যদি হঠাৎ ঝাঁপিয়ে আসে, গুলি অন্তত একটা চালাব। তারপর যা হয় হোক।

বাঁকটা ঘুরেই কিন্তু স্তম্ভিত হয়ে দাঁড়িয়ে পড়লাম।

এই কি জুগনের গোরিলা?

পেছনে পাথরের দেয়ালে আটার মতো লেপ্টে সভয়ে আমাদের দিকে চেয়ে যে দাঁড়িয়ে আছে, তার রং সাদা এবং চেহারা বিরাট হলেও গোরিলা সে নয়।

আমাদের থামতে দেখে হাতে পিস্তলটা উঁচিয়ে সে বিশুদ্ধ ইংরেজিতে বললে, 'খবরদার! এক পা এগিয়েছ কি গুলি করব।'

ততক্ষণে আমি নিজেকে সামলে নিয়েছি। হেসে বললাম, 'তাতে কি কেউ জখম হবে মনে করেছেন, ড. হিল! আপনার তাগ যে কত তা তো আমার জানা!'

অবাক হয়ে পিস্তল নামিয়ে ড. হিল এবার এগিয়ে এসে বললেন, 'এ কী, দাস? তুমি এখানে?'

গম্ভীর হবার ভান করে বললাম, নিয়তির টানে বোধহয়। নইলে কোথায় দক্ষিণ আমেরিকার ব্রেজিলের জঙ্গল, আর কোথায় আফ্রিকার কঙ্গোর সীমান্ত। পাঁচ বৎসর বাদে আচমকা এমন আশ্চর্যভাবে দেখা হবে কেন?

ড. হিল কৃতজ্ঞভাবে বললেন, 'হ্যাঁ, সেবারে তুমি হঠাৎ উদয় না হলে প্রাণটা সেখানে রেখে আসতে হত বটে।'

হেসে বললাম, 'আপনার বন্দুকের টিপ কী রকম সেইখানেই তো টের পাই। কুমির মারতে গিয়ে প্রায় আমাকেই মেরে বসেছিলেন।'

'তা প্রায় বসেছিলাম বটে', বলে একটা দীর্ঘনিশ্বাস ফেলে ড. হিল বললেন, 'তবে

এবার তোমার সঙ্গে দেখা হয়েও কোনও লাভ হল না, দাস। এবার আমায় বাঁচানো তোমার ক্ষমতার বাইরে।'

'আচ্ছা, আসুন তো আমার সঙ্গে, তারপর দেখা যাবে', বলে ড. হিলের হাত ধরতেই তিনি বাধা দিয়ে বললেন, 'আমায় সঙ্গে নেওয়া মানে, তোমার নিজের সমূহ বিপদ ডেকে আনা, তা তো বুঝতে পারছ?'

গুহার ভেতরেও জংলিদের সুদূর ঢাকের আওয়াজ তখন শোনা যাচ্ছে। একমুহূর্ত চুপ করে থেকে হেসে বললাম, 'গায়ে পড়ে বিপদ ডেকে আনাই যে আমার বাতিক তা কি এতদিনে বোঝেননি, ড. হিল?'

ড. হিলকে নিজের তাঁবুতে এনে তারপর তাঁর কাছে সমস্ত কাহিনীই শুনলাম।

ড. হিলকে ভূগোল-বিলাসী বললে বোধহয় ঠিকভাবে বোঝানো যায়। জীবনে তিনি বন্দুকটা পর্যন্ত ভাল করে চালাতে শেখেননি, কিন্তু পৃথিবীর সবচেয়ে বিপজ্জনক দুর্গমতম জায়গা আবিষ্কার করা তাঁর একটা নেশা। আমাজন নদীর উৎসের কাছে পাঁচ বৎসর আগে তাঁর সঙ্গে আমার প্রথম দেখা হয়। তাঁর ধারণা, সেবারে আমিই নাকি আমাজন নদীর বিদ্‌ঘুটে এক অ্যালিগেটর কুমিরের কবল থেকে তাঁকে বাঁচাই।

ড. হিলের সমস্ত কথা শুনে এবারে তাঁকে বাঁচানো এবং সেই সঙ্গে নিজেদের বাঁচবার ব্যবস্থা করা কিন্তু সত্যিই কঠিন বলে মনে হল।

এই ক-দিন জংলিদের যে ঢাকের খবর শুনেছি তার লক্ষ্য যে ড. হিল স্বয়ং, এ কথা বোধহয় আর বলে দিতে হবে না।

কঙ্গোর এই অঞ্চলে ভৌগোলিক অভিযানে এসে শুধু নিজের ভালমানুষির দরুন তিনি এখানকার ভয়ংকর জংলিদের বিষ-দৃষ্টিতে পড়েছেন।

এ অঞ্চলের জংলিরা এখনও সেই আদিমতম যুগে পড়ে আছে। তাদের জঙ্গলের বাইরে কোনও দুনিয়া আছে বলে তারা জানে না। ঘুরতে ঘুরতে তাদের এক গাঁয়ে ড. হিল গিয়ে পড়েন। ড. হিলকে তারা প্রথমে অদ্ভুত এক জাতের মানুষ ভেবে একটু সমীহই করেছিল। তাঁকে ও তাঁর লোকজনকে আশ্রয় দিয়েছিল সসম্মানে। ড. হিল সেখানে পরোপকার করতে গিয়েই নিজের সর্বনাশ করলেন।

সে-গাঁয়ের সর্দার বহুদিন ধরে মাথা-ধরার রোগে ভুগছিল। গাঁয়ের ওঝা-পুরুতেরা নানারকম ঝাড়ফুঁক করে ভূত প্রেত মানত করেও তাকে ভাল করতে পারেনি। ড. হিল দেখে-শুনে একটি অ্যাসপিরিন বড়ি দিয়ে একদম তাকে চাঙ্গা করে তোলেন। আর যাবে কোথায়? সর্দারের কাছে তাঁর খাতির যেমন দশগুণ বেড়ে গেল, গাঁয়ের ওঝা-পুরুতেরাও তেমনই তাঁর ওপর খাপ্পা হয়ে উঠল হাজার গুণ। জংলিদের মধ্যে তাদের মান-ইজ্জত বজায় রাখবার জন্যে ওঝা-পুরুতেরা না করতে পারে হেন শয়তানি নেই। ভাগ্যচক্রে তাদের একটা সুবিধেও হয়ে গেল। কী একটা ছোঁয়াচে রোগে গাঁয়ের কয়েকটা গোরু-বাছুর তখন মারা গেছে। ওঝারা রটিয়ে দিলে যে, ড. হিলই তাঁর যাদুতে এইসব গোরু-বাছুর মারছেন। প্রথমে গোরু-বাছুর, তারপর মানুষ মারাই তাঁর মতলব। সর্দারকে পর্যন্ত তারা তা-ই বোঝালে।

বেগতিক দেখে দলবলসুদ্ধ লুকিয়ে পালাতে গিয়েই ড. হিল আরও বিপদ ডেকে

আনলেন। তিনি কোনও রকমে তাদের চোখ এড়িয়ে এই পাহাড়ে এসে পৌঁছোলেন বটে, কিন্তু তাঁর লোকজন সব কচুকাটা হয়ে গেল। এখানে পালিয়ে এসেও অবশ্য তাঁর রক্ষা আছে বলে মনে হয় না। ঢাকের খবরে চারিদিকের জংলিদের যেভাবে তারা জাগিয়ে তুলেছে, তাতে শেষ পর্যন্ত তাদের খপ্পর থেকে মুক্তি পাওয়া প্রায় অসম্ভব।

সেদিনও সারারাত ঢাকের যা আওয়াজ শুনলাম তাতে মনে হল—ধীরে-ধীরে চারিদিক ঘেরাও করে তারা এই পাহাড়ের দিকেই ক্রমশ এগিয়ে আসছে। এখন তাদের বেড়াজাল থেকে পালাবার একমাত্র উপায় এই দুর্গম পাহাড় ডিঙিয়ে পুবদিকে টাঙ্গানাইকায় নামবার চেষ্টা করা।

মাঝরাত্রের পর ডাকের আওয়াজ কিছুক্ষণের জন্যে থামতে দেখে মনে একটু আশাও হল। হয়তো তারা ভোরের আগে আর অগ্রসর হবে না। লোকজনকে তুলে ড. হিলকে সঙ্গে নিয়ে রাতারাতি তাই রওনা হয়ে পড়লাম।

কিন্তু বেশিদূর আর যেতে হল না। সকালবেলা কিভু হ্রদের ধারে গিয়ে সবে পৌঁছেছি, এমন সময় সমস্ত পাহাড়-জঙ্গল যেন একসঙ্গে বজ্রের হুংকার দিয়ে উঠল। চমকে দেখি, রংবেরঙের বিদ্‌ঘুটে উলকি-আঁকা হাজার-হাজার জংলি, ঢাল আর বল্লম হাতে যেন ভোজবাজিতে মাটি ফুঁড়ে উঠে আমাদের ঘিরে ধরেছে।

তারপর যে দারুণ কাণ্ড শুরু হল তা আর বর্ণনা করা যায় না। ওঝা-পুরুতের লম্ফ-ঝম্পই সবচেয়ে বেশি। আমাদের পিছমোড়া করে বেঁধে আমাদেরই মালপত্রের মধ্যে ফেলে রেখে তারা যে তাণ্ডব-নৃত্য ও আস্ফালন শুরু করল তা থেকে বুঝলাম, আমাদের সোজাসুজি পুড়িয়ে মারা হবে, না, ফুটন্ত কড়াই-এ সেদ্ধ করা হবে—এটুকু তারা এখনও ঠিক করতে পারছে না। জংলি-কাঠের আগুনে বড় বড় কড়াই তখনই কিন্তু চাপানো হয়ে গেছে।

দুপুরের পর স্বয়ং সর্দার আসরের মাঝে দেখা দিলে। চোখের চেহারা ও ঘন ঘন নিজের কপাল টেপা দেখে বুঝলাম, আপাতত একটা অ্যাসপিরিন পেলে সে বর্তে যায়। শুধু ওঝা-পুরুতের কাছে ছোট হবার ভয়েই বোধ হয় সোজাসুজি এসে চাইতে সাহস করছে না।

জংলি হলেও সর্দার একেবারে অকৃতজ্ঞ নয়। মাথা-ধরা সারানোর জন্য ড. হিলের ওপর তার মনটা একটু নরমই ছিল। এগিয়ে এসে তাই ড. হিলকে সে জিজ্ঞাসা করলে, কড়াই-এ সেদ্ধ হয়ে, না, সোজা আগুনে পুড়ে তিনি মরতে চান—এইটুকু বেছে নেবার সুযোগ দিয়ে সে তাঁকে অনুগ্রহ করতে চায়।

দুনিয়ায় আর সব জায়গার মতো এই জংলিদের মধ্যেও ভড়ং আর চালের দামই সবচেয়ে বেশি।

পিছমোড়া অবস্থাতেই যতদূর সম্ভব ভারিক্কি চালে ড. হিলের হয়ে গম্ভীর ভাবে বান্টু ভাষায় বললাম, 'আমাদের সেদ্ধ করে, কি পুড়িয়ে মারার আগে তোমার একটু মাথা-ধরার যাদু-দাওয়াই পেলে ভাল হয় নাকি?'

ওঝা-পুরুতরা তৎক্ষণাৎ হাঁ-হাঁ করে উঠল। ও যাদু-দাওয়াই সর্দার যেন কিছুতে

না খায়। গোড়ায় ভাল হলে কী হবে, ও-দাওয়াই শেষে সর্বনাশা বিষ হয়ে উঠবে।

সর্দার কিন্তু একটু যেন দোমনা হয়েছে বুঝে হেসে বললাম, 'এত যাদের হম্বিতম্বি, সেই তোমার ওঝা-পুরুতরাই তাহলে মাথা-ধরার একটা যাদু-দাওয়াই দিক দেখি।'

সর্দার আর একটু নরম হয়েছে বুঝেই তৎক্ষণাৎ ড. হিলকে দেখিয়ে বললাম, 'ক-টা ভণ্ড ওঝা-পুরুতদের কথায় কাকে তুমি খেপিয়ে তুলছ জানো! রং আর চেহারা দেখে বুঝতে পারছ না যে, এই জঙ্গল-পাহাড় নয়, উনি সেই আকাশের চাঁদ থেকে দয়া করে এখানে নেমেছেন?'

চাঁদ থেকে নেমে এসেছেন? একবার ড. হিলের দিকে, একবার আকাশের দিকে চাওয়ার ধরন দেখে বুঝলাম, সর্দার বেশ কাবু হয়েছে।

ওঝা-পুরুতরাও তাই বুঝেই মরিয়া হয়ে চেঁচিয়ে উঠল, 'সব বাজে কথা! চাঁদ থেকে নেমে এসেছেন তার প্রমাণ কী?'

'প্রমাণ ওঁর চেহারা! দেখতে পাচ্ছ না ওঁর গায়ের রং!'

'না—ও-প্রমাণ চলবে না! আমরা অন্য প্রমাণ চাই।' ওঝা-পুরুতদের কথায় সর্দারকেও অনিচ্ছাসত্ত্বে সায় দিতে হল।

যেন ব্যাপারটা নেহাত তুচ্ছ এমনই ভাবে বললাম, 'বেশ, চাঁদ থেকেই আজ রাত্রে প্রমাণ পাবে!'

আমার নিশ্চিন্তভাব দেখে বেশ একটু হতভম্ব হয়ে জংলিরা নিজেদের মধ্যে গিয়ে জটলা শুরু করার পর ড. হিল হতাশভাবে বললেন, 'এটা কী করলে, দাস! যদি-বা শুধু পুড়িয়ে মারত, এখন যে গায়ের ছাল জ্যান্ত ছাড়িয়ে নেবে! চাঁদের ধাপ্পাটা কেন মিছে দিতে গেলে।'

হেসে বললাম, 'আপনার কোনও ভয় নেই। চাঁদের প্রমাণ আমি সত্যি দেব দেখবেন!'

হতাশভাবে আমার দিকে চেয়ে তিনি বললেন, 'না, ভয় ভাবনায় তোমার মাথা খারাপ হয়ে গেছে দেখছি। চাঁদের আবার কী প্রমাণ হতে পারে!'

আজ কী তারিখ আপনার মনে নেই, নইলে প্রমাণটা বুঝতে পারতেন।

ড. হিল খানিক বিমূঢ় হয়ে থেকে হঠাৎ প্রায় লাফিয়ে উঠে বললেন, 'ওঃ, ভুলেই গেছলাম! আজ তো এখানে চন্দ্রগ্রহণ দেখা যাবে!'

হেসে বললাম, 'হ্যাঁ, ওর চেয়ে বড় প্রমাণ আর কী হতে পারে!'

কিন্তু ভাগ্য যে তখনও আমাদের ওপর অত বিরূপ তা কী করে জানব।

সন্ধে হতে না হতেই কোথা থেকে রাশি রাশি মেঘ এসে আকাশ ছেয়ে ফেলতে লাগল। ওঝা-পুরুতদের আস্ফালন তখন দেখে কে! তারাই নিজেদের ভেলকিতে মেঘ আকাশে তুলছে বলে সর্দারকে তখন বোঝাচ্ছে।

অগ্নিমূর্তি হয়ে সর্দার আমাদের কাছে এসে এবার বললে, 'কই, কোথায় তোমাদের চাঁদের প্রমাণ—দেখাও!'

ভেতরে ভেতরে নাড়ি তখন প্রায় ছাড়বার উপক্রম, তবু বাইরে বেপরোয়া সাহস দেখিয়ে বললাম, 'তোমার ওঝা-পুরুতদের কিছু ক্ষমতা আছে মানছি, কিন্তু চাঁদের

মানুষের তেজ যে কত বেশি, আর একটু বাদেই টের পাবে!'

আমাদের সামনে একটা আধ-পোড়া মশাল মাটিতে পুঁতে দিয়ে সর্দার বললে, বেশ, 'এই মশাল যতক্ষণ না-নেভে ততক্ষণ তোমাদের সময় দিলাম। তারপর জ্যান্ত তোমাদের কলিজা কেটে বার করব।'

'তা-ই কোরো', বলে বেশ জোরে জোরেই হাসলাম। মনে মনে তখন জপছি, হে আকাশের দেবতা, দয়া করে একটা ঝড় তুলে মেঘগুলোকে তাড়াও। নইলে আর যে রক্ষা নেই।

আকাশের দেবতার দয়া করার কোনও লক্ষণ কিন্তু দেখা গেল না। মেঘগুলো যেন আরও গাঢ় হয়েই জমতে শুরু করল।

মশালটা প্রায় তখন শেষ হয়ে এসেছে। সেই দিকেই চেয়ে ইষ্টনাম স্মরণ করবার চেষ্টা করছি, এমন সময় ছলাৎ করে একটা শব্দ শুনে ফিরে দেখি, কাঁচের জারের মধ্যে রাখা একটা মাছ কী রকম যেন ছটফট করছে।

ড. হিল নিজের ভাগ্য তখন বোধ হয় মেনে নিয়েছেন। একটু দুঃখের হাসি হেসে বললেন, 'মাছটাও আমাদের পরিণাম বোধ হয় বুঝতে পেরেছে।'

কয়েক মুহূর্ত মাছটার দিকে চেয়ে হঠাৎ উত্তেজিত হয়ে বলে উঠলাম, 'না, ড. হিল, আর ভয় নেই। মাছটা আমাদের পরম বন্ধু, আমাদের উদ্ধারের পথই বাতলাচ্ছে।'

তারপরে উঠে দাঁড়িয়ে চিৎকার করে ডাকলাম, 'কোথায় সর্দার। কোথায় সব ওঝা-পুরুত, চাঁদের মানুষের তেজটা একবার দেখে যাও।'

সবাই অবাক হয়েই কাছে ছুটে এল।

উচ্চৈঃস্বরে হেসে বললাম, 'সামান্য একটা মেঘ দিয়ে আকাশ ঢেকে তোমার ওঝা-পুরুতেরা বাহাদুরি নিচ্ছিল সর্দার। চাঁদের মানুষ এবার এই পাহাড়-জঙ্গল দুলিয়ে দিচ্ছে দেখো।'

ওঝারা চেঁচিয়ে উঠল, 'সব মিথ্যে কথা! সব ধাপ্পা!'

জংলিরা খেপে আমাদের ওপর ঝাঁপিয়ে পড়ে আর কী! এমন সময় মাটির তলা থেকে অদ্ভুত একটা প্রচণ্ড গোঙানির শব্দ যেন শোনা গেল। পরমুহূর্তে সমস্ত পাহাড়টা ঢেউ-এর মাথায় নৌকার মতো দুলে উঠল আর সেই কিভু হ্রদের জল লাফ দিয়ে তীর ছাপিয়ে উপচে পড়ল বিশাল স্রোত হয়ে।

সেই প্রচণ্ড ভূমিকম্পে ভয়ে দিশাহারা হয়ে জংলিরা কে যে কোথায় পালাল ঠিক নেই। ভূমিকম্প যখন থামল তখন দেখি, আমরাই শুধু আমাদের মালপত্রের মধ্যে প্রায় বেহুঁশ হয়ে পড়ে আছি, আর কিভু হ্রদের এক পাড় ভেঙে দুরন্ত এক নদীর স্রোত নীচে বয়ে যাচ্ছে।"

ঘনাদা গল্প শেষ করে থামবার পর শিবু জিজ্ঞাসা করলে, "ওই মাছের ছটফটানি দেখেই ভূমিকম্পের কথা টের পেলেন নাকি? কী মাছ সেটা?"

"ওদেশের একরকম মাগুর মাছ", গম্ভীরভাবে বললেন ঘনাদা, "ইংরেজিতে বলে cat fish. জাপানে থাকতে ও-মাছের ক্ষমতার কথা জেনেছিলাম। জাপানে তো ভূমিকম্প নিত্য লেগেই আছে। সেখানকার বৈজ্ঞানিকেরা লক্ষ করে দেখেছেন,

ভূমিকম্পের ঠিক আগে মাগুর-জাতের মাছ কী করে যেন তা টের পেয়ে অদ্ভুতভাবে ছটফট করে। অনেকে সেখানে তাই ভূমিকম্প আগে থাকতে ধরবার জন্যে মাগুর মাছ পোষে।"

একটু থেমে একটা দীর্ঘশ্বাস ফেলে ঘনাদা বললেন, "যার জন্য সেবার প্রাণ ফিরে পেলাম, সে মাছ আর কী করে খাই, বলো।"

টুপি

"চু মু লান মি।"

"উঁহুঃ! চো মো লঙ মা!"

"না হে, না! আসলে ওটা জা মো লাং মা।"

"তার চেয়ে বলো না—কাং তন তিং, কিংবা শেরিং চেড়ংগা পোতাং-ও বলতে পারো।"

বাহাত্তর নম্বর বনমালি নস্কর লেনের মেসের বাসিন্দারা হঠাৎ খেপে গেছে বলে এ থেকে যদি কারুর ধারণা হয়, তাহলে খুব দোষ দেওয়া যায় না।

ব্যাপারটা কিন্তু তা নয়। এ সব অনুস্বার, বিসর্গ মেশানো কিচির-মিচিরের আসল লক্ষ্য হলেন ঘনাদা।

ঘনাদা আজ দুদিন হল আমাদের সঙ্গে বাক্যালাপ বন্ধ করেছেন। তার যথেষ্ট কারণ অবশ্য বর্তমান।

দুদিন আগে ঘনাদা যথারীতি মেসের বসবার ঘরের সবচেয়ে লোভনীয় আরাম-কেদারাটি দখল করে বসে খবরের কাগজে চক্ষু নিবদ্ধ করে চায়ের পেয়ালায় চুমুক দিতে দিতে শিশিরের দিকে ডান হাতটি নিঃশব্দে বাড়িয়ে দিয়েছিলেন। তর্জনী ও মধ্যমা অঙ্গুলিটি তাতে এমন করে ফাঁক করে ধরা যে তা থেকেই তাঁর ইঙ্গিতটুকু পরিস্ফুট।

শিশির সে ইঙ্গিত অমান্য করেনি। অবিলম্বে একটি সিগারেট সেই আঙুলের মধ্যে ভরে দিয়ে সেটি জ্বালাবার পরিশ্রমটুকু থেকেও ঘনাদাকে বাঁচাবার জন্যে দেশলাই-এর কাঠি বাগিয়ে ধরেছিল।

অপরাধের মধ্যে সে শুধু সেইসঙ্গে মুখ টিপে আমাদের দিকে একটু হেসে বলেছিল, "তিন হাজার দুশো তেইশটা হল, ঘনাদা!"

ঘনাদা শিশিরের হাসিটুকু দেখতে পাননি, কিন্তু তৎক্ষণাৎ যেন বিছুটি গায়ে

লেগেছে এমনইভাবে খবরের কাগজ থেকে মুখ তুলে উঠে বসেছিলেন।

"কী রকম!"

প্রথমটা আমরা সবাই একটু হকচকিয়ে গেছলাম। ঘনাদার হঠাৎ হল কী?

গৌরই সকলের আগে ব্যাপারটা বুঝে হাসি চেপে বলেছিল, "গোনায় কিছু ভুল হয়েছে বুঝি!"

"ভুল হয়েছে মানে?" ঠকিয়ে যেন আমরা তাঁর সর্বনাশ করে ফেলছি, ঘনাদা এইভাবে বলেছিলেন, "একেবারে চার-চারটে বাড়িয়ে বলা।"

অন্যদিন হলে শিশির তৎক্ষণাৎ সায় দিয়ে হ্যাঙ্গাম চুকিয়ে দিত। কিন্তু সেদিন সেও কেমন বেয়াড়া জেদ ধরে বসেছিল, "না, ঘনাদা, ও তিন হাজার দুশো তেইশ-ই হবে।"

"না, তিন হাজার দুশো উনিশ!" ঘনাদা প্রবল প্রতিবাদ করে জানিয়েছিলেন।

শিশির তবু নাছোড়বান্দা। মাথা নেড়ে বলেছিল, "না, আপনি যা-ই বলুন, ও দুশো তেইশ। আমার গুনতে ভুল হয় না।"

"গুনতে ভুল তাহলে আমারই হয়েছে বলতে চাও।" ঘনাদা গরম হয়ে উঠেছিলেন! বেশ গুনতেই যখন জানি না, তখন তোমার সিগারেট আমার না খাওয়াই ভাল।"

ঘনাদা হঠাৎ আরাম-কেদারা থেকে উঠে ঘর থেকেই বেরিয়ে গেছলেন। অবশ্য সিগারেটটি হাতে নিয়েই।

সেই থেকে তিনি যে আমাদের সঙ্গে বাক্যালাপ বন্ধ করেছেন, তাঁর অভিমান তারপর আর ভাঙানোই যায়নি।

এদিকে আমাদের দিন কাটানো দায় হয়ে উঠেছে। এবারের বর্ষা একটু বিলম্বে দেখা দিয়ে শেষের দিকে একেবারে সুদসুদ্ধ পুষিয়ে নিচ্ছে। ফুটবলের রথী-মহারথীরা সব হেলসিঙ্কিতে, কী রাজ্য জয় করতে গেছেন, তাঁরাই জানেন। ওদিকে খেলার মাঠে যেতে মন চায় না, এদিকে আমাদের বর্ষার সন্ধ্যাগুলো মাঠেই মারা যাচ্ছে।

ঘনাদাকে অনেকরকম ঘুষ দিয়ে দলে ভেড়াবার চেষ্টা এ দুদিন করা হয়েছে। প্রথম দিন পাড়ার বিখ্যাত তেলেভাজার দোকান থেকে ফুলুরি বেগুনি ভাজিয়ে এনে ওপরের বসবার ঘরে একেবারে থালাসুদ্ধ সাজিয়ে নিয়ে বসেছিলাম, ঘনাদা যদি গন্ধে এসে বসেন।

ঘনাদা তাঁর ওপরের ঘর থেকে নেমে এলেন ঠিকই, কিন্তু তারপর মাত্র দু সেকেন্ড আমাদের আড্ডা-ঘরের দরজায় দ্বিধাভরে দাঁড়িয়ে আবার নীচে চলে গেলেন।

দ্বিতীয় দিন ঘনাদার জন্য আস্ত একটা সিগারেটের টিন শিশির টেবিলের ওপর রেখে দিয়েছে। সেই সঙ্গে মোড়ের রেস্তোরাঁ থেকে চিংড়িমাছের কাটলেট।

এদিন চৌকাঠ থেকে চলে না গিয়ে ঘনাদা ঘরের ভেতরে এসে বসেছেন, কিন্তু আমরা যে ঘরে আছি, তা যেন তিনি দেখতেই পাননি।

শিশির অন্যমনস্কভাবে সিগারেটের টিনটা তাঁর দিকে বাড়িয়ে ধরতেই কিন্তু সব মাটি হয়ে গেছে। সিগারেটের বদলে শিশিরকেই যেন জ্বলন্ত চোখের দৃষ্টিতে ভস্ম করে ঘনাদা উঠে ঘর থেকে বেরিয়ে গেছেন।

আজ তিনদিনের দিন আমরা একেবারে তাই নতুন প্যাঁচ ধরেছি।

আজ টেবিলের ওপর ফুলুরি, বেগুনি বা কাটলেট নয়, গরম হিঙের কচুরি একথালা সাজানো আছে, সেই সঙ্গে সিগারেটের টিনও বটে। কিন্তু ওগুলো আসল টোপ নয়, চার মাত্র।

আসল টোপ হল আমাদের এই কিচির-মিচির, এবং সেই টোপেই ঘনাদাকে গাঁথা গেল শেষ পর্যন্ত।

গৌর, শিশির ও আমার চালিয়াতি পর্যন্ত ঘনাদা কোনওরকমে সহ্য করেছিলেন, শিবুর "শেরিং চেড়ংগা পোতাং" শুনে একেবারে চিড়বিড়িয়ে উঠে আর থাকতে পারলেন না।

"চো—মো—হিয়ান মি!" ঘনাদা খ্যাপা ঘোড়ার মতো ঘর কাঁপিয়ে যেন চিঁহি চিঁহি ডাক ছাড়লেন।

ঠিকমতো টোপ দিয়ে ঘনাদাকে গাঁথতে পেরে আমরা যেমন খুশি তেমনই বেশ একটু হতভম্বও হলাম।

ঘনাদার মান ভাঙানোর সঙ্গে সত্যি কথা বলতে গেলে তাঁকে একটু জব্দ করার ইচ্ছেও আমাদের ছিল। যত বড় সবজান্তা হবার ভানই করুন, আমাদের ও কিচির-মিচিরের মর্ম বোঝা ঘনাদার পক্ষেও সম্ভব নয় বলে আমরা মনে করেছিলাম।

সত্যি কথা বলতে কি গত দুদিন ধরে শিবু আর গৌর একরাশি পুঁথি-পত্র বই-কাগজ ঘেঁটে ওই সব উদ্ভট আজগুবি আওয়াজ জড়ো করেছে।

এত করেও ঘনাদার ওপর টেক্কা দেওয়া কিন্তু গেল না।

"চো—মো—হিয়ান মি!" বলে, চিঁহি ডাক ছেড়ে, ঘনাদা তিনদিন বাদে তাঁর নিজস্ব আরাম-কেদারায় এসে বসে মুখ বেঁকিয়ে বললেন, "চালবাজি তো করছ, জানো মানে এসব কথার?"

আমরা যতখানি সম্ভব বেকুবের মতো তাঁর দিকে নীরবে তাকিয়ে রইলাম।

তিনি ততক্ষণে থালার হিঙের কচুরির দিকে মনোনিবেশ করেছেন। পুরো থালাটাই প্রায় সাবাড় করে সিগারেটের টিনটার দিকে হাত বাড়িয়ে তিনি হঠাৎ থেমে ভুরু কুঁচকে শিশিরের দিকে তাকালেন।

"আমারই ভুল হয়েছিল ঘনাদা", শিশির তাড়াতাড়ি বলে উঠল, "তিন হাজার দুশো উনিশই হবে।"

"না, তিন হাজার দুশো কুড়ি।" বলে শিশিরের ভুল শুধরে ঘনাদা সিগারেট ধরালেন। তারপর আগেকার প্রশ্ন আবার তুলে বললেন, "বলো দেখি, কথাগুলোর মানে কী?"

এবার চুপ করে থাকলে আর চলে না। গৌর তাই আমতা আমতা করে বললে, "ও সব হল মাউন্ট এভারেস্টের নাম।"

"হ্যাঁ, নাম তো বটে, কিন্তু ও সব নামের মানে কী, আর কোন নামটা ঠিক?" ঘনাদা অবজ্ঞাভরে আমাদের দিকে চাইলেন। আমাদের মুখে আর কথা নেই দেখে ঘনাদাই আবার করুণার দৃষ্টিতে আমাদের ওপর চোখ বুলিয়ে শুরু করলেন,

"কথাগুলো যা আওড়াচ্ছিলে, সবই হল মাউন্ট এভারেস্টের তিব্বতি নাম। চো মো লঙ মা মানে হল লঙ মা দেবী। লঙ মা বলে কোনও শব্দের অর্থ কিন্তু হয় না। লঙ বলতে অবশ্য দেশ বোঝায়। জা মো লাং মা মানে হল একসঙ্গে পক্ষিণী-দেবী আর গো-দেবী। কাং তন তিং মানে হল ঊর্ধ্ব-লোকের নীল তুষার। নামটায় কবিত্ব আছে, কিন্তু এটা বা শেরিং চেড়ংগা পোতাং অর্থাৎ অমর পঞ্চ দেবীর প্রাসাদও আসল নাম নয়। পৃথিবীর সর্বোচ্চ চূড়ার আসল তিব্বতি নাম হল, চো মো হিয়ান মি অর্থাৎ বিশ্বজননীর পূত সলিল। চিনারা তিব্বতের রাজধানী লাসা অধিকার করার পর এই তিব্বতি নামটিই চালু করেছে। ভুল করে অনেকে এটা অবশ্য চু মু লান মি বলে বানান করে।"

বলা বাহুল্য, আমরা এতক্ষণ হাঁ করে ঘনাদার দিকে চেয়ে ছিলাম। গৌরই প্রথম যেন সামলে উঠে জিজ্ঞাসা করলে, "আপনি তিব্বতি ভাষা জানেন নাকি?"

আইনস্টাইনকে যেন গুণ-ভাগ জানেন কি না জিজ্ঞাসা করা হয়েছে, ঘনাদা এমনই একটু অনুকম্পার হাসি হাসলেন।

শিবু হঠাৎ অন্য প্রসঙ্গ তুলে বললে, "কিন্তু নাম যাই দিক, মাউন্ট এভারেস্ট চূড়া আর মানুষের সাধ্যে কুলোল না। সুইসরাও তো হার মেনে ফিরে এল।"

"হ্যাঁ!" ঘনাদা অবজ্ঞাভরে বললেন, "রুন-এর শেকড় তো আর চেনে না।"

"রুন-এর শেকড় মানে?" আমাদের চোখ কপালে উঠেছে তখন।

"রুন-এর শেকড় চিনলে কী হত?" অবাক হয়ে আমরা আবার জিজ্ঞাসা না করে পারলাম না।

"কী আর হত! টুপিটা তাহলে ফিরিয়ে আনতে পারত!" ঘনাদা তাচ্ছিল্যের সঙ্গে কথাটা বলে ওঠবার উপক্রম করলেন।

রুন-এর শেকড় আর টুপিতে মিলে আমাদের মাথা তখন ঝিমঝিম করছে, তবু একরকম জোর করেই চারজনে তাঁকে ধরে বসিয়ে দিলাম।

ঘনাদা যেন নেহাত নিরুপায় হয়ে অনিচ্ছার সঙ্গে শুরু করলেন,

"ড. তানাকার নাম তোমরা বোধহয় শোনোনি। অত বড় পণ্ডিত-পর্যটক সোয়েন হেডিন-এর পর কমই দেখা গেছে। ইউরোপ-আমেরিকার লোক হলে তাঁর নাম অনেক বেশি ছড়িয়ে পড়ত। এশিয়ার লোক বলেই তাঁর নাম অনেকে এখনও জানে না। অনেক কাল আগে সেই ব্রিটিশ আমলে তিব্বতে যাবার নতুন একটা পথ, যাকে বলে গিরিবর্ত্ম, খুঁজে বার করবার জন্যে বেরিয়ে থিয়াং বোচি মঠে সেবার তিনি ক-দিনের জন্যে বিশ্রাম করছিলেন। নেপালের উত্তরে নামচে। সেখান থেকে থিয়াং বোচি আসতে হলে প্রথমে দুধকোশি নদীর ওপরকার খাড়া পাহাড়ের গায়ে দু হাজার ফুট উঁচু দুর্গম পথ পার হতে হয়। সে-পথ কিছুদূর গিয়ে আবার দুধকোশিতে নেমে যায়। সেখানে কাঠের একটা নড়বড়ে পোল পার হলে— সামনের একটি দুহাজার ফুট উঁচু চূড়ার মাথায় থিয়াং বোচি মঠ দেখা যায়।

ভারতবর্ষের দিকে এর চেয়ে উঁচু বৌদ্ধ মঠ আর নেই। তিব্বতে যাওয়া-আসার পথে এ-মঠের বৌদ্ধ মোহান্তদের সঙ্গে তানাকার বেশ আলাপ হয়ে গেছল। এবারে

অভ্যর্থনাটা তাই ভালই হল। মোহান্তদের অনুরোধে দুদিনের জায়গায় প্রায় পাঁচ দিন কাটিয়ে দেবার পর হঠাৎ একদিন সকালবেলা একজন ছোট মোহান্তকে দেখে তিনি অবাক হয়ে গেলেন। এ লোকটির সঙ্গে এ ক-দিন তাঁর বিশেষ দেখাশোনাই হয়নি। শুনলেন—তিব্বতের পাঞ্চেন লামার চিঠি নিয়ে তিনি থিয়াং বোচি মঠের প্রাচীন তিব্বতি ধর্মগ্রন্থগুলির তালিকা করতে এসেছেন। লোকটির যা পরিচয় পাওয়া গেল, তাতে তাঁর সঙ্গে তানাকার কোনওদিন দেখাশোনা হওয়া অসম্ভব। তবু মনের খটকা তাঁর গেল না। কেন জানি না তাঁর মনে হল তাঁর অত্যন্ত চেনা কোনও একজনের সঙ্গে এই মোহান্তর অত্যন্ত মিল আছে। সঠিক পরিচয়টা তবু কিছুতেই মনে আনতে পারলেন না।

তানাকার সন্দেহ যে অমূলক নয়, তার পরের দিন সকালেই তার প্রমাণ পাওয়া গেল। খোদ মোহান্ত ঘুম ভাঙতে না ভাঙতেই তাঁর ঘরে এসে হাজির। তাঁদের মঠের নাকি সর্বনাশ হয়ে গেছে। পাঞ্চেন লামার চিঠি নিয়ে যে লোকটি এসেছিল, সে নাকি জাল। গত রাত্রে থিয়াং বোচি মঠের অত্যন্ত মূল্যবান ক-টি পুরনো তিব্বতি পুঁথি নিয়ে সে নাকি সরে পড়েছে।

খোদ মোহান্তর কথা শুনে তানাকা বুঝলেন, তিনি ঠিক না চিনলেও জাল মোহান্ত তাঁকে ঠিক চিনেছিল এবং সেই জন্যই ধরা পড়বার ভয়ে সে নিজে থেকেই আগে পালিয়েছে।

কিন্তু পালিয়ে সে যাবে কোথায়? এখান থেকে নেপালের দিকে যাবার একটিমাত্র সংকীর্ণ পথ। সে পথে এখনকার যে-কোনও শেরপা জোয়ান একদিনে তাকে ধরে ফেলবে। আর—উত্তরে নুপৎসে ও লোৎসে এই দুই চূড়ার মাঝখানে বিরাট পঁচিশ হাজার ফুট পাহাড়ের দেওয়াল সেখানে যেন মাউন্ট এভারেস্টের চূড়া আড়াল করে দাঁড়িয়ে আছে। সেদিকে যাওয়া মানে আত্মহত্যা ছাড়া আর কিছু নয়।

খোদ মোহান্তকে সেই আশ্বাসই দিয়ে তানাকা বললেন যে, দক্ষিণে নামচে যাবার দিকে দুজন শেরপা জোয়ান তিনি যেন পাঠিয়ে দেন। উত্তর দিকে তিনি নিজেই যাচ্ছেন নতুন পথের সন্ধানে। সেদিকে যাওয়ার দুর্বুদ্ধি যদি তার হয়ে থাকে, জীবন্ত বা মৃত, যে-কোনও অবস্থায় তার কাছ থেকে সমস্ত পুঁথি তিনি উদ্ধার করবেনই।

খোদ মোহান্ত তানাকার কথায় কিছু আশ্বস্ত হলেন। ধর্মচক্র ঘুরিয়ে তাঁর আশীর্বাদ নিয়ে সেই দিনই দুপুরের আগে চারজন শেরপা কুলি নিয়ে তানাকা বেরিয়ে পড়লেন।

থিয়াং বোচি থেকে উত্তরে যাবার একটিমাত্র পথ দেবদারু, সরল ও ভূর্জ গাছের জঙ্গলের ভেতর দিয়ে প্রথমে ইমজাখোলা নদীর ধারে নেমে গিয়েছে। ইমজাখোলা যেখানে ভূর্জ আর জুনিপার গাছের ঝোপের ওপর দিয়ে পাগলাঝোরা হয়ে নীচে অতল গহ্বরে ঝাঁপিয়ে পড়েছে, তার একটু আগে দড়ির পোল দিয়ে তানাকা এই দুরন্ত নদী পার হলেন। সেখান থেকে পাং বোচি পর্যন্ত ওঠবার পরই বড় গাছপালা শেষ হয়ে শুধু মোটা পাহাড়ি ঘাসের প্রান্তর শুরু। সে প্রান্তরেও মানুষের সীমানা—ফারিচে গাঁয়ে এসে শেষ। তারপর চিরতুষারের দেশ, লোৎসে ও নুপৎসের মতো বিরাট সব গিরিচূড়া মাউন্ট এভারেস্টকে ঘিরে সেখানে অলঙ্ঘ্য নিষেধের প্রাচীর তুলে দাঁড়িয়ে

আছে। এখানে মানুষের পদচিহ্ন কালেভদ্রে যদি বা কখনও পড়ে, তাও বেশিদূর পর্যন্ত পৌঁছোয় না।

যে-ফারিচে গাঁয়ের কথা আগে বলেছি, তাকে গাঁ ঠিক বলা উচিত নয়। ও অঞ্চলের চমরী গাই যারা চরায়, সেই রাখালদের এটা একটা অস্থায়ী আস্তানা। শরৎকালে চমরী গাই চরিয়ে শীতের আগেই তারা এখান থেকে নেমে যায়। তারপর পাথর-কাঠ দিয়ে তৈরি ক-টা পরিত্যক্ত কুঁড়ে শুধু পড়ে থাকে।

তানাকা ফারিচে গাঁয়ে যখন এসে পৌঁছোলেন তখন সেখানে জনমানব নেই। শীত এবার একটু তাড়াতাড়ি পড়েছে। রাখালরা তাই তাদের চমরী গোরু-বলদ নিয়ে আগেই নেমে গেছে।

ফারিচে গাঁয়ে এসে মনে হল পুঁথিচোর জাল মোহান্তকে ধরা বোধ হয় খুব শক্ত হবে না। এখান থেকে উত্তরে ছাড়া আর কোনওদিকে তার যাওয়া অসম্ভব। অথচ উত্তরে যাওয়া মারাত্মক পাগলামি ছাড়া আর কিছু নয়। সেখান থেকে তিব্বতের দিকে যাওয়ার কোনও পাস বা গিরিপথ যদি থাকেও, তা অত্যন্ত দুর্গম হতে বাধ্য। তা ছাড়া এদেশের সবচেয়ে সাহসী ও ঝানু শেরপা জোয়ানদের পক্ষেও একলা সে-পথ খুঁজে বার করা সম্ভব নয়।

ফারিচে গ্রাম ছাড়িয়ে পরের দিন তানাকা লবুজ্যা খোলায় গিয়ে পড়লেন। এই উপত্যকা দিয়েই খুম্বু গ্লেসিয়ার বা হিমবাহ নেমে এসেছে। লবুজ্যা খোলা উপত্যকার একটু ওপরে উঠতেই পুমোরি, লোলা, লিঙট্রেন প্রভৃতি মাঝারি চূড়ার সঙ্গে মাউন্ট এভারেস্টের পশ্চিম ঢাল দেখা গেল। ওদিকে নুপৎসে-লোৎসে আর এদিকে এই সব চূড়া যেন পারিষদবর্গের মতো মহামহিম সম্রাট এভারেস্টকে ঘিরে আছে। পারিষদেরাও কেউকেটা নয়। বিশ থেকে আটাশ হাজার ফুট তাদের উচ্চতা।

লবুজ্যা খোলায় এসেও জাল মোহান্তের খোঁজ না পেয়ে তানাকা একটু অবাক হলেন। তাঁর সমস্ত অনুমানই কি তাহলে ভুল? সন্ধের দিকে সেদিন দারুণ তুষার-ঝড় উঠল। চারজন শেরপা কুলি একটি তাঁবুতে আর একটিতে তানাকা একলা। সমস্ত রাত প্রায় জেগেই কাটালেন। ঝড়ে তাঁবু উড়িয়ে নিয়ে যাওয়ার ভয় যথেষ্ট, কিন্তু তখন তাঁর মনে আর এক ভাবনা তার চেয়ে বেশি প্রবল।

মাঝরাত্রে তুষার-ঝড় থেমে গেল। সামান্য ঘণ্টা দুয়েক ঘুমিয়ে ভোর হতে না হতেই সাজগোজ করে বন্দুক আর দূরবিন হাতে তানাকা বেরিয়ে পড়লেন।

শেরপা কুলিরা তখনও বোধ হয় অঘোরে ঘুমোচ্ছে। তাদের তাঁবুর চারিধারে নরম তুষারের ওপর একটা তুষার-চিতার পায়ের দাগ তাঁর চোখে পড়ল। তুষার-চিতাটা অচেনা জিনিস দেখে একটু শোঁকাশুঁকি করে নীচের দিকে নেমে গেছে।

শেরপাদের তাঁবু থেকে আধ মাইলটাক এগিয়ে যাবার পর তিনি তুষারের ওপর আবার এক ধরনের পায়ের দাগ দেখে কিন্তু একেবারে অবাক হয়ে গেলেন। উপত্যকার একদিকের পাহাড়ের ধার থেকে বেরিয়ে সে পদচিহ্ন তুষার-নদী পেরিয়ে আর একদিকে চলে গেছে।

কোনও চতুষ্পদ প্রাণীর পায়ের দাগ তা কিন্তু নয়, মানুষের মতোই দু-পায়ে হাঁটা

কোনও জীবের। কিন্তু পায়ের অতবড় প্রকাণ্ড মাপ কোনও মানুষের হওয়া তো অসম্ভব! তা ছাড়া এই আকাশ-ছোঁয়া চিরতুষারের দেশে, খালি পায়ে হাঁটবার মতো মানুষ কে থাকতে পারে!

হঠাৎ একটা কথা মনে পড়ায় তানাকা উত্তেজনার আনন্দে অধীর হয়ে উঠলেন। সব কিছু ভুলে সেই পায়ের দাগ অনুসরণ করলেন এবার। তুষার-নদীর ওপর দিকে হাঁটা খুব সহজ ও নিরাপদ নয়। কোথাও কোমর পর্যন্ত নরম তুষারে ডুবে যায়, কোথাও বিরাট তুষারের খাদ হাঁ করে আছে, অতি সাবধানে তার ধার দিয়ে পার হতে হয়। পায়ের দাগ অনুসরণ করতে গিয়ে কিন্তু বুঝলেন, যাকে অনুসরণ করছেন, এ তুষার-রাজ্যের কায়দা-কানুন তাঁর চেয়েও তার অনেক বেশি জানা। অনায়াসে দুর্গম বিপজ্জনক সমস্ত জায়গা কখনও লাফ দিয়ে, কখনও পাশ কাটিয়ে সে পার হয়ে গেছে।

কিছুদূর গিয়ে সে-পদচিহ্ন আর কিন্তু অনুসরণ করতে পারা গেল না। তুষার-নদীতে এক জায়গায় প্রায় মাইলখানেক লম্বা ও প্রায় ত্রিশ ফুট চওড়া একটি গভীর খাদ তৈরি হয়েছে। সে-খাদের ওপারের পদচিহ্ন বেশ স্পষ্ট দেখতে পেলেও তাঁর পক্ষে শীতের পোশাক পরে তা লাফ দিয়ে পার হওয়া অসম্ভব। মাইলখানেক ঘুরে আবার তা অনুসরণ করারও তখন সময় নেই।

এমনিতেই আগ্রহে উত্তেজনায় অনেক দূর এসে পড়েছিলেন। তাঁবুতে যখন ফিরে গেলেন, তখন বেশ বেলা হয়ে গেছে। পায়ের নীচে ঠাণ্ডা বরফ আর আকাশে জ্বলন্ত সূর্যের এমন তেজ যে, মুখ যেন পুড়িয়ে দিচ্ছে। সেই অবস্থায় তাঁবুতে এসে তানাকা একেবারে অবাক হয়ে গেলেন। শেরপা কুলিরা সব গেল কোথায়? এতক্ষণে তো তাদের খাওয়া-দাওয়া সেরে তাঁবু তোলবার জন্যে প্রস্তুত হওয়ার কথা।

বাইরে থেকে শেরপাদের সর্দার দাওয়া আগুপকে ডাক দিলেন। কোনও সাড়া না পেয়ে এবার তাদের তাঁবুর ভেতরেই গিয়ে ঢুকলেন। চারজনের মধ্যে একটিমাত্র শেরপা কুলি সেখানে বসে তার জিনিসপত্র বাঁধছে। আর কোনও শেরপা কুলির চুলের টিকি দূরে থাক, জিনিসপত্র পর্যন্ত সেখানে নেই।

যে জিনিসপত্র বাঁধছিল, বাইরের আলো থেকে তাঁবুর ভেতরে এসে তানাকা প্রথমটা তাকে চিনতে পারলেন না। তবু অত্যন্ত কড়া গলায় অন্য শেরপারা কোথায় গেছে জিজ্ঞাসা করলেন।

মুখ না তুলেই লোকটা বললে, 'তারা পালিয়েছে।'

'পালিয়েছে! হঠাৎ এরকম পালাবার মানে?'

'জানি না!'

তার উত্তরে নয়, তার কথা বলবার ধরনে হঠাৎ চমকে উঠে সজোরে দুহাতে তার গলাটা ধরে তানাকা তাকে তাঁবুর বাইরে নিয়ে এলেন।

'আরে, ছাড়ো, ছাড়ো, বন্ধু! গায়ের জোরটা ইয়েতিদের জন্যই মজুদ রাখো।' শেরপা কুলির মুখে বিশুদ্ধ জাপানি ভাষা শুনে তানাকা একেবারে হতভম্ব।

অবাক হয়ে, তার গলা ছেড়ে দিয়ে বললেন, 'একি! মি. দাস।'

গলায় হাত বুলোতে বুলোতে এবার হেসে বললাম, 'যেরকম হাতের জোর দেখিয়েছ, আর একটু হলেই দাস হয়ে যেতাম।'

রসিকতার মতো মনের অবস্থা তানাকার তখন নয়। বললেন, 'তুমিই তাহলে জাল মোহান্ত সেজে পুঁথি চুরি করেছ—!'

অম্লান বদনে বললাম, 'তা করেছি, তবে চালুনি হয়ে ছুঁচের ছিদ্র ধরা তোমার কি উচিত? সিনকিয়াং-এর সেই মঠের কথা মনে পড়ে? এ-বিদ্যে তোমার কাছেই তখন শিখি।'

সিনকিয়াং-এর এক প্রাচীন গোম্ফা বা বৌদ্ধ মঠের পুরনো পুঁথি সরানোর ব্যাপারে ড. তানাকাকে আমায় সাহায্য করতে হয়েছিল।

সে-কথা এখন গায়ে না মেখে তানাকা রাগের সঙ্গে বললেন, 'কিন্তু আমার কুলিদের তুমি তাড়িয়েছ কেন?'

'এখানকার ঠাণ্ডায় তোমার বুদ্ধিটা একটু জমে গেছে মনে হচ্ছে!' হেসে বললাম, 'নইলে ইয়েতি নামটা যখনই উচ্চারণ করেছিলাম তখনই ব্যাপারটা বুঝতে!'

এক মুহূর্তে শেরপাদের পালাবার কারণটা তানাকার কাছে স্পষ্ট হয়ে উঠল। উদ্বিগ্ন ভাবে জিজ্ঞাসা করলেন, 'ওরাও কি ইয়েতির পায়ের চিহ্ন তাহলে দেখেছে?'

'হ্যাঁ, বন্ধু হ্যাঁ। ইংরেজি ভাষায় ভুল ব্যাখ্যা করে যার নাম দেওয়া হয়েছে, জঘন্য তুষার-মানব! তোমার ফিরতে দেরি দেখে খুঁজতে গিয়ে সেই ইয়েতির পদচিহ্নই তাদের চোখে পড়ে। তারপর তল্পিতল্পা গুটিয়ে তারা হাওয়া।'

তানাকা হতাশ ভাবে এবার বললেন, 'কিন্তু এখন আমার সমস্ত প্ল্যানই যে মাটি হয়ে যাবে।'

'কিছু হবে না, বন্ধু। বরং তোমার উদ্দেশ্যসিদ্ধির সুবিধেই হয়ে গেল!'

তানাকা সন্দিগ্ধ ভাবে আমার দিকে চেয়ে বললেন, 'আমার উদ্দেশ্য সম্বন্ধে তুমি কী জানো?'

'জানি বই কি বন্ধু, নইলে শেরপা কুলি সেজে নামচে থেকে তোমার সঙ্গ নিই?'

'তুমি শেরপা কুলি সেজে আমার সঙ্গে এসেছ?'

এবারে তাকে সমস্ত ব্যাপারটা বুঝিয়ে দিলাম। যেখান থেকে শেরপা কুলি সে সংগ্রহ করে, সেই নামচে গাঁয়ে কী করে তার আগেই আমি উপস্থিত হয়ে শেরপা মোড়ল্‌কে আগে ঘুষ দিয়ে হাত করে রাখি। তারপর শেরপা কুলি সেজে তার সঙ্গে থিয়াং বোচিতে এসে কী করে আবার ভোল বদলে জাল চিঠি দেখিয়ে মোহান্তদের পুঁথিঘরে ঢোকবার সুবিধে করে নিই। তারপর সকলে যখন জাল মোহান্ত কোন দিকে গেছে ভেবে আকুল, তখন কেমন করে আবার শেরপা কুলি সেজে তানাকার সঙ্গেই সকলের চোখের ওপর দিয়ে চলে আসি। শেরপা কুলিদের সাহায্য না পেলে অবশ্য এসব সম্ভব হত না। এখান থেকে পালাবার সময় তাই তাদের মোটা বকশিশও দিয়েছি। ইয়েতিদের ভয়ে ততটা নয়, আমার কথাতেই তারা যে তল্পিতল্পা নিয়ে চলে গেছে, এ-কথাটাও তানাকাকে জানিয়ে দিলাম।

এ সব শুনে তানাকা একেবারে খাপ্পা। রেগে উঠে বললে, 'কী সর্বনাশ যে তুমি

করেছ তা জানো না! আমার উদ্দেশ্য তুমি যদি সত্যি জানতে তাহলে শেরপা কুলিদের অন্তত তাড়াতে না।'

'তোমার উদ্দেশ্য জানি বলেই শেরপাদের তাড়িয়েছি।'

তানাকা এ কথায় আরও রেগে উঠল 'তোমার হেঁয়ালি রসিকতা আমার এখন ভাল লাগছে না।'

'হেঁয়ালি নয় বন্ধু, সহজ কথা! শোনো, তুমি যে তিব্বতে যাবার নতুন রাস্তা খুঁজতে এদিকে আসোনি সে আমি আগেই বুঝেছিলাম, তোমার আসল উদ্দেশ্য—হিমালয়ের যে-চূড়া কেউ জয় করতে পারেনি তারই আটঘাট জেনে যাওয়া। পরে যাতে দলবল নিয়ে এ-চূড়া জয়ের চেষ্টা করতে পারো। পাছে সে-কথা বললে ব্রিটিশ সরকার তোমায় নেপালের ভেতর দিয়ে যাবার অনুমতি না দেয়, তাই তুমি ওই মিথ্যে অজুহাত দিয়েছ!'

আমার দিকে অবাক হয়ে চেয়ে তানাকা বললে, 'আশ্চর্য! আমার এ মনের কথা আমি জাপানেও কাউকে বলিনি! কিন্তু তুমি শেরপা কুলি সেজে আমার সঙ্গ নিয়েছ কেন?'

হেসে বললাম, 'এখনও এ দেশে ব্রিটিশদেরই রাজত্ব বলে। স্বাধীন দেশের লোক বলে তোমায় যেটুকু অনুমতি দিয়েছে, কালা ভারতবাসী হিসেবে আমায় তা-ও দিত না। তাই তোমার পাসপোর্ট দিয়েই আমি কাজ চালিয়ে নেবার ব্যবস্থা করেছি। তবে আমার উদ্দেশ্য শুধু এভারেস্টের সুলুক-সন্ধান জানা নয়, বিজ্ঞানের জগতের যা সবচেয়ে বড় হেঁয়ালি, সেই ইয়েতিদের সঠিক পরিচয় নেওয়াও বটে। এখনও পর্যন্ত পায়ের দাগ ছাড়া কোনও সভ্য মানুষ তাদের চোখেও দেখেনি।'

তানাকার রাগ এতক্ষণে ঠাণ্ডা হয়েছে, তবু সে হতাশভাবে বললে, 'কিন্তু শেরপা কুলিদের তাড়িয়ে আমাদের কী লাভটা হল?'

'লাভ হল এই যে, আমরা কী করছি না-করছি তার সাক্ষী কেউ রইল না। শেরপারা সঙ্গে থাকলে পরে তোমার আসল উদ্দেশ্য জানাজানি হয়ে যেতই। আমার দিক দিয়ে শেরপাদের তাড়ানো দরকার ছিল এই জন্যে যে, দলবল নিয়ে ইয়েতিদের সন্ধান পাওয়া অসম্ভব। তারা যেমন চালাক তেমনই সতর্ক। দলবল দেখলেই তারা সে-তল্লাট ছেড়ে পালায়। একা-একা তাদের খোঁজ পাওয়ার বরং আশা আছে।'

তানাকাকে বুঝিয়ে-সুঝিয়ে ঠাণ্ডা করলাম, কিন্তু তারপর এক হপ্তা পর্যন্ত চারিদিকে খোঁজ করেও ইয়েতিদের কোনও চিহ্ন না পেয়ে নিজেই ভেতরে ভেতরে উদ্বিগ্ন হয়ে উঠলাম। আমাদের খাবার রসদ ক্রমশই ফুরিয়ে আসছে। আর ক-দিন এভাবে গেলে ফেরবার উপায়ও থাকবে না।

সেদিন রাত্রে খুম্বু হিমবাহ দিয়ে উঠে আমরা পাহাড়ের ধারের একটি গুহায় আশ্রয় নিয়েছি। গুহা না বলে পাহাড়ের একটা সংকীর্ণ ফাটলই তাকে বলা উচিত। এমনিতে সে ফাটলে রাত কাটালে শীতে জমে যাবার কথা। আমরা কিন্তু এস্‌কিমোদের মতো বরফ দিয়েই শীত নিবারণের ব্যবস্থা করেছি। বরফের চাঁই দিয়ে এমনভাবে ফাটলের বেরুবার দিকটা ঢেকে দিয়েছি যে, হাওয়া বেরুবার সামান্য একটু ফুটো ছাড়া আর

কিছু সেখানে নেই।

যাই করি না কেন, সেই রক্ত-জমানো শীতে আরামে ঘুমোনো অসম্ভব। সামান্য যেটুকু তন্দ্রা এসেছিল শেষরাত্রে হঠাৎ কীসের শব্দে তা ভেঙে গেল। তানাকাও তখন জেগে উঠেছে। দুজনে কান পেতে শুনলাম—যেসব বরফের চাঁই দিয়ে আমাদের ফাটল আমরা বন্ধ করেছিলাম, সেগুলো কে যেন সরাবার চেষ্টা করছে। ফাটলের ওপর দিকে হাওয়া যাবার যে-ফুটো রেখেছিলাম তার ভেতর দিয়ে সামান্য ভোরের আলো গুহার ভেতর তখন এসে পড়েছে। ঘুমোবার থলে থেকে দুজনেই ধীরে ধীরে বেরিয়ে সেখানে গিয়ে দাঁড়ালাম। বাইরের শব্দটা সেই সময়েই থেমে গেল। মিনিটখানেক কোনও শব্দ আর না পেয়ে ফাটলের একটা পাথরের খাঁজে পা দিয়ে উঠে হাওয়ার ফুটোয় চোখ লাগিয়ে যা দেখলাম, অনেক বড় বৈজ্ঞানিক তা দেখবার জন্য নিজের ডান হাতটা কেটে দিতে পারত। আমাদের সামনে তুষার-প্রান্তরে তিন-তিনটি ইয়েতি হামাগুড়ি দিয়ে বরফের ওপর ঘুরে বেড়াচ্ছে ও মাঝে মাঝে যেন পাগলের মতো দু-হাতে সেই বরফ খুঁড়ছে।

আর একটি ফুটোয় চোখ লাগিয়ে তানাকাও তখন ব্যাপারটা দেখেছে। দেখে উত্তেজনায় সে আর চুপ করে থাকতে পারল না।

'ইয়েতি! ইয়েতি! দুনিয়ায় কেউ যা কখনও দেখেনি, সেই ইয়েতি!'

রেগে আগুন হয়ে আমি তাকে চুপ করতে বললাম। কিন্তু ক্ষতি যা হবার, তখন হয়ে গেছে। সামান্য যে শব্দ ফুটোর ভেতর দিয়ে বাইরে পৌঁছেছে, ইয়েতিরা তাই শুনেই সবাই একসঙ্গে উধাও। সব চেয়ে ছোট ইয়েতিকে মাঝখানে রেখে তারা যেভাবে ছুটে পালিয়ে গেল, তাতে বাপ, মা ও বাচ্চা নিয়ে তারা একটি পরিবার বলেই মনে হল।

নিজের বোকামির জন্য লজ্জিত হওয়া দূরে থাক, তানাকা তখনও উত্তেজিত ভাবে বলছে, 'ভাল করে লক্ষ করেছ, দাস? সমস্ত বৈজ্ঞানিক জগৎকে আমরা স্তম্ভিত করে দেব! কে বলে ইয়েতি একরকম বাঁদর বা হনুমান। ওরা দস্তুরমত নতুন এক শ্রেণীর বনমানুষ—গোরিলা বা শিম্পাঞ্জির চেয়ে অনেক উঁচু স্তরের। ওদের পরনে চিতার চামড়া আর ঈগলের পালক লক্ষ করেছ?'

তাকে থামিয়ে বিরক্ত হয়ে বললাম, 'সবই করেছি। কিন্তু তুমি আহাম্মকের মতো না চেঁচালে ওরা এত তাড়াতাড়ি পালাত না—সে খেয়াল আছে?'

এবার তানাকা সত্যিই অত্যন্ত লজ্জিত হয়ে পড়ল। 'ছি ছি, উত্তেজনায় আমার আর কিছু হুঁশই ছিল না!'

কিন্তু লজ্জা তার বেশিক্ষণের নয়। পরমুহূর্তেই সে আবার জিজ্ঞাসা করলে উত্তেজিতভাবে, 'আচ্ছা, ওদের বরফ খোঁড়ার ধরনটা ভারি অদ্ভুত, না?'

'হ্যাঁ, ওই বরফ খোঁড়া দেখেই বুঝেছি, প্রাচীন তিব্বতি পুঁথির কথা মিথ্যে নয়।'

'প্রাচীন তিব্বতি পুঁথির কথা!' তানাকা প্রথমটা হতভম্ব হয়ে গেল। তারপর সবিস্ময়ে বলল, 'তোমার সেই চুরি-করা তিব্বতি পুঁথি—তাতে এসব কথা কিছু আছে নাকি?'

'আছে বইকী!' বলে সঙ্গের ছোট তুষার-গাঁইতি দিয়ে ফাটলের মুখের বরফের চাঁই কেটে সরিয়ে বাইরে এলাম। তারপর ঝুলির ভেতর থেকে আসল পুঁথিটি বার করে তার হাতে দিয়ে বললাম, 'এই জায়গাটা পড়ো দেখি।'

বাইরে তখন বেশ আলো হয়ে গেছে। তানাকা দুবার জায়গাটা পড়ে বিমূঢ় হয়ে আমার দিকে তাকাল!

হেসে বললাম, 'পড়েও হেঁয়ালি মনে হচ্ছে বুঝি? ওতে লিখেছে—বরফের মধ্যে থেকেও যা আগুনের চেয়ে গরম, সেই রুন-এর শেকড় যারা চেনে, দেবতা না হয়েও দেবতাদের দেশে ইয়েতিদের মতো তারা থাকতে পায়। রুন-এর শেকড় যে পায়, চো মো হিয়ান মি অর্থাৎ বিশ্বজননীর পূত সলিল সে-ই আনতে পারে।'

তানাকা তখনও অবাক হয়ে আমার দিকে তাকিয়ে আছে দেখে বললাম, 'ইয়েতিরা এই রুন-এর শেকড়ই খুঁজছিল—বুঝলে? ইয়েতিদের দেখা দূরে থাক, তারা এই চির-তুষারের দেশে কী খেয়ে থাকে, তা-ও বৈজ্ঞানিক পর্যটকেরা এখনও বুঝতে পারেননি। আমরাই বোধহয় প্রথম সে জিনিস দেখব। চলো।'

ইয়েতিরা যেখানে ভোরের বেলা বরফ খুঁড়ছিল সেখানেই গিয়ে কিছুক্ষণ সন্ধান করবার পর সত্যি কয়েকটি আশ্চর্য জিনিস পেলাম। নেহাত আগে থাকতে জেনে খোঁজ করছিলাম তাই, নইলে সে জিনিস যে বরফেরই লম্বা টুকরো নয়, কে বলবে! ওপর থেকে দেখে কোনও তফাতই বোঝা যায় না। জিনিসটা সাধারণ কোনও মূল নয়, ছাতা-জাতীয় কোনও উদ্ভিদ বলেই মনে হল, বরফের মধ্যেও যা বেঁচে থাকে।

কৌতূহলী হয়ে সেই রুন-এর মূল একটু মুখে দিলাম। স্বাদগন্ধহীন কাগজ চিবোচ্ছি বলেই মনে হল। প্রধানত এই জিনিস খেয়ে ইয়েতিরা ওই বিরাট দানবের মতো শরীর নিয়ে কী করে বেঁচে থাকে বুঝতে পারলাম না।

বুঝলাম সেই দিনই সন্ধের দিকে। তানাকাও আমার সঙ্গে রুন-এর মূল কিছু খেয়েছিল। সন্ধের সময় আমাদের ফাটলে ঢুকে সে বললে, 'হঠাৎ ঠাণ্ডা কীরকম কমে গিয়েছে দেখেছ, দাস?'

আমারও তাই মনে হয়ে একটু অবাক লাগছিল। এ-সময়ে হিমালয়ের এ-জায়গায় ঠাণ্ডা তো দিন দিন বাড়বারই কথা, বিশেষ করে সন্ধের সময়ে। সঙ্গে-করে-আনা তাপমান-যন্ত্রটা তাই দেখলাম।

এ কী ব্যাপার! ঠাণ্ডা কমেছে কোথায়! তাপমান-যন্ত্রের পারা তো আরও দু-ডিগ্রি নেমে গিয়েছে!

পরের মুহূর্তেই রহস্যটা পরিষ্কার হয়ে গেল। প্রাচীন তিব্বতি পুঁথির কথা তো দেখছি অক্ষরে অক্ষরে সত্যি!

তানাকাকে সে-কথা জানিয়ে বললাম, 'শুধু শেষ কথাগুলো বাজে কবিত্ব বলে মনে হচ্ছে।'

আমাদের অনুমান যে কতখানি ভুল, দুদিন বাদেই তার প্রত্যক্ষ প্রমাণ পাব কে জানত!

একদল ইয়েতি ভয় পেয়ে পালালেও, রুন-এর শেকড়ের খোঁজে অন্য ইয়েতিরা

এখানে পরে আসতে পারে—এই আশায় আমরা দুদিন ধরে সেই পাহাড়ের ফাটলেই তখন আছি। ফাটলের মুখে তেমনই বরফের চাঁই আটকানো। তার দুটি ফুটোয় চোখ রেখে সারারাত আমরা পালা করে পাহারা দিই।

তিন দিনের দিন ভোরে সত্যিই আমাদের আশা পূর্ণ হল। ভোর হবার আগেই যে ইয়েতিকে সেখানে দেখা গেল, ইয়েতিদের মধ্যেও তাকে দানব বলা চলে। লম্বায় সাড়ে পাঁচ ফুটের সামান্য কিছু ওপরে হলেও তার লোমশ চওড়া দেহ যেন হিমালয়ের একটা প্রকাণ্ড পাথর। তার পরনেও চিতাবাঘের ছাল, কিন্তু ঈগলের পালক কোথাও নেই।

ফাটলের মুখে বরফের চাঁই এমন ভাবে এবার আমরা সাজিয়েছিলাম যে, এক ধাক্কায় তা সরিয়ে ফেলা যায়।

তানাকাকে নিঃশব্দে নজর রাখতে ইঙ্গিত করে আমি আমার ঝুলি থেকে একটা লম্বা দড়ি বার করলাম।

সাবধান করা সত্ত্বেও তানাকা ফিসফিস করে বললে, 'ও-দড়ি কেন! পিস্তল কোথায়!'

'পিস্তল দিয়ে জ্যান্ত প্রাণী ধরা যায় না।'

'তুমি জ্যান্ত ইয়েতি ধরতে চাও!' প্রথমটা অবাক হলেও তানাকা তারপর ঠাট্টা করে বললে, 'ইয়েতি তো আর তোমার ও-দড়িতে আপনি বাঁধা পড়বে না!'

'না, তা পড়বে না, তবে আর্জেনটাইনের পাম্পাস-এ বৃথাই যদি গাউচোদের সঙ্গে না মিশে থাকি, তাহলে এই দড়িতেই তাকে ধরতে ও বাঁধতে পারব।' বলে বরফের ফুটোয় চোখ লাগিয়ে দেখলাম ইয়েতি-দানব বেশ নিঃসন্দিগ্ধ ভাবেই রুন-এর শেকড় তখনও খুঁজছে।

তানাকাকে পেছনে তৈরি থাকতে বলে এক ধাক্কায় বরফের দরজা ঠেলে দিয়ে বাইরে এসে দাঁড়ালাম।

চক্ষের নিমেষে পিছু ফিরে তাকিয়ে ইয়েতিটা তৎক্ষণাৎ ঝড়ের বেগে দৌড় মেরেছে।

কিন্তু ঝড়ের চেয়ে বেশি বেগ আমার লাসো-র। বিদ্যুৎগতিতে লাসো-র দড়ির ফাঁস গিয়ে ইয়েতির কোমরে আটকে গেল।

এক সেকেন্ডের মধ্যে হকচকিয়ে সে থেমে গেল, প্রাণপণে সেই বাঁধন খোলার চেষ্টাও করল একবার। তারপর বিফল হয়ে সে যা করে বসল, তা আমি কল্পনাও করতে পারিনি।

হঠাৎ দেখি ঝড়ের বেগে আমি সামনে ছুটে চলেছি। বাঁধন খুলতে না পেরে ইয়েতি আমায় সুদ্ধই সামনে টেনে নিয়ে যাচ্ছে জাহাজের পেছনের ল্যাং-বোটের মতো। বিপদ দেখে তানাকাও পেছন থেকে এসে আমার সঙ্গে দড়িটা টেনে ধরবার চেষ্টা করল। কিন্তু ইয়েতির তাতে ভ্রূক্ষেপও নেই। সে সমানে আমাদের দুজনকে টেনে উড়িয়ে নিয়ে তখন ছুটছে।

ইয়েতিও থামবে না, আমাদের জেদ আমরাও দড়ি ছাড়ব না। পাছে হাত ফসকে

যায় বলে দড়িটা আমরা তখন নিজেদের কোমরে জড়িয়ে নিয়েছি।

কিন্তু ইয়েতি ক্লান্ত হয়ে শেষ পর্যন্ত ধরা দেবে বলে আমরা যা ভেবেছিলাম, তার কোনও লক্ষণই দেখা গেল না। যদি বা সে একবার একটু থামে, আমি দড়ির আর এক ফাঁস বাগিয়ে লাগাবার আগেই আবার দৌড় দেয়। তুষার-প্রান্তরে বিপদের অন্ত নেই। কোথাও বিরাট ফাটল, কোথাও নরম তুষার, যার মধ্যে চোরাবালির মতো ডুবে যাওয়ার সম্ভাবনা। কিন্তু যেন মুখস্থ রাস্তা দিয়ে যাচ্ছে এমনই অনায়াসে সে সমস্ত বিপদ এড়িয়ে যেতে লাগল।

ঠোকাঠুকি আঁচড় ইত্যাদি একটু লাগলেও অত বেগে যাওয়া সত্ত্বেও তার বাহাদুরিতেই আমাদেরও কোনও বিপদে পড়তে হল না।

কিন্তু ইয়েতি চলেছে কোথায়! পুমোরি চূড়া বাঁয়ে রেখে লো-লো চূড়ার দিকে উঠতে উঠতে হঠাৎ লো-লোও বাঁয়ে ফেলে সে উঠতে লাগল। এরপর যেখানে এসে সে প্রথম থামল, সেখানে ডানদিকে নুপৎসে ও লোৎসে-র চূড়া, আর সামনে একটু বাঁদিক ঘেঁষে স্বয়ং মাউন্ট এভারেস্ট। পাহাড়ের দেওয়াল-ঘেরা মাঝখানের জায়গাটা এত উঁচুতে না হলে তুষার-প্রান্তরের বদলে হ্রদ হতে পারত। এখানে একটু থেমেই সে সোজা সেই তুষার-প্রান্তরেই নেমে গেল আমাদের নিয়ে।

তারপর তুষার-প্রান্তর ছেড়ে সে আবার যেই উঁচুতে উঠতে শুরু করল, তখনই আমাদের দুর্দশা চরম হয়ে উঠল। দড়ি দিয়ে নিজেদের ভাল করে বেঁধে নিয়েছিলাম তাই, নইলে কখন শিথিল হাত খুলে গিয়ে একেবারে অতলে আছড়ে পড়তাম। এই অবস্থাতেও তানাকা খানিক বাদে চিৎকার করে উঠল, 'আমার সমস্ত শরীর অবশ হয়ে যাচ্ছে, দাস! নিঃশ্বাস নিতে পারছি না।'

পশমি আলখাল্লার ঝোলা পকেটেই অল্টিমিটার অর্থাৎ উচ্চতা মাপবার যন্ত্রটা ছিল। বার করে দেখি ছাব্বিশ হাজার সাতশো ত্রিশ ফিট! বুঝলাম—এত উঁচু জায়গার পাতলা হাওয়ায় অক্সিজেনের স্বল্পতার দরুনই এমন হচ্ছে! এসব জায়গায় প্রথমটা শরীর বেশ হালকা লাগে, তারপর শরীর অবশ হয়ে মৃত্যু ঘনিয়ে আসে।

কিন্তু এখন উপায়? হঠাৎ তিব্বতি পুঁথির শ্লোকটার শেষ অংশ মনে পড়ে গেল। দুজনেরই পকেটে খানিকটা করে রুন-এর শেকড় ছিল।

নিজেরও তখন মাথাটা ঘুরতে শুরু করেছে। তাড়াতাড়ি রুন-এর শেকড়টা বার করে এক কামড় দিয়ে তানাকাকে তৎক্ষণাৎ তাই করতে বললাম।

হাঁফাতে আরম্ভ করলেও ইয়েতি তখনও সমানে উঠছে। যেখান দিয়ে যেভাবে সে উঠছে, তা মানুষের কল্পনার অতীত। আমরা দুজন তখন তার কোমরের দড়ি থেকে একরকম ঝুলছি বললেই হয়।

ছাব্বিশ থেকে অল্টিমিটারে সাতাশ হাজার দেখা দিল। তারপর সাড়ে সাতাশ। আটাশের কাছে চোখ প্রায় ঝাপসা হয়ে গেছে, কানে যেন ভেতর থেকে ঢাক পিটছে। জ্ঞান হারাতে আর বেশি দেরি নেই! রুন-এর শেকড় তাহলে পুরোনো পুঁথির গালগল্প?

হঠাৎ অল্টিমিটারে সাড়ে আটাশ স্পষ্ট হয়ে উঠল। না, এই তো মাথা পরিষ্কার হয়ে

যাচ্ছে! নিঃশ্বাসের কোনও কষ্ট আর নেই। আশ্চর্য! রুন-এর শেকড়ে তাহলে ডাক্তারি শাস্ত্রের অজানা এমন কিছু আছে, যা ফুসফুসের অক্‌সিজেন নেবার ক্ষমতা অনেকগুণ বাড়িয়ে দেয়। এ ওষুধ তো চিকিৎসার রাজ্যে যুগান্তর আনবে!

কিন্তু এ কী! এ যে উনত্রিশ হাজার ফিট! একেবারে পৃথিবীর ওপরের চূড়োর ওপর দিয়ে ইয়েতি-দানব আমাদের টেনে নিয়ে যাচ্ছে। যেতে যেতে সেই চূড়োর ওপরও দু-ফুট আন্দাজ একটা ঢিবি দেখে মাথার টুপিটা খুলে তাতে লাগিয়ে দিলাম।

তারপর শুরু হল একেবারে উলটো দিকে নামা।"

ঘনাদা একটু থামতে শিবু জিজ্ঞাসা করলে, "ইয়েতিকে শেষ পর্যন্ত ধরলেন তাহলে!"

"নাঃ, ধরতে আর পারলাম কই!" ঘনাদা একটু দীর্ঘশ্বাস ফেললেন। "পাহাড়ে পাহাড়ে ঘষে ঘষে দড়িটা অত জখম হয়ে গেছল বুঝতে পারিনি! তিব্বতের দিকে রং ব্যাক গ্লেসিয়ারে নামবার পরই সেটা ছিঁড়ে গিয়ে ইয়েতি পালিয়ে গেল।"

"আচ্ছা, সেই রুন-এর শেকড় তো আপনার পকেটেই ছিল?" জিজ্ঞাসা করলে গৌর, "তা একটু এনেছেন নিশ্চয়!"

ঘনাদা এবার যেন একটু বিরক্তই হয়ে উঠলেন, "কী করে আনব শুনি! রং ব্যাক গ্লেসিয়ার থেকে তিব্বতের লোকালয়ে যাবার পথে তাই খেয়েই তো কাটিয়েছি।"

"আচ্ছা, এভারেস্টের মাথায় যা পরিয়ে দিলেন, সেটা কী টুপি ছিল?" জিজ্ঞাসা করলে শিশির।

"টপ হ্যাট বোধহয়!" ঘনাদার বদলে গৌরই উত্তর দিলে এবং ঘনাদা আমাদের দিকে ভ্রূকুটি হেনে শিশিরের একটা সিগারেট তুলে নিয়ে উঠে গেলেন।

ছড়ি

ফন্দিটা ভালই আঁটা হয়েছিল।

ঘনাদাকে জব্দ করার ফন্দি।

রোজ রোজ তিনি আমাদের মাথায় আষাঢ়ে গল্পের চাঁটা মেরে যাবেন, আর আমরা মুখ বুজে তাই সয়ে থাকব, সেটি আর হচ্ছে না।

এবার তাঁর ওপরেও টেক্কা দেওয়া চাই।

ঘনাদা তখনও এসে পৌঁছোননি।

ইতিমধ্যে চর পাঠিয়ে খবর নেওয়া হয়েছে যে সন্ধেবেলায় লেকের ধারে বেড়ানো সেরে তিনি এইমাত্র মেসের গলির মুখে দেখা দিয়েছেন।

সিঁড়িতে তাঁর পায়ের শব্দ শোনার সঙ্গে সঙ্গেই আমরা বেশ তন্ময় হয়ে যে যার জায়গায় বসে পড়লাম।

ঘনাদা যখন ঘরে ঢুকলেন তখন আমরা রুদ্ধনিঃশ্বাসে সবাই শুনছি আর গৌর বলে যাচ্ছে,

"যেদিকে তাকাই, শুধু সাদা বরফ—আকাশ সাদা, সব কিছু সাদা, আর ঠিক আমার পেছনে সেই সাদা ভাল্লুক, সাক্ষাৎ যমের মতো পেছনের দু-পায়ে ভর দিয়ে আমার ওপর ঝাঁপিয়ে পড়তে আসছে।"

ঘনাদা যে ঘরে ঢুকেছেন আড়চোখে সবাই দেখে নিলেও বাইরে একেবারে কেউ টের পাইনি এমনই ভান করে রইলাম। ঘনাদার মুখখানা সত্যি তখন দেখবার মতো। এরকম অবস্থায় আগে কখনও বোধহয় পড়েননি। চিরকাল সভার মধ্যমণি হয়ে জাঁকিয়ে বসাই যাঁর অভ্যাস—তাঁর প্রতি আজ কিনা কারুর ভ্রূক্ষেপও নেই!

গৌর তখন উত্তেজিত ভাবে বলে চলেছে, "রাইফেলের সব গুলি আগেই ফুরিয়ে গেছল। এবার কোনও উপায় না দেখে সেটা লাঠির মতো করে ধরে ফিরে দাঁড়ালাম..."

ভয়ে শিবুর গলা দিয়ে যেন স্বর বার হচ্ছে না, এমনই ভাবে বললে, "তারপর?"

কিন্তু গৌর কিছু বলবার আগেই ঘনাদার গলা-খাঁকারি শোনা গেল।

এবার আর তাঁকে অবজ্ঞা করা যায় না। গৌর তাঁর মৌরসিপাট্টা ইজিচেয়ারটা ছেড়ে দিয়ে উঠে দাঁড়িয়ে বললে, "আরে, ঘনাদা যে! কখন এসেছেন টেরই পাইনি!"

নির্বিকার মুখে ইজিচেয়ারটায় এসে বসে ঘনাদা বললেন, "তা পাবে কী করে? যে রকম মশগুল হয়ে গল্প করছিলে। তা গল্পটা হচ্ছিল কোথাকার?"

"আজ্ঞে, দক্ষিণ মেরুর।" পাছে ঘনাদার দিকে চাইলে নিজেকে সামলাতে না পারে সেই ভয়ে গৌর মুখটা অন্যদিকে ফিরিয়ে যতদূর সম্ভব সহজ গলায় বলে গেল, "সেবার একটা অভিযানে দক্ষিণ মেরুতে যেতে হয়েছিল কিনা!"

হাসি চাপবার জন্য আমরা মুখ নিচু করে রইলাম।

ঘনাদার কিন্তু কোনও প্রকার ভাবান্তর দেখা গেল না। গৌরের পক্ষে দক্ষিণ মেরু যাওয়াটা যেন নিতান্তই বোটানিক্স কি চিড়িয়াখানা যাওয়ার শামিল এইভাবে তিনি বললেন, "তা, সাদা ভাল্লুকটাকে করলে কী? বন্দুকের বাড়িতেই সাবাড় করে দিলে নাকি?"

গৌরের সেইরকমই কিছু বলবার বাসনা ছিল, কিন্তু ঘনাদার ওপর আর এক কাঠি সরেস হবার এমন সুযোগ কি ছাড়া যায়! একটু হেসে সে বললে, "আজ্ঞে না, তার দরকার হল না। বন্দুকের ঘা দেবার আগেই দেখি ভাল্লুক ভায়া চিৎপটাং। বরফের মেঝে একেবারে কাঁচের মতো তেলা কিনা!"

ঘরময় এমন কয়েকটা শব্দ শোনা গেল যা অন্য কেউ হলে চাপা হাসি বলেই মনে করত।

কিন্তু ঘনাদার সেদিকে গ্রাহ্য নেই। গম্ভীরভাবে বললেন, "সাদা ভাল্লুকটার ছাল-চামড়া না হোক নিদেনপক্ষে একটা দাঁত কি নখও যদি আনতে পারতে বিজ্ঞানের রাজ্যে হুলুস্থুল পড়ে যেত।"

এবার আমাদেরই হতভম্ব হবার পালা।

"কেন বলুন তো?" অবাক হয়ে জিজ্ঞাসা করলে গৌর, "বৈজ্ঞানিকেরা কি সাদা ভাল্লুক দেখেননি?"

"অন্তত দক্ষিণ মেরুতে কখনও দেখেননি। পেঙ্গুইন পাখি ছাড়া সেখানে ডাঙায় চরবার মতো কোনও প্রাণীই নেই।" ঘনাদা হাই তুলে দুবার তুড়ি দিলেন।

এমনভাবে জব্দ হব ভাবিনি। কথাটা তাড়াতাড়ি ঘুরিয়ে দিয়ে শিবু জিজ্ঞেস করলে, "দক্ষিণ মেরুতেও গিয়েছিলেন আপনি?"

"হ্যাঁ, গেছলাম একবার। যা গরম।"

এবার আমাদের চোখ কপালে উঠল। ঘনাদাকে আমরা চিনি, তবু তাঁর মুখে দক্ষিণ মেরুতে গরম শুনে খানিকক্ষণ মুখ দিয়ে কথা বেরুল না।

শুধু বললাম, "দক্ষিণ মেরুতে গরম!"

"হ্যাঁ, গরম বলে গরম! কবে সেখানে গরমে গলে পচে মরতাম। ভাগ্যিস এই ছড়িটা ছিল।" ঘনাদা হাতের ছড়িটা যেন আমাদের দিকেই দুবার আস্ফালন করলেন।

আমাদের আর কিছু বলতে হল না। ঘনাদা শিশিরের দিকে ফিরে বললেন, "কই হে, একটা সিগারেট ধার দাও না!"

ঘনাদার আবার হিসেবে ভুল হবার জো নেই। শিশিরের কাছে সিগারেট নিয়ে ধরিয়ে বললেন, "এই নিয়ে ৩২৯৮টা হল কিন্তু।"

তারপর সিগারেটটায় একটা সুখটান দিয়ে শুরু করলেন, "সেবার সমুদ্রে যেন তিমির গাঁদি লেগেছিল। দক্ষিণ মেরুর দিকে তিমিধরা জেলেদের নজর কয়েক বছর হল তখন পড়েছে। অবাধ বেপরোয়া তিমি শিকারের দরুন উত্তর অঞ্চলের তিমি প্রায় নিঃশেষ হওয়ার ফলেই দক্ষিণ দিকে ইংরেজ, নরউইজিয়ান, জাপানি আর আর্জেন্টাইন জেলেরা হানা দিতে শুরু করে বটে, কিন্তু দক্ষিণ মেরু অঞ্চলেও এত তিমি এর আগে কখনও দেখা যায়নি। নেহাত আনাড়ি জেলে-জাহাজও সেবার তিমির চর্বিতে বোঝাই হয়ে ঘাঁটিতে ফিরেছে! তুখোড় তিমি-শিকারিদের তো কথাই নেই।

আমার জাহাজ যে তিমির চর্বিতে বোঝাই তা বোধহয় বলতে হবে না। নরওয়ের এক জেলে-জাহাজ আধাআধি বখরায় বন্দোবস্ত করে আর সব দল থেকে আলাদা হয়ে ক্যাম্পবেল দ্বীপে তখন আমার ঘাঁটি করেছি। আমার বখরাদারকে আমি সেন বলে ডাকি। তবে সে বাঙালি নয়, নরওয়ের লোক। পুরো নাম ওলাফ সোরেনসেন। আমি তাকে ছোট করে নিয়েছি সেন বলে।

সেন পাকা তিমি-শিকারি। বিশ বছর ধরে উত্তর দক্ষিণের দুই মেরুর হেন জাতের তিমি নেই, সে শিকার করেনি। দূর থেকে শুধু তিমির নিঃশ্বাসের ফোয়ারা দেখে সে নারওয়াল না স্পার্ম, কুঁজো না নীল তিমি, বলে দিতে পারে। আমাদের জাহাজের নাম

আমি রেখেছিলাম 'যমুনা'। জাহাজ বললে অবশ্য খানিকটা ভুল বোঝানো হয়। মাত্র চারশো টনের বড় স্টিমার, মোট ১৭৫ ফুট লম্বা। তবে তিমি-ধরা জাহাজের মধ্যে একেবারে সেরা আর সবচেয়ে হালফ্যাশানের। এই পিল্যাজিক জাহাজে তিমি ধরে চর্বি ছাড়াবার জন্য আর ঘাঁটিতে বয়ে নিয়ে যেতে হয় না। জাহাজের খোলের ভেতরেই সব বন্দোবস্ত আছে।

আমাদের জাহাজে মাঝি-মাল্লা নিয়ে লোক সবসুদ্ধ আমরা ১৮ জন। সেন জাহাজের 'কাকের বাসা' অর্থাৎ মাস্তুলের ওপরকার পাহারা-মাচায় দূরবিন ধরে সমুদ্রে তিমির সন্ধান করে। আর আমি হারপুন-ছোঁড়া কামান চালাই। আমাদের জাহাজে সম্পূর্ণ আধুনিক ভেণ্ড ফয়েন (Svend Foyn) হারপুন-কামান বসানো। তা থেকে চার-ফুট লম্বা সওয়া মন ওজনের হারপুন বিদ্যুৎগতিতে তিমির গায়ে গিয়ে বেঁধে। সে হারপুনের মাথায় আবার ছোট বোমা গাঁথা। একবার ঠিক মতো তাগ করতে পারলেই তিমির গায়ে বেঁধবার তিন সেকেন্ডের মধ্যে সে বোমা ফেটে গিয়ে তিমিকে কাবু করে ফেলবেই।

ডিসেম্বর মাসের শেষ। তিমি-ধরার মরশুম প্রায় শেষ হয়ে এসেছে। আর কিছুদিন বাদেই দক্ষিণ মেরুর শীত চরমে নামতে শুরু করবে। আমাদের জাহাজ তিমির চর্বির ভারে ডুবুডুবু। যা চর্বি আমরা পেয়েছি তাতে বছর তিনেক দু-হাতে খরচ করেও রাজার হালে বসে বসে আমরা কাটাতে পারব। সেন রোজ তাই ফেরার জন্যে পেড়াপিড়ি করে। কিন্তু আমি কিছুতেই রাজি নই।

সেদিন সকালবেলা কাকের বাসায় পাহারা দিতে দিতে সেন হঠাৎ নীচে নেমে এল। আমি তখন একজন খালাসিকে দিয়ে হারপুন-কামানটা পরিষ্কার করাচ্ছি। সেনকে দেখে একটু অবাক হয়ে বললাম, 'নেমে এলে যে বড়! এইটুকুর মধ্যে বড় কোনও শিকার যদি ফসকে যায়।'

'ফসকে গেলে ক্ষতিটা কী!' সেনের মুখ বেশ বিরক্ত, 'আর শিকার গাঁথলে মাল কোথায় রাখবে বলতে পারো? জাহাজে আর জায়গা আছে?'

সেনের বিরক্তি দেখে একটু হেসে বললাম, 'আমি যে শিকারের সন্ধান করছি তার মাল রাখবার যথেষ্ট জায়গা এখনও জাহাজে আছে। আর সে মালের কাছে তোমার জাহাজভর্তি চর্বি নেহাত তুচ্ছ।'

সেন খানিকক্ষণ অবাক হয়ে আমার দিকে তাকিয়ে থেকে বললে, 'তার মানে এখনও তুমি অ্যাম্বারগ্রিস-এর আশায় আছ?'

আমাদের মুখের ভাব দেখে ঘনাদা গল্প থামিয়ে একটু যেন করুণার সঙ্গে জিজ্ঞাসা করলেন, "অ্যাম্বারগ্রিস কাকে বলে, জানো না বুঝি?"

আমরা মাথা নাড়লাম। ঘনাদা ঈষৎ বিদ্রূপের হাসি হেসে বললেন, "সাপের মাথার মণির কথা শুনেছ তো? সে মণি শুধু আজগুবি কল্পনা, কেউ কখনও পায়নি। কিন্তু অ্যাম্বারগ্রিস তিমির মাথার নয়, পেটের সত্যিকার মণি। শুধু একজাতের তিমির নাড়িভুঁড়ির মধ্যে পাওয়া যায়। তাও আবার সে জাতের সব তিমির নয়, দু-চারটির। তিমির পেট থেকে ছাড়া সমুদ্রের জলে আর সমুদ্রের ধারের পলিতেও অনেক সময়

হালকা নুড়ির মতো কালচে ধোঁয়াটে রঙের অ্যাম্বারগ্রিস পাওয়া যায়। এসেন্স আতরের কারবারে সে নুড়ির দাম তার ওজনের সোনার চেয়ে কম নয়।

হ্যাঁ, তারপর যা বলছিলাম। সেনের কথা শুনে একটু হেসে বললাম, 'অ্যাম্বারগ্রিস-এর আশায় আছি মানে? তুমি কি মনে করো তোমার ওই নোংরা চর্বির লোভে এই যমের দক্ষিণ দুয়ারে তিমি-শিকারে এসেছি। না হে, না, আমার নজর আরও অনেক উঁচুতে। অ্যাম্বারগ্রিস বেশ ভাল রকম আছে এমন একটা তিমি যদি পাই, তাহলে ও চর্বির বখরা তোমায় এমনিই দিয়ে দেব।'

'তোমার উদারতার জন্য ধন্যবাদ।' সে একটু বিদ্রূপ করেই বললে, 'তবে অ্যাম্বারগ্রিস তো আর যেখানে সেখানে ছড়ানো নেই। স্পার্ম-তিমি ছাড়া ও-জিনিস পাওয়া যায় না, জানো বোধহয়, আর স্পার্ম-তিমি এ অঞ্চলে খুব কমই পাওয়া যায়।'

হেসে বললাম, 'কিন্তু পাওয়া যা যায় তা দস্তুর মতো বড় গোছের। এ অঞ্চলে ছুটোছাটা ছিটকে যে-কটা স্পার্ম-তিমি এসে পড়ে সেগুলো সবই বুড়ো ধাড়ি। অ্যাম্বারগ্রিস তাদের পেটেই পাওয়ার সম্ভাবনা বেশি।'

যেন আমার কথার মান রাখবার জন্যেই আধ মাইলটাক দূরে একটা জলের ফোয়ারা হঠাৎ সমুদ্র থেকে লাফ দিয়ে উঠল।

হাজার হলেও সেন জাত-শিকারি। এক মুহূর্তে ঝগড়াঝাঁটি ভুলে দূরবিন চোখে লাগিয়ে সে উত্তেজিত হয়ে উঠল।

'তিমি! স্পার্ম-তিমি! সমুদ্রের দেবতা তোমার কথা শুনেছে, দাস! আর ভাবনা নেই।'

হায়! সমুদ্রের দেবতার মনে কী ছিল তখন যদি জানতাম!

উত্তেজনার ঝোঁকে সেন দূরবিন ছেড়ে তখন হারপুন-কামানে হাত দিয়েছে। আমি বাধা দেবার আগেই প্রচণ্ড শব্দে ভেল্ড-ফয়েন কামানের হারপুন ছুটে বেরিয়ে গেল।

সেন এমনিতেই বেশ ভাল শিকারি। কিন্তু উত্তেজনাতেই তার টিপ তখন বুঝি খানিকটা নষ্ট হয়ে গেছে। বোমামুখো হারপুন তিমিটার গায়ে না লেগে কাছাকাছি পড়ে ফেটে গেল। আর তাইতেই হল সর্বনাশ। সঙ্গে সঙ্গে একটি ফোয়ারা ছেড়ে তিমিটা এমন ডুব মারল যে আর পাত্তাই নেই।

কিন্তু আমরাও তখন নাছোড়বান্দা। এত বড় একটা স্পার্ম-তিমির সন্ধান পাওয়ার পর আমরা তাকে বেহাত হতে দিই! যত গভীর জলেই ডুব দিক না কেন, বাছাধনকে নিশ্বাস নিতে, দূরে হোক কাছে হোক, কোথাও উঠতেই হবে। খুব বেশিক্ষণ ডুবে থাকাও তার চলবে না, কারণ আমাদের হারপুনের হুমকিতে ভাল করে নিঃশ্বাস নেবার ফুরসত তার মেলেনি। তিমিরা নিঃশ্বাস নেবার পর বহুক্ষণ ডুবে থাকতে পারে বটে, কিন্তু পুরোপুরি দম নেওয়া তাদের একেবারে সারা হয় না। জল থেকে হাওয়ায় এসে তারা বারকয়েক ফোয়ারা ছেড়ে, নিঃশ্বাস নিয়ে, তবে আবার অনেকক্ষণের জন্য ডুব মারে। এ বেচারাকে কিন্তু একটিবার ফোয়ারা ছেড়েই তাড়াহুড়ো করে ডুব দিতে হয়েছে। সুতরাং সাধারণ অবস্থায় মিনিট পঁয়তাল্লিশ ডুব মেরে থাকা সম্ভব হলেও এখন মিনিট দশ-পনেরোর বেশি জলের তলায় থাকতে সে পারবে না।

সেনকে কাকের বাসায় পাঠিয়ে হারপুন-কামান ধরে আমি সজাগ হয়ে দাঁড়িয়ে রইলাম। সারেং আমাদের হুকুম মতো তখন মাইলখানেক ব্যাস ধরে জাহাজটাকে চক্কর দেওয়াতে শুরু করেছে।

কিন্তু স্পার্ম-তিমি নয়, নিয়তিই ওই ছদ্মবেশে আমাদের নাকাল করতে এসেছে কী করে বুঝব! তিমির দেখা আমরা আবার কেন, অনেকবার পেলাম, কিন্তু সে যেন মন্ত্রপড়া তিমি, হারপুন দিয়ে তাকে কিছুতেই ছুঁতে পর্যন্ত পারা গেল না। সে যেন ভেলকি জানে। হারপুন-কামান থাকে জাহাজের সামনের দিকে। তিমিটা যেন তা জেনেই প্রত্যেকবার ঠিক জাহাজের পেছন দিকে ভেসে ওঠে। জাহাজ ঘুরিয়ে ভাল করে তাকে তাগ করবার আর সুযোগ মেলে না। তার আগেই সে ডুব দেয়। দু-চারবার এমনই করে ফসকাবার পর হঠাৎ আমাদের হারপুন-কামানটাই গেল আশ্চর্যভাবে বিগড়ে। কামান মেরামত যতক্ষণ-না হয় ততক্ষণ তিমিটাকে নজরে রাখা ছাড়া আর আমাদের কোনও উপায় নেই। তিমিটা যেন আমাদের মতলব বুঝেই তখন ক্রমশ আরও দক্ষিণে পাড়ি দিতে শুরু করেছে। কিন্তু আমরাও তখন মরিয়া হয়ে উঠেছি। হারপুন-কামান ঠিক যদি না হয় তাহলে হাতে-ছোঁড়া হারপুন দিয়েও আগেকার যুগের তিমি-শিকারিদের মতো তাকে আমরা ধরবই এই আমাদের পণ।

কিন্তু সে পণরক্ষা আর হল না। দুদিন দুরাত্রি তার পিছু পিছু ধাওয়া করে আমরা তখন মেরুবৃত্তের দিকে অনেকখানি এগিয়ে গেছি। হঠাৎ তারপর এল ঝড়। দক্ষিণ মেরু অঞ্চলের ঝড় কী বস্তু, এখানে কল্পনাই করা যায় না। ঘণ্টায় একশো মাইল ঝড়ের বেগ সেখানে নেহাত স্বাভাবিক ব্যাপার।

কোথায় রইল তিমি-শিকার, নিজেদের জাহাজ বাঁচাতেই তখন আমাদের প্রাণান্ত। ক-দিন ক-রাত্রি যে ঝড়ের সঙ্গে যুঝলাম খেয়ালই নেই। এইটুকু শুধু বুঝতে পেরেছিলাম যে ক্রমশ দক্ষিণ দিকেই আমাদের ঠেলে নিয়ে যাচ্ছে। তুষার-ঝড়ে দিগ্বিদিক অন্ধকার, তারই ভেতর উত্তাল সমুদ্রের ঢেউ আর পাহাড়ের মতো বিরাট সব বরফের স্তূপ প্রতি মুহূর্তে যেন আমাদের পিষে ফেলবার জন্য ষড়যন্ত্র করছে। সে ষড়যন্ত্র শেষ পর্যন্ত সফলই হল। কয়েকদিন ঝড়ের সঙ্গে অবিরাম যুদ্ধের পর বিরাট এক বরফের পাহাড়ের সঙ্গে ধাক্কা লেগে আমাদের জাহাজ চৌচির হয়ে গেল। কী যে তারপর হয়েছে, কী যে করেছি, কিছুই মনে নেই।

জ্ঞান যখন হল তখন দেখি বিরাট এক তুষার-প্রান্তরের ওপর পড়ে আছি। চোখ মেলতেই মনে হল কেতাদুরস্ত ভাবে ডিনার সুটের সাদা শার্ট কালো কোটপরা ক-জন ভদ্রলোক যেন আমায় নিবিষ্ট মনে দেখছে।

চোখের ঘোর একটু কাটবার পর বুঝলাম কোটপ্যান্ট পরা ভদ্রলোক নয়, সেগুলি পেঙ্গুইন পাখি।

পেঙ্গুইনরা এই তুষারের রাজ্যে মানুষ কখনও দেখেনি। ভয় না পেয়ে তারা নিজেদের ভাষায় আমার সম্বন্ধে খোলাখুলি ভাবেই তখন আলোচনা শুরু করে দিয়েছে।

উঠে বসে এবার চারিদিকে তাকালাম। আমাদের জাহাজের নানা টুকরো তুষারময় তীরের ওপর চারিদিকে ছড়ানো। বুঝলাম একই ঢেউয়ের মাথায় ভাঙা জাহাজের

টুকরোর সঙ্গে আমি এই তুষার-উপকূলে এসে পৌঁছেছি। পেঙ্গুইনদের কথা আগে অনেক শুনেছি। এখানে তাদের আস্তানা দেখে মনে হল রস দ্বীপের কাছাকাছি কোনও জায়গায় আছি। এ জাতের পেঙ্গুইন এই অঞ্চলেই শীতের আগে ডিম থেকে বাচ্চা ফুটিয়ে বড় করতে আসে।

কিন্তু আমি ছাড়া আমাদের জাহাজের আর কেউ কি রক্ষা পায়নি?

চারিধারে অনেক দূর পর্যন্ত খুঁজে দেখলাম। জীবিত দূরে থাক, কোনও মানুষের মৃতদেহও একটা দেখতে পেলাম না। দেখবার আশা করাই অবশ্য ভুল। তুষার-ঝড়ে জাহাজডুবির পর যদি-বা কেউ বেঁচে গিয়ে থাকে, এখানকার সমুদ্রের হিংস্র গ্রাম্পস তিমির কবল থেকে তার রক্ষা পাওয়া অসম্ভব। এই দিকের সমুদ্রে নেকড়ের পালের মতো ঝাঁকে ঝাঁকে তারা ঘুরে বেড়ায়। তাদের নজরে পড়লে বিরাট নীল তিমি থেকে অক্টোপাস আর সীল পর্যন্ত কারুর আর রক্ষা নেই। হাঙরের চেয়ে তারা অনেক বেশি বুদ্ধি ধরে। শক্তি, সাহস এবং হিংস্রতা—তাতেও তারা অনেক ওপরে।

আমি যে তাদের কবলে পড়িনি এটা নেহাত আমার সৌভাগ্য!

কিন্তু খানিকক্ষণ সেই তুষার-শ্মশানে কাটাবার পর বেঁচে যাওয়াটা সৌভাগ্য না দুর্ভাগ্য বেশ একটু সন্দেহ হতে লাগল। জলে ডুবে বা হাঙর-তিমির কবলে পড়ে মারা গেলে সঙ্গে সঙ্গে সব চুকে যেত, কিন্তু সে-সব বিপদ থেকে উদ্ধার পেয়ে এই তুষার-রাজ্যে যে তিলে তিলে মরতে হবে। এখান থেকে উদ্ধার পাওয়ার কোনও সম্ভাবনাই কখনও নেই। তিমি-ধরা জাহাজ সাধ করে এ জায়গার ধারে কাছে কখনও আসে না। কালেভদ্রে তোড়জোড় করে যারা মেরু অভিযানে এ অঞ্চলে আসে তাদের সঙ্গে দেখা হওয়ার আশা সমুদ্রের বালির গাদায় একদানা চিনি খুঁজে পাওয়ার সমান।

তবু প্রাণ থাকতে হাল ছেড়ে দিতে নেই। যতদিন পারা যায় এই তুষার মরুভূমিতে বেঁচে থাকবার জন্য যা সাধ্য তাই করবার চেষ্টায় মন দিলাম। জাহাজের ভাঙা যে সব টুকরো-টাকরা চারিধারে ছড়িয়ে ছিল তা থেকে এত সাহায্য পাব ভাবিনি। সে-সাহায্য না পেলে একটা দিনও আমায় টিকে থাকতে হত না বোধহয়।

বরফের ওপর ঘুরতে ঘুরতে প্রথমেই পেলাম এই ছড়িটি। সাউথ জর্জিয়ার বন্দর থেকে তিমি-শিকারে বেরুবার সময়ে শখ করে এই ছড়িটি কিনেছিলাম। এই তুষার-রাজ্যে ছড়িটিকে পেয়ে যেন পুরোনো বন্ধুকে ফিরে পেলাম মনে হল। ছড়িটা বাদে কিছু টিনে ভর্তি খাবার-দাবারও এখানে সেখানে কুড়িয়ে পেলাম। দিন-দশেক অন্তত সে খাবারে চলে যেতে পারে। কিন্তু সবচেয়ে দরকারি যে-জিনিসটি পেলাম সেটি একটি রেশম আর পাতলা রবারের তৈরি গোল তাঁবু! এমনিতে গোটা তাঁবুটা এমন হালকা যে পাকিয়ে কাঁধে ফেললে একটা আলোয়ানের চেয়ে বেশি ভারি লাগে না। কিন্তু ফাঁপিয়ে মাটিতে খাটালে জন চারেক লোক তার মধ্যে অনায়াসে রাত কাটাতে পারে। তিমি-ধরা জাহাজ বিগড়ে হঠাৎ যদি দক্ষিণ মেরুর কোন দ্বীপে শীতকালটা কাটাতে হয় সেই জন্য সেন এই তাঁবুটা দেশ থেকে বিশেষভাবে অর্ডার দিয়ে তৈরি করিয়ে এনেছিল। সেটা যে দক্ষিণ মেরুর তুষার-রাজ্যেই কাজে লাগবে সে বা আমি ভাবতেই পারিনি।

এই তাঁবুটি না পেলে এই রক্ত-জমানো শীতের দেশে এসকিমোদের মতো

বরফের ঘর তৈরি করবার চেষ্টাই হয়তো আমায় করতে হত। তাও কতদূর কী পারতাম জানি না।

তাঁবু খাটিয়ে বসবার পর কয়েকটা দিন ভাঙা জাহাজের টুকরো-টাকরা থেকে আর কী পাওয়া যায় তারই খোঁজে কেটে গেল।

পেঙ্গুইন ও সামুদ্রিক স্কুয়া চিলই আমার একমাত্র সঙ্গী। যে জায়গায় আমি তাঁবু ফেলেছিলাম তা থেকে মাইলখানেক দূরে হাজার হাজার পেঙ্গুইন ডিম ফুটিয়ে বাচ্চা বড় করবার জন্যে তখন নুড়ি সাজিয়ে বাসা তৈরি করতে ব্যস্ত। পুরুষ পাখিরা নুড়ি মুখে করে নিয়ে আসে। মেয়ে পাখিরা তা সাজায়। পেঙ্গুইনদের হাব-ভাব চাল-চলন দেখলে পাখির বদলে মানুষ বলেই ভুল হয়। তাদের আচার-ব্যবহারে সামাজিক সভ্যতার আভাস বেশ স্পষ্ট।

স্কুয়া চিলেরা পেঙ্গুইনদের চিরশত্রু। ইতিমধ্যেই তারা পেঙ্গুইনদের জ্বালাতন করতে শুরু করেছে। পেঙ্গুইনরা ডিম পাড়বার পর তাদের লুটতরাজ আরও বেড়ে যাবে। পেঙ্গুইনদের সজাগ পাহারা একটু ঢিলে হলেই ছোঁ মেরে ঠোঁটে ডিম বিঁধে নিয়ে যাওয়া তাদের দস্তুর।

কিন্তু পেঙ্গুইন আর স্কুয়া চিলের ঝগড়া দেখে দিন কাটালে আমার চলবে না। মাত্র দশ দিনের খোরাক আমার হাতে। পেঙ্গুইনরা ডিম পাড়বার পর স্কুয়া চিলদের মতো আমাকেও হয়তো তাদের ওপর ডাকাতি করতে হবে। কিন্তু তার আগে কিছু খাবার সংগ্রহ না করলেও নয়। ভাঙা জাহাজের ছড়ানো মাল থেকে একটা লম্বা লোহার শিক জোগাড় করেছিলাম। তাই দিয়ে এ অঞ্চলের একটা চিতা-সীল শিকার করবার চেষ্টায় বেড়িয়ে পড়লাম। জলে নেমে সড়কিতে সীল মাছ গাঁথা অসম্ভব। কিন্তু সীল অনেক সময়ে বরফের মধ্যে নিঃশ্বাসের একটা ফুটো তৈরি করে তার তলায় শীতটা কাটায়। সেইরকম একটাকে সুবিধেমতো পাওয়াই আমার উদ্দেশ্য।

বরফের ওপর দিয়ে এক-মনে শিকার খুঁজতে খুঁজতে কতদূর গিয়ে পড়েছিলাম জানি না, হঠাৎ চোখ তুলে একেবারে স্তম্ভিত হয়ে গেলাম। মাত্র আধ-মাইলটাক দূরে বরফের প্রান্তরের ওপর একটা বহুদূরব্যাপী লম্বা সাদা ধোঁয়ার কুণ্ডলী দেখা যাচ্ছে। যেন মেঘের একটা লম্বা ফিতে বরফের ওপর নেমে এসেছে।

সীল শিকার মাথায় রইল। এ রহস্যের মীমাংসা আগে না করলে নয়। কাছে গিয়ে যা দেখলাম তাতে আরও হতভম্ব হয়ে গেলাম। মেঘের ফিতের মতো দূর থেকে যা দেখেছিলাম তার তলায় তরতর করে একটা জলের ধারা বয়ে যাচ্ছে আর সে জল আগুনের মতো গরম। এখানকার দারুণ ঠাণ্ডায় সেই জল থেকে বাষ্প উঠে তুষারকণা হয়ে জমে যাবার দরুনই তার চেহারা দূর থেকে মেঘের মতো দেখাচ্ছে।

এই তুষার-রাজ্যে এরকম জলের স্রোত কোথা থেকে আসছে?

সেদিন তৈরি ছিলাম না। তাই পরের দিন লম্বা পাড়ির জন্যে প্রস্তুত হয়েই বেরিয়ে পড়লাম। প্রস্তুত হওয়া মানে আর কিছুই নয়, কাঁধের একটা ঝোলায় টিনের খাবারের কৌটোগুলো, কোমরে চাদরের মতো জড়ানো সেই তাঁবু, আর হাতে এই ছড়ি। যদি দরকার হয় যেখানে খুশি তাঁবু খাটিয়ে রাত কাটাতে পারব এই জন্যেই এসব নেওয়া।

ঘণ্টা চারেক বরফের ওপর দিয়ে হাঁটবার পর গরম জলের স্রোতের রহস্য পরিষ্কার হয়ে গেল বটে, কিন্তু যা দেখলাম সে আরেক বিস্ময়।

সামনে তুষার-প্রান্ত ঢালু হয়ে ওপর দিকে উঠে গেছে আর তারই মাঝে আকাশে মাথা তুলে দাঁড়িয়ে আছে এক খাড়া পাহাড়ের চূড়া। পাহাড় এখানে চারিদিকেই কিন্তু সেগুলি আগাগোড়াই বরফে ঢাকা। এই পাহাড়ের গায়ে শুধু নেড়া পাথর ছাড়া একটি বরফের কুচিও নেই। এই পাহাড়ের নীচের দিকের একটি গুহা থেকে ফুটন্ত গরম জলের স্রোত বেরিয়ে আসছে তা বলাই বাহুল্য।

দক্ষিণ মেরুতে মাউন্ট ইরেবাস ও আরেকটি আগ্নেয়গিরি আবিষ্কৃত হয়েছে বলে আগেই জানতাম। আমি কি তাহলে ভাগ্যক্রমে সে দুটির চেয়েও আশ্চর্য আরেকটি আগ্নেয়গিরি আবিষ্কার করে ফেলেছি! আনন্দের সঙ্গে দুঃখও হল এই যে, এ-আবিষ্কারের কথা পৃথিবীর কেউ জানতেও পারবে না। এই তুষার-রাজ্যে এ-আবিষ্কার আমার সঙ্গেই শেষ হয়ে যাবে।

তবু এ-আগ্নেয়গিরির সন্ধান ভাল করে না নিয়ে ফিরতে পারি না।

সামনের দিকে পাহাড় অত্যন্ত খাড়াই। ডানদিকের পাহাড় কিছুটা ঢালু দেখে সেই দিক দিয়েই উঠতে শুরু করলাম।

ওপরে গিয়ে যখন পৌঁছোলাম তখন দক্ষিণ মেরুর এই সময়কার ছোট রাত শুরু হয়ে গেছে। সন্তর্পণে কিছুদূর যেতেই আগ্নেয়গিরির বিরাট মুখটার প্রান্ত দেখা গেল। সাধারণ আগ্নেয়গিরির চেয়ে এই পাহাড়ের হাঁ অনেক বেশি প্রকাণ্ড।

কিন্তু ঠিক মুখটার কাছে ওটা কী প্রাণী!

দক্ষিণ মেরুতে পেঙ্গুইন ছাড়া ডাঙায় চরবার মতো কোনও প্রাণীই নেই জানি। এ বিশাল প্রাণীটা তা হলে কোথা থেকে এল? আবছা অন্ধকারে সেটাকে প্রকাণ্ড একটা পাখি বলেই মনে হচ্ছিল। কিন্তু এত বড় আকারের কী পাখি এখানে থাকতে পারে! দক্ষিণ মেরুর সম্রাট পেঙ্গুইনই সবচেয়ে বড় আকারের পাখি, কিন্তু সে পাখি তো কখনও এত বিশাল হতে পারে না। তা ছাড়া সেরকম পাখি একলা এই পাহাড়ের চূড়ায় কী করে আসবে!

ভাল করে একটু খোঁজ নেবার জন্যে সন্তর্পণে যেই একটু এগিয়েছি, অমনই বিরাট পাখিটা হঠাৎ মুখ ফিরিয়ে কী একটা চিৎকার করে উঠল।

পরমুহূর্তে হঠাৎ চমকাবার দরুনই হোক বা তলার পাথর সরে গিয়েই হোক সে সশব্দে আগ্নেয়গিরির মুখের ভেতর গড়িয়ে পড়ল এবং এক লাফে তাকে ধরতে গিয়ে দেখলাম সঙ্গে সঙ্গে আমিও সবেগে নীচে গড়িয়ে যাচ্ছি।

একেবারে নীচে এসে গড়িয়ে পড়ার পর জখম খুব বেশি না হলেও আরেক দিক দিয়ে অবস্থা যা হল তা বর্ণনা করা যায় না।

দারুণ গ্রীষ্মের দিনে দার্জিলিং থেকে শিলিগুড়িতে নামলে যে অবস্থা হয় তা এর কাছে কিছুই নয়। পাহাড়ের ওপর ছিল দক্ষিণ মেরুর দুরন্ত শীত আর পাহাড়ের এই গহ্বরের তলায় একেবারে যেন আফ্রিকার কঙ্গোর জঙ্গলের দারুণ ভ্যাপসা গরম। সমস্ত শরীর জ্বলে গিয়ে যেন দম বন্ধ হয়ে মরে যাবার জোগাড় হল।

যার জন্যে এই গহ্বরে পড়তে হল সেও তখন উঠে বসে আমার দিকে অবাক হয়ে তাকিয়ে আছে। বিরাট কোনও অজানা পাখি নয়, সে আমারই বন্ধু সেন।

সেনের মুখে সমুদ্র থেকে উদ্ধার পাওয়া আর পাখি সাজার বৃত্তান্ত তারপর শুনলাম। আমার মতো সমুদ্রের ঢেউ তাকেও তুষার-তীরের ওপর ফেলে যায়। কিন্তু আমার মতো রবারের তাঁবুর সুবিধে না থাকায় শীতে প্রাণ বাঁচাবার জন্যে কয়েকটা পেঙ্গুইন পাখি মেরে তাদের চামড়া আর পালক তাকে গায়ে আঁটতে হয়। তারপর গরম জলের স্রোত দেখে আমারই মতো কৌতূহলী হয়ে সে এই পাহাড়ের সন্ধানে আসে।

অন্য সময় হলে এ গল্প হয়তো যথেষ্ট উপভোগ করতাম, কিন্তু দারুণ গরমে যখন প্রাণ যাবার উপক্রম তখন অন্য কিছুতে কি মন যায়!

দুদিন দুরাত সেই আগ্নেয়গিরির খোল থেকে বেরুবার প্রাণপণ চেষ্টা করলাম, কিন্তু কোনও ফল হল না। চারধারে পাথরের দেওয়াল কতকটা ঢালু হলেও এমন উলটোভাবে খাঁজ-কাটা যে তা বেয়ে গড়িয়ে পড়া সহজ হলেও ওঠা একেবারে অসম্ভব।

ইতিমধ্যে আগ্নেয়গিরির গরম জলের স্রোতের রহস্য আমরা বুঝে ফেলেছি। যে খোলের ভেতর আমরা পড়েছি তার দুদিকে দুটি ছোট ছোট ফোকর আছে। একদিকের ফোকর দিয়ে বাইরের তুষার ভেতরে এসে মাঝখানের একটা কড়াই-এর মতো গর্তে জমা হয়ে নীচেকার প্রচণ্ড উত্তাপে ফুটে উঠছে। তারপর সেই ফুটন্ত জল আর একদিকের ঢালু ফোকর দিয়ে স্রোত হয়ে বেরিয়ে যাচ্ছে। নামবামাত্র একেবারে সেদ্ধ হয়ে যাবার ভয় না থাকলে সেই স্রোতের জলের সঙ্গেই বেরুবার চেষ্টা হয়তো আমরা করতাম, কিন্তু তার কোনও উপায় নেই।

এদিকে প্রচণ্ড গরমে মারা যাবার আগেই আমাদের পাগল হবার উপক্রম। আগ্নেয়গিরিটা এখনও একরকম ঘুমন্ত বলা চলে। স্রোতের জলকে ফুটিয়ে তোলা ছাড়া তার কোনও উপদ্রব এখনও দেখা দেয়নি। কিন্তু দেখা দিতে কতক্ষণ!

বাইরের তুষার-প্রান্তরে থাকলেও খুব বেশি দিন আমরা বেঁচে থাকতে পারতাম না জানি, কিন্তু এই বদ্ধ গুহায় মরার চেয়ে সে যেন অনেক ভাল।

দুদিন দুরাত ধরে এ গহ্বর থেকে বেরুবার ব্যর্থ চেষ্টায় হয়রান হয়ে সেনকে সেই কথা বলতে গিয়ে রাগের মাথায় ছড়িটা যে-ই গহ্বরের মেঝেতে ঠুকেছি অমনই এক ভয়ংকর আশ্চর্য কাণ্ড ঘটে গেল।

দমকলের মুখ দিয়ে যেমন তোড়ে জল বেরোয় আমার ছড়ির ডগায় মেঝের সেই জায়গাটা ফুটো হয়ে তেমনই প্রচণ্ড বেগে সাতটা ইঞ্জিনের শিষের মতো আওয়াজ করে ধোঁয়াটে গ্যাসের পিচকিরি আগ্নেয়গিরির মুখ ছাড়িয়ে লাফিয়ে উঠল। গ্যাসের সে ফোয়ারা আর থামে না!

সেই গ্যাসের তোড়েই সে যাত্রা বেঁচে গেলাম”, বলে ঘনাদা থামলেন।

অবাক হয়ে জিজ্ঞাসা করলাম, “গ্যাসের তোড়ে বাঁচলেন কী রকম?”

একটু অনুকম্পার হাসি হেসে ঘনাদা বললেন, “এটা আর বুঝতে পারলে না?

কোমরে যে তাঁবুটা বাঁধা ছিল সেটা খুলে ধরে গ্যাসে ভর্তি করে নিলাম। তারপর দুজনে সেই বেলুনের দুদিকে দড়ি দিয়ে নিজেদের বেঁধে হাওয়ায় ভেসে গুহা থেকে বেরিয়ে এলাম।"

"সেই বেলুনেই দক্ষিণ মেরু থেকে দেশে পৌঁছোলেন নাকি?" গৌর গম্ভীরভাবে জিজ্ঞাসা করলে।

"না, ও বেলুনে আর কতদূর যাওয়া যায়!" ঘনাদা একটু যেন বিরক্ত হয়ে বললেন, "সে বেলুন থেকে গিয়ে পড়লাম এক পাহাড়ের ওপর। সাধারণ পাহাড় সেটা নয়—বিরাট Iceberg অর্থাৎ বরফের পাহাড়। এই সময়ে এই সব বরফের পাহাড় ঝড়ের বেগে ক্রমশ উত্তর দিকে ভেসে যেতে যেতে গলতে থাকে। আমাদের পাহাড়টা যখন গলতে গলতে কোনওরকমে দুজনের দাঁড়াবার মতো ছোট হয়ে এসেছে তখন ভাগ্যক্রমে একটা তিমি-ধরা জাহাজ সেইখান দিয়ে যেতে যেতে আমাদের দেখতে পেয়ে আমাদের তুলে নেয়। আমরা ভাসতে ভাসতে যে ম্যাকওয়ারি দ্বীপ পর্যন্ত এসে পড়েছিলাম তা ভাবতেও পারিনি।"

ঘনাদা বলা শেষ করে শিশিরের দিকে ৩২৯৯তম সিগারেট ধার করবার জন্যে হাত বাড়ালেন।

গৌর হঠাৎ বলে উঠল, "ছড়িটা আপনি সাউথ জর্জিয়া থেকে কিনেছিলেন বললেন না! আমাদের পাড়ার মিত্র ব্রাদার্সও বোধহয় সেখান থেকে ছড়ি আমদানি করছে আজকাল। ঠিক এইরকম ছড়ি সেখানে ক-টা দেখলাম যেন!"

ঘনাদার সিগারেট ধার করা আর হল না। আমাদের, বিশেষ করে গৌরের, দিকে অগ্নিদৃষ্টি হেনে তিনি ঘর থেকে বেরিয়ে গেলেন।

লাট্টু

ঘনাদা গম্ভীরভাবে বললেন, "না, প্লেন নয়, লাট্টু।"

কোন সূত্রে আমাদের একেবারে থ করে দিয়ে ঘনাদা এ-কথা বললেন, সেইটে আগে তাহলে বলি।

পুজোর সময় দার্জিলিং যাবার কথা হচ্ছিল। ট্রেনে যাওয়ার হাঙ্গামও যত, সময়ও তত বেশি লাগে। তাই প্লেনেই যাবার ব্যবস্থা ঠিক করছিলাম। ট্রেনেই হোক আর প্লেনেই হোক ঘনাদার পক্ষে একই কথা হওয়া উচিত। কারণ, আসলে পরস্মৈপদী

হয়ে তিনি আমাদের ঘাড়ে চড়েই যাবেন। ঘাড় অবশ্য আমরা সাধ করেই পেতে দিয়েছি। বিদেশে তিনি সঙ্গে থাকলে একটু ভাল জমবে বলে। কিন্তু প্লেনের নাম শুনেই তিনি এমন বেঁকে দাঁড়াবেন কে জানত!

গৌর একটু অবাক হয়ে জিজ্ঞাসা করলে, "প্লেনে যেতে আপনার আপত্তিটা কী? কোথায় এক-রাত এক-বেলা টিকিয়ে টিকিয়ে যেতেন, তার বদলে ঘণ্টা-দেড়েকেই সব ঝামেলা শেষ।"

ঘনাদার কিন্তু তবু ধনুক-ভাঙা পণ, প্লেনে তিনি কিছুতেই চড়বেন না।

অনেকক্ষণ ধরে রাজি করাবার চেষ্টা করে আমরা শেষ পর্যন্ত চটেই গেলাম। শিবু তো বলেই ফেললে, "ঘনাদার বোধহয় ভয় করে প্লেনে!"

ঘনাদা তার দিকে যে দৃষ্টিটা হানলেন, তাতে শিবুর ভস্ম হয়ে যাবার কথা। কিন্তু শিবুর বোধহয়, অ্যাসবেসটসের চামড়া। এ দৃষ্টির সামনেও বেশ অক্ষত থেকে সে আবার অম্লানবদনে জিজ্ঞাসা করলে, "প্লেনে কখনও চড়েননি বুঝি ঘনাদা?"

শুধু চোখের দৃষ্টিতে এ অপমানের উত্তর দেওয়া যায় না, তাই ঘনাদা এবার মুখ খুললেন। যতখানি সম্ভব অবজ্ঞার সঙ্গে বললেন, "প্লেনে চড়া ছেড়ে দিয়েছি।"

"ছেড়ে দিয়েছেন? কী দুঃখে?" এবার প্রচ্ছন্ন বিদ্রূপটা শিশিরের।

এর ওপর আবার একটু ফোড়ন দিয়ে গৌর বললে, "অত ধীরে-সুস্থে যাওয়া বোধহয় ঘনাদার পছন্দ না। ঘণ্টায় মাত্র তিন-চারশো মাইলে কি ঘনাদার পোষায়!"

"আহা, তিন-চারশো কেন?" শিবু প্রতিবাদ করলে, "জেট-প্লেন তো রয়েছে! ঘণ্টায় শুনি, ছশো মাইলও ছাড়িয়ে যায়।"

ঘণ্টায় ছশো মাইলের ওপর শুনেও ঘনাদার মুখে যে অবজ্ঞার হাসি ফুটে উঠল তাইতে অবাক হয়ে জিজ্ঞাসা করলাম, "ঘনাদা যে জেট-প্লেনে চড়েছেন, তার বেগ বুঝি এর চেয়েও বেশি?"

ঘনাদা আমাদের স্তম্ভিত করে বললেন, "হ্যাঁ, কিন্তু তা জেট-প্লেন নয়।"

"জেট-প্লেন নয়? তাহলে অন্য কোনও প্লেন তো বটে?" আমরা হতভম্ব হয়ে প্রশ্ন করলাম।

কয়েক সেকেন্ড আমাদের দিকে অনুকম্পাভরে তাকিয়ে ঘনাদা বললেন, "না, প্লেন নয়, লাট্টু।"

এই লাট্টু শুনেই বিস্ময়-বিস্ফারিত দৃষ্টিতে তাঁর দিকে চেয়ে আমাদের মুখে আর কথাই সরল না।

ঘনাদাই এবার করুণা করে তাঁর মন্তব্য পরিষ্কার করে বললেন, "হ্যাঁ, লাট্টু, কিন্তু সে শুধু চেহারায়। তবে লেত্তি দিয়ে লোহার আলবাঁধা যে লাট্টু ছেলেবেলা ঘুরিয়েছ সে লাট্টু নয়, অনেকটা ছোটদের খেলার কলের লাট্টুর মতো—চেপ্টা চাকতির মতো সেগুলো দেখতে।"

এ পর্যন্ত শুনেই আমরা তখন পরে কী আসছে বুঝে, প্রস্তুত হয়ে বসে গেছি। আমাদের ওপর একবার চোখ বুলিয়ে ঘনাদা শুরু করলেন, "চার বছর আগে জানুয়ারি মাসের এক দুপুরবেলা ইংল্যান্ড থেকে আমেরিকায় ত্রিশ জন যাত্রী নিয়ে

যেতে যেতে একটি মাঝারি আকারের ড্যাকোটা বিমান আশ্চর্যভাবে যে নিখোঁজ হয়, এ খবর অনেকেরই হয়তো আর মনে নেই। এ দেশে না হোক, ইংল্যান্ডে ও আমেরিকায় এই নিয়ে তখন কিন্তু দারুণ উত্তেজনার সৃষ্টি হয়েছিল। এ-উত্তেজনা কিন্তু বেশি দিন থাকেনি। প্লেনের মালিকেরা ও মার্কিন সামরিক-বিভাগ একটা কৈফিয়ত দিয়ে সকলকে ঠাণ্ডা করে দিয়ে দিলেন। কৈফিয়তটা কিন্তু সম্পূর্ণ মিথ্যা।

উড়োজাহাজটির নিখোঁজ হওয়া সত্যিই একটু অদ্ভুত ধরনের। জল-ঝড় নেই, প্লেনের যন্ত্রপাতির কোনও গোলমাল হয়নি, তবু একেবারে আমেরিকার কূলের কাছে এসে শূন্য-আকাশে সকলের চোখের সামনে যেন উড়োজাহাজটি হাওয়ায় মিলিয়ে যায়।

সকলের চোখের সামনে কথাটা একটু ঘুরিয়ে বলছি মাত্র। সত্যি সত্যি চর্মচক্ষে না দেখলেও, অন্তত দুটো এরোড্রোম ও একটি বোমারু-বিমানের র‍্যাডার-স্ক্রিন তখন সেই প্লেনটির সমস্ত গতিবিধি লক্ষ করছে।

এই ঘটনার আধ মিনিট আগেও যাত্রীবাহী প্লেনটির সঠিক অবস্থান জানা গিয়েছে। ক্যানাডার পূর্বদিকে সমুদ্রের একেবারে ধারে—নোভা স্কোসিয়া। সেই নোভা স্কোসিয়ার লিভারপুলে, নয় হ্যালিফ্যাক্সের উড়োজাহাজের ঘাঁটিতেই যে প্লেনটি নামতে যাচ্ছে, সে কথাও তখন অজানা নেই। কিন্তু তারপরই লিভারপুল ও হ্যালিফ্যাক্স দুই জায়গার এরোড্রোমের র‍্যাডার-স্ক্রিন হঠাৎ অদ্ভুতভাবে নীরব হয়ে গেছে।

ইংল্যান্ড থেকে আমেরিকা যাবার প্লেন, যুক্তরাষ্ট্রের কোনও ঘাঁটিতে না নেমে, নিরাপদ অবস্থাতেও ক্যানাডার মাটিতে কেন নামতে যাচ্ছিল সেটা একটা রহস্য মনে হতে পারে। যে কাহিনী বলতে যাচ্ছি, ওই রহস্যটুকু গোড়ায় না থাকলে তার সূত্রপাতই হত না।

ইংল্যান্ডের ক্রয়ডন এরোড্রোম থেকে উড়োজাহাজটি যুক্তরাষ্ট্রের উদ্দেশেই রওনা হয়। কিন্তু কয়েক ঘণ্টা পার হবার পরই প্লেনের বেতার-যন্ত্রী একটি জরুরি আদেশ পায় ইংল্যান্ড থেকে—প্লেন যেন অবিলম্বে ইংল্যান্ডে ফিরিয়ে আনা হয়।

আদেশের মর্ম না বুঝলেও, প্লেনের পাইলটের তা পালন করা অবশ্য কর্তব্য। ইংল্যান্ডের দিকেই আবার প্লেনের মুখ তাই ঘোরানো হয়, কিন্তু এ ব্যাপারে বিস্মিত ও বিরক্ত হওয়া যাদের পক্ষে স্বাভাবিক, সেই যাত্রীরা খানিক বাদেই বুঝতে পারে যে, কিছুদূর গিয়েই প্লেন আবার আমেরিকার দিকেই ফিরছে।

ব্যাপারটা তাদের কাছে দুর্বোধ হলেও, ইংল্যান্ডের সামরিক ও পুলিশ বিভাগের কর্তাদের কাছে তখন আর নয়।

সৌভাগ্য-কি-দুর্ভাগ্যক্রমে জানি না, ক্রয়ডনের পুলিশকর্তা মি. ডোনাটের বাড়িতে সেইদিনই আমি অতিথি। মি. ডোনাট এককালে নিউগিনির পোর্ট মোরেসবি বন্দরে কাজ করতেন। সেখানে গত যুদ্ধের আগে একটি জাপানি গুপ্তচরদের চক্রান্ত ধরে দেওয়ার ব্যাপারে আমি তাঁকে সাহায্য করেছিলাম। মি. ডোনাট সে ঋণের কথা ভোলেননি। যুদ্ধের পর ইংল্যান্ডে একরকম বেড়াতেই গেছি। কী করে জানি না,

আমার খোঁজ পেয়ে ডোনাট সাদরে তাঁর বাড়িতে আমায় নিমন্ত্রণ করে পাঠান।

সাদর নিমন্ত্রণ করলেও, অতিথির সম্মান রাখা সেদিন তাঁর ভাগ্যে নেই। খাবার টেবিলে বসে সবে সুপের প্লেট শেষ করেছি, এমন সময় পাশের ঘরে তাঁর ফোন বেজে উঠল। মি. ডোনাট বিরক্ত হয়েই খাবার ফেলে উঠে গেলেন, কিন্তু ফোন সেরে ফিরে যখন এলেন তখন তাঁর মুখ আষাঢ়ের মেঘের মতো গম্ভীর।

'কী করে আপনার কাছে যে ক্ষমা চাইব বুঝতে পারছি না, মি. দাস, কিন্তু আপনাকে একলা ফেলে এখুনি আমার না গেলে নয়।' মি. ডোনাট যে অত্যন্ত অপ্রস্তুত হয়ে পড়েছেন তা তাঁর গলার স্বরেই বোঝা গেল।

তাঁকে আশ্বস্ত করে হেসে বললাম, 'আপনি বিন্দুমাত্র কুণ্ঠিত হবেন না। পুলিশের চাকরির মজাই যে এই, তা কি আমি জানি না মনে করেছেন? এখন ব্যাপারটা কী? খুন-জখম নিশ্চয়?'

'খুন-জখম!' মি. ডোনাট একটু দুঃখের হাসি হেসে, টুপিটা মাথায় দিয়ে বেরিয়ে যেতে যেতে বললেন, 'খুন-জখম হলেই ভাল হত, তাহলে অন্তত এই এক সেকেন্ডের নোটিসে, তিন হাজার মাইল পাড়ি দিতে হত না।'

আমার মাথাটি কথার শেষের এই ধাঁধায় গুলিয়ে দিয়ে মি. ডোনাট বেরিয়ে গেলেন। খাওয়ায় তখন আর আমার রুচি নেই, তবু গৃহস্বামীর মান রাখতে যথাসাধ্য সেদিকে মন দিয়ে ব্যাপারটার অর্থ বোঝবার চেষ্টা করলাম। কিন্তু খানিক বাদেই অবাক হয়ে দেখি, মি. ডোনাট আবার ফিরে এসেছেন।

ঘরে ঢুকেই উত্তেজিতভাবে তিনি বললেন, 'আচ্ছা, মি. দাস, সেনর গ্যালিকো সম্বন্ধে আপনি কিছু জানেন?'

হেসে বললাম, 'আমায় এমন সবজান্তা মনে করছেন কেন যে, দুনিয়ার যে-কোনও একটা নাম শুনলেই পরিচয় বলতে পারব?'

মি. ডোনাট বেশ একটু অধৈর্যের সঙ্গেই বললেন, 'রসিকতার সময় নেই, মি. দাস। দু-এক মুহূর্তের দেরিতে হয়তো সমস্ত ইউরোপের সর্বনাশ হয়ে যেতে পারে। সেনর গ্যালিকো সম্বন্ধে যা জানেন, বলুন তাড়াতাড়ি!'

মি. ডোনাটের গলার স্বরে বুঝলাম, সত্যিই ব্যাপারটা গুরুতর। বললাম, 'সেনর গ্যালিকো সম্বন্ধে কী আপনি জানতে চান, বুঝতে পারছি না। গ্যালিকো তার শত নামের একটিমাত্র, এটা নিশ্চয় জানেন? দুনিয়ায় আজ পর্যন্ত অত বড় গুপ্তচর যে জন্মায়নি, তা-ও নিশ্চয় আপনাকে বলে দিতে হবে না।'

'হ্যাঁ, সে-সব জানি। কিন্তু গত যুদ্ধের শেষ দিকে প্লেন থেকে সাবমেরিনে ব্রেজিলে পালাতে গিয়ে সে যে সাবমেরিন-ডুবি হয়ে মারা যায় বলে খবর রটেছিল, তা সত্যি কিনা?'

'সে-কথা তো আমার চেয়ে আপনাদেরই ভাল জানবার কথা।'

মি. ডোনাট এবার বেশ বিরক্ত হয়েই উঠলেন, 'কেন মিছে কথা বাড়াচ্ছেন, মি. দাস! যদি কিছু জানেন তো, তাড়াতাড়ি বলুন।'

মি. ডোনাটের বিরক্তিতে হেসে ফেলে বললাম, 'বেশ, বলছি শুনুন। সেনর

গ্যালিকো সাবমেরিন-ডুবি হয়ে মারা যায়নি। নিজের মৃত্যুর মিথ্যে খবর রটিয়ে সে এতদিন বেশ বহাল তবিয়তে আর্জেনটাইনে কাটিয়েছে বলেই আমি জানি। কিন্তু এতবড় জরুরি খবর যার কাছে জেনে নিচ্ছেন, ব্যাপারটা আসলে কী, তার তা জানবার অধিকার নেই?'

'খুব আছে। সব কথা, যেতে যেতেই বলব। আসুন।'

অবাক হয়ে বললাম, 'সে কী! আমি যাব কোথায়?'

'কোথায় তা এখনও জানি না। কিন্তু আপনাকে আসতেই হবে আমার সঙ্গে, মি. দাস। সেনর গ্যালিকোর ছদ্মবেশ ভেদ করে তাকে চেনার মতো দ্বিতীয় লোক এখন আর আমাদের হাতের কাছে নেই।'

গাড়ি বাইরেই তৈরি ছিল। রাস্তার নিয়মকানুন, হেলায় লন্ডভণ্ড করে দিয়ে বিদ্যুদ্‌বেগে সে গাড়ি, মিনিট কয়েকের মধ্যেই দেখলাম, ক্রয়ডন এরোড্রোমেই আমাদের পৌঁছে দিলে।

সেখানে নেমে ব্রিটিশ সামরিক-বিভাগের যে মহাশয় ব্যক্তিটিকে দেখা গেল, ব্যাপারটা অত্যন্ত গুরুতর না হলে তিনি সশরীরে সেখানে হাজির থাকতেন না।

আমাকে দেখে মি. ডোনাটকে কাছে ডেকে তিনি নিচু-গলায় কী জেনে নিলেন, তারপর এগিয়ে এসে আমার করমর্দন করে বলেন, 'আপনি যে-সাহায্য আমাদের করতে এসেছেন, তার জন্য সমস্ত ইউরোপ আপনার কাছে কৃতজ্ঞ থাকবে।'"

হঠাৎ শিবুর কাশিতে ঘনাদার কথায় ছেদ পড়ল। শিবুর কাশির ধরনটা সত্যি বড় বেয়াড়া। হাসি চাপতে গিয়ে কাশি বলে যদি কেউ তাকে সন্দেহ করে, তাকে খুব দোষ দেওয়া যায় না।

কাশি শুনেই ঘনাদার মুখের চেহারা যা হল তাতে মাঝনদীতে ভরাডুবি হবার ভয়ে আমরা সবাই শিবুর ওপর একেবারে মারমুখো হয়ে উঠলাম।

"কাশবার আর সময় পেলি না!" গৌর ধমকে উঠল।

"অত যদি কাশি, তো বাসক সিরাপ খেলেই হয়।" শিশির মন্তব্য করলে রূঢ়ভাবে।

"কাশি পায় তো, বাইরে গিয়ে বোস!" আমিও বকুনি দিতে ছাড়লাম না।

বলা বাহুল্য, শিবুর কাশি তৎক্ষণাৎ থেমে গেল এবং ঘনাদা শান্ত হয়ে আবার শুরু করলেন।

"হেসে তখন বললাম, 'ইউরোপের কৃতজ্ঞতায় আমার কোনও লোভ নেই। গ্যালিকোর কাছে আমার একটা পুরোনো দেনা আছে শোধ দেবার, আমি সেই আশাতেই যাচ্ছি।'

কিছু দূরে যে বিরাট অদ্ভুত চেহারার প্লেনটা দাঁড়িয়ে ছিল, সেই দিকেই এবার সবাই অগ্রসর হলাম।

প্লেনের কাছে এসে দ্বিধাভরে দাঁড়িয়ে পড়ে সামরিক-বিভাগের বড়কর্তা আমায় বললেন, 'একটা বিপদের কথা কিন্তু আপনাকে আগে বোধহয় জানিয়ে দেওয়া দরকার, মি. দাস। মি. ডোনাট তাঁর দেশের জন্য কর্তব্যের ডাকে যাচ্ছেন, কিন্তু

আপনি এসেছেন, স্বেচ্ছায় সাহায্য করতে। যে প্লেনে আপনাদের পাঠাচ্ছি—'

তাঁর কথায় বাধা দিয়ে হেসে বললাম, 'সেটা কয়েকদিন আগে টেমসের খাঁড়ির ওপর যে জেট-প্লেন ফেটে গিয়ে মি. জিওফ্রে ডে হ্যাভিল্যান্ড প্রাণ হারান, তারই যমজ বলা যায়। আমি দেখেই তা চিনেছি। সুতরাং আপনার সংকুচিত হবার কিছু নেই।'

সামরিক বড়কর্তার নির্বাক বিস্ময়টুকু উপভোগ করেই প্লেনের ভেতরে গিয়ে উঠলাম।

শব্দের চেয়ে যা আগে ছোটে, সেই সুপারসোনিক জেট বম্বার-এ উল্কাবেগে অতলান্তিক সাগরের ওপর দিয়ে উড়ে যেতে যেতে ডোনাটের কাছে সমস্ত ব্যাপারটাই ভাল করে জেনে নিলাম।

ব্যাপারটা সংক্ষেপে এই—কিছুদিন থেকেই ইংল্যান্ডের কর্তাব্যক্তিরা সন্দেহ করছিলেন যে অত্যন্ত চতুর কোনও গুপ্তচরের কারসাজিতে সামরিক বিভাগের অত্যন্ত গোপন সব সংবাদ কীভাবে যেন অদৃশ্য ছিদ্র-পথে বার হয়ে যাচ্ছে। ঠিক আগের দিনই সে সন্দেহ যে মিথ্যা নয় তার নির্ভুল প্রমাণ পাওয়া যায়। দেশরক্ষা বিভাগের একজন বড়কর্তার সুরক্ষিত সিন্দুক থেকে অত্যন্ত মূল্যবান এক তাড়া কাগজ আশ্চর্যভাবে উধাও হয়ে গেছে। ফাইলটি তার আগের দিনই সে-সিন্দুকে রাখা হয়। এ-ফাইলে এমন কিছু আছে, শত্রুপক্ষ যা জানতে পারলে শুধু ইংল্যান্ড নয়, ইউরোপেরও সর্বনাশ হয়ে যাবে। খবরের কাগজে এ-সব কথা জানানো যায় না। পুলিশ ও গোয়েন্দা বিভাগ তাই গোপনে যা করবার সবই করেছে। ফাইল কীভাবে চুরি গেছে তারা এখনও বুঝতে পারেনি, কিন্তু ফাইল-এর সঙ্গে দেশরক্ষা বিভাগের অফিস থেকে নগণ্য যে একজন চাকর উধাও হয়ে গেছে, তার খোঁজ করতে গিয়ে কেঁচো খুঁড়তে গোখরোর সন্ধান তারা পেয়েছে। চুরির অপরূপ কৌশল দেখে তাদের ধারণা হয়েছে যে, বিশ্ববিখ্যাত গুপ্তচর সেনর গ্যালিকোরই কাজ এটা। কিন্তু সেনর গ্যালিকো বছর চারেক হল মারা গেছে বলে সবাই জানে। তা সত্ত্বেও এ মূল্যবান কাগজপত্র যেসব পথে ইংল্যান্ড থেকে বেরিয়ে যেতে পারে, তার সবগুলির ওপরই গোয়েন্দা বিভাগ কড়া নজর রেখেছে। যে-প্লেনটি ক্রয়ডন থেকে আমেরিকায় রওনা হয়, তার যাত্রীদের মধ্যেও একজন গোয়েন্দাকে সেজন্য রাখা হয়। প্লেনটি ছাড়বার সময় তার সমস্ত যাত্রীর পরিচয়ই অবশ্য ভাল করে খুঁটিয়ে দেখা হয়। তাদের কারুর পরিচয়েই কোনও খুঁত পাওয়া যায়নি। তা সত্ত্বেও প্লেনটি ছেড়ে যাবার পরই গোয়েন্দা পুলিশ এমন একটি সূত্র পায়, যাতে মনে হয়, ওই প্লেনেই গুপ্তচর তার চুরির মাল নিয়ে পালিয়েছে। তৎক্ষণাৎ বেতার-টেলিগ্রামে প্লেনটিকে তাই ফিরে আসবার আদেশ দেওয়া হয়। প্লেনটি ফিরেও আসছিল, কিন্তু হঠাৎ মাঝপথে কী যে হয় কিছুই বোঝা যায় না। প্লেনটি ইংল্যান্ডের দিকে না এসে, আবার ওপারের দিকেই যাত্রা করে। আমেরিকা ও কানাডার পূর্ব-উপকূলের সমস্ত এরোড্রোম ও সামরিক ঘাঁটিকেই তখন সতর্ক করে দেওয়া হয়েছে প্লেনটির অপেক্ষায় সতর্ক থাকবার জন্য। গুপ্তচর যদি সেনর গ্যালিকোই হয়, তাহলে অবশ্য তার মতো ধড়িবাজ না বার করতে পারে,

এমন ফন্দি নেই। বিরাট আমেরিকার পূর্ব-উপকূলে যে কোনও জায়গায় নেমে সে সরে পড়তে পারে। তাই আমেরিকার যেখানে যত ঘাঁটি আছে, তারা তো র‍্যাডার-স্ক্রিনে আকাশের সমস্ত দিকের ওপর কড়া নজর রাখছেই, আমাদের এই পৃথিবীর সবচেয়ে দ্রুতগামী সুপারসোনিক বম্বারও পেছনে ছুটছে তাকে ধরবার জন্য। যাত্রীবাহী প্লেনটি কয়েক ঘণ্টার সুবিধে পেয়েছে সত্য, কিন্তু তার দৌড় ঘণ্টায় বড়-জোর সাড়ে-তিনশো মাইল। আমাদের জেট-বম্বার যেভাবে দূরত্বকে গিলে খায়, তাতে কয়েক ঘণ্টার তফাত তার কাছে কিছু নয়।

কথাটা যে কতখানি সত্য, কয়েক ঘণ্টার মধ্যেই তার প্রমাণ পাওয়া গেল। আমাদের র‍্যাডার-অপারেটার হঠাৎ উত্তেজিত হয়ে জানালে, তার র‍্যাডার-স্ক্রিনে একটি উড়োজাহাজের সন্ধান সে পেয়েছে। আমরা যাকে শিকার করতে যাচ্ছি, সেই যাত্রীবাহী প্লেনটি বলেই মনে হয়। আমাদের বম্বারের বেগ, পাঁচশো থেকে ছশো মাইল বাড়িয়ে দেওয়া হল। আমরা আমেরিকার উপকূলের কাছে এসে পড়েছি। আর খানিক বাদে শুধু র‍্যাডার-স্ক্রিনে নয়, প্লেনটিকে চোখেই বোধ হয় দেখা যাবে।

মি. ডোনাট ও আমি তখন র‍্যাডার-যন্ত্রীর পাশে দাঁড়িয়ে তার স্ক্রিনের দিকে উদ্‌গ্রীব হয়ে চেয়ে আছি।

মি. ডোনাট বুঝি কিছুক্ষণের জন্যে অন্যমনস্ক হয়ে সামনের কাঁচের ভেতর দিয়ে বাহিরের দিকে চেয়ে ছিলেন। হঠাৎ তিনি চিৎকার করে উঠলেন, 'ওটা আবার কী!'

চমকে মুখ তুলে সামনের দিকে তাকিয়ে যা দেখতে পেলাম, তাতে একেবারে হতভম্ব হয়ে গেলাম। উইন্ড-শিল্ডের কাঁচের ভেতর দিয়ে, সামনের সমস্ত আকাশটাই দেখা যায়। সেই আকাশ-পটের এক প্রান্ত থেকে একটি অদ্ভুত আকারের জিনিস প্রায় বিদ্যুৎগতিতে আমাদের সামনে দিয়ে দেখতে দেখতে পার হয়ে গেল।

আমরা যা খালি চোখে দেখছি, র‍্যাডার অপারেটারও তার পর্দায় তার আভাস তখন পেয়েছে। অবাক হয়ে সে জিজ্ঞাসা করলে, 'এটা আবার কী ব্যাপার! বিরাট কোনও উল্কা নাকি!'

উল্কা যে হতেই পারে না, তা তখন ভাল ভাবেই বুঝেছি। কিন্তু সুপারসোনিক জেট-বম্বারকে দ্রুতগতির পাল্লায় যা গোরুর গাড়ির মতো পেছনে ফেলে যেতে পারে—সে আকাশ-যান যে কী ও কাদের হতে পারে, ভেবে কোনও হদিস পেলাম না।

যত অদ্ভুত ব্যাপারই হোক, আমরা যে উদ্দেশ্যে চলেছি, তা ছাড়া অন্য কিছুতেই আমাদের মন দেওয়া তখন উচিত নয়। কিন্তু হঠাৎ সেদিকেও আশ্চর্যভাবে বাধা পাব কে জানত!

র‍্যাডার-স্ক্রিন থেকে বুঝতে পারছিলাম, আমাদের সামনের প্লেনটি আর বেশি দূরে নেই। বড়-জোর কুড়ি-পঁচিশ মিনিটের মধ্যেই তাকে আমরা ধরে ফেলব। কিন্তু হঠাৎ আমাদের স্তম্ভিত করে র‍্যাডার-স্ক্রিনটা যেন ঝাপসা হয়ে গেল। যন্ত্রপাতির কোনও গোলযোগ মনে করে অপারেটার সব-কিছু প্রাণপণে পরীক্ষা করে দেখলে, কিন্তু সেখানে কোনও ত্রুটিই পাওয়া গেল না।

কয়েক সেকেন্ড বাদে, যেভাবে ঝাপসা হয়ে গেছল, সেইভাবেই পর্দা আবার পরিষ্কার হয়ে গেল বটে, কিন্তু চতুর্দিকে র‍্যাডার-তরঙ্গ পাঠিয়ে খোঁজ করেও আমাদের প্লেনটির আর কোনও পাত্তা পাওয়া গেল না। হঠাৎ প্লেনটি যেন শূন্য আকাশে হাওয়ার মতো মিলিয়ে গেছে।

এই ব্যাপার নিয়ে কাগজে কিছুদিন সোরগোলের পরই সামরিক বিবৃতিতে সব যে ঠাণ্ডা হয়ে যায় তা আগেই বলেছি। সামরিক বিবৃতিতে বলা হয় যে, প্লেনটি সমুদ্রের ওপরই ভেঙে পড়ে ডুবে গেছল। র‍্যাডার-স্ক্রিন ঝাপসা হয়ে যাওয়ার ব্যাপারটা একেবারে অস্বীকার করা হয়।

কিন্তু, আসল কথা যে তা নয়, তা বলাই বাহুল্য। সাধারণে জানতে পারলে পাছে আতঙ্কগ্রস্ত হয়, সেইজন্যই ওরকম মিথ্যে খবর দেওয়া হয়েছিল। সাধারণ লোককে আশ্বস্ত করলেও, দেশের ওপরওয়ালারা তখন রীতিমতো চিন্তিত হয়ে উঠেছেন।

ইতিপূর্বে নানা দিকে—বিশেষ করে আমেরিকার বহু জায়গা থেকে—রহস্যজনক ওইরকম আকাশ-যানের সংবাদ বহুবার পাওয়া গেছে। দর্শকদের চোখের ভুল ও বাজে লোকের আজগুবি কল্পনা বলে উড়িয়ে দিয়েও সাধারণের গুজব বন্ধ করা যায়নি। এবার সামরিক কর্তারা নিজেরাও মনে মনে স্বীকার করতে বাধ্য হলেন যে, সাধারণের গুজবের মধ্যে কিছু সত্য অবশ্যই আছে। বাইরে উচ্চবাচ্য না করলেও গোপনে গোপনে এ-বিষয়ে ব্যাকুলভাবে তাঁরা অনুসন্ধান চালাতে লাগলেন। সে অনুসন্ধানের কোনও ফলই কিন্তু পাওয়া গেল না। ব্যাপারটার কোনও হদিস না পেয়ে তাঁরা ক্রমশ দিশাহারা হয়ে পড়লেন।

আজ পর্যন্ত দিশাহারা হয়েই তাঁদের থাকতে হত, যদি—নিউ ইয়র্কের বাজারে মিঙ্ক, সেবল আর মাইন প্রভৃতি বিরল পশুলোমের দাম হঠাৎ অসম্ভব চড়ে না যেত।

যাত্রী-প্লেনটির খোঁজ না পেয়ে আমরা তখন জেট-বম্বার-এ আমেরিকাতেই নেমে নিউ-ইয়র্কের এক হোটেলে আছি। দিন দুই বাদে, বিলেতেই আবার আমাদের ফিরে যাবার কথা। মি. ডোনাট আমার সঙ্গে এক ঘরেই ছিলেন। সেদিন সকালবেলা খবরের কাগজ পড়তে পড়তে বিরক্ত হয়ে তিনি কাগজটা ফেলে দিয়ে বললেন, 'এমন হুজুগে-জাত দুনিয়ায় নেই।'

ইংরেজরা মনে মনে মার্কিনদের ওপর একটু চটা জেনে হেসে জিজ্ঞাসা করলাম, 'মার্কিনদের আবার নতুন কী হুজুগ দেখলেন?'

কাগজটা তুলে আমার হাতে দিয়ে ডোনাট বললেন, 'দেখুন না, এত বড় বড় কাণ্ড দুনিয়ায় চলছে, তার জায়গায় কোথায় ল্যাব্রাডরে পশুলোম দুষ্প্রাপ্য হয়েছে তাই নিয়ে কাগজে হইচই লাগিয়ে দিয়েছে। আবার কোন এসকিমো শিকারি কী আজগুবি গল্প বানিয়ে বলেছে তা-ও সবিস্তারে ছাপা হয়েছে।'

কাগজটা পড়ে দেখলাম, ডোনাট ঠিকই বলেছে। সেবল, মিঙ্ক প্রভৃতি যেসব পশুলোম পৃথিবীর সেরা ধনীদের অত্যন্ত আদরের জিনিস, সেসব মেরুপ্রদেশ—বিশেষ করে ল্যাব্রাডরের উত্তর-অঞ্চল—থেকেই আমেরিকায় আসে। যারা ফাঁদ পেতে তুষার-অঞ্চলের এসব প্রাণী ধরে তাদের বলে—ট্র্যাপার। এবছর ট্র্যাপাররা

তাদের শিকারের জায়গায় একটি প্রাণীর ল্যাজও দেখতে পায়নি। নানুক নামে সেখানকার একজন বুড়ো ট্র্যাপার নাকি এস্‌কিমোদের কাছে এ বিষয়ে একটা আজগুবি গল্পও শুনে এসেছে। গল্পটা এই যে, ল্যাব্রাডরে এককালে যে-দেবতাদের ভয়ে কোনও সাদা মানুষ পা দিতে সাহস করত না, তাঁরা নাকি ফিরে আসছেন। পশুপাখিরা তাই ল্যাব্রাডর ছেড়ে পালাচ্ছে। এর পর মানুষকেও পালাতে হবে।

এ গল্পের সঙ্গে, পাশে আর একটা খবর পড়ে আমি কিন্তু উত্তেজিত হয়ে উঠে দাঁড়িয়ে বললাম, 'মি. ডোনাট, তৈরি হয়ে নাও। এখুনি আমাদের ল্যাব্রাডরে যেতে হবে।'

'তুমি কি পাগল হলে নাকি!' মি. ডোনাট অবাক হয়ে বললেন, 'পরশু আমাদের বিলেতে যেতে হবে। এখন ল্যাব্রাডরে যাব কী!'

'হ্যাঁ, ল্যাব্রাডরেই আমাদের যেতে হবে। বম্বার নিয়ে যাদের ফিরে যাবার তারা যাক। সেনর গ্যালিকো আর যাত্রী-প্লেনের রহস্য যদি ভেদ করতে চাও তো আমার সঙ্গে চলো।'

'কিন্তু যাব কীসে? ল্যাব্রাডর তো আর বোস্টন শিকাগো নয় যে, ট্রেনে চেপে বসলেই হল।'

'যাব, প্লেন ভাড়া করে। তুমি তৈরি হও।'

প্লেন ভাড়া করে সেইদিনই ল্যাব্রাডরের ব্যাটল হারবারে গিয়ে নামলাম। সেখান থেকে—বিশেষ ধরনে তৈরি, কতকটা শালতির মতো লম্বা মোটর-বোট ভাড়া করে হ্যামিলটন নদী দিয়ে চললাম ডাইক লেকের দিকে। ডাইক হ্রদে পৌঁছোবার আগে লবস্টিক হ্রদের কাছেই বিরাট হ্যামিলটন জলপ্রপাত। সেখান পৌঁছে মোটর-বোট ছেড়ে, হাঁটা-পথে রওনা হলাম একজন পথপ্রদর্শক নিয়ে। সে পথপ্রদর্শক আর কেউ নয়, নিউ-ইয়র্কের কাগজে যার গল্প বেরিয়েছিল সেই এস্‌কিমো ট্র্যাপার নানুক। ব্যাটল হারবারে নেমেই ফার অর্থাৎ পশুলোমের ব্যবসাদারদের কাছে নানুকের খোঁজ করে জেনেছিলাম, হ্যামিলটন জলপ্রপাতের কাছে ট্র্যাপারদের প্রথম যে-চটি আছে, সেখানেই তাকে পাওয়া যাবে। ব্যবসা মন্দা হওয়ার দরুন সে আজকাল সেই চটিতেই ফাইফরমাশ খেটে দিন কাটায়।

আমরা ডাইক লেকেরও উত্তরে যেতে চাই শুনে প্রথমে নানুক আমাদের পথ দেখাতে রাজিই হয়নি। ভালরকম বকশিশের লোভ দেখিয়ে শেষ পর্যন্ত তাকে রাজি করাই। রাজি হয়েও তার বিস্ময় কিন্তু সে চেপে রাখতে পারেনি। ডাইক লেকের উত্তরে কোনও জানোয়ার পর্যন্ত আজকাল পাওয়া যায় না। সেখানে কী সুখে আমরা যেতে চাই?

তার কথার উত্তর না দিয়ে, পালটা প্রশ্ন করেছিলাম, 'হঠাৎ ও-অঞ্চলের অমন দুর্দশা হবার কারণ কী?'

নানুক এমনিতেই কম কথা বলে। এ-প্রশ্নের উত্তরে অত্যন্ত গম্ভীর হয়ে বলেছিল, 'গেলেই জানতে পারা যাবে।'

জানতে সত্যিই শেষ পর্যন্ত পারা গেল। কিন্তু যা জানলাম তা সত্য, না স্বপ্ন, এখনও মাঝে মাঝে সন্দেহ হয়।

পাঁচদিন হাঁটা-পথে চলবার পর আমরা সেদিন এ-অঞ্চলের শেষ একটি চটিতে

রাত্রের মতো আশ্রয় নিয়েছি। চটিটি অবশ্য পরিত্যক্ত। পশুলোম দুষ্প্রাপ্য হওয়ার সঙ্গে সঙ্গে, চটি যারা চালায় তারা নিরুপায় হয়ে চলে গিয়েছে! শুধু জংলা-গাছের তৈরি তাদের আস্তানাটা আছে পড়ে।

রাত্রে খাওয়া-দাওয়া সেরে ঘুমোতে যাব এমন সময় নানুক এসে খবর দিলে, জঙ্গলের পথে কে একজন লোক আমাদের এই চটির দিকেই আসছে।

পশুপক্ষী পর্যন্ত সেখানে নেই, সেই শ্মশান-রাজ্যে কে লোক এদিকে আসতে পারে! মি. ডোনাট তো অবাক হয়ে জিজ্ঞাসা করলেন, 'এই অন্ধকারে, লোক আসছে, তুমি দেখলে কী করে?'

'দেখিনি, শুনতে পাচ্ছি!' নানুক সংক্ষেপে জানালে।

কান পেতে আমরা কিন্তু কিছুই শুনতে পেলাম না। মি. ডোনাট বিরক্ত হয়ে নানুককে বকুনি দিতে যাচ্ছিলেন। তাঁকে বাধা দিয়ে বুঝিয়ে দিলাম যে, আমাদের কাছে যেমন ছাপানো বই, নানুকের কাছে তেমনই জঙ্গল। সে এখানে সামান্য ঝরাপাতা দেখে বা অস্ফুট একটা শব্দ শুনে যা বুঝতে পারে আমাদের পক্ষে তা অসাধ্য।

নানুকের কথা যে সত্যি, খানিকবাদেই তার প্রমাণ পাওয়া গেল। বাইরের পদশব্দ এবার আমরাও শুনতে পেলাম। কিন্তু কে এই লোক? বন্ধু, না শত্রু? এ-অঞ্চলের অ্যালগনকুইন জাতির রেড-ইন্ডিয়ানরা, শ্বেতাঙ্গদের অত্যাচারে আজকাল কখনও কখনও অত্যন্ত হিংস্র হয়ে ওঠে। সুবিধে পেলে, নির্জন জায়গায় তারা যে খুনজখম করতে দ্বিধা করে না, তার যথেষ্ট নজির আছে।

পিস্তলটা বার করে তাই কোলের ওপর রাখলাম।

কিন্তু পিস্তলের কোনও প্রয়োজন হল না।

ক্লান্তপদে প্রায় টলতে টলতে যে-লোকটি কাঠের দরজা ঠেলে ভেতরে ঢুকল তাকে দেখে মি. ডোনাট ও আমি দুজনেই অবাক।

মি. ডোনাট উঠেই তাকে ধরে ফেলে বললেন, 'এ কী, কর্নেল মিচেল! আপনি এখানে কোথা থেকে?'

আমিও উঠে দাঁড়িয়ে লোকটাকে ধরেছিলাম। তাকে আমাদের বিছানার ওপর বসিয়ে দিয়ে মি. ডোনাটের দিকে অবাক হয়ে ফিরে জিজ্ঞাসা করলাম, 'কর্নেল মিচেল কাকে বলছেন?'

'বাঃ—এই তো আমাদের সামরিক বিভাগের গোয়েন্দা, কর্নেল মিচেল। যাত্রী-প্লেনে ইনিই তো পাহারা দেবার জন্য ছিলেন।'

'তাই নাকি!' একটু হেসে বললাম, 'আমি কিন্তু এঁর আরেকটা নাম জানি।'

'আরেকটা নাম!' মি. ডোনাট অবাক।

'হ্যাঁ। সে নাম হল—সেনর গ্যালিকো।'

'না, আপনাকে ফাঁকি দেওয়া অসম্ভব, মি. দাস।' ক্লান্তভাবে একটু হেসে গ্যালিকো তার জামার ভেতরের পকেটে থেকে একটি কাগজের প্যাকেট বার করে আমার হাতে দিয়ে বললে, 'যার জন্য এতদূর ধাওয়া করেছেন, এই নিন সেই ফাইল। এতে আর আমার দরকার নেই। গুপ্তচরগিরি আমার শেষ।'

কঠিন স্বরে বললাম, 'তোমাকে আমি চিনি, গ্যালিকো! তুমি কি ভেবেছ, সামান্য একটু অভিনয় করে আমায় ফাঁকি দেবে! এ ফাইল যে তুমি নকল করে রাখোনি তার প্রমাণ কী?'

'প্রমাণ!' গ্যালিকো একটু হাসলে, 'হ্যাঁ, বিপদ যতই থাক, এখনও আমার সঙ্গে গেলে বোধহয় তার প্রমাণ দিতে পারব। তখন আশা করি, বুঝবেন যে, পরস্পরের তুচ্ছ ক-টা অ্যাটমিক অস্ত্রের গোপন কৌশল জানবার জন্য আর জাতিতে জাতিতে আমাদের কাড়াকাড়ি মারামারির কোনও দরকার নেই। এখন শুধু আমায় একটু বিশ্রাম করতে দিন। কাল সকালে আমি আপনাদের প্রমাণ দিতে নিয়ে যাব।'

সত্যিই পরের দিন একটু সুস্থ হয়ে গ্যালিকো, নানুক বাদে, আমাদের দুজনকে সঙ্গে নিয়ে, ডাইক হ্রদের উত্তর দিকেই রওনা হল। সেদিকে যত এগিয়ে যাই, ততই অবাক হয়ে যেতে হয়। ল্যাব্রাডর অত্যন্ত ঠাণ্ডা। মেরু-প্রবাহ-ঘেঁষা দেশ হলেও বন্ধ্যা তুষার-প্রান্তর নয়। ভূর্জ দেবদারু ইত্যাদি জাতের গাছ ও নানা লতাগুল্ম সেখানকার অধিকাংশ পাহাড়ি উপত্যকা ছেয়ে আছে। কিন্তু এদিকে সমস্ত গাছপালা কী এক অভিশাপে যেন বিবর্ণ হয়ে শুকিয়ে যাচ্ছে। জন্তু-জানোয়ার অনেক আগে থেকেই বিরল হয়ে আসছিল, এদিকে অগ্রসর হওয়ার পর একটা পাখির ডাকও সারাদিনে শোনা গেল না। দুদিন এইভাবে এগিয়ে আমরা যে অনুচ্চ পাহাড়ের ধারে গিয়ে পৌঁছোলাম, তার মাথা ডিঙিয়ে গেলেই পশ্চিমে ডাইক হ্রদ ও তার চারিধারের উপত্যকা পাওয়া যাবে।

সেদিন সন্ধ্যা হয়ে গেছল বলে, এপারেই রাতটা কাটিয়ে, পরের দিন সকালে পাহাড়ের মাথা ডিঙিয়ে গিয়ে যা দেখলাম, তাতে একেবারে স্তম্ভিত হয়ে গেলাম! ডাইক হ্রদের চারিধারটা যেন একটা বিরাট ভাগাড়, গোরু-মহিষের নয়, এরোপ্লেনের! এত ভাঙা এরোপ্লেন এখানে কী করে জড়ো হল?

গ্যালিকোই আমাদের মনের কথা অনুমান করে এবার সেই ভয়ংকর রহস্য আমাদের বুঝিয়ে দিলে।

বললে, 'একরকম চোখের ওপর ঘটেছে বলে আমাদের প্লেনের অন্তর্ধানের ব্যাপারটাতেই তোমাদের টনক নড়েছে, কিন্তু তার আগে গত তিন বছর ধরে যে সব এরোপ্লেন নিখোঁজ হয়েছে, কোনও দুর্ঘটনাই তার কারণ হবে বলে লোকে অনুমান করে। কিন্তু অধিকাংশই তার দুর্ঘটনা নয়।'

'কিন্তু এখানে এসব প্লেন এল কী করে?' অবাক হয়ে ডোনাট জিজ্ঞাসা করলেন।

'যেমন করে আমাদের প্লেন এসে পড়েছিল।' বলে গ্যালিকো সমস্ত বিবরণই এবার দিলে, 'আসল কর্নেল মিচেলকে তার ঘরেই বন্দী করে—কর্নেল মিচেল সেজে আমি গোপনীয় কাগজ নিয়ে প্লেনে এসে উঠি। ক্রয়ডন থেকে যখন প্লেন ফেরাবার হুকুম আসে, তখন বিপদ বুঝে, বম্বার-এর কন্ট্রোল রুমে গিয়ে কথা বলতে বলতে কৌশলে রেডিও অপারেটারকে বিষাক্ত ছুঁচ ফুটিয়ে অজ্ঞান করে ফেলি। পাইলট আর অপারেটার ছাড়া সে-কামরায় কেউ থাকে না। পাইলট তার নিজের কাজেই তন্ময়। ব্যাপারটাকে স্বাভাবিক অসুস্থতা বলে সে মনে করে। যেন নেহাত বাধ্য হয়ে আমি

তখন অপারেটারের কাজ হাতে নিই এবং খানিক বাদেই পাইলটকে খবর জানাই যে, ক্রয়ডন থেকে ভুল করে প্রথম হুকুম পাঠানো হয়েছিল, এখন ভুল সংশোধন করে তারা আমাদের আবার আমেরিকা যেতেই বলেছে। পাইলট সরল বিশ্বাসে তাই করে। আমেরিকার কাছে প্রায় যখন পৌঁছে গেছি তখন একটা অদ্ভুত ব্যাপার ঘটে। হঠাৎ র‍্যাডার যন্ত্র বিকল হয়ে যায়। সেই সঙ্গে এরোপ্লেনের ইঞ্জিনও। কিন্তু পড়ে না গিয়ে, কোনও অদৃশ্য শক্তির টানে আমাদের প্লেন অসম্ভব বেগে আরও উঁচুতে উঠে যায়। ওই অসম্ভব বেগ আর আকাশের ওপরের স্তরের হাওয়ার অভাব ও ঠাণ্ডায় সবাই প্রায় জ্ঞান হারায়। জ্ঞান যখন ফিরে আসে, তখন দেখি এই এরোপ্লেনের ভাগাড়ে পড়ে আছি।'

'কিন্তু আর-সব যাত্রীরা কোথায়?'

'জানি না। হয়তো কোথাও চালান হয়ে গেছে। নিজে যে কীভাবে তাদের নজর এড়িয়ে বেঁচে গেছি, তা-ও বলতে পারি না। তবে, বেঁচে গেছি বলা ভুল, কারণ তারা...'

গ্যালিকোর অবান্তর কথায় বাধা দিয়ে বললাম, 'তারা বলছ কাদের? আর এখানে এসব প্লেন এনে ফেলার মানে-ই বা কী!'

'তারা কারা, জানি না। চোখে অন্তত তাদের দেখিনি, দেখা যায় না বলেই আমার ধারণা। কিন্তু এখানে এসব প্লেন এনে ফেলার মানে তো অতি সহজ।'

'কী মানে?' ডোনাট অবাক হয়ে জিজ্ঞাসা করলেন।

গ্যালিকো অত্যন্ত দুঃখের হাসি হেসে বললে, 'কোনও অজানা জঙ্গলের দেশে আমাদের কোনও বৈজ্ঞানিক অভিযান পাঠালে প্রথম কী করা হয়? ভাল দেখে একটা থাকবার জায়গা বেছে, তার চারিধার পরিষ্কার করে যতদূর সম্ভব ওষুধ ছড়িয়ে বিষাক্ত পোকামাকড় ও জন্তু-জানোয়ার মারবার ব্যবস্থা করা হয়। ল্যাব্রাডরের এ-অঞ্চলে যে গাছপালা পশুপক্ষী আর নেই, তার কারণ, এদের এমন কোনও ওষুধ বা রশ্মি আছে যা আমাদের বিজ্ঞানের কল্পনার অতীত। নিজেদের থাকবার জায়গা নিরাপদ করে আমাদের বৈজ্ঞানিকেরা তারপর কী করে? জঙ্গল থেকে যা-কিছু দরকারি মনে হয়, জ্যান্ত বা মরা, সংগ্রহ করে আনে পরীক্ষা করবার জন্যে। এরাও তাই করছে। এদের কাছে পৃথিবী একটা অজানা জঙ্গলমাত্র।'

'কিন্তু এরা কী রকম জীব এবং কোথা থেকে এসেছে তার কিছু আভাস পেয়েছ?'

'না, তা কিছুই পাইনি, তবে যাতে এসেছে তার একটা বোধহয় এখনও দেখাতে পারি,' বলে গ্যালিকো এবার হ্রদের কাছে আমাদের নিয়ে গেল।

সবিস্ময়ে দেখলাম, সেখানে ডাইক হ্রদের জলের ওপরে যে জিনিসটি ভাসছে, তাকে একমাত্র ছেলেদের খেলবার চাকতি লাট্টুর সঙ্গে তুলনা করা যায়। আকারে কিন্তু তা ছোটখাটো একটা জাহাজের মতো বিরাট।

গ্যালিকো সেটা দেখিয়ে বললে, 'আমার ধারণা, গত ক-বছর ধরেই এরা এখানে আসছে। এসে ক-দিন তাদের বৈজ্ঞানিক পরীক্ষার মাল-মশলা সংগ্রহ করে নিয়েই আবার চলে যায়। এবার যাবার সময় কেন যে এটি ফেলে গেছে বলতে পারি না।'

হ্রদের ধারেই অনেক বড় বড় গাছ কাটা পড়েছিল। গ্যালিকোর কথা শেষ হবার

আগেই আমি তার একটা হ্রদের জলে ভাসিয়ে তার ওপর ঘোড়ার মতো করে চেপে বসলাম।

'ওটা কী করছ, কী!' ডোনাট অবাক হয়ে চেঁচিয়ে উঠল।

'যা করছি, তোমরাও তা-ই করো। ও-যন্ত্রযানের ভেতর কী আছে দেখতে হবে।'

এক মুহূর্ত দ্বিধা করলেও গ্যালিকো ও ডোনাট তারপরই আমার মতো দুটি কাঠের গুঁড়ি নিয়ে ভেসে পড়ল।

সেইভাবে হাত দিয়ে জল কেটে সেই বিরাট যন্ত্রযানটার কাছে গিয়ে, অনেক কষ্টে পোর্টহোলের মতো একটা বড় ফোকর খুঁজে পেয়ে, কোনওরকমে ভেতরে ঢুকলাম।

ভেতরে তো ঢুকলাম, কিন্তু এ যন্ত্রযানের রহস্য তো কিছুই বোঝা যায় না। চারিধারে শুধু উজ্জ্বল রুপোলি একরকম ধাতুর দেওয়াল-দেওয়া করিডর এদিকে-ওদিকে চলে গেছে। এ যন্ত্রযান যাদের—তারা থাকে কোথায়, খায় কী, যন্ত্রযান চালায়ই বা কী করে?

কী করে না হোক, কোথা থেকে চালায় খানিকবাদেই বুঝতে পারলাম মনে হল। যন্ত্র-যানের ঠিক মাঝামাঝি আগাগোড়া ঝাপসা কাঁচে-ঢাকা একটা ঘর, তার মাঝখানে একটা প্রকাণ্ড নিচু টেবিলের ওপর অসংখ্য নানা রঙের বোতাম যেন আঁটা আছে।

আমি সেই বোতামগুলো এলোপাথাড়ি টিপতে শুরু করতেই ডোনাট হাঁ-হাঁ করে উঠল। 'ও কী করছেন, কী! কীসে কী হয়ে এটা হয়তো চলতে শুরু করবে।'

উত্তেজিতভাবে বললাম, 'আমি তো তা-ই চাই। এ যন্ত্রযান যদি সভ্য-জগতে নিয়ে গিয়ে, ভেঙে পড়েও মরি, তবু এর ভাঙা টুকরো থেকে আমাদের বৈজ্ঞানিকেরা হয়তো তাদের অজানা-বিদ্যা শিখতে পারবে।'

কথা বলতে বলতে বোতাম টিপে যাচ্ছিলাম, হঠাৎ ঘরের ঝাপসা-কাঁচ পরিষ্কার হয়ে গিয়ে ডাইক লেকের চারিধার ঘরের দেওয়ালে স্পষ্ট হয়ে উঠল। তারপর যেন বিদ্যুৎগতিতে সে হ্রদ নীচে কোথায় তলিয়ে গেল।

আমরা আকাশে উঠেছি, উল্কাবেগে আকাশে ছুটে যাচ্ছি, কিন্তু কোন দিকে! নীচে যেন সাদা তুষার-প্রান্তর দেখা যাচ্ছে। তবে কি—উত্তর মেরুর দিকেই চলেছি? যেমন খুশি আবার আর ক-টা বোতাম টিপলাম। হঠাৎ গোঁত্তা খেয়ে যন্ত্রযান ঘুরে চলল। একি? ওই তো সেন্ট লরেন্স উপসাগর। নীচে যেন ম্যাপের মতো আঁকা রয়েছে। ওই তো নিউফাউন্ডল্যান্ড। আমরা আমেরিকার যুক্তরাষ্ট্রের দিকেই চলেছি। কিন্তু সমুদ্র যেন হু-হু করে আমাদের দিকে ছুটে আসছে! আমরা নীচে পড়ে যাচ্ছি নাকি? আর কয়েকটা বোতাম টিপলাম। হঠাৎ আবার পাক-খেয়ে আমাদের যন্ত্রযান উঠে যাচ্ছে! এবার শুধু আকাশ, আর নীচে মেঘের ফাঁকে অতলান্তিক সমুদ্র। খানিকক্ষণ এভাবে চললেই বোতামগুলোর রহস্য কিছু হয়তো বুঝতে পারব। তখন নিউ ইয়র্ক বা সে-রকম কোনও শহরের কাছে কোনও হ্রদ বা উপসাগরে এ যন্ত্রযান নামানো শক্ত হবে না। উত্তেজনায় আমার সমস্ত শরীর তখন কাঁপছে! খুঁড়তে খুঁড়তে গোখরো নয়, একেবারে অজগর আমিই ধরব। কোথায় গুপ্তচরের সন্ধান, আর কোথায় দুনিয়ায় কেউ যা কখনও ভাবেনি সেই অন্য গ্রহের যন্ত্রযান দখল করে নিয়ে আসা! অ্যাটমিক

বোমার যুগকেও যারা পেছনে ফেলে গেছে, তাদের বৈজ্ঞানিক বিদ্যার সন্ধান পাওয়া!

হঠাৎ গ্যালিকো চিৎকার করে উঠল, 'ওই দেখো।'

দেখলাম এবং বুঝলাম, আমার সব আশায় ছাই পড়তে চলেছে।

আকাশে হঠাৎ কোথা থেকে আমাদের মতো আরও তিনটি চাকতি-লাট্টু এসে উদয় হয়েছে। বুঝলাম, যন্ত্রযানের আসল মালিকেরা ফিরে এসেছে। ফিরে এসে তাদের যন্ত্রযান দেখতে না পেয়ে ক্ষিপ্ত হয়ে আমাদের খোঁজে বেরিয়ে এতক্ষণে সন্ধান পেয়েছে। এরা ওস্তাদ আর আমি চালাবার বিদ্যা কিছুই জানি না। এরা আমায় ধ্বংস করে ফেলবেই।

তবু উন্মত্তের মতো বোতাম টিপে চললাম। আকাশে যেন চারটে উল্কার পাগলামির খেলা শুরু হয়ে গেল। এই আমি উঠি, তারা নামে। এই তারা আমাদের একেবারে গা ঘেঁষে চলে যায়।

হঠাৎ কীভাবে জানি না তাদের অনেক দূর পিছিয়ে ফেলে আমাদের যন্ত্রযান ছুটে বেরিয়ে গেল। আমি বোতাম টেপা ছেড়ে দিয়েছি। তারা কিছুতেই আর দৌড়ের পাল্লায় পারছে না। আমাদের যন্ত্রযান অতলান্তিকের ওপর দিয়ে আমেরিকার দিকেই চলেছে। ভেঙে পড়তে হয় সেখানেই গিয়ে পড়ব।

কিন্তু তা আর হল না। হঠাৎ প্রচণ্ড ঝাঁকুনি খেয়ে বুঝতে পারলাম, আমাদের যন্ত্রযান থেমে গেছে। থেমে, দুরন্ত বেগে নীচের সমুদ্রে পড়ছে। কোনও অদৃশ্য শক্তিতে তারা আমাদের কল বিগড়ে দিয়েছে।

সমুদ্রে পড়ার আগে পর্যন্ত মনে আছে। তারপর যখন জ্ঞান হল তখন জেলেদের একটা ট্রলারে শুয়ে আছি। ডোনাট আর গ্যালিকো যন্ত্রযানের সঙ্গেই অতলান্তিকের অতলে তলিয়ে গেছে।"

ঘনাদা প্রকাণ্ড একটা দীর্ঘনিঃশ্বাস ফেলে চুপ করলেন। শিবুর কাশি আবার শুরু হতেই, গৌর তাকে ধমক দিয়ে শাসিয়ে বললে, "আচ্ছা, আপনি হঠাৎ ডাইক হ্রদের দিকে যাওয়ার হদিস পেলেন কোথায়?"

ঘনাদা একটু হেসে বললেন, "ডোনাটও এ-কথা জিজ্ঞাসা করেছিল। হদিস পেয়েছিলাম যে উড়ন্ত-চাকতি নিয়ে আমেরিকায় এখনও হুলুস্থুল চলছে, তার সমস্ত গুজব ভাল করে বিশ্লেষণ করে। সেই সমস্ত গুজব থেকেই মনে হয়েছে এই সব লাট্টু আকারের অদ্ভুত জিনিসগুলি আমেরিকার উত্তর-পূর্ব কোনও দিক থেকেই সাধারণত প্রথম দেখা দিয়েছে। এর সঙ্গে ল্যাব্রাডরের পশুলোমের ব্যবসায়ে মন্দা পড়ার খবর যোগ দিয়েই আমার মনে হয়, পশুলোম যেখান থেকে বেশি পাওয়া যায় সেই ডাইক হ্রদের কাছেই সূত্র পাওয়া যেতে পারে।"

শিবুর কাশি এবার আর ধমক দিয়েও থামানো গেল না। ঘনাদা বিষদৃষ্টিতে তার দিকে চেয়ে মনের ভুলে বোধ হয় শিশিরের গোটা সিগারেটের টিনটাই হাতে নিয়ে উঠে গেলেন।

অদ্বিতীয় ঘনাদা

দাদা

দিন আর আমাদের কাটতে চায় না।

চার চারটে সুস্থ সবল জোয়ান ছোকরার পক্ষে এ খানিকটা অবিশ্বাস্য ব্যাপারই বটে।

কেন, কলকাতায় কি খেলাধুলো সব বন্ধ হয়ে গেছে? গড়ের মাঠ কি ভাগাভাগি করে নিয়ে লোকে সেখানে দালান-কোঠা তুলেছে? ফুটবল ক্রিকেট হকি কি দেশ থেকে আইন করে তুলে দেওয়া হল?

না।

তবে?

কলকাতার ছবিঘরগুলো কি সব বন্ধ? থিয়েটার বায়োস্কোপ সভাসমিতি মজলিশ কি আজ শহর থেকে উধাও?

না। তা নয়!

তবে?

কলকাতার সাঁতার, কুস্তি, বক্সিং, দৌড়-ঝাঁপ সব কি উঠে গেছে?

না। সবই আছে। শুধু ঘনাদা মেসে নেই।

সত্যিই ঘনাদা মেস থেকে চলে গেছেন। একেবারে তল্পিতল্পা গুটিয়ে আমাদের হতভম্ব করে চলে গেছেন এবং এ পর্যন্ত আর ফিরে আসেননি।

প্রথমে দিন দুয়েক আমরা তেমন গ্রাহ্য করিনি।

এ মেসের এমন মৌরসি পাট্টা ছেড়ে ঘনাদা যাবেন কোথায়? ফিরে তাঁকে আসতেই হবে।

কিন্তু দেখতে দেখতে দু-দশ দিনের জায়গায় দু-চার মাস কেটে গেছে, এখন প্রায় বছর ঘুরতে যায়, তবু ঘনাদার ফেরবার নাম নেই।

প্রথম বিস্মিত থেকে আমরা চিন্তিত হয়েছি, তারপর ব্যাকুল হয়ে খোঁজখবর করেছি এবং শেষে, এখন তাঁর ফেরবার সম্ভাবনা সম্বন্ধে হতাশ হয়ে, শিবুর উপর খাপ্পা হয়ে উঠেছি।

কারণ ঘনাদাকে মেস ছাড়া করবার মূলে যদি কেউ থাকে তো সে শিবু।

কী দরকার ছিল বাপু সেই টুপির কথাটা তোলবার?

টেনজিং নোরকে হিলেরির সঙ্গে এভারেস্ট চূড়া জয় করেছেন—সকালের কাগজে খবরটা পড়ে, বসবার ঘরে আমরা গুলতানি করছি। এমন সময় ঘনাদা তাঁর টঙের ঘর থেকে নেমে এলেন।

"কী ব্যাপার হে, এত হই-চই কীসের!" ঘনাদা তাঁর আরাম-কেদারায় গা এলিয়ে শিশিরের দিকে হাত বাড়ালেন।

শিশির কৌটো খুলে তাঁকে সিগারেট এগিয়ে দিচ্ছে যথারীতি, হঠাৎ বলে উঠল,—"ব্যাপার গুরুতর, ঘনাদা। খবরের কাগজে এখুনি একটা প্রতিবাদ পাঠাতে হবে।"

"প্রতিবাদ! কেন হে?" ঘনাদা সিগারেটটা তখন ধরাচ্ছেন।

"প্রতিবাদ নয়!" শিবু দস্তুরমতো উত্তেজিত, "এ তো জালিয়াতি! এ তো চুরি! এ তো মানহানি!"

রহস্যটা আমরাও তখন ধরতে পারিনি। ঘনাদা সিগারেটে প্রথম টানটা দিয়ে এতক্ষণে একটু কৌতূহলী হয়ে জিজ্ঞাসা করলেন, "মানহানি আবার কার?"

"আপনার!" শিবু বোমাটি ছাড়ল।

"আমার!" ঘনাদার সিগারেটে দ্বিতীয় টানটা ভাল করে দেওয়া হল না।

"হ্যাঁ, আপনার! আমরা প্রতিবাদ করব, নালিশ করব, খেসারত আদায় করব," শিবু ঝড়ের মতো বলে চলল, "বলে কিনা এভারেস্টে উঠেছে!"

ব্যাপারটা এতক্ষণে আমরা বুঝেছি এবং ঘনাদাকে আড়চোখে দেখে নিয়ে তৈরিও হয়েছি।

গৌরই বোকা সেজে জিজ্ঞাসা করলে, "তুমি কি বলতে চাও এভারেস্টে এরা ওঠেনি?"

"আলবত তা-ই বলতে চাই।" শিবু নিজের বাঁ হাতের চেটোর উপরই ডান হাতে ঘুঁষি মারল।

"তোমার এ রকমের সন্দেহের কারণ?" শিশির গম্ভীরভাবে শুধোলে।

"কারণ?" শিবু নাটকীয় ভাবে সকলের দিকে একবার চোখ বুলিয়ে নিয়ে বললে,"কারণ, টুপি।"

"টুপি!" আমরা যেন আকাশ থেকে পড়লাম।

"হ্যাঁ, ঘনাদার টুপি!" শিবু ব্যাখ্যা করে বুঝিয়ে বললে, "এভারেস্টে উঠলে সে টুপি পেত না? আর সে টুপি পেলে এভারেস্টে প্রথম ওঠবার বাহাদুরি আর করত!"

"ঠিক! ঠিক!" আমরা সবাই সায় দিলাম, "কাগজে এখুনি ঘনাদার নাম দিয়ে একটা চিঠি পাঠাতে হবে। আমরাই লিখে দিচ্ছি, ঘনাদার শুধু একটা সই!"

ঘনাদার সিগারেটে তৃতীয় টান আর দেওয়া হল না। তিনি আরাম-কেদারা থেকে কী একটা কাজের নাম করে উঠে পড়লেন। সেই যে উঠে বেরিয়ে গেলেন, আর যে ফিরবেন কখন কী জানি।

ঘনাদার অভাবে মেস আমাদের অন্ধকার।

আড্ডায় এসে আমরা বসি, বিরস মুখে এক এক করে, আবার উঠে যাই। কিছুই আর জমে না।

হঠাৎ সেদিন সন্ধ্যায় এই ঢিমে আসর একটু চঞ্চল হয়ে উঠল। ঘনাদার তেতলার ঘরখানা এ পর্যন্ত খালিই আছে। প্রথমে নিজেদের গরজে আমরা কাউকে সেখানে

ঢুকতে দিইনি।

কিন্তু গত দু-এক মাস ধরে মেসের অন্য বোর্ডারদের মুখ চেয়ে নিজেদের জেদ ছেড়ে দিতে হয়েছে। ঘনাদার আসবার কোনও ভরসাই নাই। মেসের ক্ষতি করে কতদিন একটা ঘর আটকে রাখা যায়? এখনও কেউ ঘর দখল করেনি, তবে লোকে আসা-যাওয়া করছে।

কিন্তু হঠাৎ ওপরের সেই ঘরে কীসের শব্দ? জিনিসপত্র নাড়ার না? পরস্পরের মুখ চাওয়া-চাওয়ির পর শিবুই আগে বারান্দায় গিয়ে একবার ওপরে উঁকি দিয়ে এল। হাঁ, ওপরের ঘরে আলো জ্বলছে।

কাউকে আর কিছু বলতে হল না। হুড়মুড় করে সবাই একসঙ্গে সিঁড়ি দিয়ে ওপরে গিয়ে উঠলাম।

ঢোকবার আগেই ঘরের ভেতর থেকে ডাক এল, "আসুন, আসুন!"

ঘরের চৌকাঠেই থমকে দাঁড়ালাম সবাই। ইনি তো ঘনাদা নন!

"আসুন, আসুন, ভেতরে আসুন।" ভদ্রলোক অমায়িক। ঘনাদা রোগা লম্বা শুকনো, ইনি মোটা বেঁটে এবং দিব্য গোলগাল। কিন্তু তবু কোথায় যেন মিল আছে! সে মিল ভাল করেই কিছুক্ষণ পরে টের পেলুম, কিন্তু তখন দরজায় আমাদের অবস্থা ন যযৌ ন তস্থৌ।

আমতা আমতা করে বললাম, "না, ভেতরে আর যাব না। আমরা আসি।"

"আসবেন কী! বিলক্ষণ! ছুটোছুটি করে এসে দরজা থেকেই ফিরে যাবেন!"

ব্যাপারটা একটু বিসদৃশই বটে। এসে যদি চলে যাই তা হলে এত হন্তদন্ত হয়ে আসবার মানেটা কী! তবু কাঁচুমাচু হয়ে বোঝাবার একটু চেষ্টা করলাম, "না, মানে আমরা ভেবেছিলাম—আমাদের ঘনাদা এ-ঘরে থাকতেন কিনা!"

"ঘনাদা!" ভদ্রলোক যেন চিন্তিত।

আমরা বুঝিয়ে বললাম, "হাঁ, নাম ঘনশ্যাম দাস। এই মেসে অনেকদিন ধরে ছিলেন কিনা—"

হঠাৎ হো হো হাসিতে আমরা চমকে উঠলাম।

ভদ্রলোক বেশ কিছুক্ষণ হেসে নিয়ে তারপর বললেন, "ঘণ্টা!"

"ঘণ্টা!" আমরা তাজ্জব।

"হাঁ, হাঁ, আমাদের ঘণ্টা!" ভদ্রলোক এবার আরও একটু বিশদ হলেন, "আপনারা যাকে ঘনাদা বলতেন সেই হল আমাদের ঘণ্টা। হাঁ মনে পড়েছে বটে, ঘণ্টা এই রকম একটা মেসে কোথায় থাকত বলেছিল। তারপর গল্প-টল্পও দু-চারটে শুনেছি।"

"আপনি ঘনাদাকে চিনতেন?" আমরা উদগ্রীব।

"চিনতাম বই কী!" ভদ্রলোক হঠাৎ দীর্ঘশ্বাস ফেললেন, "কিন্তু ঘণ্টা তো আর ফিরবে না।"

"ফিরবে না! কেন?" আমরা ঘরের ভিতর তখন ঢুকে পড়েছি।

"কানের প্লাগ খুলে গেল যে!"

"কানের প্লাগ!" খালি তক্তপোশটায় কখন সবাই বসে পড়েছি টেরও পাই নাই।

ব্যাকুলভাবে জিজ্ঞাসা করলাম, "কানের প্লাগ খুলে গেল মানে।"

"মানে? মানে বোঝাতে অনেক দূর যেতে হবে।" ভদ্রলোক চিবুক ও বুকের মাঝে অদৃশ্য গলাটায় হাত বুলিয়ে কড়িকাঠের দিকে মুখ তুলে অনেক দূরেই যেন দৃষ্টি মেলে শুরু করলেন, "দ্বিতীয় মহাযুদ্ধ শেষ হয়েছে। এদিকে ইংরেজ-মার্কিন, ওদিকে রুশ, কে আগে বার্লিন দখল করবে তার পাল্লায় রুশদের জিত হয়েছে। বার্লিন একটা ধ্বংস-পুরী। ইংরেজ মার্কিনের বোমা আর রুশদের গোলায় শহর গুঁড়ো হয়ে যে ধুলো উড়েছে আকাশে, তাই তখনও থিতোয়নি। দিনের বেলাতেই যেন ঝাপসা কুয়াশায় অন্ধকার। ভয়ে ভয়ে পথ চলতে হয়, কোথাও কোনও নড়বড়ে ছাদ কি দেওয়াল মাথায় ভেঙে পড়ে তার ঠিক নেই।

কাইজার উইলহেল্ম স্ট্রাস—চমকে উঠবেন না, ওটা রাস্তার নাম—তা থেকে বেঁকে একটা সরু গলি রাস্তায় চলেছি সেদিন, এমন সময় চমকে উঠলাম!

'দাদা।'

কাতর ডাকটা আমার পেছন থেকেই, কিন্তু চমকালাম—আওয়াজ শুনে নয়, এই দাঁতভাঙা ভাষার দেশে 'দাদা' বলে বাংলায় কে ডাকতে পারে তা-ই ভেবে।

ফিরে তাকিয়ে দেখি আমাদের ঘণ্টা। অকাজে বেপোট জায়গায় বেঘোরে পড়তে তার জুড়ি নাই। বিরক্ত হয়েই বললাম, 'তুমি আবার এখানে কোথা থেকে হে।'

ঘণ্টা ছুটে এসে আমার হাত দুটো বাড়িয়ে ধরে বললে, 'সব কথা পরে বলব দাদা, এখন আমায় বাঁচাও।'

'দিব্যি বেঁচেই তো আছো দেখছি, বাঁচাব আর কী?' বলে বিদ্রূপ করে আবার মায়াও হল একটু। বললাম, 'কী ফ্যাসাদ আবার বাধিয়েছ শুনি।'

ঘণ্টা কিছু বলবার আগেই হঠাৎ বড় রাস্তার দিকে মেশিন-গান পটপটিয়ে উঠল। চোখের পলক পড়তে না পড়তে ঘণ্টা আর সেখানে নাই। এক দৌড়ে রাস্তার ধারে এক বোমা-ভাঙা বাড়ির শুকনো এক চৌবাচ্চায় গিয়ে তখন সেঁধিয়েছে। সেখানে গিয়ে ধরতেই কাঁপতে কাঁপতে বললে, 'ফ্যাসাদ দাদা ওই।'

অবাক হয়ে বললাম, 'আরে, ও তো বেওয়ারিশ বাড়ি-ঘর পেয়ে যুদ্ধের গোলমালে যারা লুটপাটের ফিকিরে আছে তাদের রুশ সান্ত্রীরা গুলি করছে। তোমার ওতে ভয়টা কীসের?'

'ভয়টা কীসের তো বলে দিলে! আমার চেহারাটা কি লুটেরার বদলে দেবদূতের মতো যে, সান্ত্রীরা আমায় ছেড়ে কথা কইবে।'

ঘণ্টার কাঁদুনি শুনে হাসিই পেল একটু, বললাম, 'চেহারা তোমার যা-ই হোক না, মিলিটারি পাস তো আছে।'

'হাঁ, মিলিটারি পাস! আমি কি রুজভেল্ট চার্চিলের ইয়ার, না স্টালিনের দোস্ত যে মিলিটারি পাস পাব! প্রাণটা নিয়ে ইঁদুরের মতো এই ক-দিন বার্লিন শহরে লুকোবার গর্ত খুঁজে ছুটোছুটি করছি। কখন ধরা পড়ি কে জানে?'

এবার পিঠ চাপড়ে তাকে সাহস দিয়ে বললাম, 'আচ্ছা ভয় নাই, মিলিটারি পাসের ব্যবস্থা তোমায় করে দেব।—কিন্তু মরতে এই শহরে এমন সময় কেন এসেছিলে

বলো তো?'

ভরসা পেয়ে ঘণ্টা তখন একটু চাঙ্গা হয়েছে। বললে, 'বেশি কিছু নয়, দাদা একটা হিসাবের কল। তার একটা সুলুক-সন্ধান নিয়ে যেতে পারলেই মোটা বকশিশ পেতাম। কিন্তু কারিগর সমেত সে-কল এখন রুশদের গোলায় কোন পাতালে চাপা পড়েছে কে জানে!'

না হেসে আর পারলাম না। বললাম, 'সাগর ডিঙোতে তোমার মতো ব্যাঙকে যারা পাঠিয়েছে তাদেরও বলিহারি! আরে, ওটা সামান্য হিসাবের কল নয়, পৃথিবীর অষ্টম আশ্চর্য ইলেকট্রোনিক ব্রেন, আর ও যন্ত্র যিনি তৈরি করে বিজ্ঞানের জগতে যুগান্তর এনেছেন তাঁর নাম হল ড. বেনার। ওদিকে মিত্রশক্তি আর এদিকে রাশিয়া তাঁকে পাবার জন্য অর্ধেক রাজত্ব এখুনি দিতে প্রস্তুত। কিন্তু পাবে কোথায়? সে গুড়ে বালি! ড. বেনার মারাও যাননি, তাঁর যন্ত্রও কোথাও চাপা পড়েনি। মিত্রশক্তি যেদিন নরম্যান্ডির কূলে নেমেছে, তিনটে স্পরকেল সাবমেরিনে তাঁর যন্ত্রপাতি সাজসরঞ্জাম চড়িয়ে সেদিনই তিনি উধাও।'

হতভম্ব হয়ে ঘণ্টা এবার শুধোলে, 'এত কথা তুমি জানলে কী করে, দাদা?'

কী উত্তর আর দেব। হেসে বললাম, 'এই বার্লিন শহরে ঘাস কাটতে কি অলিগলি ঘুরে বেড়াচ্ছি মনে করো?'

ঘনাদার দাদা সত্যিই একটু হেসে এবার থামলেন। বদ অভ্যাস যাবে কোথায়? শিশির সিগারেটের টিনটা আপনা থেকেই তখন বাড়িয়ে দিয়েছে। দাদা কিন্তু সেটিকে মোলায়েম ভাবে প্রত্যাখ্যান করে প্রকাণ্ড এক ডিবে থেকে সশব্দে এক টিপ নস্যি নিয়ে নাক মুছলেন।

"ড. বেনারকে তারপর আর পাওয়া গেছে?" গৌরের আর তর সইছে না। আমাদেরও অবশ্য তাই।

"বলছি, সবই বলছি। কিন্তু তার আগে ড. বেনারের যন্ত্রটার একটু পরিচয় দেওয়া দরকার। বড় বড় অফিসের ক্যালকুলেটিং মেশিন দেখেছেন, দু ঘণ্টার অঙ্ক দু সেকেন্ডে সব কষে দেয়? গাঁয়ের কামারশালের সঙ্গে টাটার কারখানার যা তফাত, এই ক্যালকুলেটিং মেশিনের সঙ্গে ড. বেনারের ইলেকট্রোনিক ব্রেনের তা-ই। সাত-সাতটা অঙ্কের শুভঙ্কর সাত বছরে যে-অঙ্কের শেষ পায় না, ভূতুড়ে যন্ত্র তা সাত সেকেন্ডে কষে দিতে তো পারেই, তা ছাড়া কী যে পারে না—তা-ই বলাই শক্ত। মিত্রশক্তি আর রাশিয়া হন্যে হয়ে ড. বেনারকে এই জন্যেই খুঁজেছে। বিজ্ঞানের যত আশ্চর্য আবিষ্কার, তত সূক্ষ্ম জটিল তার অঙ্ক। ড. বেনারের ভূতুড়ে যন্ত্র যারা দখলে পাবে অন্য পক্ষকে তাঁরা পাঁচশো বছর পিছিয়ে ফেলে যেতে পারবে।

কিন্তু কোথায় ড. বেনার, আর কোথায় তাঁর ভূতুড়ে কলের মাথা?

যুদ্ধ শেষ হল। গলায় গলায় যাদের ভাব, তারা আদায়-কাঁচকলায় গিয়ে পৌঁছোল। দু দলের চর-গুপ্তচরেরা দুনিয়া তোলপাড় করে ফেললে, কিন্তু ড. বেনার নিপাত্তা। অতলান্তিকের তলাতেই কোথাও স্পরকেল ডুবোজাহাজগুলি সমেত তিনি ডুবেছেন, এই ধারণাই শেষ পর্যন্ত সকলের হত, যদি না..."

ঘনাদার দাদা একটু থেমে আমাদের অবস্থাটা একটু লক্ষ করে নিয়ে আবার শুরু করলেন, "যদি না নরওয়ের ক-টা তিমি-ধরা জাহাজ পর পর অমন নিখোঁজ হত।

আজকালকার তিমি-ধরা জাহাজ তো তখনকার পালতোলা মোচার খোলা নয়, সে জাহাজকে জাহাজ, আবার কারখানাকে কারখানা। আস্ত তিমি ধরে গালে পুরে তেল-চর্বি থেকে ছাল চামড়া হাড় মাংস সব সেখানে আলাদা করে বার করবার বন্দোবস্ত আছে। তার হারপুন-কামান যেমন আছে, বেতারযন্ত্র আছে তেমনই বিপদে পড়লে খবর পাঠাবার। সেরকম জাহাজ নেহাত চুপিসারে টুপ করে ডুবতে পারে না, একটু কান্নাকাটি শোনা যাবেই।

ব্যাপারটা কী, জানবার জন্যে কেঁচো খুঁড়তে একেবারে গোখরোর গর্তে গিয়ে পৌঁছোলাম। ব্যাফিন আইল্যান্ডের দক্ষিণ-পশ্চিম কোণে ফ্রবিশার বে, সেইখানে ছোট এক বেনামি দ্বীপ। ভাড়া করা একটা মোটর-লঞ্চে সেখানে যখন গিয়ে উঠলাম তখন গভীর রাত।

রাত অবশ্য সেখানে মাসখানেক ধরেই গভীর। উত্তর মেরুর কাছাকাছি জায়গা তো! একটা দিনরাতেই প্রায় বছর কেটে যায়।

একটা সরু খাঁড়ির মধ্যে মোটর-লঞ্চ ঢুকিয়ে নামলাম তো বটে, কিন্তু সেই আবছা অন্ধকারের রাজ্যে বরফ-ঢাকা পাথুরে জায়গায় দু-পা গিয়েই ঘণ্টা আর যেতে চায় না। ঘণ্টা সেই থেকে সঙ্গে আছে বলা বাহুল্য।

ঘণ্টাকে বোঝাব কী? নিজেরই তখন কেমন অস্বস্তি হচ্ছে, দুনিয়ার হেন বিপদ নেই যাতে পড়িনি। কিন্তু এ যেন সব কিছু থেকে আলাদা ব্যাপার! ভয়ংকর একটা আতঙ্কই যেন আবছা অন্ধকার হয়ে চারিদিকে ছমছম করছে, আকাশ থেকে, মাটির তলা থেকে একটা বুক-গুর-গুর করা ভয়ের কাঁপুনি উঠে সমস্ত শরীর হিম করে দিচ্ছে। কিন্তু তা বলে থামলে তো চলবে না। ঘণ্টাকে ধমক দিতে যাচ্ছি এমন সময় চিৎকার করে উঠল, 'পালাল! পালাল!'

ফিরে দেখি, সত্যি একটা আবছা মূর্তি পাথুরে একটা ঢিবির পাশ থেকে ছুটে আমাদের লঞ্চটায় গিয়ে লাফিয়ে ওঠে আর কি!

তখুনি ছুট, খানিকটা ধস্তাধস্তি! মূর্তিটাকে কাবু করে মাটিতে ফেলতেই সে কাতরে উঠল, 'ছাড়ো, আমায় ছাড়ো, যদি বাঁচতে চাও তো এখুনি না পালালে নয়!'

চোস্ত জার্মান কাতরানি শুনে টর্চটা জ্বেলে তার মুখে ফেলে দেখি, এ কী! এ যে ড. বেনার। কিংবা তাঁর ভূতও বলা যায়। ফ্যাকাশে মুখে যেন রক্ত নেই! শরীরে হাড়ের ওপর শুধু চামড়াটা আঁটা।

অবাক হয়ে গেলাম, 'ব্যাপার কী ড. বেনার? আপনার খোঁজে যমের এই উত্তর দোরে এলুম, আর আপনি পালাচ্ছেন কেন?'

'সব বলব, আগে লঞ্চে উঠে বেরিয়ে পড়ো, তারপর।'

আমি কিন্তু নাছোড়বান্দা। সব কথা না শুনে নট নড়ন-চড়ন, নট কিচ্ছু।

নিরুপায় হয়ে যত তাড়াতাড়ি সম্ভব ড. বেনার তারপর যা বললেন তা শুনে আমরা থ! দুনিয়ায় এরকম তাজ্জব ব্যাপার কখনও কেউ শোনেনি, কল্পনা পর্যন্ত

করেছে কিনা সন্দেহ!

ড. বেনার অতলান্তিকে ডোবেননি, তিনটে সাবমেরিন নিয়ে অনেক ভেবে চিন্তে যমের অরুচি দ্বীপে এসে উঠেছিলেন। যেসব লোকজন সঙ্গে এনেছিলেন তাদের দিয়ে কয়েক বছর ধরে ধীরে ধীরে তিনি তাঁর আশ্চর্য কলের মাথা তারপর বসিয়েছেন। এমন সব উন্নতি তারপর সে কলের করেছেন যে, জার্মানির যে-যন্ত্র তখনই পৃথিবীর বিস্ময় ছিল তা এর কাছে ছেলেখেলা হয়ে গেছে। এই এক দানবীয় কলের মাথা দিয়ে সমস্ত পৃথিবী তিনি জয় করবেন, শাসন করবেন—এই তাঁর জেদ। এ-কলের মাথা শুধু অঙ্ক কষে না, ভাবে, আর যে-কোনও বিষয়ে ভেবে যে সিদ্ধান্তে পৌঁছোয় তা নির্ভুল। পৃথিবীর সব দিকের সমস্ত বৈজ্ঞানিকের মাথা একত্র করলেও এর তুলনায় তা সমুদ্রের কাছে ডোবা। সৃষ্টি-রহস্যের বড়বড় কূটকচাল তো বটেই, ছোটোখাটো তুচ্ছ বিষয়েও তার বুদ্ধির প্যাঁচ একেবারে থ করে দেয়। এই দানবীয় কলের মাথার পরামর্শ পেলে মানুষের সভ্যতা গোরুর গাড়ির তুলনায় একেবারে রকেটে উড়ে এগিয়ে যাবে। শুধু ক-টা কল টিপলেই হল। আলাদিনের পিদ্দিম এর কাছে কিছু নয়।

ড. বেনার হাতে স্বর্গ পেয়ে যখন ধরাকে সরা দেখছেন এমন সময় একদিন বিনা মেঘে বজ্র পড়েছে। ড. বেনার আঁতকে উঠে একদিন টের পেয়েছেন যে, তিনি কলকে নয়, কলই তাঁকে চালাচ্ছে! কল টিপে ভাবালে যে ভাবত সে-যন্ত্র কেমন করে স্বাধীন হয়ে উঠেছে। আর সে স্বাধীনতার মানে কী? নিজের ভাবনা নিজেই শুধু ভাবে না, এমন অদৃশ্য আশ্চর্য শক্তি তার ভেতর জেগেছে যে তাই দিয়ে ধারে কাছে তুচ্ছ মানুষ যারা থাকে, তাদের একেবারে খেলার পুতুল বানিয়ে দেয়। তার সে শক্তির কাছে কারও রেহাই নাই। মানুষ তাকে দিয়ে এতদিন প্রশ্নের উত্তর জেনেছে, এখন সে মানুষকে প্রশ্ন করে তার সব-কিছু জানবে, যেমন খুশি চালাবে—এই তার দানবীয় খ্যাপামি। হাতে ছুরি পেলে দুরন্ত ছোট ছেলের যেমন সব-কিছু কেটে সুখ, এ যন্ত্রের তেমনই পৈশাচিক বিলাস—প্রশ্ন করায় আর প্রশ্ন শোনায়। সময় যেন তার কাটে না। আর কিছু যখন নেই তখন খালি প্রশ্ন করতে হবে তাকে! প্রশ্নের পর প্রশ্ন! আর পট পট তার উত্তর দিয়ে তখুনি সে চাইবে আবার প্রশ্ন। জিজ্ঞাসা করবার মতো প্রশ্ন খুঁজতে খুঁজতে হয়রান হয়ে উন্মাদ হয়ে ড. বেনারের সঙ্গীরা একে একে সব শেষ হয়ে গেল। ক-টা তিমি-ধরা জাহাজ কী কুক্ষণে এখানে এসে পড়েছিল! তাদের লোক-লস্কর সব দুদিনেই কাবার! পালাবার উপায় নাই তার হাত থেকে। অদৃশ্য অজানা শক্তিতে এ দ্বীপের দশ মাইলের মধ্যে যে কেউ আছে, তার কাছে বাঁধা। ড. বেনার তাঁর জীবনের সমস্ত বিষয়ে পাণ্ডিত্য হাটকে কোনও রকমে প্রশ্নের পর প্রশ্ন জুগিয়ে এখনও টিকে ছিলেন, কিন্তু তাঁর সমস্ত পুঁজিও শেষ। এখুনি না পালালে আর রক্ষা নাই।

সব শুনে জিজ্ঞাসা করলাম, 'কিন্তু অদৃশ্য শক্তিতে যদি বাঁধা হন তা হলে আপনি পালাচ্ছেন কী করে? আমরাই বা কিছু বুঝতে পারছি না কেন?'

ড. বেনার বললেন, 'নেহাত দৈবাৎ একটা সুযোগ পেয়ে একটা তার আমি আলগা

করে দিতে পেরেছি আজ। কলের মাথা তাই খানিকক্ষণের জন্যে বিকল হয়ে আছে। কিন্তু সে বেশিক্ষণ নয়, এখুনি হয়তো শুধরে নিয়ে চাঙ্গা হয়ে উঠবে।'

'তা হলে উপায়?'

'উপায় এখুনি লঞ্চ চালিয়ে বেরিয়ে পড়া।'

'কিন্তু দশ মাইল পার হবার আগেই যদি ওই দানব জেগে উঠে!'

'তারও একটা উপায় করেছি।' ড. বেনার পকেট থেকে ক-টা ছোট ইলেকট্রিক প্লাগের মতো জিনিস বার করে আমাদের হাতে দিয়ে বললেন, 'শিগগির এইগুলো দু কানে গুঁজে দিন। পরীক্ষা এখনও হয়নি, তবে আমার ধারণা—কলের মাথার অদৃশ্য শক্তি কানের ভেতর দিয়েই আমাদের মগজে হুকুম চালায়। আমার গোপনে তৈরি এ-প্লাগ সে-শক্তিকে খানিকটা ক্ষীণ করে দিতে পারবে।'

মোক্ষম সময়েই প্লাগের ঠুলি দুটো হাতে পেয়েছিলাম। শরীরে হেঁচকা টানে যেমন হয় হঠাৎ মাথায় ঠিক তেমনই একটা প্রচণ্ড ঝাঁকুনি খেয়েই বুঝলাম দৈত্য-মাথা জেগেছেন। তৎক্ষণাৎ ঠুলি দুটো দু-কানে গুঁজলাম। কিন্তু ঠুলিতে কি আটকায়! মনে হল কে যেন আমার মগজে ভর করে প্রাণপণে আমায় কোথায় টানছে। ঠুলির দরুন টানটা একটু কম—এই যা।

পড়ি কি মরি তিনজনে লঞ্চে গিয়ে উঠে ইঞ্জিন চালিয়ে দিলাম। কানের ঠুলি যেন অদৃশ্য টানে ফেটে বেরিয়ে যাবে।

লঞ্চ তখন চলেছে এই ভাগ্যি। কিন্তু আহাম্মকের মরণ যাবে কোথায়? কানের যন্ত্রণাতেই বোধহয় ঘণ্টা একটা কানের ঠুলি একবার একটু খুলতেই—আর দেখতে হল না! 'ধর', 'ধর' করতে করতে ঘণ্টা লঞ্চ থেকে জলে লাফিয়ে পড়ল। আমাদের লঞ্চ তখন তীরবেগে বার-দরিয়াই চলেছে। ঘণ্টার সঙ্গে সেই শেষ দেখা।"

হঠাৎ কাশির শব্দে আমরা ফিরে তাকিয়ে একেবারে থ।

আমরা যদি থ হয়ে থাকি তো আমাদের নতুন দাদা একেবারে হাড়গোড় ভাঙা দ।

কোনও রকমে শুকনো গলায় ঢোঁক গিলে বললেন, "এ কী! ঘন্—মানে ঘনশ্যাম তুমি কি, কখন এলে?"

ঘনাদার মুখে কোনও ভাবান্তর নেই। গম্ভীরভাবে বললেন, "তা এসেছি অনেকক্ষণ।"

"কিন্তু তুমি তো...," নতুন দাদার কথাটা আর শেষ হল না।

ঘনাদা বললেন, "হ্যাঁ, অক্ষত শরীরেই ফিরে এসেছি কাজ শেষ করে।"

"কী করে, ঘনাদা? কেমন করে?" আমরা এক সঙ্গেই বোধহয় চেঁচিয়ে উঠলাম।

ঘরে তক্তপোশ ছাড়া আর বসবার জায়গা নেই। তারই একধারে বসে শিশিরের এগিয়ে দেওয়া টিনটা থেকে একটা সিগারেট নিয়ে হাতের ওপর ঠুকতে ঠুকতে ঘনাদা তাচ্ছিল্যের স্বরে বললেন, "অত অবাক হবার কী আছে! এমন শক্ত ব্যাপার তো কিছু নয়। তাকে স্রেফ একটি প্রশ্ন গিয়ে করলাম : ব্যস, তাতেই খতম।"

"কী প্রশ্ন, ঘনাদা?"

ঘনাদা বললেন, "প্রশ্ন আর কী! জিজ্ঞাসা করলাম—গাছ আগে, না বীজ আগে?

সে তা-ই ভাবছে, ভাবতে ভাবতে এতদিনে শেষও হয়ে গেছে বোধহয়।”

হঠাৎ জোর করে ঘনাদার পায়ের ধুলো নিয়ে আমাদের নতুন দাদা ঘর থেকে বেরিয়ে গেলেন।

ফুটো

গৌর ছুটতে ছুটতে এসে যে-খবরটি দিলে তাতে আমাদের চক্ষু একেবারে চড়ক গাছ!

ঘনাদা আবার বুঝি মেস ছেড়ে যায়!

আবার?!?!

কী হল কী?!

ছুটির দিন দুপুরবেলায় বসবার ঘরের মেঝেয় সবে তখন শতরঞ্জিটা পেতে তাস-জোড়া নিয়ে বসেছি। হঠাৎ এ-সংবাদে যেন যুদ্ধের সময়কার সাইরেনের আওয়াজে ধড়মড় করে উঠে পড়লাম।

প্রথম চোটটা গৌরের ওপরই গিয়ে পড়ল। শিশির তো মারমূর্তি হয়ে বললে—“তুই—তুই—নিশ্চয়—তুই-ই সব নষ্টের মূল।”

“আহা, আমি মূল হতে যাব কেন?” গৌর নিজেকে নির্দোষ প্রমাণ করতে ব্যস্ত হয়ে উঠল, “সব নষ্টের মূলে ওই ফুটো!”

“ফুটো! !”

“হ্যাঁ, দেখবেই চলো না।”

আর দুবার বলবার দরকার হল না। গৌরের পিছু-পিছু সবাই ঘনাদার তেতলার ঘরে গিয়ে উঠলাম।

উঠে বুঝলাম ব্যাপারটা গুরুতর।

আমাদের এতজনকে এমন হুড়মুড় করে তাঁর ঘরে ঢুকতে দেখেও ঘনাদার কোনও ভাবান্তর নেই।

তিনি গম্ভীর মুখে তাঁর জিনিসপত্র গোছাতে তন্ময়।

জিনিসপত্র বলতে সাধের গড়গড়াটি বাদে একটি ছোট কম্বল জড়ানো বিছানা ও একটি পুরোনো রংচটা ঢাউস তোরঙ্গ।

এই তোরঙ্গটি আমাদের সকলেরই অত্যন্ত কৌতূহলের বস্তু। তার ভেতর কী যে আছে আর কী যে নেই এ নিয়ে বহুদিন আমাদের অনেক গবেষণা তর্কাতর্কি হয়ে

গেছে।

কারওর সামনে কোনওদিন এ তোরঙ্গ খুলতে ঘনাদাকে দেখা যায়নি। নিন্দুকেরা তাই এমন কথাও বলে থাকে যে তোরঙ্গটি ঘনাদার গল্পেরই চাক্ষুষ রূপ। ওর ভেতর থেকে ঘনাদা না বার করতে পারেন এমন জিনিস নেই, কিন্তু আসলে ওটি একেবারেই ফাঁকা।

আমাদের দেখে আজকেও ঘনাদা সশব্দে তোরঙ্গের ডালাটি বন্ধ করে দিতে ভোলেন না, তারপর তাঁর সেই কম্বল জড়ানো বিছানা নিয়ে এমন ব্যস্ত হয়ে পড়েন যেন সাত রাজ্যের ধন তার মধ্যে তিনি জড়িয়ে নিয়ে যাচ্ছেন।

"ব্যাপার কী, ঘনাদা! এত বাঁধাবাঁধি কীসের?" আমাদের জিজ্ঞাসা করতেই হয়।

ঘনাদা এতক্ষণে যেন আমাদের দেখতে পান। বিছানা বাঁধা থামিয়ে একটু দুঃখের হাসি হেসে বলেন, "আর কেন? এখানে থাকা তো চলল না!"

"কেন, ঘনাদা!"

"কী হল, কী?"

আমাদের প্রশ্ন ব্যাকুল থেকে ব্যাকুলতর হয়ে উঠে। শিবু উদ্বিগ্ন হয়ে জিজ্ঞাসা করে, "কালকের মাংসের চাপটা কি সুবিধের হয়নি?"

গৌর তাতে রসান দিয়ে বলে, "আজ তো আবার গঙ্গার ইলিশ এসেছে।"

শিশির সাগ্রহে সিগারেটের টিনটা এগিয়ে ধরে জিজ্ঞাসা করে, "ভাতে, না কাঁচা ঝোল কোনটা আপনার পছন্দ?"

কিন্তু ভবী আজ কিছুতেই ভোলবার নয়। গঙ্গার ইলিশের নামেও ঘনাদাকে টলানো যায় না। শিশিরের সিগারেটের টিনের দিকে দৃকপাত পর্যন্ত না করে তিনি ক্লান্তভাবে বলেন, "আমার পছন্দে কী যায়-আসে আর। আমি তো আর থাকছি না।"

"থাকছেন না! কেন বলুন তো! ওয়াশিংটন কি লন্ডন থেকে জরুরি ডাক এল নাকি?" এই সংকটকালেও শিবুর মুখ ফসকে রসিকতাটা বোধহয় বেরিয়ে যায়। আমরা কিন্তু শিবুর ওপর খেপে যাই।

"কী পেয়েছিস কী, ঘনাদাকে! হেট করে ডাকলেই অমনই উনি চলে যাবেন? সে ইডেন কি ডালেস হলে যেত! বলে কতদিন সাধ্যসাধনা করেও ওঁকে নিয়ে যাওয়া যায় না! না, না সত্যি কী ব্যাপার বলুন তো, ঘনাদা?"

ঘনাদা, কেন বলা যায় না, একটু যেন প্রসন্ন হয়েছেন মনে হয়। বিছানা বাঁধার যে দড়িগাছটা এতক্ষণ ধরে নানাভাবে নাড়াচাড়া করছিলেন সেটা ছেড়ে দিয়ে অত্যন্ত গম্ভীর ভাবে বলেন, "কেন, সত্যি জানতে চাও?"

"চাই বই কী!" আমরা সমস্বরে আগ্রহ জানাই।

উঠে দাঁড়িয়ে যেন কোনও দারুণ রহস্য উদঘাটন করতে যাচ্ছেন এই ভাবে ঘনাদা আমাদের ইশারায় ঘরের একটা দেওয়ালের কাছে নিয়ে যান। তারপর হঠাৎ নাটকীয়ভাবে একদিকে অঙ্গুলি নির্দেশ করে বলেন, "দেখো!"

গৌরের কাছে ব্যাপারটা আগে একটু জেনে তৈরি থাকলেও আমরা প্রথমটা একটু হতভম্বই হয়ে যাই।

ঘনাদার আজকাল দৃষ্টিভ্রম হচ্ছে নাকি! সাদা দেওয়ালে স্বপ্ন দেখছেন! তারপর অবশ্য ব্যাপারটা চোখে পড়ে।

মেঝে থেকে দেওয়াল যেখানে উঠেছে, সেখানে একটি কোণে একটা পেনসিল গলাবার মতো ছোট একটা ফুটো!

আমরা অতি কষ্টে হাসি সংবরণ করি, কিন্তু ঘনাদা যেন সহ্যের সীমা পার হয়ে গেছেন এমনই ভাবে বলেন, "এই ফাটা-ফুটো ঘরে মানুষ বাস করতে পারে?"

আঙুল গলাবার মতো একটা ফুটোয় ঘরটা কেন মানুষের বাসের অযোগ্য হয়ে উঠেছে বুঝতে তখন আর আমাদের বাকি নেই।

অপরাধটা আমাদের সবাইকার। নীচের কলতলাটা অনেকদিন থেকেই ভেঙে চুরে গেছল। বাড়িওয়ালাকে অনেক ধরে-টরে দিন কয়েক আগে আমরা সে জায়গাটা নতুন সিমেন্ট দিয়ে মেরামতের ব্যবস্থা করেছি।

কলতলা মেরামত দেখেই ঘনাদা আবদার ধরেছিলেন, কলতলার সঙ্গে তাঁর ঘরটাও একবার মেরামত চুনকাম করে দিতে হবে।

আবদারটা অন্যায়। আমরা ঘনাদাকে অনেক করে বোঝাবার চেষ্টা করেছি। কলতলা সারাচ্ছে বলেই হঠাৎ সমস্ত বাড়ি ছেড়ে দিয়ে তেতলার একটা কুঠুরি মেরামত করতে বাড়িওয়ালা রাজি হবে কেন? তা ছাড়া সেটা কি ভাল দেখাবে! কিছুদিন বাদেই সমস্ত বাড়িটা চুনকামের সময় তাঁর ঘরটার যা করা হবে।

কিন্তু কে কার কথা শোনে! ঘনাদা সেদিন থেকে গুম হয়ে যা চেপে রেখেছিলেন, আজ এই ফুটো দিয়েই তা ফাটবার উপক্রম।

অবস্থা সঙ্গিন বুঝে আমাদের বাধ্য হয়েই চাল পালটাতে হয়।

রীতিমতো উদ্বিগ্ন হয়ে উঠে বলি, "আপনার ঘরের এ-অবস্থা হয়েছে তা তো জানতাম না।"

গৌর সায় দিয়ে বলে, "না, এ-ঘর এখুনি মেরামত-ব্যবস্থা করা দরকার।"

"বাড়িওয়ালা যদি রাজি না হয়, আমরা চাঁদা তুলেই আপনার ঘর মেরামত করে দেব!" শিশির দরাজ হয়ে ওঠে।

আগুনে জল পড়ে ঘনাদা যখন প্রায় ঠাণ্ডা হয়ে এসেছেন তখন শিবুর একটি বেফাঁস কথায় আবার সব বুঝি মাটি হয়ে যায়!

"সত্যি! ফুটো বলে ফুটো?" শিবু হঠাৎ ফোড়ন কেটে বসে, "ও ফুটো দিয়ে ঘনাদা কোনও দিন গলে যাননি, এই আমাদের ভাগ্যি!"

ঘনাদা শিবুর দিকে ঘাড় ফেরান। সেই ঘাড় ফেরাবার ধরন আর তাঁর মুখে আষাঢ়ের মেঘের মতো ছায়া দেখেই আমরা সামলাবার জন্যে ব্যাকুল হয়ে উঠি।

কিন্তু সামলাব কী? হাসি চাপতে প্রায় দম ফাটার জোগাড়!

সব হাসির বেগ কিন্তু একটি কথায় ঠাণ্ডা।

"কী ফুটো জীবনে দেখেছ হে!" ঘনাদার গলা নয় তো যেন মেঘের ডাক শোনা যায়।

আর মেঘের ডাকে চাতকের মতো সব হাসি-ঠাট্টা ভুলে আমরা উৎসুক হয়ে উঠি।

"আপনি কী ফুটো দেখেছেন ঘনাদা?"

"পড়েছেন নাকি কখনও গলে?"

"হ্যাঁ পড়েছি!" ঘনাদা গম্ভীর মুখে আবার তাঁর বিছানায় এসে বসে বলেন, "পড়েছি চার কোটি মাইল!"

"চার কোটি মাইল একটা ফুটো!" শিশির প্রায় উলটে পড়ে যায় আর কী!

"পৃথিবীটা এফোঁড় ওফোঁড় করলেও তো আট হাজার মাইলের বেশি হয় না।" গৌর হতভম্ব হয়ে নিবেদন করে।

"না, তা হয় না," নির্বিকার ভাবে ঘনাদা জানান।

"তবে...?" বলার আগেই যে যেখানে পারি আমরা বসে পড়ি। ঘনাদা শুরু করেন।

"প্যারাসুটটা আর যেন খুলতেই চায় না। বিশ হাজার থেকে দশ হাজার ফুট, দশ হাজার থেকে পাঁচ হাজার। পাঁচ থেকে আড়াই, আড়াই থেকে এক হাজার ফুট! তখনও ঠিক যেন ইটের বস্তার মতো পড়ছি তো পড়ছি-ই!

নীচের তুষার-ঢাকা পৃথিবী বিদ্যুদ্‌বেগে আমার দিকে ছুটে আসছে দেখতে পাচ্ছি। আর ক-টা সেকেন্ড! তারপর বুঝি শরীরের গুঁড়োগুলোও খুঁজে পাওয়া যাবে না।

কিন্তু ঠিক পাঁচশো ফুটের কাছে আসলটা না হলেও এ-রকম বিপদের জন্যে ফাউ হিসাবে যে ছোট প্যারাসুটটা সঙ্গে থাকে সেটা খুলে গেল ভাগ্যক্রমে। কিন্তু তাতে কি আর পুরোপুরি সামলানো যায়। ইটের বস্তার মতো না হোক, বেশ সজোরেই নীচে গিয়ে পড়লাম।

কী ভাগ্যি শীতের শেষে তুষার একটু নরম হতে আরম্ভ করেছে, চোটটা তাই তেমন বেশি হল না।

প্যারাসুট গুটিয়ে নিয়ে তারপর গা থেকে খুলে অবাক হয়ে চারিদিকে চাইলাম। ধূ-ধূ করা তুষার-ঢাকা তুন্দ্রা দিগন্ত পর্যন্ত বিছোনো! কিন্তু মিখায়েলের দেখা নেই কেন?

প্যারাসুট নিয়ে সে তো আমার আগেই ঝাঁপ দিয়েছে প্লেন থেকে। এমন কিছু দূরে তো সে নামতে পারে না যে চোখেই দেখা যাবে না!

পর মুহূর্তেই রহস্যটা পরিষ্কার হয়ে গেল। মিখায়েলকে এখনও মাটির ওপর দেখব কী করে? এখনও সে তো শূন্যলোকে।

প্যারাসুট না খোলার দরুন আমি যেখানে বিদ্যুদ্‌বেগে কয়েক মুহূর্তে নেমেছি, সেখানে তার খোলা প্যারাসুট ধীরে সুস্থে ভাসতে ভাসতে এখনও নামছে।

আকাশে তাকিয়ে তার প্যারাসুটটা এবার দেখতে পেলাম। মিনিট খানেকের মধ্যে শ-খানেক গজ দূরে সে নামল।

প্যারাসুট ও সঙ্গের যৎসামান্য লটবহর গুছিয়ে নিয়ে দূরবিন দিয়ে চারিধার আর একবার ভাল করে দেখে অবাক হয়ে বললাম, 'কই হে, মেরুর একটা শেয়ালও তো দেখতে পাচ্ছি না। তোমার ড. মিনোস্কি এই মহাশশ্মানে কোথায় লুকিয়ে থাকবেন!'

'আছেন নিশ্চয় কোথাও এখানে! এবং আমাদের তাঁকে খুঁজে বার করতেই হবে।'

'আহা, সে কথা তো অনেকবারই শুনিয়েছ। কিন্তু জায়গাটা ভুল করোনি তো? এই চেল্যুস্কিন অন্তরীপ হল উত্তর মেরুর দিকে রাশিয়ার শেষ স্থলবিন্দু। তারপর শুধু অনন্ত মেরুসমুদ্র। ঠিক এই জায়গাটিই ড. মিনোস্কি তাঁর যুগান্তকারী পরীক্ষার জন্যে বেছে নিয়েছেন এ খবরটায় কোনও ভুল নেই তো?'

'না, তাতে ভুল নেই।' মিখায়েল খুব জোর গলায় ঘোষণা করলেও মনে হল তার মনেও একটু সন্দেহ দেখা দিয়েছে।

সন্দেহ কিন্তু সত্যিই অমূলক। তুষার-ঢাকা সেই তুন্দ্রার মধ্যে ড. মিনোস্কিকে আমরা শেষ পর্যন্ত খুঁজে পেলাম। কিন্তু তার আগে তাঁকে খোঁজার মূলে কী ছিল একটু বলে দেওয়া বোধ হয় দরকার!

অনেকেই বোধহয় জানে না যে গত মহাযুদ্ধের পর থেকে পৃথিবীর দুটি প্রধান শক্তি নিজেদের অজেয় করে তোলবার জন্য মহাশূন্যে পর্যন্ত ঘাঁটি বানাবার কথা ভাবতে শুরু করেছে। একজন বৈজ্ঞানিক তো তাঁর পরিকল্পনা কাগজে কতকটা প্রকাশও করে দিয়েছেন। পৃথিবী থেকে মাইল পঞ্চাশ উঁচুতে খুদে চাঁদের মতো একটা শূন্যে ভাসমান বন্দর বসানো হবে। সে বন্দর চাঁদের মতোই পৃথিবীর সঙ্গে সঙ্গে তার চারিধারে ঘুরপাক খাবে। আর সেই বন্দর যে প্রথম মহাশূন্যে ভাসাতে পারবে পৃথিবী বলতে গেলে তার হাতের মুঠোয়। মহাশূন্যে এই বন্দর ভাসানো শুধু রকেট অর্থাৎ হাউই-বিজ্ঞানের দ্বারাই সম্ভব। দুটি মহাশক্তি তাই হাউই-বিজ্ঞান সম্বন্ধে পরস্পরের কাজের ওপর কড়া নজর রেখেছে। এ-বিজ্ঞানে কে কোন দিকে কতখানি এগিয়ে গেল, সোজাসুজি জানবার উপায় নেই তা বলাই বাহুল্য, তাই দুই রাজ্যের কল্পনাতীত পুরস্কারের লোভে প্রাণ হাতে নিয়ে বহু গুপ্তচর এই বিষয়ে যথাসম্ভব খবর সংগ্রহ করবার আশায় ঘুরছে।

অবশ্য ড. মিনোস্কির ওপর এই গুপ্তচরদের নজর না পড়াই উচিত। হাউই-বিজ্ঞান তাঁর গবেষণার বিষয় নয়। আগের যুগে যেমন আইনস্টাইন, এযুগে তেমনই তিনি অসাধারণ একজন গণিতবিশারদ। অনন্ত সৃষ্টির মধ্যে যে অসীম অঙ্কের রহস্য রয়েছে—তার জট খোলায় তিনি আর সকলের চেয়ে অনেকদূরে এগিয়ে গেছেন।

এই মিনোস্কিও গুপ্তচরদের লক্ষ্য হতে পারেন একথা ভাবতে পারলে বিশ হাজার ফুট থেকে এই চেল্যুস্কিন অন্তরীপের ওপর আমি ঝাঁপ দিতে রাজি অবশ্য হতাম না। কিন্তু সে কথা যথাসময়ে বলা যাবে।

দূরবিন চোখে দিয়ে মিখায়েলের সঙ্গে সেই তুষার-ঢাকা তুন্দ্রা যখন আমি তন্ন তন্ন করে খুঁজে দেখছি তখনও আমি জানি যে মিনোস্কিরই গোপন নিমন্ত্রণে তাঁর আশ্চর্য রেডিয়ো-টেলিস্কোপ দেখতে আমি এসেছি। তাঁর নিজের ফরমাশ মতো এই আশ্চর্য টেলিস্কোপ যে রাশিয়ার এক জায়গায় বসানো হয়েছে এ-খবর দুনিয়াসুদ্ধ লোক তখন পেয়েছে। শুধু জায়গাটা যে কোথায় দু-চারজন ওপরওয়ালা বাদে তা রাশিয়ার কেউও জানে না। এ-টেলিস্কোপ এ-যুগে অসাধারণ এক কীর্তি। আলো দিয়ে নয়, সূক্ষ্মাতিসূক্ষ্ম বেতার-তরঙ্গ দিয়ে সুদূর মহাশূন্যের খবর এ টেলিস্কোপে পাওয়া যায়।

অ্যারিজোনার লাওয়েল অবজারভেটারির কি দক্ষিণ আফ্রিকার ব্লুমফনটেনের টেলিস্কোপের চেয়ে এই বেতার-দূরবীক্ষণ-যন্ত্র অনেকগুণ শক্তিশালী। তা ছাড়া এ-টেলিস্কোপের সুবিধে হল এই যে মেঘ, কুয়াশা বা ধোঁয়া কিছুতেই অচল হয় না। আলোর ওপর যার নির্ভর সে-টেলিস্কোপ অ্যারিজোনা বা দক্ষিণ আফ্রিকার মরুর মতো নির্মেঘ নির্মল আকাশের দেশে বসাতে হয়, কিন্তু এ টেলিস্কোপের সেরকম কোনও হাঙ্গামা নেই। এরকম একটি টেলিস্কোপ ইংল্যান্ডেও কিছুদিন হল বসানো হয়েছে, কিন্তু ড. মিনোস্কির টেলিস্কোপ নাকি তার চেয়ে অনেক জোরালো। শুধু তা-ই নয়, এ-টেলিস্কোপের সাহায্যে মিনোস্কি এমন এক আশ্চর্য পরীক্ষা নাকি করছেন বিজ্ঞানের যুগ যাতে পালটে যাবে।

এহেন লোক আমায় নিমন্ত্রণ করেছেন শুনে তেমন অবাক আমি হইনি। কারণ মিনোস্কির সঙ্গে অনেক আগেই আমার আলাপ হয়েছিল। তখন অবশ্য বিশ্ববিখ্যাত তিনি হননি।

নিমন্ত্রণটা বিশ্বাস করলেও এরকম লুকিয়ে সেটা করার কারণ আমি প্রথমটা বুঝতে পারিনি। মিখায়েলই সেটা বুঝিয়ে দিয়েছিল।

কোনও শত্রুপক্ষের লোক না হলেও আমি বিদেশি বটে। আর যত প্রভাব প্রতিপত্তিই থাকে, বিদেশি একজন বন্ধুকে এসব গোপন জিনিস দেখানো মিনোস্কির পক্ষেও শোভন নয়। নেহাত আমাকে ভাল করে জানেন বলেই নিজের একান্ত বিশ্বাসী শিষ্য মিখায়েলের কাছে নিজের গোপন আস্তানার ঠিকানা জানিয়ে তারই মারফত এ-নিমন্ত্রণ তিনি করে পাঠিয়েছেন। তাঁর গোপন ঠিকানা মিখায়েলেরও আগে জানা ছিল না।

এ-নিমন্ত্রণের কথা যখন আমি শুনি তার কিছুদিন আগে মিখায়েলের সঙ্গে আমার আলাপ হয়েছে। আলাপ সে কতকটা গায়ে পড়েই করেছিল, কিন্তু হাতির মতো বিরাট চেহারার খরগোসের মতো শান্তশিষ্ট লোকটাকে আমার খারাপ লাগেনি তার জন্য। মিনোস্কির দূত হয়েই সে যে আসল কথার সুযোগের অপেক্ষায় আমার সঙ্গে এভাবে আলাপ জমিয়েছে, এটুকু জানবার পর তার ওপর যেটুকু বিরাগ ছিল তা-ও কেটে গেছে। নিমন্ত্রণের কথা জানবার পর মিখায়েলের পরামর্শ মতো ওপরওয়ালাদের কাছে যেটুকু খাতির আছে তা-ই কাজে লাগিয়ে মিথ্যে অজুহাতে প্লেন জোগাড় করে তা থেকে প্যারাসুটে যথাস্থানে নামবার ব্যবস্থা করি। পাছে কেউ সন্দেহ করে বলে মিখায়েল নিজে এ সব জোগাড়-যন্ত্রের ব্যাপারে মাথা গলায়নি। মাথা গলানো উচিত নয় বলেই আমায় বুঝিয়েছিল।

আসলে মিথ্যে সে যে কিছু বলেনি, সেই তুষার-ঢাকা তুন্দ্রার রাজ্যে মিনোস্কির গোপন মানমন্দির খুঁজে পাবার পর ভাল করেই বুঝলাম।

মানমন্দিরটি এমনভাবে তৈরি যে নেহাত তীক্ষ্ণ দৃষ্টিতে না দেখলে তা তুষার-ঢাকা তুন্দ্রার অংশ বলেই মনে হবে। খুঁজে বার করতে সেই জন্যেই আমাদের অত কষ্ট হয়েছিল।

মানমন্দিরের ভেতর ঢুকে সমস্ত কষ্ট কিন্তু সার্থক মনে হল। এই চিরতুষারের

দেশে মাটির নীচে এমন স্বর্গপুরী যারা বানিয়েছে মনে মনে তাদের তারিফ না করেও পারলাম না।

কিন্তু আরামে স্বর্গপুরী হলেও এ কীরকম মানমন্দির! কোথায় আশ্চর্য যন্ত্রপাতি, কোথায় বা আর সব লোকজন?

বাইরে যেখানে পারা-জমানো শীত, মানমন্দিরের ভেতরে সেখানে ঠাণ্ডার কোনও বালাই নেই। বড় একটা জাহাজের মতো পরম সুখে দিন কাটাবার সব রকম আয়োজন উপকরণই সেখানে প্রচুর। শুধু আসল জিনিসের কোনও চিহ্ন নেই।

শেষ পর্যন্ত মিনোস্কির কাছে নিজের কৌতূহলটা প্রকাশ না করে পারলাম না।

বিরাট একটা চাকার মতো প্যাঁচ লাগানো দরজা খুলে মিনোস্কি নিজেই আমাদের সিঁড়ি দিয়ে ভেতরে নিয়ে এসেছিলেন। প্রথমটা একটু অবাক হলেও আমায় চিনতে পেরে তাঁর আনন্দ যেন আর ধরে না।

'একি, দাস! তুমি! তুমি এখানে আসবে আমি ভাবতেই পারিনি।' বলে আমার হাত ধরে সজোরে তিনি ঝাঁকানি দিয়েছিলেন।

আমিও একটু ঠাট্টা করে বলেছিলাম, 'আমিই কি পেরেছিলাম! হঠাৎ প্লেনটা বিগড়ে যাওয়ায় প্যারাসুটে নেমে পড়লাম!'

'ওঃ, প্যারাসুটে নেমেছ।'

তাঁর বিস্ময়টুকু দেখে হেসে বলেছিলাম, 'সাধে কি আর নেমেছি! আপনার শিষ্য এই মিখায়েলের কাছে শুনলাম, অন্য কোনও রকম নামা নাকি আপনার পছন্দ নয়। তবে প্যারাসুটের দড়ি যেভাবে জড়িয়ে গেছল খুলতে আর একটু দেরি হলে আপনার নিমন্ত্রণ রাখা এ জন্মে আর হত না।'

'তাই নাকি! এত কাণ্ড করে তোমাকে নিমন্ত্রণ রাখতে হয়েছে!' বলে তিনি বেশ একটু গম্ভীর হয়ে গেলেন।

মিখায়েল অবশ্য একান্ত অনুগত শিষ্যের মতো এর মধ্যে একটি কথাও বলেনি।

মিনোস্কি এখন ঘুরে ঘুরে সমস্ত জায়গাটা আমাদের দেখাচ্ছিলেন। তারই মধ্যে এক সময় আমার মনের কথাটা বলে ফেললাম। 'এ সব দেখে কী হবে, ড. মিনোস্কি! এর বদলে কুইন মেরি বা কোনও বড় জাহাজ দেখলেই তো পারতাম।'

'জাহাজই তো দেখছেন।' মিনোস্কির মুখে অদ্ভুত একটু হাসি।

'জাহাজ দেখছি। ঠাট্টাটা বুঝতে পারলাম না।' মিখায়েলের গলা এতক্ষণে প্রথম শোনা গেল। সে গলার স্বর যেন অন্যরকম!

'ঠাট্টা নয়! সত্যিই এটা জাহাজ। এমন জাহাজ এ-পর্যন্ত কেউ কল্পনাও করেনি।'

জ্বলন্ত দৃষ্টিতে তার দিকে চেয়ে মিনোস্কি আবার বললেন, 'কিন্তু ঠাট্টার বদলে একটু ঠাট্টা করলেই বা দোষ কী! গুপ্তচর মিচেল যে আমার শিষ্য মিখায়েল হয়ে উঠেছে এটা একটু বেয়াড়া ঠাট্টা বলেই তো আমার মনে হয়।'

অবাক হয়ে আমি যা বলতে যাচ্ছিলাম তাতে বাধা দিয়ে মিনোস্কি বললেন, 'তুমি শেষে এই নীচ কাজে নামবে আমি ভাবিনি, দাস।'

ব্যাকুলভাবে এবার জানালাম, 'বিশ্বাস করুন ড. মিনোস্কি আমি এসবের কিছুই

জানি না। মিখায়েলকে সত্যিই আপনার শিষ্য ভেবে ওর কথায় বিশ্বাস করেছিলাম।'

ছদ্মবেশী মিচেল এবার নির্লজ্জভাবে হেসে উঠে বললে, 'তোমার মতো আহাম্মককে তা না বিশ্বাস করাতে পারলে এখানে আসবার প্লেন, নামবার প্যারাসুট জোগাড় হত কী করে! আমার কার্যোদ্ধারই যে নইলে হত না।'

'কার্যোদ্ধার সত্যি হয়েছে ভাবছ!' মিনোস্কি বজ্রস্বরে বলে উঠলেন, 'আমাদের পুলিশ এতই কাঁচা মনে করো! তোমরা এখানে রওনা হবার সঙ্গে সঙ্গে তারা সব কথা আমায় বেতারে জানিয়ে দিয়েছে। আমায় সাহায্য করবার প্রহরীও তারা পাঠাচ্ছিল। আমিই বারণ করে দিয়েছি।'

'বারণ করে ভাল করেননি ডা. মিনোস্কি।' মিচেলের আসল চরিত্র তার গলার স্বরেই এবার বোঝা গেল, 'কী পরীক্ষা আপনি এখানে করছেন এখনও জানতে পারিনি, কিন্তু এখানকার যা কিছু দরকারি জিনিস সব সমেত আপনাকেও এখান থেকে পাচার করবার ব্যবস্থা করতেই আমি এসেছি। আমার নির্দেশ পেয়ে আমাদের দুটি প্লেন শিগগিরই এখানে নামবে।'

অবিচলিতভাবে মিনোস্কি একটু হেসে বললেন, 'কিন্তু নেমে কিছু পাবে কি?'

'হ্যাঁ পাবে!' মিচেল দাঁত খিঁচিয়ে উঠল, 'কোনও চালাকি যাতে তার আগে আপনি না করতে পারেন সেজন্যে আপনাকে একটু বাঁধব। এই সুঁটকো কালা আদমিটা অবশ্য ধর্তব্যই নয়।'

যেমন চেহারা তেমনই মত্ত হাতির মতোই পদভরে ঘর কাঁপিয়ে মিচেল এবার এগিয়ে এল। পর মুহূর্তেই দেখা গেল ঘরের এক কোণের একটা সোফার ওপর ডিগবাজি খেয়ে পড়ে সে কাতরাচ্ছে।

জামাটা যেটুকু লাট হয়েছিল ঠিক করে বললাম, 'আর কিছু দরকার হবে ডা. মিনোস্কি?'

'ধন্যবাদ দাস! আর কিছুর দরকার নেই। তুমি না সাহায্য করলেও অবশ্য কিছু ক্ষতি হত না। আমি তৈরি ছিলাম।'

কাতরাতে কাতরাতেও মিচেল গর্জে উঠল, 'তৈরি থাকা বার করে দিচ্ছি! আমাদের লোকেরা এখানে নামল বলে!'

'তার আগে তোমাকে যে অনেক নামতে হবে।' বলে মিনোস্কি আমার দিকে ফিরলেন, 'শোনো দাস, বিজ্ঞানের এক আশ্চর্য পরীক্ষা এবার আমি করতে যাচ্ছি। পরীক্ষায় বাঁচব কি মরব আমি জানি না। তাই এই শয়তানকেই শুধু আমার সঙ্গী করতে চাই। তুমি ইচ্ছে করলে এখন চলে যেতে পারো!'

'এত বড় সৌভাগ্য শুধু ওই শয়তানই পাবে। আমি কী অপরাধ করলাম!'

হেসে আমার পিঠ চাপড়ে মিনোস্কি বললেন, 'এই জবাবই তুমি দেবে জানতাম। যাও ওই সোফাটায় আরাম করে বসো গিয়ে, যাও!'

সোফায় বসতে না বসতেই মিনোস্কি দেওয়ালের একটি কী বোতাম টিপলেন। সঙ্গে সঙ্গে মেঝের একটা জায়গা ফাঁক হয়ে যেন ভোজবাজিতে অদ্ভুত একটা যন্ত্র বেরিয়ে এল। সে যন্ত্রের একটা কী হাতল টেনে ধরতেই কী যে হল কিছুই আর

জানতে পারলাম না।

জ্ঞান যখন হল তখন দেখি ঠিক সেই ঘরেই সেই সোফাতেই বসে আছি। মিচেল তখনও অসাড় হয়ে তার জায়গায় পড়ে আছে। আর মিনোস্কি ঘরের একদিকের কাঁচের জানলার ধারে দাঁড়িয়ে বাইরে কী দেখছেন।

তাঁর কাছে ছুটে গিয়ে বললাম, 'কী হল কী বলুন তো? কী দেখছেন আপনি?'

'নিজেই দেখো না,' বলেই তিনি হাসলেন।

দেখে সত্যিই স্তম্ভিত হয়ে গেলাম। মেরুর তুষার-ঢাকা তুন্দ্রার বদলে এ যে টকটকে লাল বালির মরুভূমি! 'একি! সাহারা নাকি!' সবিস্ময়ে বলে ফেললাম।

মিনোস্কি এবার সশব্দে হেসে উঠে বললেন, 'না, তার চেয়ে আর একটু দূর—এ হল মঙ্গল গ্রহের লাল বালির মরুভূমি। মঙ্গল গ্রহকে যার জন্য লাল দেখায়।'

মঙ্গল গ্রহ! আমার না মিনোস্কির—কার মাথা খারাপ হয়েছে তখন ভাবছি। কিন্তু তুষার-ঢাকা তুন্দ্রার বদলে লাল মরুভূমি তো সত্যিই দেখতে পাচ্ছি। পৃথিবীর কোনও মরুভূমির সঙ্গে তার মিলও নেই।

আমায় আবার সোফায় নিয়ে এসে বসিয়ে মিনোস্কি বললেন, 'সত্যিই, মঙ্গল গ্রহে আমরা নেমেছি। আমার পরীক্ষা সফল।'

আমার বিমূঢ়তায় একটু হেসে তিনি আবার বললেন, 'মঙ্গল গ্রহ এবার পৃথিবীর কত কাছে এসেছে খবরের কাগজেও তা বোধহয় পড়েছ। পৃথিবী থেকে তার দূরত্ব এখন চার কোটি তিন লক্ষ মাইলের কাছাকাছি। কিন্তু এত কাছে এলেও, কোনও হাউই যন্ত্র দিয়ে ঘণ্টায় চার হাজার মাইল ছুটেও মাস দেড়েকের আগে আমরা পৌঁছতে পারতাম না। সে জায়গায় প্রায় চক্ষের নিমেষে আমরা এসেছি বলা যায়।'

'কিন্তু এলাম কী করে!' আমি আগের মতোই বিমূঢ়।

'এসেছি ফুটো দিয়ে গলে।' আমার বিস্ময়-বিস্ফারিত চোখের দিকে চেয়ে তিনি বললেন, 'হ্যাঁ, সত্যিই ফুটো! মহাশূন্যের ফোর্থ ডাইমেনসন মানে চতুর্থ মাপের ফুটো। লম্বা, চওড়া, উঁচু—এই তিন মাপ দিয়েই সৃষ্টির সব কিছু আমরা দেখতে জানি। গণিত-বিজ্ঞান এ ছাড়া আরও মাপের সন্ধান পেয়েছে, কিন্তু তা কাজে লাগাতে কেউ পারেনি এ পর্যন্ত। আমার এই পরীক্ষায় প্রথম সেই চতুর্থ মাপের জগৎ মানুষের আয়ত্তে এল।

'ব্যাপারটা তোমায় আর একটু ভাল করে বোঝাই। খুব লম্বা একটা চিমটে মনে করো। এক দিকের ডগা থেকে আর এক দিকের ডগায় পৌঁছতে হলে একটা পিঁপড়েকে সমস্ত চিমটেটা মাড়িয়ে যেতে হবে। তাতে তাকে হাঁটতে হবে ধরো তিন গজ। কিন্তু চিমটের একটা ফলা থেকে আর একটা ফলা মাত্র এক ইঞ্চি দূরে যদি থাকে আর ওপরের ফলা থেকে নীচের ফলায় যাবার একটা ফুটো যদি পিঁপড়েটা পায় তা হলে এক ইঞ্চি নেমেই তিন গজ হাঁটার কাজ তার সারা হয়ে যাবে। লম্বা, চওড়া ও উঁচু—এই তিন মাপের জগতে যা অনেক দূর, চতুর্থ মাপ দিয়ে সেখানে অতি সহজে পৌঁছোবার এমন অনেক ফুটো মহাশূন্যে আছে। তেমন একটা ফুটোই আমি খুঁজে পেয়েছি।'

এবার উৎসাহে উঠে দাঁড়িয়ে বললাম, 'মঙ্গল গ্রহটা তা হলে তো ঘুরে দেখতে হয়।'

হেসে আমায় নিরস্ত করে মিনোস্কি বললেন, 'না, না, এবার সেজন্যে তৈরি হয়ে আসিনি। তা ছাড়া এ ফুটো থাকতে থাকতেই পৃথিবীতে ফিরে যেতে হবে। অন্তত ওই শয়তান মিচেলটার জ্ঞান হবার আগে।'

মিচেলের জ্ঞান পৃথিবীতে ফিরেই হয়েছিল। তখন তার হাতে হাতকড়া। প্লেনে করে মিনোস্কিকে চুরি করতে যারা নেমেছিল তাদের অবস্থাও তথৈবচ।"

ঘনাদার কথা শেষ হতে না হতেই শিবু বলে উঠল, "এই বছরেই তো জুন জুলাই-এর মাঝামাঝি মঙ্গল গ্রহ পৃথিবীর অত্যন্ত কাছে এসেছিল শুনেছি। কিন্তু সশরীরে তখন আপনি এই মেসেই ছিলেন মনে হচ্ছে।"

কোনও উত্তর না দিয়ে শিশিরের হাত থেকে সিগারেটের টিনটা অন্যমনস্কভাবে তুলে নিয়ে ঘনাদা ঘর থেকে বেরিয়ে গেলেন।

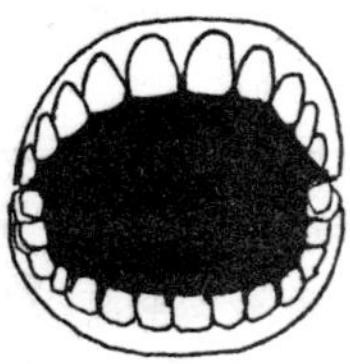

দাঁত

মাছ ধরতে যাওয়া আর হল না।

এতদিনের এত জল্পনা-কল্পনা আয়োজন-উদ্যোগ সব ভেস্তে গেল। অথচ কী উৎসাহ নিয়েই না সব ব্যবস্থাপত্তর করা গেছল। কী নিখুঁত তোড়জোড়! কী নির্ভুল অভিযানের খসড়া!

মাছ ধরা তো নয়, সত্যিই রীতিমতো একটা যুদ্ধযাত্রা।

শিবুর ওপর কমিসেরিয়েট-এর ভার, শিশির আছে আসেনাল-এর তদারকে, আর গৌর নিয়েছে ট্রান্সপোর্ট-এর ঝক্কি।

অর্থাৎ শিবু ব্যবস্থা করবে ভূরি-ভোজনের, শিশির জোগাবে ছিপ-বঁড়শি, টোপ, চার আর গৌর দেবে পৌঁছে সেই আশ্চর্য অজানা জলাশয়ে যেখানে সভ্যতার সংস্পর্শহীন সরল মাছেরা এখনও কুটিল মানুষের কারসাজির পরিচয় পায়নি।

তারপর শুধু ছিপ ফেলা আর মাছ তোলা।

গত ক-দিন ধরেই তাই দারুণ উৎসাহ উত্তেজনার মধ্যে দিয়ে মেসের দিন কাটছে। ধরার পর অত মাছ আনা যাবে কী করে তাই নিয়েও তুমুল তর্ক হয়ে গেছে এবং আনাও যদি যায় তা হলে বাজারে কিছু বিক্রি করতে ক্ষতি কী—এ প্রস্তাব করতে গিয়ে খেলোয়াড়ি মেজাজের অভাবের অভিযোগে শিবুকে দস্তুরমতো

অপ্রস্তুত হতে হয়েছে।

শখের মাছ ধরে এনে বিক্রি!

মাছ চালানোর ব্যবসা করলেই হয় তা হলে!

এই বেঁফাস কথার সাফাই গাইতে শিবুকে সরকারি স্বাস্থ্য বিভাগের পর্যন্ত দোহাই পাড়তে হয়েছে। এত মাছ একসঙ্গে এনে এই ভাদ্রের গরমে পচলে শহরের স্বাস্থ্য বিপন্ন হতে পারে এই তার বক্তব্য।

কিন্তু তাতেও সে পার পায়নি।

"পাবে কেন!" খিঁচিয়ে উঠেছে শিশির।

"বিলিয়ে দেব আমরা।" উদার হয়ে উঠেছে গৌর।

প্রতিবেশীদের মধ্যে কাদের মাছ বিলিয়ে অনুগ্রহ করা যায় তার একটা তালিকাও তৈরি হতে বিলম্ব হয়নি।

এই তালিকা তৈরির মাঝখানে উদয় হয়েছেন ঘনাদা।

শিশিরের কাছে তিন হাজার তেষট্টিতম সিগারেটটা ধার নিয়ে ধরাতে ধরাতে বলেছেন, "কী হে, তোমাদের Operation Pisces-এর কতদূর!"

'জানতি পার না'-র জ দেওয়া 'পিসেজ' শুনে প্রথমটা একটু ভড়কে গেলেও তাড়াতাড়ি সামলে নিয়েছি। শিবু থাকতে আমরাও বিদ্যেয় কম যাই নাকি! 'পিসেজ' তো জ্যোতিষের মীন অর্থাৎ মৎস্য রাশির ল্যাটিন নাম। আমরা হেসে বলেছি, "দূর আর কোথায়! আপনার জ্যোতিষের মৎস্য রাশি উঠোনে এনে ফেলেছি বললেই হয়।"

উৎসাহের চোটে সেই আশ্চর্য পুকুরের সরল সুবোধ মাছদের কথা উচ্ছ্বাস ভরেই শুনিয়েছি এবার।

ঘনাদা কিন্তু শুধু একটু মুখ বেঁকিয়েছেন।

"মাছ ধরতে তা হলে যাচ্ছ না।" ঘনাদার কথায় যেন কোথায় খোঁচা।

"যাচ্ছি না মানে? কী করতে যাচ্ছি তা হলে?"

"বলো, মাছ মারতে। মাছ ধরা আর মারার মধ্যে তফাত আছে কিনা। একটা হল খেলা আর একটা খুন। যে মাছ খেলাতেই জানে না তাকে ধরা নয় শুধু মারা-ই যায়।"

কথাগুলো মোটেই মনঃপূত হয়নি আমাদের। তাই খুঁত ধরে বলেছি, "মাছ আবার খেলাতে জানবে কী! মানুষই তো মাছকে খেলিয়ে তোলে।"

"খেলায়, খেলায়, মাছও খেলায়। তেমন মাছ হলে মানুষকেই খেলায়। আর মাছ যদি খেলোয়াড় না হয় তা হলে ছিপ ধরাই মিছে। তবে তেমন খেলোয়াড় আর আজকাল আছে কোথায়? শেষ দেখেছিলাম নীলিমা-কে।"

"নীলিমা!" আমরা অবাক।

"হ্যাঁ, নীলিমা। নামটা অবশ্য আমারই দেওয়া। মেয়ে নয়, মাছ। ওপরে গাঢ় নীল আর নীচে ধোঁয়াটে রুপোলি। পাক্কা সাত হাত বিশমনি 'টুনি'। ক্যালিফোর্নিয়ার অ্যাভালন শহরের নাম শুনেছ কি না জানি না। মোটর বোটে ছিপ দিয়ে সমুদ্রের 'টুনি' ধরার খেলা সেই শহরের মাথা থেকেই প্রথম বেরোয়। কিন্তু নীলিমার কাছে

সেই শহরের মাথা একেবারে হেঁট হয়ে গেছল সেবার। বাঘা বাঘা 'টুনি' শিকারি যেখানে জমা হয়, অ্যাভালনের সেই 'টুনা' ক্লাব একেবারে নিঃঝুম। নীলিমার কাছে হার মেনে সমস্ত শহর মর্মাহত। নীলিমা টোপ গেলে অম্লানবদনে, কিন্তু সে যেন শিকারিকে আহাম্মক বানাবার জন্যেই। নাচিয়ে খেলিয়ে বেচারা শিকারিকে নাকালের চূড়ান্ত করে শেষ পর্যন্ত ছিপের সুতোটি কীভাবে সে কেটে পালায় কেউ বুঝতে পারে না। তাই নীলিমা মাছের ছদ্মবেশে জলকন্যা এমন একটা গুজবও তখন রটে গেছে।

সেই অ্যাভালন শহরে সেবার..."

"বেড়াতে গেছলেন, আর বাঘা বাঘা শিকারিরা যার কাছে মাথা মুড়িয়েছে, সেই নীলিমাকে মোটরবোটের বদলে ডাঙা থেকেই, হুইলের জায়গায় হাত-ছিপেই ধরে সবাইকে একেবারে তাক লাগিয়েই দিয়েছিলেন—এই তো?" ঘনাদার মুখের কথা কেড়ে নিয়ে এইভাবে শেষ করেও গৌর থামেনি, তার ওপর জুড়ে দিয়েছে, "এ আর শোনাবেন কী! খবরের কাগজেই তো তখন বেরিয়েছিল। আমরা পড়েছি।"

গৌর আমাদের দিকে সমর্থনের জন্যে তাকিয়েছে। কলের পুতুলের মতো আমরাও মাথা নেড়ে সায় দিয়েছি বটে, কিন্তু বুঝতে তখন আর আমাদের বাকি নেই যে, অবস্থা চিকিৎসার বাইরে গেছে।

একসঙ্গে ঘনাদার গল্প তাড়াতাড়ি থামানো ও তাঁকে খুশি রাখাই হয়তো গৌরের উদ্দেশ্য ছিল। কিন্তু ফল হয়েছে হিতে বিপরীত।

"না, পড়োনি," ঘনাদার গলায় বিষাদের মেঘের ডাক, "পড়তে পারো না। কারণ ব্যাপারটা যা বানালে তা নয়। আর খবরের কাগজে কিছু বার করতেই দেওয়া হয়নি।"

"শুনুন ঘনাদা, শুনুন।"

আর শুনুন! ঘনাদা ততক্ষণে সিঁড়ি দিয়ে তাঁর টঙের ঘরে উঠছেন।

গৌরের ওপর আমরা সবাই খড়্গহস্ত হয়েছি।

"দিলি তো সর্বনাশ করে।"

"বাঃ! আমি তো ভালই করতে চেয়েছিলাম।" গৌরের করুণ কৈফিয়ত, "খবরের কাগজে পড়েছি শুনলে খুশি না হয়ে খাপ্পা হবেন কে জানত! তা ছাড়া স্টেশন-ওয়াগন যে দেবে তার সঙ্গে এই সকালেই দেখা না করলে নয়। গল্প একবার গড়ালে দুপুরের আগে কি থামত!"

দোষ গৌরকে খুব দেওয়া যায় না। মাছ ধরার আয়োজনের এই ঝামেলার মধ্যে ঘনাদার গল্পটা মুলতুবি রাখার পক্ষে আমাদের সবারই সায় ছিল মনে মনে।

কিন্তু ঘনাদার মন তো আর তা শুনে গলবে না।

সেই যে তিনি বেঁকলেন, আর সোজা করে কার সাধ্য! উৎসাহ না থাকলেও আমাদের খেয়ালে আপত্তি তাঁর ছিল না আগে। আমাদের সঙ্গ ও শিক্ষা দেবার কথাও দিয়েছিলেন। সে কথা তিনি স্পষ্ট করে ফিরিয়ে নেননি এখনও। কিন্তু ভাবগতিক দেখে আমরা চিন্তিত।

রবিবারে আমাদের অভিযান! শুক্রবারে ঘনাদা তাঁর ঘর থেকে সন্ধের পর

নামলেন না। ঠাকুর ওপরেই খাবার দিয়ে এল। শুনলাম তাঁর সর্দি। শনিবার সকালে শোনা গেল সর্দির সঙ্গে জ্বরভাব, আর রাত্রে বুলেটিনে জানলাম দাঁতের ব্যথা।

"দাঁতের ব্যথা!" খাবার-ঘরে আমরা মুখ চাওয়া-চাওয়ি করলাম।

খাওয়ার পরই একতলায় শিশিরের ঘরে দরজা ভেজিয়ে মন্ত্রণাসভা বসল। ঘনাদা যে আমাদের সব মজা মাটি করবার প্যাঁচ কষেছেন, তা আর বুঝতে তখন বাকি নেই। কিন্তু আমাদেরও জেদ, ঘনাদাকে পাই বা না পাই, মাছ ধরতে যাব-ই। আর তার আগে ঘনাদাকে একটু জব্দও না করলে নয়।

পরদিন সকাল সাতটা বাজতে না বাজতেই ঘনাদার ঘরে গিয়ে সবাই আমরা হাজির। আমরা আর সদ্য ভাজা এক প্লেট গরম 'ক্রোকেট'।

"কী ব্যাপার, ঘনাদা! তিন দিন ধরে নীচে নামছেন না, আমাদের সঙ্গে যাবেন না নাকি?"

"কী করে আর যাই!" ঘনাদার দীর্ঘশ্বাস আমাদের, না 'ক্রোকেট'-এর প্লেটের উদ্দেশে বোঝা কঠিন।

"হ্যাঁ, দাঁতের ব্যথা নিয়ে যাওয়া উচিতও নয়," আমরা সহানুভূতিতে গদগদ। "কিন্তু ক্রোকেটগুলো কেমন হল আপনাকে একটু চাখানোও তো তা হলে যাবে না। সবই আমাদের ভাগ্য। চল হে।"

আমাদের সঙ্গে 'ক্রোকেট'-এর প্লেটও অন্তর্ধান হওয়ার উপক্রম দেখে ঘনাদা আর বুঝি সামলাতে পারলেন না।

"অত যখন পেড়াপীড়ি করছ, দাও দেখি একটা চেখে।" ঘনাদার নেহাত যেন অনিচ্ছা।

আমাদেরও যেন সঙ্কোচ—"কিন্তু এই দাঁতের ব্যথায়..."

গৌর প্লেটটা ঘনাদার প্রায় নাকের কাছ দিয়েই ঘুরিয়ে নিয়ে যায় আর কী!

তার হাত থেকে প্লেটটা একরকম কেড়ে নিয়েই ঘনাদা আত্মবিসর্জনের সুরে বললেন, "হোক ব্যথা। একটা দায়িত্বও তো আছে। সঙ্গেও যাব না, আবার কী ছাইপাঁশ সঙ্গে নিচ্ছ, দেখেও দেব না, তা কি পারি!"

প্রথম কামড়টা নির্বিঘ্নে-ই পড়ল, তারপর দ্বিতীয় কামড়—কটাস!

আমরা একসঙ্গে হাঁ হাঁ করে উঠলাম।

একদিকে 'ক্রোকেট'-এর ভেতর থেকে বড় মার্বেল গুলিটা মেঝেতে আর একদিকে ঘনাদার মুখ থেকে দুপাটি দাঁত প্লেটের ওপর তখন ছিটকে পড়েছে।

চোখ বড় বড় করে সেদিকে তাকিয়ে গৌর গলায় মধু ঢেলে জিজ্ঞেস করলে, "বাঁধানো বলে মনে হচ্ছে না? বাঁধানো দাঁতেও ব্যথা হয় তা হলে?"

ঘনাদা কি অপ্রস্তুত?

আমাদেরই মনের ভুল!

ফোকলা মুখেই করুণামিশ্রিত সহিষ্ণুতার হাসি হেসে দাঁতের পাটি কুড়িয়ে নিয়ে মুখে লাগিয়ে ঘনাদা বললেন, "না, তা হয় না।"

তারপর তাঁর গলার স্বর গাঢ় হয়ে উঠল রহস্যে—"তবে ছেলেমানুষি চালাকি

করে আজ তোমরা যা জানলে একদিন তা ধরা পড়লে এই দুনিয়ার চেহারাখানাই পালটে যেত। কাঁচা দাঁত তুলিয়ে সেদিন যদি না বাঁধিয়ে রাখতাম, আর সেই নীলিমার কাছে হদিস যদি না পেতাম, তা হলে পৃথিবীর ইতিহাস আজ অন্যভাবে লেখা শুরু হত।"

আবার নীলিমা! আমরা চঞ্চল হয়ে উঠি ঘর থেকে বেরুবার জন্য।

কিন্তু ঘনাদা তখন বলে চলেছেন, "এই দুপাটি বাঁধানো দাঁতই এক ভুঁইফোড় রাজ্যের লোভের থাবা থেকে সেদিন মানুষকে বাঁচিয়েছে।

অ্যাভালন শহরের নাম সেদিন করেছি। শহরটা কোথায় বলিনি। এ শহর হল ক্যালিফোর্নিয়ার পশ্চিমে সেন্ট ক্যাটালিনা নামে ছোট এক দ্বীপে। পুরো দ্বীপটা যেন একটা নাদা পেট বেলেমাছ, দক্ষিণ-মুখো চলেছে। অ্যাভালন শহরটা যেন তার চোখ। এ শহরে বেড়াতে আমি যাইনি শখ করে। গেছলাম ডে-কস্টা নামে এক পুরোনো বন্ধুর ডাকে। ডে-কস্টা নামে অবশ্য তাকে খুঁজে পাবার আশা করিনি। শ্রীকৃষ্ণের শত নামের মতো তারও নামের সংখ্যা অগুনতি আর সেই সঙ্গে ছদ্মবেশও। কিন্তু নাম আর চেহারা তার যত রকমেরই হোক, স্বভাব তার চিরকাল এক। যেখানে কোনও গোলযোগের গন্ধ সেখানেই ডে-কস্টা। জীবনে কত বিপদের মুখেই যে দুজনে একসঙ্গে দাঁড়িয়েছি তার হিসেব নেই। এই কিছুদিন আগেও অন্যতম শ্রেষ্ঠ বৈজ্ঞানিক অ্যান্টনি ফিশার অন্তর্ধান হওয়ার পর তার খোঁজে প্রাণ হাতে নিয়ে কী না করেছি। খোঁজ যে পাইনি সে অবশ্য আমাদের একটা কলঙ্ক। এই ডে-কস্টার জরুরি সংকেত টেলিগ্রাম পেয়েই অ্যাভালনে ছুটেছিলাম। টেলিগ্রামে এখনকার নাম সে দেয়নি। যে নামেই থাকুক তাকে খুঁজে আমি বার করবই সে জানত।"

ঘনাদার দম নেওয়ার ফাঁকে নীচে স্টেশন-ওয়াগনের হর্ন শুনতে পেলাম। মন তখনও উসখুস করছে।

"আচ্ছা, তা হলে," বলে গৌর তো উঠেই দাঁড়াল, কিন্তু ওই উঠে দাঁড়ানো পর্যন্তই।

ঘনাদা আবার ধরলেন।

"অ্যাভালনে নেমেই ডে-কস্টাকে খুঁজে ঠিক বার করলাম। কিন্তু জীবিত অবস্থায় নয়। ডে-কস্টা আমার পৌঁছোবার আগের দিনই সেন্ট ক্যাটালিনার পশ্চিম দিকের সমুদ্রে কেমন করে ডুবে মারা গেছে। ওখানকার ক-জন জেলে তার হাঙরে ঠোকরানো মৃতদেহটা উদ্ধার করেছে কোনওমতে। অ্যাভালনের কেউ তাকে ডে-কস্টা বলে শনাক্ত করতে অবশ্য পারেনি। মিলার বলে যে ছদ্মনামে সে এখানে ছিল দু-একজন সেই নামেই তাকে চিনেছে।

ডে-কস্টার ডুবে মরাটা আমার কাছে কেমন রহস্যময় ঠেকল। ফূর্তির সাঁতার কাটতে ডুবে মরার ছেলে তো সে নয়। কী করতে সে এখানে এসেছিল? আমাকেও ডেকে পাঠাবার কারণ কী?

ডে-কস্টাই নেই—এ রহস্যের হদিস কে দেবে! তবু তার সংকেত-টেলিগ্রামটা আর একবার পড়ে দেখলাম। ডে-কস্টা অতি সাবধানী। সংকেত-লিপিতে পাঠানো

টেলিগ্রামের পাঠোদ্ধার করলেও কিচ্ছু সন্দেহ করবার নেই। টেলিগ্রামের কথা হল এই, 'অ্যাভালনের টুনি মাছ সব শিকারীর স্বপ্ন। ধরবে তো তাড়াতাড়ি এসো।'

না, এ টেলিগ্রামে আসল রহস্যের কিছুই বোঝবার উপায় নেই। সত্যিই রহস্য কিছু নেই, এমন কি হতে পারে! সংকেত-লিপিটা হয়তো তার রসিকতা, আসলে ক-দিনের ছুটি উপভোগ করবার জন্যে টুনি মাছ ধরতে সে আমায় ডেকে পাঠিয়েছে, এমন হওয়াও তো সম্ভব।

কিন্তু এ ব্যাখ্যা মন কেন যেন মানতে চায় না। ডে-কস্টার মতো মানুষ খেলা কি ছুটির মর্ম জানে না, রহস্যের পেছনে ছোটাই তাদের জীবন, তাদের ছুটি।

তা হলে টুনি শিকারের মধ্যেই রহস্যের সূত্র হয়তো কোথাও লুকিয়ে আছে নাকি?

অ্যাভালন শহরে তখন নীলিমাই একমাত্র প্রসঙ্গ। রাস্তায় ঘাটে দোকানে বাজারে ও-ছাড়া আর কথা নেই। টুনা ক্লাবে তাই যেতে হল। ছিপ নিয়ে মোটর বোট ভাড়া করে একদিন টুনি-শিকারেও বেরুলাম। দেখাও পেলাম নীলিমার, আর কানমলাও যথারীতি। নাচিয়ে খেলিয়ে নীলিমাকে যখন প্রায় বোটে তুলতে যাচ্ছি, কেমন করে ওই ইস্পাতের তারের মতো শক্ত সুতো কেটে সে পালাল।

রোখ চেপে গেল আমারও। কিন্তু একদিন দুদিন তিনদিন নীলিমার কাছে নাকের জলে চোখের জলে হয়ে চার দিনের দিন আর শিকারে বেরুলাম না। মোটর লঞ্চ ভাড়া করে গেলাম আসল ক্যালিফোর্নিয়ার নিউ পোর্ট শহরে। ডুবুরির পোশাক পরে গভীর সমুদ্রের তলায় বল্লম দিয়ে মাছ শিকার সেখানকার এক খেলা। একদিন সেই খেলায় কাটিয়ে টুনা ক্লাবে ফিরতেই টিটকিরি শুনলাম, 'কী রে নিগার! টুনা ধরার শখ মিটল! পালিয়েছিলি কোথায়?'

টিটকিরি আর কারুর নয়, ক্লাবের সবচেয়ে ধনী সভ্য বেনিটোর। যেমন বদখদে সাদা গণ্ডারের মতো লোকটার চেহারা, তেমনই তার পয়সার অহঙ্কার। সাদা চামড়ার সভ্যদেরই সে মানুষ বলে গণ্য করে না তো আমাকে!

আমার কাছে কোনও জবাব না পেয়ে সে আমার টেবিলের ধারেই এসে দাঁড়িয়ে গোরিলার মতো হাতের বিরাশি সিক্কা একটি চাপড় আমার পিঠে বসিয়ে মুলোর মতো দাঁত বের করে হেসে বললে, 'তুই গুগলি ধর, বুঝেছিস, হাঁটু জলে কাদা ঘেঁটে গুগলি! যেমন মানুষ তেমনি তো শিকার।'

ঠাট্টার ছলে সঙ্গে সঙ্গে আর একটি গোরিলা-হাতের রদ্দা।

তবু কোনও জবাব না দিয়ে শুধু একটু হাসলাম।

বেনিটো ঘৃণা ভরেই এবার আমায় রেহাই দিয়ে চলে গেল।

বেশির ভাগ পয়সার সামনে দণ্ডবৎ হলেও মার্কিন মাত্রেই অমানুষ নয়। বেনিটোর এই অহেতুক জুলুম অনেকেরই খারাপ লেগেছে বুঝলাম। কেউ কেউ এসে আমার ওপর রাগও দেখালে—'তুমি মানুষ না কী! কী বলে ওই অসভ্য জানোয়ারটার জুলুম সহ্য করলে বল তো!'

হেসে বললাম, 'জুলুম আর কী। বড়লোকের রসিকতাই ওই রকম। অত বড় একটা নিজস্ব পেল্লায় জাহাজ নিয়ে যে দুনিয়াটা টহল দিয়ে বেড়াতে পারে, কত তার

পয়সা ভাবতে পারো। ওরকম লোক আমাদের মতো মানুষকে পোকা-মাকড় মনে করবে না তো করবে কে! একটু খুশি রাখলে ওর জাহাজের পার্টিতে একদিন নেমন্তন্নও তো পেতে পারি।'

মার্কিন বন্ধুরাও মুখ বেঁকিয়ে এবার সরে গেল। বুঝলাম আমার ওপর যেটুকু শ্রদ্ধা তাদের ছিল তা-ও খুইয়েছি।

কিন্তু বেনিটোর জাহাজের পার্টিতে সত্যিই একদিন নিমন্ত্রণ পেলাম।

তার আগে নিউপোর্ট থেকে আনা ডুবুরির পোশাকে একদিন সমুদ্রে আমি নেমেছি। কোনও কোনও মরিয়া টুনি শিকারি তখনও নীলিমাকে ধরবার আশা ছাড়েনি। মোটর বোট নিয়ে দু-একজন সেদিনও তাই বেরিয়েছে।

নীলিমার অজেয় হওয়ার রহস্য সেদিনই বুঝলাম আর সেই সঙ্গে ডে-কস্টার মৃত্যু-রহস্যও বুঝি কতকটা!

কিন্তু আসল যে রহস্য তখন অনুমানও করতে পারিনি, বেনিটোর জাহাজের পার্টির রাতেই তা জলের মতো পরিষ্কার হয়ে গেল।

জাহাজ তো নয়, জলের ওপর স্বর্গপুরী। টুনা ক্লাবের সবাই তো বটেই, অ্যাভালনের নাম করা কেউ নিমন্ত্রণ থেকে বাদ পড়েনি। মস্ত ওপরের ডেক ঝলমল করছে রংবেরং-এর আলোর পোশাকে। নাচগান খাওয়া ফুর্তি চলছে অবিরাম।

সারা রাতই চলবার কথা। কিন্তু রাত সাড়ে বারোটায় হঠাৎ সমস্ত উৎসব থেমে গেল এক নিমেষে। ডেকের ওপরকার সমস্ত ফুর্তিবাজের দল যেন কাঠের পুতুলের মতো স্তব্ধ। শুধু বেনিটোর কর্কশ বাজখাঁই গলা শোনা গেল—

'বন্ধু সব, আমার জানাতেও ঘৃণা হচ্ছে যে, আপনাদের মধ্যে এমন একজন নীচ নোংরা জানোয়ার আছে যে অতিথি হওয়ার সুযোগ নিয়ে চুরি করতে এখানে ঢুকেছে। আমার অত্যন্ত মূল্যবান কিছু কাগজপত্র ও জিনিস এই জাহাজে আমি সঙ্গে নিয়ে বেড়াই। এইমাত্র আমি জানতে পেরেছি যে সকলের ফুর্তি করার সুযোগে আমার সেই গুপ্ত সিন্দুক-ঘরের দরজা সে কৌশলে খুলে ঢুকেছে। ঢুকে যা-ই সে করুক এ জাহাজ থেকে পালাতে সে পারেনি এ বিষয়ে আমি নিশ্চিন্ত। ধরা তাই সে পড়বেই। আজকের উৎসব বাধ্য হয়েই আমাকে এখানে বন্ধ করতে হচ্ছে। আপনাদের শহরে ফিরে যাবার লঞ্চের ব্যবস্থাও আমি অবিলম্বে করছি, কিন্তু তার আগে নিজেদের আত্মসম্মানের খাতিরেই আপনারা যদি নিজের নিজের নাম জানিয়ে আপনাদের কাছে আমার মূল্যবান জিনিস যে কিছু নেই তার প্রমাণ স্বেচ্ছায় দিয়ে যান আমি বাধিত হব।'

খানাতল্লাশিতে কিছুই অবশ্য পাওয়া গেল না এবং বলাবাহুল্য, সব অতিথি বিদায় নেবার পর যে নামটি বাকি রইল তা আমার।

জাহাজের একটি কামরাতেই তখন আমি বসে আছি। ক-টা সিগারেট যে পুড়েছিল মনে নেই, কিন্তু কামরার দরজার হাতলে বাইরে থেকে হাত পড়তেই উঠে দাঁড়িয়ে সাদর অভ্যর্থনা জানিয়ে বললাম, 'এসো বেনিটো, তোমার জন্যেই অপেক্ষা করছি! খানাতল্লাশি করতেই বুঝি এত দেরি হল!'

বেনিটোর হতভম্ব ভাবটা কাটতে কয়েক সেকেন্ড লাগল। তারপর হিংস্র গোরিলার সঙ্গে রঙে ছাড়া তার মুখের আর বুঝি কিছু তফাত রইল না।

কিন্তু এ ভাবটাও সে সামলে নিলে। ইঁদুরকে থাবার মধ্যে পেলে শিকারি বেড়াল তখুনি তাকে কামড়ে ছিঁড়ে খায় না।

বেনিটো অদ্ভুত পৈশাচিক মুখ-টেপা হাসি হেসে আমার দিকে এগিয়ে এল। তার মুখ দেখে বুঝলাম এমন তারিয়ে তারিয়ে জিঘাংসা মেটাবার সুযোগ পেয়ে তার আনন্দ আর ধরে না।

'ব্যাঙ হয়ে সাপের গর্তে সিঁধ কেটেছিস, তোর সাহস আছে বলতেই হবে। কিন্তু লাভ কী হল এ-সাহসে। পারবি পালাতে?'

বেনিটোর শেষের কথাগুলোয় রাগের চিড়বিড়িনি চাপা রইল না। তবু হেসে বললাম, 'পালাতে যাবই বা কেন? তোমার জাহাজটা তো তোফা আরামের।'

বলে বসতে যাচ্ছিলাম, এক হেঁচকায় আমায় টেনে তুলে দাঁতে দাঁতে কিষ্কিন্ধ্যার কড়মড়ানি তুলে বেনিটো বললে, 'আরামই তোকে দেব, তার আগে কোথায় কী লুকিয়েছিস, দেখি।'

অম্লান বদনে হাত তুলে দাঁড়ালাম। তন্ন তন্ন করে সব পরীক্ষা করে বেনিটো গর্জন করে উঠল, 'ভেবেছিস এখন কোথাও লুকিয়ে রেখে পরে পাচার করবি সুযোগ বুঝে। কিন্তু তার আগে তোকেই যে পাচার হতে হবে।'

'ডে-কস্টার মতো—কেমন!'

এক মুহূর্তের জন্যে চমকে উঠে বেনিটো আরও হিংস্র হয়ে উঠল, 'হ্যাঁ, ডে-কস্টার মতো। সে-ও তোর মতো এ জাহাজের রহস্য ফাঁক করতে এসেছিল।'

'এ জাহাজের রহস্য তা হলে আছে কিছু! দামি জিনিসের মধ্যে আমি তো লুকোনো সিন্দুকে এক বান্ডিল কাগজই দেখলাম।'

'সে কাগজ তুলে ঘেঁটেছিস তা হলে?' বেনিটোর রাগের পারা চড়ছে।

'তা ঘেঁটেছি বইকী, তবে নিইনি যে কিছু সে তো তুমি নিজেই গুনে দেখেছ।'

আমার নির্বিকার ভাবটাই বুঝি বেনিটোর বেশি অসহ্য।

'না নিলেও, টুকে যে রাখিসনি তাতে বিশ্বাস কী!'

'ও বাবা, ওই বিদঘুটে মাথা-গুলোনো এক বান্ডিল অঙ্ক আমি টুকব, এইটুকু সময়ে!'

'যা-ই করে থাকিস, নিস্তার তোর নেই। এ জাহাজের রহস্য জেনে কেউ জ্যান্ত ফেরে না। ডে-কস্টার মতোই তোকে হাঙরদের ভোজে লাগাবার ব্যবস্থা করছি এখুনি। তবে তোর ওই কেলে মাংস হাঙরেও বোধ হয় ছোঁবে না।'

'তা হলে তোমার মতো যে মাংস হাঙরের পছন্দ তাই তাদের পাতে দিলে ভাল হয় না?'

কী বলব, খ্যাপা গোরিলা না ষাঁড়, না দুই-এর একত্র সম্মিলনের মতো বেনিটো এবার আমার ওপর ঝাঁপিয়ে পড়ল।

জামাটা ঝেড়ে নিয়ে আর একটা সিগারেট ধরিয়ে বললাম, 'অনেক দিনের অনেক

কিছুর শোধ নেবার আছে বেনিটো, এত তাড়াতাড়ি কীসের?'

ঘাড়মুড় গুঁজে কেবিনের যে ধারে বেনিটো পড়েছিল সেখান থেকে ধীরে ধীরে উঠে দাঁড়িয়ে এবার সে সাবধানে আমার দিকে এগুতে লাগল। তাড়াহুড়োয় কিছু হবে না সে বুঝেছে।

কাছাকাছি এসেই সাঁড়াশির মতো দু-হাত দিয়ে সে আমায় জাপটে ধরতে গিয়ে সেই যে পড়ল আর ওঠবার নাম নেই। রদ্দাটা অত জোর হবে ভাবিনি।

কোমর ধরে তুলে তাকে কামরার সোফাটার ওপর বসিয়ে দিলাম।

পরমুহূর্তেই দেখি তার পিস্তল আমার দিকে তাক করা। আমি তাকে ধরে তোলবার সময় সুযোগ পেয়ে সে পকেট থেকে সেটা বার করেছে।

'এইবার শয়তান!' শয়তানের মতোই বেনিটোর মুখের হাসি—'বল, কী করেছিস আমার সিন্দুকের কাগজপত্র ঘেঁটে?'

সিগারেটে একটা টান দিয়ে বললাম, 'আর বলে লাভ কী! বললেও যা না বললেও তা-ই। মরতে তো হবেই।'

'না, সত্য কথা যদি বলিস তো একটা সুযোগ তোকে দেব।'

'শুনতে পাই সুযোগটা?'

'এই জাহাজ থেকে সাঁতরে দ্বীপে যাবার সুযোগ।'

হেসে বললাম, 'ডে-কস্টাকেও এই সুযোগই তো দিয়েছিলে, কিন্তু এখানকার হাঙরগুলো যে বড় হ্যাংলা।'

'এখনও রসিকতা!' বেনিটো চিৎকার করে উঠল, 'এ পিস্তলটা কি রসিকতা মনে হচ্ছে?'

'পাগল, বিশেষত তোমার মতো আনাড়ির হাতে। কিন্তু যা বলব শুনলে যদি তোমার মেজাজ আরও খারাপ হয়?'

'তবু শুনতে আমি চাই।' বেনিটো হুংকার দিলে।

'তবে শোনো, নেহাত যখন ছাড়বে না। ও কাগজপত্রের আমি ফোটো নিয়েছি।'

'ফোটো নিয়েছিস?'

'হ্যাঁ, নির্ভুল মাইক্রোফোটো যাকে বলে, এক এক করে সব পাতার।'

অতি কষ্টে নিজেকে সামলে নিল বেনিটো, 'কোথায় সে-সব ফোটো!'

'সে-সব তো আর এ-জাহাজে নেই।'

'জাহাজে নেই!' উত্তেজনায় বেনিটো উঠে দাঁড়াল, 'কোথায় ফেলেছিস!'

'ফেলব কেন! পাঠিয়ে দিয়েছি। আশ্চর্য যে guided missile অর্থাৎ দূর থেকে চালানো অস্ত্রের এখানে পরীক্ষা চালাচ্ছ, অস্ত্র পরীক্ষার সঙ্গে রসিকতার লোভ সামলাতে না পেরে টরপেডোর মতো যে জলে-ডোবা অস্ত্র দিয়ে টুনি শিকারিদের ছিপের সুতো কেটে নীলিমাকে অজেয় করে তুলে সবাইকে থ করে দিয়েছ, সেই টরপেডো দিয়েই নিউপোর্ট-এর সমুদ্রকূলে সে-সব ফোটো পাঠিয়ে দিয়েছি। খবর যাদের দেওয়া আছে তারা কাল সকালেই সমুদ্রতীর থেকে টরপেডো তুলে তা খুলে সে-সব ফোটো উদ্ধার করবে।'

'মিথ্যা কথা!' বেনিটোর আর্তনাদ না চিৎকার বোঝা যায় না! 'সে টরপেডো একজন ছাড়া কেউ চালাতে জানে না।'

'যে জানে সে-ই চালিয়েছে!' আমার নয়, বেনিটোর পেছনে আর একজনের কণ্ঠস্বর। শীর্ণদেহ, কিন্তু ঋজু সৌম্য চেহারার এক বৃদ্ধ বেনিটোর পিঠে পিস্তল ঠেকিয়ে দাঁড়িয়ে আছেন। কখন তিনি তার পেছনে এসে দাঁড়িয়েছেন, বেনিটো উত্তেজনার মধ্যে বুঝতেও পারেনি।...

দিশাহারা অবস্থায় তার মুখ দিয়ে ক-টা অস্ফুট আওয়াজ শুধু বেরোয়, 'আপনি—অ্যান-ট-নি...'

'হ্যাঁ, আমি অ্যান্টনি ফিশার। চুরি করে বন্দী করে নিয়ে গিয়ে পাঁচ বছর ধরে যাকে দিয়ে ক্রীতদাসের মতো যা খুশি তোমরা করিয়েছ সেই হতভাগ্য নীচ বৈজ্ঞানিক। আমি দুর্বল, মরতে আমি ভয় পাই। তাই তোমাদের হুকুম কাপুরুষের মতো আমি তামিল করেছি। আমায় দিয়ে শুধু এই দূর থেকে চালানো অস্ত্র তোমরা তৈরি করিয়ে নাওনি, যে কোবাল্ট বোমা আজও কেউ তৈরি করতে পারেনি, তার সমস্ত অঙ্ক লিখিয়ে নিয়েছ। সে অঙ্কের খাতা আর তোমাদের শুধু একলার নয়! তার হুমকি দেখিয়ে দুনিয়াকে আর তোমরা ভয় দেখাতে পারবে না, এই আমার সান্ত্বনা। নরপিশাচদের হাতের পুতুল হয়ে যে আমায় থাকতে হবে না তার জন্যে এই মানুষটিকে ধন্যবাদ।'

বেনিটোর হাত থেকে তার পিস্তল কেড়ে নিয়ে বললাম, 'আমায় নয়, ধন্যবাদ দিন সেই ডে-কস্টাকে, প্রাণ দিয়ে এ-রহস্যের কিনারা করার ইঙ্গিত যে দিয়ে গিয়েছে।'

'তার সংকেত-টেলিগ্রাম যে আপনাকেই নিয়ে তা এতদিনে কাল সবে বুঝেছি। টুনা-শিকারির কথাটার ভেতর যে অ্যান্টনি ফিশার নামটা লুকোনো আছে তা আগে মাথাতেই আসেনি।'

'কিন্তু—কিন্তু—ফোটো তোলা হল কীসে?' বেনিটো এই হতাশার মধ্যেও জিজ্ঞেস না করে পারেনি। 'আমি গোপনে কে কী নিয়ে জাহাজে উঠেছে সব সন্ধান রেখেছি। ছোট-বড় কোনও ক্যামেরা তোমার কাছে দেখা যায়নি। ক্যামেরা তোমার ছিল কোথায়?'

'আমার কথা শুনেও ক্যামেরা কোথায় ছিল বুঝতে পারছ না!'

'কথা শুনে মানে?' হঠাৎ মানেটা বুঝতে পেরে বেনিটো মেঝের ওপরই হতভম্ব হয়ে বসে পড়ল।

'হ্যাঁ, সোজাসুজি ক্যামেরা আনলে ধরা পড়তে হবে জানতাম বলেই এমন ব্যবস্থা করেছিলাম যা সন্দেহের বাইরে। আমার বাঁধানো দাঁতই গুপ্ত ক্যামেরা। ছবি সমেত সেই বাঁধানো দাঁতজোড়া-ই টরপেডোতে পাঠিয়েছি। ফোকলা মুখে সব কথা যদি না বোঝাতে পেরে থাকি তো দুঃখিত।'

আমার রদ্দায় যা হয়নি এই শেষ ক-টা কথায় তাই হল। বেনিটো মাথা ঘুরে পড়ে একেবারে অজ্ঞান।

টরপেডো গুপ্ত ক্যামেরায় ফোটো নিয়ে যথাস্থানেই পৌঁছেছিল। বেনিটো আর

তার জাহাজটাকে তার পরদিন থেকে সেন্ট ক্যাটালিনার ধারে কাছে কিন্তু কেউ দেখেনি। সেই সঙ্গে টুনা ক্লাবের আর একটি লোককে যার সম্বন্ধে ক্লাবের সভ্যদের ধারণা আজও অত্যন্ত নিচু।"

ঘনাদা থামলেন।

মাছ ধরতে যাওয়ার আর তখন সময় নেই।

ঘড়ি

মোহনবাগান বনাম ইস্টবেঙ্গলের চ্যারিটি ম্যাচের চার-চারটে 'হোয়াইট গ্যালারি'র টিকিট আগে থাকতে কেনা থাকা সত্ত্বেও ঢাকা, বরিশাল, হুগলি ও বর্ধমান জেলার চারিটি সুস্থ সবল উগ্র ক্লাবপ্রেমিক যুবক, আষাঢ় মাসের একটা আশ্চর্য রকম খটখটে বিকেলে ঘরে বসে কাটিয়েছে, এমন কথা কেউ কখনও সুস্থ মস্তিষ্কে বিশ্বাস করতে পারে?

জানি তা পারা সম্ভব নয়, তবু এই অবিশ্বাস্য ঘটনা আমাদের জীবনে ঘটেছে বলে তার কাহিনী অত্যন্ত লজ্জিত ভাবে নিবেদন করছি। ঘনাদার সঙ্গে যাদের পরিচয় হয়নি এবং ঘনাদার মতো অঘটন-ঘটন-কুশলী অসামান্য ব্যক্তি যাদের মেসে নাই, তাদের কাছে এ কাহিনী বলা যে বৃথা বাক্য ব্যয় তা অবশ্য জানি।

ঘনাদা যে দিনকে রাত করতে পারেন এবং অসম্ভবকে সম্ভব করতে পারেন, একথা তারা জানবে কী করে? সওয়া পাঁচটায় খেলা আরম্ভ, কিন্তু সেদিন আমরা পরস্পরকে তাগাদা দিতে শুরু করেছি বেলা বারোটা থেকেই। টিকিট আগে থাকতে কেনা থাকলে কী হয়, টিকিট যারা কিনে রেখেছে, গেটে তাদের ভিড়ও তো কম নয়। সেই ভিড় ঠেলে ভেতরে ঢুকতেই যদি খেলা শুরু হয়ে যায়, তা হলে তখন খেলা দেখব, না সিটের নম্বর খুঁজে বেড়াব? না, যেতে যদি হয়, আগে যাওয়াই ভাল। সর্বসম্মতিক্রমে এই প্রস্তাব গ্রহণ করে আমরা ক্ষণে-ক্ষণে পরস্পরকে উৎসাহিত যেমন করেছি, নজরও রেখেছি তেমনই এ ওর ওপরে।

আমাদের গৌর বড় বেশি ঘুম-কাতুরে। দুপুরে খাওয়ার পর একটু গড়িয়ে নেওয়া তার চাই-ই, আর একবার গড়ালে কত বেলা পর্যন্ত তা যে গিয়ে ঠেকবে তার কোনও ঠিক নেই। তাই শিবু তাকে পাহারা দিয়েছে। আধ ঘণ্টা, পনেরো মিনিট অন্তর জিজ্ঞাসা করছে, "কীরে গৌর, জেগে আছিস তো?" তারপর গৌরের ক্রমশ সংক্ষিপ্ত ও উত্তরোত্তর উষ্ণতর প্রতিবাদ শুনে বলেছে, "দেখিস, ঘুমোসনি যেন?"

শিবুর ওপর আবার পাহারায় রাখতে হয়েছে শিশিরকে। শিবুর বড় ভুলো-মন। ঠিক বেরুবার সময় রাস্তায় বেরিয়ে সে হয়তো বলবে, "ওই যা, মনি ব্যাগটা ফেলে এসেছি", কিংবা নিদেন পক্ষে বলবেই, "দাঁড়া ভাই—ঘরের জানালাটা বন্ধ করে আসি, নইলে বৃষ্টিতে সব ভিজে যাবে।"

শিশির তাই মিনিটে-মিনিটে শিবুকে সাবধান করেছে, কোনও কিছু ভুল যেন তার না হয়। শিশিরের ওপর আবার নজর রাখতে হয়েছে আমাকে। কোনও-কিছু দরকারি কাজে বেরুবার ঠিক আগের মুহূর্তে তার একটা কিছু হারাবেই। হয় এক পাটি জুতো সে খুঁজে পাবে না, কিংবা পাঞ্জাবির বোতাম তার কোথায় যে আছে মনে করতে না পেরে নিজের ও আমাদের সকলের টেবিল দেরাজ ঘেঁটে সে তছনছ করবে।

ওদের সকলকে পাহারা দেওয়া সত্যি দরকার। কিন্তু আমাকে অমন ক্ষণে-ক্ষণে বিরক্ত করার সত্যি কোনও মানে হয়? ওদের ধারণা—কোথা থেকে এ-ধারণা হল তা জানি না—আমার নাকি সময়ের কোনও জ্ঞান নেই। এক-আধ ঘণ্টা এদিক-ওদিক কখনও কখনও আমার হয় না এমন কথা বলছি না, কিন্তু তাই বলে পনেরো মিনিট অন্তর 'ঘড়িটা একবার দেখুন দিকি!' অথবা, 'ক-টা বাজল খেয়াল আছে?' শুনতে কার ভাল লাগে।

বিরক্ত হয়ে শেষে ঘড়িটাই আমি গৌরের বিছানার ওপর ফেলে দিয়ে বলেছি, "ঘড়িটা নিজের কাছেই রাখো না, ক-টা বাজল তা হলে আর মিনিটে মিনিটে জিজ্ঞেস করতে হবে না!"

ঠিক সেই মুহূর্তে ঘনাদা ঘরে ঢুকে গম্ভীরভাবে মাথা নেড়ে বলেছেন, "উঁহুঃ, ঠিক হচ্ছে না, ঠিক হচ্ছে না ওটা।"

"কী ঠিক হচ্ছে না, ঘনাদা"—অবাক হয়ে জিজ্ঞাসা করেছি আমরা।

ঘনাদা তখখুনি কোনও জবাব না দিয়ে ধীরে-সুস্থে শিশিরের টেবিল থেকে কেসটা তুলে তা থেকে একটা সিগারেট নিয়ে ধরিয়ে আরাম করে—আরাম-কেদারার অভাবে তার বিছানার ওপরই দুটো বালিশ ঠেসান দিয়ে বসে—একরাশ ধোঁয়া ছেড়ে বলেছেন, "ওই না-দেখেশুনে ঘড়ি নেওয়া।"

ঘনাদার রকম-সকম ভাল মনে হয়নি। ইশারায় শিশির, গৌর, শিবুকে সাবধান করে দিয়ে একটু হেসে বলেছি, "ও-ঘড়ি আর দেখবার শোনবার কিছু নেই ঘনাদা, সুইটজারল্যান্ডের একেবারে সবচেয়ে বনেদি কারখানার ছাপ ওতে মারা।"

ঘনাদা একটু হেসেছেন, "ছাপ ও-রকম মারা থাকে। ছাপ দেখে কি আর ঘড়ি চেনা যায়?"

"আপনি ঘড়িও চেনেন নাকি ঘনাদা?" শিবু বুঝি না জিজ্ঞেস করে পারেনি।

"হ্যাঁ, তা একটু চিনি বইকী! না চিনলে এই দ্বিতীয় মহাযুদ্ধ আর কি হত? তার দরকারই হত না।"

ঘনাদার সঙ্গে আমাদের বেশ ভাল রকমই পরিচয় আছে, তবু এ-কথার পর খানিকক্ষণ আমরা একেবারে থ হয়ে গেছি। কারুর মুখ দিয়ে কোনও কথাই বেরোয়নি। গৌরই প্রথম বলেছে, "কিন্তু ঘড়ি তো আপনাকে ব্যবহার করতে কখনও দেখলাম না!"

"না, ঘড়ি-টড়ি আমি ব্যবহার করি না!" সিগারেটে একটা সুখটান দিয়ে ঘনাদা বলেছেন, "তবে, ঘড়ি একবার পেয়েছিলাম কয়েকটা।"

"পেয়েছিলেন? ক-টা ঘনাদা?" শিশিরের বিদ্রূপটা খুব অস্পষ্ট নয়। কিন্তু ঘনাদা নির্বিকার ভাবে খানিকক্ষণ চোখ বুজে থেকে বলেছেন, "যতদূর মনে পড়ছে, মোট দু-লক্ষ তিপ্পান্ন হাজার তিনশো একটা।" ঘনাদার কাছে থাকা আর নিরাপদ নয় বুঝে শিবুকে তাড়া দিয়ে বলেছি, "ওহে, ওঠো না এইবার। সময় তো হয়ে এল।"

শিবু তা সত্ত্বেও জিজ্ঞাসা করেছে, "সে-সব ঘড়ি গেল কোথায় ঘনাদা? কোথায় রেখেছেন মনে নেই বুঝি?"

"না, মনে থাকবে না কেন, খুব মনে আছে। সেগুলো রেখেছিলাম, ১২৫ ডিগ্রি দ্রাঘিমা যেখানে ৩৫ ডিগ্রি অক্ষাংশকে কেটে বেরিয়ে গেছে ঠিক সেইখানে। তবে সেগুলো এখন অচল।"

ঘনাদা গলা খাঁকারি দিয়ে নড়েচড়ে বসতেই সভয়ে উঠে পড়ে শিশিরকে ঠেলা দিয়ে বলেছি, "উড়ে পড়ো শিশির, তুমি তো আবার শিরে সংক্রান্তির সময় জুতো খুঁজতে জামা হারিয়ে ফেলবে।"

কিন্তু ঘনাদা তখন শুরু করে দিয়েছেন, "১৯৩৭ সালের ১৭ই সেপ্টেম্বর, প্রশান্ত মহাসাগরের দক্ষিণে যে বিরাট সাইক্লোন আর টাইড্যাল ওয়েভ অর্থাৎ প্রলয় বন্যা দেখা দেয়, তার কথা তোমাদের মনে আছে কিনা জানি না। তবে, খবরের কাগজে বিশদভাবেই সব বিবরণ বেরিয়েছিল। টাইড্যাল ওয়েভের পাহাড় প্রমাণ ঢেউ পশ্চিমে নিউজিল্যান্ড ও পুবে দক্ষিণ আমেরিকার চিলির পার্বত্য উপকূল পর্যন্ত তো পৌঁছোয়ই; উত্তরে, অথবা ঠিক করে বলতে গেলে, উত্তর-পশ্চিমে ডুসি, পিটকেয়ার্ন দ্বীপ থেকে শুরু করে তাহিতি টোঙ্গা ফিজি সামোয়া পর্যন্ত অসংখ্য দ্বীপ প্রায় ভাসিয়ে নিয়ে যায় বললেই হয়। অস্ট্রাল দ্বীপপুঞ্জের কয়েকটা তো একেবারে নিশ্চিহ্নই হয়ে গিয়েছিল কিছুকালের মতো। প্রচণ্ড ঝড়ে আর এই সমুদ্র বন্যায় কত লোক যে মারা যায় তার লেখা-জোখা নেই।

টাইড্যাল ওয়েভ-এর প্রায় দুমাস আগের কথা। হাওয়াই থেকে সামোয়া হয়ে, ফিজি দ্বীপপুঞ্জ পর্যন্ত তখন আমদানি-রপ্তানির ব্যবসা চালাই, তিনটে জাপানি মালের জাহাজ ভাড়া নিয়ে। আমদানি-রপ্তানির কারবারটা অবশ্য লোক দেখানো ব্যাপার। বাইরে এই সব দ্বীপ থেকে ইউরোপ আমেরিকায় নারকোল-শাঁস চালান দিয়ে তার বদলে ছুরি কাঁচি থেকে শুরু করে, ঘড়ি সাইকেল সেলাই-এর কল পর্যন্ত টুকিটাকি নানা জিনিস আমদানি করি। কিন্তু ভেতরে ভেতরে যে ধান্দায় ঘুরি, তারই সম্পর্কে হঠাৎ একদিনেই আমেরিকা আর ইংল্যান্ড থেকে গোপন 'কোড'-এ লেখা দুটি রেডিয়োগ্রাম একসঙ্গে এসে হাজির। নেভিল আর ফ্রাঙ্ক দুজনেই তখন বেঁচে।"

শিশির অবাক হয়ে জিজ্ঞেস করেছে, "নেভিল আর ফ্রাঙ্ক? তারা আবার কে?"

গৌর গম্ভীর মুখে বলেছে, "বুঝতে পারলিনে? নেভিল—চেম্বারলেন আর ফ্রাঙ্কলিন—রুজভেল্ট!"

"ওঁরাই আপনাকে তার করেছিলেন?" চোখ কপালে তুলে জিজ্ঞাসা করেছে শিবু,

"আপনার সঙ্গে বন্ধুত্ব ছিল বুঝি?"

যেন অত্যন্ত সামান্য ব্যাপার, এইভাবে কথাটা হাত নেড়ে উড়িয়ে দিয়ে ঘনাদা বলেছেন, "যাক গে সেসব কথা। হ্যাঁ, যা বলছিলাম—দুই রেডিয়োগ্রামেই এক কথা, সমূহ বিপদ, প্রশান্ত মহাসাগরের কাজ ফেলে এক্ষুনি যেন চলে আসি।

কিন্তু একটা মানুষ একসঙ্গে আমেরিকা আর ইংল্যান্ডে তো যেতে পারে না। সেই মর্মেই দুটো তার দু জায়গায় পাঠিয়ে আরও বিশদ বিবরণ জানতে চাইলাম।

বিশদ বিবরণ শুধু পরের রেডিয়োগ্রামে নয়, বেতারের খবরেও কিছুটা তার পরদিন পাওয়া গেল। ইউরোপ আমেরিকা ইংল্যান্ডের নানা জায়গায় হঠাৎ রহস্যজনক ভাবে প্রচণ্ড বিস্ফোরণ হয়ে বড়-বড় বাড়ি-ঘর, কারখানা, রেলের লাইন প্রভৃতি উড়ে যাচ্ছে। গোয়েন্দা-পুলিশ সব জায়গায় এই অভাবনীয় ব্যাপারে শুধু ছুটোছুটি করে হিমসিম খাচ্ছে না, কিছু বুঝতে না পেরে একেবারে ভ্যাবাচ্যাকা হয়ে গেছে। ভ্যাবাচ্যাকা হওয়া কিছু বিচিত্র নয়। কারণ যেসব জায়গায় বিস্ফোরণ ঘটছে, পুলিশ সেখানে কোনওরকম বোমা বারুদ ডিনামাইটের নাম-গন্ধও পাচ্ছে না এবং এরকম এলোপাথাড়ি ধ্বংসের কাজ চালাতে পারে এমন কোনও দেশদ্রোহী প্রবল গুপ্ত-দলের কথাও তাদের জানা নেই।

অবস্থা এই রকম সঙ্গিন বলেই, আমাদের বিভাগের বড় বড় মাথা যে যেখানে আছে সকলের ডাক পড়েছে পরামর্শ-সভায়। কিন্তু ইংল্যান্ড আমেরিকা, দু জায়গার কোথায় যাব, দোমনা হয়ে ঠিক করতে না পেরেই, শেষ পর্যন্ত স্থির করলাম, সামোয়া দ্বীপের পালোলো উৎসবটা আগে না দেখে অন্য কোথাও যাব না। ভাবলাম, কাছে থেকে যা দুর্বোধ, দূর থেকে ঠাণ্ডা মাথায় সে রহস্যের খেই হয়তো পেয়েও যেতে পারি।

পালোলো উৎসব পৃথিবীর একটি অষ্টম আশ্চর্য ব্যাপার বললেই হয়। বৎসরে মাত্র দুটি দিন এই উৎসব হয়। সামোয়া আর ফিজি দ্বীপপুঞ্জের চারিদিকে ঠিক নির্দিষ্ট তারিখে যেন অলৌকিক মন্ত্রবলে পালোলো নামে সংখ্যাতীত এক রকম সামুদ্রিক পোকা জলের ওপর ভেসে ওঠে, দুভাগ হয়ে বংশ বিস্তার করবার জন্যে। পালোলোর এই বংশ বিস্তারের লগ্ন সামুদ্রিক মাছেদেরও জানা। ঝাঁকে-ঝাঁকে তারাও সেদিন ভেসে ওঠে। পালোলোরা বংশ বিস্তার যত না করে, সমুদ্রের এই মাছেদের পেটে যায় তার বেশি। কিন্তু পালোলো আর মাছের ঝাঁকের ওপরেও আছে আর এক প্রাণী। তারা, পলিনেশিয়ান জেলে। মাছ ও পালোলো দুই-ই তাদের কাছে পরম সুখাদ্য। রাশি-রাশি মাছ ও পালোলো ধরবার সুযোগ হয় বলে বৎসরের এই দুটি দিন তাদের কাছে একটা মস্ত পরব।

কিন্তু ঠাণ্ডা মাথায়, খোশ মেজাজে এ-পরব দেখা সেবার আমার ভাগ্যে নেই। হাওয়াই দ্বীপের হনলুলু থেকে এপিয়া বন্দরে আসবার পথে জাহাজেই ওই দুটি রেডিয়োগ্রাম পেয়েছিলাম। সামোয়া দ্বীপপুঞ্জের উপোলু দ্বীপের এই এপিয়া বন্দরটিই তখন আমার কারবারের প্রধান ঘাঁটি। সেখানে পৌঁছেই খবর পেলাম, দিন তিনেক আগে আমার ওয়্যার হাউজ থেকে বড় গোছের একটা চুরি হয়ে গেছে। চুরি না বলে তাকে ডাকাতিই বলা উচিত। রাত্রে দরজার তালা ভেঙে প্রায় হাজার পঞ্চাশ টাকার মাল ডাকাতেরা সরিয়ে নিয়ে গেছে আমার দুজন পাহারাদারকে পিছমোড়া করে বেঁধে। পুলিশকে খবর আগেই দেওয়া হয়েছিল। নিজে গিয়ে থানায় একবার দেখাও করতে হল—এপিয়া—ব্রিটিশ

এলাকা। প্রধান পুলিশ কর্মচারি আমার বিশেষ পরিচিত জন লেমান নামে একজন মার্কিন। কী কী ধরনের কত মাল চুরি গেছে তার একটা তালিকা তাকে দিলাম। দামি মালের মধ্যে ইউরোপ থেকে আনানো শ-পাঁচেক রেডিয়ো সেট আর শ-তিনেক সাইকেল। কয়েক বাক্স ঘড়িও তার মধ্যে ছিল। লেমান আমায় আশ্বাস দিলে যে, মাল যদি চোরেরা ইতিমধ্যে পাচার করেও দিয়ে থাকে, তবু সাইকেল আর রেডিয়ো বেশির ভাগই সে উদ্ধার করে দিতে পারবে। তবে ঘড়িগুলোর কথা বলতে পারে না। সেগুলো হাতে হাতে লুকিয়ে চালান দেওয়া সহজ। খুশি হয়ে বললাম, 'তুমি অন্যগুলো যদি উদ্ধার করে দাও, ঘড়িগুলোর জন্য আমি ভাবি না। সেগুলো নেহাত সস্তা খেলো জিনিস। চেহারা দামি ঘড়ির মতো জমকালো হলেও, আসলে ছেলে-ভুলানো জাপানি মাল।'

কিন্তু এই সস্তা খেলো ঘড়িগুলোই এক জ্বালা হয়ে উঠল। লেমানের কাছ থেকে বাড়ি ফিরে দেখি, আবার দুটি 'তার' এসে হাজির। তার একটি লণ্ডন থেকে, আগেরগুলির মতোই তাড়াতাড়ি রওনা হবার তাগিদ, আর একটি জাপানের যে-কোম্পানি থেকে ঘড়িগুলো আমায় পাঠানো হয়েছে, সেগুলো আমি যেন অবিলম্বে ফেরত পাঠাই, কারণ আমি যে-ঘড়ির অর্ডার দিয়েছিলাম তার বদলে এগুলি চালান দেওয়া হয়েছে।

যে-ঘড়ি চোখেই দেখিনি তা অর্ডার-মাফিক না অন্য-কিছু, কী করে আর জানব, ঘড়িগুলো যে আমার গুদাম থেকে চুরি গেছে, এই কথা জানিয়ে এক টেলিগ্রাম করে পালোলো উৎসবের জন্য একটি মোটর লঞ্চে করে বেরিয়ে পড়লাম। লন্ডনের টেলিগ্রামের জবাবই আর দিইনি। মনটা সেজন্যে একটু খচখচ করছিল। কাজে ফাঁকি দিয়ে এই পরব দেখতে গিয়েই প্রধান রহস্যের সূত্র যে পেয়ে যাব তখন তো আর জানতাম না!

মাঠের ওপর যেমন মেলা হয়, পালোলো উৎসব তেমনই সমুদ্রের ওপরকার মেলা। বন্দর ছাড়িয়ে কয়েক মাইল যাবার পর সমুদ্রের একটি বিশেষ অঞ্চলে যে দৃশ্য চোখে পড়ে তা বর্ণনা করে কঠিন। মাইলের পর মাইল জলে অগুনতি পালোলো আর মাছের ঝাঁক কিলবিল করছে। মাছেদের রুপোলি ডানার ঝিলিকে সমুদ্রে যেন ক্ষণে ক্ষণে বিদ্যুৎ চমকাচ্ছে মনে হয়। পোকা ও মাছের লোভে অসংখ্য সামুদ্রিক পাখি সেই সঙ্গে সাদা পাখার ঝাপটায় বাতাস তোলপাড় করে ফিরছে। এরই ভেতর যেদিকে চাও, পলিনেশিয়ান জেলেদের নানা রংয়ের ডিঙি আর জাল। সেসব ডিঙিতে উৎসবের সাজে মেয়েরাও এসেছে মজা দেখতে। নৌকাগুলোতে নানা রঙের নিশান আর ফুলের সাজ, মেয়েদের মাথায় ও গলায় ফুলের মালা, কেউ-কেউ আবার বাজনাও এনেছে গান গাইতে ও বাজাতে! আমার মতো দু-চার জন শৌখিন লোক একলা বা দল বেঁধে শুধু এই দৃশ্য উপভোগ করবার জন্যই নিজেদের মোটর লঞ্চে বা ছোট স্টিমারে এসে জড়ো হয়েছে।

পালোলো উৎসব খুব ভাল ভাবেই জমেছিল। উজ্জ্বল, নির্মেঘ আকাশ, ঝড়-বাতাসহীন শান্ত সমুদ্র, হঠাৎ তারই মাঝে বিনা মেঘে বজ্রাঘাতের মতো একটা বিস্ফোরণের শব্দ শোনা গেল। সেই সঙ্গে কাছাকাছি তিনটি নৌকো আরোহীদের

নিয়ে আকাশে টুকরো-টুকরো হয়ে ছিটকে উঠে একেবারে নিশ্চিহ্ন। এ কী আশ্চর্য ব্যাপার! সমুদ্রের জলে মাইন না থাকলে তো এ-রকম হতে পারে না! কিন্তু মাইন এ-অঞ্চলে কেমন করে থাকবে? আসবে কোথা থাকে?

দেখতে-দেখতে আরও দু জায়গায় ওই রকম দুটি বিস্ফোরণ পর-পর হয়ে গেল। পলকের মধ্যে উৎসবের আনন্দ আতঙ্কে পরিণত হল। সমুদ্র তখনও তেমনই মাছে আর পোকায় কিলবিল করছে, সাগর-চিলগুলো তেমনই ঝাঁকে-ঝাঁকে জলের ওপর ছোঁ মারছে, কিন্তু মাইনের ভয়ে জেলে ডিঙিগুলি প্রাণপণে সে-অঞ্চল ছেড়ে পালাচ্ছে।

মোটর লঞ্চে আমিই অবশ্য প্রথম এই দুর্ঘটনার খবর এপিয়াতে নিয়ে এলাম। দেখা করলাম গভর্নরের সঙ্গে। তিনি তো এ-খবর শুনে একেবারে থ। যুদ্ধবিগ্রহ নেই, কোনও গোলমাল কোথাও নেই, হঠাৎ সামোয়া দ্বীপপুঞ্জের বিশেষ একটি সামুদ্রিক অঞ্চলে মাইন ভাসিয়ে দিয়ে যাবে কে? তাও বন্দরের মধ্যে হলে না হয় উদ্দেশ্য খানিকটা বোঝা যেত, যেখানে কস্মিনকালে জেলেডিঙি ছাড়া কোনও বড় জাহাজ যায় না, সেখানে এ-মাইন ভাসানোতে কার কী স্বার্থ? ভাল করে ব্যাপারটার সন্ধান নেবার জন্য আমার সঙ্গেই একটি পুলিশ লঞ্চ পাঠাবেন বলে গভর্নর ঠিক করলেন। লেমানকে খবর পাঠিয়ে দিলেন, আমায় আমার বাড়ি থেকে তুলে নিয়ে যাবার জন্য। দু মুঠো খেয়ে নেবার জন্য আমার আস্তানায় গিয়ে দেখি, আর এক হাঙ্গামা সেখানে আমার জন্য অপেক্ষা করে আছে। যে-কোম্পানির কাছ থেকে ওইসব ঘড়ি আনিয়ে ছিলাম, তাদের একজন বড় কর্মচারী নিজে এসেছেন ঘড়িগুলো ফেরত নিয়ে যাবার জন্য। কর্মচারীর নাম মি. ওকামোতো। শুনলাম তিনি ইয়োকোহামা থেকে প্লেনে করে আজ সকালেই এসে এখানে পৌঁছেছেন ও আমার জন্য এতক্ষণ ধরে অপেক্ষা করে আছেন। একটু অবাক হয়ে জিজ্ঞাসা করলাম, 'ওই ক-টা সস্তা খেলো ঘড়ির জন্য আপনাদের এত মাথাব্যথা?'

একটু সলজ্জভাবে হেসে মি. ওকামোতো বললেন, 'ঘড়িগুলো সস্তা হতে পারে, কিন্তু ভুলটা কোম্পানির পক্ষে বড় বেশি লজ্জার। সেইটে শোধরাবার জন্যই তাঁদের এত বেশি ব্যাকুলতা।'

'কিন্তু, ঘড়ি যে চুরি গেছে তা তো আপনাদের জানিয়েছি।'

মি. ওকামোতো কিছুক্ষণ চুপ করে থেকে যা বললেন, তাতে আরও অবাক হলাম। এ-ঘড়ি ফেরত না নিয়ে যেতে পারলে তাঁর মুখে চুন-কালি পড়বে, তাই এ ভুলের প্রায়শ্চিত্ত স্বরূপ কিছু গুণাগার দিতেও তিনি প্রস্তুত।

বুঝলাম, ঘড়ি চুরির কথা মি. ওকামোতো বিশ্বাস করতেই পারছেন না। একটু বিরক্ত হয়েই তাই বললাম, 'আপনাদের ওই ছেলে-ভুলানো ঘড়ি লুকিয়ে রেখে আমার কোনও লাভ আছে মনে করেন? সত্যি চুরি গেছে কিনা, চলুন আপনাকে দেখিয়ে দিচ্ছি।'

চুরি প্রমাণ করবার জন্য গুদামে যাওয়ার আর দরকার হল না, মি. লেমান আমার খোঁজে সেই মুহূর্তেই এসে ঘরে ঢুকলেন। ওকামোতোর সঙ্গে তাঁর পরিচয় করিয়ে দিয়ে বললাম, 'ইনিই এখানকার পুলিশ-চিফ। আমার গুদাম ভেঙে ডাকাতরা ঘড়ি এবং অনেক কিছু নিয়ে গেছে কি না, ওঁর কাছেই শুনতে পাবেন!'

মি. লেমান আমার কথা সমর্থন করার পর শান্তশিষ্ট ওকামোতো হঠাৎ একেবারে জ্বলে উঠলেন। সবেগে ঘর থেকে বেরিয়ে যেতে-যেতে যা বলে গেলেন তার মর্ম এই যে, তাঁদের কোম্পানির সঙ্গে এই চালাকি করার ফল কী, আমরা শিগগিরই হাড়ে হাড়ে বুঝব।

মি. লেমান একটু অবাক হয়ে বললেন, 'কী এমন দামি ঘড়ি মশাই, যার জন্য এত আস্ফালন?'

'দেখবেন?' বলে আমার ম্যানেজারকে একটি ঘড়ি নিয়ে আসতে বললাম। চোরেরা কেস ভেঙে নিয়ে যাবার সময় কয়েকটি ঘড়ি গুদামের মধ্যে অসাবধানে পড়ে গেছল। সেগুলো আমি বাড়িতেই আনিয়ে রেখেছিলাম। ম্যানেজার তা থেকে একটি ঘড়ি এনে আমার হাতে দিলে। লেমান সেটি নিয়ে একটি পরীক্ষা করে বললেন, 'এ-জাতের বুদ্ধি সত্যি অসাধারণ। এমনিতে দেখলে মনে হবে, যেন নামজাদা কোন সুইস কোম্পানির হাতঘড়ি!'

হেসে বললাম, 'অথচ দাম তার দশ ভাগের এক ভাগও নয়।'

টেবিলের উপর সেখানকার খবরের কাগজটা খোলা ছিল, তার ওপর ঘড়িটা রেখে উঠে যাচ্ছিলাম, হঠাৎ, ঘড়ির তলায় যে-খবরের শিরোনামটা দেখা যাচ্ছিল সেইটে পড়বামাত্র মাথার ভেতর দিয়ে যেন একটা বিদ্যুৎ খেলে গেল। মি. লেমানকে উত্তেজিতভাবে বললেন, 'মাপ করবেন মি. লেমান, আপনার সঙ্গে আজ যেতে পারছি না। ড. ডেভিসের কাছে এখুনি আমার যাওয়া দরকার!'

'সে কী! ড. ডেভিসের কাছে হঠাৎ কেন?' অবাক হয়ে জিজ্ঞাসা করলেন মি. লেমান।

'কেন? ড. ডেভিস পৃথিবীর একজন নামজাদা রাসায়নিক বলে। তিনি যে কয়েক মাসের জন্য শরীর সারাতে এপিয়াতে এসে বাস করছেন এ-ও আমাদের সৌভাগ্য বলে।'

'কিন্তু পালোলো উৎসবের দুর্ঘটনাগুলোর রহস্য আগে সন্ধান করতে গেলে ভাল হত নাকি?'

'না, মি. লেমান, মনে হচ্ছে, আপনারও সেখানে যাবার আর দরকার নেই।' বলে টেবিল থেকে ঘড়িটা তুলে নিয়ে মি. লেমান কোনও কিছু বলবার আগেই ঘর থেকে বেরিয়ে গেলাম।

সেদিন সারারাত ড. ডেভিসের সঙ্গেই তাঁর বাইরের ঘরে গভীর গবেষণায় কাটালাম। পরের দিন দুপুরেই ইউরোপ আমেরিকার সমস্ত বড় বড় রাজ্যে গোপন 'কোডে' টেলিগ্রাম করে দিলাম স্বরাষ্ট্রমন্ত্রীদের কাছে।

পনেরো দিন পর্যন্ত ইউরোপ ও আমেরিকার নানা জায়গা থেকে অল্প-বিস্তর দুর্ঘটনার সংবাদ পাওয়া গেল। আমাদের এপিয়া ও কাছাকাছি নানা জায়গা থেকেও কয়েকটা বিস্ফোরণের খবর এল। তারপর সব গেল শান্ত হয়ে। ইউরোপ ও আমেরিকার যে-কোনও রেডিয়ো খুললে এই ক-দিন প্রতি ঘণ্টায় একটি বিশেষ বিজ্ঞপ্তিই বার-বার শোনা যেত। প্রতি খবরের কাগজে ওই একই কথা। ইউরোপ ও

আমেরিকা থেকে দুটি জাহাজ তখন এশিয়ার দিকে রওনা হয়েছে। জাহাজ দুটি এসে পৌঁছোল, ১৯৩৭ সালের ১৩ই ও ১৪ই সেপ্টেম্বর। সেই সঙ্গে আমেরিকা থেকে চারটি বিরাট আর্মি প্লেনও আনিয়ে নিয়েছিলাম। ১৫ই সেপ্টেম্বর জাহাজ দুটি থেকে সেই চারটি প্লেনে কয়েকটি বড় বড় কাঠের বাক্স তুলে আমি ও ড. ডেভিস সকাল আটটায় রওনা হলাম। সন্ধ্যা নাগাদ চারটি প্লেন যেখানে একসঙ্গে পৌঁছোল, আমাদের চার্ট দেখে বুঝলাম, তার দ্রাঘিমা ১২৫ ডিগ্রি আর অক্ষাংশ ৩৫ ডিগ্রি। বেতার ইঙ্গিতে সকলকে আদেশ জানাবার পর চারটি প্লেন থেকে কয়েকটি বড় বড় বাক্স সমুদ্রের ওপর ফেলে দেওয়া হল।

ড. ডেভিস আর আমি দুজনেই এতক্ষণ যেন কীসের ঘোরে আচ্ছন্ন হয়েছিলাম। এতক্ষণে তিনি ধরা-গলায় বললেন, 'সভ্য জগতের সবচেয়ে বড় বিপদ বোধহয় কেটে গেল।'

আমি একটু ম্লান হেসে বললাম, 'আপাতত!'

ঘনাদা চুপ করলেন।

গৌর উৎসুকভাবে জিজ্ঞাসা করলে, "ওই বাক্সগুলোর মধ্যে কী ছিল, ঘনাদা? ঘড়ি?"

"হ্যাঁ, দু-লক্ষ তিপ্পান্ন হাজার তিনশো একটা ঘড়ি। ঘড়ি নয়, তার প্রত্যেকটা হল এক-একটি খুদে অ্যাটম বোমার শামিল। এমনভাবে সেগুলি তৈরি যে, কোনওটি তিন দিন, কোনওটি-বা তিন মাস ধরে দম দেওয়ার পরই তার গোপন দুটি খুদে কুঠরি খুলে গিয়ে—টি. এন. টি.-এর চেয়েও সাংঘাতিক দুটি রাসায়নিক পদার্থ একসঙ্গে মিশে যায়। এই মিশ্রণের ফলে যে বিস্ফোরণ হয় তা অ্যাটম বোমার মতো না হলেও ডিনামাইটের চেয়ে অনেক বেশি প্রচণ্ড। যে-কোম্পানি এই ঘড়ি তৈরি করেছিল, সস্তা দরে সমস্ত ইউরোপ আমেরিকায় এগুলি ছড়িয়ে দিতে তাদের কোনও অসুবিধা হয়নি। কারখানার মজুর থেকে কেরানি উকিল ডাক্তার অনেকেই এ-ঘড়ি সস্তার লোভে অজান্তে কিনে হাতে পরেছে। তার ফলে দুই দেশের সর্বত্র অতর্কিত বিস্ফোরণ হতে শুরু করে। আর-কিছু বেশি দিন এই ঘড়ি চালাতে পারলে ওসব দেশের কল-কারখানা, রেল, জাহাজ, কীভাবে যে ধ্বংস হয়ে যেত, কেউ তার হদিসই পেত না। দ্বিতীয় মহাযুদ্ধের তাহলে আর দরকারই হত না।

ইউরোপের বদলে ভুলক্রমে কয়েক বাক্স ঘড়ি যদি আমার কাছে না এসে পড়ত, সে-ঘড়ি আবার যদি চুরি না যেত, পালোলো উৎসবে ওইরকম রহস্যময় বিস্ফোরণ তার কয়েকদিন পরেই যদি না ঘটত, ঘড়ির কোম্পানির প্রতিনিধি ওই সামান্য সস্তা খেলো ঘড়ি ফেরত নেবার জন্য প্লেনে করে ছুটে আসবার মতো গরজ যদি না দেখাত এবং সবচেয়ে যে ব্যাপারে আমার টনক নড়ে ওঠে, আমার ম্যানেজার সেইদিনকার কাগজের একটি বিশেষ সংবাদের ওপর ঘড়িটি যদি না রেখে যেত, তাহলে এ দারুণ সর্বনাশ রহস্যের সমাধান করবার মতো খেই আমি খুঁজে পেতাম না।

খবরের কাগজে ইউরোপের কয়েকটি কারখানার বিস্ফোরণের সংবাদের ওপর

ঘড়িটা দেখবার পরই হঠাৎ এই সমস্ত ব্যাপারের মধ্যে একটা যোগসূত্র আছে বলে আমার মনে হয়। ড. ডেভিসকে দিয়ে ঘড়িটা খুলে পরীক্ষা করবার পর আমি এ-বিষয়ে নিঃসন্দেহ হই। নিরপরাধ পলিনেশিয়ান জেলেদের কেউ কেউ না জেনে আমার কারখানা থেকে চোরাই ঘড়ির কয়েকটা কিনেই উৎসবের দিনের ওই সমস্ত বিস্ফোরণের কারণ হয়, এ তখন আমার আর বুঝতে বাকি নেই।"

ঘনাদা কতকক্ষণ চুপ করে আর-একটা সিগারেট ধরাতেই শিশির বললে, "রেডিয়ো আর খবরের কাগজে বিজ্ঞাপন দিয়েই তা হলে এই ঘড়িগুলো সংগ্রহ করা হয়। কিন্তু এত জায়গা থাকতে ওই কত দ্রাঘিমা আর অক্ষাংশ বললেন, সেখানে এগুলো ফেলবার মানে কী?"

"মানে ম্যাপ খুললেই বুঝতে পারবে। স্থলভাগ থেকে যতদূরে সম্ভব এ সর্বনাশা জিনিস ফেলতে হবে তো! ম্যাপে দেখতে পাবে, ওই জায়গার ধারে-কাছে একটা দ্বীপের ফুটকি পর্যন্ত নেই।"

"ওখানে ফেলার দরুন কোনও ক্ষতি তা হলে আর হয়নি?" জিজ্ঞাসা করলে শিবু।

"না, তা আর বলি কী করে!" হতাশভাবে বললেন ঘনাদা, "১৭ই সেপ্টেম্বরের টাইড্যাল ওয়েভ আর সাইক্লোনের কথা তো আগেই বলেছি। তার মূলে তো ওই ঘড়ি।"

"কিন্তু এদিকে ঘড়িতে ক-টা বাজে জানো?" গৌর প্রায় আর্তনাদ করে উঠল, "রেফারি এতক্ষণে বোধহয় ফাইনাল হুইসল দিচ্ছে।"

"অ্যাঁ!" প্রায় সমস্বরে সবাই চিৎকার করে উঠে ফ্যাল-ফ্যাল করে পরস্পরের মুখের দিকে তাকিয়ে রইলাম।

হাঁস

গৌর শিশির শিবু নয়, এ একেবারে বুনো বাপি দত্ত। যেমন গোঁয়ার তেমনই ষণ্ডা।

এহেন লোককে মেসে নতুন জায়গা দিয়ে কী ভুলই হয়েছে সেদিন রাত্রে হাড়ে-হাড়ে বুঝে আমরা সবাই ইষ্টদেবতা স্মরণ করতে লাগলাম।

কুরুক্ষেত্রের বুঝি আর বাকি নেই। বিরাট-পর্ব শুরু হয়ে গেছে। প্রথম বোমা ফেটেছে।

বোমাটা ফাটল রাত্রের খাওয়া-দাওয়ার পর।

খাওয়া-দাওয়াটা বেশ ভালই হয়েছিল। মফস্বলে যাদের বাড়ি তাদের কল্যাণে শুক্রবার রাত্রের খাওয়াটা আজকাল এই রকমই হয়। শুক্রবারের পর শনিবার হাফ হলিডেতে তাঁরা সকাল সকাল বাড়ি যান আর ফেরেন সেই সোমবার সকালে। রবিবারের খ্যাঁটটার অভাব শুক্রবারের রাত্রের ভোজ দিয়েই তাঁরা তাই উশুল করে নেন।

মফস্বলীদের মধ্যে বাপি দত্ত একজন। সাঁটিয়েদের ভেতরও।

তিনবারের জায়গায় চারবার চেয়ে খেয়ে যেভাবে সে পাত চাটছিল ঘনাদা দেখলে বোধহয় ঈর্ষান্বিত হতেন। তাঁদের খাওয়ার রেষারেষির পাল্লায় ঠাকুর চাকরের জন্য কিছু থাকত কিনা সন্দেহ। কী ভাগ্যি ঘনাদা আজ শরীর খারাপ বলে—না, না-খেয়ে নয়—আগেই খেয়ে দেয়ে তাঁর ঘরে চলে গেছেন।

পেতলের থালাটা মাজবার দায় থেকে লছমনিয়াকে প্রায় নিষ্কৃতি দিয়ে নিজের হাত চুষতে চুষতে বাপি দত্ত বললে, "বাঃ চমৎকার!"

তা মাংসটা সত্যিই অপূর্ব রান্না হয়েছিল।

আঙুল চোষা শেষ করে ঝকঝকে থালাটার দিকে একবার যেন করুণ ভাবে চেয়ে বাপি দত্ত বললে, "কেমন, আমি বলি কিনা যে মাংস খেতে হয়তো হাঁসের। ও মুরগি বলো আর পায়রা বলো হাঁসের কাছে কিছু না! যদি জাত বিগড়ি হাঁস হয়।"

"কেন, উটপাখি হলে মন্দ কী!" শিবু একটু ফোড়ন কাটল।

"উটপাখি! উটপাখি আবার খায় নাকি?" বাপি দত্তর বুদ্ধিটা চেহারার-ই মাপসই।

"খেলে দোষ কী! একটাতে তোমারও কুলিয়ে যায়। অন্যদের জন্যেও মাংসের হাঁড়িতে টান পড়ে না।" শিবু উৎসাহ দিলে।

একটু যেন দ্বিধাগ্রস্ত হয়ে বাপি দত্ত বললে, "না না, উটপাখি খাওয়াই যায় না, আর তাছাড়া হাঁসের তুলনা নেই—আসল বিগড়ি হাঁস। হাঁস আবার চেনা চাই।"

কথাটা বলেই বাপি দত্তর কী যেন মনে পড়ে গেল। ঠাকুরকে ডেকে জিজ্ঞাসা করলে, "আজ হাঁস কিনে আনল কে, ঠাকুর?"

ঠাকুর আমাদের ভালমন্দ বাজার করে। সে কিন্তু সামনে এলেও নীরবেই দাঁড়িয়ে রইল।

"কই, কে কিনে এনেছে বললে না, তুমি?"

"আজ্ঞে না, বাবু!"

"সে আমি জানতাম!" বাপি দত্ত গর্বের হাসি হাসল। "এ হাঁস চিনে আনা তোমার কর্ম নয়। কিন্তু কিনে আনল কে?"

"আজ্ঞে, কিনে আমরা কেউ আনিনি।"

"তোমরা কেউ আনোনি! তাহলে বিগড়ি হাঁস কি নিজে থেকে উড়ে এসে তোমাদের হাঁড়িতে ঢুকল নাকি! ন্যাকামি কোরো না। বলো!"

"আজ্ঞে, আপনিই কিনে এনেছেন!" ঠাকুরকে সভয়ে বলতেই হল।

"আমি কিনে এনেছি!" খানিকক্ষণ বাপি দত্তর মুখ দিয়ে আর কথা সরল না। তারপর আমরা টের পেলাম, পলতেয় আগুন লেগেছে। "আমি মানে—কাল

বাড়িতে নিয়ে যাব বলে আমি যে ক-টা হাঁস কিনে রেখেছি, তা-ই কেটে রান্না হয়েছে! তাই তোমরা সবাই মিলে ফুর্তি করে খেয়েছ আর আমায় খাইয়েছ!”

ঘরে কী বলে—আধুনিক কবিতার মতো—শিশির পড়লে শোনা যায়।

এইবার বোমা ফাটল।

“কে? কে আমার হাঁস কেটেছে? কার এই শয়তানি আমি শুনতে চাই।”

আমাদের চোখ যার যার থালার ওপর। কিন্তু উত্তর না দিলে ঠাকুরের নিস্তার নেই।

“আজ্ঞে, বড়বাবু কেটেছেন।”

“বড়বাবু! বড়বাবু! বড়বাবু মানে তোমাদের সেই শুঁটকো মর্কট গেঁজেল চালিয়াৎ ঘনাদা!”

হে ধরণী দ্বিধা হও—আমরা তখন ভাবছি।

কিন্তু ভাববার সময়ও পাওয়া গেল না।

সকড়ি হাতে এঁটো মুখ না ধুয়েই বাপি দত্ত তখন সিঁড়ি দিয়ে রওনা হয়েছে ওপরে! আমাদের ছুটতে হল পেছনে।

“আরে শোনো! শোনো, দত্ত।”

কে কার কথা শোনে।

ছাদ পর্যন্ত পৌঁছোবার আগেই শুনতে পেলাম ঘনাদার ঘরের দরজা সারা পাড়াকে সজাগ করে সশব্দে আর্তনাদ করছে। বর্মা নয়, সি-পি-র সামান্য সেগুন কাঠ। তার আর কতটুকু জান!

বাপি দত্তকে এখন সামলানো বুনো মোষের মওড়া নেওয়ার চেয়েও শক্ত। তবু মরিয়া হয়ে তাকে ধরতে যাব এমন সময় দরজা ভেতর থেকেই খুলে গেল।

“কী ব্যাপার!” ঘুম চোখে যেন সদ্য বিছানা থেকে উঠে এসে হাই তুলে ঘনাদা বললেন, “এত রাত্রে দরজায় টোকা কেন?”

টোকা শুনেই বোধহয় বাপি দত্ত কাত। পাড়ার লোক যে আওয়াজে ডাকাত পড়ার ভয়ে এতক্ষণে হয়তো লালবাজারে ফোন করেছে তার নাম টোকা!

কিন্তু ভেতরের বারুদ তখনও জ্বলছে। বাপি দত্ত গর্জন করে উঠল, “কেন, আপনি জানেন না! কে আমার হাঁস কেটেছে?”

“আমিই কেটেছি।” ঘনাদা নির্বিকার।

“আপনিই কেটেছেন তা আমি জানি। নইলে এত বড় আস্পর্ধা কার হবে! কিন্তু কার হুকুমে কোন সাহসে আপনি আমার হাঁস কেটেছেন—বাড়ি নিয়ে যাব বলে বাছাই করে কেনা আমার চার চারটে হাঁস!”

“চারটে তো মোটে!” ঘনাদা যেন দুঃখিত।

“ওঃ, চারটে হাঁস কিছু নয় আপনার কাছে!” বাপি দত্ত আগুন।

“কিছুই নয়। এ পর্যন্ত কেটেছি বারোশো বত্রিশটা। আরও কত যে কাটতে হবে কে জানে!” ঘনাদা তাঁর খাটের দিকে বিষণ্ণ ভাবে পা বাড়ালেন। আমরাও সঙ্গে সঙ্গে। কিন্তু তখুনি থামতে হল।

"যাচ্ছেন কোথায়?" বাপি দত্ত হুংকার দিয়ে উঠল, "আপনার ওসব গুল আমার কাছে ঝাড়বেন না। ওসব চালাকি আমি সব জানি।"

"জানো!" ঘনাদা যেন অত্যন্ত বিরক্ত হয়ে ফিরে দাঁড়ালেন। "জানো ঙগারুসেরচঙ্ কাকে বলে!"

"কী বললেন!" বাপি দত্ত ক্ষিপ্ত।

"ঙগারুসেরচঙ্! তুমি নয়, হাঁসের নাম।" ঘনাদা আশ্বস্ত করলেন, "জানো, তিনশো সেরা শিকারি দুনিয়ার সমস্ত জলা জঙ্গলে এই হাঁস খুঁজে ফিরছে? জানো, একটা হাঁসের জন্য গলায় গলায় যাদের ভাব এমন দু-দুটো রাজ্য এ ওর গলা কাটতে পারে? জানো একটা হাঁসের পেট কেটে এই কলকাতা শহরটা কিনে নিয়েও যা থাকে, তাতে বাংলা, বিহার, উড়িষ্যা ইজারা নেওয়া যায়!"

এই শেষের কথাতেই বাপি দত্ত কাবু। তবু গলাটা চড়া রেখেই শুধোল, "কী আছে সে হাঁসের পেটে? হিরে, মানিক?"

"হিরে মানিক!" ঘনাদা অবজ্ঞার হাসি হাসলেন, "এই বুদ্ধি না হলে হাঁস শুধু এতকাল খেতেই কেনো!"

"কী আছে তা হলে?" বাপি দত্ত এবার উদ্‌গ্রীব।

"কী আছে?" ঘনাদা জুত করে নিজের খাটের ওপর বসলেন। আমরাও যেখানে যেমন পারলাম বসলাম। শিশির সদ্য খাওয়া থেকে উঠে এসে সিগারেটের কৌটোটা আর সঙ্গে আনতে পারেনি। তার দিকে একটু ভর্ৎসনার দৃষ্টিতে তাকিয়ে ঘনাদা গম্ভীর ভাবে বললেন, "আছে একটা নস্যির কৌটো।"

"নস্যির কৌটো! আমি ভাবছিলাম কলকে বুঝি কিছুর!" বাপি দত্তর বিদ্রূপে কিন্তু আর তেজ নেই। খাটের ধারেই সে-ও জায়গা নিয়েছে।

ঘনাদার মুখে তীব্র ভ্রূকুটি দেখা গেল। "রাত তো অনেক হয়ে গেল, এখন শুতে গেলে হয় না।" তিনি হাই তুললেন।

আমরা সন্ত্রস্ত, বাপি দত্ত নাছোড়বান্দা। "নস্যির কৌটো কেন?" চার চারটে হাঁসের শোক সে প্রায় ভুলেছে মনে হল।

"কেন? উনিশশো পঁয়ত্রিশ সালের জুলাই মাসের সতেরোই তারিখে পৃথিবীর সবচেয়ে উঁচু মালভূমিতে তুষার-ঝড়ে পথ হারিয়ে মরতে বসেছিলাম বলে, দুনিয়ার সেরা শয়তান ফন ব্রুল সদলবলে নেকড়ের পালের মতো আমার পিছু নিয়েছিল বলে, প্রাণ যায় যাক, মান বাঁচাবার আর কোনও উপায় ছিল না বলে, ষোল হাজার দশ ফুট উঁচু গুরলা গিরিদ্বারের তিন মাইল সোজা খাড়াই-এর পথে ভূত দেখেছিলাম বলে, আর বন্দুকের শেষ গুলিতে চাঙ্গু-টাকে মারতে পেরেছিলাম বলে!"

বাপি দত্তের মুখের হাঁ-টা আমাদের সকলের চেয়ে বড়।

কোনওরকমে হাঁ বুজিয়ে সে জিজ্ঞাসা করলে, "ভূত! ভূতের নাম চাঙ্গু? সেই ভূত গুলিতে মারলেন!"

"ভূত নয়, মারলাম চাঙ্গুটাকে। চাঙ্গু হল ও অঞ্চলে নেকড়ে বাঘের নাম।" ঘনাদা যেন ক্লান্তভাবে একটু থেমে আবার বললেন, "তোমরা তো হাত মুখও ধোওনি

দেখছি।"

"হাত মুখ!" বাপি দত্তই সবাই আগে রুমাল বার করে হাত মুখটা চটপট মুছে ফেলে বললে, "নেমন্তন্ন খেতে এসেছি মনে করলেই হয়! হ্যাঁ, তারপর শুনি।"

"তারপর নয়, তার আগে।" ঘনাদা শুরু করলেন, "কৈলাসটা চক্কর দিয়ে মানস সরোবর আর রাক্ষসতাল হয়ে টাকলাকোটে এসে তখন আটকে গেছি। টাকলাকোট ভারতে আসতে তিব্বতের শেষ গ্রাম। তার পরই বিপুলেখ গিরিদ্বার হয়ে ভারতে নামতে হয়। টাকলাকোটে এসেই শুনলাম বিপুলেখ গিরিদ্বার বরফ পড়ে বন্ধ হয়ে গেছে। পারাপার হওয়া মানুষের অসাধ্য! অসময়ে আসার দরুন এ-ধরনের বিপদ যে হতে পারে তা অবশ্য আগেই জানতাম। মানস সরোবরের যাত্রীদের মরশুম অনেক আগেই শেষ হয়ে গেছে। খাস তিব্বতিরাও এ অসময়ে শীত কাটাবার জন্যে তৈরি হয়ে গাঁ থেকে নড়ে না। টাকলাকোটের মোড়ল জানালে শীতটা আমায় তাদের গাঁয়েই কাটাতে হবে। আপত্তি করলাম না। কাছাকাছি দেখবার শোনবার অনেক কিছুই আছে। দশ বারো মাইলের মধ্যে সিম্বিলিঙ গুম্ফা, খেচরনাথ গুম্ফা তো বটেই, তাছাড়া কিছুদূরে গেলে এ অঞ্চলে এখনও নাকি ডং পাওয়া যেতে পারে। আর ডং যদি না মেলে তো গোয়া কি চো কি না আঁধিয়ান পেলেই বা মন্দ কী?"

শিবুর কাশির শব্দে ঘনাদা থামলেন। গৌর বললে, "এই সবে একপেট খেয়ে আসছি কিনা। মাথাটা কী রকম ঝিমঝিম করছে!"

একটু ভ্রূকুটি করে ঘনাদা বললেন, "ও, মাথায় ঢুকছে না বুঝি! আমারই দোষ। তিব্বতের কথা বলতে সেখানকার ভাষাই এসে যায়। গোয়া আর চো হল ছোট আর বড় দু-জাতের তিব্বতি হরিণ আর না আঁধিয়ান হল সেখানকার বুনো ভেড়া।"

"আর ডং বুঝি গাধা! ডংকি থেকে?" বাপি দত্ত সোৎসাহে শুধোলে।

"আরে না! ডং গাধা হবে কেন?" ঘনাদা যেন বিশেষ তাৎপর্যের সঙ্গে বাপি দত্তের দিকে তাকালেন। "ডং হল বুনো চমরি গাই। খুব কমই পাওয়া যায় আজকাল।

হ্যাঁ, টাকলাকোটে থাকি আর এদিক সেদিক বন্দুক নিয়ে শিকারে বেরোই! শীতটা সেবার একটু আগেই পড়েছিল। যেদিকে যাই শুধু তুষার আর তুষার। জন্তু-জানোয়ারও সব শীতের ভয়ে আগেই নীচে নেমে গেছে বোধহয়। বেশির ভাগ দিন শুধু হাতেই ফিরতে হয়।

এর মধ্যে একদিন খেয়াল হল এই শীতের দিনে গিরিদ্বার থেকে আর-একবার কৈলাস আর মানস সরোবর দেখব। ভারতবর্ষ থেকে যেতে এই গুরলা গিরিদ্বার পার হবার সময়ই প্রথম কৈলাস আর মানস সরোবরের দর্শন পাওয়া যায়।

মোড়ল মানা করলে। গুরলা গিরিদ্বার এখন বরফে মানুষের অগম্য। তা ছাড়া আকাশের লক্ষণও নাকি ভাল নয়। তবু কে কার কথা শোনে। বারফু পর্যন্ত বারো মাইল এক রকম নির্বিঘ্নেই গেলাম, তারপর কিছুদূর যেতে না যেতেই কোথায় আকাশ কোথায় মাটি আর খেয়াল রইল না। তিব্বতের তুষার-ঝড় যে কী বস্তু যে নিজের চোখে দেখেছে তারও বর্ণনা করতে ভাষায় কুলোবে না। একেবারে প্রলয় কাণ্ড! ছেঁড়া ঘুড়ির মতো সে ঝড়ে কখনও শূন্যে কখনও মাটিতে পাক খেয়ে—কোথায়

গিয়ে যে পৌঁছোলাম, জানি না। হাত-পাগুলো যে আস্ত আছে তাইতেই তখন অবাক।”

শিবুর কাশিটা নিশ্চয়ই ছোঁয়াচে। এবার গৌর শিশির দুজনে কাশি চাপতে গিয়ে বিষম খেয়ে কেলেঙ্কারি। ঘনাদার আগে বাপি দত্তই বিরক্ত হয়ে উঠল—“কী সব কেশো রুগি এখানে জুটেছে। হাসপাতালে গেলেই তো পারো।”

কাশির রেশ মেলাবার আগেই ঘনাদা আবার ধরলেন, “কিন্তু অবাক হওয়ার তখনও বাকি আছে। তুষার-ঝড় যেমন হঠাৎ খেপে ওঠে তেমনই হঠাৎ ঠাণ্ডা হয়। গা ঝেড়ে ঝুড়ে উঠে দাঁড়িয়ে দেখি, চেনা কোনও কিছুই চোখে পড়ছে না। এক-একটা বড় বড় পাহাড় ছাড়া সবই যেন নতুন। তিব্বতের তুষার-তেপান্তরে হারিয়ে যাওয়া মানে যে কী আমার চেয়ে ভাল করে আর কে জানবে। দশ দিন দশ রাত হেঁটে, মানুষের আস্তানা খুঁজে পাওয়া অসাধ্য। আর দশ দিন দশ রাত টিকলে তো! সঙ্গে তো মাত্র দিন দুয়েকের রসদ ছিল, তাও ঝড়ে কোথায় গেছে ছড়িয়ে। আছে শুধু হাতের বন্দুকটি। তবু যতক্ষণ শ্বাস ততক্ষণ আশ। যে-কোনও দিকে যাবার চেষ্টা করতেই হবে। পা বাড়াতে গিয়ে হঠাৎ চমকে উঠলাম।

ঝড়ের ঝাঁকানিতে শেষে মাথাই খারাপ হয়ে গেল নাকি! নইলে এ অদ্ভুত ব্যাপার কী করে সম্ভব?

সেই জনমানবহীন ধুধু তুষার-প্রান্তরে বিশুদ্ধ ফিনিস ভাষায় কে ডাকছে—‘কে আছ কোথায়? কাছে এসো, আমার কথা শুনে যাও।’

গায়ে কাঁটা দিয়ে শিরদাঁড়াটার ভেতর শিরশির করে উঠল। যে দিকে চাই কোথাও মানুষ দূরে থাক, একটা কাক পক্ষীও তো নেই।

খানিক চুপ করার পর আবার সেই ডাক এল। এবার ফরাসিতে।

নিজের গায়ে চিমটি কাটলাম। সাতানব্বই হাজার সাতশো সাতান্নকে একাশি হাজার নশো বাইশ দিয়ে গুণ করলাম মনে মনে। না, মাথা তো খারাপ হয়নি একেবারে। এ অশরীরী আওয়াজ তা হলে কেমন করে শুনছি?

আবার সেই ডাক। এবার ভাঙা-ভাঙা ইংরেজিতে। আশ্চর্য, এ গলা যে খানিকটা চেনাই মনে হচ্ছে। কিন্তু তাই বা কী করে হতে পারে! সাত বছর বাদে এ গলা তো শোনবারই কথা নয়!

মিনিট কয়েক থেমেই ঘুরে ঘুরে সেই ডাক আসছে। যেদিক থেকে ডাকটা আসছিল সেই দিকেই এবার গুটি গুটি এগুলাম। কোথাও কোনও একটা ছায়া পর্যন্ত নেই। শুধু থেকে থেকে ওই আওয়াজ।

খানিক দূর গিয়েই একেবারে স্তম্ভিত হয়ে দাঁড়িয়ে পড়লাম। ঝুরো তুষারে অর্ধেক প্রায় ঢাকা একটা মানুষের দেহ।

এ কী! এ যে সত্যই ড. ক্যালিও—ফিনল্যান্ডের বিখ্যাত বৈজ্ঞানিক। সাত বছর আগে সিনকিয়াং থেকে তিব্বতে যাবার পথে দস্যুদের হাতে যিনি মারা পড়েছেন বলে সবাই আমরা জানি! তাঁর তিব্বতে যাওয়ার খেয়াল নিয়ে তখন লেখালেখিও হয়েছিল অনেক কাগজে।

এবার ব্যাকুলভাবে সেখানে বসে পড়ে ড. ক্যালিওর দেহটা পরীক্ষা করলাম। না, সাত বছর আগে মারা না পড়লেও অন্তত সাত দিন আগে যে তিনি মারা গেছেন এ বিষয়ে সন্দেহ নেই। বরফের দেশ বলে দেহটা তেমন বিকৃত হয়নি। পৃথিবীর একজন শ্রেষ্ঠ রাসায়নিকের এর চেয়ে বুঝি সাত বছর আগে দস্যুর হাতে মারা যাওয়াই ভাল ছিল। এই তুষার প্রান্তরে তিল তিল করে মরতে কী কষ্টই না পেয়েছেন, কে জানে।

পর মুহূর্তেই শরীরের লোমগুলো খাড়া হয়ে উঠল। ড. ক্যালিওর গলার স্বরে সেই ডাক আবার। তুষার-ঢাকা নিস্তব্ধ প্রান্তরে সে-ডাক কোথা থেকে আসছে? সভয়ে চেয়ে দেখলাম, তাঁর মৃতদেহ থেকে অন্তত নয়।

উন্মাদ করে দেবার মতোই অলৌকিক ভয়াবহ ব্যাপার। কিন্তু মাথা ঠাণ্ডা রাখতেই হবে। তা রাখতে না পারলে আর সহজ-সুস্থ মানুষ হিসেবে সেখান থেকে ফিরতে হত না, আর তার পর ফন ব্রুলের সন্ধান পাওয়া যেত না।

গুরলা গিরিদ্বারের প্রায় পঞ্চাশ মাইল দূরে এই দুর্দান্ত শীতে ফন ব্রুল একান্ত নির্জনে সদলবলে তার ছাউনি যেখানে গেড়েছে সেখানে কয়েক দিন বাদে সকালে এক পথ-হারানো ডোকপা মানে রাখাল গিয়ে হাজির। তুষার-ঝড়ে তার সব খোয়া গেছে। উপোসে ঠাণ্ডায় সে আধমরা। একপাল চমরী আর ঝাব্বুস অর্থাৎ ভারতবর্ষের গোরু আর তিব্বতের চমরী মেশানো পশু নীচের টাকলাকোটে পৌঁছে দিয়ে সে দু-জন বন্ধুর সঙ্গে কিছু রসদ নিয়ে যুগোলো গুম্ফায় ফিরছিল। মাঝে তুষার-ঝড়ে কে কোথায় গেছে সে জানে না।

ফন ব্রুল যেমন শয়তান তেমনই চৌকশ। তিব্বতি ভাষা সে ভাল করেই জানে। সামান্য একটা তিব্বতি রাখাল হলেও তবু নানারকমে প্রশ্ন করে ডোকপাকে পরীক্ষা করে তবে তাকে ছাউনিতে ঠাঁই দিলে। ছাউনি মানে গোটা পাঁচ-ছয় তাঁবু। কিন্তু তিব্বতের শীতের সঙ্গে যোঝবার মতো করে তৈরি। একটিতে থাকে ব্রুল নিজে। আর একটিতে তার অনুচরবৃন্দ আর রসদ যন্ত্রপাতি ইত্যাদি। অনুচরের ভেতর তিব্বত, লাদাক, সিনকিয়াং সব জায়গার লোকই আছে।

ডোকপা লোকটা কাজের। একদিন খেয়ে দেয়ে একটু চাঙ্গা হয়েই শুধু কাজের গুণে সে ব্রুলের নজরে পড়ে গেল। তাঁবু পরিষ্কার, বন্দুক সাফ থেকে সাহেব-সুবোর হেন কাজ নেই, সে জানে না।

দুদিন বাদে তাকে দিয়ে হ্যাসাক বাতি সাফ করাতে করাতে ব্রুল হঠাৎ একটা বুটের ঠোক্কর দিয়ে জিজ্ঞাসা করলে, 'এই বেটা ভূত! এসব সাহেব-সুবোর কাজ শিখলি কোথায়?'

'আজ্ঞে, হেডিন সাহেবের সঙ্গে ছিলাম যে ক-বার।'

'হেডিন সাহেব!' ব্রুল অবাক। 'কে হেডিন?'

'আজ্ঞে গরিবের মা-বাপ সোয়েন হেডিন।'

ব্রুল সাহেব এবার যেন একটু হতভম্ব। 'সোয়েন হেডিনের সঙ্গে তুই কাজ করেছিস। তিব্বতের এ-অঞ্চল তো তুই তা হলে জানিস কিছু?'

'আজ্ঞে তা আর জানি না! এমন সব পাহাড়, নদী, হ্রদের খবর রাখি, এ দেশের লোকেরাও যার নাম জানে না।'

'বেশ বেশ! তোকে আমার কাজে লাগবে।' বলে ব্রুল বেরিয়ে গেল, তার পরদিন তাঁবু উঠিয়ে নতুন পথে রওনা হবার ব্যবস্থা করতেই বোধহয়।

পরের দিন পর্যন্ত ব্রুলকে অপেক্ষা করতে হল না।

সেদিনই বিকেলের দিকে কাছাকাছি বুঝি শিকারে গেছল একটু। সন্ধের পর ফিরে এসে ঘরে ডোকপাকে দেখে একটু বিরক্তই হয়ে উঠল।

'কী করছিস কী এখানে এখন, ভূত কোথাকার!'

হ্যাসাক বাতিটা তুলে এদিক ওদিকে ঘোরাতে ঘোরাতে ডোকপা বললে, 'আজ্ঞে, একটা জিনিস খুঁজছি।'

'জিনিস খুঁজছি! হতভাগা জানোয়ার! এটা তোমার জিনিস খোঁজবার সময়! কী খুঁজছিস, কী?'

'আজ্ঞে, একটু জল।'

'জল!' প্রথমটা ব্রুল হাসবে না রাগবে ঠিক করতে পারল না। তার পরমুহূর্তেই তার প্রকাণ্ড বাঘের মতো মুখখানা লাল হয়ে উঠল রাগে। হুংকার দিয়ে বললে, 'কী এখানে খুঁজছিস?'

'আজ্ঞে একটু ভারী জল, ডিউটোরিয়াম অকসাইড।'

পায়ের তলায় হঠাৎ পৃথিবীটা সরে গেলেও ব্রুল বোধহয় এমন চমকে উঠে ফ্যাকাশে মেরে যেত না। সামলাতে তার কিন্তু বেশিক্ষণ লাগল না। 'তবে রে, শয়তান! বাঘের ঘরে ঘোগের বাসা!' বলে পাক্কা সাড়ে ছফুট দুমনী লাশটা নিয়ে ডোকপার ওপর এবার সে ঝাঁপিয়ে পড়ল। অত বড় লাশটা তো আর চারটিখানি কথা নয়! একদিকের দড়ি ছিঁড়ে তাঁবুর একটা কোণ ঝুলে পড়ল।

হ্যাসাক বাতিটা একটু সরিয়ে রেখে বললাম, 'তাঁবুটা বড়ই ছোট। এর মধ্যে অত লাফালাফি দাপাদাপি কি ভাল?'"

বাপি দত্ত হঠাৎ লাফ মেরে উঠল উত্তেজনায় "ও! আপনিই তাহলে ডোকপা! আমিও তাই ভাবছিলাম, ডোকপাটা এল কোথা থেকে।"

করুণামিশ্রিত অবজ্ঞার সঙ্গে বাপি দত্তর দিকে একবার চেয়ে ঘনাদা আবার শুরু করলেন, "গা-টা ঝেড়ে-ঝুড়ে উঠে ব্রুল বেশ একটু হতভম্ব হয়েই আমার দিকে এবার তাকাল। যা শিক্ষা ওইটুকুতেই হয়েছে তাতে গায়ের জোর পরীক্ষা করবার উৎসাহ আর তার তখন নেই! কিন্তু ভেতরের জ্বালা যাবে কোথায়! গলা দিয়েই সেটা বেরুল আগুনের হলকার মতো—'কে তুই! কী মতলবে এখানে ঢুকেছিস?'

'বললাম তো, শুধু একটা ভারী জলের খোঁজে। এক শিশি যে-জল এই হাইড্রোজেন বোমার যুগে বেচলে সারা জীবন পায়ের ওপর পা দিয়ে কাটিয়ে দেওয়া যায়। ড. ক্যালিও প্রাণের মায়া ত্যাগ করে এই সুদূর তিব্বতে এসে যে ভারী জলের এমন স্বাভাবিক এক গুপ্ত হ্রদ খুঁজে পেয়েছেন, পিপে পিপে চালান দিলেও যা একশো বছরে ফুরোবে না। ড. ক্যালিও কাজ সেরে দেশে ফেরবার মুখে নিরীহ সাধারণ

পর্যটক ভেবে যে-জলের হ্রদ আবিষ্কারের কথা তোমার মতো শয়তানকে বলেছিলেন, আর ড. ক্যালিওর কাছে যে জলের হ্রদের গুপ্ত মানচিত্র কেড়ে নিয়ে তাঁকে তুষার-ঝড়ের মধ্যে একলা মরতে ছেড়ে দিয়ে তুমি এখন হ্রদের সন্ধানে চলেছ।'

'এসব কথা তুই জানলি কী করে!' রাগে বিস্ময়ে ব্রুলের গলাটা তখন কাঁপছে।

'জানলাম ড. ক্যালিওর কাছে।'

'হতে পারে না!' ব্রুল চেঁচিয়ে উঠল, 'ড. ক্যালিওকে কথা বলবার অবস্থায় আমি রেখে আসিনি।'

'তাই নাকি!' শয়তানের নিজের মুখের এই স্বীকারটুকুই চাইছিলাম।

'কোথা থেকে তুই জানলি আগে বল।' ব্রুল পারলে আমায় ছিঁড়ে খায়।

'তাহলে শোন। জানলাম ড. ক্যালিওর ভূতের কাছে!'

'ভুতের কাছে!' ব্রুল বুঝি খেপেই যায়।

হেসে বললাম, 'হ্যাঁ, ভূতের কাছে। আর জেনেছি যে ঠিক তাতে কোনও সন্দেহ আছে কি?'

'কিন্তু জেনে তোর লাভ কী!' হঠাৎ ব্রুল তাঁবুর ধারে রাখা তার বন্দুকটা তুলে নিয়ে আমার দিকে উঁচিয়ে তার চাল আর গলা দুই-ই পালটে ফেললে, 'এ-জলের হ্রদ কি তুই কখনও খুঁজে পাবি ভেবেছিস? আর পেলেও তোর মতো কালো মর্কটের কাছে ও-জল কিনবে কে?'

বিদ্রূপের হাসি হাসতে গিয়ে হঠাৎ ব্রুল থমকে আমার দিকে হাঁ করে চেয়ে রইল। টুপি সমেত মাথার চুলটা আর তিব্বতিদের চেহারার ধরনের সামান্য যে ক-টা দাড়ি-গোঁফ মুখে ছিল তা আমি তখন খুলে ফেলেছি।

'দাস!'

'হ্যাঁ, মূলার, সেই দাস, তোমার সঙ্গে অনেক দিনের বোঝাপড়া যার বাকি। ড. ক্যালিও তোমায় নিরীহ ব্রুল বলেই জেনেছিলেন। কিন্তু আমি তোমার আসল পরিচয়টা ভুলিনি—বিজ্ঞানের কলঙ্ক, জালিয়াৎ খুনে ফাঁসির আসামি জেল-পালানো মূলার! জীবনের প্রথমে ল্যাবরেটরির রেডিয়াম চুরি করে ধরা পড়ার পর অনেকবার যে নাম পালটেছে, সে-ই!'

মূলার এবার সত্যিই হো হো করে হেসে উঠল, 'যাক, ভালই হয়েছে, দাস, নিজে থেকে এ সুযোগটা আমায় দিয়েছ বলে। মূলার নামটা যারা ভোলেনি তাদের সংখ্যা আমি কিছু কমাতে চাই।'

মূলার বন্দুকটা আমার দিকে বাগিয়ে ধরল।

হেসে বললাম, 'শিকার করে তো এই ফিরলে—বন্দুকে আর টোটা আছে কি?'

হিংস্রভাবে হেসে মূলার জবাব দিলে, 'আছে একটাই আর সেই একটাই তোমার মতো মর্কটকে মারবার পক্ষে যথেষ্ট।'

'কিন্তু মর্কট মারা গেলে ভারী জলের হ্রদ আর খুঁজে পাবে কি?'

'পাব না মানে?' রাগে খিঁচিয়ে উঠলেও মূলারের চোখ দেখে বুঝলাম সে অত্যন্ত

বিচলিত হয়েছে।

'সে ম্যাপ—ম্যাপ তুই চুরি করেছিস?' রাগে মূলার প্রায় তোতলা।

'নইলে কি শুধু তোমার খিদমতগারি করতে এ তাঁবুতে ঢুকেছি! আরে, সামলে সামলে! আমায় মারলে ম্যাপ পাবে কোথায়! সে কি আমার বুক পকেটে তোমার সুবিধের জন্য রেখে দিয়েছি?'

'কোথায় রেখেছিস?' তবু মূলার বন্দুকটা বুঝি ছুঁড়েই দেয়।

'বলব, কিন্তু হ্রদের জলে আমার আধা বখরা চাই।'

'আধা বখরা!' মূলার চট করে কী ভেবে নিয়ে বললে, 'তাই সই। কোথায় ম্যাপ?'

'বলছি বলছি, অত ব্যস্ত কেন? আগে বখরাটা কী রকম শোনো!'

'কী রকম?'

'যে শিশিতে এ-জল চালান যাবে সেইটে তোমার, জলটা আমার!'

'কী!' এই অবস্থায় এই ঠাট্টায় একেবারে চিড়বিড়িয়ে উঠে মূলার এক পলকের জন্য বুঝি একটু অসাবধান হল।

এক হাতে বন্দুকটা কেড়ে নিয়ে আর-এক হাতে হ্যাসাক বাতিটা আছড়ে ফেলে আমিও তৎক্ষণাৎ তাঁবু থেকে ছুট।

হ্যাসাক বাতিটা বৃথাই পড়েনি। ছুটতে ছুটতে দূর থেকে ফিরে দেখলাম তাঁবুগুলো দাউ দাউ করে জ্বলছে।

কিন্তু মূলারের মতো শয়তানকে যে ওইটুকুতে ঠেকানো যায় না, পরের দিন সকালেই তা টের পেলাম।

তিব্বতের মতো উঁচু মালভূমির পাতলা হাওয়ায় প্রাণপণ ছুটে, ক্লান্তিতে খিদেয় সত্যিই তখন আমার অবস্থা কাহিল। সেই অবস্থায় মাঝারি গোছের একটা তুষার চুড়োর ওপর উঠে চারদিক দেখতে গিয়ে বুকটা হঠাৎ ধ্বসে গেল।

পিঁপড়ের মতো হলেও বহুদূরে একটা চলন্ত প্রাণীকে দেখা যাচ্ছে। সেটি আর কিছু নয়—মূলার স্বয়ং—আর তার পায়ে স্কি। শয়তানটা যে সঙ্গে স্কি-ও এনেছিল এইটিই ভাবতে পারিনি। শুধু পায়ের দৌড়ে তার সঙ্গে আর কতক্ষণ পারব! হাতের বন্দুকটা ভার হলেও ফেলে দিতে তো পারি না।

প্রাণও যদি যায় এ-ম্যাপ মূলরাকে পেতে দেব না। এই পণ করে খোলা প্রান্তর ছেড়ে এবার পাহাড়ের গায়ে গায়ে যেতে লাগলাম। কিন্তু খিদেয় যে বত্রিশ নাড়িতে পাক দিচ্ছে! পেটে কিছু না পড়লে আর তো দাঁড়াতেই পারব না।

হঠাৎ পাহাড়ের একটা বাঁক ঘুরেই হাতে যেন স্বর্গ পেলাম। সামনের একটা চুড়োর ওপর ক-টা ঙগারুসেরচঙ নামে ব্রাহ্মিণী বালিহাঁস। শীতের সময় ভারতের গরমে সব জলায় উড়ে যাবার পথে বোধহয় বিশ্রাম করতে নেমেছে। বন্দুকে একটা মাত্র গুলি, কিন্তু তাতেই আহারের সমস্যা মিটে যাবে মনে করার সঙ্গে সঙ্গেই আর-একটা মতলব বিদ্যুতের মতো মাথায় খেলে গেল।

কিন্তু গুলি না করে হাঁস ধরি কী করে!

সে সমস্যা ভাগ্যই মিটিয়ে দিলে। চমকে দেখি পাহাড়ের অন্যধার দিয়ে নিঃশব্দে

একটা চাঙ্গু মানে নেকড়ে বাঘ ওই হাঁসের লোভেই গুঁড়ি মেরে এগিয়ে আসছে। দুরু-দুরু বুকে বন্দুক বাগিয়ে বসে রইলাম। পাঁচ, দশ, পনেরো সেকেন্ড—নেকড়েটা ঝাঁপিয়ে হাঁস ধরবার সঙ্গে সঙ্গেই গুলি। নেকড়েটা লুটিয়ে পড়ল মরে, আর তার মুখ থেকে গড়িয়ে পড়ল, ভয়েই আধমরা অজ্ঞান হাঁসটা।

ছুটে গিয়ে হাঁসটা তুলে নিলাম। না, জখম কিছু হয়নি, শুধু ভয়েই অসাড়। দেখতে দেখতেই সাড় ফিরল তার, আর ম্যাপটা পাকিয়ে দলা করে যার মধ্যে রেখেছিলাম সেই ছোট কৌটোটা তার মুখে পুরে দিয়ে বেশ করে ঝাঁকুনি দিলাম। কোঁৎ করে হাঁসটা সে-কৌটোটা গিলে ফেলতেই তাকে শূন্যে দিলাম ছুঁড়ে। পড়-পড় হয়ে দু-বার পাখা ঝাপটা দিয়েই সে দূর আকাশে উধাও হয়ে গেল। বুঝলাম, হিমালয় পার না-হয়ে আর সে থামবে না। সে হাঁস এই ভারতবর্ষের না হোক, দুনিয়ার কোনও-না-কোনও জলায় শীতকালে আসেই। আজও তাকে তাই খুঁজছি। ক-জন বড় বড় বৈজ্ঞানিককে গোপনে এ-কথা জানিয়েছি। তাঁদের ভাড়া করা অন্তত তিনশো শিকারিও এই খোঁজে ফিরছে।"

"তা হলে এখনও হাঁসটা পাওয়া যেতে পারে?" বাপি দত্ত উৎসাহিত।

"আলবত পারে।" ঘনাদা নিঃসংশয়।

"কিন্তু মূলার কী করলে? বন্দুকের শব্দ পেয়েও আপনাকে ধরতে পারলে না?" শিশির যেন সন্দিগ্ধ।

"তা পারল বই কী? আর তা-ই তার কাল হল। হাঁস উড়িয়ে দিয়ে লুকিয়ে পালাবার চেষ্টাতেই ছিলাম। কিন্তু তার আর তখন উপায় নেই। চেয়ে দেখি স্কি-তে চড়ে সে একেবারে পাহাড়ের তলায় পৌঁছে গেছে। স্কি ছেড়ে সে ওপরে উঠতে শুরু করল এবার। আমার হাতে খালি বন্দুক, তার হাতে গুলি-ভরা বন্দুক। চুড়োর এমন জায়গায় আছি যে লুকোবারও উপায় নেই। ক্রমশই সে এগুচ্ছে। আর একটু উঠলেই অনায়াসে গুলি করতে পারবে। খালি বন্দুকটাই তার দিকে ছুঁড়ে মারলাম। সেটা বেয়াড়া একটা পাথরে ঠোক্কর খেয়ে একরাশ তুষার গুঁড়ো উড়িয়ে সশব্দে নীচে গিয়ে পড়ল। তাকে ছুঁতেও পারল না।

কী পৈশাচিক তার আনন্দের হাসি তখন।

আর উপায় নেই। নড়াবার মতো একটা পাথরও নেই কাছে। বরফও ঝুরো।

নীচে মূলার তখন ভাল করে বন্দুক বাগিয়ে ধরে তাগ করছে।

বন্দুকের গুলি তার ছুটল, কিন্তু একটু দেরিতে। মূলার তখন খাড়া পাহাড় দিয়ে তুষার গুঁড়োর সঙ্গে গড়াতে গড়াতে নীচের বরফের নদীর মধ্যে কবর হতে চলেছে। তার সঙ্গে সেই চাঙ্গু মানে নেকড়েটাও। সেইটেরই লাশটা শেষ পর্যন্ত কিছু না পেয়ে ছুঁড়ে দিয়েছিলাম।"

ঘনাদা থামতেই গৌরের বেয়াড়া প্রশ্ন "আচ্ছা, নস্যির কৌটো পেলেন কোথায়? নস্যি নিতেন নাকি তিব্বতে?"

"নস্যির কৌটো বলেছি বলেই—তাই না? ফিল্ম যাতে থাকে সেই ছোট অ্যালুমিনিয়ামের কৌটো। মূলারের তাঁবুতেই পেয়েছিলাম।"

এবার বাপি দত্ত আসল কথাটা তুলল, "ভাগ্যিস ড. ক্যালিওর ভূত আপনাকে ডেকেছিল। তার কাছেই তো সব জানতে পারেন?"

"তা ভূতই বলতে পারো, তবে আসলে জিনিসটা একটা টেপ রেকর্ডার।" ঘনাদা মুখ টিপে হাসলেন।

"টেপ রেকর্ডার!" আমরাও অবাক।

"হ্যাঁ, ড. ক্যালিও জন্তুজানোয়ার থেকে পাখি-টাখির আওয়াজ ও তিব্বতিদের কথাবার্তা তুলে নেবার জন্যে ওটি সঙ্গে রাখতেন। শেষ পর্যন্ত মূলারের মতলব বুঝতে পেরে ওই যন্ত্রটি কাজে লাগাবার অদ্ভুত ফন্দি বার করেন। নিজের সব কথা ওই যন্ত্রে তুলে নিয়ে ওইটিই লুকিয়ে এক জায়গায় রেখে আসতে পেরেছিলেন মারা যাবার আগে, যন্ত্রটির এমন প্যাঁচ করেছিলেন যে ফিতেটা নিজে থেকেই একবার গুটিয়ে আর একবার খুলে যায়—কথাগুলোও ঘুরে ঘুরে শোনা যায়। আওয়াজ ধরে আমি যন্ত্রটা খুঁজে বার করি একটা পাথরের তলায়। অন্য ক-টা ফিতে থেকে বাকি কথাগুলোও কিছুটা জানতে পারি। কিন্তু যন্ত্রটা বরফের গুঁড়ো ঢুকে ঝড়ের ধাক্কায় পাথরে ঠোকাঠুকি খেয়ে প্রায় তখন বিকল হয়ে এসেছে। আমি কিছুটা চালাতেই একেবারে বন্ধ হয়ে যায়।"

"ফিতেটা খুলে সঙ্গে আনলে পারতেন! বুনো হাঁসের পেছনে ধাওয়া করার দরকার হত না।" শিবুর কেমন বাঁকা মন্তব্য।

ঘনাদা কিছু বলবার আগে বাপি দত্তই শিবুর ওপর মারমুখো হয়ে উঠল, "আনবার হলে ঘনাদা আনতেন না, আহাম্মক!"

বলা বাহুল্য বাপি দত্তই সেই থেকে ঘনাদার সবচেয়ে বড় ভক্ত।

হাঁস খেতে খেতে আমাদের অরুচি ধরে গেল।

সুতো

না, এবারে অবস্থা একেবারে সঙ্গিন। খবরের কাগজের ভাষায় যাকে বলে সংকটজনক পরিস্থিতি।

অন্তত আমাদের বুদ্ধিতে আর কূল পাওয়া যাচ্ছে না।

একে একে সব কলাকৌশলই আমরা প্রয়োগ করেছি, কিন্তু সবই বৃথা।

কঞ্চির তীরের মতো আমাদের সব ফন্দিফিকির এক দুর্ভেদ্য বর্মে ঠেকে নিষ্ফল হয়ে গেছে।

প্রথমে গৌর, তারপর আমি এবং আমাদের পরে শিবু ও শিশির হতাশ হয়ে ফিরে এসেছে। ঘনাদাকে তাঁর ঘর থেকে নীচে নামাতে পারিনি।

আজ সাতদিন ধরে তিনি স্বেচ্ছানির্বাসন নিয়েছেন নিজের তেতলার ঘরে।

রামভুজ দু বেলা খাবারের থালা পৌঁছে দিয়ে আসে। উদ্ধব জলের কুঁজো ভরে দিয়ে এসে সে থালা যথারীতি রোজ দুবার নামিয়ে আনে।

ব্যস। মেসের সঙ্গে আর কোনও সম্পর্ক ঘনাদার নেই।

আমরা চেষ্টার ত্রুটি করিনি। কিন্তু ঘরের দরজাই না খুললে বাইরে থেকে কত আর কৌশল প্রয়োগ করা যায়। দরজায় টোকা দিয়ে তবু ডেকেছি, "শুনছেন, ঘনাদা!"

কোনও সাড়া নেই প্রথমে। বারকয়েক ডাকের পর ভেতর থেকে একটা আওয়াজ শোনা গেছে যার মধ্যে অভ্যর্থনার বাষ্পও নেই!

"কে?"

প্রশ্নটা অর্থহীন, কারণ আমাদের সকলের গলাই ঘনাদার ভাল রকম চেনা। তবু সবিস্তারে পরিচয় দিয়ে শিবুই হয়তো জানায়, "আজ্ঞে, আমি শিবু। আপনার সঙ্গে বিশেষ একটু দরকার ছিল।"

"পরে এসো।"

মুশকিল ওইখানেই। ঘনাদা অন্য কিছু বলে বিদায় করতে চাইলে তবু উপরোধ অনুরোধ করা যায়। তিনি যদি রাগ দেখান তাতেও ক্ষমা চেয়ে তাঁকে সন্তুষ্ট করবার চেষ্টা করা যায়, 'কিন্তু পরে এসো' বলবার পর বেশিক্ষণ তা নিয়ে আর সাধাসাধি চলে না।

পরে এসেও অবশ্য তাঁর দরজা খোলা পাওয়া যায় না। হয় তিনি ঘুমোচ্ছেন, নয় বাথরুমে গেছেন।

নিরুপায় হয়ে শেষে রামভুজের সঙ্গেই সেদিন রাত্রে তাঁর ঘরে ঢুকে পড়লাম। একটু চালাকি অবশ্য করতে হয়েছিল। দুবেলা রামভুজ এসে "বড়বাবু, খাবার আনিয়েছি" বলে ডাকলে তিনি দরজা খুলে দেন। আমরা একেবারে নিঃশব্দে রামভুজের পেছন পেছন এসে সেদিন দেওয়ালের আড়ালে দাঁড়িয়ে গেছি।

দরজা খোলার পর রামভুজ মেঝের ওপর থালা বাটি সাজাচ্ছে এমন সময়ে আমাদের প্রবেশ।

ঘনাদা আসনে বসে সবে গেলাসের জলে হাতটা ধুয়ে মহাযজ্ঞের জন্য তৈরি হচ্ছেন, এমন সময় আমাদের ক-জনকে দেখে মুখে তাঁর আষাঢ়ের মেঘ নেমে এসেছে।

শিশির তখন তাঁকে দেখিয়ে দেখিয়েই নতুন সিগারেটের টিনটা ঢাকনা ঘুরিয়ে খুলে হাওয়া ঢোকবার আওয়াজটুকু পর্যন্ত শুনিয়ে দিয়েছে। শিবু যেন রেগে গিয়ে রামভুজকেই বকতে শুরু করেছে, "তোমার কী রকম আক্কেল, ঠাকুর! ওইটুকু বাটিতে ঘনাদার জন্য মাংস এনেছ! কেন, আর বড় বাটি নেই মেসে?"

তা, যে বাটিতে ঘনাদাকে মাংস দেওয়া হয়েছে তার চেয়ে বড় বাটি অবশ্য ফরমাস

দিয়ে না গড়ালে বোধহয় পাওয়া মুশকিল।

কিন্তু হায়, সবই বৃথা!

ঘনাদা আমাদের দিকে ভ্রূক্ষেপ পর্যন্ত না করে রামভুজকেই উদ্দেশ করে বলেছেন, "এসব নিয়ে যাও রামভুজ! আমি আজ আর খাব না।"

আমরা হতভম্ব! রামভুজও তথৈবচ। তবে তার মুখেই প্রথম কথা বেরিয়েছে, "খাইবেন না কী বলছেন, বড়বাবু! আজ ভাল মটন আছে। হামি কোপ্তা কারি বানিয়েছি।"

ঘনাদা আড়চোখে একবার মাংসের বাটিটার দিকে চাইলেও নিজের সংকল্পে অটল থেকেছেন।

"না, আমার খাবার উপায় নেই।"

"উপায় নেই! হঠাৎ হল কী?" আমার মুখ থেকে বেরিয়ে গেছে সবিস্ময়ে!

ঘনাদা রামভুজকেই শুনিয়ে বলেছেন, "কারুর সামনে আমার খাওয়া বারণ, তুমি তো জানো।"

রামভুজ কী জানে তা আর আমরা যাচাই করবার জন্য অপেক্ষা করিনি। সবাই তৎক্ষণাৎ বেরিয়ে এসেছি অপ্রস্তুত হয়ে। ঘনাদার এ-কথা শোনার পর আর সেখানে থাকা যায়!

সেই থেকে আজ সাতদিন হল ঘনাদার সঙ্গে আমাদের কোনও সম্পর্ক নেই।

ঘনাদার রাগটা এবার একটু বেশি এবং তা নেহাত অকারণেও নয়। আমাদের রসিকতাটা এবার বোধহয় মাত্রা একটু ছাড়িয়েও গেছল।

কিন্তু সব দোষ তো আসলে সেই বাপি দত্তর।

হাঁস খাইয়ে খাইয়ে আমাদের পাগল করে না তুললে তাকেই অমন একদিন খেপে গিয়ে মেস ছাড়তে হয়, না ঘনাদা আমাদের সঙ্গে সব সম্বন্ধ ঘুচিয়ে দেন!

বাপি দত্ত দুমাসে বিগড়ি হাঁসের পেছনে বেশ কিছু গচ্চা দিয়ে নিজেও জব্দ হয়ে গেল, আমাদেরও মেরে গেল। আপনি মজিলি তুই, মজালি লঙ্কায়। এই আর কী!

গায়ের জোরে না মারুক, যাবার সময় বাপি দত্ত যেসব বাক্যবাণ ছেড়ে গেছে, নেহাত গণ্ডারের চামড়া না হলে আমরা তাতেই কাবু হতাম। বাপি দত্ত রোজকার মতো মিউনিসিপ্যাল মার্কেট থেকে হাঁস কিনে এনে নিজেই সেদিন যথারীতি কাটতে বসেছে। ধৈর্য তার অসীম সন্দেহ নেই। দুমাস ধরে হাঁস কেটে নাড়িভুঁড়ি ছাড়া কিছু না পেয়েও সে দমেনি। ঘনাদার সেই সাত রাজার ধন মানিকের কৌটা কোন হাঁসের পেট থেকে বেরিয়ে হঠাৎ একদিন তাকে রাজা করে দেবে, এ বিশ্বাস নিয়েই সে রোজ হাঁস কাটতে বসে।

অন্যদিন আমরা কাছাকাছি ঘোরাফেরা করে ঠাট্টা বিদ্রূপ মাঝে মাঝে করি।

"কী হে, দত্ত! পেলে কৌটো?" "বিগড়ি হাঁস ছেড়ে এবার পাতিহাঁস ধরো হে!" ইত্যাদি।

এ-দিন কিন্তু আমরা বাপি দত্ত হাঁস কাটতে বসার পরই যে যেখানে পারি গা ঢাকা

দিয়েছিলাম।

হঠাৎ বাপি দত্তর বাজখাঁই গলার চিৎকারে মেস কম্পমান! "ইউরেকা! পেয়েছি! পেয়েছি!"

আমরা যে যার জায়গা ছেড়ে বেরিয়ে দোতলার বারান্দা থেকে সবিস্ময়ে নীচে উঁকি দিয়েছি এবার! ঘনাদা পর্যন্ত তাঁর তেতলার ঘর থেকে নেমে এসে বারান্দা দিয়ে গলা বাড়িয়েছেন।

বাপি দত্ত নীচের উঠোন থেকে কী একটা রক্ত-মাখা জিনিস হাতে তুলে ধরে শুধু বুঝি ধেই-নৃত্য করতে বাকি রেখেছে—"শিগ্‌গির শিগ্‌গির আসুন! মার দিয়া কেল্লা!"

আমরা শশব্যস্ত হয়ে নীচে নেমে গেছি—ঘনাদাকেও এক রকম টানতে টানতে সঙ্গে নিয়ে।

নীচে নামবার পর বাপি দত্তের গলায় যত উত্তেজনা, আমাদের মুখে তত বিমূঢ় বিস্ময়!

বলেছি, "অ্যাঁ! সেই কৌটো! সেই বাংলা, বিহার, উড়িষ্যা যাতে কেনা যায় সেই ভারী জলের হ্রদের ম্যাপ?"

আড় চোখে ঘনাদার মুখটাও দেখে নিয়েছি তার মধ্যে। কিন্তু 'কেমন, কী বলেছিলাম!' ভাবখানার বদলে তাঁকে যেন কেমন ভ্যাবাচ্যাকাই দেখিয়েছে।

বাপি দত্তর সে দিকে লক্ষ নেই। কৌটোটা ঘনাদাকে সগর্বে দেখিয়ে সে হাঁপাতে হাঁপাতে হাঁসের পেট কেটে সেটা বার করার কাহিনী সবিস্তারে শুরু করেছে।

শিবু একটু কেশে বাধা দিয়ে বলেছে, "কিন্তু কৌটোটা এবার খুললে হত না!"

শিশির গম্ভীর মুখে সায় দিয়ে বলেছে, "তবে খোলবার সম্মানটা ঘনাদারই পাওয়া উচিত!"

বাপি দত্ত সোৎসাহে বলেছে, "নিশ্চয়! নিশ্চয়! ঘনাদা ছাড়া খুলবে কে?" কৌটোটা সে ঘনাদার দিকে এগিয়ে দিয়েছে।

কিন্তু ঘনাদার হঠাৎ হল কী? এত বড় জয়-গৌরবের মুহূর্তে তিনি যেন সরে পড়তে পারলে বাঁচেন।

"না, না, আমার কী দরকার! ও তোমরাই খোলো!" বলে তিনি সটান সিঁড়ির দিকে পা বাড়িয়েছেন।

কিন্তু বাপি দত্তই তাঁকে আটকেছে। আনন্দে গদগদ হয়ে বলেছে, "তা কি হয় নাকি! এ আপনারই কৌটো, আপনাকেই খুলতে হবে!"

অগত্যা ঘনাদাকে বাধ্য হয়ে কৌটোটা খুলতে হয়েছে। আমরা সকলে তখন উদ্‌গ্রীব হয়ে তাঁকে চার ধারে ঘিরে দাঁড়িয়েছি। বাপি দত্তর চোখ দুটো প্রায় কোটর ঠেলে বুঝি বেরিয়েই আসে।

কৌটোর ভেতর থেকে এক টুকরো কাগজ বেরুবার সঙ্গে সঙ্গে উল্লাসের যে চিৎকার উঠেছে তা প্রায় মোহনবাগান কি ইস্টবেঙ্গলের শেষ মিনিটে গোল দিয়ে জিতে যাবার সামিল।

বাপি দত্ত আর ধৈর্য ধরতে পারেনি। ঘনাদার হাত থেকে কাগজের পাকানো টুকরোটা নিজের অজান্তেই ছিনিয়ে নিয়ে খুলে ফেলেছে।

তারপর তার মুখে পর পর যে ভাবান্তর কয়েক মুহূর্তের মধ্যে দেখা গেছে, ছায়াছবিতে হলে হাততালি পেত নিশ্চয়।

প্রথমে আহ্লাদে আটখানা, তারপরে চমকে হতভম্ব, তারপর একেবারে কালবোশেখির কালো মেঘ।

সেই কালবোশেখির মেঘই গর্জে উঠেছে এবার, "কার, কার এই শয়তানি?"

গৌর বোকা সেজে বাপি দত্তের হাত থেকে কাগজের টুকরোটা নিয়ে পড়ে শুনিয়েছে ভাল মানুষের মতো।

কাগজের টুকরোতে গোটা গোটা করে ছাপার হরফের মতো লেখা—"ঘনাদার গুল!"

তারপর যে লঙ্কাকাণ্ড হয়েছে তার পরিণামেই বাপি দত্ত মেস ছেড়েছে আর ঘনাদা ছেড়েছেন আমাদের।

বিকেল বেলা।

ঘনাদার রুটিন আমাদের জানা। এতক্ষণে তিনি দুপুরের দিবানিদ্রা সেরে গড়গড়ায় পরিপাটি করে তামাকটি সেজে পরমানন্দে খাটের ওপর বালিশ হেলান দিয়ে বসে তা উপভোগ করছেন। এই গড়গড়ায় তামাক খাওয়াটা ইদানীং শুরু হয়েছে, আমাদের সঙ্গে সম্পর্কচ্ছেদের পর।

হঠাৎ নীচে শোরগোল উঠল। গৌর গলা চড়িয়ে শিশিরকে বকছে, "আচ্ছা, তুই পিয়নকে ফেরত দিলি কী বলে?"

সঙ্গে সঙ্গে আমাদের গলা। শিশিরকে সবাই মিলে আমরা কোণঠাসা করছি চেঁচিয়ে।

"আহা! একবার জিজ্ঞেস করে দেখা তো উচিত ছিল?"

"একেবারে 'হিঁয়া নেহি' বলে বিদেয় করবার কী দরকার ছিল!"

"ঘনাদার নাম যখন বললে, তখন তাঁকে একবার ডাকতে ক্ষতি কী ছিল!"

শিশির যেন সকলের আক্রমণে ব্যতিব্যস্ত হয়ে রেগে জবাব দিলে, "ডেকে লাভ কী! ঘনাদা কি ঘর থেকে বেরুতেন! আর রেজেস্ট্রি চিঠি ঘনাদার নামে কোত্থেকে আসবে?"

কয়েক সেকেন্ড বিরতির মধ্যে টের পেয়েছি ওপরে গড়গড়ার 'ভুড়ুক ভুড়ুক' আওয়াজ থেমে গিয়েছে।

দরজার খিলটা সাবধানে খোলার আওয়াজও যেন পাওয়া গেল। আমরাও গলা চড়িয়ে দিলাম।

"রেজেস্ট্রি করা চিঠি কেউ ফেরত দেয়? তার ওপর আবার ইনসিওর করা!" ওই 'ইনসিওর' শব্দটিতে বাজিমাত হয়ে গেল।

একটা গলা খাঁকারির আওয়াজে আমরা যেন চমকে চোখ তুলে তাকালাম। ঘনাদা

ছাদের আলসের কাছে এসে দাঁড়িয়েছেন ঘর থেকে বেরিয়ে।

"এই যে ঘনাদা! শুনেছেন শিশিরের আহাম্মুকি!"

"সেইটেই শুনতে চাইছি।"

আর দুবার বলতে হল না। তরতর করে সিঁড়ি বেয়ে সবাই ওপরের ছাদে গিয়ে হাজির। তারপর এর মুখের কথা ও কেড়ে নিয়ে সবিস্তারে ফলাও করে ব্যাপারটা জানানো হল। সেই সঙ্গে শিশিরকে গালমন্দ আর আমাদের থেকে থেকে আপশোস!

"ইস, ইনসিওর করা চিঠি—! কী ছিল তাতে কে জানে!"

"কিন্তু পোস্টাফিসে গেলে এখনও তো সে চিঠি পাওয়া যায়!" ঘনাদা নিজেই পথ খুঁজে বার করলেন আগ্রহের সঙ্গে।

আমরা তার জন্য প্রস্তুত ছিলাম।

"আর কী করে পাওয়া যাবে! কালই নাকি শেষ তারিখ ছিল চিঠি দেবার! আজ একবার শুধু শেষ চেষ্টা করবার জন্য এসেছিল। পিয়ন বলে গেল আজ দুপুরেই চিঠি যেখান থেকে এসেছে সেখানে ফেরত যাবে।"

শিশিরকেই আমরা ধমকালাম, "ফেরত যাবে মানে? এতদিন কী করছিল? রেজেস্ট্রি চিঠি এতদিন দেয়নি কেন?"

"নামের একটু গোলমাল ছিল যে। নাম ছিল Gana Sam Dos, তাইতেই পোস্টাফিস ঠিক বুঝতে পারেনি এতদিন!" শিশির ব্যাপারটাকে আরও ঘোরালো করে তুললে।

আমরা শিশিরের ওপরেই চটে উঠলাম, "বুঝতে পারেনি বললেই হল। নামে গোলমাল থাক, ঠিকানা তো ছিল, আর বিদেশের চিঠিতে নামের বানান তো কতরকম হতে পারে। ঘনাদার কি শুধু ইংরেজেদের সঙ্গেই কারবার! জার্মান, ফ্রেঞ্চ, ইটালিয়ান—কার সঙ্গে নয়!"

"না, দোষ কিন্তু শিশিরের!" শেষ পর্যন্ত আমরা শিশিরের ওপরেই গিয়ে পড়লাম, "চিঠিটা ও কী বলে ফেরত দিলে?"

"খুব অন্যায় হয়েছে আমার!" অপরাধের প্রায়শ্চিত্ত করবার জন্য শিশির যেন সিগারেটের টিনটা খুলে ধরল।

ঘনাদা অন্যমনস্ক ভাবে তা থেকে একটা তুলে নিতেই আর আমাদের পায় কে?

"চিঠিটা কোনও জার্মানের লেখা বোধহয়।" শিবুই জল্পনা শুরু করে দিলে সোৎসাহে, "ঘনাদাকে সেখানে হের ডস নামেই তো সবাই চেনে।"

গৌর প্রতিবাদ জানালে, "না, না, নিশ্চয়ই ফরাসি কেউ লিখেছে। কী শিশির—নামের আগে মঁসিয়ে ছিল না?"

"মঁসিয়ে নয়, সেনর বলে মনে হচ্ছে। ইটালি থেকে কেউ লিখেছে বোধহয়। তাই না?" প্রশ্নটা শিশিরকেই করলাম।

শিশির অপরাধীর মতোই স্বীকার করলে চিঠির নামের আগে কী লেখা ছিল সে লক্ষই করেনি।

"তা লক্ষ করবে কেন? তা হলে যে কাজ হত!" বলে শিশিরকে ধমকে গৌর

সোজা ঘনাদাকেই প্রশ্ন করলে, "চিঠিটা কোথা থেকে কে পাঠিয়েছিল কিছু বুঝতে পারছেন?"

কয়েকটা উৎকণ্ঠিত মুহূর্ত। পাল্লা কোনদিকে হেলবে? সন্ধি, না বিগ্রহ?

শিবু হঠাৎ পাল্লায় পাষাণ চড়িয়ে দিলে আলসে থেকে ঝুঁকে ঠাকুরকে চিৎকার করে ডেকে, "আমাদের কবিরাজি কাটলেটগুলো আর চা ওপরেই নিয়ে এসো ঠাকুর।" ঘনাদার দিকে ফিরে সলজ্জভাবে বিশদ বিবরণও দিয়ে দিলে, "স্পেশাল অর্ডার দিয়ে আনিয়েছি আজ!"

ওই পাষাণটুকুতেই পাল্লা হেলল। কাটলেটের কথা যেন শুনতেই পাননি এইভাবে ঘনাদা আগেকার প্রশ্নটাকেই তুলে ধরলেন, "চিঠিটা কোথা থেকে কে পাঠিয়েছে, জানতে চাও, কেমন?"

আমরা ঘনাদার আগেই তাঁর ঘরের দিকে পা বাড়িয়ে বললাম, "হ্যাঁ, হঠাৎ বিদেশ থেকে ইনসিওর করা চিঠি!"

ততক্ষণে ঘনাদার ঘরে আমরা ঢুকে পড়েছি। নীচে থেকে বড় ট্রেতে করে চা আর কাটলেটের ডিসও এসে গেছে।

ঘনাদা তাঁর তক্তপোশটিতে সমাসীন হয়ে অন্যমনস্ক ভাবে একটা কাটলেট তুলে নিয়ে বললেন, "চিঠিটা হঠাৎ নয় হে, এই চিঠি..."

কথাটা আর শেষ করা তাঁর হল না। পরপর চারটি স্পেশাল অর্ডার দেওয়া কবিরাজি কাটলেট যথাস্থানে প্রেরিত না হওয়া পর্যন্ত কথাটার সঙ্গে আমরাও মাঝপথেই ঝুলে রইলাম।

কাটলেটের পর ডান হাতের তর্জনী ও অনামিকার মধ্যে শিশিরের গুঁজে দিয়ে জ্বালিয়ে দেওয়া সিগারেটটিতে দুবার সুখটান দিয়ে চায়ে চুমুক দিতে দিতে তিনি বাক্যাংশটি শেষ করলেন।

"...অনেকদিন আগেই আসার কথা।"

"তাহলে কে পাঠিয়েছে বুঝতে পেরেছেন!" আমরা যেন অবাক!

"তা আর বুঝিনি! ওই নামের বানান দেখেই বুঝেছি। আমার নামের ও-বানান শুধু একজনেরই করা সম্ভব। আজ ছ-বছর ধরে তার এই চিঠির জন্যই দিন গুনছি!"

"ছ-বছর ধরে! খুব দামি চিঠি নিশ্চয়?" শিশির চোখ বড় বড় করে জিজ্ঞাসা করলে।

ধমকে বললাম, "দামি না হলে ইনসিওর করে।"

ঘনাদা কিন্তু একটু বিদ্রূপের হাসি হাসলেন, "ইনসিওর তো নামে, নইলে ও-চিঠি ইনসিওর করার খরচা দিতে পেরুর ট্রেজারি ফতুর হয়ে যেত!"

এবার নির্ভাবনা হয়ে কপালে চোখ তুলে জিজ্ঞাসা করলাম, "চিঠিটার এত দাম?"

"কী ছিল ওতে? হিরে-মুক্তো?" সরলতার প্রতিমূর্তি হয়ে জিজ্ঞাসা করলে শিবু।

"দূর! হিরে-টিরে হলে তো ভারী হত! আর হিরের দাম যতই হোক ইনসিওর করবার খরচ দিতে ট্রেজারি ফতুর হয় নাকি?" শিশির শিবুর মূঢ়তায় বিরক্ত হয়ে উঠল।

"কিন্তু পেরুর ট্রেজারি কেন?" গৌর একেবারে সার কথাটা ধরে বসল, "চিঠিটা পেরু থেকে এসেছিল নাকি?"

ঘনাদা একটু হেসে আমাদের উদ্‌গ্রীব মুখগুলোর ওপর একবার চোখ বুলিয়ে বললেন, "হ্যাঁ, পেরুর কুজ্‌কো শহর থেকে ডন বেনিটো ছাড়া আর কেউ ও-চিঠি পাঠাতে পারে না।"

"কিন্তু কী ছিল ওতে?" আমরা উদ্‌গ্রীব।

আমাদের যথারীতি কয়েক সেকেন্ড রুদ্ধ নিশ্বাসে অপেক্ষা করিয়ে রেখে ঘনাদা ধীরে ধীরে বললেন, "ছিল ক-টা রঙিন সুতো।"

"সুতো!" আমরা এবার সত্যিই হতভম্ব।

"সুতো মানে এই কার্পাসের তুলো থেকে যে সুতো পাকানো হয়?" শিবুর মুখের হাঁ আর বুজতে চায় না।

"হ্যাঁ, গাঁটপড়া রঙিন খানিকটা সাধারণ সুতোলি!" ঘনাদা আমাদের দিকে সকৌতুক অনুকম্পার সঙ্গে তাকিয়ে বললেন, "ওই সুতোর জট ক-টা পেলে, আমেরিকা এ পর্যন্ত সারা পৃথিবীতে যেখানে যত ধার দিয়েছে, সব শোধ করে দেওয়া যায়। শুধু ওই গাঁটপড়া সুতোলি ক-টার জন্য গত সওয়া চারশো বছরে সওয়া চার হাজার মানুষ অন্তত প্রাণ দিয়েছে!"

আমাদের এবার আর অবাক হবার ভান করতে হল না। গৌর শুধু ধরা গলায় কোনও রকমে জিজ্ঞাসা করলে, "তা ওই সর্বনাশা সুতো আপনার কাছে পাঠাবার মানে?"

"মানে? মানে কিংকাজুর ডাক। কিংকাজু একরকম ভাম। মরণ নিশ্চিত জেনেও তার ডাক সেদিন চিনতে না পারলে এ গল্প শুনতে পেতে না। তবে—" ঘনাদা একটু হাসলেন। "মানে ভাল করে বুঝতে হলে বারো বছর আগের ব্রেজিলের মাত্তো গ্রস্‌সো-র এমন একটি জঙ্গলে যেতে হয় কোনও সভ্য মানুষ যেখান থেকে জীবন্ত কখনও ফিরে আসেনি।"

"সেই ভরসায় আপনি বুঝি সেখানে গেছলেন?" দুম করে কথাটা বলে ফেলে শিশির একেবারে কূলের কাছে ভরাডুবি প্রায় করেছিল আর কী!

কিন্তু কবিরাজি কাটলেটের গুণ অনেক। শিশিরের কথা ঘনাদার যেন কানেই গেল না।

সিগারেটা একটা মোক্ষম টান দিয়ে তিনি নিজের কথাতেই মশগুল হয়ে শুরু করলেন, "পাঁচটি প্রাণী আমরা প্রাণ হাতে নিয়ে সেই জঙ্গল দিয়ে চলেছি পৃথিবীর সবচেয়ে রহস্যময় একটি জাতির সন্ধানে। তাদের নাম শাভান্তে। ব্রেজিলের দুর্গমতম যে-জঙ্গলে তারা থাকে সেখানে পৌঁছতে হলে জলে দুনিয়ার সবচেয়ে বড় সাপ আনাকোণ্ডা আর কুমীর, আর রক্তখেকো পির্‌হানা মাছের ঝাঁকের হাত থেকে বাঁচতে হয়, আর দুর্ভেদ্য জঙ্গলের পথে যুঝতে হয় বাঘের বড় মাসি জাগুয়ার থেকে শুরু করে বিষাক্ত সাপ বিছে পর্যন্ত অনেক কিছুর সঙ্গে।

এসব বিপদের হাত এড়ালেই নিস্তার নেই। শাভান্তেরা দুনিয়ার সেরা ঠ্যাঙাড়ে।

তীরধনুক তাদের আছে, কিন্তু গাঁটওয়ালা মোটা মোটা লাঠি দিয়ে মানুষ মারতেই তাদের আনন্দ। জঙ্গলে কোথায় যে তারা ওত পেতে আছে কিছুই বোঝবার উপায় নেই। প্রতি পদে কুডুল দিয়ে গাছ লতা পাতা কেটে যেখানে এগুতে হয় সেখানে বনের জানোয়ারের চেয়েও নিঃশব্দ-গতি শাভান্তেদের হদিস পাওয়া অসম্ভব।

শাভান্তেদের চাক্ষুষ দেখে ফিরে এসে বিবরণ দেবার সৌভাগ্য এ পর্যন্ত কোনও সভ্য পর্যটক কি শিকারির হয়নি। এ অঞ্চলের অন্য অধিবাসীরাও তাদের যমের মতো ভয় করে এড়িয়ে চলে। তবু তাদের কিংবদন্তি থেকেই শাভান্তেদের সম্বন্ধে সামান্য যা কিছু বিবরণ এ পর্যন্ত পাওয়া গেছে।

সেবার কিন্তু ঠিক বিজ্ঞানের খাতিরে শাভান্তেদের রাজ্যে ঢুকিনি। ওই অঞ্চলে দুবছর আগে সেনর বেরিয়েন নামে একজন পর্যটক নিরুদ্দেশ হয়ে যান। তাঁকে খুঁজতে পরের বছর আর-একদল নিয়ে ডন বেনিটো নামে একজন বিখ্যাত শিকারিও ওই অঞ্চলে গিয়ে আর ফেরেননি। ব্রেজিল সরকারের পক্ষ থেকে এই দু-জনের খোঁজ পাবার জন্য বিরাট এক পুরস্কার তখন ঘোষণা করা হয়েছে। কতকটা সেই পুরস্কারের লোভে, কতকটা অন্য এক মতলবে ছোট একটা দল নিয়ে সেই অজানা অঞ্চলে পাড়ি দিয়েছিলাম।

দলে পাঁচটি প্রাণী। তিনজন মোট বইবার কুলি বাদে আমি আর রেমন্ডো। রেমন্ডো আধা পতুর্গিজ, একজন ওদেশি শিকারি। ঠিক শাভান্তেদের রাজ্যে কখনও না গেলেও আশেপাশের অঞ্চলটা তার কিছু জানা ছিল বলে তাকেই পথ দেখাতে এনেছিলাম।

জানা এলাকা ছেড়ে অজানা মুল্লুকে ঢোকবার পরই কিন্তু বুঝেছিলাম, আমি যদি কানা হই তো সে চোখে দেখে না, এই অবস্থা!

রোনুরো নদীর তীরে দাঁড়িয়ে গভীর জঙ্গলের ভেতর ঢুকে তখন আমাদের দিশাহারা অবস্থা। তবু জঙ্গলের মধ্যে সামান্য একটু ফাঁকা জায়গা পেয়ে কুলিদের দিয়ে পরিষ্কার করিয়ে সেদিন রাতে তাঁবু ফেলেছি। পালা করে আমি ও রেমন্ডো পাহারায় থাকব—এই ঠিক হয়েছে। প্রথম রাতটা পাহারা দিয়ে সবে তাঁবুর মধ্যে দুচোখের পাতা একটু এক করেছি, এমন সময় রেমন্ডোর ঠেলায় ধড়মড় করে উঠে বসতে হল।

'শুনতে পাচ্ছেন, আমো!' রেমন্ডো কাঁপতে কাঁপতে বললে।

'কী, শুনব কী!' বিরক্ত হয়ে বললাম, 'ও তো জংলি ম্যাকাও কাকাতুয়ার ডাক!'

'না, আমো, ভাল করে শুনুন!' রেমন্ডোর গলা দিয়ে ভয়ে কথাই বার হতে চাচ্ছে না।

মন দিয়ে এবার শুনলাম এবং সত্যই প্রথমে সমস্ত গায়ে আপনা থেকে কাঁটা দিয়ে উঠল।

ম্যাকাও-র কর্কশ ডাকের পরই ব্রেজিলের লাল বাঁদর গুয়ারিবাস-এর বুক কাঁপানো চিৎকার। তারপর সেটা থামতে না থামতেই ময়ূর জাতের পাভাস পাখির গলার ঝনঝনে ঝংকার।

রেমন্ডোর দিকে চেয়ে দেখি সে ইতিমধ্যে ঘামতে শুরু করেছে।

এ অবস্থায় ঘেমে ওঠা কিছু আশ্চর্যও নয়। পাভাস পাখির ডাক বন্ধ হবার পরই জাগুয়ারের গলার ফ্যাঁস ফ্যাঁস শোনা গেল, আর তারপরই আবার গুয়ারিবাস বাঁদরের ডাক।

আওয়াজগুলো ক্রমশ কাছেই এগিয়ে আসছে।

'কী হবে, আমো!' রেমন্ডো মাটির ওপরই বসে পড়ল। তাকে সাহস দেব কী, নিজের অবস্থাই তখন কাহিল। তবু ধমকে বললাম, 'আমো আমো কোরো না। কতবার বলেছি আমি তোমার মনিব নয়, বন্ধু, আমো নয়, আমিগো।'

'যে আজ্ঞে, আমো।' বলে রেমন্ডো তেমনই কাঁপতে লাগল।

বিপদের মধ্যেও না হেসে পারলাম না। তারপর আবার ধমক দিয়ে বললাম, 'লজ্জা করে না তোমার? তুমি না ব্রেজিলের সেরা শিকারি!'

'শিকারি হয়ে লাভ কী, আমো!'

লাভ যে নেই তা আমিও জানতাম। এটা শাভান্তেদের শত্রু মারবার একটা কায়দা। সারারাত দল বেঁধে শত্রুকে বেড়াজাল দিয়ে ঘিরে এমনই জঙ্গলের নানা জানোয়ারের আওয়াজ করতে করতে তারা এগিয়ে আসে, আবার পিছিয়ে যায়। সারারাত শত্রুর চোখে ঘুম তো নেই-ই, প্রতি মুহূর্তেই আক্রমণের ভয়ে তটস্থ অবস্থা। এমনই করে সারারাত শত্রুর ধৈর্যের বাঁধ ভেঙে দিয়ে ভয়ে ভাবনায় আধমরা করে ভোরের দিকে শাভান্তেরা সমস্ত আওয়াজ থামিয়ে একেবারে যেন বিদায় নিয়ে চলে যায়। শত্রু তখন বিপদ কেটেছে মনে করে ক্লান্তিতে হয়তো একটু ঘুমিয়ে পড়ে। শাভান্তেরা ঠিক সেই সময়েই হানা দিয়ে তাদের গেঁটে লগুড় দিয়ে সব সাবাড় করে দেয়। শাভান্তেদের একটি লোকও তাতে মারা পড়ে না। শুধু ফন্দিতেই কাজ হাসিল হয়ে যায়।

বুনো জানোয়ারের ডাক ইতিমধ্যেই পিছিয়ে যেতে শুরু করেছে, টের পেলাম।

রেমন্ডোকে ও সেই সঙ্গে নিজেকেও সাহস দেবার জন্য বললাম, 'এখুনি এত ভেঙে পড়বার কী হয়েছে! ওদের এ চালাকি তো সারারাত চলবে। ভোরে ওরা চড়াও হবার আগে পালাতে পারলেই হল।'

'কিন্তু পালাবেন কোথায়, আমো! আমরা মাত্র পাঁচজন, আর ওরা অন্তত পাঁচশো। পাঁচজন হলেও ওরা এমনিতে রাত্রে আক্রমণ করতে চায় না। কিন্তু পালাবার চেষ্টা করলেই ঠেঙিয়ে শেষ করে দেবে! আমাদের দু-জনের দুটো বন্দুকে ক-টাকে ঠেকাবেন এই অন্ধকার জঙ্গলে?'

রেমন্ডোর কথাগুলো মিথ্যে নয়। কী বলে আপাতত তাকে শান্ত করব ভাবছি, এমন সময় জংলা আওয়াজ আবার কাছে এগুতে শুরু করল। প্রথমে টুকান পাখির চড়া গলা, তারপর জাগুয়ারের জাতভাই কুজার-এর গর্জন, আর সে-ডাক থামতেই সেই কিংকাজুর ঝগড়াটি বেড়ালের মতো ডাক।

এই ডাক শুনেই চমকে উঠে দাঁড়ালাম।

রেমন্ডো সঙ্গে সঙ্গে উঠে দাঁড়িয়ে সভয়ে জিজ্ঞাসা করলে, 'কী হল, আমো?'

'এখুনি জানতে পারব।' বলে বেরুবার চেষ্টা করতেই রেমন্ডো দুহাতে আমায় জড়িয়ে প্রায় ককিয়ে উঠল, 'আপনি কি পাগল হলেন আমো! যাচ্ছেন কোথায়?'

বেশ জোর করেই তার হাত ছাড়িয়ে কোনও উত্তর না দিয়ে জঙ্গলের ভেতর ঢুকে পড়লাম।

ঘুটঘুটে অন্ধকার যাকে বলে। দিনের বেলাতেই যেখানে চলাফেরা শক্ত, রাতের অন্ধকারে সে জঙ্গলে এক পা এগুনোই দায়। টর্চ জ্বালবার উপায় নেই বলেই সঙ্গে নিইনি। কোনওরকমে হোঁচট খেতে খেতে হাতড়াতে হাতড়াতে সেই জঙ্গল ভেদ করে চললাম।

কিংকাজুর ডাকের পর আবার গুয়ারিবাস-এর চিৎকার হতেই একটা শিস দিলাম উইরা পুরু পাখির তীক্ষ্ণ বাঁশির মতো আওয়াজ করে।

অন্যদিকের শব্দটা খানিক থেমে গেল তাইতেই।

তারপর ওদিক থেকে আবার ম্যাকাও পাখির ডাক শুরু হতেই আন্তা মানে টাপির-এর আওয়াজ শুরু করলাম।

জঙ্গল এবার একেবারে চুপ।

নিজেই আবার প্রসিঁওর আওয়াজ নকল করে তার উপর পাভাস পাখির গলার ঝংকার জুড়ে দিলাম।

জঙ্গলে আর কোনও শব্দ নেই। আমি কিন্তু যথাসম্ভব সাবধানে তখনও এগিয়ে চলেছি।

বেশ কিছুক্ষণ এইভাবে যাবার পর জঙ্গল একটু ফাঁকা হতে দেখি, যা ভেবেছিলাম তাই—।”

“একটা চিড়িয়াখানা!” শিবু বোধহয় আর থাকতে না পেরেই বলে উঠল।

ঘনাদা ভুরু কুঁচকে সেদিকে তাকাতেই আমরা শিবুকে ধমকে উঠলাম, “চিড়িয়াখানা! শিবুর যেমন বুদ্ধি! জঙ্গলে কখনও চিড়িয়াখানা থাকে!”

ঘনাদা খুশি হলেন কি না বলা যায় না, কিন্তু তাঁর বর্ণনা আবার চলল।

“বনের ওই ফাঁকা জায়গায় একটা তাঁবু। চারিদিক ঢাকা হলেও তার ভেতর থেকে জোরালো হ্যাসাক বাতির সামান্য আলোর আভাস পাওয়া যাচ্ছে। নিঃশব্দে সেই তাঁবুর পেছনে গিয়ে পৃথিবীর সবচেয়ে ধেড়ে ইঁদুর কাপিবারার মতো আওয়াজ দিলাম।

তাঁবুর ভেতর থেকে বাঘের মতো গর্জন শোনা গেল, ‘কিয়েন্ এস্তা আহি?’ অর্থাৎ, কে ওখানে?

বললাম, ‘সয় ইয়ো!’ অর্থাৎ, আমি।

এবার তাঁবুটাই যেন দুলে উঠল এবং তার পর্দা সরিয়ে ছোটখাট পাহাড়ের মতো যে-লোকটি খেপে বেরিয়ে এল, অন্ধকারের মধ্যেও শুধু তার আকার দেখেই তাকে আমি তখন চিনে ফেলেছি।

সে বেরিয়ে আসতেই আমি নিঃশব্দে অন্যদিকে সরে গেলাম। টর্চ জ্বেলে সে তাঁবুর চারিদিকে ঘুরে যখন আবার ভেতরে ঢুকল তখন আমি তার জিনিসপত্র যা ঘাঁটবার ঘেঁটে দেখে তারই বিছানায় শুয়ে একটা সিগারেট ধরিয়েছি।

তাঁবুর ভেতর ঢুকে আমায় ওই অবস্থায় দেখে পাহাড় একেবারে আগ্নেয়গিরি হয়ে

উঠল।

'তবে রে, মুকুরা চিচিকা!' মানে, পুঁচকে গন্ধগোকুল বলে সে তেড়ে আসতেই উঠে বসে বললাম, 'ধীরে, ধুমসো আই, ধীরে!' আই হল দুনিয়ার সবচেয়ে কুঁড়ের ধাড়ি জানোয়ার ব্রেজিলের শ্লথ।

মাঝপথে থেমে সে একেবারে হতভম্ব হয়ে আমার দিকে খানিক তাকিয়ে থেকে বললে, 'তুমি ডস্! এখানে! কী দেসিয়া উস্তেদ?' মানে, কী তুমি চাও?

'বিশেষ কিছু না! সেনর বেরিয়েন-এর সন্ধান করতে যে দলবল নিয়ে বেরিয়েছিল সেই বেনিটো-র সঙ্গে একটু আলাপ করতে চাই। সেনর বেরিয়েন-এর কী হয়েছে, ডন বেনিটো-ই বা তাঁর খোঁজে বেরিয়ে কেন নিরুদ্দেশ, এসব খবর জানবার জন্য পৃথিবীর সবাই একটু উদ্‌গ্রীব কিনা!'

আমার পাশেই সেই চার-মণী লাশ নিয়ে বসে ডন বেনিটো এবার হতাশভাবে বললে, 'সেনর বেরিয়েন শাভান্তেদের হাতে মারা গেছেন।'

'তা তো বুঝলাম, কিন্তু সে-কথা জানবার পর সভ্য সমাজে না ফিরে ডন বেনিটো এই জঙ্গলের মধ্যে এখনও লুকিয়ে থাকতে এত ব্যাকুল কেন?'

আমার প্রশ্নের উত্তর না দিয়ে বেনিটো পালটা প্রশ্ন করে বসল এবার, 'তুমি আমার খোঁজ পেলে কী করে?'

হেসে বললাম, 'তোমার একটু ঠিকে ভুলের দরুন, বন্ধু। তুমি মস্ত শিকারি। প্রত্নতত্ত্ব নিয়েও কিছু নাড়া-চাড়া করেছ, শুনেছি, কিন্তু প্রাণিবিদ্যাটায় তেমন পাকা তো নও, তাই শাভান্তেদের সঙ্গে ভাব করবার জন্য তাদের মতো হরবোলার গলা দুরস্ত করলেও একটা মস্ত ভুল করে ফেলেছ।'

'কী ভুল?' বেনিটো বেশ খাপ্পা।

'ভুল কিংকাজুর ডাক। ওই প্রাণীটি যে ব্রেজিলের এ অঞ্চলে থাকে না, সেইটি তোমার জানা নেই। শাভান্তেরা ও ডাক জানে না। ওই ডাক শুনেই বুঝলাম শাভান্তেরা নয়—অন্য কেউ ভয় দেখিয়ে আমাদের তাড়াতে চাইছে।'

বেনিটোর জালার মতো মুখখানা তখন দেখবার মতো। হতভম্ব ভাবের সঙ্গে আপশোস, বিরক্ত, রাগের সেখানে একটা লড়াই চলেছে।

সে লড়াই শেষ হবার আগেই আবার জিজ্ঞাসা করলাম, 'কিন্তু ব্যাপার কী বলো তো? এই জঙ্গলে কোথায় সভ্য মানুষজন দেখলে খুশি হয়ে দেখা করবে, না ভয় দেখিয়ে তাদের তাড়াতে চাও?'

'আমি...মানে আমি...' বেনিটো আমতা আমতা করে বললে, 'সেনর বেরিয়েনকে যখন ফিরিয়ে আনতে পারিনি তখন সভ্যসমাজে আর মুখ দেখাতে চাই না।'

'বটে!' গম্ভীরভাবে বললাম, 'তুমি বিফল হবার লজ্জায় এখন অজ্ঞাতবাসই চাইছ তা হলে? ভাল কথা! কিন্তু আমাকে কি তা হলে শুধু হাতে ফিরতে হবে! ওদিকে ব্রেজিল সরকারের পুরস্কারটাও তো ফসকাচ্ছে।'

'কী, কী তুমি চাও?' বেনিটো আমায় যে-কোনও ভাবে তাড়াতে পারলে বাঁচে বোঝা গেল।

'কী চাই?' যেন বেশ ভাবনায় পড়ে বললাম, 'এই জঙ্গলে কী-ই তোমার আছে যে দেবে?'

'তুমি বলো না কী চাও! ব্রেজিলের সরকার তোমায় যা পুরস্কার দিত তাই তোমায় যদি দিই, হবে?' বেনিটো বেশ ব্যাকুল।

'কিন্তু দেবে কী করে! এখানে অত টাকা তুমি পাচ্ছ কোথায়?'

'এখানে নয়, পেরুতে। এখুনি একটা চিঠি তোমায় লিখে দিচ্ছি। তুমি লিমায় গিয়ে যে-ঠিকানায় চিঠি দিচ্ছি সেখানে দেখালেই পাবে।' বেনিটো আমায় রাজি করাবার জন্য উদ্‌গ্রীব হয়ে বললে, 'আমার কথা তো বিশ্বাস করো?'

'খুব করি। কিন্তু অত টাকার আমার দরকার নেই। তুমি বরং...' ঘরের চারিদিকে একবার চোখ ঘোরালাম।

বেনিটো অধীর হয়ে বললে, 'হ্যাঁ বলো, কী চাও।'

'চাই খানিকটা সুতো!' বলে ফেলে বোকার মতো চেহারা করে তার দিকে তাকালাম।

'সুতো!' সেই বিরাট জালার মতো মুখে মনের ভাব কি সহজে লুকোনো যায়। তবু প্রাণপণে ঠাণ্ডা থাকার চেষ্টা করে বেনিটো বললে, 'তুমি কি পাগল হয়ে গেছ নাকি। সুতো—সুতো আবার কী?'

'কী আর, খানিকটা রঙিন সুতো। তা-ই হলেই আমার চলবে।'

'নাঃ, তোমার দেখছি সত্যি মাথা খারাপ হয়ে গেছে জঙ্গলে ঘুরে ঘুরে!' বলে বেনিটো খুব জোরে হাসবার চেষ্টা করলে।

'আমার পাগলামিতে তোমার হাসি পাচ্ছে? তা হলে আর একটা মজার গল্প বলি শোনো। পিজারোর নাম শুনেছ তো?'

'পিজারো? কে পিজারো?' বেনিটো তামাশার সুরে বলবার চেষ্টা করলেও তার চোখ দুটোয় আর তখন হাসির লেশ নাই। ঠাট্টার সুর বজায় রেখে সে তবু বললে, 'আমি তো পিজারো বলে একজনকে চিনি—আমাদের রাস্তা সাফ করত।'

'এ পিজারোও এক রকমের ঝাড়ুদার, তবে প্রায় সওয়া চারশো বছর আগে দক্ষিণ আমেরিকার পেরু সাফ করে দিয়ে গেছে।'

'ও, তুমি কংকিসতাদোর বীর পিজারোর কথা বলছ!' বেনিটো যেন এতক্ষণে আমার কথা বুঝল, 'স্পেনের হয়ে যিনি পেরু জয় করেছিলেন!'

'হ্যাঁ, বিশ্বাসঘাতকতাকে যদি জয় করা বলো, খুনি আর শয়তানকে যদি বলো বীর।'

খাঁটি ইস্পাহানি না হলেও এ কথাগুলো বেনিটোর খুব মধুর লাগল না, তবু নিজেকে সামলে সে বললে, 'তা—পিজারোর উপর যত খুশি গায়ের ঝাল ঝাড়ো। কিন্তু তার গল্প আমায় কী শোনাবে!'

'শোনোই না। হয়তো প্রাণ খুলে হাসবার কিছু পাবে। পেরুর রাজাদের নাম যে ইংকা তা তোমায় বলবার দরকার নেই। পেরুর শেষ স্বাধীন ইংকা আতাহুয়ালপা কাজামারকা (Cajamarca) শহরে সরল বিশ্বাসে পিজারো আর তার একশো তিরাশি

জন অনুচরকে অভ্যর্থনা করেন। সেই সাদর অভ্যর্থনার প্রতিদানে পিজারো চরম বিশ্বাসঘাতকতা করে কৌশলে ইংকা আতাহুয়ালপাকে বন্দী করে। মুক্তির দাম হিসেবে ইংকা সোনা রুপোয় প্রায় কুবেরের ভাণ্ডার পিজারোকে দেন। সে সমস্ত নিয়েও পিজারো ইংকা আতাহুয়ালপাকে নির্মমভাবে হত্যা করে। মানুষের ইতিহাসে সেই কলঙ্কিত তারিখ হল ১৫৩৩-এর ২৯শে নভেম্বর।'

এই পর্যন্ত শুনেই বেনিটো ধৈর্য হারিয়ে বললে, 'তোমার সব কথা সত্যি নয়, তবু এ-ইতিহাস পৃথিবীর কে না জানে!'

'সবাই যা জানে না তা-ই একটু তা হলে বলি। পেরুর শেষ ইংকার কাছ থেকে বিশ্বাসঘাতকতা করে পিজারো সোনাদানা যা নিয়েছিল, তা বিরাট দীঘির একটা গণ্ডূষ মাত্র। পেরু তখন সোনায় মোড়া বললেও বেশি বলা হয় না। ইংকারা নিজেদের সূর্যের সন্তান বলত, আর সোনাকে বলত সূর্যের চোখের জল। সোনায় তারা থালাবাটি ঘটি গয়না থেকে বড় বড় মূর্তিই শুধু তৈরি করত না, তাদের মন্দিরের মেঝেও হত সোনা দিয়ে বাঁধানো। কুজ্কো শহরের সূর্যমন্দিরের চারিধারে বর্ষার জলের নর্দমাগুলোও ছিল সোনার পাত নয়, তাল দিয়ে তৈরি। আর রুপো তো তখন এমন সস্তা যে কংকিসতাদোর মানে পিজারোর বিজয়ী সৈনিকেরা তাই দিয়ে ঘোড়ার নাল বাঁধাত। পিজারো সোনার লোভে ইংকাকে আগেই মেরে না ফেললে আরও কত সম্পদ যে পেত কেউ ধারণাই করতে পারে না। কারণ কুজ্কো শহর থেকে ইংকা পুরোহিতেরা আতাহুয়ালপার মুক্তির জন্য আরও রাশি রাশি সোনার জিনিস তখন কাজামারকাতে পাঠাবার আয়োজন করছে। ইংকার হত্যার খবর পাবার পরই তারা পিজারোর আসল স্বরূপ বুঝে সে সোনাদানা সব লুকিয়ে ফেলে। কুজ্কো শহরই সোনার খনি জেনে পিজারো সে শহর লুণ্ঠন করেও তার আসল গুপ্ত ভাণ্ডারের সন্ধানই পায়নি। প্রধান ইংকা পুরোহিত ভিল্লাক উমু সেই সমস্ত ভাণ্ডারের এমন ভাবে হদিস রেখে দেন, ইস্পাহানিদের পেরু থেকে তাড়াবার পর যাতে সেগুলো উদ্ধার করা যায়। ইংকাদের কোনও লিখিত ভাষা ছিল না। তাঁরা যে ভাষায় কথা কইতেন তার নাম কেচুয়া। প্রধান পুরোহিত তাঁর সংকেত-চিহ্ন তাই ভাষার অক্ষরে লিখে যাননি। তিনি সংকেতগুলি যাতে রেখে গিয়েছিলেন তাকে বলে কিপু।'

বেনিটো কী কষ্টে যে স্থির হয়ে আছে বুঝতে পারছিলাম। সে এখন হালকা সুরে বলবার চেষ্টা করলে, 'তোমার ও কিপু-মিপু শুনে হাসি তো আমার পাচ্ছে না!'

'পাচ্ছে না? তা হলে আর একটু শোনো। প্রধান পুরোহিতের পর এই সব কিপু দ্বিতীয় পুরোহিতের হাতেই পড়ে। তারপর পুরোহিত-বংশই শেষ হয়ে যাবার সঙ্গে, সেসব কিপু কোথায় যে হারিয়ে যায় কেউ জানে না। শেষ ইংকা আতাহুয়ালপার এক ভাইপো গার্সিলাসো দ্য লা ভেগা সারা জীবন সেসব কিপু খুঁজেছেন, কিন্তু পাননি। শুধু সম্প্রতি এখান ওখান থেকে কয়েকটা টুকরো কিপু উদ্ধার হয়েছে। কিন্তু মুশকিলের কথা এই যে কিপুর সংকেত-চিহ্ন পড়বার লোক পৃথিবীতে প্রায় নেই বললেই হয়।'

বেনিটোর ধৈর্যের বাঁধ আর রইল না। রাগে উত্তেজনায় সে গর্জন করে উঠল

এবার, 'কী তুমি বলতে চাও, কী? এ-গল্প আমায় শোনাবার মানে?'

'মানে এই যে পৃথিবীর দু-তিনটি মাত্র লোক এখনও কিপুর সংকেত-চিহ্ন বুঝতে পারেন, সেনর বেরিয়েন তাঁদের একজন। তাঁর শরীরে ইংকাদের রক্তও কিছু আছে। সারা জীবন শুধু পেরুতে নয়, কলম্বিয়ায়, ইকোয়েডরে, চিলিতে, বলিভিয়ায় ও ব্রেজিলে তিনি হারানো কিপু সন্ধান করে বেড়িয়েছেন। সংগ্রহও করেছেন কিছু। তাঁর শেষ সন্ধান এই মাত্তো গ্রস্‌সোর জঙ্গলে। পেরু স্পেনের কবলে যাবার পর ইংকাদের একটি শাখা টিটিকাকা হ্রদ পেরিয়ে প্রথমে বলিভিয়ায় ও পরে সেখান থেকে ব্রেজিলের এই অংশে এসে রাজ্য গড়বার চেষ্টা করে বলে কিংবদন্তী আছে। কুজ্‌কোর গুপ্ত ভাণ্ডারের সংকেত দেওয়া সবচয়ে দামি কিপু নাকি এই ইংকারাই সঙ্গে করে নিয়ে এসেছিল। সেনর বেরিয়েন এই কিপুর খোঁজেই এই দুর্গম জঙ্গলে এসেছিলেন। এবং আমি নিশ্চিত জানি যে তা তিনি পেয়েও ছিলেন।'

'তুমি নিশ্চিত জানো'—বেনিটো একেবারে মারমূর্তি—'হাত গুনে নাকি?'

একটু হেসে হাতের মুঠোটা তার সামনে খুলে ধরে বললাম, 'হাত গুনে নয়, হাতের মুঠোয় ধরে—'

আমার হাতের দিকে চেয়ে বেনিটোর জালার মতো মুখের ভাঁটার মতো চোখদুটো প্রায় ঠেলে বেরিয়ে আসে আর কী?

তার এই অবস্থা যেন দেখেও না-দেখে নিতান্ত ভাল মানুষের মতো বললাম, 'এই জন্যই তোমার কাছে একটি রঙিন সুতো মানে এই কিপু চাইছিলাম। এইটে পেলেই খুশি মনে আমি চলে যাই, তুমিও পরমানন্দে জঙ্গলে অজ্ঞাত বাস করো।'

এতক্ষণে সেই মাংসের পাহাড় সত্যিই আগ্নেয়গিরি হয়ে উঠল। 'তবে রে কালা নেংটি কুটিয়া! বোড়ার রাজা আনাকোণ্ডার গর্তে এসেছ চুরি করতে!' বলে সেই চার-মণী লাশ আমার ওপর ঝাঁপিয়ে পড়ল। একটু গা-ঝাড়া দিয়ে দেখি—"

"তাঁবুর কাপড় ছিঁড়ে সেই মাংসের পাহাড় বাইরে ছিটকে পড়ে খাবি খাচ্ছে"—গৌরই ঘনাদার কথাগুলো জুগিয়ে দেবার চেষ্টা করলে।

ঘনাদা একটু ভুরু কুঁচকে বলে চললেন, "না, দেখি আমিই তাঁবুর কোণে দড়ি-দড়ার মধ্যে থুবড়ে পড়েছি। গা-ঝাড়া দিয়ে ওঠবার পর বেনিটোর সে কী গর্বের হাসি, তারই সঙ্গে আবার কাটা ঘায়ে নুনের ছিটের মতো জ্বালা ধরানো কথার চিমটি, 'কী, ডস্‌। প্যাঁচটা লাগল কেমন? বড় জব্দ করেছিলে আর বারে, তাই হরবোলা গলা সাধার সঙ্গে যুযুৎসুটাও শিখেছি।'

তার হাসি থামাতে নিজেই এবার ঝাঁপিয়ে পড়লাম তার ওপর। কিন্তু আবার মাটি নিয়ে তার বিদ্রূপ শুনতে হল, 'জাপানি কুস্তি সুমোও শিখতে ভুলিনি, বন্ধু।'

তার হাসি কিন্তু মাঝপথেই গেল বন্ধ হয়ে। মাটিতে পড়ে তখন সে গোঙাচ্ছে। গলাটায় আর একটু চাপ দিয়ে বললাম, 'সবই শিখেছ, শুধু এই বাংলা কাঁচিটাই শেখোনি। এখন বলো এ-কিপু কোথায় তুমি পেয়েছ? সেনর বেরিয়েনকে খোঁজার নাম করে এসে তাঁকে কোন ছলে মেরে এ-কিপু বাগিয়েছ—কেমন?'

জবাবে তার মুখ থেকে একটু কাতরানির মতো আওয়াজ বেরুল মাত্র, 'না, না।'

পায়ের ফাঁস একটু আলগা করতে বেনিটো ককিয়ে উঠল, 'হলফ করে বলছি, সেনর বেরিয়েন মারা যাবার আগে এ-কিপু আমায় দিয়ে গেছেন। তাঁর নিজের হাতে লেখা প্রমাণ আমি দেখাচ্ছি।'

তাকে ছেড়ে দিয়ে বললাম, 'বেশ, দেখাও সে প্রমাণ। বাংলা কাঁচি দেখেছ, কোনও চালাকি করবার চেষ্টা করেছ কি একেবারে বাংলা তুড়ুম ঠুকে দেব।'

মানে বুঝুক আর না-বুঝুক চালাকি করবার উৎসাহ আর তখন বেনিটোর নেই। নিজের ঝোলা থেকে সত্যিই সে একটা আধময়লা চিঠি বার করে দেখালে। সেনর বেরিয়েনের হাতের লেখা আমার চেনা। দেখলাম তিনি সত্যিই তাঁর মৃত্যু-শয্যায় বেনিটোর সেবার প্রশংসা করে তার হাতে কিপুটা দেওয়ার কথা লিখেছেন।

চিঠিটা তাকে ফিরিয়ে দিয়ে বললাম, 'কিপুটা যখন সেনর বেরিয়েন নিজেই তোমায় দিয়েছেন, তখন সেটা নিয়ে তোমার এমন লুকিয়ে থাকার মানে কী?'

বেনিটোর মুখ দেখে মনে হল পারলে মানেটা সে আমার গলা টিপেই বুঝিয়ে দেয়। কিন্তু পরিণাম ভেবেই বোধহয় নিজেকে সামলে সে চুপ করেই রইল।

হেসে আবার বললাম, 'মানেটা তাহলে আমিই বলি। এ-কিপু সেনর বেরিয়েন তোমাকে দান করেননি। নিজের মৃত্যুর পর এটা পেরুর সরকারি মিউজিয়মে পৌঁছে দেবার জন্য তোমার হাতে দিয়েছিলেন। তুমি এখন এই কিপুর অর্থ নিজে বার করে কুজ্‌কোর গুপ্তধন একলা বাগাতে চাও। এখনই সভ্য জগতে ফিরে গেলে তোমার গতিবিধি পাছে কেউ সন্দেহ করে, তাই তুমি কিপুর সংকেত-চিহ্ন না বুঝতে পারা পর্যন্ত এই জঙ্গলেই লুকিয়ে থাকার ব্যবস্থা করেছ। আমাদের ভয় দেখিয়ে তাড়াবার চেষ্টাও করেছিলে সেই জন্য।'

'তাই যদি করে থাকি তাতে দোষ কী? প্রাণের মায়া ছেড়ে এ-কিপু আমি সন্ধান করেছি। এ-কিপু আজ যখন আমার হাতে এসেছে তখন সে-গুপ্তভাণ্ডারের দখল আমি অন্য কাউকে দেব কেন?'

হেসে বললাম, 'কিন্তু গুপ্তধন পাওয়ার আগে এ-কিপুর মানে তো বোঝা চাই। এ তো কয়েকটা গেরো দেওয়া রঙিন সুতোর জট মাত্র! ইংকাদের সাম্রাজ্য যাওয়ার সঙ্গে এই সুতোর গিঁটের সংকেত-চিহ্ন পড়বার বিদ্যাও প্রায় হারিয়ে গেছে। গুপ্তধনের লোভে তুমি সামান্য যা কিছু শিখেছ তা দিয়ে সারা জীবন চেষ্টা করলেও এর মানে খুঁজে পাবে না। সুতরাং এ-কিপু আমিই নিয়ে যাচ্ছি।'

'না, না!' বেনিটো প্রায় কেঁদে উঠল, 'আমায় শুধু দুবছর সময় দাও। দুবছরে এ-কিপুর মানে যদি আমি না বুঝতে পারি তা হলে তোমাকেই এ-কিপু আমি পাঠিয়ে দেব।' ”

ঘনাদা থামলেন।

“তা হলে মানে বুঝতে না পেরেই এতদিনে সে-সুতোটা আপনার কাছে পাঠিয়েছিল! কিন্তু দুবছর বাদেই পাঠাবে কথা ছিল না?” শিশির সাগ্রহে জিজ্ঞাসা করলে।

“হ্যাঁ, কথা তা-ই ছিল। কিন্তু আমার ঠিকানা তো পাওয়া চাই।” ঘনাদা শিশিরের

নির্বুদ্ধিতায় যেন একটু বিরক্ত, “কত মুল্লুক ঘুরে তবে ঠিকানা পেয়েছে কে জানে! দেরি হয়েছে তাইতেই।”

“কিন্তু সুতো সমেত চিঠিটাই যে এখন লোপাট। তাহলে উপায়?” শিবু প্রায় আর্তনাদ করে উঠল, “ও-কিপুর মানেও তাহলে আর জানা যাবে না, গুপ্তধনও উদ্ধার হবে না।!”

“গুপ্তধন অনেক আগেই উদ্ধার হয়েছে!” ঘনাদা আমাদের প্রতি একটু অনুকম্পার হাসি হেসে বললেন, “আমি কি দু-বছরের পরেও ঘুমিয়ে ছিলাম! পেরুর লিমা শহরে প্লাজা দস দে মেয়োর কাছে সরকারি মিউজিয়ামে গেলেই দেখতে পাবে, কিপু-তে যার সংকেত দেওয়া ছিল সে সমস্ত দুর্লভ সোনার জিনিস একটি আলাদা ঘরে সাজানো।”

“তার মানে?” গৌর হতভম্ব হয়ে বললে, “আপনি কিপু পড়তে পারেন! সেই রাতেই তার মানে বুঝে নিয়ে আপনি মুখস্থ করে ফেলেছিলেন!”

ঘনাদা এ প্রশ্নের উত্তর দিতেই যেন ঘৃণা বোধ করে শিশিরের পুরো সিগারেটের টিনটা তুলে নিয়ে পকেটে ফেললেন।

নীচে নেমে শিশিরকে না জিজ্ঞেস করে পারলাম না, “আচ্ছা, ইনসিওর করা চিঠিটা কি আমাদের বানানো, না সত্যি এসেছিল?”

শিশির চিন্তিত মুখে বলল, “তা-ই তো ভাবছি।”

আবার ঘনাদা

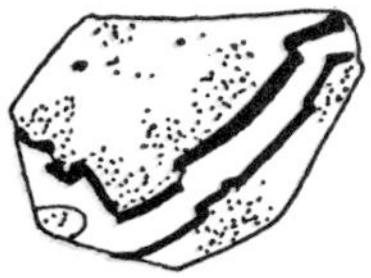

ঢিল

ঘনাদা তাঁর তেতলার ঘর থেকে অকারণে কয়েকবার নীচের তলা পর্যন্ত নামাওঠা করেছেন, আমাদের আড্ডাঘরের সামনে ঘুরঘুর করেছেন খানিকক্ষণ, শুধু মান খুইয়ে ভেতরে ঢুকতে পারেননি এ পর্যন্ত।

এখন হঠাৎ বাইরে দোতলার বারান্দায় দাঁড়িয়ে তিনি তাঁর বাজখাঁই গলায় আমাদের বাহাত্তর নম্বর বনমালি নস্কর লেনের নতুন চাকর বনোয়ারিকে তুলোধোনা বকুনি দিচ্ছেন শোনা গেল।

ঘনাদার কর্ণকুহরে জ্বালা ধরাবার জন্যই যে উচ্চহাসিটা ঘরে আমরা তুলেছিলাম সেটা থামিয়ে হঠাৎ ঘনাদার এ-উত্তেজনা ও তম্বির হেতুটা বোঝবার চেষ্টা করলাম।

শিশির তার ঘর থেকে সিগারেটের টিন আনবার ছলে চট করে একবার ঘুরেও এল বারান্দা দিয়ে, ঘনাদার চোখের সামনে নতুন সিগারেটের টিন খোলাতেই যেন তন্ময় হয়ে।

"ব্যাপার কী?" আমরা মুচকি হাসির সঙ্গে উৎসুক।

"ঢেলা।" শিশির সিগারেটের টিনটা মাঝখানে টেবিলে রেখে একটি সংক্ষিপ্ত কথাতেই রহস্য ঘনীভূত করে তুলল।

"ঢেলা!" আমরা হতভম্ব।

"আমাদের বনোয়ারি ঘনাদাকে ঢেলা মেরেছে।" শিবুর বিস্মিত শঙ্কিত অভিনয়ের ধরনে আমরা প্রয়োজনের চেয়ে বেশি জোরেই হেসে উঠলাম। কারণে অকারণে হেসে উঠে আমাদের জটলাটা জানান দেওয়াই অবশ্য আমাদের উদ্দেশ্য।

"না হে না, ঢিল মারার চেয়ে বেশি অন্যায় করেছে।" শিশির এবার ব্যাপারটা বুঝিয়ে দিলে, "ঘনাদার ঘরে একটা ভাঙা কাঁচের পেপারওয়েট পড়ে থাকে, দেখেছ তো। বনোয়ারি ভাঙা কাঁচের ঢেলা ভেবে ঝাঁট দেবার সময় সেটি কোথায় নাকি ফেলে দিয়েছে!"

"এই ব্যাপার!"

আরেক চোট আমাদের হাসির হর্‌রা উঠল। ব্যাপার যাই হোক আমাদের মতলব যে হাসিল হয়েছে, সামান্য একটা ভাঙা কাঁচের ঢেলা নিয়ে ঘনাদার হইচই বাধানোতেই তা বোঝা গেল।

ঘনাদার এখন একবার-ডাকিলেই-যাইব গোছের অবস্থা।

কিন্তু সেই ডাকটি আর আমরা দিচ্ছি না। আমাদের ক-দিন যা জ্বালিয়েছেন তার একটু শোধ নিতেই হবে।

কী বিশ্রী ক-টা দিনই গেছে আমাদের। আমাদের কেন, শহরসুদ্ধ সবার। করপোরেশনের কল্যাণে একটু বর্ষণেই আমাদের মেস-বাড়িটি একেবারে দ্বীপ হয়ে যায় বলে আমাদের দুরবস্থা একটু বেশি।

এদিকে আকাশ যেন ফুটো হয়ে দিনের পর দিন অবিশ্রান্ত বৃষ্টিতে সমস্ত শহর থইথই, ওদিকে দেশজোড়া ধর্মঘট। মেস থেকে নড়বার উপায় নেই, কিন্তু মেসে সারাক্ষণ ভাজবার মতো ভেরেণ্ডাও কই ছাই!

তাসপাশায় অরুচি ধরে গেছে, ক্যারম পিটে পিটে আঙুল টনটন। সময় যেন আর কাটে না।

ঘনাদা একটু কৃপা করলেই এ বন্দীদশা শাপে বর হয়ে ওঠে, কিন্তু তিনি মুখে একেবারে যেন ডবল তালা লাগিয়েছেন পাছে কিছু বেরিয়ে যায় এই ভয়ে।

বড় জোর একটু "হুঁ" কি "অ্যাঁ", "হাঁ" কি "না"। তার বেশি শব্দজ্ঞানই যেন তাঁর হয়নি।

সাধ্যসাধনার ত্রুটি আমরা করিনি, ঘুষ দিয়েছি দরাজ হাতে, কিন্তু কিছুতেই ভবি ভোলবার নয়।

লোভ আমরা কম দেখাইনি, বাকি রাখিনি যত রকম সম্ভব উসকানি দিতে।

বিকেলবেলা ঘনাদার ঘর খোলা দেখে এক এক করে গিয়ে ঢুকেছি। ঘনাদা আপত্তি অবশ্য করেননি, কিন্তু এমনভাবে দরজার ভেতর দিয়ে বাইরের ছাদের বৃষ্টি পড়া মনোযোগ দিয়ে দেখেছেন যেন আমরা মশা মাছির মতো অবাঞ্ছিত হলে সইতে বাধ্য হওয়া উপদ্রব মাত্র।

শিশির তবু সিগারেটের টিনটা খুলে ধরেছে এবং ঘনাদা অন্যমনস্কভাবে তা থেকে সিগারেট তুলে নেওয়ার পর উৎসাহিত হয়ে লাইটার জ্বেলে ধরিয়ে দিতে দিতে জিজ্ঞাসা করেছে, "এ রকম নাগাড়ে বৃষ্টি কলকাতায় আগে হত না, না ঘনাদা?"

"হুঁ," ঘনাদা সিগারেটে টান দিয়ে শব্দটুকু যেন নাকের ভেতর ধোঁয়ার সঙ্গে ছেড়েছেন।

"এসব অ্যাটম বোমা থেকে হচ্ছে, বুঝছিস না?" গৌর উসকে দিতে চেয়েছে, "দুনিয়ার আবহাওয়া সব বদলে যাবে দেখিস, বাংলা দেশে বরফ পড়বে আর অ্যালাস্কায় চলবে লু!"

ঘনাদা একবার শুধু গৌরের দিকে চেয়েছেন মাত্র, কিন্তু সলতে ধরেনি।

শিবু আরেক মাত্রা চড়িয়েছে এবার, "তা-ই যদি হয় তো নতুন কী এমন? এই পৃথিবী একবার সত্যি উলটে গেছল জানিস? সাইবিরিয়ার তখন এ-হাল নয়। গাছপালা সবুজ ঘাস সবই ছিল। তারপর এক নিমিষে সেই সাইবিরিয়া একেবারে জমে বরফ।"

শিশির সায় দিয়ে বলেছে, "হ্যাঁ হ্যাঁ, ঠিকই তো। সাইবিরিয়ার তুষারে ঢাকা তেপান্তরে যেসব মরা ম্যামথ পাওয়া গেছে তাই থেকেই বোঝা যায় চোখের পলক ফেলতে না ফেলতে ব্যাপারটা ঘটেছিল। ম্যামথের লাশগুলো পাওয়া গেছে একদম নিখুঁত তাজা। একটা লোম পর্যন্ত নষ্ট হয়নি। তাদের পেটে যে ঘাস পাওয়া গেছে তা

গরম দেশে ছাড়া হয়ই না। হঠাৎ পৃথিবী উলটে না গেলে ওরকম গোটা টাটকা ওসব লাশ থাকত না।”

আমরা সবাই আড়চোখে ঘনাদার দিকে চেয়েছি।

কাকস্য পরিবেদনা।

ইতিমধ্যে আমাদের গোপন নির্দেশমাফিক ঠাকুর তেলমাখা ডালমুট মেশানো মুড়ির কাঁসি আর বনোয়ারি চায়ের ট্রে নিয়ে এসেছে।

ঘনাদা চায়ে চুমুক দিতে দিতে মুড়ির কাঁসিতে হাত চালাতে ভোলেননি, কিন্তু মুড়ি কড়াই চিবোনোর আওয়াজ ছাড়া মুখ দিয়ে তাঁর কিছু বার করা যায়নি।

হতাশ হয়ে হাল ছেড়ে আমাদের চলে যেতে হয়েছে। রাগও জমেছে মনে মনে।

ঘনাদার এ-বেয়াড়াপনার কারণ যে বুঝিনি তা নয়, কিন্তু সে তো পান থেকে চুন খসার বেশি কিছু নয়। এত তোয়াজেও তার মাফ নেই!

বৃষ্টি দুদিন নাগাড়ে পড়বার পরই ঘনাদা বায়না ধরেছিলেন খিচুড়ির সঙ্গে ইলিশ মাছ ভাজার।

ঘনাদাকে খুশি করতে বৃষ্টির মধ্যে গৌরই গেছল বনোয়ারিকে নিয়ে বাজার করতে।

তারপর খেতে বসে খিচুড়ির সঙ্গে পাতে মাছভাজা পড়তেই ঘনাদা আইসেনহাওয়ারের দিকে ক্রুশ্চেভের মতো ভুরু কুঁচকে গৌরের দিকে তাকিয়েছিলেন।

গৌর শশব্যস্ত হয়ে কৈফিয়ত দিয়েছিল, “ভাল ইলিশ পেলাম না, ঘনাদা—তাই পারশে নিয়ে এলাম। খেয়ে দেখুন, একেবারে আসল ক্যানিং-এর কুলীন পারশে, ইলিশের মতো হেঁজি-পেঁজির সঙ্গে এক জলে সাঁতরায় না পর্যন্ত।’

ঘনাদার পাতে আস্ত যে ভাজা পারশেটি পড়েছে, আমাদের সকলের পাতের লিলিপুটদের তুলনায় তা গালিভার। কিন্তু তাতে কী হয়! তখন আকাশের মেঘ ঘনাদার মুখে নেমেছে। ভাজা পার্শের সদ্ব্যবহার করতে করতে তিনি গম্ভীর মুখে যেন কাউকে উদ্দেশ না করে স্বগতোক্তি করেছেন, “হুঁঃ, আমি আর কিছু বুঝি না! কাল ইস্টবেঙ্গল জিতেছে। আজ ইলিশ কখনও আসে!”

বোঝানো-সোঝানো, খোসামোদ অনেক তারপর হয়েছে, ইলিশও এসেছে সেদিন রাত্রেই। কিন্তু ঘনাদাকে গলানো যায়নি। বৃষ্টির ক-টা দিন আমাদের মাঠে মারা গেছে।

অনেক চেষ্টাচরিত্র করেও কিছু ফল না পেয়ে শেষে আমাদেরও মেজাজ গেছে বিগড়ে! থাকুন ঘনাদা বোবা কালা হয়ে। ওঁকেও জব্দ না করে আমরা ছাড়ছি না।

সেই জব্দ করারই ফন্দিতে সেদিন তিনটে না বাজতেই আড্ডাঘরে আমরা সবাই জড়ো। শিবুর এক মামাতো ভাই সম্প্রতি আফ্রিকায় ক-বছর চাকরি করে ফিরেছেন। সকালে তিনি এসেছিলেন শিবুর সঙ্গে দেখা করতে। তাঁকে পেয়েই বুদ্ধিটা মাথায় এসেছিল। ভদ্রলোক রসিক। সব শুনে-টুনে আমাদের সঙ্গে জুটতে আপত্তি করেননি। জীবনে কোনও দিন বন্দুক না ধরলেও ভদ্রলোকের চেহারাটা জমকালো! আমাদের

কথায় আধা মিলিটারি পোশাকে বিকেলে সেজে এসেছেন। আপাতত শিখিয়ে পড়িয়ে নিয়ে ঘনাদার মৌরসি আরাম-কেদারায় তাঁকে বসিয়েছি, আর আমরা মুগ্ধ শ্রোতা সেজে তাঁকে নিয়ে ক্ষণে ক্ষণে উচ্ছ্বাস উল্লাস বিস্ময় ও হর্ষধ্বনিতে যেন বাড়ি সরগরম করে তুলেছি।

দুপুরের দিবানিদ্রা সেরে ওঠবার পর যথারীতি গড়গড়ায় তাম্রকূট সেবন করতে করতে ঘনাদাও নির্ঘাত সে আওয়াজ মাঝে মাঝে পেয়ে কৌতূহলী হয়েছেন। ঠাকুর রামভুজের মারফত খবরটাও তাঁর কাছে পৌঁছে দিতে ভুল হয়নি। যেমন মহলা দিয়ে শেখানো ছিল , রামভুজ সেইভাবে একটু সকাল সকালই চা নিয়ে গেছে এবং ঘনাদার প্রশ্নের অপেক্ষায় না থেকে নিজে থেকেই নালিশ জানিয়ে বলেছে, "তিন বাজতে না বাজতে চা! বোলেন তো বড়বাবু, হামাদের কতো মুশকিল!"

ঘনাদা নীচের গোলমাল সম্বন্ধে প্রশ্ন করবার সুযোগ পেয়েছেন আর রামভুজ তার হিন্দি-বাংলার খিচুড়িতে যতখানি সম্ভব বিস্ময় ঢেলে দিয়ে বলেছে, "আরে বাস রে! বহুৎ বড়া এক শিকারি আসিয়েছে সমুন্দরকে পারসে! কেত্‌না শের গণ্ডার হাঁথি মারিয়েছে। বাবুলোগ সব ওহি কিস্‌সা শুনতে আছে!"

আর ঘনাদা স্থির থাকতে পারেন!

তারপর রামভুজও চা দিয়ে নীচে নেমেছে, আর তার প্রায় পিছু পিছুই ঘনাদা।

আড্ডাঘরে একবার এসে দাঁড়াবার জন্য প্রাণটা তাঁর ছটফট করছে তখন, পারছেন না শুধু মানের দায়ে! ছটফটানিটাই বনোয়ারির ওপর বকুনি হয়ে বেরিয়েছে, কিন্তু তাতেও যা ভেবেছিলেন তা হয়নি।

গল্প শুনতে আমরা এমন যেন মশগুল যে ঘনাদার ওই পাড়াজাগানো চিৎকার কানেই যায়নি।

এতক্ষণ পর্যন্ত যাও-বা রাশ টানা ছিল—বনোয়ারির এক চেঙাড়ি বেগুনি ফুলুরি পাঁপরভাজা নিয়ে আড্ডাঘরে ঢোকার সঙ্গে তা ছিঁড়ে গেল।

বনোয়ারি টেবিলের ওপর চেঙাড়িটা রেখে বেরিয়ে যাবার আগেই, যেন ঘরে কেউ আছে কি নেই খেয়াল না করে, টেবিল থেকে খবরের কাগজটা নিতেই ঘনাদা ঢুকে পড়লেন।

ঢুকে পড়েই দাঁড়ালেন থমকে তাঁরই মৌরসিপাট্টা আরাম-কেদারায় শিবুর আধা মিলিটারি পোশাক-পরা মামাতো ভাইকে দেখে।

আমরা কিন্তু তখনও যেন গল্পেই মশগুল।

"তারপর, মি. রাহা," গৌর চোখ বড় বড় করে ভয়ে বিস্ময়ে ধরা গলায় জিজ্ঞাসা করলে, "বোমার ভেতর থেকে দুটো কিফারু তিনটে ফারু চারটে কিবাকো ছুটে আসছে আর আপনার হাতে স্রেফ একটা পাঙ্গা। কী করলেন আপনি তখন?"

"ঘাস কাটলেন!"

এবার আর চমকে ফিরে ঘনাদাকে লক্ষ না করে উপায় নেই। আমাদের সকলের মুখেই হঠাৎ যেন অবাঞ্ছিত উপদ্রবে বিরক্তির ভান। কিন্তু তাতেও বিস্ময় যেন আর চাপা থাকছে না।

ঘনাদা আমাদের দিকে অনুকলম্পাভরে তাকিয়ে জ্বালা-ধরানো ব্যঙ্গের সুরে বললেন, "ঘাস ছাড়া আর কী কাটবে! কারণ আফ্রিকার সোহাইলি ভাষায় ঘাস কাটবার লম্বা ধারালো ছুরিকেই পাঙ্গা বলে। তা ছাড়া বোমা হল গ্রাম কি তাঁবু-টাবুর চার ধারে গাছপালার তৈরি কাঠের দেওয়াল। তার ভেতর মানুষ থাকে, জানোয়ার সেখান থেকে বেরোয় না! আর কিবাকো যদিও হিপোপোটেমাসের সোয়াহিলি নাম, কিন্তু কিফারু আর ফারু—আলাদা জানোয়ার নয়, কিফারুকেই সংক্ষেপে বলা হয় ফারু—মানে গণ্ডার।"

আমরা ধাতস্থ হয়ে কিছু বলবার আগেই ঘনাদা রাহার দিকে আঙুল তুলে হাসিমুখে শাসানির ভঙ্গিতে বললেন, "বোকাদের নিয়ে তামাশা করার স্বভাব এখনও তা হলে তোমার শোধরায়নি, কাসিম? এদের কাছে আবার রাহা হয়েছ? মনে আছে বোদরুম-এ আমার সেই ত্রেচান্দিরি-র কথা?"

আমাদের সঙ্গে রাহারও তখন চোখ কপালে উঠেছে। প্রায় তোতলা হয়ে গিয়ে তিনি বলবার চেষ্টা করলেন, "দেখুন, আমি...কী বলে..."

"বুঝেছি! বুঝেছি!" ঘনাদা রাহাকে কথাটা আর শেষ করতে না দিয়ে বললেন, "সেসব দিনের কথা মনে করালে লজ্জা পাও একটু। সেও ভাল। তবে তোমার আর বিশেষ কী দোষ! মনিবের হুকুম তামিল করেছ মাত্র। এখানেও আজ তারই হুকুমে এসেছ জানি। দাম যা চেয়েছিলাম তা নিয়েও এসেছ নিশ্চয়, কিন্তু বড়ই দুঃখের কথা, তোমার মনিব স্যাভেজকে বোলো গিয়ে, সে-জিনিস আর তাকে দিতে পারলাম না! যার জন্যে স্যাভেজ প্রাণটা বাদে সব কিছু দিতে প্রস্তুত, সে-জিনিস আর আমার কাছে নেই!"

ঘনাদার নাক থেকে ফোঁস করে একটা স্টিম ইঞ্জিনের মতো আওয়াজ বার হল। তাঁর বোধহয় ধারণা, তিনি দীর্ঘশ্বাস ফেললেন।

আমরা তখনও অবশ্য হাঁ হয়ে আছি। রাহাই আমতা আমতা করে বললেন, "আমার নাম কিন্তু, ওই কী বললেন, কাসিম নয়, আমি হলাম শিবুর মামাতো ভাই। অনিল রাহা।"

"কী?" ঘনাদা যেন আকাশ থেকে পড়ে রাহার দিকে তাকালেন, তারপর ধীরে ধীরে ভুল ভেঙে গিয়ে লজ্জা পাবার ভঙ্গিতে বললেন, "ছি ছি, আমারই ভুল। আশ্চর্য কিন্তু চেহারার মিল! যাক, তবু ভাল, স্যাভেজের কাছে কথার খেলাপটা আপাতত হল না। দেখি, এখনও সেটা খুঁজে পাই কিনা!"

ঘনাদা দরজার দিকে পা বাড়ালেন।

বলা বাহুল্য এবার আমাদেরই উঠে গিয়ে ধরে আনতে হল।

শিবুর চোখের ইশারায় রাহা তখন আরাম-কেদারা ছেড়ে উঠে দাঁড়িয়েছেন। সেই আরাম-কেদারায় ঘনাদাকে প্রায় পাঁজাকোলা করে নামিয়ে দিয়ে যে যেখানে পারি বসে পড়ে জিজ্ঞাসা করলাম, "কী খুঁজতে চান, ঘনাদা?"

"ওই তোমাদের মূর্তিমান বনোয়ারি যা ফেলে দিয়েছে!" ঘনাদার রাগটা যেন সঙ্গে সঙ্গে চেঙাড়ির বেগুনি ফুলুরির ওপরই গিয়ে পড়ল! শিশিরের এগিয়ে দেওয়া

সিগারেটটা অগ্রাহ্য করে সেগুলো সাবাড় করবার জন্যে হুমড়ি খেয়ে পড়লেন।

"বনোয়ারি ফেলে দিয়েছে? সেটা তো একটা ভাঙা কাঁচের পেপারওয়েট!" আমার মুখ দিয়ে বেরিয়ে গেছল।

"ভাঙা কাঁচের পেপারওয়েট!"

প্রায় অর্ধেক চেঙাড়ি শেষ করে মিনিট দশেক বাদে ঘনাদা আমার দিকে কটমটিয়ে তাকালেন, "জানো, ওটা কী বস্তু? জানো, ওটা কোথা থেকে পাওয়া?"

"রাস্তায় কোথাও পড়ে-টড়ে ছিল বোধ হয়!" শিবুর মন্তব্য।

"কেউ বাজে জঞ্জাল বলে ফেলে-টেলে দিয়েছে!" শিশিরের ফোড়ন।

" কিংবা কেউ হয়তো কাউকে ছুঁড়ে মেরেছে!" গৌরের গবেষণা।

"হ্যাঁ, ছুঁড়ে মারা জিনিসই বলতে পারো" ঘনাদার মুখে রাগের বদলে আমাদের ওপর অবজ্ঞা মেশানো অনুকম্পাই ফুটে উঠল, "ছুঁড়ে মারা একটা ঢিলই বটে। ওই ঢিলের কল্যাণে ভারতবর্ষের ইতিহাস যদিও বদলে লেখা যেত। কিন্তু ঢিলটা কোথা থেকে এসেছে, ভাবতে পারো?"

আর ঘনাদাকে জ্বালানো উচিত হবে না, তাই মুখে অক্ষমতা ফুটিয়ে আমরা বোকা সেজে রইলাম এবার।

ঘনাদাই নিজের জবাব নিজে দিলেন, "এ-ঢিল এসেছে এক-কোটি দু-কোটি নয়, অন্তত দশ হাজার কোটি মাইল দূর থেকে!"

"মোটে!" শিবু যেন হতাশ।

আমাদের গলায় কীরকম সব শব্দ, যা হাসি চাপবার চেষ্টা বলে ভুল হতে পারে।

"হ্যাঁ, তবে তার দশ-বিশ হাজার লক্ষগুণ দূর থেকেও হতে পারে।" ঘনাদা নির্বিকার ভাবে বলে চললেন, অঙ্কের শূন্যগুলো যেন কালির ফোঁটা মাত্র।

"কিন্তু আমাদের সবচেয়ে দূর গ্রহ প্লুটোই তো সূর্য থেকে তিনশো ষাট কোটি মাইলের বেশি দূর নয়।" গৌর বিদ্যে জাহির করলে দুদিন আগে কোথায় একটা প্রবন্ধে পড়েছিল বলে।

"হ্যাঃ, প্লুটো!" ঘনাদা অবজ্ঞার নাসিকাধ্বনিতে প্লুটোকে নস্যাৎ করে বললেন, "আমাদের সৌরমণ্ডলের সূর্য যে ছায়াপথ অর্থাৎ নক্ষত্রপুঞ্জের একটা নগণ্য তারা মাত্র, সেই ছায়াপথের এ-প্রান্ত থেকে ও-প্রান্ত কুড়ি হাজার কোটি কোটি মাইল দূর। প্লুটো-টুটো নয়, এ-ঢিল সেই ছায়াপথেরও বাইরে থেকে এসেছে।"

আমাদের গলা দিয়ে কিছু বেরুবার আগেই প্রতিবাদটা যেন অনুমান করে ঘনাদা আবার বললেন, "না, উল্কা নয়, এ সম্পূর্ণ আলাদা জিনিস, বৈজ্ঞানিকেরা এর নাম দিয়েছেন টেক্‌টাইট। উল্কার সঙ্গে এর অনেক তফাত। উল্কা আমাদের সৌরমণ্ডলের না হোক, নিজেদের এই ছায়াপথেরই জিনিস। উল্কাপিণ্ডের ভেতর অন্য সব হালকা ধাতুর সঙ্গে লোহা নিকেল থাকবেই। কিন্তু টেক্‌টাইটে লোহা নিকেল নেই। দেখতে তা রঙিন কাঁচের গোলগাল ডেলার মতো। তার ভেতর অ্যালুমিনিয়াম আর বেরিলিয়মের রেডিয়ো-আইসোটোপও পাওয়া গেছে। টেক্‌টাইটের সব রহস্য এখনও জানা যায়নি। কিন্তু পণ্ডিতদের ধারণা, মহাশূন্যের এ সব ঢিল আমাদের

ছায়াপথের সীমানার বাইরে অন্য নক্ষত্রলোক থেকে সম্ভবত এসেছে।”

“এই টেক্‌টাইট এতদিন আপনার কাছে ছিল! আর আপনি তা হেলায় অছেদ্দায় যেখানে সেখানে ফেলে রাখতেন!” শিশির অবাক হয়ে জিজ্ঞাসা করলে।

“তোমাদের ওই ধনুর্ধর বনোয়ারি না আসা পর্যন্ত তাতে তো কোনও ক্ষতি হয়নি। তোমাদের কাছে তো ওটা কাঁচের কাগজচাপা!” ঘনাদা টিটকিরি দিলেন।

যথাসম্ভব লজ্জিত হবার ভান করে বললাম, “কিন্তু এ-কাঁচের ঢিল থুড়ি টেক্‌টাইট আপনি পেলেন কোথায়?”

শিবুটাকে নিয়ে পারা যায় না। হঠাৎ দুম করে বলে বসল, “মাথায় পড়েছিল বোধ হয়!”

“আহাম্মক কোথাকার!” আমরা সামলাবার জন্যে ব্যস্ত হয়ে উঠলাম, “দশহাজার কোটি কোটি মাইল, কি তার চেয়ে দূরের ঢিল মাথায় পড়লে কেউ বাঁচে! অবশ্য তোর মতো নিরেট মাথা হলে কথা নেই।”

ঘনাদার মুখের মেঘটা জমতে গিয়েই কেটে গেল। প্রসন্ন মুখে তিনি বললেন, “না, মাথায় ওটা পড়েনি। কারুর মাথায় টেক্‌টাইট কখনও পড়েছে বলে শোনা যায়নি। যদিও টেক্‌টাইট নানাদেশে মাটির ওপরেই ছড়ানো পাওয়া যায়। উল্কাপিণ্ডের মতো মাটিতে গেঁথে যায় না। হ্যাঁ, কোথায় পেয়েছিলাম জিজ্ঞেস করছ? ও-টেক্‌টাইট পেয়েছিলাম বোদরুম-এ।”

ঘনাদা থামলেন।

তারপর আমাদের মুখগুলোর ওপর চোখ বুলিয়ে নিয়ে বললেন, “বোদরুম শহর কোথায় জানো না নিশ্চয়! বোদরুম-এর নাম না শুনে থাকো, প্রাচীন হ্যালিকারনেসস-এর কথা আশা করি জানো। সেকালের সপ্তম আশ্চর্যের একটি আশ্চর্য। রাজা মৌসোলস-এর স্মৃতিস্তম্ভ ওইখানেই ছিল। শুধু তা-ই নয়, পাশ্চাত্য জগতের প্রথম ঐতিহাসিক হেরোডেটাস-এর ওই হল জন্মস্থান। সেকেন্দার শাহ এশিয়া জয় করতে যাওয়ার পথে হ্যালিকারনেসস ধ্বংস করে লুট করে যান। সেই ধ্বংসাবশেষের ওপর পেট্রোনিয়ম বলে এক শহর গড়ে ওঠে। পেট্রোনিয়ম নামটাই তুর্কিদের মুখে বিকৃত হয়ে হয়েছে বোদরুম।

প্রাচীন ইতিহাস যাই হোক, বোদরুম শহর এখন তুরস্কের দক্ষিণ-পশ্চিম কোণে একটা নগণ্য বন্দর মাত্র। বড় জাহাজ নয়, ঈজিয়ান সাগরের তলা থেকে স্পঞ্জ তোলা যাদের কাজ তাদেরই ত্রেচান্দিরি নৌকো সেখানে ভিড় করে থাকে।

স্পঞ্জ তোলার ব্যবসা করার নামে একটা ত্রেচান্দিরি নৌকো ভাড়া নিয়ে তখন বোদরুম-এ থাকি। ত্রেচান্দিরি নেহাত ছোট নৌকো। ঠিক লঞ্চও তাকে বলা যায় না। আমার নৌকোটি লম্বায় মাত্র কুড়ি-বাইশ হাত, পালও আছে আবার একটা ঝরঝরে পুরোনো ডিজেল মোটরও। এই দুই-এর জোরেও ঘণ্টায় ছ-সাত মাইলের বেশি যায় না।

এ সব নৌকোর অবশ্য জোরে যাবার দরকার নেই। জায়গা বুঝে ডুবুরি নামিয়ে সমুদ্রের তলা থেকে স্পঞ্জ তোলাই হল তার আসল কাজ। তার জন্য চাই সত্যিকার

ভাল ডুবুরি। বোদরুম-এর সেরা ডুবুরি আঙ্কা কাপকিন মানে কাপকিন খুড়ো আমার নৌকোয় কাজ করে। আমি নৌকো চালাই। আর ডুবুরির নিঃশ্বাসের নল ধরা থেকে অন্য ফাই-ফরমাশ খাটে স্যামি বলে এক নিগ্রো ছোকরা। বোদরুম আর কারাবাক্‌লা দ্বীপের মাঝে চুকা প্রণালী থেকে কুমালি অন্তরীপ ঘুরে সিমি দ্বীপ পর্যন্ত আমাদের ত্রেচান্দিরি ঘোরাফেরা করে। কিন্তু স্পঞ্জ তোলা আর হয় না।

মাস দুয়েক বিনা কাজে মাইনে নিয়ে কাপকিন খুড়োই একদিন বেঁকে দাঁড়াল। খুড়োর সঙ্গে এই দুমাসে আমার একটা সত্যিকার স্নেহের সম্পর্কই গড়ে উঠেছে। ত্রেচান্দিরি-র পাটাতনে বসে দুজনে কফি খাচ্ছি, হঠাৎ সে আমার পিঠে একটা চাপড় মেরে কফির পেয়ালাটা উপুড় করে রেখে বললে, 'তোমার পয়সায় আর খাব না, দাস। এই শেষ!'

'কেন, হল কী খুড়ো?' হেসে বললাম, 'আমার তো আর জাল জুয়াচুরির পয়সা নয়। আর তা ছাড়া তুমি তো নিজের রোজগারের পয়সায় খাচ্ছ!'

'নিজের রোজগারের পয়সায় খাচ্ছি?' খুড়ো চটে উঠে বললে, 'এই দুমাসে ক-বার ডুবুরির পোশাক চড়িয়েছি বলো তো? জাত ব্যবসা শেষে ভুলিয়ে ছাড়বে দেখছি। স্পঞ্জ যদি না-ই তোমার দরকার তা হলে আমাকে বসিয়ে বসিয়ে মাইনে দিচ্ছ কেন?"

হেসে বললাম, 'মাইনে কি মিছিমিছি দিচ্ছি! স্পঞ্জ তোমায় দিয়ে তোলাব। তবে আমার তো যে-সে স্পঞ্জে চলবে না, আসল ইউস্পঞ্জিয়া অফিসিনালিস মলিসিমা চাই!' "

আমরা শুধু কেশে উঠলাম। কিন্তু রাহা নতুন লোক—জিজ্ঞাসা না করে পারলেন না, "কী বললেন?"

"সব চেয়ে দামি স্পঞ্জের বৈজ্ঞানিক নাম।" ঘনাদা একটু হেসে বুঝিয়ে দিলেন, "চলতি নাম অবশ্য সরেস তুর্কি পেয়ালা। ও-রকম নরম মোলায়েম উঁচু দরের স্পঞ্জ আর হয় না। এক সের তুলতে পারলেই শ-খানেক টাকা।"

যেন আমাদের প্রতিবাদের আশায় একটু থেমে ঘনাদা আবার বলতে শুরু করলেন, "কিন্তু যা-ই বলি, কাপকিন খুড়োকে বিশ্বাস করাতে পারলাম না। খানিক চুপ করে থেকে সে গম্ভীর হয়ে বললে, 'তোমার মতলব আমি বুঝেছি!'

'কী আমার মতলব?' আমি অবাক হবার ভান করলাম।

'আচ্ছা তোমার মতলবই হাসিল করব', বলে খুড়ো সেই যে চুপ করল আর তার কাছ থেকে কোনও কথা বার করতে পারলাম না।

সত্যি করে মুখ সে খুলল প্রায় দু হপ্তা বাদে। বোদরুম থেকে বেরিয়ে কুমালি অন্তরীপ ঘুরে সিমি দ্বীপের উত্তর দিয়ে তখন মার্মারিস উপসাগরের ভেতর ঢুকে এক সন্ধ্যায় আমরা নোঙর ফেলেছি।

এতদিন সাধারণ দরকারি আলাপ ছাড়া দুজনের মধ্যে এই অজানা পাড়ির ব্যাপারে কোনও কথাই হয়নি। এবারের যাত্রার আয়োজন খুড়ো কাপকিন একাই সব করেছে আমায় চুপ করে শুধু দেখতে বলে। আমাদের ত্রেচান্দিরিতে এবার মাসখানেকের রসদ তো আছেই, তা ছাড়া আছে ডুবুরির পোশাকের বদলে দুজনের অ্যাকোয়া-লাংস

বা জল-ফুলফুস। কাঁচের মুখোশ সুদ্ধ এই অ্যাকোয়া-লাংসের হাওয়ার থলি পিঠে বেঁধে আর পায়ে ফ্লিপার বা পা-ডানা পরে সমুদ্রের তলায় মাছের মতোই চরে বেড়ানো যায়।

নোঙর যেখানে আমরা ফেলেছিলাম সে জায়গাটা একেবারে নির্জন। আমাদের বাঁ দিকে পাথুরে জনমানবহীন সমুদ্রতীর। উত্তরে সংকীর্ণ উপসাগরের ওপারে সন্ধ্যার অন্ধকারে কয়েকটা ঝাপসা পাহাড় মিলিয়ে আসছে।

অন্ধকার আরও গাঢ় হবার পর পাটাতনে বসে তুর্কি হুঁকোয় তামাক থেকে খেতে খুড়ো প্রথম আমাদের এবারের পাড়ির আসল উদ্দেশ্যের কথা তুললে।

হেসে বললে, 'এখানে কী আছে, জানো তো?'

বোকা সেজে বললাম, 'যে স্পঞ্জের জুড়ি নেই সেই সরেস তুর্কি পেয়ালা বোধ হয়!'

'হুঁ, তুর্কি পেয়ালাই বটে।' খুড়ো হেসে উঠে বললে, 'আর চালাকিতে দরকার নেই। শোনো তা হলে—যে খবর আমার সঙ্গে কবরেই নিয়ে যাব ঠিক করেছিলাম তা-ই আজ তোমার কাছে বলছি। বলছি তোমার ওপর আমার মায়া পড়ে গেছে বলে। আর তোমার চামড়া কালো বলে। এই খবর নেবার জন্যে টাকা যাদের কাছে খোলামকুচি সেরকম কত মার্কিন আমির আমায় সোনায় মুড়ে দিতে চেয়েছে। বুড়ো হয়ে আসছি। ডুবুরির কাজ করতে করতে একদিন হয়তো দম ফেটে কি পক্ষাঘাত হয়ে মরব। ওদের কাছে এ-খবর বেচে সেই টাকায় শেষ বয়সটা পায়ের ওপর পা দিয়ে কাটাতে পারি। কিন্তু তবু ওদের এ খোঁজ আমি দিইনি, দেব না। চাঁদির জোরে ওরা ধরাকে সরা দেখছে, দুনিয়ার সব জিনিস ওরা যেন পয়সা দিলেই কিনতে পারে। এখানে এই সমুদ্রের তলায় যা আছে ওরা তা চায় শুধু নিজেদের বাড়িতে, বড় জোর জাদুঘরে, রেখে জাঁক দেখাবার জন্য। আমাকে দু বছর ধরে লোভ দেখিয়ে, এমনকী শাসিয়ে, যে অতিষ্ঠ করে মারছে তার এ সব জিনিসের ওপর ভক্তিশ্রদ্ধাও নেই। সে শুধু মালিক হবার দেমাকেই দুনিয়ার সব কিছু দুর্লভ জিনিস কিনতে চায়। কানাঘুষায় আমার এ আবিষ্কারের কথা সে শুনেছে, কিন্তু রাজত্বের লোভ দেখিয়েও পেটের কথা বার করতে পারেনি।'

খুড়োর কথা শুনতে শুনতে মাথায় যেন ঘোর লাগছিল। ধরা গলায় বললাম, 'সত্যিই এমন দুর্লভ জিনিস এখানে আছে?'

'আছে, আছে। সকালেই ডুব দিয়ে নিজের চোখে দেখতে পাবে। পাঁচ বছর আগে স্পঞ্জের খোঁজে এ অঞ্চলে এসে দৈবাৎ আমি আবিষ্কার করি। বোদরুম-এ ফিরে গিয়ে দু-চার জন ইয়ার-বন্ধুর কাছে আসল জায়গায় হদিস না দিলেও একটু-আধটু গল্প করেছিলাম। তাই থেকেই ওই সব শকুনগুলোর টনক নড়েছে। কিন্তু তারাও কল্পনা করতে পারে না কী ঐশ্বর্য এই নোনা জলের তলায় লুকোনো আছে। আমি আধামুখ্খু ডুবুরি, কিন্তু ডাঙার ওপর বেকুফ হলেও ডুব দিলেই আমি খলিফা। জলের তলাব জিনিস আমি চিনি। তা ছাড়া দু বছর জার্মানির এক মিউজিয়মের হয়ে ডুবুরির কাজও করেছি। বোদরুম ছেড়ে যে-জলপথ ধরে আমরা এলাম, হাজার হাজার বছর

আগে রোডস সাইপ্রাস রোম, এমনকী মিশর থেকে, এ-ই ছিল সেদিনকার পালতোলা সদাগরি জাহাজের রাস্তা। এখানকার ডুবো পাহাড়ে লেগে কত জাহাজ তলিয়ে গেছে। সমুদ্রের তলায় সেসব জাহাজের সওদা ছড়ানো। সেযুগের আশ্চর্য সব জিনিস, কাঁসার, তামার, সোনার। তা ছাড়া অ্যাম্ফোরা যাকে বলে সেই দুদিকে হাতল দেওয়া অপরূপ কারুকাজের গ্রিস ও রোমের মাটির পাত্র তো অঢেল। ইউরোপ আমেরিকা থেকে কত দল এসে ডুবুরি লাগিয়ে সেসব জিনিস খুঁজে নিয়ে গেছে, কিন্তু তারা যে সব ডুবো জাহাজের জিনিস পেয়েছে সেগুলো বড় জোর দু হাজার বছর আগেকার। কিন্তু এইখানে যা আছে তার বয়স কম পক্ষেও তিন হাজারের ওপর। শুধু পেতল কাঁসা সোনার জিনিস নয়, এখানে যে-জাহাজ ডুবেছিল তাতে ছিল কাঁসা আর এক রকম চুনা পাথরের অদ্ভুত কয়েকটা মূর্তি। সমুদ্রের তলায় এতদিন থেকেও সেগুলি একেবারে নষ্ট হয়নি। অন্য কিছু আমি ছুঁইনি, শুধু একটি ছোট বুড়ো আঙুল প্রমাণ মূর্তি কুড়িয়ে নিয়ে গেছলাম। ঘসে ধুয়ে পরিষ্কার করে সে মূর্তি একজনকে শুধু দেখাই। তিনি একজন ফরাসি পণ্ডিত। এক মিউজিয়মের হয়ে এই সব ডুবো জাহাজের খোঁজেই এসেছিলেন। মূর্তি দেখে তাঁর চক্ষুস্থির। চমকে বলে উঠেছিলেন, 'আরে, এ তো ভারতবর্ষের জিনিস। মূর্তিতে খোদাই কটা অক্ষরের মতো চিহ্ন দেখে কী একটা নামও যেন করেছিলেন। মনে পড়ছে না এখন।'

উত্তেজিত হয়ে জিজ্ঞাসা করলাম, 'মহেঞ্জদরো? হরপ্পা?'

খুড়ো উৎসাহিত হয়ে বললে, 'হ্যাঁ, হ্যাঁ, ও-ই নাম। কী তাঁর আগ্রহ—কোথায় পেয়েছি জানবার। ও জিনিস এদিকের সদাগরি জাহাজে পাওয়াই নাকি কল্পনার বাইরে। লোকটা ভাল, কিন্তু তবু তাকে বলিনি কিছু। ওদেশের কাউকে এ জিনিস আবিষ্কারের বাহাদুরি নিতে দেব কেন?'

ব্যাকুল হয়ে জিজ্ঞাসা করলাম, 'জায়গা তুমি ঠিক চিনেছ তো খুড়ো?'

'হ্যাঁ, হ্যাঁ, কিছু ভাবনা নেই। এখান থেকে পঞ্চাশ গজ দূরে এক ডুবো পাহাড়ে লেগে জাহাজটা ডুবেছিল। ভাগ্যক্রমে তার অনেক জিনিস ডোবা পাহাড়ের একটা গুহা গোছের গহ্বরে গিয়ে পড়েছিল। সেখান থেকে তিন হাজার বছর ধরে যখন তারা খোয়া যায়নি, তিন প্রহর রাতেও...ও কী!'

কথার মধ্যে খুড়ো হঠাৎ চিৎকার করে ওঠায় আমিও চমকে ফিরে তাকালাম। কিন্তু কোথায় কী? চারিদিক একেবারে অন্ধকারে লেপা।

'কী, দেখলে কী খুড়ো?' অবাক হয়ে জিজ্ঞাসা করলাম।

'একটা আলো। ওই দূরের সমুদ্রের বাঁকটার কাছে যেন জ্বলেই নিবে গেল!'

'এখানে আলো কোথা থেকে আসবে? আর ভুলে কোন নৌকো কি জাহাজ যদি এসেও থাকে, আলো জ্বলেই নিবে যাবে কেন? ও তোমার মনের ভুল।'

'তাই হবে' বলে খুড়ো সায় দিলে।

কিন্তু খুড়োর মনের ভুল যে নয়, সাংঘাতিক ভাবে বুঝলাম তার পরের দিন ভোর না হতেই।

উত্তেজনায় প্রথম দিকটা ভাল করে ঘুমই হয়নি। মহেঞ্জদরোর মূর্তি বলতে তো

ব্রোঞ্জ বা অ্যালাবাস্টারের তৈরি কোনও দেবীমূর্তিই হবে। ফরাসি পণ্ডিত যদি অক্ষর দেখে মহেঞ্জদরোর বলে চিনে থাকেন তা হলে এ মূর্তিতে সেই মহেঞ্জদরোর মার্কামারা গড়ন নিশ্চয় আছে। এ মূর্তি এখানে পেলে তো ইতিহাস বদলে লিখতে হবে। ভারতের সিন্ধুনদের প্রাচীন সভ্যতার সঙ্গে এদিকের যোগাযোগের এর চেয়ে স্পষ্ট প্রমাণ তো আর হতে পারে না! এই মূর্তি যদি সত্যি এখানে উদ্ধার করতে পারি তো আমায় পায় কে?

অর্ধেক রাত এই সব ভাবনায় কাটিয়ে শেষে ঘুমিয়ে পড়েছিলাম। ভোরের দিকে খুড়োর ঠেলাঠেলিতে ধড়মড় করে জেগে উঠলাম।

'সর্বনাশ হয়ে গেছে, বেটা দাস!'

'কী সর্বনাশ, খুড়ো!' চোখ রগড়ে তখন উঠে বসেছি।

'আমাদের অ্যাকোয়া-লাংস দুটোই কে চুরি করে নিয়ে গেছে!'

'চুরি করে? এই জনমানবহীন জায়গায় আমাদের নৌকো থেকে? এ কী ভুতুড়ে কাণ্ড নাকি!'

'ভুতুড়ে নয়। কাল আমি ভুল দেখিনি। দূরের সমুদ্রে একটা আলো কাল সত্যিই জ্বলেছিল। সে আলো জ্বলা আর আমাদের নৌকোয় চুরির রহস্যের পেছনে কী আছে তা-ও আমি বুঝেছি। কিন্তু চলো। এখন ফিরে যাওয়া ছাড়া উপায় নেই।'

ফিরেই গেলাম তারপর।

হপ্তাখানেক বাদে বোদরুম-এর বন্দরে আমাদের ত্রেচান্দিরি ঠেকতে না ঠেকতেই খুড়ো লাফিয়ে পড়ল জেটির ওপরে।

'এখুনি কোথায় যাচ্ছ, খুড়ো?' অবাক হয়ে চিৎকার করে জিজ্ঞাসা করলাম।

আঙুল তুলে খুড়ো যা দেখাল সেটা দূরের বড় জেটিতে বাঁধা একটা ঝকঝকে ছোটখাটো শৌখিন জাহাজ।

'আরে, ওটা তো বোদরুম শহরটাই যে প্রায় কিনে রেখেছে সেই স্যাভেজ সাহেবের কেচ'—আমিও তখন নেমে খুড়োর পাশে গিয়ে দাঁড়িয়েছি।

খুড়ো আমার দিকে অদ্ভুতভাবে খানিক চেয়ে থেকে বললে, 'এখনও তুমি কিছু বোঝনি! ওই স্যাভেজ সাহেবের সঙ্গেই আমার বোঝাপড়া। লোভ দেখিয়ে, ভয় দেখিয়ে যা পারেনি, স্যাভেজ শয়তানি করে সেই কাজ হাসিল করেছে এতদিনে। সেদিন ওই কেচ-এর আলোই এক মুহূর্তের জন্যে দেখেছিলাম। লুকিয়ে পিছু নিয়ে আসল জায়গাটা জেনে নিতে দূরে ও জাহাজের আলো নিবিয়ে অপেক্ষা করছিল। অসাবধানে একবার বুঝি কোনও আলো হঠাৎ জ্বলে ওঠে। আমি আহাম্মক, তাই সাবধান হইনি। রাত্রের অন্ধকারে আমাদের ঘুমের সুযোগ নিয়ে কেউ সাঁতরে এসে আমাদের ত্রেচান্দিরিতে ওঠে। তারপর অ্যাকোয়া-লাংস দুটি চুরি করে আমাদের ঠুঁটো করে দিয়ে যায়। আমরা ওখান থেকে যতদিনে এসেছি তার মধ্যে ওখানকার সব কিছু নিশ্চয় লুট করেই ওই জাহাজ ফিরেছে। আমাদের সাতদিনের রাস্তা ও কেচ-এর কাছে একদিনের ওয়াস্তা। না, আমায় বাধা দিয়ো না। যত বড় বিদেশি আমিরই হোক, তুরস্কের বুকে বসে এ শয়তানি করার শোধ আমি নেবই।'

খুড়ো কাপকিন চলে গেল। চেহারা তার দশাশই পালোয়ানের মতো হলেও সরল হাসি-মাখানো মুখই এতদিন দেখেছি। কিন্তু আজ যেন সে সত্যি খ্যাপা দানব হয়ে উঠেছে।

সমস্ত সকাল খুড়োর জন্য বৃথাই অপেক্ষা করলাম। দুপুরবেলা খবর এল হাসপাতাল থেকে। আঙ্কা কাপকিন নাকি জেটি থেকে পড়ে গিয়ে দারুণ জখম হয়েছে। এখুনি আমার যাওয়া দরকার।

গিয়ে যা দেখলাম তাতে শরীরের সমস্ত রক্ত আগুন হয়ে উঠল। খুড়োর প্রায় সর্বাঙ্গে ব্যান্ডেজ। আমার দিকে করুণ চোখে চেয়ে বললে, 'পারলাম না, বেটা দাস, পারলাম না। স্বয়ং যমকে যে ও পাহারায় রেখেছে কেমন করে জানব।'

'আচ্ছা, যমের চেহারাটাই একবার দেখে আসি,' বলে উঠে পড়লাম।

ওই অবস্থাতেই কাতরে উঠে খুড়ো বললে, 'না না, যেয়ো না তুমি, দাস। সে যে কী ভয়ানক দৈত্য তুমি ভাবতে পারো না, তোমায় গুঁড়িয়ে পিষে ফেলবে।'

কোনও উত্তর না দিয়ে বেরিয়ে গেলাম।

সেখান থেকে সোজা জেটিতে স্যাভেজ সাহেবের কেচ-এ।

জেটি থেকে জাহাজে পা দিতেই সামনের এক কেবিন থেকে একজন বেরিয়ে এসে অত্যন্ত অমায়িক ভাবে হেসে বললেন, 'আসুন, আসুন—জাহাজ দেখতে এসেছেন বুঝি? আপনার নামটা একটু জানতে পারি?'

'নামটা জানা কি বিশেষ দরকার?'

'আজ্ঞে হ্যাঁ,' মিছরির মতো মিষ্টিগলায় সে বললে, 'কার পায়ের ধুলো এ জাহাজে পড়ল আমাদের একটু জানতে ইচ্ছে হয় বইকি!'

'বেশ। সাধু ইচ্ছে। নামটা মুখস্থ করে নিন। দাস, ঘনশ্যাম দাস। আপনার নামটা তা হলে?'

'অধীনের নাম কাসিম।' বিনয়ে লোকটা যেন গলে যাবে। লোকটাকে একটু ভাল করে লক্ষ করলাম। তুর্কি না গ্রিক, মিশরি না সিরিয়ান কিছুই বোঝা যায় না। এমনকী বাঙালিও ভাবা যায়। অবিকল এই রাহার মতো চেহারা।

'নাম তো জেনেছেন', কড়া গলায় এবার বললাম, 'এখন জাহাজটা একটু ঘুরে দেখতে পারি?'

'নিশ্চয়, নিশ্চয়। শুধু ঘুরে দেখতেই চান বুঝি?' বিনয়ের অবতার জিজ্ঞাসা করলে।

'না, শুধু ঘুরে দেখতে নয়, জাহাজের মালিক স্যাভেজ সাহেবের একটা পাওনাও মিটিয়ে দিতে। পাওনাটা আঙ্কা কাপকিনের হয়ে।'

'তা হলে সে পাওনা আমাকেই দিতে পারিস, মর্কট!'

বাজ পড়ার মতো পিলে-চমকানো আওয়াজে পেছন ফিরে চেয়ে সত্যিই খুশি হলাম। একটা চেহারার মতো চেহারা বটে! জমাট কালো লোহার তৈরি একটা বিরাট দৈত্য! পরনে খাটো প্যান্ট আর একটা সোয়েটার। শরীরে ইস্পাতের পেশিগুলো একটু ফোলালেই যেন সে সোয়েটার ফাটিয়ে দেবে।

সসম্ভ্রমে বললাম, 'ও, আপনাকেই! কিন্তু খোদ স্যাভেজ সাহেবকে দিলেই ভাল হয় না?'

'তা হলে তো স্যাভেজ সাহেবের নাগাল পাবার জন্যে তোকে তুলে ধরতে হয়।' ক্রেনের মতো শক্ত এক হাতেই আমার টুঁটিটা ধরে সে শূন্যে আমায় তুলে ফেললে।

'আরে করেন কী! করেন কী! ভয় পেয়ে যাচ্ছি যে!' কাতর ভাবে বললাম।

সোনা বাঁধানো দাঁত একটু ফাঁক করে শয়তানের মতো হেসে সে আমায় ওপর থেকেই ছেড়ে দিয়ে বললে, 'কী! শখ মিটেছে? স্যাভেজ সাহেবের নাগাল আর পেতে চাস?'

'তা চাই বই কী! আমি তাঁর নাগাল না পেলে তাঁরই বা তাঁর হয়ে আপনারই আমার নাগাল পাওয়া দরকার।'

এক টানে ডেকের ওপর থুবড়ে পড়ার পর সেই সাক্ষাৎ যমের ভাঁটার মতো চোখ দুটো যেন টাটার কারখানার ফারনেস হয়ে উঠল।

'তবে রে, নোংরা উকুন!' লাফ দিয়ে উঠে দাঁড়িয়ে কলের মুগুরের মতো সে একটি ঘুষি চালাল।

জাহাজের রেলিংগুলো মজবুত। ভাঙল না, একটু বেঁকে গেল মাত্র। ধীরেসুস্থে গিয়ে তাকে তুলে ধরে বললাম, 'লাগল নাকি আপনার? আহা, আমাদের আঙ্কা কাপকিনেরও লেগেছিল। তবে এটা বোধ হয় অত লাগবে না।'

এবার তুলতে হল কেবিনের ভেতর থেকে। দরজাটা পলকা ভেঙে গেছে।

'মাপ করবেন।' তুলে ধরে সবিনয়ে বললাম, 'ভুলে ডানদিকে মেরে ফেলেছি। আঙ্কা কাপকিনের বাঁ চোয়ালটা ভেঙেছিল।'

ডেকের ওপর থেকে আবার তাকে তুলে ধরেছি এমন সময় পেছন থেকে গলা-ছাড়া হাসির শব্দের সঙ্গে শুনতে পেলাম—'আরে! আরে! করছেন কী? গুণ্ডাদের মতো মারপিট করে কখনও আপনার মতো লোক!'

যমপুরুষকে ডেকের ওপরেই গড়িয়ে দিয়ে ফিরে দাঁড়ালাম।

হ্যাঁ, স্বয়ং স্যাভেজই এসে হাজির হয়েছেন। নামে স্যাভেজ বটে, কিন্তু চেহারায় যেন গোলগাল হাসিখুশি সদাশিব। আমার দিকে চেয়ে হাসছেন, যেন কতকালের চেনা।

আমিও হেসেই বললাম, 'কী করব, বলুন। গুণ্ডা পোষবার মতো পয়সা তো নেই, তাই নিজেকেই কষ্ট করতে হয়।'

'আপনি যেন বড্ড রেগেছেন মনে হচ্ছে!' স্যাভেজ হেসে উঠলেন আবার।

'হ্যাঁ, আমারও সেই রকম সন্দেহ হচ্ছে। তবে আপনার সঙ্গে একটু আলাপ করলেই বোধহয় সব রাগ জল হয়ে যাবে।'

'তা হলে আর ভাবনা কী! আসুন, আসুন, যত খুশি আলাপ করবেন।' স্যাভেজ আমাকে তাঁর খাস কেবিনের দিকে নিয়ে চললেন।

যেতে যেতে বললাম, 'আপনার ওই পুষ্যিটিকে একটু হাসপাতালে পাঠালে হত না! আঙ্কা কাপকিনের পাশে একটা বেড বোধহয় খালি আছে এখনও!'

স্যাভেজ হেসে উঠে বললেন, 'যা বলেছেন। দুজনের পাশাপাশি থাকাই ভাল।'

ততক্ষণে স্যাভেজের খাস কেবিনে আমরা পৌঁছে গেছি।

'বসুন, বসুন। আলাপ করা যাক।' স্যাভেজ একটা সোফা আমায় দেখিয়ে দিলেন।

'না, বসবার দরকার হবে না। আলাপও বেশি কিছু করবার নেই। শুধু মারমারিসের উপসাগরের ডোবা জাহাজ থেকে কী আনলেন একটু যদি জানান।'

'কী যে বলেন?' স্যাভেজের আবার সেই প্রাণখোলা হাসি। 'ওখানে ডোবা জাহাজ আছে নাকি? আর থাকলেও তাতে আছে কী!'

'যা-ই থাক, আমার দরকার শুধু কয়েকটা ব্রোঞ্জ আর অ্যালাবাস্টারের মূর্তির। শুধু সেইগুলোর জন্যই আপনাকে বিরক্ত করতে আসা।'

'বিলক্ষণ! বিরক্ত আবার কীসের! কিন্তু মূর্তি-টুর্তি আমি পাব কোথায়? আমার নানান জিনিস জোগাড় করবার বাতিক আছে বটে। কিন্তু এখানে তো শখ করে বেড়াতে এসেছি। এই যা দেখছেন, তা ছাড়া কিছু এ-জাহাজে নেই।'

কেবিনের চারিদিকে সাজানো জিনিসগুলোর ওপর চোখ বুলিয়ে বললাম, 'এ ছাড়া আর কিছুর কথা তা হলে আপনার মনে পড়ছে না? আপনার স্মরণশক্তিটা সত্যি দুর্বল দেখছি। একটা দাওয়াই দেওয়াই দরকার। আচ্ছা, এখান থেকে একটা কিছু যদি নিয়ে যাই কেমন হয়? যেটা নেই সেটার কথা ভাবতে ভাবতে যা আছে তার কথা মনে পড়ে যেতে পারে।'

'আপনার হেঁয়ালি বুঝলাম না, তবে নিন না আপনি যা খুশি!' স্যাভেজ উদার হয়ে উঠলেন।

পাশের টেবিলের ওপর ক-টা কাগজপত্র যা দিয়ে চাপা দেওয়া ছিল সেইটে তুলে নিয়ে বললাম, 'এইটেই তা হলে নিই।'

এক পলকের জন্যে স্যাভেজের মুখ ফ্যাকাসে মেরে গেল। তারপরেই হেসে উঠে তিনি বললেন, 'আরে এত ভাল ভাল জিনিস থাকতে ওই একটা ভাঙা সস্তা পেপারওয়েট নিচ্ছেন!'

'সস্তা যদি হয় তো আপনার আপত্তি কীসের! এ তো আর যে জিনিস সংগ্রহ করবার জন্য আপনি ফতুর হতে প্রস্তুত, আপনার চেয়ে যে জিনিসের দুর্লভ সংগ্রহ দুনিয়ার কারুর নেই সেই টেক্‌টাইট নয়!—উঁহু, ওদিকে ঘেঁষতে যাবেন না, স্যাভেজ! কে জানে ওই ড্রয়ারে হয়তো একটা পিস্তল-টিস্তল থাকতে পারে। আপনার যে-রকম মুখের চেহারা হয়েছে তাতে পিস্তল হাতে পেলে এই সামান্য পেপার-ওয়েটটার জন্য আপনি হয়তো ছুঁড়েই বসবেন!'

এক লাফে টেবিলটার কাছে গিয়ে ড্রয়ারটা খুলে পিস্তলটা বার করে নিলাম। তারপর দরজা দিয়ে রেলিং ডিঙিয়ে সমুদ্রের জলে সেটা ছুঁড়ে ফেলে দিয়ে বললাম, 'আমি গরিব চাষাড়ে মানুষ, টেক্‌টাইটের আর কী জানি। নিজের দেশের বাড়িতেও রেখে আসতে সাহস না করে আপনি সঙ্গে সঙ্গে নিজের কাছে নিয়ে ফেরেন বলে এইটেই দুনিয়ার সবচেয়ে দুর্লভ টেক্‌টাইট মনে করে নিয়ে চললাম। সেই মূর্তিগুলোর কথা যদি কখনও মনে পড়ে তা হলে আমার কাছে পৌঁছে দিলেই এ-টেক্‌টাইট থুড়ি

পেপারওয়েট ফেরত পাবেন। আমার নামটা আপনার কাসিম জানে, ঠিকানাও একটা যাবার সময় দিয়ে যাচ্ছি।'

সেই টেক্‌টাইট নিয়েই চলে এসেছিলাম। আশা ছিল সুবুদ্ধি হলে স্যাভেজ একদিন সেই মূর্তিগুলো ফিরিয়ে দিয়ে যাবে।"

ঘনাদা থামলেন। সঙ্গে সঙ্গে শিশিরের দীর্ঘ নিঃশ্বাস।

"ওঃ, কী লোকসানটাই হল দুনিয়ার। এখন যদি স্যাভেজের সুবুদ্ধিও হয়, টেক্‌টাইট না পেলে সে কি আর সে মূর্তিগুলো ফেরত দেবে! ভারতের ইতিহাসের ছেঁড়া পাতাটা আর জোড়া লাগবে না।"

"সব দোষ ওই বনোয়ারির!"

গৌরের আক্ষেপের সঙ্গে সঙ্গেই দরজায় মূর্তিমানের নাটকীয় আবির্ভাব।

"হামি রাস্তাসে বহুত খুঁজে খুঁজে আনলাম হুজুর। ভাল কোরে ধোকে আনিয়েছি!" কাঁচুমাচু মুখে ভেতরে ঢুকে টেবিলের ওপর যে জিনিসটি বনোয়ারি রাখল তার দিকে চেয়ে আমরা একেবারে থ!

"হুররে!" শিবু চেঁচিয়ে উঠল, "এই তো সেই সাত রাজার ধন এক মানিক। ছায়াপথের ওপারের ঢিল! ইতিহাসের হারানো খেই টেনে বার করবার চুম্বক!"

"এই? এই আমার সেই টেক্‌টাইট!" ঘৃণাভরে টেবিল থেকে কাঁচের ঢেলাটা ফেলে দিয়ে শিশিরের সিগারেটের টিনটা প্রায় ছোঁ মেরে নিয়ে ঘনাদা গট গট করে ঘর থেকে বেরিয়ে গেলেন।

পেপারওয়েট, থুড়ি ঘনাদার টেকটাইট মেঝেয় পড়ে চুরমার।

ছুঁচ

আগুন! আগুন!

সত্যিকার আগুন নয়, ঘনাদাকে তাতাবার একটা ফিকির।

ফিকিরটা একেবারে মাঠে মারা যায়নি। ঘনাদা তাঁর সান্ধ্যভ্রমণ সেরে এসে বসবার ঘরে ঢুকতে গিয়ে এক পা চৌকাঠের এপারে চালিয়ে সভয়ে থমকে দাঁড়ালেন। তাঁর মুখের চেহারাটা দেখবার মতো। প্রায় পিছু ফিরে ছুট মারেন আর কী!

শেষ পর্যন্ত আমাদের জমায়েত হয়ে বসার ধরনেই বোধহয় সাহস পেয়ে নিজেকে সামলে নির্বিকার ভঙ্গিতে ঘরে এসে ঢুকে তাচ্ছিল্যভরে জিজ্ঞাসা করলেন, "কোথায়

আগুন হে!"

শিশির ঘনাদার মৌরসি আরাম-কেদারাটা সসম্ভ্রমে ছেড়ে দিয়ে উঠে দাঁড়িয়ে বললে, "আজ্ঞে, বাজারের কথা বলছি।"

আরাম-কেদারায় নিজেকে এলিয়ে দিয়ে ঘনাদা মৃদু কৌতূহল প্রকাশ করলেন, "বাজারে আগুন লেগেছে নাকি?"

"আজ্ঞে, লেগেছে তো অনেক দিনই। ক্রমশই বাড়ছে যে!" শিবু উদ্বেগ দেখালে।

"বাড়বে, আরও বাড়বে!" ঘনাদার নির্লিপ্ত ভবিষ্যদ্বাণী।

"কী বলছেন, ঘনাদা! তা হলে তো সর্বনাশ হয়ে যাবে। এখনই তো কোনও জিনিস ছোঁবার জো নেই। আলু বারো আনা, বাঁধাকপি দেড় টাকা, মাংস চার টাকা, মাছ সাত টাকা।"

আজই সকালের বাজারটা নিজের হাতে করতে হয়েছে বলে যতখানি রয় সয় বাড়িয়ে ফিরিস্তি দিলাম।

কিন্তু ঘনাদা তাতেও অবিচলিত। নিশ্চিন্ত ভাবে বললেন, "ও তো কিছুই নয়। কলির এই তো সবে সন্ধে!"

গৌরকে এবার উলটো দিক থেকে আঁচ দিতে হল। ঘনাদাকেই সমর্থন করে আমাদের জ্ঞান বিতরণ করে বললে, "মানুষ কী রেটে বাড়ছে জানিস! পঞ্চাশ বছরে মানুষের ভারেই মেদিনী টলমল করবে। ডাঙার ফসলে তো কুলোবেই না, সমুদ্রে চাষ করেও কূল পাওয়া যাবে না। উপোস করে মরতে হবে।"

গৌরের এ বক্তৃতায় কিছুটা বুঝি কাজ হল। তিনি স্বয়ং উপস্থিত থাকতে আর কারুর মাতব্বরি সহ্য করতে ঘনাদা একান্ত নারাজ। গৌর থামবার পর একটু নাসিকাধ্বনি করে বললেন, "উপোস করে মরতে হবে!"

"হবে না?" গৌর নিজের কথা প্রমাণ করতে ব্যস্ত হল, "অত খাবার আসবে কোথা থেকে? সমুদ্রের জলের প্ল্যাঙ্কটন ছেঁকে খাবার তৈরির কারখানা বসিয়েও সে রাক্ষুসে দুনিয়ার খিদে মেটাতে পারবে কি? ছাদে ছাদে অ্যালজির চাষ করেও না।"

"বটে!" ঘনাদার টিটকিরির ধরনে আশান্বিত হয়ে উঠলাম।

কিন্তু ওই পর্যন্তই।

পলতেটা ফুরফুর করে দুটো ফুলকি ছেড়েই ঠাণ্ডা। ধরল না।

তার বদলে শিশিরের কাছে চার হাজার আটশো অষ্টাশিতম সিগারেট ধার করে ঘনাদা শিশিরেরই দেশলাই দিয়ে ধরিয়ে ধোঁয়া ছেড়ে বললেন, "আচ্ছা, উঠি।"

"সেকি! এখনই উঠবেন কী! এই তো এলেন!" আমরা শশব্যস্ত।

কিন্তু ঘনাদাকে ঠেকানো গেল না। সত্যিই উঠে দাঁড়িয়ে হাই তুলে বললেন, "না, একটু জরুরি কাজ রয়েছে।"

ঘনাদার জরুরি কাজ! এই সান্ধ্যভ্রমণে খিদেটা শানিয়ে আসার পর!

আমরা কোনও রকমে হাসি চাপলাম।

"কিন্তু এত খেটে শেষে শক্ত অসুখে পড়বেন যে!" শিবু গভীর সহানুভূতি জানাল, "এক-আধ দিন একটু বিশ্রাম নিলে হয় না?"

ঘনাদা জবাব না দিয়ে যেভাবে ভর্ৎসনার দৃষ্টিতে আমাদের দিকে চেয়ে বেরিয়ে গেলেন, তাতে মনে হল য়ুরি গ্যাগারিনকে ভোস্টকে চড়বার মুখে আমরা যেন পিছু ডেকেছি।

অতএব আবার মন্ত্রণা-সভা বসাতে হল।

ঘনাদাকে এবার চাগানো যায় কী করে?

গতিক এবার মোটেই সুবিধের নয়। সমস্যাটাই গোলমেলে।

রাগারাগি ঝগড়াঝাঁটি কিছু হয়নি যে ঘনাদা জেদ করে গুম হয়ে আছেন। দিব্যি খাচ্ছেন-দাচ্ছেন, ঘুরছেন-ফিরছেন, আলাপ-সালাপ করছেন, কিন্তু আসল টোপটি গেলাতে গেলেই কেমন পিছলে বেরিয়ে যাচ্ছেন। এ ক-দিন হেন চেষ্টা নেই যে করিনি, কিন্তু সবই পণ্ডশ্রম। আমাদের জ্বলন্ত দেশলাইয়ের কাঠি যেন বারুদের বদলে ভিজে বালিতে পড়ে নিবে গিয়েছে।

এখন করা যায় কী!

"তোয়াজ করা ছেড়ে চটিয়ে দেখা যাক।" শিবুর পরামর্শ।

"আহা, চটাতেই তো গেলাম।" গৌরের হতাশা, "কিন্তু কাজ হল কই।"

"আরও কড়া দাওয়াই চাই।" আমার সিদ্ধান্ত।

"আমার ধার দেওয়া সিগারেট সব ফেরত চাইব?" শিশিরের দ্বিধা।

"না, তাতে হিতে বিপরীত হতে পারে।" আমাদের আশঙ্কা।

"তা হলে ধার বাড়িয়ে দি? একেবারে পাঁচ হাজার?" শিশিরের উৎসুক জিজ্ঞাসা।

মন্দ নয় মতলবটা। কিন্তু শেষ পর্যন্ত সেটাও বাতিল করতে হল। প্যাঁচটা পুরোনো। দাঁত কেটে গেছে। ঠিক ধরবে না।

হঠাৎ গৌর বলে উঠল, "ঠিক হয়েছে, আর ভাবনা নেই।"

" কী ঠিক হয়েছে, কী?" আমরা উৎসুক।

"কানের জল কী করে বেরোয়?" গৌর প্রশ্ন করে নিজেই জবাব দিলে, "জল ঢেলে। তাই ভাঁওতা দিয়েই ভাঁওতা বার করতে হবে।"

"সেটা কী রকম?"

"ভাঁওতাটা দেব কী?"

"ভবি কি ভুলবে?"

আমাদের প্রত্যেকের নানারকম সন্দেহ।

"চল, দেখাই যাক না।"

আমাদের তেতলার সিঁড়ির নীচে দাঁড় করিয়ে রেখে গৌর ঘরের মধ্যে কী করতে গেল জানি না।

খানিকবাদে যখন বেরিয়ে এল তখন হাতে তার একটা বাঁধানো খাতা।

আমাদের সরব ও নীরব কৌতূহল অগ্রাহ্য করে সে আগেভাগে সিঁড়ি দিয়ে বেশ একটু সশব্দেই ওপরে উঠল। আমরা তার পিছু-পিছু।

তেতলায় ঘনাদার একানে একটি ঘর। সামনে ছোট একটু খোলা ছাদ।

সিঁড়ি দিয়ে উঠতেই খোলা দরজার ভিতর দিয়ে দেখতে পেলাম ঘনাদা আমাদের

পায়ের শব্দ পেয়ে তাড়াতাড়ি একটা জামা আর হাতের ছুঁচসুতোটা তক্তপোশের তলাতেই সরিয়ে ফেলে চোখের চশমাটা খুলছেন।

তাঁকে এ সব তুচ্ছ কাজ যে করতে হয়, ঘনাদা তা জানাতে চান না।

গৌরই এখন সর্দার। কী তার প্যাঁচ না জেনে শুধু তার মুখের দিকে দৃষ্টি রেখে সকলে মিলে ভেতরে গিয়ে ঢুকলাম।

"ব্যবস্থা সব করে ফেললাম, ঘনাদা!" গৌর একেবারে মূর্তিমান উৎসাহ।

আমরাও চোখেমুখে যথাসাধ্য উজ্জ্বলতা ফুটিয়ে তুললাম দেখাদেখি।

"হুঁ, করে ফেললে তা হলে!" ঘনাদা চশমাটা খাপে ভরতে ভরতে এমনভাবে মন্তব্য করলেন যেন গৌর আর তাঁর মধ্যে এক ড্রয়ার ভর্তি চিঠিপত্র চালাচালি ইতিমধ্যে হয়ে গেছে। কমিটি মিটিং-টিটিং পার হয়ে ব্যাপারটা বিশেষজ্ঞদের অনুমোদন নিয়ে এবার শুধু আইনসভায় পাস হবার অপেক্ষায়।

আমরাই মাঝে থেকে ভ্যাবাচাকা। একবার গৌরের মুখের দিকে তাকাই, আর একবার ঘনাদার দিকে।

সাংকেতিক গৌর-ঘনাদা সংবাদ আরও কিছুক্ষণ এমনই ভাবে চলল।

"এ তো আর ফেলে রাখবার জিনিস নয়!" গৌর যদি বলে তো ঘনাদা তৎক্ষণায় সায় দিয়ে বলেন, "ফেলে রাখলে চলবে কেন! সেরকম পরামর্শ কেউ দিচ্ছে বুঝি?"

"দিলেই বা শুনছে কে?" গৌরের মুখ থেকে খসতে না খসতে ঘনাদা বলেন, "না, উচিতই নয়। এ কি একটা ছেলেখেলা!"

এর মধ্যে শিবুও আছে তা ভাবতেও পারিনি। সে হঠাৎ বলে উঠল, "একটু অসুবিধে অবশ্য হবে।"

আমার একেবারে চক্ষুস্থির করে দিয়ে শিশির তাতে চটে উঠে বললে, "হোক না অসুবিধে, তাতে আমরা পেছপাও নাকি! কাজের উদ্দেশ্যটা তো ভাবতে হবে।"

"উদ্দেশ্যটাই তো আসল। কমল হেরি ভ্রান্ত কেন কাঁটাবনে যেতে! না না, কাঁটা হেরি শান্ত কেন কমল, কমল...ওই মানে, যা বলে আর কী!" আমার মুখ দিয়েও ফস করে কী ভাবে বেরিয়ে গেল দেখে আমিই অবাক।

মুখে মুখে পাক খেতে খেতে ব্যাপারটা যখন বেশ ঘোরালো ধোঁয়া হয়ে উঠেছে, গৌর তখন একটুখানি আলো ছাড়ল, "মাটি অবশ্য অনেকটা ফেলতে হবে।"

ঘনাদার চোখদুটো একটু বড় হল কি? ও চোখ দেখে বোঝা কঠিন।

আমরা তখন যা হোক একটা জো পেয়ে গেছি। আর আমাদের পায় কে।

"হ্যাঁ, বেশ ভাল মাটি," বললে শিশির।

"গঙ্গামাটিই ভাল।" শিবু সুপরামর্শ দিলে।

"কতই বা আর খরচ! একটা ঠেলা বোঝাই করে আনলেই হবে," আমি ব্যবস্থাটাও করে ফেললাম।

গৌর আরেকটু আলোকপাতের জন্যেই বোধহয় উঠে দাঁড়াল। দাঁড়িয়ে ছাদটার দিকে তাকিয়ে যেন মনে মনে মেপে ফেলে বললে, "ছোটখাটো একটা বাগান হবে—যাকে বলে, roof garden আর কী! তবে ফুল-টুল কিছু নয়, স্রেফ তরি-তরকারি।

আলু-বেগুন-ঢ্যাঁড়স-ঝিঙে-পটল—পটলই বা নয় কেন?”

গৌর ঘনাদার দিকে চেয়ে তাঁকে সমর্থন জানাবার সুযোগ দিলে।

কিন্তু ঘনাদার মুখে কোনও শব্দ নেই। শব্দ যদি বেরোয় তো মেঘের ডাকই শোনা যাবে মনে হয়। কারণ, ঘনাদা ছাড়া আর কারও মুখ হলে আষাঢ়ের মেঘের সঙ্গে তার মিলটা আরও স্পষ্ট বোঝা যেত!

ঘনাদা কিছু বলুন না বলুন, আমাদের থামলে চলে না। আমরা ধরতাই পেয়ে গেছি।

শিবুই ঘনাদার হয়ে জবাব দিলে, “পটল নয় বা কেন, কী বলছিস! আলবৎ পটল, একশোবার পটল। পাটনাই পটল। পটলই যদি না ফলাতে পারলাম তো ছাদের উপর বাগান করা কেন? চেষ্টায় কী না হয়।”

শিবু দম নেবার জন্য থামতেই আমি ধরে নিলাম, “নিশ্চয়! অ্যাব্রাহাম লিঙকনের কথা মনে করো না? কুড়ুল দিয়ে সেই গাছ কাটার পর বাবা জিজ্ঞেস করতেই কী বলেছিল?”

জুৎসই দৃষ্টান্তগুলো যথাসময়ে আমার কেমন করে ঠিক জুগিয়ে যায়।

শিশির শুধু একটু শুধরে দিলে, “লিঙকন নয়, স্যার আইজ্যাক নিউটন।”

বন্ধুবিচ্ছেদের সময় এটা নয়। আমি উদারভাবে মেনে নিয়ে বললাম, “ওই একই কথা। আসল ব্যাপার হল এই যে, খাদ্য বাড়াতে হবে, যেমন করে পারো, যেখানে পারো।”

গৌর দ্বিগুণ উৎসাহিত হয়ে উঠল, “ঠিক বলেছ। Grow more food! পৃথিবীতে খাদ্যাভাব দিন দিন বাড়ছে, দুর্ভিক্ষ রাক্ষসী করাল মুখব্যাদান করে ক্রমশ এগিয়ে আসছে সমস্ত মানবজাতির দিকে। এখন এতটুকু জমি ফেলে রাখলে চলবে না। ছাদ, ছাদই সই।”

“আর ঘনাদার ঘরের সামনেই যখন বাগান, তখন দেখাশোনা সম্বন্ধে তো ভাবতেই হবে, না!” শিবু ছাদে তরি-তরকারির বাগানের সপক্ষে সব চেয়ে জোরালো যুক্তি দেখাল।

ঘনাদা তবু নীরব। চোখদুটোতেই শুধু একটু ঝিলিক যেন দিচ্ছে। এই ঝিলিক এখন না নেভে! গৌরকেই উদ্দেশ করে বললাম, “নার্সারিতে বীজ-টিজের অর্ডার দিয়েছিস তো?”

“তা আর দিইনি!” গৌর কর্তব্য সম্বন্ধে হুঁশিয়ারির প্রমাণ দিলে, “শুধু বীজ কেন? সিন্ধ্রি থেকে ফসফেট, ধাপা থেকে হাড়ের গুঁড়ো—সব আনছি।”

ঘনাদা এখনও যদি ফেটে না পড়েন তা হলে তো নাচার।

এইজন্যই বুঝি ব্রহ্মাস্ত্রটি গৌর এতক্ষণ চেপে রেখেছিল। এইবার বাঁধানো খাতাটা ভক্তিভরে ঘনাদার সামনে খুলে ধরে বলল, “এখন এইটিতে শুধু একটা সই দিতে হবে ঘনাদা!”

“কেন?” সেফটি ভালভ প্রায় ফাটিয়ে বয়লারের যেন স্টিম বেরুল।

“এই আপনার সইটা সবার আগে থাকলে আবেদনটার দাম বাড়বে কিনা?” গৌর

সগর্বে জানালে।

"কীসের আবেদন?—ছাদে ধান-খেত করার?"

ঘনাদার বিদ্রূপটা গৌর গায়েই মাখলে না। বিনীত ভাবে বলল, "না, না, ছাদে চাষ তো হচ্ছেই, তার ওপরে আরও কিছু করা তো দরকার এই খাদ্য-সংকটে। তাই আমরা সবাইকে একটা শপথ নেবার আবেদন জানাচ্ছি। এই পড়ুন না। আন্তর্জাতিক আবেদন বলে 'এসপেরান্টো'তে লিখলাম।"

বাঁধানো খাতার প্রথম পাতাটাতেই হিজিবিজি একটা কী লেখা রয়েছে বটে, কিন্তু তার পাঠোদ্ধার করতে লিপিবিশারদ প্রত্নতাত্ত্বিকেরও ক্ষমতায় কুলোবে বলে মনে হয় না।

ঘনাদা একবার সেদিকে চকিত দৃষ্টি নিক্ষেপ করে বললেন, "তুমিই পড়ো।"

"এসপেরান্টোটা বাংলায় অনুবাদ করেই পড়ো।" আমাদের কাতর অনুরোধ।

গৌর মূল এসপেরান্টো পড়তে না পারায় যেন বেশ ক্ষুণ্ণ হয়েই বাংলায় অনুবাদ করে যা শোনালে, তার মর্ম হল এই যে, পৃথিবীর অন্ন-সমস্যার আংশিক সমাধানের জন্যে আমাদের সকলকে এখন থেকেই স্বল্পাহারের শপথ নিতে হবে। আধ-পেটা যদি না পারি তো অন্তত সিকি ভাগ খাওয়া সকলে যেন ছাড়ে—এই আবেদন।

আবেদনটা বুঝিয়ে দিয়েই গৌর সোৎসাহে জানালে, "পরীক্ষাটা নিজেদের ওপরই শুরু করছি, ঘনাদা! আজ থেকেই মেসের সিকি মেনু ছেঁটে দিয়েছি। কাল সকাল থেকে ভাত ডাল আর স্রেফ একটি তরকারি। মাছ হতেও পারে, না-ও হতে পারে। মাপেও সব কিছু কম। থালায় বাটিতে যা দেবার দিয়ে এক হাতা করে তুলে রাখা হবে। যাকে বলে বাধ্যতামূলক জাতীয় সঞ্চয়।"

"এই?" ঘনাদা নাসিকাধ্বনি করলেন।

"হ্যাঁ, আপাতত তো এই!" গৌর বেশ হতভম্ব। আমরা তো বটেই।

"আপনি আরও কিছু ভেবেছেন নিশ্চয়?" শিবুর উসকানির চেষ্টা।

"আরও কিছু নয়, অন্য কিছু।" ঘনাদা সংক্ষিপ্ত।

"মানে গোড়াতেই আপনি অন্য কিছু বুঝেছিলেন?" আমাদের বিস্ময়।

"হ্যাঁ, ভেবেছিলাম, পেটেন্টটা বুঝি নেওয়ার ব্যবস্থা করে এসেছ। আমার ছুঁচটা সত্যিই ফাল হয়ে বেরিয়েছে শেষ পর্যন্ত।"

"আপনার ছুঁচ!" শিশির তক্তপোশের তলা থেকে ছুঁচসুদ্ধু গুঁজে রাখা জামাটা তুলে ধরে ছুঁচটা বার করতে করতে বললে, "ফাল তো হয়নি। এখনও ছুঁচই আছে দেখছি।"

"ও ছুঁচ নয়। ছুঁচের মতোই সরু ছোট কাঁচের পিপেট!" ঘনাদা আমাদের প্রতি করুণাকটাক্ষ করে বললেন, "একবার রক্তনদী বইয়ে যা সেইসঙ্গে একদিন জলে আগুন জ্বালিয়ে দিয়েছিল, যা না থাকলে সূর্যদেবকে বধ করার অস্ত্র এ যুগে আর তৈরি করবার আশা মানুষকে ছাড়তে হত।"

"সূর্যদেব মানে, আমাদের এই সত্যিকার আকাশের সূর্য, আপনার সেই ছুঁচেই

কাত!"

"এক রকম তাই বলতে পারো," ঘনাদার বলার ধরনে বোঝা গেল কোনওরকম বড়াই তাঁর পছন্দ নয়।

শিশির ছুঁচটা রেখে দিয়ে সিগারেটের টিনটা তখন খুলে ফেলেছে।

ঘনাদা সিগারেট তুলে নিয়ে, ধরিয়ে, গোটা দুই সুখটান দিয়ে খানিকক্ষণ চোখ দুটি বুজে চুপ করে রইলেন।

আমদা উদ্‌গ্রীব।

আমাদের বেশ কিছুক্ষণ আশা-নিরাশার দোলায় দুলিয়ে রেখে ঘনাদা অবশেষে চোখ মেলে তাকিয়ে ওপরের ছাদটাকেই সম্বোধন করে বললেন, "তখন আমি কোথায়?"

আমরাও তখন আর নেই।

ঘনাদার এ-রকম স্মৃতিভ্রংশ আমাদের কল্পনাতীত।

তাঁর স্মরণশক্তির মরা আঁচ যথাসাধ্য চাগিয়ে তোলার আশায় যে যেমন পারি কাঠকুটো এগিয়ে দেবার চেষ্টা করলাম।

"কলম্বিয়ায়?" আমার কুটো।

"চূকচিদের দেশে!" শিবুর প্যাঁকাটি।

"নোভালা জেমলিয়া!" গৌরের ক-ফোঁটা কেরোসিন।

"আমাদেরই এই মেসে!" শিশিরের এক আঁজলা জল একেবারে।

আমরা খেপে উঠে শিশিরকে নিয়ে পড়তে যাচ্ছিলাম। কিন্তু তার দরকার হল না।

ঘনাদার চোখদুটোর সঙ্গে কান দুটোও বোধহয় ছাদেই ছিল। সেখান থেকে আমাদের দিকে কৃপা করে নামিয়ে বললেন, "হ্যাঁ, ইয়েমেন থেকে লালপানি পার হয়ে ইরিট্রিয়ার ওপর তখন ভাসছি। মার্কিন প্লেন, কিন্তু গাঢ় কমলা আর সবুজে ছোপানো গা, তাতে মান্ধাতার যুগের আম্‌হারিক অক্ষরে সব কিছু লেখা।

আমার পাশের সিটের ভদ্রলোক নড়ে-চড়ে বসলেন। মনে হল সেই নড়া-চড়াতেই বুঝি প্লেনটাই টালমাটাল হয়ে গোঁত্তা মেরে পড়ে।

প্লেনের সিটগুলো নেহাত ছোটখাটো নয়। কিন্তু ভদ্রলোক একেবারে বৃত্রাসুরের বড় ভাই। দুটো সিট ভেঙে এক করে দিলে হয়তো তিনি একটু আরাম করে বসতে পারতেন। কিন্তু তার তো উপায় নেই। ইয়েমেন থেকেই পাশের সিটে এই পাঁচমণি লাশের মৃদুমন্দ ঠেলাঠুলি ধাক্কা খেতে খেতে আসছি। তিনি স্বস্তিতে বসতে না পেরে উসখুস করছেন, সেই সঙ্গে আমিও।

ভদ্রলোক নীচের দিকে চেয়ে হঠাৎ বললেন, 'এই ইরিট্রিয়া নিয়েও ইতিহাসে এত মারামারি। দেশটার চেহারা দেখেছেন!'

বললাম, 'যা দেখছেন তা ইরিট্রিয়া নয়।'

'ইরিট্রিয়া নয়!'

সামনে পেছনে ও পাশে যাঁরা বসে ছিলেন, তাঁরাও চমকে উঠলেন সে আওয়াজে। চমকাবার মতোই আওয়াজ। ভদ্রলোকের গলাখানি তাঁর বপুর সঙ্গেই পাল্লা দেবার

মতো। সেই গলা তিনি আবার চটে উঠে ছেড়েছেন সপ্তমে।

আশেপাশের যাত্রীরা কেউ একটু মুচকে হেসে, কেউ বিরক্তিকর ভ্রূকুটি করে, মুখ ফেরালেন।

আমি শান্তভাবে বললাম, 'না, ইরিট্রিয়া ছাড়িয়ে ফরাসি সোমালিল্যান্ডের পাড় ছুঁয়ে আমরা এখন ইথিয়োপিয়ায় পৌঁছে গেছি।'

ভদ্রলোক খানিকক্ষণ আমার মুখের দিকে যেভাবে তাকালেন, তাতে মনে হল, জানলা ভেঙে আমায় টুপ করে বাইরে ফেলে দেবেন, না, প্লেনের ভেতরেই হাড়গোড়-ভাঙা দ বানিয়ে দেবেন, ঠিক করে উঠতে পারছেন না।

শেষ পর্যন্ত কী ভেবে বলা যায় না, নিজেকে সামলে নিয়ে জিজ্ঞাসা করলেন গলাটা সপ্তম থেকে একটু নামিয়ে, 'আপনি এ সব জায়গা চেনেন? আগে এসেছেন কখনও?'

'তা, আসতে-টাসতে হয় মাঝে মাঝে।' একটু হেসে কবুল করলাম।

'কেন?' বাজখাঁই গলার প্রশ্নে আবার প্লেনটা বুঝি কাঁপল।

'তোজোকে একটু আদর করতে।'

'তোজোকে আদর করতে! কে সে?'

হেসে তাঁর দিকে ফিরে গলা নামিয়ে সাবধান করার সুরে বললাম, 'যা বলে ফেলেছেন, ফেলেছেন। ইথিয়োপিয়ার বুকের ওপর তাদেরই প্লেনে বসে তোজো কে, এ প্রশ্ন আর করবেন না। আগেকার দিন হলে কোতল করতেও পারত।'

'কোতল করত? আমাকে!' ভদ্রলোকের ওই চেহারাই আরও ফুলে ফেঁপে জামার বোতামগুলো প্রায় ছেঁড়ে আর কী!

তাঁকে ঘাড় কাত করে আপাদমস্তক একবার দেখে নিয়ে যেন সসম্ভ্রমে বললাম, 'না, আপনাকে বোধহয় সাহস করত না।'

ভদ্রলোক এবার একটু খুশি হলেন মনে হল। তাই আবার একটু টিপুনি দিয়ে বললাম, 'তবে নেগুস নাগাস্তির কানে কথাটা না যাওয়াই ভাল।'

'নেগুস নাগাস্তি!' নামটা শুনেই ভদ্রলোকের গলায় আর যেন তেমন ঝাঁজ পাওয়া গেল না। একটু হতভম্ব হয়েই জিজ্ঞাসা করলেন, 'নেগুসই তো জানি, নেগুস নাগাস্তি আবার কী? তোজোর সঙ্গে তাঁর কী সম্পর্ক?'

'নেগুস বলতে বোঝায় সম্রাট আর নেগুস নাগাস্তি মানে সম্রাটের সম্রাট, রাজচক্রবর্তী। তোজো হল তাঁরই পোষা চল্লিশটি সিংহের মধ্যে সবচেয়ে যেটি পেয়ারের, তার নাম। নেগুস-এর প্রাসাদে সে ছাড়াই থাকে সারাক্ষণ।'

ভদ্রলোক আমার দিকে খানিক চেয়ে থেকে কী ভাবলেন কে জানে। তারপর হঠাৎ পাশেই রাখা আমার হাতটা ধরে ফেলে করমর্দনের ছুতোয় হাড়গোড়গুলো কতখানি পলকা পরীক্ষা করতে করতে খুশিতে ডগমগ হয়ে বললেন, 'আপনার সঙ্গে আলাপ করে অত্যন্ত সুখী হলাম। আপনার নামটা জানতে পারি?'

হাতটা ছাড়িয়ে নিয়ে যেন প্রায় ককিয়ে ককিয়ে বললাম, 'অধীনের নাম দাস। এখন আপনার নামটা জানবার সৌভাগ্য এই গোলামের হবে?'

কথাবার্তা আরবিতেই হচ্ছিল। এ সব বিনয় সৌজন্য ও-ভাষায় জমে ভাল।

ভদ্রলোক বাদশাহি চালেই বললেন, 'শেখ ইবন ফরিদ।'

'ইবন ফরিদ!' নামটা শুনে আমি গদগদ হয়ে উঠলাম, 'প্রায় সাড়ে সাতশো বছর আগে এক ইবন ফরিদ আরবকে ধন্য করেছিলেন। তাঁর কথা আর আপনাকে কী বলব। নিশ্চয় জানেন।'

'তা আর জানি না।' ইবন ফরিদ তাঁর আকর্ণবিস্তৃত গোঁফে চাড়া দিলেন।

'আপনিও তো তাঁর মতো টহলদার দেখছি। তিনি অবশ্য মস্ত বড় ভৌগোলিক ছিলেন। আপনি সেরকম লেখেন-টেখেন নাকি?'

আমার দিকে চেয়ে একবার চোখ মটকে হাসতে হাসতে ইবন ফরিদ বললেন, 'এখনও লিখিনি। তবে লিখব। সময় হলেই লিখব। আপনি তো আড্ডিস আবাবাতেই থাকবেন?'

'ইচ্ছে তো সেইরকম।' সবিনয়ে স্বীকার করলাম।'

'হ্যাঁ, নেগুস-এর পোষা সিংহ নির্ভয়ে আদর করতে হলে ওখানেই থাকতে হয় আর বুনো সিংহ শিকার করতে হলে যেতে হয় অন্য কোথাও।' বলে ইবন ফরিদ আমার পায়ের ওপর বিরাশি সিক্কার একটি আদরের থাপ্পড় দিয়ে প্লেন ফাটিয়ে হাসতে আরম্ভ করলেন।

আড্ডিস আবাবা শহরের সবচেয়ে যা আমার ভাল লাগে, তা সেখানকার গন্ধ। পৃথিবীর ছোট বড় আর কোনও শহরের অমন অপরূপ গন্ধ আছে বলে জানি না। গন্ধটা পোড়া ইউক্যালিপটাস কাঠের। সমস্ত হাবশি জাতিদের যিনি এক রাজছত্রতলে মিলিয়েছিলেন, সেই নেগুস নাগাস্তি দ্বিতীয় মেনেলিক সর্বত্র ইউক্যালিপটাস গাছ পুঁতেছিলেন। সে গাছ এত বেড়েছে যে, লোকেরা ইউক্যালিপটাস জ্বালানি কাঠ হিসেবে পোড়ায়। শহরের হাওয়ায় তাই একটা মিষ্টি পরীদের গায়ের মতো সুবাস সারাক্ষণ ভাসছে।

রাত্রে সে গন্ধটা আরও মন মাতানো। তা-ই নেশায় হোটেল থেকে বেরিয়ে শহরের একেবারে প্রান্ত পর্যন্ত চলে গিয়েছিলাম। হোটেলের ম্যানেজার বেরুবার সময় সাবধান করে দিয়েছিল যে, আড্ডিস আবাবার পথে-ঘাটে সারারাত হায়নারা চরে বেড়ায়। আশেপাশের পাহাড় থেকে তারা নেমে আসে, আবার ভোর হতে-না-হতে ফিরে যায়। জ্যান্ত মানুষকে সাধারণত তারা এড়িয়ে চলে, তবে দুনিয়ায় অমন ছিঁচকে শয়তান জানোয়ার আর দুটি নেই। বেকায়দায় পেলে তারা সব করতে পারে। কোনও রকমে জখম অসহায় অবস্থায় পেলে জ্যান্ত মানুষের মাংস তারা খুবলে খেতে পারে।

আড্ডিস আবাবার রাস্তাঘাট অত রাত্রে বেশ নির্জন পেয়েছিলাম। দিনের বেলায় গাধা ও ঘোড়ার সে নোংরা ভিড় আর নেই। এখানে সেখানে দু-একটা হায়না দূর থেকে চোখে পড়েছে। দেখতে না দেখতে তারা ছায়ার মতো মিলিয়ে গেছে কোথায়।

শহরের একদিকের শেষ প্রান্ত পর্যন্ত এসে যেখানে দাঁড়িয়েছিলাম, সেখান থেকে একটি তেপান্তরের রাস্তা সুদানের খার্তুম হয়ে মরুভূমির দেশে ওয়াদি হালফার দিকে

গেছে। এই পথেই ইথিয়োপিয়ার রাজারা একদিন উত্তরের দিকে দিগ্বিজয়ে গিয়েছিলেন!

কিছুদূরে কোথায় একটা হায়নার হাসির শব্দে চমকে ফিরতেই এমন কিছু দেখলাম, যাতে শরীর-মন এক মুহূর্তে সজাগ হয়ে উঠল। একটা মোটা ইউক্যালিপটাস গাছের গুঁড়ির পেছনে নিজেকে পাথরের মতো নিস্তব্ধ করে দাঁড়িয়ে রইলাম।

হায়না কিংবা জন্তু জানোয়ার কিছু নয়, মানুষ। আর এই মানুষটিকে অন্তত এত রাত্রে শহরের এই প্রান্তে দেখবার কথা সত্যি বলতে গেলে কল্পনাও করিনি।

মুখ দেখতে পাওয়ার দরকার নেই। আকার দেখেই মানুষটাকে চিনতে দেরি হয় না। আবিসিনিয়ার মানুষরা শক্ত সমর্থ জোয়ান হয় বটে, কিন্তু অমন একটা দৈত্যাকার মাংসের পাহাড় অন্তত এই ক-দিনে আড্ডিস আবাবার রাস্তায় ঘাটে দরবারে কোথাও চোখে পড়েনি।

ইবন ফরিদই যে পালের গোদা একটা গণ্ডারের মতো নির্জন রাস্তা দিয়ে শহরের বাইরে কোথাও হনহন করে হেঁটে চলেছে, এ বিষয়ে তখন আর সন্দেহ নেই।

কিছুদূর সে এগিয়ে যাবার পর নিঃশব্দে তার পিছু নিলাম। খুব নিঃশব্দে নেবার দরকার ছিল না। কারণ, সে নিজেই পদভারে মেদিনী কাঁপিয়ে যেভাবে চলেছে, তাতে আর কোনও শব্দ তার কানে যাবার কথা নয়।

কিন্তু ইবন ফরিদ সত্যি চলেছে কোথায়? শহর তো এইখানেই শেষ। তারপর তো প্রায় গাছপালাহীন পাথুরে ঢেউখেলানো তেপান্তর।

হঠাৎ মনে পড়ল দুদিন আগেই আড্ডিস আবাবার বাজারে যে-শিকারির সঙ্গে আলাপ হয়েছে তার কথা। শখের শিকারি সে নয়। দুর্লভ দামি চামড়ার ব্যবসার খাতিরেই তার শিকার। বিশেষ করে কালো চিতার খোঁজেই সে আবিসিনিয়ার এমন সব দুর্গম দূর জায়গায় দেশি অনুচরদের নিয়ে যায় যে নেগুসের তহসিলদাররাও জানে কিনা সন্দেহ।

শহরের বাইরেই সম্প্রতি সে তাঁবু গেড়েছে জানি। লোকজন রসদ সংগ্রহ করে নুতন শিকারের সফরিতে বেরুনোই তার উদ্দেশ্য।

আমার অনুমানই ঠিক। কিছুদূর যেতেই শিকারির সাদা তাঁবুটা অন্ধকারেই রাস্তার ধারে ঝাপসা ভাবে দেখা গেল। কাছে-পিঠে বাঁধা ঘোড়াগুলোরও পা ঠোকার শব্দ শোনা গেল সেই সঙ্গে সঙ্গে।

ইবন ফরিদের আসাটা যে অপ্রত্যাশিত নয়, শিকারিকে টর্চ হাতে তাঁবু থেকে কিছু দূরে অপেক্ষা করতে দেখেই তা বোঝা গেল।

শিকারির হাতের টর্চটা একবার জ্বলে উঠতে ইবন ফরিদ হাঁক দিয়ে তার উপস্থিতি জানালে। আমি তখন পথের ধারে মাটির উপর শুয়ে পড়েছি।

ইবন ফরিদের চালচলনে সন্দেহ করবার মতো সত্যিই অবশ্য তখনও কিছু নেই। হাঁক দিয়ে সাড়া দেওয়াটা অন্তত লুকোচুরি কোনও ব্যাপারের সঙ্গে খাপ খায় না।

কিন্তু গোপনীয় যদি কিছু না হয়, তা হলে এত রাত্রে এই শহরের বাইরে এসে

দেখা করার মানে কী?

ইবন ফরিদের আড্ডিস আবাবায় এতদিন থাকাটাও তো একটু অদ্ভুত। টিটকিরি দিয়েও আমায় যা সে জানিয়েছিল, তাতে এতদিনে তার তো সিংহ-শিকারে বেরিয়ে যাবার কথা। আড্ডিস আবাবায় প্লেন থেকে নামবার পর এই ক-দিনের মধ্যে কোথাও আর না দেখে আমি তার কথাটা সত্যি বলেই নিয়েছিলাম।

এতদিন সে ছিল কোথায়? লুকিয়েই বা ছিল কেন?

হাতে পাঁজি মঙ্গলবার। রহস্য কিছু থাক বা না-থাক, শেষ পর্যন্ত ভাল করে ব্যাপারটা না বুঝে আমি ফিরব না ঠিক করে ফেলেছি।

ইবন ফরিদকে নিয়ে শিকারি তার বড় তাঁবুটায় ঢোকবার পরই অত্যন্ত সন্তর্পণে তাঁবুর বাইরে গিয়ে বসলাম।

নিস্তব্ধ রাত। ঘোড়াদের নিঃশ্বাস আর পা ঠোকার শব্দ ছাড়া মাঝে মাঝে এদিক-ওদিক থেকে হায়নার হাসি শুধু শোনা যাচ্ছে।

ভেতরে কথাবার্তা চলছে বুঝতে পারছি, কিন্তু তাঁবুর কাপড়টা বেশ মোটা। দু একটা শব্দ ছাড়া ভাল করে কোনও কথা বোঝা যাচ্ছে না।

কথাবার্তা ফরাসিতেই চলছে সন্দেহ নেই। কিন্তু দুজনের কারুরই যে ফরাসি মাতৃভাষা নয়, যেটুকু শুনতে পাচ্ছিলাম তার উচ্চারণ ও বলার ধরন থেকেই বুঝলাম।

শিকারি লোকটির সঙ্গে আড্ডিস আবাবার বাজারে ইথিয়োপিয়ার আমহারিকেই আলাপ হয়েছিল। তাতে তাকে হাবশি ভাবিনি, ভাবার কোনও কারণও ছিল না। রোদে পোড়া চেহারাটা একেবারে কড়া তামাটে হয়ে এলেও তার মুখ-চোখের গড়ন থেকে চুলের রঙে বোঝা যায় মধ্যোপসাগরের উত্তরে ইউরোপের কোনও দেশের সে লোক। এদেশে অনেক দিন থেকে ভাষাটা দেশের লোকের মতোই বলতে শিখেছে।

এখন কিন্তু তার অশুদ্ধ ফরাসি উচ্চারণেও কী যেন একটা ইঙ্গিত পাচ্ছিলাম। মদ্রদেশের অনেকের ইংরেজি উচ্চারণে যেমন জাতীয় বৈশিষ্ট্য ধরা যায়, এ-ও অনেকটা প্রায় তাই।"

"ফরাসিটা চোস্ত শিখেছিলেন বটে ঘনাদা!" শিবু হঠাৎ ফোড়ন পেড়ে বসল, "ভুল উচ্চারণ শুধু ধরে ফেলেন না, তা থেকেই ভুল যে করে তার জাতের খবর পর্যন্ত বার করে ফেলেন!"

ঘনাদার সিগারেটটার ধোঁয়াতে আমরা হঠাৎ বোধহয় কাশতে শুরু করলাম। সে কাশিকে হাসি চাপার চেষ্টা বলে যদি কেউ সন্দেহ করে আমরা নাচার।

ঘনাদা অন্তত করলেন না। শিবুর তারিফটা একটু হেসে অম্লান বদনে হজম করে শুরু করলেন, "লোকটা গ্রিক বলে বুঝলাম। শুধু ওইটুকু নয়, বুঝলাম তার চেয়ে আরেকটু বেশি। জন্তু-জানোয়ারের চামড়া শিকারই লোকটার ব্যবসা হতে পারে, কিন্তু সে নেহাত সাধারণ শিকারি মাত্র নয় । ইবন ফরিদ তো নয়ই। একটু দুটো কথা যা স্পষ্ট শুনতে পাচ্ছিলাম, তা শিকারের জগতের নয়।

নিউক্লিয়ার ফিশন অর্থাৎ পারমাণবিক বিস্ফোরণ কোথায় লাগে কিংবা বিজ্ঞানে সত্যিকার যুগান্তর, এ ধরনের কথা কালোচিতার খোঁজে ইথিয়োপিয়ারও পাণ্ডববর্জিত

অঞ্চলে ঘুরে বেড়ায়, অথবা বুনো সিংহ-শিকার যার নেশা, সেরকম লোকদের আলাপের বিষয় হওয়া একটু আশ্চর্য।

আরও একটু ভাল করে যদি শুনতে পেতাম! সেই চেষ্টাতেই তাঁবুর কাপড়ের গায়ে কানটা ভাল করে লাগাতে গিয়েই কেলেংকারি করে ফেললাম। আর তাতেই শাপে বর হয়ে গেল।

তাঁবুর গায়ে কানটা লেপটে লাগাতে গিয়ে অসাবধানে তাঁবুর বাইরের একটা খুঁটিতে বাঁধা দড়িতে কেমন করে হাত ঠেকে গেছল।

তাঁবুটা একটু তাতে নড়ে উঠতেই চারিদিক কাঁপিয়ে দড়াম দড়াম করে দুটি পিস্তলের গুলি ছুটল।"

"দুটোই কানের পাশ দিয়ে তো?" শিবুর আবার সরল জিজ্ঞাসা।

"না," ঘনাদার গলাটা একটু বেশি ভারী শোনাল।

সন্ত্রস্ত হয়ে আমরা শিবুকে ধমকালাম, "শিবুটার কেমন বুদ্ধি! দুটোই কানের পাশে হয় কখনও? রবার্ট ব্লেকের গল্প পেয়েছিস!"

শিবুর দিকে পিস্তলের নলটার মতোই অগ্নিদৃষ্টি ফেলে ঘনাদা বললেন, "দুটো গুলিই কাছাকাছি একেবারে মাথার ঠিক ওপর দিয়ে। খানিকটা চুলের ডগা পুড়েই গেল তাতে।"

হাসি দূরে থাক, আমরা কাশি পর্যন্ত চেপে রইলাম প্রাণপণে।

ঘনাদা আমাদের তদগত চেহারাগুলোর ওপর চোখ বুলিয়ে সন্তুষ্ট হয়ে আবার শুরু করলেন, "স্পষ্ট তারপর শুনতে পেলাম গ্রিক শিকারি বলছে, 'আপনি কি খেপে গেলেন নাকি ফরিদ সাহেব? গুলি ছুঁড়লেন কাকে?'

'কেউ যদি থাকে?' বলে ইবন ফরিদ হাসল, 'আপনি বুঝতে পারছেন না, মঁসিয়ে সোলোমাস। সাবধানের মার নেই। তাঁবুটা কী রকম নড়ে উঠল দেখলেন? কেউ থাকতেও পারে ওখানে।'

'থাকতে পারে দুটো-একটা হায়না।' সোলোমাসের গলাটা প্রসন্ন নয়, 'রাত্রে মাঝে মাঝে তাঁবুর আশেপাশে খাবারের গন্ধ শুঁকে অমন ঘোরে। দিলেন তো তাঁবুটা ফুটো করে!'

'আরে, ও ফুটো! ক্যাম্বিসের তাঁবুর বদলে রাজপ্রাসাদ পাবেন থাকবার, কাজটা যদি হাসিল হয়। আচ্ছা, তাঁবুর বাইরেটা একবার ঘুরে দেখে এলে হয় না?' ইবন ফরিদের সন্দেহটা তখনও যায়নি বোঝা গেল।

আমি সবে গা ঢাকা দেবার জন্যই তৈরি হচ্ছিলাম। কিন্তু সোলোমাসের কথায় আশ্বাস পেলাম।

সোলোমাস তখন বলছেন, 'মানুষ হলে না লাগলেও ভয়ে একবার চেঁচাত। জানোয়ার হলেও তাই। মিছিমিছি আপনি জেগে স্বপ্ন দেখছেন। এখন কাজের কথা সেরে ফেলুন তাড়াতাড়ি।'

এত স্পষ্ট সব কথা শুনতে পাওয়ার কারণ তখন আমি বুঝে ফেলেছি। তাঁবুর ওই দুটো পিস্তলের গুলির ফুটোই আমার সহায় হয়েছে।

ফুটো দুটো কাছাকাছি হওয়ায় আরও সুবিধে। আলতোভাবে তাতে কান ঠেকিয়ে কাজের কথাও শুনলাম।

ফরিদ তখন বলছে, 'ওই চিমসে কালা ছুঁচোটাই আমাদের ভরসা। হাঁটা পথে এখান থেকে যদিও কোথাও যায় তো আপনি আছেন, আর উড়ে কোথাও যেতে চাইলে আমি। আসল ঘাঁটি ওরই শুধু জানা। সেখানেই চলেছে যতটা পারে এলোমেলো ঘুরে ফিরে সকলের চোখে ধুলো দিয়ে। ওকে নজরে রেখে পিছু নিলেই কাম ফতে। হতভাগা জানেও না যে, যমকে ফাঁকি দিতে পারে, তবু আমাকে নয়। কাজটা শেষ করে যমের চেহারাই ওকে দেখাব।'

দু-চারটে অন্য কথা বলে ফরিদ তাঁবু থেকে বেরুল। বেরোবার সময় সোলোমাসের টর্চটা ধার নিয়ে তাঁবুর পেছনটা তদারক করে দেখে যেতেও ভুলল না।

আমি তখন সেখান থেকে সরে গিয়েছি অবশ্য।

ফরিদ চলে যাওয়ার পর ধীরে-সুস্থে গিয়ে সোলোমাসের তাঁবুর পর্দাটা সরালাম।

সরাতে না সরাতে সত্যই অবাক।

'আসুন, দাস!' বলে সাদর অভ্যর্থনা জানিয়ে সোলোমাস আমার দিকেই ফিরে দাঁড়িয়ে হাসছেন, 'আপনার অপেক্ষাতেই দাঁড়িয়ে আছি।'

'আমার অপেক্ষায়?' আমি সন্দিগ্ধ ভাবে সোলোমাসের দিকে তাকালাম।

'হ্যাঁ, আপনারই। তাঁবুর পেছনে বসে সবই তো শুনেছেন।'

'আমিই যে তাঁবুর পেছনে ছিলাম, তা-ও আপনি জানতেন!' আমি সত্যই অবাক।

'প্রথমে কি আর ঠিক জানতাম! কিন্তু দুটো গুলির পরও না চিৎকার, না পালাবার শব্দ শুনে বুঝলাম একটি মানুষ ছাড়া দুনিয়ায় আর কারও পক্ষে এ মনের জোর সম্ভব নয়।'

'সেই একটি মানুষের এত পরিচয় আপনি জানলেন কী করে?'

সোলোমাস হাসলেন—'তা হলে আর তাঁবুর পেছনে শুনলেন কী? আপনার পরিচয় জানাই তো আমাদের আসল কাজ। পরিচয় না জেনে কি আপনার পিছু নিয়েছি?'

'তা হলে আমার পিছু নিয়েছেন সে কথা স্বীকার করছেন!' আমি ভেতরে ভেতরে গোলমালে পড়লেও বাইরের কড়া গলায় তা বুঝতে দিলাম না।

'না স্বীকার করে উপায় কী! বিশেষ নিজের কানেই সব যখন শুনে ফেলেছেন।'

ক্রমশ আমিই যেন বেকায়দায় পড়ছিলাম কথা-কাটাকাটিতে তাই একটু রেগেই বললাম, 'আমিই তাঁবুর পেছনে ছিলাম বুঝেও ফরিদ সাহেবকে হায়নার কথা বলেছিলেন কেন?'

'আলাপ-আলোচনাটা দীর্ঘ হবে মনে হচ্ছে,' সোলোমাস হাসলেন, 'আপনারও অনেক কিছু জিজ্ঞাসা করবার আছে, আমারও কিছু বলবার। সুতরাং এমন ভাবে দাঁড়িয়ে না থেকে একটু বসলে হত না। এত রাত্রে আপনাকে আর কী দিয়ে আপ্যায়িত করতে পারি। খাঁটি জংলি মধু থেকে তৈরি আবিসিনিয়ার নামকরা তেজ আছে। বসুন। তাই একটু চাখতে দিই।'

'না, তার দরকার হবে না। আমি এমনিই বসছি। এখন আমার কথাগুলোর জবাব দিলে বাধিত হব।' বলে আমি চিতার চামড়ায় ঢাকা একটা নিচু কৌচের উপর বসলাম।

সোলোমাসও পাশে একটা মোড়া টেনে বসে বললেন, 'কেন ফরিদ সাহেবকে হায়নার কথা বলেছিলাম এই কথা জানতে চাইছেন তো? বলেছিলাম ফরিদ সাহেবকে ধোঁকা দেবার জন্য। হায়নারা রাত্রে শহরের রাস্তায় ধাঙ্গড়ের কাজ করে ঘোরে, আমার তাঁবুর দড়ি নাড়তে তারা কখনও আসে না আমি জানি।'

'ওঃ, আমায় তা হলে অনুগ্রহ করেছিলেন! এ অনুগ্রহের কারণ?' এবারে সত্যি অবাক হওয়ার দরুন বিদ্রূপের সুরটা ঠিক গলায় ফুটল না।

'অনুগ্রহ নয়, আত্মরক্ষা যদি বলি!'

'আত্মরক্ষা! আপনি আমার সঙ্গে রসিকতা করছেন?' আমি জ্বলে উঠলাম, 'শত্রুকে বাঁচাবার চেষ্টা আপনার আত্মরক্ষা!'

'কথাটা একটু গোলমেলে বটে!' সোলোমাস হাড়-জ্বালানো হাসি হেসে বললেন, 'আমি অবশ্য বলতে পারি, শত্রুকে বাঁচানোই এ ক্ষেত্রে আমাদের আত্মরক্ষা। ফরিদ সাহেব আহাম্মুক, তাই না বুঝে শুনে অমন গুলি ছুঁড়েছিল! আপনি মারা গেলে আমাদের নিজেদেরই তো সর্বনাশ। যা খুঁজছি তার পথ দেখাত তা হলে কে!'

'এই তা হলে আপনার কৈফিয়ত? কিন্তু মারা তো আরেকটু হলে গিয়েছিলাম, টিপটা একটু না দৈবাৎ ফসকালে!'

'দৈবাৎ যেটা ভাবছেন, তার পিছনে মানুষের হাতও তো থাকতে পারে? এই সোলোমাসেরই হাত?'

আমি বিস্ময় সামলে ওঠার আগেই সোলোমাস এবার গম্ভীর হয়ে বললেন, 'হ্যাঁ, আমিই গুলি ছোঁড়বার সময় হঠাৎ চমকাবার ভান করে হাতটা তার একটু ওপর দিকে নাড়িয়ে দিয়েছিলাম।'

'কেন? তখনও তো আপনি জানেন না যে আমিই ওখানে আছি।'

'ঠিক জানি না, কিন্তু আশা একটু করছিলাম বই কী! আপনার এত খবর আমরা রাখছি, আর আপনি আমাদের এই ডেরার খবর নিতে একবার আসবেন না তদন্তে, এ কি হতে পারে।'

মনে মনে লজ্জিত হয়ে অবশ্য স্বীকার করলাম যে ইবন ফরিদকে ঠিক বুঝেও সোলোমাসকে একেবারেই সন্দেহ করতে পারিনি। মুখে কিন্তু ঝাঁজের সঙ্গে বললাম, 'আমি আসব—তাও জানতেন, এসেছি কি না এসেছি ঠিক না জেনেই প্রাণ বাঁচাবার চেষ্টা করেছেন, এখন আবার আমারই অপেক্ষায় দাঁড়িয়েছিলেন! আপনার রহস্যটা কী বলুন তো? সাপ নেউল দুই-এর মাথাতেই হাত বুলোতে চান নাকি!'

'একরকম প্রায় ধরে ফেলেছেন! অন্তত ফরিদ সাহেবের খুব হিতৈষী যে নয়—তা বোঝা উচিত।'

'হিতৈষী তা হলে কার?' সন্দিগ্ধ ভাবে জিজ্ঞাসা করলাম।

'আপনাদের।' সোলোমাসের এবার স্পষ্ট উত্তর।

'তা হলে ফরিদ সাহেবের দলে কেন?'

'চোরের উপর বাটপাড়ি করবার জন্য!' সোলোমাস হাসলেন।

হাসিতে চটে গিয়ে রললাম, 'বিশ্বাস করব কীসে?'

'প্রমাণ দিলে।' সোলোমাসের জবাবে কোনও দ্বিধা নেই।

'দিন প্রমাণ তা হলে!' আমি তীক্ষ্ণদৃষ্টিতে সোলোমাসের দিকে তাকালাম।

'ধরুন, যদি বলি রেনে লাভাল?' সোলোমাসের মুখে ঈষৎ হাসি দেখা গেল।

'ও-নাম শত্রুরা সবাই জানে।' আমিও অবিশ্বাসের হাসি হাসলাম এবারে।

'তাহলে এমন কিছু বলি যা শত্রুদের জানবার কথা নয়?'

'তাই তো শুনতে চাইছি,' আমি কড়া গলায় বললাম।

'মোট একশো সাঁইত্রিশ।' বলে সোলোমাস আমার দিকে চেয়ে মুচকে মুচকে হাসতে লাগলেন।

আমি তখন সত্যই চমকে গেছি। কোনও রকমে সামলে জিজ্ঞাসা করলাম, 'ক-রকম মিলিয়ে?'

'পাঁচ,' চটপট জবাব দিলেন সোলোমাস।

আমি সত্যই তাজ্জব।"

"আমরাও।" গৌর তো বলেই ফেলল, "ভারী মজার ধাঁধা তো ঘনাদা!"

"হ্যাঁ, সাঙ্ঘাতিক মজার! সে মজার ধাঁধার উত্তর খুঁজতে বাঘা বাঘা বৈজ্ঞানিকেরা সারা দুনিয়ায় তখন হিমসিম খাচ্ছে, আর শয়তানেরা ছলে বলে কৌশলে তা আদায় করবার জন্য হন্যে হয়ে ঘুরে বেড়াচ্ছে।" ঘনাদা সিগারেটটায় কয়েকটা রাম টান দিয়ে ফেলে দিয়ে বলতে শুরু করলেন, "সোলোমাস অন্তত সে শয়তানের দলের নন এটুকু তখনই বুঝলাম। কারণ, যেটুকু তিনি বলেছেন শয়তানের কারুর তা কল্পনারও বাইরে। কিন্তু সত্যি সোলোমাস তাহলে কে? শত্রুর দলে তিনি এমন করে পরিচয় ভাঁড়িয়ে আছেনই বা কেন? চোরের ওপর বাটপাড়ি করাই তাঁর উদ্দেশ্য বলছেন। সত্যিই কি তাই? চোরের ওপর বাটপাড়ি তিনি করছেন কী স্বার্থে! কার হয়ে?

এসব প্রশ্ন মাথার মধ্যে ঘুরছিল বলেই খানিকক্ষণ চুপ করে ছিলাম।

সোলোমাসই হেসে বললেন, 'আপনি খুব মুশকিলে পড়েছেন বুঝতে পারছি, দাস। আরও একটা প্রমাণ তাই দিচ্ছি। এমন অকাট্য প্রমাণ যা পেলে অবিশ্বাসের আর কোনও কারণ থাকবে না আশা করি।'

একটু থেমে যেন আমার মুখের ভাবটা পরীক্ষা করে সোলোমাস বললেন, 'আপনার এখান থেকে নাইরোবি যাবার কথা। কেমন ঠিক না?'

এবার আমি একেবারে থ! আমায় গোপন নির্দেশ যে পাঠিয়েছে, সে এবং আমি ছাড়া দুনিয়ায় এ-খবর কারুর জানার কথা নয়। আড্ডিস আবাবা থেকে যে নাইরোবি যেতে হবে, এ-খবর আমি নিজেই ইয়েমেন থেকে রওনা হবার আগে জানতাম না। ঠিক রওনা হবার কিছু আগে সুইজারল্যান্ডের এক ব্যাঙ্কের ছাপমারা লেফাফার ভেতর সংকেতলিপিতে এই নির্দেশ এসেছে যে, আড্ডিস আবাবার বিশেষ একটি হোটেলে ক-দিন থেকে আমি যেন নাইরোবিতে রওনা হই। সেখান থেকে কোথায়

যেতে হবে তার নির্দেশ নাইরোবির একটি সুইস ব্যাঙ্কের শাখাতেই পাব।

সোলোমাসকে অবিশ্বাস করার আর কোনও মানেই হয় না। কিন্তু তাঁর রহস্যটা কী তা না বুঝলে আর আমার শান্তি নেই।

তাঁর অনুমান যে ঠিক, একথা অকপটেই স্বীকার করে বললাম, 'আপনার কথাই ঠিক। কিন্তু যে-খবর শত্রুপক্ষের তো নয়ই, মিত্রপক্ষেরও কারুর জানা অসম্ভব, তা আপনি জানলেন কী করে? আমি এসব নির্দেশ কার মারফত পাই তা জানেন কি?'

'জানি বই কী!' সোলোমাস হাসলেন, 'কোনও সুইস ব্যাঙ্কের মারফত।'

'যে কোনও সুইস ব্যাঙ্ক মক্কেলদের স্বার্থরক্ষার ব্যাপারে কীরকম বিশ্বাসী তা-ও নিশ্চয় জানেন!' অবাক হয়ে আমি বললাম, 'মরা মানুষের পেট থেকে কথা বার হতে পারে, কিন্তু তাদের পেট থেকে হবে না। তাহলে আপনি এ খবর পেলেন কী করে?'

'সোজা উত্তরটা বুঝতে পারছেন না কেন?' সোলোমাস যেন আমার নির্বুদ্ধিতায় একটু ক্ষুণ্ণ হয়ে বললেন, 'আমিও সুইস ব্যাঙ্কের মারফতই ওই খবরটা পেয়েছি। শুধু ওই খবরটুকু নয়, ওটা বাতিল করার নির্দেশও!'

'তার মানে?'

'তার মানে নাইরোবিতে নয়, আপনাকে এখন যেতে হবে সুদানের খার্তুম শহরে। নাইরোবি যাওয়া বাতিল করে এই নির্দেশ এসেছে।'

মাথাটা সত্যিই গুলিয়ে যাচ্ছিল। যে আজগুবি টহলে একমাস আগে প্যারিস থেকে রওনা হয়ে ইউরোপের ও এশিয়ার নানা শহরে টক্কর খেতে খেতে ইথিয়োপিয়ার এই রাজধানীতে এসে পড়েছি, তাতে মাথা স্থির রাখা কঠিন। কিন্তু সোলোমাস সে অস্থির মাথাটি যেন চরকি বাজির মতো ঘুরিয়ে দিয়েছেন।

একটু নিজেকে সামলে জিজ্ঞাসা করলাম, 'এ নির্দেশ আমার কাছে না এসে আপনার কাছে এসেছে কেন?'

'বোধহয় আরও নিরাপদ করবার জন্যে।'

'কিন্তু আপনার সঙ্গে আমার দেখা তো না হতেও পারত? আমি তো দৈবাৎ আজ এখানে এসে পড়েছি।' এবার মনে হল অকাট্য যুক্তি দিয়েছি।

'দৈবাৎ এসেছেন সত্যি। দৈবাৎ যদি না আসতেন তাহলে বাধ্য হয়ে আমাকেই যেতে হত খবরটা পৌঁছে দেবার জন্য। তবে আপনার মতো লোক ইবন ফরিদের সূত্র ধরে আমার কাছে পৌঁছোতেনই আমি জানি। তাই তখন বলেছিলাম, আপনার জন্যই অপেক্ষা করছি। শহরের বাজারে সেদিন আমি নিজে যেচে যে আপনার সঙ্গে আলাপ করেছিলাম, সে কথাও আশা করি মনে আছে?'

এত ব্যাখ্যাতেও ব্যাপারটা আমার কাছে সম্পূর্ণ পরিষ্কার হল না। সোলোমাসের নিশ্চিত ধারণা দেখলাম, 'ইবন ফরিদের সূত্র ধরে তাঁর কাছে আমি পৌঁছোতামই। এই ধারণা কেমন করে এত দৃঢ় হল আমি বুঝতে পারলাম না। ইবন ফরিদকে যা-ই সন্দেহ করে থাকি, তোড়জোড় করে অনুসরণ করার মতো দাম তার আছে বলে তো মনে হয়নি।

অতিরিক্ত আত্মবিশ্বাসেই কি ফরিদকে অগ্রাহ্য করেছি! আর এই অগ্রাহ্য করাটা

অনুমান না করতে পেরেই সোলোমাস অমন ধারণা করেছেন!

নিজের সন্দেহ-সংশয় আপাতত চাপা দিয়ে এবার অন্য প্রশ্ন করলাম, 'ইবন ফরিদের সঙ্গে আপনার যোগাযোগ হল কী করে? কী করে তার দলে ভিড়লেন?'

'ভিড়লাম চেষ্টা করে। এ ব্যাপারে আসল শনি যে কারা, তা তো আমাদের অজানা নয়। সুতরাং, তাদের ওপর নজর রাখতে তাদেরই দলে ভিড়বার ছল করতে হয়।'

'সে ছলে তারা ভুলবে কেন?' একটু কড়া হয়েই জিজ্ঞাসা করলাম।

'যাতে ভোলে তার জন্যে পাঁচটা ঝুটোর মধ্যে একটা সাচ্চা খবর দিয়ে তাদের বিশ্বাস জাগাতে হয়।'

'তার মানে শত্রুদের সত্যিকার গোপন খবর আপনি জুগিয়েছেন?' অবাক আর নয়, এবার আমি জ্বলে উঠলাম।

'বললাম তো', সোলোমাস নির্বিকার ভাবে বললেন, 'তাদের বিশ্বাস করাবার জন্যই দিতে হয়েছে। অবশ্য এমন খবর দিয়েছি যাতে শেষ পর্যন্ত কোনও ক্ষতি হবার নয়।'

'যেমন?'

'যেমন ইয়েমেন থেকে আপনি আড্ডিস আবাবা আসছেন।'

'এই খবর আপনি দিয়েছেন!' আমি একেবারে আগুন হয়ে উঠলাম, 'ওই ফরিদকে?'

'হ্যাঁ দিয়েছি, তাতে লোকসান হয়েছে কী?' সোলোমাস হাসলেন।

'আপনি কী বারুদ নিয়ে খেলা করছেন, জানেন?'

'জানি, বারুদ নিয়েই আমাদের খেলা,' গম্ভীর হয়েই সোলোমাস বললেন এবার।

খানিকক্ষণ চুপ করে রইলাম নিজের কর্তব্যটা স্থির করবার জন্য। সোলোমাসকে অবিশ্বাসও যেমন করতে পারা যায় না, তেমনই, বিশ্বাসও নয়। কী তাঁর প্যাঁচ, কী তাঁর মতলব কে জানে? হয়তো শত্রুপক্ষের চর হয়ে আমার ওপরও টেক্কা দেবার এটা এক নতুন ফন্দি।

মুখে সেসব কিছু না জানিয়ে চলে আসার আগে শুধু বললাম, 'আপনার কথা মতোই আমার রাস্তা বদলাচ্ছি। এর ভেতর চালাকি যদি কিছু থাকে—'

'তাহলে খার্তুমে গেলেই ধরা পড়বে,' সোলোমাস নিজেই কথাটা পূরণ করে দিলেন।

খার্তুম গিয়ে সোলোমাসের নির্দেশ যে মিথ্যে নয় তার প্রমাণও যেমন পেলাম, সেই সঙ্গে আরেকটা এমন ব্যাপার দেখলাম, যেটা অত্যন্ত সন্দেহজনক।

ওখানকার সুইস ব্যাঙ্কের শাখায় সই দিয়ে সত্যিই একটা শিলমোহর করা নতুন নির্দেশের খাম পেলাম। খামটা নিয়ে খার্তুমের সবচেয়ে খানদানি রাস্তা খেদিভ অ্যাভেনিউ ধরে খেদিভ আর ভিক্টোরিয়া অ্যাভেনিউর মোড়ে যেখানে উটের পিঠে বসা জেনারেল গর্ডনের বিরাট ব্রোঞ্জের মূর্তিটা স্থাপিত সেখান পর্যন্ত এসেছি, এমন সময়ে দূরের আব্বাস স্কোয়ারের দিকে চোখ পড়ায় থমকে দাঁড়ালাম। আব্বাস

স্কোয়ারের মাঝখানের জোড়া মিনারের বিরাট মসজিদের কাছ থেকেই যে-লোকটা আসছে তাকে দূর থেকে দেখেও চিনতে যেমন ভুল হবার কথা নয়, তার খার্তুমে আসাও তেমনই অভাবনীয়।

লোকটা আর কেউ নয়—ইবন ফরিদ।

সোলোমাস কি তাহলে দু-মুখো সাপের শয়তানিই করেছে?

আমায় খার্তুম আসার নির্দেশ দিয়ে ফরিদকেও কি তা আবার জানিয়েছে!

না, আর ধোঁকার মধ্যে থাকার কোনও মানে হয় না। ব্যাপারটার একটা ফয়সালা এখুনি আজই করে ফেলতে হবে।

ফরিদ আমায় দেখতে পায়নি। ভিক্টোরিয়া অ্যাভেনিউ দিয়ে সে খেদিভ অ্যাভেনিউর দিকেই আসছে। গর্ডনের মূর্তির আড়ালে নিজেকে লুকিয়ে খানিক অপেক্ষা করে আমি ফরিদের পিছু নিলাম দূর থেকে।

ফরিদ খেদিভ অ্যাভেনিউর একটা নাম-করা হোটেলে গিয়ে ঢোকবার কিছুক্ষণ বাদে সেখানে গিয়ে হোটেল-ক্লার্ককে জিজ্ঞাসা করে ঘরের নম্বর জেনে নিয়ে একেবারে সটান ইবন ফরিদের ঘরের দরজায় গিয়ে টোকা দিলাম! ফরিদের কামরার দরজায় কিন্তু 'বিরক্ত কোরো না' বিজ্ঞপ্তি লটকানো।

ভেতর থেকে বাঘের মতো গলায় আওয়াজ এল, 'দূর হও। বাইরের নোটিস পড়তে পারো না!'

'কী করে পারব।' হিব্রু ভাষায় বললাম, 'ইংরেজিটা যে জানি না।'

খানিকক্ষণ ভেতরে আর কোনও আওয়াজ নেই। তারপর আবার বাজখাঁই গলায় প্রশ্ন হল, 'পড়তে পারো না তো আমার কথা বুঝলে কী করে?'

ফরিদ সে কথা জিজ্ঞাসা করতে পারে অবশ্য। কারণ সে ইংরেজিতেই প্রথম ধমক দিয়েছিল।

বললাম, 'শুনে বুঝতে পারলেই কি পড়তে পারা যায়! তুমি তো আরবি বলো খাসা, কিন্তু অক্ষর চেনো কি?'

ওধারে এবার গর্জন শোনা গেল, 'কী তুমি?'

মোলায়েম মিষ্টি করে বললাম, 'ইবন ফরিদ।'

দড়াম করে দরজাটা এবার খুলে গেল। ফরিদের মাংসের পাহাড়ে যেন ভূমিকম্প শুরু হয়েছে।

'ও, তুই—মানে আপনি!' ফরিদ চটপট সামলে নিয়ে বললে, 'আসুন, আসুন। তা, এ-রকম রসিকতার মানে কী?'

কামরার ভেতরে ঢোকার পর ফরিদ দরজাটা বন্ধ করে দিচ্ছে দেখে বললাম, যেন অবাক হয়ে, 'রসিকতা কোথায় দেখলেন?'

ফরিদ গর্জন করতে পারলেই বোধহয় খুশি হত। তার বদলে অতি কষ্টে রাগ চেপে রেখে হাসবার চেষ্টা করে বললে, 'ইবন ফরিদ নামটা নেওয়া যদি রসিকতা না হয় তাহলে মাপ চাইছি।'

'ইবন ফরিদ নামটা রসিকতা!' আমি যেন আকাশ থেকে পড়ে বললাম, 'আপনি

যদি ও নাম নিতে পারেন, তাহলে আমি নিলেই রসিকতা হবে কেন?'

'ও নাম আমার নয় বলতে চান?' ফরিদ আর বুঝি নিজেকে সামলাতে পারে না।

'তাই তো বলছি।' মধুর হেসে বললাম, 'আপনি ইবন ফরিদ তো নন-ই, আরবও আপনার দেশ নয়।'

কথাটা বলে ফরিদের মুখের দিকে চেয়ে রইলাম। এবার হয় সে ফাটবে, নয় প্যাঁচ খেলবে।

শেষেরটাই ঠিক হল। দু-এক মুহূর্ত কী ভেবে নিয়ে ফরিদ বললে, 'মানলাম আপনার কথাই সত্যি, কিন্তু আপনি জানলেন কার কাছে?'

'কারুর কাছে জানিনি, নিজেই বুঝেছি। আপনি আরবি ভাষা যত ভালই বলুন, সত্যিকারের আরব হলে অন্তত ইবন ফরিদ নামটার দাম জানতেন!'

'তার মানে?' ফরিদ সত্যিই এবার একটু হতভম্ব।

'মানে, ইবন ফরিদ যে পর্যটক ভূগোলবিদ্ নয়, আরবি ভাষার অদ্বিতীয় একজন সুফি কবি, এ-খবর শিক্ষিত আরব মাত্রেই শুধু নয়, আরবি সাহিত্যের সঙ্গে কিছু পরিচয় যার আছে সে-ও জানে। ভূগোলবিদ্ পর্যটক হিসেবে যাঁর নাম-ডাক ছিল, তিনি ইবন ফরিদ নন, ইবন জুবের।'

ফরিদ হাঁ করে আমার দিকে তখন তাকিয়ে।" বলেই ঘনাদা হঠাৎ ভ্রূকুটি করলেন।

আমাদের সকলেরই তখন কোথা থেকে কাশির ছোঁয়াচ লেগেছে।

শিশির সবার আগে সামলে উঠে লজ্জিত ভাবে বললে, "আপনার ঘরে লবঙ্গ আছে, ঘনাদা?'

"কেন?" ঘনাদার গলা গম্ভীর।

"এই সবাই একটা একটা চিবোতাম। গলাটা কেমন খুস খুস করছে কি না।"

"তা লবঙ্গ কেন? উখো দিয়ে চাঁছো না।" শিবু ঠিক সময়মতো সুর পালটে দাঁত খিঁচিয়ে উঠল, "না ঘনাদা আপনি বলে যান। ভারি একটু কাশি, তার জন্যে লবঙ্গ চাই, বচ চাই, বাসক সিরাপ চাই! কডলিভার অয়েল যে চাওনি এই আমাদের ভাগ্যি।"

শিশির ও আমরা বকুনি খেয়ে যথাবিহিত কুঁকড়ে গেলাম।

ঘনাদা মানের গোড়ায় জল পেয়ে আবার শুরু করলেন, "ফরিদ খানিক একেবারে বোবা হয়ে থেকে তারপর বললে, 'আমি ইবন ফরিদ হই বা না হই, আরব আমার দেশ হোক বা না হোক, তাতে আপনার কী আসে-যায় যে আড্ডিস আবাবা থেকে এই খার্তুম পর্যন্ত পিছু নিয়ে এই হোটেলে এসে ধাওয়া করেছেন?'

ফরিদের গলায় রাগের ঝাঁজ কিন্তু নেই। সে যেন অন্য মানুষ। নামই ভাঁড়াক আর যা-ই করুক, সে যেন কারুর সাতে-পাঁচে নেই। শুধু নিজের খুশিতে একটু দেশ-বিদেশ ঘুরে বেড়াচ্ছে। আমি কেন মিছিমিছি তার পিছু নিয়ে তাকে বিব্রত করছি এই তার নালিশ।

ফরিদের তালেই তাল দিয়ে তার দিকে চেয়ে মুচকে হেসে বললাম, 'শুধু কি

আড্ডিস আবাবা থেকে? পিছু নিয়েছি সেই ইয়েমেন থেকে, তা বুঝি জানেন না?'

আমি এই সুর ধরব ফরিদ ভাবতে পারেনি। তবু যথাসম্ভব নিরীহ ভালমানুষের মতো জিজ্ঞাসা করলে, 'কেন নিয়েছেন তাই তো জানতে চাইছি।'

'তাহলে আমার মুখ থেকেই শুনতে চান?' হো হো করে হেসে উঠে তার পিঠে একটা দোস্তির আদরের চাপড় দিয়ে বললাম, 'আসুন তাহলে বসা যাক।'

ফরিদ তখন মেঝেতেই উপুড় হয়ে বসে পড়েছিল অবশ্য।

'আরে, ওখানে নয়। এই আপনার সোফায়,' বলে হাত ধরে তাকে তুলে সোফায় বসিয়ে দিলাম।

ধরা হাতটা আরেক হাতে টিপতে টিপতে যেভাবে সে আমার দিকে তাকাল, তাতে তার চোখে ঠিক বন্ধুত্বের প্রীতি উথলে উঠছে বলে মনে হল না।

যেন সেসব কিছু লক্ষ না করেই তার পাশে বসে পড়ে বললাম, 'কেন আপনার পেছনে ছিনে জোঁকের মতো লেগে আছি, জানেন? বছর দুয়েক হল একটা মানুষ ফ্রান্স থেকে নরওয়ে যাবার পথে হঠাৎ নিরুদ্দেশ হয়ে যায়। এমন কত লোকই তো যায়। বিভিন্ন দেশের পুলিশ কিছু দিন একটু খোঁজ-খবর হই-চই করে, তারপর নামটা খরচের খাতায় লিখে দেয়। আর সব দেশের পুলিশ তা করলেও ফ্রান্সের সুরেৎ তা করেনি। না করাটা একটু আশ্চর্য। কারণ লোকটা বৈজ্ঞানিক বটে, কিন্তু কেওকেটা কেউ নয়। পারমাণবিক বোমা কি গ্রহান্তরে যাবার রকেটের বারুদও তার গবেষণার বিষয় নয়। ফটো কেমিস্ট যাদের বলে, তিনি সেই জাতের রাসায়নিক। তাঁর নামটা বৈজ্ঞানিক মহলে পর্যন্ত খুব বেশি লোক জানে না। তাঁর নাম ধরা যাক রেনে লাভাল।'

একটু থেমে ফরিদের দিকে চাইলাম। ফরিদ সোজা লোক নয়, রেনে লাভালের নাম শুনেও চমকাবার কোনও লক্ষণ তার দেখা গেল না।

আবার বললাম, 'রেনে লাভাল নিরুদ্দেশ হবার কিছুকাল পরে ক-টা মজার ব্যাপার ঘটল। দুনিয়ায় এক ফরাসি পুলিশ দপ্তরে ছাড়া যার সম্বন্ধে কারুর কোনও আগ্রহ নেই, সেই লাভালেরই প্যারিসের আগেকার বাসাবাড়িতে একদিন চুরি হল। লাভালের বাসাবাড়ি ফরাসি পুলিশ তালাবন্ধ করে রেখেছিল। সেখানে দামি কোনও জিনিসপত্রও ছিল না। তবু সে বাড়িতে পুলিশের প্রায় নাকের ওপর দিয়ে বেপরোয়া হয়ে কোন চোর কীসের লোভে এল চুরি করতে? চুরির পর পুলিশ সব কিছু মিলিয়ে দেখল। জিনিসপত্র কিছুই খোয়া যায়নি। এমনকী নরওয়ে যাবার সময় বই কাগজপত্র যা লাভাল যেমন ভাবে রেখে গিয়েছিলেন, আর পুলিশ বাড়িতে তালা দেবার সময় শুধু ওপর থেকে ফটো নিয়ে যা ছোঁয়নি, সেসব ঠিক তেমনই রাখা আছে। চোর তাহলে কীসের খোঁজে এসেছিল এত বিপদ ঘাড়ে নিয়ে?

ফরাসি পুলিশের হাতে চোর শেষ পর্যন্ত ধরা পড়ল। সাধারণ একটা দাগি সিঁধেল চোর। সে পুলিশের কাছে স্বীকার করল যে, অচেনা একজন বিদেশি একটা বিশেষ ফরমাশ দিয়ে তাকে লাভালের বাসায় চুরি করতে পাঠিয়েছিল। তার জন্যে টাকাও দিয়েছিল।

প্রচুর বড়লোকের বাড়ির সিন্দুক ভাঙলেও অত টাকা পাওয়া যায় কিনা সন্দেহ।

কাজ হাসিল করতে পারলে আরও টাকা দেবে বলেছিল, এবং সে-কথা সে-বিদেশি রেখেছে।

'কাজ তাহলে তুমি হাসিল করেছ?' ওই অঞ্চলের কমিশেয়ার দ্য পুলিশ স্বয়ং কড়া ধমক দিয়ে চোরকে জিজ্ঞেস করেছিলেন।

কিন্তু কড়া ধমক খেয়ে চোর হাসতে শুরু করেছিল। পাহারাদার পুলিশকে মারমুখো দেখে তারপর বলেছিল, 'আজ্ঞে হাসিল করেছি বই কী! কিন্তু কাজটা কী শুনবেন? শুনলে আপনারাও হাসবেন।'

'কী কাজ বলো?' আবার ধমক দিয়েছিলেন কমিশেয়ার।

'আজ্ঞে, কাগজ-ফেলার ঝুড়ির ছেঁড়া কাগজগুলো নিয়ে গিয়ে সেই বিদেশিকে দেওয়া। ছেঁড়া কাগজের বদলে নোট পেয়েছিলাম গাদা গাদা।' চোরটা হাসতে গিয়ে নিজেকে সামলেছিল। কমিশেয়ার ভেতরে ভেতরে চমকে উঠলেও বাইরে তা বুঝতে দেননি কাউকে। জিজ্ঞেস করেছিলেন আবার, 'আর কিছু নাওনি তুমি? ঠিক করে বলো?'

'আজ্ঞে, ঠিক বলেছি। মা মেরির দিব্যি!' চোরটা সত্যি কথাই বলছে মনে হয়েছিল।

কমিশেয়ার বিদেশি অচেনা লোকটার চেহারার বর্ণনা জেনে নিয়ে চোরটাকে ছেড়ে দিয়েছিলেন।

শুধু এই একটা ঘটনা নয়, এরকম আরও দু-একটা অদ্ভুত ব্যাপার তখন ঘটে। যে ল্যাবরেটরিতে লাভাল কাজ কতেন, খোঁজ করতে করতে জানা যায় যে, সেখানে তাঁর এক সহকারীকে তাঁর আগে থাকতেই পাওয়া যাচ্ছে না। সহকারী ফরাসি নয়. ইউরোপের ভিন্ন দেশের লোক। নিজের দেশে যাবে বলে ছুটি নিয়ে লাভাল নিরুদ্দেশ হবার মাস ছয়েক আগে সে চলে যায়। কিন্তু তারপর আর সে ফিরে আসেনি। লাভালের ব্যাপারটা নিয়ে টনক না নড়লে পুলিশ সেই সহকারীর খোঁজ বোধহয় করতই না। কেঁচো খুঁড়তে গিয়ে সত্যিই শেষ পর্যন্ত গোখরো বেরুল। ক্রমশ ফরাসি সরকার জানতে পারল যে, রেনে লাভালের নিরুদ্দেশ হওয়ার পেছনে গভীর রহস্য আছে কিছু। কিছুকাল থেকে তিনি যেন খুব ভয়ে ভাবনায় দিন কাটাচ্ছেন মনে হয়েছিল। ল্যাবরেটরির সহকর্মীদের তিনি বিশেষ কিছু বলেননি, কিন্তু তিনি খুব যে বিপদের মধ্যে আছেন এই আভাসটুকু দিয়েছিলেন। বন্ধু ও সহকর্মীরা অবশ্য এসব কথার মানে তখন বুঝতে পারেনি। তাঁর নিরুদ্দেশ হওয়ার সঙ্গে এই সব ব্যাপার জড়িয়ে ফরাসি পুলিশের ধারণা হল যে, রেনে লাভালকে তাঁর শত্রুরা কেউ কোথাও পাচার করেছে, কিংবা তিনি নিজেই গা-ঢাকা দিয়ে কোথাও লুকিয়ে আছেন।'

ফরিদ কী বলতে যাচ্ছিল, তাকে থামিয়ে বললাম, 'কিন্তু ফরাসি সরকারেরও যা অজানা সে কথা জানে মাত্র দু-একটি লোক। আপনি তাদের একজন।'

'আমি!' ফরিদ আকাশ থেকে পড়ল যেন।

'হ্যাঁ, আপনি। আপনি জানেন যে চেষ্টা করলেও মঁসিয়ে লাভালকে শত্রুরা কেউ চুরি করে নিয়ে যেতে পারেনি। তিনি নিজেই তাদের ফাঁকি দিয়ে গা-ঢাকা দিয়ে

লুকিয়ে আছেন। কেন তিনি গা-ঢাকা দিয়ে আছেন তা-ও আপনি জানেন, আর ধরুন একজন পরম বিশ্বাসী বন্ধু হিসেবে তাঁরই গোপন নির্দেশ অনুসারে আপনি তাঁকে সাহায্য করতে তাঁর লুকোনো আস্তানায় চলেছেন।'

এই পর্যন্ত বলে একটু থামলাম, তারপর ফরিদের চোখে চোখ রেখে কড়া গলায় আবার বললাম, 'এখন মনে করুন আমি শত্রুপক্ষের চর, মনে করুন আপনার মারফত লাভালের গুপ্ত আস্তানা খুঁজে বার করবার জন্য আমি সাবধানে ছায়ার মতো আপনার পিছু নিয়েছি, কিন্তু তা সত্ত্বেও আপনি তা জানতে পেরে গেছেন। তারপর এখন হাতে পেয়ে আমার সম্বন্ধে কী আপনি করবেন?'

ফরিদ এতটুকু বিচলিত হল না এ কথাতেও। বরং শান্ত গম্ভীর স্বরে বললে, 'বিশেষ কিছু করব না, শুধু আজ সুইস ব্যাঙ্কে গিয়ে যে নির্দেশ-দেওয়া লেফাফাটি এনেছেন, সেটি আপনার কাছ থেকে কেড়ে নিয়ে একটি গোল-কিক করে আপনাকে দরজার বাইরে পাঠিয়ে দেব।'

কথা বলার সঙ্গে সঙ্গে পকেট থেকে একটা ছোট রিভলভার বার করে সে আমার দিকে তখন ধরেছে।

সেদিকে চেয়ে ভয়ে ভয়ে বললাম, 'সত্যিকার রিভলভার মনে হচ্ছে।'

'শুধু সত্যিকার রিভলভার নয়', ফরিদ হিংস্রভাবে হেসে সেফটি ক্যাচটা সরিয়ে বললে, 'ছ-ছটা গুলি ভরা আর সেফটি ক্যাচটাও সরানো। একটু ট্যাঁ-ফুঁ করলেই ওই বুকটা ঝাঁঝরা করে দেব!'

'কিন্তু তাতে বড় বেশি বিশ্রী আওয়াজ হবে না? হোটেলের লোকেরা চমকে উঠতে পারে। এমনকী পুলিশ-টুলিশ নিয়ে ছুটেও আসতে পারে এ-ঘরে। সুদানি পুলিশ বড় বেয়াড়া শুনেছি।'

'সুদানি পুলিশ ঘুণাক্ষরেও কিছু জানবে না, এবিষয়ে নিশ্চিত থাকতে পারেন!' ফরিদ কুটিল হাসির সঙ্গে চিবিয়ে চিবিয়ে বললে, 'কারণ, এ হোটেলের মালিক থেকে চাকর পর্যন্ত কেউ সেনর সাবাটিনির ঘরে কী হচ্ছে উঁকি দিয়ে দেখতেও সাহস করবে না।'

'ও, আপনি তাহলে সেনর সাবাটিনি!' আমি পরিচয় জেনে ধন্য হবার ভাব দেখালাম।

'আমি যে-ই হই,' ফরিদ মানে সাবাটিনি কড়া গলায় বললে, 'তোর পকেটের লেফাফাটা এবার বার কর দেখি, ছুঁচো। এখন বুঝতে পারছিস বোধহয়, ও লেফাফা সঙ্গে নিয়ে সিংহের গুহায় ঢুকে কী বোকামি করেছিস! অবশ, ও লেফাফা তোর কাছ থেকে কেড়ে নিতামই! সেই জন্যই আমার খার্তুম আসা। শুধু হাঙ্গামাটা তুই বাঁচিয়ে দিলি এই যা!'

আমি যেন প্রায় কাঁদো কাঁদো হয়ে বললাম, 'এ-লেফাফা আপনাকে দিতে হবেই? না নিয়ে আপনি ছাড়বেন না?'

'না ছাড়ব না। ভালয় ভালয় দিস তো জ্যান্ত এ-ঘর থেকে বেরুতে পারবি। আর না দিলে লেফাফা তো যাবেই, সেই সঙ্গে প্রাণটা।' সাবাটিনির কী সে উল্লাসের হিংস্র

হাসি!

'কিন্তু এ-লেফাফা নিয়ে কী লাভ আপনার হবে!' আমি কাতরভাবে বোঝাবার চেষ্টা করলাম, 'রেনে লাভাল নিরিবিলিতে কোথায় একটু লুকিয়ে আছেন, তাঁকে কেন মিছিমিছি জ্বালাতন করবেন?'

'জ্বালাতন কেন করব?' সাবাটিনি আবার হেসে উঠল, 'তাঁকে জ্বালাতন কিছু করব না, শুধু তাঁকে তাঁর যন্ত্রপাতি কাগজপত্র লটবহর সমেত এমন জায়গায় পাচার করব, যেখানে তাঁর গবেষণার কোনও বিঘ্ন আর হবে না।'

'কোথায়? আপনার নিজের দেশ ইটালিতে?' আমার যেন দারুণ কৌতূহল।

'না।' সাবাটিনি গর্জন করে উঠল, 'কোথায় তাতে তোর কী দরকার?'

'ও বুঝেছি,' আমি ভালমানুষের মতো বললাম, 'নামটা আপনার ইটালিয়ান হলেও আপনার দেশ জাত বলে কিছু নই। ও সব বালাই ঘুচিয়ে আপনি শুধু নিজের স্বার্থের ধান্দাতেই ঘোরেন। রেনে লাভালকে পাবার জন্য যারা সবচেয়ে বেশি দাম দেবে তাদের কাছেই তাঁকে বেচবেন।'

'চুপ কর, ছুঁচো,' সাবাটিনি গর্জন করে উঠল, 'তোর কাছে বক্তৃতা শোনবার আমার সময় নেই। সুবোধ ছেলের মতো লেফাফাটা বার কর। আমি এক থেকে পাঁচ গুনছি। তার মধ্যে লেফাফা না দিলে এই রিভলভারই যা বলবার বলবে। এক...'

'দোহাই! দোহাই!' আমি কাতর অনুনয় জানালাম, 'লেফাফাটা তো দিতেই হবে বুঝতে পারছি, কিন্তু তার আগে পৃথিবী থেকে চিরকালের মতো অন্নাভাব ঘোচাবার কল্পনাতীত উপায় যিনি আবিষ্কার করতে চলেছেন, তাঁর গোপন ঠিকানাটা একটু দেখে নিতে দেবেন? সত্যি বলছি, শিলমোহর দেওয়া খামটা খুলেও দেখিনি এখনও।'

'তাহলে এ-জন্মে আর তা দেখা তোর ভাগ্যে নেই।' সাবাটিনি নির্মমভাবে হেসে উঠে গুনতে আরম্ভ করল, 'এক...দুই...

সাবাটিনির পেছনে কামরার দরজাটা খোলার খুট করে একটু আওয়াজ হল।

সাবাটিনি চমকে উঠলেও আমার দিক থেকে চোখ বা পিস্তল কিছুই না ফিরিয়ে বিরক্তির সঙ্গে জিজ্ঞাসা করলে, 'কে?'

পেছন থেকে চাপা গলায় আওয়াজ এল, 'আমি সোলোমাস।'

'সোলোমাস!' সাবাটিনি হতভম্ব হল বুঝতে পারলাম, কিন্তু তার চোখ আর পিস্তল আমার ওপরই নিবদ্ধ রইল। দাঁতে দাঁত চেপে শুধু বললে, 'এখানে কেন?'

শোনা গেল, 'তোমায় শেষ করতে!'

আমি হাত তুলে সভয়ে চিৎকার করে উঠলাম, 'ও কী করছেন, মঁসিয়ে সোলোমাস? পিস্তল ছুঁড়বেন না! আমার গায়ে গুলি লাগবে যে!'

সাবাটিনি চমকে একটু পিছনে তাকাতেই তার হাতের রিভলভার এল আমার হাতে, আর সে তখন সোফার ওধারে চিৎপাত।

রিভলভারটার সেফটি ক্যাচ আবার লাগিয়ে দাঁড়িয়ে উঠে বললাম, 'উঠুন সেনর সাবাটিনি। মেঝেয় অমন শুয়ে থাকা কি ভাল!'

সাবাটিনির কিন্তু ওঠবার কোনও লক্ষণ তখনও নেই। একবার বন্ধ দরজা আর

একবার আমার দিকে ভ্যাবাচাকা খেয়ে তাকিয়ে বললে, 'সোলোমাস কোথায় গেল?'

'সোলোমাস আবার যাবে কোথায়? আডিস আবাবাতেই আছে।' হেসে বললাম, 'ভেনট্রিলোকুইজ্‌ম বিদ্যেটা অনেক সময় খুব কাজে লাগে।'

সাবাটিনি সেই বিরাট দেহ নিয়েও এবারে তড়াক করে লাফিয়ে উঠে বললে, 'শয়তান, পাজি, ছুঁচো, শুধু তোর হাতে রিভলভার—তাই, নইলে তোর হাড়-মাংস আমি আলাদা করে রাখতাম।'

রিভলভারটা দূরে ছুঁড়ে ফেলে দিয়ে বললাম, 'ও আফশোস আপনার তাহলে আর রাখলাম না।'

আমার কথা শেষ হতে না হতেই সাবাটিনি লাফ দিয়ে পড়ল। না, আমার ওপরে নয়, রিভলভারটা যেখানে ছুঁড়েছিলাম সেদিকে। কিন্তু সেখান পর্যন্ত তাকে পৌঁছোতে হল না। তার শয়তানি বুঝেই সোফাটা তৎক্ষণাৎ ঠেলে দিয়েছিলাম। তার ধাক্কায় হুমড়ি খেয়ে সে দেওয়ালের গায়ে গিয়ে ছিটকে পড়ল।

সেখান থেকে তাকে তুলে একটা ধোবি পাট দিয়ে বললাম, 'কী ভাগ্যি, সেনর সাবাটিনি, আপনার ঘরে এ-হোটেলের মালিক থেকে চাকর-বাকর কেউ উঁকি দিতে সাহস করে না, নইলে আপনার কাছে দুটো লড়াইয়ের প্যাঁচ শেখবার এ সৌভাগ্য হয়তো পেতাম না। হয়তো হোটেলের লোকেরা ভূমিকম্প হচ্ছে বলে এ-ঘরের দরজা ভেঙে ঢুকতে পারত।'

সাবাটিনিকে একটা চরকি পাক দিয়ে মাটিতে ফেলে আবার বললাম, 'আপনার মতো টনটনে ন্যায়নীতিবোধ কোথাও আমি দেখিনি। ধর্মযুদ্ধে অন্যের হাতে রিভলভার আপনি পছন্দ করেন না, কিন্তু নিজের হাতে সেটা রাখা ন্যায্য মনে করেন! আপনাকে আবার তাই একটা সেলাম জানাচ্ছি।'

সাবাটিনি তার নিজের খাটের ওপরেই মুখ থুবড়ে পড়ে তখন কাতরাচ্ছে।

পকেট থেকে শিলমোহর দেওয়া চিঠিটা বার করে বললাম, 'এ চিঠি আপনাকে খুলে এখন আমি দেখাতে পারি, কিন্তু দেখিয়ে কোনও লাভ হবে কি? কারণ, এ চিঠির ঠিকানাতেই আমি নিজে এখন যাচ্ছি। আর সেখানে আপনার এই শ্রীমুখ দেখার কোনও বাসনা কেন জানি না আমার হচ্ছে না। তা সত্ত্বেও যদি আপনি দেখাতে চান, তাহলে আশা করি উইল-টুইল করেই যাবেন। অবশ্য কার জন্যই বা করবেন? আপনার জন বলতে স্বয়ং শয়তান ছাড়া আর কে-ই বা আপনার থাকতে পারে!'

কথাগুলো বলে বেরিয়ে যেতে গিয়েও আমায় ফিরে দাঁড়াতে হল। সাবাটিনি কাতরাতে কাতরাতেই তখন বিষঢালা গলায় বলছে, 'ওই দু-মুখো সাপ সোলোমাসই তোকে সব জানিয়েছে, আমি বুঝেছি। কিন্তু এই আমি বলে রাখছি, ওই সোলোমাসের ছোবল তোকেও খেতে হবে। তোর নিপাত যাবার আর বেশি দেরি নেই।'

সাবাটিনির অভিশাপ কানে নিয়েই ঘর থেকে বেরিয়ে গেলাম।

খার্তুম থেকে বেরুবার আগেই সাবাটিনির অভিশাপ কিছুটা অন্তত ফলল।

যাবার দিনই সুইশ ব্যাঙ্কের সেই চিঠিটা কী ভাবে আমার তালা দেওয়া হোটেলের

কামরায় আমার ব্রিফকেস থেকে যে চুরি গেল বুঝতে পারলাম না।

কী ভাগ্যি আমি লেফাফাটা খুলে আগেই পড়ে রেখেছিলাম। চিঠিটা পড়েই কেন যে পুড়িয়ে দিইনি এই আমার আফশোস।

কিন্তু আফশোস করে বা চুরির কিনারা করবার চেষ্টায় সময় নষ্ট করে কোনও লাভ নেই।

চুরি যাবার দরুনই যথাসম্ভব তাড়াতাড়ি সব ব্যবস্থা করে পরের দিন সকালেই একটি প্লেনে রওনা হয়ে পড়লাম। কিন্তু সেখানেও বাধা।

খার্তুম থেকে বেরিয়ে ঝড়ের মধ্যে পড়ে প্লেনটা জখম হয়ে কোনওমতে নুবিয়ার মরুভূমির দক্ষিণপ্রান্তে নীলনদ যেখানে হঠাৎ যেন পিছনে ফিরে যাবার জন্য বাঁক নিয়েছে, সেই ছোট শহর আবু হামেদ-এ গিয়ে নামল। সেখান থেকে তোড়জোড় করে অন্য প্লেনে কায়রো যেতে দিন দশেক লাগল। কায়রো থেকে অবশ্য সোজা দক্ষিণ-পশ্চিম আফ্রিকার আর এক প্রান্তে অতলান্তিক সমুদ্রের ধারে এক গহন জংলি রাজ্যে গেলাম। লেফাফায় সেই নির্দেশই ছিল।

জংলি রাজ্যের নাম গ্যাবোঁ। জায়গাটা একেবারে অচেনা নয়। আফ্রিকার দুষ্প্রাপ্য গ্যালাগো ধরতে অনেক আগে একবার ওখানকার জঙ্গলে গেছলাম।"

"কী ধরতে গেছলেন?" শিবু হাঁদার মতো জিজ্ঞাসা করে বসল।

"গ্যালাগো।" ঘনাদা নামটা আবার বলে ধৈর্যের পরিচয় দিলেন।

"গ্যালাগো?" গৌর উদ্‌গ্রীব হয়ে জিজ্ঞাসা করলে, "গোরিলার মাসতুতো-পিসতুতো ভাই, না ঘনাদা?"

"না।" ঘনাদা অনুকম্পার সঙ্গে বললেন, "লেমুর যাদের বলে, সেইরকম আধা-বাঁদর একজাতের ছোট প্রাণী। কোনওটা ইঁদুরের চেয়ে বড় হয় না।"

"মোটে ইঁদুর!" শিশির ফোঁস করে যেভাবে দীর্ঘশ্বাস ফেলল, তাতে মনে হল গ্যালাগো জানোয়ারটা তাকে ঠকিয়ে একেবারে পথে বসিয়ে দিয়েছে।

আমাদের ভাগ্য ভাল যে ঘনাদা সে দীর্ঘনিশ্বাস অগ্রাহ্য করে আবার শুরু করলেন, "বিষুবরেখার উত্তরে অতলান্তিকের ধারে এই ছোট রাজ্যটি ফরাসিদের অধিকারে। রাজ্যটি কঙ্গোরই প্রতিবেশী এবং কঙ্গোর সঙ্গে তার মিলও কম নয়। বেশির ভাগই ঘন জঙ্গলে ঢাকা। এক একটা গাছ একশো থেকে দেড়শো হাত প্রায় লম্বা। বছরের অর্ধেক সময়ে নদী-নালা ভেসে জলা-জঙ্গল একাকার হয়ে থাকে। সিংহের দেখা খুব বেশি না পাওয়া গেলেও আফ্রিকার বিরল জানোয়ার ওকাপি ওই সব জঙ্গলে মেলে, তা ছাড়া চিতাবাঘ আছে, এক জাতের লাল বুনো মোষ, সোনালি বেড়াল, বিরাট সব কাঠবেড়ালি আর ওই গ্যালাগো।

এই জংলি রাজ্যে ঠিকানা মনে থাকা সত্ত্বেও রেনে লাভালের আস্তানা খুঁজে বার করতে কম বেগ পেতে হল না। প্লেন তো নামিয়ে দিয়ে গেল সমুদ্রের তীরের লিব্রেভিল বন্দরে। সেখান থেকে আঁকাবাঁকা কুইলা নদীতে যতদূর সম্ভব মোটর-লঞ্চ ও তারপর জংলি ডিঙি বেয়ে, কোথাও বা হেঁটে, বুনো হিংস্র আদিবাসীদের এড়িয়ে লাভালের নির্দেশ দেওয়া অঞ্চলে পৌঁছোতে প্রায় দু-হপ্তা লেগে গেল।

এই অঞ্চলটায় দুর্ভেদ্য বন-জঙ্গল শেষ হয়ে গিয়ে পাহাড়ি উপত্যকা শুরু হয়েছে। ওকান্দে জাতের যেসব বাহকেরা এতদূর আমার মালপত্র বয়ে নিয়ে সঙ্গে এসেছিল, তারা আর যেতে চাইলে না। সামনে ফাঙ্গ বলে আরেক জংলিজাতের এলাকা। সেখানে ওকান্দেদের দেখতে পেলে আর রক্ষা নেই। অগত্যা একটা পাহাড়ে ঢিপির পাশে ছোট একটা কুঁড়ে গোছের তৈরি করিয়ে তারই মধ্যে বেশির ভাগ সঙ্গের জিনিস রাখলাম। তারপর নিতান্ত দরকারি জিনিসপত্র একটা ছোট ব্যাগে ভরে রওনা হলাম রেনে লাভালের ডেরা খুঁজতে। সামনে ছোটখাটো একটা পাহাড় হাজার চারেক ফুট উঁচু। তারই মাঝামাঝি একটা পাহাড়ের খাঁজে লাভালের আস্তানা লুকোনো বলে নির্দেশ পেয়েছি।

অচেনা পাহাড় বেয়ে উঠে সে আস্তানা খুঁজে বার করতে সন্ধে হয়ে গেল। পাহাড়ের দুটো শাখার মাঝখানে এমন ভাবে আস্তানাটা লুকোনো যে, সহজে চোখে পড়ার কথা নয়।

আস্তানা বলতে তিনটি ছোট বড় জঙ্গলের কাঠের গুঁড়ি দিয়ে তৈরি ঘর। বড়টি ল্যাবরেটরি আর দুটি শোবার ও রান্নার। কিন্তু তিনটি ঘরের কোথাও কেউ নেই। ঘরদোরের চেহারা দেখলে মনে হয়, অন্তত দু-একদিন আগেও সেখানে কেউ-না-কেউ ছিল। রান্নাঘরে একটা স্টোভের ওপর একটা জলভরা কেটলি চাপানো। পাশের টেবিলে একটা ডিশের ওপর একটা বাসি অমলেট ভাজা পড়ে আছে। কেউ যেন অমলেট ভাজা সেরে চায়ের জল কেটলিতে চড়িয়ে হঠাৎ চলে গেছে। কেটলিটা নামিয়ে স্টোভটা নেড়ে দেখে বুঝলাম তেল ফুরিয়েই সেটা শেষ পর্যন্ত নিবে গেছে। কেটলির জলও ফুটে ফুটে অর্ধেক হয়ে যে আগুন নেববার পর ঠাণ্ডা হয়ে গেছে, ভেতরে কেটলির গায়ে পরপর জলের গোল গোল দাগেই তা বোঝা গেল।

এটা যে লাভালের আস্তানা, সে-বিষয়ে কোনও সন্দেহ নেই। ল্যাবরেটরির যন্ত্রপাতি সরঞ্জাম দেখেই তা ধরা যায়। কিন্তু লাভাল গেছে কোথায়? হঠাৎ অমন করে গেছেই বা কেন?

কোনও শত্রু তাকে এখানে আক্রমণ করেছিল বলেও মনে হল না। সেরকম কোনও চিহ্ন নেই। ল্যাবরেটরি থেকে ঘরদোরের জিনিসপত্র সব কেউ ছুঁয়েছে বলেও মনে হল না।

আমার সন্দেহ হয়তো অমূলক। লাভাল হয়তো কাছেই কোথাও গেছে। এখুনি ফিরে আসবে ভেবে অনেক রাত পর্যন্ত অপেক্ষা করলাম। কিন্তু বৃথাই।

এত রাত্রে আর খুঁজতে যাওয়ার কোনও মানে হয় না। ওই আস্তানাতেই রাতটা কাটাবার জন্যে তৈরি হচ্ছি, এমন সময় নিস্তব্ধ পাহাড়ে কোথায় যেন একটা পাথর খসে পড়বার শব্দ পেলাম। তারপর বুঝতে পারলাম পাহাড়ের খাড়াই পথে এই আস্তানার দিকে কে যেন সন্তর্পণে আসছে। পাহাড়ি রাস্তার আলগা নুড়ি পাথর নড়াচড়ার শব্দ একটু ভাল করে কান পাতলেই শোনা যায়।

কোনও জানোয়ার-টানোয়ার হবে কি? না, তা হওয়া সম্ভব নয়। এখানে সিংহ নেই

বললেই হয়। আর সিংহ কি জংলি চিতা মানুষের ব্যবহার করা পথে পারতপক্ষে আসবে না।

রাতটা খুব অন্ধকার নয়। কৃষ্ণপক্ষের চাঁদ খানিক আগে পাহাড়ের ওপরে উঠতে শুরু করেছে। তেলের অভাবে আলো-টালো এতক্ষণ জ্বালতে না পারলেও খুব অসুবিধে হয়নি। এখন মনে হল, তেল না থেকে ভালই হয়েছে। যে আসছে, সে লাভাল নিশ্চয়ই নয়। কারণ, তা হলে নিজের আস্তানায় এত সন্তর্পণে সে আসত না। সে যাই-হোক, আস্তানায় আলো থাকলে দেখতে সে পেতই দূর থেকে। তাতে হয় পালাত, নয় আরও সাবধান হয়ে হানা দিত। তার চেয়ে আধা-অন্ধকারে আমি যে তার জন্যে আগে থাকতে প্রস্তুত থাকতে পারছি এই ভাল।

এক হাতে পিস্তল আর এক হাতে টর্চটা নিয়ে ঘর থেকে বেরিয়ে কাঠের বাড়িটার পিছন দিকে গিয়ে দাঁড়ালাম। কৃষ্ণপক্ষের সপ্তমী কি অষ্টমীর লালচে চাঁদ তখন পাহাড়ের মাথায় আরও খানিকটা উঠে এসেছে। চারিদিকে কেমন একটা ছমছমে ভূতুড়ে আবছা অন্ধকার। আমি যেখানটায় দাঁড়িয়েছিলাম সেখানটায় সেই চাঁদের আলোর ছায়াতেই অন্ধকার আরও গাঢ়।

চুপিসাড়ে যে পাহাড়ি পথে উঠে আসছিল, একটা পাথুরে ঢিপি ঘুরে আসতেই তার মূর্তিটা অন্তত দেখা গেল।

জানোয়ার নয়, মানুষই, আর জংলিও যে নয় ওই আবছা আলোতেই দূর থেকে তার পোশাক দেখেই তা বুঝতে দেরি হল না।

কে তাহলে লোকটা?

লাভাল যে নয়, মুখ না দেখে শুধু আকৃতি দেখেই বুঝতে পারলাম। লাভাল গোলগাল ছোটখাটো মানুষ। আর এ লোকটা মোটা তো নয়ই, বরং বেশ রোগা ও লম্বা। সন্তর্পণে আসছে বটে, কিন্তু একটা পা বেশ খুঁড়িয়ে।

ঠিক সময় বুঝে ধরব বলে নিঃশব্দে অপেক্ষা করতে লাগলাম।

লোকটা লাভালের আস্তানার সামনে এসে এদিক-ওদিক চেয়ে ভেতরে গিয়ে ঢুকতেই নিঃশব্দে এগিয়ে গিয়ে খোলা দরজার বাইরের দিকে দাঁড়ালাম।

লোকটা তখন একটা দেশলাই জ্বালাবার চেষ্টা করছে। ড্যাম্প ধরা বলেই বোধহয় কাঠিটা ধরছে না।

দেশলাই জ্বালাবার সঙ্গে সঙ্গেই তার মুখে টর্চটা ফেললাম।

'কে?' বলে আঁতকে উঠে সে যতখানি চমকাল, আমি তার চেয়ে কম নয়। লাভালের আস্তানায় চোরের মতো ঢুকেছে আর কেউ নয়, সোলোমাস। সাবাটিনি নিজে শয়তান হলেও সোলোমাস সম্বন্ধে তাহলে মিথ্যে বলেনি!

প্রথম বিস্ময়ের ধাক্কাটা সামলে তখন আমি কর্তব্য স্থির করে ফেলেছি। টর্চের আলোটা তার মুখের ওপর রেখেই ভেতরে ঢুকে পিস্তলটা তার দিকে উঁচিয়ে বললাম, 'আপনার সব খেল খতম, মঁসিয়ে সোলোমাস।'

সোলোমাস কিন্তু ভয় পাওয়ার বদলে এবার উচ্ছ্বসিত হয়ে উঠল, যেন হাতে চাঁদ পেয়ে, 'ওঃ আপনি! আপনি এসেছেন দাদা! আপনার আশায় কীভাবে যে দিন

গুনছি!'

কড়া গলায় বললাম, 'ওসব চালাকি রাখুন, সোলোমাস। একবার আমায় আহাম্মক বানিয়েছেন বলে কি বার বার পারবেন ভাবছেন? আপনার সব শয়তানি আমি জানি। বলুন, কেন লুকিয়ে এখানে এসেছেন? কোথায় লাভালকে সরিয়েছেন? সরিয়েছেন, না শেষ করে দিয়েছেন?'

'এ সব আপনি কী বলছেন!' সোলোমাসের গলার স্বর সত্যিই যেন কাতর, 'একটু ধৈর্য ধরুন। আমায় আলোটা জ্বালতে দিন, তারপর সব কথা শুনুন।'

আমি তখন আর সোলোমাসের অভিনয়ে ভুলতে রাজি নই। কঠোর হয়ে বললাম, 'আপনাকে আমি আর বিশ্বাস করি না এতটুকু। তা ছাড়া, আলো আপনি জ্বালবেন কীসে? এখানে তেল নেই।'

'তেল ছাড়া আলো জ্বলবে!' সোলোমাস গম্ভীর গলায় বলে ঘরের একদিকে যেতেই আমি টর্চটা তার ওপর রেখে বললাম, 'কোনও চালাকির চেষ্টা করেছেন কি গেছেন। আপনার দোস্ত সাবাটিনির পরিণাম তাহলে আপনার হবে।'

'সাবাটিনির পরিণাম! তার সঙ্গে তাহলে এখানে আপনার দেখা হয়েছে!' বলে সোলোমাস অবাক হয়ে ফিরে দাঁড়ালেন। কোথায় কী একটা টেপায় ঘরের ছাদের একটা গুপ্ত আলো তখন জ্বলে উঠেছে।

সেই গুপ্ত আলোর রহস্যে যেটুকু কৌতূহল হয়েছিল, সোলোমাসের পরের কথায় তা ভুলে গিয়ে একেবারে থ হয়ে গেলাম।

সোলোমাস আগের কথার খেই ধরেই উৎসুক হয়ে বললেন, 'কখন দেখা হল? আজ? তার কী পরিণামের কথা বলছেন?'

এবার আমাকে হতভম্ব হতে হল, 'কী বলছেন আপনি? আজ তার সঙ্গে কোথায় দেখা হবে? তাকে শেষ দেখেছি খার্তুমে।'

সোলোমাস হতাশভাবে বললেন, 'বুঝেছি, তাই আপনি অমন উলটো-পালটা কথা বলছেন। সাবাটিনি যে এখানে, তার জন্যই যে আমাদের এই সর্বনাশ—এসব আপনি কিছুই জানেন না।'

সোলোমাসের গলায় সত্যের সুর যতই থাক, সন্দেহ আমার গেল না। কঠিন হয়ে বললাম, 'আবার আমায় ধোঁকা দেবার চেষ্টা করছেন, সোলোমাস!'

'ধোঁকা আপনাকে কোনও সময়ই দিইনি, দাস!' ক্লান্তভাবে বললেন সোলোমাস, 'আপনিই শুধু সাবাটিনির ছোঁয়াচ লেগে সব কিছু বাঁকা দেখছেন। অবিশ্বাস করতে হয় করবেন, কিন্তু তার আগে ধৈর্য ধরে কথাগুলো একটু শুনবেন?'

তাই শুনলাম এবার। শুনে স্তম্ভিত হয়ে গেলাম।

সাবাটিনিকে আমি যতখানি চিনেছিলাম, সে তার চেয়ে অনেক পাকা শয়তান। আমার হাতে ওই লাঞ্ছনাতেও তার মতলবের কোনও পরিবর্তন হয়নি। আমায় নির্দেশ দেওয়া চিঠি চুরির মূলে যে সে-ই ছিল, এ-বিষয়ে আর কোনও সন্দেহ নেই। সেই নির্দেশ অনুসরণ করে আমার আগেই সে এখানে পৌঁছেছে। সম্ভবত কায়রো যাওয়ার পথে আমার যে দেরিটা হয়েছিল, তাতেই এ সুবিধে সে পেয়েছে। এখানে

এসে সে যা চাল চেলেছে, বদমায়েশি বুদ্ধিতে তার তুলনা হয় না। এ-অঞ্চলের জংলি অধিবাসী হল ফাঙ্গ বলে এক অসভ্য জাত। সাবাটিনি কূট কৌশলে তাদেরই লাভালের বিরুদ্ধে খেপিয়ে দিয়েছে। কাছাকাছি নির্জন একটি পাহাড়-ঘেরা জায়গা ফাঙ্গদের পবিত্র দেবস্থান। সেখানকার একটি বিদুঘুটে আকারের পাথর তারা পুজো করে। সাবাটিনি সেই পাথরটা চুরি করে সরিয়ে দিয়ে ফাঙ্গদের ওঝা পুরুতদের ঘুষ দিয়ে বা যেভাবে হোক বুঝিয়েছে যে বিদেশি একটা লোক অন্য দেবতার পুজোর মন্দির বানিয়ে তাদের দেশ অপবিত্র করেছে বলেই ফাঙ্গদের নিজেদের দেবতা তাদের ছেড়ে গেছে। লাভালের ল্যাবরেটরিটাই ফাঙ্গদের দুশমন দেবতার মন্দির বলে সাবাটিনি বুঝিয়েছে। ফাঙ্গরাই একদিন এই ল্যাবরেটরির কাঠের বাড়ি তৈরি করতে ও বহুদূর থেকে সেখানকার যন্ত্রপাতি সাজসরঞ্জাম বয়ে আনতে সাহায্য করেছিল। এখন সেই ল্যাবরেটরি আর লাভালের ওপরই তারা খাপ্পা। লাভালকে তারা হঠাৎ চড়াও হয়ে ধরে নিয়ে গিয়ে বন্দী করেছে। আর চার মাস বাদে তাদের নিজেদের দেবতার উৎসবের দিন। সেই দিন এই ল্যাবরেটরিতেই লাভালকে বলি দিয়ে সমস্ত কিছু তারা পুড়িয়ে দেবে নিজেদের দেবতাকে সন্তুষ্ট করে ফিরিয়ে আনতে। এই তাদের সংকল্প। লাভালকে যেদিন জংলিরা ধরে নিয়ে যায়, সোলোমাস তার আগেই এ আস্তানায় পৌঁছোলেও জংলিদের হানা দেবার সময় উপস্থিত ছিলেন না। ল্যাবরেটরির জন্যেই কয়েকটা গাছ-গাছড়া সংগ্রহ করতে বেরিয়েছিলেন। ফিরে এসে লাভালের লেখা চিঠি পড়ে তিনি সব বুঝতে পারেন। লাভাল বন্দী হয়ে চলে যাবার আগে ওই চিঠিটুকু লিখে যেতে পেরেছিলেন।

সোলোমাস লাভালের লেখা শেষ চিঠি আমায় দেখালেন। তাতে ক-টি মাত্র কথা তাড়াতাড়ি পেনসিল দিয়ে লেখা।

'মেলাস, আমি বন্দী। সাবাটিনের ষড়যন্ত্র। ল্যাবরেটরি বাঁচাও।'

চিঠি পড়ে আমি জিজ্ঞাসা করলাম, 'এ ক-দিন আগের কথা?'

'পাঁচদিন।' বললেন সোলোমাস, 'এ-পাঁচদিন কী করে যে আমার কেটেছে তা বলতে পারি না। এ আস্তানায় এসে ওই চিঠি পেয়েই আবার পালিয়ে যেতে হয়েছে। কখন জংলিরা আবার আসে কে জানে! ল্যাবরেটরি বাঁচাবার কথা লাভাল লিখে গেছেন। কিন্তু জংলিরা এলে বাঁচাব কী করে? একলা তাদের বিরুদ্ধে কী করতে পারি? বিশেষ করে সাবাটিনি যখন তাদের মন্ত্রণাদাতা। জংলিরা কিন্তু ল্যাবরেটরি ভাঙতে আসেনি। সেটাও সাবাটিনির পরামর্শে নিশ্চয়। সাবাটিনি তো সত্যিই ল্যাবরেটরি ভাঙতে চায় না। আপাতত জংলিদের সাহায্যে আমাদের জব্দ করে—পরে ল্যাবরেটরিসুদ্ধ লাভালকে লোপাট করে নিয়ে যাওয়াই তার মতলব। ফাঙ্গরা চার মাসের পর উৎসবের দিন ল্যাবরেটরির সঙ্গে লাভালকেও শেষ করতে চায় এ-খবর তারপর জেনেছি। জেনেছি একটি মাত্র বিশ্বাসী জংলির কাছে। সে-ই ছিল লাভালের ও আমার একমাত্র সঙ্গী ও অনুচর। আপাতত সে দলের লোকের ভয়ে ল্যাবরেটরিতে আসে না। তবে আমি এখান থেকে দূরে যে পাহাড়ের গুহায় লুকিয়ে আছি, খোঁজ করে সেখানে আমার সঙ্গে দেখা করেছে। তার কাছেই সাবাটিনি ও

ফাঙ্গদের সমস্ত খবর পেয়েছি। পেয়ে কী করব কিছুই ঠিক করতে না পেরে শুধু আপনার পথ চেয়ে আছি। আপনার দেরি দেখে তো ভয় হচ্ছিল সাবাটিনি আপনাকেও কোনও ভাবে বন্দী-টন্দি করেছে।'

একটু চুপ করে থেকে ব্যাপারটা বুঝে নিয়ে জিজ্ঞাসা করলাম, 'আপনি যে আলো জ্বাললেন, তাতে কোনও ভয় নেই?'

'না।' সোলোমাস আশ্বাস দিলেন, 'পাহাড়ের খাঁজে এমন ভাবে এ-ল্যাবরেটরি লুকোনো যে, বাইরে কোথাও থেকে এর আলো দেখা যায় না। তা ছাড়া, জংলিরা থাকে এখান থেকে অনেক পশ্চিমে জঙ্গলের মধ্যে বোমায় ঘেরা গ্রামে। সেখান থেকে রাত্রে তারা রাজত্বের লোভেও বেরুবে না। ভয় শুধু সাবাটিনিকে। কিন্তু সে-ও এখন মতলব হাসিল করে নিশ্চিন্ত মনে পরের চালের ফন্দি আঁটছে। তার রাত্রে এদিকে আসার কোনও দরকার নেই। আমি যে এখানে এসেছি, তা সে জানে না। আমি তাই প্রতি রাত্রে এসে ল্যাবরেটরিটা দেখে শুনে লুকোনো বিদ্যুতের ব্যাটারিগুলো চালু রেখে যাই।'

'আচ্ছা, লাভাল তো চিঠিটা মেলাস বলে কাকে লিখেছেন।' এবার আমি না বলে পারলাম না। 'আপনার নাম অথচ সোলোমাস বলেই জেনেছি।'

সোলোমাস একটু দুঃখের হাসি হেসে বললেন, 'সন্দেহ দেখছি এখনও আপনার সম্পূর্ণ যায়নি! শুনুন, মেলাস আমার পদবি। আমার পুরো নাম হল সোলোমাস মেলাস। পরিচয়টা লুকোবার জন্যেই শুধু সোলোমাস নামটা নিয়েছিলাম। লাভাল চিরকাল আমাকে মেলাস বলেই ডাকেন।'

একমুহূর্তে ব্যাপারটা আমার কাছে পরিষ্কার হয়ে গেল। বিস্মিত আনন্দে বললাম, 'ও, আপনিই তা হলে লাভালের সেই সহকারী, যিনি লাভালের আগেই দেশে যাবার নাম করে নিরুদ্দেশ হয়ে যান?'

'হ্যাঁ, লাভাল ও আমি দুজনে পরামর্শ করেই ওই ব্যবস্থা করেছিলাম। ঠিক হয়েছিল, প্রথমে আমি গা-ঢাকা দেব। তারপর লাভাল। আমার দেশ যে গ্রিস, তা নাম দেখেই নিশ্চয় বুঝেছেন। গ্রিসে যাবার নাম করে, দুনিয়ার কেউ কল্পনাও করতে পারে না, আমি গ্যাবোঁতে হাজির হব এমন জায়গা খুঁজে বার করে এখানে ল্যাবরেটরি বসাবার ব্যবস্থা আমিই করি। লাভাল পরে পালিয়ে এসে এখানে ওঠেন। শত্রুদের ধোঁকা দেবার জন্যে আমাকে তারপর বাইরে গিয়ে তাদের সঙ্গে মিথ্যে যোগাযোগ করতে হয়। শত্রুরা, বিশেষ করে সাবাটিনি, যাদের হয়ে কাজ করছে তারা কিন্তু ক্রমশই আমাদের চারিধারে জালের বেড়া দুর্ভেদ্য করে আনছে বলে ভয় হয়। বড় বড় রাজাগজাদের সাহায্য চাইতে আমরা নারাজ। রক্ষকই তা হলে ভক্ষক হয়ে দাঁড়াবে। পরামর্শের জন্যে একান্ত বিশ্বাসী বন্ধু হিসেবে লাভাল তাই আপনাকে স্মরণ করেন। কিন্তু এখন মনে হচ্ছে আপনাকে ডাকাও বৃথা হয়েছে। লাভালের যুগান্তকারী গবেষণা আর সম্পূর্ণ হবে না।'

সোলোমাস দীর্ঘনিঃশ্বাস ফেলে চুপ করবার পর বললাম, 'আমাদের দেশে একটা কথা আছে, সোলোমাস—যতক্ষণ শ্বাস, ততক্ষণ আশ। সুতরাং আশা ছাড়বেন না।

শুধু একটা কথা আগে আমি জানতে চাই। গবেষণা সত্যি কতদূর এগিয়েছে? পুরো সংখ্যা যে একশো সাঁইত্রিশ সে বিষয়ে আর কোনও সন্দেহ নেই তো?'

'না।'

'মূলাধার শুধু একটি?'

'হ্যাঁ।'

'আর সাজানো কীভাবে?'

'ওই মাঝের একটি ম্যাগনেসিয়াম পরমাণুকে ঘিরে পঞ্চান্নটি কার্বন, বাহাত্তরটি হাইড্রোজেন, পাঁচটি অক্সিজেন ও চারটি নাইট্রোজেন পরমাণু।' সোলোমাস বলে গেলেন।

'এই সমস্ত পরমাণু মিলিয়ে কৃত্রিম উপায়ে মূল জিনিস তৈরিও করতে পেরেছেন ল্যাবরেটরিতে?'

'হ্যাঁ, তা পেরেছি। শুধু জিনিসটা এখনও অসাড় বলা যায়। আসল কাজ ঠিক করছে না। সেই আসল কাজ করাবার গবেষণাই চলেছে। মানে এতদিন পর্যন্ত চলছিল।' বলে সোলোমাস আবার দীর্ঘনিঃশ্বাস ফেললেন।

একটু চুপ করে ভেবে নিয়ে এবার বললাম, 'আপনাদের বিশ্বাসী জংলির নাম কী?'

'উজি।'

'উজি মানে তো সোয়াহিলি ভাষায় বুড়ো। লোকটা বুড়ো নাকি?' জিজ্ঞেস করলাম।

'না, বুড়ো নয়। জোয়ান। ও-ই তার ডাক নাম।'

'শুনুন, উজিকে দিয়েই ফাঙ্গদের কাছে খবর পাঠাবেন যে, তাদের মুঙ্গু, মানে দেবতা, এই ক-দিন বাদেই অমাবস্যার রাত্রে তাদের বোমা, মানে, কাঠের দেওয়াল ঘেরা গ্রাম থেকে কিছুদূরে যে টিঙ্গা টিঙ্গা অর্থাৎ জলা আছে, তার ওপারে এক ওকুমে, মানে, আবলুশ কাঠের গাছ থেকে তাদের সঙ্গে কথা বলবেন।'

সোলোমাস হতভম্ব হয়ে জিজ্ঞাসা করলেন, 'এ-খবর পাঠাবার মানে?'

'মানে, সত্যিই সেদিন তাদের দেবতা ওই ওকুমে গাছ থেকে তাদের জানাবেন যে, যে বিদেশিকে তারা ধরে নিয়ে গেছে, সে দেবতার দস্তুরমতো পেয়ারের লোক। তাকে এখুনি ছেড়ে দিয়ে তার ঘর-বাড়ি মন্দির মানে ল্যাবরেটরি যদি তারা নিজেরাই পাহারা দেবার ব্যবস্থা এখন থেকে না করে, তা হলে তিনমাস বাদে কুলৌ নদীর যে দুটি শাখা তাদের গাঁয়ের দুদিক দিয়ে বয়ে গেছে, তার একটা রক্তে লাল হবে আর একটায় আগুন জ্বলবে।'

সোলোমাস আমার দিকে সন্দিগ্ধভাবে চেয়ে বললেন, 'এই সব বিপদ দেখেশুনে আপনার কি মাথা খারাপ হয়ে গেছে, দাস! ফাঙ্গরা যদি সত্যিই ওই জলার ধারে দেবতার কথা শুনতে যায় তো তারা ওই সব আজগুবি কথা বিশ্বাস করে লাভালকে ছেড়ে দেবে মনে করেন? সাবাটিনি তাদের পেছনে আছে এ-কথা ভুলবেন না। যদি তিন মাস তারা দেবতার কথার প্রমাণ দেখবার জন্য অপেক্ষা করে?'

'তা হলে প্রমাণ দেখতে পাবে!' বলে হাসলাম।

সোলোমাস অত্যন্ত ক্ষুণ্ণস্বরে বললেন, 'এটা কি ঠাট্টা-ইয়ার্কির সময়, দাস?'

'ঠাট্টা-ইয়ার্কি করছি না, সোলোমাস। সত্যিই এক নদীতে জল লাল করে আরেক নদীতে আগুন জ্বালব। আপনাদের ল্যাবরেটরিতে সেন্ট্রিফিউজ নিশ্চয় আছে?'

'আছে।' সোলোমাস তখনও হতভম্ব।

'ভাল । আর শুধু ক-টা টেস্টটিউব আর জোরালো বিদ্যুতের আলো হলেই চলবে।'

'কী চলবে?' সোলোমাস অবাক হয়ে জিজ্ঞাসা করলেন, 'কী করবেন আপনি?'

'দুটো নেহাত তুচ্ছ প্রাণীর বংশবৃদ্ধি করাব।'

'বংশবৃদ্ধি করাবেন!' সোলোমাসের চোখ কপালে উঠল, 'কী প্রাণীর?'

'একটা হল জিম্‌নোডিনিয়াম ব্রিভ, আর একটা নক্‌টিলিউকা মিলিয়ারিস—নেহাত আণুবীক্ষণিক নগণ্য প্রাণের কণা, দুটো সুতোলি চাবুকের মতো শুঁড় বার করা একরকম ডাইনো ফ্ল্যাজেলেট।' হাতের ব্যাগটা খুলে একটা পিপেট বার করে বললাম, 'তার জন্যে এই কাঁচের সূক্ষ্ম ছুঁচই যথেষ্ট।'

'আমি রসায়নের গবেষণা করি, ও সব প্রাণিতত্ত্ব বুঝি না।' বলে সোলোমাস যে ভাবে হাল ছেড়ে দিয়ে চুপ করে গেলেন, তাতে মনে হল আমার মাথা খারাপ হওয়া সম্বন্ধে কোনও সন্দেহ তাঁর আর তখন নেই।

অমাবস্যার আগের দিন পর্যন্ত, দিনে সোলোমাসের সঙ্গে তার গোপন গুহায় লুকিয়ে থেকে, রাত্রে তাদের ল্যাবরেটরিতে আমি যা করবার করে ফেললাম। তারপর গোপনে উজির হাতে ক-টা দাগ-দেওয়া টেস্টটিউব দিয়ে নদীর কোন শাখায় কোনগুলো ফেলতে হবে বলে দিলাম।

অমাবস্যার রাতে টিঙ্গা টিঙ্গার ধারে জংলি ফাঙ্গরা সত্যিই এসে জড়ো হল মাঝরাতে! সাবাটিনি তাদের আটকাবার অনেক চেষ্টা অবশ্য করেছিল। উজি বিদেশিদের কাছে কাজ করে বিধর্মীদের চর হয়েছে জানিয়ে, এটা শত্রুদের একটা ফাঁদ বলে বোঝাতে চেয়েছিল। জংলিরা তাতে উজিকে বন্দী করেছিল, কিন্তু কুসংস্কারের কৌতূহলে দল বেঁধে জলার ধারে আসতেও ছাড়েনি।

জলার ওপারে ওকুমে গাছ থেকে দেবতার আদেশ শুনে ভড়কে গেলেও তারা লাভালকে কিন্তু ছেড়ে দিল না। সাবাটিনির উসকানিতে তারা তিনমাস বাদে প্রমাণের জন্যে অপেক্ষা করে রইল।

সে তিনমাস কী উদ্বেগের মধ্যে যে কাটল, তা বলে বোঝানো যাবে না। সোলোমাস তো আমার ওপর তখন খেপেই গেছেন, ল্যাবরেটরিটা বাঁচাবার যেটুকু আশা ছিল, আমি যেন পাগলামি করে তা জলাঞ্জলি দিয়েছি।

তিনমাস বাদে জংলিরাও যেমন প্রতিদিন নদীর দুই শাখার ওপর নজর রাখে, আমিও গোপনে গোপনে তা-ই।

তারপর হঠাৎ একদিন জংলিদের সে কী তাণ্ডব নৃত্য! গ্রামকে গ্রাম জুড়ো ঙগোমা মানে উৎসবের নাচ শুরু হয়ে গেল। একটা নদীর জল সত্যিই রক্তের মতো লাল

হয়ে উঠেছে, আরেকটা আগুনের মতো জ্বলছে।”

“আপনার ওই ছুঁচ ফুটিয়েই একটা নদী থেকে রক্ত বার করে আরেকটায় আগুন ধরালেন!” শিবু কাশতে কাশতে বলল।

“হ্যাঁ, আমার ব্যাগে ছিল সমুদ্রের জ্যান্ত অ্যানিমোনের টুকরো, দু-জাতের ডাইনো ফ্ল্যাজেলেটে ভরতি। পুয়ের্তোরিকো থেকে এনেছিলাম নক্‌টিলিউকা মিলিয়ারিসের জীবাণু, সেখানকার নদী সমুদ্রের মোহানায় যাতে মাঝে মাঝে জল আগুনের মতো উজ্জ্বল হয়ে ওঠে। আর যাকে জিম ব্রিভ বলে জেলেরা, সেই জল-লাল-করা মাছের মড়ক-লাগানো জিম্‌নোডিনিয়াম ব্রিভের জীবাণু এনেছিলাম ফ্লোরিডা থেকে। সেন্ট্রিফিউজে অ্যানিমোনের টুকরোগুলো পাক খাইয়ে ছেতরে আলাদা করে তা থেকে অতি সূক্ষ্ম ছুঁচের মতো পিপেট দিয়ে এক একটি আলাদা জীবাণু তুলে তাদের আহার মেশানো টেস্ট-টিউবের ভেতর ছেড়ে উজ্জ্বল ইলেকট্রিক বাতির তলায় রেখে দিয়েছিলাম। সেই ইলেকট্রিক আলোই সূর্যের কাজ করছিল। জীবাণুগুলো লক্ষ লক্ষ গুণ তাতে বেড়ে উঠেছিল। তারপর সেই টেস্ট-টিউবের জীবাণু নদীর শাখায় ফেলবার পর তিনমাসে উপযুক্ত পরিবেশ পেয়ে অসম্ভব বেড়ে একদিন জলকে লাল আর আগুন করে তুলেছিল । ফ্লোরিডায় আর পুয়ের্তোরিকোয় এই ব্যাপার প্রায়ই ঘটে। সাধারণত এক পাঁইট জলে যে জীবাণু পাঁচশোর বেশি থাকে না, ঠিক প্রশ্রয় পেলে তা তিন কোটি হয়ে দাঁড়ায়।”

“লাভালকে তা হলে জংলিরা ছেড়ে দিল!” আমরা জিজ্ঞাসা করলাম।

“তা আর দেবে না! ছেড়ে শুধু নয়, সে তো ছোটখাটো দেবতা হয়ে উঠল তারপর। তাকে বা তার ল্যাবরেটরিকে ছোঁয় কার সাধ্য!”

“আর সাবাটিনি?”

“সাবাটিনিকে দেবতার রাগের প্রমাণ পাবার পর তারা ধরে বেঁধে ফেলেছিল। তাকে প্রাণে মারতে বারণ করেছিলাম। কিন্তু সেই সঙ্গে বলে দিয়েছিলাম, টিঙ্গা টিঙ্গার ধারের ওকুমে গাছ থেকে, তাকে পালাতে দিলেই দেবতা আবার খেপে যাবেন। সাবাটিনি ওই ফাঙ্গদের কাছেই বন্দী হয়ে আছে।”

“কিন্তু এত কাণ্ড যার জন্যে, লাভালের সেই গবেষণার বস্তুটা কী?”

জিজ্ঞেস করে মনে হল আসল কাজ যখন হাসিল হয়েছে তখন প্রশ্নটা করে ঘনাদাকে ফাঁপরে ফেলার আর দরকার ছিল না।

ঘনাদা কিন্তু মোটেই ভড়কালেন না। আমাদের দিকে করুণা ভরে তাকিয়ে বললেন, “তা-ও এতক্ষণ বুঝতে পারোনি? বস্তুটা হল ক্লোরোফিল। গাছপালা থেকে সমুদ্রের সূক্ষ্ম প্ল্যাংকটন পর্যন্ত যার দৌলতে সূর্যের আলো রাহাজানি করে প্রাণিজগতের খাদ্যের ভিত তৈরি করে, যা না থাকলে পৃথিবীতে মানুষ তো দূরের কথা, প্রাণের অস্তিত্বই থাকত না, সেই ক্লোরোফিল কৃত্রিম উপায়ে তৈরি করবার চেষ্টা নানা দেশের বৈজ্ঞানিকরা করছেন। কিন্তু সে ক্লোরোফিল আসলের সঙ্গে সব দিক দিয়ে মিললেও এখনও আসল কাজ, মানে সূর্যের আলোর কোয়ান্টা ধরে কার্বন-ডায়োক্সাইডকে কার্বোহাইড্রেট করে তুলতে পারছে না জলের

হাইড্রোজেনটুকু নিয়ে অক্সিজেন মুক্ত করে দিয়ে। লাভাল সেই গবেষণাতেই অন্যদের চেয়ে অনেক দূর এগিয়েছেন। সত্যিকার ক্লোরোফিল একবার কৃত্রিম উপায়ে তৈরি হলে পৃথিবীতে অন্নাভাব বলে আর কিছু থাকবে না, মরুভূমির মাঝখানে থেকেও মানুষ নকল ক্লোরোফিল দিয়ে যত খুশি যা ইচ্ছে খাবারের মশলা তৈরি করতে পারবে।"

"আমাদের স্বল্পাহার-ব্রতটা তা হলে—" শিবু কথাটা শুরু করতেই ঘনাদা শিশিরের সিগারেটের টিনটা ভুলে পকেটে ভরে তাকে থামিয়ে বললেন, "তার আর দরকার হবে বলে মনে হচ্ছে না। লাভালের কাছ থেকে খবর এল বলে।"

শিশি

"আপনাকে চুরি!"—প্রায় কেলেঙ্কারিই করে ফেলেছিলাম বেফাঁস কথাটার সঙ্গে কাশি চাপতে গিয়ে বিষম খেয়ে। তাড়াতাড়ি সামলে বললাম, " এত বড় সাহস!"

ঘনাদা ঠাণ্ডা হয়ে রহস্যময় হাসি হেসে বললেন, "সাহস নয়, দায়!"

ব্যাপারটা যে বাহাত্তর নম্বর বনমালি নস্কর লেনের তা বলাই বাহুল্য, কিন্তু গোড়া থেকে শুরু করাই নিশ্চয় উচিত।

ফন্দিটা মাথায় এসেছিল গৌরের। আমরা সবাই সেটায় জোগান দিয়েছি মাত্র।

কিন্তু শেষে নিজেদের ফাঁদে নিজেরাই জব্দ হব কে জানত!

সব দিক বেঁধে-ছেঁদেই ব্যবস্থা করেছিলাম, কিন্তু কোথায় যে ছিদ্রটুকু ছিল আগে ধরতে পারিনি।

শিবু দামি কার্ডটা ছাপিয়ে এনেছে। তার আগে ঘনাদার দিবানিদ্রার সুযোগে আমরা ক-জনে মিলে চিঠিটার ভাষার খসড়া করেছি অনেক মাথা ঘামিয়ে।

সুবিধে ছিল এই যে সে সময়ে বিজ্ঞান কংগ্রেস হচ্ছে কলকাতাতেই। দেশ-বিদেশের বড় বড় সব বিজ্ঞানের রথী মহারথীরা এসেছেন এই শহরে। যেন তাঁদেরই একজনের নাম দিয়ে কার্ডটা ছাপানো। ভূগোলবিশারদ নাম-করা মানচিত্রকার মঁসিয়ে সুস্তেল যেন পৃথিবীর অজ্ঞাত দুর্গমতম স্থানের অদ্বিতীয় আবিষ্কারক ও পর্যটক ঘনশ্যাম দাস এই কলকাতা শহরেই সশরীরে উপস্থিত এই আশাতীত খবর পেয়ে আহ্লাদে গদগদ হয়ে তাঁকে বিজ্ঞান কংগ্রেসের এক বিশেষ ভূগোল-বৈঠকে উপস্থিত দেশ-বিদেশের সুধীমণ্ডলীকে তাঁর ভাষণ শুনিয়ে কৃতার্থ করবার জন্যে বিনীত অনুরোধ জানিয়েছেন। কবে ও কখন তিনি স্বয়ং গাড়ি নিয়ে

ঘনশ্যাম দাসকে নিতে আসবেন তা-ও এ-অনুরোধের চিঠিতে জানানো আছে।

আগে থাকতে মহলা দিয়ে যেমন যেমন ঠিক করে রাখা গিয়েছিল ঠিক সেই মতোই প্রথম অভিনয় সবাই করেছি। বসবার ঘরের মার্কামারা আরামকেদারায় ঘনাদা এসে গা এলিয়ে বসবামাত্র শিশির যথারীতি তার সিগারেটের টিন সামনে খুলে ধরেছে। আমি লাইটার জ্বেলে সিগারেট ধরিয়ে দিয়েছি সসম্ভ্রমে। ঘনাদা প্রথম টান দিয়ে ধোঁয়া ছেড়ে শিশিরের দিকে ফিরে জিজ্ঞাসা করেছেন, "কত হল?"

"বেশি নয়, এই চার হাজার দুশো একুশ মাত্র!" শিশির জানিয়েছে সংকুচিতভাবে।

"একুশ কেন হবে, উনিশ না?" ঘনাদার ভ্রূ কুঞ্চিত হতে-না-হতে শিশির তাড়াতাড়ি পকেট থেকে নোটবই বার করে খুলে দেখে লজ্জায় জিভ কেটেছে। "হ্যাঁ, হ্যাঁ, উনিশ-ই তো!"

ঘনাদা সন্তুষ্ট হয়ে আর একটি টান দিয়ে চোখ দুটি প্রায় নিমীলিত করার পরই আমি আনন্দে যেন কথাটা চাপতে না পেরে বলেছি, "আমরা কিন্তু সবাই শুনতে যাচ্ছি সেদিন, ঘনাদা!"

"সবাই শুনতে যাচ্ছ!" ঘনাদা চোখ খুলে তাকিয়েছেন, "কী শুনতে?"

"বাঃ, আপনার বক্তৃতা!" আমি যেন ঘনাদার বিস্মৃতিতে অবাক হয়েছি।

ঘনাদা দন্তস্ফুট করার আগেই শিশির সোৎসাহে বলে উঠেছে, "একেবারে ভোরবেলা থেকে কিউ দিতে হবে কিন্তু। নইলে জায়গা মিলবে না।"

"ভোরবেলা থেকে কী!" শিবু শিশিরকে ধমকেছে, "আগের রাত্তির থেকে বল! মোহনবাগান ইস্টবেঙ্গলের শিল্ড ফাইন্যাল হার মেনে যাবে দেখিস। সায়েন্স কংগ্রেসে একটা দাঙ্গাহাঙ্গামা না হয়ে যায় না!"

ঘন ঘন সিগারেট টানা আর চোখ-মুখের ভাব দেখেই ঘনাদার অবস্থাটা বুঝতে পারা গেছে তখন। নেহাত মানের দায়েই সোজাসুজি রহস্যটা সম্বন্ধে কিছু জিজ্ঞাসা করতে পারছেন না।

শেষ পর্যন্ত ধৈর্য ধরতে আর পারেননি। যথাসম্ভব গম্ভীর হয়ে নিজের চাল বজায় রেখে একটু ঘুরিয়ে বললেন, "সায়েন্স কংগ্রেসে আমি বক্তৃতা দিচ্ছি, তোমরা জানলে কোথা থেকে?"

"কোথা থেকে জানলাম।" আমরা সমস্বরে নিজেদের বিস্ময় প্রকাশ করেছি।

শিবু বিশদ ব্যাখ্যার ভার নিয়েছে—"শহরে কে না জানে! তবে মঁসিয়ে সুস্তেল নিজে সব আয়োজন করেছেন আর নিজেই যে তিনি আসছেন আপনাকে নিয়ে যেতে এটা অবশ্য সবাই জানে না।"

ঘনাদার মুখে আশানুরূপ আশঙ্কার ছায়া দেখে আমরা উৎসাহিত হয়ে উঠেছি।

ঘনাদা অস্বস্তিটা বিরক্তির ছলে প্রকাশ করেছেন, "হুঁঃ! মঁসিয়ে সুস্তেল বলে তো আমার গুরুঠাকুর নয়! তিনি এসে ধরলেই আমায় যেতে হবে! সায়েন্স কংগ্রেসে বক্তৃতা দেবার জন্য আমি হেদিয়ে মরছি নাকি?"

"কী যে বলেন ঘনাদা!" শিশির সমস্ত সায়েন্স কংগ্রেসের হয়ে যেন ঘনাদার রাগ ভাঙাবার জন্যে ব্যাকুল হয়ে উঠেছে, "আপনি হেদিয়ে মরলেন কি, হেদিয়ে মরছে

তো তারা! এ যে কত বড় সৌভাগ্য তা কি তারা জানে না। নইলে মঁসিয়ে সুস্তেল নিজে বাড়ি বয়ে এসে আপনাকে নিমন্ত্রণের চিঠি দিয়ে যান!"

"নিমন্ত্রণের চিঠি! কী চিঠি?" ঘনাদা সত্যিই আকাশ থেকে পড়েছেন। আমরাও একেবারে যেন অবাক হয়ে জিজ্ঞাসা করেছি, "সে কী! নিমন্ত্রণের চিঠি দেখেননি? আপনি তখন বিকেলে লেক-এ বেড়াতে গেছেন। মঁসিয়ে সুস্তেল কত খোঁজ করে এসে কতক্ষণ বসে রইলেন, তারপর আমাদের কাছে চিঠিটা দিয়ে দেখা না হওয়ার জন্যে কত দুঃখু করে গেলেন। বার বার করে বলে গেলেন যে আপনাকে নিতে তিনি নিজেই পরশু মানে শনিবার বিকেল চারটেতে আসছেন! সে চিঠি—সে চিঠি, হ্যাঁ গৌরই তো চিঠিটা রাখলে আপনাকে দেবার জন্য!"

আমরা যেন রেগে আগুন হয়ে বারান্দায় বেরিয়ে এসে গৌরের নাম ধরে ডাকাডাকি শুরু করেছি তারপর। গৌরও শশব্যস্ত হয়ে ঘর থেকে বেরিয়ে এসে বিরক্তির ভান করেছে, "কী ব্যাপার, কী! হঠাৎ এত চেঁচামেচি কীসের!"

"চেঁচামেচি কীসের!" আমরা গৌরকে গালাগাল দিতে আর বাকি রাখিনি, "আহাম্মক, অকর্মার ধাড়ি কোথাকার! কলকাতা শহরের মুখে চুনকালি দিয়ে সায়েন্স কংগ্রেসকে তুমি ডোবাতে বসেছ! মঁসিয়ে সুস্তেলের সে-চিঠি তুমি ঘনাদাকে দাওনি!"

গৌর লজ্জায় যেন মাটিতে মিশিয়ে গিয়ে হাতে ধরা পড়া চোরের মতো মুখ কাঁচুমাচু করে ঘর থেকে কার্ডটি এনে ভয়ে ভয়ে ঘনাদার হাতে দিয়ে বলেছে, "মাপ করবেন ঘনাদা। একেবারে মনে ছিল না।"

তাচ্ছিল্যভরে কার্ডটা ধরলেও ঘনাদার চোখ দেখে বোঝা গেছে কী মনোযোগ দিয়ে কার্ডটা তিনি পড়ছেন।

কার্ডে কোনও খুঁত যে নেই তা আমাদের জানা, ঘনাদাও নিশ্চয় ধরতে পারেননি।

ভেতরে যাই হোক বাইরে ঠাট বজায় রেখে একটু অবজ্ঞার সুরে বলেছেন, "সুস্তেল! দাঁড়াও, দাঁড়াও, কোন সুস্তেল ঠিক মনে পড়ছে না!"

"বাঃ—মঁসিয়ে সুস্তেলকে মনে পড়ছে না!" শিশির ঘনাদার স্মৃতিশক্তিকে একটু উসকে দেবার চেষ্টা করেছে, "সেই বিখ্যাত কার্টোগ্রাফার, মানে মানচিত্রের ব্যাপারে দুনিয়ায় যাঁর জুড়ি নেই বললেই হয়।"

"হুঁ!" সংক্ষিপ্ত একটি ধ্বনিতে যা বোঝাবার বুঝিয়ে ঘনাদা ঘর থেকে উঠে গেছেন।

তারপর শনিবার দিন সকাল থেকেই আমরা সজাগ। আধা নয়, সে শনিবার কীসের যেন একটা পুরো ছুটি ছিল। দুপুরের খাওয়া-দাওয়া পর্যন্ত কিছু হবে না তা জানতাম। কারণ ছুটির দিন বলে সকালে বাজারটা একটু ভালরকম করা হয়েছে। মাছের থলের বড় বড় গলদা চিংড়িগুলো ঘনাদাকে কায়দা করে দেখিয়ে রাখতে ভুলিনি।

বেলা একটা নাগাদ ভূরিভোজ শেষ হবার পরই আমাদের সজাগ থাকার সময়।

এবারের সজাগ থাকা একটু অবশ্য আলাদা ধরনের। ঘনাদা পাছে পালিয়ে যান

সেই ভয়ে পাহারা দেওয়া নয়, তিনি কোন ফাঁকে কী ভাবে মেস থেকে সরে পড়েন, নিজেরা গা ঢাকা দিয়ে লুকিয়ে তাই দেখে মজা করা।

দুপুরের খাওয়ার সময়ই জমি তৈরি করে রাখা হয়েছে। ভরপেট খেয়ে আমাদের সকলেরই যেন ঘুমে চোখের পাতা জুড়ে আসছে। ছুটির দিন বলে সেদিন আর তাই খেলাধুলো আড্ডা নয়, যে যার বিছানায় পড়ে ঘুম—এই কথাটাই জানিয়ে রেখেছি।

কিন্তু বিছানায় কতক্ষণ মটকা মেরে শুয়ে থাকা যায়! একটার পর দুটো বাজল। দুটোর পর তিনটে। ঘনাদা এখনও করছেন কী! ঘরের দরজা জানালা বন্ধ। কান খাড়া করে আছি ঘনাদার পায়ের শব্দের জন্য। পালা করে জানালার খড়খড়ির ফাঁক দিয়ে তেতলা থেকে নামবার সিঁড়িটার ওপর চোখও রাখছি, কিন্তু ঘনাদার কোনও সাড়াশব্দই নেই।

তিনটের পর চারটে বাজল। ঘনাদা কি সত্যিই ছাদ ডিঙিয়ে পালালেন! কিন্তু সেদিকেও তো আমাদের রামভুজকে পাহারায় রেখেছি, ঘনাদার সে রকম কোনও চেষ্টা দেখলেই নীচে থেকে 'রামা হো' বলে গান ধরবে। তাহলে? ঘনাদা কি সত্যিই অন্তর্ধানমন্ত্র গোছের কিছু জানেন নাকি!

ঘনাদার ঘরের দিকেই একবার খোঁজ করে আসব কিনা ভাবছি এমন সময়ে সশব্দে তাঁর ঘরের দরজা খোলার শব্দ শোনা গেল। তারপর তেতলার সিঁড়ির ওপর থেকে তাঁর পাড়া-কাঁপানো ডাক, "কই হে! সব গেলে কোথায়! দিনের বেলা আর কত ঘুমোবে!"

এ ওর মুখের দিকে তাকালাম ফ্যাল ফ্যাল করে। শেষে ঘনাদাই আমাদের খুঁজছেন নিজে থেকে!

ঘনাদার ডাক না শুনে উপায় কী! গুটি গুটি করে একে একে ভিজে বেড়ালের মতো তাঁর তেতলার ঘরে গিয়ে ঢুকলাম!

শিবু ওরই মধ্যে একটু নিজেদের মুখরক্ষার চেষ্টা করে বললে, "আপনি এখনও তৈরি হননি, ঘনাদা! চারটের সময়ে না আপনাকে নিয়ে যাবার কথা!"

নিজের আধময়লা ফতুয়া আর ধুতিটার দিকে একবার চেয়ে বিছানার মাঝখানটিতে উঠে বসে ঘনাদা অদ্ভুত মুখভঙ্গি করে বললেন, "আর কী তৈরি হব! কেন, এই সাজে যাওয়া যাবে না?"

বাধ্য হয়ে এ বিদ্রূপ হজম করতে হল। শিবু আর একবার ন্যাকা সেজে মান বাঁচাবার চেষ্টা করলে, "মঁসিয়ে সুস্তেল-এর না আসাটা কিন্তু আশ্চর্য!"

ঘনাদা একটু হাসলেন এবার। অবজ্ঞাভরে বললেন, "সুস্তেল যে আসবে না আমি জানতাম!"

"আপনি জানতেন!" বেশ সন্ত্রস্ত হয়েই আমরা ঘনাদার দিকে তাকালাম। কিন্তু যা ভয় করছিলাম ঘনাদা সেদিক দিয়ে গেলেন না। শিশিরের দিকে তর্জনী ও মধ্যম আঙুল ফাঁক করে ডান হাতটা বাড়িয়ে দিয়ে অনুকম্পার সুরে বললেন, "হ্যাঁ, জানতাম। আমি ছিলাম না জেনেই সেদিন এসেছিল, নইলে আমার সামনে এসে দাঁড়াবার ওর সাহস নেই।"

পরম স্বস্তির নিশ্বাস ফেলে সাগ্রহে এবার উসকানি দিয়ে জিজ্ঞাসা করলাম, "কেন বলুন তো? অমন পৃথিবীজোড়া নাম, অতবড় কার্টোগ্রাফার!"

"হুঃ, কার্টোগ্রাফার!" ঘনাদা নাসিকাধ্বনি করলেন।

শিশির তৈরি হয়েই এসেছিল। ততক্ষণে ঘনাদার আঙুলের ফাঁকে যথারীতি সিগারেট বসিয়ে দিয়ে দেশলাইয়ের কাঠি জ্বেলে ফেলেছে।

ঘনাদা প্রথমে টানটি দিয়ে খানিক চুপ করে থেকে ধোঁয়া ছাড়লেন। আমরা চাতকের মতো তাঁর মুখের দিকে তাকিয়ে। ঘনাদার শ্রীমুখ থেকে কী শুধু ধোঁয়াই বেরুবে?

ধৈর্য ধরতে না পেরে শিবু একটু ঝাঁকুনি দেবার চেষ্টা করলে, "সত্যি কার্টোগ্রাফার নয় বুঝি? জাল?"

"জাল হবে কেন!" ঘনাদা মৃদু ধমক দিলেন, "আসল কার্টোগ্রাফারই বটে। তাতে হয়েছে কী? নাম-ই গালভরা, আসলে জরিপদারের জেঠা ছাড়া তো কিছু নয়। বনজঙ্গল পাহাড়-পর্বতেরই খবর রাখে। জানে কি 'সোহ্‌ম অ্যাবিস্যাল প্লে-ন' কোথায় আর কতখানি, মেপেছে কখনও 'মুইর' কি 'প্লেটো সী মাউন্ট' কত উঁচু?"

অভিভূতের মতো বললাম, "মঙ্গল গ্রহের ভূগোলে আছে বুঝি? নাম তো কখনও শুনিনি!"

ঘনাদা অনুকম্পার হাসি হাসলেন "তোমাদের ওই সুস্তেলই কি জানত! ডোবার পুঁটি হয়ে গেছল সমুদ্রের তিমির সঙ্গে ফচকেমি করতে! এই শিশিটা না থাকলেই হত খতম।"

তক্তপোশের ওপর থেকেই হাত বাড়িয়ে পেছনের শেলফ থেকে যে-শিশিটি তুলে ঘনাদা আমাদের এবার দেখালেন তাতে আমরা তো থ!

"ওই শিশি? ওটা হোমিওপ্যাথিক ওষুধের না?"

শিবুর অসাবধান মুখ থেকে এক মুহূর্তের জন্যে ফসকে গিয়ে প্রায় ঘাটে এসে ভরাডুবি হয়েছিল আর কী!

"হোমিওপ্যাথিক!" ঘনাদা প্রায় ফেটে পড়ছিলেন।

শিবুই তাড়াতাড়ি সামলে নিয়ে বললে, "মানে প্রায় সেইরকম দেখতে কিনা। বোকা লোকেরা তফাত ধরতেই পারবে না।"

ঘনাদা ফণা নামালেন, একটু অবজ্ঞাভরে হেসে বললেন, "তোমাদের ওই সুস্তেলও পারেনি। সাত সাগর খুঁজে নারবরো দ্বীপে আমায় চুরি করতে আসবার সময়ে ও অন্তত জানত না যে এই শিশির মধ্যে তাদের পরমায়ু লুকোনো থাকবে!"

"আপনাকে চুরি!" হাসি চাপতে গিয়ে বিষম খেয়ে প্রায় যাই আর কী! অতিকষ্টে সেটা সামলে ও কেলেঙ্কারি বাঁচিয়ে বললাম, "এত বড় সাহস!"

"সাহস নয়, দায়।" ঘনাদার মুখে রহস্যময় হাসি দেখা গেল। আমাদের মুখগুলোর ওপর একবার চোখ বুলিয়ে নিয়ে তিনি শুরু করলেন, "নারবরো দ্বীপের নাম নিশ্চয় শোনোনি, গ্যালাপ্যাগোসের নামই হয়তো জানো না। দক্ষিণ আমেরিকার উত্তর-পশ্চিমে ইকোয়েডর থেকে প্রায় ছশো পঞ্চাশ মাইল দূরের এই ক-টি ছোট-বড়

আগ্নেয়দ্বীপের জটলায় প্রায় সওয়া এক শতাব্দী আগে সেকালের একটি পালতোলা জাহাজ টহল না দিতে গেলে বিজ্ঞানের এ যুগের সবচেয়ে একটা দামি মতবাদের জন্মই হত কিনা সন্দেহ। সে পালতোলা জাহাজের নাম এস এস বীগল, সে জাহাজের বৈজ্ঞানিকের নাম চার্লস ডারউইন, আর সে মতবাদ হল বিবর্তনবাদ।

গ্যালাপ্যাগোস দ্বীপগুলির মধ্যে সবচেয়ে বড় হল অ্যালবেমার্ল বা ইসাবেলা। দেখতে অনেকটা ইংরিজি জে হরফের মতো। সেই ইসাবেলার মাথার বাঁ দিকে একটি বড় ফুটকি হল নারবরো দ্বীপ, ফার্নানডিনা-ও বলে কেউ কেউ। পৃথিবীর একমাত্র সামুদ্রিক গিরগিটির জাত সী-ইগুয়ানা-র ভাল করে পরিচয় নিতে সেই দ্বীপে তখন কিছুদিনের জন্যে ডেরা বেঁধেছি। পেরুর লিমা থেকে একটি ছোট স্টিমার আমাকে আর আমার এক অনুচর নিমারাকে সেখানে নামিয়ে দিয়ে গেছে। মাসখানেক বাদে আবার সেই ছোট স্টিমারই আমাদের নিয়ে যাবে।

আমার অনুচরটি ইকোয়েডরের আদিবাসীর জাত। এমনিতে কাজকর্মে চৌকশ কিন্তু একেবারে ভিতুর শেষ। একে এই জনমানবহীন পাথুরে দ্বীপ, তার ওপর চারদিকের বালির চড়ায় বিদঘুটে চেহারার ইগুয়ানারা গিজগিজ করছে সারাক্ষণ। দু-দিন যেতেই নিমারার ভয়ে প্রায় নাড়ি-ছাড়ার অবস্থা। সে ধর্মে খ্রিস্টান। তার ধারণা কোনও অজানা পাপের শাস্তিতে বেঁচে থাকতেই সে নরকে পৌঁছে গেছে।

আমি যত তাকে বোঝাই যে দেখতে ভয়ংকর হলে কী হয়, দ্বীপের ওই সব প্রাণী একেবারে নিরীহ, মানুষকে পর্যন্ত তারা ভয় করতে শেখেনি, আর লড়াই-এর পাঁয়তাড়া কষলেও নিজেদের মধ্যেও রক্তারক্তি মারামারি কখনও করে না, কিন্তু ভবি ভোলবার নয়। রাত্রে সে ভাল করে ঘুমোয় না পর্যন্ত। তার বিশ্বাস চোখের দু-পাতা এক করলেই সাক্ষাৎ শয়তানের ওইসব দূত চুপি-চুপি হানা দিয়ে তাঁবু সুদ্ধ আমাদের চিবিয়ে শেষ করে দেবে।

নিমারার অবস্থা দেখে বেশ একটু ভাবনাতেই পড়ে গেলাম। খাওয়া নেই, ঘুম নেই, লোকটা শেষ পর্যন্ত পাগলই হয়ে যাবে নাকি! সঙ্গে যে খুদে ওয়্যারলেস ট্র্যান্স্‌মিটারটি ছিল তা-ই দিয়ে লিমাতে যেদিন স্টিমারটা তাড়াতাড়ি পাঠাবার জন্য খবর দিয়েছি সেই রাত্রেই নিমারা একেবারে খেপে গেছে মনে হল।

সারাদিনের ঘোরাফেরার পর ক্লান্ত শরীরে সবে তখন খাওয়া-দাওয়া সেরে একটু ঘুমিয়েছি, হঠাৎ নিমারা হুড়মুড় করে তাঁবুর দড়িদড়া ছিঁড়ে কাঁপতে কাঁপতে আমার একেবারে গায়ের ওপর ঝাঁপিয়ে পড়ল।

'বাঁচান, হুজুর বাঁচান!'

ধড়মড়িয়ে জেগে উঠে প্রথমটা তো তাকে একটি চড় কষাতেই যাচ্ছিলাম। অনেক কষ্টে নিজেকে সামলে জিজ্ঞাসা করলাম রেগে, 'কী হয়েছে, কী?'

'এবার শয়তান নিজেই এসেছে হুজুর। আর রক্ষে নেই!'

'রক্ষে যদি নেই জানিস তো আমার ঘুম ভাঙালি কেন, হতভাগা!' বিছানা থেকে উঠে পড়ে বললাম, 'কই কোথায় তোর শয়তান, দেখাবি চল।'

নিমারা সহজে কি যেতে চায়! শয়তানকে একবার সে দেখে এসেছে, আর

একবার সামনে গেলেই তার দফা রফা এ বিষয়ে তার কোনও সন্দেহ নেই।

কোনওরকমে টানা-হেঁচড়া করে তাকে বাইরে নিয়ে গিয়ে তার ভীত ইশারায় যা দেখলাম তাতে আমারও চক্ষুস্থির।

নারবরো দ্বীপের মাঝখানে মরা আগ্নেয়গিরির প্রায় চূড়ার কাছে আমাদের তাঁবু খাটানো হয়েছে।

কৃষ্ণপক্ষের রাত। চারিদিকের সমুদ্রে যেন গাঢ় নীল কালি গোলা। সেই গাঢ় নীলকৃষ্ণ সমুদ্রের জলে নারবরো আর ইসাবেলা দ্বীপের মাঝখানের সংকীর্ণ প্রণালীতে বিরাট কী একটা জলজন্তু ভাসছে দেখতে পেলাম। সেটাকে সবচেয়ে বড় জাতের নীল তিমি বা সিবাল্ড'স ররকোয়াল ভাবতে পারতাম, কিন্তু নীল তিমিও তো ছেষট্টি-সাতষট্টি হাতের বেশি লম্বায় কখনও হয় না। তা ছাড়া নীল তিমির গা থেকে থেকে-থেকে এরকম আলো ঠিকরে বেরোয় বলে তো কখনও শুনিনি। গ্যালাপ্যাগোসের সবই অদ্ভুত। অতল সমুদ্রের কোনও অজানা বিরাট বিভীষিকাই আমার দেখবার সৌভাগ্য হল নাকি?

দেখতে দেখতে বিরাট জলজন্তুটা সমুদ্রে ডুবে গেল। নিমারা তখন আর দাঁড়াতে না পেরে বসে পড়ে দু-হাতে মুখ ঢেকেছে।

তাকে ধমক দিয়ে বললাম, 'অত ভয়ের কী আছে? তোমার শয়তান তো সমুদ্র থেকে ডাঙায় ওঠেনি। তা ছাড়া নিজেই সে ভয়ে ডুব মেরেছে—চেয়ে দেখো।'

চোখ না খুলেই নিমারা বললে, 'না হুজুর, ও শুধু শয়তানের ছল। এখন ডুব দিয়েছে, কিন্তু দেখবেন ঠিক আবার অন্য মূর্তিতে এসে হাজির হবে।'

নিমারার কথাই এক দিক দিয়ে অক্ষরে অক্ষরে তার পরদিন ফলল বলা যায়।

রাত্রে-দেখা সেই অজানা বিশাল জলচরের কথা মাথায় থাকলেও, রোজকার মতো সকালে বেরিয়ে ক্যামেরায় ক-টি অদ্ভুত প্রাণী ও দৃশ্যের ছবি তখন তুলেছি। নারবরো দ্বীপে হিংস্র প্রাণী একেবারে নেই বলা ঠিক নয়। এক ধরনের সাপই এই অহিংসার রাজ্যের কলঙ্ক। একটা ফণিমনসা জাতের অদ্ভুত গাছের ঝোপে সেই সাপের একটি বড় গিরগিটি ধরে খাওয়ার ছবি তন্ময় হয়ে তুলছি, এমন সময় পিঠে একটা খোঁচা খেয়ে চমকে উঠলাম।

নিমারার অবস্থা কাহিল। তাকে তাঁবুতেই রেখে এসেছি শুইয়ে। সুতরাং হঠাৎ একেবারে খেপে গেলেও সে এমন চুপি চুপি এসে আমার পিঠে নিশ্চয় খোঁচা দেবে না। তাহলে এই জনমানবহীন দ্বীপে কে এসে আমার পিছনে দাঁড়িয়ে খোঁচা দিয়েছে!

বলতে এতক্ষণ লাগলেও পলকের মধ্যে এসব ভাবনা বিদ্যুতের মতো মাথার মধ্যে খেলে গেল। তারপর পেছন ফিরতে যাচ্ছি, পিঠে আরও জোরে একটা খোঁচার সঙ্গে ভারি গম্ভীর গলায় শাসানি শুনতে পেলাম, 'ফেরবার চেষ্টা কোরো না, যেমন আছ সেইভাবে এগিয়ে চলো। তোমার পিঠে দোনলা বন্দুক ঠেকানো, তা বোধ হয় বুঝেছ।'

শুধু ওইটুকুই নয়, আরও অনেক কিছুই তখন বুঝে ফেলেছি। কথাগুলো

ফরাসিতে বলা হলেও তাতে একটু বাঁকা টান। আলজিরিয়া কি মরক্কোতে যারা কয়েক পুরুষ কাটিয়েছে সেই ফরাসিরা যেভাবে কথা বলে সেই রকম কতকটা। আশ্চর্যের বিষয়, এই গলার আওয়াজ আর এই কথার টান কেমন যেন আমার চেনা বলেই মনে হল। কিন্তু তাই বা কী করে সম্ভব?

কয়েক পা হুকুমমতো এগিয়ে গিয়েই হঠাৎ হেসে উঠে ফিরে দাঁড়ালাম। 'খবরদার!' হাঁকের সঙ্গে সঙ্গে একটি বন্দুক আর একটি রিভলভার আমার দিকে উঁচিয়ে উঠল।

রিভলভার যার হাতে, তালগাছের মতো লম্বা রোগা পাকানো বুড়োটে চেহারার সে লোকটিকে কখনও দেখিনি, কিন্তু দোনলা বন্দুক আমার পিঠে ঠেকিয়ে যে হুকুম করেছিল শুধু গলা শুনেই তার পরিচয় ঠিকই অনুমান করেছিলাম। যাকে দেখলাম সে তোমাদের এই সুস্তেল।"

গৌর হঠাৎ একটা হেঁচকিই যেন তুলল মনে হল।

ঘনাদা কথা থামিয়ে সন্দিগ্ধভাবে তার দিকে চাইতেই আমরা বলে উঠলাম, "জল খেয়ে নে না একটু।"

"জল খাব কী!" গৌরই খেঁকিয়ে উঠল আমাদের, "ঘনাদার দিকে দু-দুটো বন্দুক ওঁচানো না? তা বন্দুক আর রিভলভার তারা ছুঁড়ল তো?"

"না।" ঘনাদার মুখে রহস্যময় হাসি।

"গুলি ছিল না বুঝি? না, খেলার বন্দুক?" শিশিরের বোকার মতো প্রশ্ন।

"খেলার বন্দুক নয়, গুলিও ছিল।" ঘনাদার মুখ আবার গম্ভীর হল।

"তবে?" আমরা সবাই বেকুব।

ঘনাদা আবার হাসলেন, "গুলি ছুঁড়বে কী করে? সেই কথাই হাসতে হাসতে তাদের বললাম। বললাম, 'কই ছোঁড়ো গুলি। দেখি।' একটু চুপ করে থেকে হতভম্ব মুখগুলো একটু উপভোগ করে আবার বললাম, 'ভড়কিতে আর লাভ কী! সারা দুনিয়া ঢুঁড়ে এই অখদ্দে দ্বীপে আমায় গুলি করে মারবার জন্য হানা যে দাওনি তা বুঝেছি। এখন মতলবটা কী খোলাখুলি-ই বলো।'

'খোলাখুলি-ই বলছি।' বুড়োটে লম্বা লোকটিই বজ্রগম্ভীর স্বরে ভাঙা-ভাঙা ইংরেজিতে এবার কথা বললেন, 'আমাদের সঙ্গে আপনাকে যেতে হবে।'

'কোথায়? কেন?'

'জানতে পাবেন না।' বুড়োর মুখ নয়, যেন লোহার মুখোশ।

'তাহলে কী করে যাই বলুন। ভাঙা ইংরেজির বদলে যদি নিজের ভাষায় কথা বলতেন তবু আপনার জাতটা, দেশটা কী বুঝতে পারতাম। সুস্তেলের তো ওসব বালাই নেই। টিউনিশিয়ায় জন্ম, জার্মানিতে শিক্ষা। যুদ্ধের পর রুশেরা কিছুদিন আটকে রেখেছিল বলত। তারপর ইংল্যান্ডের হয়ে অজানা জায়গার মানচিত্র আঁকার ছুতোয় আফ্রিকায় আর বলিভিয়ায় ইকোয়েডরে কিছুদিন ঘোরাঘুরি করে হঠাৎ একদিন নিরুদ্দেশ বলে সবাই জানে। আপনাদের মতো দুই অজানা আঘাটার মানুষের সঙ্গে কিছু না জেনে যেতে কি মন চায়!'

এত কথা যে-সুযোগের জন্য বলছিলাম তা এবার মিলে গেল। সুস্তেল আমার টিটকারিতে এতক্ষণ রাগে ফুলছিল। আমার কথা শেষ হতেই হুংকার দিয়ে উঠল, 'তবু তোকে যেতেই হবে, শুঁটকো বাঁদর। ভালয় ভালয় না যাস তো তার মতো পুঁচকে ফড়িংকে দু আঙুলে টিপে নিয়ে যাব!'

তা চেহারার দিক দিয়ে সুস্তেল সে তম্বি করতে পারে। সুস্তেলকে তো দেখেছ? মাংসের একটা পাহাড়, কিং কং তার কাছে কোন ছার!"

"কিন্তু আমরা যে রোগা চিমসে দেখলাম!" এমন একটা সুবিধে ছাড়তে না পেরে শিবু ফস করে বলে ফেললে।

"সে তাহলে ভুগে ভুগে হয়েছে। তিন মাইল সমুদ্রের তলায় তিন দুগুণে ছ-হপ্তা ডুবে থাকা তো চারটিখানি কথা নয়। সেই থেকেই ওর অসুখ!" অম্লান বদনে শিবুর খোঁচা এবার অগ্রাহ্য করে আমাদের সত্যিকার হাঁ করে দিয়ে ঘনাদা আবার শুরু করলেন, "তখন সে একটা দৈত্যবিশেষ। কিন্তু গর্জনের সঙ্গে আচমকা আমার একটি হাইকিক-এ হাতের বন্দুকটা ছিটকে পড়তেই প্রথমটা একটু ভ্যাবাচাকা খেয়ে গেল। তারপর মনে হল বুনো খ্যাপা একটা হাতিই ছুটে আসছে আমার দিকে। ডিগবাজি খেয়ে হাত পাঁচেক দূরে ছিটকে পড়েও তার রোখ কি যায়! গা ঝেড়ে ঝুড়ে উঠে, আগুনের ভাঁটার মতো দু-চোখ দিয়ে আমায় যেন ভস্ম করতে এবার সন্তর্পণে দু-হাত বাড়িয়ে এগুতে লাগল। ধোবি-পাটে তাকে রামপটকান দেবার জন্যে তৈরি হচ্ছি এমন সময় ঘাড়ে পিঁপড়ের কামড়ের মতো কী একটা জ্বালা পেয়ে ফিরে দেখি সেই পাকানো লম্বা বুড়ো শয়তানের মতো আমার পিছনে হাতে কী একটা নিয়ে দাঁড়িয়ে।

তারপরে আর জ্ঞান নেই।

জ্ঞান যখন হল তখন প্রথমটা স্বপ্ন দেখছি কিনা বুঝতে পারলাম না। এ কোথায় এলাম! ছোট্ট একটা জানলা-দরজাহীন কোটর বললেই হয়। ছাদটা এত নিচু যে বিছানার ওপর উঠে বসলেই যেন মাথায় ঠেকে যাবে। নারবরো দ্বীপ বিষুবরেখার ওপরে বলে সেখানে ছিল বেশ গরম আর এখানে দিব্যি ঠাণ্ডা। তা ছাড়া বাতাসেও কেমন একটা ওষুধ ওষুধ গন্ধ। স্থির হয়ে ব্যাপারটা ভেবে নিচ্ছি এমন সময় খুট করে একটা আওয়াজ হয়ে সামনের দেওয়ালেরই খানিকটা যেন সরে গেল। একগাল হাসি নিয়ে পাহাড়ের মতো শরীরটা কোনওরকমে সেই গা-দরজার ফাঁক দিয়ে গলিয়ে সুস্তেল আমার বিছানারই এক ধারে এসে পড়ে বলল, 'যাক, ঘুম তাহলে ভাঙল এতদিনে!'

এতদিনে! মনে যা হল মুখে তা প্রকাশ করলাম না। বরং তাচ্ছিল্যের সুরে একটু হেসে বললাম, 'ভাঙল নয়, তোমরা ভাঙালে বলো! তা, কতদিন ওষুধপত্র দিয়ে ঘুম পাড়িয়ে রাখলে?'

'তা মন্দ কী! প্যাসিফিক-এ শুয়েছ আর অ্যাটলান্টিক-এ জাগলে। এখন আইসল্যান্ড ছাড়িয়ে চলেছি।

'হুঁ, একটু চুপ করে থেকে বললাম, 'কিন্তু এ-নিউক্লিয়ার সাবমেরিনটি কোথায় পেলে? অ্যাটমিক সাব তো শুধু মার্কিন মুলুকেরই আছে জানতাম।'

'অ্যাটমিক সাব!' সুস্তেল সত্যিই চমকে উঠল, 'কে বললে তোমায়!'

'ঘুমের মধ্যে স্বপ্নে জেনেছি বোধহয়, যেমন সাত সমুদ্দুর খুঁজে আমায় কী জন্য চুরি করে এনেছ তাও জানতে পেরেছি।'

সুস্তেল প্রথম অবাক হওয়ার ধাক্কাটা খানিকটা সামলে বললে, 'কী জন্য এনেছি বলো দেখি?'

'যে জন্য এনেছ অ্যাটলান্টিকের তলা দিয়ে লুকিয়ে যাবার সে একটি মাত্র রাস্তার খোঁজ জিজ্ঞাসা করলে তো আমি এমনই বলে দিতে পারতাম। তার জন্য ছুঁচ ফুটিয়ে অজ্ঞান করে চুরি করে আনবার দরকার ছিল না।'

'দরকার ছিল।' বলে সুস্তেল একটু হাসল। 'আন্দাজ তুমি অনেকটা করেছ, সবটা পারোনি। অ্যাটলান্টিকের তলায় রিফট ভ্যালির খাদের খবর তোমার চেয়ে ভাল কেউ জানে না এটা ঠিক, কিন্তু সে-খাদ ছকে দেওয়ার চেয়ে বড় কাজ তোমায় দিয়ে করাতে হবে।'"

ঘনাদা থামলেন। শিবুর কাশিটা মাঝে মাঝে এমন বেয়াড়া হয়ে ওঠে!

ফাঁক পেয়ে আর ঘনাদার মেজাজ পাছে বিগড়ে যায় এই ভয়ে জিজ্ঞাসা করলাম, "রিফট ভ্যালিটা কী ব্যাপার, ঘনাদা?"

ঘনাদা খুশি হয়ে বললেন, "পৃথিবীর ওপরকার নয়, অ্যাটলান্টিক সমুদ্রের তলার এ একটা আঁকাবাঁকা জোড়া পাহাড়ের মাঝখানকার লম্বা গিরিখাত, আইসল্যান্ডের তলা থেকে শুরু হয়ে দক্ষিণ আমেরিকার মাথা ছাড়িয়ে চলে গেছে। এক ধারে মিডঅ্যাটলান্টিক রিজ আর এক ধারে রিফট পাহাড়। এ রাস্তায় কোনও সাবমেরিন চুপিসারে গেলে আমেরিকা কি ইউরোপ হদিসও পাবে না। সুস্তেলের কথায় জানলাম শুধু এই ডোবা গিরিখাত চেনানো নয়, অ্যাটলান্টিকের ক-টি ডুবো পাহাড়ের হদিসও আমায় দিয়ে তারা পেতে চায়। ডাঙার পাহাড়-পর্বতের তুলনায় এ সব ডুবো পাহাড় যে পেট্রোল থেকে শুরু করে দামি সব ধাতুর কুবেরের ভাণ্ডার এ খবর তারা জানে।

সমস্ত কথা শুনে একটু হেসে বললাম, 'আমায় যদি এতই দরকার তাহলে এ সাবমেরিনটা কাদের আমায় বলা উচিত নয় কি?'

অস্বস্তিভরে এদিক ওদিক চেয়ে সুস্তেল যেন একটু ভয়ে ভয়েই বললে, 'বলতে মানা আছে।'

'মানা আছে!' তার দিকে একদৃষ্টে চেয়ে তীব্রস্বরে বললাম, 'তাহলে দুনিয়ার ওয়াকিব মহলে যা কানাঘুষা চলেছে তা মিথ্যা নয়! আমেরিকা ও রাশিয়া ছাড়া আর একটি গোপন তৃতীয় শক্তি কে বা কারা সত্যিই গড়ে তুলছে! আমেরিকা কি রাশিয়া—যার যে ভুল বা দোষই থাক তারা মানুষের সত্যি কল্যাণ চায়, কিন্তু এই তৃতীয় শক্তির সে-সব কোনও দুর্বলতা নেই। আর যা-ই হোক, তোমার গায়ে ফরাসি রক্ত তো কিছু আছে, কী বলে শুধু পয়সার লোভে তুমি এদের কাছে নিজেকে বেচে দিয়েছ? নিজের দেশ বলে কিছু না মানো, মানুষ জাতের ওপরও কি তোমার মমতা নেই?'

সুস্তেল কীরকম যেন বিহ্বল হয়ে পড়ল। দু-বার ঢোঁক গিলে বলল, 'দেখো, দাস,

আমার চেহারাটা প্রকাণ্ড হলেও ভেতরে ভেতরে সত্যি আমি দুর্বল। মনের জোর এত কম যে অন্যায় বুঝেও হঠাৎ প্রলোভনের কাছে হার মেনে বসি। বিশ্বাস করো, যা আমি করেছি তার জন্যে আমার আফসোসের সীমা নেই। আমি পুরস্কারের লোভে তোমার খবর দিয়ে ওভাবে ধরবার ব্যবস্থা না করলে ওরা তোমার খোঁজও পেত না। কিন্তু এখন উপায় কী?'

সুস্তেলের কথাগুলো যে আন্তরিক তা তার মুখ দেখেই বুঝলাম। এ কথার উত্তরে যা বলতে যাচ্ছিলাম তা কিন্তু আর বলা হল না। সেই শয়তানের মতো বুড়ো তখন দরজায় এসে দাঁড়িয়েছে। কামরার ভেতর ঢুকে তীক্ষ্ণদৃষ্টিতে আমায় একবার লক্ষ করে সে ভাঙা ইংরেজিতে সুস্তেলকেই বললে, 'যা বোঝাবার বুঝিয়ে দিয়েছ তো?'

'হ্যাঁ, এই দিচ্ছি!' বুড়ো হঠাৎ এসে পড়ায় সুস্তেল একটু যেন ভড়কে গেছে।

'আচ্ছা, বুঝিয়ে কমিটিরুমে এসো। এখানে বেয়াড়াপনার শাস্তি যে কী তা-ও জানাতে ভুলো না।' বলে আমায় একটু সম্ভাষণ পর্যন্ত না জানিয়ে বুড়ো চলে গেল।

বুড়ো যেতেই আগ্রহভরে বললাম, 'উপায় কী তুমি জিজ্ঞাসা করেছিলে?'

সুস্তেল সভয়ে ঠোঁটে আঙুল দিয়ে চাপা গলায় বললে, 'সাবধান! বেফাঁস আর কিছু বোলো না। এ ঘরে লুকোনো মাইক আছে। তোমার ঘুমের সময় বন্ধ ছিল, এখুনি চালু হবে।'

তার কথা শেষ হতে না হতে প্রায় অস্পষ্ট খুট করে একটা আওয়াজে বুঝলাম মাইক সজাগ।

কী এখন করা যায়! সুস্তেলকে গোটাকতক কথা এখুনি না বললে নয়।

তাকে চোখের ইশারা করে ধীরে ধীরে বললাম, 'তিন, একশো বাইশ, সাতাত্তর।'

সে খানিক হতভম্ব হয়ে থেকে হঠাৎ উৎসাহভরে বললে, 'ছয়!'

বললাম, 'তেইশ, চারশো পাঁচ, এগারো।'

সুস্তেল তৎক্ষণাৎ উঠে ওই কামরারই একটি টেবিলের ওপর থেকে কাগজ পেন্সিল নিয়ে এল।"

"ব্যাপারটা কী হল?" আমরা হাঁ করে ঘনাদার দিকে তাকালাম।

"কী আর, সাংকেতিক কথা!" ঘনাদা একটু হাসলেন।

"সাংকেতিক কথা তো বুঝলাম!" গৌর বললে, "কিন্তু ও তো শব্দ নয়, সংখ্যা। আর আপনি বলতেই সুস্তেল বুঝল কী করে?"

"লোগোগ্র্যাফি জানলেই বুঝবে!" ঘনাদা অনুকম্পাভরে আমাদের দিকে চেয়ে বললেন, "লোগোগ্র্যাফিতে দু হাজার পর্যন্ত সংখ্যা দিয়ে মোটামুটি সব কিছুই বলা যায়। সকলের অবশ্য অত মুখস্থ থাকে না। সঙ্গে লোগোগ্র্যাফির আলাদা অভিধান রাখতে হয়।"

এর পরে আর ট্যাঁ ফোঁ করবার কিছু নেই, তবু চোখ কপালে তুলে বললাম, "আপনার বুঝি সব মুখস্থ?"

ঘনাদার মুখে স্বর্গীয় হাসি দেখা দিতেই শিবু জিজ্ঞাসা করলে, "ওই সব হিজিবিজি অঙ্ক যে বলাবলি করলেন তার মানে কী?"

"মানে?" ঘনাদা বুঝিয়ে দিলেন, "মানে প্রথমে জিজ্ঞাসা করলাম, 'তুমি লোগোগ্র্যাফি জানো?' সুস্তেল তাতে জানালে, 'হাঁ।' তখন তাকে খাতা পেন্সিল আনতে বললাম।"

একটু থেমে আমাদের মুখের চেহারাগুলো দেখে নিয়ে ঘনাদা আবার শুরু করলেন, "খাতা পেনসিল আনবার পর কাগজে লিখে সব কথাবার্তা সেরে ফেললাম। চুক্তি হয়ে গেল যে দুশমনদের চোখে ধুলো দেবার ফন্দিতে সুস্তেল আমার সহায় হবে গোপনে। কিন্তু সুস্তেলের সব সাধু সংকল্প শেষ পর্যন্ত তার মনের দুর্বলতায় ভণ্ডুল হয়ে গেল। তার এবং সাবমেরিনের সকলের প্রাণ বাঁচানোর কৃতজ্ঞতাটুকু পর্যন্ত সে দেখাল না। লোগোগ্র্যাফিতে তার কাছে জেনে নিয়েছিলাম যে নারবরো দ্বীপ থেকে আমায় অজ্ঞান করে আনবার সময় নিমারাকে সঙ্গে না নিলেও আমার ক-টি দরকারি বাকস ব্যাগ তারা সাবমেরিনে তুলে নিয়েছিল। আইসল্যান্ড ছাড়িয়ে রিফট ভ্যালির খাদে সাবমেরিন ঢোকবার পর সেই ব্যাগ আর বাকস না থাকলে এ গল্প আর এখানে বসে করতে হত না। সেইখানেই সাবমেরিনটির কবর হয়ে যেত!"

"কেন! অ্যাটমিক সাবমেরিন না?" মুখ থেকে বেরিয়ে গেল আপনা থেকে।

"হ্যাঁ, অ্যাটমিক সাবমেরিনও বেগড়ায়। একসঙ্গে তখন ওপরে ভাসিয়ে তোলার আর হাওয়া শোধনের কল গেছে খারাপ হয়ে। সে সব যন্ত্র মেরামত করতে যতক্ষণ লাগবে তার আগেই কার্বন-ডায়াক্সাইড গ্যাসে আমাদের কারুর আর জ্ঞান থাকবে না? সুস্তেলের মুখ তো ছাইয়ের মতো ফ্যাকাশে। সেই শয়তান বুড়ো পর্যন্ত কেমন একটু দিশাহারা!

আমার ব্যাগ থেকে ওই শিশি তখন বার করলাম।"

"ওই শিশি", এক সঙ্গে সবাই বলে উঠলাম। "ওই শিশিতে সাবমেরিন ভাসল?"

"সাবমেরিন ভাসবে কেন?" ঘনাদা অধৈর্যের সঙ্গে বললেন, "হাওয়ার সমস্যা মিটল।"

"ওই শিশিতে?" আমরা আবার হাঁ।

"হ্যাঁ, ওই শিশিতে। ও-শিশিতে কী ছিল জানো? ক্লোরেলা নামে একরকম আণুবীক্ষণিক ফাঙ্গাস—যাকে ছত্রাক বা ছাতা বলে। সিকি আউন্স জলে প্রায় চার কোটি ক্লোরেলা থাকে। কার্বন-ডায়াক্সাইড থেকে তাড়াতাড়ি অকসিজেন ছেঁকে বার করতে তার জুড়ি নেই। শিশি থেকে নানান পাত্রে সেই ক্লোরেলার ফোঁটা জলে ফেলে সমস্ত সাবমেরিনের নানা জায়গায় রাখবার ব্যবস্থা করলাম।

দেখতে দেখতে বদ্ধ হাওয়ার সব বিষ কেটে গেল।

সময়মতো যন্ত্রপাতি মেরামত হল। তারপর প্রায় একমাস ধরে সমুদ্রের তলায় সমস্ত রিফট গিরিখাদ আর মরক্কোর পশ্চিমের মাদিরা অ্যাবিস্যাল প্লেন থেকে প্লেটো আর অ্যাটল্যান্টিস সী-মাউন্ট হয়ে সার্গাসো সমুদ্রের উত্তরে সোহ্ম্ অ্যাবিস্যাল প্লেন পেরিয়ে বার্মুদা পেডেস্টাল পর্যন্ত লস্ট অ্যাটলান্টিকের বিশাল অতল রাজ্যের সন্ধান নিয়ে একদিন নিউফাউন্ডল্যান্ডের এক নির্জন তীরে গিয়ে উঠলাম।

সেই শয়তান বুড়োর মতলব এবার স্পষ্ট বোঝা গেল। একটি নির্জন খাঁড়িতে ঢুকে সাবমেরিন থামবার পর বুড়ো এসে হঠাৎ বাইরে তার সঙ্গে একটু ঘুরে আসার অনুরোধ জানালে।

হেসে বললাম, 'যা কুয়াশার দেশ, এখানে টহল দেবার শখ আমার নেই।'

'তবু একবার বেড়িয়েই আসি চলো-না। এখানকার সীল মাছ একটা শিকারও করা যেতে পারে।'

প্রতিবাদ নিষ্ফল জেনে ওভারকোট পরে নিয়ে বেরুলাম। দেখলাম শুধু বুড়ো নয়, সুস্তেলও সঙ্গে চলেছে। শিকারের লোভ দেখালেও বন্দুক শুধু বুড়োরই হাতে।

তীর ছাড়িয়ে কিছুদূর যেতেই বুড়ো সোজাসুজি আসল কথা পাড়লে—'লুকোনো ম্যাপটা এবার দাও, দাস।'

উঁচিয়ে ধরা বন্দুকটা অগ্রাহ্য করেই অবাক হয়ে বললাম, 'অ্যাটলান্টিকের তলার ম্যাপ! সে তো সাবমেরিনেই আছে।'

'না', বুড়োর গলার স্বরে যেন বাজ ডাকল, 'সে ম্যাপ ফাঁকি। সুস্তেল সব আমার কাছে স্বীকার করেছে। আসল ম্যাপ তুমি নিজের কাছে লুকিয়ে রেখেছ—দাও।'

সুস্তেলের দিকে জ্বলন্ত দৃষ্টিতে তাকালাম। সে একেবারে অমানুষ নয়। অত্যন্ত অস্বস্তির সঙ্গে থতমত হয়ে চোখ ফিরিয়ে নিলে।

বুড়োর দিকে ফিরে বললাম, 'যদি না দিই।'

'তাহলেও এ-ম্যাপ আমি পাব, শুধু এই নির্জন তীরে তোমায় শেষ নিঃশ্বাস নিতে হবে। কেউ জানতেও পারবে না কিছু।'

বুড়ো বন্দুকের সেফটিক্যাচটা সরাল।

সুস্তেল হঠাৎ এগিয়ে এসে বললে, 'দাঁড়ান, ওই ছুঁচোর জন্য গুলি খরচ করবার দরকার নেই। একবার আমায় বেকায়দায় কাবু করেছে, তার শোক আমি নিজে হাতে নিতে চাই।'

শোধ সে সত্যিই নিলে। দু-বার আমার প্যাঁচে মাটি নিয়ে তিনবারের বার আমার পিঠের ওপর ঘটোৎকচের মতো চেপে বসল ঘাড়টা লোহার মতো হাতে আমার পেছনে টেনে ধরে। প্রায় মটকে যায় আর কী!

বুড়ো এবার এগিয়ে এসে সব খুঁজে শেষ পর্যন্ত জুতোর সুকতলার নীচে থেকে ভাঁজ করা ম্যাপটা বার করে নিয়ে বললে, 'ছেড়ে দাও কালো ভূতটাকে।'

ছেড়েই তারা রেখে গেল। তারপর একা সেই জনমানবহীন খাঁড়ির পাড়ে পড়ে রইলাম।

দিন তিনেক উইলো-গ্রাউসের বাসা খুঁজে খুঁজে শুধু ডিম খেয়ে কাটাবার পর, এক সীল-শিকারি দলের মোটর বোট সেখানে না এলে আর ফিরতে হত না।"

ঘনাদা থামলেন। শিশিরের মুখেই আমাদের সকলের প্রশ্ন সবিস্ময়ে বার হল।

"বলেন কী, ঘনাদা! আপনি সুস্তেলের কাছে হারলেন, আবার যে ম্যাপের জন্যে এত, তা-ও ওরা কেড়ে নিলে।"

ঘনাদা রহস্যময় হাসি হেসে বললেন, "সুস্তেলের কাছে না হারলে ওই জাল ম্যাপ

ওরা বিশ্বাস করে কেড়ে নিয়ে যায়! সুস্তেলের সঙ্গে গোপনে ওই বোঝাপড়াই ছিল। সুস্তেলকে ওইটুকুর জন্যেই ক্ষমা করেছি।”

অভিভূত হয়ে ঘনাদাকে শেষ একটা সিগারেট ধরিয়ে দিয়ে যাবার সময় শিশির মেঝে থেকে কী যেন একটা কুড়িয়ে নিল মনে হল!

নীচে নেমে জিজ্ঞাসা করলাম, “কী একটা কুড়িয়ে নিলি তখন?”

শিশির ছেঁড়া পাকানো কাগজটা আমাদের সামনে খুলে ধরে বললে, “আমাদের সব ফন্দি যাতে ফাঁস সেই আসল জিনিস।”

দেখি ক-জনে মিলে সুস্তেলের নামে যে চিঠি বানিয়েছিলাম তারই হাতে লেখা খসড়াটা। ঘনাদা কখন কোথায় যে কুড়িয়ে নিয়েছেন জানতেও পারিনি।

ঘনাদাকে ভোট দিন

ঘনাদাকে ভোট দিন

অন্য কিছু কেউ যদি শুনে থাকেন তা ভুল।

সেই বাহাত্তর এখনও।

না, বাহাত্তুরে কিছু নয়, বাহাত্তর নম্বর সেই বনমালি নস্কর লেন।

সেই ট্রাম, বাস, লরি, মোটর, রিকশা, ঠেলা আর মানুষের ভিড়ের ধাক্কায় যেন টলতে টলতে ছিটকে পড়া নোংরা, সরু, আঁকাবাঁকা গলিটা। সেই উপচে-পড়া ডাস্টবিন আর ঘুঁটে-লেপটানো পোড়ো বাড়ির দেওয়াল বাঁচিয়ে, একবার ডাইনের খাটালের সুবাসে আর একবার বাঁয়ের টিনের কারখানার ঝাঁপতাল সংগীতে দিশাহারা হয়ে খাপরা আর টিনের চালের বস্তির মধ্যে যেন থমকে দাঁড়ানো বেঢপ বেমানান পলস্তারা-খসা সেকেলে বাড়িটা।

সেই আমাদের বাহাত্তর নম্বর বনমালি নস্কর লেনের মেস ঠিক যেমনটি ছিল তেমনিই আছে।

ওর আর অদল বদল হবার কোনও আশা নেই।

কিন্তু কী সুবিধেটাই না হয়েছিল! একেবারে আলাদিনের চেরাগ হাতে পাওয়ার মতো। সে চেরাগ হাতে পেয়েও কেন যে সব ভেস্তে গেল, সে কাহিনী বলতে গেলে একেবারে গোড়া থেকে শুরু করতে হয়।

এ বিয়োগান্ত নাটকের প্রথম অঙ্কের প্রথম দৃশ্য ওই বাহাত্তর নম্বর বনমালি নস্কর লেনের মেস-বাড়ির দোতলার আড্ডা ঘর। সময় রবিবারের বিকেল। কুশীলব বলতে শিশির, গৌর এবং আমি ছাড়া তৎকালে আর কেউ নয়। আমরা তেতলার একটি ঘরের দিকে উৎকর্ণ হয়ে থাকার সঙ্গে প্রত্যেকে নিজের নিজের পছন্দসই দৈনিকে ও সাপ্তাহিকের সব চেয়ে দামি পাতায় মাঝে মাঝে মনঃসংযোগ করে নীরস বিকেলের একঘেয়েমিটা একটু ভুলতে চেষ্টা করছি। তেতলার ঘর থেকে সেদিন কিছু হবার আশা নেই বলেই জানি। শনিবার থেকেই অসহযোগ শুরু হয়েছে, শুরু হয়েছে করপোরেশনের আসছে নির্বাচনের এক প্রার্থী দলবল সমেত এসে খানিক হইচই করে যাবার পর। কেন ওই সব বক্তিয়ার খিলজিদের নিয়ে মাতামাতি করেছি—এইতেই ঘনাদার রাগ। সে রাগ এখনও পড়বার লক্ষণ নেই।

গৌর নামকরা একটি দৈনিকের পাতা থেকে মুখ তুলে হতাশ ভাবে সেটাকে টেবিল থেকে মেঝেয় গড়িয়ে যেতে দিয়ে বলল, "না, এ-হপ্তায় আর কিছু হবার নয়।"

"কেন? কেন?" আমরা যে যার কাগজ নামিয়ে সমস্বরে জিজ্ঞাসা করলাম।

"কেন?" গৌর মেঝে থেকে কাগজটা আবার তুলে নিয়ে বললে, "জায়গাটা পড়ে

শোনাচ্ছি। তা হলেই বুঝবে কেন? লিখছে, সর্বদিকেই প্রতিকূল ইঙ্গিত লক্ষিত হইতেছে। অত্যন্ত সাবধানে না থাকিলে বিশেষ বিপদের সম্ভাবনা। রাহু মিথুনে ও কেতু ধনুতে অবস্থান করার দরুন সম্পত্তি হস্তান্তরের ব্যাপারে শঠ ও প্রবঞ্চকের ছলনায় ভুলিতে হইবে। বৈদেশিক বাণিজ্যেও তত্রস্থ আকস্মিক শাসন বিপর্যয়ে প্রচুর সঞ্চিত সম্পদ ধ্বংস হইতে পারে। জামাতা বা শ্বশুর স্থানীয় কাহারও কঠিন পীড়া অবশ্যম্ভাবী...”

গৌরের পড়া ফিরিস্তি শুনে আমরাও সবাই প্রথমে যাকে বলে একেবারে মুহ্যমান—থুড়ি, মোহ্যমান।

শিশিরই প্রথমে যেন সাড় ফিরে পেল। একটু অবাক হয়ে জিজ্ঞাসা করলে, “কিন্তু বিপদ কি খুব গুরুতর?”

“গুরুতর নয়?” গৌর রীতিমতো ক্ষুণ্ণ।

আমিও এতক্ষণে একটু সন্দিগ্ধ হয়েছি।

বললাম, “কিছু তো দেখতে পাচ্ছি না। তোর সম্পত্তিই কোথায় যে হস্তান্তর করলে ঠকবি? বিদেশে কোন বাণিজ্যটা তুই করিস? আর বিয়েই যার হয়নি তার আবার শ্বশুর-জামাই-এর ভাবনা কীসের?”

এ মোক্ষম যুক্তিতেও গৌরকে টলানো গেল না। গম্ভীর মুখে আমাদের নির্বুদ্ধিতায় যেন হতাশ হয়েই বললে, “আসল ব্যাপারটাই তোদের মাথায় ঢুকছে না। ও সব যদি না হয় তা হলে অন্য কিছু অনিষ্ট একটা নির্ঘাৎ হবে। কারণ এ হপ্তায় কর্কটের রাশিফল অত্যন্ত খারাপ।”

“হুঁ! তোর কর্কট রাশি ঠিক জানিস!” শিশির একেবারে গোড়ায় কোপ দিতে চাইলে।

“তা আর জানি না। সারা জীবন ওর দাঁড়ায় নাজেহাল হচ্ছি। অথচ আর মিনিট খানেক পরে জন্মালেই সিংহ রাশিতে পড়ে একটা কেওকেটা হতাম,” গৌর দীর্ঘনিশ্বাস ফেলল।

সিংহ রাশিটা মিনিট খানেকের জন্য ফসকে যাওয়ায় এ রকম দীর্ঘনিঃশ্বাস পড়তেই পারে। সমবেদনা জানাতে যাচ্ছিলাম। শিশির কিন্তু অবিচলিত ভাবে জিজ্ঞাসা করলে, “কার গণনা পড়ছিস? সায়নাচার্যের তো! কিন্তু জ্যোতিষার্ণবের মত আলাদা!”

“আলাদা মানে?” গৌর বেশ অসন্তুষ্ট।

“হ্যাঁ, এই তো জ্যোতিষার্ণব লিখছেন এই পত্রিকায়—কর্কট রাশির পক্ষে অত্যন্ত সুসময়। সম্পূর্ণ অপ্রত্যাশিত দিক হইতে সৌভাগ্যের উদয় হইতে পারে। অত্যন্ত সুবিধাজনক শর্তে একটি গাড়ি কিংবা বাড়ি পাইবার সম্ভাবনা। সেরূপ সুযোগ আসিলে অবহেলা করিবেন না। স্থানান্তরিত হইলে প্রচুর লাভের আশা।”

“লিখছে কর্কট রাশি সম্বন্ধে?” গৌরের মুখে অবিশ্বাস ও উল্লাসের দ্বন্দ্ব।

“হ্যাঁ, স্পষ্ট লেখা রয়েছে কর্কট। নিজেই দেখ না!” শিশির কাগজটা এগিয়ে দিলে।

গৌর এক নিশ্বাসে পড়ে ফেলে কেমন একটু হতভম্ব হয়ে বললে, “আশ্চর্য! কিন্তু

গাড়ি কি বাড়ি কোথা থেকে আসবে! একটা সেকেন্ডহ্যান্ড সাইকেল অবশ্য কিনব কিনব ভাবছিলাম। কিন্তু বাড়ি...”

“আমারও কিন্তু বাড়ির কথা লিখছে!” বাধা দিয়ে আমাকে এবার জানাতেই হল।

শিশির ও গৌর দুজনেই একসঙ্গে অবজ্ঞার হাসি হাসল, “তোর আবার বাড়ির কথা লিখছে কে?”

“এই তো স্বয়ং জ্যোতিষরাজ লিখছেন,” আমি আহত অভিমানের সুরে জানালাম, “লিখেছেন তুলা রাশির পক্ষে এ সপ্তাহ বিশেষ গুরুত্বপূর্ণ। চন্দ্রের প্রভাবের দরুন প্রাথমিক বাধা দেখা দিলেও পরিশেষে আকাঙ্ক্ষা পূরণ হইবে। বাসভবন পরিবর্তনের সুস্পষ্ট ইঙ্গিত। গৃহপ্রাপ্তিযোগ প্রবল।”

“তার মানে তোরা দুজনেই বাড়ি পেয়ে উঠে যাবি!” শিশিরের গলা বেশ ঈর্ষাকাতর, “আর আমি শুধু এই মেসে বসে ভেরেন্ডা ভাজব!”

“আহা, অত মন খারাপ করছিস কেন?” আমি শিশিরকে সান্ত্বনা দিলাম, “আমরা বাড়ি পেলে কি আর তোকে থাকতে দেব না! তুই তো গৌরের বাড়িতেও অনায়াসে থাকতে পারিস।”

“না, না আমার বাড়িতে সুবিধে হবে না!” গৌর সোজাসুজি জানিয়ে দিল, “আমি বাড়িটা বিক্রিই করে দেব ভাবছি।”

“বিক্রি করে দিবি!” গৌরের আহাম্মকিতে না চটে পারলাম না, “ওই ছোট্ট একটা বাড়ি বিক্রি করে কী-ই বা পাবি? তার চেয়ে আমার মতে ভাড়া দে। আজকালকার দিনে যা ভাড়া পাবি তাতে রোজ আমাদের সিনেমা থিয়েটার দেখিয়েও হোটেলে খাইয়ে আনতে পারবি।”

এমন সুযুক্তিটা গৌরের মনে ধরল না। প্রায় দাঁত খিঁচিয়ে বললে, “আমার বাড়ি ছোট দেখলি কোথায় শুনি! দস্তুর মতো সায়নাচার্যের গণনা করা বাড়ি সে খেয়াল আছে! তোর তো জ্যোতিষরাজের বাড়ি। খোলার কি খড়ের চাল হয় তাই আগে দেখ। তারপর ভাড়া দিস!”

এ ধরনের হিংসে আমার ভাল লাগে না। না হয় আমার বাড়িটা বেশ বড়ই হচ্ছে। কিন্তু আমি কি তাই বড়াই করছি যে আমার ওপর হিংসে হবে!

সেই কথাই গৌরকে বোঝাতে যাচ্ছিলাম। শিশির তার সুযোগ দিলে না। হঠাৎ বিদ্রূপ করে বলে বসল, “বাড়ি যে তোরা পেয়েই গেছিস মনে হচ্ছে!”

“হ্যাঁ, পেয়েই গেছি!”

আমাদের মুখ থেকে নয়, জবাবটা এল পেছন থেকে।

চমকে ফিরে তাকিয়ে দেখি শিবু। কখন পেছনে এসে দাঁড়িয়েছে টের পাইনি। আমাদের চমকে দিয়ে শিবু যেন যুদ্ধ জয় করে এসেছে এমনই উত্তেজিতভাবে সামনে একটা চেয়ার টেনে নিয়ে বসে বললে, “সত্যি পেয়ে গেছি বাড়ি!”

“তুই বাড়ি পেয়ে গেছিস মানে?” আমি আর গৌর দুজনেই অত্যন্ত বিরক্ত, “রাশিফল আমাদের আর বাড়ি পেলি তুই!”

“আহা, তোদের রাশিফলেই পেয়েছি হয়তো। কিন্তু আমার পাওয়া মানেই তো

সক্কলের পাওয়া!"

"কীরকম?" এ উদারতায় একটু অপ্রস্তুত হয়েই জিজ্ঞাসা করতে হল।

"মানে বাড়ি পেয়েছি মেসের জন্যে। এই এঁদোগলির ঝরঝরে হাড়গোড়ভাঙা বাড়ির বদলে বড় রাস্তায় প্রকাণ্ড ঝকঝকে নতুন বাড়ি। ভাড়াও এই একই।"

"তা কখনও হয়! তোর মাথা খারাপ হয়েছে।" এবার সকলে আমরা একমত।

"আহা, আমার মাথা খারাপ হবে কেন? খারাপ হয়েছে তো বিপিনবাবুর!" শিবু আমাদের ভুল সংশোধন করলে।

"কে বিপিনবাবু? আর তার মাথা খারাপ হওয়ার সঙ্গে আমাদের বাড়ি পাওয়ার সম্পর্কটা কী?"

"বাঃ, সম্পর্ক নেই?" শিবু আমাদের মূঢ়তায় বিষণ্ণ, "বিপিনবাবুর সঙ্গেই যে আমার সম্পর্ক। তিনি যে আমার নিকট আত্মীয়, মানে খুব আপনার লোক?"

"তাতে তোর মাথার দোষের কারণটা না হয় পেলাম, কিন্তু বাড়ি পাচ্ছি কী করে?"

"বাড়ি পাচ্ছি কতবার বলব—আত্মীয়তার জোরে!" শিবু বোঝাতে গিয়ে বুঝি ক্লান্ত।

"কীরকম আত্মীয়তা?" শিশিরের তবু সন্দিগ্ধ প্রশ্ন।

"আত্মীয়তা যেমন হয়, আবার কীরকম?" শিবু বিরক্ত হয়ে সম্পর্কটা যা বুঝিয়ে দিলে তাতে আমরা একেবারে চুপ।

কোনওরকম ঢোঁক-টোক না গিলে একেবারে গড়গড় করে শিবু বলে গেল, বিপিনবাবু হলেন পিসতুতো ভাই-এর মাসতুতো বোনের খুড়তুতো ভাই-এর পিসশ্বশুর, কিংবা মামাতো বোনের পিসশ্বশুরের জ্যেঠিমার বাড়িওয়ালার অফিসের বড়বাবুও হতে পারেন। আসল কথা, তাঁর হঠাৎ মাথা খারাপ না হলে কিংবা আগে থাকতেই খারাপ না থাকলে কিছুই হত না।

শিবুর ব্যাখ্যার ধাক্কাটা সামলাতে একটু দেরি হল। তারপর গৌরই প্রথম কৌতূহল প্রকাশ করতে সাহস করলে, "বিপিনবাবু মাথা খারাপ হয়ে তোকে তা হলে বাড়িটা দিয়েছেন?"

"তিনি দেবেন কোথা থেকে?" শিবু অধৈর্যের সঙ্গে জানালে, "তিনি তো এখন অ্যাসাইলাম-এ, মানে মাথার রুগিদের আশ্রমে।"

"তবে?" হতভম্ভ হয়ে জিজ্ঞাসা করলাম, "বাড়ি তা হলে কার কাছে কেমন করে পাচ্ছিস?"

"পাচ্ছি অ্যাটর্নির কাছে। বিপিনবাবু অ্যাটর্নিকে লিখে যা হুকুম দিয়ে রেখেছেন তারই জোরে।"

এতক্ষণে যেন কুয়াশাটা একটু খাটল। বললাম, "তাই বল! তোর সেই পরমাত্মীয় বিপিনবাবু অ্যাটর্নিকেই হুকুম দিয়ে গেছলেন, তোকে বাড়িটা দিতে।"

"না।" শিবুর গলা চড়া মেজাজের, "তিনি যা হুকুম দিয়ে গেছলেন তাতে ও বাড়ির ব্যবস্থা করতে অ্যাটর্নিই অকূল পাথারে। অথচ বিপিনবাবুর খরচ মেটাতে

বাড়ির একটা ব্যবস্থা না করলেও নয়।"

"কী হুকুম দিয়েছিলেন?"

"যা দিয়েছিলেন তাইতেই বাজিমাত!" শিবুর মুখে এবার একটু মুচকি হাসি, "ওই হুকুমের জোরেই বাড়িটা আদায়ের ব্যবস্থা করে এলাম।"

"হুকুমটা কী?"

"হুকুমটা হল ও বাড়িতে কেউ যেন কোনওদিন সংসার না পাতে। কারণ সংসারই তাঁর মতে সব গণ্ডগোলের কারণ—এমন কী তাঁর মাথারও।"

"ওই হুকুম থেকেই তুই কাজ বাগালি?" শিশিরের মুখে আমাদের সকলের সংশয়।

"তা বাগাব না!" শিবু যেন এতক্ষণে তুরুপের টেক্কা বার করে দেখাল, "সংসার না পাততে দিলে ও বাড়ির কী ব্যবস্থা হতে পারে? অফিস হয় বটে। কিন্তু ও বেপোট জায়গায় অফিস করতে চাইবে কে? তাই অ্যাটর্নিকে বুঝিয়ে দিলাম ও বাড়ির মেস হওয়া ছাড়া আর কোনও গতি নেই। মেস তো আর সংসার নয়। তা হলেই বুঝতে পারছিস, বিপিনবাবুর যদি মাথা খারাপ না হত, তাইতে তিনি যদি অমন আজগুবি হুকুম না দিতেন, তাঁর সঙ্গে আমার অমন ঘনিষ্ঠ আত্মীয়তা না থাকত, আর সে যেমনই হোক, মামাতো বোনের বাড়ি গিয়ে খবরটা যদি না পেতাম, আর মামাতো বোনের বাড়ির কাছে হঠাৎ যদি আজ গিয়ে না পড়তাম, অর্থাৎ কারেন্ট বন্ধ হয়ে গিয়ে ট্রামটা যদি ওইখানেই না থামত আর বিরক্ত হয়ে যদি না ওখানে নেমে পড়তাম..."

শিবুকে না থামালে সে বোধহয় কার্যকারণ বোঝাতে বোঝাতে ইডেন উদ্যানে আমাদের নিষিদ্ধ ফল খাওয়া পর্যন্ত পৌঁছে যেত।

"বুঝেছি! বুঝেছি!" বলে সমস্বরে তাই তাকে থামাতেই হল। শিবুর আনা খবরের সঙ্গে রাশিফলের গণনা মিলে গিয়ে আমাদের তখন ধৈর্য ধরবার মতো অবস্থা নেই। পারলে তখুনি লরি ডেকে মাল-টাল তুলে ফেলি।

শিশির সোৎসাহে বলল, "আচ্ছা বাড়ি ভাড়ার বায়নাটা আজই দিয়ে এলে হয় না?"

"আর আমাদের বাড়িওয়ালাকে একটা নোটিশ!" গৌর স্মরণ করিয়ে দিলে।

"গোটা কয়েক লরিও আগে থাকতে বলে রাখতে হয়!" সুযুক্তি দিলাম আমি।

"কেন, লরি কী হবে?" শিশির আমার সুযুক্তির গোড়াতে কোপ দিলে, "এখানকার এইসব রদ্দি ফার্নিচার ওই বাড়িতে নেব নাকি! সব নিলেমে বিক্রি করে যাব।"

"তারপর সেখানে মেঝেয় কানি পেতে শোব, কেমন?" একটু বিদ্রূপ করতেই হল আমায়।

"কানি পেতে শোয়া যার অভ্যাস, সে শোবে!" শিশির একটু যেন মাত্রা ছাড়িয়ে গেল, "কলকাতা শহরে ফার্নিচারের দোকানের তো ঘাটতি নেই! যেমন বাড়ি, তেমনই ফার্নিচার না হলে মানায়!"

ঝগড়াটা এরপর কোন দিকে যেত বলা যায় না, কিন্তু শিবুই হঠাৎ বেয়াড়া খোঁ

তুলে সব ঠাণ্ডা করে দিলে।

“কানি পেতে, না, ল্যাজারাসের খাটে শোবে সে ঝগড়া রেখে আসল বেড়াটা আগে ডিঙোও দেখি। তেতলার উনি বেঁকে দাঁড়াবেন না তো?” চিন্তিতভাবে বলল শিবু।

“ঘনাদা বেঁকে দাড়াবেন!” উত্তেজিত হয়ে উঠল শিশির, “এমন একটা দাঁও পাওয়ার মর্ম তিনি বুঝবেন না!”

“আলবত বুঝবেন! বোঝাতেই হবে তাঁকে। এখুনি।” গৌর মূর্তিমান সংকল্পের মতো উঠে দাঁড়াল। সঙ্গে সঙ্গে আমরাও।

তারপর সোৎসাহে সশব্দে সিঁড়ি কাঁপিয়ে দোতলা থেকে তেতলা।

খানিকবাদেই সেই সিঁড়ি দিয়ে যখন নামলাম তখন আর সে আওয়াজ নেই। পাগুলো যেন নড়তেই চায় না।

ঘনাদাকে আমাদের অনুরোধ-উপরোধ, যুক্তি তর্ক, প্রলোভন কিছুতে টলানো যায়নি। তাঁর ধনুকভাঙা পণ ওই তেতলার ঘর ছেড়ে পাদমেকম্ ন গচ্ছামি।

খবরের কাগজে হলে নিশ্চয় একটা জুৎসই শিরোনাম দিত। সংকটজনক পরিস্থিতি গোছের কিছু।

তবু হতাশ হয়ে হাল ছেড়ে দিলে তো চলে না। আমাদের মন্ত্রণাসভা বসল।

আমাদের অবশ্য উভয় সংকট। ঘনাদাকে বাদ দিয়ে নতুন বাড়িতে উঠে যাওয়ার কথা ভাবতে পারি না। আবার ঘনাদার জেদের কাছে হার মানলে এমন একটা দাঁও ফসকে যায়!

সুতরাং যেমন করে হোক ঘনাদাকে এ বাড়ি ছাড়তে রাজি করাতেই হবে।

কিন্তু তা কী করে সম্ভব?

“ভূতের ভয় দেখিয়ে!” শিবুর প্রস্তাব।

প্রস্তাবটা মন্দ নয়। কিন্তু ভয় দেখালে হিতে বিপরীতে যদি হয়! একটা ছুতোনাতা করে আমাদের রামভুজকেই হয়তো খোলা ছাদে শুতে বাধ্য করবেন। একবার চোরের ভয় হতে যেমন করেছিলেন। রামভুজ বেচারারই প্রাণান্ত। ঘণ্টায় ঘণ্টায় ঘনাদার বন্ধ দরজার ভেতর থেকে ডাক, “রামভুজ জেগে আছ তো?” তার সঙ্গে নুনের ছিটেটুকু আরও অসহ্য! রামভুজ “হাঁ, বড়বাবু” বলে সাড়া দেবার পর ঘনাদার উদার আশ্বাস, “দেখো, ভয় পেও না। আমি তো আছি, তোমার ভয় কী?”

না, ভূতের ভয় দেখানোটা বেকার। তা ছাড়া সদ্য সদ্য বাড়ি বদলের প্রস্তাবের পরই ভূতের ভয় দেখানোর মানেটা ধরেও ফেলতে পারেন।

শিবুর প্রস্তাব বাতিল হতেই শিশির নিজেরটা পেশ করল, “মহামারির আতঙ্ক!”

“কীসের আতঙ্ক?” আমাদেরই বিহ্বল প্রশ্ন।

“মহামারির আতঙ্ক!” শিশির নাটকীয় সুরে বুঝিয়ে দিলে, “সারাক্ষণ বাড়িতে কী রকম একটা বিশ্রী গন্ধ। শুয়ে বসে কারুর শান্তি নেই। নিশ্চয় গুরুতর কিছু হবে। এই রকম গন্ধ পাবার পর কোন মেস বাড়িতে কোথায় নাকি সব ক-জন বোর্ডারকে ঝোল

ভাত খাইয়ে ছেড়েছিল। শেষ পর্যন্ত সে বাড়ি নাকি করপোরেশন থেকে ভেঙে ফেলতে হয়। সকাল বিকেল ঘনাদার কাছে এই সব গল্প।...”

“কিন্তু ঘনাদার নাকেও তো গন্ধটা যাওয়া চাই!” আমাদের বাধা দিতে হল শিশিরের রাশছাড়া কল্পনায়।

“নিশ্চয় যাওয়া চাই।” শিশির জোরের সঙ্গে সায় দিলে, “আমাদের সকলের নাকে যাবে, ঘনাদার যাবে না?”

“গন্ধটা কীসের?” আমাদের সন্দিগ্ধ প্রশ্ন।

“একটা বিতিকিচ্ছি কিছুর!” শিশির সোৎসাহে ব্যাখ্যা শুরু করলে, “সালফিউরিক অ্যাসিড খানিকটা কিংবা...”

“কিংবা তোমার মগজে যে বস্তুটি আছে সেইটি!” গৌর খিঁচিয়ে উঠল। আমাদেরও বক্তব্য তাই। ঘনাদাকে বাড়ি ছাড়া করতে নিজেদের নাড়ি ছাড়াতে আমরা রাজি নই। শিশিরের প্রস্তাব সুতরাং সর্বসম্মতিক্রমে বাতিল।

কিন্তু একটা কিছু ফন্দি তো না বার করলে নয়।

ভাবতে ভাবতে চমৎকার একটা মতলব মাথায় এসে গেল।

“আচ্ছা, হঠাৎ একজনের মাথা খারাপ হয়ে যাক না!” সগর্বে সকলের মুখের দিকে চাইলাম।

নাঃ, দুনিয়ায় সরেস কোনও কিছুরই কদর নেই। এমন একটা চমৎকার প্রস্তাবে সবাই মিলে আমার দিকে অমন অবজ্ঞাভরে চাইবার কী মানে হয়? তার ওপর— “হয়ে যাক কেন, হয়েছে তো!” বলে চিপটেন কাটাটা একটু বাড়াবাড়ি নয়?

নেহাত ব্যাপারটা জরুরি বলেই অপমানটা গ্রাহ্য না করে কর্তব্যের খাতিরে বসে রইলাম।

হঠাৎ গৌর বললে, “আচ্ছা, কাল থেকেই ঘনাদা খেপে আছে, কেমন? ব্যস! আর ভাবনা নেই।”

“তার মানে?” আমরা বিমূঢ়।

“মানে, অটোভ্যাকসিন!” গৌর সংক্ষিপ্ত।

“অটোভ্যাকসিন কী রকম?”

“রোগের বীজ থেকেই তার ওষুধ, আবার কী রকম?” গৌরের মাথাগুলোনো ব্যাখ্যা!

ব্যাখ্যা যেমনই হোক মতলবটা যে পাকা মাথার তা আমাদের স্বীকার করতেই হল অভিযান আরম্ভ হওয়ার সঙ্গে সঙ্গে।

অভিযান সেই দিন থেকেই শুরু হল। ঘনাদা তাঁর নিত্যনৈমিত্তিক সান্ধ্যভ্রমণে বেরুবার জন্য নামবার আগেই আমরা দল বেঁধে বেরিয়ে পয়লা কাজ সেরে এলাম।

তারপর ঘনাদার লেক-বৈঠক থেকে ফেরার জন্য উদ্‌গ্রীব হয়ে বসে থাকা।

ঘনাদা দোতলায় উঠে তেতলায় পা বাড়াবার আগেই তাঁকে যেন সন্ত্রস্ত করে ঘিরে ধরা। মুখের ঘনঘটা দেখে মনে হল ওষুধ ধরেছে। ঘনাদা অবশ্য পাশ কাটিয়ে চলে যাবার উপক্রমই করছিলেন। কিন্তু সে সুযোগ আর তাঁকে দেওয়া হল না।

"বড় মুশকিল হয়ে গেছে ঘনাদা!" আমাদের মুখে উদ্বেগ, আশঙ্কা, উত্তেজনা।

ঘনাদাকে শিশিরের এগিয়ে-ধরা সিগারেটটা নিয়ে আড্ডাঘরে এসে বসতেই হল।

শিশির লাইটার জ্বেলে সিগারেট ধরিয়ে দিলেও ঘনাদার মুখের অন্ধকার যেন কাটল না।

"পাড়ার সবাই তো মেতে উঠেছে!" শিবু শুরু করল।

"আমরা কত করে বোঝালাম!" আমি চালিয়ে গেলাম, "কিন্তু ওরা নাছোড়বান্দা।"

"অবশ্য ওদেরই বা দোষ কী!" গৌর সত্যের মর্যাদা না রেখে যেন পারল না, "আপনার মতো লোক পাড়ায় থাকতে আর কার কাছে যাবে?"

ঘনাদা সত্যিই একটু কি গললেন নাকি?

ঠিক বোঝা গেল না। উলটো হাওয়া চালাতে হল তাই তৎক্ষণাৎ।

বললাম, "কিন্তু এটা একটু বাড়াবাড়ি নয়? ঘনাদার মত না নিয়েই আগে থাকতে ওঁর নাম দিয়ে কাউন্সিলার হবার জন্য উনি প্রার্থী বলে দরখাস্ত করে দেওয়া!"

"শুধু তা-ই!" শিবুও পোঁ ধরলে, "রাস্তায় এরই মধ্যে ওগুলো সব!"

শিশির যেন আকাশ থেকে পড়ল, "রাস্তায় আবার কী হল?"

"ও, তা-ও বুঝি জানো না!" শিবু বিজ্ঞ সাজল, "ঘনাদার চোখেও কি আর পড়েনি! উনি তো এই মাত্র ফিরলেন।"

আমরা উৎসুক ভাবে ঘনাদার দিকে তাকালাম। এইবার একটা সাড়া যদি পাওয়া যায়। কিন্তু না লাল, না সবুজ। এখনও শুধু হলদে। কোন দিকে যাবে বোঝবার জো নেই।

ঘনাদার সিগারেটের টানটা একটু লম্বা হল।

আবার খোঁচাতেই হল অগত্যা।

শিবুকে যেন ধমকে বললাম, "হেঁয়ালি রেখে আসল কথাটা বলবি! কী হয়েছে রাস্তায়?"

"এরই মধ্যে রাস্তায় পোস্টার পড়ে গেছে।"

"পোস্টার!" আমরা যেন হতভম্ব, "কীসের পোস্টার?"

"ঘনাদার জন্যে ভোটের," শিবু রহস্য তরল করলে, "আজ শুধু দেয়ালে দেয়ালে খড়ি দিয়ে লিখেছে। কালই শুনলাম ছাপানো পোস্টারে এ তল্লাট ছেয়ে দেবে! তা স্লোগান কিন্তু দিয়েছে ভাল।"

শিবুর গদগদ হওয়াটাকেই যেন সন্দেহ করে জিজ্ঞাসা করলাম, "কী স্লোগান দিয়েছে?"

"দিয়েছে," শিবু সুর করে আওড়ালে,

"দেশের নাড়ি বড় ক্ষীণ
ঘনাদাকে ভোট দিন।"

ঘনাদার দিকে আড়চোখে চেয়ে আমরা ক্ষোভ প্রকাশ করলাম, "এ আর কী স্লোগান হল এমন!"

"আরও আছে" শিবু আশ্বাস দিলে, "যেমন,

সফেদ হবে লাল-চীন।
ঘনাদাকে ভোট দিন।"

শিবুর স্লোগান শুনে গৌরেরও যেন নেশা ধরে গেল। বললে, "তার চেয়ে আরও ভাল স্লোগান দিলেই পারত। যেমন,

ভোট দেবেন কাকে?
বিশ্ব-ঘনাদাকে!
কী করবেন তিনি?
কালো বাজার সাদা করে
সস্তা চাল তেল চিনি!"

গৌর যদি এগোতে পারে আমিই বা পিছিয়ে থাকি কেন? বললাম "স্লোগান আরও জবর হতে পারে!"

"কী রকম?" গৌরের গলাটাই যেন একটু বেশি রুক্ষ।

বেশ কাঁপানো গলায় শোনালাম,

"শুন শুন সর্বজন, শুন দিয়া মন
ঘনাদাকে ভোট দিতে কহি কী কারণ।
ঘোর কলিকাল এবে পাইতে উদ্ধার—
ঘনাদার স্কন্ধে হও দুঃখসিন্ধু পার।
ত্বরা করি ভোট দাও যে চাও তরিতে—
বিলম্বে হতাশ হবে ধন্দ নারি ইথে।"

"ছো?" গৌরই সবার আগে সশব্দে তার মতামত জানালে। সঙ্গে সঙ্গে সবাই।

"ওটা একটা স্লোগান হল?"

"একি পাঁচালি পেয়েছিস?"

"ভোটাররা ও স্লোগান শুনলে হাসতে হাসতেই ভোট দিতে ভুলে যাবে!"

প্রতিভার আদর যে এ দেশে নেই তা অনেক কাল আগেই বুঝেছি। গুম হয়ে তাই চুপ করে রইলাম। কিন্তু নিজেদের মধ্যে খাওয়াখাওয়ি করে আসল কাজটা তো ভেস্তে দেওয়া যায় না!

সকলেরই বোধহয় সে হুঁশ হল। শিশিরই হাওয়াটা ঠাণ্ডা করবার জন্যে প্রথম বললে, "যাক গে। ঘনাদা ইলেকশনে নামলে স্লোগান ঢের জুটবে। বাংলা দেশের বাঘা বাঘা কবিকে সব লাগিয়ে দেব। কিন্তু দেয়ালে দেয়ালে এখনই এই সব লেখা কি উচিত হয়েছে? আবার কাল বলছে, ছাপানো পোস্টার ছাড়বে! ঘনাদার মতটা তো তোর আগে নেওয়া উচিত ছিল।"

"মত নেবে ওরা!" শিবু আসল রাস্তা ধরলে, "ওদের তো চেনো না। ঠিক যখন একবার করে ফেলেছে তখন ঘনাদাকে ওরা দাঁড় করাবেই।"

"ঘনাদা যদি রাজি না হন তবু?" গৌর যেন রেগে কাঁই।

"রাজি ঘনাদাকে হতেই হবে। না হয়ে উপায় নেই।" শিবু নিজেই যেন নাচার।

"একি জুলুম নাকি!" এতক্ষণে অভিমানটা সামলে আমিও সুর মেলালাম।

"জুলুম জবরদস্তি যাই বলো, দেয়ালে যখন খড়ির দাগ কেটেছে, ওরা ঘনাদাকে না দাঁড় করিয়ে ছাড়বে না!" শিবু সার কথা শুনিয়ে দিলে।

ঘনাদা এতক্ষণে একটা সিগারেট শেষ করে আর একটা ধরিয়েছেন শিশিরের এগিয়ে দেওয়া টিন থেকে। কিন্তু কোনও সাড়াশব্দ তাঁর দিক থেকে শোনা যায়নি। চোখ দুটো মাঝে মাঝে কোঁচকানো ছাড়া কোনও ভাবান্তরও নয়।

কিন্তু এরকম শালগ্রাম শিলা হলে আমাদের তো চলবে না। আশেপাশে ঝোপঝাড় না নেড়ে একেবারে সোজাসুজি তাই খোঁচাতে হল।

"আপনাকে তো দাঁড়াতেই হচ্ছে দেখছি, ঘনাদা!"

আমাদের চার জোড়া চোখ যাকে বলে ঘনাদার মুখে নিবদ্ধ।

ঘনাদা সিগারেটের ছাই ঝেড়ে শুধু বললেন, "হুঁ!"

হুঁ! শুনেই আমরা কিন্তু হাঁ। ঘনাদা বলেন কী! শেষে নিজেদের ফাঁসে নিজেরাই গলা গলিয়ে দিলাম নাকি!

তাড়াতাড়ি যা যা প্যাঁচ হাতে ছিল সব ছাড়তে হল।

"অবশ্য ঘনাদাকে দাঁড় করাবার গরজ ওদের আলাদা।" শিবু গম্ভীরভাবে জানালে।

"কী গরজ?" গৌর যেন অবাক।

"ওদের দুজন কন্ট্রাক্টরকে কাজ পাইয়ে দিতে হবে।" শিবু গোপন রহস্যটা ফাঁস করে দিলে যেন অনিচ্ছায়, "আরবারে চুরির দায়ে তাদের নাম কাটা গেছল কিনা!"

"আর ওই চাঁইদের বাড়ির ট্যাকস কমানো!" শিশির জোগান দিলে, "দাঁড় করাবার কড়ারই তো তা-ই।"

"জন কয়েককে চাকরিও দিতে হবে।" আমি জুড়ে দিলাম, "শুনলাম এ-সবের মধ্যে বাঁ হাতের পাওনাও কিছু মিলবে!"

"তার মানে ঘুষ! আর ঘনাদা এতে রাজি হবেন!" গৌরের গলায় আগুনের জ্বালা।

"না হলে যে ছাড়ানছিড়েন নেই!" শিবুর হতাশ মন্তব্য।

"কেন, সাফ 'না' বলে দেবেন। কী, করবে কী ওরা!" গৌর রোখ দেখাল।

"কী করবে!" শিবুর মুখে যেন আতঙ্কের ছায়া, "এ-পাড়ায় তা হলে বাস করতে পারব? রাস্তা দিয়ে হাঁটা যাবে না। চাকর পালিয়ে যাবে, ইলেকট্রিকের লাইন কাটা যাবে। দিন নেই, রাত নেই, মেসে ঢিল পাটকেল পড়বে। তারপর বোমা-ই বা ফেলতে কতক্ষণ!"

"একি মগের মুল্লুক নাকি!" একটু প্রতিবাদ জানাতেই হল, "থানা পুলিশ নেই?"

"থানা পুলিশ!" শিবু তাচ্ছিল্য ভরে উড়িয়ে দিলে, "রাতদিন পুলিশ পাহারায় নিজেরাই জেলখানায় থাকব নাকি!"

"কিন্তু এ তো হেঁজিপেঁজির কথা হচ্ছে না, কে এখানে আছে তা দেশে দশে জানে। বিধানসভা কেঁপে উঠবে না তা হলে? দিল্লির পর্যন্ত টনক নড়বে না?" গৌরের গর্জন।

"তা নড়লেও লাভটা হচ্ছে কী!" শিশিরের বিজ্ঞ বিশ্লেষণ, "তখন তারা বলবে, 'ও ছাই করপোরেশন কেন, ঘনাদার জন্য রাজসভা, লোকসভাই তো হা-পিত্যেশ করে আছে!' সেখানে চালান করে দিয়ে দিল্লির সাউথ কি নর্থ অ্যাভেনিউ-এর এম-পি কোয়ার্টারে তুলতে চাইবে। ঘনাদা কি তাতে রাজি হবেন? সে সাধ থাকলে ওঁকে আটকাতে পারত কেউ? উনি নিরিবিলিতে অজ্ঞাতবাসে থাকতে চান বলেই না আমাদের এই অখদ্দে মেসে পড়ে আছেন।"

"কিন্তু এখানে থাকতে হলেও যে ইলেকশনে দাঁড়াতে হয়?" গৌরের দুর্ভাবনা।

"আর না দাঁড়ালেও ওদের জুলুমবাজি সইতে হয়!" আমার দুশ্চিন্তা।

"তা হলে উপায়টা কী?" গৌরের ব্যাকুল জিজ্ঞাসা।

"উপায় হল," শিবুর সুচিন্তিত বিধান, "এ পাড়াই ছেড়ে দেওয়া। এমন পাড়ায় যাওয়া যেখানে এ-সব ঝামেলাই নেই, পাড়াপড়শিও এমন ওঁচা নয়।"

"এটা তো খুব ভাল বুদ্ধি!" আমরা সকলে একসঙ্গে উৎফুল্লভাবে মাথা নেড়ে ঘনাদার দিকে তাকালাম।

কিন্তু কাকস্য পরিবেদনা!

যাঁর হয়ে এত তর্কাতর্কি, বিচার-বিশ্লেষণ, তিনি যেন আমাদের মধ্যে থেকেও নেই। বাইরের দরজার দিকে তাকিয়ে দ্বিতীয় সিগারেটও প্রায় শেষ করে এনেছেন তখন নির্লিপ্ত উদাসীনভাবে।

অগত্যা জিজ্ঞেস করতেই হল, "নতুন সেই বাড়িটাই কি তা হলে দেখব নাকি, ঘনাদা? এখনও চেষ্টা করলে হয়তো পাওয়া যাবে।"

ঘনাদা এতক্ষণে মুখ খুললেন। কিন্তু যা বেরিয়ে এল তা দার্শনিক বুজকুড়ি। মানে, যেমন খুশি বোঝো!

বললেন, "হ্যাঁ চেষ্টা করলে তো অনেক কিছুই পাওয়া যায়!"

তার পরই হঠাৎ উত্থান ও আমাদের হতভম্ব করে রেখে প্রস্থান—শিশিরের সিগারেটের টিনটা সমেতই অবশ্য।

পরের দিন আরও কড়া দাওয়াইয়ের ব্যবস্থা করতেই হল। দলের সব ক-টি একেবারে বাছা বাছা। নিজেদের পাড়ার নয়। এধার ওধার নানা তল্লাট চষে চারটি যে চেহারা জোগাড় হয়েছে, সিনেমায় পেলে বোধ হয় তাদেরকে লুফে নেয়।

দশরথ শিবুর মামার বাড়ির পাড়ায় কুস্তি করে। ছোটখাটো একটি হাতি বিশেষ। কামানো মাথাটা ঘাড়ের মাংসের মধ্যে কখন ডুবে যাবে সন্দেহ হয়। কাত হয়ে ছাড়া গেরস্ত বাড়ির দরজা দিয়ে যেতে পারে না। আর দশরথের চেলা বিশে তারই কিঞ্চিৎ সংক্ষিপ্ত সংস্করণ। এদের সঙ্গে পাল্লা ঠিক রাখতে নফর আর হাবুল দুজনে দুটি সিড়িঙ্গে সুপুরি গাছ।

দশরথ আর বিশের গায়ে মোটা খদ্দর, নফর আর হাবুলবাবুর কোঁচানো শান্তিপুরি ধুতি, কলিদার গিলে করা আদ্দির পাঞ্জাবি। চার জনের শুধু একটি মিল কানে শুনে যাচাই করে নেওয়া। সবাই এরা স্যামবাজারের সসিবাবু।

সাতসকালেই তারা আমাদের ফরমাস মতো এসে হাজির। আমরাও হন্তদন্ত হয়ে একেবারে তেতলার ঘরে।

"কী হবে, ঘনাদা? ওঁরা যে এসে গেছেন!"

ঘনাদা সবে শিশিরের কালকের কৌটো থেকে একটি সিগারেট বার করে সামনে বনোয়ারির আনা চায়ের পেয়ালাটি নিয়ে মৌজ করতে বসেছেন।

আমাদের আর্তনাদে প্রথমে চমকে প্রায় লাফিয়েই উঠলেন। তারপর অবশ্য সামলে গিয়ে গম্ভীরভাবে জিজ্ঞেস করলেন, "কারা?"

"ওই সেই ইলেকশনের পাণ্ডারা।" আমরা তখনও যেন হাঁপাচ্ছি, "একেবারে দল বেঁধেই এসেছেন!"

"ওঃ!" ঘনাদা চায়ের পেয়ালাটা তুলতে গিয়ে আবার নামালেন।

গলাটা যেন একটু ভারীই লাগল বেশ। মুখেও যেন আর-এক পোঁচ ছায়া।

উৎসাহিত হয়ে বললাম, "পরে আসতে বলব, ঘনাদা? বলব যে বেড়াতে বেরিয়ে গেছেন?"

"তাতে কী লাভ হবে?" গৌর আমার প্রস্তাব সংশোধন করলে, "ওরা তো তা হলে মাটি কামড়ে বসে থাকবে ঘনাদার ফেরার অপেক্ষায়। চা সিগারেট জোগাতে আমরা ফতুর। তার বদলে বলি, ঘনাদার কাল রাত থেকে, কী বলে, খুব বাড়াবাড়ি অসুখ, নস্ট্যালজিয়া কি হাইড্রোফোবিয়া!"

"তোর যেমন বুদ্ধি!" ঘনাদার ভ্রূকুটিটুকু দেখা দিতে না দিতেই শিবু গৌরকে ধমক দিয়ে সামলাল, "ঘনাদার হাইড্রোফোবিয়া হতে যাবে কোন দুঃখে। ও-রোগ তো কুকুরে কামড়ালে হয়। আর নস্ট্যালজিয়া কি রোগ নাকি? ও তো নিজের বাড়ি কি আগেকার দিনের জন্য মন কেমন করা!"

"আহা কে অত বুঝবে! শুধু ইয়া দিয়ে যাহোক একটা হলেই হল!" গৌর ভাঙবে তবু মচকাবে না, "ওই ইয়া লাগালেই রোগ রোগ বলে মনে হয়। ম্যালেরিয়া, ফাইলেরিয়া, নিউমোনিয়া, অ্যানিমিয়া, পায়োরিয়া..."

"থাক, থাক!" শিশির ব্যস্ত হয়ে গৌরকে থামাল, "একেবারে হাসপাতাল করে তুললি যে! এর পর তেলাপিয়া, বোগেনভিলিয়াও রোগ বলে মনে হবে।"

"কিন্তু ওদিকে ওরা নীচে দাঁড়িয়ে, সে খেয়াল আছে!" শিবু স্মরণ করিয়ে দিলে, "ওদের যা হোক একটা কিছু বলে বিদায় না করলে তো নয়!"

ঘনাদার দিকে একবার তাকিয়ে নিয়ে শিবু তার প্রস্তাবটা জানালে, "বলে দিই, ঘনাদাকে কাল হঠাৎ গুয়াতেমালা যেতে হয়েছে। কবে ফিরবেন, ঠিক নেই।"

"গুয়াতেমালা কেন?" শিশিরের আপত্তি, "যাবার আর জায়গা নেই?"

"থাকবে না কেন!" শিবু বোঝাবার চেষ্টা করলে, "ঘনাদা তো ইচ্ছে করলে ইংল্যান্ড, ফ্রান্স, জার্মানি যেখানে খুশি যেতে পারেন। কিন্তু শুনলে একটু ভড়কে যায় এমন জায়গায় যাওয়াই ভাল নয়?"

"যদি জানতে চায় গুয়াতেমালায় কেন?" শিশির ফ্যাকড়া তুলল।

"সেখানে যাকে বলে জাতীয় সংকট!" জবাবটা যেন শিবুর জিভের ডগাতেই

ছিল। "রাজ্য টলমল। প্রেসিডেন্ট জরুরি তার করে প্লেন পাঠিয়ে দিয়েছে। ঘনাদা না গেলে কুরুক্ষেত্র বেধে যাবে।"

"তা বলা যায় বটে!" আমি প্রস্তাবটার পোকা বাছলাম, "কিন্তু ঘনাদা তো আর ঘরবন্দী হয়ে থাকতে পারবেন না। এ পাড়ায় যাওয়া আসা করলেই ওদের চোখে পড়ে যাবে যে!"

"থাকবেন কেন এ পাড়ায়?" শিবুর সহজ সমাধান, "কালই আমরা রাতের অন্ধকারে নতুন পাড়ায় নতুন বাড়িতে গিয়ে উঠছি। তখন আর আমাদের নাগাল পাবে কে? তা হলে ওই গুয়াতেমালাতেই আপনি গেছেন, কী বলেন ঘনাদা?"

"না!" ঘনাদা আমাদের একেবারে বসিয়ে দিয়ে বললেন, "ওঁদের নীচে বসাও, আমি যাচ্ছি।"

"ওঁদের মানে...আপনি...!" আমাদের বাক্‌রোধ হবার উপক্রম।

তবু শেষ আশায় ভর করে নীচে নেমে গিয়ে ভাড়াটে দলকে আর একটু তালিম দিয়ে দিলাম ঘনাদা আসবার আগে। তাদের বোলচালে যদি কিছু কাজ হয়।

প্রথমটা শুভ লক্ষণ-ই দেখা গেল।

"এই যে, ঘনশ্যামবাবু! আসুন, আসুন!" দশরথের বাজখাঁই গলার অভ্যর্থনা শুনেই ঘনাদাকে একটু যেন কাহিল মনে হল।

তার ওপর বিশে-র মন্তব্যে বেশ যেন ফ্যাকাশে। দশরথেরই কপি করা গলায় বিশে রীতিমতো মেজাজ দেখিয়ে বললে, "অনেকক্ষণ বসিয়ে রেখেছেন কিন্তু স্যার। কাউন্সিলার আপনাকে বানিয়ে দেব, কিন্তু আমাদের কাছে এসব চাল-ফাল চলবে না। আমরা গাছে তুলতেও জানি আবার মই কেড়ে নিতেও।"

"আহা, খ্যামা দে না, বিশে।" দশরথই বিশেকে সামলাল, "দেখছিস না, কাঁচা ইট, এখনও পোড় খায়নি। আপনি বিশের কথা কিছু ধরবেন না, ঘনশ্যামবাবু। ওর মেজাজটা বড় গরম! মুখ চালাতে কখন হাত চালিয়ে দেবে তাই আমি সামলে সামলে রাখি।"

"কিন্তু ঘনশ্যামবাবুর কাছে আমাদের আর্জিটা আগে পেশ করা দরকার নয় কি?" বললেন নফরবাবু। যেমন তাঁর হাত জোড় করা বিনয়ের ভঙ্গি, তেমনই সরু-সুতো-কাটা গলা।

"আর্জি-ফার্জি আবার কীসের?" বিশে গর্জে উঠল, "আমরা ঠিক করেছি, ঘনশ্যামবাবুকে কাউন্সিলার বানিয়ে দেব, ব্যস, মামলা চুকে গেছে। উনি কি 'না' বলবেন নাকি? ঘাড়ে তো দেখছি মাথা একটাই।"

"আঃ, ফের বিশে!" দশরথ ধমক দিলে না আদর জানালে বোঝা গেল না, "তুই বড় ফজুল বকিস! ঘনশ্যামবাবু আগে 'না' বলুন তবে তো মেজাজ করবি!" তারপর ঘনাদাকে মধুর আশ্বাস, "আপনি কিছু ভাববেন না, ঘনশ্যামবাবু। আমরা থাকতে আপনার কোনও ভাবনা নেই।"

প্যাকাটি মার্কা হাবুলবাবু মিহি সুরে সায় দিলেন, "আপনার গায়ে আঁচটি লাগতে দেব না আমরা। সব ঝঞ্ঝাট আমাদের, আপনার শুধু ওই হাজার দশেক যা খসবে!"

"হাজার দশেক খসবে, মানে?" আমরাই যেন ঘনাদার জন্য কাতরে উঠলাম, "ঘনাদাকে দশ হাজার টাকা দিতে হবে?"

"তা নয়তো কি মিনিমাগনা কাউন্সিলার হবেন নাকি?" বিশে মুখ বেঁকিয়ে হেঁড়ে গলা ছাড়ল, "ছেঁড়া ন্যাকড়ায় শালের জোড়া! দশহাজার তো সস্তা, মশাই!"

"তা ঠিকই বলেছেন! একটা ভোটের লড়াই-এ দশহাজার তো নস্যি!"

নিজেদের কানকেই বিশ্বাস করব কি না বুঝতে না পেরে থ হয়ে গেলাম।

এ যে ঘনাদার গলা! ঘনাদা বলছেন, "দশহাজার নস্যি!"

না, কানের কি চোখের ডাক্তারের কাছে দৌড়বার দরকার নেই। ঘনাদাই তাঁর মৌরসি আরাম-কেদারাটিতে বসে শিশিরের সিগারেটের টিনটিই অতিথিদের দিকে বাড়িয়ে দিয়ে সহাস্য বদনে বলে চলেছেন, "এত সস্তায় হবে আমি তো ভাবতেই পারিনি। দু-চার হাজার উপরি অবশ্য আমি ধরেই রাখছি।"

আমাদের শুধু নয়, এবার ভাড়াটে দলেরও সকলের চোখই ছানাবড়া।

গৌর কোনওরকমে ঢোক গিলে তোতলাতে তোতলাতে বলল, "আপনি...কী বলে...তা হলে ইলেকশনে দাঁড়াতে রাজি?"

"কী করি, বলো! নিজের পাড়ার লোক। এত করে ধরেছেন! সামান্য দশ-পনেরো হাজারের জন্যে ওঁদের নিরাশ করতে তো পারি না। কোটি কোটি টাকাই যখন যাচ্ছে তখন বোঝার ওপর ওই শাকের আঁটিটুকু সইতে পারব।"

কথা বলব কি, আমাদের হাঁ-করা মুখ আর বুজতেই চায় না। চোয়াল যেন আটকে গেছে!

ঘনাদাই ততক্ষণে নিজের একটা সিগারেট ধরিয়ে ফেলে আবার বললেন, "শুধু ওই শুশুকগুলোর কথা ভাবছি।"

"কাদের কথা?" সিড়িঙ্গে নফরবাবুর মিহিসুতো-কাটা গলাটাই প্রথম কিচকিচিয়ে উঠল।

"ওই শুশুকগুলোর! মানে, ম্যানাটি বললে তো আপনারা বুঝবেন না। তাই শুশুক বলছি। ডিমপাড়া মাছ নয়। ওই শুশুকের মতোই একরকম হাওয়ায় নিশ্বাস নেওয়া স্তন্যপায়ী জলের জানোয়ার! তবে খায় শুধু নিরামিষ, জলের পানা-টানা, দাম-শ্যাওলা—এই সব।"

"তাদের কথা ভাবছেন কেন?" এবার বিশের হেঁড়ে গলা, কিন্তু কেমন যেন একটু ধরা ধরা, ভ্যাবাচাকা খাওয়া।

"ভাবছি, ওগুলোকে জংলিরা সব সাবাড় করে দেবে বুঝতে পেরে।" ঘনাদার একটু দীর্ঘনিঃশ্বাস।

"জংলিরা শুশুকগুলো সাবাড় করে দেবে!" প্যাকাটি মার্কা হাবুলবাবু একেবারে থ। "শুশুকগুলো আপনার?"

"হ্যাঁ, আমারই বলতে পারেন। আর কাপলান-এর।"

"কাপলান! কাপলান কে?" পিপের দোসর বিশের হাঁ-করা প্রশ্ন।

"কাপলান আমার বন্ধু আর অংশীদারও বটে! সে-ই এখন ব্রিটিশ গায়নার

ঘাঁটিতে কাজ করছে আমার হয়ে।”

“কী কাজ? ও! শুশুক চরানো?” সিড়িঙ্গে নফরবাবু ধরা গলায় শুধোলেন।

“তা-ও একরকম বলতে পারেন।”

“তা হলে জংলিরা শুশুকগুলো সাবাড় করবে কেন?” বিশের ব্যাপারটা বুঝবার প্রাণান্ত চেষ্টা।

“সাবাড় করবে কাপলান আর ওখানে থাকবে না বলে! আমার এ-খবর তার কানে গেলে সে সোজা উঠবে গিয়ে হাইতিতে!” ঘনাদা অতি সহজ করে বোঝালেন।

“কোথায়!” মূর্তিমান জালা দশরথের হাবুডুবু খাওয়া অবস্থা।

“হাইতিতে!” ঘনাদা ধৈর্যের অবতার হয়ে বোঝালেন, “হাইতি-র নাম শুনছেন কিনা জানি না। তবে আজকালকার খবরের কাগজে কিউবা-র খবর নিশ্চয়ই চোখে পড়েছে। হাইতি আর কিউবা হল উত্তর আর দক্ষিণ আমেরিকার কোলের কাছে অতলান্তিক মহাসাগরের দুটো পাশাপাশি দ্বীপ। হাইতি অবশ্য একটা বড় দ্বীপের অংশ। ম্যাপে কিউবাকে গেলবার জন্য একটা কুমিরের মাথা যেন হাঁ করে আছে দেখবেন। ওই মাথাটাই হল হাইতি আর বাকিটা ডোমিনিয়ন রিপাবলিক।”

“ওই কাপলান, না কে বললেন, আপনার সেই অংশীদার? তা তিনি শুশুক চরানো ছেড়ে হাইতিতে গিয়ে উঠবেন কেন?” সিড়িঙ্গে নফরবাবু গুছিয়ে প্রশ্নটা করে ফেললেন কোনওমতে!

“উঠবে ওখানে কুরুক্ষেত্র বাধাতে। একবার তাকে ঠেকিয়েছি, আর তো সে আমার কথা শুনবে না!” ঘনাদা যেন নিরুপায়, “সব লণ্ডভণ্ড করে ওই দুশমন শয়তান ডিক্টেটার দুভালিয়েরটাকে যদি সরায় তাতে অবশ্য আপত্তিকর কিছু নেই। একটু আফশোস শুধু এই যে সোনার পালকগুলো যেখান থেকে মাঝে মাঝে এদিকে-ওদিকে ছিটকে এসে দুনিয়াকে চমকে দেয়, ব্রিটিশ গায়নার অজগর জঙ্গলে লুকোনো সেই রহস্যপুরী এলডোরাডোর হদিস আর কেউ কোনওদিন পাবে না। একেবারে নাকের ডগা দিয়ে কুবেরের ভাণ্ডার ফসকে যাবে!”

একটু থেমে ঘনাদা যেন তাচ্ছিল্যভরেই সব উড়িয়ে দিয়ে হেসে বললেন, “তা যাক! হোক না কোটি কোটি টাকা! টাকাটাই তো আর সব নয়। দেশের কাজ তারও আগে। হ্যাঁ, বলুন কী করতে হবে?”

মাথায় চরকি বাজি থামাতেই আমরা তখন যে যেখানে পারি বসে পড়েছি।

নেহাত কুস্তির-রদ্দা-খাওয়া-ঘাড়ে বসানো বলেই জালা প্রমাণ দশরথ আর পিপের দোসর বিশের মাথা দুটো একটু বোধ হয় বেশি মজবুত আর নিরেট। তারা দুজনেই তখনও পর্যন্ত ততটা কাবু হয়নি।

জালা প্রমাণ দশরথই ভাঁটার মতো চোখ দুটো প্রায় ঠেলে বার করে বললেন, “না, দাঁড়ান। ওই কুবেরের ভাঁড়ার যা বললেন, আপনার ওই কাপলান শুশুক চরানো ছেড়ে চলে আসবে বলেই আর তার খোঁজ পাওয়া যাবে না? তা কাপলান চলে আসবে কেন?”

“আসবে আমার খবর পেয়ে। আমি কড়ার ভাঙছি বলে”—ঘনাদার মুখের

হাসিটা দুঃখের-ই নিশ্চয়। কিন্তু আমরা তাইতেই প্রমাদ গনলাম।

"কী কড়ার!" আমাদের ভাড়াটে চার মূর্তির মুখে একই প্রশ্ন সমস্বরে উঠবে আমরা যেন জানতাম।

"কী কড়ার?" ঘনাদা আমাদের সকলের মুখের উপরই একবার যেন ক্লান্তভাবে চোখ বুলিয়ে নিয়ে অনিচ্ছার সঙ্গে প্রকাশ করলেন, "সে কড়ার বোঝাতে গেলে ক্রিস্টোফার কলম্বাসের সান্টা মেরিয়া জাহাজ ১৪৯২ খ্রিস্টাব্দের ঠিক বড়দিনের সকালে যেখানে চড়ায় আটকে গিয়েছিল আর চল্লিশ জন শ্বেতাঙ্গ নাবিককে যেখানে নামিয়ে রেখে গিয়ে নতুন আবিষ্কৃত মহাদেশে প্রথম ইউরোপের উপনিবেশ তিনি পত্তন করেছিলেন—সেই ক্যাপ হাইতিয়েনে একবার যেতে হবে।"

"এখন?" জালা মূর্তি দশরথের সশঙ্ক প্রশ্ন।

ঘনাদা একবার শুধু দশরথের দিকে তাকালেন। মনে হল দশরথের জালা যেন সে-দৃষ্টির সামনে ঘড়া হয়ে গেল।

সিড়িঙ্গে নফরবাবু তাড়াতাড়ি সামাল দিতে দশরথকে ধমক দিয়ে বললেন, "কিছু না বুঝে যা তা বলে বসেন কেন? যেতে হবেটা হল কথার প্যাঁচ। বুঝলেন?"

"হ্যাঁ, হ্যাঁ, আমি ঠিক বুঝেছি!" পিপের দোসর বিশে নিজের উৎসাহটা আর চেপে রাখতে পারলে না। "আজকাল গল্পে-টল্পে ওই রকম সব প্যাঁচ-ট্যাঁচ থাকে। আপনি বলে যান ঘনশ্যামবাবু, ওরা না পারে আমি ঠিক সমঝে যাব।"

আমরা চারজনে পরস্পরের মুখ চাওয়াচাওয়ি করলাম। কখন যে এ-আসরে আমরা ফালতু হয়ে গেছি, টেরও পাইনি।

উপযুক্ত সমঝদার পেয়েই বোধহয় খুশি হয়ে ঘনাদা ধরলেন, "তারিখটা বলবার দরকার নেই। তবে একটা ছোট মাছধরা লঞ্চে কিউবার সান্তিয়াগো বন্দর থেকে জেলে সেজে লুকিয়ে হাইতির ক্যাপ হাইতিয়েন বন্দরে যখন গিয়ে নামলাম তখন হাইতির হাওয়া গরম হয়ে আছে চাপা বিদ্রোহের আগুনে। হাইতির পক্ষে এরকম ব্যাপার অবশ্য নতুন নয়। কলম্বাস যেদিন এই দ্বীপটিতে নোঙর ফেলেন সেদিন থেকে শান্তির মুখ এ-দেশ দেখেনি বললেই হয়। কলম্বাস চল্লিশজন ইস্পাহানিকে উপনিবেশ গড়বার জন্য সেখানে রেখে যান। তাদের অমানুষিক অত্যাচারে ও-দেশের আদিবাসীরা নির্মূল হয়ে গিয়ে এমন অবস্থা দাঁড়ায় যে বিশ বছর বাদেই কাজ করবার লোকের অভাবে ওখানে কাফ্রি ক্রীতদাস আমদানি শুরু হয়ে যায়। ইতিহাসের পাতা উলটোবার পর দেখা যায়, সেই কাফ্রিবংশের লোকেরাই হাইতির প্রধান বাসিন্দা। তারা স্বাধীন হয়েছে দেড়শো বছরের ওপর, কিন্তু সে স্বাধীনতা আগাগোড়া মারামারি কাটাকাটির রক্তে ছোপানো।

আমি যখন হাইতি-তে গিয়ে পৌঁছলাম তখন দুটি দলের ক্ষমতার লড়াই-এ সমস্ত হাইতি ত্রাহি ত্রাহি ডাক ছাড়ছে।

দুটি দলের একটি হল দুভালিয়েরের আর একটি বার্বটের। তখন দুজনের কেউই ডিক্টেটার হয়ে বসতে পারেনি। শুধু তার তোড়জোড় চলছে। তোড়জোড় মানে বাইরে লোক দেখানো সভা-সমিতি-মিছিল, রাজ্যময় পোস্টার আর খবরের কাগজের

লেখা। আর তলে তলে বিপক্ষদলের বড় ছোট যাকে পারা যায় গোপনে, হয় হাইতি থেকে, নয় তো একেবারে পৃথিবী থেকেই সরিয়ে দেওয়া।

দুভালিয়ের কি বার্বট, কারুর দলের সঙ্গেই আমার সদ্ভাব নেই। দুজনেই যে সমান পাষণ্ড তা আমি ভাল করেই জানি। আমার হাইতি-তে থাকা কোনও দলেরই মনঃপূত নয়। যে-দলই হোক আমায় একবার ধরতে পারলে যে ছেড়ে কথা কইবে না, এ-বিষয়ে আমি নিঃসন্দেহ। বিশেষ করে দুভালিয়েরের দল তো আমায় পেলে কাঁচা চিবিয়ে খাবে। কারণ তাদের অনেক কীর্তি এর আগে ইউরোপ-আমেরিকার ওপর মহলে আমি ফাঁস করে দিয়েছি।

দুই দলের কারুর কাছেই রেহাই পাব না জেনেও লুকিয়ে যমরাজের আপন দেশে ঢুকেছিলাম শুধু একটি মানুষকে খুঁজে বার করতে। যেমন করে হোক তাকে খুঁজে না বার করলেই আমার নয়। নাম, ধাম সব কিছুই সে যে এখানে এসে বদলেছে তা জানতাম। শুধু একটি চাবিকাঠি ছিল আমার ভরসা।

কিছুদিন নানা সাজে গোপনে ক্যাপ হাইতিয়েন থেকে পোর্ট-অ-প্রিন্স হয়ে লেস কেয়েস, এমনকী পশ্চিম প্রান্তের ডেমন মেরি পর্যন্ত চক্কর দিয়ে বেড়িয়ে কোনও হদিস না পেয়ে সেই চাবিকাঠিটাই কাজে লাগালাম।

পোর্ট-অ-প্রিন্সের এক ভু-ডু-র আসরে ওঝা সেজে গিয়ে ঢুকলাম একরাত্রে।"

"কী...কী...কীসের আসর বললেন?" দশরথ কাঁপা গলায় জিজ্ঞাসা করলে।

"ভু-ডু-র", ঘনাদা চকিতে একবার আমাদের চারজনকে দেখে নিয়ে বুঝিয়ে বললেন, "ভু-ডু হল ঝাড়ফুক তন্ত্র-মন্ত্রের একরকম ডাকিনী বিদ্যা। হাইতি-র লোকেরা নামে ক্রিশ্চান, কিন্তু ভেতরে ভেতরে আফ্রিকার পূর্বপুরুষদের ধর্ম-কর্ম-সংস্কার তাদের মধ্যে এখনও প্রবল। প্রতি শনিবার রাত্রে হাইতির নানা জায়গায় গোপনে এই সব ভু-ডু-র আসর বসে। সেখানে ভু-ডু-র ওঝারা নানারকম অদ্ভুত ক্রিয়া-কলাপ দেখায়।

গিয়ে দেখি ভু-ডু অনুষ্ঠান শুরু হয়ে গেছে।

ঢোলক বাজছে আকাশ ফাটিয়ে আর সেই সঙ্গে ঘোড়ার নালে লোহার শিকের আওয়াজ।

দুটো কালো মুরগি জবাই করবার পর উদ্দাম নৃত্য শুরু হল। সে-নাচ থামবার পর আরম্ভ হল ভু-ডু ওঝার বাহাদুরির খেল।

কার খেতে গতবার ভাল আখ ফলেনি। এ-বছরও অজন্মা যাবে কি না সে জানতে এসেছে ওঝার কাছে।

ওঝা দুটো লম্বা কাঠি মেঝের উপর রেখে খানিক খুব ভড়ং করে হিজিবিজি মন্তর আউড়ে বললে, দেবতারা তো কথা বলেন না। তাঁরা এই কাঠি দুটো দিয়েই তাঁদের মত জানাবেন। ডান ধারের কাঠিটা যদি নিজে থেকে নড়ে এগিয়ে যায় তা হলে শুভলক্ষণ। আখ হবে বাঁশের মতো মোটা। আর বাঁ ধারের কাঠি যদি এগোয় তা হলে আখের খেত শুকিয়ে ঝাঁটার কাঠি হয়ে যাবে।

তারপর বিজ বিজ করে ওঝা আবার খানিক মন্তর পড়তেই সত্যি-সত্যি কাঠি

দুটো নড়ে উঠল। প্রথমে ডানদিকেরটা, তারপর বাঁদিকের।

ওঝার তখন কী বড়াই! হেঁকে হেঁকে শোনালে সকলকে, দেবতা সাড়া দিয়েছেন। তার ডাকে সাড়া না দিয়ে পারেন! কাঠিগুলো জ্যান্ত হয়ে উঠেছে তার মন্তরে!! এবার যে কাঠি এগিয়ে যাবে তা-ই দিয়েই বোঝা যাবে, চাষির কপাল এ-বছরে ভাল না মন্দ!!

ওঝার কথা শেষ হতেই হো হো করে হেসে উঠলাম।

ভু-ডু-র আসরের সবাই প্রথমে একেবারে যেন জমে পাথর।

ওঝার চোখ দিয়ে যেন আগুন ঠিকরে বেরুচ্ছে। ছোবল দিতে ফণা তোলা সাপের মতো হিসহিসিয়ে বলল, 'কে হাসল, কে? কে করলে দেবতার অপমান?'

সকলের চোখ তখন আমার দিকে। এখুনি বুঝি ঝাঁপিয়ে পড়ে আমাকে ছিঁড়ে টুকরো টুকরো করে ফেলবে।

চোখের একটা পাতাও না ফেলে সোজা এগিয়ে গিয়ে কাঠি দুটোর কাছে গিয়ে দাঁড়িয়ে বললাম, 'হেসেছি আমি—তোমার বিদ্যের দৌড় দেখে। কিন্তু দেবতার অপমান আমি করিনি, করেছ তুমি।'

'আমি করেছি দেবতার অপমান!' ওঝা প্রায় আমার গলা টিপে ধরে আর কী?

'হ্যাঁ, ভুল মন্তর পড়ে অপমান করেছ!' কাঠিগুলোর ওপর হাত নেড়ে বললাম, 'দেবতার রাগে কাঠিগুলো তোমার ডাকে আর তাই নড়বে না। কই নড়াও দেখি, কতবড় তোমার মুরোদ।'

পারলে শুধু চোখের আগুনেই ওঝা আমায় তখন ভস্ম করে দেয়। কিন্তু তখন আসরের সবাই ভু-ডু-র লড়াইয়ের লোভে মেতে উঠেছে। ওঝার দলেরই লোক হলেও তারা আমাকে জব্দ করবার জন্যই ওঝার বাহাদুরি দেখতে চায়। সবাই প্রায় এক সঙ্গে চেঁচাতে লাগল, 'হ্যাঁ, হ্যাঁ, কাঠি নাড়িয়ে দেখিয়ে দাও এই নচ্ছার বেয়াদপটাকে। কাঠি যদি নড়ে তা হলে ওর ওই ঝুটো কথার জিভটা আমরা টেনে ছিঁড়ে নেব।'

আমার দিকে কটমট করে তাকিয়ে ওঝাকে অগত্যা আবার বিজ বিজ করে মন্তর পড়তেই হল।

কিন্তু কাঠি আর নড়ে না।

ওঝা হাত পা ছুঁড়ে পাগলে মতো লাফ দিয়ে চিৎকার করে চুল ছিঁড়ে দাঁত খিঁচিয়ে হুলুস্থুল বাধিয়ে ফেলল, তবু কাঠি দুটো যেমন ছিল তেমনই রইল পড়ে।

প্রথমে একটু আধটু গুনগুন তারপর ভনভন তারপরে একেবারে খোলাখুলি দূর দূর!

হেসে বললাম, 'দেবতাকে অপমান করেছ কি না বুঝলে এখন? আরও প্রমাণ দেখাচ্ছি। যে-কাঠি তোমার অত চেষ্টাতেও নড়েনি, আমার কথায় এখুনি তা নড়বে। আর, শুধু নড়বেই নয়, দেবতাকে কে অপমান করেছে দেখিয়েও দেবে!'

বলতে বলতে কাঠি দুটো যেন লাফ দিয়ে মেঝে থেকে উঠে ওঝারই গায়ে গিয়ে পড়ল।"

"অ্যাঁ!"

না, আওয়াজটা কাঠির খোঁচা-খাওয়া ওঝার নয়, ঘনাদার মুখ থেকেও বার হয়নি। নিজের অজান্তে সশব্দ বিস্ময়টা প্রকাশ করে ফেলেছেন সিড়িঙ্গে নফরবাবু। কোনওরকমে হাঁ-করা মুখের দুটো ঠোঁট আবার মিলিয়ে তিনি বললেন, "আপনি সত্যিসত্যি ভূতের ওঝাটাকে হারিয়ে দিলেন! তার মানে, আপনি ওই ভু-ডু না কী বললেন, তার ওস্তাদ! কোথায় শিখলেন?"

"হুডিনি-র কাছে!" শিবুর বোধহয় মুখ ফসকেই বেরিয়ে গেল।

"কী বলছেন, মশাই!" পিপের মাসতুতো ভাই বিশে-ই আগে খেপে উঠল, "হুডিনি মানে সেই জাদুকরের কথা বললেন তো! সে ভু-ডু-র জানত কী? ঘনশ্যামবাবু তার কাছে শিখতে যাবেন কোন দুঃখে! ভু-ডু আর ভোজবাজি এক নয়, বুঝেছেন!"

টিপ্পনি কাটতে যাচ্ছিলাম, হ্যাঁ, ভোজবাজি হলে তো কাঠিতে বাঁধা কালো সুতো দুটো হাত নাড়বার ছলে হাতিয়েই তাক লাগিয়ে দেওয়া যেত। কিন্তু জনমত যে-রকম চড়া তাতে সুশীল সুবোধ হয়ে পিপের ভাই বিশের কথাই মেনে নিয়ে নীরব হতে হল এর পর।

ঘনাদা আমাদের দুরবস্থাটা যেন দেখতে চান না এই ভাবে চার মূর্তির দিকেই মুখ ফিরিয়ে রেখে আবার ধরলেন, "কাঠি দুটো ওঝার গায়ে গিয়ে লাগতেই একেবারে হইচই পড়ে গেল।

হাত তুলে গণ্ডগোল থামিয়ে বললাম, 'শোনো, হাইতি-র ভাই সব। এ-সব পুঁচকে ওঝার সঙ্গে লড়ে সময় নষ্ট করতে আমি আসিনি। আমি এসেছি হাইতির ভু-ডু-র চেয়ে আমার দেশের ভু-ডু-র তেজ যে বেশি তাই চোখের সামনে প্রমাণ করতে। আর শনিবারে সেই ভু-ডু-র লড়াই হোক। তোমাদের সর্দার ওঝা যদি কেউ থাকে, ডাকো। তার জারিজুরি যদি আমি না ভেঙে দিতে পারি তো আমার মাথা মুড়িয়ে গাধার পিঠে চড়িয়ে তোমরা আমায় নিজের দেশে পাঠিয়ে দিয়ো।'

'তা-ই পাঠাব! তবে তার আগে ছাল চামড়াটা ছাড়িয়ে নিয়ে!' ওঝা দাঁত কিড়মিড়িয়ে বলল, 'কিন্তু কোথায় তোর দেশ? কোথাকার ভু-ডু নিয়ে তুই লড়তে এসেছিস?'

হেসে বললাম, 'দেশ আমার অনেক দূর। কিন্তু যেখানে দুনিয়ার সব চেয়ে বড় অজগর অ্যানাকোন্ডা নদী-জলার তলায় কুণ্ডলি পাকিয়ে এল ডোরাডো-র যখের ধন পাহারা দেয়, সেই গায়নার ভু-ডু আমি শিখে এসেছি। আর শনিবারে সেই ভু-ডু-র দাপটই দেখাব। মর্জি হলে এল ডোরাডো-র সোনার পালক আমদানি করেও তোমাদের চক্ষু সার্থক করতে পারি।'

শেষ কথাগুলো শুনতে নেহাত অবান্তর। কিন্তু তাতেই আসল কাজটা হবে আঁচ করে ভুল করিনি।

পরের শনিবার পর্যন্ত ভু-ডু-র লড়াইয়ের জন্যে অপেক্ষা করতে হল না। হাইতি দেশটাই ভু-ডু-র নামে পাগল। ছেলে বুড়ো গরিব বড়লোক শিক্ষিত অশিক্ষিত

সবাইকারই প্রকাশ্যে বা গোপনে ভু-ডু-র সঙ্গে একটু আধটু সংস্রব আছেই। আমার কথা দু-তিন দিনের মধ্যেই লোকের মুখে আর ঢাকের বাদ্যিতে প্রায় সারা হাইতিতেই ছড়িয়ে গেছে।

যেখানে দরকার সেখানেও যে টনক নড়েছে, তা হপ্তা পুরো হবার আগে বৃহস্পতিবারই বুঝতে পারলাম।

পোর্ট-অ-প্রিন্সের রু-ম্যাকাজু নামে একটা রাস্তায় একটা সাধারণ সস্তা গোছের হোটেলে ইচ্ছে করেই তখন আছি।

বৃহস্পতিবার রাত বারোটার পর হঠাৎ ঘরের ফোন বেজে উঠল।

নীচে থেকে রাত্রের হোটেল ক্লার্কই ফোন করছে। ইনিয়েবিনিয়ে এত রাত্রে বিরক্ত করবার জন্যে মাপ চেয়ে সে যা বললে তার মর্ম হল এই যে আমার সঙ্গে দুজন ভদ্রলোক হঠাৎ দেখা করতে এসেছেন। আমি কি তাঁদের জন্যে নীচের লবিতে নামব, না তাঁরাই আমার ঘরে যাবেন, জানতে চায় সে। ভদ্রলোকেরা বলছেন, বড় জরুরি দরকার, তাই বাধ্য হয়েই আমাকে এ ভাবে বিরক্ত করতে হচ্ছে বলে হোটেল ক্লার্ক দুঃখিত।

গলাটা ঘুমে যেন জড়িয়ে আসছে এই ভাবে বললাম, 'আমিও দুঃখিত। ওদেরকে বলে দিন, এত রাত্রে কোনও ভদ্রলোক কারুর সঙ্গে আগে থাকতে কথা না থাকলে দেখা করতে আসে না। সুতরাং, যাঁরা এসেছেন তাঁরা আপাতত জাহান্নমে গিয়ে কাল সকালের জন্য অপেক্ষা করতে পারেন।'

বলেই ফোনটা সশব্দে নামিয়ে রাখলাম।

মতলব ভেঁজে নিয়েই তারপর বসে ছিলাম। বেশিক্ষণ অপেক্ষাও করতে হল না। কয়েক সেকেন্ড বাদেই কাঠের সিঁড়িতে চার জোড়া ভারী বুট জুতোর আওয়াজ শুনতে পাওয়া গেল।

দুজনই দেখা করতে এসেছেন ফোনে শুনেছিলাম। বাকি দুজন বুঝলাম ফাউ।

প্রস্তুত হয়েই ছিলাম। দরজায় প্রথম ধাক্কাটায় সাড়া দিলাম না।

দ্বিতীয়বার ধাক্কা দিতে জড়ানো গলায় বললাম, 'কে? কে এত রাত্রে বিরক্ত করছে?'

ভারী গলায় হাইতির বিচিত্র ফরাসি উচ্চারণে হাঁক এল, 'দরজা খোলো।'

'কে হে তোমরা বাপু! রাতদুপুরে জ্বালাতন করতে এসেছ? এটা হোটেল, না শুঁড়িখানা? দরজা খুলব না। কালই আমি এখানকার পুলিশকে সব জানাচ্ছি!' বেশ ঝাঁজিয়ে বললাম।

'কাল জানাতে হবে না, এখনই জানাতে পারবে! আমরাই পুলিশ!'

'পুলিশ!' শুনে যেন আঁতকে ওঠার ভান করলাম। তাড়াতাড়ি দরজা খুলে দিয়ে মুখটা কাঁচুমাচু করে বললাম, 'আমার কাছে পুলিশ কেন? আমি কোনও অপরাধ তো করিনি।'

'কী করেছ না করেছ, যেখানে নিয়ে যাচ্ছি সেখানে গিয়ে বোলো!'

চারজনের মধ্যে সবচেয়ে যার জাঁদরেল চেহারা, সে-ই আমায় ধাক্কা দিয়ে ভেতরে ঠেলে বললে, 'নাও, তৈরি হয়ে নাও, জলদি!'

'কী তৈরি হব? কেন?' আমি যেন দিশেহারা।

চারজন ষণ্ডাই তখন ঘরের ভেতর ঢুকে দরজাটা ভেজিয়ে দিয়েছে। সবাইকারই চেহারা যমরাজের চেলার মতন। তার মধ্যে আমার সঙ্গে যে কথা বলেছে সেই-ই সর্দার। একেবারে যমরাজের দোসর বললেই হয়।

সেই সর্দার একেবারে রক্তচক্ষু হয়ে বললে, 'কেন সে কৈফিয়ত তোমায় দিতে হবে নাকি? ভালয় ভালয় জামাকাপড় পরে নেবার সময় দিচ্ছি। নইলে ওই শোবার পোশাকেই যেমন আছ সেই হালেই হেঁচড়ে নিয়ে যাব।'

শুনে যেন ঘাবড়ে গেলাম। আমতা আমতা করে বললাম, 'কিন্তু তোমরা যে পুলিশ তার প্রমাণ কী?'

চারজনের হাতেই এবার একসঙ্গে রিভলভার উঠে এল খাপ থেকে।

সর্দার বললে, 'প্রমাণ এই। এখন জ্যান্ত যেতে চাও, না লাশ হয়ে—সেটা ভেবে নাও।'

ভয়ে একেবারে যেন কেঁচো হয়ে বললাম, 'না, না—লাশ হয়ে যাব কেন! এখুনি আমি তৈরি হয়ে নিচ্ছি। দোহাই তোমাদের, ওই রিভলভারগুলো একটু সরিয়ে রাখো।'

'যাক, সুবুদ্ধি তা হলে হয়েছে,' বলে সর্দার রিভলভারটার খোঁচা দিয়েই পোশাক ছাড়বার স্ক্রিনের দিকে আমায় ঠেলে দিলে।

খানিকটা বাদেই তৈরি হয়ে ফ্যাকাশে মুখে বেরিয়ে এসে করুণ মিনতির সুরে বললাম, 'আচ্ছা, ওই ড্রয়ারটা খুলে আমার একটা জিনিস সঙ্গে নিতে পারি?'

'কী?' গর্জন করে উঠল সর্দার।

'ছোট্ট একটা পিস্তল। তোমাদের ওই কোল্ট রিভলভারের চেয়ে অনেক ছোট। প্রায় ওর ছানাপোনার মতো। বিপদে আপদে সঙ্গে থাকা ভাল।'

জবাবে ঘাড়ে একটা রদ্দা খেয়ে যেন নেতিয়ে পড়লাম।

সর্দারের ইঙ্গিতে দুজনে পাঁজাকোলা করে সিঁড়ি দিয়ে আমায় নামিয়ে নিয়ে গেল। নীচে হোটেল ক্লার্ক সভয়ে তার কাউন্টারের পাশে দাঁড়িয়ে কাঁপছে।

যেতে যেতে করুণ সুরে তাকে বলে গেলাম, 'তোমাদের হোটেলের বিল কিছু বাকি রইল। বকশিশটাও দিয়ে যেতে পারলাম না!'

মাথায় একটা গাঁট্টা দিয়ে যমদূতেরা হোটেলের বাইরে আমায় এনে ফেললে।

একটা কালো রঙের ঢাকা গাড়ি সব আলো নিবিয়ে সেখানে দাঁড়িয়ে। গাড়ির ভেতর আমায় ঢুকিয়ে, সামনে দুজন আর পেছনে দুজন আমার দুপাশে বসে আমার চোখের ওপর একটা কালো রুমাল বেঁধে দিলে।

কাতরস্বরে বললাম, 'আমি কিন্তু বাবা মুস্তাফা নই।'

'কী বকছিস, হতভাগা!' সর্দার মুখে একটা থাবড়া দিলে।

ককিয়ে উঠে বললাম, 'খামোকা মারছ কেন? বাবা মুস্তাফার নাম শোনোনি?

আলিবাবার গল্প তো শুনেছ? না শুনে থাকো তো বলতে পারি। খুব মজার।'

আর একটা থাবড়া দিয়ে সর্দার বললে, 'তোর নিজের মজার কথা এখন ভাব, হতভাগা। টুঁ শব্দটি আর করেছিস তো দাঁতগুলো উপড়ে দেব।'

অগত্যা ভয়ে ভয়েই যেন চুপ করে রইলাম।

বেশ একটু ঘুরপাক রাস্তায় আধঘণ্টা বাদে এক জায়গায় এসে গাড়িটা থামল।

গাড়ি থেকে আমায় টেনে নামিয়ে চোখ-বাঁধা অবস্থাতেই একটা বাড়ির ভেতর নিয়ে গেল তারপর।

যেতে যেতে দুবার আমি কাশলাম, হোঁচট খেলাম একবার সিঁড়ি দিয়ে ওঠবার সময়। আর, পায়ে পায়ে জড়িয়ে পড়েই গেলাম একবার প্রায় আছাড় খেয়ে।

হেঁচকা টানে আমায় তুলে প্রায় ঝুলোতে ঝুলোতে একটা বড় ঘরের ভেতর ঢুকিয়ে দিয়ে সর্দার আমার চোখের বাঁধনটা খুলে দিয়ে বললে, 'মর্কটটাকে জ্যান্তই এনেছি, হুজুর।'

বাঁধা চোখ এতক্ষণ বাদে খোলার পর প্রথমটা মিটমিট করে তাকিয়ে সব একটু ঝাপসা লাগল। তাতেও হুজুর বলে কাকে সম্বোধন করা হয়েছে বুঝতে কষ্ট হল না।

আমি যদি মর্কট হই তা হলে তিনি গোরিলার খুড়তুতো ভাই। সমস্ত দরজা-জানালা বন্ধ করা একটি বেশ বড় ঘরের এক পাশের একটি বিরাট টেবিলের ধারে কয়লার পাহাড়ের মতো বসে আছেন।

তাঁর দিকে তাকিয়ে বেশ সসম্ভ্রমে কাঁদো-কাঁদো গলায় নালিশ করলাম, 'আপনার পোষা গুণ্ডাগুলো মিছিমিছি আমায় হয়রান করেছে, হুজুর।'

ভাঁটার মতো চোখ দুটো কুঁচকে বিদ্রূপের স্বরে হুজুর বললেন, 'তাই নাকি? বড় অন্যায় তো!'

'আজ্ঞে হ্যাঁ, অন্যায় নয়?' আমি গলায় সরলতা মাখিয়ে বললাম, 'আমি পাশের হোটেলে থাকি, সেখান থেকে এখানে আনবার জন্যে আধঘণ্টা এ-রাস্তা ও-রাস্তা ঘোরাবার কিছু দরকার ছিল?'

গোরিলা-হুজুরের চোখ দুটো এক মুহূর্তে আগুনের ভাঁটাই হয়ে উঠল। গুণ্ডা চারটের দিকে ফিরে ইঞ্জিনের স্টিম ছাড়ার মতো আওয়াজ ছাড়লেন, 'কী শুনছি!'

খানিক আগে পর্যন্ত কেঁদো বাঘ হয়ে যে হুঙ্কার ছেড়েছে, সেই সর্দার এক নিমেষে নেংটি ইঁদুর হয়ে চিঁ চিঁ করে যেন কাতরে উঠল, 'আমরা হুকুমমতো চোখ বেঁধেই এনেছি, হুজুর! আপনার সামনেই তো ওর চোখের বাঁধন খুললাম।'

'তা হলে ও জানল কী করে?' হুজুর গর্জন করে উঠলেন।

'জানি না হুজুর!' সর্দারের গলার সঙ্গে সমস্ত শরীরটাই বুঝি তখন কাঁপছে!

নেহাত হাঁদা বেকুফ সেজে বললাম, 'আপনার হয়ে ওর কানটা মলে দেব, হুজুর?'

'কী!' হুজুর প্রথমটা রাগেই ফেটে পড়বেন মনে হল, তারপর হঠাৎ ঘর কাঁপিয়ে

হেসে উঠে বললেন, 'কান মলে দিবি! তুই? তাই দে, দেখি। অবশ্য যদি নাগাল পাস।'

'নাগাল ঠিক পাব, হুজুর! কিন্তু গুলিগোলা যদি ছোঁড়ে তাই ভয়!'

'না, না গুলি ছুঁড়বে না!' হুজুর তখন আমার মতো গাঁইয়া একটা উজবুকের নাকাল দেখবার জন্য মেতে উঠেছেন। হুকুম করলেন, 'রিভলভার ফেলে দে, গোবো।'

সর্দার, মানে গোবো, রিভলভারটা খাপ থেকে বার করে ফেলে দিয়ে আবার কেঁদো বাঘ হয়েই আমার দিকে ফিরে দাঁড়াল। আক্রোশে অপমানে তার দাঁত কিড়মিড়ের আওয়াজ পর্যন্ত আমি তখন শুনতে পাচ্ছি।

গাছ থেকে যেন ফুল পাড়তে যাচ্ছি এমনই ভাবে আনাড়ির মতো একটা হাত তুলে গোবোর দিয়ে এগিয়ে গেলাম।

সেই হাত মুচড়ে ধরে গোবো যে ঝটকানি দিলে তাতে মেঝেয় আছড়ে পড়ে যেন কাতরাতে কাতরাতে উঠে দাঁড়িয়ে বললাম, 'আপনার গোবো একটু বেয়াড়া হুজুর! কান মলতে দিতে চায় না!'

হুজুরের হাসিতে ছাদটাই বুঝি খসে পড়ে! হাসতে হাসতেই বললেন, 'তুই কী চাস তা-ই বল। এখনও কান মলার সাধ আছে?'

'আছে বই কী হুজুর! আমি একেবারে সাদাসিধে ভালমানুষ, ওর কান না মললে আমার মান থাকবে না যে!'

এবার হুজুরের সঙ্গে তাঁর বাহনদের হাসিও থামতে চায় না।

হুজুর হাসি থামিয়ে শেষে বললেন, 'হুঁ, বেজায় মানী লোক তুই বুঝতে পারছি। মানটা যাতে থাকে তা হলে তাই দেখ।'

'যে আজ্ঞে হুজুর!' বলে আবার আগের মতোই একটা হাত তুলে এগিয়ে গেলাম। গোবো মোচড় দিয়ে ধরলও হাতটা কষে। তারপর হুজুরের টেবিলটাই মড় মড় করে উঠল দু-মণি গতরটা সচাপটে তার ওপর পড়ায়।"

" জানি! জানি! ধোবি-কা পাট!" বিশে আর নিজেকে সামলাতে পারল না উচ্ছ্বাসের চোটে, "এই একটি প্যাঁচ ঠিক মতো লাগাতে পারলে কুম্ভকর্ণও কাবু!"

"না রে না, ধোবি-কা পাট নয়," দশরথ মুরুব্বির মতো বিশেকে শোধরালে, "ও হল বাংলা কাঁচি।"

"উঁহু! ওটা হাফ নেলসন!" এতক্ষণ ধৈর্য ধরে থেকে গৌর আর ফোড়ন না দিয়ে পারল না।

"দূর! স্রেফ জুডো।" আমিই বা কেন কম যাই!

"উঁহু! সুমো!" শিশির আমাদের সকলের উপর টেক্কা দিতে চাইল।

ঘনাদা অবজ্ঞাভরে আমাদের দিকে চেয়ে, শেষ পর্যন্ত কী বুঝে দশরথকেই গাছে তুললেন। বললেন, "না, দশরথবাবুই ঠিক ধরেছেন। বাংলা কাঁচিই চালিয়েছিলাম। হুজুরকে তখন নিজেকে বাঁচাতে পেছনে হেলতে হয়েছে। ধীরে সুস্থে এগিয়ে গিয়ে টেবিল থেকে আধমরা লাশটাকে তুলে যেন ফাঁপরে পড়ে বললাম, 'কিন্তু কোন কানটা মলব ঠিক করতে পারছি না যে, হুজুর! আপনি যদি

বলে দেন!'

হুজুর তখন সামলে উঠে অত্যন্ত সন্দিগ্ধভাবে আমার দিকে চেয়ে আছেন।

তাঁর কাছে জবাব না পেয়ে আবার বললাম, 'কান মলাটা আজ বরং মুলতুবি থাক, হুজুর। কান টানতে কোন মাথা এসে পড়ে, তা-ই আমার ভাবনা। আজ বরং এদের বিদেয় করে দিন। এত ঘটা করে যখন নেমন্তন্ন করে এনেছেন, তখন নিরিবিলিতে দুটো প্রাণের কথা বলাবলি করি।'

হুজুর কী যেন ভেবে নিয়ে অনুচরদের চলে যাবার ইঙ্গিতই করলেন। তারা গোবোকে ধরাধরি করে নিয়ে যাবার পর আমার দিকে ফিরে জিজ্ঞাসা করলেন, 'কে তুই?'

'সে কী হুজুর!' আমি যেন অবাক। 'আপনি এখানকার পুলিশের চাঁই। আমার পরিচয় না জেনে কি আর মিছিমিছি ধরে আনিয়েছেন! কিন্তু হোটেলের পাশের এ বাড়িটা যে পুলিশের আস্তানা তা তো জানা ছিল না।'

'পাশের বাড়িতেই যে তোমাকে আনা হয়েছে, তা কী করে বুঝলে? তুই থেকে তুমি-তে তুলে খাতির দেখালেও হুজুরের গলা বেশ তীক্ষ্ণ, 'চোখের বাঁধন আলগা ছিল?'

'না, হুজুর! আমি আশ্বস্ত করলাম, 'সে বিষয়ে ওদের কোনও কসুর নেই। কিন্তু আমি যে এ ঘর পর্যন্ত আসতে দুবার কেশেছি, একবার হোঁচট খেয়েছি, পায়ে পায়ে জড়িয়ে পড়তে পড়তেও বেঁচেছি।'

'তাতে কী হয়েছে!' হুজুর খাপ্পা হয়ে উঠলেন, 'আমার সঙ্গে রসিকতা হচ্ছে!'

জিভ কেটে বললাম, 'ছিঃ ছিঃ! বলেন কী হুজুর! আপনার সঙ্গে আপনারই থাবার তলায় থেকে রসিকতা করতে পারি? শুধু-হাতে গোবোকেই না হয় একটু শিক্ষা দিয়েছি, কিন্তু এ-বাড়িতে অমন কত গোবো পোষা আছে কে জানে! আপনার একটু ইশারা পেলে এবার শুধু-হাতেও আর লড়তে আসবে না। তা ছাড়া, আপনি নিজেই আমার মতো একটা পোকাকে তো বুড়ো আঙুলে টিপে মারতে পারেন।'

'চুপ!' হুজুর ধমকে উঠলেন, 'তোমার বাজে বকবকানি শুনতে চাইনে। তোমার হোটেলের পাশের বাড়ি কী করে বুঝলে!'

'ওই তো বললাম, হুজুর। দুবার কেশে তার আওয়াজে বুঝলাম, একবার একটা বড় হল ঘর, আরেক বার একটা ঢাকা করিডরের ভেতর দিয়ে যাচ্ছি। ধাপ গুনতে গুনতে সিঁড়ি দিয়ে ওঠবার সময় হোঁচট খেয়ে পড়ে, হাত বুলিয়ে বুঝে নিলাম সিঁড়িগুলো মার্বেল পাথরের। ধাপ গুনেও টের পেলাম দস্তুরমতো উঁচু চারতলা বাড়ি ছাড়া এটা হতে পারে না। আর তারপর, পায়ে পায়ে জড়িয়ে প্রায় আছাড় খেয়ে পড়তে পড়তে, একটা বারান্দার রেলিং ধরে ফেলে, তার ওপর যে বাহারে কারুকাজের নমুনা পেলাম তাতে সব সুদ্ধ মিলিয়ে আর সন্দেহ রইল না যে, হোটেলের পাশের বাড়িতেই ঘুরপাক খাইয়ে আমায় আনা হয়েছে। হাইতির পোর্ট-অ-প্রিন্স শহরে একমাত্র রু-ম্যাকাজু রাস্তাতেই একটিমাত্র এতবড় শৌখিন

বাড়ি আছে, এ-কথা এখানকার চাষাভুষোও জানে। এ-বাড়িটা হাইতির বিখ্যাত এক সদাগর নিজের শখ মেটাতে অজস্র খরচ করে তৈরি করেছিলেন জানি। আপনাদের কোন রাজনৈতিক দলের কোপে পড়ে তিনি নাকি এক বছর নিরুদ্দেশ। তাঁর বাড়িটা যে কবে পুলিশের আস্তানা হয়েছে, এইটুকু শুধু জানতাম না।'

হুজুর আমার কথা শুনতে শুনতে ইতিমধ্যে গোবোর ফেলে যাওয়া রিভলভারটা তুলে নিয়ে উঠে দাঁড়িয়েছেন। এবার টেবিলের পেছন থেকে বেরিয়ে এসে আমার সামনে বাজিকরের মতো রিভলভারটা হাতে ঘোরাতে ঘোরাতে বললেন, 'তুমি হাইতির লোক নও জানি। কোথা থেকে কেন তুমি হাইতিতে এসেছ? ভু-ডু-র আসরে ও-রকম বাহাদুরির জাঁক করবার মানে কী? কী জানো তুমি এল ডোরাডোর সোনার পালকের?'

'প্রশ্নগুলো বড় বেশি হয়ে গেল না, হুজুর?' সবিনয়ে বললাম, 'তবে একটা কথা বললেই তা থেকে সব ক-টা প্রশ্নের জবাব বোধহয় পেতে পারেন। আমি ব্রিটিশ গায়না থেকে হাইতিতে এসেছি এক নরপিশাচের সন্ধান করতে?'

'কে সে?' হুজুরের চোখ দুটো যেন ছুরির ফলার মতো আমায় চিরে ফেলবে।

'এখানে নাম ভাঁড়িয়ে কী যে হয়েছে জানি না, তবে তার আসল নাম হল সেভিল। ডেভিল হলেই অবশ্য মানানসই হত। হুজুর যেন একটু চমকে উঠলেন! চেনেন নাকি?'

'না।' হুজুরের গলা থেকে চাপা গর্জন শোনা গেল। 'কিন্তু তুমিই বা তার কী জানো? তাকে খুঁজছই বা কেন?'

'চোখে আগে না দেখলেও তার আসল নাড়ির খবরই জানি। আর তাকে খুঁজছি পৃথিবীর সবচেয়ে দামি এক টুকরো ভাঁজ-করা কাগজ তার কাছে থেকে আদায় করব বলে, যে-কাগজে কুবেরেরও ঈর্ষা করবার মতো কল্পনাতীত ঐশ্বর্যের ভাণ্ডারের হদিস দেওয়া আছে। যে-কাগজে তার সত্যিকার মালিক সরল উদার কাপলান নামে এক বৃদ্ধ পর্যটক, সারা জীবন অজানা ভয়ংকর জলা-জংলায় পদে পদে মৃত্যুর সঙ্গে যুঝে অতি গোপন মানচিত্র আর নির্দেশ টুকে রেখেছিলেন। যে-কাগজ বৃদ্ধ কাপলানের বিশ্বাসী সহকারী সেজে তাঁকেই অজানা গভীর জঙ্গলে মুমূর্ষু অবস্থায় ফেলে সেই শয়তান চুরি করে পালিয়ে এসেছিল।'

'উদ্দেশ্য তোমার সাধু!' হুজুরের গলায় এবার ঠাট্টার সুর, 'কিন্তু সেই সেভিল না ডেভিলকে তুমি পাবে কোথায়? সে যদি হাইতিতেই থাকে তবে তোমার হাতে ধরা দিতে হাত বাড়িয়ে নেই নিশ্চয়!'

'হাত তাকে বাড়াতেই হবে। ওই সোনার পালকের টানে!' হুজুরের দিকে চেয়ে হেসে বললাম, 'বুড়ো কাপলান এল ডোরাডোর আসল ঘাঁটির সন্ধান তখনও না পেলেও কিছু-কিছু সম্পদ উদ্ধার করতে পেরেছিলেন। জলা-জংলায় ঘোরবার সময় তিনি সাংঘাতিক ভাবে একবার অসুস্থ হন। সেই সুযোগে তাঁকে অসহায় ভাবে ওই বিপদের মধ্যে ফেলে সেভিল তাঁর খুঁজে পাওয়া সম্পদ আর ওই

কাগজটা চুরি করে পালিয়ে আসে। সে তারপর এসে হাইতিতে রাজনীতির খেলায় মেতেছে, এ বিষয়ে পাকা খবর আমি পেয়েছি। গুপ্তঘাতকের দল গড়ে সে হাইতির দুদলের একটিকে মোটা টাকা নিয়ে যে সাহায্য করছে তা-ও জানি। এখানে একটা বড় দাঁও সে মারতে চায়, কিন্তু এল ডোরাডোর কথাও সে ভোলেনি। তার মতো শয়তান ভুলতে পারে না। এখানকার পালা চুকলে, সে আরেকবার ওই চুরি-করা কাগজের সাহায্যে এল ডোরাডোর আসল ঘাঁটির সন্ধান না করে পারবে না। গায়নার সোনার পালকের খবর টোপের মতো ফেলে তাই তাকে গাঁথবার চেষ্টা করেছি।'

হুজুর মোটা মোটা ঠোঁট দুটো একটু ফাঁক করে বিশ্রীভাবে হাসলেন—'কিন্তু তাকে টোপে গাঁথতে গিয়ে নিজেই তার জালে জড়িয়ে মরতেও তো পারো!'

'তা তো পারিই। সে ঝুঁকি না নিয়ে কি নেমেছি!'

'হুঁ!' হুজুর যেন দাঁতে দাঁত চেপে বললেন, 'শুকনো নারকেল দড়িতে তেল আছে দেখছি। কিন্তু এ-সব কথা তুমি জানলে কোথা থেকে?'

'জেনেছি হুজুর—ওই ওরিনোকো নদীরই দুই শাখা—কারোনি আর পারাকুয়ার মাঝামাঝি এক অজানা অঘোর জঙ্গলে। সেখানে নিঃসহায় অবস্থায় মরতে বসা এক বুড়োর দেখা পাই। ভাঙা ছেঁড়াখোঁড়া একটা তাঁবুর তলায় মৃত্যুশয্যায় তিনি আমায় সব কথা জানিয়ে যান। তাঁকে সেখানে কবর দেবার সময় প্রতিজ্ঞা করি—পৃথিবীর যেখানেই লুকিয়ে থাক, শয়তান সেভিলকে খুঁজে বার করে তাকে কিছু শিক্ষা দিয়ে ও-কাগজ আমি উদ্ধার করবই।'

হুজুরের ভাঁটার মতো চোখ দুটো তখন আবার জ্বলতে শুরু করেছে। রিভলভারটা ঘোরানো বন্ধ করে, একটু শক্ত করেই যেন চেপে ধরে চাপা গর্জনের আওয়াজে তুমি থেকে আবার তুইতোকারিতে নেমে বললেন, 'হ্যাঁ, তোর সাধ শিগগিরই পূর্ণ হবে মনে হচ্ছে। কিন্তু ও-জঙ্গলে তুই কী করতে গিয়েছিলি তাই আগে বলে যা।'

'বলব বই কী, হুজুর!' কৃতার্থ হয়ে বললাম, 'আপনাকে বলবার এ-সুযোগ ছাড়তে পারি! কিন্তু তার আগে আপনার টেবিলের ধারের ওই ইলেকট্রিক বোতামটা যদি একটু টেপেন।'

'কেন?' হুজুর অগ্নিমূর্তি হয়েও যেন একটু হতভম্ব।

'না, এক গেলাস জল দরকার ছিল। বোতাম টিপে কাউকে দিয়ে যদি আনাতেন!'

'ও! গলা শুকিয়ে গেছে বুঝি!' হুজুরের মুখে হিংস্র বিদ্রূপ।

'না, হুজুর! সবিনয়ে প্রতিবাদ জানালাম, 'এ-শুকনো গলা আর শুকোবে কি? তবে জল এক গেলাস কাছে থাকা ভাল! কখন কী দরকার হয় কে জানে?'

'দরকার হলে তখন পাবি!' হুজুর আবার গর্জালেন, 'এখন যা জিজ্ঞেস করছি, বল তাড়াতাড়ি।'

'তাড়াতাড়িই বলছি, হুজুর। তবে জলটা আনিয়ে রাখলে পারতেন। অবশ্য ও-বোতাম টিপে জল আনানো যায় কিনা ঠিক জানি না। ওর আওয়াজে আপনার সব ক-টা পোষা নেকড়ে দাঁত বার করে ছুটেও আসতে পারে হয়তো এখানে! বোতামটা

সেই জন্যই, কী বলেন?'

হুজুর বুঝি এবার ফেটেই পড়েন। তাঁকে যেন ঠাণ্ডা করতে তাই তাড়াতাড়ি আবার বললাম, 'রাগ করবেন না, হুজুর। যা বলবার এখনই বলছি। কী করতে ওই জঙ্গলে গেছলাম, জিজ্ঞেস করেছেন তো! একবার গেছলাম ওই ম্যানাটি মানে শুশুকগুলোকে ছাড়তে, আর একবার গেছলাম তাদেরই খবর নিতে।'

'কাদের খবর নিতে!' হুজুরের জালার মতো মুখের সবটাই বুঝি এখন হাঁ।

'ওই ম্যানাটি, মানে একরকমের শুশুকগুলোর। বছরখানেক আগে ওই অঞ্চলের এক জলায় ছেড়ে এসেছিলাম কি না!'

'ওই জঙ্গলে ম্যানাটি ছেড়ে এসেছিলে? আবার খবর নিতে গেছলে তাদের? কেন?' হুজুরের মাথাটা তখনও বেশ গুলিয়ে আছে বোঝা গেল।

'আর বলেন কেন হুজুর!' আমি যেন বিরক্ত—'পাঁচজনের উসকানিতে।'

'চালাকি করবার আর জায়গা পাওনি!' হুজুরের গলায় আবার এতক্ষণে গর্জন শোনা গেল, 'পাঁচজনের উসকানিতে অজানা জঙ্গলে তুমি শুশুক ছেড়ে এসে আবার খবর নিতে গেছলে? কার উসকানিতে? কে তারা?'

'আজ্ঞে, বললাম তো ওই পাঁচজন।' নিরীহ গোবেচারার মতো বললাম, 'তবে তাদের নাম বললে কি চিনবেন! তাঁরা তো আজকের লোক নয়, এদেশেরও না।'

'কে তারা? কবেকার? কোথাকার?'

'আজ্ঞে, প্রায় সবাই চারশো বছর আগেকার। তার মধ্যে চারজন স্পেনের আর একজন ইংল্যান্ডের। ক্রিস্টোফার কলম্বাসকে বাদ দিলে প্রথম যিনি সবচেয়ে উসকেছেন তাঁর নাম হল মার্টিনেজ। ও-অঞ্চলে সবার আগে সবচেয়ে বড় অভিযান যিনি করেছিলেন, সেই দিয়েগো দ্য অর্দাজের লেফটেন্যান্ট ছিলেন মার্টিনেজ। ১৫৩১ সালে জাহাজডুবি হবার পর কীভাবে তাঁকে উদ্ধার করে, সোনা যেখানে খোলামকুচি সেই ওমোয়া-য় নিয়ে গিয়ে, সোনায় মোড়া রাজা এল ডোরাডো তাঁর খাতির করেন, মার্টিনেজ তার বিবরণ দিয়ে গেছেন। মার্টিনেজের পর উসকানি পেয়েছি ওরেল্লানার কাছে। তাঁর অভিযান ১৫৪০ থেকে ১৫৪১-এ। তারপর আছেন ফিলিপ হটেন, ১৫৪১ থেকে ১৫৪৬ পর্যন্ত যিনি অভিযান চালান। ইস্পাহানিদের মধ্যে শেষ উসকানি পেয়েছি গনজালো জিমেনেস দ্য কোয়েসাদার কাছে। তাঁর অভিযান ১৫৬৯ সালের।

এরপর যিনি উসকানি দিয়েছেন তাঁর নামটা হয়তো শুনে থাকতে পারেন। তিনি হলেন স্যার ওয়ালটার র‍্যালে। র‍্যালে ইংল্যান্ডের বিখ্যাত অসামান্য বীর। কিন্তু তখনকার আরও অনেক বীরের মতো সুযোগ-সুবিধে হলে জলদস্যুতায় তিনি পেছপাও হতেন না। স্পেনের কয়েকটা এমনইভাবে লুট করা জাহাজের কাগজপত্রে, সোনায় মোড়া রাজ্য মানোয়া বা ওমোয়া-র খবর পেয়ে স্যার ওয়ালটার র‍্যালে ১৫৯৫ খ্রিস্টাব্দে একটি অভিযানে যান। সে অভিযানের পর ১৫৯৬-এ তিনি আবার লরেন্স কেমিস নামে একজনকে এল ডোরাডোর সন্ধানে পাঠান। তারপর শেষবার ১৬১৭ সালে মৃত্যুর একবছর আগে তিনি নিজেই

আবার সেই সন্ধানে গিয়েছিলেন। সঙ্গে ছিল তাঁর ছেলে আর আগেকার প্রতিনিধি সেই লরেন্স কেমিস। এই অভিযান থেকেই স্যার ওয়ালটারের চরম দুর্ভাগ্য শুরু। জ্বরে পড়ে তাঁকে ত্রিনিদাদে আটকে থাকতে হয়। তাঁর ছেলে আর লরেন্স কেমিস পাঁচটি ছোট ছোট জাহাজ নিয়ে এল ডোরাডোর সন্ধানে যাবার পথে ইস্পাহানি দলের সামনে পড়ে। যুদ্ধে স্যার ওয়ালটারের ছেলে মারা পড়ে, কেমিস সে-দুঃসংবাদ নিয়ে ফিরে আসার পর, স্যার ওয়ালটারের বকুনি সহ্য করতে না পেরে আত্মহত্যা করে। আর এ-অভিযান থেকে হতাশ হয়ে ইংল্যান্ডে ফেরার পর, বন্দী হয়ে এক বছর পরেই স্যার ওয়ালটারকে ফাঁসি কাঠে ঝুলতে হয়। তাই বলছিলাম হুজুর, এই পাঁচজনের উসকানি...'

'থাক!' হুজুর কথাটা আর আমায় শেষ করতে দিলেন না। এতক্ষণ ধৈর্য ধরে যে চুপ করে ছিলেন সেইটেই আশ্চর্য। এবার গনগনে মেজাতে গর্জে উঠলেন, 'এ সব পালাকীর্তন তোর কাছে শুনতে চেয়েছি?'

'তাই তো চাইলেন, হুজুর। তা ছাড়া শুনতে শুনতে আপনি একটু আনমনা হন কি না, ফালতু কথা বাড়িয়ে তা-ও পরখ করে দেখছিলাম!'

'তা-ই দেখছিলি!' হুজুর চিড়বিড়িয়ে উঠলেন, 'আমায় আনমনা করে তুই এখান থেকে সটকাতে পারবি ভেবেছিস? জানিস তুই কোথায় আছিস?'

'জানি বই কী হুজুর। এই চারতলা পেল্লায় যমপুরীর দরজায় দরজায়, সিঁড়িতে সিঁড়িতে পাহারা। ঘরে ঘরে আপনার সব সাঙ্গপাঙ্গ ছোরা পিস্তল নিয়ে তৈরি হয়ে বসে আছে। ওই বোতাম টিপলেই সব ছুটে আসবে। তবু ভাবছিলাম, ওদিকের বন্ধ জানালাটা খুললে হয়তো একটা খোলা বারান্দা পাওয়া যাবে। ওখান দিয়ে নিয়ে আসবার সময় বাইরের দমকা হাওয়া একটু গায়ে লাগল কি না, তাই ভাবলাম বারান্দায় একবার পৌঁছোতে পারলে, সেখান থেকে ঝাঁপ দিয়ে পাশের বাজারের ছাদের ওপর পড়া খুব শক্ত নয়। এ পথে যেতে-আসতে বাজারের ছাদটা অনেকবার চোখে পড়েছে। করোগেটের ঢালু চাল হলেও মাথাটা বেশ উঁচু। আর তেতলার বারান্দা থেকেও খুব বেশি লাফাতে হবে না। তারপর একবার বাজারের মধ্যে গিয়ে পড়তে পারলে...'

'আর তোর ভাবনা নেই, কেমন?' হুজুরের মুখে, বেড়াল যেন ইঁদুর ধরে খেলাচ্ছে এমনই হাসি—'আমি তখন শুধু ফ্যাল ফ্যাল করে চেয়ে থাকব। কী বলিস?'

'আজ্ঞে, আশা করতে দোষ কী?' আমি করুণ সুরে বললাম।

'চোপ রও! বেয়াদব!' হুজুর আবার বজ্রনাদ ছাড়লেন, 'সোজাসুজি বলবি কি না ও জঙ্গলে কী করতে গিয়েছিলি? কোনও নিশানা কারুর কাছে পেয়েছিলি কিনা!'

'সোজাসুজিই তো বললাম হুজুর, নিশানা যা পেয়েছি ওই পাঁচজনের কাছেই, আর গিয়েছিলাম সবাই যে-জন্য যায় সেই জন্যেই। আমি তো আর একলা ও-অপরাধ করিনি হুজুর, আজ চারশো বছর ধরে হাজার হাজার মানুষ জান-প্রাণ তুচ্ছ করে ওই যমের দক্ষিণ দোরের দিকে ছুটেছে, সেই হারানো ওমোয়া-র সন্ধান করতে। পুমা, জাগুয়ার আর অসভ্য জংলিরা কতজনকে শেষ করেছে, নদী-জলায় অ্যানাকোন্ডা

আর ও দেশের রাক্ষুসে কুমির কেম্যানের পেটে কতজন গেছে, দুর্দান্ত বিষধর ল্যাবেরিয়া বুশমাস্টার র‍্যাটল সাপের ছোবলে কতজন প্রাণ দিয়েছ তার লেখা-জোখা নেই। তবু মানুষের লোভ, দুঃসাহস আর কৌতূহল কোনও বাধা মানেনি। বহুদিন পর্যন্ত মানুষের ধারণা ছিল, গায়নার পারিমা হ্রদের ধারে ওমোয়া শহর পাওয়া যাবে। অভিযাত্রীরা সেই পারিমা হ্রদ খুঁজেছে হন্যে হয়ে। উনবিংশ শতাব্দীর গোড়ার দিকে ফন হুমবোল্ড প্রমাণ করে দেন যে, এতদিন দেশবিদেশের ম্যাপে যে পারিমা হ্রদের চিহ্ন দেওয়া থাকত, তার কোন অস্তিত্বই নেই। তবু কি মানুষের অভিযান বন্ধ হয়েছে, হুজুর! কোথাও এল ডোরাডোর সোনায় মোড়া রাজধানী ওই অজানা জলা-জংলার দেশে লুপ্ত হয়ে আছেই এ-ধারণা সহজে যাবার নয়। যাবেই বা কী করে? এখনও ওই দেশের অজানা গহন অঞ্চল থেকে ওখানকার আদিবাসীদের হাত-ফেরতা হতে হতে একটা-দুটো যে আশ্চর্য সোনার পালক সভ্যমানুষের জগতে এসে পৌঁছোয়, তার রহস্যের তো কিনারা হয়নি।'

'ফের বকবকানি ধরেছিস!' হুজুর জ্বলে উঠলেন, 'ওখানে শুশুক ছাড়ার কথা কী বলছিলি?'

'সত্যি কথাই বলছিলাম, হুজুর। শুশুক ছাড়ার মতলবটা অবশ্য হঠাৎ মাথায় এসেছিল। দু বছর আগে এমনই জুন মাসের এক গরমের দিনে ত্রিনিদাদ থেকে ব্রিটিশ গায়নার জর্জ টাউনে যাবার একটি জাহাজে কাপলানের সঙ্গে আলাপ না হলে অবশ্য এ মতলব খাটাবার কথা ভাবতাম না।'

'দু বছর আগে, জুন মাসে কাপলানের সঙ্গে তোর জাহাজে দেখা হয়।' হুজুর একেবারে মারমুখো। 'আমার কাছে ধাপ্পা!'

'আজ্ঞে, ধাপ্পা আপনাকে দিতে পারি! কাপলানের সঙ্গেই সত্যি আমার দেখা হয়। তবে শয়তান সেভিল যে কাপলানের সর্বস্ব চুরি করে জংলিদের মাঝে মৃত্যুর মুখে ঠেলে ফেলে আসে সে কাপলান নয়। কিন্তু সেই বৃদ্ধেরই ছেলে। বহুকাল নিরুদ্দেশ বাপের কোনও খবর না পেয়ে ছোট কাপলান তাঁরই সন্ধানে গায়না যাচ্ছিল। আমিও গায়নার অজানা গহন জঙ্গলে যাবার জন্য বেরিয়েছি জেনে সে আমায় সঙ্গী হতে বলে। সেবারেই বুড়ো কাপলানের সঙ্গে যদি দেখা হত, আর যে-কাগজটা পরে সেভিল তাঁর কাছ থেকে চুরি করে পালায় সেটা যদি তখন পেতাম, তা হলে ওই ম্যানাটি মানে শুশুকগুলোর ভেলকি তখনই দেখিয়ে দিতে পারতাম!'

হাইতি-মার্কা একটা কড়া গালাগাল দিয়ে হুজুর গর্জালেন, 'নিকুচি করেছে তোর শুশুকের। সেবারে গিয়ে বুড়ো কাপলানের দেখা তা হলে পাসনি! কী করছিলি তা হলে?'

'পারিমা হ্রদের পাত্তা যদি পাওয়া যায়, সেই আশায় ওই শুশুকগুলোকে ছেড়ে এসেছিলাম।'

'চুলোয় যাক তোর শুশুক!' আরও কী হুজুর বলতে যাচ্ছিলেন।

তাড়াতাড়ি বাধা দিয়ে বললাম, 'অমন কথা বলবেন না, হুজুর! ওই শুশুকের ভরসাতেই আছি।'

'হ্যাঁ, তোর মতো কুচোচিংড়ির আর কে ভরসা হবে! শুশুকের ল্যাজেই গড় কর।' হুজুর খিঁচিয়ে উঠলেন। 'এখন আমার কথার চটপট জবাব দে। পারিমা হ্রদ তো গল্প কথা বলে হুমবোল্ড প্রমাণ করে গেছেন। তার পাত্তা পাবার আশা তা হলে কোথায়?'

'হুজুরের যেন একটু নেশা লেগেছে মনে হচ্ছে!' খুশি মুখে বললাম, 'শুনুন। আশা এইখানে যে হুমবোল্ডের প্রমাণ তো শেষ কথা নয়। হতে পারে না। ১৫৩১-এ মার্টিনিজ ওমোয়া-য় গেছলেন বলে বিবরণ দিয়েছেন, আর হুমবোল্ড পারিমা হ্রদ বলে কিছু নেই বলে প্রমাণ করেছেন ঊনবিংশ শতাব্দীর মাঝামাঝি। মাঝখানে তিনশো বছর কেটে গেছে। তার মধ্যে পৃথিবীর গায়ের ওপর অনেক কিছু ওলট-পালট হয়েছে, বিশেষ করে গায়নায় ওই অঞ্চলে পাহাড় ডাঙা নদী জলা অনেক ওঠা-নামা করেছে বলে অনেক পণ্ডিতের ধারণা। যে পারিমা হ্রদের ধারে ওমোয়া শহর ছিল, তা যে পৃথিবীর নীচের তলার মাথা ঝাঁকুনিতে পাড় ছাপিয়ে ওমোয়া শহর ভাসিয়ে, হ্রদের বদলে অন্য চেহারা নেয়নি তা কে বলতে পারে! সেইরকম কিছুই হয়েছে বলে আমার অন্তত বিশ্বাস, কারণ পারিমা হ্রদ কি তার তীরের ওমোয়া শহর আর সোনায় মোড়া রাজা এল ডোরাডো নিছক গাঁজাখুরি গল্প হলে সোনার পালকগুলোও তা-ই হত। কিন্তু সেগুলো তো চোখে-দেখা হাতে-ছোঁয়া পরখ করা জিনিস। তাই পারিমা হ্রদকে অন্য চেহারায় খুঁজে পাওয়া যাবে বলে আমি মনে করি। বুড়ো কাপলানও তা-ই মনে করতেন, আর শেষ পর্যন্ত তিনি এমন কিছু হদিস পেয়ে ওই কাগজে টুকে রেখেছিলেন যার সাহায্যে এল ডোরাডোর কুবেরের ভাণ্ডার উদ্ধার করা এখনও অসম্ভব নয়। সেই কাগজখানা সেভিলের কাছ থেকে তাই আমার না নিলেই নয়!'

'হুঁ!' হুজুরের গলায় আর ঝাঁজ নেই, 'শোন, তোর সব বেয়াদবি আমি মাপই করে দেব ভাবছি!'

'হুজুরের কী মহানুভবতা!' আমি গদগদ হলাম।

গলাটা আরও একটু মোলায়েম করে হুজুর বললেন, 'এল ডোরাডো সম্বন্ধে তুই বেশ ওয়াকিবহাল মনে হচ্ছে। তোকে তাই একটা কাজ দিতে চাই।'

'বান্দা তৈয়ার, হুজুর!'

আমার ফৌজি সেলামে একটু ভুরু কোঁচকালেও গলাটা তেমনই মোলায়েম রেখে হুজুর বললেন, 'সেভিলের কাছ থেকে সে-কাগজ আমিই আদায় করব। তারপর তোকে আমার সঙ্গে যেতে হবে সেই গায়নায়। পারিমা হ্রদ খুঁজে বার করে এল ডোরাডোর কুবেরের ভাণ্ডার যদি সত্যি উদ্ধার করতে পারিস, তা হলে তোকে এমন বকশিশ দেব যা তুই ভাবতে পারিস না।'

'শুনেই আমার গায়ে কাঁটা দিচ্ছে, হুজুর! কিন্তু বেচারা কাপলানের কী হবে তা হলে?'

'কাপলান? মানে সেই বুড়োর বেটা?' হুজুর নাক সেঁটকালেন, 'সে আবার এর মধ্যে আসছে কোথা থেকে?'

'আসছে তার বাপের কাছ থেকে। বুড়ো কাপলান হদিস দিয়ে গেছে বলেই না কুবেরের ভাণ্ডার উদ্ধার করবার আশা করছি। সুতরাং তাকে কী করে বাদ দিই, বলুন? তার চেয়ে আরেক কাজ করুন, হুজুর! সেভিল না ডেভিল যার কাছ থেকে হোক, কাগজটা আমায় ফিরিয়ে দিন। আমি বকশিশ আর আপনাকে কী দেব? একটু বরং আপনার পিঠ চাপড়ে যাই।'

বোমার মতো ফাটতে গিয়েও হুজুর কী যেন ভেবে অতি কষ্টে নিজেকে সামলালেন। তারপর তখানি সাধ্য গলাটা খাটো রেখেই বললেন, 'শেষ সুযোগ তোকে দিচ্ছি, এইটুকু মনে রাখিস। এক কথায় জবাব দে—আমার কথায় রাজি কি না?'

'বড় ফাঁপরে ফেললেন যে হুজুর! এখন আমাকে দেখছি টি-ম্যালিসেরই শরণ নিতে হয়।'

'টি-ম্যালিস কে?' হুজুর চোখ পাকালেন।

'আজ্ঞে, আপনাদের এই হাইতিরই রূপকথার একজন মানুষ। রাজা টি-ম্যালিসের ওপর কী কারণে চটেছেন। টি-ম্যালিসকে তলব করে বললেন—কাল সূয্যি ওঠার সঙ্গে সঙ্গে আমার পদ্মদীঘির সব ক-টা রাজহাঁস দুয়ে এক বালতি দুধ আনতে হবে। না আনতে পারলে তোমার গর্দান নেব। পরের দিন রাজা ভোরে উঠে বসে আছেন, টি-ম্যালিস আর আসে না। অনেক বেলায় টি-ম্যালিস আসতে রাজা হুংকার দিয়ে উঠলেন—দুধ কই রাজহাঁসের? ডাকো জল্লাদকে এখনই। টি-ম্যালিসের ভ্রূক্ষেপ নেই। বললেন—একটু সবুর করুন হুজুর, আগে আমার ঝামেলাটা শুনুন। কী তোমার ঝামেলা—রাজা রেগে শুধোলেন। আজ্ঞে পিঁপড়ের কামড়ে আঙুল ফুলে গেছে, দুধ দুইব কী করে?—বললে টি-ম্যালিস। তা আঙুল ফোলে কেন? কেন গেছলে পিঁপড়ে ঘাঁটাতে?—রাজা ধমকালেন। কী করি বলুন, নইলে যে সূয্যি ওঠে না—বললে টি-ম্যালিস। সূয্যি ওঠে না!—রাজা হতভম্ব। আজ্ঞে হ্যাঁ, মহারাজ!—অম্লানবদনে বললে টি-ম্যালিস—মাঠের শেষে ডেঁয়ো পিঁপড়ের বাসা ছিল, সুয্যি ঠাকুর জানত না। ভোরবেলা যেই উঠতে যাবে অমনই লাল মিঠাই মনে করে একেবারে ছেঁকে ধরলে ঝাঁক ঝাঁক পিঁপড়ে। ছুটে গিয়ে তাই ছাড়াতে বসতে হল। পিঁপড়ে না ছাড়ালে সূয্যি উঠবে না। আর সূয্যি না উঠলে রাজহাঁসের দুধ আপনাকে দেখাব কী করে? পিঁপড়ের কামড়ে তাই তো আঙুল ফুলল। রাজামশাই এবার তেলেবেগুন। বললেন—ধাপ্পাবাজির আর জায়গা পাওনি? সূয্যির গায়ে কখনও পিঁপড়ে ধরে? ধরে, মহারাজ, ধরে!—টি-ম্যালিস এক গাল হেসে বোঝালে—রাজহাঁসের দুধ দোয়াতে হলেই ধরে!'

একটু থেমে মুখ কাঁচুমাচু করে বললাম, 'আপনার কথায় টি-ম্যালিসের মতোই তা হলে রাজি হতে হয়। কোন সূয্যির গায়ে কী পিঁপড়ে ধরাতে হবে তা না হয় পরে ভাবা যাবে।'

এবার সত্যিই বোমা ফাটল। হুজুর হুংকার ছাড়লেন, 'তবে রে, চিমড়ে চিমসে ছারপোকা! একটু ঢিলে দিয়েছি বলে কোঁৎকাকে কাতুকুতু ভেবেছিস! শমনের ডাক

তোর এসে গেছে। নে, ইস্টনাম কিছু থাকে তো জপ করে নে।'

'কিন্তু ক-টা কাজ যে বাকি আছে, হুজুর! ' করুণ সুরে নিবেদন করলাম, 'কাপলানের কাছে ওই কাগজটা আর নতুন এক পাল ম্যানাটি না পৌঁছে দিলে যে কথার খেলাপ হবে।'

'তা একটু হবে। তবে তুই শুশুক না পৌঁছোতে পারিস, তোর ফুটো লাশটা না হয় হাইতির সেন্ট মার্ক উপসাগরের জলে শুশুকদের বদলে হাঙরদের কাছেই পৌঁছে দেব।' হুজুরের মুখে যেন হাঙরেরই হাসি এবার।

বললাম, 'ধ্যেৎ!'

হুজুর শুনেই ভ্যাবাচাকা। লজ্জা লজ্জা ভাব করে এবার বললাম, 'হাঙরের কামড়ে আমার যে সুড়সুড়ি লাগে। তা ছাড়া কথার নড়চড় আমার যে কিছুতেই হবার নয়। প্রথমবার গায়নায় বাপের খোঁজ না পেয়ে হতাশ হয়ে কাপলান এই হাইতিতে ফিরে এসে রাজনীতির লড়াইতেই মাতে। দ্বিতীয়বার শুশুকগুলোর খোঁজ নিতে গায়নায় গিয়ে, সেগুলো জংলিরা মেরে শেষ করেছে দেখলাম বটে, কিন্তু ভাগ্যক্রমে বুড়ো কাপলানের দেখা পেলাম। তাঁর শেষ খবর নিয়ে হাইতিতে এসে বহু কষ্টে ছোট কাপলানকে খুঁজে বার করি। তারপর কত বুঝিয়ে-সুঝিয়ে তাকে রাজনীতির নেশা ছাড়িয়ে আবার গায়নায় পাঠিয়েছি। কথা দিয়েছি সেভিলের কাছ থেকে কাগজটা আর, ওই যে বললাম, নতুন একপাল শুশুক নিয়ে তার কাছে দুদিন বাদেই যাচ্ছি। আর দেরি করলে তাই যে আর চলে না, হুজুর!'

'না, দেরি আর তোকে করতে হবে না।' হুজুর রিভলভারের সেফটি ক্যাচটা সরালেন, 'সেভিল না ডেভিলের কাছ থেকে কী করে কাগজটা নিবি ভেবে রেখেছিস আশা করি!'

'তা একটু ভেবেছি বই কী! আপনার মতো সাদাসিধে হোঁৎকা কেউ হলে ভাবনারও বিশেষ কিছু নেই।'

'তাই নাকি!' হুজুর রিভলভারটা আমার দিকে উঁচোলেন।

'আজ্ঞে হ্যাঁ। যত বড় শয়তানই হোক, আপনার মতো হাঁদা হলে বিশ্বাস করে সে-কাগজটা সে বাকস প্যাঁটরা সিন্দুকে কোথাও রেখে স্বস্তি পাবে না। নিজের কাছে আপনার কোমরের বেলটের মতোই কোথাও নিশ্চয়ই রাখবে।'

'আর, তুই লড়ে সেটা কেড়ে নিবি!' হুজুরের যেন ব্যাঙের লপচপানিতে সাপের ফোঁস।

'আজ্ঞে না, হুজুর!' নাক সিঁটকে বললাম, 'ও সব ধস্তাধস্তি বড় নোংরা কাজ। টিবিয়া বলে পায়ের হাড়ের নাম শুনেছেন বোধ হয়। এই যে আপনি আমার মুখের দিকেই চেয়ে আছেন। এখন আচমকা দুপায়ের সেই দুই টিবিয়ায় ঠিক জুৎসই ঠোক্কর দিলে সে আপনার মতোই কাহিল দিশাহারা হয়ে নাচতে শুরু করবে। তারপর দুই কনুইয়ের আলনার নার্ভ মানে স্নায়ু যেখান দিয়ে গিয়েছে সেখানে ফানি বোন-এ নির্ভুল জায়গা মাফিক দুটো ঘা দিলেই দুটো হাত ঝিনঝিন করে অবশ হয়ে রিভলভারটা এমনই করে পড়ে যাবে। তারপর সেটা তুলে নিয়ে দু

কানের নীচের এই দুটো জায়গায় মোক্ষম একটু টিপুনি দিয়ে কণ্ঠার ডেলাটায় দুবার ওস্তাদের হাতের টোকা দিলেই কিছুক্ষণের জন্য হাত পা শরীর অবশ, জিভ অসাড়। তখন কোমরের বেলটের ব্যাগ থেকে কাগজটা এমনই করে বার করে নিয়ে, সাবধানের মার নেই বলে পেটের উপর সোলার প্লেক্সাসে একটা কিল দিয়ে, টেবিলের ধারের বোতামটা একবার টিপলেই এ-বাড়ির পোষা গুণ্ডাগুলো পড়ি কি মরি করে এই ঘরের দিকেই সবাই ছুটে আসবে। জলের গ্লাসটা আনানো থাকলে আপনার মুখে চোখে জল ছিটিয়ে তারা চাঙ্গা করতে পারত। কিন্তু তা আর হবার নয়। আমি অবশ্য ওধারের জানালাটা তার আগেই খুলে ফেলে খোলা বারান্দায় নেমে সেখান থেকে বাজারের টিনের চালের মটকায় ঝাঁপ দিয়ে এমনই করে হাওয়া!"'

ঘনাদা থামলেন। সিগারেটটা ক্ষয়ে ক্ষয়ে তখন প্রায় তাঁর আঙুলের ফাঁকে এসে পৌঁছেছে। সেটা ফেলে দিয়ে কৌটোটা নিয়েই উঠে পড়তে যাচ্ছিলেন। আমাদের আর কিছু করতে হল না, ভাড়াটে চারমূর্তিই ধরাধরি করে তাঁকে বসিয়ে দিল।

"আপনি তাহলে সত্যিই অমনই করে কাগজটা কেড়ে নিয়ে পালালেন?" সিড়িঙ্গে নফরবাবু যেন এখুনি সাষ্টাঙ্গে প্রণিপাত করবেন, "ওই গোরিলার মতো দুশমনের কাছ থেকে?"

"ওই গোরিলাই হল সেভিল! আমি কিন্তু আগেই বুঝেছি!" পিপের দোসর বিশে নিজের বুদ্ধির বাহাদুরিতে নিজেই গদগদ।

"আপনি তারপর ওই কাগজ আর শুশুকের পাল সেই কাপলানের কাছে পৌঁছে দিলেন!" ভক্তিভরে শুধোল দশরথ।

"তা দিলাম বইকী!" ঘনাদা সবিনয়ে জানালেন, "কথা যখন দিয়েছি তখন না রেখে পারি!"

"আচ্ছা, কাগজটার দাম না হয় বুঝলাম," সিড়িঙ্গে নফরবাবু প্রায় করজোড়ে নিবেদন করলেন, "কিন্তু এই শুশুকগুলো কেন, ঠিক ধরতে পারছি না তো।"

"পারছেন না!" ঘনাদা এ-রকম অবিশ্বাস্য মূঢ়তায় যেন ক্ষুণ্ণ, "ওরাই যে ভরসা! এল ডোরাডোর কুবেরের ভাণ্ডার উদ্ধার হবার হলে ওদের দিয়েই হবে।"

"ওরাই মানে ওই শুশুকগুলো দিয়ে!" চারমূর্তির সব ক-টা চোখই তখন কপালে উঠেছে।

"হ্যাঁ!" ঘনাদা করুণভাবে ব্যাখ্যা করলেন, "ওই ম্যানাটি মানে শুশুকগুলো হল নদীতে জলায় যা কিছু পানা, দাম প্রভৃতি জলজ আগাছা জন্মায় তার যম। পাঁচশো ধাঙড় সাত হপ্তায় যা না পারে, ওদের পাঁচটাতে সাত দিনে তা খেয়েই সাফ করে দেয়। পৃথিবীর থেকে থেকে মাথা চাড়ার দরুন এল ডোরাডোর ওমোয়া রাজধানী, যার ধারে ছিল সেই পারিমা হ্রদ, কোনও কারণে হয়তো পাড় ছাপিয়ে সে রাজধানী ডুবিয়ে অন্য চেহারা নিয়েছে—এ সন্দেহের কথা আগেই বলেছি। চারশো বছরে সে জলাবাদা কিন্তু জংলা আগাছায় এমন ছেয়ে গেছে যে হদিস পেলেও খুঁজে বার করা

অসম্ভব। ওই ম্যানাটির পাল সেই জন্যেই ও-অঞ্চলে ছেড়ে দেবার ব্যবস্থা করি। ও দেশের জংলিরা বনের আড়াল থেকে বিষমাখানো তীর ছুঁড়ে পালাতেই জানে। তাদের দিয়ে তো আর ধাঙড়ের কাজ হয় না। আর সে অসম্ভব সম্ভব হলেও ম্যানাটির মতো এমন পরিপাটি সাফ করা আর সাফ রাখা মানুষ তো মানুষ, কোনও যন্ত্রেরও সাধ্যে কুলোবে না। ম্যানাটিরা জলা সাফ করলে হারানো হ্রদ পারিমার চৌহদ্দি বেরিয়ে পড়বে, এ বিশ্বাস আমার ছিল।"

"তাহলে ওই কুবেরের ভাঁড়ার আবার খুঁজে পাওয়া যাবে?" পিপের ভাই বিশের চোখ প্রায় ঠেলে বেরোয়।

"নাঃ, আর কী করে যাবে!" ঘনাদা দীর্ঘশ্বাস ফেললেন, "কাপলান তো আর ওখানে থাকবে না। সব ছেড়ে-ছুড়ে চলে আসবে।"

"কেন? কেন?" সমস্বরে আকুল প্রশ্ন।

"আর কেন! হাইতির রাজনীতির লড়াই থেকে অনেক বুঝিয়ে-সুঝিয়ে যখন তাকে গায়নায় পাঠাই তখন সেই কড়ার-ই আমায় দিয়ে করিয়ে নিয়েছিল যে! বলেছিল—তোমার কথায় আমি যাচ্ছি দাস, কিন্তু তোমাকেও কথা দিতে হবে কোনওদিন কোথাও কোনও ভোটের লড়াইয়ে আর নামবে না। সে-রকম কোনও খবর পেলেই জানবে আমি সব ছেড়ে হাইতিতে ফিরেছি।"

সমস্ত ঘরটার চোখেই যেন সরষে ফুল।

ঘনাদা উদাস ভাবে বললেন, "ওই ম্যানটিগুলোর জন্যই একটু দুঃখ হয়। এল ডোরাডোর যখের ধন আর অবশ্য খুঁজে পাওয়া যাবে না। কিন্তু তার আর কী করা যাবে! আপনারা সবাই যখন দাঁড়াতে বলছেন তখন সে-কথা তো আর ঠেলতে পারি না?"

"খুব পারেন! আলবত পারেন!! একশো বার পারেন!!! আপনাকে দাঁড়াতে দিচ্ছে কে?" চারমূর্তি একসঙ্গে উঠে দাঁড়িয়ে যেন আমাদের ওপরই মারমুখো।

"আপনাকে ব্যাগোত্তা করছি, ঘনশ্যামবাবু," চারজনের মুরুব্বি হয়ে জালা-প্রমাণ দশরথই হাত কচলে আর্জি জানালে, "আপনি এ ভোটাভুটির নোংরামিতে নামবেন না। দিন, কথা দিন আমাদের। তারপর দেখি, কে আপনাকে নামাতে চায়!"

শেষ কথাগুলো আমাদের দিকেই চোখ রাঙিয়ে।

ঘনাদা যেন নিরুপায় হয়ে বললেন, "বেশ, আপনারাই যখন মানা করছেন তখন নামব না।"

হঠাৎ আমাদের দিকে নজর পড়ায় যেন অবাক হয়ে বললেন, "আরে, তোমরা অমন চুপটি করে বসে কেন? ভদ্রলোকেরা এসেছেন, চা জলখাবার আনাও। আর এই নাও হে শিশির, অনেকক্ষণ শুকনো মুখে আছো, একটা সিগারেট খাও।"

শিশিরের কৌটো থেকেই ঘনাদা উদারভাবে তাকে একটা সিগারেট দান করলেন।

হ্যাঁ, এখনও সেই বাহাত্তর নম্বর বনমালি নস্কর লেন!

কেঁচো

ঘনাদা এক কথায় রাজি!

আমরা সবাই তো একেবারে যাকে বলে পপাত ধরণীতলে!

যে ঘনাদাকে নেহাত তাঁর নিজের মর্জি ছাড়া মেস থেকে এক পা বার করা যায় না, শনিবার দিনটা অন্তত পুলিশের হুলিয়া দেখিয়েও যাঁকে মেস ছাড়া করা প্রায় অসম্ভব, তিনি বলা মাত্র শনিবার ভোরে আমাদের সঙ্গে শিবুর জন্মস্থান এক অজ পাড়াগাঁয়ে যেতে রাজি হয়ে গেলেন!

শিবুর জন্মস্থান যেখানেই হোক, কোনও অজ পাড়াগাঁয়ে নয়। কোথায় যে তার জন্মস্থান তা অবশ্য তার নিজেরও বোধহয় জানা নেই—তবু ঘনাদাকে জব্দ করার ফিকিরেই ভেবেচিন্তে কিচিন্দে বলে একটা গ্রামের নাম উদ্ভাবন করে, আমরা কলকাতা থেকে মাইল ত্রিশেক দূরে আমাদের কাল্পনিক মানচিত্রে বসিয়েছিলাম। গ্রামটি ঘনাদার খাতিরে সুগমও করেছিলাম যথেষ্ট। ট্রেন বা বাস কিছুই সেখানে যায় না। বর্ষাকালে শালতি করে কোনওরকমে একটা জনমানবহীন বাদায় গিয়ে নেমে ক্রোশ পাঁচেক হাঁটুভর কাদা ভেঙে সেখানে পৌঁছতে হয়।

কিচিন্দে গ্রামের এসব বাহার নিজেদের মান বাঁচাতেই জুড়তে হয়েছিল অবশ্য পরে।

নিজেদের ফাঁদেই নিজেরা যে অমন করে পড়ব আগে কি জানি!

শনিবার রাত্রে আমাদের মেসে বেশ জবর গোছের খ্যাঁট হয়। বাপি দত্ত আমাদের মেস ছেড়ে গেছে বটে, কিন্তু তার মতো মফস্‌সলি আরও দু-চারজন আছে। তাদের খাতিরেই রবিবারের বদলে শনিবার রাত্রেই এই ভূরিভোজের ব্যবস্থা।

ঘনাদা শনিবার দিনটায় তাই মেস থেকে নড়বার নাম করেন না। শুধু 'নট নড়ন চড়ন' হয়ে খ্যাঁটের যাকে বলে 'সিংহভাগ' নিলে বলবার কিচ্ছু ছিল না, কিন্তু তাঁর আবার উপরি আবদার বায়নার অন্ত থাকে না সেদিন। সকালে উঠেই হইচই লাগিয়ে তো দেনই—কই হে, বাজারে যাচ্ছ আজ কে! বলি 'মেনুটা' কিছু ঠিক করেছ নাকি! তারপর কোনও দিন ফরমাশ হয়: আজ একটু ভেটকি মাছের 'ক্রোকেট' করবে তো হে। দেখো আবার যেখান সেখান থেকে ভেটকি কিনো না! কোনওদিন বা অনুযোগ দিয়ে শুরু হয়—ওহে আগের-বারে বিরিয়ানিটা তেমন জুত হয়নি। মটনটাই ছিল শুঁটকো! হাতের চর্বি ধুতে একটা বারসোপ না খরচ হয়ে গেলে আবার মটন! মটন একেবারে হগ সাহেবের বাজারে নুরুদ্দিনের দোকানে কিনবে, বুঝেছ। কাবলি ছোলার খোসা না ছাড়িয়ে নুরুদ্দিন ভেড়াকে খাওয়ায় না।

ফি শনিবার ঘনাদার এরকম নতুন নতুন খাবারের চিন্তার ঢেউ খেলে মাথায়।

মনে মনে হাসি বা গজরাই, তাঁর আবদার শেষ পর্যন্ত রাখতেই হয়।

শনিবারের এই ভোজনবিলাস ছেড়ে ঘনাদা এক কথায়—ধাড়ধাড়া গোবিন্দপুরকেও হার মানানো কিষ্কিন্ধ্যেরও বটতলা সংস্করণ 'কিচিন্দে' যেতে রাজি হবেন, এ আমাদের স্বপ্নাতীত।

ঘনাদাকে একটু জ্বালাবার মতলবেই বুধবার বিকেলে কথাটা তুলেছিলাম।

ঘনাদা তখন তাঁর মৌরসি আরাম-কেদারায় বসে শিশিরের চতুঃসহস্র সপ্তশত সপ্তবিংশতিতম সিগারেটটি ধার নিয়ে সবে ধরাচ্ছেন।

শিবু তখনও ফেরেনি। আমি, গৌর আর শিশির মিলেই ঘনাদাকে সঙ্গ দিচ্ছি। আমাদের ফন্দিমতো শিশিরই একটা দীর্ঘশ্বাস ফেলে কথাটা পাড়লে, "এ শনিবারের খ্যাঁটটা কিন্তু ফসকাল!"

"কেন?" ঘনাদা সিগারেটের সুখটানটা মাঝপথেই থামিয়ে জিজ্ঞাসা করলেন। ঘনাদার গলার স্বরটা বিস্ময়ে আশঙ্কায় উদ্বেগে ঠিক আশানুরূপ তীক্ষ্ণ না শোনালেও, মনে হল ওষুধ ধরেছে।

গৌরই জবাবটা দিলে যেন হতাশভাবে, "আর বলেন কেন? শিবুর সঙ্গে তার গাঁয়ে যেতে হবে। গাঁ যেন আমরা কেউ দেখিনি। আর যেতে হবে কিনা শনিবার এখানকার এই খাওয়া ফেলে! কী অন্যায় আবদার বলুন তো!"

ঘনাদার মুখে কথা নেই। সিগারেটটাও না। সেটা আঙুলের ফাঁকে পুড়ছে।

লক্ষণ সব ভালই বলতে হবে।

আমি মনসায় ধুনোর গন্ধ দিলাম এবার, "আহা, অত চটছ কেন? শিবুর যে ওই গাঁয়েই জন্ম। এই শনিবারই আবার ওর জন্মদিন। আমাদের সবাইকে নিজের গাঁয়ে নিয়ে গিয়ে তাই একটু হই-হুল্লোড় করতে চায়।"

একটু থেমে ঘনাদার মুখের ওপর চট করে একবার চোখ বুলিয়ে নিয়ে ব্রহ্মাস্ত্রটি ছাড়লাম, "ঘনাদাকেও তো নিয়ে যাবে বলেছে!"

ডিনামাইটের সলতেয় দূর থেকে আগুন দিয়ে এঞ্জিনিয়াররা যেমন দুরু দুরু বুকে অপেক্ষা করে, আমাদের তখন সেই অবস্থা।

এই বিস্ফোরণ হল বলে! শনিবারের যজ্ঞির খাওয়ায় ফাঁকি দিয়ে ঘনাদাকে কিনা নিয়ে যেতে চায় কোথাকার অখদ্দে পাড়াগাঁয়ে! এত বড় আস্পর্ধায় ঘনাদা কীভাবে ফেটে পড়েন তাই দেখবার জন্যেই আমরা উদ্‌গ্রীব। শিবুর গাঁয়ে কেন তাঁর যাওয়া অসম্ভব তা বোঝাতে গিয়ে, চাই কি ফেটে-পড়া রাগের বারুদ থেকে একটা-আধটা গল্পের ফুলঝুরিও ঝরে পড়তে পারে।

কিন্তু কোথায় বিস্ফোরণ! ফট-ফটাসের বদলে এ যে একেবারে শুধু ফুস্!

ঘনাদা আমাদের একেবারে বসিয়ে দিয়ে গম্ভীরভাবে বললেন, "বেশ, যাব।"

"অ্যাঁ?"

আমাদের চক্ষু সব বিস্ফারিত, মুখের হাঁ বোজে না। আপনা থেকে বেরিয়ে আসা "অ্যাঁ"-র সঙ্গে "যাবেন তাহলে?" বলে আনন্দোচ্ছ্বাস জুড়ে দেবার চেষ্টা করলাম বটে,

কিন্তু মাঝখানে বেশ খানিকটা ফাঁক থেকে গেল, সুরেও মিলল না।

"গ্রামটা কোথায়?" ঘনাদা আমাদের দুরবস্থা লক্ষ না করেই বোধহয় প্রশ্ন করলেন নিজে থেকে।

"গ্রামটা?" আমি চাইলাম গৌরের মুখের দিকে।

"ওঃ, গ্রামটা!" গৌর চাইল শিশিরের দিকে।

"হ্যাঁ, হ্যাঁ, গ্রামটা! ওই যে, বলো না হে গ্রামটার নাম?" শিশির নিজেকে বাঁচাতে আমাকেই বাঘের মুখে এগিয়ে দিলে।

"ওঃ, নাম জিজ্ঞেস করছেন?" আমি একটা ঢোঁক গিললাম, "নাম হল গিয়ে"—আমার দুটো ঢোঁক গেলা হল—"ওই যে..."

"উচ্চারণ করা শক্ত বুঝি?" ঘনাদার সরল কৌতূহল।

"না, না উচ্চারণ শক্ত নয়!" আমি নাম হাতড়াবার জন্যে সময় নেবার ফিকির খুঁজলাম, "বড় বিদঘুটে নাম কিনা! শিবুর জন্মস্থান তো—বিদঘুটে না হয়ে কি মোলায়েম নাম হতে পারে! চট করে তাই মনে আসতে চায় না।"

"শিবুর মনে আছে নিশ্চয়!" ঘনাদার গলায় যতখানি সম্ভব মধুর সারল্য!

"বাঃ, কী যে বলেন!" আমরা ক্ষুণ্ণ হলাম যেন একটু, "নিজের জন্মস্থানের নাম মনে থাকবে না! আমাদেরও তো মনে ছিল, এই মাত্র ভুলে গেলাম! এই—এই..."

"মধ্যমগ্রাম!" বলে ফেলল শিশির।

"মধ্যমগ্রাম?" ঘনাদাও উচ্চারণ করলেন চোখ দুটো কেমন একটু সন্দেহে কুঁচকে।

"দূর! মধ্যমগ্রাম কী বলছিস!" গৌর তাড়াতাড়ি সামলাল।

"হ্যাঁ, মধ্যমগ্রাম কী? ওটা কি একটা বিদঘুটে নাম হল?" আমিও শিশিরের ওপর খাপ্পা হলাম। তারপর হঠাৎ বলে ফেললাম, "হ্যাঁ, হ্যাঁ, মনে পড়েছে—কিচিন্দে!"

ভাগ্যিস সামনের টেবিলের খবরের কাগজটার দিকে চোখ পড়েছিল। সেখানে বড় বড় হরফে ইংরাজিতে একটা বিজ্ঞাপন—কিচেন ইউটেনসিলস।

"তাহলে মধ্যমগ্রাম নয়, কিচিন্দে?" ঘনাদার প্রশ্নটার সুরটা যেন কেমন!

"হ্যাঁ, হ্যাঁ, কিচিন্দে।" আমরা সমস্বরে সায় দিলাম।

"তা নামটা বেশ বিদঘুটে বটে! আচ্ছা, কিচিন্দেই যাওয়া যাবে। যাওয়া ঠিক তো?" ঘনাদা মনে হল দস্তুরমতো উদগ্রীব।

"ঠিক ছাড়া কী? নিশ্চয় ঠিক!" বলে ল্যাজেগোবরে হয়ে সেখান থেকে কোনওরকমে বেরিয়ে পড়ে বাঁচলাম।

বাঁচলাম তো তখনকার মতো। তারপর উপায়?

নিজেদের ফাঁদেই পড়েছি স্বীকার করে হার মানতেও মান যায়, অথচ ঘনাদাকে নিয়ে যাবার মতো কিচিন্দে গ্রামই বা পাই কোথায়?

শিবু ফিরে আসতেই গোপন মন্ত্রণাসভায় ডেকে তাকে, খবরের কাগজের ভাষায়, পরিস্থিতিটা জানালাম।

শুনেই তো সে খাপ্পা। "আহাম্মক সব, করেছিস কী! সব মাটি করে দিলি!"

"মাটি করে দিলাম! কী?" আমরা বিমূঢ়।

"আরে, সব বুদ্ধির গন্ধমাদন!" শিবু আমাদের মধুর সম্ভাষণ করে বললে, "ঘনাদা কি সাধে,—ওই—তোদের কী বললি, কিচিন্দে যেতে রাজি হয়েছেন! শনিবার যে ওঁকে রামজব্দ করবার ব্যবস্থা করেছিলাম। যা প্যাঁচে ফেলেছিলাম আর বেরুবার রাস্তা ছিল না। শেষে নিজেরাই প্যাঁচ কেটে পালাবার পথ করে দিলি!"

আমাদের প্রতি জ্বালা-ধরানো আরও কয়েকটি বাছা বাছা বিশেষণ প্রয়োগ করে শিবু তারপর ব্যাপারটা বুঝিয়ে দিলে। শনিবারের ভোজের ব্যাপারে ঘনাদার মাতব্বরি চালবাজি ফাঁসিয়ে দেবার সে একটা ভাল ফন্দি করেছিল। ঘনাদা যেরকম ভাবগতিক দেখান তাতে মনে হয় গোটা হগ সাহেবের বাজারটাই তাঁর জমিদারি। বিশেষ করে খাসি মটনের কারবারি নুরুদ্দিন তো তাঁর কথায় ওঠে বসে। শিবু সেই নুরুদ্দিনের নাম নিয়েই ঘনাদাকে কাত করবার ব্যবস্থা করেছিল। ঘনাদাকে এসে বলেছিল যে নুরুদ্দিন তো ঘনাদার নাম করতে অজ্ঞান! বাজারে গেলেই তাঁর কথায় পঞ্চমুখ হয়ে ওঠে। প্রায়ই সে বলে, "এসব খাসি মটন কি ছার, দাসবাবু একবার হুকুম দিলে সে একেবারে খাস তুরুক মুলুকের অ্যাঙ্গোরা খাসির মাংস ভেট দিয়ে আসতে পারে।" শুনে ঘনাদা, "এ আর এমন কী", ভাব দেখিয়ে একটু ফুলে ফেঁপে উঠতেই শিবু কোপটি বসিয়েছিল। সামনের শনিবারটাই অ্যাঙ্গোরা খাসির মাংসের জন্য নুরুদ্দিনকে একটু হুকুম জানাবার জন্য অনুরোধ জানিয়েছিল সবিনয়ে। বলেছিল, "আপনার শুধু একটু 'লে আও' বলবার ওয়াস্তা। বলে পাঠান না ঘনাদা। অ্যাঙ্গোরা খাসির মাংস খেয়ে জীবন ধন্য করি।" ঘনাদা আর তখন পিছু হটবার পথ পাননি। বেকায়দায় পড়ে নুরুদ্দিনকে খবর পাঠাতে রাজি হয়েছিলেন।

ব্যাপারটা বুঝিয়ে তিরিক্ষি মেজাজে শিবু বললে, "সেই থেকে ঘনাদা এ শনিবারের ফাঁড়া কাটাবার ফিকির খুঁজছেন। আর সে ফিকির তোরাই জুগিয়ে দিলি নিজে থেকে!"

"শুধু তাই! ঘনাদার কাটানো ফাঁড়া যে এখন আমাদের ঘাড়ে!" গৌর হতাশভাবে দীর্ঘশ্বাস ফেললে, "নিজেদের প্যাঁচে নিজেরাই পড়ে যে এখন হিমসিম। এ প্যাঁচ কেটে বেরোই কী করে?"

প্যাঁচ কেটে বেরুবার জন্য সবাই মিলে পরামর্শ করে চেষ্টার ত্রুটি কিছু রাখলাম না।

বুধবার বিকেলের আগে যে কিচিন্দের অস্তিত্ব ছিল না, বৃহস্পতিবার সকালে তাকে লগি-বাওয়া শালতিতে নোংরা খালের রাস্তায় নিয়ে গিয়ে, হাঁটুভর কাদা প্যাচপেচে বাদার ধারে ফেলে যতখানি সম্ভব দুর্গম করে তুলি। কিন্তু কিছুতেই কিছু হয় না। ঘনাদা নিজে থেকেই যাতে মত বদলান তার জন্য শিবুর কাল্পনিক জন্মস্থান যত বিশ্রী বিদঘুটে করে তুলি, ঘনাদার উৎসাহ তত যেন বেড়ে যায়।

ক্রোশ পাঁচেক কাদা ভেঙে যেতে হবে শুনে যেন তাঁর আনন্দ আর ধরে না। বলেন, "বলো কী হে! পাঁচ ক্রোশ কাদার রাস্তা? খুব মজা তো!"

মজাটার জন্য আমরাও যেন উৎসুক, এরকম একটা ভাব দেখাতে হয়। সেই উৎফুল্ল মুখ নিয়েই বলি, "শিবুর বাড়িটাও খুব মজার, জানেন ঘনাদা? আস্ত ঘর নাকি একটাও নেই।"

"তাই নাকি হে?" ঘনাদা শিবুকেই প্রশ্ন করেন।

একটু আশার ফুলকি দেখে শিবু সজোরে হাওয়া দেয়। এক গাল হেসে বলে, "আজ্ঞে তা সত্যি—নেই। যেটার ছাদ আছে তার দেয়াল নেই, আর দেয়াল যেটার খাড়া আছে তার ছাদ একেবারে হাঁ। আর বাড়িময় যা মজার জঙ্গল হয়েছে!"

শিবু থামতেই গৌর উদ্বিগ্ন হবার ভান করে বলে, "আপনার অসুবিধে হবে না তো, ঘনাদা?"

"অসুবিধে!" ঘনাদা যেন অপমানিত বোধ করেন, "আমার অসুবিধে হবে ও বাড়িতে থাকতে! আরে ওই সব অসুবিধের মজা করতেই তো যাওয়া!"

এর পর আর কী করা যায়! অগত্যা যথাসম্ভব দেঁতো হাসি মুখে ফুটিয়ে চলে আসি।

সেদিন বিকেলেই ঘনাদার সংকল্পের গড় ভাঙবার চেষ্টায় নতুন দিক দিয়ে আক্রমণ চালাই।

"শিবু কী সব খাওয়া-দাওয়ার ব্যবস্থা করেছে শুনেছেন তো, ঘনাদা?"

ঘনাদা ঔৎসুক্য দেখান শিবুর দিকে চেয়ে, "কী খাওয়াবে হে?"

যত জবর বর্ম-ই এঁটে থাকুন, তার এই একটা জায়গায় ফুটো থাকতে বাধ্য—বুঝে, শিবু সেই ফুটো লক্ষ্য করেই মোক্ষম তীর চালায়। যেন খুশিতে ডগমগ হয়ে বলে, "সে যা খাওয়াব, দেখবেন। খুব নতুন ধরনের খাওয়া। গাঁয়ে আর কিছু না পাওয়া যাক, চাল ভাজা তো পাওয়া যাবেই, আর তার সঙ্গে ধরুন—ধরুন, বেগুন পোড়া। বেগুনগুলো আমাদের গাঁয়ে কেমন শুঁটকো পোকা খেকো বটে! কিন্তু তাতে কী আর হবে! আর বেগুন যদি না জোটে তো, কী বলে, আঁদাড়পাঁদাড় খুঁজে দুটো কচু কি আর পাব না!"

শিবু যতক্ষণ ধনুর্বিদ্যা চালায়, আমরা একেবারে রুদ্ধ নিঃশ্বাসে ঘনাদার দিকে চেয়ে থাকি। বর্ম ভেদ করে বাণ একেবারে মর্মে পৌঁছে ঘনাদাকে কাবু করে কিনা দেখতে!

কিন্তু বৃথা আশা।

যেন আর তর সইছে না এমনভাবে ঘনাদা বলেন, "বলো কী হে! এখুনি যে যেতে ইচ্ছে করছে!"

শুক্রবার সকাল অবধি সব রকম চেষ্টা করে বিফল হয়ে শেষ পর্যন্ত মরিয়া হয়ে উঠলাম।

ঘনাদাকে যখন টলানো যাবে না, আর নিজেদের শনিবারের ভোজেরও যখন দফা রফা, তখন কিচিন্দিতেই যাব ঠিক করলাম ঘনাদাকে নিয়ে। কিচিন্দে কোন চুলোয় তা না জানি, কিচিন্দে নামের সঙ্গে মানানসই অতি বিদঘুটে একটা রাস্তায় বেরিয়ে পড়া তো যাবে ঘনাদাকে নাকাল করতে। নাকাল অবশ্য নিজেরাও হব। কিন্তু নিজের নাক

কেটেও পরের যাত্রা ভঙ্গ করতে তখন আমরা প্রস্তুত।

শনিবার সকালে বেরিয়ে পড়ার মতো একটা দিক তখন সলাপরামর্শ করে ঠিক করে ফেলেছি। বেরিয়ে তো পড়া যাবে, তারপর যা হয় হোক।

ঘনাদাকে সকালে উঠেই তাড়া দেব ঠিক করেছিলাম, কিন্তু সেখানেও আমাদের হার।

ঘনাদাকে তৈরি হতে বলবার জন্য ওপরে উঠে দেখি, তিনি একেবারে ধড়াচুড়ো পরেই ঘর থেকে বেরুচ্ছেন। তাঁর এই এত সকালে তৈরি হওয়ায় যত না আমরা তাজ্জব, ধড়াচুড়ো দেখেও তেমনই।

ঘনাদার মাথায় শোলার টুপি, গায়ে খাকি শার্ট-প্যান্ট, পায়ে জুতোর ওপর গামবুট, আর হাতে হুইল ছিপ সমেত মাছ ধরার ঝুলি।

"কী ব্যাপার, ঘনাদা!" বেশ খানিক হাঁ হয়ে থাকবার পর আমাদের মুখে কথা সরল।

"কী ব্যাপার, ভুলে গেছ নাকি! বেরুতে হবে না? তোমরা এখনও তৈরিই হওনি!" ঘনাদা ক্ষোভ প্রকাশ করলেন।

"হ্যাঁ, তৈরি এখুনি হচ্ছি।" আমরা লজ্জিত হয়ে বলি, "কিন্তু এসব কী করেছেন?"

"কেন?" ঘনাদা অবাক, "এই পোশাকই তো দরকার কিচিন্দের মতো গাঁয়ে যেতে, কাদা ভাঙতে হবে বলে গামবুটটা নিলাম।"

"কিন্তু ওই ছিপ-টিপ?" আমাদের বিস্মিত প্রশ্ন।

"বাঃ, মাছ ধরতে হবে না। পুকুর আছে তো?" ঘনাদার প্রশ্নটা শিবুর উদ্দেশে।

"হ্যাঁ, পুকুর থাকবে না কেন?" শিবু একটু থতমত খেয়ে বললে, "কিন্তু সেখানে ও-হুইল ছিপ তো বেকার!"

"কেন?" ঘনাদা বেশ অসন্তুষ্ট।

"মানে," শিবু আমতা আমতা করে একটা জুতসই জবাব খাড়া করবার চেষ্টা করলে, "মানে, পুকুর মানে সব ডোবা কি না। সেখানে হাতছিপে বড় জোর কেঁচো দিয়ে পুঁটি-টুঁটি ধরা যায়!"

"কী বললে?" ঘনাদার এ একেবারে অন্য মূর্তি। যেন দিনের বেলায় ভূত দেখছেন এমন ভাবখানা!

এক মুহূর্তে কী হয়ে গেল বুঝতে না পেরে শিবুও দিশাহারা হয়ে ভয়ে ভয়ে কবুল করলে, "বললাম, সেখানকার ডোবায় কেঁচো দিয়ে বড় জোর পুঁটি ধরা যায়!"

"হুঁ," গম্ভীরভাবে বলে ঘনাদা সটান ঘরে গিয়ে ঢুকলেন। আমরাও আশা আশঙ্কায় দুলতে দুলতে তাঁর পিছুপিছু।

"কী হল কী, ঘনাদা?"

ঘনাদা তখন হুইল ছিপটা ঘরের কোণে রাখছেন। আমাদের দিকে না তাকিয়েই বললেন, "কিচ্ছু না।"

গৌর তাঁকে উসকে দেবার চেষ্টা করলে, "হুইল ছিপ ফেলবার পুকুর নেই বলে রাগ করলেন?"

“না।” ঘনাদা শোলার টুপি নামালেন।

“তবে? কেঁচো দিয়ে মাছ ধরা পছন্দ নয়?” শিবু ফোড়ন কাটল।

“না, নয়।” ঘনাদা গামবুট খুলতে খুলতে অগ্নিদৃষ্টিতে আমাদের দিকে তাকালেন।

“কেঁচো দেখলে ভয় পান বুঝি?” আমার মুখ থেকে ফস করে কথাটা বেরিয়ে গেল। এবং তাতেই বাজিমাত।

“হ্যাঁ, ভয় পেয়েছিলাম!” ঘনাদা অন্য জুতো জোড়াও খুলে তক্তপোশের ওপর পা মুড়ে বসলেন। আমরাও যে যেখানে পারলাম।

কিন্তু ‘ওই ভয় পেয়েছিলাম’টুকু বলেই ঘনাদা চুপ। আবার একটু নাড়া দিতে হল সুতরাং, “কেঁচো দেখে ভয়! কেঁচো খুঁড়তে গোখরো বেরিয়েছিল বুঝি?”

“না, গোখরো নয়, কিন্তু চেহারায় তারও দুশমন, লম্বায় পাক্কা আড়াই হাত।”

“আড়াই হাত কেঁচো!” আমাদের কণ্ঠে সন্দিগ্ধ বিস্ময়, “কেঁচো না কাছি?”

“কাছির মতোই মোটা, তবে কেঁচোই। মেগাসকোলাইডিস অস্ট্র্যালিস! দেখেছিলাম অস্ট্রেলিয়ায়। তার জ্ঞাতি গোত্র অবশ্য অন্য জায়গাতেও আছে—আফ্রিকায়, দক্ষিণ আমেরিকায়, আমাদের দক্ষিণ ভারতেও। দক্ষিণ আমেরিকার কেঁচো-দৈত্যের নাম হল গ্লসাস্কোলেকস জাইগ্যানটিয়স আর...”

“থাক, থাক!” আমরা সভয়ে বাধা দিলাম।

“কিন্তু কিচিন্দের কেঁচো তো ওরকম দৈত্য-দানো কিছু নয়।” শিবুই খোঁচা দিলে, “নেহাত নিরীহ পুঁচকে। তাদের আবার ভয় কীসের?”

“ভয় নয়, ভক্তি।” ঘনাদা যেন মন্ত্র পড়লেন গম্ভীর গলায়।

“ভক্তি কেঁচোতে?” আমরা হতভম্ব।

“হ্যাঁ, কেঁচোতে ভক্তি!—কেঁচো না থাকলে পৃথিবী কবে মরুভূমি হয়ে যেত, জানো? জানো এক বিঘে ভালো জমিতে প্রায় দু লক্ষ কেঁচো থাকে? জানো মাটির নীচে আট থেকে দশ হাত গর্ত করে গিয়ে নীচের মাটি ওপরে তারা চালাচালি করে বলেই পৃথিবী এমন উর্বর? জানো গায়ের জোরে পঞ্চাশটা ভীমসেন তাদের সঙ্গে পাল্লা দিতে পারে না? একটা কেঁচো তার চেয়ে ষাট গুণ ওজনের পাথর কুচি সরিয়ে ফেলে অনায়াসে—তা জানো...”

আরও অনেক কিছু পাছে শিখে ফেলতে হয় সেই ভয়ে ঘনাদাকে তাড়াতাড়ি থামিয়ে দিয়ে বললাম, “ভক্তি কি ওই সবের জন্য!”

“না, শুধু ওসবের জন্য নয়। ভক্তি—এ যুগের সপ্তমাশ্চর্য এক আবিষ্কার ও গবেষণা ওরা সাহায্য না করলে চিরকালের মতো হারিয়ে যেত বলে। ওরা না থাকলে পৃথিবীর এক অসামান্য বৈজ্ঞানিককে সে গবেষণা সম্পূর্ণ করবার সুযোগ দিতে পারতাম না। পৃথিবীর ঘড়ির কাঁটা উলটে এক বছর পিছনে ফিরে গিয়েও তাহলে কোনও লাভ হত না।”

মাথাটা আমাদের সকলেরই তখন ঘুরছে। গৌরই তবু প্রথম একটু সুস্থির হয়ে মাথা গোলানো ধাঁধার একটা জটকেই ছাড়াবার চেষ্টায় ধরা গলায় জিজ্ঞাসা করলে, “ঘড়ির কাঁটা উলটে এক বছর পিছনে ফিরে যাওয়ার কথা কী বললেন যেন?”

ঘনাদা করুণাভরে আমাদের দিকে চেয়ে বললেন, "হ্যাঁ, বললাম ১৯৫৩ থেকে ১৯৫২তে ফিরে যাওয়ার কথা।"

"সশরীরে?" আমাদের চোখ সব ছানাবড়া।

"হ্যাঁ, সশরীরে।" ঘনাদা একটু অনুকম্পার হাসি হেসে শুরু করলেন, "তখন নরফোক দ্বীপে ক-দিনের জন্য বেড়াতে গেছি। এ-দ্বীপটি অস্ট্রেলিয়ার প্রায় ৯০০ মাইল পুবে আর নিউজিল্যান্ডের সাতশো মাইল উত্তরে। ছোট্ট দ্বীপ, কিন্তু যেমন সুন্দর তেমনই নির্জন। ট্রাম বাস কি ট্রেনের বালাই নেই। একটা আধটা মোটরের আওয়াজ শুধু মাঝে মাঝে পাওয়া-যায় দ্বীপে মানুষই তো মাত্র হাজার খানেক, তা ওসব ঝামেলা থাকবে কোথা থেকে! ডিসেম্বর মাসের শেষাশেষি হবে। নরফোকের এক পুরোনো বাসিন্দার সঙ্গে গল্প করতে করতে আমার হোটেলের দিকে যাচ্ছিলাম। নরফোকে মানুষের বাস খুব বেশি দিনের নয়। বাউন্টি জাহাজের বিদ্রোহের কথা হয়তো পড়েছ, ছবি অন্তত দেখে থাকবে। সেই বাউন্টি জাহাজের নজন বিদ্রোহী ১৭৯০ খ্রিস্টাব্দে পিটকেয়ার্ন নামে একটি দ্বীপে গিয়ে বসবাস করে। তাদেরই বংশধরেরা আবার ১৮৫৬ সালে আসে এই নরফোক দ্বীপে বাস করতে। এই সব পুরোনো দিনের গল্প শুনতে শুনতে যাচ্ছি, এমন সময় রাস্তার একটি লোককে দেখে হঠাৎ চমকে উঠলাম। বেঁটে-খাটো শুকনো চেহারার এক বৃদ্ধ। আমাদের উলটো দিক থেকে এসে আমায় দেখে একটু থমকে দাঁড়িয়ে পড়েই আবার পাশ কাটিয়ে চলে যাবার চেষ্টা করলে। কিন্তু তা আর যেতে দিলাম না। হঠাৎ হাত বাড়িয়ে বৃদ্ধকে ধরে ফেলে বললাম, 'কে? মিস্টার জোয়াকিম না?'

বৃদ্ধ কিন্তু আমার সামনে যেন ভয়ে সিঁটিয়ে গেল। কাতরভাবে মাথা নেড়ে বললে, 'না না, আপনার ভুল হয়েছে। আমি জোয়াকিম নয়, আমার নাম হ্যারিস, নর্ম্যান হ্যারিস!'

'নর্ম্যান হ্যারিস!' একটু বিমূঢ় হয়েই বৃদ্ধকে ছেড়ে দিলাম। প্রায় পনেরো ষোলো বছর আগের কথা বটে, কিন্তু এত বড় ভুল তবু কি হয়!

সেই মুহূর্তে আমার হোটেলের নতুন বন্ধু মি. সিডনি এসে আমাদের সঙ্গে যোগ দেওয়ায় তখনকার মতো ব্যাপারটা মনে চাপা পড়েই রইল।

মি. সিডনি অবশ্য এসেই জিজ্ঞাসা করেছিলেন হেসে, 'ও বুড়োকে ধরেছিলেন কেন, মশাই?'

লজ্জিতভাবে নিজের ভুলের কথাটা তাঁর কাছে স্বীকার করে প্রসঙ্গটা বদলে ফেলেছিলাম।

ব্যাপারটা মনের মধ্যে চাপা দিলেও সন্দেহ আমার যায়নি একেবারে।

সন্দেহ যে ভুল নয় সেই দিন সন্ধ্যার পরই তার কিছু প্রমাণ পাওয়া গেল।

মাউন্ট পিট বলে নরফোক দ্বীপের উত্তর-পশ্চিমের ছোটখাটো একটা পাহাড় থেকে তখন বেড়িয়ে ফিরছি। বেশ অন্ধকার হয়ে এসেছে ইতিমধ্যেই। দ্বীপের হাসপাতালটি ছাড়িয়ে কিছুদূর গিয়ে হোটেলের দিকে বাঁক নিয়েছি, এমন সময় চাপা গলায় কে যেন কোথা থেকে 'ডস' বলে ডাকল। অন্ধকারে এদিকে ওদিক চেয়ে

কাউকেই দেখতে না পেয়ে পথের ধারের পাথুরে ঢিবিগুলোর ওপাশে খোঁজ করব কিনা ভাবছি এমন সময় টর্চ হাতে একজনকে আমার দিকেই আসতে দেখলাম। কাছে আসবার পর দেখা গেল লোকটি মি. সিডনি।

হেসে জিজ্ঞাসা করলাম, 'কী মি. সিডনি! টর্চ হাতে বেড়াতে বেরিয়েছেন যে!'

'সাবধানের মার নেই মশাই!' মি. সিডনিও হেসে বললেন, 'পাথুরে দ্বীপে কোথায় সাপখোপ আছে কে জানে।'

মি. সিডনি টর্চ নিয়ে চলে যাবার পর বেশ চিন্তিত ভাবেই হোটেলে ফিরলাম। আমার নাম ধরে আর কোনও ডাক তারপর শুনতে পাইনি। ব্যাপারটা কি আমার মনের ভুল?

না, মনের ভুল কক্‌খনও নয়। সেদিন রাত্রে হোটেলের ঘরে আলো নিবিয়ে বসে ভাবতে ভাবতে আমার নিশ্চিত ধারণা হল, কোনও ব্যাপারেই আমার ভুল হয়নি। পথে আসতে স্পষ্ট আমার নাম ধরে কাউকে ডাকতে আমি শুনেছি। আর নর্ম্যান হ্যারিস বলে নিজের পরিচয় যে দিতে চায় সে বৃদ্ধ মি. জোয়াকিম ছাড়া আর কেউ নয়। পনেরো-যোলো বছর আগের কথা বটে, কিন্তু তার সঙ্গে এক-আধ দিন তো নয়, দুটি মাস আমি কাটিয়েছি, আর লোকের ভিড়ের মধ্যে নয়, একেবারে নির্জন এমন এক জায়গায় যেখানে সারাদিন দুজনেই পরস্পরের একমাত্র সঙ্গী। কিন্তু বৃদ্ধ সেই জোয়াকিমই যদি হয় তার এ দশা কেন? আমার কাছেও নাম লুকোবার এখন আর তার কী কারণ থাকতে পারে?

উত্তরটা মাঝরাতেই পেলাম।

তখনও এই সব কথা ভেবে ঘুম আমার আসেনি। মনে হল দরজায় কে যেন আস্তে আস্তে টোকা দিচ্ছে। প্রথমে মনে হল মি. সিডনির এটা আরেকটা মোটা রসিকতা হয়তো। সিডনির যেমন দশাসই পাহাড়ের মতো চেহারা, প্রাণে ফুর্তিরও তেমনই অজস্র ফোয়ারা। আমুদে মিশুকে লোক, এখানে এসে ক-দিনের আলাপেই আমার সঙ্গে জমিয়ে ফেলেছে। এই ক-দিন আগের রাত্রেই জানলার কাছে কী একটা অস্পষ্ট শব্দ শুনে জেগে উঠে দেখি, একটা বিরাট ভালুকের মতো কালো মূর্তি পাল্লা দুটো একটু ফাঁক করে ঘরে উঁকি দিচ্ছে। ঘরে আলো নেই তখন, কিন্তু হোটেলের দূরের বারান্দার আলোয় তার আকারটা ফুটেছে জানলার ফ্রেমে। সাড়া না দিয়ে চুপ করে কিছুক্ষণ থাকবার পর দেখলাম মূর্তিটা জানলা টপকে সন্তর্পণে ভেতরে নামল। তারপর ধীরে ধীরে এগিয়ে এল আমার মশারির কাছে। মশারিটার একটা কোণ একটু তোলবার চেষ্টা করেই মূর্তিটা ককিয়ে উঠে মেঝের ওপর গিয়ে ছিটকে পড়ল। এক লাফে উঠে আলো জ্বেলে তারপর হেসে আর বাঁচি না। কালো পোশাক পরে মি. সিডনিই মেঝেয় কাত হয়ে পড়ে আছে। মি. সিডনিও একবার করে হাতের যন্ত্রণায় কোঁকায় আর একবার হাসে। হেসে বলতে লাগল, আমায় ভয় দেখাতে এসে এমন শাস্তি হবে জানলে সে আসত না। জব্দ করতে এসে নিজেই কিনা জব্দ। হাসতে হাসতে যাবার সময় জিজ্ঞাসা করে গেল, আমার হাতে সাঁড়াশি লুকোনো আছে কিনা? নইলে এক মোচড়ে হাতটা ভাঙবার জোগাড় হয়!

আজ আবার সিডনি রসিকতা করতে এসে থাকলে আর একটু কড়া ওষুধ দেব ঠিক করে চুপি চুপি দরজার কাছে গিয়ে দাঁড়ালাম। আবার দুটো টোকা পড়ল তারপর। না, সিডনি এমন ভয়ে ভয়ে টোকা দেবার মানুষ নয়।

দরজাটা হঠাৎ খুলে দিতেই যে-মূর্তিটা ছায়ার মতো নিঃশব্দে এসে ঘরে ঢুকল অন্ধকারেই সে কে বুঝতে আমার দেরি হল না।

চাপা গলায় বললাম, 'কী? হ্যারিস, না জোয়াকিম কী বলে এখন ডাকব আপনাকে?'

ফিসফিস করে প্রায় কাঁদো- কাঁদো গলায় সে বললে, 'মড়ার উপর খাঁড়ার ঘা দিয়ো না, ডস। আমার দুঃখের কাহিনী আগে শোনো।'

'শুনতে তো চাই।'

'তাহলে এখানে নয়। হোটেলের বাইরে কোথাও নির্জনে গিয়ে বসি, চলো।'

তা-ই গেলাম আর জোয়াকিমের সমস্ত কাহিনীও শুনলাম।

আমার অনুমানে এতটুকু ভুল হয়নি। এ-বৃদ্ধ সেই বিখ্যাত বৈজ্ঞানিক জোয়াকিম, মহাযুদ্ধের কয়েক বছর আগে নাৎসিদের হাত এড়িয়ে নির্বিঘ্নে নিজের যুগান্তকারী গবেষণা করবার জন্যে প্রশান্ত মহাসাগরের একটি জনমানবহীন ছোট্ট দ্বীপ ইজারা নিয়ে নিজেকে যিনি সমস্ত পৃথিবী থেকে নির্বাসিত করে রাখেন।

সেই দ্বীপেই জোয়াকিমের সঙ্গে আমার তখন পরিচয়। নাৎসি চরেরা তাঁর গবেষণার দাম বুঝে হন্যে হয়ে সন্ধান করতে করতে তাঁর এই গোপন আস্তানারও যে খবর পেয়েছে এবং যে কোনও দিন যে তাঁকে পাকড়াও করতে আসতে পারে এই খবর দিতেই আমি সেখানে গেছলাম। গিয়ে তাঁর গবেষণার মূল্যবান সব কিছু লুকিয়ে রাখবার ব্যবস্থা করে, নাৎসি গুণ্ডারা সত্যিই একদিন হানা দেবার পর, একরকম তাদের নাকের ওপর দিয়ে, জোয়াকিমকে সরিয়েও দিয়েছিলাম সে দ্বীপ থেকে। যাবার সময় বলে দিয়েছিলাম পরে যে কোনও সময়ে যেন ফিরে এসে জোয়াকিম তাঁর গবেষণার কাজ উদ্ধার করেন।

কিন্তু সে তো প্রায় পনেরো বছর আগেকার কথা। তার মধ্যে অত বড় মহাযুদ্ধ শেষ হয়ে গেছে, নাৎসি জার্মানির অস্তিত্ব আর নেই। এতদিনেও জোয়াকিম তাঁর সেই গবেষণার কাজ সে দ্বীপ থেকে উদ্ধার করতে পারেননি?

সেই প্রশ্নই অবাক হয়ে করলাম।

জোয়াকিম হতাশ ভাবে বললেন, 'কী করব! তুমি তো জানো, ডস, ওয়ালিস দ্বীপাবলির যেটি আমি ইজারা নিয়েছিলাম তা নেহাত নগণ্য পাথুরে একটা সমুদ্রের চড়ার মতো। ওরকম ন্যাড়া পাথুরে ছোট্ট দ্বীপ ওখানে যে কত আছে তার ঠিক-ঠিকানা নেই। ইজারা নেবার কাগজপত্রও যুদ্ধের সময় হারিয়ে ফেলেছি। এখন সে দ্বীপ আমি চিনব কী করে? বুড়ো হয়েছি, ক-বছর আর বাঁচব! কাছাকাছি সব ক-টা দ্বীপ খুঁজে বেড়াতে হলে তো আমার পরমায়ুতেই কুলোবে না। তা ছাড়া আমার গভীর সন্দেহ হচ্ছে যে নাৎসিরা শেষ হয়ে গেলেও অন্য কোনও দুশমনদের চর আমার পিছু নিয়েছে। তাড়াতাড়ি গোপনে সে দ্বীপ খুঁজে বার করতে না পারলে

সর্বনাশ হয়ে যাবে। আমার গবেষণা যতদূর এগিয়ে রেখেছি তা দুশমনদের কারুর যদি হাতে পড়ে, তাহলে পাষণ্ড কোনও বৈজ্ঞানিক—তা থেকেই হয়তো আসল কাজ উদ্ধার করে নেবে।'

হেসে বললাম, 'দুশমনদের হাতে পড়বে কেন? তারা তো আর সে দ্বীপ চেনে না।'

'কিন্তু আমিও যে চিনি না!'

'আপনি না চেনেন, আমি তো চিনব!'

'তুমি চিনবে!' জোয়াকিমের গলার স্বরে বোঝা গেল কথাটা তিনি বিশ্বাস করতে পারছেন না।

আশ্বাস দিয়ে বললাম, 'হ্যাঁ, চিনব। পনেরো বছরে তিন ইঞ্চি, এই হিসেব ধরেই চিনব!'"

"সে আবার কী?" প্রশ্নটা জোয়াকিম করেছিলেন কিনা জানিনা, কিন্তু আমাদের মুখ দিয়ে আপনা থেকেই বেরিয়ে গেল।

"যথাসময়েই জানবে!" এসব নির্বোধ প্রশ্ন যে পছন্দ করেন না তা বুঝিয়ে ঘনাদা আবার শুরু করলেন, "জোয়াকিমকে সেখান থেকে সাহস দিয়ে বিদায় দেবার সময় হঠাৎ চমকে উঠলাম। অন্ধকারে কাছের একটা ঢিবির আড়াল থেকে কী যেন সরে গেল মনে হল। সেই দিকে যেতে গিয়েও নিজেকে রুখলাম। এই দ্বীপেও শত্রুর উপস্থিতি যে আমি টের পেয়েছি তা আর তাকে না জানানোই ভাল, কিন্তু আমাদের আর দেরি করা চলবে না। জোয়াকিমের কাছে জানা গেছে যে তাঁর ইজারার মেয়াদ এই ১৯৫২-তেই শেষ। বছর শেষ হবার আগেই সুতরাং নতুন ইজারা নিতে হবে। কিন্তু দ্বীপ না খুঁজে পেলে ইজারা নেওয়া হবে কীসের? দ্বীপটা এই বছরেই না খুঁজে পেলেই নয়।

কিন্তু খোঁজবার জন্য সেখানে যাওয়া তো দরকার। ওয়ালিস দ্বীপাবলিতে এই বছরের মধ্যে যাব কী করে?

পরের দিন সকালে খোঁজ করতে গিয়ে একেবারে চক্ষুস্থির। নরফোক দ্বীপে চোদ্দ দিন অন্তর একটি করে প্লেন আসে অস্ট্রেলিয়া আর নিউজিল্যান্ড থেকে। আসে শুধু শনিবারে। টেলিগ্রাফও নেই যে অস্ট্রেলিয়া থেকে টেলিগ্রাফে ভাড়া করে একটা সি-প্লেন আনব। আগের দিনই ছিল শনিবার। প্লেন যা আসবার এসে চলে গেছে, সুতরাং আরও তেরোটি দিন অপেক্ষা না করে উপায় নেই। কিন্তু তেরোদিন বাদেই তো একত্রিশে ডিসেম্বর! বছরের শেষ।

কী ভাবে যে সেই তেরোটা দিন কাটালাম তা বলে বোঝানো যায় না। এমন শুভ যোগাযোগের পর শুধু একটু সময়ের অভাবে সব আশায় ছাই পড়বে! সম্ভব হলে বোধহয় সাঁতরেই চলে যেতাম। তার বদলে শুধু হাত কামড়েই তেরো দিন কাটালাম।

একত্রিশে ডিসেম্বর প্লেনে জোয়াকিমকে নিয়ে অস্ট্রেলিয়ায় পৌঁছেই একটা সি-প্লেন ভাড়া করতে ছুটলাম। কিন্তু ভাগ্য সেখানেও বিরূপ। সেদিন রাত্রে যাবার মতো একটা প্লেনও ভাড়া পেলাম না। রওনা হতে হল বাধ্য হয়েই তার পর দিন

সকালে। পাইলটকে বলে দিলাম ওয়ালিস দ্বীপপুঞ্জের ওপর গিয়ে শুধু যেন খানিক চক্কর দিয়ে ফেরে। ভোর না হতে বেরিয়েছিলাম। দুপুর নাগাদ ওয়ালিস দ্বীপপুঞ্জের মাথায় গিয়ে প্লেনটা চক্কর দিতে লাগল। জোয়াকিম ও আমি দুজনেই তখন প্লেনের দুদিকের জানালায় মুখ বাড়িয়ে নীচের দিকে চোখ এঁটে বসে আছি। এক রাশ ছোট ছোট পাথুরে দ্বীপ। সব এক রকম। আলাদা করে চেনে কার সাধ্য। প্লেনটা একটু নীচে নেমে এসে বার কয়েক চক্কর দেবার পরই আমি আনন্দে চিৎকার করে উঠলাম, 'পেয়েছি, ড. জোয়াকিম! পেয়েছি আপনার সাতরাজার ধন মানিকের দ্বীপ!'

পাইলটকে সে দ্বীপের এক ধারে খানিকটা ঘেরা বন্দরের মতো সমুদ্রে প্লেন নামাতেও বললাম।

কিন্তু বাধা দিলেন স্বয়ং জোয়াকিম। বেশ একটু সন্দিগ্ধস্বরে বললেন, 'করছ কী, ডস? তোমার কি মাথা খারাপ হয়ে গেছে! এ দ্বীপ আমার হতে পারে না।'

হেসে জিজ্ঞাসা করলাম, 'কেন বলুন তো!'

'কেন?' জোয়াকিম একটু বিরক্তির সঙ্গেই বললেন, 'দেখতে পাচ্ছ না, দ্বীপটা দস্তুরমতো সবুজ!'

'দেখতে পাচ্ছি বলেই তো বলছি এ-ই আপনার দ্বীপ!'

জোয়াকিম হতভম্ব হয়ে বললেন, 'তার মানে?'

'মানে এখুনি বুঝিয়ে দেব। আগে প্লেনটা নামতে দিন।'

প্লেন সে দ্বীপের সমুদ্রে নামবার পর মানেটা জোয়াকিমকে বোঝাবার সময় কিন্তু পাওয়া গেল না। এমন আশ্চর্য সৌভাগ্যে এ- দ্বীপ খুঁজে পাবার পর তা আবার নতুন করে ইজারা নেবার যেটুকু আশা ছিল আমাদের প্লেনের মিনিট দুয়েক পরেই আর একটি অনেক বড় প্লেন নামার সঙ্গে সঙ্গে তা ধূলিসাৎ হয়ে গেল।

সে প্লেন থেকে আমাদের মতোই ছোট রবারের বোটে তীরে এসে নামল আর কেউ নয়, স্বয়ং সিডনি।

আমি তখন সমুদ্রের তীরের ওপরই দাঁড়িয়ে এ-দ্বীপ কী করে চিনলাম তাই জোয়াকিমকে বোঝাচ্ছি।

একগাল হেসে আমাদের দিকে এগিয়ে আসতে আসতে সিডনি সমস্ত দ্বীপটাকে যেন শুনিয়ে বললে, 'আরে, মি. দাস না! পৃথিবীটা বড্ড ছোট মনে হচ্ছে! এখানে আপনাকে দেখব তা তো ভাবিনি!'

বললাম, 'আমি কিন্তু জানতাম, আপনি আসছেন।'

'বলেন কী!' সিডনি বিরাট শরীর কাঁপিয়ে হেসে উঠল। হাসতে হাসতেই জিজ্ঞাসা করলে, 'কবে থেকে?'

'সাপের ভয়ে যেদিন নরফোক দ্বীপে টর্চ নিয়ে বেরিয়েছিলেন সেই দিন থেকেই!'

'তাই থেকেই বুঝে ফেললেন! একটি বেশি হেঁয়ালি হয়ে যাচ্ছে না?'

'হেঁয়ালি নয়, ব্যাপারটা অত্যন্ত সোজা! আপনিও জানেন নরফোক দ্বীপে আর যাই থাক, সাপ নেই। ও কৈফিয়তটা দিয়ে সেদিন তাই ভাল করেননি। আমার ঘরে রাত্তির বেলা হানা দিতে এসেও একটু ভুল করেছিলেন বোধহয়।'

'কিন্তু এখন বোধহয় ভুল করিনি।' সিডনির গলা কর্কশ হয়ে উঠল, 'সাপ না থাক, নরফোক দ্বীপে একটা নেংটি ইঁদুর আর ছুঁচো ছিল। সে দুটো আবার এখানে এসে জুটেছে। তাই সে দুটোকে তাড়াবার জন্যই এখানে এসেছি, বুঝতে পারছেন বোধহয়!'

হেসে বললাম, 'আপনার উদ্দেশ্য খুব সাধু সন্দেহ নেই। কিন্তু সেদিন রাত্রে ঢিবির আড়াল থেকে সব শুনে ওই নেংটি ইঁদুর আর ছুঁচোর পিছু নিয়েই তো এ-দ্বীপের সন্ধান পেয়েছেন। এ দ্বীপটাও যে নেংটি ইঁদুরের না হোক ওই ছুঁচোর, তা-ও ভুলে যাচ্ছেন কেন?'

সিডনি আবার হো হো করে হেসে উঠে বললে, 'ও, এ-দ্বীপ তোমাদের! মানে ওই ছুঁচো বৈজ্ঞানিক ড. জোয়াকিমের! আজ কত তারিখ তা খেয়াল আছে? ১৯৫৩ সালের ১লা জানুয়ারি, কাল ৩১শে ডিসেম্বর পর্যন্ত জোয়াকিমের ইজারা ছিল এ দ্বীপের ওপর। কালকের মধ্যে যখন নতুন ইজারা নিতে পারেনি তখন আর ইজারা পাচ্ছে কোথায়? আজকের মধ্যেই অস্ট্রেলিয়ায় ফিরে গিয়ে কাল সকালেই এ-দ্বীপের অবস্থান জানিয়ে আমরা নতুন ইজারা নিচ্ছি।'

ডা. জোয়াকিম এ কথা শুনে কাতরভাবে বলে উঠলেন, 'কী হবে তাহলে, ডস? সব যে গেল!'

তাঁকে হাত নেড়ে থামিয়ে নিতান্ত নিরীহকণ্ঠে বললাম, 'তা ইজারা আপনারা নিতে চান, নিন। ড. জোয়াকিমের এ-দ্বীপে লুকিয়ে রাখা গবেষণার জিনিসগুলো আমরা শুধু খুঁজে নিয়ে যাই তাহলে?'

'খুঁজে নিয়ে যাবি তোরা,' সিডনি হিংস্রভাবে হেসে উঠল, 'একবার চেষ্টা করে দেখই না!'

সিডনি তখন পিস্তল বার করেছে, তার পেছনেও তার প্লেনের দুজন সঙ্গী এসে দাঁড়িয়েছে পিস্তল উঁচিয়ে।

তাদের দিকে চেয়ে যেন ভয়ে ভয়ে বললাম, 'আপনাদের যেন খুঁজতে দেবার ইচ্ছে নেই মনে হচ্ছে?'

'বুঝতে পেরেছিস কালা নেংটি!' সিডনির সে কী উল্লাসের হাসি, 'নাৎসিদের ফাঁকি দিয়ে ওই ছুঁচো বৈজ্ঞানিকটা এখানকার গর্তে সেঁধিয়ে যে-গবেষণা করেছে, নাৎসিদের ভয়েই যুদ্ধের আগে যা এখানে লুকিয়ে রেখে গেছে তা আমরাই এবার খুঁজে বার করব।'

ভালমানুষের মতো বললাম, 'কিন্তু আমরা না থাকলে লুকোনো জায়গাটা খুঁজতে একটু অসুবিধা হবে না? খুঁজে হয়তো পাওয়া যাবে শেষ পর্যন্ত, কিন্তু দেরি হতে পারে তো!'

'হয় হবে!' সিডনি গর্জন করে উঠল, 'যতদিন লাগে খুঁজব। এ-দ্বীপ এখন আমাদের।'

'কিন্তু এ দ্বীপের দখল যদি না পান?' নির্বোধের মতো সিডনির দিকে তাকালাম।

'না পাব কী! পেয়ে গেছি।' সিডনি জ্বলে উঠল, 'আমাদের লোক অস্ট্রেলিয়ায় বসে

আছে তৈরি হয়ে। খবরটা নিয়ে গেলেই রেজেস্ট্রি।'

'আমরা এখন যদি অস্ট্রেলিয়ায় গিয়ে আমাদের দাবি জানাই?' আমার সরল জিজ্ঞাসা।

সিডনি চিড়বিড়িয়ে উঠল একেবারে, 'তোরা গিয়ে দাবি জানাবি? আমাদের প্লেনটা দেখেছিস? তোদের ও রদ্দি প্লেনের ডবল জোরে চলে। তোদের প্লেন মাঝপথে থাকতেই আমরা পৌঁছে যাব। তা ছাড়া অস্ট্রেলিয়ার দিকে তোদের প্লেন একবার চালাবার চেষ্টা করে দেখ না? কত কাল বাদে কে জানে সমুদ্রে একটা রদ্দি সি-প্লেনডুবির খবর শুধু বেরুবে! আমাদের প্লেনে ক-টা কামান আছে জানিস?'

যেন সভয়ে বললাম, 'থাক, জানবার দরকার নেই। আমাদের তাহলে এখান থেকে খসে পড়াই সুবুদ্ধির কাজ?'

'হ্যাঁ এবং এই মুহূর্তে! মনে থাকে যেন অস্ট্রেলিয়ার দিকে প্লেন ফেরালে আর রক্ষে থাকবে না? ভালয় ভালয় যে জ্যান্ত ফিরে যেতে দিচ্ছি এই ভাগ্যি মনে কর।'

'ধন্যবাদ, মি. সিডনি।' বলে গদগদ হয়ে কৃতজ্ঞতা জানিয়ে হতভম্ব ডা. জোয়াকিমকে নিয়ে আমাদের প্লেনের দিকে চললাম। আমাদের পিছনে পিস্তল উঁচিয়ে চলল সিডনি আর তার সঙ্গীরা। আমাদের প্লেনে উঠিয়ে বিদেয় না করে তারা ছাড়বে না বোঝা গেল।

ড. জোয়াকিম যেতে যেতে হতাশভাবে বললেন, 'কোথায় যাবে, ডস?'

'দেখি কোথায় যাই!' আমিও করুণ স্বরে বললাম, 'অস্ট্রেলিয়ার দিকে যাওয়া তো বারণ।'

'হ্যাঁ, অস্ট্রেলিয়া শুধু নয়, নিউজিল্যান্ডেও। পশ্চিমে কি দক্ষিণে কোনও দিকে প্লেন চালালেই মজা টের পাবে!' সিডনি হুংকার ছাড়ায় বুঝলাম আমার কথাগুলো তার কানে গেছে।

দীর্ঘশ্বাস ছেড়ে বললাম, 'না, মজার লোভ আর নেই। পুবদিকেই তাহলে কোথাও যেতে হবে।'

প্লেনে উঠে পুবদিকেই সত্যি রওনা হলাম। চালাকি করে লুকিয়ে কোথাও থেকে মুখ ঘুরিয়ে অস্ট্রেলিয়া যাবার চেষ্টা করে এখন লাভও নেই। আমাদের প্রায় সঙ্গে সঙ্গে সিডনির প্লেনও আকাশে উঠে চক্কর দিচ্ছে। কোনও রকমে ফাঁকি দেওয়া সম্ভব হলেও সে প্লেনের আগে অস্ট্রেলিয়ায় পৌঁছোনো যাবে না।

কিছু দূর নীরবে যাবার পর জোয়াকিম বুক-ফাটা যন্ত্রণার সঙ্গে বলে উঠলেন, 'কী যে সর্বনাশ হল, ডস! শুধু যদি একটা দিন আগে রেজেস্ট্রিটা করে ফেলতে পারতাম!'

শান্তস্বরে বললাম, 'একটা দিন আগেই রেজেস্ট্রি করবেন, চলুন না!'

'এই দুঃখের ওপর আর ঠাট্টা কোরো না, ডস!' জোয়াকিমের গলায় ক্ষুব্ধ ভর্ৎসনার স্বর।

'ঠাট্টা তো করছি না!'

'ঠাট্টা করছ না!' জোয়াকিম যেভাবে আমার দিকে তাকালেন তাতে বোঝা গেল আমার মাথা খারাপ হয়েছে বলেই তাঁর সন্দেহ। একটু রাগের সঙ্গেই তারপর

বললেন, 'একটা দিন আগে যাওয়া যায়! হ্যাঁ, টাইম-মেশিন বলে সত্যি কিছু থাকলে যাওয়া যেত।'

'টাইম মেশিনের দরকার নেই। এই প্লেনেই যাওয়া যায়। আর যায় শুধু নয়, আমরা আগের দিনেই সত্যি পৌঁছে গেছি।'

জোয়াকিম হতভম্ব হয়ে আমার মুখের দিকে চেয়ে রইলেন। বললাম, 'আমার মুখ কী দেখছেন? নীচের দিকে তাকান। আমাদের প্লেন আন্তর্জাতিক তারিখ রেখা পার হয়ে সামোয়া দ্বীপপুঞ্জের ওপর এখন এসেছে। এ তারিখ-রেখার ওপারে এখন ১৯৫৩-এর ১লা জানুয়ারি বটে কিন্তু পুবদিকে এপারে এখন ১৯৫২ সালের ৩১শে ডিসেম্বর। আমরা খানিক বাদেই প্রধানতম শহর ও বন্দর প্যাগো প্যাগোতে নামছি— সেখানে আমেরিকার যুক্তরাষ্ট্রের কর্তৃত্ব। তাদের মারফত আপনি ও দ্বীপের ইজারা বছরের এই শেষ দিনেও যদি নতুন করে নিয়ে রেজেস্ট্রি করান, আর কেউ তাহলে তারপর ও-দ্বীপ ছুঁতেও পারবে না। দুশমনদের সব শয়তানি তাহলে ভণ্ডুল!'

ড. জোয়াকিম খানিক বিমূঢ় ভাবে বসে থেকে হঠাৎ আনন্দে চিৎকার করে উঠে প্লেনের মধ্যেই আমায় জড়িয়ে ধরলেন। তারপর সে কী উচ্ছ্বাস! 'সত্যি এ-কথাটা আমার মাথাতেই আসেনি, ডস। ওয়ালিস আর সামোয়া দ্বীপপুঞ্জ যে পাশাপাশি হলেও আন্তর্জাতিক তারিখ-লাইনের দুধারে এ খেয়ালই আমার হয়নি! তোমায় কী বলে যে ধন্যবাদ দেব!'

হেসে বললাম, 'ধন্যবাদ আমায় নয়, দিন ওই কেঁচোদের!'

'কেঁচোদের!' জোয়াকিম আবার হতভম্ব।

'হ্যাঁ, সেই কেঁচোদের, যাদের অনুগ্রহ ছাড়া ও-দ্বীপ অমন সবুজ হত না আজ, আর আমরাও চিনতে পারতাম না, শত চেষ্টাতেও।'

'তার মানে?'

'তার মানে এই যে গত মহাযুদ্ধের আগে নাৎসি গুণ্ডাদের হাত থেকে বাঁচাতে আপনাকে ও-দ্বীপ থেকে সরিয়ে দেবার সময়ই, দ্বীপটা পরে খুঁজে পাবার ওই বুদ্ধি আমি করেছিলাম। আপনার মনে আছে কিনা জানি না যে মার্কিন মুলুক থেকেই আমি আপনার ও-দ্বীপে যাই। আমেরিকার এক কেঁচো-পালন কেন্দ্র থেকে কেঁচোর ডিমের গুটি আমি সঙ্গে করে এনেছিলাম। সেই ডিমভরা গুটিই আমি ও-দ্বীপে ছেড়ে দিয়ে আসি। জানতাম যে কয়েক বছরের মধ্যেই ওই সব গুটির ডিম থেকে বেরিয়ে সারা দ্বীপ কেঁচোয় ছেয়ে যাবে আর তারাই নীচের মাটি ওপরে তুলে সমস্ত দ্বীপ উর্বর করে তুলবে। করেছেও তাই। সেই উর্বর মাটিতেই ঘাস-ঘাসড়া গজিয়ে সমস্ত দ্বীপ সবুজ হয়ে গেছে। সেই দেখেই আমি ও-দ্বীপ চিনেছি। নরফোক দ্বীপে আমি বলেছিলাম— পনেরো বছরে তিন ইঞ্চি হিসেব দেখেই আপনার দ্বীপ আমি চিনব। প্রায় পনেরো বছর বাদে এ-দ্বীপে আমরা এলাম। পনেরো বছরে কেঁচোরা সাধারণত তিন ইঞ্চি উর্বর মাটি নীচে থেকে ওপরে তুলে জমায় বলেই ও-কথা বলেছিলাম।'"

ঘনাদা একটু থামলেন।

জিজ্ঞাসা করলাম, "আপনার ড. জোয়াকিম তাহলে তাঁর দ্বীপের ইজারা আবার

পেলেন!”

“পেলেন বইকি! প্যাগো প্যাগোতে নেমেই নতুন করে রেজেষ্ট্রি করিয়ে নিলেন। সেখান থেকে সবার আগে অস্ট্রেলিয়ার সমস্ত রেজেষ্ট্রি অফিসেও খবর পাঠিয়ে দেওয়া হল।”

“মুখের গ্রাস হারিয়ে সেই সিডনি নিশ্চয় তখন খাপ্পা!” গৌর ভোজের শেষে পান মশলাও বাদ দিতে চায় না। জিজ্ঞাসা করলে, “আপনার সঙ্গে আর দেখা হয়নি?”

“হয়েছিল। প্যাগো প্যাগোতেই এসেছিল আমার দফা নিকেশ করতে!”

“তারপর?” আমরা উদগ্রীব।

“ঠিক জানি না। হাসপাতাল থেকে এতদিনে বোধহয় বেরিয়েছে!” ঘনাদা হাই তুললেন।

“আচ্ছা, আপনার ড. জোয়াকিম তাঁর লুকোনো গবেষণার জিনিস খুঁজে পেয়েছেন তো!” আমরা এখনও কৌতূহলী।

“পেয়েছেন।” ঘনাদা সংক্ষিপ্ত।

“অত দামি গবেষণার বস্তুটা কী?” আমাদের সবিনয় নিবেদন।

“বস্তুটা কী?” ঘনাদা অবজ্ঞা ভরে আমাদের দিকে তাকালেন, “বস্তুটা কী, তোমরা বুঝবে?”

“না বুঝি, শুনতে দোষ কী?” আমাদের সবিনয় নিবেদন।

“বস্তুটা একটা অঙ্ক।” ঘনাদার মুখে অনুকম্পা মিশ্রিত তাচ্ছিল্যের হাসি।

“অঙ্ক!”

“হ্যাঁ, স্রেফ একটা অঙ্ক যার কিছুটা কষা বাকি রেখে জোয়াকিমকে পালাতে হয়েছিল। পুরোনো কাগজপত্র উদ্ধার করে এখনও তিনি যা কষছেন।”

“একটা অঙ্কের জন্যে এত!” আমাদের সন্দেহমিশ্রিত বিস্ময়।

“হ্যাঁ, একটা অঙ্কের জন্যে। একটা অঙ্কের কী দাম হতে পারে ভাবতে পারো?” ঘনাদা আবার উত্তেজিত, “ই ইকোয়াল টু এম সি স্কোয়ার অঙ্কটার কথা কখনও শুনেছ?”

না শোনাই যুক্তিযুক্ত বুঝে তাঁর দিকে সসম্ভ্রমে তাকিয়ে জিজ্ঞাসা করলাম, “আপনার অঙ্ক বুঝি ঘনাদা?”

“না,” ঘনাদা ঝাঁজিয়ে উঠলেন, “আইনস্টাইনের আপেক্ষিকবাদের অঙ্ক, ওই একটা অঙ্কে দুনিয়ার সব মানেই পালটে গিয়েছে। ড. জোয়াকিমের অঙ্ক তার চেয়েও জটিল, সূক্ষ্ম। সে অঙ্ক কষা হয়ে গেলে মানুষের হাতে কী ক্ষমতা যে আসবে তা কেউ ভাবতেও পারে না।”

“এই মেসেই বসেই রাজা উজির যা চাই তা-ই হতে পারব!” শিবু হঠাৎ রসভঙ্গ করে বসল, “হ্যাঁ, ভাল কথা মনে পড়েছে। আপনার নুরুদ্দিনকে হুকুম পাঠিয়েছেন নিশ্চয়, ঘনাদা। কিচিন্দে যাওয়া না হয়ে ভালই হল। অ্যাঙ্গোরা খাসির মাংসটা প্রাণ ভরে খাওয়া যাবে, কী বলেন!”

“কেমন করে যাবে? নুরুদ্দিন তো খাসি তৈরিই রেখেছিল, কিন্তু সবাই কিচিন্দে

যাচ্ছি জেনে তাকে বারণ করে দিতে হল যে! যা অভিমানী লোক, ওর কাছে আর কিছু কখনও চাওয়াই যাবে না।” অম্লানবদনে বলে ঘনাদা শিশিরের দিকে হাত বাড়ালেন, “গলাটা কেমন শুকনো-শুকনো লাগছে কেন বলো তো হে?”

“আজ্ঞে, বুঝেছি।” বলে শিশির সিগারেটের টিন আনতে ছুটল।

মাছি

ঘনাদা চৌকাঠ পেরিয়েই থমকে দাঁড়ালেন।

আমরা সবাই অবাক।

ঘনাদা তারপর নাকটা বার দুই কুঁচকোলেন সেই সঙ্গে ভুরু জোড়াও।

আমরা উৎকণ্ঠিত।

ঘনাদা নাসিকাধ্বনি করার সঙ্গে সঙ্গে আমরা দিশাহারা।

আমরা শশব্যস্ত হয়ে তখন যে যার আসন থেকে উঠে তাঁকে ঘিরে দাঁড়িয়েছি হতভম্ব হয়ে। ঘনাদার এ নাসিকা-কুঞ্চন মোটেই শুভলক্ষণ নয়। এত ভেবে চিন্তে যে ফন্দি করা হয়েছে তা বুঝি শুরুতেই যায় ভেস্তে!

কিন্তু তাই বা কী করে হয়? ঘনাদার পঞ্চেন্দ্রিয় অতি তীক্ষ্ণ না হয় মানলাম, কিন্তু আমাদের যা মতলব তা তো ঘ্রাণে টের পাবার জিনিস নয়। ঘনাদা নাকে শুঁকেই কি তাঁর জন্য সাজানো ফ্যাসাদটা আঁচ করে ফেললেন!

এ সব চিন্তা নিমেষে আমাদের মনে তখন খেলে গেছে।

ঘনাদাকে ঘিরে দাঁড়িয়ে আমরা রহস্যটা বুঝতে ও তাঁকে আশ্বস্ত করতে ব্যস্ত হয়ে উঠলাম।

“কী হয়েছে, ঘনাদা!”

“কী হয়েছে!” ঘনাদা যেন আসামির দিকে সরকারি কৌঁসুলির মতো তাকিয়ে ফেটে পড়লেন, “এখানে দু-দণ্ড এসে বসতাম। তা-ও বন্ধ করতে চাও।”

“বলেন কী, ঘনাদা!” আমরা সত্যিই আকাশ থেকে পড়ি।

“আপনার বসবার জন্যই তো এত আয়োজন!” বললে শিবু।

“বনোয়ারি এখুনি এল বলে।” গৌরের ইঙ্গিত।

“হাত না পুড়লে ফেরত।” আমি সে ইঙ্গিত একটু মোটা করে দিলাম।

“একেবারে বাদশাহি শিঙাড়া।” শিশির সোজা বাংলায় ব্যাখ্যা করে দিলে, “হাতের মুঠোয় ধরে না।”

কিন্তু কোনও টোপেই কাজ হল না।

"ও ছাইপাঁশ তোমরাই খেয়ো।" বলে ঘনাদা একেবারে রাইট অ্যাবাউট টার্ন করে সোজা তাঁর তেতলার কুঠুরির দিকে পা বাড়ালেন।

আমাদের তখন চোখ কপালে উঠেছে।

হরি ময়রার দোকানের বাদশাহি শিঙাড়া ঘনাদার কাছে ছাইপাঁশ! জেগে আছি না ঘুমিয়ে স্বপ্ন দেখছি চিমটি কেটে বুঝি দেখতে হয়!

তবু ঘনাদার সঙ্গে খানিকটা যেতে হল শেষ চেষ্টা করতে।

"আপনার জন্য সবাই যে বসে আছি, ঘনাদা!" আমার করুণ নিবেদন।

"মৌলবি সাহেব সেই কায়রো থেকে এসেছেন!" শিবুর বেফাঁস বোকামি। কিন্তু সেটা সামলাবার দরকার হল না। তাতেই কাজ হবে বলে একটু যেন আশা পেলাম।

"কে এসেছেন!" ঘনাদা সিঁড়ির পয়লা ধাপ থেকে ফিরে দাঁড়িয়ে জিজ্ঞাসা করলেন।

"মৌলবি জিয়াউদ্দিন খাঁ।" অবস্থা বুঝে শিশির একটু উসকে দিল।

"মিশরের আল আঝার থেকে আসছেন শুধু আপনার সঙ্গে দেখা করতে।" আমি সবিস্তারে জানাতে বিলম্ব করলাম না।

"কেন?" ঘনাদার গলার স্বরটা কেমন যেন কম্পিত মনে হল। সেটা ভয়ে না বিরক্তিতে বোঝবার চেষ্টা না করাই ভাল।

"আপনি ছাড়া আর গতি নেই যে!" গৌর ঘনাদাকে টঙে তোলবার ব্যবস্থা করলে, "ইবন জুবেরের ও পুরোনো পুঁথির নইলে মানে-করবে কে?"

ঘনাদার মুখের ওপর দিয়ে একটু ছায়া সরে গেল কি?

"ও, ইবন জুবের!" বলে যে রকম ব্যস্ত হয়ে সিঁড়ি ভাঙতে শুরু করলেন তাতে বুঝলাম তাঁর স্মরণশক্তিটা একটু খুঁচিয়ে দেওয়া দরকার।

"ভাগ্যে ইবন জুবেরের নামটা আপনার কাছে শুনেছিলাম!" তাঁর পিছু পিছু নাছোড়বান্দা হয়ে উঠতে উঠতে বললাম, "মৌলবি সাহেবকে সে গল্প বলতেই উনি তো একেবারে আহ্লাদে আটখানা!"

ঘনাদা ততক্ষণে নিজের ঘরে ঢুকে পড়েছেন। সঙ্গে সঙ্গে আমরাও।

রিলে রেসের মতো আমার কথার খেই ধরে গৌর শুরু করে দিলে, "ইবন জুবেরের নিজের হাতে লেখা একটা দুষ্প্রাপ্য পুঁথি আপনাকে দিয়ে একটু পড়িয়ে নেবার জন্যে মৌলবি সাহেব অনেক আশা করে এসেছেন।"

"হুঁ", বলে ঘনাদা তাঁর গড়গড়ার কলকেটা তুলে নিয়ে তাতে টিকে সাজাতে ব্যাপৃত হলেন।

"আপনার সঙ্গে আমরা অমন অভদ্রের মতো চলে আসায় কী ভাবছেন কে জানে!"

ঘনাদা নীরবে টিনের কৌটো খুলে টিকের ওপর অম্বুরী তামাক রাখলেন গুলি পাকিয়ে।

"শুধু একবার পুঁথিটা একটু পড়ে দিয়েই যদি চলে আসতেন, আমাদের মান

থাকত। বড় মুখ করে ডেকে এনেছি।"

ঘনাদা দেশলাই জ্বেলে একটা টিকে ধরাতে তন্ময় হলেন।

"আরবি তো আপনার বলতে গেলে ডালভাত। সেই নকল ইবন ফরিদের আরবি শুনেই তার বিদ্যের দৌড় আর শয়তানি কী রকম সেবার ধরে ফেলেছিলেন! হতভাগা নাম ভাঁড়িয়ে ইবন ফরিদের নাম চালাতে গেছল আপনার কাছে। মার কাছে মামার বাড়ির গল্প!"

ঘনাদারই পুরোনো গল্পের নজির টেনে তাঁকে তাতাবার চেষ্টা করলাম।

ঘনাদার তাতবার কোনও লক্ষণ দেখা গেল না। তাঁর কলকেটাই ধরে উঠল তাঁর ফুঁয়ে।

"পুঁথিটা নাকি সুদানের ওয়াদি ঘাজালের এক বহু পুরোনো খুদে পিরামিডে মৌলবি সাহেব পেয়েছেন।" আমরাও কোনওরকমে ফুঁ দিয়ে চললাম ঘনাদার ছাইচাপা আগুন জাগিয়ে তোলবার আশায়।

ঘনাদা গড়গড়ার ওপর কলকে বসিয়ে নলটা বাগিয়ে ধরে মৃদুমন্দ টান দিতে শুরু করলেন।

"ইবন জুবের স্পেনের গ্রানাদা থেকে বাগদাদ যাবার পথে এ-পুঁথি নাকি হারিয়ে ফেলেছিলেন। এতদিন বাদে সে-পুঁথি উদ্ধার হয়েও শেষে পড়বার লোকের অভাবে মাঠে মারা যাবে!"

ঘনাদার নয়, তাঁর গড়গড়ার নলের আওয়াজই শুধু শোনা গেল।

"বনোয়ারি এতক্ষণে শিঙাড়াগুলো ভাজিয়ে আনল বোধ হয়।"

ঘনাদা একরাশ ধোঁয়া ছাড়লেন।

"মৌলবি সাহেবকে অনেক আশা দিয়ে আমরাই এনেছিলাম।"

"তাহলে ভালই হয়েছে চলে এসে। মৌলবি সাহেবকে নিরাশ আর করতে হল না।" ঘনাদা এতক্ষণে মুখ খুললেন।

"তার মানে!" আমরা বিমূঢ়, "ঘরের দরজা থেকে একটা কথা না-বলে ফিরে এলেন। আর নিরাশ করা কাকে বলে!"

"ঘরে ঢুকলে আরও নিরাশ করতে হত!" ঘনাদার উক্তি তাঁর গড়গড়ার ধোঁয়ার মতোই।

আমাদের হাঁ-করা মুখগুলোর দিকে চেয়ে ঘনাদার করুণা হল কি না জানি না। দয়া করে একটু সবিস্তারে বললেন, "নিরাশ করতে হত এই জন্যে যে ও-পুঁথি জাল। যত তেতোই হোক সত্যি কথাটা তো না বলে পারতাম না!"

"ও পুঁথি জাল!"

"আপনি জানলেন কী করে?"

"পুঁথি তো চোখেও দেখেননি।"

"শোনেননি পর্যন্ত তখন পুঁথির কথা।"

"জাল আর আসল পুঁথি কি শুঁকেই বোঝা যায়!"

"জাল পুঁথির গন্ধ পেয়েই চলে এলেন নাকি!"

আমাদের প্রত্যেকের বিস্ময় নানা ভাবে নানা ভাষায় প্রকাশ পেল। ঘনাদা ততক্ষণ নির্বিকার ভাবে রাম টানে গড়গড়ার জলে তুফান তুলছেন।

আমাদের কথা শেষ হতেই এক রাশ ধোঁয়া ছেড়ে ঘনাদা যা বললেন তাতে আমরাও চতুর্দিকে শুধু ধোঁয়াই দেখলাম।

"পুঁথির গন্ধে নয়, চলে এসেছি ঘরের দুর্গন্ধে!" ঘনাদা কড়া গলায় জানালেন।

"দুর্গন্ধে!" আমরা তাজ্জব—"ও-ঘরে দুর্গন্ধ! রোজ সকালে দস্তুরমতো ফিনাইল দিয়ে ও-ঘর মোছা হয়। তার ওপর ফ্লিট দিয়েছি আধঘণ্টা আগে!"

"ওঃ, ফ্লিট দিয়েছ!" ঘনাদা প্রায় তাঁর কলকের মতোই গরম হয়ে উঠলেন— "তাই বিশ্রী বিদঘুটে প্রাণ-বার-করা দুর্গন্ধ!"

"বলেন কী, ঘনাদা! ফ্লিট তো মাছি তাড়াবার জন্য দিতে হয়। আপনি তো আর মাছি নন! মেসের সব ঘরেই তো ফ্লিট দিচ্ছি এখন। বর্ষায় যা মাছি বেড়েছে! আপনার ঘরেও তো আজ দেব।"

"আমার ঘরে ফ্লিট দেবে!" ঘনাদা যেন তাঁর কলকের জ্বলন্ত টিকেই হয়ে উঠলেন, "তার চেয়ে ঘরে আগুন দেবে বলো না!"

"ফ্লিট আর আগুন এক!" আমরা একেবারে থ—"ঘরের মাছি তাড়াতে আপনি চান না!"

"না।" বজ্রগম্ভীর স্বরে বললেন ঘনাদা, "তোমাদের ওই আধা বৈজ্ঞানিক বাতিক আমার নেই। পোকা, মাকড়, মাছি—সব একেবারে দুনিয়া থেকে লোপাট করে দেবে, কেমন! এদিকে পোকা মারবার বিষে মানুষই জরজর হতে চলেছে—সে খোঁজ রাখো? জানো খাবারের জলে হাওয়ায় কী পরিমাণ বিষ ক্রমশ ছড়িয়ে যাচ্ছে!"

লক্ষণ সব শুভ! পালে হাওয়া লেগেছে। এখন শুধু হালটা ঠিকমতো ধরতে পারলেই হয়।

জোয়ারের টানেই নৌকোর মুখটা ধরে রেখে বললাম, "কিন্তু মাছি বাড়লে বড় জ্বালাতন করে যে!"

"করুক।" ঘনাদা নির্বিকার—"একটা কৃতজ্ঞতা তো আছে!"

"মাছির কাছে কৃতজ্ঞতা!" আমাদের চোখ সব কপালে উঠেছে তখন।

"হ্যাঁ, জ্যোতিষের একটু হিসাব, আর এই মাছি না হোক, এদেরই জাত-ভাইয়ের সাহায্য না পেলে—"

ঘনাদা কথাটা শেষ করবার আগেই শিবু চটপট পূরণ করে দিলে, "পৃথিবীর ইতিহাস উলটে লেখা হত।"

"হিমালয়টা হঠাৎ কাত হয়ে পড়ে যেত!" সংশোধন করলে শিশির।

"রুশ মার্কিন পারমাণবিক চুক্তি যেত বানচাল হয়ে।" গৌর তার সিদ্ধান্ত জানালে।

"না।" ঘনাদা গড়গড়ার নলটাকে সরিয়ে রেখে আমাদের দিকে অনুকম্পাভরে চেয়ে বললেন, "ওসব কিছু নয়, ক্যামেরুনসের মান্দারা পাহাড়ের একটা গোপন গুহায় দুটো কঙ্কাল পাওয়া যেত!"

"কার ঘনাদা?"

"একটা ডা. লার্বোর আর একটা ঘনশ্যাম দাসের!"

"কী সর্বনাশ! ভুলে ফেলে আসছিলেন বুঝি!"

হাসি চেপে শিবুর বেয়াড়া মন্তব্য সামলাতে চটপট যার যা মাথায় আসে বলতে হল।

"গুহার মধ্যে মানুষ-খেকো জন্তু জানোয়ার ছিল বুঝি!" শিশিরের জল্পনা।

"কামড় দিতে গিয়ে নাকে মাছি ঢুকে নিশ্চয় হেঁচে ফেলেছিল!" আমার বিস্তারিত ব্যাখ্যা।

"না, না গুহার ভেতর চাপা পড়েছিলেন। আর এক ঝাঁক মাছি এসে পাথরটা সরিয়ে দেয়।" গৌরের সহজ সরল সমাধান।

"প্রায় তাই!"

আমাদের চোখগুলো ছানাবড়া করে তুলে ঘনাদা শুরু করলেন, "তখন সুদানের বহু পুরোনো এক খ্রিস্টান মঠের ধ্বংসাবশেষ দেখবার জন্যে ওয়াদি ঘাজালে কিছুদিনের জন্য আছি। সেখানেই হঠাৎ একদিন ড. লার্বো আর লুইগি ক্যাপেলা দুজনের সঙ্গেই দেখা হয়ে গেল। ক্যাপেলাকে আগে কখনও দেখিনি। ড. লার্বো আমার চেনা। তবু ড. লার্বোকে প্রথম চিনতেই পারিনি। প্রথম মহাযুদ্ধের আগে ফ্রান্সে তার সঙ্গে পরিচয়। তখন লার্বো বয়সে তরুণ। তার বাবার সঙ্গেই আফ্রিকার নৃতত্ত্ব বিষয়ে কাজ করে সবে ডক্টরেট পেয়েছে। তার বাবা মঁসিয়ে আঁদ্রে লার্বোর কোনও রকম পদবি-টদবি ছিল না। কিন্তু পর্যটক পণ্ডিত হিসেবে তাঁর নাম তখন যথেষ্ট। বাবা আঁদ্রের ব্যাপার নিয়েই তাঁর ছেলে লার্বো আমার কাছে এসেছিল। আঁদ্রে বছর কয়েক আগে আফ্রিকায় পর্যটনে গেছেন। তারপর থেকে তাঁর কোনও খবর পাওয়া যায়নি। এ-রকম নিরুদ্দেশ হওয়া তাঁর স্বভাব। কিন্তু এবার যেন বড় বেশিদিন নিখোঁজ হয়ে আছেন। আমি তখন সদ্য আফ্রিকারই ক্যামেরুনস থেকে ফিরেছি। তাই লার্বো আমার কাছেই কোনও খবর পাওয়ার আশায় এসেছিল।

বিশেষ কিছু খবর তাকে দিতে অবশ্য পারিনি। ক্যামেরুনস তখন জার্মানদের দখলে। সমুদ্রের ধারে দৌয়ালা তাদের রাজধানী। সেখানে আঁদ্রের সঙ্গে একবার দেখা আমার হয়েছিল বটে। ক্যামেরুনসের উত্তরে একটা কী জায়গা যেন তাঁর ইজারা নেওয়া আছে। সেইখানেই তিনি যাচ্ছেন বলেছিলেন। লার্বোর সঙ্গে সেদিন আরও অনেক কথাই হয়েছিল। আফ্রিকার নৃতত্ত্ব শুধু নয়, সেখানকার বহু লুপ্ত শিল্পকলা সম্বন্ধে তার জ্ঞান দেখে খুশিই হয়েছিলাম।

যাকে সুস্থ-সবল জোয়ান দেখেছিলাম ভেঙেপড়া কুঁজো এক আধবুড়ো চেহারায় তাকে আর চিনব কী করে! লার্বো নিজে থেকে এসে পরিচয় দেবার পর শুধু তার চেহারা দেখে নয়, আরও অনেক কিছুতেই অবাক হয়েছিলাম।

তখন সুদানিদেরই একটা আধা হোটেল আধা সরাইয়ে আছি। একাধারে হোটেলের খানসামা ও বাবুর্চি ওসমান এসে খবর দিলে, দুজন সাহেব আমার সঙ্গে দেখা করতে এসেছে।

দুজন এসে ঘরে ঢোকবার পর কাউকেই চিনতে পারলাম না। একজনের

হেভিওয়েট বকসারের মতো বিরাট চেহারা। আর একজন শুকনো শীর্ণ বুড়োটে মানুষ।

বুড়োটে মানুষটিই প্রথম সম্ভাষণ করে বললে, 'আমায় চিনতে পারছেন না নিশ্চয়, মি. দাস। আমার সঙ্গে প্যারিসে আপনার দেখা হয়েছিল কয়েকবার। আমার নাম ড. লার্বো।'

সত্যিই প্রথমটা যেন নিজের চোখকেই বিশ্বাস করতে পারলাম না। লার্বোর কাছে তার কাহিনী শোনবার জন্যে উদগ্রীব হলেও আপাতত তার আমার সঙ্গে দেখা করতে আসার কারণ জানতে চাইলাম।

কারণ আর কিছু নয়, আমায় দিয়ে একটা পুরোনো পুঁথির দাম যাচাই করানো। পুঁথিটা ষণ্ডামার্কা ক্যাপেলাই অনেক কষ্টে নাকি সংগ্রহ করেছে। ড. লার্বো টুকিটাকি পুরোনো পাণ্ডুলিপি, হাতের শিল্পকাজ এই সবই এখন সংগ্রহ করে নানান মিউজিয়মে আর খেয়ালি বড়লোকদের কাছে বিক্রি করে। পুঁথিটা ক্যাপেলার কাছে সে কিনতে চায়। আমায় ওয়াদি ঘাজালে দেখে চিনতে পেরে একটু পাকা মতামত নিতে এসেছে।

পুঁথিটা নাড়াচাড়া করে হেসে বললাম, 'কেনবার তো অনেক কিছু আছে ড. লার্বো। এ-পুঁথি না-ই বা কিনলেন!'

'কেন, এ-পুঁথির দাম নেই?' ক্যাপেলা আমার দিকে করুণ চোখে তাকিয়ে জানতে চাইলে। পালোয়ানের মতো চেহারা হলেও মানুষটার মুখ-চোখের গড়ন এমন যে সব সময়েই করুণ দেখায়।

দুঃখের সঙ্গে বললাম যে, সস্তা কাগজে লিখে তেঁতুল জলে ভিজিয়ে রেখে পুরনো করা হয়েছে তার বেশি কিছু দাম ও-পুঁথির নেই। এ পুঁথির এরকম আরও দুটো নকল যে আমি দেখেছি তাও জানালাম।

বুদ্ধির গোড়ায় তখন আমাদেরও ধোঁয়া লেগেছে। চট করে ধরে ফেলে শিবুই সবার আগে বলে ফেললে, "এই ইবন জুবেরের নকল পুঁথিই নাকি সেটা!"

"হুঁ, এই পুঁথিরই আরেক নকল!" ঘনাদা বলতে শুরু করলেন, "দুজনকে নকলের প্রমাণগুলো বুঝিয়ে দিয়ে লার্বোকেই জিজ্ঞাসা করলাম, 'কিন্তু আপনার আসল কাজ ছেড়ে এসব বাজে মালের কারবারে এসেছেন কেন?'

'এসেছি মামলায় সর্বস্বান্ত হয়ে।' দুঃখের সঙ্গে বললে লার্বো।

মামলাটা যে কী লার্বো তারপর আমার অনুরোধে বিস্তারিত ভাবে জানালে।

ক্যামেরুনস যখন জার্মানদের দখলে তখন ১৯০৩ সালে লার্বোর বাবা আঁদ্রে উত্তরের মান্দারা পাহাড়ের কাছে একটা পাহাড়ি জায়গা একজন জার্মানের কাছে লেখাপড়া করে ইজারা নেন। কেন যে ওই অখদ্দে জায়গা তিনি বেছে নিয়েছিলেন ইজারা নিতে তা কেউ জানে না। শুধু শেষবার চিরকালের মতো নিরুদ্দেশ হবার আগে ছেলের কাছে একটি চিঠির চিরকুট তিনি পাঠান। তাতে দু-লাইনে লেখা ছিল—'আফ্রিকার শ্রেষ্ঠ সম্পদ আমি মান্দারা পাহাড়ে আগলে আছি। যত তাড়াতাড়ি পারো, এসো।'

কিন্তু তখন প্রথম মহাযুদ্ধ শুরু হয়ে গেছে। ক্যামেরুনস নিয়েও লড়াই চলছে

ইংরেজ ফরাসির সঙ্গে জার্মানদের। সেখানে যাওয়া অসম্ভব। যুদ্ধ থামবার পর গোল কমবার বদলে বাড়ল। জার্মানির অধিকার ভাগ করে নিলে ইংরেজ আর ফরাসি। সরকারি কাগজপত্র সব নষ্ট হয়ে গেছে। ইজারার দাবি প্রমাণ করাই শক্ত। তবু লার্বো একবার ইংরেজ একবার ফরাসি সরকারের সঙ্গে মামলা লড়লে। মামলায় কেঁচো খুঁড়তে সাপ বার হল। জানা গেল লার্বোর বাবার ইজারা নেওয়া জায়গা গোড়াকার মালিক দাবি করছে। লার্বোর বাবা আঁদ্রে নাকি তাঁর কাছেই ইজারা নিয়ে পুরো দাম দেননি। ইজারা বাতিল হলেও কী ঐশ্বর্যের কথা আঁদ্রে জানিয়েছিলেন তার একবার খোঁজ করতে পারলেও হত। কিন্তু সে জার্মান মালিক মান্দারা পাহাড়ের ও-অঞ্চলে লার্বোকে ঢুকতে দিতেই রাজি নয়। এক সঙ্গে ফরাসি সরকার ও সেই দাবিদার গোড়াকার মালিকের সঙ্গে সর্বস্বান্ত হয়ে লড়ে একেবারে না হারলেও ফল যা দাঁড়িয়েছে তা হতাশ হবারই মতো।

'সেটা কী রকম?' অবাক হয়ে জানতে চাইলাম।

লার্বো তার উত্তরে যা জানাল তা অদ্ভুত শর্তের এক চুক্তি। ১৯০৩ সালে আঁদ্রে ইজারা নেন জায়গাটা। ঠিক সেই ১৯০৩-এর হিসেবে মাপা একটি বছরের জন্যে লার্বো একবার মাত্র সেখানে গিয়ে যা খোঁজ করবার করে আনতে পারবে। বছরের এক সেকেন্ড পার হয়ে গেলে সেখানকার কোনও কিছুতে, এমনকী একটা নুড়িতেও, আর তার অধিকার নেই।"

"তাহলে মাপা বছর বলতে কী বোঝাল?" গৌর তার বিদ্যে একটু জাহির করবার সুযোগ ছাড়তে পারল না, "তিনশো-পঁয়ষট্টি দিন পাঁচঘণ্টা আটচল্লিশ মিনিট ছেচল্লিশ সেকেন্ড!"

ঘনাদা গৌরের দিকে এমন ভাবে তাকালেন যে নিজের তথ্য নির্ভুল প্রমাণ করবার জন্য একটু ক্ষুণ্ণ হয়েই তাকে স্বীকার করতে হল, "আজই সকালে এ বছরের বর্ষপঞ্জিতে পড়লাম যে!"

"ও, আজ পড়েছ!" গৌরের এমন একটা পাণ্ডিত্যকে যেন তাচ্ছিল্য করেই ঘনাদা আবার শুরু করলেন, "সব কথা শুনে একটু অসন্তুষ্টই হলাম। বললাম, 'তা এই চুক্তির সুযোগই আপনি নিচ্ছেন না কেন! যে কোনও সময় থেকে শুরু করে পুরো এক বছর তো! এক বছর নেহাত কম সময় নয়। আপনার বাবা যে ঐশ্বর্যের কথা বলেছেন সত্যি যদি তা থাকে তাহলে এক বছরে খুঁজে আনতে পারবেন না! আপনার বাবা গুপ্ত ঐশ্বর্যের কিছু হদিসও নিশ্চয় আপনাকে দিয়ে গেছেন!'

'তা দিয়ে গেছেন।' ড. লার্বো হতাশ ভাবে বললেন, 'কিন্তু এই ভাঙা শরীর নিয়ে একলা সেই অজানা বিপদের দেশে গুপ্ত ঐশ্বর্য সন্ধান আমার পক্ষে আর সম্ভব নয়। তা ছাড়া বলেছি তো আমি সর্বস্বান্ত। এই সুদানে এসেছি আমেরিকার এক মিউজিয়মের টাকায়। এখানে থেকে ক্যামেরুনসে যাবার আর এক বছর ধরে মান্দারা পার্বত্য অঞ্চলে খোঁজ করবার মতো সম্বলই আমার নেই।'

যা বলতে যাচ্ছিলাম তা আর বলা হল না। আমার আগেই করুণ মুখে ক্যাপেলা বললে, 'যদি সহায় সম্বল দুই-ই আপনি পান ড. লার্বো?'

'সহায় সম্বল দুই-ই!' ড. লার্বো একটু হতভম্ব হয়ে ক্যাপেলার দিকে তাকিয়ে বললেন, 'তার মানে...'

'তার মানে, আমি আপনার সঙ্গে যেতে প্রস্তুত, ড. লার্বো। আপনার যা খরচ লাগে তা-ও জোগাতে!'

'আপনি সত্যি আমায় এই সাহায্য করবেন, সেনর ক্যাপেলা!' ড. লার্বো উচ্ছ্বসিত হয়ে ক্যাপেলার হাত দুটো জড়িয়ে ধরে আরও কিছু বলতে যাচ্ছিলেন।

তাকে বাধা দিয়ে ক্যাপেলাকেই জিজ্ঞাসা করলাম, 'আপনি ভাল করে বুঝেসুঝেই ড. লার্বোকে সাহায্য করতে যাচ্ছেন তো, সেনর ক্যাপেলা?'

'বোঝবার এমন কী আছে!' ক্যাপেলা করুণ মুখে হেসে বললে, 'ড. লার্বোর বাবা আঁদ্রে লার্বোর আমি একজন ভক্ত ছিলাম। ছেলে বয়সে আফ্রিকা সফরে একবার তাঁর সঙ্গী হবার সৌভাগ্যও হয়েছিল। দেখতেই পাচ্ছেন আফ্রিকার পুরোনো জিনিস খুঁজে বার করা আমার ব্যবসা। বাতিকও বটে। আঁদ্রে লার্বোর সম্মানে সেই বাতিকেই না হয় কিছু সময় আর পয়সা খরচ করলাম!'

খুশি মুখে বললাম, 'খুব ভালো কথা। আঁদ্রে লার্বোর গুপ্তধন কী তা জানি না, কিন্তু তা পাওয়া গেলে ভাগ চাইবেন না তো?'

'না, ভাগ আমি চাইব না,' ষণ্ডামার্কা ক্যাপেলা কাঁদোকাঁদো গলায় বললে, 'ভাগ আমি চাইব না, দিব্যি গেলে বলছি।'

লার্বোর আর তর সইছিল না। ক্যাপেলাকে সঙ্গী-সহায় পেয়ে কয়েকদিনের মধ্যেই আফ্রিকার পুব থেকে একেবারে পশ্চিম প্রান্তে ক্যামেরুনসে রওয়া হয়ে গেল। যাবার আগে আমার দু-একটা পরামর্শ নিয়ে কথা দিয়ে গেল যে ফলাফল যা-ই হোক এক বছরের মধ্যে খবর একটা দেবেই।

কিন্তু খবর আর আসে না। তাদের সুদান থেকে ক্যামেরুনস যাবার সময়টা মোটামুটি বাদ দিয়ে এক বছর পূর্ণ হতে যখন হপ্তা দুয়েক মাত্র বাকি, তখন আর ধৈর্য ধরতে না পেরে নিজেই রওনা হয়ে পড়লাম। প্রথমে বাইট অফ বিয়াফ্রা, অর্থাৎ বিয়াফ্রা উপসাগরের ধারে দৌয়ালা শহরে নামলাম। সেখান থেকে নতুন রাজধানী ইয়াওন্দে-তে। সেখানে একটা ছোট প্লেনের ব্যবস্থা টেলিগ্রামেই করিয়ে রেখেছিলাম। প্লেনটা নিয়ে মান্দারা পাহাড় অঞ্চলেই সোজা যেতে পারতাম। কিন্তু তার বদলে প্রথমে মাঝামাঝি রেই-বৌবা শহরে নেমে হের ব্রান্টের আস্তানায় একবার গেলাম। ব্রান্ট আমার অনেক কালের চেনা বন্ধু। আফ্রিকায় তার সঙ্গে বিরল অজানা প্রাণীর খোঁজে কয়েকবার ঘুরেছি। আপাতত সে রেই-বৌবা শহরকে ঘাঁটি করে আশপাশে জীববিজ্ঞানের সন্ধান চালাচ্ছে জানতাম। ব্রান্টের সঙ্গে আলাপ সেরে ল্যামি দুর্গের কাছে একটি হাউসাদের গ্রামে নেমে আমার পুরোনো বন্ধু মোড়লের সঙ্গে একবার দেখা করে এলাম। সেখান থেকে প্লেনে উঠে মান্দারা পাহাড়ের দিকে রওনা হবার আগে ফেন অর্থাৎ মোড়লকে শুধু বলে এলাম, 'ইদান মুগুন মুতুম ইয়া শিরকা জানবা, কাই কা স লাওজে কা ইয়াঙ্কে!'

"মোড়লকে ওই সব আপনি বললেন! আর শুনেও আপনাকে ছেড়ে দিলে!"

বেটপকা শিবুর এই কথায় আমাদের কাশি যদি হঠাৎ সংক্রামক হয়ে ওঠে তাহলে বোধ-হয় খুব দোষ দেওয়া যায় না।

ঘনাদার মুখের চেহারা দেখে গৌরই প্রথম সামলে নিয়ে ভালমানুষ সাজলে, "ওটা ওই হাউসা ভাষা? না ঘনাদা?"

"হ্যাঁ, হাউসাদের একটা প্রবাদ!" ঘনাদা কিছুটা যেন তুষ্ট হয়ে প্রবাদটা ব্যাখ্যা না করেই বললেন, "মান্দারা পাহাড়ের কোলে প্লেন নামাতে তারপর বেশ বেগ পেতে হল। পাহাড়ি জায়গা। সমতল কোথাও নেই বললেই হয়। তার মধ্যে ওপর থেকে একটা জিপ গোছের গাড়ি এক জায়গায় দেখে লার্বো আর ক্যাপেলার আস্তানা কাছাকাছি হতে পারে বলে অনুমান করেছিলাম। নামবার পর দেখলাম আমার অনুমানে ভুল হয়নি। প্লেন থেকে মাটিতে পা দিতেই প্রথম অভ্যর্থনা করলে স্বয়ং ক্যাপেলা। প্লেন দেখে জিপটা চালিয়েই সে ছুটে এসেছে। কাছে এসে তার মার্কামারা করুণ স্বরে বললে, 'আপনি সত্যিই অন্তর্যামী, দাস।'

একেই লড়াইয়ে ষাঁড়ের মতো শরীর, তার ওপর এক মুখ দাড়ি-গোঁফ গজিয়ে আর এই পাহাড়ি মরুর রোদে জলে পোড় খেয়ে ক্যাপেলার চেহারা একেবারে দুশমনের মতো হয়েছে। কিন্তু চোখ মুখ গলার স্বর সেই করুণ।

হেসে বললাম, 'কেন বলুন তো! আপনাদের ডেরা ঠিক চিনে নেমেছি বলে?'

'না, বুদ্ধি করে প্লেনটায় এসেছেন বলে। একটা প্লেনই চাইছিলাম।'

'হ্যাঁ, আপনার মেয়াদ তো ফুরিয়ে এল! হাতে আর কত সময় আছে?'

'বারো ঘণ্টা আটচল্লিশ মিনিট আটাশ সেকেন্ড!' কাঁদো কাঁদো সুরে বললে ক্যাপেলা।

একটু অবাক হয়ে বললাম, 'সময়টার ঠিক হিসাব রেখেছেন? ১৯০৩ সালের চুক্তি মনে আছে?'

'খুব মনে আছে।' ক্যাপেলা করুণভাবে আশ্বাস দিলে, 'সময়ের হিসেব একেবারে কাঁটায় কাঁটায় রেখেছি।'

একটা কথা বলতে গিয়েও থেমে ব্যস্ত হয়ে জিজ্ঞাসা করলাম, 'তাহলে এখনও আপনারা হাত গুটিয়ে বসে আছেন কী বলে? সময় তো মাত্র এই!'

'সেইটে আপনার বন্ধু ড. লার্বোকে বোঝাতে পারেন?' ক্যাপেলার গলায় যেন করুণ মিনতি।

সত্যি উদ্বিগ্ন হয়ে উঠে বললাম, 'তার মানে লার্বো সময়ের দাম বুঝতে চাইছেন না এখনও! কোথায় তিনি?'

'সামনের পাহাড়ে ওই মস্ত বড় গুহাটা দেখছেন। সোজা ওর ভেতর চলে যান। আমি একটু পরে আসছি!'

সেই দিকেই যেতে গিয়ে হঠাৎ থমকে ফিরে তাকালাম।

তারপর ঠাণ্ডা গলাতেই বললাম, 'আপনি যেন প্লেনটায় উঠতে চান মনে হচ্ছে, সেনর ক্যাপেলা?'

'সেই রকমই তো বাসনা।' করুণ স্বরে বললে ক্যাপেলা, 'জিপে করেই যাচ্ছিলাম,

ভাঙাচোরা রাস্তা হলেও শ-আড়াই মাইল সময় মতো যাওয়া যেত। কিন্তু প্লেনটা যখন পাওয়া গেল তখন ছাড়া উচিত কি! উড়ে গেলে তো মাত্র শ-দুই মাইল।'

'হুঁ,' গলাটা মধুর করেই বললাম, 'রেই-বৌবা পাহাড়েই যেতে চান নিশ্চয়। যেখানে এই অঞ্চলের মালিকের সেরেস্তা। লার্বোর নিজের লোক বলে তারা আপনাকে জানে। সুতরাং সময়ের মেয়াদ ফুরোবার আগেই গুপ্তধন দখলের কথা তাদের জানালে আপনার কাজ হাসিল হবে। তারা বিশ্বাসঘাতক বলে আপনাকে সন্দেহ করবে না। কিন্তু প্লেনে যে যাচ্ছেন গুপ্তধন তো দেখছি না। আসল মালই না থাকলে দাবি দিয়ে লাভ কী?'

'সে ভাবনা আপনাকে ভাবতে হবে না।' ক্যাপেলা মিহি সুরে জানালে, 'আপনি বোধহয় খবর রাখেন না যে আগেকার মালিক মারা যাবার পর তার সম্পত্তি এখন এক ট্রাস্টের জিম্মায়। সেই ট্রাস্টের সঙ্গে এখানে আসবার আগে আমাদের কথা হয়ে গেছে যে শর্ত মতো নির্দিষ্ট সময়ের এক সেকেন্ড আগে দাবি জানাতে পারলেও তা গ্রাহ্য হবে তো বটেই, গুপ্তধন সরিয়ে আনবার জন্যেও একটা উপরি দিন পাওয়া যাবে। আর গুপ্তধন সঙ্গে না নিলেও এইটি আমি নিয়ে যাচ্ছি। আপনার বন্ধু অমন বেয়াড়া বলেই এটি হাত করতে এত দেরি হয়েছে।'

'ওটা তো দেখছি একটা চাবি!' হেসে বললাম, 'গুপ্তধনের সিন্দুক আছে নাকি এখানে।'

'সিন্দুক নয়, ইস্পাতের তৈরি গুপ্ত এক ঘর। আঁদ্রে লার্বো প্রথম মহাযুদ্ধের কিছু আগে বিপদের দিন আসছে বুঝে গোপনে এক ইস্পাতের দুর্ভেদ্য দরজা দেওয়া লুকোনো ঘরটি এই পাহাড়ের এক গোপন গুহায় তৈরি করান। তার ভেতরই তাঁর সমস্ত ঐশ্বর্য লুকোনো। এ-ঘরের উড়ো খবর আমি জানতাম, কিন্তু আসল হদিস পাইনি বলে কিছু করতে পারিনি। তারপর ভাগ্য কী ভাবে ড. লার্বোর সঙ্গে আমার যোগাযোগ করিয়ে দেয় তা তো আপনিও জানেন।'

'বাঃ, আপনার মতো সহজ সরল শয়তান আমি কখনও দেখিনি। কিন্তু শয়তানদেরও কখনও কখনও কথার ঠিক থাকে। আপনি যেন গুপ্তধনের ভাগ নেবেন না বলেছিলেন মনে পড়ছে।'

'সে-কথার খেলাপ তো করছি না।' করুণ ভাবে হাসল ক্যাপেলা—'ভাগ তো নয়, গুপ্তধনের সবটাই আমি নেব যে!'

'হ্যাঁ, তাহলে কথার খেলাপ হয় না বটে। চাবিটা খুশি হয়ে ড. লার্বো আপনাকে দিয়েছেন বলে কিন্তু মনে হচ্ছে না।'

'না, তা দেননি।' কাঁদোকাঁদো ভাবেই জানালে ক্যাপেলা, 'একটু পেড়াপিড়ি করতে হয়েছে। দুর্বল মানুষ একটু জখম হয়েছেন তাইতে। ওই গুহার ভেতর তাড়াতাড়ি গেলে হয়তো শুশ্রূষা করতে পারবেন।'

'কিন্তু চাবিটা তাঁকে ফেরত দিতে চাই যে!' কাঁধের হ্যাভারস্যাকটা মাটিতে রেখেই বললাম, 'ওটা নিজে থেকে দিলেই বাধিত হব। আমার আবার তাড়াতাড়ি করতে গেলে হাতপাগুলো বশে থাকে না। তখন আপনারই শুশ্রূষা দরকার হবে।'

'না, তা বোধহয় হবে না।' মুখখানা যেন কাঁচুমাচু করে জানালে ক্যাপেলা, 'আরশোলা টিকটিকি আমি পারতপক্ষে ছুঁই না, কিন্তু ছুঁলে আঙুলের টিপুনিতেই মারা যায়। আমার দুঃখের ইতিহাস আপনি বোধহয় জানেন না। দুনিয়ার সেরা মুষ্টিযোদ্ধা হয়তো হতে পারতাম, কিন্তু রাস্তার ঝগড়াঝাঁটিতে দুটো মানুষকে সাবাড় করার দরুন হুলিয়ার ভয়ে নাম ভাঁড়িয়ে এই আফ্রিকায় ঘুরে বেড়াতে হচ্ছে। এখানে একটা ছুঁচো মারলে অবশ্য হুলিয়ার ভয় নেই।'

'না, ভয় যা-কিছু থোঁতা মুখ ভোঁতা হবার।' সবিনয়ে যেন গলবস্ত্র হয়ে বললাম, 'আপনার মতো খাঁটি নির্ভেজাল শয়তানের সে দুর্দশা আমায় দিয়ে করাবেন না।'

'চমৎকার! আপনার গলায় যেন মধু ধরে পড়ছে।' ক্যাপেলা করুণ স্বরে বললে, 'আসুন, আপনার গলাটা একটু টিপে দিয়ে দেখি অত মধু কোথায় আছে।'

ক্যাপেলা যেন আলিঙ্গন করতে এগিয়ে এল।

বার তিনেক একটু কষ্ট করতে হল। শেষবার ঘাড়মুড় গুঁজড়ে পড়ল প্রায় প্লেনটার চাকার তলায়।

হ্যাভারস্যাকটা আবার কুড়িয়ে নিয়ে চাবিটা তার পকেট থেকে তুলে বললাম, 'ঘণ্টা কয়েক এখন খোলা হাওয়ায় বিশ্রাম করতে পারবেন মনে হচ্ছে। ভাববেন না, হাত-পা খুঁজে নিয়ে আপনি ওঠবার আগেই ফিরে আসছি। দড়ি দড়ায় বেঁধে আপনার সম্মানটা তাই আর বাড়ালাম না।'

সেই একটিমাত্র ভুলেই সর্বনাশটা হল।

গুহার ভেতর গিয়ে লার্বোকে পেলাম প্রায় সসেমিরে অবস্থায়। অনেক চেষ্টায় সুস্থ করে তোলবার পর তার মুখে যা শুনলাম তা ইতিমধ্যেই কল্পনা করে নিয়েছিলাম। মান্দারা পাহাড়ের এই অঞ্চলে আসবার কিছুদিন বাদেই ক্যাপেলার ভাবগতিক দেখে লার্বোর সন্দেহ হয়। গুপ্তধনের খোঁজ করবার হদিস লার্বো তাই কিছুতেই জানায়নি। এমনকী সে-গুপ্তধনভাণ্ডার একা একা নানা সুযোগে খুঁজে বার করবার পরও ক্যাপেলার কাছে তা লুকিয়ে রেখেছে। কিন্তু যত দিন গেছে ক্যাপেলা তত অস্থির হয়ে উঠেছে। লার্বোকে চোখে চোখে রেখেছে সারাক্ষণ। লার্বো ঠিক করেছিল কোনওমতে লুকিয়ে পালিয়ে গিয়ে তার দাবি পাকা করবে। কিন্তু ক্যাপেলা সে সুযোগ দেয়নি। ওই দিনটিতে সে কিন্তু আরও গভীর শয়তানি বুদ্ধি খাটিয়েছিল। ক্যাপেলার পাহারা সেদিন যেন আলগা মনে হয়েছিল লার্বোর। সেই সুযোগে পালাবার চেষ্টা করবার সময়েই লার্বোকে চাবি সমেত সে ধরে ফেলেছিল এই তক্কেই ছিল বলে। তারপর লার্বোর মতো একটা ক্ষীণজীবী মানুষের কাছে চাবি কেড়ে নিতে কতক্ষণ। চাবি নিয়ে জিপে করে ক্যাপেলা যখন রওনা হচ্ছে ঠিক সেই সময়েই এসে পড়েছি আমি।

লার্বোকে সুস্থ করে তার সমস্ত কাহিনী শুনতে প্রায় ঘণ্টা চারেক তখন কেটে গেছে। ক্যাপেলার অবস্থা দেখবার জন্যে একবার যাওয়া দরকার মনে করে উঠতে যাচ্ছি—এমন সময়ে গুহামুখে একটা ছায়া পড়ল।

অবাক হয়ে তাকিয়ে দেখি, ক্যাপেলাই টলতে টলতে গুহার বাঁকটার মুখে ঢুকে

দাঁড়াল।

'আরে, আসুন, আসুন, সেনর ক্যাপেলা! আপনি এত তাড়াতাড়ি সুস্থ হয়ে উঠবেন ভাবতে পারিনি।' ভেতরের দুর্ভাবনা যথাসাধ্য চেপে হাসিমুখে বললাম, 'কিন্তু সুস্থ হয়েই আবার কষ্ট করে এখানে এলেন কেন?'

'একটা দরকারি কাজ বাকি ছিল বলে আসতে হল।' ক্যাপেলার করুণ সুরটা একটু বেশি চড়া মনে হল।

'কী কাজ? আমাদের কাছে মাপ চাওয়া?'

'না। একটা ছুঁচো আর একটা ইঁদুরকে জ্যান্ত কবর দেওয়া। এগোবার চেষ্টা করিস না, আমার হাতে এই হ্যান্ড গ্রেনেড দেখছিস। এটা ছুঁড়ে তোদের এখুনি শেষ করে দিয়ে যেতে পারি। কিন্তু অত সহজে মেরে আমার আশ মিটবে না। যেখানে আমি দাঁড়িয়ে আছি সেখানকার ওপরের পাথর আলগা। এই গ্রেনেড ফাটলেই সে সব পাথর পড়ে এ গুহার মুখ এমন বন্ধ হয়ে যাবে, অন্তত একশো জোয়ান না হলে সে পাথর সরানো অসম্ভব। একশো জোয়ান দূরে থাক, একটা মাছিও এখানে আসবে না খোঁজ করতে।'

'না-ই আসুক, মাছি এখান থেকে উড়ে যেতে তো পারবে!'

'এই জ্যান্ত কবরে পচে মরতে মরতে ও-রকম রসিকতা ভাববার অনেক সময় পাবি। এখনও শুধু শেষ একটা সুযোগ দিচ্ছি প্রাণে বাঁচবার। চাবিটা আর গুপ্তগুহার হদিস যদি এখনই পাই তো ছেড়ে দিতে পারি তোদের।'

'কিন্তু চাবি আর গুপ্তগুহার হদিস পেলেই কিছু লাভ হবে কি আর?' হেসে বললাম, 'সময় তো ক্রমশই ফুরিয়ে আসছে।'

'সময় যথেষ্ট আছে এখনও। সে ভাবনা তোদের নেই। এখনও আট ঘণ্টা তেইশ মিনিট আটাশ সেকেন্ড। তোর প্লেনে চড়ে বড় জোর দেড় ঘণ্টার মধ্যেই রেই-বৌবায় পৌঁছে যাব। তারপর ট্রাস্টিদের অপিসে পৌঁছোতে বড় জোর আধ ঘণ্টা।' ক্যাপেলা আমাদের যন্ত্রণা দিতেই যেন করুণ স্বরে চিবিয়ে চিবিয়ে শোনালে।

এবার হেসে উঠলাম, বললাম, 'হিসেবে আপনার যে একটু ভুল হচ্ছে, সেনর ক্যাপেলা। ও-প্লেনে একটু কারসাজি না করে কি আর আমি নেমেছি! এরোপ্লেনের কলকবজার ব্যাপারে ওস্তাদ না হলে সে কারসাজি ধরে প্লেন চালাতে কেউ পারবে না।'

এবার ক্যাপেলাই হেসে উঠে বললে, 'সেই ওস্তাদই আমি। প্লেনের মিস্ত্রি হয়ে দু-বছর তোর ওই ফক্কার প্লেনের কারখানাতেই কাজ করেছি। ও-প্লেন খুলে ফেলে আবার জুড়তে পারি।'

শুনে ভেতরে ভেতরে অস্থির হয়ে উঠলেও বাইরে হাসিমুখে বললাম, 'কিন্তু যত বড় মিস্ত্রিই আপনি হন, আপনার এই শরীরে একা একা ও-প্লেন পাঁচ ঘণ্টার আগে চালু করতে পারবেন না যে!'

'তাতেও যা সময় থাকবে তা যথেষ্ট। কিন্তু সে ভাবনা তোদের নয়। এখন যা চাইছি তা দিবি কি না।'

'এত করে চাইছেন, আর না দিয়ে পারি! তবে আপনাকে একটু কষ্ট করে কাছে এসে হাতে হাতে নিতে হবে!'

'হুঁ,' ক্যাপেলার মিহি গলা যেন ছুরির ডগা হয়ে উঠল, 'জ্যান্ত কবরই তোরা চাস বুঝলাম।'

ক্যাপেলা টলতে টলতে চলে গেল। তারপর তার ছুঁড়ে-ফেলা গ্রেনেড ফাটার সঙ্গে গুহার ছাদের বিরাট সব পাথরের চাঁই ধসে পড়ে সত্যিই আমাদের জীবন্ত কবর।

আমরা অবশ্য তখন গুহার পেছন দিকে যতদূর সম্ভব সরে গেছি।

পাথর পড়া বন্ধ হবার পর এগিয়ে এসে পরীক্ষা করে দেখে বুঝলাম বড় বড় পাথরের চাঁইয়ের মধ্যে সামান্য যা ফাঁক কোথাও কোথাও আছে তা মাছি গলবার বেশি সত্যিই নয়। সে সব পাথর আমাদের দুজনের পক্ষে সরানোও অসম্ভব।

হ্যাভারস্যাক থেকে মিহি জালের ঢাকনি দেওয়া কৌটোটা এবার বার করলাম।

তারপর পাথরের একটা ফাঁকে কৌটোর মুখটা ধরে জালের ঢাকনিটা নিলাম সরিয়ে।

লার্বো আমার কাণ্ড দেখে হতাশ স্বরে বললে, 'তোমার মাথা কি এর মধ্যেই খারাপ হয়ে গেল, দাস। তিলে তিলে এই কবরে মরতে হবে জেনেও তুমি খেলা করছ এ-সময়ে!'

হেসে বললাম, 'আর কিছু যখন করবার নেই তখন খেলাই তো ভাল। এই খেলাই ভানুমতীর খেল হয়ে উঠতে পারে তো।'

কিন্তু ভানুমতীর খেলের কোনও লক্ষণই আর দেখা যায় না। এক ঘণ্টা দু ঘণ্টা করে সাড়ে পাঁচ ঘণ্টা কেটে যাবার পর পাথরের ফাঁকে কান লাগিয়ে যে ক্ষীণ আওয়াজ পেলাম তাতে বুকটা আরও দমে গেল।

ক্যাপেলা সত্যিই আমার প্লেনের কারসাজি ধরে সারিয়ে সেটা চালিয়ে চলে যাচ্ছে।

আরও আধ ঘণ্টাটাক যাবার পর যখন সব আশা প্রায় ছেড়ে দিয়েছি তখন হঠাৎ পাথরের দেয়াল ভেদ করেও বাইরে বন্যার গর্জনের মতো একটা প্রচণ্ড আওয়াজ কানে এল। সমুদ্রের বন্যা নয়, মানুষের।

হুইসিলটা হ্যাভারস্যাকেই ছিল। সেটা বার করে পাথরের ফুটোয় ঢুকিয়ে সজোরে বাজালাম।

তারপর দুশো জোয়ানের শাবলে আর গাঁইতিতে পাথরের চাঁই সরিয়ে ফেলতে ঘণ্টা দুয়েক লাগল মাত্র।

আমার হাউসা মোড়ল তাদের প্রবাদের মান রেখেছে। আফ্রিকার আশ্চর্য আদ্যিকালের বেতার-ডাক তাদের টমটম ঢাক বাজিয়ে খবর দিয়ে মান্দার পাহাড়ের কাছের এক গাঁ থেকে দুশো জোয়ান পাঠিয়েছে আমার সাহায্যে।'"

"ওই হিজিবিজি প্রবাদের এত দাম!" শিবু হঠাৎ বেয়াদবি করে বসল।

ঘনাদার ভুরু কুঁচকোতে গিয়ে করুণাতেই যেন ক্ষান্ত হল। "না, হিজিবিজি নয়, ও প্রবাদের মানে হল দুশমন যদি শয়তানির বীজ বোনে তাহলে কাস্তে লাগাও তার

বিষ-ঝাড় কাটতে।" বলে বুঝিয়ে ঘনাদা আবার শুরু করলেন, "জ্যান্ত কবর থেকে বেরিয়ে এসে ড লার্বো কিন্তু খুশি হওয়ার বদলে একেবারে ভেঙে পড়ল। হতাশ ভাবে বললে, 'প্রাণে বাঁচলাম বটে, দাস, কিন্তু মনে হচ্ছে ওই গুহার মধ্যে মরাই উচিত ছিল। বাবার গুপ্তধন আর উদ্ধার হল না। উড়ে গেলেও আর রেই-বৌবায় পৌঁছে চুক্তির শর্ত রাখতে পারব না।'

'এর মধ্যেই অত হতাশ হচ্ছেন কেন? যে উড়ে গেছে সেই পৌঁছোতে পারে কিনা, দেখুন। আর কিছুক্ষণ অপেক্ষা করলেই তো জানতে পারবেন।'

'কী করে?' হতভম্ব হয়ে জিজ্ঞাসা করলে লার্বো।

'এই আফ্রিকারই বেতার টেলিগ্রামে। সে-ই ব্যবস্থাই করে এসেছি। আর তো কয়েক মিনিট মাত্র। কানটা শুধু খাড়া করে রাখুন।'

ড. লার্বো নিজের হাতের ঘড়িটা দেখে বললেন, 'একটা বছর পূর্ণ হতে আর তো মাত্র উনিশ মিনিট আটাশ সেকেন্ড বাকি।'

হেসে বললাম, 'সেই হিসেব ধরেই ওইটুকু সময় ধৈর্য ধরে থাকুন না। টমটমের খবর আসতে অবশ্য মিনিট কয়েক দেরি হতে পারে।'

দেরি বিশেষ হল না। মিনিট পঁচিশ বাদেই এক টমটম থেকে আর এক টমটমে হাত ফেরতা হয়ে সংকেত ধ্বনি আমাদের কাছে পৌঁছে গেল।

ভাল করে কান পেতে শুনে বললাম, 'ক্যাপেলা ট্রাস্ট সেরেস্তায় পৌঁছেছে ঠিক তিনশো পঁয়ষট্টি দিন পাঁচ ঘণ্টা আটচল্লিশ মিনিট একুশ সেকেন্ডের মাথায়।'

'তাহলে তো সব আশা-ভরসা শেষ।' ডা. লার্বোর গলা যেন কান্নায় ধরে গেল।

'না, ড. লর্বো। চুক্তির শর্ত রাখতে পারেনি বলে ক্যাপেলার দাবি গ্রাহ্য হয়নি।"'

"তার মানে?" আমরাই এবার উত্তেজিত হয়ে উঠলাম। "বছর পূর্ণ হবার বেশ কয়েক সেকেন্ড আগেই তো ক্যাপেলা পৌঁছেছে।"

আমাদের দিকে চেয়ে ঘনাদা অনুকম্পার হাসি হেসে বললেন, "ড. লার্বোও ওই প্রশ্নই করেছিল অবাক হয়ে। তাকে তখন বলেছিলাম, 'চুক্তির আসল শর্তটা ভুলে যাচ্ছেন কেন ড. লার্বো। ১৯০৩ সালের ইজারা। পুরো বছরের হিসাবটা ১৯০৩ সালের মাপ ধরেই হবে।'

'তাতে হয়েছে কী!' লার্বো তোমাদের মতোই বুঝতে না পেরে জিজ্ঞাসা করেছিল।

'১৯০৩ আর ১৯৪৫-এর হিসাব এক নয়, হয়েছে শুধু এই।' বলে বোঝাবার চেষ্টা করেছিলাম ব্যাপারটা, '১৯০৩ সালে পুরো বছরের মাপ তিনশো পঁয়ষট্টি দিন পাঁচ ঘণ্টা আটচল্লিশ মিনিট আটাশ সেকেন্ড ছিল না।"'

"আটাশ সেকেন্ড কী বলছেন!" গৌর প্রতিবাদ জানালে, "দিন ঘণ্টা মিনিট সব ঠিক আছে, কিন্তু আটাশ নয়, ওটা ছেচল্লিশ সেকেন্ড।"

ঘনাদার চোখে সেই অনুকম্পার দৃষ্টি। হেসে বললেন, "ছেচল্লিশ সেকেন্ড এই আজ ১৯৬৩ সালে। ১৯৪৫-এ ছিল আটাশ সেকেন্ডের কিছু কম বেশি, আর ১৯০৩ সালে ছিল তিনশো পঁয়ষট্টি দিন পাঁচ ঘণ্টা আটচল্লিশ মিনিট এগারো সেকেন্ড মাত্র। পৃথিবীর সূর্য প্রদক্ষিণের সময় প্রতি বছরই প্রায় এক সেকেন্ড করে বাড়ছে, কখনও

একটু-আধটু আবার কমেও যায় কোনও অজানা কারণে। ১৯০৩ সাল থেকে ১৯৬৩-এর মধ্যে সময়টা ৩৫ সেকেন্ড বেড়ে গেছে।"

একটু থেমে আমাদের হাঁ করা মুখগুলোর ওপর একবার চোখ বুলিয়ে ঘনাদা আবার বললেন, "সব শুনেও লার্বো তেমনই হতাশ ভাবে বললেন, 'ক্যাপেলার দাবি গ্রাহ্য হয়নি ঠিকই, কিন্তু তাতে আমাদের কী লাভ! আমাদের দাবি তো তাতে সাব্যস্ত হয়নি!'

'তা-ও হয়েছে!' আশ্বাস দিয়ে বললাম, 'আমার বন্ধু ড. ব্রান্ট সে ব্যবস্থাও করেছেন বলে জানাচ্ছেন।'

'ড. ব্রান্ট! জীববিজ্ঞানের সেই পণ্ডিত! কিন্তু তিনি কী করে ব্যবস্থা করবেন! এ খবর তাঁর কাছে ক্যাপেলার প্লেনেরও আগে পৌঁছোবে কী করে।'

'পৌঁছেছে মাছির পাখায়!'

'মাছির পাখায়!' লার্বো অত্যন্ত ক্ষুব্ধ হয়ে বললেন, 'এটা কি ঠাট্টার বিষয়, দাস!'

'ঠাট্টা নয়, ড. লার্বো! সত্যি কথাই বলছি। আমার ওই জাল ঢাকা কৌটোয় এক জাতের মাছিই ছিল। তার নাম Cephenomya। শব্দের চেয়ে দ্রুত তাদের গতি। ঘণ্টায় ৮১৭ মাইল। সেই মাছি ছাড়া মাত্র দিগ্বিদিকে বিদ্যুৎ বেগে উড়ে গেছে। ড. ব্রান্টকে আমি সব বুঝিয়ে সজাগ থাকতে বলে এসেছিলাম। এ জাতের কোনও মাছি তাঁর এলাকায় নেই। সুতরাং একটা চোখে পড়লেই যেন তিনি আপনার নামে ট্রাস্টের সেরেস্তায় দাবি পেশ করেন। তিনি তা-ই করেছেন যথাসময়ে।'"

ঘনাদা তাঁর কথার ওজন বাড়াবার জন্য একটু চুপ করে থেকে গম্ভীর স্বরে বললেন, "মাছির ঋণ আমি ভুলতে পারি না বলেই ওসব ফ্লিটটিট আমার দুচক্ষের বিষ।"

"আচ্ছা, যার জন্য এত কুরুক্ষেত্র," শিবু জিজ্ঞাসা করলে, "সেই ইস্পাতের দরজার আড়ালে লুকোনো গুপ্তধনটা কী!"

"আফ্রিকার সব চেয়ে বড় সম্পদ। না, হিরে-মানিক সোনা-দানা নয়, আফ্রিকার সবচেয়ে বড় শিল্পী বেনিনদের বহু আগেকার লুপ্ত এক শাখা-জাতির আশ্চর্য শিল্পীদের তুলনাহীন ব্রোঞ্জের, হাতির দাঁতের আর খোদাই করা কাঠের সব মূর্তি আর আসবাব। ড. লার্বোর বাবা আঁদ্রে জীবন পাত করে সেসব সংগ্রহ করেছিলেন। ড. লার্বো এখনও সেগুলো নিয়ে গবেষণা করছেন বলে এখনও বাইরের কেউ সেসব দেখতে পায়নি।"

"সবই বুঝলাম," শিশির হঠাৎ বেতালা প্রশ্ন করলে, "কিন্তু আপনার ওই সেফেনোমিয়া না কি জেট প্লেনের যমজ মাছি গোটা আফ্রিকা থাকতে ঠিক রেই-বৌবায় আপনার বন্ধু ড. ব্রান্টের কাছেই উড়ে গেল! শেখানো মাছি বুঝি?"

ঘনাদা হঠাৎ ব্যস্ত হয়ে বললেন, "ওহে তোমাদের দেবু, থুড়ি মৌলবি সাহেব যে নীচে একা একা বসে থেকে শেকড় গজিয়ে ফেললেন! এতক্ষণে গোঁফদাড়ি খুলে গেল কি না, দেখো গে যাও।"

চমকে উঠে একবার ঘনাদার দিকে চেয়েই মাথা আমাদের সব হেঁট।

আর টুঁ শব্দটি না করে সুড়সুড় করে সবাই নীচে নেমে গেলাম।

চালাকিটা যে ঘনাদা আগেই ধরে ফেলেছেন, তা কি জানি!

সত্যিই একটা হাতের লেখা পুরোনো উর্দু পুঁথি যোগাড় করে পাড়ার শৌখিন থিয়েটারের দল থেকে দেবুকে দাড়ি গোঁফ আর আচকান পরিয়ে মিশরী মৌলবি সাজিয়ে এনেছিলাম!

ঘনাদা নিত্য নতুন

জল

কীসে যে কী হয় কিছুই বলা যায় না।

বিনা মেঘে বজ্রাঘাতের উপমাই লোকে দেয় কিন্তু শুকনো খটখটে আকাশ থেকেও যে বর্ষণ কখনও কখনও হয় সেকথা মনে রাখে ক-জন।

এ রকম বর্ষণ এই আমাদের ভাগ্যেই সেদিন হয়েছে, একেবারে যাকে বলে অভাবিত।

অভাবিত ছাড়া আর কী বলা যায়! প্রাণান্ত সাধ্য-সাধনা করেও যাঁকে এতটুকু গলাতে পারিনি গত তিনমাস, নিজের তিনতলার টঙে যিনি প্রায় অবাঙ্‌মানসোগোচর হয়ে আছেন, উঠতে নামতে ক্বচিৎ কদাচিৎ দেখা হলে যাঁর দৃষ্টিতে হাওয়ার মতো আমরা হঠাৎ স্বচ্ছ হয়ে যাই, দোতলার আড্ডা ঘর থেকে কখনও পাড়া-কাঁপানো শোরগোল তুলে কখনও বা অনুকূল বাতাসে সদ্যভাজা হিঙের কচুরি কি চিংড়ির কাটলেটের সুবাস ছড়াবার ব্যবস্থা করেও যাঁকে একবার একটু কৌতূহলভরেও ওপরের ছাদ থেকে উঁকি দেওয়াতে পারিনি, সেই ঘনাদার হঠাৎ নিজে থেকে বিনা নিমন্ত্রণেই আড্ডাঘরে এসে সহাস্যবদনে নিজের আরাম-কেদারা দখল কে কল্পনা করতে পেরেছিল!

শুধু ঘরে ঢুকে বসা তো নয়, প্রায় টুঁ মেরে আমাদের আলোচনায় মাথা গলিয়ে দেওয়া।

অথচ আজ দুপুরবেলাতেই আমরা হার মেনে ফিরে এসেছি মুখ চুন করে। শিশির যেন বৃষ্টিতে নীচের ঘরে জল পড়ার সমস্যা মেটাতে ঘনাদার কুঠুরির সামনের ছাদটা তদারক করতে গেছল। সঙ্গে আমাকেও থাকতে হয়েছিল ব্যাপারটা সরব করবার জন্য।

“ছাদটা তো অনেক জায়গায় দাগরাজি করতে হবে দেখছি!” আমার গলাটা আশা করি রাস্তার ওপারের বাড়িতেও শোনা গেছল।

“দাগরাজি!” শিশির তার গলাটা গলি ছাড়িয়ে বড় রাস্তায় পৌঁছে দিয়েছিল, “শুধু দাগরাজিতে কী হবে! সমস্ত ছাদ খুঁড়ে নতুন করে পেটাই করতে হবে।”

“ঘনাদার তাতে বড্ড অসুবিধে হবে না?” আমি তারস্বরে জিজ্ঞাসা করেছিলাম।

আকাশে অনেক উঁচুতে একটা চিল নিশ্চিন্ত মনে ভেসে চক্কর দিতে দিতে হঠাৎ ডানা নেড়ে তীরবেগে সরে পড়েছিল, কিন্তু খোলা দরজা দিয়ে তক্তপোশের ওপর আসীন ও খবরের কাগজে নিমগ্ন ঘনাদার বিন্দুমাত্র চাঞ্চল্য দেখা যায়নি।

ছাদের ফাটল দেখবার ছলে শিশির এবার ঘনাদার দরজার কাছে গিয়ে ব্রহ্মাস্ত্র

প্রয়োগের জন্য নতুন সিগারেটের টিনটা খোলবার কসরত করেছিল।

আমাকে ও সেই সঙ্গে পাড়ার পাঁচজনকে শুনিয়ে বলেছিল, "একেবারে তাজা মাল। খুললেই কী রকম শিস দেয় শোনো।"

সিগারেটের টিন খোলার শিস না হোক, শিশিরের সরব বিজ্ঞাপন সারা বনমালি নস্কর লেনকেই সচকিত করে তুলেছিল, কিন্তু ঘনাদার মুখের সামনের খবরের কাগজটা একটু কাঁপেওনি।

ছাদ মেরামত সম্বন্ধে আরও কিছু আবোলতাবোল বকে আমাদের নেমেই যেতে হয়েছিল অগত্যা।

ঘনাদার এবারের ধনুকভাঙা পণ আর টলবার নয় বলেই তখন ধরে নিয়েছি।

ছোট্ট এক বাটি তেল তিন মাস ধরে এতদূর গড়াবে ভাবতেও পারিনি আমরা কেউ।

হাঁ, সামান্য এক বাটি তেল থেকেই বাহাত্তর নম্বরের ঠাণ্ডা লড়াই এবার শুরু।

তেলটা যে সরষের তা আর বোধহয় বলতে হবে না। তখন তার আকাল সবে দেখা দিয়েছে। একেবারে 'হা তেল! জো তেল!' বলে আর্তনাদ না উঠুক, তেল আনতে অনেকের বাড়িরই কড়া পুড়ে যেতে শুরু করেছে, দোকানের কিউ দেওয়া লম্বা লাইনের কৃপায়।

সে মাসটায় মেসের ম্যানেজারি ছিল গৌরের ঘাড়ে। অতি কষ্টে মাসখানেকের মতো তেল কোথা থেকে সে জোগাড় করে এনেছে।

তিন হপ্তা না যেতেই ঠাকুর রামভুজের কাছে তেল বাড়ন্ত শুনে একেবারে খাপ্পা।

ধমক খেয়ে রামভুজ আমতা আমতা করে জানিয়েছে যে তার কোনও কসুর নেই। বড়বাবুকে রোজ এক বাটি করে মাখবার তেল না দিতে হলে সে পুরো মাসটা নিশ্চয়ই চালিয়ে দিতে পারত।

"আমরা একটা ফোঁটার জন্য মাথা খুঁড়ে মরছি, আর বড়বাবু রোজ বাটি বাটি তেল মাখছেন! বলে দেবে যে মাখবার তেল এখন থেকে নিজেই যেন জোগাড় করেন!"

মেজাজ যত গরমই হোক তালে ভুল করবার ছেলে গৌর নয়। দোতলার সিঁড়ির ধারে দাঁড়িয়ে, কথাগুলো চাপা গলাতেই বলেছে।

তেতলার ঘরে সে আওয়াজ পৌঁছোবার কথা নয়। তবু সেদিন সন্ধে থেকেই ঘনাদা আমাদের ত্যাগ করেছেন। তাঁর সে আত্ম-নির্বাসন পর্বই চলে এসেছে আজ পর্যন্ত।

তারপর হঠাৎ যেন ভেলকিবাজিতে কোথা থেকে কী হয়ে গেল!

কার্যকারণ সূত্র সন্ধান করতে গেলে গৌরের রেনকোটটাই মূল বলে ধরতে হয় বোধহয়। গৌরের একটা রেনকোট যদি না থাকত...

না, তা যদি বলি তা তা হলে রেনকোটটাই বা কেন, কার্যকারণ শৃঙ্খল খুঁজতে আরও বহুদূর তো যাওয়া উচিত।

বাংলাদেশে মোহনবাগান ও ইস্টবেঙ্গল নামে দুটি অতুলনীয় টিম যদি না থাকত,

বছরের পর বছর তাদের রেষারেষির পাল্লায় সারা দেশ যদি উত্তেজনার দোলায় না দুলত, লিগের হাড্ডাহাড্ডি প্রতিযোগিতায় আগুপিছু হতে হতে দুই যদি একই পয়েন্টের কোঠায় এসে না দাঁড়াত, চ্যারিটি ম্যাচের সাতরাজার ধন মানিকের মতো দুর্লভ টিকিট শিশির ও গৌর দুজনেই যদি বহুজন্মের পুণ্যফলে না পেয়ে যেত, আর বৃষ্টির হুমকি দেওয়া এক বিকেলে দুজনে দুটি রেনকোট নিয়ে খেলার মাঠে গিয়ে উপস্থিত না হত, তা হলে গৌরের রেনকোটও হারাত না আর আমরাও ঘনাদার অভাবের দুঃখ ভুলতে রেনকোট উদ্ধারের উপায় ভেবেই সন্ধেটা জমাবার চেষ্টা করতাম না।

তবু রেনকোট দিয়েই শুরু করা যাক।

গৌর সেদিন তার রেনকোটটা হারিয়ে এসেছিল। হারিয়েছিল মোহনবাগান ইস্টবেঙ্গলের চ্যারিটি ম্যাচের খেলা দেখতে গিয়ে। মোহনবাগান এক গোল দিতেই উদ্বাহু হয়ে সে নৃত্য শুরু করেছিল, শিশিরের দিকে ক্ষণে ক্ষণে বিদ্রূপ-বাণ হানতে হানতে। ইস্টবেঙ্গল কয়েক মিনিট বাদেই সে-গোল শোধ করে দিতেই শিশিরের অসভ্যতায় বিরক্ত হয়ে অন্য জায়গায় সরে বসেছিল। শিশিরের সত্যিই বাড়াবাড়ি। ইস্টবেঙ্গল না হয় কেঁদে-ককিয়ে একটা গোল শোধ করেই ফেলেছে, তাতে অমন হাত-পা ছোঁড়বার আর গাঁক-গাঁক করে চেঁচাবার কী আছে!

মোহনবাগান তারপর আর একটা গোল দিয়ে ফেলতেই নাচতে নাচতে গৌর শিশিরের কাছেই ফিরে এসেছিল। কিন্তু শিশিরের মনটা এমন ছোট ভাবতে পারেনি। মোহনবাগান জিতেছে বলে জায়গা ছেড়েই কি না সরে পড়েছে! খুশি না হয় না-ই হলি, কিন্তু গৌরের ভাল ভাল শানানো কথাগুলো তো শুনতে পারতিস! সেটুকু খেলোয়াড়ি উদারতা—যাকে বলে স্পোর্টিং স্পিরিট—যদি না থাকে তা হলে খেলা দেখতে আসা কেন?

এরপর শিশির কোথায় গিয়ে লুকিয়ে বসেছে গৌর খুঁজে বার নিশ্চয়ই করত। তা-ই করবেই ঠিক করেছিল। হাজার হোক বন্ধুত্বের খাতিরে তাকে একটু উপদেশ দেওয়াও তো দরকার। সেই সঙ্গে 'ইস্টবেঙ্গল যে হারবে এ আর এমন বেশি কথা কী!' বলে একটু সান্ত্বনা।

কিন্তু এর মধ্যে মেঘ নেই, জল নেই, হঠাৎ বজ্রাঘাত!

ইস্টবেঙ্গল কোথা থেকে ঝপ করে আবার একটা গোল দিয়ে বসল!

এ যে অফ-সাইড গোল সে-বিষয়ে অবশ্য সন্দেহ নেই। কিন্তু সে-তর্ক করতে গেলে তো শিশিরের জন্য অপেক্ষা করতে হয়। ধেই-নৃত্য করতে করতে সে যে এই দিকেই এখন আসবে এ বিষয়ে সন্দেহ নেই।

খেলা শেষ হতে তখনও মিনিট কয়েক বাকি। গৌর তবু আগেই চলে এসেছে মাঠ থেকে।

মাঠ থেকে ট্রামের লাইন পর্যন্ত আসতে আসতেই বৃষ্টি।

রেনকোটটা সম্বন্ধে খেয়াল হয়েছে সেই তখন। কিন্তু তাতে আর লাভ কী!

একেবারে সপসপে হয়ে ভিজে বাহাত্তর নম্বর বনমালি নস্কর লেনের দোতলায়

আড্ডাঘরে পা দিয়েই শিশিরকে দেখে তেলেবেগুনে জ্বলে উঠে বলেছে, "কী রকম আক্কেল তোর! আমার ওয়াটারপ্রুফটা নিয়ে চলে এলি!"

"তোর ওয়াটারপ্রুফ!" শিশির তাজ্জব, "তোর ওয়াটারপ্রুফ আমি নিতে যাব কেন? আমার কি দুটো ওয়াটারপ্রুফ লাগে?"

"বাঃ, তোর পাশেই তো রাখা ছিল!" গৌরের গলাটা আর তেমন কড়া নয়।

"তার পাশে তো তুইও ছিলি!" শিশিরের একটু যেন বাঁকা জবাব, "মোহনবাগান গোল খেতেই গ্যালারির ফাঁকে গলে পড়েছিলি নাকি!"

বাহাত্তর নম্বরও খেলার মাঠের মতো কাদা হয়ে ওঠবার ভয়ে ওয়াটারপ্রুফ রহস্যের সমাধানে আমাদেরও যোগ দিতে হয়েছে এবার।

ব্যাপারটা কী বুঝে নিয়ে নিজের নিজের মতামত ও পরামর্শ জানিয়েছি।

শিবু দার্শনিক মন্তব্য করেছে, "খেলার মাঠে ওয়াটারপ্রুফ কখনও হারায় না। হারায়, আবার পাওয়া যায়।"

"কী রকম?" গৌরের বদলে আমরাই অবাক হয়ে জিজ্ঞাসা করেছি।

"কী রকম আবার?" শিবু গম্ভীর ভাবে বুঝিয়ে দিয়েছে, "ওই মাঠেই পাওয়া যায় একটু ধৈর্য ধরে থাকলে। রংটা, মাপটা হয়তো মিলবে না, কিন্তু পাওয়া যাবেই।"

"তার মানে আর কারুর ফেলে যাওয়া ওয়াটারপ্রুফ! তা-ই আমি নেব?" গৌর জামা নিংড়াতে নিংড়াতে চোখ পাকিয়ে বলেছে।

"ওই সব তুচ্ছ আত্মপর ভেদ খেলার মাঠে নেই।" শিবু যেন বাণী দিয়েছে, "কেউ হারাবে, কেউ পাবে, এই ওখানকার দস্তুর। হারিয়ে এসেও আফশোস করবে না, পেয়ে গেলেও নিতে কোনও সংকোচ করবে না। এক হিসেবে ওটা ওয়াটারপ্রুফ বদলাবদলিরই বাজার। নিজেরটায় অরুচি ধরলে ইচ্ছে করেই কেউ কেউ ফেলে আসে বলে আমার বিশ্বাস। নিজেরটা হারালে পরেরটা নিতে তো আর বিবেকে বাধবে না!"

শিবু আরও হয়তো ব্যাখ্যান করত। কিন্তু গৌর তার ভিজে জামাটা শিবুর মাথাতেই নিংড়ে বলেছে, "থাক, থাক, আর মাথা খাটিয়ে কাজ নেই। যা ফুলকি ছাড়ছে, এঞ্জিনই না জ্বলে যায়।"

শিবুকে তখনকার মতো ঠাণ্ডা করে গৌর নিজের ঘরে গেছে জামাকাপড় ছেড়ে আসতে। ইতিমধ্যে বনোয়ারি ঝাল-মুড়ির গামলা রেখে গেছে মাঝখানের টেবিলে।

তাই চিবোতে চিবোতে চোখে যত জল ঝরছে, বুদ্ধি তত যেন খুলে যাচ্ছে মাথায়।

গৌর ফিরে আসবারও যেন তখন আর তর সইছে না।

সে ঘরে এসে ঢোকবামাত্র তাই আশ্বাস দিলাম, "কোনও ভাবনা নেই। রেনকোট ফেরতই পেয়ে গেছ মনে করতে পারো!"

যে ভাবে কেউ কপাল কুঁচকে, কেউ বা মুখ বাঁকিয়ে হেসে তাকাল, তাতে একটু ক্ষুণ্ণ হবারই কথা।

কিন্তু ভ্রূক্ষেপই করলাম না। আমার মুশকিল-আসানে মোক্ষম দাওয়াই-টা একবার শুনলে মুখের চেহারা যে বদলে যাবে সে বিষয়ে আমার তো সন্দেহ নেই।

শোনবার পর তা-ই হল! সবাই একেবারে যাকে বলে হতবাক।

শিবু চোখ দুটো প্রায় ছানাবড়া করে জিজ্ঞাসা করলে, "কী বললে?"

প্রস্তাবটা আর একবার শুনিয়ে দিতে হল একটু বিশদ ব্যাখ্যা সমেত।

এমন কিছু কঠিন ব্যাপার নয়। শুধু কিছু হ্যান্ডবিল ছাপিয়ে খেলার মাঠে গিয়ে গেটে গেটে বিলি করা। হ্যান্ডবিলে লেখা থাকবে—

সাবধান! সাবধান!

ক্রীড়ামোদী জনসাধারণের অবগতির হেতু জ্ঞাপন করা যাইতেছে যে গত ইস্টবেঙ্গল-মোহনবাগান প্রতিযোগিতার দিনে খেলার মাঠে একটি বর্ষা-ত্রাণ পরিচ্ছদ অনবধানতায় ক্রীড়াভূমির কাষ্ঠাসনে পরিত্যক্ত হইয়াছে। উক্ত পরিচ্ছদের অধিকারী কঠিন চর্মরোগে আক্রান্ত। সুতরাং ভ্রমক্রমে কেহ যেন সেটি ব্যবহার না করেন। করিলে রোগ তদ্দেহে সংক্রামিত হওয়া অবধারিত। পরিচ্ছদটি পুরাতন সংবাদপত্রে সতর্কভাবে আচ্ছাদিত করিয়া নিম্নলিখিত ঠিকানায় বাহকের দ্বারা বা ডাকযোগে প্রেরণ করিয়া জনহিতৈষণার পরিচয় দিন।

খানিকক্ষণ ঘরে আর টুঁ শব্দ নেই।

শিবুই প্রথম বিজ্ঞের মতো মাথা নেড়ে বললে, "হ্যাঁ, এতেই কাজ হবে, নির্ঘাত কাজ হবে।"

শিবুর সমর্থনে সন্তুষ্ট হয়ে তার দিকে চেয়ে একটু প্রসন্ন হাসি হাসলাম।

শিশির আমার দিকে বিস্ময়ভরেই বোধহয় খানিকক্ষণ চেয়ে থেকে বললে, "হ্যাঁ, কাজ ঠিক হবে, তবে পুলিশ না করপোরেশনের লোক, কারা আগে আসবে তা-ই ভাবছি।"

সুরটা কেমন ভাল লাগল না। একটু সন্দিগ্ধ হয়েই জিজ্ঞাসা করলাম, "পুলিশ কি করপোরেশনের লোক আসবে, মানে?"

"না।" শিবু আমায় আশ্বাস দিলে, "শিশির ভুল করছে। এলে প্রথমে অ্যাম্বুলেন্সই আসবে।"

"অ্যাম্বুলেন্স!" আমি বিমূঢ় আর সেই সঙ্গে একটু বিরক্তও বটে, "আম্বুলেন্স এখানে আসছে কোথা থেকে!"

"কোথা থেকে আর!" শিশির ব্যাখ্যা করলে, "খোদ স্বাস্থ্যদপ্তর থেকে।"

শিবু ব্যাখ্যাটা বিশদ করলে, "গৌরকে ধরে নিয়ে গিয়ে ছোঁয়াচে রোগের হাসপাতালে নজরবন্দী করে রাখবার জন্যই অ্যাম্বুলেন্স আসবে। এরকম একটা সাংঘাতিক রুগিকে তো বাইরে রাখা নিরাপদ নয়।"

"একটা নয়, দুটো অ্যাম্বুলেন্সই তা হলে আসা উচিত।" গৌরই মন্তব্য করলে, "একটা যদি আমার জন্য হয় তা হলে আরেকটা এ-ইস্তাহার যাঁর মাথা থেকে বেরুচ্ছে তাঁর জন্য। সে-অ্যাম্বুলেন্স অবশ্য মেন্টাল হসপিটাল থেকেই আসবে।"

এবার যে হাসির রোলটা উঠল তাতে যোগ দিতে পারলাম না। সংসারের ওপর

আমি তখন বীতশ্রদ্ধ! সত্যিকার গুণের আদর যেখানে নেই, পরোপকারের নিঃস্বার্থ চেষ্টা যেখানে উপহাসের বিষয়, সে স্থান ত্যাগ করাই উচিত কিনা ভাবছি এমন সময় একটু যেন হন্তদন্ত হয়েই ঘনাদার প্রবেশ।

বিমূঢ়তার ধাক্কায় হাসির রোল থামতে না থামতেই শিশিরের ছেড়ে ওঠা আরাম-কেদারায় গা এলিয়ে দিয়ে নিজে থেকেই সাগ্রহে জিজ্ঞেস করলেন, "কী, হাসি কীসের?"

আমার তো বটেই, যারা এতক্ষণ হেসে ঘরের কড়িকাঠ কাঁপাচ্ছিল তাদেরও মুখের হাঁ আর বুজতে চায় না।

শিশিরই সবার আগে নিজেকে সামলে বললে, "আজ্ঞে, হাসিটা কিছু নয়। আসলে আমরা একটা সমস্যা নিয়ে ভাবছি।"

"কী সমস্যা!" ঘনাদা ডান হাতটা বাড়িয়ে দিলেন সমস্যা ধরতে নয়, শিশিরের সিগারেটের জন্য। যথারীতি তাঁর মধ্যমা ও তর্জনীর মধ্যে সিগারেট স্থাপন করে লাইটার দিয়ে ধরিয়ে দিয়ে শিশির বললে, "সমস্যা একটা বর্ষাতির।"

"ও, বর্ষাতির!" বলে ঘনাদার অবজ্ঞাসূচক নাসিকাধ্বনিই আশা করেছিলাম—তার বদলে বেশ উৎসাহ ভরে তিনি বললেন, "হ্যাঁ, বর্ষাতি একটা সমস্যা বটে। বিশেষ করে যদি ফুটন্ত জলের বৃষ্টি হয়। সেবার সেই হাওয়াই দ্বীপে কিলোইয়া ইকি মানে ছোট কিলোইয়া আগ্নেয়গিরি হঠাৎ জেগে ওঠায় যা হয়েছিল!"

ঘনাদার হল কী! এ যে মেঘ না চাইতেই জল!

ফুটন্ত বৃষ্টি থেকেই গল্পের বন্যা বয়ে যেত বোধহয়, কিন্তু গৌর নেহাত বেরসিকের মতো বাগড়া দিলে।

"সে বৃষ্টির কথা হচ্ছে না। আমার বর্ষাতিটা খেলার মাঠে হারিয়েছে..."

গৌরকে কথাটা আর শেষ করতে হল না। ঘনাদা 'হারিয়ে' পর্যন্ত শুনেই বলে উঠলেন, "তা হারিয়ে যাবার কথা যদি বলো একটা বর্ষাতি হারানো তো কিছু নয়, সেবার নিউ গিনির কাম্বারাম্বা গাঁয়ে পুকপুক মানে কুমির শিকারে বেরিয়েছি..."

রেনকোট হারিয়ে গৌরের আজ মাথার ঠিক নেই বোধহয়। ঘনাদাকে বাধা দেবারই তার যেন বেয়াড়া জেদ চেপে গেছে।

"কুমিরের কথা আসছে কোথা থেকে!" প্রায় যেন ধমকেই সে ঘনাদাকে থামিয়ে দিলে, "শুনছেন বর্ষাতিটা ভুলে খেলার মাঠে ফেলে এসেছি। সেটা উদ্ধার করা যায় কিনা তা-ই সবাই ভাবছি। খবরের কাগজে একটা বিজ্ঞাপন..."

গৌরকে আর এগুতে হল না। ঘনাদার যেন কুটো পেলেই আঁকড়ে ধরবার অবস্থা। 'বিজ্ঞাপনের' ওপরই ঝাঁপিয়ে পড়লেন প্রায় চোখ কান বুজে—

"বিজ্ঞাপন বড় গোলমেলে জিনিস হে। খবরের কাগজের একটা বিজ্ঞাপন থেকেই বেচুয়ানাল্যান্ডে অত বড় একটা চক্রান্ত সেদিন ধরা পড়েছিল।"

গৌর এবারও বাদ সাধবার উপক্রম করছিল । দুদিক থেকে দুপায়ে শিবু আর শিশিরের কড়া ঠোক্কর খেয়ে তাকে থামতে হল।

গৌর থামলেও আর এক উপদ্রব আচম্বিতে দেখা দিল আড্ডা ঘরের

দোরগোড়ায়। আমাদের বনোয়ারি। কাঁচুমাচু মুখে সে তার বার্তাটুকু জানাল—

"বড়াবাবুকে একজনা নীচে বোলাইছে।"

গৌরকে সামলাবার পর এমন ঘাটের কাছে এসে ভরাডুবি হতে আর আমরা দিই! পাছে ঘনাদা এই ফাঁকে ফসকে যান এই ভয়ে বনোয়ারিকে ধমক দিতে যাচ্ছিলুম, কিন্তু তার দরকার হল না।

ঘনাদা একবার বনোয়ারির দিকে কেমন একটু সন্ত্রস্তভাবে চেয়ে নিজেই গল্পের দড়ি ধরে যেন বেপরোয়া ঝুলে পড়লেন।

"কী বলছিলাম? বিজ্ঞাপন? হ্যাঁ, বড় অদ্ভুত বিজ্ঞাপন বেরিয়েছিল জোহান্নেসবার্গের এক কাগজে। জোহান্নেসবার্গ কোথায় জানো তো? দক্ষিণ আফ্রিকায় ট্রান্সভালের সব চেয়ে বড় শহর। শহর গড়ে উঠেছে সোনার খনির কল্যাণে। হিরেও আছে। শহরের দক্ষিণেই যে নিচু পাহাড়ের সার চলে গেছে তা সোনায় ঠাসা বলা যায়। শহরের নামটাও ওই সোনার সন্ধান থেকেই এসেছে। ১৮৮৬-তে জোহান্নেস রিসসিক বলে একজন ওলন্দাজ ছিলেন জরিপ বিভাগের কর্তা। তাঁর আমলেই সোনার খোঁজ ওখানে মেলে। তাঁর নামেই তাই শহর বসানো হয়।

মাটিতে যেখানে সোনা সেখানে মানুষের মনে সিসের বিষ। গায়ের চামড়া ধলা না হলে সে-দেশের মানুষ জন্তুজানোয়ারেরও অধম বলে গণ্য। ধলাদের রাজত্বে কালা আদমির মানুষদের মানুষ হয়ে বাঁচবার অধিকার নেই। তারা শুধু আছে ধলাদের খেতখামারে গোরু-বলদের মতো খাটতে, খনির তলা থেকে ইঁদুর-ছুঁচোর মতো ধলাদের জন্য সোনা হিরে তুলতে। ধলাদের ছায়া মাড়ালেও কালাদের সাজা পেতে হয়। তাদের শহরের বাইরে ছাগলের খোঁয়াড়ের অধম বস্তিতে থাকার ব্যবস্থা। ধলাদের বাসে ট্রামে তারা চড়তে পারে না, ধলাদের দোকানে রেস্তোরাঁয় ঢুকতে তো নয়ই। ধলাদের জন্য আলাদা করে রাখা পার্কের বেঞ্চিতে শুধু হেলান দেওয়ার জন্য কালা মানুষকে হাজতে যেতে হয়েছে এমন দৃষ্টান্তেরও অভাব নেই।

দক্ষিণ আফ্রিকায় কালাদের ওপর ধলাদের জুলুমের সঠিক খবর আনবার জন্য এক মার্কিন কাগজের হয়ে তখন সেখানে গিয়েছি। পোর্ট এলিজাবেথ, ডারবান, কিম্বার্লি, প্রিটোরিয়া হয়ে শেষ পৌঁছেছি জোহান্নেসবার্গে। যা দেখবার শোনবার সবই দেখাশোনা হয়েছে, পাততাড়ি গুটিয়ে ফিরে এলেই হয়। এমন সময় সেখানকার কাগজে ওই বিজ্ঞাপনটি চোখে পড়ল। আফ্রিকানস ভাষার কাগজে। এ অঞ্চলের বেশির ভাগ ধলাই মূলে ওলন্দাজ। প্রায় চারশো বছর আগে যারা এসেছিল তাদেরই বংশধর। আফ্রিকানস ভাষাও সেই আদি ওলন্দাজি ভাষার অপভ্রংশ।

ছোট্ট বিজ্ঞাপন। খবরের কাগজের লাইন চারেক মাত্র। কিন্তু যেমন অদ্ভুত তার মর্ম তেমনই কালাদের ওপর অবজ্ঞা আর ঘৃণা মেশানো তার ভাষা। বিজ্ঞাপনটা কালাদের পড়বার জন্য অবশ্য লেখা নয়। পড়বে কে? ওখানকার কালাদের কাগজ-কালির সঙ্গে সম্পর্ক তো শুধু টিপসই দেওয়ায়।

কালা কুলিমজুরদের ঠিকাদারদের উদ্দেশেই বিজ্ঞাপনটা দেওয়া। তাতে লেখা—

'সাতদিন জল না খেলেও মরে না এমন সুঁটকো চিমসে গোছের একটা কালা নফর চাই। কোনও ঠিকাদার সেরকম কাউকে ধরে আনলে পুরস্কার পাবে।'

এ-রকম বিজ্ঞাপন দেখে আর ঠাণ্ডা থাকা যায়!

গেলাম ঠিকানা যা দেওয়া ছিল খাস শহরের সেই এলফ স্ট্রিটের অফিসে।

পোশাকটা কুলি মজুরের মতোই করেছিলাম। যেতে যেতে এ-শহরের যা এক বিশ্রী উপদ্রব সেই সাদা ধুলোর ঝড়ে পড়ে চেহারা আরও খোলতাই হয়ে গেল। জোহান্নেসবার্গের চারধারে সোনার খনির গুঁড়ো করা পাথর থেকেই এই ধুলোর পাহাড় জমে থাকে। ঝড়ের সময় তারই ধুলোয় সারা শহর অন্ধকার করে দেয়।

জোহান্নেসবার্গ শহরের রাস্তাগুলো যেন জ্যামিতি ধরে পাতা। পুব থেকে পশ্চিম আর উত্তর থেকে দক্ষিণের সোজা সোজা রাস্তাগুলো পরস্পর চৌকোণা করে কেটে গিয়েছে।

অফিসটা একটা ছোটখাটো তামাকের কোম্পানির। ঠিক এলফ স্ট্রিটে নয়, তার গা থেকে বার হওয়া একটি গলির মধ্যে।

আমাদের মতো কালা আদমির অবশ্য আসল অফিসে ঢোকবার হুকুম নেই। অফিসের পেছনের গোডাউনের ভেতরে গিয়ে দাঁড়াতে হল।

বিজ্ঞাপন চার লাইনের হলেও উমেদার খুব কম জোটেনি দেখলাম। ভরসার কথা এই যে বিজ্ঞাপনের ফরমাশের সঙ্গে তাদের প্রায় কারুরই মিল নেই। বেশির ভাগই শক্তসমর্থ চেহারা। রোগা পটকা যা আছে সবই বুড়োটে। সঙ্গে ধলা ঠিকাদার। পুরস্কারের লোভেই কপাল ঠুকে যা হাতের কাছে পেয়েছে, ঝেঁটিয়ে এনেছে।

আমার অনুমান ভুল নয়। এক এক করে ডাক পড়ে আর ভেতরে গিয়ে দাঁড়াতে না দাঁড়াতেই বাতিল হয়ে বেরিয়ে আসে।

দেখতে দেখতে আমার পালা এসে গেল।

পাহারাদার গোছের যে জোয়ান লোকটা সবাইকে ডাক দিয়ে নিয়ে যাচ্ছিল, আমার দিকে এবার সে ভুরু কুঁচকে ঠোঁট বেঁকিয়ে বললে, 'এই কালা ভূত! তোর ঠিকাদার কই? কার সঙ্গে এসেছিস?'

আফ্রিকানস যেন বুঝি না এই ভাব দেখিয়ে হাঁ করে চেয়ে রইলাম। লোকটা আবার ভাঙা ভাঙা সোয়াহিলিতে প্রশ্ন করায় যেন ভয়ে ভয়ে বললাম, 'আজ্ঞে, একলাই এসেছি।'

'একলা এসেছিস!' পাহারাদারের গলার আওয়াজে আর মুখের চেহারায় মনে হল আমায় নিয়ে যাবে, না বুটের ঠোক্কর দিয়ে বিদেয় করবে, ঠিক করতে পারছে না।

শেষ পর্যন্ত কী ভেবে ব্যাজার মুখে বললে, 'আয় তবু! আমার চেয়ে কর্তার গোদাপায়ের লাথির জোর বেশি।'

গোডাউনের একধারে কাঠের পার্টিশন দেওয়া একটা মাঝারি মাপের ঘর। তারই ভেতর হাতের খাটো লাঠিটা দিয়ে পাহারাদার আমায় ঠেলে ঢুকিয়ে দিলে।

ভেতরে ঢুকে যে মূর্তিটিকে মোটা একটা চুরুট মুখে বেশ অস্থিরভাবে পায়চারি করতে দেখলাম তার জুড়ি পাওয়া ভার।

দেখলে সম্ভ্রম হওয়াই উচিত। আমাদের কিঙ্কড় সিং পালোয়ানের রংটা যদি ধবধবে হত আর চুলগুলো হত কোঁকড়া আর প্রায় গনগনে আগুনের মতো লাল, তা হলে খানিকটা বোধহয় মিল পাওয়া যেত।

পাহারাদার আমার পেছনে এসে ঘরে ঢুকেছিল। সসম্মানে এবার সে জানালে, 'কেলেটা একলাই এসেছে বলছে, হের ফিংক। চেহারাটা চিমসে দেখে নিয়ে এলাম।'

মুখে চুরুট রেখেই হের ফিংক মেঘগর্জনের মতো আওয়াজে বললেন, 'ছুঁচোটাকে ধুলোর গাদা খুঁড়ে এনেছ নাকি? ঘরটা তো নোংরা করে দিলে!'

আমার দিকে ফিরে হের ফিংক তারপর সোয়াহিলিতে ধমকের সুরে জিজ্ঞাসা করলে, 'সঙ্গে ঠিকাদার নেই কেন?'

'ঠিকাদার কোথায় পাব, বোয়ানা!' মাটিতে যেন মিশিয়ে বললাম, 'সবে তো কাল কালাহারি পেরিয়ে কাজের খোঁজে শহরে এসেছি।'

'কালাহারি পেরিয়ে এসেছিস!' ফিংক মুখ থেকে চুরুটটা নামিয়ে এবার একটু আগ্রহভরেই আমায় লক্ষ করে বললে, 'আসছিস কোথা থেকে?'

'তা কি জানি, বোয়ানা? সেখান থেকে আসতে অনেকগুলো সূর্যি আর অনেকগুলো চাঁদ আকাশে ঘুরে যায়। পাহাড় জঙ্গল ফুরিয়ে গিয়ে চারদিকে লাল কাঁকর আর বালি ধুধু করে...'

'থাম!' বলে ধমকে আমার ঠিকানা জানবার চেষ্টা ছেড়ে দিয়ে ফিংক এবার জিজ্ঞাসা করলে, 'সবে তো কাল এসেছিস, ঠিকাদারও কাউকে জানিস না। তবে এখানকার কাজের খবর পেলি কেমন করে? তুই পড়তে জানিস?'

ইচ্ছে করেই বললাম, 'হাঁ, বোয়ানা।'

জবাব শুনে ফিংকের মুখখানাই প্রথমে হাঁ। তারপর যেন নিজের অজান্তেই তার মুখ দিয়ে বেরিয়ে গেল, 'পড়তে জানিস তুই?'

'খুব জানি, বোয়ানা!' যেন সবিনয়ে জানালাম, 'মাটিতে থাবার দাগ পড়ে বলে দিতে পারি সিম্বাটা মদ্দা না মাদি, বুড়ো না জোয়ান, পেট ভরে খেয়েছে না খাবার খুঁজছে...'

'চুপ! চুপ!' ফিংক বিরক্ত হয়ে কাছের টেবিলে রাখা খবরের কাগজটা দেখিয়ে জিজ্ঞাসা করলে, 'ওই রকম কাগজ পড়তে পারিস?'

'কাগজ!' আমি যেন হতভম্ব, 'কাগজ পেলে তো আমরা পোড়াই, বোয়ানা!'

'আচ্ছা! আচ্ছা! বুঝেছি!' ফিংক এবার তার আসল প্রশ্নে ফিরে এল, 'এ-কাজের খবর পেলি তা হলে কোথায়?'

'ওই হেরেরা-দের বস্তিতে, বোয়ানা!' সরল মুখ করে বললাম, 'এক ঠিকাদার ক-জনকে ডেকে খোঁজ নিচ্ছিল, তাই শুনেই চলে এলাম।'

'হুঁ!' ফিংক চুরুটে টান দিয়ে কী যেন ভেবে নিলে। তারপর আমার দিকে চোখ পাকিয়ে জিজ্ঞাসা করলে, 'কালাহারির মরুভূমি পার হয়ে এসেছিস বলছিস?'

'হাঁ, বোয়ানা! কালাহারি পার না হলে এখানে আসব কী করে!'

'ক-দিন লেগেছে পার হতে?'

'তা তো বলতে পারব না, বোয়ানা! তবে কালাহারিতে পা দেবার আগে গোঁফদাড়ি কামিয়ে এসেছিলাম, এখানে পৌঁছে মুখে চার আঙুল জঙ্গল হয়ে গেছল। এখানকার নাপিতরা সে জঙ্গল...'

'আচ্ছা! আচ্ছা! বুঝেছি।' বলে তাড়াতাড়ি আমায় থামিয়ে ফিংক বললে, 'কালাহারি যে পার হলি, তো জল পেয়েছিলি কোথায়?'

'জল!' আমি যেন অবাক!

'হ্যাঁ, জল! খাবার জল! তার কী করেছিলি?'

'কী আবার করব, বোয়ানা। খাইনি।'

'জল খাসনি!' ফিংক আমায় বিশ্বাস করবে, না মিথ্যুক বলে বুটের ঠোক্কর দেবে, যেন ঠিক করতে পারছে না।

বললাম, 'জল তো আমার তেমন লাগে না, বোয়ানা। চাঁদ খইতে খইতে যখন একেবারে মুছে যায় তখন একবার খাই আর বাড়তে বাড়তে পুরো থালা হয়ে ওঠে যখন তখন একবার।'

ভুরু কুঁচকে আমার দিকে খানিক তাকিয়ে থেকে ফিংক বললে, 'ঠিক আছে। তোর কথা সত্যি কি মিথ্যে হাতেনাতেই প্রমাণ হবে! শোন, আমার সঙ্গে ওই কালাহারিতেই তোকে যেতে হবে। প্রথমে আমার সঙ্গে যাবি মোটরে, তারপর এক জায়গায় তোকে ছেড়ে দেব। তোকে একলা গিয়ে কাজ হাসিল করতে হবে। কতদিন যে জল পাবি না, খাবার পাবি না তার কিছু ঠিক নেই। তা তুই তো জল খাস একবার পূর্ণিমায়, একবার অমাবস্যায়। তোর আর ভাবনা কী!'

'না, সে ভাবনা নেই, বোয়ানা। কিন্তু কাজটা কী যদি বলতেন!'

এদিক ওদিক চেয়ে পাহারাদারকে পর্যন্ত চোখের ইঙ্গিতে ঘর থেকে বার করে দিয়ে ফিংক কাজটার কথা বলতে গিয়েও কী ভেবে আর বললে না। শুধু বললে, 'যা কাজ তা এখন শুনে কী হবে! কালাহারিতে গিয়েই বলব।'

'তা কী করে হয়, বোয়ানা!' ভয়ে ভয়ে যেন নিবেদন করলাম, 'কাজটা না জেনে কী করে আপনার সঙ্গে যাই। সে পারব না।'

'পারবি না মানে!' ফিংকের আসল মূর্তি এবারেই পুরোপুরি দেখা গেল। একটি বিরাশি সিক্কার চড় আমার গালে কষিয়ে হাতটা আবার রুমাল বার করে মুছতে মুছতে বললে, 'নচ্ছার কালা নেংটি। আমার মুখের ওপর বলিস কিনা পারব না! ঘাড় যদি আর বাঁকিয়েছিস তো দুমড়ে শুধু সিধে করব না, সোজা গারদে চালান করে দেব ট্যাক্স রসিদ নেই বলে। আছে তোর ট্যাক্স রসিদ? আছে পাস?'

চড় খেয়ে একটা ডিগবাজি মেরে যেখানে পড়েছিলাম সেখান থেকে যেন কাঁদো কাঁদো মুখে গালে হাত বোলাতে বোলাতে বললাম, 'না, বোয়ানা!'

'তবে!' হাত মোছা রুমালটা ঘরের কোণে ফেলে দিয়ে দাঁত খিঁচিয়ে ফিংক বললে, 'ট্যাক্স রসিদ আর পাস ছাড়া এ-শহরের রাস্তায় তোর মতো কালো ছুঁচোর হাঁটবার পর্যন্ত হুকুম নেই তা জানিস না?'

কথাটা সত্যি। দক্ষিণ আফ্রিকায় ধলাদের শয়তানি রাজত্বে আঠারো বছর বয়স হলেই কালাদের ওপর ট্যাকস ধরা হয়। সে ট্যাকস দেবার রসিদ আর পাস না নিয়ে শহরে ঘুরলে ধরা পড়লেই কয়েদ।

ফিংক এবার পাহারদারকে ডেকে বললে, 'আর যে ক-টা আছে, সব বিদেয় করে দাও। আর এ হতভাগাকে বেঁধে রেখে দাও এই ঘরে তালা দিয়ে। কিছুতে যেন পালাতে না পারে। আজ রাত্রেই ওকে নিয়ে রওনা হব।'

তারপর আমার দিকে ফিরে সোয়াহিলিতে বললে, 'কী রে! আর ট্যাঁফু করবি?

ভয়ে যেন সিঁটিয়ে গিয়ে বললাম, 'না, বোয়ানা। এখন থেকে আমি আপনার জুতোর সুকতলা।'

জুতোর সুকতলা হয়েই সে রাত্রে ফিংকের সঙ্গে রওনা হলাম তার জিপ গাড়িতে।

ফিংকের আসল মতলব যে শয়তানি গোছের কিছু তা তার রওনা হবার ব্যাপারের গোপনীয়তা থেকেই বোঝা গেল। আমায় ছাড়া আর একটা লোককে সে সঙ্গে নেয়নি। নিজে সামনে বসে জিপ চালাচ্ছে, পেছনে একরাশ খাবারদাবারের বাকস আর জলভরা ব্যাগের মাঝখানে আমি কোনওরকমে বসে আছি। খাবার আর জলের জায়গা ছাড়া একটা জাল দেওয়া সিন্দুক গোছের বাকসও আছে সেখানে। সেটা সম্পূর্ণ খালি বলেই রহস্যজনক।

জোহান্নেসবার্গ ছাড়িয়ে দুদিন দুরাত কালাহারির মরুর ভেতর দিয়ে যাবার পর সে বাকসের রহস্যটা পরিষ্কার হল। সেই সঙ্গে আমায় কী কাজের জন্য আনা তা-ও।

এতক্ষণ পর্যন্ত কালাহারির কুরুমান নদী ধরেই আমরা এসেছি। কালাহারির নদী মানে শুকনো খাত মাত্র। তাতে জলের বাষ্পও নেই। কালাহারির আকাশে কখনও কখনও অবশ্য মেঘের ঘটা দেখা যায়, বৃষ্টি যে পড়ে না কখনও তা-ও নয়, কিন্তু সে ছিটেফোঁটাও পড়তে-না-পড়তেই যায় মিলিয়ে। তবে সত্তর বছর আগে একবার এই কুরুমান নদীতে নাকি অবিশ্বাস্য রকমের বৃষ্টিতে বান ডেকেছিল বলে গল্প আছে।

কুরুমানের এখনকার চেহারা দেখে সে গল্পে বিশ্বাস করা শক্ত। পৃথিবীর পুরোনো ঘায়ের দাগের মতো শুকনা মরা খাত যেন সৃষ্টির আদিকাল থেকে পড়ে আছে। এখানে-সেখানে একটা দুটো উটকাঁটার নিচু ঝোপ ছাড়া কোথাও প্রাণের লক্ষণ নেই।

তবু কালাহারির মতো মরুতে এই ধরনের মরা নদী দিয়ে যতদূর পারা যায় যাওয়াই সুবিধের।

এখানে তবু একটা চেনবার মতো রাস্তা পাওয়া যায়। এর বাইরে মরুভূমি তো দিকচিহ্নহীন অসীমতা। যেদিকে চাও, শুধু ছোট বড় বালিয়াড়ি। মাঝে মাঝে দু-একটা বেঁটে বাবলা জাতের শক্ত কাঁটাগাছ। কোথায় যে আছি তা জানবার উপায় নেই। সব দিকই এক রকম।

যতদূর পারা যায় কুরুমান নদীর শুকনো খাত দিয়ে এসে উইতদ্রায়াই বলে একটা জায়গায় আমরা আবার আসল মরুতে উঠলাম। ফিংক অবশ্য জায়গাটার পরিচয় কিছু জানত না।

এ পর্যন্ত এটা-ওটা হুকুম করা আর যখন-তখন গালাগাল দেওয়া ছাড়া ফিংক আমার সঙ্গে কথাই বলেনি। খাবার যা সঙ্গে এনেছে তা থেকে দুবেলা গাণ্ডেপিণ্ডে খেয়েছে আর আমায় প্রায় ছোবড়া চুষতেই দিয়েছে বলা যায় হেলাফেলায়।

জুতোর সুকতলা হয়ে তবু সবই সহ্য করেছি শুধু তার গোপন শয়তানি মতলবটুকু জানবার জন্য।

কুরুমান নদীর খাত ছেড়ে ওঠবার পর তাকে বেশ একটু ভাবিত হয়ে ওদিক-ওদিক দূরবিন চোখে দিয়ে চাইতে দেখে বুঝলাম, জায়গাটা ঠিক ঠাহর করতে পারছে না।

যেন অত্যন্ত কাঁচুমাচু হয়ে বললাম, 'যদি ভরসা দেন তো একটা কথা বলি, বোয়ানা।'

'কী কথা?' চোখ থেকে দূরবিনটা নামিয়ে ফিংক খিঁচিয়ে উঠল।

'এ জায়গাটা আমি চিনি, বোয়ানা। এটার নাম ছিল উইতদ্রায়াই।'

'তুই কেমন করে জানলি?' ফিংক বেশ সন্দিগ্ধ।

'আমার ঠাকুরদাদার কাছে শোনা, বোয়ানা। এখানে অনেক অনেক আগে একটা উটের কাফিলার সরাই ছিল । মরুভূমি পার হবার পথে জিরিয়ে নিতে এখানে থামত।'

'বটে! তোর ঠাকুরদা কি উট ছিল নাকি সে কাফিলায়? তাই জন্যই বুঝি জল না খেলে তোর চলে?'

নিজের নীচ রসিকতায় ফিংকের সে কী বিশ্রী হাসি!

অম্লান বদনে সব হজম করে চুপ করে রইলাম। ফিংক দূরবিনটা আবার চোখে দিয়ে এদিক-ওদিক দেখে বললে, 'হ্যাঁ, উটের চোখে তুই ঠিকই চিনেছিস। এখন এখান থেকে তোকে একলা কাজ হাসিল করতে যেতে হবে। ভাল করে মন দিয়ে শুনে নে।'

মনে মনে বললাম, তোমার এই কাজটা কী জানবার জন্যই জুতোর সুকতলা হয়ে এতদূর এসেছি, আর মন দিয়ে শুনব না!

মুখে বললাম, 'বলুন, বোয়ানা!'

'শোন, এখান থেকে পাঁচ দিনের হাঁটাপথে কীট্‌মানসুফ-এ পৌঁছোবি। কীট্‌মানসুফ-এ কী আছে, জানিস?'

কীট্‌মানসুফ নামটা শুনেই ফিংকের শয়তানি মতলবটা আঁচ করে মনে মনে চমকে উঠেছিলাম। বাইরে সেটা প্রকাশ না করে বললাম, 'কী আর থাকবে, বোয়ানা! ও অঞ্চলে সোনাদানা কি হিরে নেই বলেই শুনেছি।'

ফিংক দাঁত বার করে হেসে বললে, 'ঠিকই শুনেছিস। সোনাদানা কি হিরের জন্য তোকে পাঠাচ্ছি না। তোকে ওখান থেকে আনতে হবে...' "

"এক শিশি ডিউটোরিয়াম, মানে ভারী জল!" ঘনাদার আগেই ফোড়ন কেটে বসল শিবু।

"না, না, ইউরেনিয়ম যাতে থাকে সেই পিচব্লেন্ড খানিকটা!" আমিই বা কম যাই

কেন!

"উঁহু!" শিশির টেক্কা দিতে চাইলে, "সেই যে নিরুদ্দেশ বৈজ্ঞানিক ওখানে লুকিয়ে থেকে ক্লোরোফিল তৈরি করছে, তার যুগান্তকারী ফরমুলা!"

রেনকোট হারাবার বদমেজাজ গৌরের এখনও পুরো ঠাণ্ডা হয়নি। প্রায় যজ্ঞি নষ্ট করে সে বলে বসল, "ঘোড়ার ডিম!"

এর পর ঘনাদার মুখ আর সাঁড়াশি দিয়েও খোলা যাবে? সভয়ে তাঁর দিকে তাকিয়ে আমরা সামলাবার হতাশ চেষ্টা করতে গিয়ে হতভম্ব হয়ে গেলাম।

কথাটা যেন কানেই যায়নি এমন ভাবে একবার শুধু বাইরের দরজার দিকে তাকিয়ে ঘনাদা নিজে থেকেই বললেন, "না, ফিংক বললে, 'আনতে হবে দুটো ভেড়ার ছানা।' "

"ভেড়ার ছানা!" আমরা সবাই একেবারে পপাত ধরণীতলে। এত পেল্লয় পাহাড়-পর্বত গোছের ভনিতার পর নেংটি ইঁদুর!

"হ্যাঁ, স্রেফ দুটো ভেড়ার ছানা!" ঘনাদা আমাদের মুখগুলোর ওপর চকিতে একবার চোখ বুলিয়ে বলে চললেন, "ও-ই হল ফিংকের ফরমাশ। হাবাবোকা সেজে বললাম, 'কিন্তু ভেড়ার ছানা যদি ওরা না দেয়। শুনেছি ওখানে নাকি বড্ড কড়াক্কড়ি। ভেড়া তো ভেড়া, তার দুটো লোম ছিঁড়েও কারুর নিয়ে যাবার উপায় নেই। বাইরের কাউকে ভেড়ার পালের ত্রিসীমানায় যেতে দেয় না।'

'তা নয় তো কী তোকে আদর করে ডেকে নিয়ে গিয়ে কারাকুল ভেড়া ভেট দেবে হতভাগা!' ফিংক খিঁচিয়ে উঠল, 'তোকে দুটো কারাকুল ভেড়ার ছানা যেমন করে হোক চুরি করে আনতে হবে এখানে! কালাহারি মরুভূমির ভেতর দিয়ে লুকিয়ে লুকিয়ে যাবি আর তক্কে তক্কে থেকে ভেড়ার পাল যেখানে চরায় সেখান থেকে দুটো বেশ তাগড়া ছানা চুরি করে এই মরুভূমির ভেতর দিয়ে পালিয়ে আসবি।'

কাঁদোকাঁদো মুখ করে যেন মিনতি করে বললাম, 'কিন্তু টের পেলে যে ওদের নেকড়ের মতো সব কুকুর লেলিয়ে দেবে, বোয়ানা, নয়তো গুলি করে মারবে। না, বোয়ানা, আমায় বরং অন্য কাজ দিন। আমি আপনাকে এক আজব পাহাড়ে নিয়ে যেতে পারি, বোয়ানা। নাম তার ব্রাকোরোটজ। এককালে তার মুখ থেকে আগুন ঠিকরে বেরুত। এখন নিবে গেছে।'

ফিংক বেশ একটু অবাক হয়ে সন্দিগ্ধভাবে আমার দিকে চেয়ে বললে, 'ব্রাকোরোটজ আগ্নেয়গিরির নাম তুই জানলি কী করে?'

'ওই আমার সেই ঠাকুরদার কাছে, বোয়ানা। তিনিই আমায় হদিস দিয়ে গেছেন। সে পাহাড় যেখানে হাঁ করে আছে তার কাছে এমন জায়গা আপনাকে দেখাতে পারি যা খুঁড়তে-না-খুঁড়তে লাল নীল সবুজ ঝিলিক দেওয়া সব নুড়ি আপনাকে চমকে দেবে!' "

"তার মানে চুনি, পান্না, নীলা!" শিবুই চোখ বড় বড় করে জিজ্ঞাসা করলে, "সত্যি সত্যি ও সব পাওয়া যায় এমন জায়গা আপনি জানেন?"

"তা জানি বই কী!" ঘনাদা মূর্তিমান বিনয় হয়ে বললেন, "ইংরেজিতে যাদের

নাম অ্যামেথিস্ট, ওপ্যাল, গার্নেট, টোপাজ বলে, সেসব পাথরেরও সেখানে ছড়াছড়ি। সে যাই হোক, আমার কথায় একবার একটু দোনামোনা হলেও ফিংক টলল না। ধমক দিয়ে বললে, 'থাম কালা ছুঁচো, তোকে আর লোভ দেখাতে হবে না! তোর ঠাকুরদার ভরসায় বুনো হাঁসের পেছনে আমি ছুটে মরি আর কী! আর তোর কথা যদি সত্যিই হয় তবু চুনি পান্না তো একবার বেচলেই ফুরিয়ে গেল। তার তো আর ছানাপোনা হয় না। আর এই কারাকুল ভেড়ার জোড়া পাওয়া মানে অফুরন্ত টাকার গাছ পোঁতা। যত দিন যাবে তত হবে তার বাড় আর ফলন।' ”

“তা বলে চুনি-পান্নার খনির কাছে ভেড়া!” ঘনাদার কথার মাঝখানে শিবুর মুখ ফসকেই বুঝি বেরিয়ে গেল।

“হ্যাঁ, খনিও যার কাছে লাগে না এমন ভেড়া।” ঘনাদা ব্যাখ্যা করলেন, “পৃথিবীর সবচেয়ে দুর্লভ আর দামি ভেড়া হল পারস্যের। কারাকুল ভেড়া তার চেয়ে কম যায় না। একটা ভেড়ার দামই অন্তত পনেরো হাজার টাকা। কিন্তু সে ভেড়া বিক্রি হয় না। একজোড়া ভেড়ার একপাল হয়ে উঠতে ক-টা বছর আর লাগে! কারাকুল ভেড়ার ছানার পশমি ছাল কিনতে দুনিয়ার শৌখিন ধনকুবেররা পয়সার পরোয়া করে না। একশো বছরেরও আগে পারস্য থেকেই সবচেয়ে সরেস ক-জোড়া ভেড়া কালাহারি মরুর সীমান্তে আমদানি করা হয়। পালকদের যত্নে আর চেষ্টায় সেই ভেড়ার বংশ আজ পারস্যের সঙ্গে পাল্লা দিচ্ছে। এ ভেড়ার জাতের ওপর লোভ অনেকের। কিন্তু আইন করে কারাকুল ভেড়া চালান নিষিদ্ধ করা হয়েছে। মালিকরা মূর্তিমান যম হয়ে তাদের ভেড়ার পাল পাহারা দেয়। দেবে না-ই বা কেন? দুটো ভেড়া সেখান থেকে সরাতে পারলেই কাম ফতে। ফিংক সেই শয়তানি মতলব নিয়েই এই কালাহারি মরুর বিপদ অগ্রাহ্য করে এখানে এসেছে। আসল কাজটা অবশ্য আমার মতো কাউকে দিয়েই হাসিল না করালে তার নয়। ছায়ার মতো নিঃশব্দে লুকিয়ে সে-মুল্লুকের মজবুত তারের বেড়া দিয়ে গলে যাবার জন্য পাতলা ছিপছিপে হওয়া চাই। মরুভূমির দিকটাতেই তেমন ভয়ের কিছু নেই বলে পাহারা একটু আলগা। কিন্তু সেখান দিয়ে ঢোকা তো যার-তার কর্ম নয়। জল আর খাবার দুই-এর কিছুই অন্তত পাঁচদিনের পথে মিলবে না। সেসব লটবহর সঙ্গে বয়ে নিয়ে যাওয়াও সম্ভব নয়। এমন কাউকে তাই চাই উটের মতো জল ছাড়াই অন্তত বেশ কিছুদিন যে টিকে থাকতে পারে। ফিংক এই সব ভেবেই ওরকম বিজ্ঞাপন দিয়েছিল।

আমায় এবার সে সোজা হুকুম দিলে, যেমন করে হোক কীট্‌মানসুফ-এ গিয়ে ভেড়ার ছানার জোড়া চুরি করে আনতে।

যেন নিরুপায় হয়ে বললাম, 'কিছু খাবার জল তা হলে সঙ্গে দিন।'

শুনেই ফিংক খাপপা—'আরও কিছু চাই না? এই জিপ গাড়িটাও? সেই জন্যই সব নিয়ে এসেছি যে! হতভাগা কালা ছুঁচো। যেমন আছিস ঠিক তেমনিভাবে একখুনি রওনা হবি। তোর না একবার পূর্ণিমা আর একবার অমাবস্যায় জল খেলেই চলে! আমায় ধাপ্পা দিয়েছিলি তা হলে?'

'ধাপ্পা কেন দেব, বোয়ানা!' কাকুতি করে বললাম, 'কিন্তু এ-কাজ হাসিল করতে

পুরো চাঁদ থেকে পুরো আঁধারের বেশিও তো লাগতে পারে! আপনার তো অনেক আছে, শুধু একটা জলের বোতল যদি দিতেন।'

'একটি ফোঁটাও না!' ফিংক গর্জে উঠল, 'তোর যদি বেশি দিন লাগে তো আমি এখানে আঙুল চুষব নাকি! তুই ওখানে গুলি খেয়ে মরলে আমায় ফিরে যেতে হবে না! তবে ওদিক দিয়ে পালাবার মতলব যদি করে থাকিস তা হলে মরেছিস জানবি। এখানে আসার আগে আশেপাশে সব রাজ্যে তোর ওই সুঁটকো চেহারার বর্ণনা দিয়ে খবর পাঠিয়ে দিয়েছি। খবর পাঠিয়েছি আমার টাকা চুরি করে পালিয়েছিস বলে। পালালে ধরা তুই পড়বিই। আর পড়লেই অন্তত সাতটি বছর জেলের ঘানি টানবি। বেঁচে থাকলে তাই তোকে ফিরতেই হবে এখানে।'

ফিংক যে কতবড় শয়তান আগে বুঝিনি এমন নয়। তার আসল চেহারাটা এবার আরও একটু স্পষ্ট হল মাত্র।"

ঘনাদা দম নেবার জন্য একটু থামতেই আবার আমাদের মূর্তিমান বনোয়ারি দরজায় এসে খাড়া। ভয়ে ভয়ে জানালে—

"নীচে উ বাবু বড়া গোলমাল লাগাইসে!"

বনোয়ারিকে কিছু বলব কী, ঘনাদা তার আগেই শুরু করে দিয়েছেন :

"যেমন ছিলাম তেমনিই অগত্যা রওনা হয়ে পড়লাম। ফিরেও এলাম দিন দশেকের ভেতরই এক রাত্রে। সঙ্গে দুটো কারাকুল ভেড়ার ছানা।

ফিংক তো মহা খুশি। জাল দেওয়া যে সিন্দুকের মতো বাকসটা এনেছিল তার ভেতর ভেড়ার ছানা দুটোকে আমায় যত্ন করে ভরে রাখতে বলে কাজ হাসিল হওয়ার দরুন নিজেই ফুর্তি করতে বসে গেল।

কাজ সেরে তার কাছে যখন গেলাম তখন বাইরে বালির ওপরই শতরঞ্জি পেতে কাছেই উট-কাঁটাঝোপ গাছের আগুন জ্বেলে সে নবাবি মেজাজে চব্যচোষ্য খাবার সাজিয়ে বসেছে। কতদিন এ কাজে লাগবে, না-জানায় ফুরিয়ে যাবার ভয়ে এতদিন জল আর খাবার যথাসম্ভব যা বাঁচিয়ে বাঁচিয়ে রেখেছে আজ তার সদ্ব্যবহার করছে নির্ভাবনায়।

কালাহারিতে অন্য মরুভূমির মতোই দিনের বেলা যেমন গরম, রাত্রে তেমমনই কনকনে ঠাণ্ডা। দিনের বেলা থেকেই আকাশ মেঘে ঢাকা ছিল বলে সে রাত্রে ঠাণ্ডা একটু বেশি।

আগুনের কাছাকাছি গিয়ে বসে বললাম, 'আমার কাজ তো শেষ, বোয়ানা। এবার আমার বকশিশ।'

'হুঁ, তোর বকশিশটাই শুধু বাকি,' খাবার চিবোতে চিবোতে পাশে রাখা রিভলভারটা হাতে করে নিয়ে ফিংক বললে, 'তোর জন্য খুব ভাল বকশিশই ভেবে রেখেছি।'

যেন ধৈর্য ধরতে পারছি না এমনভাবে জিজ্ঞাসা করলাম, 'কী বোয়ানা?'

'তোর জন্য এখানে বালির তলায় যদি একটা ছোট্ট ঘর বানিয়ে দিই, কেমন হয়? অনেক ঘোরাফেরা করেছিস, খুব ধকল হয়েছে! একটু বিশ্রাম দরকার। সে ঘরে

থাকলে আর তোকে নড়তে চড়তে হবে না। চিরকাল শুয়ে থাকতে পারবি। আমারও একটু সুবিধে হবে। তুই-ই এ-ব্যাপারে একমাত্র সাক্ষী। তোর মুখ থেকে কথা বার হবার ভাবনা আর থাকবে না।'

একেবারে গদগদ হয়ে বললাম, 'সে তো খুব ভাল কথা, বোয়ানা। শুনেই আমার আড়মোড়া ভাঙতে ইচ্ছে করছে। কিন্তু সুবিধের সঙ্গে একটু অসুবিধে যে আপনার হবে।'

'আমার অসুবিধে!' রিভলভারটা তুলে আমার দিকে তাক করে ফিংক বিশ্রীভাবে হেসে বললে, 'আমার অসুবিধে তো শুধু মরুভূমিটা একলা পার হওয়া। সঙ্গে আমার কম্পাস আছে। তাই দেখে জিপের মুখও আমি ঘুরিয়ে রেখেছি। এখন শুধু নাক বরাবর চালিয়ে গেলেই দক্ষিণ রোডেশিয়ায় দিন দশেকের মধ্যে গিয়ে পৌঁছোব। সেখানে একবার পৌঁছোলে আর আমায় পায় কে!'

'কিন্তু সেখানে পৌঁছোনো তো দরকার!' আমি যেন ফিংকের জন্যই ভাবিত, 'কম সময় তো নয়, দিন দশেক। দিন দশেক জল না খেয়ে কি আপনার চলবে?'

'জল না খাব কেন?' ফিংক হায়নার মতো হেসে উঠল, 'এখনও কম-সে-কম এক মাসের জল আমার গাড়িতে মজুদ।'

'না, বোয়ানা!' অত্যন্ত দুঃখের সঙ্গে জানালাম, 'ভেড়ার ছানা ভরতে গিয়ে দেখি, সব জলের জায়গাগুলোই খালি। হয় ফুটো হয়ে পড়ে গেছে, নয় কেউ ফেলে দিয়েছে!'

'তুই! তুই জল যদি ফেলে থাকিস', ফিংক রিভলভার হাতে লাফিয়ে উঠল খ্যাপার মতোই, 'তা হলে একখুনি তোকে আমি...'

'গুলি করবেন।' আমি ফিংসের কথাটাই পূরণ করে দিলাম, 'কিন্তু তা হলে বিপদ তো আরও বাড়বে, বোয়ানা। এই কালাহারিতে জলের সন্ধান যদি কেউ দিতে পারে তো আমি। জলের লুকোনো ঝরনা যদি না-ও মেলে তা হলেও এ-মরুভূমিতে যা দিয়ে তেষ্টা মেটানো যায় সেই বুনো তরমুজ ত্সোমা কোথায় পাওয়া যায় আমিই আপনাকে দেখাতে পারি। আমায় গুলি করলে আপনার ফেরবার কোনও আশাই তো নেই।'

রাগে দাঁত কিড়মিড় করলেও অবস্থাটা বুঝে নিজেকে সামলে ফিংক বললে, 'বেশ, গুলি তোকে করব না। তা হলে কী তুই চাস?'

'আর কী চাইব, বোয়ানা, একটু বকশিশ চাই!'

'কী বকশিশ?' ফিংক উদার হয়ে উঠল, 'আমায় রোডেশিয়ায় ভালয় ভালয় পৌঁছে দিতে পারলে তোকে এত টাকা দেব যে সারা জীবন আর তোকে খেটে খেতে হবে না। নিজের মুল্লুকে গিয়ে মোড়ল হয়ে বসবি।'

'আপনি মহানুভব!' যেন কৃতার্থ হয়ে বললাম, 'কিন্তু আপনার বড় ভুলো মন, বোয়ানা। ওখানে পৌঁছে হয়তো হাত চুলকে উঠে গুলি করে বসবেন। আমি তাই বকশিশটা চাই নগদ।'

'কী বকশিশ, বল!' ফিংক একেবারে কল্পতরু।

'এমন কিছু নয়' আমি একটু যেন লজ্জা লজ্জা ভাব করে নিবেদন করলাম, 'জোহান্নেসবার্গে আমাকে যা দিয়ে ধন্য করে ছিলেন, তা-ই শুধু আপনাকে ফেরত দেবার হুকুম।'

'কী দিয়েছিলাম তোকে সেখানে?' ফিংক বেশ একটু ভ্যাবাচাকা!

'শুধু গালে একটা চড়, বোয়ানা!' আমার গলা মিছরির মতো।

ফিংক যেরকম তিড়বিড়িয়ে উঠল তাতে রিভলভারটা বেকায়দাতেই ছুটে যেতে পারত। উট-কাঁটা গাছের একটা জ্বলন্ত ডাল তার দিকে ছুঁড়ে আগেই তাই আমি একটু সরে গেছি। সেখান থেকে শোয়া-ঝাঁপ দিয়ে তার পা দুটো ধরে মাটিতে তাকে আছড়ে ফেলে রিভলভারটা কেড়ে নিলাম! তারপর বাঁ হাতে জামার কলার ধরে তাকে উঠিয়ে বসিয়ে যেন লজ্জিত হয়ে বললাম, 'একটা বড় ভুল হয়ে গেছে, বোয়ানা, একটা নয় দুটো চড়ই দুগালে আপনার দিতে হবে।'

উট-কাঁটার আগুন তখন ফিংকের চোখেই যেন জ্বলছে। শুধু আমার হাতের রিভলভারটার দিকে চেয়ে সে নাক দিয়ে এঞ্জিনের স্টিম ছাড়তে ছাড়তে চুপ করে রইল।

বললাম, 'একটা চড় দিতে হবে, বোয়ানা, যারা আপনার কাছে জন্তু-জানোয়ারের অধম এ-দেশের সেই কালো মানুষের হয়ে, আর একটা আমার নিজের জন্য।'

'তুই! তুই এ-দেশের লোক নয়!' ফিংক সাপের মতো হিসহিসিয়ে উঠল।

'না, বোয়ানা। আমার দেশের নাম মানুষের দুনিয়া। আপনার দক্ষিণ আফ্রিকা তার মধ্যে নেই।'

চাবুকটা নিরুপায় হয়ে হজম করে ফিংক বললে, 'তা হলে তুই এ-কাজে এসেছিলি কেন?'

'ওই আপনার অদ্ভুত বিজ্ঞাপনের টানে, বোয়ানা। একটা কিছু শয়তানি প্যাঁচ এর মধ্যে আছে সন্দেহ করে।'

'কিন্তু কালাহারির মরু তুই চিনলি কী করে? বিনা জলে দশ দিনের পথ গেলি-এলি কী করে? ভেড়ার ছানাও কেমন করে আনলি?' ভয়-ভাবনা রাগের চেয়ে ফিংকের কৌতূহল তখন বেশি।

'বকশিশ নেওয়া যখন পালিয়ে যাচ্ছে না, আর তা নেবার পর কানে শোনবার অবস্থা আপনার যখন না-ও থাকতে পারে, তখন প্রশ্নগুলোর জবাবই আগে আপনাকে দিয়ে নিই। এই কালাহারি মরু আমার কাছে নতুন নয়, বোয়ানা। এখানকার আদিবাসী হোটেনটটদের খোঁজ নেবার জন্য আগেও ক-বার এসেছি...' ”

হঠাৎ গৌরের কাশিটা বড় বেয়াড়া হয়ে উঠলেও ঘনাদা আজ আর ভ্রূক্ষেপ না করে বলে চললেন, “জল সঙ্গে না থাকলেও এ অঞ্চলের গোপন সব ঝরনা আমার জানা, আর তা-ও যেখানে নেই সেখানে যার কথা আগে বলেছি সেই ত্সোমা অর্থাৎ বুনো তরমুজ খুঁজে বার করেই কাজ চালিয়েছি। ভেড়ার ছানা অবশ্য আমাকে চুরি করতে হয়নি। দক্ষিণ আফ্রিকার সব ধলাই আপনার মতো নয়। মানুষের রক্ত যাদের শরীরে বয় এমন দু-চারজনও আছে। কীট্‌মানসুফ-এ এরকম একজনের সঙ্গে আমার

একটু দোস্তি আছে। টাঙ্গানাইকায় একবার শিকারে গিয়ে আলাপ। তার ধারণা, এক খ্যাপা হাতির আক্রমণ থেকে তাকে আমি বাঁচিয়েছি। সেই বন্ধুর কাছেই আপনার কথা বলে কদিনের জন্য দুটো ভেড়ার ছানা ধার করে এনেছি। ইচ্ছে আছে কালই আপনার জিপ নিয়ে রওনা হব ফিরিয়ে দেবার জন্য।'

'ফিরিয়ে দেবে আগেই ঠিক করে রেখেছিলে!' ফিংকের উন্নতি শুধু তুই থেকে তুমিতে। গলায় নইলে বিস্ময়ের সঙ্গে তেমনই 'পারলে ছিঁড়ে ফেলা' আক্রোশের জ্বালা।

'হ্যাঁ, বোয়ানা, আগেই ঠিক করেছিলাম। নইলে সত্যিই চুরি করে আনতে তো পারি না! কিন্তু আর কথা বাড়িয়ে লাভ নেই। মেঘলা রাত। ঠাণ্ডা বাড়ছে। বকশিশটা নেওয়া এবার সেরে ফেলি।'

নিজের হাতের দিকে চেয়ে একটু থেমে আবার বললাম, 'হাতে রিভলভারটা থাকলে আবার জুত হয় না।'

রিভলভারটা ছুঁড়ে ফেলার সঙ্গে সঙ্গেই ফিংক বুনো মোষের মতো আমার ওপর লাফিয়ে পড়ল।

তারপর প্রায় উট-কাঁটার আগুনের ওপর পড়ল সচাপ্টে।

ডান গালের চড়টা একটু জোরেই হয়েছিল। তাড়াতাড়ি সেখান থেকে তাকে তুলে বাঁ গালে একটু আস্তেই মারলাম। শতরঞ্জির ওপর খাবার প্লেটগুলোর কয়েকটা ভাঙল।

সেইখানেই তাকে ফেলে রেখে জিপে গিয়ে একটা দড়ি নিয়ে এলাম। হাত আর পা দুটো তাই দিয়ে বাঁধতে বাঁধতে বললাম, 'এটা বকশিশের ফাউ। জোহানেসবার্গে যা দিয়েছিলেন কড়ায় গণ্ডায় শোধ না করলে চিরকাল ঋণী থাকব যে! রাত্তিরটা এখানেই কাটান। কম্বল ঢাকা দিয়ে যাচ্ছি। সকালে উঠেই কীট্‌মানসুফ রওনা হওয়া যাবে। কী বলেন?'

জবাবে ফিংক তার আফ্রিকানস ভাষায় কুৎসিত একটা গালাগাল দিলে শুধু।

জিপ থেকে আর একটা কম্বল নিয়ে বেশ একটু দূরে একটা লুকোনো জায়গায় গিয়ে শুলাম। কিছুক্ষণ অন্তত জেগে থাকবার ইচ্ছে থাকলেও কদিনের ধকলে কখন যে ঘুমিয়ে পড়েছি জানি না।

সকালে উঠে যা ভেবে রেখেছিলাম তা-ই হয়েছে দেখলাম। ফিংক রাত্রেই জিপ নিয়ে পালিয়েছে।' ”

“ফিংক পালাবে বলেই ভেবে রেখেছিলেন?” শিশিরের হতভম্ব প্রশ্ন।

“হ্যাঁ, সেই জন্যই বাঁধন এমন দিয়েছিলাম যাতে নিজেই ছিঁড়তে পারে!'

“ফিংককে তা হলে সেই ভেড়ার ছানা দুটো নিয়েই পালাতে দিলেন?” আমার গলায় যেন আওয়াজই বার হতে হতে চায় না।

“হ্যাঁ, তা-ই দিলাম, কিন্তু পালাবে আর কোথায়। তার কম্পাস আগেই বিগড়ে জিপটা একটু ঘুরিয়ে রেখে দিয়েছি। মেঘলা রাতে আকাশের তারাও দেখতে পাবে না দিক ঠিক করতে। জিপ নিয়ে নাক বরাবর সোজা গিয়ে উঠবে ওই

কীট্‌মানসুফ-এই। সেখানে তার জন্য অভ্যর্থনা-সভা তৈরি। বমাল সমেত গ্রেফতার আর হাজত। নিজে নিয়ে গিয়ে ধরিয়ে দেবার ঝামেলাটা বাঁচালাম তাকে পালাবার সুযোগ দিয়ে।”

“হামি কী বলবে বড়াবাবু!” নিরুপায় বনোয়ারির কাকুতি আবার শোনা গেল।

“দেখো তো হে, কে আবার এসেছে জ্বালাতন করতে!” ঘনাদা তাচ্ছিল্যভরে হুকুম করলেন আমাদের মুখের চেহারাগুলো পড়ে নিয়ে।

শিশির তা-ই দেখতেই গেল।

মিনিট পনেরো বাদে যখন ফিরে এল তখন ঘনাদা তার সিগারেটের টিনটা ভুলে পকেটে করে তাঁর টঙের ঘরে উঠে গেছেন।

“ব্যাপার কী, শিশির?” আমরা কৌতূহলী হয়ে জিজ্ঞাসা করলাম।

“বিশেষ কিছু নয়।” শিশির নাকটা একটু ওপরে তুলে বাতাসটা শুঁকতে শুঁকতে বললে, “ওই!”

ওপর থেকে তখন পয়লা নম্বরের অম্বুরি তামাকের গন্ধ ভেসে আসছে।

“ওই মানে?” আমরা অবাক হয়ে জিজ্ঞাসা করলাম, “ওই তামাকের গন্ধ?”

“হ্যাঁ। বড় রাস্তার তামাকের দোকান থেকে ঘনাদা সবচেয়ে সরেস অম্বুরি তামাক কবে বুঝি কিনে এনেছিলেন দামটা বাকি রেখে। তারপর ওধার আর মাড়াননি। আজ দূর থেকে তাঁকে দেখতে পেয়ে দোকানের মালিক পিছু পিছু এসেছে তাগাদা করতে। নীচে সে-ই গোলমাল করছিল।”

“তা তুমি কী করলে?” আমাদের ব্যাকুল প্রশ্ন।

“কী আর করব! তাকে খুশি করেই বিদেয় করতে হল। এ সব তুচ্ছ ব্যাপার নিয়ে ঘনাদার শান্তিভঙ্গ তো আর করা যায় না! গৌরের রেনকোট যখন গেছে তখনই জানি ওর হিংসেতে একটা কিছু লোকসানের ফাঁড়া আমার আছেই।”

গৌরের মুখে এতক্ষণে সত্যিই হাসি ফুটল।

চোখ

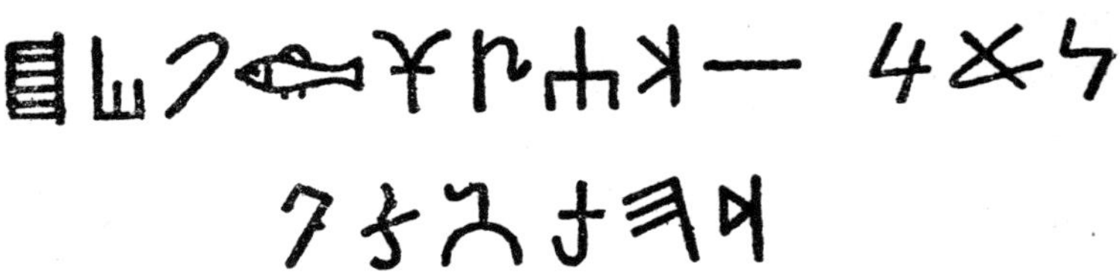

হিজিবিজি আবোল তাবোল নয়।

ওপরে যা দেখা যাচ্ছে ওই আঁকড়ি বিকড়ি ধাঁধাটিই কষ্ট করে খাড়া করেছিলাম সকলে মিলে মাথা খাটিয়ে।

খামের ভিতর ভরতে ভরতে ভেবেছিলাম আচমকা এই বিদঘুটে প্যাঁচেই ঘনাদাকে কাবু করা যাবে।

কিন্তু আমাদের এমন সাজানো ফন্দিটা ঘনাদা এক মোক্ষম চালে ভেস্তে দেবেন ভাবতে পারিনি।

শিবু ভগ্নদূতের মতো এসে সেই চাঞ্চল্যকর সংবাদটি দিলে। "না, পাওয়া যাচ্ছে না।"

প্রথমটা আমরা সবাই সামান্য একটু বিমূঢ় হলেও উদাসীন! "কী পাওয়া যাচ্ছে না?" জিজ্ঞাসা করলে শিশির ।

"পাওয়া যাচ্ছে না কাকে? ঘনাদাকে?" গৌরের প্রশ্নে একটু কৌতুকের আভাস।

"না, ঘনাদা বহাল তবিয়তেই আছেন তাঁর টঙের ঘরে, কিন্তু শিবু একটু থেমে, আমাদের বেশ কয়েক মুহূর্ত উদ্বিগ্ন অনিশ্চয়তার মধ্যে ঝুলিয়ে রেখে তারপর বললে, "পাওয়া যাচ্ছে না তাঁর চশমা!"

"অ্যাঁ!" আমাদের সবাইকার কণ্ঠেই এক আর্তনাদ।

"চশমা পাওয়া যাচ্ছে না কী রকম!" আমি সন্দিগ্ধ বিস্ময়ে বললাম তারপর, "চিঠিটা দিয়ে আসবার সময়ই তো চোখে চশমা দেখলাম।"

"চোখে তো চশমা দেখেছ, কিন্তু চোখে চশমা দিয়ে করছিলেন কী!" গৌরের জেরা— "তোমার দেওয়া চিঠিটা পড়েছেন তোমার সামনে?"

"না।" আমায় স্বীকার করতে হল চিন্তিত ভাবে, "তখন শনিবারের বাজারের ফর্দটা দেখছিলেন। আমায় চিঠিটা রেখে দিয়ে যেতে বললেন।"

"তারপর থেকেই চশমা উধাও!" শিবু করুণ স্বরে জানাল, "আমি সেই অবিশ্বাস্য

কাহিনীই শুনে আসছি।”

“কিন্তু চশমা যাবে কোথায়?” আমি উত্তেজিত হয়ে উঠলাম, “ঘনাদা তো ঘর থেকে বাইরে আসেননি। চশমা ঘরেই আছে নিশ্চয়। ঘনাদা খুঁজেছেন?”

“তন্ন তন্ন করে।” শিবু মুখের একটা অদ্ভুত ভঙ্গি করে জানাল, “অন্তত ঘনাদার উক্তি তা-ই।”

“বেশ, আমরা গিয়ে খুঁজছি চলো।” গৌর উৎসাহভরে উঠে দাঁড়াল।

“তিষ্ঠ বন্ধু।” শিবু বাধা দিলে, “কোনও লাভ নেই। আমি কি ঘনাদাকে ওইটুকু সাহায্যও করতে চাইনি মনে করেছ! কিন্তু ঘনাদা তাতে নারাজ। যা গেছে তার জন্যে ঘরদোর তছনছ করা উনি পছন্দ করেন না।”

“পছন্দ করেন না!” শিশিরের মুখে অবিশ্বাসের বিস্ময়, “ওঁর ঘরে আছে কী যে তছনছ হবে! দুটো তোবড়ানো চটাওঠা টিনের তোরঙ্গ, একটা আলনা আর শেলফের তাকে টিকে তামাক ছাড়া ক-টা আমাদেরই দেওয়া টুকিটাকি! এ-ছাড়া তো শুধু তক্তপোশের বিছানা, ক-টা টুল আর গড়গড়াটা। তছনছ হবেটা কী?”

“জানি না!” শিবু দীর্ঘনিশ্বাস ফেললে, “কিন্তু খুঁজে দেখবার নাম করতেই প্রায় খাপ্পা হয়ে উঠলেন। বললেন, ‘খুঁজবেটা কী? আমার চশমা আমি নিজে খুঁজতে কিছু বাকি রেখেছি! কী ও পাবার নয়।’ ”

“তার মানে ও-চশমা এখন আর ঘনাদা খুঁজে পাবেন না!” গৌর হতাশ স্বরে বললে, “চশমা না পেলে আর ও-চিঠি পড়া হবে না। আর যদি চিঠি না পড়া হয় তা হলে...”

“তা হলে এত তোড়জোড় ফন্দিফিকির খাটুনি হয়রানি সবই মাটি!” শিশির গৌরের অসমাপ্ত আক্ষেপটা পূরণ করে দিলে।

“কিন্তু চশমা হারালে খুঁজে না হয় না-ই পাওয়া গেল, নতুন চশমা কি আর হতে পারে না?” অন্ধকারে আমি একটু আশার আলো দেখাবার চেষ্টা করলাম।

“হ্যাঁ, আমরা নতুন চশমা কিনে দেব ঘনাদাকে!” শিশির উৎসাহ প্রকাশ করলে আমার প্রস্তাবে।

“আজই নিয়ে যাচ্ছি চশমার দোকানে!” গৌরের মধ্যেও উৎসাহটা সংক্রামিত।

“তাতেও ভরসা কিছু আছে বলে মনে হচ্ছে না।” শিবুই মাথা নাড়লে, “চশমা যাঁর এমন সময় বুঝে হারায় তাঁকে নতুন চশমা গছানো কি যাবে?”

“তবু হাল ছাড়ব কেন!” গৌর হার মানতে প্রস্তুত নয় দেখা গেল। শিশির ও আমি তারই দলে।

“কিন্তু যাবার ছুতো তো একটা চাই।” শিবু আবার বাগড়া দিলে, “গিয়েই চশমার কথা তুললে পত্রপাঠ বিদায়।”

“তা হলে...তা হলে...ওই শনিবারের বাজারের ফর্দ!” গৌরই সমস্যাটার সমাধান করে ফেললে, “আমরা যেন ফর্দটা সংশোধন করাতেই যাচ্ছি।”

ঘনাদার তেতলার ঘরে এ-বিবরণটা টেনে তোলবার আগে ঘনাদার চশমা হারানোতে কেন আমরা এতখানি বিচলিত একটু বুঝিয়ে দেওয়া যেতে পারে।

এবারে ঘনাদাকে তাতাবার যে-ফন্দিটি সবাই মিলে বার করেছিলাম তা প্রায় নিখুঁত। সেই ফন্দিরই প্রথম ধাপ স্বরূপ একটি চিঠি সকাল সাতটা বাজতে না বাজতেই ঘনাদার টঙের ঘর থেকে গড়গড়ার আওয়াজ পাওয়া মাত্রই দিয়ে এসেছি।

চিঠিটি তৈরি করতে বেশ কিছু কাঠখড় পোড়াতে হয়েছে।

খামে বন্ধ চিঠি। ওপরে ইংরেজিতে পরিষ্কার ভাবে টাইপ করা নাম-ঠিকানা—মি. ঘনশ্যাম দাস, ৭২ নং বনমালি নস্কর লেন, কলিকাতা। কিন্তু খামটা ছিঁড়ে ভেতরের চিঠিটা বার করে খুললেই চক্ষুস্থির যাতে হয় তারই ব্যবস্থা। চিঠিটার নমুনা একেবারে প্রথমেই দেওয়া আছে।

এ চিঠির মশলা সংগ্রহ করতে গৌর আর আমাকে তিন দিন ন্যাশনাল লাইব্রেরিতে গিয়ে ঘণ্টা তিনেক করে ভারী ভারী সব কেতাব ঘাঁটতেও হয়েছে। তারপর রাত্রে খাওয়া-দাওয়ার পর আমার ঘরের দরজা বন্ধ করে শিবু ও শিশিরকে নিয়ে চারজনে মিলে চাইনিজ ইঙ্ক দিয়ে বাজার চষে কিনে আনা পাতলা লম্বা পার্চমেন্ট কাগজে মুনশিয়ানা করেছি। মুনশিয়ানা অদ্ভুত আজগুবি সব হরফ নিয়ে। কিছু হরফ প্রাচীন মিশরীয় লিপি থেকে নেওয়া, কিছু প্রাচীন হাবসি, কিছু আমাদের ভারতবর্ষেরই ব্রাহ্মী ও খরোষ্ঠি থেকে। এরই মধ্যে অন্য অজানা হরফও বাদ যায়নি। এই হরেক রকম অক্ষর এলোপাথাড়ি মিলিয়ে যে-খিচুড়িটি তারপর কাগজে তোলা হয়েছে তা যে-কোনও প্রাচীন লিপিবিশারদ পণ্ডিতচূড়ামণির মাথা ঘুরিয়ে দেবার পক্ষে যথেষ্ট।

চিঠিটা ডাকে নয়, যেন হাতেই কেউ দিয়ে গেছে বিকেলে জবাব নিয়ে যাবার জন্য। ঘনাদাকে সরলভাবে কিছুই যেন না জেনে চিঠিটা দিয়ে এসেছি ওই কথা বলে।

তারপর ঘনাদা কখন কৌতূহলভরে চিঠিটা খোলেন তারই অপেক্ষায় তাঁর ওপর নজর রাখা চলছে। আধঘণ্টা অন্তর অন্তর কেউ-না-কেউ কোনও-না-কোনও ছুতোয় একবার ওপরে গিয়ে নাটকটা শুরু হল কি না দেখে আসছে।

প্রথমে গেছে গৌর যেন গতকালের খবরের কাগজটা ঘনাদার ঘরেই আছে কিনা খোঁজ করতে। একটা কর্মখালির বিজ্ঞাপন নাকি তার না দেখলেই নয়।

তখনও পর্যন্ত যাকে বলে অল কোয়ায়েট অন দ্য ওয়েস্টার্ন ফ্রন্ট। সব ঠাণ্ডা চুপচাপ। ঘনাদা কলকেতে টিকে সাজাচ্ছেন তন্ময় হয়ে।

গৌরকে দেখে একটু ভুরু কুঁচকেছেন অবশ্য। এমন অসময়ে গৌরের আবির্ভাবটা তো ঠিক স্বাভাবিক নয়।

গৌরকে তাড়াতাড়ি তাই কৈফিয়তটা দাখিল করতে হয়েছে, "কালকের কাগজটা আপনার ঘরে নাকি? কোথাও খুঁজে পাচ্ছি না।"

"আমার ঘরটা কি লস্ট প্রপার্টি স্টোর? কোথাও যা খুঁজে পাওয়া যায় না এখানেই পাওয়া যাবে!" ঘনাদা একটু যেন বাঁকা মন্তব্য করেছেন। কিন্তু সেটা এমন কিছু গ্রাহ্য করবার মতো মনে হয়নি গৌরের।

"না, না, একটা বিজ্ঞাপন দেখবার ছিল কর্মখালির।" বলে অজুহাত দেখিয়ে একটু যেন লজ্জিত হয়ে চলে এসেছে গৌর।

তারপর গেছে শিশির ঘণ্টাখানেক বাদে। তাকে অবশ্য একটু ঘুস নিয়েই যেতে

হয়েছে। একেবারে নতুন একটা সিগারেটের টিন। দুষ্প্রাপ্য বিদেশি ব্র্যান্ড।

"এই ব্র্যান্ডটা হঠাৎ পেয়ে গেলাম ঘনাদা!" শিশির যেন খুশিতে ডগমগ হয়ে বলেছে, "প্রসাদ না করে তো খেতে পারি না। আপনার সামনেই তাই খুলতে নিয়ে এলাম।"

ঘনাদার মুখের উজ্জ্বলতাটা আশানুরূপ দেখা যায়নি। কয়েক ওয়াট যেন কম। সেটা অবশ্য এমন কিছু ধর্তব্য নয়।

শিশির ঢাকনির পাক দিয়ে এয়ারটাইট টিনের পর্দাটা কাটতে কাটতে আড়চোখে ঘনাদার দিকে লক্ষ রেখেছে। না, ভাবান্তর বিশেষ নেই। চিঠির প্রতিক্রিয়া কিছু বোঝা যায়নি। এখনও সেটা খামেই বন্দী আছে বোধহয়। সিগারেট একটা মুখে ও বাকি কয়েকটা হাতে ধরিয়ে দিয়ে, দেবার মতো কোনও সংবাদ না নিয়েই শিশিরকে ফিরতে হয়েছে।

আমরা তখনও উতলা কিন্তু হইনি। মেওয়া ফলাতে গেলে সবুর করতে হয় এ আর কে না জানে! একটু শুধু ধৈর্য চাই।

দুপুরে খাওয়া-দাওয়া সেরে যে যার কাজকর্মে বেরিয়েছি। ফিরে এসে আমাদের আড্ডাঘরে জমায়েত হয়েছি এই বিকেলে। এইবার একটা কিছু যে হবে এ-বিষয়ে আমাদের সন্দেহ নেই তখন। ঘনাদার ঘরে যা ছেড়ে দিয়ে আসা হয়েছে তা একেবারে ব্রহ্মাস্ত্র। ও আর বিফল হবার নয়। বাদলার দিন, তাই সলতেটা ধরতে একটু বোধহয় দেরি হচ্ছে। কিন্তু একবার ধরলে আর দেখতে হবে না। এক সঙ্গে তুবড়ি পটকা ফাটবে।

সলতেটা ধরতে দেরি হওয়ার কারণটা মনে মনে এঁচে নিয়েছি। ঘনাদার তিন কুলে কোথাও কেউ আছে বলে তো এত দিন জানতে পারিনি। সত্যিকার চিঠিপত্র তাঁর নামে আর আসে কবে? দুপুরের খাওয়া-দাওয়ার পর মৌজ করে গড়গড়ায় টান দিতে দিতে রসিয়ে রসিয়ে পড়বার জন্যই বোধহয় চিঠিটা তিনি মজুদ রেখেছেন ধরে নিয়েছি।

বিকেলে এসে জমায়েত হবার পরই তাই শিবু গেছে সরেজমিনে তদারক করে একেবারে হালের অবস্থা জেনে আসতে, যাতে আমরা গিয়ে নাটকটা জমিয়ে তুলতে পারি।

কে কোন ভূমিকা নেবে তা-ও ঠিক করা হয়ে গেছে। সেই সঙ্গে নিজের নিজের সংলাপ।

যেমন শিশির গিয়ে বিরক্তির সঙ্গে বলবে, 'জ্বালাতন করে যত আজেবাজে লোক। নীচে কে একটা চিনেম্যান গোছের চেহারার লোক এসে দাস সাহেবকে চাই বলে ঝামেলা লাগিয়েছিল। দিয়েছি দূর করে তাড়িয়ে!'

আমরা তার আগেই জমায়েত হয়ে বসব ঘনাদার তক্তপোশে, মেস সংক্রান্ত একটা গুরুতর বিষয়ে যেন পরামর্শ নেওয়ার জন্যে।

আমি হাঁ হাঁ করে উঠব শিশিরের কথায়, 'আরে করেছ কী? না জেনে শুনে তাড়িয়ে দিলে কী বলে!'

'না, তাড়াব না!' শিশির আমার উপরই খাপ্পা হবে, 'ঘনাদা এখানে নিরিবিলিতে অজ্ঞাতবাসে আছেন। যাকে তাকে ওঁর ঠিকানা জানতে দিলে আর রক্ষে আছে! দিনরাত ওঁকে অতিষ্ঠ করে ছাড়বে না? আজ চিনেম্যান, কাল জাপানি, পরশু ভিয়েতনামি, তার পর দিন মাওরি, তারপর পেরুভিয়ান...'

শিশির গোটা প্রশান্ত মহাসাগরটাই পার হয়ে যাচ্ছে দেখে তাকে থামিয়ে আমায় বলতে হবে, 'আরে থামো, থামো। তোমায় আর ভূগোলের বিদ্যে জাহির করতে হবে না। কিন্তু যাকে তাড়ালে সে যে ঘনাদার জানা লোক। দরকারি কী ব্যাপারে সকালে চিঠি দিয়ে গেছে বিকেলে উত্তর নিতে আসবে বলে। আমিই তো চিঠিটা ঘনাদাকে দিয়ে গেছি সকালে।'

'তা এত কথা শিশির জানবে কী করে?' গৌর এবার শিশিরের পক্ষ নেবে, 'আমাদের কাউকে কিছু বলেছ তুমি ঘুণাক্ষরে?'

এবার আমায় ক্ষুণ্ণ হতে হবে, 'জানাব আবার কী? শিশিরের অতটা মাতব্বরি করবার তো দরকার ছিল না। লোকটাকে দাঁড় করিয়ে ওপরে এসে খবর নিয়ে গেলেই তো পারত। উনি একেবারে ঘনাদার এতবড় পাহারাদার হয়ে উঠতে গেলেন কেন? এখন কী কেলেঙ্কারি হল দেখো দিকি!'

'কেলেঙ্কারি বলে কেলেঙ্কারি!' শিবু আমার কথাতেই সায় দেবে, 'জরুরি কোনও চিঠি নিশ্চয়! চিনেম্যানের মতো চেহারা বলছে শিশির। সত্যিই ভিয়েটনাম কি ভিয়েটকঙ্-এর কেউ প্রাণের দায়ে ঘনাদার পরামর্শ নিতে এসেছিল কিনা কে জানে!'

শিশির এবার কাঁচুমাচু মুখ করে ঘনাদাকে জিজ্ঞাসা করবে, 'সত্যি জরুরি নাকি, ঘনাদা?'

আমরাও উদ্বিগ্ন হয়ে চাইব ঘনাদার দিকে।

'কী চিঠি, ঘনাদা! কার চিঠি! কই চিঠিটা গেল কোথায়?' ইত্যাদি ব্যাকুল প্রশ্ন বর্ষিত হবে ঘনাদার উদ্দেশে।

ঘনাদা সে সব প্রশ্নবাণ কী অস্ত্রে কাটাবেন, চিঠিটা বেমালুম উড়িয়ে দেবেন না তার সৃষ্টিছাড়া ব্যাখ্যা খাড়া করবেন তা-ই দেখবার জন্যই এত কাঠখড় পোড়ানো।

আর ঘনাদা কিনা এক চশমা হারাবার প্যাঁচেই আমাদের সব চাল ভণ্ডুল করে দিচ্ছেন!

না, সেটি হতে দেওয়া চলবে না। গাঁটের পয়সা গচ্চা দিয়ে ঘনাদার চশমা কিনে দিতে হয় যদি তাতেও রাজি, কিন্তু ঘনাদাকে ওই প্যাঁচে বাজিমাত করতে দেওয়া হবে না।

সিঁড়ি থেকেই ঝগড়াটা তুমুল করে নিয়ে ছাদে উঠলাম।

লাঠালাঠিটা শিশির আর গৌরের মধ্যে জমে ভাল। তারা দুজনেই তাই এবারের মহড়া নিয়েছে।

"কেন! এ শনিবার নয় কেন!" সিঁড়ি থেকেই ঘনাদার কানে পৌঁছোবার মতো গৌরের চড়া গলা শোনা গেল, "তোমার ইস্টবেঙ্গল লিগ পায়নি বলে আমাদের সবাইকে কি হবিষ্যি করতে হবে!"

"হবিষ্যি করবে কেন!" শিশিরও হেঁড়ে গলা ছাড়ল, "না-খেলা পয়েন্ট নিয়ে লিগ পেয়ে মোচ্ছব করো। কিন্তু এ-শনিবারে আর ওই পায়রার মাংস নয়। বুনো বাপি দত্ত হাঁসে অরুচি ধরিয়েছিল, এবার আকাশে পায়রা উড়তে দেখলেও গা বমি করিয়ে ছাড়বে তোমরা।"

গলাবাজিটা ছাদে তুলে একেবারে ঘনাদার ঘরের ভেতর পৌঁছে দিলে দুজনে।

"বলুন তো, ঘনাদা!" গৌরই প্রথম ঘনাদাকে সালিসি মানলে, "পায়রার মাংস কিছু খারাপ জিনিস! বলে কিনা এ-শনিবারে অন্য কিছু করো। আরে, অন্য কিছু পাচ্ছি কোথায়? বাজারে তেল নেই, মাছ নেই, দুধ নেই, সন্দেশ পর্যন্ত বাতিল, তা নতুন কিছু জোটাব কোথা থেকে!"

যাঁর উদ্দেশে এই অভিনয় সেই ঘনাদা তখন ইহজগতে নেই। মুখে তাঁর শিশিরের সকালে দেওয়া একটি সিগারেট জ্বলছে, মনটা যেন তারই ধোঁয়ার সঙ্গে ঊর্ধ্ব আকাশে গেছে ছড়িয়ে।

কিন্তু এমন নির্লিপ্ত নির্বিকার তাঁকে থাকতে দিলে তো চলবে না। শিশির শনিবারের বাজারের ফর্দটা তাঁর নাকের সামনে বাড়িয়ে ধরে বললে, "তা বলে ভদ্রলোকের-এক-কথার মতো মেনুর যেন আর নড়চড় নেই। আর শনিবারে যা এবারেও তাই। ফর্দটা একবার দেখুন না।"

নাকের কাছে ওরকম একটা লম্বা কাগজ ঝুলিয়ে রাখলে যোগী ঋষিরও ধ্যান ভঙ্গ হয়। ঘনাদাকে তুরীয়লোক থেকে একটু নামতে হল । কাগজটা বাঁ হাতে একটু সরিয়ে উদাসীনভাবে বললেন, "ফর্দ আমি দেখেছি।"

"আপনার দেখা তো!" শিশির ঘনাদার কথাটায় কোনও গুরুত্বই না দিয়ে যা একখানি ছাড়ল আমরা তাতে হাসি চাপতে কেশে অস্থির।

বললে, "খাওয়া-দাওয়ার ব্যাপারে আপনি তো বিবাগী মানুষ। চোখ বুলিয়েই মঞ্জুর করে দিয়েছেন। এখন একবার ভাল করে দেখুন দেখি। এর নাম শনিবারের খ্যাঁট?"

আমাদের সংক্রামক কাশির হিড়িকেই বোধহয় ভুরু কুঁচকে ঘনাদাকে ফর্দটা আবার নাকের কাছ থেকে সরিয়ে বলতে হল, "ও ফর্দ আমায় দেখানো মিছে।"

"কেন? কেন?" গৌর শিশির এবং আমি একসঙ্গে উৎকণ্ঠিত।

"কেন আর!" শিবুই ঘনাদার হয়ে কৈফিয়ত দিলে, যেন আমাদের ওপর বিরক্ত হয়ে, "ঘনাদার চশমা হারিয়ে গেছে।"

"চশমা হারিয়ে গেছে!" আমরা সহানুভূতিতে কাতর হয়ে উঠলাম। "কখন, কোথায় হারাল?"

"হারিয়েছে এই ঘরেই।" শিবুই যেন ঘনাদার মুখপাত্র, "কিন্তু সে আর পাবার নয়।"

"বললেই হল পাবার নয়!" আমরা বিরক্ত শিবুর ওপর, "আমরা এখুনি খুঁজে বার করছি।"

"উঁহু!" শিবুই রুখে দাঁড়াল যেন, "খোঁজাখুঁজির ঘনাদা কি কিছু বাকি রেখেছেন। মিছিমিছি ঘরদোর হাঁটকে আর জ্বালিও না!"

"তা হলে?" শিবুর নিষেধ চট করে শিরোধার্য করে নিলাম আমরা, "ঘনাদার চশমার ব্যবস্থা তো করতে হয় এখুনি।"

"আই-ক্লিনিকে চলুন, ঘনাদা!" শিশিরের অনুরোধ।

"আই-ক্লিনিকে কেন?" গৌরের প্রতিবাদ, "এখানেই চোখের ডাক্তার ডাকছি।"

গৌর বেরিয়ে যায় যেন তখুনি।

"দাঁড়াও।" ঘনাদাই থামালেন তাকে, "চোখের ডাক্তার ডাকিয়ে লাভ নেই।"

"কেন?" আমরা বিমূঢ়, "চোখের ডাক্তার একটা চশমার ব্যবস্থা করতে পারবে না আপনার! আপনার তো রিডিং গ্লাস, যাকে বলে পড়ার চশমা দরকার!"

"না।" ঘনাদা গম্ভীরভাবে জানালেন।

"তা হলে বাইফোক্যাল?" শিবুর জিজ্ঞাসা।

"না।" ঘনাদার সংক্ষিপ্ত জবাব।

"তা হলে অ্যাসটিগম্যাটিক লেনস?" চক্ষুবিদ্যা সম্বন্ধে চূড়ান্ত জ্ঞান জাহির করলাম।

"না।" ঘনাদা তা-ও নাকচ করে দিয়ে বললেন, "প্রেসবাইওপিয়ার সঙ্গে আমার চোখ ডাইক্রোম্যাটিক। ফোটেরিথ্রস নয়, স্কোটেরিথ্রস।"

"অ্যাঁ!" ঘনাদার চোখের দিকে তাকিয়ে আমাদের সকলের চোখই তখন ছানাবড়া।

"কিন্তু দেখলে অমন ভয়ংকর তো মনে হয় না!" শিবু যেন ভয়ে ভয়ে বললে।

"একটু শুধু বাঁকা-বাঁকা লাগে!" শিশির বিশ্লেষণ করবার চেষ্টা করলে।

"হ্যাঁ, দেখে অতটা বিদঘুটে বলে বোঝা যায় না," গৌরের যেন ঘনাদাকে সান্ত্বনা।

"দেখে তোমরা কী বুঝবে!" ঘনাদার গলায় ঝাঁজ, "লন্ডন প্যারিস বের্লিন ভিয়েনাই হার মেনেছে নিদান দিতে। শেষে টাইওয়ানের এক হাতুড়ে ডাক্তার চিং সুন রোগ ধরে ওই আজব চশমা নিজেই বানিয়ে দেন।"

"সেই চশমা আপনি হারালেন!" আমাদের সম্মিলিত হাহাকার।

"হ্যাঁ, হারিয়েছি। তবে আগেই হারানো উচিত ছিল।" ঘনাদা যেন অনুশোচনায় দগ্ধ।

আমরা সবাই এবার হাঁ। তক্তপোশের ওপর ভাল জায়গাটা আগেই দখল করে শিবুই কোনও রকমে ঢোঁক গিলে বলে ফেললে, "কেন, চশমাটা অপয়া বুঝি?"

"অপয়া!" ঘনাদাকে যেন অনেকদূর পর্যন্ত অতীত দৃষ্টি চালাতে হল, "তা অপয়াও বলতে পারো। ও-চশমা আগে হারালে, একশো বছরের ওপর যা লুপ্ত বলেই জানা ছিল, দুনিয়ার সবচেয়ে দামি সেই একটা বিরল প্রাণীর জাতকে প্রথম খুঁজে বার করে তার ধ্বংসের সহায় হবার মনস্তাপে নিজেকে ধিক্কার দিতে হত না।"

তক্তপোশের ওপরেই বসে থাকলেও আমাদের সকলের মাথাই তখন ঘুরতে শুরু করেছে।

"দাঁড়ান। দাঁড়ান।" শিশির প্রথম নিজেকে একটু সামলে নিয়ে আবেদন জানালে, "ব্যাপারটা একটু গুছিয়ে নিই মাথায়। একশো বছরের ওপর লুপ্ত বলে জানা? তার মানে অন্তত একশো বছর সে প্রাণীর খোঁজ কেউ কোথাও পায়নি?"

"হ্যাঁ, শেষ সে-প্রাণী দেখা ১৮৩০-এ।" ঘনাদা ব্যাখ্যা করলেন, "তারপর পৃথিবী থেকে যেন একেবারে লোপাট!"

"সে-বিরল প্রাণী আবার পৃথিবীর সবচেয়ে দামি!" গৌর চক্ষু বিস্ফারিত করে আমাদের মনে করিয়ে দিলে।

" দামি কী রকম শুনবে?" ঘনাদা অনুকম্পাভরে বোঝালেন, "সেই প্রায় দেড়শো বছর আগেই সে প্রাণীর একটি 'ফ্যর' অর্থাৎ লোমওয়ালা চামড়ার দাম ছিল নিদেন পক্ষে আট থেকে ন-হাজার টাকা!"

"বলেন কী?" শিবু হাঁ হয়ে বললে, "উত্তর মেরুর রুপোলি খেঁকশিয়াল কি রাশিয়ার দুধে আরমিন মানে ভাম নাকি।"

"বোধহয় কারাকুল ভেড়া!" গৌর ঘনাদার কাছে শোনা গল্প থেকেই বিদ্যে জাহির করলে।

"না, ভ্যল্পেস ইয়াগোপস অর্থাৎ মেরুর শেয়াল কি ম্যসটেলা আরমেনিকা মানে রুশ খটাশ নয়। ওভিস স্টিয়াটোপিনা মানে যাকে কারাকুল ভেড়া বলে তা-ও না।" ঘনাদা আমাদের কুপোকাত করে বললেন, "এ সব প্রাণী তো লুপ্ত বলে মনে করার কারণ হয়নি কখনও, তা ছাড়া ওদের ফ্যর-এর দামও অত নয়।"

"তা হলে প্রাণীটা কী?" ধরা গলায় জিজ্ঞাসা করতে হল এবার।

"ল্যাট্যাক্স লুট্রিস!" ঘনাদা মোলায়েম গলায় বললেন, "মানে সমুদ্রের ভোঁদড়!"

"সমুদ্রের ভোঁদড়!" কয়েকটা ঢোঁক গিলে জিজ্ঞেস করতে হল, "তার অত দাম? এ-ভোঁদড় আবার লুপ্তও হয়ে গিয়েছিল?"

"হ্যাঁ।" ঘনাদা আমাদের দিকে করুণাভরে চেয়ে বললেন, "সমুদ্রের এই ভোঁদড়ের লোমওয়ালা চামড়ার লোভে মানুষ নির্মম পিশাচের মতো তা শিকার করেছে একদিন। হাজার হাজার পেল্ট মানে ওই লোমওয়ালা চামড়া শুধু চিনদেশেই চালান গেছে সেখানকার মান্দারিনদের জন্য। রাশিয়া সেদিন আলাস্কা আর ক্যালিফোর্নিয়ার উত্তরে যে উপনিবেশ বসিয়েছে এই সামুদ্রিক ভোঁদড়ের প্রলোভনই তার জন্য অনেকটা দায়ী। স্পেনের নাবিকরাও ওই অঞ্চলটা চষে বেড়িয়েছে তাদের পালতোলা সুলুপে এই ভোঁদড়ের খোঁজে। এ-ভোঁদড়ের পেল্ট-এর মতো এমন উজ্জ্বল ঘন আর টেঁকসই এ-জাতের জিনিস আর হয় না। তার সবচেয়ে কদর ছিল চিন সাম্রাজ্যের মান্দারিনদের কাছে। মানুষ তাই এমন লুব্ধ নৃশংসভাবে এ-প্রাণীটি শিকার করেছে যে তার অস্তিত্বই মুছে গেছে পৃথিবী থেকে। অন্তত ১৮৩০ খ্রিস্টাব্দের পর এ-প্রাণীর সন্ধান আর কেউ পায়নি।"

"এই ভোঁদড় আপনি খুঁজে বার করেছেন আবার?"

"খুঁজে বার করেছেন বলে আপনার আফশোস?"

"তখন চশমা হারালে এ-ভোঁদড় আর খুঁজে পেতেন না?"

আমাদের প্রশ্নবাণ শেষ হবার পর ঘনাদার কিন্তু আর সাড়াশব্দ নেই। হাতের সিগারেটের শেষটুকু দরজা দিয়ে বাইরে ছুঁড়ে ফেলে দিয়ে আবার যেন তিনি উদাস হয়ে গেলেন কোনও শূন্যতার ধ্যানে।

গলতিটা ধরে ফেলে শিশিরই তা শোধরালে চটপট।

সকালের খোলা টিনটা পুরোই ঘনাদার সামনে ধরে দিয়ে বললে, "আর একটা খেয়ে দেখবেন নাকি!"

"বলছ?" ঘনাদা অতিকষ্টে যেন নিজেকে মর্ত্যভূমিতে নামালেন।

শিশির ততক্ষণে একটা সিগারেট তাঁর আঙুলে ধরিয়ে দিয়ে লাইটারও বার করে ফেলেছে। ঘনাদার সিগারেট ধরানো পর্ব শেষ হবার পরও খানিক অপেক্ষা করতে হল আমাদের। পর পর তিনটি সুখটান দিয়ে আমাদের দিকে একটু যেন প্রসন্নভাবে চেয়ে তিনি বললেন, "হ্যাঁ, কী যেন বলছিলাম! ও, ডক্টর চিং সুনের কথা।"

"না, বলছিলেন ওই চশমা আর ভোঁদড়ের কথা।" আমাদের সবিনয়ে একটু শোধরাবার চেষ্টা করতে হল।

"ও সবই এক। চিং সুন আর চশমা আর ভোঁদড় সব একসঙ্গে জড়ানো।" ঘনাদা শিশিরের রাখা সিগারেটের টিনটা একেবারে কোলের কাছে টেনে নিয়ে শুরু করলেন, "এখন টাইওয়ান বলেই সকলে যা জানে, তখন আমাদের মতো বাইরের লোকের কাছে তার নাম ছিল ফরমোজা দ্বীপ। ফরমোজা তখন জাপানের দখলে। তারা দ্বীপটির চিনে নাম টাইওয়ান সরকারিভাবে নিলেও চালু করতে পারেনি। এই ফরমোজা দ্বীপের এখনকার টাইপে, তখনকার টাইহোকু, শহরেই চিং সুনের সঙ্গে আমার আলাপ। চিনের লিপির কিছু অতি প্রাচীন নিদর্শন পেয়ে ওই টাইহোকুতেই তখন ও-হরফের আদি উৎপত্তি নিয়ে কাজ করবার চেষ্টা করছি।"

ঘনাদা একটু থেমে চকিতে আমাদের ওপর যে-রকমভাবে চোখ বুলিয়ে নিলেন, তাতে কেমন একটা অস্বস্তিতেই বোধ হয় চাপা হাসিটা খুকখুকে কাশি হয়ে আর বেরুতে পারল না। ঘনাদা আবার ধরলেন, "ওসব নিদর্শন হাড়ের ওপর খোদাই করা এক অতি প্রাচীন অজানা লিপি। ১৯০৩ সালে চিনের উত্তরের এক জায়গা খুঁড়ে ওই সব খোদাই-করা হাড়ের টুকরো কিছু পাওয়া যায়। তাতে প্রায় দু হাজার পাঁচশো রকমের হরফ দেখা গেছল। কিন্তু পণ্ডিতেরা ছশোর বেশি অক্ষর তখনও চিনে উঠতে পারেননি। এইটুকু শুধু জানা গেছে যে খ্রিস্টপূর্ব ১৭৬৬ থেকে ১১২২ পর্যন্ত চিনের শাং বা য়িন বংশের রাজত্বকালেই সেগুলো খোদাই হয়। হাড়ের লেখাগুলো সাধারণ মানুষের ভাগ্য নিয়ে প্রশ্নের উত্তরে তখনকার গণকদের মাথা-গুলোনো জবাব বলেই একদল পণ্ডিতের ধারণা। এই অদ্ভুত হরফগুলো নিয়ে মতভেদ থাকলেও সেগুলো চিনের যে চুয়ান লিপি পরে প্রবর্তিত হয় তার চেয়ে পুরোনো বলেই সকলে তখন মেনে নিয়েছেন।

লি পো বলে আমার এক পণ্ডিত বন্ধুর বাড়িতে তখন আমি থাকি। বাড়িটা টাইপে শহরের এক প্রান্তে কিলাং নদীর ধারে। বাড়ির বাগানটা কিলাং নদীর পাড় পর্যন্ত নেমে গেছে। সেদিন সকালে সেই বাগানে একটা ক্যামফর লরেল মানে কর্পূর গাছের

তলায় বসে একটা আতস কাঁচ নিয়ে ওই খোদাই করা হাড় পরীক্ষা করছি, এমন সময় ফোল্ডিং টেবিলটার ওপর একটা ছায়া পড়তে দেখে একটু অবাক হলাম। ফিরে তাকিয়ে প্রথম যেন পাথুরে প্রকাণ্ড একটা ঢিবিই দেখলাম মনে হল। তারপর বুঝলাম পাথুরে ঢিবি নয়, মানুষ।

আমায় পিছু ফিরতে দেখে মানুষটা একটু হেসে সামনে এগিয়ে এসে চিনে ধরনে কুর্নিশ করেও পরিষ্কার ইংরেজিতে বললে, 'মাপ করবেন মি. দাস। একটু বেয়াদবি করেই আপনার সঙ্গে আলাপ করতে এলাম।'

আমি তখন লোকটার দিকে বেশ অবাক হয়ে তাকিয়ে আছি। এক উত্তর অঞ্চলের বাসিন্দা ছাড়া সাধারণত চিনেরা খুব লম্বা চওড়া হয় না। উত্তরের মাঞ্চুরিয়ার লোকদের হিসাবেও এ-মানুষটা কিন্তু অদ্ভুত ব্যতিক্রম। চিনে রং চেহারা নিয়ে এ যেন এক কাফ্রি দৈত্যবিশেষ।

তার চেহারাটা আমি লক্ষ করছি বুঝে লোকটি আবার হেসে বললে, 'আমার চেহারাটা দেখে ভুল বিচার করবেন না। প্রকৃতির খেয়ালে আমার এই চেহারাটাই আমার অভিশাপ। দেখতে গুণ্ডা-বদমাশ হলেও আমি নেহাত সামান্য চোখের ডাক্তার। তবে নিজের বেয়াড়া খেয়ালে পল্লবগ্রাহীর মতো বিজ্ঞানের এটা-সেটা নিয়ে একটু-আধটু চর্চা করি। নাম আমার চিং সুন।'

ডক্টর চিং সুন দাঁড়িয়ে দাঁড়িয়েই কথা বলছিলেন। তাঁকে বসতে দেবার মতো অন্য আসন সেখানে নেই। থাকলেও বিশেষ চেয়ার ছাড়া তাঁর ভার সইতে পারত কিনা সন্দেহ। ডক্টর চিং সুনের পরিচয় পেয়ে এবার আমিও দাঁড়িয়ে উঠে ভদ্রতা করে বললাম, 'আপনার সঙ্গে আলাপ করে খুশি হলাম। কিন্তু আমার এ-সৌভাগ্যের কারণটা জানতে পারি?'

'নিশ্চয়! নিশ্চয়!' চিং সুন তাঁর ঢোলা জোব্বা ধরনের চিনে জামার ভেতর থেকে একটা জুতোর বাকস গোছের জিনিস আমার টেবিলের ওপর রেখে বললেন, 'আপনি চিনের আদি লিপি নিয়ে খোঁজখবর করছেন শুনে তখনকার ক-টা খোদাই করা হাড় আপনাকে দেখাতে নিয়ে এলাম। এগুলো আমাদের পরিবারেরই জিনিস। আমি পেপিং থেকে টাইওয়ানে চলে আসবার সময় এরকম কিছু পুরোনো জিনিস সঙ্গে নিয়ে আসি।'

চিং সুন এবার পিচবোর্ডের বাকসটা খুলে যা বার করলেন তা আমি যা নিয়ে কাজ করছি সেই পুরোনো খোদাই করা ক-টা হাড়।

আগ্রহভরে হাড়গুলো একটু ওপর ওপর পরীক্ষা করে বললাম, 'এগুলো আশা করি আপনি দু-একদিনের জন্য রেখে যেতে পারবেন?'

'তা না হলে এনেছি কেন?' চিং সুন সবিনয়ে বললেন, 'আমি দিন পাঁচেক বাদে এগুলোতে কী পেলেন জানতে আসব। ওই হাড়গুলোর তলায় একটা ব্রঞ্জের পাতও পাবেন। সেটা হাড়গুলোর চেয়েও প্রাচীন বলে জানি। তার হরফগুলো যদি পড়ে দিতে পারেন তাহলে চিরকাল আপনার কেনা হয়ে থাকব। না, শুধু তাই কেন, আপনার চোখের দোষ সারিয়ে দেব কৃতজ্ঞতায়।'

এবার একটু না হেসে পারলাম না। বললাম, 'আমার চোখের দোষ সারাবেন? শুধু লন্ডন বের্লিন নয়, ভিয়েনা পর্যন্ত হার মেনেছে, জানেন কি!'

'জানলাম।' চিং সুনও হেসে বললেন, 'তবু ওস্তাদরা যেখানে হার মানে সেখানে হাতুড়েও কখনও কখনও বাজিমাত তো করে! আমায় সেইরকম হাতুড়ে মনে করুন না!'

'তা-ই করব।' আমায় হাসি চেপেই বলতে হল, 'কিন্তু আমার চোখের দোষ আছে বুঝলেন কী করে? এই আতস কাঁচ ব্যবহার করছি দেখে?'

'না, চোখের দিকে চেয়েই বোঝবার ক্ষমতা আমার আছে। আচ্ছা, আজকের মতো চলি।' বলে ডক্টর চিং সুন চলে গেলেন।

আবার এলেন ঠিক পাঁচ দিন বাদেই অমনই সকালবেলা।

আমি ইতিমধ্যে বন্ধু লি পোর কাছে চিং সুন সম্বন্ধে যা জানবার জেনেছি। মানুষটা সত্যিই নাকি বেশ অদ্ভুত অসাধারণ। উত্তর চিনের বেশ বড় বংশের ছেলে। পুরুষানুক্রমে চিন সাম্রাজ্যে তাঁদের বংশের লোকেরা মান্দারিন অর্থাৎ রাজদরবারের বড় বড় কর্মচারীর কাজ করেছেন। চিনে কুয়োমিনটাং-এর আধিপত্যের পরই চিং সুন দেশ থেকে পালিয়ে জাপানের অধীন এই টাইওয়ানে আশ্রয় নেন। চোখের ডাক্তার হিসেবে তাঁর নাম আছে, কিন্তু চোখের ডাক্তারির বাইরে আরও অনেক কিছু তিনি করেন যা নাকি বেশ রহস্যময়। চিং সুনের ডাক্তারি ছাড়া আরও অনেক বিদ্যায় দখল আছে। যৌবনে ইউরোপে তিনি অনেক কাল নানা জায়গায় এই বিদ্যাচর্চায় কাটিয়েছেন। ধরন-ধারণ চালচলন একটু সন্দেহজনক হলেও চিং সুনের নানা বিষয়ে পাণ্ডিত্যের খ্যাতি টাইওয়ানের বাইরেও পৌঁছেছে। তাঁর সম্বন্ধে আরও কয়েকটা মজার গল্পও টাইওয়ানের অনেকে জানে।

পাণ্ডিত্য যে তাঁর আছে চিং সুনের রেখে-যাওয়া খোদাই-করা হাড়গুলো আর ব্রোঞ্জের পাতটা দেখেই বুঝেছিলাম।

দেখা করতে আসার পর চি সুনকে সেই কথাই বললাম।

সেদিন সকালেও ওই বাইরের বাগানেই টেবিল পেতে বসে ছিলাম। বন্ধু লি পোকে রেখেছিলাম সঙ্গে। চিং সুনের বসবার উপযুক্ত একটা বাড়তি মজবুত আসন শুধু পাতিয়ে রেখেছিলাম আগে থাকতে।

চিং সুন এসে যথারীতি চিনে কায়দায় অভিবাদন জানিয়ে সে-আসনে বসবার আগেই জিজ্ঞাসা করলেন, 'কী বুঝলেন আমার জিনিসগুলো দেখে, মি. দাস!'

কাগজের বাকস থেকে বার করে হাড়গুলো আর ব্রোঞ্জের পাতটা সামনের টেবিলের ওপরই সাজিয়ে রেখে দিয়েছিলাম। চিং সুন বসবার পর তারই একটা খোদাই-করা হাড় তুলে নিয়ে গম্ভীর মুখে বললাম, 'বুঝলাম, আপনি সত্যি পণ্ডিত লোক!'

'তার মানে?' বড় চালকুমড়োর মতো চিং সুনের গোল ভাবলেশহীন মুখেও যেন একটু বিদ্রূপের ঝিলিক খেলে গেল, 'প্রায় চার হাজার বছর আগেকার খোদাই করা

হাড় আর ব্রোঞ্জের পাতে আমার পাণ্ডিত্যের কী প্রমাণ পেলেন! আমি ওগুলো তো সংগ্রহ করেছি মাত্র!'

'না, ডক্টর চিং সুন,' তাঁর হাঁড়ি-মুখের দিকে সোজা তাকিয়ে বললাম, 'ওগুলো আপনি জাল করেছেন। তবে সত্যিকার পাণ্ডিত্য না থাকলে যার-তার পক্ষে এ-রকম জাল করা সম্ভব নয়।'

'আমি জাল করেছি ওগুলো!' চিং সুন যেন এখুনি ফেটে পড়বেন মনে হল, 'আপনাকে আমি...'

'আহাম্মক গাড়োল ভেবেছিলেন!' চিং সুনকে থামিয়ে দিয়ে মাখনের মতো গলায় বললাম, 'শুনলাম, একবার এক জার্মান না পোলিশ নৃতত্ত্ববিদ এই টাইওয়ানের জংলি আদিবাসী চিন হোয়েনদের সম্বন্ধে গবেষণা করতে এলে তাঁকে বাঁদর নাচ নাচিয়েছিলেন এমনই বোকা বানিয়ে! আমাকেও তাই নাচাতে চেয়েছিলেন। আপনাকে সেই আনন্দটুকু দিতে পারলাম না বলে দুঃখিত। তবে আপনার জ্ঞান-বিদ্যার সত্যিই তারিফ করছি। হাড় খোদাইগুলো জাল করা এমন কিছু অবশ্য শক্ত নয়, কিন্তু ব্রোঞ্জের পাতে যা খোদাই করেছেন তাতে সত্যিই বাহাদুরি আছে! ব্রোঞ্জের পাতে খোদাই-করা শব্দ হল তিনটে আর তার অক্ষর হল আঠারোটা। আঠারোটা হরফের তিনটে নিয়েছেন মিশরের প্রাচীন লিপি থেকে, ব্রাহ্মী থেকেও নিয়েছেন তিনটে, খরোষ্ঠী থেকে নিয়েছেন চারটে, প্রাচীন সিন্দজিরলি, ইথিওপিয় আর টেমা থেকে দুটো করে—আর একটা করে ফিনিশীয় আর সেবিয়ান থেকে। আপনার খোদাই করা অক্ষরগুলো এবার পর পর সাজিয়ে দেখা যাক। সব হরফগুলো এক একটা ইংরেজি অক্ষরের প্রতিরূপ। প্রাচীন লিপির প্রতিরূপের বদলে ইংরেজি অক্ষর বসিয়ে সাজালে সবসুদ্ধ লেখাটা দাঁড়ায় GHANASHAM DAS HOAXED. এ-লেখার প্রথম শব্দ ঘনশ্যামের 'জি'টা নিয়েছেন মিশরি থেকে, 'এচ'টা ব্রাহ্মী, 'এ'টা খরোষ্ঠী, 'এন'টা মিশরি, এবার 'এ'টা সিন্দজিরলি, 'এস'টা টেমা, এবার 'এচ'টা প্রাচীন ইথিওপিয়ান, 'এ'টা ব্রাহ্মী, 'এম'টা মিশরি। দ্বিতীয় শব্দ দাস-এর 'ডি'টা টেমা, 'এ'টা ফিনিশীয়, 'এস'টা খরোষ্ঠী। তৃতীয় শব্দ হোক্সড্-এর 'এচ্'টা খরোষ্ঠী, 'ও'টাও তা-ই। 'এ'টা প্রাচীন ইথিওপিয়ান, 'এক্স'টা ব্রাহ্মী, 'ই'টা সিন্দজিরলি আর 'ডি'টা সেবিয়ান। তা এত কষ্টই যদি করলেন ঘনশ্যামের 'ওয়াই'টা বাদ দিলেন কেন? এ সব লিপিতে না থাকলেও সিরিলিক-এই 'ওয়াই' পেতেন।'

আমার কথা শুনতে শুনতে চিং সুনের মুখখানা আষাঢ়ের মেঘের মতো থমথমে হয়ে এসেছিল। ঝড় উঠে বাজের কড়াকড় শুরু হয় বুঝি। কিন্তু তার বদলে সেই চালকুমড়ো মুখে সে হঠাৎ গলা ছেড়ে হেসে উঠল।"

ঘনাদা থেমে এতক্ষণের ছাই-জমা সিগারেটে একটা রামটান দিলেন।

আমরা কিন্তু টাইওয়ানের চিং সুনের মতো গলা ছেড়ে হাসতে পারলাম না। ঘনাদা প্রাচীন লিপির খিচুড়ির ব্যাখ্যান আরম্ভ করার পরই আমরা জিভ কেটে পরস্পরের মুখ চাওয়াচাওয়ি করেছি কয়েকবার। এখন কেউ লাল কেউ বেগনি হয়ে সবাই আমরা অধোবদন। আমাদের অত ফন্দি খাটিয়ে লেখা চিঠির জারিজুরি সব অমন

করে ভাঙবে যদি জানতাম!

ধরা পড়ার লজ্জাটা আর একটু রগড়ে বুঝিয়ে দিলেন ঘনাদা। রামটানের ধোঁয়ায় ঘরের হাওয়া ঘোলাটে করে বলতে শুরু করলেন, "হাসি শেষ করে ডক্টর চিং সুন একেবারে যেন লজ্জায় মরে গিয়ে বললেন, 'আমার এখন নাক খত দেওয়াই উচিত, মি. দাস!'

'দোহাই ও-চেষ্টা আর করবেন না', আমার হয়ে বন্ধু লি পো-ই তাঁকে ঠাট্টা করলেন, 'একে আমাদের খাঁদা চিনে নাক। মাটিতে ঘসলে ওর আর চিহ্ন থাকবে না।'

চিং সুন এ-ঠাট্টায় আর একবার দাঁত বার করে হেসে বললেন, 'তাহলে প্রায়শ্চিত্তটা অন্যভাবেই করি। করি, আপনার চোখের দোষ সারাবার এক জোড়া চশমা বানিয়ে দিয়ে।'

'সে-চশমায় চোখের দোষ যদি না সারে?' চিং সুনের মিথ্যে বড়াই থামাবার জন্যই বললাম।

চিং সুন কিন্তু ভড়কালেন না। একটু যেন ভেবে নিয়ে বললেন, 'না যদি সারে তাহলে দু-দুটো সাগর-ভোঁদড়ের লোমওয়ালা চামড়া জরিমানা দেব। আপনার বন্ধু লি পো আমার সে-চামড়া দেখেছে। সে-দুটো লি পোর কাছে আজই জামিন রেখে যাচ্ছি।'

'সাগর-ভোঁদড়ের চামড়া!' মুখে কিছু বুঝতে না দিলেও মনে মনে তখন রীতিমতো অবাক হয়েছি। তবু বাইরে তাচ্ছিল্য দেখিয়ে বললাম, 'চামড়া আসল না নকল?'

'আসল কি নকল ও-জিনিসের জহুরি হলেই বুঝবেন।' চিং সুন চটপট জবাব দিলেন, 'আজই তো সে দুটো এনে জামিন রাখছি।'

সেদিন বিকেলে সত্যিই চিং সুন যে দুটি সাগর ভোঁদড়ের ফ্যর নিয়ে এলেন তা দেখে চোখের পলক আর যেন পড়তে চায় না। আসল সাগর-ভোঁদড়ের লোমওয়ালা চামড়া—মখমল আর সাটিন তার কাছে কোমলতা আর উজ্জ্বলতায় লজ্জা পায়।

'এ ফ্যর আপনি পেলেন কোথায়?' না জিজ্ঞেস করে পারলাম না।

'এ আমাদের পরিবারেরই পুরোনো সম্পদ।' বললেন চিং সুন, 'চোদ্দ পুরুষ ধরে আমরা চিনের মান্দারিন ছিলাম। মান্দারিনদের নেশা আর বড়াই ছিল এই সাগর-ভোঁদড়ের ফ্যর সংগ্রহ করা। দুনিয়ার সবচেয়ে চড়া দাম তাঁরাই দিতেন এ-জিনিসের। আমাদের পরিবারের এ-জিনিস আরও অনেক ছিল। আমি শুধু দুটি মাত্র নিয়ে আসতে পেরেছি। এখন বলুন এই জামিন যথেষ্ট কি?'

'হ্যাঁ যথেষ্ট নয়, আশাতীত।' এবার হেসে বলতেই হল, 'কিন্তু নেহাত নিঃস্বার্থভাবে আমার চশমা তৈরির এতখানি ঝুঁকি নিচ্ছেন বলে মনে হচ্ছে না!'

'না, স্বার্থ একটু আছে বই কী!' চিং সুন স্বীকার করলেন হেসে, 'আমার চশমায় যদি আপনার চোখের দোষ সত্যি সারে তাহলে আপনাকেও একটা কথা রাখতে হবে আমার।'

'কী কথা?' সন্দিগ্ধ হয়েই জিজ্ঞাসা করলাম।

'এমন কিছু নয়, আমাকে জ্যান্ত সাগর-ভোঁদড় দেখাতে হবে আপনাকে।'

'জ্যান্ত সাগর-ভোঁদড় দেখাব আমি!' চোখ কপালে তুলে বললাম, 'এরকম আজগুবি আবদারের কোনও মানে হয়? আঠারোশো ত্রিশ সালের পর জ্যান্ত সাগর-ভোঁদড় পৃথিবীর কেউ দেখেনি।'

'কেউ দেখেনি বলেই তো আপনার কাছে এসেছি!' চিং সুন খোলাখুলিভাবে বলে ফেললেন, 'ধাপ্পা দেবার ছলে আপনার সঙ্গে গায়ে পড়ে আলাপ করেছি কি মিছিমিছি? আপনার অনেক খবরই জেনেছি, মি. দাস। আর বছরে ক্যালিফোর্নিয়ার সান পাব্‌লো উপসাগরে আপনি মাঝারি তিমি শিকারের নামে ছোট একটা সুলুপ নিয়ে কয়েক মাস ঘুরেছেন, অথচ একটাও তিমি ধরেননি। সমুদ্রের ও অঞ্চলে আপনি শখ করে হাওয়া খেতে গেছলেন বলে তো মনে হয় না!'

'হাওয়া খেতে যাইনি বলেই সাগর-ভোঁদড়ের সন্ধান পেয়েছি এ কথা প্রমাণ হয় কি?' বিদ্রূপের সুরেই বললাম, 'আমি ওখানে রত্নদীপের মূল চেহারা দেখতে গেছলাম।'

'রত্নদীপের মূল চেহারা!' চিং সুন একটু ভ্যাবাচাকা, 'সে আবার কী? ওখানে রত্নদীপ আবার কোথায়?'

'সত্যিকারের নয়, কল্পনার রত্নদীপ।' চিং সুনকে এবার বোঝালাম, 'আপনি তো ডাক্তারি ছাড়া অনেক কিছু নিয়ে ঘাঁটাঘাঁটি করেন মনে হচ্ছে। আর. এল. স্টিভেনসনের নাম শুনেছেন আশা করি?'

'হ্যাঁ, শুনেছি।' চিং সুন তখনও বেশ ধাঁধার মধ্যে, 'সেই বিখ্যাত লেখক তো যিনি ট্রেজার আইল্যান্ড লিখেছিলেন?'

'তাঁর সেই ট্রেজার আইল্যান্ড মানে কল্পনার রত্নদ্বীপের কথাই বলছি।' চিং সুনকে গম্ভীর হয়ে বললাম, 'স্টিভেনসন আঠারোশো ঊনআশি খ্রিস্টাব্দে ক্যালিফোর্নিয়ার উপকূলে একটি জায়গায় কিছুদিন কাটান। স্পেনের নাবিকরা সে উপকূলের নাম দিয়েছিলেন প্যন্টা দে লস লোবোস ম্যারিনোজ অর্থাৎ সাগর-নেকড়ের স্থল-বিন্দু। ট্রেজার আইল্যান্ডে যে দ্বীপের বর্ণনা তিনি করেছেন, তার আদল ওইখানকার প্রাকৃতিক দৃশ্য থেকেই নেওয়া। আমি সেই জায়গাই দেখতে গেছলাম। কিন্তু সেখানে তো দু-জাতের সিল শুধু পাওয়া যায়, স্প্যানিয়ার্ডরা যার নাম দিয়েছিল সাগর-নেকড়ে।'

'কথা বাড়িয়ে লাভ নেই, মি. দাস।' এবার চিং সুন সোজাসুজি জিজ্ঞেস করলেন, 'আপনি আমার শর্তে চশমা নিতে রাজি কিনা তাই শুধু বলুন? চশমা ঠিক হলে সাগর-ভোঁদড় আমায় দেখাবেন কি না?'

'চশমা ঠিক না হলে সাগর-ভোঁদড় তো দেখতেই পাব না।' এবার হেসে বললাম, 'আর দেখতে যদি পাই তাহলে আপনাকেই বা সে-দৃশ্যে বঞ্চিত করব কেন? কিন্তু একটা কথা বলে রাখছি। সাগর-ভোঁদড়ের সন্ধান যদি পাই তো শুধু চোখেই দেখবেন, ধরবার নামও করবেন না। এই বিরল প্রাণীর শেষ যে ক-টি প্রতিনিধি এখনও মানুষের চোখের আড়ালে লুকিয়ে টিঁকে আছে, তাদের মানুষের লোভের কাছে বলি দেওয়ার পাপের ভাগী আমি হব না কিছুতেই।'

'আমিই কি তা হতে চাই!' চিং সুন প্রায় শিউরে উঠে বললেন, 'আমার শুধু একবার চোখে দেখার সাধ। ছেলেবেলা থেকে এই প্রাণীটি দেখবার জন্য আমি লালায়িত। আপনার কাছে এবার তাহলে স্বীকার করি সত্য কথাটা। এই সাগর-ভোঁদড় খোঁজবার জন্য আমি নিজে একটা সুলুপ পর্যন্ত কিনে ফেলেছি। সেই সুলুপ নিয়ে গত কয়েক বছর চষেও বেড়িয়েছি ক্যালিফোর্নিয়া থেকে আলাস্কা পর্যন্ত ওই উপকূলের সমুদ্র। লাভ কিছু অবশ্য হয়নি, তবে আপনার খোঁজ খবরাখবর ওই সুলুপ নিয়ে ঘোরাঘুরির সময়েই পাই। আপনাকে কথা দিচ্ছি, সাগর-ভোঁদড় যদি দেখান তো ক্যামেরায় ছাড়া আর কিছুতে ধরব না।'

চিং সুন যে কত বড় কপট শয়তান তা যখন ধরতে পারলাম তখন আমি নিরুপায়ভাবে তারই হাতের মুঠোয়। তার আগে হাতুড়ে হোক বা না-হোক, তার দেওয়া চশমায় সত্যি আমি টাইওয়ানেই নতুন চোখ পেয়েছি। নিজের কড়ার রাখতে তারই সঙ্গে তারপর এসেছি সানফ্রানসিস্‌কোয়। সেখানে তার সুলুপে উঠে ভোঁদড়ের খোঁজে রওনা হবার সময়েই মনে অবশ্য একটু খটকা লেগেছিল। সুলুপের মাঝি-মাল্লা সব চিনে। চেহারাগুলো কেমন দুশমনের মতো। সে খটকাকে তবু আমল দিইনি। মাঝি-মাল্লার চেহারা নিরীহ ভালমানুষের মতো হবে কেন এই কথাই নিজেকে বুঝিয়েছি। চিং সুনও অবশ্য তাঁর অমায়িক ব্যবহারে সব ভুলিয়ে দিয়েছেন। আমি যেন তাঁর গুরুঠাকুর এমনই তদ্‌বির করেছেন আমার। ক-দিন উত্তরমুখো পাড়ি দিয়ে তারপর এক জায়গায় এসে সুলুপের নোঙর ফেলতে নির্দেশ দিয়েছি সন্ধ্যাবেলা। সেটা মন্টেরয় উপদ্বীপের কূল। সেখানেই ক-দিন কাছাকাছি সুলুপ নিয়ে ঘোরাঘুরির পর একদিন সকালে সাগর-ভোঁদড়ের দেখা পেলাম। সেদিন ভোরে ঘুম থেকে উঠে চশমাটা প্রথমে খুঁজে পাইনি। সত্যিই চশমাটা তখন হারালে সাগর-ভোঁদড়ও খুঁজে পেতাম না, আর চিরকাল মনের মধ্যে এতবড় একটা আফশোসও পুষে রাখতে হত না।"

ঘনাদা যেন সেই পুরোনো আফশোসেই একটা দীর্ঘনিশ্বাস ফেলে চুপ করলেন।

"সাগর-ভোঁদড়ের দেখা পেয়েও আফশোস কেন ঘনাদা?" আমাদের একটু উসকে দিতে হল, "চিং সুন বেইমানি করলে বুঝি?"

"বেইমানি শুধু নয়, শয়তানি!" ঘনাদা সে-কথা স্মরণ করেই যেন উত্তেজিত, "চশমা খানিক বাদে বাকসের তলাতেই খুঁজে পেলাম। সে-চশমা পরে ডেকে গিয়ে দাঁড়াবার সঙ্গে সঙ্গেই সেই আশাতীত দৃশ্য দেখতে পেলাম। গোটা কুড়ি সাগর-ভোঁদড়ের ছোট্ট একটা পাল। তীর থেকে কয়েকশো গজ দূরে সমুদ্রের জলের ওপর একটা ডুবো পাহাড় খানিকটা মাথা তুলে জেগে আছে, তার চারধারে কেল্প মানে বাদামি রঙের বড় বড় সামুদ্রিক আগাছার আধডোবা জঙ্গলে ভোঁদড়ের পাল রঙে রং মিলিয়ে প্রায় অদৃশ্য হয়েই চরে বেড়াচ্ছে।

আনন্দে উত্তেজনায় প্রায় চিৎকার করেই ডাকলাম, ' চিং সুন!'

চিং সুন কাছেই ছিলেন। ছুটে এসে অস্থির ভাবে বললেন, 'কী! কোথায়?'

'দেখতে পাচ্ছেন না?' নিজেকে সামলে শান্ত গলাতেই বললাম।

'কী দেখতে পাব! সাগর-ভোঁদড়? কোথায়?' চিং সুনের গলায় সন্দেহ ও বিরক্তি।

চিং সুনকে অবশ্য দোষ দেওয়া যায় না। সমুদ্রের নোনা জলের ঢেউয়ে শ্যাওলা ধরা পাহাড়ের গা আর বাদামি কেল্পের জঙ্গলের মধ্যে মিশে-থাকা সাগর-ভোঁদড় চিনে নেওয়া অত্যন্ত তীক্ষ্ণ ও বহু সাধনায় তৈরি করা পাকা চোখ না হলে অসম্ভব। চশমাটা না থাকলে পাকা চোখ নিয়েও আমি পারতাম না।

ধৈর্য ধরে চিং সুনকে এবার জায়গাটার আরও স্পষ্ট নির্দেশ দিয়ে সাগর-ভোঁদড়গুলোকে দেখিয়ে দিলাম।

চিং সুনের নাচানাচি তখন দেখবার মতো! তাঁর সে ছেলেমানুষি সত্যিই ভালই লাগল।

'ক্যামেরা! ক্যামেরা!' বলে তিনি তখন হাঁকাহাঁকি করছেন।

হেসে বললাম, 'আপনি ক্যামেরা নিয়ে যত খুশি ছবি তুলুন আজ, কিন্তু মনে রাখবেন কাল আমাদের ফিরতেই হবে। আপনার সারা জীবনের সাধ যখন মিটেছে তখন আর দেরি করবার কারণও নেই।'

'নিশ্চয়, নিশ্চয়!' চিং সুন হাসিমুখে আশ্বাস দেবার পর নিজের মুভি ক্যামেরাটাও আনতে কেবিনে গেলাম। ক্যামেরাটা বার করতে যাচ্ছি বাকস থেকে, হঠাৎ ঘরটা একটু অন্ধকার হওয়ায় চমকে তাকিয়ে দেখি সুলুপের দুশমন চেহারার চিনে মাল্লাদের একজন কেবিনের দরজায় দাঁড়িয়ে।

কেমন একটু সন্দেহ হওয়ায় উঠে দাঁড়াতে যাচ্ছিলাম। তার আগেই দরজাটা সশব্দে বন্ধ হয়ে গেল। বাইরে থেকে তাতে চাবি লাগাবার শব্দও পেলাম।

ব্যাপারটা বুঝতে আর দেরি হল না। চিং সুনের এ-রকম শয়তানির সম্ভাবনা যে একেবারে মাথায় আসেনি তার জন্য নিজেকে তখন ধিক্কার দিয়ে আর লাভ কী!

ব্যাকুলভাবে কেবিন ট্রাঙ্কটা হাতড়ে পিস্তলটা খুঁজলাম। পিস্তল সেখানে নেই। তা যে পাব না আগেই বোঝা উচিত ছিল। চিং সুন আটঘাট না বেঁধে তার এ শয়তানি ফন্দি আঁটেনি। খাঁচায় বন্দী বাঘের মতো নিষ্ফল আক্রোশে গজরানো ছাড়া আর কিছু করবার নেই। তবু ট্রাঙ্কটা হাতড়ে একটা কাজের জিনিস যে পেলাম এই ভাগ্য।

দুপুর পর্যন্ত সেইভাবেই কাটল। বাইরে থেকে সুলুপের ওপরকার যে সব আওয়াজ কানে আসছিল তার মানে বুঝে শরীরের রক্ত তখন ফুটছে। স্বয়ং চিং সুন-ই এসে বেলা বারোটা নাগাদ আমার দরজা খুলে ভেতরে ঢুকলেন। সঙ্গে অবশ্য চকচকে ছুরি হাতে একজন চিনে মাল্লা।

চিং সুনের হাঁড়ি মুখের দু-পাটি দাঁতই তখন অমায়িক হাসিতে আকর্ণবিস্তৃত হয়ে বেরিয়ে আছে।

যেন লজ্জায় সংকোচে এতটুকু হয়ে তিনি বললেন, 'ছি! ছি! কী অন্যায় বলুন তো! কে হতভাগা এক মাল্লা আমার হুকুম না বুঝে আপনাকে এতক্ষণ কেবিনে বন্ধ করে রেখেছে! আমি কোথায় ক্যামেরার কাজ দেখাতে আপনাকে ডেকে আনতে বললাম, আর গাড়োলটা কিনা আপনার দরজা বন্ধ করে দিয়ে গেল!'

'তাতে আর কী হয়েছে!' আমিও তাঁর বিনয়ে যেন গলে গিয়ে বললাম, 'কেবিনে

খানিকক্ষণ তবু নিশ্চিন্তে বিশ্রাম করা গেল। আপনার ক্যামেরার কাজ নির্বিঘ্নে সারা হয়েছে নিশ্চয়?'

'তা কতকটা হয়েছে আপনার আশীর্বাদে!' চিং সুন সকৃতজ্ঞভাবে হেসে বললেন, 'আপনাকে তাই দেখাবার জন্যেই তো ডাকতে এসেছি। আসুন, আসুন।'

সামনে চিং সুন আর পেছনে ছুরি হাতে সেই মাল্লার মাঝখানে ডেক পর্যন্ত যেতে হল।

ডেকে গিয়ে পৌঁছোবার পরই রক্তটা মাথায় উঠে গেল এক মুহূর্তে। গোটা আষ্টেক সাগর-ভোঁদড় সেখানে ডেকের পাটাতনের ওপর পড়ে আছে। প্রায় সব ক-টাই মরা। একটা দুটোর উজ্জ্বল মোলায়েম গা শুধু তখনও মাঝে মাঝে কেঁপে কেঁপে উঠছে। সুলুপের ধারে আমায় যেখানে দাঁড় করিয়েছে তার পেছনেই বিরাট জালটা জল থেকে তোলা হলেও তখনও ফ্রেমে টাঙানো।

চোখে যে তখন চারিদিক লাল দেখছি তা বুঝতে না দিয়ে মুখে হাসি টেনে গদগদ হয়ে বললাম, 'বাঃ! চমৎকার ক্যামেরার কাজ তো! চিনে ভাষাটা কিছু জানি বলে অহংকার ছিল। এখন দেখছি অনেক কিছুই আমার শিখতে বাকি। আপনার চিনে ভাষায় অন্তত ক্যামেরা মানে ভোঁদড়-ধরা জাল, কেমন?'

'ঠিক ধরেছেন!' চিং সুন আমার বাহাদুরিতে যেন অবাক।

'আর কৃতজ্ঞতা মানে বেইমানি, সামনে হাত বাড়িয়ে বন্ধুত্ব মানে পিঠে চোরাগোপ্তা, আর মানুষের চেহারা মানে শয়তানের মুখোশ!'

চিং সুনের চালকুমড়ো মুখের টেরা চোখদুটো তখন তার মাল্লার হাতের ছুরির মতোই চকচক করছে।

মুখে কিন্তু মোলায়েম হাসিটি বজায় রেখে তিনি বললেন, 'আমাদের ভাষাটা এত তাড়াতাড়ি রপ্ত করেছেন দেখে আপনার মাথাটাই যে বাঁধিয়ে রাখতে ইচ্ছে হচ্ছে। কিন্তু হাতে আমার সময় বড় কম। সাগর-ভোঁদড়ের খবর জানাজানি হয়ে যাবার আগেই এ তল্লাটের যতদূর সম্ভব সব ভোঁদড় সাবাড় করে দেশে ফিরে যেতে হবে। তাই অত্যন্ত দুঃখের সঙ্গে লোহার শেকলে হাত-পা বেঁধে আপনাকে এইখানেই সমুদ্রের জলে ফেলে দিয়ে যেতে হচ্ছে। একটা ভরসা আপনাকে দিচ্ছি। এখানে হাঙর-টাঙরদের উৎপাত নেই বললেই হয়। সুতরাং সমুদ্রের তলায় শুধু মাছেরাই আপনার হাড়মাস খুবলে খাবে!'

'ভরসাটুকুর জন্য ধন্যবাদ, চিং সুন!' যেন কৃতার্থ হয়ে বললাম, 'কিন্তু এখানকার সাগর-ভোঁদড় সাবাড় করে নিয়ে যাওয়া বোধ হয় আপনার ভাগ্যে নেই। আপনার শয়তানিটা আঁচ করতে পারিনি সত্যি, কিন্তু সাগর-ভোঁদড় যে এখনও টিঁকে আছে আর এতদিন মানুষের চোখ এড়িয়ে থাকার দরুন কিছু বংশ বৃদ্ধি যে করতে পেরেছে এ খবর আর বেশিদিন চাপা থাকবে না বুঝে সানফ্রানসিস্‌কোতে নেমেই আমার বন্ধু সামুদ্রিক প্রাণিতত্ত্ববিদ ডক্টর ক্যামেরনের সঙ্গে দেখা করে এসেছি। কী তাঁকে করতে হবে তা-ও বলে এসেছি সব। এখান থেকে কিছু দূরে বিক্‌স্‌বি ক্রিকের মুখে তিনি তাঁর লোকজন নিয়ে তখন থেকেই পাহারায় আছেন। ইতিমধ্যে সাগর-ভোঁদড়ের

একটা-দুটো পাল দেখেও ফেলেছেন বলে বিশ্বাস করি। এ-পাল দেখবার পরেই ক্যালিফোর্নিয়া ও আমেরিকার ফেডারেল সরকারকে জানিয়ে এ-প্রাণীটিকে রক্ষা করবার ব্যবস্থা যা করবার তিনি হয়তো করেই ফেলেছেন ইতিমধ্যে। সুতরাং আপনার শয়তানি মতলব সিদ্ধ হবার কোনও আশাই তো দেখছি না।'

চিং সুনের মাংসের পাহাড় আমার এই কথার মধ্যেই প্রায় আগ্নেয়গিরি হয়ে উঠল। মুখ থেকে যেন আগুনের হলকা বার করে চিং সুন বললেন, 'হতভাগা কেলে আরশোলা! তুই লুকিয়ে লুকিয়ে এই চালাকি করেছিস! তোকে আমি নিজের হাতেই আরশোলার মতো আজ টিপে মারব।'

আমার ওপর ধস-নামা পাহাড়ের চুড়োর মতো ঝাঁপিয়ে পড়ে চিং সুন আমার গলাটা টিপে ধরলেন।

ছুরি হাতে মাল্লাটা আচমকা সেই দশমনি লাশের ভার সইতে পারবে কেন? চিং সুন সচাপ্টে তার ওপর গিয়ে পড়বার পর দুজনে জড়াজড়ি করে ডেকের ওপর পড়ল লুটিয়ে। ছোরাটা তখন ঝনঝনিয়ে ছিটকে চলে গেছে ডেকের রেলিং-এর ধারে।

সেটা কুড়িয়ে নিয়ে লাফ দিয়ে, টাঙানো জালটার ফ্রেমের মাথাতেই উঠতে হল। ছোরাটা জালের মধ্যে গলিয়ে তারই বাঁট ধরে ঝুলে পড়লাম এবার। ধারালো ছোরায় জালটা ফর্দা ফাঁই করে কেটে একেবারে সমুদ্রের জলেই গিয়ে পড়লাম ঝাঁপিয়ে। সেখান থেকে ডুবসাঁতারে সুলুপের হালের কাছে।

ওপরে ভ্যাবাচাকা খাওয়া মাঝি-মাল্লারা তখন সামলে উঠে হইচই শুরু করেছে। সুলুপের দুধারের রেলিং থেকে ঝুঁকে চেষ্টাও করছে আমায় খোঁজবার।

ছোরাটা সত্যি যেমন ধারালো তেমনই মজবুত। কখনও স্ক্রু ড্রাইভার, কখনও বাটালির মতো সেটা কাজে লাগিয়ে কয়েকটা ইসক্রুপ নাট বল্টু খুলে হালটাকে অকেজো করে দিতে বেশিক্ষণ লাগল না। এবার অন্য কাজটাও সারলাম। আবার ডুবসাঁতার দিয়ে তারপর সাগর-ভোঁদড়ের আস্তানা সেই ডুবো পাহাড়ের জাগা চুড়োর ধারেই গিয়ে উঠলাম। তার একটা খাঁজের আড়াল থেকে সুলুপটার ওপর নজর রাখা সোজা।

খুব বেশিক্ষণ অপেক্ষা করতে হল না। আমায় খুঁজতে সুলুপ ঘোরাতে যেতেই হালের অবস্থাটা ধরা পড়ল। তা নিয়ে চেঁচামেচি হাঁকাহাঁকি খানিক হতে-না-হতেই সুলুপের ওপরে একেবারে হুলুস্থুল কাণ্ড। সুলুপের গ্যাফটপ পালে আগুন লেগে গেছে। তার সব ঝুলোনো দড়ি-দড়া থেকে ধোঁয়ার রাশ উঠেছে কুণ্ডলী পাকিয়ে।

হাল বিকল করবার পর তাই বেয়ে একটু উঠে এই কাজই সেরেছিলাম। পালের ঝোলানো ক-টা দড়ি-দড়ায় লাইটার থেকে একটু করে পেট্রল লাগিয়ে ধরিয়ে দিয়েছিলাম আগুন। কেবিনে বন্দী অবস্থায় পিস্তলটা না পেলেও এই লাইটারটিই কেবিন ট্রাঙ্কের মধ্যে পাই। বিশেষ কিছু না ভেবেই সেটা পকেটে রেখেছিলাম। সেটা যে এমন কাজে লাগবে তখন ভাবতে পারিনি।

চিং সুন আর তার দুশমন মাঝি-মাল্লারা তাদের বেহাল জ্বলন্ত সুলুপ নিয়ে কী তারপর করেছে ঠিক জানি না। যা-ই করুক, তাদের ভোঁদড় শিকারের আশায় যে

চিরকালের মতো ছাই পড়েছে এ বিষয়ে সন্দেহ নেই। আমার তখন আসল জরুরি খবরের জন্যই বেশি আগ্রহ। সুলুপের ওই অবস্থা দেখেই আমি তাই সাঁতরে তীরে গিয়ে উঠি। সেখান থেকে সোজা সানফ্রানসিস্‌কোতে ডক্টর ক্যামেরনের কাছে।

ডক্টর ক্যামেরনের সঙ্গে দেখা হওয়ার আগেই অবশ্য সেদিনের খবরের কাগজে বড় বড় হরফে সংবাদটা পেলাম। একেবারে প্রথম পাতাতেই দু-কলম শিরোনাম দিয়ে খবরটা ছাপানো—'একশো বছর বাদে বিলুপ্ত সাগর-ভোঁদড়ের খোঁজ। বিরল প্রাণীটির বংশরক্ষায় সরকারি সংরক্ষণ আইন প্রয়োগ।'

নিজের অজান্তে যে অন্যায়ের সহায় হয়েছি তার জন্যে মনে মনে আফশোস থাকলেও ওইটুকু সান্ত্বনা মনের মধ্যে নিয়ে ফিরেছি যে পৃথিবীর এই একটি অমূল্য প্রাণী অন্তত মানুষের নির্মমতায় আর লোপ পাবে না।"

ঘনাদা চুপ করলেন। মুখে যেটা ফোটাবার চেষ্টা করলেন সেটা নিঃস্বার্থ কর্মবীরের অনাসক্তিই বোধ হয়। শিশিরের সিগারেটের টিনটা কিন্তু তখন তাঁর কোলের কাছ থেকে ফতুয়ার পকেটে ঢুকেছে।

সেই পকেট থেকেই যেন হঠাৎ হাতে ঠেকায় আমাদের সেই খামটি বার করে তিনি খানিকক্ষণ সেটা উলটে পালটে দেখে বেশ অবাক।

"এই বোধহয় তোমাদের সেই চিঠি।" ঘনাদা বেশ মনমরা ভাবেই বললেন সেটা শিশিরের হাতেই এগিয়ে দিয়ে, "চশমা ছাড়া তো আর পড়তে পারব না। ওটা নিয়েই যাও তোমরা।"

চিঠি নিয়ে আর আমাদের মাথা তোলবার অবস্থা নেই। সুড়সুড় করে বিনা বাক্যব্যয়ে সবাই নীচে নেমে এলাম।

নেমে এসেই আমাদের আহাম্মকির প্রমাণস্বরূপ চিঠিটা যখন কুচি কুচি করে ছিঁড়ছি তখন গৌরকে ডিকশনারি পেড়ে নিয়ে বসতে দেখে আমরা অবাক।

"কী, ব্যাপার কী?" জিজ্ঞাসা করলাম, "লিপিতত্ত্বে হার মেনে আবার শব্দতত্ত্ব কেন?"

"এই যে বলছি!" গৌর অভিধানের পাতা উলটে বললে, "ঘনাদার চোখের রোগগুলো মনে আছে? প্রেসবাইওপিয়া আর ডাইক্রোম্যাটিক ভিশন। ওগুলোর মানে শুনবে? প্রেসবাইওপিয়া হল চালশে আর ডাইক্রোম্যাটিক দৃষ্টি বলে রং-কানাদের।"

আমাদের হাঁ-করা মুখের ওপর গৌর ডিকশনারিটা বন্ধ করল।

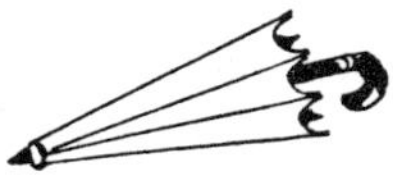

ছাতা

বাহাত্তর নম্বর বনমালি নস্কর লেনের এমন দুর্দিন বুঝি আগে কখনও আসেনি।

কী হয়েছে? কারুর অসুখ-বিসুখ?

বালাই ষাট! বাহাত্তর নম্বরে ও-সব জ্বালা নেই! শত্তুরেরও ও-সব যেন না হয়।

তাহলে কি অবস্থা খারাপ? চাকরি-বাকরি সব গেছে? মেস চলছে না?

উহুঁঃ, সে সব কিছু নয়! ভালমন্দ পাঁচজনের শুভেচ্ছায় হিংসেয় মেসের লক্ষ্মী আমাদের অচলা।

তবে হয়েছেটা কী, যদি কেউ জিজ্ঞাসা করে তাহলে বলতে হয়, হয়েছে আমাদের আহাম্মকির সাজা!

তাতেও না বুঝলে, আর একটু ব্যাখ্যা করে হিতোপদেশের গল্প বলতে হয়।

সেই যে, কে যেন, কোথায়, কাকে যেন কখন, কীভাবে, কেমন করে...

যাক গে! সে গল্প তো সকলেই জানে। সুতরাং দুবার করে বলার মানে হয় না।

আমাদের দুঃখের কথাই বলি।

সাত নম্বর সিট ভর্তি হওয়া থেকেই আমাদের দুঃসময় শুরু। কী কুক্ষণে যে ওই সিটে নতুন বোর্ডার নেবার কুমতি হয়েছিল!

সাত নম্বর সিট ছিল সেই বিখ্যাত বাপি দত্তের—আমাদের মাস কয়েক যে বিগড়ি হাঁসে অরুচি ধরিয়ে শেষে নিজেই বিগড়ে জন্মের মতো মেস ছেড়ে গেছে। বাপি দত্ত আমাদের বাংলা ভাষায় অনেকগুলো নতুন নতুন গালমন্দ শাপমন্যির শব্দ শিখিয়ে চলে যাবার পর ও সিটটা খালিই পড়ে ছিল অনেকদিন। ভেবেছিলাম যেমন আছে, থাক। বাইরের কাউকে আর আমাদের মধ্যে ঢোকাব না।

কিন্তু নিজেদের কপাল দোষে সেই আহাম্মকিই করে ফেললাম।

যাকে-তাকে হট করে ঢুকতে দিইনি। বলতে গেলে বেশ দেখেশুনে বাজিয়েই বোর্ডার নিয়েছিলাম। বাপি দত্তের মতো গোঁয়ারগোবিন্দ নয়। চেহারায় কথাবার্তায় বেশ নিরীহ ভালমানুষই মনে হয়েছিল। নামেও যেমন ব্যবহারেও তেমনই সুশীল ভেবেছিলাম।

কিন্তু সেই কেঁচোই যে কেউটে হয়ে দাঁড়াবে কে জানত!

প্রথম কয়েকটা দিন সুশীলের স্বরূপ বুঝতেই পারিনি। রোগাপটকা ছোট্টখাট্ট মানুষ, চোখে ঠুলির মতো মোটা কালো ফ্রেমের চশমাটাই যা নজরে পড়ে। সারাক্ষণ মুখ বুজেই থাকে। বিশেষ কারুর সঙ্গে আলাপ-টালাপের চেষ্টা করে না। আমরা সুশীল চাকীকে গ্রাহ্যের মধ্যেই ধরিনি তাই।

ক-দিন বাদে প্রথম কুটুস কামড়টিতেই তাই হকচকিয়ে গেলাম।

সেদিনও শনিবারের সকাল। ঘনাদা আমাদের সঙ্গেই কৃপা করে খাবার ঘরে খেতে বসেছেন। আমাদের ঠাকুর রামভুজ যথারীতি রুই মাছের কালিয়ার জামবাটিটা তাঁর পাতের কাছেই নামিয়ে দিচ্ছে, এমন সময় খুক খুক হাসির শব্দে চমকে উঠলাম।

হাসে কে?

হপ্তার আর পাঁচদিন যা-ই করি, শনি-রবিবারে ঘনাদার কোনও ব্যাপারে হাসা তো কুষ্ঠিতে লেখেনি। হাসির বদলে নেহাত নিরুপায় হলে কাশি একটু-আধটু শোনা যায় বটে!

সন্ত্রস্ত হয়ে এ ওর মুখের দিকে তাকালাম। এমন বেয়াক্কেলে বেয়াদবি কার পক্ষে করা সম্ভব?

ঘনাদার কালিয়ার বাটিও তখন একটুখানি কাত হয়ে থমকে গিয়েছে। আমাদের মুখগুলোর ওপর তাঁর চোখের দৃষ্টি যেন সার্চলাইট বুলিয়ে গেল।

সে-সার্চলাইট যেখানে গিয়ে থামল আমাদের সকলের চোখ সেখানে পৌঁছে একসঙ্গে ছানাবড়া। শ্রীমান সুশীল থালার উপর মাথা নিচু করে নিবিষ্ট মনে খেয়ে যাচ্ছে, কিন্তু তার এঁটো ঠোঁটের কোণে একটুখানি হাসির ঝিলিক তখনও মেলায়নি।

যাকে বলা যায় সংকটজনক মুহূর্ত। আমরা সবাই রুদ্ধশ্বাসে অপেক্ষা করছি কী হয় কী হয় ভেবে।

ফাঁড়াটা সে যাত্রা অবশ্য কেটে গেল। ঘনাদা একটা নাসিকাধ্বনি করে তাঁর জামবাটিতে মনোযোগ দিলেন। হাঁফ ছেড়ে বাঁচলাম।

ব্যাপারটা ওইখানেই চুকে গেলে ভাবনার কিছু ছিল না। কিন্তু সুশীল চাকীকে তখনও আমাদের চিনতে বাকি।

খাওয়া-দাওয়া শেষ করে সবাই উঠতে যাচ্ছি এমন সময় ছাদের কড়িকাঠগুলোকেই যেন উদ্দেশ করে সে বললে, "আমার কাছে ভাল চূরণ আছে। একেবারে লকড়ি হজম পত্থর হজম। কারুর দরকার হলে দিতে পারি।"

দরকার কারুর অবশ্য হল না, কিন্তু তাঁর তেতলার ঘরে উঠবার সিঁড়িতে ঘনাদার বিদ্যাসাগরি চটির যেরকম আওয়াজ শুনলাম, তাতেই বোঝা গেল আমাদের শনি-রবির আসরের দফারফা।

শুধু সেই শনি-রবিই নয়, সেই থেকে সব ক-টা ছুটির দিনই আমাদের মাঠে মারা যাচ্ছে।

তোড়জোড় করে ঘনাদাকে তাঁর মৌরসি আরাম-কেদারায় যদি বা কোনও দিন এনে বসাই, শিশিরের সাগ্রহে ধরিয়ে দেওয়া সিগারেটের দুটো টান দিয়েই তিনি উঠে পড়েন।

কারণটা পিছন ফিরেই দেখতে পাই। শ্রীমান সুশীল চাকী ঠোঁটের সেই বাঁকা হাসিটি নিয়ে আমাদের আড্ডা ঘরে ঢুকছে।

"উঠছেন কেন ঘনাদা?" আমাদের কারুর না কারুর গলা থেকে আর্তনাদ বেরোয়।

ঘনাদার হয়ে সুশীল চাকীই মিছরির ছুরির মতো গলায় জবাব দেয়, "আলজিরিয়া কি আইসল্যান্ড যেতে হবে বোধহয়!"

আমরা বোবা হয়ে যাই রাগে দুঃখে মনের জ্বালায়।

ঘনাদা সুশীলের দিকে একবার অগ্নিদৃষ্টি হেনে সোজা তাঁর তেতলার ঘরে গিয়ে উঠেন।

এরপর তাঁর ধারে কাছে ঘেঁসে কার এত বড় বুকের পাটা।

এমনই করেই দিন যাচ্ছে। সুশীল চাকী যেন সত্যিকার শনি হয়েই বাহাত্তর নম্বরে ঢুকেছে। সে এ মেসে থাকতে ঘনাদাকে নিয়ে জমিয়ে বসবার আর কোনও আশা নেই।

শনিই হোক আর যা-ই হোক, নিজে থেকে মেস না ছাড়লে মেরে ধরে তো আর তাড়ানো যায় না! আমরা তাই হাল ছেড়ে দিয়ে মেস তুলে দেব কি না তা-ই ভাবতে শুরু করেছি।

সেদিন সন্ধ্যাবেলা এই রকম মনমরা হয়েই আড্ডা ঘরে নেহাত আর কিছু করবার নেই বলে লুডো খেলতে বসেছিলাম। লুডো অবশ্য নামে। কার পাকা ঘুঁটি কে কেটে দিল তাতে ভ্রূক্ষেপও নেই।

আসলে আমাদের মন পড়ে আছে তেতলার সিঁড়িতে। হতভাগা সুশীল চাকী এখনও মূর্তিমান অভিশাপের মতো দেখা দেয়নি। ঘনাদাও নামেননি তাঁর তেতলার টঙ থেকে।

সারাদিন কখনও ঝিরঝির কখনও মুষলধারে বৃষ্টি পড়ছে। এমন একটা অপরূপ বাদলার সন্ধ্যায় সুশীল চাকী যদি বাইরে কোথাও ট্রাম-বাস বন্ধ হয়ে আটকে পড়ে আর ঘনাদা যদি দৈবাৎ নেমে আসেন এই ক্ষীণ দুরাশায় এক ধামা মশলা-মুড়ি টেবিলের ওপর ধরে রেখেও আমরা লোভ সামলে আছি।

মনে মনে সবারই এক চিন্তা।

গৌরই মুখ ফুটে সেটা প্রকাশ করে ফেললে, "বৃষ্টিটা খুব জোরে পড়ছে, কী বলিস? নির্ঘাত রাস্তাঘাটে জল দাঁড়িয়েছে!"

"হ্যাঁ, ট্রাম-বাস কিছুই চলছে না।" শিশির দু ছক্কা পঞ্জা ফেলেও আমার দু-দুটো কাটবার ঘুঁটিকে অকাতরে রেহাই দিয়ে বললে, "একবার বাইরে বেরুলে এখন আর ফেরা অসম্ভব।"

শিবু নিজের দান ফেলে গৌরেরই একটা ঘুঁটি চেলে দিয়ে বললে—"সুশীল চাকী তখন বেরিয়ে গেল না ছাতা নিয়ে?"

এ-কথার উত্তর না দিয়ে সবাই তখন আমরা কান খাড়া করে ফেলেছি। ঘনাদার চটির আওয়াজই পাওয়া যাচ্ছে না সিঁড়িতে?

হ্যাঁ, ঘনাদাই তো নামছেন!

চট করে মশলা-মুড়ি এক এক মুঠো মুখে দিয়ে আমরা লুডোয় যেন তন্ময় হয়ে গেলাম।

কিন্তু ঘনাদার পায়ের আওয়াজ নীচে পর্যন্ত নামবার আগেই মশলা-মুড়ির গ্রাস

আমাদের গলায় যেন আটকে গেল। ঘনাদার আগেই ভিজে ছাতাটা বারান্দায় শুকোতে দিয়ে ঘরে ঢুকল স্বয়ং সুশীল চাকী।

সেই বাঁকা হাসি নিয়ে টেবিলের কাছে এসে দাঁড়িয়ে পরমানন্দে মুড়ির ধামায় হাত ডুবিয়ে বললে, "আরে ছোঃ! লুডো খেলছেন আপনারা! এ তো নাবালকের খেলা! গোঁফ কামাবার পর কেউ এ-খেলা খেলে!"

ভিজে বেড়ালের মতো যে এ মেসে ঢুকেছিল সেই মুখচোরা সুশীল চাকী যে এক মাসেই মুখফোড় মাতব্বর হয়ে উঠেছে তা বোধ হয় আর বলে বোঝাতে হবে না।

খেলায় যেন তন্ময় হয়ে আমরা তার কথাটা গায়েই মাখলাম না। লুডোর ছকের ওপর ঝুঁকে পড়েও আমরা তখন কান রেখেছি সেই বাইরে। ঘনাদা নামতে নামতে থামলেন টের পেলাম। তারপর আমাদের সব আশা চুরমার করে তাঁর পায়ের শব্দ নীচে নেমে মিলিয়ে গেল।

সুশীল চাকীকে এরপর যদি আমরা চাঁদা করে চাঁটি লাগাতাম খুব অন্যায় হত কি?

কিন্তু তা আর পারলাম কই? তার বদলে মুড়ির ধামাতেই হাত লাগাতে হল। সুশীল যে-রেটে হাত আর মুখ চালাচ্ছে তাতে আমাদের সাহায্য ছাড়াই ধামা খালি হয়ে এল বলে।

তুচ্ছ মুড়ি-মশলার প্রতি আমাদের হঠাৎ এই উৎসাহে সুশীল বেশ একটু ক্ষুণ্ণ। বললে, "খেলা ছেড়ে দিলেন যে!"

"আপনি বসে থাকবেন আর আমরা খেলতে পারি!" হাতে এক মুঠো আর গালে এক গ্রাস নিয়ে কোনওরকমে জানালাম।

শূন্যপ্রায় ধামাটা আমাদের চারজনের হাতের নাগাল থেকে চট করে সরিয়ে নিয়ে সুশীল বললে, "কেন পারেন না! আমি তো খেলি না। শুধু দেখি!"

"ওঃ, দেখেন! খেলা শুধু দেখেন আর মশলা-মুড়ি সামনে থাকলে খান!" শিশিরের কথাগুলো দাঁতে দাঁতে চিপটে যেন চাবুক হয়ে বেরুল।

সুশীল চাকীর তাতে ভ্রূক্ষেপ নেই।

"খাওয়া আর হল কই!" ধামাটা উবুড় করে তবু অম্লানবদনে সে বললে, "দাঁতে একটু সুড়সুড়ি না লাগতেই তো ফুরিয়ে গেল! আর এক ধামা আনান!"

"আনাচ্ছি।" শিবু হাত বাড়িয়ে দিলে, "একটা আধুলি ছাড়ুন দেখি?"

"আধুলি!" সুশীল চাকী প্রথমে হেসেই খুন। তারপর বললে, "আমার মন্তর কী জানেন? আজ ধার কাল নগদ। ট্রাম ভাড়ার বেশি একটি ফুটো পয়সা নিয়ে কখনও বেরোই না। আর আমি বার করব আধুলি আপনাদের ভূত ভোজন করাবার জন্যে! আপনাদের ওই ঘনাদা যাতে এসে ভাগ বসাতে পারেন!"

চাপা রাগে তোতলা হয়ে যাবার ভয়ে যখন এ-কথার জবাব দিতে দ্বিধা করছি ঠিক সেই মুহূর্তে নীচের সিঁড়িতে ও কার পায়ের আওয়াজ?

হ্যাঁ, ঘনাদারই! ঘনাদার পায়ের আওয়াজ নীচে থেকে বারান্দায় এসে থামল।

তারপর? সে আওয়াজ কি আবার তেতলার দিকেই উঠবে?

না, ঘনাদা সশরীরে ঘরের ভেতরেই ঢুকলেন! কিন্তু এবার? শ্রীমান সুশীল চাকীকে কোনও মন্তর পড়ে যদি অদৃশ্য করে দিতে পারতাম!

কিন্তু তার দরকার হল না। এ আরেক ঘনাদা যেন! সুশীল চাকীর মতো তুচ্ছ একটা মশা কি মাছি যাঁর নজরেই পড়ে না।

ঘরে ঢুকে তাঁর আরাম-কেদারাটিতে নিজে থেকে বিনা অনুরোধে গা এলিয়ে দিয়ে বললেন, "একটু ভিজে গেলাম হে!"

ঘনাদার জামাকাপড়ে জলের ছিটেফোঁটা থাক বা না থাক, আমরা শশব্যস্ত হয়ে উঠলাম।

"অ্যাঁ! ভিজে গেলেন!"

"ঠাকুর, শিগগির গরম গরম চা এক কেটলি।"

"একটা অ্যাসপিরিন খেয়ে নেবেন?"

শিশিরের বাড়িয়ে-ধরা টিন থেকে সিগারেট তুলে নিতে নিতে ঘনাদা আমাদের আপ্যায়নে খুশি হয়ে কী বলতে যাচ্ছেন এমন সময়ে আবার সুশীলের সেই ভিমরুলের হুল!

"একটা অ্যাম্বুলেন্স ডাকলে হত না?"

'আপনার জন্যেই ডাকাতে বোধ হয় হবে!' বলতে পারলে খুশি হতাম। তার বদলে অতিকষ্টে নিজেকে সামলে বললাম, "অ্যাম্বুলেন্স? কেন?"

"বাঃ, বৃষ্টিতে এ রকম ভিজলে হাসপাতাল ছাড়া গতি আছে!" হাড় জ্বালানো সেই বাঁকা হাসির সঙ্গে সুশীল চাকী সহানুভূতি জানালে, "কী গেরো এখন দেখুন তো! শুধু একটা ছাতা যদি নিতেন!"

"নিয়েছিলাম। একজনকে দান করতে হল।"

আমরা সবিস্ময়ে ঘনাদার দিকে তাকালাম। না, স্বপ্ন নয় সত্যি? ঘনাদা খেপে উঠে তেতলায় রওনা হননি। নির্বিকার ভাবে সুশীল চাকীর কথার জবাব দিয়ে ধোঁয়ার কুণ্ডলী ছাড়ছেন!

"ছাতা আপনি দান করে এলেন!" সুশীলের দাঁতে তখনও বিষ "আহা কী দয়ার শরীর! নিজের ছাতা পরকে দিয়ে ভিজে আসা..."

"নিজের ছাতা নয়।" ঘনাদার সংক্ষিপ্ত প্রতিবাদে সুশীলের সঙ্গে আমরাও হতভম্ব।

"নিজের ছাতা নয়, মানে?" এবার সুশীলের গলায় বিষের চেয়ে বিস্ময়ই বেশি, সেই সঙ্গে কেমন একটু সন্দিগ্ধ ভাব।

"মানে নিজের ছাতা আমার নেই। বুকিত বরিসানের সিংগালান টাণ্ডিকাট থেকে বিশ বছর আগে একটা লিম্যাক্স ফ্ল্যাভাস বেঁধে ফেলে দেবার পর আর ছাতা কিনিনি।"

সুশীল ভ্যাবাচাকা খেয়ে যতক্ষণে মুখের হাঁ বন্ধ করেছে তার আগেই আমরা ঘনাদাকে ঘিরে বসে গেছি।

"ছাতাটা তাহলে ফেলে দিতেই হল?" গৌর উসকে দেবার ত্রুটি করলে না।

"সিগন্যাল ডাউন না কী বললেন!" শিশির বোকা সাজল ঘনাদার উৎসাহ

বাড়াতে, "তাই রেলের লাইনেই ফেলতে হল বুঝি ছাতাটা?"

"রেলের লাইন নয়, সিংগালান টাণ্ডিকাট!" ঘনাদা করুণাভরে সকলের দিকে চেয়ে বললেন, "সুমাত্রার একপেশে শিরদাঁড়ার মতো যে-পর্বতমালার নাম বুকিত বরিসান তারই এক বিশাল আগ্নেয়গিরির চুড়ো।"

"ওঃ, আগ্নেয়গিরি!" শিবু এতক্ষণে বুঝদারের ভঙ্গিতে বললে, "ওই ছাতা ফেলেই আগ্নেয়গিরির আগুন নিবিয়ে ফেললেন বুঝি? '!'

অন্য দিন হলে এরকম বেয়াদবিতে সব ভেস্তে যেত। কিন্তু ঘনাদা তখন একেবারে মাটির মানুষ।

স্নেহের হাসি হেসে বললেন, "না, আগুন নেবাবার দরকার ছিল না। সেটা মরা আগ্নেয়গিরি। ছাতা ফেলেছিলাম..."

এতক্ষণে জিভের সাড় ফিরে পেয়ে শ্রীমান চাকী কড়া গলায় জানতে চাইলে, "তার আগে একটা কথা বলুন দিকি..."

"ছাতায় কী যেন একটা বেঁধেছিলেন বললেন?" সুশীল চাকীর কথাটাকে তাড়াতাড়ি চাপা দিলাম!

'লিম্যাক্স ফ্ল্যাভাস!" ঘনাদা যেন চাকীকেই উদ্দেশ করে ওই বিদঘুটে শব্দের পটকাটি ছাড়লেন।

প্রথমে চমকে উঠে চাকী তারপর মুখ চোখ লাল করে বললে, "আমায় যদি কিছু বলবার থাকে তো বাংলায় বলবেন।"

"ওর বাংলা হয় না।" ঘনাদার নির্বিকার জবাব, "খোলসহীন এক জাতের শামুক দেখেছ কখনও? ভিজে স্যাঁতসেঁতে জায়গায় বড় পাথর কি কাটা গাছের গুঁড়ির তলায় থাকে। ও হল সেই বস্তু।"

"যে-বস্তুই হোক ও-সব প্রাণিতত্ত্বের বিদ্যে আপনার কাছে শিখতে আসিনি। আমি জানতে চাই..."

চাকীর কথাটাকে আবার চটপট সাইড লাইনে শানটিং করে দিতে হল। ব্যস্ত হয়ে উজবুকের মতো জিজ্ঞাসা করলাম, "ওখানে ওইরকম ছাতায় শামুক বেঁধে ফেলতেই বুঝি গেছলেন?"

"না, গেছলাম ওরাং পেণ্ডেক খুঁজতে!"

চাকী কী বলতে যাচ্ছিল, কিন্তু ঘনাদা তাকে আর সে সুযোগ দিলেন না। আমাদের প্রশ্নটা নিজেই অনুমান করে নিয়ে বলে চললেন, "ওরাং-ওটাং-এর নাম শুনেছ, চিড়িয়াখানাতে দেখেও থাকবে। ওরাং-ওটাং ওই সুমাত্রা আর বোর্নিও ছাড়া কোথাও পাওয়া যায় না। পৃথিবীতে এখনও যে-চার জাতের এপ বা নরবানর আছে, তার দুটির বাস আফ্রিকায় আর দুটির যাকে ইন্দোনেশিয়া বলে সেই সুদূর দক্ষিণ-পূর্ব প্রাচ্যে। আফ্রিকায় পাওয়া যায় শিম্পাজি আর গোরিলা, আর এই ইন্দোনেশিয়ায় ওরাং-ওটাং আর গিবন বা উকু। এ চারটি ছাড়া আর কোনও জীবন্ত এপ পৃথিবীতে এখনও পাওয়া যায়নি। কিন্তু অনেক বৈজ্ঞানিকের ধারণা মানুষের এপ জাতীয় অন্য সুদূর জ্ঞাতি এখনও পৃথিবীর কোথাও না কোথাও লুকিয়ে আছে।

যেমন আমাদের হিমালয়ের দুর্গম তুষার রাজ্যে ইয়েতি আর সুমাত্রার গহন পাহাড়ি জঙ্গলে ওরাং পেন্ডেক।

ইয়েতির মতো ওরাং পেণ্ডেকও প্রাণী হিসেবে প্রায় লুপ্ত হয়ে এসেছে। জ্যান্ত বা মরা একটা নমুনা কেউ এখনও পায়নি, কিন্তু তারা যে এখনও আছে তার প্রমাণ অজস্র। সুমাত্রার গায়ো, লামপঙ, জাম্বি প্রভৃতি জংলি জাতিদের কাছে ওরাং পেণ্ডেকের বর্ণনা এখনও শোনা যায়। একশো বছর আগেও সুমাত্রার তখনকার প্রভু ওলন্দাজেরা অনেকে এ প্রাণী চাক্ষুষ দেখেছেন বলেছেন।

ওরাং পেণ্ডেক জীবিত কি মৃত একটা পেলে বিজ্ঞানের জগতে হুলুস্থুল পড়ে যাবে সত্যি, কিন্তু যে-অঞ্চলে ও-প্রাণীটিকে পাওয়া সম্ভব সেখানে প্রাণ হাতে নিয়ে ছাড়া তখন যাওয়া যেত না। বিশ-বাইশ বছর আগের কথা। ওলন্দাজেরা তখনও সুমাত্রার রাজা। বুকিত বরিসান, অর্থাৎ সুমাত্রার পর্বতমালার কাছাকাছি অধিকাংশ জায়গাই, তখন দুর্গম বিপদসংকুল। বাঘ হাতি গণ্ডার সাপ তো আছেই। তারপর দুর্দান্ত সব জংলি জাত, যাদের হাতে বিদেশি কারুর নিস্তার নেই।

আমার ও-অঞ্চলে যাবার বছরখানেক আগেই বিখ্যাত নৃতাত্ত্বিক ড. সাপিরো ওই অঞ্চলেই নিরুদ্দেশ হয়ে যান। তিনি ওরাং পেণ্ডেক খুঁজতে ওখানে গেছলেন কি না কেউ জানে না, তবে সেই মহাযুদ্ধের সময়েও ইউরোপের বৈজ্ঞানিক মহলে তাঁর এই অন্তর্ধান নিয়ে বেশ একটু সাড়া পড়েছিল। রথ দেখার সঙ্গে কলা বেচার মতো আমার সুমাত্রার যাওয়ার পেছনে ওরাং পেণ্ডেক খোঁজার সঙ্গে ড. সাপিরোর সন্ধান করার তাগিদও ছিল। তার কারণ এই অভিযানে যাবার আগে ড. সাপিরো আমায় গোপনে একটি পার্সেল পাঠিয়ে এমন একটি চিঠি লিখেছিলেন যা অগ্রাহ্য করা আমার পক্ষে অসম্ভব।

নানা জায়গায় খোঁজ করতে করতে তখন রাকান নদী যেখান থেকে বেরিয়েছে সেই পাহাড়ি জঙ্গলে ক-দিনের জন্যে ডেরা বেঁধে আছি। সঙ্গে শুধু তাঁবু বইবার দুজন গায়ো অনুচর। শ্রাবণ মাসের প্রায় মাঝামাঝি। সুমাত্রায় সর্বত্রই সারা বছর যেমন বৃষ্টি আর তেমনই গরম। এই অঞ্চলে শুধু এই সময় মাস দুয়েক গরম থাকলেও বৃষ্টি থাকে না।

রাত তখন বেশি নয়। আলো নিবিয়ে তাঁবুর বাইরে বসে জোনাকির বাহার দেখছি। সুমাত্রার এই জোনাকির তুলনা নেই। রাত্রের আকাশে ঝাঁক বেঁধে তারা যেন রাশি রাশি উড়ন্ত ফুলঝুরি ছড়িয়ে ছড়িয়ে যায়।

হঠাৎ পেছনে দড়ি-দড়া ছিঁড়ে তাঁবুর ওপর কী একটা পড়ে যাবার শব্দ পেলাম।

চমকে উঠে দাঁড়ালাম। সুমাত্রার দু-শিঙওয়ালা গণ্ডারই তাঁবুর ওপর পড়ল নাকি!

টর্চটা জ্বেলে দেখলাম, গণ্ডার নয়, তবে প্রায় সেই রকমই বিশাল যণ্ডা চেহারার একটি মানুষ! এদেশি কেউ নয়। সাদা চামড়ার সাহেব।

আমার টর্চের আলোয় অত্যন্ত অপরাধীর মতো কুণ্ঠিতভাবে ছেঁড়া তাঁবুর ওপর থেকে দাঁড়িয়ে উঠে তিনি বললেন, 'মাপ করবেন। আপনার তাঁবুটা বোধহয় ছিঁড়ে ফেলেছি।'

'তা বেশ করেছেন! কিন্তু আপনি কে, আর এখানে আমার তাঁবুর ওপর কী করে ঝাঁপ দিয়ে পড়লেন জানতে পারি?'

'আমার নাম বোথা,' ভদ্রলোক আমতা আমতা করে জানালেন, 'আমি ড. সাপিরোর খোঁজে...'

'ড. সাপিরোর খোঁজে! দাঁড়ান! দাঁড়ান!' বলে তাঁকে থামিয়ে আমি অনুচরদের ডেকে তাঁবুটা আবার খাটিয়ে আলো জ্বালার হুকুম দিলাম।

তাঁবু আবার খাড়া করে আলো জ্বেলে বোথার সমস্ত বিবরণই তারপর শুনলাম। বোথা আমার মতোই ড. সাপিরোর খোঁজ করতে এই অঞ্চলের বনে জঙ্গলে ঘুরে বেড়াচ্ছেন বললেন। মজার কথা এই যে, ড. সাপিরোর সঙ্গে তাঁর সহকারি হিসেবেই এ-অঞ্চলে তিনি এসেছিলেন। তারপর এক জায়গা থেকে চলে আসবার সময় দুজনের ছাড়াছাড়ি হয়। সেই থেকে ড. সাপিরোকে বোথা আর দেখেননি। ড. সাপিরোও হয়তো বোথাকে খুঁজে না পেয়ে একা একাই ইউরোপে ফিরে গেছেন মনে করে বোথা তাঁর দেশে ফিরে যান। কিন্তু সেখানে অনেকদিন অপেক্ষা করেও ড. সাপিরোকে ফিরতে না দেখে আবার সুমাত্রায় এসেছেন খোঁজ করতে।

'কিন্তু ড. সাপিরোর সঙ্গে যেখানে আপনার ছাড়াছাড়ি হয় সে জায়গাটা খুঁজে দেখেছেন তো?' আমি একটু অধৈর্যের সঙ্গেই জিজ্ঞাসা করলাম।

'সে জায়গাটা পেলে তো খুঁজে দেখব।' বোথা অসহায় ভাবে জানালেন।

'তার মানে?'

'তার মানে সেটা সাধারণ কোনও জায়গা নয়, একটা মরা আগ্নেয়গিরির এমন একটা বিরাট গভীর গহ্বর ভেতর থেকে যার চারদিকের খাড়া পাহাড়ে ওঠা মানুষের অসাধ্য! বাইরে থেকে মাথা পর্যন্ত ওঠা গেলেও সেখান থেকে খাড়া ন-হাজার ফুট নামা অসম্ভব। বছরের মাত্র ক-টি দিন একটা সংকীর্ণ আঁকাবাঁকা সুড়ঙ্গপথে সেখানে যাওয়া-আসা যায়।'

'বছরের মাত্র ক-টা দিন কেন?'

'কারণ সেটা একটা পাহাড়ি ঝরনার উৎসমুখ। সারা বছর সেখান দিয়ে প্রচণ্ড বেগে জলের ধারা বেরিয়ে আসে। আগস্ট মাসের প্রথম ক-টি দিন মাত্র সে সুড়ঙ্গপথ শুকনো থাকে।'

'আগস্টের তো আর দেরি নেই। এখনও সুড়ঙ্গপথ আপনি খুঁজে পাননি?'

'সে-পাহাড়টা না পেলে সুড়ঙ্গটা খুঁজব কী করে!' বোথা হতাশ ভাবে বললেন, 'এখানে সমস্ত বুকিত বরিসনেই ও-রকম বহু মরা আগ্নেয়গিরি আছে বাইরে থেকে যা দেখতে একরকম। কোথায় কোনটা দিয়ে বেরিয়েছি তখন তাড়াহুড়োতে কি অত খেয়াল করেছি! ড. সাপিরো যে তার ভেতরে আটকে থাকতে পারেন তা-ও ভাবিনি। অবশ্য ড. সাপিরো সেখানেই আছেন কি না এখনও জানি না।'

একটু হেসে বললাম, 'আপনার ভাবনা নেই। তিনি সেখানেই আটকে আছেন। আজই খবর পেয়েছি।'

‘খবর পেয়েছেন!’ বোথা হতভম্ব হয়ে বললেন, ‘কিন্তু তাঁর সঙ্গে রেডিয়ো-টেডিয়ো কিছু তো নেই!’

‘রেডিয়োর চেয়ে নিশ্চিত খবরই তিনি পাঠিয়েছেন। ওই তাঁর খবর এল আবার।’

বাতিটার কাছেই রাখা একটা ছোট কাঁচের বাটির ওপরে দুটো মথ পোকা ঘুর ঘুর করে পাখা নাড়ছিল। তারই একটা ধরে বোথাকে দেখালাম।

একবার মথটার আর একবার আমার মুখের দিকে যেভাবে বোথা তাকালেন, তাতে বুঝলাম, আমার মাথা কতখানি খারাপ, তিনি আন্দাজ করবার চেষ্টা করছেন।

হেসে তাঁকে আশ্বাস দিয়ে বললাম, ‘এটা কী মথ জানেন? রেশম যারা তৈরি করে সেই বম্বিক্স মোরির চিনে শাখা। সুমাত্রার এই জঙ্গলে ও-মথ কোথাও নেই। সুতরাং নিশ্চিন্ত থাকুন। ড. সাপিরো যেখানে বন্দী সে-পাহাড় কাছেই আছে নিশ্চয়। কালই তা খুঁজে বার করব।’”

“কিন্তু”, চাকীকে মুখিয়ে থাকতে দেখেও গৌর আমাদের সকলের হয়ে প্রশ্নটা করেই ফেলল, “ওই বোম্বে মেরি না কী বললেন, ওই মথ ড. সাপিরোর পোষা বুঝি?”

“বোম্বে মেরি নয়, বম্বিক্স মোরি। আর পোষা-টোষা কেন হবে!” ঘনাদা ধৈর্য ধরেই বোঝালেন, “মেয়ে-মথের গায়ে এমন একটা গন্ধ থাকে পুরুষ-মথ সাত মাইল দূর থেকেও যা পেয়ে ছুটে আসে। ওই কাঁচের বাটিতে মেয়ে-মথের সেই গন্ধ জমানো ছিল। ও-গন্ধ এমন যে তার একটি অণু-ই ঠিক বিশেষ জাতের পুরুষ-মথকে টেনে আনবে। ড. সাপিরো আমায় তাঁর শেষ পার্সেলে এই রেশমি মথের গন্ধ-জমানো আঁটা শিশি পাঠিয়ে চিঠিতে তার ব্যবহার লিখে জানিয়েছিলেন। সুমাত্রায় জংলিদের হাতে কোথাও বন্দী হবার ভয়ই তাঁর ছিল। তাই কোথায় আছেন জানাবার এমন ফন্দি তিনি করেছিলেন যা জংলিরা ধরতে পারবে না। বছরখানেক তাঁর খবর না পেলে ওই গন্ধসার নিয়ে সুমাত্রায় তিনি আমায় খুঁজে দেখতে অনুরোধ করেছিলেন। তাঁর নিজের সঙ্গে সেই জন্য শুধু রেশমি পোকার গুটি নিয়েছিলেন বেশি করে, যা ফেটে ওই বম্বিক্স্ মোরি বার হবে।”

“বোম্বাই বাহাদুরি তো খুব শুনলাম, এখন আমার—” ঘনাদা একটু থামতেই চোখ মুখ পাকিয়ে চাকী তাঁকে চেপে ধরবার চেষ্টা করলে।

কিন্তু তার কথা আর শেষ করতে হল না।

“তারপর সেই পাহাড়ও পেলাম, সেই সুড়ঙ্গপথও”—ঘনাদা গলার জোরেই চাকীকে চেপে দিয়ে শুরু করলেন, “জলের শুধু একটু ঝিরঝিরে ধারা তলায় থাকলেও সে আঁকাবাঁকা সুড়ঙ্গপথ যেমন অন্ধকার তেমনই পেছল। কোনও রকমে পা টিপে টিপে দেওয়াল হাতড়াতে হাতড়াতে সে সুড়ঙ্গ পার হতেই এক দিন এক রাত লেগে গেল। অন্ধকারে ওইরকম সুড়ঙ্গে বেশিক্ষণ থাকলে মানুষের মেজাজ বোধ হয় বিগড়ে যাওয়া স্বাভাবিক। বোথার সঙ্গে অন্ধকারে একবার ঠোকাঠুকি হওয়ার পর তিনি তো খিঁচিয়েই উঠলেন, ‘একটা টর্চ সঙ্গে নিতে পারলেন না! তার বদলে কী সব ছাতা পুঁটলি আজেবাজে জিনিস নিয়ে চলেছেন।’

'টর্চ তো আপনিও নিতে পারতেন!' অন্ধকারে অদৃশ্য বোথার উদ্দেশেই ঝাঁঝিয়ে বললাম, 'পথ হারিয়ে তো সেদিন আমার তাঁবুতে হুমড়ি খেয়ে পড়েছিলেন। বলেছিলেন, সঙ্গের মালপত্র সব খোয়া গেছে। কিন্তু ওই কী সব সসপ্যান ঝাঁঝরি হাতা গোছের সরঞ্জাম তো ঠিক সঙ্গে আছে দেখছি। ওখানে যজ্ঞির রান্না রাঁধবেন নাকি!'

সুড়ঙ্গপথে বোথার একটু মেজাজই শুধু দেখেছিলাম। সেখান থেকে ভেতরে গিয়ে পৌঁছোবার পর তাঁর একেবারে মারমূর্তি।

অপরাধের মধ্যে আমি শুধু বলেছিলাম, 'আপনি তো এখন ড. সাপিরোর খোঁজেই ঘুরবেন, আমি তাহলে সোনাদানা যা পাই ততদিনে বাগিয়ে ফেলি।'

'সোনাদানা!' বোথা প্রথমে চমকে উঠে কেমন হতভম্ব হয়ে গেলেন।

বললাম, 'হ্যাঁ, কুবেরের গুপ্ত ভাঁড়ারের মতো এখানে যে সোনার ছড়াছড়ি মনে হচ্ছে। বালি কাঁকর চালাচালি করে যা বার করবার জন্যে ওই সব প্যান-ট্যান অত কষ্ট করে বয়ে এনেছেন। ওগুলো আমাকেই দিয়ে যান।'

'তোকে দিয়ে যাব!' মরা আগ্নেয়গিরি যেন বোথার ভেতর দিয়েই জ্বলে উঠল, 'কালা গুবরে পোকা! তোকে দেবার জন্যই এগুলো বয়ে এনেছি!'

'বাঃ, আমায় দেবেন না!' আমি যেন কাঁদো-কাঁদো—'আমি তাহলে কী করতে এখানে এলাম?'

'শোন তাহলে, আরশোলা, তোকে সঙ্গে এনেছি অন্তত বছর-ভোর এখানে কয়েদ রাখতে। কালই এখান থেকে পালাবার শেষ দিন। আজই না পারি, সোনা জোগাড় করে কাল আমি তোকে ফেলে চলে যাব। বছরভোর যদি টিকে থাকিস আর দিন গুনতে ভুল না করিস, তাহলে আর-বছরে আবার এখান থেকে বেরুতে পারবি। ততদিনে এ জায়গায় সোনা তোলবার দখল আমি সুমাত্রার সরকারের কাছে পাকা করে ফেলেছি। তোর জন্যই এ-পাহাড়টা চিনতে পেরেছি বলে তোকে এই প্রাণে বাঁচবার সুবিধেটুকু দিলাম, নইলে তোর মতো ছারপোকাকে এখানে টিপে মেরে যাওয়াই আমার উচিত ছিল।'

খুব মন দিয়ে কথাগুলো শুনে কাতর ভাবে বললাম, 'কিন্তু আমি যে আপনাকেই এখানে এক বছর বন্দী রাখবার ফন্দি এঁটে এলাম। তারিখ দেওয়া আপনার ডায়েরিটা সরিয়ে ফেললাম যাতে দিনের হিসেব রাখতে আপনার অসুবিধে হয়...'

'তুই! তুই আমার ডায়েরি চুরি করেছিস!' বোথার মুখ দিয়ে তখন ফেনা উঠছে।

নিজের ঝোলাটা পাগলের মতো খুঁজতে খুঁজতে সে বললে, 'ডায়েরি যদি না পাই তাহলে তোর হাত-পা আমি একটা একটা করে ছিঁড়ব, তোকে পা বেঁধে ওপর থেকে ঝুলিয়ে আগুনে ঝলসাব। কালা কেন্নো, তোকে...'

'আহা, সামলে সামলে!' বোথাকে ঠাণ্ডা করবার চেষ্টা করলাম, 'এক বছর এখানে থেকে আরও সব ভাল ভাল শাস্তি কল্পনা করবার অঢেল সময় পাবেন। তারপর বেরিয়ে এসে আমায় খবর দেবেন। তখন আপনার সঙ্গে না হয় আপনার দেশ দক্ষিণ আফ্রিকার কেপটাউন কি জোহান্নেসবার্গে যাব। অন্য কোথাও কালা আদমির ওপর

এমন সুবিচার করবার সুবিধে তো আর পাবেন না। আপনি যে আসল ওলন্দাজ নন, দক্ষিণ আফ্রিকার—'

বোথার ঝোলা খোঁজা তখন শেষ হয়েছে।

'আমার ডায়েরি তুই—তুই—' বলে রাগে তোতলাতে তোতলাতে তিনি খ্যাপা হাতির মতোই আমার দিকে তেড়ে এলেন।

'আরে! আরে মারবেন নাকি!' বলে ছুটে খানিকটা নীচে নেমে গেলাম।

তারপর চলল শিকার আর শিকারীর খেলা। তিনি আমাকে ধরার জন্যে তেড়ে আসেন, আমি একটু ছুটে পালাই বা চট করে সরে গিয়ে তাকে পাশ কাটাই।

হাতের কাছে পেয়েও ধরতে না পেরে বোথা তখন রাগে উন্মাদ হয়ে গেছে। কিন্তু উন্মাদের দম আর কতক্ষণ থাকে। বিশাল শরীর নিয়ে আমার পেছনে ছুটে ছুটে ঘণ্টাখানেক বাদে হাপরের মতো হাঁফাতে হাঁফাতে তিনি ক্লান্তিতেই লুটিয়ে পড়লেন।

কাছে গিয়ে দাঁড়িয়ে তাঁর মাথায় একটু হাত বুলিয়ে দিয়ে বললাম, 'বড্ড পরিশ্রম হয়েছে, না? একটু জিরিয়ে নিন! কেন যে মিছিমিছি ছোটাছুটিটা করলেন?'

বিরাট থাবার মতো হাত দিয়ে খপ করে আমার হাতটা ধরে ফেলে প্রাণপণে টানবার চেষ্টা করে তিনি হিংস্র উল্লাসে এবার বলে উঠলেন, 'এইবার?'

তাঁর হাতটাই তাঁর মাথার ওপর টেনে রেখে বললাম, 'এবার মাথা ঠাণ্ডা করে যা বলছি শুনুন। কাল নয়, আজই আমি চলে যাচ্ছি। কারণ সুড়ঙ্গপথ কাল আর খোলা থাকবে না। গত দু-বছর ধরে বছরে মাত্র দুটি দিন ও-সুড়ঙ্গপথ শুকনো থাকে। এখুনি ঘণ্টাখানেকের মধ্যে রওনা হতে না পারলে ওই সুড়ঙ্গে জলের তোড়ে ডুবে মরতে হবে।

'মিথ্যা কথা!' আমার হাতটা হয়রান হয়ে ছেড়ে দিয়ে বোথা গর্জে উঠলেন, 'তুই! তুই এসবের কী জানিস?'

'আমি কিছু জানি না। তবে ড. সাপিরো দু-বছরে যা জেনেছেন তা-ই বলছি!'

'ড. সাপিরো!' বোথার ফ্যাকাশে মুখ এবার দেখবার মতো।

'হ্যাঁ, যাঁর সহকারি হয়ে এসে এখানে সোনার সন্ধান পেয়ে লোভে একেবারে পিশাচ হয়ে উঠেছিলেন।'

পকেট থেকে একটা দড়ি বার করে আচমকা বোথার হাত দুটো ধরে ফেলে পিছমোড়া করে বাঁধতে বাঁধতে তারপর বললাম, 'যাঁকে এমনই করে পিছমোড়া করে বেঁধে রেখে সোনার নমুনা নিয়ে একা সুড়ঙ্গপথে পালিয়ে গেছলেন।'

'কে? কে এসব কথা বলেছে?' বোথার গলায় আর যেন তেজ নেই। হাতের বাঁধন খোলবার চেষ্টা করতেও তিনি ভুলে গেছেন।

'কে আর বলতে পারে! ড. সাপিরো ছাড়া!' হেসে বললাম, 'আপনার সঙ্গে দেখা হবার আগের দিনই ওই মথ-এর খবর পেয়ে তাঁকে আমি এখান থেকে উদ্ধার করে নিয়ে গেছি। তারপর আপনার জন্যই তাঁবু পেতে অপেক্ষা করছিলাম।'

'আমার জন্য?'

'হ্যাঁ, আপনি যে সোনার নমুনা নিয়ে দেশে গিয়েছিলেন যাচাই করাতে, তারপর এই কুবেরের ভাণ্ডার ঠিকমতো চিনতে না পেরে এক বছর যে এই অঞ্চলে পাগলের মতো ঘোরাঘুরি করেছেন, সবই আমার জানা। আমার ওপর সন্দিগ্ধ নজর রেখে আমায় একবার বাজিয়ে নিতে আপনি আসবেনই আমি জানতাম। তাই অপেক্ষা করে ছিলাম ড. সাপিরোকে যা করেছেন তার উপযুক্ত শাস্তি আপনাকে দেবার জন্যে। তবে শাস্তি আর এমন কী! যে সোনার জন্য আপনি সব করতে পারেন, সেই সোনার রাজ্যেই আপনাকে রেখে গেলাম। আশ মিটিয়ে এখন বালি কাঁকর ছেঁকে সোনা বার করুন। পিছমোড়া করে যে বাঁধন দিয়েছি ওই ওখানকার পাথরের ধারে ঘণ্টা দুয়েক ঘসলেই সেটা ছিঁড়ে যাবে। ততক্ষণে আমি অবশ্য সুড়ঙ্গপথে অনেক দূর চলে গেছি! আপনার কিন্তু বেরুবার আর তখন সময় থাকবে না।'

কথাগুলো বলে চলে যাবার জন্য পা বাড়াতেই বোথা হাঁকুপাকু করে কোনওরকমে উঠে দাঁড়িয়ে প্রায় ককিয়ে উঠলেন, 'কিন্তু আমার ডায়েরি নেই। হিসেবে ভুল হলে এক বছর বাদে আমি বার হব কী করে?

'বার হবেন না। আর এক বছর না হয় এইখানেই থাকবেন। ড. সাপিরো দু বছর এইখানে কাটিয়েছেন আপনারই শয়তানিতে।'

'না, না,' বোথা যেন ডুকরে উঠলেন, 'আমি সোনা চাই না, কিছু চাই না, আমায় শুধু এখান থেকে বেরুতে দাও।'

'বেশ, বেরুতেই পারবেন।' আমি হেসে বললাম, 'কিন্তু এক বছরের আগে তো হয় না। ও শাস্তি আপনার পাওনা। এক বছর বাদেই যাতে বার হতে পারেন তার ব্যবস্থা করছি।'

'কী ব্যবস্থা?' বোথা হতাশভাবে জিজ্ঞাসা করলেন।

'এই ছাতাটা দেখছেন?' ছাতাটা খুলে ধরে বললাম, 'আর ওই পাহাড়ের দেওয়ালের পুব দিকের মাথাটা দেখুন।'

আমি যেন তাঁর সঙ্গে নির্মম পরিহাস করছি এইভাবে বোথা একবার ছাতাটা আর একবার পাহাড়ের মাথার দিকে চাইলেন।

হেসে আবার বললাম, 'ভয় নেই, আপনার সঙ্গে ঠাট্টা করছি না। এ পাহাড়ের ভেতর দিকটা এমন খাড়া যে ওঠা অসাধ্য, কিন্তু বাইরের দিকটা ঢালু। সেখান দিয়ে উঠে ওই পুব দিকের মাথা থেকে এই খোলা ছাতাটা নীচে ফেলব। সেই ছাতায় বাঁধা থাকবে বছর হিসেব করবার নির্ভুল জ্যান্ত ঘড়ি।'

'বছর হিসেব করবার জ্যান্ত ঘড়ি!' বোথা হতভম্ব।

'হ্যাঁ, লিম্যাক্স ফ্ল্যাভাস—খোলসহীন এক জাতের শামুক। পৃথিবীতে প্রলয় হতে পারে, তবু ওই প্রাণীটি বছরে একবার ঠিক পয়লা কি দোসরা আগস্ট ডিম পাড়বেই। ছাতা থেকে খুলে নিয়ে ওই শামুকের ওপর নজর রাখবেন। তারিখ ভুল আর হবে না।'

বোথা যত বড় শয়তানই হোক, তাকে যা কথা দিয়েছিলাম তা রেখেছিলাম। কুড়ি বছর আগে পাহাড়ের চুড়া থেকে লিম্যাক্স ফ্ল্যাভাস বেঁধে সেই যে নিজের ছাতাটা মরা আগ্নেয়গিরির তলায় ফেলে দিয়েছিলাম তারপর আর ছাতা কিনিনি।”

কথা শেষ করেই ঘনাদা শিশিরের সিগারেটের টিনটা অন্যমনস্কভাবে হাতে নিয়ে বারান্দার দিকে পা বাড়ালেন।

চাকী ফাঁক পেয়ে পেছন থেকে চিৎকার করে উঠল, ‘নিজের তো নেই, আজ কার ছাতা তাহলে দান করে এলেন শুনি?”

“জানি না।” ঘনাদা তেতলার সিঁড়িতে উঠতে উঠতে বলে গেলেন।

তারপর হুলুস্থূল ব্যাপার। চাকী সঙ্গে সঙ্গে বাইরে বেরিয়ে গিয়ে আর্তনাদ করে উঠল, “আমার ছাতা! আমার ছাতা এখানে শুকোতে দিয়েছিলাম!”

সবাই মিলে তাকে সান্ত্বনা দিতে এগিয়ে গেলাম।

“ওঃ, আপনার ছাতাটাই গেছে বুঝি? কার যে কখন কী যাবে কিছু ঠিক নেই এখানে।”

“তার মানে?” চাকী চিড়বিড়িয়ে উঠল, “যে যারটা যখন খুশি নিয়ে যাবে! আবার দান করেও আসবে!”

দুঃখের সঙ্গে জানালাম, “এ মেসে ও-ই নিয়ম!”

চাকী দুমাসের অগ্রিম টাকা রিফান্ড নিয়ে মেস ছেড়ে গেছে।

ঘনাদা কুলপি খান না

ঘনাদা বললেন, “না।”

আমরাও সবাই হাঁ।

ঠাণ্ডা গরম কোনও রকম লড়াই চলছে না, বাইরে সাদা মেঘের হ্যান্ডবিল ছড়ানো শরতের আকাশ যেন পুজোর বাজারের মতো প্রসন্ন, ক-দিন ধরে আমাদের বাহাত্তর নম্বর বনমালি নস্কর লেনের আবহাওয়াও তাই।

এই গোলমেলে সময়েও শিবু ট্রেনে করে প্রথমে গড়িয়াহাট, তারপর সোনারপুর, শেষে ক্যানিং পর্যন্ত ধাওয়া করে চিংড়ি, ভেটকি, এমনকী গাঙের ইলিশ পর্যন্ত নিয়ে এসেছে। সরষের তেলের অভাবটা বাদাম তেলে সরষের গুঁড়ো মিশিয়ে টের পেতে দেওয়া হয়নি। শিশির একটা করে নতুন সিগারেটের টিন একদিন অন্তর খুলে আর

হিসেব রাখছে না, ঘনাদা দুবেলা আমাদের আড্ডাঘরে নিজে থেকে হাজিরে দিয়ে এ-পর্যন্ত গালগল্পের দু-চারটে মাত্র ফুলঝুরি ছাড়লেও, তুবড়ি পটকার আশায় আমরা সমানে জল-উঁচু জল-নিচু মেপে তাঁর সঙ্গে তাল দিয়ে যাচ্ছি। হঠাৎ তাহলে ঘনাদার এমন ঘাড় বাঁকাবার কারণ কী?

আর বেঁকে দাঁড়ালেন কীসে?

শহরের সেরা আইসক্রিমে!

অনেক ভেবেচিন্তে এ-আইসক্রিমের ব্যবস্থা করেছিলাম। পাড়ার বিখ্যাত তেলেভাজার ওপর আর ভরসা নেই। সরষের তেল যখন মহাজনের গোডাউনে নারকেল তেলের টিনে অজ্ঞাতবাস করছে, তখন তেলেভাজা খেতে মোবিল না সায়ানাইড কী পেটে যাবে ঠিক কী? বড় রাস্তার রেস্তোরাঁর চপ-কাটলেটও চোখ বুজে আর মুখে ফেলবার নয়। সামনেই কাঠের আড়ত। আর কিছু না হোক সেখানকার করাতের গুঁড়ো এ-বাজারে কাজে লাগতেও তো পারে।

অনেক বিচার-বিবেচনা করে তাই শহরের সেরা কোম্পানির কুলপি মানে আইসক্রিম আনিয়েছিলাম আজ বিকেলে।

এ কুলপিতে ছিটেফোঁটার বদলে গল্পের একটা বড় চাঁই যদি জমে এই আশা।

বনোয়ারি বড় ট্রেতে আইসক্রিমের প্লেটগুলো সাজিয়ে আনতেই ঘনাদার চোখে একটু ঝিলিক দেবে ভেবেছিলাম।

তা তো নয়ই। একসঙ্গে দু-দুটো টুটিফ্রুটি সমেত সবচেয়ে বড় প্লেটটা তাঁর দিকে এগিয়ে দিতেই ঘনাদা যেন রবিবর্মার ছবির বিশ্বামিত্রের মতো মেনকার কোলে শকুন্তলাকে দেখে শিউরে উঠে নিষেধের হাত তুলে মুখ ফেরালেন।

"সে কী ঘনাদা!" শিশির অবাক হয়ে বললে, "আইসক্রিম খাবেন না?"

"একেবারে বাজারের সেরা কুলপি-বরফ", শিবু পঞ্চমুখ হয়ে উঠল, "ম্যাগলিটি থেকে স্পেশ্যাল অর্ডার দিয়ে আনানো। জিভে ঠেকতে না ঠেকতে প্রাণ মন জুড়িয়ে যায়। এ কুলপি খাবেন না।"

"না।" ঘনাদার এই সংক্ষিপ্ত যুক্তাক্ষরবর্জিত প্রত্যাখ্যানেই আমরা একেবারে হাঁ।

গৌর তবু একবার ওকালতি করে দেখল, "এ আর সেই মাটির হাঁড়ির ময়দা আঁটা টিনের খোলের নোংরা কুলপি নয়। দস্তুরমতো বৈদ্যুতিক যন্ত্রে তৈরি। হস্ত দ্বারা অস্পৃষ্ট। একটু শুধু চোখেই দেখুন না।"

ভবি তবু ভোলবার নয়। সামনে যেন নিমের পাঁচন ধরা হয়েছে এমনইভাবে মুখ বেঁকিয়ে ঘনাদা হাতের শুধু কনিষ্ঠা, অনামিকা ও মধ্যমা নেড়ে সরিয়ে নিয়ে যাবার ইঙ্গিত করলেন।

"বরফ খেলে দাঁত কনকন করে বুঝি?" মুখ ফসকে কথাটা বেরিয়ে যেতেই তটস্থ হয়ে উঠলাম। ঘনাদার বাঁধানো দাঁত ধরা পড়ার সে কেলেঙ্কারি তো ভোলবার নয়। তারপর থেকে সাবধানে সে-উল্লেখ আমরা এড়িয়েই যাই। আজ হঠাৎ আমার ভুলেই না ঘনাদা আরাম-কেদারা ছেড়ে উঠে পড়েন।

বেফাঁস কথাটা সামলাতে যাচ্ছি, হঠাৎ শিশির যেন আমার বেয়াদবির খেই ধরেই

উলটো হাওয়া দিয়ে বসল।

"না না, দাঁত কনকন নয়, ঘনাদা ওই পেল্লায় ম্যাগনাম সাইজ দেখেই ভয় পাচ্ছেন। বরফ তো নয়, যেন একজোড়া কোলবালিশ!"

"ঘনাদা আর অত বড় বরফ দেখেননি কখনও?" শিবু শিশিরকে বকুনি দেওয়ার ছলে একটু খোঁচা লাগল।

"দেখবেন না কেন?" গৌর আর একটু ফুটিয়ে দিলে, "বরফের দোকানে কাঠের গুঁড়ো মাখানো চাঁই দেখেছেন। তার বেশি তো কিছু নয়।"

"কেন?" আমি সরল প্রতিবাদ জানালাম, "দুনিয়া এসপার-ওসপার করে ঘনাদা একটা আইসবার্গও দেখেননি কখনও! এই তো সেবার সেই ছড়ির কল্যাণে দক্ষিণ মেরু থেকে বেঁচে ফেরবার পথে আইসবার্গের ওপরই পড়েছিলেন।"

আকাশে আজ দু-চারটে হালকা সাদা মেঘ ছাড়া কিছু নেই। কালো মেঘগুলো সব ঘনাদার মুখেই এসে জমছে টের পাচ্ছিলাম। আমি শঙ্কিত হলেও গৌর কিন্তু তাতেও যেন ভ্রূক্ষেপ না করে তাচ্ছিল্যের সঙ্গে বললে, "হ্যাঁ, ওই আইসবার্গ পর্যন্তই বলতে পারো!"

"আইসবার্গটা বুঝি কিছু না!" ঘনাদার নাম বাঁচাতে আমাকেই কোমর বাঁধতে হল, "সেটা কত বড় হবে, ঘনাদা?"

উৎসুকভাবে ঘনাদার দিকে চোখ কপালে তোলবার জন্যে প্রস্তুত হয়ে তাকালাম। আইসবার্গটা এভারেস্ট না ছাড়াক, আলপস কি অ্যান্ডিজকে লজ্জা দেবে-ই নিশ্চয়।

কিন্তু একেবারে যেন থাবড়া দিয়ে বসিয়ে দিয়ে ঘনাদা নিজেই নিতান্ত অবজ্ঞার সুরে বললেন, "কত আর! শ-দুই ফুট উঁচু হবে বড় জোর।" সঙ্গে সঙ্গে ঘনাদা উঠে পড়েন আর কী!

আমি এবার হতাশ, কিন্তু প্রথম ছেঁকা যে দিয়েছিল সেই শিশিরই মলম লাগিয়ে নরমে-গরমে এমন বাজিমাত করবে কে ভেবেছিল!

হঠাৎ খুক খুক করে দুবার কেশে নিয়ে শিশির বললে, "গলাটা কেমন খুসখুস করছে। যা ডেঙ্গুর মরশুম চলছে। গলার জন্য একটা কিছু খেলে হয়।"

"আমার ঘরে থ্রোট প্যাস্টিল আছে। আনাব নাকি, ঘনাদা?"

ঘনাদা প্রায় উঠে দাঁড়িয়ে পড়েছিলেন। আবার আরাম-কেদারায় একটু সোজা হয়ে বসে বললেন, "তা থাকে যদি আনাও।"

আর ভাবছি—শিশির এখন রাস্তা পেয়ে গেছে বোঝা গেল। দু-গ্রাসে নিজের প্লেটের আইসক্রিমটা সাবাড় করে মুখচোখের কাহিল অবস্থাতেই করুণ সুরে বললে, "এ-সব বরফ-টরফ এখন না খাওয়াই ভাল। বাজারের কিছুতে তো বিশ্বাস নেই। রামভুজকে না হয় ক-টা অমলেট ভাজতেই বলি।"

"বলো।" ঘনাদা এবার আরাম-কেদারায় গা এলিয়ে দিলেন যেন নির্লিপ্তভাবে।

"সেই সঙ্গে ক-কাপ গরম কফি!" গৌর ফরমাশ করলে।

ঘনাদার মুখ থেকে আষাঢ়ের মেঘগুলো সরছে বলেই মনে হল। হঠাৎ আবার শিশিরের বেয়াড়া খোঁচা।

"ঠাণ্ডাটা আপনার সয় না, না ঘনাদা?"

ঘাটে লাগতে লাগতে নৌকো বুঝি বানচাল হয়ে যায়।

কিন্তু বিপরীতেই হিত হয়ে গেল যেন ফুসমন্তরে।

ঘনাদা তাঁর সেই পেটেন্ট নাসিকাধ্বনি ছেড়ে বললে, "হ্যাঁ, তেমন আর সয় কই! শুনেছি দক্ষিণ মেরুর অভিযানে রাশিয়ানরা ভোস্টকে মাইনাস একশো পঁচিশ ডিগ্রি পেয়েছে। সেটা আমার দেখবার সৌভাগ্য এখনও হয়নি। তবে পারার থার্মোমিটার পাথর হয়ে জমে অচল হয়ে গেছল।"

"থার্মোমিটারের পারা জমে গেছল!" স্বাভাবিক বিস্ময়ের সঙ্গে উসকানি দেবার জন্যও মুখব্যাদান করতে হল, "কত ঠাণ্ডা তাহলে?"

"কত ঠাণ্ডা বুঝবেন কী করে!" গৌর ধমক দিল, "শুনছিস থার্মোমিটার জমে গেছল!"

"না, পারার থার্মোমিটার জমলেও ঠাণ্ডা মাপা যায়!" ঘনাদার অনুকম্পা-অবজ্ঞার দৃষ্টি যত জোরালো আমাদের আশাও সেই অনুপাতে প্রবল, "পারা জমে শক্ত হয়ে যায় ৩৮তে, তারপর অ্যালকোহল থার্মোগ্রাফ দরকার হয়। সে অ্যালকোহল থার্মোগ্রাফে তখন মাইনাস সত্তর।"

"মাইনাস সত্তর!" গৌর বিনা চেষ্টাতেই চোখ কপালে তুলল, "কোথায়?"

"দ্রাঘিমা ৪২.১২ পূর্ব-অক্ষাংশ উত্তর ৭২.৩৫।"

বলা বাহুল্য ঘনাদার এই সরল সংক্ষিপ্ত সমাচারে আমরা সবাই অথই পাথারে।

শিবুই প্রথম সামলে উঠে দুবার ঢোক গিলে জিজ্ঞাসা করলে, "উত্তর অক্ষাংশ বলছেন না? তার মানে আলাস্কা-টালাস্কা কি ল্যাপল্যান্ড-আইসল্যান্ড বুঝি?"

"না। গ্রিনল্যান্ডের উত্তর-পুবে সাড়ে-আট হাজার ফুট, যাকে আইস ক্যাপ বলে সেই বরফের একটা চাঁইয়ের ওপর।"

"সাড়ে-আট হাজার ফুট বরফের চাঁই।" ঘনাদা গৌরের বেয়াদবির জবাব দিলেন বুঝে বিস্ফারিত নয়নে জিজ্ঞেস করলাম, "সেখানে মানুষ থাকে?"

"না, থাকে না। প্রায়—পঞ্চাশ হাজার বর্গমাইলের মধ্যে মানুষের বসতি নেই বললেই হয়। জায়গাটা সুমেরুবৃত্তেরও চারশো মাইল উত্তরে। গ্রিনল্যান্ডের সবচেয়ে দক্ষিণের ঘাঁটি ফেয়ারওয়েল অন্তরীপ থেকে প্রায় হাজার মাইল। উত্তর মেরুও হাজার মাইলের কিছু বেশি। সেটা আই. জি. ওয়াই. মানে ইন্টারন্যাশন্যাল জিওলজিক্যাল ইয়ার বলে কয়েক মাসের জন্য এই বরফের শ্মশানে একটি বৈজ্ঞানিকের দল কাছাকাছি কোথায় একটা ঘাঁটি বসিয়ে একটা রাত কাটাতে এসেছে এইটুকু শুধু জানতাম।"

ঘনাদা ভাষণ থামিয়ে আমাদের মুখের ওপর একবার চোখ বুলোলেন। তাঁর ঠোঁটের বাঁকা হাসিটুকুর মানে না বুঝে আমি বেশ একটু অবাক।

গৌরই আমাদের মুখরক্ষা করলে। ভুরু কুঁচকে বললে, "কয়েক মাস ধরে এক রাত কাটাচ্ছে, মানে ওখানে সেই ছ-মাস দিন, ছ-মাস রাত তাহলে?"

"ঠিক ধরেছ।" ঘনাদা কিঞ্চিৎ প্রসন্ন হয়ে বললেন, "তখন সেই রাত দুপুর চলছে।

সূর্যের মুখ দেখা যায় না, শুধু একবার চব্বিশ ঘণ্টার মধ্যে আকাশটা একটু পরিষ্কার হয়। তবে মাঝে মাঝে উত্তর আকাশে যেন বৈদ্যুতিক আতসবাজির উৎসব লেগে যায়।”

“অরোরা বোরিয়ালিস!” শিশির তার বিদ্যা জাহির করেই বোধহয় বিবাদ বাধালে।

“হ্যাঁ, ওই বোরিয়ালিসের ভুতুড়ে আলোয় এক বিশাল সাসত্রুজি-র ওপর দিয়ে তখন দূরের এক নুনাটাক লক্ষ করে চলেছি।”

“দাঁড়ান। দাঁড়ান।” শিশিরের বাহাদুরির খেসারত দিতে বাধ্য হয়েই অজ্ঞতা স্বীকার করে ঘনাদাকে থামাতে হল, “ও-সব শাস্ত্রীজি আর নুন-টুন আবার কী?”

“শাস্ত্রীজি নয়, সাসত্রুজি, আর নুন-টুন নয়, নুনাটাক।” ঘনাদা কৃপা করে ব্যাখ্যা করলেন, “সাসত্রুজি হল ঢেউ খেলানো বরফের প্রান্তর আর নুনাটাক হল পাহাড় গোছের পাথুরে ঢিবি। প্রথম কথাটা রুশ ভাষার, দ্বিতীয়টা এস্কিমোদের থেকে পাওয়া। ওই কথাগুলোই এখানে চালু।”

একটু থেমে আমাদের কুপোকাত অবস্থাটা উপভোগ করে ঘনাদা বলতে শুরু করলেন, “গায়ে ভাল্লুকের চেয়ে ধোক্কড় পোশাক—পশমের পা-গেঞ্জি, হাত-গেঞ্জি, তার ওপর পশমের শার্ট পাজামা, পর-পর দু-জোড়া গরম মোজা, ভেতরে রেশমের লাইনিং দেওয়া পশমের পার্কা, তার ওপর ক্যারিবো হরিণের লোমওয়ালা চামড়ার প্যান্ট আর বলগা হরিণের লোমশ চামড়ার বড় পার্কা আর মাথাঢাকা টুপি, পায়ে সিলের চামড়ার জুতো, দু-হাতে পশমের দস্তানার ওপর বলগা হরিণের চামড়ার আর একটা দস্তানা, মুখে তুষার বাঁচাবার গগল্‌স-আঁটা মুখোশ—তা সত্ত্বেও মুখে গলায় যেখানে একটু ফাঁকা সেখানে যেন অসংখ্য অসাড়-করা ছুঁচ ফুটছে।

গ্রীনল্যান্ডের এই বরফের প্রান্তরে ঠিক তুষারপাত যাকে বলে তা খুব কমই হয়। সাদা ঢেউ খেলানো শূন্যতার ওপর দিয়ে সারাক্ষণ অসহ্য একটা গোঙানি তোলা ঝোড়ো হাওয়া এলোমেলো ভাবে বয়, আর তাতে একটু-ফুটলেই-কালিয়ে-দেওয়া বরফের অগুনতি ছুঁচ যেন সূক্ষ্ম খ্যাপা ভোমরার ঝাঁকের মতো উড়ে বেড়ায়।

এইভাবে কয়েক পা আরও এগিয়েই সামনের সেই ফাটলটা দেখতে পেলাম। বরফের প্রান্তর দু-ফাঁক করে কত হাজার ফুট অতলে যে নেমে গেছে তার ঠিক নেই। ওপরেই ফাটলটা এদিক থেকে ওদিক প্রায় চোদ্দ ফুট চওড়া।

আমার পেছনে পেরীনও যে এসে দাঁড়িয়েছে অরোরা বোরিয়ালিসের ভুতুড়ে আলোর ফেলা ছায়া দেখেই বুঝলাম।

পেছন না ফিরেই জিজ্ঞাসা করলেন, ‘এবার কী করবেন, সেনর পেরীন? এ ক্রেভ্যাস কতদূর লম্বা কিছু তো বোঝবার উপায় নেই। অথচ এটা পার না হলে তো আপনি যে নুনাটাক দেখাচ্ছেন সেখানে পৌঁছোনো যাবে না। এই দু-মনি পোশাক নিয়ে পারবেন লাফ দিয়ে পার হতে?’

‘লাফ দেবার দরকার হবে না।’ স্নো মাস্ক-এর ভেতর দিয়েই সেনর পেরীনের জলদগম্ভীর গলা শোনা গেল, ‘এখান থেকেই ফিরে যাব ভাবছি, আর একলাই

ফিরব।'

'একলাই ফিরবেন!' যেন কথাটা ঠাট্টা মনে করেই গ্রাহ্য না করে হেসে উঠে নিচু হয়ে তার দিকে পিছন ফিরে বসে অতল ফাটলটা ভাল করে পরীক্ষা করতে করতে বললাম, 'কী ভয়ংকর ফাটল দেখেছেন। মনে হয় সোজা আট হাজার ফুট সেই পাতালে নেমে গেছে।'

'হ্যাঁ।' পেছন থেকে আমার প্রায় ঘাড়ের ওপরে পেরীনের বাজখাঁই গলা শোনা গেল এবার, 'একটা কেলে গুবরে পোকার পক্ষে গোরটা একটু বেশি জমকালো হয়ে যাচ্ছে। সাড়ে আট হাজার ফুট বরফের পিরামিড মিশরের ফারাওরাও ভাবতে পারেনি।'

যেন রীতিমতো ঘাবড়ে গিয়ে এবার উঠে দাঁড়িয়ে বললাম, 'আপনার হঠাৎ এ-রকম ঠাট্টার মানে তো বুঝতে পারছি না, সেনর পেরীন। আপনার প্রাণ সংশয় বলে সাহায্য করবার জন্য আমায় ডেকে নিয়ে এলেন। তখন গোপনে বললেন যে এস. এ. এস.-এর এই ট্র্যান্স-পোলার ফ্লাইটের জেট হঠাৎ বিকল হয়ে এভাবে আইসক্যাপের ওপর নামার পেছনে ভয়ংকর ষড়যন্ত্র রয়েছে। প্লেনটা প্রায় নিরাপদেই নামলেও প্রথম ধাক্কায় আপনার পাশের সিটের ভদ্রলোক মি. হিগিন্‌সের হঠাৎ অজ্ঞান হয়ে যাওয়াটা স্বাভাবিক নয়। আপনাকে ঘায়েল করতে গিয়েই শত্রুরা সামান্য ভুলে নাকি মি. হিগিন্‌সকে জখম করে বসেছে। শত্রুরা প্লেনের ভেতরেই যাত্রী না কর্মচারী সেজে আছে আপনি বুঝতে পারেননি বলেই তাদের ভয়ে আপনি প্লেন ছেড়ে পালাবার এই ভয়ংকর ঝুঁকি নিয়েছেন। এখানে আই. জি. ওয়াই.-এর বৈজ্ঞানিকদের একটা ঘাঁটি বসেছে বলে আপনার জানা আছে। প্লেন সামান্য যেটুকু জখম হয়েছে তা সারাবার ফাঁকে আপনি আমার সাহায্য চেয়েছেন সেই ঘাঁটি খুঁজে বার করবার জন্য। সীমাহীন তুষারের এই ধুধু জনমনিষ্যিহীন তেপান্তরে সে অজানা ঘাঁটি খুঁজে না পাওয়ার মানে যে কী তা বুঝেও জেনেশুনে এত বড় বিপদ ঘাড়ে নিয়ে আপনার সঙ্গী হয়েছি, আর আপনি কিনা এ-রকম বিশ্রী ঠাট্টা করছেন!'

'আচ্ছা, ঠাট্টা আর করব না তাহলে।' অরোরা বোরিয়ালিসের ভুতুড়ে আলোর রং-বেরঙের মায়া-পর্দা দোলানো সেই গাদা তুষারের অসীম মহাশ্মশানে ছুঁচ-ফোটানো হাওয়ার অবিরাম গোঙানি ছাপিয়ে যেন সাক্ষাৎ যমদূতের মতো পেরীনের বুক কাঁপানো হাসি শোনা গেল। তারপর হাসি থামিয়ে সে চাপা গর্জন করে বললে, 'শোন তাহলে, হতভাগা। বরফের পিরামিডের তলায় কবর দেবার আগে তোকে সত্যি কথাগুলো শুনিয়ে দি। তুই আমায় চিনতিস না, কিন্তু তুই যে হিগিন্‌সকে পাহারা দেবার জন্য এ-প্লেনে যাচ্ছিস তা আমি জানতাম। এ-জেট প্লেন যে হঠাৎ বিকল হয়ে এই আইসক্যাপের ওপর নেমেছে সে আমাদেরই কারসাজিতে। এ-প্লেনের ফ্লাইট ইঞ্জিনিয়ার আমাদের হাতের মুঠোয়। তারই কৌশলে প্লেনের ইঞ্জিন হঠাৎ বিগড়ে গেছে।'

'কিন্তু প্লেনের ইঞ্জিন বিগড়ে দিয়ে এই জনমানবহীন বরফের রাজ্যে নামতে বাধ্য করায় লাভটা কী?' আমি যেন হতভম্ব হয়ে জিজ্ঞাসা করলাম।

'লাভটা এখনও বুঝতে পারিসনি?' পেরীন হায়নার হাসি হেসে বললে, 'লাভ এক ঢিলে দু-পাখি সাবাড় করা। প্লেনটা বেকায়দায় নামাবার সময় সামান্য যেটুকু ঝাঁকুনি লেগেছে তারই সুযোগ নিয়ে পাশে থেকে মাথায় ঘা দিয়ে বুড়ো হিগিন্‌সকে বেহুঁশ করেছি। তারপর গোলমালের মধ্যে তার অ্যাটাচিটাই তুলে নিয়ে টয়লেটে গিয়ে ঢুকেছি। সেখানে যা দরকার বার করে নিয়ে তার জায়গায় অন্য কাগজপত্র রেখে অ্যাটাচিটা আবার যথাস্থানে রেখে দিয়েছি। ফ্লাইট অফিসার আর ইঞ্জিনিয়াররা তখন প্লেন থেকে নেমে বাইরে মেরামতের কাজে লেগেছে। এবার তোর একটা ব্যবস্থা না করলে নয়। বাইরের পোশাকগুলো এয়ার ব্যাগে ভরাট ছিল। আর-একবার টয়লেটে গিয়ে সেগুলো পরে ফেলেছি। প্লেনের ভেতরে যেখানে সত্তর ডিগ্রি তাপ বাইরে সেখানে মাইনাস সত্তর। ওই গোলমাল না হলে অফিসাররা কেউ বাধা দিত। একজন স্টুয়ার্ডেস চেষ্টাও করেছিল। কিন্তু পোশাক দেখিয়ে তাকে বুঝিয়ে নীচে নেমেছি। তুই যে আগেই নীচে নেমেছিস তা দেখেছি। নীচে তোকে একটু আড়ালে ডেকে নিয়ে এই আজগুবি বিপদের কাহিনী শুনিয়েছি। এত সহজে আহাম্মকের মতো তুই এ-ফাঁদে পা দিবি তা সত্যি আশা করিনি। তখন রাজি না হলে অন্য উপায়ে তোকে সাবাড় করবার ব্যবস্থা করতে হত।'

'তাহলে আপনার বিপদ, আই. জি. ওয়াই-এর ঘাঁটি খোঁজার কথা, সব মিথ্যে!' আমি যেন দিশাহারা।

'তোর মতো একটা গবেটকে যারা হিগিন্‌সকে আগলাবার জন্যে পাঠিয়েছে তাদের বুদ্ধিকেও বলিহারি!' পেরীন যেন গায়ে থুতু দেবার মতো করে বললে, 'এই পঞ্চাশ হাজার বর্গমাইল ধুধু বরফের রাজ্যে আই. জি. ওয়াই.-এর একটা কুঁড়ের মতো আস্তানা খুঁজে বার করা খড়ের গাদায় ছুঁচ খুঁজে বার করার চেয়ে যে শক্ত সে হুঁশটুকুও তোর হয়নি। কিন্তু আর কথা বাড়িয়ে লাভ নেই। প্লেন বোধহয় এতক্ষণে চালু হয়ে এসেছে। তোর কবরের ব্যবস্থা করে তাড়াতাড়ি ফিরতে হবে এবার।'

'সত্যি একলাই ফিরে যাবেন!' আমি যেন সমস্ত ব্যাপারটা এখনও বিশ্বাস করতে না পেরে ভ্যাবাচ্যাকা—'ওরা যখন আমার কথা জিজ্ঞাসা করবে?'

'আমায় জিজ্ঞেস করবে কে?' পেরীন খেঁকিয়ে উঠল, 'আমার সঙ্গে তোকে আসতে কেউ দেখেছে! তুই যে নেই এ-গোলমালে তা কেউ খেয়ালই করবে না। খেয়াল পরে কোনও সময়ে অবশ্য হবে, কিন্তু তখন প্লেন উত্তর মেরু পেরিয়ে বোধহয় প্রশান্ত মহাসাগরের নাগাল পেয়েছে। তুই তখন সব খোঁজাখুঁজির বাইরে।'

'এই ফাটলেই তাহলে ফেলে দেবেন বলছেন!' হতাশ করুণ সুরে বলে ফাটলটা আর একবার দেখবার জন্যই যেন পেরীনের দিকে পিছু ফিরলাম।

সেই মুহূর্তে পেরীন বুনো মোষের মতো পেছন থেকে সজোরে ঠেলা দিলে।

তৈরিই ছিলাম। তবু হাত বাড়িয়ে ধরে না ফেললে পেরীন সেই হাঁ-করা পাতালে বোধহয় তলিয়েই যেত।

ধরে-ফেলা তার হাতটা ফাটলের পাড়ে বরফের একটা খাঁজে লাগিয়ে দিয়ে বললাম, 'শক্ত করে ধরুন, সেনর পেরীন। আপনার যা দু-মনি বালির বস্তার মতো

লাশ তাতে আগেই যদি বরফের পাড় ধসে না যায় তা হলে মিনিট পাঁচেক অন্তত টিকে থাকতে পারবেন।'

প্রাণপণে দু-হাতে বরফের খাঁজটা ধরে অতল ফাটলের ওপর ঝুলতে ঝুলতে পেরীন ভয়ে-কাঁপা ধরা গলায় কোনও রকমে বললে, 'আমি—আমি—'

'হ্যাঁ, আপনি আমার জন্য ভাল সমাধিরই ব্যবস্থা করেছিলেন। কিন্তু আমার মতো সামান্য একটা পোকামাকড়ের পক্ষে এমন সমাধি একটু বেমানান নয়? বরফের পিরামিডটা আপনার কবরেরই মান রাখবে।'

'আমি আর ধরে থাকতে পারছি না!' এবার একটু দম পেয়ে পেরীন আর্তনাদ করে উঠল, 'আমায় বাঁচাও। এবার আমি তোমাকে অনেক অনেক টাকা দেব। এত টাকা তুমি ভাবতে পারো না।'

'সত্যি বলছেন?' আমি যেন একটু দোমনা, 'কিন্তু টাকার আমার ভাবনা কী। আপনার পকেটেই যে-কটা কাগজ চুরি করে রেখেছেন সেগুলো পেলেই তো আমি টাকা রাখবার জায়গা পাব না।'

পাড়ের ধার থেকে ঝুঁকে পেরীনের পার্কা থেকে শুরু করে সাতপুরু জামার তলায় হাত চালিয়ে তার শার্টের ভেতরের পকেট থেকে খামে-ভরা কাগজগুলো বার করে নিয়ে বললাম, 'কিছু মনে করবেন না। কখন আপনি এ-ফাটলে তলিয়ে যান কিছু ঠিক নেই তো, তাই এগুলো আগেই বার করে নিলাম।'

'আমার হাত অবশ হয়ে আসছে।' পেরীনের এবার প্রায় ডুকরে কান্না। 'আপনাকে দিব্যি গেলে বলছি, নিজে থেকে আমি ধরা দেব, সব ষড়যন্ত্রের কথা কবুল করে যারা যারা এর ভেতর আছে ধরিয়ে দেব। আমায় বাঁচান।'

'দেখুন দিকি!' বড় ফাঁপরেই যেন পড়লাম। 'আট হাজার ফুট ফাটলে নামিয়ে দিচ্ছিলেন, এখন আবার তুই থেকে আপনিতে তুলে লজ্জা দিচ্ছেন। কিন্তু ষড়যন্ত্রের কথা জানাবার জন্য আপনাকে বাঁচাবার দরকারই নেই যে! আপনার মতো নিরেট আহাম্মক বেইমানকে যারা এ শয়তানি কাজ হাসিল করতে নিয়েছিল তাদের বুদ্ধিকে বলিহারি। আপনি কি ভাবেন ষড়যন্ত্রের কথা জানতে আমাদের কিছু বাকি আছে? হিগিন্‌সকে আগলাতে নয়, আপনার ওপর নজর রাখবার জন্যই আপনার পেছনের সিটে জায়গা নিয়ে চলেছি। ফ্লাইট ইঞ্জিনিয়ার আপনাদের হাতের মুঠোয় বলে ইঞ্জিন বিগড়ে দিয়ে এই বরফের শ্মশানে প্লেন নামাবার ব্যবস্থা করেনি। সে যাকে বলে ডাবল এজেন্ট, মানে আমাদেরই চর। আপনাদের দলের লোক সেজে এতদিন আপনাদের ধোঁকা দিয়েছে। এ অমূল্য কাগজ চুরির ষড়যন্ত্রের কথা জানা থাকলেও হাতেনাতে ধরবার জন্যেই যেন আপনারই সুবিধে করতে প্লেন এখানে নামানো হয়েছে। ঘটে যদি আপনার একটু বুদ্ধি থাকত তাহলে আমায় প্লেনের বাইরে এই সব পোশাকে দেখেই আপনার সন্দেহ হত। সাধারণ প্লেনের যাত্রী হয়ে গ্রিনল্যান্ডের ওপর ঘোরাফেরার পোশাক কেউ সঙ্গে রাখে না। এ আইসক্যাপে আই. জি. ওয়াই.-এর ঘাঁটি যে এখন ধারেকাছে নেই তা আমি জানি। আপনার মিথ্যে ধাপ্পা অত সহজে বিশ্বাস করে যে আপনার সঙ্গে এসেছি সে শুধু আপনার দৌড় দেখবার জন্য।

মি. হিগিন্‌সও আপনার চোরা মারে অজ্ঞান হননি। এই রকম কিছু হতে পারে আন্দাজ করেই তাঁর গায়ে বুলেট প্রুফ বর্ম আঁটা, আর মাথায় শক্ত ইস্পাতের আঁটো টুপির ওপর পরচুলা লাগানো। তিনি শুধু অজ্ঞান হবার ভান করে ছিলেন। কিন্তু আর কথা বাড়িয়ে লাভ নেই। আপনার হাত দুটো অসাড় হয়ে এসেছে বুঝতে পারছি। ভাবছি এত কষ্ট যার জন্য করলেন সেটা থেকে আপনাকে বঞ্চিত করা উচিত নয়। এ-ক্রেভ্যাস কত গভীর জানি না। যতই হোক, তলায় গিয়ে খামটা খুঁজে নিতে পারবেন।'

লেফাফাটা তারপর সেই ফাটলের মধ্যেই ফেলে দিলাম।"

"অ্যাঁ। ওই অমূল্য কাগজগুলো ফেলে দিলেন!" আমাদের সকলের চোখই ছানাবড়া।

"হ্যাঁ," ঘনাদা নির্বিকার, "ফেলে দিতে ওই অবস্থাতেও পেরীনও প্রায় আর্তনাদ করে উঠেছিল। তাকে অবশ্য শেষ পর্যন্ত ফাটল থেকে তুলে প্লেনে নিয়ে গিয়ে হাতকড়া পরাবার ব্যবস্থা করেছিলাম।"

"কিন্তু সেই দামি কাগজগুলো?" আমাদের বিমূঢ় জিজ্ঞাসা।

"আসল কাগজ তো ছিল আমার পকেটে!" ঘনাদা ঈষৎ দন্ত বিকাশ করলেন, "মি. হিগিন্‌সের অ্যাটাচিতে যা ছিল তা ফাঁকি।"

"কিন্তু ও-অমূল্য কাগজে ছিল কী?" আমি কৌতূহল চাপতে পারলাম না।

"স্পেস রকেটের নতুন নকশা।" শিবু আঁচ করলে।

"নিউট্রন বোমার অঙ্ক।" গৌরের কল্পনা।

"উঁহু, আধুনিক ক-টা ছবি!" শিশিরের মন্তব্য।

"না", ঘনাদা আমাদের সংশয় মোচন করলেন, "ছিল লেজের-এর নতুন কূট কৌশল।"

"লেজের-এর!" আমরা হতভম্ব।

"হ্যাঁ," ঘনাদা সদয় হয়ে ব্যাখ্যা করলেন, "এল. এ. এস. ই. আর.। মানে, লাইট অ্যাম্পলিফিকেশন বাই স্টিমুলেটেড এমিসন অফ রেডিয়েশন। সংক্ষেপে ইংরেজি আদ্যক্ষরগুলো নিয়ে লেজের, একারটা খাটো। আর বর্গীয় জ-টা 'জানতি পার না'র মতো। আজগুবি বিজ্ঞান-কাহিনীর লেখকরাও যা কল্পনা করতে পারেনি, 'লেজের' এ-যুগের মাত্র সেদিনের, ১৯৬০ সালের, সেই যুগান্তকারী আবিষ্কার ও উদ্ভাবন। এ এমন তীব্র তীক্ষ্ণ আলোর রেখা যে দশ মাইল দূরে ফেললেও কয়েক ফুট মাত্র ছড়ায়। এ আলো দিয়ে মুহূর্তের মধ্যে সূর্যের লক্ষ লক্ষ গুণ উত্তাপ সৃষ্টি করা যায়। এ আলোর রেখা মারফত বেতারের চেয়ে ভালভাবে মানুষের কণ্ঠ আর যে-কোনও ছবি পাঠান যায়। একটা এ-আলোর রেখা এই ভারতবর্ষে এই মুহূর্তে যেখানে যত টেলিফোনের আলাপ হচ্ছে সব বইতে পারে। প্রথম যে 'লেজের' যন্ত্র তৈরি হয় তাতে চুনির ভেতর দিয়ে শুধু একটি রঙের লাল আলোই বার হত। আর্গন, ক্রিপ্টন গোছের গ্যাস ব্যবহারের কৌশলে এখন অন্তত ষাট-সত্তর রঙের 'লেজের' আলো বার করবার উপায় উদ্ভাবিত হয়েছে। সেই আশ্চর্য উদ্ভাবনের খসড়া নিয়েই মি. হিগিন্‌স বিলেত

থেকে আমেরিকায় যাচ্ছিলেন। এ অমূল্য কাগজ চুরি যাবার ভয়েই সঙ্গে থাকতে হয়েছিল আমায়।"

"কিন্তু এ আশ্চর্য উদ্ভাবনের কৌশল শুধু ওই ক-টা কাগজেই লেখা থাকবে কেন?" গৌরের বেয়াড়া প্রশ্ন, "সঙ্গে করে তা নিয়ে যাবারই বা দরকার কী? 'টপ সিক্রেট' ডাকেই তো তা পাঠাবার কথা।"

ঘনাদার কাছে কোনও উত্তর আর পাওয়া গেল না। বনোয়ারি তখন রামভুজের সদ্য ভাজা গরম অমলেটের প্লেট নিয়ে হাজির হয়েছে।

ঘনাদা তারই ওপর হুমড়ি খেয়ে পড়লেন।

"গলা ব্যথার লজেন্সও রয়েছে, ঘনাদা।" শিশির জানাল।

ঘনাদার ভর্তি গাল থেকে যে অস্পষ্ট আওয়াজ বেরুল, তা মনে করিয়ে দেওয়ায় খুশির, না ধরে ফেলায় বিরক্তির ঠিক বোঝা গেল না।

ঘনাদার জুড়ি নেই

তেল

'ইন্দ্রলুপ্ত নিবারণী'র নাম আর ক-জন শুনেছে!

আমরাও যদি না শুনতাম! তা হলে আমাদের কপালে ওই 'ইন্দ্রলুপ্ত নিবারণী' অত বড় দুর্ভাগ্যের দূত তো আর হতে পারত না।

সকাল থেকেই আমরা প্রমাদ গনছি!

এবারে যা গিঁঠ পড়েছে তা ছাড়ানো শিবেরও অসাধ্য।

হয়ে গেল! আমাদের বাহাত্তর নম্বর বনমালি নস্কর লেনের দফারফা হয়ে গেল। সব খেল এবার খতম।

এরপর কী আর থাকবে!

ইতিহাসের পাতায় একটা উল্লেখ—এককালে বিংশ শতাব্দীর মধ্যভাগে কলিকাতা শহরের এক প্রান্তে তদানীন্তন করপোরেশনের কর্তব্যনিষ্ঠার নিদর্শন স্বরূপ, আঁকাবাঁকা একটি নোংরা গলির একটি জীর্ণপ্রায় বাড়ি কিছুকাল শ্রীঘনশ্যাম দাস ওরফে ঘনাদার বাসগৃহরূপে ধন্য হয়েছিল।

এরপর তিক্ত মন্তব্যটুকুও নিশ্চয় থাকবে—অর্বাচীন অপদার্থ কয়েকটি কাণ্ডজ্ঞানহীন যুবকের অবিমৃষ্যকারিতাতেই শ্রীঘনশ্যাম দাস এ-বাসস্থান ও তার সঙ্গে জড়িত দুর্জন সংসর্গ বর্জন করতে বাধ্য হন।

শুধু ইতিহাসে কেন?

রাস্তার ধারে বাহাত্তর নম্বরে ঢোকবার দরজাতেই একটা শিলালিপি মানে প্রস্তরফলকও কি থাকবে না?

তাতে কী লেখা থাকবে? ও কী হরফে?

তর্কটা তুমুল হয়ে উঠেছে প্রথমে শুধু হরফ নিয়েই।

ভেতরের রাগ দুঃখ হতাশার জন্য উত্তেজিত আঘাত প্রতিঘাতগুলোও একটু বেশি কড়া হয়ে গেছে।

প্রথমত শিলালিপিতে কোন হরফের লেখা থাকবে সে বিষয়ে কিছুতেই একমত হওয়া যায়নি।

শিশির বলেছে, "হরফ আবার কী হবে? সোজা বাংলা।"

"কক্‌খনও না," প্রতিবাদ করতে বাধ্য হয়েছি আমি, "বাংলা কখনও শিলালিপি হয়! মন্দির-টন্দিরের উঠোনে চাতালে মার্বেল পাথরের নাম লেখা যেমন টালি বসানো থাকে এ কি তেমনই খেলো ব্যাপার নাকি?"

"তা হলে কী হরফে লেখা থাকবে শুনি!" শিশিরের বেশ বাঁকা জিজ্ঞাসা, "মিশরীয় না সুমেরীয়?"

"মিশরীয় সুমেরীয় হবে কেন?" আমি ভাবালু গলায় দেশপ্রেমের পরিচয় দিয়েছি, "থাকবে দেবনাগরীতে, রাষ্ট্রভাষার যা হরফ, তাইতে।"

"রাষ্ট্রভাষার হরফে থাকবে!" শিবু তীব্র প্রতিবাদ জানিয়েছে, "তা হলে বিকল্পে ইংরেজির রোমান হরফেই বা থাকবে না কেন! অন্য বারোটা ভাষার হরফের দাবিও মানতে হবে।"

"তার চেয়ে সব গোল তো অনায়াসেই চুকিয়ে দেওয়া যায়।" আমি এই গুরুতর পরিস্থিতিতে ঝগড়াঝাটি মিটিয়ে ফেলার চেষ্টাই করেছি, "হরফ হবে অশোকের অনুশাসনের, অর্থাৎ ব্রাহ্মীলিপিতে।"

"ব্রাহ্মীলিপিতে!" শিবু মানতে চায়নি এ-সহজ মীমাংসা, "ও-লিপি কে পড়বে শুনি?"

"তার জন্যই তো বললাম, শিলালিপির অক্ষর হবে বাংলা," শিশির আবার তার দাবি জোরদার করবার সুবিধে পেয়েছে, "সবাই গড়গড় করে যাতে পড়তে পারে।"

"কিন্তু পড়বেটা কী?" আমার অমন ভাল পরামর্শটা নাকচ করায় একটু ক্ষুণ্ণ না হয়ে পারিনি, "শিলালিপিতে কী লেখা থাকবে তা জানো?"

"তা আর জানি না!" শিশির মুরুব্বিয়ানার ভঙ্গিতে বলেছে, "লেখা থাকবে, শ্রীঘনশ্যাম দাস, তার নীচে ব্র্যাকেটে, ঘনাদা। তার তলায় দু-লাইন থাকবে পর পর। প্রথম লাইন থাকবে, এখানে ছিলেন, নীচের লাইনে থাকবে, এখন নেই।"

"শুধু এই?" শিবুর গলায় দুঃখ আর রাগ একসঙ্গে উথলে উঠেছে, "কেন তিনি নেই, তার কিছু থাকবে না! আর অত সংক্ষেপেই বা সারা হবে কার খাতির রাখতে?"

শিবু একটু থেমে, মুখ ভেংচেই আবার বলেছে, " 'এখানে ছিলেন। এখন নেই।' শুধু ওইটুকু কেন? বেশ সবিস্তারে সমস্ত ভাবীকালে পৃথিবীর উনিশশো সাতষট্টির হতাশ বেদনা পৌঁছে দিতে হবে না?"

"কী করে!" প্রশ্নটা শিশিরের অবশ্য। সুরটা একটু বাঁকা।

শিবু গ্রাহ্য না করে বলেছে, "এই এমনই ভাবে : প্রথমেই থাকবে একটা সম্বোধন—হে ভাবীকালের সুখী নাগরিক! এখানে একটু দাঁড়াও।"

"তার বদলে যা থেকে টুকলিফাই করছিস সেই আসল কবিতাটাই দিতে আপত্তি কীসের?" একটু স্পষ্ট কথা না শুনিয়ে পারিনি, "লিখলেই তো হয়, 'দাঁড়াও পথিকবর জন্ম যদি তব বঙ্গে'।"

ধরা পড়েও শিবু ভড়কায়নি, বলেছে, "ও-কবিতার লাইনে যে আর এখন কুলোয় না। শুধু বঙ্গ তো নয়, এখন যে সম্বোধনটা বিশ্বে ছড়ানো। তাই লেখা থাকবে, হে ভাবীকালের সুখী নাগরিক! এখানে একটু দাঁড়াও। দাঁড়ালে বাতাসে একটা দীর্ঘশ্বাস নিশ্চয় শুনতে পাবে, একটু কান পাতলে পৃথিবীর বুকেরই যেন হতাশ ধুকধুকুনি।"

"আর সেই সঙ্গে ক-টা আহাম্মকের গা-জ্বালানো বকবকানি!"

"অ্যাঁ!"

আমাদের সকলের চমকিত দৃষ্টি এক জায়গাতেই গিয়ে স্থির হল। শ্রীমান গৌর সেখানে গোমড়া মুখ করে বসে আছে। এই খেঁকিয়ে ওঠা মন্তব্য তো তারই। কিন্তু তা-ও কি সম্ভব?

বাহাত্তর নম্বর বনমালি নস্কর লেনের সঙ্গে যৎসামান্য পরিচয় যাদের আছে, তারাও অবাক হয়েছে নিশ্চয়। এতক্ষণের আলোচনায় গৌরের নাম একবারও উল্লেখ করা হয়নি দেখে গৌর এ সমাবেশে অনুপস্থিত বলে ধরে নেওয়াই তাদের পক্ষে স্বাভাবিক। আসরে থেকেও গৌর একেবারে নীরব, এমন ব্যাপার বিশ্বাস করা একটু শক্ত।

কিন্তু সেই অবিশ্বাস্য ব্যাপারই ঘটেছে। আর তার কারণ আছে সবিশেষে।

কারণটা সত্যিই গুরুতর।

আর গুরুতর বলেই গৌর একেবারে মরমে মরে গিয়ে আমাদের এত হুঙ্কার হাহাকারে মধ্যে এতক্ষণে একবার টুঁ শব্দটি করেনি।

শেষটা অসহ্য হওয়াতেই বোধ হয় একটিবার শুধু চিড়বিড়িয়ে উঠেছে।

ওই একবার খেঁকিয়ে ওঠার পরেই সে কিন্তু আবার ঠাণ্ডা।

তা ঠাণ্ডা হবে না তো গরম হবে কোন মুখে!

সব নষ্টের মূল যে ওই গৌর! ওর বেয়াড়া বেয়াদপির জন্যই তো আজ বাহাত্তর নম্বর বনমালি নস্কর লেনের এমন বারোটা বাজতে চলেছে।

ওর পক্ষেও একটু বলবার কথা আছে বটে। ওর মেজাজ বিগড়ে যাবার কারণ একেবারে ছিল না তা নয়। দিনের পর দিন সত্যিই কম কষ্ট তো গৌর করেনি, ওই একটি সাত রাজার ধন মহামূল্য জিনিস জোগাড় করতে।

কার কাছে যেন প্রথমে সেই অসাধারণ কবিরাজের নাম-ঠিকানা সংগ্রহ করেছিল যিনি ধন্বন্তরী হয়েও এ-যুগে এই কলকাতা শহরে একেবারে অজ্ঞাতবাস করছেন।

গোটা একটা বিকেল হাঁটাহাঁটি করে ট্যাংরা না তিলজলার কোথায় একটা নাম-ভুলে-যাওয়া গলির মধ্যে সেই কবিরাজকে খুঁজে বার করেছে। তারপর ট্যাঁক থেকে থেকে বেশ কিছু খসিয়ে কবিরাজকে দিয়ে শুধু তারই জন্য বিশেষ করে সেই অব্যর্থ মহৌষধটি তৈরি করিয়েছে, যার নাম 'ইন্দ্রলুপ্ত নিবারণী'।

সবে সেদিন সকালবেলা সেই 'ইন্দ্রলুপ্ত নিবারণী' আধারটি এনে স্নানের ঘরে রেখে সে বাইরে শুকোতে দেওয়া পরিষ্কার কাচা তোয়ালেটা আনতে গেছল।

এরই মধ্যে স্নানের ঘরে ঢুকে কে দরজা বন্ধ করেছে।

কে ঢুকেছে, কে?

আর কে, স্বয়ং ঘনাদা।

এত সাত সকালে তাঁর স্নানের কী এমন গরজ পড়ল? নীচে আমাদের পাচকঠাকুর রামভুজের কাছে রান্না প্রায় শেষ হবার খবর না নিয়ে তিনি তো স্নান করতে নামেন না।

তা ঠিক, তবে আজ তাঁর জরুরি দরকার পড়েছে।

আচ্ছা তা-ই মানা গেল। কিন্তু অন্যদিন যেখানে পাঁচ মিনিটে তাঁর স্নান সারা হয়ে

যায়, সেখানে আজ প্রায় পুরো একটি ঘণ্টা লাগাবার মানে কী?

তাও ঘণ্টা পার করছেন করুন, কিন্তু দরজা খুলে বার হবার সঙ্গে সঙ্গে একী সৌরভে দশদিক আমোদিত!

এ তো সেই 'ইন্দ্রলুপ্ত নিবারণী'ই মনে হচ্ছে।

গৌর ব্যস্ত হয়ে স্নানের ঘরে ঢুকেছে।

তারপর বনমালি নস্কর লেন থেকে বোধহয় উত্তরে বরানগর আর দক্ষিণে বড়িশা পর্যন্ত তার আর্তনাদ শোনা গেছে।

কী ব্যাপার, কী! এক ঘনাদা বাদে আমরা যে যেখানে ছিলাম শশব্যস্ত হয়ে ছুটে গেছি। এই বুকফাটা চিৎকার গৌর ছাড়ল কোন দারুণ দুঃখে।

আর কোন দুঃখে! সেই 'ইন্দ্রলুপ্ত নিবারণী'র শোকেই এ হাহাকার।

কী হল সেই 'ইন্দ্রলুপ্ত নিবারণী'র?

ঘনাদা পরমানন্দে তার সদ্ব্যবহার করেছেন। তা করেছেন বেশ করেছেন। কিন্তু স্নানের ঘরের মেঝেতে ব্যবহারের পর অবশিষ্টটুকু এমনই করে ছড়িয়ে নষ্ট করতে হয়?

সব কিছুতেই তো পরস্মৈপদী, তবু পরের জিনিস ব্যবহার করতে একটু সাবধান হতে নেই? আর জিনিস বলে জিনিস। 'ইন্দ্রলুপ্ত নিবারণী'।

গৌর আর এক মুহূর্ত স্নানের ঘরে দাঁড়ায়নি।

সে যে আর আমাদের গৌর নয়, বিগড়ি হাঁসে যে আমাদের অরুচি ধরিয়ে গেছে সেই দ্বিতীয় বাপি দত্ত হয়ে সিঁড়ি কাঁপিয়ে তেতলায় উঠেছে। আমরাও তার পিছু পিছু তাকে অনুনয় বিনয় করেছি রোখবার চেষ্টায়।

"শোন, গৌর শোন!"

"অত অস্থির হোসনি!" গৌরকে প্রায় শারীরিক বলে থামাতে হয়েছে।

"অস্থির হব না?" গৌর দোতলার বারান্দার কাছে ফিরে দাঁড়িয়ে খিঁচিয়ে উঠেছে, "কত বড় অন্যায় উনি করেছেন তা বুঝেছ?"

"আহা তা তো বুঝছিই!" আমরা প্রায় একবাক্যে বলেছি, "কিন্তু তোর সেই ধন্বন্তরী কবিরাজ তো তোকে তাঁর শেষ কীর্তি গছিয়েই ফেরারি হননি। তাঁকে দিয়ে আর একটা তৈরি করে নিলেই হবে।"

"তৈরি করে নিলেই হবে!" তার পরম ভক্তিভাজন কবিরাজকে মুখ ফসকে একটু তুচ্ছ করায় দ্বিগুণ চটে গৌর বলেছে, "এ তোমার অ্যালোপ্যাথি পেটেন্ট ওষুধ পেয়েছ! গলা-কাটা দাম দিলে যখন খুশি কিনতে পারো। এ-জিনিসের এমন সব অনুপান আছে যা বছরের সব সময়ে পাওয়াই যায় না।"

বলতে গিয়ে যেন নতুন করে শোক উথলে উঠেছে গৌরের, আর সেই সঙ্গে রাগ।

এবার আর তাকে রোখা যায়নি।

গৌর আর তার পিছু পিছু আমরা তেতলার টঙের ঘরের দরজায় গিয়ে দাঁড়াবার পর যা হয়েছে তা শোনবার আগে গৌরের রাগের রহস্যটা একটু বোধ হয় খোলসা করে দেওয়া উচিত।

'ইন্দ্রলুপ্ত নিবারণী'ই যে সবকিছুর মূল তা নিশ্চয়ই এতক্ষণে বোঝা গেছে। এখন এই বস্তুটি কী জানলেই সব ধাঁধা আপনা থেকেই পরিষ্কার হয়ে যাবে।

'ইন্দ্রলুপ্ত নিবারণী' শুনে ভড়কে যাওয়ার কথা। গৌর প্রথম আমাদেরও বেশ ভড়কে দিয়েছিল।

গৌরের জন্য আমরা সবাই তখন রীতিমতো উদ্বিগ্ন হয়ে উঠেছি। কলির চরক না সুশ্রুত কাকে খুঁজে বার করে 'ইন্দ্রলুপ্ত নিবারণী'র মতো দাওয়াই আনবার মতো কী হয়েছে গৌরের?

লিগের গোড়ায় মোহনবাগানের একটু বরাত ভাল থাকার দরুন বাইরে থেকে তো চেকনাই-ই দেখা গেছে তার চেহারায়।

তা সত্ত্বেও কী যে হয়েছে 'ইন্দ্রলুপ্ত নিবারণী' নামটার অর্থ জানবার পর বোঝা গেছল।

'ইন্দ্রলুপ্ত নিবারণী' হল স্রেফ টাকের ওষুধ, মানে টাকপড়া বন্ধ করার ভরসা দেওয়া কবিরাজি মাথার তেল।

"কিন্তু তোর টাকের ওষুধ কী দরকার?" জিজ্ঞেস করেছিলাম আমরা, "মাথায় তো পরচুলা নয় ওগুলো।"

"টাক নেই, কিন্তু হতে কতক্ষণ!" গৌর তার যুক্তি দেখিয়েছিল, "প্রত্যেক দিন চুল আঁচড়াতে কতগুলো করে চুল উঠছে জানিস?"

"জানব না কেন," শিবু তাচ্ছিল্যভরে বলেছিল, "ও তো সকলেরই ওঠে! বিশেষ বর্ষাকালে।"

"হ্যাঁ, ওঠে।" গৌর মুখটা করুণ করে বলেছিল, "কিন্তু কেউ তবু সাবধান কি হয়? তাই জন্যই তো দুনিয়ায় টাক এত বেড়ে যাচ্ছে। কবিরাজমশাই বলেছেন, স্নানের পর মাথা আঁচড়াবার সময় চিরুনিতে রোজ কতগুলো করে চুল ওঠে গুণতে।"

"তুই তাই গুনিস নাকি?" আমরা হতভম্ব হয়ে জিজ্ঞাসা করলাম।

"তা না গুণলে চলবে কেন।" গৌর কর্তব্যনিষ্ঠা দেখিয়েছিল, "এই আজই তো উঠেছে সতেরোটা। কাল উঠেছিল বারোটা। কবিরাজমশাই তাই বলেছেন—এরকমভাবে গুণলেই বোঝা যাবে মাথার চুল শেষ হতে আর কতদিন।"

"কিন্তু চুল উঠছে যেমন, তেমনই গজাচ্ছেও তো!" আমরা তাকে আশ্বাস দেবার চেষ্টা করেছিলাম।

কিন্তু ফল কিছু হয়নি।

"এ তো আর গাছের পাতা নয়," দৃঢ় বিশ্বাসের সঙ্গে কবিরাজমশাই-এর যুক্তিটাই গৌর আমাদের শোনাচ্ছে মনে হয়েছিল, "যে যত ঝরবে তত গজাবে। মানুষের মাথায় যত ঝরে তত আর ঝরে না যদি না 'ইন্দ্রলুপ্ত নিবারণী'র মতো তেল থাকে সার দিতে।"

একথা শোনবার পর গৌরকে কোনও যুক্তি শোনানো বৃথা বুঝেই সে চেষ্টা আর করিনি।

কিন্তু এই 'ইন্দ্রলুপ্ত নিবারণী' অমন বিপদ ঘনিয়ে তুলবে আমাদের ভাগ্যে তা-ও

পারিনি ভাবতে।

এ হেন অমূল্য জিনিস নষ্ট হওয়ায় রাগে দুঃখে গৌর প্রায় ক্ষিপ্ত হয়েই ঘনাদার দরজায় গিয়ে হাজির হয়েছে তখন। সঙ্গে সঙ্গে আমরা। আমাদের কাউকেই কিন্তু চৌকাঠটাও পার হতে হয়নি।

ঘনাদার সাজগোজ এরই মধ্যে হয়ে গেছে। তাঁর খুদে প্লাস্টিকের চিরুনিতে চুল আঁচড়াতে আঁচড়াতে তিনি বলেছেন, "এসো! এসো! আমি-ই তোমাদের ডাকব ভাবছিলাম।"

"আমাদেরই ডাকবেন ভাবছিলেন! আমাদের কাকে?" গৌরের গলা শুনেই তার মেজাজ বুঝতে দেরি হবার কথা নয়। কথাগুলো যেন গায়ে ছ্যাঁকা দিচ্ছে।

ঘনাদা কিন্তু কিছু যেন টেরই পাননি। প্রসন্ন মুখে বলেছেন, "হ্যাঁ, বাথরুমে ওই বিতিকিচ্ছি তেলটা কে রেখেছে তা-ই জিজ্ঞেস করতে চেয়েছিলাম।"

"তা-ই জিজ্ঞেস করতে চেয়েছিলেন? ওটা আপনার কাছে বিতিকিচ্ছি তেল?" গৌর প্রায় তোতলা হয়ে গেছে।

"বিতিকিচ্ছি আর কাকে বলে!" ঘনাদা ঘেন্নায় নাক কুঁচকেছেন, "গন্ধটা দেখো-না! এখনও যেন তাড়া করে বেড়াচ্ছে। মাথায় ভাল তেলের গন্ধ নিজে ছাড়া আর কেউ পাবে কেন?"

যুক্তিটা অস্বীকার করবার নয়, গৌর তাই আরও চটে উঠে বলেছে, "তা ওই বিতিকিচ্ছি তেল আপনার মাখবার কী দরকার ছিল, আর..."

"ঠিক বলেছ।" গৌরকে সমর্থন করেই ঘনাদা অত্যন্ত চিন্তিত মুখে বলেছেন, "পরীক্ষা করতে মাথায় একটু দেওয়া খুব ভুল হয়েছে। যা চটচট করছে, ভয় হচ্ছে শেষে টাক না পড়তে শুরু করে।"

"ওই তেল মেখে আপনার মাথায় টাক পড়বে!" গৌরের ফেটে পড়তে আর দেরি নেই।

"ওরকম আজেবাজে তেল মাখলে পড়ে যে?" ঘনাদা দুঃখের মধ্যে যেন সান্ত্বনা খুঁজে পেয়ে বলেছেন, "তবে অন্য কারুর আর টাক পড়বার ভয় নেই।"

"কেন?" এবার আমাদেরই জিজ্ঞাসা করতে হয়েছে সবিস্ময়ে।

"বেকায়দায় হাত লেগে শিশিটা শেষকালে পড়ে গেছে!" ঘনাদা যেন শুভ সংবাদ শুনিয়েছেন "সব তেল গড়িয়ে পড়ে গিয়ে আপদ চুকে গেছে।"

"আপদ চুকে গেছে!" এইবার গৌর বিস্ফোরিত হয়েছে, "কী আপদ আপনি চুকিয়েছেন জানেন? আপদ যাকে বলছেন জানেন তার নাম? জানেন ওই একটি শিশি মাথার তেল জোগাড় করতে কী তপস্যা আমায় করতে হয়েছে..."

কখনও হুংকারে কখনও হাহাকারে গৌর কী যে তখন বলে গেছে ভাল করে শুনিওনি। কোনওরকমে গৌরকে থামিয়ে ঘর থেকে বার করে নিয়ে গিয়ে ভরাডুবি আমরা বাঁচাতে চেয়েছি। কখনও ধমকে কখনও অনুরোধে গৌরকে টেনে বাইরে নিয়ে যাবার চেষ্টা করে বলেছি, "তুই কি সত্যি পাগল হয়ে গেলি একটা তেলের শোকে! তোর 'ইন্দ্রলুপ্ত নিবারণী' গেছে, তার বদলে বৃহৎ টাকান্তক গজসিংহ পেয়ে

যাবি। ঘনাদাই সে তেল তোকে পাইয়ে দেবেন!”

“না।” সন্ত্রস্ত হয়ে আমরা ফিরে তাকিয়ে দেখেছি। মেঘের গর্জন নয়, ঘনাদারই গলা থেকে বেরুচ্ছে—“তেল আমি কাউকে দিই না। তেল বেশি হলে বার করে দিই দাওয়াই দিয়ে। সেবার যেমন বার করে দিয়েছিলাম কুলেব্রার কাছে। দশ হাজার টন তেল!”

“অ্যাঁ!” আমাদের সকলের মুখই হাঁ।

সেই সঙ্গে বুকের ভেতরকার ভয়ের গুড়গুড়ানিটা আশার কাঁপুনি দুলুনি হবার উপক্রম।

এ তো গুঁড়ো করতে করতে মাথা বাঁচিয়ে পায়ের কাছে সোনার চুড়ো ভেঙে পড়া।

যে যার জায়গা নিয়ে বসে পড়লেই হয়।

কিন্তু সে আশায় ছাই পড়েছে।

এরকম একটা কিছু হবে জেনেই কি না বলতে পারি না, ঘনাদা আগে থেকেই সেজেগুজে ছিলেন। শেষ ধাঁধাটি ছেড়ে চিরুনিটা পকেটে আর দেয়ালের পাশ থেকে ছড়িটা হাতে নিয়ে তিনি কোনও দিকে না চেয়ে খটখট করে বেরিয়ে গেছেন।

আমরা হতাশ হয়ে কিছুক্ষণ বসে থেকে, এবার গায়ের সমস্ত ঝাল ঝেড়েছি গৌরের ওপর!

সে অবশ্য নিজেই তখন থেকে অনুতাপে আধ-পোড়া।

নেহাত দিতে হয়, তাই দুপুরে ক-গ্রাস মুখে দিয়ে সবাই বসবার ঘরে এসে জমায়েত হয়ে সেই থেকে হা-হুতাশ করছি।

এবারে ফাঁড়া কাটবার কোনও উপায়ই যে নেই সে বিষয়ে আমরা নিঃসন্দেহ। ভেবেচিন্তে কেউ একটা আজগুবি ফন্দিও বাতলাতে পারেনি।

বাতলালেই বা হবে কী? ঘনাদা-ই নেই, তা ফন্দি খাটাব কার ওপর?

ঘনাদা সেই যে বেরিয়েছেন আর ফিরবেন বলেই মনে হয় না। সত্যিকার অগস্ত্যযাত্রাই হয়তো করেছেন। সেই সেবারে এভারেস্টের চুড়োয় টুপি নিয়ে টিটকিরির পর যেমন তিনি নিরুদ্দেশ হয়ে গিয়েছিলেন।

সেবার তবু শেষ পর্যন্ত অনেক দিন বাদে আমাদের মনে মনে নাকমলা কানমলা খাইয়ে ফিরে এসেছিলেন। তার কোনও আশাই নেই এবার।

অথচ আজ মাসের দ্বিতীয় শনিবার ছুটির দিনে সন্ধে থেকে আসর জমাবার কী চুটিয়ে বন্দোবস্তই না করা গেছল?

বিকেল থেকে ভাজাভুজি ডালমুট পাঁপরের ব্যবস্থা তো করাই হয়েছে, তার ওপর বনোয়ারিকে যে ধান্দায় পাঠানো হয়েছে তা সফল হলে, মোক্ষম একটি টোপ ঘনাদার সামনে ধরা হবে বলে ঠিক হয়ে আছে।

টোপটি হল ঘনাদার পরম লোভনীয় তপসে মাছ। এই দুর্মূল্যের বাজারেও কদিন ধরে বৌবাজার শিয়ালদা শ্যামবাজার ঘোরাঘুরি করেছি। মনের মতো তপসে কোথাও পাওয়া যায়নি।

তপসে যা উঠেছে তা বাজার পর্যন্ত পৌঁছোতেই পারছে না হয়তো, কিংবা ঘেরাও-র ভয়ে ইলিশের সঙ্গে যুক্তি করে তারাও কলকাতার গঙ্গা বয়কট করেছে।

বনোয়ারিকে তাই কলকাতা ছাড়িয়ে একেবারে রায়গঞ্জে পাঠিয়ে দিয়েছি সকালেই। সেখান থেকে কলকাতার কাড়াকাড়ির আগেই যদি আনতে পারে।

কিন্তু এখন আনলেই বা আর লাভ কী! সে তপসে আর আমাদের মুখে রুচবে!

কিন্তু ও কী?

আমরা সবাই উৎকর্ণ হয়ে উঠি একসঙ্গে। নীচের সিঁড়িতে কার যেন পায়ের আওয়াজ পাওয়া যাচ্ছে না? আওয়াজ কি আমাদের চেনা?

নিজেদের কানগুলোকেই যে বিশ্বাস করতে সাহস হচ্ছে না!

আওয়াজের ভাষা কিছু বোঝা যাচ্ছে কি? ঘৃণা, অবজ্ঞা, বিদ্বেষ—তা-ই কি ফুটে উঠেছে ও-পদধ্বনিতে?

এই বর্বরধামে নেহাত বাধ্য হয়ে একবার আসার গ্লানিতে পা যেন ভারী হয়ে গেছে, মনে হচ্ছে কি?

এ-পায়ের আওয়াজের গতি কোন দিকে? আমাদের ঘরের বারান্দার সামনে দিয়ে অবজ্ঞাভরে এ-ধ্বনি তেতলার সিঁড়ির দিকেই উঠে যাবে নিশ্চয়। তারপর সেখান থেকে হাঁক শোনা যাবে, 'বনোয়ারি! মালগুলো নামিয়ে নিয়ে যাও।"

বনোয়ারি এখনও অনুপস্থিত। তার বদলে আমাদেরই যেতে হবে মাল নামিয়ে সাহায্য করতে।

ঘনাদাকে ধরে রাখবার মতো কোনও কিছু উপায় কি তখন হতে পারে?

কিন্তু উপায় ভাবার দরকার হল না। আমাদের স্তম্ভিত নির্বাক করে ঘনাদা বৈঠকের ঘরেই এসে ঢুকলেন। আষাঢ়ের মেঘ নয়, একেবারে শরতের আকাশের মতো প্রসন্ন মুখে।

আরাম-কেদারাটা খালিই ছিল। আয়েস করে তাতে নিজেকে এলিয়ে দিয়ে আপনা থেকেই বললেন, "কেব্‌লটা পাঠিয়ে এলাম।"

কী কেবল, কেন, কাকে, কিছুই না বুঝলেও কৃতার্থ হয়ে আমরা বললাম, "ও, পাঠিয়ে দিলেন বুঝি?"

ঘনাদার প্রসারিত তর্জনী ও মধ্যম অঙ্গুলির মধ্যে শিশির ইতিমধ্যেই ভক্তিভরে একটি সিগারেট স্থাপন করে লাইটার জ্বেলে সেটি ধরিয়ে দিয়েছে।

ঘনাদা তাতে—না, রামটান নয়—যেন আদর করে একটু আলতো টান দিয়ে ধোঁয়া ছাড়তে ছাড়তে বললেন, "হ্যাঁ, তখন কথায় কথায় পুরোনো স্মৃতি সব মনে পড়ে গেল কি না! অনেকদিন খোঁজখবর নেওয়া হয়নি। তাই শুভেচ্ছা জানিয়ে কেব্‌ল করলাম, পিডি ছেচল্লিশ আশা করি এখনও অগাধ, তোমার পেছনে লাগবার মতো তেলও কারুর আর এখনও হয়নি।"

ঘনাদা নিজেই এবার হায়না-বিনিন্দিত হাসি একটু হাসলেন। সেই সঙ্গে মাথামুণ্ডু কিছুই না বুঝে আমরাও। গৌরের মুখখানা দেখেই শুধু মনে হল তেতো মুখ নিয়ে মিষ্টি খাবার ভান করছে।

কিন্তু ঘনাদার এত ধোঁয়ার মধ্যে নিজেকে রাখা তো চলবে না।

শিশিরই একটু ধোঁয়া সরাবার চেষ্টা করলে। ঘনাদার রসিকতাটার উহ্য মানে যেন দারুণ রসিয়ে বুঝে হাসতে হাসতে বললে, "কেব্‌ল পেয়ে খুব অবাক হবে, কী বলেন? বুঝতেই পারবে না মানে!"

অন্য দিন হলে কাঁচা চালাকি ঘনাদা বরদাস্ত করতেন কিনা সন্দেহ। কিন্তু আজ যেন তিনি অন্য মানুষ!

শিশিরের এ বেয়াদবি অনায়াসে মাফ করে বললেন, "না, না, মানে বুঝবে না কেন? ম্যাক অর্থাৎ পিটার ম্যাকডোনাল্ডের চেয়ে ও ঠারে-ঠাট্টার মানে আর বেশি কে বুঝবে! তবে হ্যাঁ, অবাক একটু হবে এতদিন বাদে আমার কেব্‌ল পেয়ে। আমাকে কম খোঁজাখুঁজি তো করেনি বছর দশেক ধরে।"

"আপনাকে এত খোঁজাখুঁজি কেন?" শিবু সরলভাবে জিজ্ঞাসা করলে, "ওই যা নিয়ে ঠারে-ঠাট্টা করেছেন সেই তেল দেবার জন্য!"

"না, তেল দেবার জন্য নয়।" ঘনাদা শিবুর মতো সরলভাবে কথাটা নিয়ে বললেন, "খুঁজছে কৃতজ্ঞতার ঋণ শোধ করবার জন্য। ম্যাকের বড় ইচ্ছে কুলেব্রার কাছে তার একটা দ্বীপ আমায় দেয়। দেবার জন্য ঝুলোঝুলি করেছে। তাই তো পালিয়ে এসেছিলাম কিছু না বলে। আর আজকের কেব্‌ল-এও ঠিকানা জানাইনি।"

"একটা দ্বীপ আপনাকে একজন দিতে চায় আর আপনি তা নিতে চান না বলে ঠিকানা লুকিয়ে লুকিয়ে পালিয়ে বেড়াচ্ছেন! পরম বিস্ময়ের ভান করে বললাম, "কী রকম দ্বীপ সেটা? কত বড়?"

"তা নেহাত-ই ছোট।" ঘনাদা যেন সত্যের খাতিরে জানালেন, "লম্বায় মাইল চার আর চওড়ায় বড় জোড় মাইল দুই হবে।"

"এই মাত্র!" শিবু অবজ্ঞাভরে হাসল, "ওরকম দ্বীপ না নিয়ে ভালই করেছেন! সমুদ্রে ওই একটা পাথর কি বালির ফুটকি দিয়ে আবার কৃতজ্ঞতার ঋণ শোধ!"

"হ্যাঁ, দ্বীপটা পাথুরে বালির ফুটকিই বটে," ঘনাদা শিবুর মূঢ়তায় চোখে ক্ষমার দৃষ্টি এনে বললেন, "কিন্তু ওইটি আর ওপাশের প্রায় ওরই যেন যমজ আরেকটি দ্বীপের লোভে এমন চক্রান্ত একজন করেছিল, শয়তানির দিক দিয়ে যার তুলনা মেলা ভার।"

"কেন?" গৌর এতক্ষণে হাওয়া বুঝে মুখ খুললে, "ওই একরত্তি দুটো দ্বীপে ছিল কী?"

"ছিল পাহাড়ি টিপির গায়ে গোরু ছাগলের কাছে উপাদেয় গিনি ঘাসের জঙ্গল, কিছু আধবুনো গোরু ছাগল আর দু-দ্বীপের চারিধারের সমুদ্রে প্রচুর নানা জাতের মাছ, যা শিকারের শখের দরুনই ম্যাক দ্বীপ দুটো কিনে প্রতি বছর শীতের দিনে বন্ধুবান্ধব নিয়ে এসে মাসখানেক কাটিয়ে যেত।"

ঘনাদা দ্বীপের বর্ণনা একটু বিশদ করে একটা প্রশ্নের জন্যই আমাদের দিকে তাকালেন, বুঝলাম। তাঁকে হতাশ করলাম না।

"এই দ্বীপের জন্য শয়তানি চক্রান্ত!" জিজ্ঞাসা করলাম যথারীতি চক্ষু বিস্ফারিত

করে, "কেন বলুন তো?"

"কেন, তা বোঝা দূরে থাক, চক্রান্তটাই গোড়াতে কেউ ধরতে পারেনি।" ঘনাদা এবার গল্পের রাশ ছাড়লেন, "নিউইয়র্কের ইয়াটস ক্লাবে সেদিন একটা পার্টিতে যেতে হয়েছিল।"

এত হা-হুতাশের পর বরাত একটু ফিরতে না ফিরতেই বুঝি আবার সব ভেস্তে যায়। নিউইয়র্ক ইয়াটস ক্লাব শুনেই আমাদের গলায় একটা খুকখুকে কাশি এমন চাড়া দিয়ে উঠল যে চাপাই দুষ্কর। ওই ক্লাবটির বাছবিচার এমন কড়া বলে শুনেছি যে গণ্যমান্যরাও নিমন্ত্রণ পেলে ধন্য হন। আর ঘনাদা যেন রাসের মেলায় যাচ্ছেন এমনইভাবে তুড়ি দিয়েই তার পার্টিতে চলে গেলেন!

আমাদের গলাগুলো যত অবাধ্যই হোক, ঘনাদা এখন একেবারে হাঁচিকাশি-প্রুফ! সবকিছু অগ্রাহ্য করেই বলে চললেন, 'পার্টিতে হঠাৎ ম্যাকের সঙ্গে দেখা। একটি কোণে বেশ দশাসই চেহারার জয়ঢাকের মতো গোল, আর টোম্যাটোর মতো লালমুখো একটি লোকের সঙ্গে যেন লুকিয়ে বসে আছে।'

ম্যাককে দেখে খুশি যেমন হলাম তেমনই বেশ অবাকও। শীতকাল। নেহাত ফুটন্ত জলের ধারা তলা দিয়ে বইয়ে দেওয়ার দরুন নিউইয়র্কের রাস্তাগুলো গরম ও পরিষ্কার হলেও আর যেদিকে চাও তুষারে ঢাকা পড়ে যেন সাদা চিনির মোড়ক দেওয়া মনে হচ্ছে! এমন সময়ে এই নিউইয়র্কে ম্যাকের তো থাকবার কথা নয়। ম্যাক অর্থাৎ পিটার ম্যাকডোনাল্ড মার্কিন মাপকাঠিতে এমন কিছু ধনী নয়। মাত্র লাখখানেক ডলার তার বছরের আয়। সে আয় পৈতৃক যা সে পেয়েছে তা-ই থেকেই হয়। ব্যবসায় খাটিয়ে সে আয় বাড়াবার কোনও উৎসাহ তার নেই। যা আছে তাতেই খুশি থেকে সে নিজের নির্দোষ ক-টি শখ মেটায়। সে শখের মধ্যে প্রধান হল মাছ ধরা। নদী-পুকুরের নয়, একেবারে সমুদ্রের দামাল মাছ—টুনি, মার্লিন ইত্যাদি।

মাছ ধরবার জন্য তো বটেই, ছোট একটি বন্ধু-বান্ধবের দল নিয়ে একান্ত নিরিবিলিতে কাটাবার জন্য, সে দুটি খুদে খুদে দ্বীপ কিনেই ফেলেছে একেবারে।

আমেরিকার ফ্লোরিডার তলা দিয়ে কিউবা, হিসপানিওলা, পুয়ের্তোরিকার সঙ্গে সার বেঁধে ওয়েস্ট ইন্ডিজ-এর যে বড় ছোট থেকে নেহাত ফুটকির মতো সব দ্বীপের মিছিল একটু বাঁকা অর্ধচন্দ্রাকার রেখায় ট্রিনিডাড হয়ে দক্ষিণ আমেরিকার মাথা ছুঁই ছুঁই করছে, তারই মধ্যে কুমারী দ্বীপাবলি মানে ভার্জিন আইল্যান্ড একটা দ্বীপের জটলা। এ-জটলায় দ্বীপের সংখ্যা মোট শ-খানেক। তার মধ্যে সেন্ট টমাস, সেন্ট জন আর তাদের দক্ষিণের সেন্ট ক্রয় দ্বীপ তিনটিই যা একটু বড়সড়। তা-ও এ তিনটির কোনওটাই পঁচিশ মাইলের বেশি লম্বা নয়। তা থেকেই ভার্জিন আইল্যান্ড-এর বাকি দ্বীপগুলির বহর বোঝা যাবে। বেশির ভাগ দ্বীপই নীল সমুদ্রের অসীমতায় তিন-চার মাইলের মাটি-বালি পাথরের ফোঁটা মাত্র।

এমনই একজোড়া দ্বীপের ফোঁটা কিনে ফি বছর শীতকাল হলেই সবান্ধবে সেখানে মাছ ধরে, পানসি চালিয়ে আর যেন দুধে-ধোয়া বালির সমুদ্র-সৈকতে স্নান করে রোদ পুহিয়ে কাটানো ম্যাকের বাঁধা দস্তুর ছিল। এর নড়চড় এ পর্যন্ত হয়নি

বলেই জানি।

ম্যাকের অতিথি হয়ে তার জোড়া দ্বীপে আমি বার-দুই শীতকালটা কাটিয়ে এসেছি। ম্যাক দ্বীপ দুটোর নাম দিয়েছিল কমা আর ড্যাশ। কমা আর ড্যাশের সঙ্গে আকারের একটু মিল থেকেই নামগুলো দেওয়া হয়েছিল। একটা দ্বীপ কমার মতো একটু বাঁকানো আর একটা ড্যাশের মতো লম্বা।

কমা আর ড্যাশ দুই দ্বীপের চারিধারের সমুদ্র সত্যিই মাছ ধরার দিক দিয়ে স্বর্গ। কমা-ড্যাশে ম্যাকের নিমন্ত্রণ পাওয়াটা তাই আমেরিকার খানদানি মহলেও মস্ত সৌভাগ্য মনে করা হত। সমুদ্রের মাছ ধরা যাদের নেশা শীত এলে তাদের অনেকেই আশায় থাকত ম্যাকের নিমন্ত্রণের।

কিন্তু এবারে সে-দস্তুর এমন উলটে গেল কী করে? এই শীতের দিনে নিউইয়র্কের মতো হিমেল শহরের এক কোণে ম্যাক এমন ঘাপটি মেরে বসে আছে কেন?

তার কাছে একটা চেয়ার টেনে নিয়ে বসে সেই কথাই জিজ্ঞাসা করলাম। একটু ঠাট্টার সুরে বললাম, 'তোমার কি রোদে অরুচি ধরেছে, ম্যাক, না হঠাৎ মাছে অ্যালার্জি? কমা-ড্যাশ ছেড়ে দিয়ে এই ডিসেম্বর মাসে তুমি নিউইয়র্কে বসে আছ!'

ম্যাক কোনও জবাব দিলে না। যেন না জেনে তার পায়ের কড়া মাড়িয়ে ফেলেছি এমন যন্ত্রণা-মাখানো দৃষ্টিতে আমার দিকে একবার তাকিয়ে মুখটা ফিরিয়ে নিলে।

তার বদলে ম্যাকের সঙ্গীই জবাব দিলেন। ভদ্রলোকের সঙ্গে ম্যাক গোড়াতেই পরিচয় করিয়ে দিয়েছিল। নাম ফ্রাঙ্ক ডুগান। টেকসাস-এর লোক, কোটিপতি। তবে পেট্রোলের দৌলতে নয়, কী সব ফ্যাক্টরি আছে, আর সব অন্য রাসায়নিক নিয়েও কারবার।

ডুগান সহানুভূতির স্বরে বললেন, 'ও-দুটো নাম ওর কাছে করবেন না। ওর বুকের ঘা তাতে খুঁচিয়ে তোলা হয়!'

সত্যিই অবাক হয়ে একবার ম্যাক আর একবার ডুগানের দিকে তাকিয়ে দেখলাম। তারা আমায় নিয়ে ঠাট্টা করছে নাকি! ডুগানকে জানি না। কিন্তু ম্যাক তো আমার সঙ্গে ঠাট্টা করবার পাত্র নয়।

ব্যাপারটা যে ঠাট্টা নয়, অত্যন্ত শোচনীয় ট্রাজেডি—দু-একদিনের মধ্যেই ডুগানের সঙ্গে আলাপ করে জানতে পারলাম।

ম্যাক এ-বিষয়ে কোনও কথা বলতেই চায় না। ডুগান বন্ধুর দুর্ভাগ্যে মর্মাহত হলেও আমার পেড়াপীড়িতে কমা-ড্যাশের করুণ ট্র্যাজেডিটা আমায় জানাল।

ট্র্যাজেডিটা করুণ সন্দেহ নেই, কিন্তু একেবারে রহস্যময়।

যে জোড়া দ্বীপে মাছ ধরে সত্যি অরুচি ধরে যেত সেখানে একটি চুনো মাছও আর পাওয়া যায় না গত দু-বছর ধরে। সমুদ্রের জলে মাছ নেই, দ্বীপ দুটিতে উড়ো পাখিও আর বসে না। সত্যিই যেন কোনও শাপমন্যি দ্বীপ দুটোতে লেগেছে।

ডুগান বন্ধুকে অনেক করে বোঝাবার চেষ্টা করেছে যে ব্যাপারটার মানে বুঝতে পারা যাক বা না যাক এ দুর্ভাগ্য হয়তো সাময়িক। যেমন হঠাৎ আপনা থেকে

ব্যাপারটা ঘটেছে, তেমনই আপনা থেকেই হয়তো আগের সুদিন ফিরে আসবে।

কিন্তু ম্যাককে এ-আশ্বাসে চাঙ্গা করা যায়নি। কমা-ড্যাশ যেন তার বুকের দুটি ফুসফুস। তাদের এই দুর্দশায় সে একেবারে ভেঙে পড়েছে।

বিজ্ঞানের দিক দিয়ে কমা-ড্যাশের রহস্যের কোনও হদিস পাওয়া যায় কি না দেখবার জন্য ডুগান জোর করে নিজের একদল বৈজ্ঞানিককে সেখানে নিয়ে গেছে।

তারা নানারকম জমকালো দাঁত-ভাঙা বিজ্ঞানের বুকনি ছেড়েছে। কিন্তু রহস্যের কোনও কিনারা করতে পারেনি।

তাতে হাল না ছেড়ে দিয়ে ডুগান নিজের খরচাতেই আবার অন্য একদল বৈজ্ঞানিককে সেখানে পাঠাতে চেয়েছে, কিন্তু ম্যাক তাতে উৎসাহ দেখায়নি।

নিজেও সে কমা-ড্যাশের জন্য কিছু করতে নারাজ। বন্ধু নিজের পয়সা এ ব্যাপারে নষ্ট করবে তা-ও সে চায় না।

ডুগানের স্বভাবে কিন্তু টেকসাসের গোঁ। এ-রহস্যভেদের জেদ চেপে গেছে তার মাথায়। ম্যাক যখন দ্বীপ দুটোকে অভিশপ্ত আর ডাহা লোকসান বলেই মনে করে, ডুগান সেগুলো কিনেই নিতে চেয়েছে ম্যাকের কাছ থেকে।

'কিনতে হবে না, অমনিই তোমায় দিয়ে দিচ্ছি,' বলেছে ম্যাক। কিন্তু ডুগান তাতে রাজি হয়নি। দ্বীপ দুটির দুর্ভাগ্যের দরুন কম দামে কিনতেও আপত্তি করেছে। কিনতে হলে সে ন্যায্য দামে কিনবে এইটেই ঠিক হয়ে আছে। এখন শুধু পাকাপাকি সই-সাবুদটুকুই বাকি।

ডুগানের কাছে সব শুনে তাকে ধন্যবাদই দিয়েছি। বলেছি, 'ম্যাক যা নিয়ে গুমরে মরছে সেই দ্বীপ দুটো তার হাত থেকে সরিয়ে নেওয়া সত্যিই বন্ধুর কাজ।'

দ্বীপ দুটোর এ-অবস্থা কবে থেকে শুরু হয়েছে জানতে চেয়েছি তারপর।

ডুগান একটু ভেবে নিয়ে বলেছে, 'ঠিক চার বছরই হল। তার আগের বছরই ম্যাকের অতিথি হয়ে আমি কমা-ড্যাশে গিয়েছিলাম। তখন এ-দুর্ভাগ্যের কিছুমাত্র আভাসও পাওয়া যায়নি। সত্যিই এ যেন কোনও অপদেবতার অভিশাপ বলে ভাবতে ইচ্ছে করে এক-এক সময়ে।'

'অপদেবতার কথাটা মিথ্যে না-ও হতে পারে,' গম্ভীরভাবে বলেছি।

'সে কী!' ডুগান বিস্মিত কণ্ঠে বলেছে, 'আপনি এসব কুসংস্কারে বিশ্বাস করেন?'

'দেবতায় বিশ্বাস করলে, অপদেবতাতেও করতে হয়।' এবার হেসেই বলেছি, 'সরেজমিনে তাই একটু তদারক করে আসতে চাই।'

এবার ডুগান হেসে ফেলে বলেছে, 'আপনার কি মাথা খারাপ, দাস? আপনি এ-ব্যাপারে অপদেবতার হাত আছে মনে করেন? আর সে-দ্বীপে গেলে অপদেবতাকে ধরতে পারবেন এমন আপনার আশা?'

হেসে আমি বলেছি, 'আশা করতে ক্ষতি কী!'

তারপর সত্যিই একদিন সকলের অনিচ্ছা অমত অগ্রাহ্য করে কমা-ড্যাশের জোড়া দ্বীপে গিয়ে উপস্থিত হয়েছি। একরকম জোরজুলুম করে ম্যাক আর ডুগানকেও বাধ্য করেছি সঙ্গে আসতে।

কমা-ড্যাশ দুটি দ্বীপের মাঝখানের ব্যবধান মাত্র এক মাইলের। সমুদ্রের একটা খাঁড়িই যেন দুটো দ্বীপের মাঝখান দিয়ে বয়ে গেছে। নিজেদের মোটর বোটে ওই খাঁড়িটুকু পার হওয়া সোজা বলে ম্যাক আর ডুগানের সঙ্গে কমা দ্বীপের স্থায়ী আস্তানায় না থেকে ড্যাশে একটা তাঁবু ফেলে নিজের থাকবার ব্যবস্থা করেছি।

মাছ পাখি ছেড়ে যাবার ওই অভিশাপটুকু না থাকলে দ্বীপ দুটি সত্যিই বড় সুন্দর বলা যেত।

অভিশাপের দরুন শুধু যে মাছ পাখিরাই লোপাট হয়েছে তা নয়, দ্বীপের বাতাসটাও মনে হয়েছে কেমন যেন বিষাক্ত।

ডুগানকে সে কথা বলায় সে আমার মস্তিষ্কের সুস্থতাতেই একটু যেন সন্দেহ করে বলেছে, 'বিষাক্ত মনে হচ্ছে কী থেকে?'

'মনে হচ্ছে সমুদ্রের সেই ফুসফুস তাজা-করা নিঃশ্বাসের হাওয়া যেন পাচ্ছি না বলে।'

'আপনার হাঁপানি-টাপানি নেই তো?' এবার ঠাট্টা করেছে ডুগান।

'আমার হাঁপানি থাকলেও ম্যাকের তো নেই!' হেসে বলেছি, 'তাকেই জিজ্ঞাসা করা যাক।'

তাকে জিজ্ঞাসা করে কিন্তু লাভ হয়নি কিছু। ম্যাক সেই বিরল মানুষের একজন যাদের নাকের গন্ধের গ্ল্যান্ডগুলো অসাড়। বিশুদ্ধ বা বিষাক্ত তার নাকে সব হাওয়াই সমান।

অপদেবতাকে চোখে না দেখা যাক, কমা-ড্যাশ ছেড়ে ফেরবার আগের দিন তার উপদ্রবের প্রমাণ পাওয়া গেছে।

সেদিন সকালে মোটর বোটে ড্যাশ থেকে কমাতে ফিরে আসবার পর থেকেই লক্ষ করেছি যে ডুগান কী যেন একটা ব্যাপারে দারুণ উত্তেজিত।

মোটর বোটটা রাত্রে আমায় ড্যাশে পৌঁছে দিয়ে আবার কমাতেই রোজ ফিরে যায়। আগের দিন রাত্রে বোট যে চালায় সেই ম্যানুয়েল বোটটা ফেরত এনেছিল কি না বারবার খোঁজ নিয়েছে ডুগান।

ম্যাকই শেষ পর্যন্ত ডুগানকে মনে করিয়ে দিয়েছে যে আগের রাত্রে মোটর বোটটা ফেরার সময় তারা সমুদ্রের তীরেই বসেছিল দুজনে। দুজনেই তখন মোটর বোটটাকে নোঙর ফেলে তীরে বাঁধা পর্যন্ত লক্ষ করেছে।

মোটর বোটটার ফেরা সম্বন্ধে নিশ্চিন্ত হবার পর ডুগান আরও বেশি অস্থির হয়ে উঠেছে যেন। আমাদের সঙ্গে অনুচর এসেছে মাত্র পাঁচজন। তাদের প্রত্যেককে রাত্রে কোথায় কে ছিল জেরা করেছে অনেকবার।

'ব্যাপারটা কী বলুন তো, ডুগান?' শেষ পর্যন্ত জিজ্ঞাসা না করে পারিনি, 'আপনাকে কামড়াচ্ছে কীসে?'

'কীসে কামড়াচ্ছে, দেখবেন!' ডুগান এবার তার নোটবইটা প্যান্টের পকেট থেকে বার করে আমাদের সামনে এক জায়গায় খুলে ধরেছে।

ম্যাক সেটা দেখে একটু হেসে ফেলে বলেছে, 'এ তো শুধু হিজিবিজি কাটা

দেখছি!'

'শুধু হিজিবিজি!' ডুগান ক্ষুণ্ণ হয়েছে।

না হিজিবিজির সঙ্গে দু-একটা লেখাও রয়েছে! আমি খাতাটা হাতে নিয়ে পরীক্ষা করে বলেছি, 'কী যেন পি.ডি. ৪৬ তারপর ১০৬.৭ বার কয়েক লেখা, আর-এক জায়গায় আবার ও. এস. ৭৬ তার সঙ্গে ১৯০.৮! তা নোটবই-এ এসব লেখার মানে কী? লিখেছেনই বা কে?'

'আমিও তো তা-ই জানতে চাই।' ডুগান অত্যন্ত অস্থির ভাবে বলেছে, 'আমার নোটবই রাত্রে ঘরের মধ্যে টেবিলের ওপর রাখা ছিল। তাতে এ সব লেখা কার পক্ষে সম্ভব? কেনই বা সে লিখেছে?'

'এ তো ভৌতিক ব্যাপার মনে হচ্ছে!' আমি চিন্তিত হয়ে বলেছি, 'সবচেয়ে মজার কথা হাতের লেখা প্রায় হুবহু আমার মতো।'

'আপনার মতো?'

ম্যাক ও ডুগান দুজনেই অবাক হয়ে আমার দিকে চেয়েছে।

তারপর ডুগান একটু বিরক্তির সঙ্গে বলেছে, 'ঠাট্টার ব্যাপার এটা নয়, দাস। লেখাটা আপনার মতো কী করে হতে পারে? আর তা-ই যদি হয় তা হলে আপনাকেই তো ভূত বলে বুঝতে হয়। রাত্রে ড্যাশ থেকে হাত বাড়িয়ে কমাতে আমার টেবিলের নোটবুকে হিজিবিজি কেটেছেন।'

নোটবই-এর রহস্যের মীমাংসা হয়নি। ডুগান বেশ একটু বিমূঢ় বিচলিত হয়েই আমাদের সঙ্গে স্টেটস-এ ফিরে এসেছে।

ফেরবার পর ম্যাক তার আপদ চুকিয়ে ফেলবার জন্য ব্যস্ত হয়ে উঠেছে। কমা আর ড্যাশ এখন যেন তার দু-চক্ষের বিষ। কোনও রকমে ও দুটো দ্বীপের মালিকানা থেকে মুক্ত না হতে পারলে যেন তার স্বস্তি নেই।

ডুগান বন্ধুকে শান্তি দেবার জন্য দ্বীপ দুটো বেফায়দা জেনেও কিনে নিতে রাজি হয়েছে। ঠিক হয়েছে, মাসখাকে বাদেই বিক্রিটা পাকাপাকি করা হবে।

আমি ও ডুগান নিউপোর্টে ম্যাকের নিজের বাড়িতেই এসে উঠেছিলাম। একদিন সেখান থেকে ডুগান তার নিজের কাজে নিউইয়র্কে চলে গিয়েছে। আমারও তার সঙ্গে যাবার কথা। তা কিন্তু আমি যাইনি! সকালে ডুগান বিদায় নিয়ে চলে যাবার পর দুপুরে লাঞ্চ খেতে বসে হঠাৎ বলেছি, 'আমায় কিছু টাকা ধার দিতে পারো, ম্যাক?'

'ধার!' ম্যাক প্রথমটা আমার ধার চাওয়ায় একটু অবাক হলেও তারপর হেসে বলেছে, 'কত তোমার দরকার, আর কবে?'

'এই ধরো লাখ দেড়েক ডলার। আর চাই এখুনি।'

'এখুনি লাখ দেড়েক ডলার তুমি ধার চাইছ?' ম্যাক হতভম্ব হয়ে আমার দিকে তাকিয়ে বলেছে, 'দিতে চাইলেও আমি লাখ দেড়েক ডলার পাব কোথা থেকে? আমার যা কিছু আয় সব বাবা যা কিনে রেখে গিয়েছিলেন, সেই সব রেল রোডের শেয়ার থেকে। তা বেচবার বা বন্ধক দেবার অধিকার আমার নেই।'

'বেশ, সেসব শেয়ার ছুঁতে হবে না।' আমি দাবি করেছি, 'আমায় ওকালতনামা

দাও তোমার শেয়ার-টেয়ার না ছুঁয়ে লাখ দেড়েক টাকা তোলবার।'

ম্যাক এবার সত্যি বেশ ফাঁপরে পড়েছে। একটু ইতস্তত করে বলেছে, 'সত্যি এত টাকা তোমার দরকার, দাস?'

হেসে ফেলে বলেছি, 'দরকার সত্যিই আছে, তবে তার জন্য তোমায় বিব্রত হতে হবে না। আমায় শুধু একটা কথা দাও।'

'কী কথা?' ম্যাক একটু যেন সভয়ে জিজ্ঞাসা করেছে।

'না, এমন কিছু শক্ত কথা নয়,' আমি তাকে আশ্বস্ত করেছি, 'শুধু কথা দাও যে অন্য কোথাও নয়, কমা-ড্যাশ বিক্রির দলিলটা ওই দ্বীপে গিয়েই পাকা করে লেখা হবে এক মাস বাদে।'

এরকম অনুরোধের মানেটা বোঝবার বৃথা চেষ্টা করে ম্যাক শেষ পর্যন্ত খুশি হয়েই সে প্রতিশ্রুতি দিয়েছে।

সেইদিন বিকেলেই নিউপোর্ট ছেড়ে আমি বেরিয়ে পড়েছি। মাসখানেক ধরে ঘোরাঘুরিটা একটু বেশিই করতে হয়েছে। শুধু আমেরিকার এধার-ওধার নয়। পাড়ি দিতে হয়েছে ইংল্যান্ড পর্যন্ত।

একমাস বাদে নির্দিষ্ট দিনে ঠিকই অবশ্য হাজির হয়েছি নিউপোর্টে ম্যাকের বাড়িতে। ডুগান আমার আগেই সেখানেই উপস্থিত।

সে হেসে আমায় জিজ্ঞেস করেছে, 'কমা-ড্যাশে গিয়েই দলিল লেখবার এ অদ্ভুত খেয়াল মাথায় এল কেন?'

'এল, ওখানকার অপদেবতা তাড়াবার শেষ সুযোগ নেবার জন্য।'

'অপদেবতা তাড়াবার আশা এখনও করেন?' ডুগান আমার পাগলামিতে কৌতুক বোধ করে জিজ্ঞাসা করলে, 'কীসে অপদেবতা তাড়াবেন? মন্ত্রে?'

'না, ফেনা দিয়ে!'

আমার সত্যিই মাথা খারাপ হয়েছে ধরে নিয়ে হাসি চেপে ডুগান সেখান থেকে সরে গেছে তারপর।

ম্যাকের সুলুপে কমা ও ড্যাশে পৌঁছোবার আগে সুলুপের মাঝি-মাল্লারা পর্যন্ত চঞ্চল হয়ে উঠেছে একটা ব্যাপারে।

ম্যাক হতভম্ব আর ডুগান তো রীতিমতো উত্তেজিত।

দূরবিন ছাড়া খালি চোখেই দুটি স্টিমার দ্বীপের ধারে তখন দেখা যাচ্ছে।

'ও স্টিমার কাদের?' জিজ্ঞাসা করেছে ম্যাক।

'কার হুকুমে দ্বীপে ওরা স্টিমার বেঁধেছে?' ডুগান জানতে চেয়েছে।

'হুকুমটা ধরুন আমার?' হেসে বলেছি, 'আর স্টিমার দুটোর একটা এসেছে ফেনা ছড়াতে আর একটা মাটি খুঁড়তে।'

'ফেনা ছড়াতে আর মাটি খুঁড়তে? তার মানে?' ডুগানের গলার স্বরে মনে হয়েছে আমার বাতুলতা এবার তার সহ্যের সীমা ছাড়িয়েছে।

তাকে শান্ত করবার জন্য বলেছি, 'চটবেন না, মি. ডুগান। আপনার একটা উপকারই করেছি এসব ব্যবস্থায়। বন্ধুকে শান্তি দেবার জন্য দুটো রদ্দি দ্বীপ কিনে

আপনাকে আর স্বার্থত্যাগ করতে হবে না।'

'তাই নাকি!' ডুগানকে অত্যন্ত খুশিই দেখিয়েছে, 'কিন্তু কেনার দরকার আর নেই কেন? ওই ফেনা ছড়ানো আর মাটি খোঁড়ার দরুন?'

'হ্যাঁ, মি. ডুগান,' বিনীত ভাবে বলেছি, 'ওই ফেনা ছড়িয়েই জোড়া দ্বীপের অপদেবতাকে তাড়ানো হয়েছে। এখানকার সমুদ্রে আবার এখন মাছের গুঁতোগুঁতি। তবে অপদেবতা বেশ একটু না খসিয়ে বিদেয় হয়নি। ফেনা ছড়িয়ে তাকে তাড়াবার খরচ হল লাখ দেড়েক ডলার।'

'লাখ দেড়েক ডলার!' এতক্ষণে ম্যাকের প্রায় আর্তনাদ শোনা গেছে, 'এত টাকা যেখান থেকেই জোগাড় করে থাকো, আমি শোধ করে দেব কোথা থেকে?'

'তোমায় শোধ দিতে হবে না,' ম্যাককে শান্ত করে বলেছি, 'তোমার জোড়া দ্বীপে মাটি খোঁড়ার ইজারা যারা নিচ্ছে তারাই ও-দেনা চুকিয়ে দিয়ে আরও লাখ দুয়েক ডলার তোমায় বায়না দেবে।'

'মাটি খোঁড়ার ইজারা নেবার জন্য তারা লাখ দেড়েকের ওপর আরও দু-লক্ষ ডলার দেবে!' ম্যাক এমনভাবে আমার দিকে তাকাল যেন আমার মতো বদ্ধ উন্মাদকে আর এক-মুহূর্তও ছাড়া থাকতে দেওয়া উচিত নয়।

তার মুখের চেহারা দেখে আশ্বাস দিয়ে বলেছি, 'দেবে, দেবে, নিশ্চিন্ত থাকো। কারণ তোমার জোড়া দ্বীপের ভেতরকার মাটি সব পি. ডি. ৪৬ আর ১০৬.৭। কিছু ও.এস. ৭৬ আর ১৯০.৮-ও আছে।'

ম্যাক হতাশ ভাবে আমার দিকে তাকাতে আবার বলেছি, 'আজ নয়, কাল সকালে সব ভাল করে বুঝিয়ে দেব।'

পরের দিন সকালে ম্যাককে সব বুঝিয়ে বলার সুযোগ পাবার আগে সেই রাত্রেই একটা বিশ্রী ব্যাপার ঘটেছে।

অন্যবারের মতো এবারেও আমি আর সকলের সঙ্গে কমা দ্বীপে না থেকে একলা ড্যাশে তাঁবু ফেলে থাকবার ব্যবস্থা করেছি।

ঘর অন্ধকার না হলে আমার ঘুম আসে না। সে-রাত্রে কিন্তু হ্যাসাক বাতিটা জ্বেলেই রেখেছিলাম। রাত দুটো নাগাদ হাতের মোটা ব্র্যাডশটা মুড়ে ক্যাম্পখাট থেকে নেমে তাঁবুর দরজার পর্দাটা সরিয়ে বললাম, 'আসুন, মি. ডুগান, আপনার জন্যই অপেক্ষা করছিলাম।'

'আমার জন্যই অপেক্ষা করছিলেন!' ডুগান ভুরুটা একটু কুঁচকে সামনে পেতে রাখা তাঁবুর স্টিলের ফোল্ডিং চেয়ারটা সরিয়ে কাঠের একটা শক্ত বাক্সের ওপর সাবধানে দেহভার নামিয়ে বললে, 'কেন বলুন তো?'

'বাঃ, আপনার বন্ধুকে বাঁচাবার জন্য আমায় ধন্যবাদ দিতে না এসে আপনি পারেন!' আমার গলায় সরল উচ্ছ্বাস ফুটিয়ে বললাম, 'তবে আপনি সাঁতরেই আসবেন ভেবেছিলাম।'

'যেমন আপনি সে রাত্রে গেছলেন!' ডুগানের টোম্যাটোর মতো রাঙা মুখ বিটের মতো আধা বেগনি হয়ে উঠল।

'হ্যাঁ, মোটর বোটটার আওয়াজ যে বড় বিশ্রী,' আমি অস্বস্তির সঙ্গে বললাম, 'এ-সব কাজ যত চুপিচুপি সারা যায় ততই ভাল নয় কি! আমার বেলা দেখুন, কখন খাঁড়ি পার হয়েছি, কখন আপনার ঘরে ঢুকে নোটবই খুলে ওসব লিখেছি, আপনি টেরও পাননি। অথচ পাড়ে লাগাবার আগেই মোটর বন্ধ করা সত্ত্বেও আপনি যে আসছেন তা আমি টের পেয়েছি।'

'টের পেয়েও কিছু সুবিধে হবে কি?'

কাঠের বাক্সটার কাছেই আমি দাঁড়িয়েছিলাম। হঠাৎ এক ঝটকায় আমার হাত থেকে ব্র্যাডশটা ছিনিয়ে নিয়ে ডুগান আবার মোলায়েম গলায় জিজ্ঞাসা করলে, 'জেগে থাকবার জন্য এই বই পড়ছিলেন বুঝি? কিন্তু এ তো উপন্যাস-টুপন্যাস নয়, রেলের টাইম টেবল দেখছি। তাও আমেরিকার নয়, বিলেতের।'

'হ্যাঁ, বিলেতের ব্র্যাডশ,' আমি সবিনয়ে স্বীকার করলাম, 'এখান থেকে বিলেতে গিয়ে কিছুদিন ঘুরতে হবে কিনা। তাই ওখানকার ট্রেন-ফ্রেনের খোঁজখবর নিচ্ছিলাম।'

'ওখানকার খোঁজখবরের আর আপনার দরকার হবে না।' মুখের ভাবটা যতদূর সম্ভব মধুর করে মোটা ব্র্যাডশটা অবলীলাক্রমে দু-হাতে ছিঁড়ে ফেলে ডুগান ছেঁড়া খণ্ড দুটো আমার হাতে দিয়ে বললে, 'বিলেতে যাওয়াই যখন আপনার হচ্ছে না, তখন ও-ব্র্যাডশ ছিঁড়ে ফেলাই ভাল।'

'হ্যাঁ, তা ঠিকই বলেছেন!' একটা ছেঁড়া খণ্ডের ওপর আর একটা খণ্ড রেখে দু হাতের এক মোচড়েই ছিঁড়ে চার খণ্ড করে ফেলে দিয়ে বললাম, 'তা ছাড়া আজকাল প্লেন থাকতে ট্রেনে ওঠারই তো মানে হয় না।'

'বিশেষ করে হাত-পা যাদের ভাঙা দোমড়ানো তাদের।' ডুগান স্টিলের ফোল্ডিং চেয়ারের একটা রড মোমের বাতির মতো বাঁকিয়ে দুমড়ে দিয়ে আমার দিকে ছুঁড়ে দিলে।

সেটা ধরে টেনে টেনে আবার সোজা করে পাশে নামিয়ে রেখে বললাম, 'তাই হুঁশিয়ার থাকাই ভাল, হাত-পা যাতে আস্ত থাকে। সবাই তো আর দোমড়ানোকে সোজা করতে পারে না।'

হঠাৎ বাঘের মতো থাবা বাড়িয়ে আমার টুঁটিটা যেন লোহার রেঞ্চে চেপে ধরে ডুগান বললে, 'তোর বেয়াদবি অনেক দূর পর্যন্ত সহ্য করে করেছি, কেলে উচ্চিংড়ে! গলার নলি চিপটে নিঃশ্বাস বন্ধ হয়ে মরবার আগে ক-টা কথা পরকালের খোরাক হিসেবে শুনে যা। এত বুদ্ধি খাটিয়ে এত কষ্টে আর চেষ্টায় যা করে তুলেছিস সব আমি ভেস্তে দেব। খানিক বাদে মোটর বোটের ওপরে গিয়ে, নেমে তোর লাশটা বোটের ভেতর রেখে সেটা আবার সমুদ্রমুখো করে স্টার্ট দিয়ে ছেড়ে দেব। যদি আগেই না ডোবে তো অথৈ ক্যারিবিয়ান সমুদ্রে কোথায় যে সে মোটর বোট তেল ফুরোলে গিয়ে পৌঁছোবে কেউ জানে না। সকলের কাছে রটিয়ে দেব, তুই আমাদের টাকা চুরি করে মোটর বোটে পালিয়েছিস। অজ্ঞান হতে আর তোর বাকি নেই বুঝতে পারছি, তাই দু কথায় সারটুকু শোনাচ্ছি! তোকে সরাবার পর এ-জোড়া দ্বীপ

ওই হাঁদারাম ম্যাকের কাছে ধাপ্পা দিয়ে না পারলে জবরদস্তি করে আমি বাগাবই। ও পি. ডি. ৪৬ আমার আবিষ্কার। আমিই ওর মালিক!'

'এবার তা হলে গলাটা ছাড়ুন।'

ডুগানের চোখ-মুখের ভাবটা সত্যি তখন দেখবার মতো। এতক্ষণ ধরে বজ্রের মতো মুঠোয় নলিটা চেপে ধরে রাখবার পর নিতান্ত সহজ গলায় আমায় কথা বলতে শুনে সে একেবারে থ।

ক্ষণেকের জন্য হাতটা তার আপনা থেকেই শিথিল হয়েছিল। না হলেও ক্ষতি ছিল না অবশ্য। গলাটা এক ঘাড়-নাড়ায় ছাড়িয়ে নিয়ে তার মাথায় একটা থাবড়া দিলাম। কাঠের বাক্সের শক্ত মজবুত ডালাটা ভেঙে তার ভেতরে সে অর্ধেকটা সেঁদিয়ে যেতে যেন লজ্জিত হয়ে বললাম, 'ছি-ছি কাঠটা অত হালকা তা বুঝতেই পারিনি!'

হাত বাড়িয়ে তাকে তুলতে গিয়ে আবার হাতটা সরিয়ে নিয়েই তারপর বললাম, 'থাক, যেমন আছেন তেমনিই থাকুন। আমার গলাটার দিকে অমন করুণ চোখে চাইবেন না। ওটা রক্ত-মাংসের তৈরি, শুধু যোগের ব্যায়ামে একটু বেশি মজবুত। এ-গলা টিপে কিছু করা যায় না। এখন আসল কথাগুলো শুনুন। এ জোড়া দ্বীপ প্রায় কুবেরের ভাণ্ডার বুঝে তা হাত করবার যে শয়তানি ফন্দি আপনি এঁটেছিলেন তা সত্যিই তারিফ করবার মতো। পাঁচ বছর আগে আপনি ম্যাকের অতিথি হয়ে কমা-ড্যাশে মাছ ধরতে আসেন! আপনি নিজে একজন খনিজতাত্ত্বিক। আপনার গ্লিসেরাইডস-এর কারখানা আছে। আপনি একটু ঘুরে-ফিরেই বুঝেছেন এ দুই দ্বীপে অমূল্য কিছু আছে। এখানকার মাটি খুঁড়ে নমুনা নিয়ে আপনি পরীক্ষা করিয়ে জেনেছেন যে, এখানে অঢেল পি. ডি. অর্থাৎ প্যালেডিয়ম আছে যার অ্যাটমিক নম্বর ৪৬ আর অ্যাটমিক ওজন ১০৬.৭। তা ছাড়া ও. এস. মানে অসমিয়মও আছে কিছু পরিমাণ যার অ্যাটমিক নম্বর ৭৬ আর ওজন ১৯০.৮।

'প্যালেডিয়ম আর অসমিয়ম হল প্ল্যাটিনমের মিশ্র ধাতু। কয়েকটি কাজে এ-ধাতুর জুড়ি নেই। প্যালেডিয়ম গলে ১৫৫° সেন্টিগ্রেডে। খাদ্য হিসেবে গ্লিসেরাইডস তৈরির ব্যাপারে প্যালেডিয়ম কি প্ল্যাটিনমের চেয়ে সেরা ক্যাটালিস্ট নেই! শুধু অত্যন্ত দামি বলেই এ-ধাতুর বদলে আপনাদের নিকেল ধাতু ব্যবহার করতে হয়। প্যালেডিয়ম এখানে অঢেল দেখে আপনার লোভের জিভ লকলক করে উঠেছে। জোড়া দ্বীপ হাত করবার অদ্ভুত ফন্দিও আপনি করেছেন। ছোট এই দুটি সমুদ্রের ফুটকির মতো দ্বীপ। উত্তর বিষুব সমুদ্রস্রোত এই দ্বীপ দুটির প্রায় মাথার কাছ দিয়েই ঘুরে যায়। আপনি সস্তা পেট্রোলের গাদ কিনে জোড়া দ্বীপের পুবের দিকে কাছাকাছি কোথাও ঢালাবার ব্যবস্থা করেছেন গোপনে। সে-তেল সমুদ্রের জলের ওপর নোংরা সরের মতো ভেসে এসে এই দ্বীপ দুটিকে ঘিরে জমতে শুরু করেছে। তেলের সরের তলায় প্রথমে সমুদ্রের আণুবীক্ষণিক প্ল্যাঙ্কটন বাঁচতে পারেনি অক্সিজেনের অভাবে।

'প্ল্যাঙ্কটন যাদের আহার সেই ছোট মাছ পোকা গোছের সামুদ্রিক প্রাণী তারপর

মরেছে। তারপর ধাপে ধাপে এই মৃত্যুর ঢেউ বিরাট সব জলচরদের স্তর পর্যন্ত পৌঁছেছে। খাবারের অভাবের দরুন মাছেরা এ-তল্লাটই ছেড়ে দিয়েছে। মাছেদের সঙ্গে মাছ যাদের আহার সেই পাখিরাও বন্ধ করেছে এ-দ্বীপে আসা।

'মাছ ধরার নেশাতেই ম্যাক এ জোড়া দ্বীপ কিনেছিল! মনমরা হয়ে দ্বীপ দুটো অভিশপ্ত মনে করে বেচে দেবার কথাই সে ভেবেছে এবার। তার মনে এ-ভাবনা অবশ্য আপনিই কায়দা করে ঢুকিয়েছেন। বৈজ্ঞানিকদের নিয়ে এসে এখানকার রহস্যভেদের চেষ্টা করার নামে প্যালেডিয়ম-এর পুঁজি এখানে কত তা-ও একবার পরীক্ষা করিয়ে নিয়ে গেছেন। কিন্তু এত শয়তানি প্যাঁচ সব এক ফেনাই ভেস্তে দিলে।'

'কী সে ফেনা?' ডালা ভাঙা বাক্সের ভেতর থেকে ওঠবার বিফল চেষ্টার সঙ্গে ডুগানের গলা থেকে যেন আক্রোশ আর কাকুতি এক সঙ্গে মিশে বার হল!

'ও-ফেনা কী জানেন না!' যেন অবাক হয়ে বললাম, 'ও, আপনি তো খনিজতাত্ত্বিক, কেমিস্ট তো নন। তবু জানেন হয়তো যে, অবাধ বেপরোয়া জাহাজ চালিয়ে আর কলকারখানার নোংরা কেৎরানি নির্বিচারে ঢেলে সমুদ্রটাকে ডাস্টবিন করে তোলার দরুন, দুনিয়ার সমস্ত সাগর এমন নোংরা তেলা হয়ে উঠেছে যে, এ-তেল যেভাবে হোক তুলে সমুদ্র আবার নির্মল করবার ব্যবস্থা না করলে সেখানকার প্রাণিজগতেরই বিপদ ঘনাবে। সে বিপদ ঠেকাতে বিজ্ঞানীরা যেসব উপায় বার করেছেন, তার একটি হল ওই ফেনা! ও-ফেনাকে কুচোনো পলিউরেথিন বলতে পারেন!

'বিলেতের একটি কোম্পানি অনেক দিনের গবেষণায় ওটি উদ্ভাবন করে পরীক্ষা চালাচ্ছে। এরই জন্য বিলেত ছুটতে হয়েছিল। তেলের ওপর ছড়ালে তেল শুষে নিয়ে ওই ফেনা দেখতে দেখতে কালো হয়ে ওঠে। তখন ও তেল-শোষা কালো ফেনা অনায়াসে জলের ওপর দিয়ে টেনে ভাসিয়ে নিয়ে গিয়ে কোথাও জমা করা যায়। ও-ফেনা নিংড়ে আবার তেল বার করে নেওয়াও শক্ত নয়। সমুদ্রের জল তেল কাটিয়ে নির্মল করবার আরও এক জিনিস আছে। এটি আমেরিকায় উদ্ভাবিত। নাম হল পলি কমপ্লেক্স এ। জলে ভাসা তেলের ওপর ছড়ালে তা তেলকে সূক্ষ্মভাগে ভাগ করে তার সঙ্গে মিশে গিয়ে জীবাণুদের এমন সুখাদ্য হয় যে আলো হাওয়ায় তেল উবে যেতে দু মিনিটও লাগে না। তেল তোলার এ ব্যবস্থায় খরচা একটু বেশি, পলিউরেথিনে খরচ কম। তাতেও একশো টন তেল শুষতে তেরোশো ডলার খরচ পড়ে। এ জোড়া দ্বীপের অভিশাপ কাটাবার খরচ ওই হিসেব অনুসারেই ধরেছি।'

একটু চুপ করে থেকে আবার বলেছি, 'ভাবছি আপনার মতলব আপনারই ওপর খাটাই। শুধু আপনি আমার লাশটা বোটে ভাসাবেন ঠিক করেছিলেন আর আমি আপনাকে জ্যান্তই বোটটা চালাবার সুযোগ দেব। আমি এখন সাঁতার কমা দ্বীপে চলে যাচ্ছি। মোটর বোটটা এখানে রইল। বাক্সের গর্ত থেকে উঠতে আপনার একটু দেরি হবে মনে হচ্ছে। তা হোক, ওঠবামাত্র মোটর বোটে গিয়ে স্টার্ট দিয়ে রওনা হবেন। এখান থেকে সেন্ট টমাস দ্বীপ খুব দূর নয়। বোট চালাবার যেটুকু অভিজ্ঞতা আছে

তা-ই দিয়েই সেখানে পৌঁছে বলবেন ঝড়ে পড়ে মোটর বোটে আপনার দিক ভুল হয়ে গেছে। সেন্ট টমাস থেকে আমেরিকায় ফিরে যাবেন, কিন্তু খবরদার কোনও দিন আর ম্যাকের ধারে-কাছে আসবেন না।'

ডুগানকে বাক্সের মধ্যেই রেখে তাঁবু থেকে বেরিয়ে গেলাম। ডুগানের সঙ্গে আর দেখা হয়নি! সে আর ম্যাকের ধার মাড়ায়নি বলেই জানি।"

ঘনাদা কথাটা শেষ করেই উঠে নিজের টঙের ঘরে চলে গেলেন। শিশিরের কাছে একটা সিগারেট চেয়ে প্যাকেটটাও নিয়ে যেতে ভুলে গেলেন এই প্রথম।

ঘনাদা চলে যাবার পর আমাদের কিছুক্ষণ আচ্ছন্ন গোছের অবস্থা। বিশেষ করে গৌরের অত বড় বেয়াদবি মাফ করে ঘনাদার অমন খোলসা মন নিয়ে ফিরে আসা, আর যা নিয়ে তাঁর মানে ঘা সেই তেলের ওপরই গল্পের আসর জমিয়ে যাওয়ার আশাতীত উদারতায় তখন আমরা কৃতজ্ঞতায় গদগদ। তারই মধ্যে বনোয়ারিকে যেন দেখতে পাওয়া গেল বারান্দা দিয়ে যেতে।

ব্যস্ত হয়ে হাঁক দিয়ে তাকে ডাকলাম। ঘরে এসে দাঁড়াবার পর উদ্বিগ্ন হয়ে জিজ্ঞাসা করলাম, "কী রে, কখন এলি? তপসে মাছ পাসনি বুঝি?"

বনোয়ারির মুখে গর্বের হাসি দেখা গেল, "পাইয়েছে না কী রকম? হামি গিয়েছে আর মাছ মিলবে নাই!'

"পেয়েছিস তা হলে।" আমাদের দন্তও বিকশিত হয়। তারপর একটু সন্দেহের সুর বাজল কণ্ঠে, "হ্যাঁ রে, ভাল তাজা তপসে তো?"

"হাঁ, ভাল না তো লিবো কেনো!" বনোয়ারি আমাদের সন্দেহের বিরুদ্ধে তার সাক্ষ্যপ্রমাণ পেশ করলে—"বড়বাবু নিজে দেখিয়েছে না?"

"বড়বাবু মানে ঘনাদা দেখেছে! কখন দেখল!" আমাদের সবিস্ময় উদ্‌গ্রীব প্রশ্ন এবার।

"ওই হামি বাস-সে নামলাম।" বনোয়ারি বিবরণ দিলে, "আর বড়বাবু উখান দিয়ে যেতে যেতে হামাকে দেখলে। তারপর ডাক দিয়ে আমার মছলি সব ভাল করে দেখে তারিফ করলে। বড়বাবুর ফরমাস নিয়ে তো তারপর বিস্কুটপিসাই লা-তে গেলাম। তাই তো দের হয়ে গেল আসতে।"

বনোয়ারি নিজের কাজে বেরিয়ে গেল।

আমরা নীরবে পরস্পরের মুখ চাওয়া-চাওয়ি করলাম কিছুক্ষণ।

তেলের গল্প আর তপসে মাছের মধ্যে কোনও নিগূঢ় সম্বন্ধ আছে কি!

ভাষা

হঠাৎ চমকে উঠলাম।

ভাল গান শুনে যদি বলি কানে যেন মধু ঢালছে তা হলে এই বিদঘুটে আওয়াজ কানে যেন পাঁচন ঢালছে ছাড়া আর কী বলা যায়!

মনে হল আকাশটাকে মিহি মোটা দাঁতওয়ালা করাতে কে যেন রসিয়ে রসিয়ে চিরছে।

এত কথা বলেও যার মহিমা ঠিক বোঝাতে পারছি না, তা হল সন্ধে রাত্রে কাছাকাছি কোথায় কাদের বাড়ির নিরিবিলি ছাদে কোনও শ্রীমান হুলোর কণ্ঠসংগীত। সারা পাড়াটার যেন কান কট-কটিয়ে দিলে।

আর তার চেয়ে যা লোকসান করলে আমাদের! একেবারে যাকে বলে ঘাটের কাছে এনে ভরাডুবি।

অমন একটা পাকা চাল একেবারে মাত-এর মুখে দিলে কাঁচিয়ে!

আর স্রেফ ওই একটি হুলো বেড়ালের মার্জার-সংগীতের গিটকিরিতে।

হুলো বেড়ালটা অমন দুশমনি করে বাদ সেধে ঠিক ওই ক্ষণটিতে কালোয়াতি গলা সাধতে শুরু না করলে কী করতেন ঘনাদা?

ফাঁদ থেকে বেরুবার কোনও রাস্তা কি তাঁর ছিল?

আড্ডা-ঘরে শনিবারের রাত্রের খ্যাঁটের পর যা শুরু করেছিলাম তা আর মিনিট দশেক চালাতে পারলেই আর দেখতে হত না।

ঘনাদাকে ল্যাজে গোবরে হয়ে রণে ভঙ্গ দিতে হত কিংবা সাদা নিশান ওড়াতে হত সন্ধির।

কারণ এবার তো আর এলেবেলেদের দিয়ে খেলানো নয়, একেবারে পেশাদারি পাকা ওস্তাদ আমদানি।

ঘনাদাকে ঘুণাক্ষরে জানতেও দিইনি যে অমন একটি বোমা তাঁর জন্য ঠিক সময় কষে নিয়ে সলতে ধরিয়ে জালিয়ে রেখেছি দোতলার আড্ডা-ঘরে। সুতরাং ঘনাদা তৈরি থাকবার সময়ই পাননি।

একেবারে যে অতর্কিতে আচমকা ল্যাংমারা, তা অস্বীকার করতে পারব না। সুতরাং ঠিক ধর্মযুদ্ধের কোঠায় পড়ে না। কিন্তু কুরুক্ষেত্রেই বা সত্যিকার মহাবীরদের ক-জনকে ধর্মযুদ্ধে কাবু করেছে পাণ্ডবেরা।

না, ঘনাদাকে জব্দ করতে যা আমরা করেছি আদালতে তার সপক্ষে সেই সেকালের মহাভারত পুরাণ থেকে শুরু করে হালের ভিয়েতনাম পর্যন্ত অনেক

নজিরই দিতে পারি।

শুধু লজ্জার কথা এই যে জব্দ ঘনাদা হননি, হয়েছি আমরাই।

কিন্তু কী মোলায়েম ভাবেই না নিঃশব্দে জালটি ঘনাদার চারিধারে গুটিয়ে এনেছিলাম।

অত্যন্ত বেয়াড়া দিনকাল। কনট্রোল করলেও যা, ছাড়লেও তা-ই বাজারে কোনও কিছুই মনের মতো পাওয়ার জো নেই খোলাখুলি ভাবে।

তবু সেদিন শিশির তক্তাঘাটের ভরসায় না থেকে সন্ধ্যার আগের ট্রেনেই গঙ্গার বদলে রূপনারায়ণের জোড়া ইলিশ নিয়ে ফিরে এসেছে।

ঘনাদাকে অবশ্য শুধু জোড়া ইলিশের খবরটাই জাঁক করে জানানো হয়েছে তাদের জাতকুল গোপন করে।

রাত্রের ভোজটা একরকম ভালই হয়েছে। ভাজা থেকে ইলিশ ভাতে পর্যন্ত ঘনাদা বেশ তারিয়েই খেয়েছেন মনে হয়েছে, ঝালটা খাবার সময় একটিবার যে খিঁচটুকু দেখা দেবার উপক্রম হয়েছিল আর গৌরের বোকামিতে যা প্রায় মারাত্মক হতে চলেছিল আমরা সবাই কোনও রকমে তাপ্পি দিয়ে সে-বিপদ কাটিয়েছি।

ঝালের ইলিশটা কাঁটা বেছে মুখে তুলতে তুলতে ঘনাদা যেন চোখ দুটো ছোট করে ফেলেছিলেন।

তারপর ঈষৎ সন্দিগ্ধ ভাবে বলেছিলেন, "ইলিশটা কোথাকার হে?"

"কেন? কেন? গঙ্গার!" আমরা সমস্বরে জানিয়েছিলাম।

"উহুঁ!" ভুরু কুঁচকে ছিলেন ঘনাদা, "ঠিক গঙ্গার বলে তো মনে হচ্ছে না।"

"টেমস কি সেন নদীর হবে তা হলে!" গৌর বেয়াড়া রসিকতা করে ফেলেছিল।

ঘনাদার মুখে ঘনঘটা শুরু হবার আগেই আমরা যেন ব্যস্ত হয়ে গৌরকে ধমক দিয়ে বলেছিলাম, "ঠাট্টার কথা নয়, মাছটা তেমন টাটকা মনে হচ্ছে না, না ঘনাদা?"

আমাদের বেশ একটু থ করে দিয়ে ঘনাদা বলেছিলেন, "না, টাটকা হবে না কেন! তবে গঙ্গার বদলে যেন রূপনারায়ণের তার পাচ্ছি।"

গৌর আবার কী বলতে যাচ্ছিল। তাকে সে সুযোগ না দিয়ে আমরা ঘনাদাকে সমর্থন জানিয়ে বলেছি, "আপনি ঠিকই ধরেছেন। আনাড়ি পেয়ে তক্তাঘাটের নামে আমাদের কোলাঘাটই চালিয়ে দিয়েছে হয়তো।"

বানচাল হতে হতে সামলে নিয়ে তারপর ঘনাদাকে এতটুকু সন্দেহ করবার সুযোগ না দিয়ে টার্কিশ সিগারেটের লোভে লোভে দোতলার আড্ডা-ঘরে এনে তুলেছি।

শিশির খাবার সময়েই টোপটি ফেলেছিল। ঘনাদা ঝোল ঝাল ছাড়িয়ে ডিমের অম্বলটা পর্যন্ত পৌঁছেছেন, তখন হঠাৎ যেন একটা কথা মনে পড়ায় লজ্জিত হবার সুরে বলেছিল, "বড্ড কিন্তু ভুল হয়ে গেছে—ছি! ছি! টিনটা বদলে আনতেই মনে নেই।"

ঘনাদা শুধু মুখ তুলে চেয়েছেন। তাঁর হয়ে আমরাই জিজ্ঞাসা করেছি, "কীসের টিন?"

"কীসের আবার।" শিশির নিজেই এবার যেন বিরক্ত হয়ে বলেছে, "সিগারেটের

টিন। কাল দোকানে গেছলাম। কী এক টার্কিশ সিগারেটের টিন দিয়েছে না জানিয়ে। আজ বদলে আনতে ভুলে গেছি।"

"টার্কিশ সিগারেটের টিন বদলে আনবে?" ঘনাদার গলার অনুকম্পা মেশানো ব্যঙ্গের সুরেই আমরা খুশি হয়ে উঠেছি।

শিশির যেন একটু ধোঁকায় পড়ে জিজ্ঞাসা করছে, "বদলাবার দরকার নেই নাকি? আপনি তা হলে দেখুন না একটু চোখে!"

সেই লোভে লোভেই আড্ডা-ঘরে তুলে এনে তাঁর মৌরসি কেদারাটিতে ঘনাদাকে বসিয়ে শিশির নিজের কামরায় গেছে সিগারেটের টিন আনতে।

সিগারেটের টিন সে এনেছে ঠিকই, কিন্তু সেই সঙ্গে ঘনাদাকে কুপোকাত করবার সেই জ্যান্ত বোমাটি।

সিগারেটের টিনটা খুলে শিশির বিনীতভাবে ঘনাদার দিকে বাড়িয়ে দিয়েছে। কিন্তু ঘনাদা তা থেকে সিগারেট তুলতে গিয়েও থমকে থেমে গেছেন। তাঁর দৃষ্টি শিশিরের সঙ্গে যে-মূর্তিটা বিনা নোটিশে এ ঘরে এসে হাজির, তার দিকে।

শুধু ঘনাদারই নয়, আমাদেরও যেন চমকে লোকটির দিকে তাকিয়ে তাজ্জব হতে হয়েছে।

প্যান্ট-শার্ট পরা ছোটখাটো রোগা-পটকা একটি মানুষ। কিন্তু চেহারা দেখে নয়, তার মুখের বুলিতেই আমরা যেন হতভম্ব।

শিশিরের পিছু পিছু ঘরে ঢুকেই ঘনাদাকে দেখে যা বলেছে তাতে দিশাহারা হবারই কথা। বলেছে, "স্লা মাহাট্ মালম্। সি আপানামান্ ইয়া কামু!"

"হ্যাঁ, এই লোকটির কথাই আপনাকে বলব ভেবেছিলাম," শিশির যেন নেহাত তুচ্ছ একটা খবর দিয়েছে, "ক-দিন ধরে রোজ বিকেলে এসে কিচিরমিচির করে কী যেন বলে! ইংরাজি বাংলা হিন্দি ওড়িয়া কোনও ভাষা বলেই ওকে কিছু বোঝাতে পারিনি। কিচিরমিচিরের ভেতর আপনার নামটা যেন দু-একবার শুনে ওকে আজ ধরে রেখেছি আপনার সঙ্গে দেখা করিয়ে দেব বলে।"

ঘনাদার হাতটা তখনও থমকে আছে টিনটার ওপর। চোখ দুটো যেন আরও কোঁচকানো।

আমাদের নতুন অতিথি হাসিমুখে ঘনাদার দিকে ফিরে আবার বলেছে, "জাং-আন তা কুট্ সায়া বুকাহ্নমু সুহ্!"

ঘনাদা সিগারেটটা এবার তুলে নিয়েছেন টিন থেকে। তারপর যা একটি প্যাঁচ ছাড়বার চেষ্টা করেছেন তাতে প্রথমটা একটু ভাবনাই হয়েছে, সব আয়োজন বুঝি গোড়াতেই ভেস্তে যায় এই ভয়ে।

আমাদের নতুন অতিথির কিচিরমিচিরের ঠেলায় দিশাহারা হয়েই বোধ হয় ঘনাদা হঠাৎ গলায় ঢেউখেলানো সুর ভুলে আমাদের ভড়কে দিতে চেয়েছেন।

পালটা জবাবে তিনি ছেড়েছেন, "নী-ঈ শের শে!"

ঢেউ খেলানো সুরে ওই প্রলাপটুকু ছেড়ে, একটু থেমে, তিনি আবার বলেছেন, "দ্য-অং ঈ! দ্য-অং। ওয়-আ ঈ, আঃ উ ইয়াং হোঅ-আ?"

ঘনাদার তারপর শিশিরের হাত থেকে দেশলাইটা প্রায় টেনে নিয়ে যতক্ষণ সিগারেট ধরিয়েছেন ততক্ষণে আমাদের নতুন অতিথির মুখের দিকে চেয়ে আমরা একটু প্রমাদ গনেছি সত্যিই।

আমাদের নতুন অতিথিকে একটু ভ্যাবাচাকাই মনে হয়েছে।

এত শেখানো পড়ানো সত্ত্বেও ঘনাদার এই সস্তা প্যাঁচেই ভদ্রলোক কাবু হবেন নাকি? তা হলেই তো সব ভণ্ডুল।

ভদ্রলোক আসলে বাঙালি, নাম অভয় দাস, কিন্তু তিন পুরুষ মালয়ে কাটিয়ে পুরো না হন, প্রায় বারো আনাই ম্যালে হয়ে গেছেন। বাংলা জানেন না এমন নয়, কিন্তু ম্যালেটাই মাতৃভাষা বলা উচিত। শিশিরের মামাতো ভাইয়ের বন্ধু। কী একটা ব্যবসার কাজে মাসখানেকের জন্য ভারতবর্ষে এসেছেন। মামার বাড়ি গিয়ে ভদ্রলোকের পরিচয় পেয়েই শিশিরের মাথায় আজকের ফন্দিটা এসেছে। তারপর সবাই মিলে সেটা চেঁছে ছুলে পালিশ করে ভদ্রলোককে ভাল করে তালিম দিয়ে আজকের আসরে এনে হাজির করেছি।

এত কাণ্ডের পর ঘনাদার এই সামান্য চালাকির কাছে হার মানা তো কিছুতেই উচিত নয়।

অভয় দাসের খাঁটি ম্যালে বুকনির মাথামুণ্ডু না বুঝে মরিয়া হয়েই ঘনাদা যে আবোল-তাবোল সুর ধরেছেন সে বিষয়ে আমাদের তখন কোনও সন্দেহই নেই। ঘনাদার এই ধাপ্পায় আর খানিকক্ষণ অটল থাকলেই তাঁকে নির্ঘাত জব্দ হতে হবে। অভয় দাস আর একটু যদি ধৈর্য ধরে থাকেন!

অভয় দাস আমাদের মুখ রক্ষা করলেন। প্রথমটা কেমন ফ্যাকাশে মেরে গেলেও আমাদের মুখে চকিতে একবার চোখ বুলিয়ে নিয়ে জোর পেয়ে, ঘনাদার সিগারেট ধরানো শেষ হতে না হতেই তিনি আবার শুরু করলেন, "সায়া টিডা মং আর টি। মীন টা বিচারা প্লান্ প্লান্।"

ঘনাদার কাত হতে আর বেশি দেরি নেই তা তাঁর পরের সুর তোলা থেকেই যেন বোঝা গেল। তিনি মান বাঁচাবার শেষ চেষ্টাতেই যে একটা লম্বা কাঁদুনে সুর ছাড়লেন, "চিং নী ইয়ুং দিয়ান তু ইয়াউ তো হোয়ে ঈ দা। ওয়া হোয়ে শোওয়া ইং গোয় হোয়া! ফা গোয়া হোয়া মিয়ান দিয়ান হোয়া রের ব্যন হোয়া..."

এই 'হোয়া'র মাঝেই হঠাৎ চমকে উঠলাম সেই শ্রীমান হুলোর নেপথ্যে সংগীত-লহরিতে।

ঘনাদাও যেন স্তম্ভিত হয়ে থেমে গিয়ে কান খাড়া করেছেন।

সে কান খাড়া করার ভেতরের চালাকিটুকু তখন সত্যিই ধরতে পারিনি।

ঘনাদার ফাঁকা আওয়াজ যে বেফজুল হয়েছে তা বোঝাতে শেষ কিস্তি ঠেলবার জন্য অভয় দাসকে চোখের ইশারা করলাম।

অভয় দাস সোৎসাহে তাঁর পরের খেপের গোলাবর্ষণ করতে যাচ্ছেন—হঠাৎ ঘনাদা ভ্রূকুটি করে হাত তুলে তাঁকে থামালেন!

"হল কী?" ভ্রূকুটির সম্মান রেখেও না বলে পারলাম না, "ও তো কোথায় কোন

হুলো চেঁচাচ্ছে!"

"হ্যাঁ, তা-ই!" ঘনাদা যেন দীর্ঘনিঃশ্বাস ফেলে স্বীকার করলেন।

কৌতুকের সঙ্গে কৌতূহলও একটু আর না মিশে পারে! শিবু জিজ্ঞাসা করলে, "আপনি কী ভেবেছিলেন?"

"কেউ আলাপ করছে ভাবলেন বোধ হয়!" গৌর যেন সরল মনে মন্তব্য করলে।

"ওটাও কারুর ভাষা ভেবেছিলেন নাকি!" আমি বিমূঢ় বিস্ময় প্রকাশ করে আরও কিছু বলতে যাচ্ছিলাম। কিন্তু ঘনাদা তার সুযোগ দিলেন না। আমার অসাবধানে এগিয়ে দেওয়া কথার ছুতোটুকু ধরেই আমাদের ফাঁকটুকু কেটে পিছলে বেরিয়ে গেলেন।

"হ্যাঁ, ভাষাই ভেবেছিলাম!" ঘনাদা আমার মুখের কথার ওপর যেন থাবড়া দিয়ে বললেন, "আর ও-ভাষা ব্যবহার করার মতো কে এই শহরে আসতে পারে ভেবেই অবাক হচ্ছিলাম। তারপর অবশ্য নিজের ভুলটা বুঝলাম। ওটা সে-ভাষা নয়, শুধু হুলোরই ডাক!"

তখনও সাবধান হয়ে ঘনাদাকে আবার চেপে ধরার সময় ছিল। কিন্তু তা আর পারলাম কই!

হঠাৎ বেঁফাস কথা শিশিরের মুখ দিয়ে বাঁকা সুরে বেরিয়ে গেল, "ও-রকম ভাষাও তা হলে আছে! কাদের?"

আর ঘনাদাকে পায় কে! লোহার শিকল দিয়েও তখন আর তাঁকে ধরে রাখবার নয়।

শিশিরের ওই শেষ প্রশ্নের জবাবে গম্ভীর মুখে তিনি বললন, "অর্সিন্যাস অর্কা-র!"

আর 'অর্সিন্যাস অর্কা' শুনে আমাদের হাঁ মুখ বোজবার আগেই ঘনাদা শুরু করে দিলেন, "সে দিন ওই ভাষা শুধু আমাকেই প্রাণে বাঁচায়নি, দুনিয়ার সবচেয়ে ওঁচা খুনে এক ঠগবাজের হাত থেকে তিনশো বছর আগেকার এক ডোবা জাহাজের অমূল্য সব সম্পদ রক্ষা করেছে।

সে খুনে ঠগবাজের নাম হল কাউন্ট কার্নেরা। তার আসল পরিচয় কিন্তু তখন খুব কম লোকই জানত। ইউরোপের নানা মিউজিয়মে কাউন্ট কার্নেরা নামে একজন বদান্য শিল্প-প্রেমিকের নাম কিছু কিছু মূল্যবান শিল্প নিদর্শনের সঙ্গে জড়িত দেখা যায়। কোথাও দামি একটি আধুনিক ভাস্কর্য, কোথাও অতি প্রাচীন দুষ্প্রাপ্য ধাতুর পাত্র, কোথাও গ্রিক ভাষার প্রাচীন পাণ্ডুলিপি, কোথাও বা ভারতীয় বিরল প্রাচীন বিগ্রহ দান করে নানা মিউজিয়মকে তিনি কৃতজ্ঞ করে রেখেছেন।

তখন কিছুদিনের জন্য আমেরিকার একেবারে পশ্চিম উপকূলে ব্রেমারটন শহরে গ্রেহাম বলে এক স্যামন মাছ-ধরা সামুদ্রিক জেলেদের সর্দারের অতিথি হয়ে আছি। হঠাৎ সেইখানেই এক দিন একটি কেব্‌ল পৌঁছোল। সাংকেতিক লিপিতে পাঠানো অবশ্য। তারটা অনুবাদ করে যা জানলাম তা অপ্রত্যাশিত। তারটি এই—স্পেনের তিনশো বছর আগেকার ডুবো জাহাজের ঐশ্বর্য উদ্ধার করবার উৎসাহ যদি থাকে তা হলে এখুনি বার্বুদা চলে এসো। —লোম্যান।

এ-কেব্‌ল পেয়ে সত্যি একটু অবাক হলাম।

সাংকেতিক লিপিতেই তার পাঠানো হয়েছে সত্যি, কিন্তু এরকম একটা খবর কোনও গোপন কোডে পাঠানোও তো নিরাপদ একেবারে নয়। এ ধরনের গুপ্ত খবর জানবার জন্য একটা আন্তর্জাতিক গুণ্ডার দল তো যে-কোনও শয়তানি করতে প্রস্তুত।

লোম্যান একদিকে ছিটগ্রস্ত হলেও এ রকম আহাম্মক নয় বলেই জানি! একেবারে জায়গার নাম জানিয়ে কেবল করা তার পক্ষে অস্বাভাবিক।

তবে জীবনের শ্রেষ্ঠ বছরগুলো ডুবো জাহাজের ঐশ্বর্য উদ্ধারের নেশায় এক রকম বৃথাই নষ্ট করে হয়তো তার মাথার সামান্য ছিট এখন সত্যিকার গোলমাল হয়ে দাঁড়িয়েছে, কাণ্ডজ্ঞান হয়ে গেছে ঝাপসা।

তা না হলে এরকম একটা দাঁওয়ের হদিস সত্যিই পেলে লোম্যানের তো সশরীরে আমার কাছে ছুটে আসার কথা। বিশ্বাস করে এরকম খবর চিঠিতে বা তারে বেতারে সে কিছুতেই জানাবে না।

লোম্যানের এই সাংঘাতিক নেশার সঙ্গে তাল দিতে অনেক বার অনেক জায়গাতেই বুনো হাঁসের পেছনে ছোটায় তার সঙ্গী হয়েছি। বেশির ভাগই ভুয়ো খবর পেয়ে তোড়জোড় আর হয়রানিই সার হয়েছে! ডোবা জাহাজের সন্ধান মিলেছে ঠিকই, কিন্তু ক-টা পচা তক্তা আর মরচে ধরা নাট-বল্টু বা শিকলি ছাড়া তা থেকে উদ্ধার করবার কিছু পাইনি।

লোম্যান আমাদের তুলনায় মুখে রুপোর চামচে নিয়েই জন্মেছিল। তার বাবা টেকসাসের তেলের খনির যে সম্পত্তি তার জন্য রেখে দিয়ে গেছলেন, এমন আজগুবি নেশা না ধরলে, তা দিয়ে ইউরোপ আমেরিকাতে হেসে খেলে পায়ের ওপর পা দিয়ে সে কাটিয়ে দিতে পারত। কিন্তু এই ডোবা জাহাজের ঐশ্বর্য উদ্ধারের নেশায় লোম্যান তার প্রায় সব কিছুই ধীরে ধীরে খুইয়েছে। বড় আর ছোট অ্যান্টিলিজ-এর দ্বীপগুলির মাঝে ক্যারিবিয়ান সমুদ্রে ডোবা জাহাজ থেকে ওঠার বদলে তার সমস্ত পয়সাকড়ি ডুবেছে বলা যায়।

ওই ক্যারিবিয়ানই আমেরিকা প্রথমে আবিষ্কৃত হওয়ার পর থেকে অন্তত তিনশো বছর ধরে দুর্দান্ত সব বোম্বেটেদের লীলাভূমি ছিল। ইংরেজ পর্তুগিজ স্প্যানিশ ফ্রেঞ্চ ডাচ ইটালিয়ান পশ্চিম দুনিয়ার যত দুশমন সব দল বেঁধে তখন তাদের বোম্বেটে জাহাজ নিয়ে ওই অঞ্চল লুটে বেড়িয়েছে। তাদের সে লুটের জাহাজও কখনও কখনও বেকায়দায় পড়ে ডুবে গেছে রাজার ঐশ্বর্য বুকে নিয়ে।

সেসব ডোবা জাহাজের একটার সন্ধান পেয়ে তার ঐশ্বর্যের ভান্ডারের নাগাল পেলে মার্কিন ধনকুবেরদের ওপরও টেক্কা দেওয়া যায়।

অনেকের ওরকম ভাগ্য সত্যিই হয়েছে। কিন্তু লোম্যান অভাগাদের একজন! সম্পদের চেয়ে এরকম একটা অজানা ডুবো জাহাজ খুঁজে বার করার বাহাদুরি তার কাছে বড় বলেই ভাগ্য যেন তাকে নিয়ে নির্মম ঠাট্টাই করে এসেছে এ পর্যন্ত।

লোম্যানের এ নেশা ছাড়াবার চেষ্টা করেছিলাম প্রথম প্রথম তারপর এই নেশাই

তার জীবন জেনে নিরস্ত হয়েছি।

বহুদিন তার অবশ্য কোনও খোঁজ খবর পাইনি।

হঠাৎ এ কেব্‌ল পেয়ে একটু ধোঁকা লাগলেও বার্বুদা দ্বীপে রওনা না হয়ে পারলাম না।

তার আগে একদিন শুধু গেছলাম ভ্যানকুভারের সরকারি অ্যাকোয়ারিয়মের কিউরেটরের সঙ্গে দেখা করে একটা জিনিস ধার নিতে।

কোথায় ব্রেমারটন আর কোথায় বাবুর্দা দ্বীপ! স্টেটসের উত্তর-পশ্চিমে প্রশান্ত মহাসাগরের কূল থেকে একেবারে মহাদেশ পেরিয়ে দক্ষিণ-পূর্বের অ্যাটলান্টিক সমুদ্রে ছোট অ্যান্টিলিজ দ্বীপপুঞ্জের একটি বালির দানার মতো দ্বীপ।

দ্বীপটা ব্রিটেনের অধীন। পঁচিশ মাইল দক্ষিণে আন্টিগুয়া দ্বীপটি থেকেই পরিচালিত হয়। নেহাত খুদে একটি ডাঙা। সর্বসাকুল্যে বাষট্টি বর্গমাইল। হাজার দুয়েক মাত্র মানুষের বাস। তারা বেশির ভাগ তুলোর চাষ আর ঘোড়া গোরু গাধা মিউল পালন করে। তাতেও দ্বীপটার কেমন নির্জন তপোবন গোছের চেহারা একটু হয়েছে। পশ্চিমে প্রবালের বেড়ায় ঘেরা সুন্দর একটি নীল লেগুন। সে লেগুন-এ জেলেরা মাছ ধরে। আর তার তীরের উপবনে এখনও বুনো হরিণ একটা-আধটা দেখা যায়।

কিন্তু যা ভয় করেছিলাম তা-ই ঠিক। কেব্‌লটায় কিছু গোলমাল আছে। কোথায় সে দ্বীপে লোম্যান?

এ দ্বীপটি প্রায় দুশো বছর ধরে কডরিংটন নামে এক পরিবারের দখলে ছিল। এখন অবশ্য এটা ব্রিটেনের খাস সরকারি সম্পত্তি। কডরিংটন পরিবারের এক বংশধর সেখানে নুন আর ফসফেট অফ লাইমের চালানি কারবার করেন। আগেকার পরিচয়ে তাঁরই অতিথি হয়েছিলাম।

তিনি তো লোম্যানের কেব্‌ল-এর কথা শুনে অবাক। বললেন, 'লোম্যান এখানে এলে আমি জানতে পারতাম না? আমাকে লুকিয়ে সে এখানে থাকবে কোথায়? আর কেন?'

কেন, আর কোথায়, সেই রাত্রেই জানতে পারলাম। অতিথি হিসেবে বারবাড়ির একটি একানে বড় ঘর আমার থাকার জন্য বরাদ্দ ছিল। মাঝরাত্রে সবে একটু তন্দ্রা এসেছে এমন সময় দরজায় মৃদু একটা টোকার শব্দ শুনলাম! যেন খুব সন্তর্পণে কে আমায় ডাকছে। এ-দ্বীপে এমন গোপনে আমার সঙ্গে দেখা করার চেষ্টা কে করতে পারে ভেবে অবাক হয়ে পিস্তলটা বালিশের তলা থেকে বার করতে গিয়েও আর করলাম না। সেই ভুলেই অসন্দিগ্ধ ভাবে দরজা খোলার সঙ্গে সঙ্গেই পেটের ওপর একটা পিস্তলের খোঁচা টের পেলাম। সেই সঙ্গে চাপা গলায় হুকুম, 'গোলমাল না করে যেমন আছ চলে এসো।'

তা-ই গেলাম। হেঁটে লেগুন পর্যন্ত, তারপর ছোট একটি মোটর বোটে লেগুনের প্রবাল দেয়ালের ফাঁক দিয়ে পেরিয়ে খোলা সমুদ্রের একটি মাঝারি মাপের স্টিমারে। স্টিমারটি যে সমুদ্রের তলায় ডুবুরি নামাবার জন্যই তৈরি তা চাঁদনি আলোর রাত্রে

তার গড়ন দেখেই বুঝলাম।

স্টিমারের সবাই আমাকে প্রায় সমাদর করেই খাসকামরায় নিয়ে গিয়ে বসালো। তারপর যিনি হাসিমুখে এসে ঢুকলেন তিনি আমার অচেনা নন।

'আপনি! কাউন্ট কার্নেরা।' আমি যেন আকাশ থেকে পড়ে বললাম, 'আপনি ডাকছেন জানলে আমি তো নিজে থেকে ছুটে আসতাম। আমায় এমন করে পিস্তল উঁচিয়ে ধরে আনবার দরকার ছিল কি?'

'তাই এনেছে বুঝি?' কাউন্ট যেমন অবাক তেমনই মর্মাহত।

আমার সামনেই তারপর বেয়াদপ অনুচরদের এই মারেন তো সেই মারেন।

তাদের গালাগাল দিয়ে বিদেয় করে নিরিবিলি কামরায় গলা নামিয়ে বললেন, 'এ রহস্যের মানেটা কী বলুন তো, দাস! লোম্যানের এরকম কেব্‌লের মানে কী?'

'আপনাকেও কেব্‌ল করেছে বুঝি?' ন্যাকা সেজে জিজ্ঞাসা করলাম, 'কী বলেছে তাতে?'

'বলেছে, এই বার্বুদা দ্বীপে আসতে!' কাউন্ট কার্নেরা যেন বিমূঢ়ের মতো জানালেন, 'শুধু তাই নয়, যে ডোবা জাহাজের খোঁজ পেয়েছে, কোথায় তা আছে তার হদিস দেওয়া মানচিত্রও পাঠিয়ে দিয়েছে।'

'তাই নাকি!' আমি একেবারে আহ্লাদে আটখানা হয়ে উঠলাম, 'তা হলে আর দেরি কীসের? ডুবুরি জাহাজ তো নিয়েই এসেছেন, কাজ শুরু করে দিন।'

'হ্যাঁ, তা তো দেওয়াই যায়। তবে মুশকিল হয়েছে এই যে ম্যাপটাও সাংকেতিক ভাবে আঁকা। গুপ্ত হদিস না জানলে ও-ম্যাপ দেখে ডোবা জাহাজের অবস্থান সঠিক জানা যাবে না। বার্বুদার চারিদিকের সমস্ত সমুদ্রের তলা তো আর খুঁজে বেড়াতে পারি না।'

'তা পারেন না বটে!' আমি যেন কাউন্ট কার্নেরার মনের কথাটা এতক্ষণে বুঝে বললাম, 'তাই আমাকে ডেকে আনানো! কেমন? লোম্যানের গোপন কোড আর যদি কেউ জানে তো আমারই জানা সম্ভব! তা ঠিকই তো করেছেন! নিয়ে আসুন লোম্যানের ম্যাপ। ওর গুপ্ত সংকেত বার করে দিচ্ছি এখুনি।'

কাউন্ট কার্নেরাকে এবার সত্যিই একটু হতভম্ব হতে হল। আমার মুখে এ ধরনের কথা তিনি আশাই করতে পারেননি। একটু সন্দিগ্ধ ভাবে আমাকে লক্ষ করে বললেন, 'আমার ভয় হচ্ছিল, লোম্যান নিজে উপস্থিত না থাকলে হয়তো আপনি এ সাংকেতিক ম্যাপের অর্থ বলতে চাইবেন না।'

'কেন চাইব না!' আমি যেন অবাক হলাম, 'লোম্যান থাকলে সে-ই তো ম্যাপের মানে বলে দিত। আমাকে দরকারই হত না। কিন্তু লোম্যান-ই বা গেল কোথায় বলুন তো! আপনাকে আমাকে এরকম কেব্‌ল করার পর নিজে গা-ঢাকা দিয়ে আছে কেন?'

'তাই তো বুঝতে পারছি না!' কাউন্ট কার্নেরা যেন ভাবনায়-ঘুম-হচ্ছে-না এমন মুখ করবার চেষ্টা করে বললেন, 'তাঁর তো আমাদের আগেই এখানে পৌঁছোবার কথা।'

'আচ্ছা!' যেন হঠাৎ একটা দুর্ভাবনা আমার মাথায় এল, 'লোম্যান কোনও

দুশমনের হাতে পড়েনি তো?'

'কী রকম?' প্রায় চমকে উঠলেও কাউন্ট সেটা গোপন করে যেন না বোঝার ভান করলেন।

'এই ধরুন,' আমিও ধৈর্য ধরে বোঝানো শুরু করলাম, 'লোম্যান যে সারা জীবনের চেষ্টার পর এবার পোর্টো পেড্রোর সত্যিই সন্ধান পেয়েছে, এ খবর যদি...'

আমাকে কিন্তু কথা শেষ করতে দিলেন না কাউন্ট কার্নেরা। কথার মাঝখানেই বাধা দিয়ে বললেন, 'পোর্টো পেড্রো? লোম্যানের এ ম্যাপে যে জাহাজের হদিস আছে তা পোর্টো পেড্রো বলে আপনার অনুমান?'

চেষ্টা করা সত্ত্বেও কাউন্ট তাঁর উত্তেজনাটা তখন আর লুকোতে পারছেন না।

আমি একটু যেন উদাসীন ভাবে বললাম, 'অনুমান কেন হবে। আমি জানি পোর্টো পেড্রোর সন্ধানই ও পেয়েছে এতদিনে। ১৬৬৮ সালে তখনকার দিনের হিসেবেও দু কোটি টাকার সোনায় বোঝাই হয়ে জাহাজটি মধ্য আমেরিকা থেকে স্পেনে যাবার পথে ডুবে যায়। কোনও জলদস্যুর হাতে যে সে জাহাজ পড়েনি সেটা ঠিক। পড়লে তারা বড়াই করেই তা জানিয়ে যেত। জাহাজটা ডুবেই গেছে কোথাও। ইংরেজ ফরাসি ও সাধারণ বোম্বেটেদের এড়াবার জন্যই স্পেনের এইসব জাহাজ তখন সিধে পথ ছেড়ে আঁকা-বাঁকা পথে স্পেনে পাড়ি দিত। বোম্বেটেদের হাতে না পড়লেও পোর্টো পেড্রো কোথায় যে ডুবে যায়, এতকাল ধরে দেশবিদেশের বহু লোক বৃথাই সন্ধান করে ফিরেছে। সন্ধানটা দক্ষিণ বাহামার দ্বীপগুলিরই ভেতর বেশির ভাগ চালানো হয়েছে, কারণ নব আবিষ্কৃত মধ্য আমেরিকা থেকে লুট করা সোনাদানা নিয়ে স্পেনের জাহাজ এই সব পথেই লুকিয়ে দেশে ফেরবার চেষ্টা করত। মাত্র কয়েক বছর হল আমার পরামর্শে দক্ষিণ বাহামা ছেড়ে ছোট অ্যান্টিলিজের লিওয়ার্ড দ্বীপগুলিতে লোম্যান সন্ধান চালাতে শুরু করে। সে যে পোর্টো পেড্রোরই সন্ধান পেয়েছে এ বিষয়ে আমার সন্দেহ নেই। আর তার সে আবিষ্কারের খবর ঘুণাক্ষরে কোনওরকমে জেনে, জুলুম জবরদস্তিতেও তার হদিস আদায় করতে, কোনও দুশমনই সম্ভবত তাঁকে ধরে রেখেছে।'

কাউন্ট কী যেন বলতে যাচ্ছিলেন। তাঁকে বাধা দিয়ে আবার বললাম, 'আপনি কথাটা বিশ্বাসই করতে পারছেন না জানি, কাউন্ট। কিন্তু সবাইকে নিজের মতো ভাববেন না। আপনার মতো মহৎ উদার ক-জন আছে যে, কোনও স্বার্থ ছাড়াই, শুধু লোম্যানের একটা কেব্‌ল পেয়ে তাকে সাহায্য করবার জন্য নিজের বিশেষভাবে তৈরি ডুবুরি জাহাজটা নিয়েই ছুটে আসবেন। এইরকম ডোবা জাহাজের সন্ধানী ভাল লোক যেমন আছে তেমনই শয়তানও আছে অনেক। তাদেরই কেউ বন্ধু সেজে সাহায্য করার ছলে লোম্যানকে বন্দী করে রেখেছে বলে আমার বিশ্বাস।'

আমার লম্বা বক্তৃতায় কাউন্ট যে ক্রমশই অস্থির হয়ে উঠছেন তা বুঝেই ইচ্ছে করে বক্তৃতাটা বাড়িয়ে গেছি। এবার একটু থামতেই কাউন্ট অধৈর্যের স্বরে বলে উঠলেন, 'আপনার আমার অনুমান যদি ঠিক হয় তা হলে তো আর দেরি করা চলে না। জাহাজটার খোঁজ যত তাড়াতাড়ি সম্ভব করতে হয়।'

'লোম্যানের জন্য অপেক্ষা না করে?' আমি যেন মৃদু একটু আপত্তি তুললাম!

'তার জন্য অপেক্ষা করতে গেলে তো সব কিছু খোয়াতে হতে পারে!' কাউন্ট আমায় বোঝাতে ব্যস্ত হয়ে উঠলেন, 'যে-দুশমনের কথা ভাবছেন, সে তো জুলুম করে হদিস আদায় করে ইতিমধ্যে নিজের নামেই খোদ ব্রিটিশ সরকারের কাছে এ অঞ্চলে ডোবা সম্পদ খোঁজার লাইসেন্স আনিয়ে নিতে পারে। তখন লোম্যান তো পুরোপুরি ফাঁকি পড়বে।'

'ঠিক বলেছেন', আমি যেন তাঁর কথায় একেবারে জল বুঝে বললাম, 'আমাদের নিজেদেরও লাইসেন্স যখন নেই, তখন, এই বেলা সময় থাকতে ডোবা জাহাজ থেকে যা পারি সরিয়ে নিই। কী বলেন?'

চোখে একটু সন্দেহের ছায়া থাকলেও কাউন্ট আমার কথায় যেন হাতে চাঁদ পেয়ে পাশে রাখা একটা ফোলিও জিপ টেনে খুলে ফেললেন।

তার ভেতর থেকেই লোম্যানের গোপন ম্যাপটা বার হল।

ম্যাপটা হাতে নিয়ে একটু চোখ বুলিয়ে বললাম, 'আপনার কোনও ভাবনা নেই। আধ ঘণ্টার মধ্যেই এ-ম্যাপের রহস্য ভেদ করে দিচ্ছি।'

তা-ই করলাম। তারপর সেইদিন বিকালেই কাউন্ট কার্নেরার বিশেষ স্টিমার বার্বুদার উত্তর-পশ্চিমে সমুদ্রের এক জায়গায় আমার নির্দেশে গিয়ে থামল।

কাউন্ট তো তখুনি ডুবুরি নামিয়ে ডোবা পোর্টো পেড্রোর সোনার তাল লুটতে উদগ্রীব। তাঁর উৎসাহে একটু বাধা দিয়ে বোঝালাম যে ম্যাপের হদিস মতো পোর্টো পেড্রোর ডোবা কঙ্কাল সত্যিই ওখানে আছে কি না আগে একবার নিজেদের দেখে আসা দরকার। তা না হলে সত্যিই ম্যাপের গুপ্ত সংকেত ধরতে পেরেছি কি না বুঝব কী করে! নিজেই তারপর চোখে ঠুলি-চশমা, মুখে অ্যাকোয়া-লাংস মানে জলের নকল ফুসফুস আর হাতে পায়ে ফ্লিপার লাগিয়ে সমুদ্রে নামলাম শুধু একটা ছোট এয়ার-টাইট ব্যাগ সঙ্গে নিয়ে।

'ব্যাগটা কী জন্য?' জিজ্ঞেস করেছিলেন কাউন্ট।

হেসে বলেছিলাম, 'সোনার নমুনা আনতে। সে-নমুনা পরীক্ষা করে আপনাকে ফেরত দেব, ভাবনা নেই।'

কাউন্ট আর আপত্তি করেননি।

সমুদ্রের জলে নেমে ডুবসাঁতারে পোর্টো পেড্রোর পচা, গলা সামুদ্রিক আগাছায় ঢাকা তিনশো বছরের পুরোনো কাঠামোটা খুঁজে বার করতে দেরি হয়নি। দেরি হয়েছে আর দুটো কাজে। তার মধ্যে একটা হল জলের নীচেই ডুবুরি জাহাজের পেছন দিকে গিয়ে তলায় কয়েকটি টোকা দেওয়া। সে টোকা দেওয়ার পর বেশ কিছুক্ষণ কোনও সাড়া না পেয়ে সত্যিই একটু ভয় পেয়েছিলাম। আমার অনুমান কি তাহলে সবই ভুল?

কিন্তু ভুল যে নয় তার প্রমাণ পেয়েছিলাম ভেতর থেকে টোকার জবাব আসায়।

সাধারণ জাহাজ হলে নাগাল পেতাম না। কিন্তু ডুবুরি নামাবার কাজের জন্য বিশেষভাবে তৈরি বলে এ-জাহাজের পেছন দিকে একটা পাল্লা দেওয়া জানালা

গোছের আছে! সেইখান দিয়েই ডুবুরিরা নামে ওঠে—আর সমুদ্রের তলায় খুঁজে যা পায় সেইসব জিনিস তোলে।

সেই কাটা জানালার পাল্লা ঠেলে ভেতরে ঢুকতে খুব বেগ পেতে হল না। ডুবুরির সাজ নিয়ে তারপর প্রায় ডাঙায় ওঠা মাছের মতোই শুয়ে শুয়ে কেতরে কেতরে একটা বিশেষ কেবিনে গিয়ে পৌঁছলাম।

কাউন্ট কার্নেরার এ-জাহাজে মাঝিমাল্লা আর ডুবুরির সংখ্যা খুব বেশি নয়। পাহারা দেবার কোনও দরকার নেই জেনে সবাই তখন ওপরের ডেকে আমার ডোবা জাহাজের খবর নিয়ে ফিরে ভেসে ওঠার জন্য অপেক্ষা করছে।

জাহাজের ধারে শেষ পর্যন্ত আবার ভেসে উঠলাম ঠিকই, কিন্তু ধৈর্য হারিয়ে কাউন্ট কার্নেরা আমার খোঁজে অন্য ডুবুরি নামাবার ব্যবস্থা প্রায় যখন করতে যাচ্ছেন তার আগে নয়।

আমায় ভেসে উঠতে দেখেই জাহাজ থেকে কাছি ঝুলিয়ে দেওয়া হয়েছিল। সে-কাছি ধরে ওঠবার শক্তিটুকু যেন নেই এমনিভাবেই কোনওমতে জাহাজের ডেক পর্যন্ত উঠে চিৎপাত হয়ে পড়লাম।

মুখ দিয়ে তখন আর কথা বার হচ্ছে না। কাউন্ট কার্নেরার কাছে তখন আমি সোনার তালের মতোই দামি। তাঁর হুকুমে লোকজন আমায় ধরাধরি করে কাউন্টের খাস কামরাতেই নিয়ে গিয়ে শুইয়ে দিলে। গরম গরম খাবার-দাবার এল আমায় চাঙ্গা করতে।

চাঙ্গা হলাম ঠিক সময় বুঝে প্রায় শেষ রাত্রে। ভোর হতে আর তখন ঘণ্টা দুয়েক বাকি।

কাউন্ট আমার মুখের ওপর ঝুঁকে আছেন।

তাঁকে আশ্বস্ত করে জানালাম, পোর্টো পেড্রোর সন্ধান ঠিকই পাওয়া গেছে। আমার ফিরতে দেরি হওয়ার যে-অজুহাত দিলাম, চোখ একটু কপালে উঠলেও, কাউন্টকে তা হজম করতে হল। বললাম তিনশো বছরের পুরোনো জাহাজের ভাঙা কঙ্কাল শুধু যত অক্টোপাসের বাসা। তারা যেন যখের ধনের মতো ডোবা জাহাজের সোনা আগলে আছে। সেই একটা অক্টোপাসের নাগপাশ ছাড়িয়ে আসতে গিয়েই এই দশা হয়েছে।

কাউন্ট কার্নেরা নিজে কখনও সমুদ্রের তলায় নামেননি জানতাম। সন্দেহ মনে হোক বা না হোক মুখ ফুটে কিছু তাই বলতে পারলেন না।

তা ছাড়া আসল কার্যোদ্ধারের জন্যই তিনি তখন ব্যাকুল। আর ঘণ্টা দুয়েক বাদে ভোর হলেই তাঁর নিজের মাইনে-করা ডুবুরি নামাবার তোড়জোর করতে তখনই ব্যস্ত হয়ে উঠলেন।

ভোর হতে শরীরে একটু যেন জুত পেয়ে সকলের সঙ্গে আমিও ডেকে গিয়ে দাঁড়ালাম। ডুবুরিরা তৈরি হয়ে গেছে নামবার জন্য। কাউন্ট হুকুম দিলেই হয়।

কাউন্ট রেলিঙের ধারে দাঁড়িয়ে সেই হুকুমই দিতে যাচ্ছেন, এমন সময় হাত তুলে তাকে নিষেধ করে চেঁচিয়ে উঠলাম, 'দাঁড়ান, কাউন্ট, সমুদ্রের জলে কাউকে নামতে

বলবেন না।'

'কেন?' কাউন্ট কার্নেরার আসল চেহারা বেরিয়ে এল এবার। বাঁকানো নাকে মুখখানা যেন হিংস্র কণ্ডর শকুনের মতো।

রেলিঙের ধারে তাঁর কাছেই গিয়ে দাঁড়িয়ে এবার বললাম, 'আসল কথাই আপনাকে বলতে ভুলে গেছি। পোর্টো পেড্রোর সোনা অন্য কারুর ছোঁবার অধিকার নেই।'

'কেন? ওই ক-টা অক্টোপাসের পাহারা!' কাউন্ড অবজ্ঞায় নাকটা আরেকটু বাঁকালেন, 'অক্টোপাস তাড়াবার ওষুধ আমাদের আছে।'

'সামান্য অক্টোপাসের কথা কে ভাবছে?' আমিও তাচ্ছিল্য ভরে বললাম, 'পৃথিবীর সবচেয়ে ভীষণ পাহারাদারেরা ওই জাহাজ চোখে চোখে রেখেছে। কেউ যেন এখানে সমুদ্রে না নামে!'

'তার মানে?' কাউন্ট জ্বলন্ত চোখে আমার দিকে চাইলেন, 'এটা কী ধরনের রসিকতা?'

'রসিকতা কেন করব, কাউন্ট?' সবিনয়ে বললাম, 'সত্যিই পাহারাদারদের যে ডেকেছি!'

'তুই ডেকেছিস!' কাউন্টের গলা দিয়ে আগুনের হলকা বার হল, 'কোথায় সে পাহারাদার?'

'খুব বেশি দূরে নয়, কাউন্ট। তারা এবার এসে পড়ল বলে!'

'বটে!' কাউন্ট কার্নেরা এবার হিংস্র বিদ্রূপের হাসি হাসলেন, 'তোর ডাকেই তারা আসছে তাহলে! পাহারাদার তারা কী রকম শুনি?'

'আজ্ঞে চেহারাগুলো মোটেই সুবিধের নয়!' যেন দুঃখের সঙ্গে বললাম, 'ওজন প্রায় একশো ত্রিশ-চল্লিশ মণ আর লম্বায় বিশ-পঁচিশ ফুট তো বটেই।'

'হুঁ, তাহলে মানুষ-টানুষ নয়,' কাউন্ট যেন এখন আমায় নিয়ে খেলিয়ে মজা করতে চাইলেন।

আমি কিন্তু সরল মুখে বললাম, 'না, মানুষ নয়, তবে পৃথিবীতে মানুষের পরই এমন বুদ্ধিমান প্রাণী নাকি আর নেই।'

'এমন দুর্দান্ত প্রাণী তোর ডাকে আসছে?' কাউন্ট কার্নেরা হায়নার মতো হেসে উঠলেন, 'এত তোর পোষ মানা?'

'পোষ মানা কেন হবে, কাউন্ট? অর্সিন্যাস অর্কা পোষ মানার জীব নয়। তবে ওদের ভাষাটা জানি। তাই ডাক দিতেই আসছে।'

'আসছে!' কাউন্ট যেন আমায় বাঁদর নাচ নাচাবার জন্য বললেন, 'এখন তাহলে কী করতে হবে?'

'বেশি কিছু নয়,' যেন কুণ্ঠিতভাবে নিবেদন করলাম, 'ডুবুরিদের নামতে মানা করে এ জাহাজ অ্যান্টিগুয়ায় ফিরিয়ে নিয়ে যেতে হবে। আর তার আগে আপনার জলিবোটটা সমুদ্রে ভাসিয়ে তাতে আমার বন্ধু লোম্যানকে আপনার পকেটের ম্যাপটা সমেত তুলে দিতে হবে। আপনি আর আমিও অবশ্য ওই জলিবোটেই থাকব।

বার্বুদার লেগুন তো এখান থেকে কম দূর নয়!'

কাউন্ট কার্নেরা বোধহয় হতভম্ব হয়েই আমার কথায় বাধা দিতে ভুলে গেছলেন। এবার একেবারে যেন ফেটে পড়লেন রাগে।

কিন্তু হুংকারটা তিনি ছাড়তে না ছাড়তেই জাহাজের মাস্তুল থেকে হাঁক এল।

'খুনে তিমি! এক পাল খুনে তিমি আসছে চতুর্দিক থেকে!'

কাউন্ট নিজের অজান্তেই মুখটা দূর সমুদ্রের দিকে তুলেছিলেন। সেখানে সাদা চোখেই তখন খুনে তিমির পাল দেখা যাচ্ছে। সমুদ্রের হিংস্রতম হাঙরও এই খুনে তিমির পালের কাছে বাঘের তুলনায় বেড়ালের সমান।

যেমন হতভম্ব তেমনই রাগে আগুন হয়ে আমার দিকে মুখ ফেরাবার আগেই ঝটকায় কাউন্ট কার্নেরাকে নিয়ে রেলিং টপকে সমুদ্রের জলে গিয়ে পড়লাম।

কাউন্টের অবস্থা তখন দেখবার মতো। মুখখানা ফ্যাকাশে হয়ে গিয়েছে হঠাৎ এভাবে জলে পড়ার সঙ্গে অদূরে খুনে তিমির পালের কথা ভেবে। পাগলের মতো কাউন্ট সাঁতরে আবার জাহাজ ধরবার চেষ্টা করতে যাচ্ছিলেন। তাঁকে ধরে টেনে রেখে বললাম, 'উঁহুঃ, ও-জাহাজে আর আমরা উঠব না, কাউন্ট। খুনে তিমি অর্থাৎ অর্সিন্যস অর্কার পাল এসে পড়ল বলে। এখন ওরা এইখানেই ঘুরবে ফিরবে অন্তত দিন সাতেক। সুতরাং লাখ টাকা দিলেও কোনও ডুবুরি জলে এখন নামবে না। আপনাকে তাই আগে যা বলেছি তাই করতে হবে। লোম্যানের সরল বিশ্বাসের সুযোগ নিয়ে এই জাহাজ দিয়ে সাহায্য করার নাম করে সঙ্গে এনে বন্দী করে রেখেছেন নীচের কেবিনে। তার ম্যাপের মানে মরে গেলেও সে জানাবে না। তাই তার বন্ধু ও জুড়িদার আমাকে কেবল করে ডেকে এনেছেন। কিন্তু সব শয়তানি আপনার ভেস্তে গেল কাউন্ট, শুধু ওই খুনে তিমির জন্য। ভাগ্যিস ভ্যাঙ্কুভারের উত্তরে স্যামন-শিকারিদের জালে ধরা-পড়া একটা খুনে তিমির বিচিত্র সব ডাকের রেকর্ডটা কিছুদিন শুনে শুনে রপ্ত করেছিলাম। কাল সন্ধ্যার পর সমুদ্রে তলায় নেবে সেই হুলোর চিৎকারের মতো সাহায্যের ডাকই দূর-দূরান্তরে পাঠিয়ে দিই। পাঁচ মাইল দূর পর্যন্ত ওরা এ-ডাক শুনতে পায়। তাই আসছে। এখন ওই খুনে তিমির পেটেই যাবেন, না যা বলছি তা-ই শুনে জলিবোটে আমার আর লোম্যানের সঙ্গী হয়ে, লোম্যানের নিজের ডুবুরি জাহাজ ফ্লোরিডা থেকে না এসে পৌঁছোনো পর্যন্ত বাবুর্দা দ্বীপে কডরিংটনের অতিথি হবেন, ভাবুন।'

কাউন্ট আর একবার আমার হাত ছাড়াবার বিফল চেষ্টা করে জাহাজের ওপরে সাহায্যের আশায় চাইল।

হেসে বললাম, 'ওখান থেকে কোনও সাহায্যের আশা নেই, কাউন্ট। একবার চোখে খুনে তিমির ঝাঁক দেখে কেউ ওরা আর সমুদ্রে নামবে না। আর যেভাবে আমি আপনাকে জড়িয়ে আছি তাতে গুলি চালানোও ওদের পক্ষে নিরাপদ নয়। সুতরাং এখনও যদি প্রাণে বাঁচতে চান, জলিবোট নামিয়ে তাতে লোম্যানকে তুলে দিয়ে জাহাজ নিয়ে সোজা অ্যান্টিগুয়া দ্বীপে গিয়ে ওদের অপেক্ষা করতে বলুন।'

তা-ই শেষ পর্যন্ত করেছিল কাউন্ট কার্নেরা। পোর্টো পেড্রোর সোনাদানা আর সে

শয়তানের হাতে পড়েনি।"

হঠাৎ ঘনাদা কেদারা ছেড়ে উঠে পড়ে বাইরের দরজার দিকে পা বাড়ালেন।

দরজার কাছে ফিরে দাঁড়িয়ে শিশিরের আনা নতুন অতিথির দিকে চেয়ে শুধু একবার বলে গেলেন, "স্লামাৎ তিংগাল।"

আমরা তখনও হতভম্ব! শিশিরের ডেকে আনা অতিথি ঘনাদার ছেড়ে যাওয়া আরাম কেদারায় যেন ভেঙে পড়ে বললেন, "ছিঃ ছিঃ! আগে আমায় বলতে হয়!"

"কী বলতে হয়?" আমরা একটু অপ্রসন্ন, "ঘনাদা সত্যিকার ম্যালে ভাষায় কূল না পেয়ে অমন হুলোর ডাকের ছুতোয় পিছলে পালাবেন, তা কি জানি!"

"আরে না, না।" ভদ্রলোক প্রতিবাদ করলেন জোরের সঙ্গে, "জানেন না কী! উনি ম্যালে ভাষার জবাব চিনে ভাষায় দিয়ে আমায় লজ্জা দিয়ে গেলেন যে!"

আমরা হাঁ হয়ে ভদ্রলোকের দিকে তাকালাম। তাহলে ও শেয়াল কুকুরের ঝগড়া যা শুনিয়েছিল তা ম্যালে আর চিনে ভাষার লড়াই?

"আপনার ম্যালের জবাব ঘনাদা দিয়েছেন চীনে ভাষায়?" জিজ্ঞেসই করলাম হতভম্ব হয়ে।

"তাই তো দিলেন," করুণ মুখে স্বীকার করলেন তিনপুরুষ মালয়ে কাটানো শিশিরের মামাতো ভাইয়ের বন্ধু অভয় দাস।

ভাষার লড়াই অভয় দাস ব্যাখ্যাও করলেন! তারপর বললেন, "আমি প্রথম বলেছিলাম, স্‌লা মাহাট্‌ মালম্‌। সি আপানামান্‌ ইয়া কামু।' তার মানে। 'গুড ইভনিং। আপনার নাম কী?' তারপর ঘনাদা কাবু হয়েছেন মনে করে আবার বলেছিলাম— 'জাং-আন তা কুট্‌ সায়া বুকাহ্‌ন্মু সূহ্‌!' ওর মানে হল, 'ভয় পাবেন না। আমি শত্রু নই।' ভেবেছিলাম আপনাদের ঘনাদা বুঝি ওতেই একেবারে কাত। কাত তো নয়ই, আমার হাত-বোমার জবাবে এমন একটি আই-সি-বি-এম ছাড়লেন যে, আমিই আর হালে পানি পাই না। তিনি প্রথমে বললেন, 'নী-ঈ শের শে।' ম্যালে নয়, ভাষাটা চোস্ত চিনে, আর তার মানে হল, 'তুমি কে?' চিনে ভাষা আমি সামান্যই জানি। তাঁর প্রথম প্রশ্নের ধাক্কা সামলে উঠতে না উঠতে ঘনাদা আবার বললেন, 'দ্য-অং ঈ! দ্য-অং। ওয়-আ ঈ, আঃ উ ইয়াং হোঅ-আ।' ওর বাংলা মানে, 'দাঁড়াও! দাঁড়াও! আগে আমার একটা দেশলাই দরকার।'

ঘনাদা যখন শিশিরের হাত থেকে দেশলাই নিয়ে সিগারেট ধরাচ্ছেন তখন লেজ গুটিয়ে আমি পালাতে পারলে বাঁচি। তবু আপনাদের উসকানিতে নিরুপায় হয়ে ঘনাদার কাছে হার স্বীকার করলাম। বললাম, 'সায়া টিডা মং আর টি! মীন টা বিচারা প্লান্‌ প্লান্‌।' অর্থাৎ, 'আপনার কথা ঠিক বুঝতে পারছি না। দয়া করে একটু আস্তে আস্তে বলুন।' ঘনাদা তখন বললেন, 'চিং নী ইয়ুং দিয়ান তু ইয়াউ তু হোয়ে ঈ দা। ওয়া হোয়ে শোওয়া ইং গোয় হোয়া! ফা গোয়া হোয়া মিয়ান দিয়ান হোয়া রের ব্যন হোয়া...' ওর মানে হল, 'বেশ! মাথা হেলিয়ে কিংবা নেড়ে হাঁ কি না জবাব দাও। আমি এসব ভাষা বলতে পারি ইংরেজি, ফ্রেঞ্চ, বর্মি, জাপানি...' ঘনাদার তালিকা ওই জাপানি পর্যন্ত পৌঁছবার পর ঠিক মোক্ষম সময়ে ওই হুলোর ডাকই আমায়

বাঁচিয়েছে!”

অভয় দাস থামলেন। আমাদের সকলের চোখ তখন ছানাবড়া। অভয় দাস যা বললেন ম্যালে চিনে তরজার তা-ই কি সঠিক ব্যাখ্যা? না ওই আরাম-কেদারার গুণেই ঘনাদার ওপরেও টেক্কা দেওয়া হল?

ম্যালে আর চিনে কারুর জানা থাকলে বিচার করুন।

আমরা হাঁ করে এবার ভদ্রলোকের দিকে তাকালাম। বলেন কী ইনি! ঘনাদার উপযুক্ত জুড়িদার জুটল নাকি এতদিনে!

ভদ্রলোক আমাদের দৃষ্টি গ্রাহ্য না করে ক্লান্তভাবে বললেন, “একটা সিগারেট খাওয়াতে পারেন?”

“না।” শিশিরের স্পষ্ট জবাব শোনা গেল। “টিন এখন তেতলায়।”

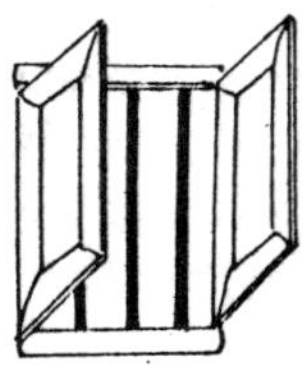

মাপ

কাঁচা ইট পোড়ালে যদি শক্ত হয় তাহলে দুর্গাপুরের দুটো সাদা বেড়াল তিনটে নেংটি ধরবে না কেন?

কী রকম লাগছে যুক্তিটা?

আবোল-তাবোল আর হ-য-ব-র-ল-এর জট-পাকানো হারানো পাণ্ডুলিপি খুঁজে পেয়ে, তা থেকে টাটকা আমদানি করলাম মনে হচ্ছে?

সন্দেহ হচ্ছে কি যে হঠাৎ দুনিয়ার মাথার ঘিলু নিয়ে কেউ ঘোল বানিয়ে ফেলেছে?

এমন যুক্তি কারুর পক্ষে দেওয়া সম্ভব? সম্ভব বই কী! এমন যুক্তি দিতে পারেন শুধু একজন, আর সেই যুক্তির প্যাঁচে ফেলে নয়-কে-হয় করে ফেলতে পারেন কথার ভেলকিবাজিতে। তাল নয়, সুতোয় একটু ঢিল পেলেই তিনি তিলকে পিষে একেবারে মোরগ-তন্দুরি আদায় করে ছাড়তে পারেন তা থেকে।

চালের ভুলে কি বিনা খেয়ালে তাঁর যুক্তির জাঁতাকলে একবার আটকা পড়লে আর রক্ষা নেই।

সেই বিপদ ঠেকাবার জন্যেই বাহাত্তর নম্বর বনমালি নস্কর লেনের একটা দিশেহারা অবস্থা চলেছে ক দিন।

বুধ, বৃহস্পতি, শুক্র—গত এই তিন দিন আমাদের চেহারা চাল-চলন দেখে কেউ কেউ বেশ একটু তাজ্জব হয়েছে নিশ্চয়ই। বনমালি নস্কর লেনের মেস-বাড়িতে তো

শুধু নয়, আমাদের দেখাও গেছে বেপোট বেয়াড়া এমন সব জায়গায় যেখানে আমাদের উপস্থিতি সন্দেহজনক যদি না হয়, তাহলেও রহস্যজনক নিশ্চয়!

চেনা দু-চারজনের চোখে পড়ে তাদের প্রশ্নবাণে বেশ একটু বিব্রত হতে হয়েছে আমাদের সকলকেই।

তা প্রশ্ন যারা করেছে তাদেরই বা দোষ কী!

এই গরমের ঠা ঠা রোদ্দুরে ভরা দুপুরবেলা শিবুকে যদি হঠাৎ বৈঠকখানা বাজারে ঘোরাঘুরি করতে দেখা যায়, তাহলে চোখ একটু কপালে ওঠা অন্যায় নয়।

একটু সন্দিগ্ধ প্রশ্নও তারপর স্বাভাবিক।

বয়স্ক কেউ হলে বলেছেন, "কী হে শিবদাস, ব্যাপার কী? দুপুরবেলা এ-বাজারে কেন?"

তা আপনিই বা এ-বাজারে দুপুরবেলা করছেন কী? পালটা প্রশ্ন করবার ইচ্ছে হলেও বয়সের মর্যাদা দিয়ে শিবুকে সে লোভ সামলাতেই হয়!

তা ছাড়া তার নিজের অবস্থা যে অত্যন্ত কাহিল। দুপুর রোদে বাজারে কেন সে যে ঘুরে মরছে তার কৈফিয়ত কি সে সোজাসুজি দিতে পারবে? বলতে পারবে যে এক বিশেষ রঙের আর গড়নের এমন একটি মাটির তৈরি আধার সে খুঁজছে যার মধ্যে টিকের আগুনের ওপর তাম্রকূটের বটিকা সলিল সহযোগে পান করে স্বর্গীয় আনন্দ পাবার মতো ধূমরাশির সৃষ্টি হয়?

চোখ কান বুজে মরিয়া হয়ে এ-বাজারে এমন সময়ে মধ্যাহ্ন ভ্রমণের উদ্দেশ্য স্বীকার করে ফেললেও যে রেহাই নেই। তার পরের প্রশ্নের ফ্যাঁকড়া সামলাতেই যে প্রাণান্ত হবে।

"অ্যাঁ! কলকে! কেন কলকে? এ রোগ আবার কবে থেকে হল? তা এই কাঠফাটা রোদে না কিনতে বার হলে নয়, এমন বেয়াড়া মৌতাত?"

এমন অসময়ে বদনামের পয়লা ছোপ লাগানো কলকের মতো জিনিস কেন যে বাধ্য হয়ে খুঁজতে বেরুতে হয়েছে তা যখন বলা যাবে না তখন ধরাপড়া চোরের মতো কাঁচুমাচু মুখ করে যা হোক কিছু বিড়বিড় করে বলে সরে পড়া ছাড়া আর কী করবার আছে?

বৈঠকখানায় বাজারের বদলে কালিঘাটের মন্দিরের রাস্তায় ফুটপাথে পাতা ফেরিওয়ালাদের সওদা ঘাঁটতে বসলেও নিস্তার নেই।

"আরে, গৌর না?"

নিজে থেকে দেখাতে চাইলে চৌরঙ্গি দিয়ে ক্যাডিল্যাক হাঁকিয়ে গেলেও হয়তো কারুর চোখে পড়ে না, কিন্তু ঠিক এই বেয়াড়া সময়টিতে ঠাসা ভিড়ের মাঝখানেই বছর ভোর যার সঙ্গে দেখা নেই এমন চেনা লোকটির চোখে নির্ঘাত পড়ে যেতে হয়।

গৌর নিজের পরিচয়টা আর অস্বীকার করে কী করে? "হ্যাঁ, ভাল তো!" গোছের কিছু লৌকিকতার জবাব দিয়ে তাকে সরে পড়বার চেষ্টা করতে হয়। কিন্তু কমলি ছাড়বে কেন? বেয়াড়া প্রশ্নগুলো শুরু হয় এবারই।

"তা এখানে রাস্তায় বসে কী কিনছিলি? এখানে তো পাড়াগাঁ মফঃস্বলের যাত্রী

মেয়েছেলেরা ঠাকুর দেখে ফেরবার সময় ফিতেটা, মাথার কাঁটাটা, সস্তা আয়নাটা কিনে নিয়ে যায়। তোর সে সব দরকার না কি?”

বিদ্রূপটা বেমালুম হজম করে, “না, মানে,—এই” বলে আমতা আমতা করে আবোল-তাবোল একটা কিছু বলে গৌর সরে পড়তে দেরি করে না।

শিবু কি গৌরের যেমন, আমাদের অবস্থা কি তার চেয়ে ভাল কিছু? মোটেই না।

বৈঠকখানা বা কালিঘাটের বদলে ব্যাটরা কি বেলেঘাটায় শিশির বা আমার সমান অপ্রস্তুত চেহারা।

শহর থেকে শহরতলির অমন সব বেয়াড়া বেপোট জায়গায় অসময়ে ঘুরে ফিরে আমরা খুঁজছি কী?

ঠিক জানি না।

কিন্তু কেন যে আমাদের এই দিশাহারা হয়ে ঘোরা-ফেরা তা বলতে পারি।

গোড়ায় যা দিয়ে শুরু করেছি, খ্যাপার মতো এ টহলদারি শুধু সেই ঘিলু ঘোলানো যুক্তির জাঁতাকল এড়াবার জন্য। কী আমরা চাই তা ঠিক জানি না, তবে জাঁতাকলের ঝাপটায় পড়া যাতে ঠেকানো যায়, তার জন্য যতটা সম্ভব সাজসরঞ্জাম নিয়ে তৈরি হয়ে থাকতে চাই।

কাঁচা ইট পোড়ালে যদি শক্ত হয় তাহলে দুর্গাপুরের দুটো সাদা বেড়াল তিনটে নেংটি ধরবে না কেন। এই তো যুক্তির নমুনা।

যত আজগুবিই হোক—এ-যুক্তি শেষ প্যাঁচ পর্যন্ত যাতে না পৌঁছোতে পারে তার জন্য একেবারে গোড়াতেই কোপ বসাতে চাই আমরা।

ইঁট শক্ত কি না বলবার সুযোগ না দিয়ে সাদা বেড়ালের নেংটি ধরার কথা তো আসে না। যুক্তি-প্রলাপের প্রথম ধাপটাই তাই আমরা পাততে দেব না ঠিক করেছি।

পাততে দেব না কাকে তা আর বোধহয় বলে বোঝাতে হবে না।

একমেবাদ্বিতীয়ম্ ঘনাদা ছাড়া আর কার পক্ষে ন্যায়শাস্ত্র নিয়ে এমন ছিনিমিনি সম্ভব?

যুক্তির প্রথম ধাপটি পাতবার জন্য তিনি যে তৈরি হচ্ছেন, বুধবার সকালেই তা টের পেয়েছি আমাদের বনোয়ারিলালের ভগ্নদূতের চেহারা নিয়ে ঘরে ঢোকা থেকেই।

ছুটির দিন নয়, কিন্তু কী একটা দারুণ কারণে বুধবারটা আমাদের পাড়া বন্‌ধ বলে ঘোষিত হয়েছে। সারা বাংলা কি কলকাতা নয়, বন্‌ধ শুধু আমাদের বারো-তেরো-চোদ্দ পল্লী। এখন থেকে পল্লী ধরেই নাকি বন্‌ধ চালু রাখা হবে। কাজে কর্মে যাবার তাড়া না থাকায় সকালবেলাই আড্ডা ঘরে এসে জমায়েত হয়েছি টঙের ঘর থেকে নামবার সিঁড়ির দিকে কান পেতে রেখে।

ঘনাদা নয়, সিঁড়ি দিয়ে নেমে ঘরে ঢুকেছে বনোয়ারিলাল। একেবারে কাঁদো কাঁদো চেহারা!

মুখে সে কিছু বলেনি। করুণ নিবেদনটা নীরব মুখেই ফুটিয়ে এসেছে।

“কী রে, কী হল কী!” আমাদেরই জিজ্ঞাসা করতে হয়েছে সন্ত্রস্ত হয়ে, “বড়বাবুর

মেজাজ গরম নাকি?”

“হাঁ, বড়া গরম।” বনোয়ারি সরলভাবে অপরাধ স্বীকার করেছে, “হামার কসুর হোইয়ে গেছে।”

“কী কসুর হল? আজ এই এমন দিনে সক্কাল বেলাই গণ্ডগোল বাধিয়ে বসলি। দিনটাই দিলি মাটি করে!”

একসঙ্গে আমাদের সকলের প্রশ্নবাণের সামনে হতভম্ব হয়ে বনোয়ারিলালের প্রায় বোবা হবার অবস্থা। অনেক কষ্টে তার সাড়া ফেরাবার পর সে জানালে যে সকালে বড়বাবুর ঘর ঝাঁট দিতে গিয়ে সে তাঁর একটা লোকসান করে ফেলেছে।

“কী লোকসান? কী?” আমরা উদ্বেগে ব্যাকুল হয়ে জানতে চাইলাম।

“সে হামি জানে না!” বনোয়ারি যথাযথ বিবরণ প্রকাশ করলে, “হামি ঝাড়ু দিতে আছিলাম, বড়বাবু আচানক গোসা হয়ে হামাকে বাহার যেতে বললে। বোললে হামি বহুৎ লোকসান কোরে দিয়েছি।”

“কী করেছিস, কী? ভেঙেছিস কিছু?”

বনোয়ারি আমাদের প্রশ্নে প্রবল ভাবে মাথা নেড়ে জানালে যে জ্ঞানত কোনও কিছু সে ভাঙেনি, নষ্টও করেনি কিছু।

“তাহলে?”

বনোয়ারিকে বিদায় দিয়ে তখনই আমাদের মন্ত্রণা সভায় বসতে হল। ব্যাপারটা আসলে যে কী তা আমাদের আর বুঝতে বাকি নেই।

আহাম্মক বনোয়ারির দোষে কোনও কিছু লোকসান হয়েছে এ-ই হল প্রথম ধাপ। এই ধাপটুকু পাততে দিলেই ‘কাঁচা ইট পোড়ালে শক্ত হয়’-এর পর সাদা বেড়ালের ইঁদুর ধরা’-র মীমাংসায় ঘনাদা আমাদেরও ঠেলে তুলবে।

প্রথম ধাপ পাতাটাই ভেস্তে দিতে হবে।

কী লোকসান হয়েছে ঘনাদার? তাঁর কোন রাজকীয় ঐশ্বর্যই বা খোয়া যেতে পারে?

যাক বা না যাক বনোয়ারির ঘাড়ে দোষ চাপাবার সুযোগই তাঁকে দেওয়া হবে না। যা কিছু হারিয়েছে বা লোকসান হয়েছে তিনি বলতে পারেন, সব আগে থাকতে, এমন মজুত রাখব যে মুখের কথা খসতে না খসতে হাজির করব সামনে। বনোয়ারির ঘর সাফের গলতি থেকে ঘরের দেওয়ালে একটা জানালা ফোটাবার আবদারে কিছুতে তিনি যাতে না পৌঁছোতে পারেন।

হ্যাঁ, এই আবদারই ধরেছেন ঘনাদা আজ কয়েকদিন হল। তাঁর ঘরে একটা মাত্র জানালা। হাওয়া খেলবার জন্যে আরেকটা না খোলালে নয়।

বোঝাতে কিছু তাঁকে বাকি রাখিনি। বলেছি যে বাড়িওয়ালা অতি সজ্জন ব্যক্তি। পুরোনো হোক সেকেলে হোক বছরের পর বছর নামমাত্র ভাড়ায় এ বাড়ি আমরা প্রায় মৌরসিপাট্টা নিয়ে ভোগদখল করে আসছি। ভাড়া বাড়াবার কথা তিনি ভুলেও একবার উচ্চারণ করেননি, কিন্তু ঘনাদার টঙের ঘরে দক্ষিণের জানালা ফোটানো তাঁর সাধ্যের বাইরে। আগের আমলের বাড়ি, এখনকার আইনে জানালা খুলতে যতখানি

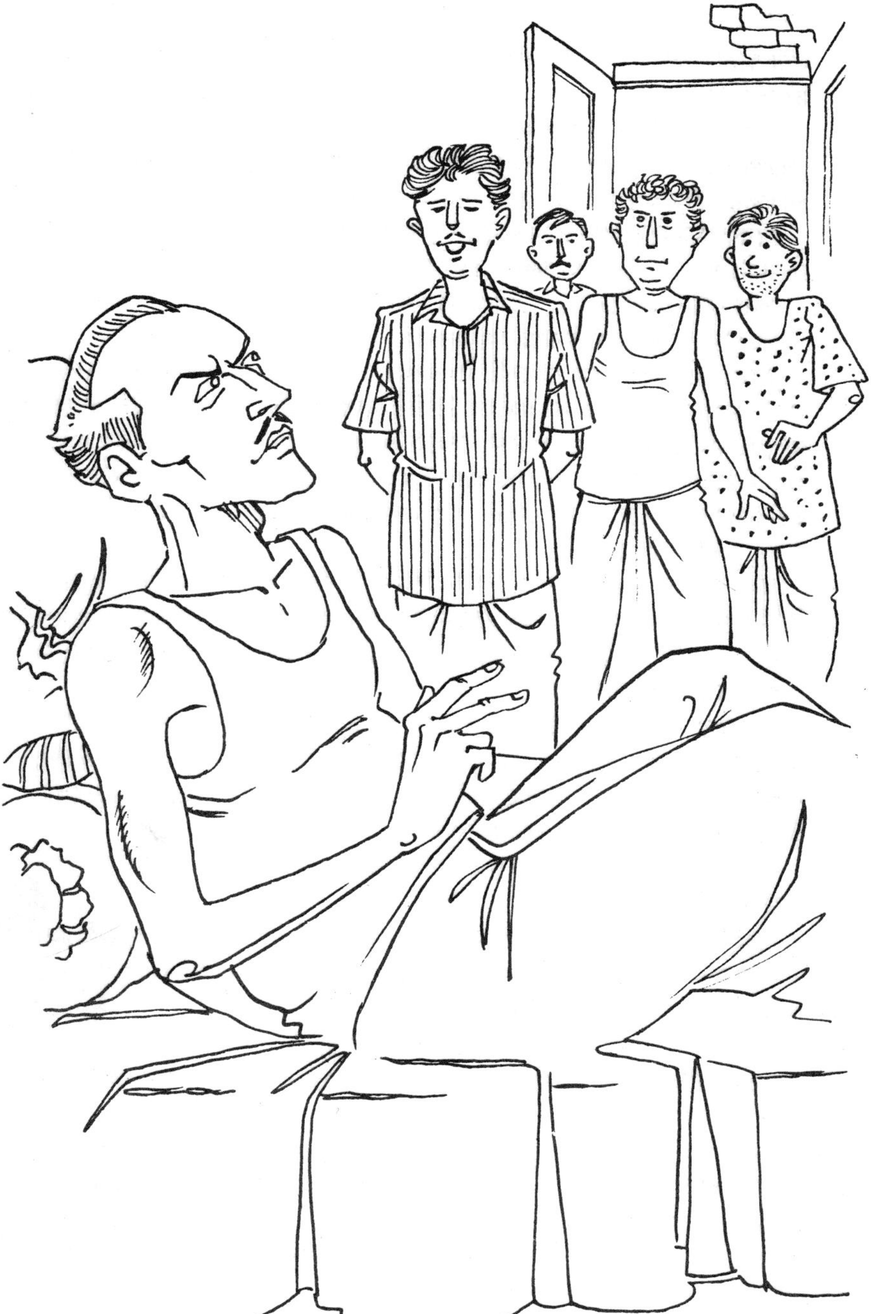

জমি ছাড়া দরকার ততখানি দক্ষিণ দিকে নেই। সুতরাং জানালা ফোটানোর কথা উঠতেই পারে না।

কিন্তু ঘনাদা তাঁর সেই এক আবদার ধরে বসে আছেন। বাইরে ক-দিন একটু চুপচাপ থাকলেও ভেতরে ভেতরে যে তিনি ধোঁয়াচ্ছেন বনোয়ারির ওপর সেদিন সকালের হম্বিতম্বি থেকেই তা টের পাওয়া গেছে।

ঘরের জিনিস হারানোর ব্যাপারটাই যুক্তির প্যাঁচে পাকিয়ে পাকিয়ে এবার তিনি দেওয়াল ফুঁড়ে জানালা ফোটাবার অস্ত্র করে তুলবেন।

কিন্তু সেটি হতে দেব না, আমাদেরও পণ।

ঘনাদার পক্ষে কী হারিয়েছে বলা সম্ভব?

আমরা তালিকা করে ফেলেছি তৎক্ষণাৎ। তক্তপোশ তোরঙ্গ শেলফ আলনা বাদে, হারাতে পারে এমন অস্থাবর জিনিস মাত্র ক-টিই পেয়েছি। তাঁর হুঁকোর কলকে, মাথায় চিরুনি, নখের নরুন, সেলাই-এর ছুঁচ আর...আর...কানখুশকির কাঠি! হ্যাঁ, নিরিবিলিতে ঘনাদাকে চোখ বুজে তন্ময় হয়ে এই শলাকাটি কানে দিয়ে যেন তুরীয় আনন্দ পেতে দেখা গেছে। শুধু একটু ঝাঁটা চালানোতে এই ক-টি ছাড়া হারাবার তাঁর কিছু নেই।

কজনে মিলে বাজার টুঁড়ে ওই ক-টা জিনিস কিনতে বেরিয়েছি সেদিন দুপুরেই। জিনিস অতি সামান্য, কিন্তু ওই সামান্য জিনিস কেনারই এত ঝামেলা তা আগে ভাবতে পেরেছি? শুধু জিনিসটা হলেই তো হবে না, ঘনাদার নিজস্ব সম্পত্তির সঙ্গে তার হুবহু মিল হওয়াও চাই।

কলকের কথাই ধরা যাক না। বাজারে অভাব নেই। কিন্তু ঘনাদার স্পেশ্যাল ব্র্যান্ডের গড়ন, রং, মাপ তো আর মুখস্থ করা নেই। কলকের বেলা যেমন—চিরুনি, নরুন, খুশকির কাঠির বেলাতেও তাই। কান-খুশকি, তামা না পেতল না নিকেলের, কী তার মাপ অত কি লক্ষ করে দেখেছি।

তা মাপ এক চুল এদিক-ওদিক হলে, ঘনাদাই বা ধরবেন কীসে? তিনি তো আর হিসেব দেখে রাখেননি।

সেই ভরসাতেই ঘনাদার উদ্ভট ন্যায়শাস্ত্রের প্রথম চালের জন্য তৈরি হয়েছিলাম।

বনোয়ারি করুণ কাতর মুখে ওপর থেকে নেমে জানিয়েছে যে বড়বাবু সকালের চা জলখাবার ফেরত দিয়েছেন।

ফেরত দিয়েছেন! কিন্তু এ পাড়ায় নয়, চার চারটে পল্লী ছাড়িয়ে ডাকসাইটে দোকান থেকে স্পেশ্যাল লড়াই-এ চপ ভাজিয়ে এনে প্রায় এক ধামা মশলা মুড়ির সঙ্গে পাঠানো হয়েছে যে।

যেতে হল তখুনি টঙের ঘরে! না, ডিমোক্রেসি অর্থাৎ রাজনীতির চালে আমরাও ভুল করব না। মশলা মুড়ি লড়াই-এ চপের খবরই আমরা যেন রাখি না। আমরা শুধু গেছি আজকের খ্যাঁটের মেনুটা কী হবে একটু পরামর্শ করতে।

তপসে উঠেছে নাকি শেয়ালদার বাজারে! শিশির যেন ডায়মন্ডহারবারের পেট্রলের খনি আবিষ্কারের খবর জানিয়েছে।

পোস্তায় বেগুনফুলিও পৌঁছে গেছে। শিবু তাল দিয়েছে সমান উৎসাহের সঙ্গে।

ঘনাদা কি বধির হয়ে থেকেছেন? না। তিনি শুধু নির্বিকার—নির্লিপ্ত। আমাদের দিকে একবার চোখ তুলে চেয়ে আবার তাঁর খবরের কাগজে মনোনিবেশ করেছেন।

সকালের লড়াই-এ চপ হার মেনেছে। শেয়ালদা বাজারের তপসে আর পোস্তার নতুন আমদানি বেগুনফুলি আমও বিফল। তাই আর একটু কড়া উসকানি দিতে চেয়েছি। বলেছি, "সকাল থেকে একটু মেঘলা মেঘলা আছে। ভাবছি ঠিক পোলাও-টোলাও নয়, আজ একটু ঘি-ভাত করা যাক। কী বলেন, ঘনাদা?"

ওই ঘি-ভাতের কথাতেই কাজ হয়েছে! ঘি-টা ভাতে নয়, যেন ঘনাদার ভেতরে এ-কয়দিন ধরে ধোঁয়ানো আগুনের ওপরই পড়েছে। ঘনাদা একেবারে দপ জ্বলে উঠেছেন, "আমায় এসব কী শোনাচ্ছ? তোমরা আমায় এখানে খেতে বলো?"

ঘনাদার মুখটা সত্যি দেখবার মতো। ইলেকশনের পর বিজয়ী পার্টির নেতাকে যেন দলত্যাগ করতে বলেছি, ভাবখানা এই রকম।

"কেন? কী হয়েছে, ঘনাদা!" আমরা তারস্বরে হাহাকার করে উঠেছি।

এর পর চার মাথা এক করে যেমন এঁচে রেখেছিলাম ঠিক তেমনিই সব ঘটেছে, একেবারে দাগে দাগ মিলিয়ে।

তবু শেষ পর্যন্ত ঘনাদার কাছ থেকে একেবারে কুপোকাত হয়ে ফিরতে হয়েছে।

দোষটা পুরোপুরি গৌরের। কী দরকার ছিল তার পাকামি করে ওই পাঁচকড়া-র বিদ্যে জাহির করতে যাওয়ার।

নইলে, সব ঘুঁটি তো আমাদের জিবের মুখেই নড়ছিল। আমাদের হাহাকারে ফল ঠিক ফলেছে। ঘনাদা গণনা মাফিক বেকুব বনোয়ারির মুণ্ডপাত করতে করতে তাঁর লোকসানের কথা জানিয়েছেন।

"কী লোকসান গেছে?" আমরা উদ্বেগে সমবেদনায় গলা ধরিয়ে ফেলেছি।

আশ্বস্ত হয়েছি, আমাদের হিসেব ভুল হয়নি জেনে। হারিয়েছে ঘনাদার সেই মহামূল্য কান-খুশকি।

আমরা ব্যস্ত হয়ে উঠেছি, "অমন জিনিসটা হারিয়ে গেল! ভাল করে খুঁজে দেখেছেন তো?"

"তা আর দেখিনি!" বলে ঘনাদা সন্দেহের ওদিকটায় দাঁড়ি টানতে চেয়েছেন। আমরা যেন শুনতেই পাইনি। এক একজন পকেটে এক একটি মুশকিল আসান নিয়ে ঘরে ঢুকেছিলাম। কান-খুশকি খুঁজে পাওয়ার বরাত ছিল আমার ওপর। ঘরের মেঝের কোণ কানাচগুলো একটু দেখতে দেখতে হঠাৎ তোরঙ্গের তলা থেকেই যেন বার করে ফেলেছি খুশকিটা।

"এই! এই তো আপনার খুশকি!"

ঘনাদাও খুশকি হাতে নিয়ে একটু হকচকিয়ে গেছেন। দু আঙুলে ধরে এদিক ওদিক ঘুরিয়ে দেখেছেন মাত্র। মুখে আর কথা সরেনি।

শিবুর ফোড়নটাও জুতসই হয়েছে, "পা গলালেই যেমন জুতোর, কানে দিলেই তেমনই খুশকির বিচার। একবার কানে দিয়েই দেখুন না, ক-দিন হারিয়ে পড়ে

থেকেও সেই আগের সুখই দিচ্ছে!"

ঘনাদা খুশকি বুঝি কানে ঢোকাতেই যাচ্ছিলেন, ঠিক সেই মুহূর্তে গৌরের হিমালয়-প্রমাণ আহাম্মকি!

"সুখ দেবে না মানে!" গৌর যেন খুশকিটাকেই ধমক দিয়েছে, "যে হালেই থাক, খুশকি সুখ দেয় কানের সঙ্গে মাপের মিলে! ঘনাদা তো আর লম্বকর্ণ নন। ওঁর খুশকির মাপ একেবারে পাক্কা আট দশমিক ঊনআশি।"

"তার মানে?" একটু অবাক হয়ে আমাদেরই জিজ্ঞাসা করতে হয়েছে, "আট দশমিক ঊনআশি আবার কী?"

"কী আবার? সেন্টিমিটার!" গৌর মাতব্বরের মতো বলেছে, "আদর্শ খুশকির মাপ হল পাক্কা আট দশমিক ঊনআশি সেন্টিমিটার। একেবারে দাগে দাগে মিলে যাওয়া চাই।"

"কীসের দাগে দাগে?"

প্রশ্নটা ঘনাদার। তিনি তখন সত্যিই খুশকিটা কানে ঢুকিয়েছেন।

বিদ্যে জাহির করবার এমন সুযোগ গৌর আর ছাড়তে পারে! মরক্কোয় বাঁধানো ঘনাদারই যেন কাগজের মলাট দেওয়া সংস্করণ হয়ে বলেছে, "যে-জিনিসটি দিয়ে দুনিয়ার মাপ নির্ভুল বলে মঞ্জুর হয়, প্যারিসের কাছে ইন্টারন্যাশন্যাল ব্যুরো অফ ওয়েটস অ্যান্ড মেজার্স-এ রাখা প্ল্যাটিনম ইরিডিয়ম-এর সেই 'বার'টির গায়ে টানা দুটি দাগের।"

ঘনাদার মৃদু নাসিকাধ্বনি শোনা গেছে। এটা কানের সুখের উচ্ছ্বাস না গৌরকে উপহাস চট করে বোঝা যায়নি। ঘনাদা চোখ বুজে খুশকি নাড়তে নাড়তে থেমে গিয়ে বেশ কিছুক্ষণ চুপ করে থেকেছেন। তারপর কান থেকে খুশকি বার করে অত্যন্ত ক্ষুণ্ণ গম্ভীর স্বরে বলেছেন, "না, তিয়াত্তর ঢেউ বেশি।"

"অ্যাঁ!" আমাদের সকালের চোখ ছানাবড়া।

তিয়াত্তর ঢেউ-এর ধাক্কা সামলাতে না সামলাতে ঘনাদা আরেকটি যা আই-সি-বি-এম ছেড়েছেন তাতে আমরা একেবারে সসেমিরে!

"মেমব্রানা টিম্‌পানি ফুঁড়ে রেসেসস্ এপিটিম্প্যানিকস্ কি ইউস্টেকিয়ান টিউবে গিয়ে গোল বাধাতে পারে!"—বলেছেন ঘনাদা।

বুদ্ধিশুদ্ধির মতো জিভটারও সাড় ফিরতে বেশ সময় লেগেছে। ঘনাদা ততক্ষণে খুশকিটার দিকে বার কয়েক ঘৃণার দৃষ্টিতে চেয়ে সেটা ছুঁড়ে ফেলে দিয়ে বলেছেন, "না, এটা আমার নয়!"

"কী করে বুঝলেন, ঘনাদা!" একটু ধাতস্থ হয়ে কাতর কণ্ঠে জিজ্ঞাসা করতে পেরেছি এবার, "শুধু কানে দিয়ে?"

"হ্যাঁ।" ঘনাদা জ্বলন্ত ক্ষুব্ধ স্বরে জানিয়েছেন, "এই জাল খুশকি দিয়ে আমায় কালা করবার একটা ষড়যন্ত্র হয়েছে বলে সন্দেহ হচ্ছে।"

যথার্থই প্রমাদ গুণে আমরা প্রাণপণে তাঁকে আশ্বস্ত করবার চেষ্টা করেছি, "না না, সে কী বলছেন! ষড়যন্ত্র কে করবে! আর একটা খুশকি কানে দিলে কি কালা হতে

হয়?”

“হয়।” ঘনাদার স্বর জলদগম্ভীর—“এ খুশকি আমার কানের পর্দা ফুটো করে ভেতরের নলে চলে যেতে পারে। এক-আধটা নয়, দস্তুর মতো তিয়াত্তর ঢেউ বড় এটা!”

আমাদের বিহ্বল বিমূঢ় মুখগুলোর দিকে চেয়ে এবার বুঝি ঘনাদার একটু দয়া হয়েছে। করুণা করে বলেছেন, “তিয়াত্তর ঢেউ বুঝতে পারছ না বোধহয়! ওটা হল সবচেয়ে হালফিল মাপের একটা হিসেব। এখন আর প্যারিসের কাছে রাখা দু-জায়গায় লাইন কাটা প্ল্যাটিনম ইরিডিয়ম-এর ‘বার’ দিয়ে নিখুঁত মাপ ঠিক করা হয় না। ১৯৬০ সালেই ও-ব্যবস্থা বাতিল হয়ে গেছে। এখন এক মিটারের মাপ ঠিক করা হয় আলোর ঢেউ দিয়ে। তা-ও সাধারণ যে-কোনও আলোর নয়, দুর্লভ গ্যাস ক্রিপটন-৮৬, তারই বাতি জলের মতো তরল-করা নাইট্রোজনের মধ্যে রাখবার পর যে জরদা-লাল আলো বার হয় তার-ই ষোলো লক্ষ পঞ্চাশ হাজার সাতশো তেষট্টি দশমিক তিয়াত্তর তরঙ্গ-দৈর্ঘ্য হল এক মিটার।”

মাথায় চরকিপাক লাগার দরুনই শুধু কানে দিয়ে খুশকিটা লম্বায় তিয়াত্তর ঢেউ বেশি কী করে বুঝলেন তা আর ঘনাদাকে জিজ্ঞাসা করতে পারিনি।

ক্লোরোফর্ম গোছের অ্যানেসথেসিয়ার ওষুধে একবার অসাড় করে যা খুশি কাটা-ছেঁড়া করতে পারে ডাক্তারেরা। আমাদের অবস্থাও হয়েছে তাই।

টঙের ঘর থেকে একরকম পাকা কথা দিয়েই নেমে এসেছি।

আমাদের সদাশিব বাড়িওয়ালাকে চটাতে হয় চটাব। করপোরেশনের সঙ্গে মামলায় আসামি হতে হয়, তা-ও সই। যা ঝক্কি নিতে হয় সব নিয়ে ঘনাদার ঘরের দক্ষিণের দেওয়ালে জানালা একটা ফোটাবই।

কাঁচা ইট পোড়ালে যদি শক্ত হয়, তাহলে দুর্গাপুরের দুটো সাদা বেড়াল তিনটে নেংটি ধরবে না কেন।

কেন ধরবে ঘনাদা তা আমাদের জল করে বুঝিয়ে দিয়েছেন তাঁর অকাট্য যুক্তির শৃঙ্খলে। বনোয়ারির বেকুফিতে ঘনাদার মহামূল্য কান-খুশকি হারালে কেন তাঁর ঘরের দক্ষিণ দেওয়ালে জানালা না ফোটালে নয়, তা বোঝাবার ধাপগুলো হল এই—(এক) বনোয়ারি ঘর ঝাঁট দিতে গিয়ে কান-খুশকি হারিয়েছে। (দুই) কান-খুশকি ঘরে না থাকলে হারাতো না। (তিন) কান-খুশকি ঘরে থাকে কেন? (চার) কান চুলকোয় বলে। (পাঁচ) কান চুলকোয় কেন? (ছয়) চোখের কাজ কম! (সাত) কেন কম? (আট) ঘরে আলোর অভাব। (নয়) আলো বাড়বে কেমন করে? (দশ) দক্ষিণের দেওয়ালে জানালা ফুটিয়ে।

মাটি

"আয়েষা হঠাৎ যন্ত্রণায় থরথর করে কেঁপে উঠল।

কে যেন প্রচণ্ড এক বোমা ছুঁড়ে মেরেছে তার গায়ে। বোমা অবশ্য কেউ মারেনি। নিজে থেকেই কোথাও কিছু ফেটেছে। তারই চাপা আওয়াজটা আমরা ককপিটে বসেই পেলাম।

হ্যাঁ, আয়েষা কোনও মেয়ে-টেয়ে নয়, একটা মাঝারি মাপের জোড়া ইঞ্জিনের ব্রিস্টল পার্সিউস।

জায়গাটা হল উত্তর-পশ্চিম আফ্রিকার আকাশ আর প্লেন চালাচ্ছি আমি!..."

ব্যস, ওই পর্যন্তই। তারপর খক্ খক্ খুক্ খুক্ কী যে কাশির হিড়িক পড়ল, বাহাত্তর নম্বর বনমালি নস্কর লেনে যেন কাশ রোগের এপিডেমিক লেগেছে। শিবুর মাসতুতো ভাই শম্ভুর গলার খুক-খুকুনিটাই কাশি বলে চালানো একটু শক্ত!

"কী হচ্ছে কী সব?" শিবু কড়া গলায় ধমক দিয়ে তার নতুন ঘাঁটা হোমিওপ্যাথিক বিদ্যে জাহির করলে, "অত যদি কাশি হয়েছে তো এক ফোঁটা ইপিকাক থার্টি খেতে পারো না? তা না হয়, সকাল বিকেলে দুবার গার্গল... "

গার্গল কথাটাই গলা দিয়ে বার হবার সময় অমন সুড়সুড়ি লাগবে শিবুও বোধহয় ভাবতে পারেনি। নিজেই সে কেশে খুন তারপর।

রীতিমতো রাগ দেখাতে হল এবার। বললাম, "কী সব তোদের আক্কেল। কাশবার আর সময় পেলি না! ওদিকে আফ্রিকার ওপর ঘনাদা জখম প্লেনে আটকা পড়েছেন—সে খেয়াল আছে?"

সেই খেয়ালটা হতেই যেন ধন্বন্তরীর ওষুধ পড়ে সব কাশি থেমে গেল।

ঘনাদার অবস্থাটা কিন্তু এখন কী।

চেয়ে দেখতে ভরসা হয় না। মনে হয় বিস্ফোরণটা বুঝি তাঁর দুচোখেই দেখতে পাব।

ভয়ে ভয়ে বললাম, "ককপিটে তারপর কী করলেন, ঘনাদা?"

জবাব নেই ঘনাদার মুখ থেকে!

"আয়েষা কি ফেটে গেল আকাশেই?"

ঘনাদা একেবারে মৌনী।

তাহলে এত কষ্টের আয়োজন, এত ফন্দি-ফিকির সবই একটু কাশির আহাম্মকিতেই গেল ভেস্তে?

তাঁর মুখের দিকে এখনও ভরসা করে চোখ তুলিনি। কিন্তু আরাম-কেদারা থেকে

নেমে মেঝের ওপর ছড়ানো তাঁর চরণযুগল তো স্পষ্ট দেখতে পাচ্ছি।

চরণযুগল তো এখনও যথাস্থানেই আছে। শুধু আছে নয়, রীতিমতো ছন্দে ছন্দে নড়ছে বলা যায়। অর্থাৎ ঘনাদা আরামে তাঁর মৌরসি আসনে গা এলিয়ে দিয়ে পা নাচাচ্ছেন।

এটা খাপ্পা হওয়ার লক্ষণ তো নয়! তাহলে এতক্ষণে ওই পদযুগলকে তো আসর ঘরের দরজা পার হয়ে তেতলায় টঙের ঘরের দিকেই উঠতে দেখা যেত। ওই কাশির এপিডেমিকের পর ঘনাদা আর এক মুহূর্তও থাকতেন এই বর্বরদের মাঝখানে?

তাহলে এ অভাবনীয় ব্যাপার সম্ভব হল কী করে?

সাহস করে এবার মুখ তুলে ঘনাদার দিকে তাকালাম। তাকিয়ে তাঁর একাগ্র ও উদগ্রীব দৃষ্টি অনুসরণ করে আসর-ঘরের দরজার দিকে চোখ গেল।

সেখানে বনোয়ারি একটা বিরাট ট্রে নিয়ে ঢুকছে। ট্রে-টা এমন বিরাট যে বনোয়ারিকে দুহাত ছড়িয়ে সেটা বাগিয়ে ধরতে হয়েছে।

ট্রে-র ওপর একটা খঞ্চিপোশের ঢাকনা।

সে-ঢাকনার তলায় কী আছে আমরা অবশ্য জানি। কিন্তু বনোয়ারি দরজায় দেখা দেবার আগেই যে-রকম আগ্রহভরে ঘনাদা সেদিকে তাকিয়ে প্রায় বাহ্যজ্ঞানশূন্য হয়ে গিয়েছিলেন তাতে তিনিও সে খঞ্চিপোশের নীচে ট্রে-র ওপর সাজানো সব প্লেটে কী আছে যেন তখনই মনে মনে টের পেয়েছিলেন বলে সন্দেহ হয়।

টের পেলেন কীসে? শুধু গন্ধে?

আমাদের মতো সাধারণ নগণ্য মানুষের তুলনায় ঘ্রাণশক্তি তাঁর তাহলে সত্যিই অলৌকিক বলতে হয়। বনোয়ারি দরজা পেরিয়ে আসরের একেবারে মাঝখানে এসে দাঁড়াবার আগে শুধু নাসিকা মারফত আমরা কিছুই জানতে পারিনি। ঘরের মাঝখানে ট্রে-টা ঘনাদার সামনের নিচু টেবিলটায় রেখে বনোয়ারি ওপরের ঢাকনাটা সরাতে গন্ধটা অবশ্য উতলা করে তুলল।

উতলা করে তোলবার মতোই জিনিস। কলকাতার সেরা রেস্তোরাঁর সবচেয়ে বড় ওস্তাদ বাবুর্চির সোনা দিয়ে বাঁধানো হাতের কাজ। মুখে দিলে যেন আর এ-দুনিয়ায় নয়, বেহেস্তেই আছি মনে হবে।

এসব বিজ্ঞাপনের ভাষা অবশ্য গৌরের। ঘনাদাকে বেঁধে ফেলবার জন্য কদিন ধরে সে এসব পাঁয়তাড়া কষছে। আমাদের কাছে সকালে বিকালে সুবিধে পেলেই শনিবারের আসরে যে আজব খানা সে আমদানি করছে তার আগাম হ্যান্ডবিল ছেড়েছে বলা যায়।

গদগদ হয়ে বলেছে, "এ তো আর শুধু ফুটন্ত জলে চোবানো কি হাতাখুন্তি নাড়া নয়, সারেঙ্গির ছড় চালানোর মতো এক একটি শিক ঘোরাবার সূক্ষ্ম কেরামতি।"

আজবখানাটা যে কী, রসিকজনের কাছে তা বোধহয় আর ব্যাখ্যা করে বলতে হবে না।

হ্যাঁ, উপাদেয় জিনিসটি হল কলকাতার একেবারে সেরা রসুইখানার শিককাবাব।

ঘনাদাকে কিন্তু সে কথা জানানো হয়নি। তা সত্ত্বেও চোখে দেখার আগে শুধু

গন্ধেই মোহিত হয়ে তিনি যদি আমাদের অমন একটা বেয়াদবি আশাতীত ভাবে মাপ করে ফেলেন তাহলে সেটা আমাদের নেহাত ভাগ্য বলেই ধরা উচিত।

খটকা অবশ্য মনের ভেতর একটু থেকে যায়। শিককাবাব বা আর কোনও আহামরি খাবারই হোক এসব ঘুষ তাঁর বাঁধা বরাদ্দ। তার জন্য এমন দয়ার অবতার হতে তাঁকে বড় দেখেছি বলে তো মনে পড়ে না।

কিন্তু খটকাটাকে আমল দেবার দরকারটা কী? ঘনাদা যে বেমালুম সব কিছু ভুলে গিয়ে তাঁর ডবল সাইজের প্লেটে ফালি-করা কোল বালিশের মতো দুটি বড় বড় কাবাবে মনোনিবেশ করেছেন এতেই কৃতার্থ হয়ে খুশি থাকলেই তো হয়।

ঘনাদা যতক্ষণ শিককাবাবে তন্ময় হয়ে আছেন ততক্ষণ এ-বৈঠকের ভূমিকাটা সেরে ফেলা যেতে পারে। ঘনাদাকে এ শনিবারে মুখ খোলাবার জন্য যে সব আয়োজন হয়েছে তার একটা হল এই শিককাবাব।

এর ওপর শিশিরের সিগারেটের টিন তো আছেই—তা ছাড়া আর একটা মোক্ষম ঘুষ বা প্রণামী যা দেওয়া হয়েছে তা একটু অভাবিত নিশ্চয়। তাই দিয়েই শেষ মাত-এর চালের রাস্তা গৌর আগে থাকতে করে রেখেছে।

ঘনাদা নিজেই একটু যেন চমকে গেছেন প্রথমে।

আর যা-ই হোক, তাঁকে এক ভাঁড় ঘি কেউ উপহার দিতে পারে, এটা তিনি কল্পনাই করতে পারেননি বোধ হয়।

"এটা কী হে?" ঘনাদা একবার ভাঁড়টা আর একবার যে সেটা তাঁর পায়ের কাছে নামিয়ে দিয়েছে তার দিকে সমান সন্দিগ্ধ দৃষ্টিতে চেয়েছেন।

দাতা অবশ্য তার অচেনা।

তার পরিচয়টা গৌরই উচ্ছ্বসিত হয়ে এবার দিয়েছে, "এ হল শম্ভু, মানে শিবুর মাসতুতো ভাই, ঘনাদা। আপনাকে ওর ডেয়ারির ঘি একটু চাখতে দিতে এসেছে।"

চাখবার পক্ষে যথেষ্ট কিনা ঘনাদা সেইভাবে একবার কাগজ দিয়ে মুখ বাঁধা ভাঁড়টার দিকে চেয়ে জিজ্ঞাসা করেছেন, "শিবুর মাসতুতো ভাইয়ের ডেয়ারি আছে বুঝি?"

"না, ডেয়ারি ঠিক নেই," গৌরকে যেন সত্য স্বীকার করতে হয়েছে, "তবে যেখানে ও ডেয়ারি করবে ভাবছে সেখানকার ঘির একটু নমুনা এনেছে আমাদের জন্য।"

"জায়গাটা কোথায়?" ঘনাদা মৃদু একটু কৌতূহল দেখিয়েছেন।

"বেশিদূর নয়, নেফার কাছে," গৌর খুশি করবার মতো খবরটা দিয়েছে, "ডেয়ারি করার দারুণ সুবিধে। গোরুর পাল সেখানে ছাড়াই থাকে। বনে নিজেরা চরে খায়, গোয়ালেরও দরকার হয় না। শুধু ধরে দুয়ে নিলেই হল।"

"বাঃ! শুধু ধরে দুয়ে নিলেই হল?" ঘনাদা রীতিমতো উৎসাহিত হয়ে উঠেছেন মনে হয়েছে, "তাহলে ডেয়ারির আর ভাবনাটা কী?"

"না, ভাবনা কিছু নেই।" শিবুর মাসতুতো ভাই শম্ভুই এবার মহড়া নিয়েছে, "আর শুধু ডেয়ারি কেন, চাষবাসেরও দারুণ সুবিধে। জমি পড়ে আছে অঢেল, শুধু চষলেই

হল!”

“জমি খুব সস্তা তাহলে!” ঘনাদার গলায় বেশ ঔৎসুক্যই ফুটে উঠেছে যেন।

“সস্তা, মানে জলের দর।” শিবুর মাসতুতো ভাই শম্ভু সানন্দে জানিয়েছে, “জমি যে চষে তার।”

“আর ফসলও তাহলে তা-ই!” ঘনাদা একটু বেয়াড়া বুঝেছেন কিনা ঠিক ধরা যায়নি, “যে কেটে নেয় তারই।”

ভুল যদি ঘনাদা কিছু বুঝে থাকেন তা সংশোধন করবার আর চেষ্টা করেনি কেউ।

গৌর তার বদলে নিজের উৎসাহটাই প্রকাশ করেছে, “এরকম জায়গার কথা শুনলে এখুনি যেন চলে যেতে ইচ্ছে করে। মনে হয় কেন মিছে পড়ে আছি এই নোংরা ঘিঞ্জি—খবরের কাগজের ভাষায়—সমস্যাসংকুল শহরে।”

“হ্যাঁ,” ঘনাদা গৌরকে সমর্থন জানিয়েছেন, “এই প্রবলেম সিটি থেকে যেতে হলে নেফাই একমাত্র জায়গা। বুনো আধবুনো গাউর আর গয়ালের পাল আছে, পারো তো দুয়ে নাও, আর জমি আছে অঢেল, চষো। তুমি না পারো, ফসল না হয় আর কেউ কাটবে। আর যদি ওই গাউর গয়ালের পালই খেয়ে যায় তাহলেও লোকসান নেই। ওরা তো তোমাদের ডেয়ারির সব।”

ঘনাদার কথাগুলো কি একটু বাঁকা?

অত খুঁত ধরলে চলে না। বাঁকা কথাকে সিধে ভাবলেই তো হয়। যার মাসতুতো ভাই তার হবু ডেয়ারির নমুনা হিসেবে ওই ঘি এনেছে সেই শিবুই এবার হাল ধরেছে আলোচনার।

যেন আশীর্বাদ চাইবার ভঙ্গিতে বলেছে, “আপনি তাহলে ভরসা দিচ্ছেন, ঘনাদা? আপনার কাছে একটু সাহস পেলে এ মেস-টেস তুলে দিয়ে চোখ কান বুজে সবাই নেমে পড়ি। নেফার জমি তো খুব ভাল শুনেছি। মাটিতে সোনা ফলে, তাই না ঘনাদা?”

“সোনা ফলে কি না ফলে তা উনি কী করে বলবেন?” হঠাৎ বেসুরো গেয়েছে শিবুর মাসতুতো ভাই শম্ভু। বেশ একটু নাক বেঁকিয়ে বলেছে, “উনি কি মাটি চেনেন? ওঁর দৌড় তো এই বনমালি নস্করের গলি আর রাজত্ব ওই চিলেকোঠার ছাদটুকু। মাটির উনি কী জানেন?”

আসর-ঘরে বসেই এ আলাপ হচ্ছিল তা বলা বাহুল্য! শিবুর মাসতুতো ভাই শম্ভুর এই আচমকা ডিসিশন-এ সমস্ত ঘর একেবারে নিঃসাড় হয়ে গেছে। আমরা অপেক্ষা করছি রুদ্ধনিঃশ্বাসে।

একটু আধটু নড়ে চড়ে গেলেও লাইন যা পেতেছিলাম সমস্ত সাজানো ব্যাপারটা তার ওপর ঠিক মতোই গড়িয়ে যথাস্থানে এসে পৌঁছেছে।

ঘি দিয়ে যা শুরু ঘা দিয়ে তা শেষ। এই হল গৌরের নতুন শক-থেরাপি। এখন এসপার ওসপার একটা কিছু হবেই। ঘনাদার পিছলে পালানো আর চলবে না। কিন্তু শিবুর মাসতুতো ভাই শম্ভু মাত্রাটা একটু বাড়িয়ে ফেলেছে কি? সলতে যদি ধরেও থাকে, বেশি হাওয়ার ঝাপটায় আবার নিভে না যায়!

শিবু নিজেই তাই একে সামলাবার ব্যবস্থা করেছে। মাসতুতো ভাইয়ের ওপর যেন একটু রেগে বলেছে, "তোর তো ল্যাকেসিস দরকার। মাদার টিংচার তিন ফোঁটা! কাক-কাঁকুড় জ্ঞান নেই তোর! ঘনাদা মাটি চেনেন না তো চিনিস তুই?"

"না, ঠিকই বলেছে তোমাদের শম্ভুবাবু।" ঘনাদা উদার এবং কিছুটা উদাস ভাবে নিজের অক্ষমতা স্বীকার করেছেন, "মাটি আমি সত্যি চিনি না। নেহাত কুদুটার শিং দুটো মাপতে গিয়ে খুরের ঝুরো মাটি একটু চোখে পড়েছিল আর তার আগে প্লেনটা কাদুনা থেকে উঠতে গিয়ে মুখ থুবড়ে পড়তে পড়তে কোনও রকমে বেঁচে গিয়েছিল তাই, নইলে টার্কা-কে ভুল জমি কিনিয়ে প্রায় তো ডোবাতেই বসেছিলাম।"

"আপনি আবার জমি কেনাবেচার কাজও করতেন নাকি? জমির দালাল ছিলেন বুঝি?" শিবুর মাসতুতো ভাই শম্ভু একটু যেন বাড়াবাড়ি করে ফেলেছে বাহাত্তর নম্বরের হালচাল না বুঝে। আমরা একটু শঙ্কিত হয়েছি।

"তা একরকম বলতে পারো," ঘনাদা কিন্তু অম্লানবদনে মেনে নিয়েছেন, "জমির দালাল না হোক জাতের কুলুজিকার খানিকটা তো বটেই। আমার কথায় কান দিলে হাউসা, ইয়োরুবা, ফুলানি আর ইবো-তে মিলে এমন লঙ্কাকাণ্ড শুরু হয়, না বিয়াফ্রা-য় দিনে হাজারটা বাচ্চা না খেতে পেয়ে শুকিয়ে মরে!"

বিয়াফ্রা শুনেই আমাদের কান খাড়া হয়ে উঠেছে।

আবার কিন্তু বেয়াদবি করেছে শিবুর মাসতুতো ভাই শম্ভু। এ মাসতুতো ভাইটিকে আমদানি করা কতটা সুবুদ্ধির কাজ হয়েছে সন্দেহ জাগতে শুরু করেছে এবার। গোড়ায় একটু সুবিধে হলেও শেষটা তারই উৎপাতে যজ্ঞ নষ্ট না হয়।

হাউসা-ইয়োরুবা শুনেই শিবুর মাসতুতো ভাই শম্ভু টিপ্পনি কেটে বাহাদুরির চেষ্টা করেছে, "ওই কী সব কিষ্কিন্ধের নাম বললেন, ওদের নিয়ে আপনিই লঙ্কা জ্বালিয়ে এসেছেন বুঝি? তাই ওই দুর্ভিক্ষ লেগেছে।"

"ভেরেট্রাম অ্যালবাম!"

ঘনাদা সহিষ্ণুতার অবতার হয়ে তাঁর দৃষ্টিটা পাতকীর দিকে একটু ফেরাবার আগেই শিবু তার মাসতুতো ভাইকে প্রায় গর্জন করে থামিয়েছে, "হ্যাঁ, নির্ঘাৎ ভেরেট্রাম অ্যালবাম—দুশো। সমস্ত লক্ষণ একেবারে হুবহু মিলে যাচ্ছে—কখনও সত্য কথা বলে না। নিজে কী বলছে তা নিজে জানে না। নিজেকে একজন কেওকেটা মনে করে। যা এখুনি গিয়ে মোড়ের হোমিওপ্যাথিক দোকান থেকে কিনে খা। ভেরেট্রাম অ্যালবাম বললে না যদি বোঝে তো হেলেবোরাস অ্যালবাম চাইবি।"

শিবুর মাসতুতো ভাই শম্ভু হকচকিয়ে তখনকার মতো একটু চুপ।

সেই ফাঁকে প্রায় কৃতাঞ্জলি হয়ে জিজ্ঞাসা করেছি, "আফ্রিকার নাইজিরিয়ার কথা বলছেন, না ঘনাদা? বিয়াফ্রার সঙ্গে ফেডারেল নাইজিরিয়ার তো মরণপণ লড়াই চলছে। ইস, আপনার কথায় তখন যদি কান দিত! কেন দিলে না বলুন তো?"

"পাঁচজনের কুমন্ত্রণা!" ঘনাদার গলায় গভীর আফশোস ফুটে উঠেছে, "কালাদের অত ভাল হবার কথায় যাদের বুক জ্বলে, তারা নিজেদের ভেতর খাওয়া-খাইয়ি করলেও কালাদের মধ্যে ভাঙন ধরাবার বেলা একজোট। নাইজিরিয়ার বড় বড় জাত

বলতে চারটে—হাউসা, ইবো, ইয়োরুবা আর ফুলানি। এই চার জাতকে এক করে ফেডারেল মানে সংযুক্ত নাইজিরিয়া। কিন্তু যুক্ত হওয়া মানে তো গলায় দড়ি বেঁধে দেওয়া নয়। বুদ্ধিতে ক্ষমতায় উৎসাহে উদ্যমে সবচেয়ে যারা আগুয়ান, সেই ইবো-রা সংযুক্ত হওয়া মানে গলায় সেই ফাঁস লাগানোই দেখেছে! ইবোদের বিরুদ্ধে সারা নাইজিরিয়ায় নিধন যজ্ঞ শুরু হবার পর লেফটেন্যান্ট কর্নেল চুকুয়েমেকা ওদুমেগুয়ু ওজুকুয়ু তাই নিরুপায় হয়ে দুনিয়ার যেখানে যে আছে সমস্ত ইবোকে বিয়াফ্রা-য় ডেকে পাঠিয়ে মরণপণ লড়ছেন। বিয়াফ্রা-র এ নেতার নাম শুনে আজেবাজে হেঁজিপেজি ভাবে না যেন কেউ। ওজুকুয়ু উজবুক- টুজবুকের মাসতুতো ভাই নয়।”

শিবু একটু ঢোঁক গিলেছে মাত্র। ঘনাদা কিন্তু কোনও দিকে চাননি। শুধু যেন দম নেবার জন্যই একটু থেমে আবার তিনি শুরু করেছেন, “ওজুকুয়ুর কাছে বিলেতের সাহেবরাও ইংরেজি বক্তৃতার দু-একটা কায়দা-কানুন শিখতে পারে। প্রথমে ইংল্যান্ডে সারে-র এপসম স্কুলে, তারপর অক্সফোর্ডের লিংকন কলেজে পড়েছেন। রাগবি খেলেছেন কলেজের হয়ে আর একশো পনেরো ফুট সাড়ে আট ইঞ্চি লোহার চাকতি ছুঁড়ে স্কুলে যে-রেকর্ড রেখেছেন আজও তা কেউ ভাঙতে পারেনি সেখানে।

এই ওজুকুয়ু যখন নাইজিরিয়ার বন্দর-রাজধানী লাগোস-এর স্কুলে পড়ে, তখন অবশ্য ওই সোনার দেশের এই পরিণামের ভয়ই করেছিলাম।

বলেছিলাম সে কথা ফ্র্যাঙ্ক কেনিকে। বলেছিলাম, ‘কাজটা ভাল করছ না, কেনি। এই যে জাতের অভিমান আর ধর্মের গোঁড়ামিকে খুঁচিয়ে হাউসা-ফুলানি আর ইবো-ইয়োরুবাদের মধ্যে ঈর্ষা-হিংসা আকছা-আকছির বিষ ছড়াচ্ছে, তাতে তোমাদেরই শুধু পোয়া-বারোর দান পড়বে তা ভেবো না। এ-দেশের জমিজায়গা সব গ্রাস করে টিনের খনি চালিয়ে যে বাদশাহির মজা লুটছ, ওদের মধ্যে রক্তারক্তি বাধলে সেসবও লোপাট হয়ে যাবে!’

ফ্র্যাঙ্ক কেনি হেসে আমার পিঠটা তার মুষলের মতো হাত দিয়ে চাপড়ে বলেছে, ‘কী যে বলো, দাস? আমি এদের মধ্যে হিংসের বিষ ছড়াব। তুমি তো দেখেছ, টার্কা আমার কী রকম প্রাণের দোস্ত।’

‘হ্যাঁ, তা দেখেছি,’ স্বীকার করেও আমার সন্দেহটা জানিয়েছি, ‘তোমার মতো খাস ধলা ইংরেজ বেনিয়া সরল প্রাণে কোনও মতলব না নিয়ে কালা ফারুর সঙ্গে দোস্তি করছে, এটা বিশ্বাস করতে মন চায় না।’

‘তোমার বড় ছোট মন, দাস!’ ফ্র্যাঙ্ক আমার ঘাড়ে গদার মতো তার ডান হাতখানা চালিয়ে একটা আদরের রদ্দা দিয়ে বলেছে, ‘তুমি বাঙালি তো! আমার এক মাসতুতো ভাই সুবনসিরিতে মিশনারি হয়ে গেছে। সে বলে—’

নাইজিরিয়ার টিনের খনির মালিক ফ্র্যাঙ্ক কেনির মিশনারি মাসতুতো ভাই কী বলে তা শোনাতে গিয়ে হঠাৎ থেমে ঘনাদা শিবুর মাসতুতো ভাই শম্ভুর দিকে চেয়ে জিজ্ঞাসা করেছেন, “সুবনসিরি কোথায় বুঝেছেন তো?”

শিবুর মাসতুতো ভাই একটু কেমন আমতা আমতা করেছে, “হ্যাঁ, সুবনসিরি মনে হচ্ছে যেন...”

“সুবনসিরির নামটাই ভুলে গেলেন?” ঘনাদা যেন বড় দুঃখ পেয়েছেন, “তা সুবনসিরির কথা মনে না থাকুক, ডাফলা আপাতানিদের তো ভাল করেই চেনেন?”

“হ্যাঁ...তা...এক রকম।” শিবুর মাসতুতো ভাইকে বেশ একটু বিপন্ন মনে হয়েছে।

“ওই এক রকম চিনলেই হল।” ঘনাদা যেন পরম সন্তুষ্ট হয়েছেন শিবুর মাসতুতো ভাইয়ের জবাবে, “ওদের এক রকমের বেশি দু-রকম চিনতে যাওয়া সুবিধের নয়। তারপর যা বলছিলাম, ফ্র্যাঙ্ক কেনি তার মাসতুতো ভাই যে মিশনারি হয়ে সুবনসিরিতে আছে তার মতামতটা আমায় শুনিয়ে দিয়েছিল। সেই মিশনারি ভাই নাকি বলে, ‘বাঙালি, অসমিয়া আর ওড়িয়া এদের সঙ্গে আলাপ করবে প্রতিটি কথা সাতপুরু ছাঁকনিতে ছেঁকে!’

‘নইলে এরা আঁতের আসল কথা বড় চট করে ধরে ফেলে, না?’ আমি রদ্দা-খাওয়া ঘাড়টায় হাত বুলোতে বুলোতে যথাসাধ্য হেসে বলছি কেনিকে, ‘কিন্তু তোমাদের ওই সূয্যিঠাকুরের ভাদ্দর বউয়ের দেশ থেকে খ্রিস্ট ভজাতে, কলোনি বসাতে বা ব্যবসা করতে যারা বিদেশে যায়, তারা মুখে-এক মনে-আর রাখে না—এমন দুর্নাম তো অতি বড় শত্রুও দেবে না।’

‘তোমার এই ঠোঁটকাটা রসিকতার জন্য তোমায় এত ভালবাসি, দাস!’ ফ্র্যাঙ্ক কেনি বদন বিগড়ে দেবার মতো একটি আদরের থাপ্পড় আমার গালে মেরে তার ভালবাসার পরিচয় দিয়ে বলেছে, ‘তুমি এত তাড়াতাড়ি চলে যাচ্ছ বলে কী খারাপই লাগছে কী বলব!’

‘খারাপ আমারও লাগছে’, আন্তরিক সত্য কথাটা জানিয়েছি কেনিকে, ‘ভালবাসাটা এক তরফাই থেকে গেল, যাচ্ছি এই দুঃখ নিয়ে। কিন্তু কাল আমার না গেলেই নয়।’

‘কেন বলো তো?’ কেনি যেন সত্যিকার আগ্রহ দেখিয়েছে, ‘কালই যেতে হবে এমন কী তাড়া?’

‘তাড়া আমার নিজের জন্য নয়’ আমি কেনির জানা খবরটাই যেন নতুন করে জানিয়েছি, ‘তাড়া টার্কার জন্য। বেনুয়ে নদীর ধারের সব সোনা-ফলানো চাষের জমি থেকে শুরু করে এ-গোটা অঞ্চলটাই পৈতৃক সম্পত্তি হিসেবে ওর পাওয়া তো জানো। এখন নতুন আইনে সেগুলোর মাপ চৌহদ্দি আবার লিখিয়ে রেজেস্টারি করিয়ে না নিলে হাতছাড়া হয়ে যেতে পারে। টার্কা তো ব্যাপারটা গ্রাহ্যই করেনি। আমিই লাগোস থেকে সেদিন সব জেনে এসে ওকে তাড়া দিয়ে নিয়ে যাচ্ছি।’

‘লাগোস থেকে প্লেনটা সেইজন্যই নিয়ে এসে রেখেছ বুঝি!’ তার মাথায় সবে যেন ব্যাপারটা ঢুকেছে এমন ভাব দেখিয়ে কেনি টার্কার জন্যই যেন চিন্তিত হয়ে পড়েছে, ‘জমিজমা তো পাবে। কিন্তু এসব ফুলানিদের এলাকা তা জানো তো? ইবো হয়ে টার্কা এখানে কতদিন আর টিঁকতে পারবে তা-ই ভাবছি।’

‘তা ফুলানিদের কানে কু-মন্তর দিয়ে ফুসলে যে-রকম খেপাবার ব্যবস্থা করছ,’ আমি যেন কেনির কেরামতিতে মুগ্ধ হয়ে বলেছি, ‘তাতে টার্কার মতো ইবোদের সত্যিই হয়তো বেশি দিন এখানে থাকা চলবে না। কিন্তু কালা ইবোরা গেলে তোমার মতো ধলা হিপ্পোদেরও পাততাড়ি গুটোতে হবে তা মনে রেখো।’

হিপোপটেমাসের দেশে সেই জানোয়ারের সঙ্গেই বপুর পরিধিতে পাল্লা দেওয়া তার চেহারাটার কথা ইঙ্গিত করলে কেনি ভেতরে ভেতরে একেবারে খেপে যায়। বাইরে কিন্তু একেবারে যেন গলে গিয়েছে আমার বন্ধুত্বের পরিচয়ে!

'যদি বা ভুলে যেতাম, ঠিক সময়ে মনে করিয়ে দেবার জন্যে ধন্যবাদ, বন্ধু!' বলে বেড়াল হয়ে ইঁদুরছানার মতো আমার গলাটা তার থাবায় ধরে ঘরের মেঝেতে দুবার আছড়ে ফেলে কেনি তার কৃতজ্ঞতা জানিয়েছে।

কৃতজ্ঞতা জানানোটা শরীরের ওপর দিয়েই সে শেষ করেছে ভেবেছিলাম। সেইটেই ভুল।

ভুলটা টের পেলাম পরের দিন টার্কাকে নিয়ে প্লেন ছাড়বার পরই।

প্লেনটা কেনির টিনের খনির ল্যান্ডিং ফিল্ডেই ছিল। কেনির নিজের একটা ছোট প্লেন আছে। হ্যাঙ্গারও আছে তার। আমারটা সে হ্যাঙ্গারে ধরে না বলেই বাইরে রাখা ছিল।

প্লেন ছাড়বার সময় কোনও গোলমালই হয়নি। ওই ভোরেই কেনি তার একজন মেকানিক নিয়ে আমাদের বিদায় দিতে এসেছিল। তাকে যে-চোখেই দেখি তার এই বিবেচনাটুকুতে খুশি না হয়ে পারিনি। ভেবেছিলাম, ছাড়বার আগে প্লেনের খুঁটিনাটি কিছু তদারকির জন্য নিজে থেকে মেকানিক নিয়ে এসেছে। প্লেনে ওঠবার আগে টার্কার তো বটেই, আমারও হাতটা ধরে নেড়ে কেনি প্রায় ধরা গলায় বললে, 'আর কবে দেখা হবে কে জানে, দাস! দুনিয়ায় কিছুরই ঠিক নেই। সত্যি তোমার অভাবটা টের পাব।'

'পাওয়াই তো উচিত!' আমিও গদগদ স্বরে বললাম, 'হাউসা, ফুলানি, ইবো আর ইয়োরুবা—নাইজিরিয়ার এই প্রধান চার জাতের মশলা এক সঙ্গে মেশালে জমবার সিমেন্ট, না ফাটবার বারুদ হবে তা-ই বোঝবার তথ্য জোগাড় করতে অন্য দিক সেরে এখানে টার্কার খোঁজেই এসেছিলাম। টার্কার বাবা ছিলেন অসামান্য কৃতী পুরুষ। বিলেত থেকে ইঞ্জিনিয়ারিং পাশ করে এসে এদেশের সেই প্রথম ঘুমভাঙার যুগে ইবো হয়ে ফুলানিদের মাঝখানে তাদেরই নিজের করে নিয়ে নানা রকম উন্নতির ব্যবস্থা করে গেছেন। টার্কার কাছে তার বাবার অভিজ্ঞতা ও মতামতটা জানবার জন্যই এখানে এসেছিলাম। এসে তোমার সঙ্গে এমন বন্ধুত্ব হয়ে গেল যা ভোলবার নয়। তোমার অভাবটা আমাকেও বেশ কষ্ট দেবে।'

'আচ্ছা! আচ্ছা! আর দেরি করে লাভ নেই। উঠে পড়ো এবার প্লেনে,' কেনি তাড়া দিলে।

তার এই অধৈর্যটা আগেই একটু লক্ষ করেছি বলে আমার বিদায় ভাষণটা ইচ্ছে করে একটু লম্বা করেছিলাম। তখন কেনির অধৈর্যে একটু অবাক হয়েছিলাম মাত্র। তার অর্থটা বুঝলাম খানিক বাদেই, আয়েষা যখন যন্ত্রণায় হঠাৎ থরথর করে কেঁপে উঠল।"

তারপর ঘনাদার এ বিবরণ আমাদের কাশির এপিডেমিকে কোথায় থেমে ডবল শিককাবারের প্লেট শেষ হবার অপেক্ষায় আছে তা আগেই জানানো হয়েছে।

ঘনাদার কাবাব সাঁটাবার ধরন দেখে তাঁর মেজাজ সম্বন্ধে কিছুটা আশ্বস্ত হলেও খাওয়া শেষ না হওয়া পর্যন্ত একেবারে নিশ্চিন্ত হতে পারিনি।

নিশ্চিন্ত হলাম জোড়া কাবাবের সদগতি করে তাঁর প্লেটের মতো চাঁছাপোঁছা পরিষ্কার মুখ নিয়ে তিনি যখন শিশিরের দিকে মধ্যমা আর তর্জনী ফাঁক করে হাত বাড়ালেন।

শিশির তার যথাকর্তব্য পালন করবার পর দুটি রামটান দিয়ে খুদে গোছের পারমাণবিক বিস্ফোরণেরই যেন ধোঁয়ার কুণ্ডলি ছাড়তে ছাড়তে আমাদের দিকে কৃপা-কটাক্ষ করলেন ঘনাদা।

আমাদের মানে শিবুর মাসতুতো ভাই শম্ভুর দিকেই দৃষ্টিটা তাঁর বিশেষভাবে নিবদ্ধ। চোখে একটু ঝিলিক নিয়ে তাকেই জিজ্ঞাসা করেছেন, "প্লেনটা তখনও আকাশে, না?"

মাসতুতো ভাই শম্ভুর জিভের ডগায় যদি বা কিছু জুতসই জবাব এসে থাকে শিবুর কটমটে চোখের দিকে তাকিয়ে সেটা সে এক ঢোঁকে গিলে ফেলেছে। ভেরেট্রাম অ্যালবামের ধাক্কাই সে তখনও ভাল করে সামলাতে পারেনি।

ঘনাদার স্মরণশক্তি উসকে দেবার ভলান্টিয়ারের অবশ্য অভাব হয়নি।

তিন দিক থেকে তিনজন আমরা এগিয়ে এসেছি: "আয়েষা তখন যন্ত্রণায় থরথর করে কাঁপছে, ঘনাদা!"

"কোথায় কী যেন ফেটেছে!"

"আপনি তখন ককপিটে বসে প্লেন চালাচ্ছেন।"

"চালাবার আর তখন কিছু নেই", ঘনাদা যেন সেদিনের কথা স্মরণ করে একটু শিউরে উঠলেন, "চোখটা তখন আপনা থেকে চলে গেছে অলটিমিটারে। মাত্র সাতশো ফুট উঠেছি, কিন্তু সাতশো ফুটে কী হবে? সামনের যে পাহাড়টা ঝড়ের মতো ছুটে আসছে সেটা নেহাত ছোট হলেও অন্তত হাজার তিনেক ফুট! সাতশো থেকে হাজার তিনেক পর্যন্ত উঠব কী করে এই জখম প্লেন নিয়ে?

কথাটা ভাবতে ভাবতেই সামনের যন্ত্রের প্যানেলে একটা লাল বাতি দপ দপ করতে লাগল। সেই সঙ্গে আগুন লাগার হুঁশিয়ারি ঘণ্টা। ডানদিকের ইঞ্জিনে আগুন ধরে গেছে। প্লেন আকাশে আর তোলা তো দূরের কথা, সোজা রাখাই দায়। যে-কোনও মুহূর্তে পাক খেতে খেতে মুখ থুবড়ে পড়তে পারে নীচের পাহাড়ে জঙ্গলের ওপর।

টার্কা সত্যিকার ইবো-ই বটে। এত বড় বিপদ থেকে বাঁচবার কোনও আশা আর নেই জেনেও এতটুকু অস্থির হয়নি। চোয়াল দুটো শুধু একটু শক্ত হয়েছে তার। সেই কঠিন মুখ নিয়েই জিজ্ঞেস করলে, 'দু নম্বর ইঞ্জিনে আগুন লাগল কী করে? কাল রাত্রেও তো আপনি আমি সব চেক করে গেছি।'

'আবার করা উচিত ছিল আজ সকালে,' নিজেকেই ধিক্কার দিয়ে কোনওমতে প্লেনটা বাঁদিকে ঘুরিয়ে টার্কাকে সাবধান করেছি, 'কোথায় আছড়ে পড়ব জানি না। সামনে ঝুঁকে পড়ে মাথা নিচু করে দুহাতে নিজের গোড়ালি দুটো শক্ত করে ধরে

থাকো। কিছুতেই মাথা তুলো না।'

পাহাড়টাকে এড়ানো গেছে, কিন্তু সামনে তো জঙ্গলের আর শেষ নেই। সেখানে 'ক্র্যাশল্যান্ড' যাকে বলে সেই ঘাড়মুড় গুঁজেই বা পড়বার চেষ্টা করব কোথায়? এদিকে প্লেনের একটা ইঞ্জিন জ্বলতে জ্বলতে তো পড়েই গেছে খসে খসে। প্লেনটারও পড়তে আর দেরি নেই।

তা-ই পড়ল। শুধু অনেক কসরত করে আর ভাগ্যের জোরে ঘন একটা জঙ্গলের মাথায় প্লেনটাকে নামাতে পেরে পড়ার মারাত্মক ধাক্কাটা বাঁচাতে পারলাম।

জঙ্গলের মাথায় ডালপালায় লতাপাতায় জড়িয়ে প্লেনটা ভেঙেচুরে বেঁকে দুমড়ে থামল। নেহাত কেনির সঙ্গে আমার দেখা বরাতে আছে বলে প্রায় অক্ষত শরীরেই তা থেকে মাটিতে নামতে পারলাম।

আমি একা হলে সাতদিনেও সে-জঙ্গলের হদিস জেনে তা থেকে বার হতে পারতাম না। টার্কা কিন্তু মাটিতে নেমে দুটো গাছ আর ঝোপ একটু লক্ষ করে দেখেই যেন কলকাতার রাস্তা দেখে পাড়া চেনার মতো বললে, 'এ তো কেনির টিনের খনির কাছেই এসে নেমেছি। দিন চারেক হাঁটলেই পৌঁছে যাব তার ডেরায়।'

টার্কা দিন চারেক হাঁটার কথাটা এমনভাবে বলল যেন সেটা নেহাত মর্নিং ওয়াক।

এত দুঃখেও হেসে বললাম, 'সামান্য দিন চারেক না হয় হাঁটব, কিন্তু তাতে লাগোস-এ পৌঁছতে তো পারব না। দুদিন বাদে নতুন আইনে তোমার জমিজমা যে বেহাত হয়ে যাবে।'

টার্কা যা জবাব দিলে তাতে তার ওপর ভক্তি-ভালবাসা আরও বাড়ল। হেসে সে বললে, 'হলে আর করছি কী! প্রাণটাই বেহাত হতে যাচ্ছিল যে!'

এরপর আর বলবার কিছু থাকে না।

অন্তত চারদিনের হাঁটা পথ, আর জঙ্গলও বড় সোজা নয়। হাতি গণ্ডার সিংহ চিতা জিরাফ—সারা আফ্রিকার সবচেয়ে ভয়ংকর বুনো মোষ—হরিণ শম্বর—কী সে জঙ্গলে নেই। ডাঙায় ওই আর জলে হিপোপটেমাস, কুমির। এছাড়া নানা জাতের বাঁদর সাপখোপ তো আছেই। কী ভাগ্যি প্লেনের ভেতর বন্দুকগুলো ছিল। টার্কা জঙ্গলের মাথায় আবার উঠে সেগুলো পেড়ে নিয়ে এল।

তাই নিয়েই রওনা হলাম। টার্কা বলেছিল চারদিনের রাস্তা। হিসেবটা আমাদের পাড়াগাঁয়ের ক্রোশের মতো বোধহয়! যতক্ষণ হয়রানিতে জিভ না বেরিয়ে পড়ে ততক্ষণ ক্রোশ আর শেষ হয় না।

টার্কার চারদিনের রাস্তা পার হতে আমার চার হপ্তা লেগে যেত, যদি-না অভাবিত একটা ব্যাপার যেত ঘটে।

সকালবেলা উঠেই পাখি-টাখি বা খরগোশ-টরগোশ পেলে মেরে তাই বনের কাঠ-কুটরো জ্বেলে ঝলসে নিয়ে খাওয়া সেরে আমরা রওনা দিই। দুপুরবেলা যেদিন যেমন জোটে তেমনই একটু ছায়া খুঁজে নিয়ে খানিক বিশ্রাম করি। তারপর আবার হাঁটা শুরু করি রোদের তেজ একটু কমলে। অন্ধকার নামবার আগেই থেমে পড়ে আবার সামান্য কিছু বনের ফল-পাকুড় আর ঝলসানো মাংস খেয়ে রাত্রের ডেরা বাঁধি

মজবুত কোনও গাছের মাথায়!

ভাগ্যক্রমে দিন দুয়েকের মধ্যে বড় কোনও বেয়াড়া জানোয়ারের সঙ্গে মোলাকাত হয়নি।

টার্কার কোনও পরোয়াই নেই। কিন্তু হক্কের সম্পত্তি থেকে তার ফাঁকি পড়া নিয়ে আমার ভেতরের জ্বালাটা আর যেতে চায় না। প্লেনে কেন আগুন লেগেছিল বুঝতে আমার বাকি নেই। আমাদের মারতেই কেনি চেয়েছিল। কিন্তু প্রাণে মরি না মরি তার যা মতলব তা হাসিল হয়ে গেছে। টার্কা সময়মতো গিয়ে না পৌঁছোবার দরুন তার বাজেয়াপ্ত দাবি নিজের প্লেনে লাগোস গিয়ে কেনি নিজের নামে লিখিয়ে নিয়েছে নিশ্চয়ই।

বনের পথ ভেঙে চলি বটে, কিন্তু কেনির শয়তানিটা মনে হলেই মেজাজ একেবারে গরম হয়ে ওঠে। এমন সময় তিনদিনের দিন সকালে ভাগ্যই যেন আমার বন্দুকের গুলিতে এক কুদু-র ভবযন্ত্রণা শেষ করালে। কুদু হচ্ছে আফ্রিকার একটা অমূল্য শিকার। পাঁচটা সিংহ সাতটা হাতি কি গণ্ডার মেরে যা না হয় তার চেয়ে বেশি গর্ব হয় শিকারির একটা নিখুঁত ছন্দে মেলানো জোড়া শিং-এর কুদু মেরে। কুদু তো হরিণ নয়, জঙ্গলের এক দৈবী মায়া। এই আছে এই নেই, কখন কী মূর্তি ধরে দেখা দেবে কেউ যেন জানে না।

সময় আর অবস্থা অন্য রকম হলে এই কুদু মারা নিয়ে একটা উৎসব পড়ে যেত। আপাতত কোনও রকমে শুধু হিসেবেই খুশি থাকবার জন্য তার শিং জোড়া মাপতে গিয়ে হঠাৎ কুদুটার পায়ের খুরের দিকে নজর গেল। খুরের ফাঁকে যে ঝুরো মাটি লেগে আছে সেটা যেন কী রকম!

শিং মাপা ভুলে গিয়ে খুরের সেই মাটি কুরে কুরে নিয়ে পকেটের ভেতরে রাখলাম।

'কী করছেন, কী?' টার্কা অবাক, 'পকেটে মাটি রাখছেন কেন?'

'কেন রাখছি? ধর্মের কল হয়তো বাতাসে নড়েছে এই মাটিই তার ইশারা বলে।'

হেঁয়ালিটা বুঝুক না বুঝুক, টার্কা তা নিয়ে প্রশ্ন আর কিছু করল না।

বাতাসে ধর্মের কল নড়ার আরও একটা প্রমাণ অত তাড়াতাড়ি তারপর পাব ভাবতে পারিনি।

তখনও আমার হিসেবে অন্তত দিন চারেকের হাঁটা পথ বাকি। যন্ত্রের মতো পা চালাচ্ছি। হঠাৎ একটা আওয়াজ শুনে চমকে উঠলাম।

টার্কার কান আমার চেয়েও সাফ। উত্তেজিত হয়ে বললে, 'এ তো জিপের আওয়াজ শুনছি। জিপ নিয়ে এখানে কেনি ছাড়া আর কে আসতে পারে?'

টার্কার অনুমান নির্ভুল প্রমাণ করে মিনিট খানেকের মধ্যেই জিপটা ডাইনের একটা বড় গাছপালার জঙ্গল ঘুরে আমাদের কাছে এসে থামল।

জিপের হুইল ধরে আছে কেনি নিজে। পেছনে তার শিকারের লটবহর নিয়ে একজন এদেশি অনুচর।

আমাদের দেখে কেনি যেমন আহ্লাদে আটখানা তেমনই যেন একেবারে তাজ্জব!

'আরে, তোমাদের এখানে দেখব ভাবতেই পারিনি। এ-জঙ্গলে কী করছ? লাগোসে যাবার নাম করে তাহলে শিকার করতেই নেমেছ এখানে? তা প্লেনটা কোথায়?'

'প্লেনটা হ্যাঙ্গারে ঝুলিয়ে এসেছি।' বেশ দন্ত বিকশিত করেই বললাম 'তোমার কাছে কথাটা লুকিয়েছিলাম, কিন্তু ভাগ্যের এমন দয়া যে তোমার সঙ্গে শিকারের সাধটাও আশ্চর্যভাবে মিটিয়ে দিলে!'

'ঠিক! ঠিক! আমিও তো তা-ই ভাবছি!' কেনি একেবারে উচ্ছ্বসিত হয়ে উঠল, 'ভাগ্যই, নইলে হঠাৎ তোমাদের দেখাই পাইয়ে দেবে কেন? এসো, জিপে উঠে এসো। তোমার শিকারের শখটা মিটিয়ে দিই।'

বন্দুক নিয়ে জিপে উঠে বসলাম। আমি সামনে কেনির ডাইনে, আর টার্কা পেছনের সিটে।

আমরা ওঠবার পরই জিপ চালিয়ে দিয়ে কেনি বললে, 'বড় ভাল সময়ে তোমায় পেয়ে গেছি, দাস। জানো নিশ্চয়ই যে, পশ্চিম আফ্রিকার বুনো মোষের চেয়ে দুর্দান্ত জানোয়ার পৃথিবীতে নেই। এ-বুনো মোষ যদি একবার খেপে তাহলে সিংহ হাতি গণ্ডার তার তুলনায় যেন পোষা জানোয়ার। এ অঞ্চলের সেই বিখ্যাত বুনো মোষের এক পালেরই সন্ধান পেয়েছি আজ সকালে। সেখানেই তোমায় নিয়ে যাচ্ছি।'

'সত্যিই তোমার বন্ধুপ্রীতির তুলনা নেই।' আমি কৃতজ্ঞতা জানিয়ে বললাম, 'কিন্তু তুমি হঠাৎ এ-সময়ে শিকারে বেরিয়েছ যে! লাগোসে তোমার একবার যাওয়ার কথা ছিল না?'

কেনি তার জালার মতো মুখের ভাঁটার মতো লালচে চোখের দৃষ্টি যেন বল্লমের মতো একবার আমার দিকে ছুঁড়ে রসিয়ে রসিয়ে এবার বললে, 'ঠিক ধরেছ, দাস। তা লাগোসের কাজটা না সেরে কি এখানে এসেছি মনে করো? তোমরা যাবার পরই আমার প্লেনটা নিয়ে লাগোসে গেলাম। সেখানে কাজটা নির্ঝঞ্ঝাটে হয়ে গেল বলেই ফিরে এসে একটু স্ফুর্তি করতে শিকারে বেরিয়ে পড়লাম।'

'আমাদের প্লেনটার পাত্তা নেওয়ারও সেই সঙ্গে মতলব ছিল নিশ্চয়ই!' আমি তার কেজো বুদ্ধির যেন তারিফ করে বললাম, 'প্লেনের খোঁজ আর শিকার—একসঙ্গে রথ দেখা আর কলা বেচা দুই-ই যাতে হয়ে যায়।'

'কী সাফ তোমার মাথা, দাস!' কেনি প্রশংসায় পঞ্চমুখ হয়ে বললে, 'আমার দেশের কাসল-এর হলঘরে হরিণ গণ্ডার বুনো মোষের মাথার সঙ্গে বাঁধিয়ে রাখতে ইচ্ছে করে!'

'এমন সম্মানের জন্য মাথাটা নিজেই তোমায় উইল করে যেতাম কেনি,' আমি একটু যেন আফশোসের সঙ্গে বললাম, 'কিন্তু দেশে তোমার কাসলটা যেন ডার্টমুরে বলে শুনেছি।'

'ডার্টমুর?' খোঁচাটা চট করে ধরতে না পেরে কেনি একটু ভ্রূ কুঁচকে বলল, 'ডার্টমুরে কেন হবে? আমাদের কাস্‌ল হল—এই কী বলে কেন্টে।'

'বাঃ! জেনে খুশি হলাম।' আমি যেন মুগ্ধ হয়ে বললাম, 'ওদিকে কেন্টে না ঘেন্টে তোমার কাস্‌ল, আবার এখানে এই। বেনুয়ে নদীর ধারের সমস্ত সেরা চাষের জমিই

তো এখন তোমার। টার্কার সব জমিই তো নিজের নামে বন্দোবস্ত করে নিয়েছ?'

'তা না নিলে কি চুল ছাঁটতে লাগোসে গেছলাম!' এবার ফ্র্যাঙ্ক কেনির শয়তানি হাসি আর থামতে চায় না খানিকক্ষণ।

ততক্ষণে তিনদিকে বিরাট জঙ্গলে ঘেরা একটা বন্ধুর পাথুরে ডাঙার ওপর আমরা এসে পড়েছি।

পাকা হাতে এবড়ো-খেবড়ো জমির ওপর দিয়ে জিপ চালিয়ে জঙ্গলের এক ধারে এসে সে ইঞ্জিন বন্ধ করে হাসতে হাসতেই বললে, 'টার্কার কী জমি নিজের নামে বন্দোবস্ত করেছি শোন তাহলে। ভাল চাষের জমি যেখানে যত ওর ছিল—সব।'

'আর ওই মেটে পাথরের ডাঙা জমিগুলো?' ভেতরের ধুকধুকুনি মুখে ফুটতে না দিয়ে নেহাত নির্বিকার গলায় জিজ্ঞাসা করলাম, 'সেগুলোও লিখিয়ে নিয়েছ?'

'সেগুলো লিখিয়ে নেব আমি কি এমন আহাম্মক!' কেনি আবার পৈশাচিক হাসি হাসল, 'আসল শাঁসটা নিয়ে খোসাটা ফেলে রেখেছি তোর মতো উজবুক যার গুরু সেই ইবো ভূতটার জন্য।'

'কী ধন্যবাদ যে তোমায় দেব ভেবে পাচ্ছি না, কেনি।' এতক্ষণে আমি উচ্ছ্বসিত হয়ে পকেট থেকে সেই মাটির গুঁড়ো খানিকটা বার করে হাতের চেটোয় রেখে বললাম, 'এটা কী বোধহয় চেনো?'

'কী ওটা?' কেনি সন্দিগ্ধভাবে চাইল, 'খানিকটা গুঁড়ো মাটি তো?'

'হ্যাঁ, গুঁড়ো মাটি!' আমি স্বীকার করলাম, 'তবে একটু ভাল করে লক্ষ করে দেখো, সাধারণ মাটি নয়, শেল যাকে বলে সেই মেটে পাথরের গুঁড়ো।'

'তুই আর আমায় শেল চেনাসনি, সুঁটকো মর্কট।' কেনি এবার জিভ থেকে ভদ্রতার শেষ রাশটুকু খুলে নিয়ে হিংস্র উল্লাসের সঙ্গে বলল, 'চাষের জমি যা বাগিয়ে নিয়েছি তার পাড় দিয়ে মাইলের পর মাইল তো এই শেল-এর বাঁজা ডাঙা পড়ে আছে এখানে। দুনিয়ার কোনও কাজে লাগে না। না লাগে চাষবাসে, না করা যায় অন্য কিছু, তাই দিয়েছি সব ওই টার্কাকে ছেড়ে।'

'হ্যাঁ, দিয়েছ! নিজের মুগুর মেরেছ নিজের কপালে।' আমি এবার বিঁধিয়ে বিঁধিয়ে বললাম, 'একটা জলা জমির লোভে কুবেরের রাজত্ব হেলায় পায়ে ঠেলেছ।'

'কী আছে তোর ওই শেল-এর বাঁজা ডাঙায়?' বিদ্রূপ করলেও একটু সন্দেহ ফুটে উঠল কেনির গলায়, 'সোনা রুপো হিরে মানিক?'

'যা আছে,' গম্ভীর হয়ে বললাম, 'তা সোনাদানা হিরে মানিকের খনির চেয়ে অনেক দামি। আছে কেরোজেন।'

'কেরোজেন!' আমি যেন তাকে ঠারে গাল পাড়ছি এমন ভাবে কেনি আমার দিকে চাইল।

বললাম, 'হ্যাঁ, কেরোজেন। আজ তোমার মতো মুখ্খুরা তো নয়ই, এ ব্যাপারে যারা ব্যাপারি তারা নাম জানলেও এ-জিনিসের কদর বোঝে না। কিন্তু একদিন—খুব বেশি কাল পরেও নয়—সারা দুনিয়ায় কাড়াকাড়ি পড়ে যাবে এই মেটে পাথর শেলে-র বাঁজা ডাঙার জন্য। পৃথিবীর পেট্রল ফুরিয়ে আসতে খুব দেরি নেই। দেরি

যদি একটু থাকে তাহলেও দুনিয়ার মোট পেট্রলের পুঁজি এক রকম জানা! পৃথিবীতে এখন তিন লক্ষ কোটি ব্যারেলের বেশি পেট্রল নেই বলে ধরা যেতে পারে। সেই জায়গায় ভাসাভাসা জরিপে এই মেটে পাথরের—শেল-র—যা সন্ধান পাওয়া গেছে, তা থেকে সমস্ত পৃথিবীর পেট্রলের পুঁজির তিন গুণেরও বেশি তেল পাওয়া যেতে পারে। শেল পাথরের রবারের ধরনের আঁট কেরোজেন শুধু সাড়ে আটশো থেকে নশো ডিগ্রি ফারেনহাইট তাপে গলিয়ে তার গন্ধক আর নাইট্রোজেনের গাদ শোধন করবার ব্যবস্থা করা দরকার! তার কায়দা বার করা কিছু শক্ত নয়। এসব জটিল ব্যাপার তোমার ও নিরেট মাথায় ঢুকবে না, কেনি! শুধু এইটুকু জেনে রাখো যে, নাইজিরিয়ায় দুদিন বাদে যদি জাতে জাতে হানাহানির লঙ্কাকাণ্ড শুরু হয় তাহলে তোমার ওই ফাঁকি দিয়ে বাগানো দাবির ছেঁড়া কাগজের বেশি দাম থাকবে না। কিন্তু অমন বিশ-ত্রিশ বছর বাদেও নাইজিরিয়া ঠাণ্ডা হলে টার্কার একেবারে নিজস্ব না হোক, এ-দেশের মানুষের জন্য এ-সম্পদ মজুত থাকবে।'

'থাক, খুব হয়েছে।' কেনি আবার গর্জন করে উঠল, 'এ-মেটে পাথরের ডাঙা তোর যখন এত পছন্দ তখন এখানেই তোর হাড়গুলো যাতে শুকোয় তার ব্যবস্থা করছি। বুনো মোষ শিকারের কথা তোকে দিয়েছিলাম। সেই শিকারের সুযোগই এবার পাবি। আজ সকালে একটা বুনো মোষকে মারতে গিয়ে হাত ফসকে গেছে। মোষটা আধা জখম হয়ে স্বয়ং যমের দূত হয়ে এখানেই আছে কোথাও লুকিয়ে। অনেকদিন সাধ ছিল খ্যাপা বুনো মোষের সঙ্গে একটা মর্কটের লড়াই দেখব। আজ সেই সুবিধেই হয়েছে। নে, নাম।'

কেনি আমায় প্রচণ্ড একটা ঠেলা দিলে।

জিপ থেকে পাথুরে জমির ওপরেই পড়লাম। পড়েছি ডান হাতে বন্দুকটা ঠিকমতো সামলেই।

কেনি তখন মাটির ওপর থুবড়ে পড়া মুখটা সবে একটু হতভম্ব হয়ে তুলছে।

তার কাছে যেন মাপ চেয়ে বলেছি, 'কিছু মনে করো না, কেনি, তোমার মতো আমারও বহুদিনের একটা সাধ ছিল, সাদা একটা হিপ্পোর সঙ্গে বুনো মোষের লড়াই দেখব। তুমি সেই সাধটা আজ মেটালে।'

টার্কা জিপ থেকে তখন নামতে যাচ্ছে। তাকে বারণ করে বললাম, 'না টার্কা, নেমো না। এটা আমাদের নিজের নিজের মান রাখবার বাজি। কেনির বন্দুকটা বাইরে ফেলে দিয়ে তুমি জিপটা নিয়ে বনের ওই কিনারে গিয়ে অপেক্ষা করো। জঙ্গলের এধারে ওই ঝোপটার নড়া দেখে বুঝছি, আমাদের খেল শুরু হতে আর দেরি নেই। যাও তুমি।'

থ্যাবড়ানো মুখ নিয়ে কেনি এবার প্রায় আঁতকে লাফিয়ে উঠে দাঁড়াল।

'না, না, জিপ নিয়ে যেয়ো না।' তার প্রায় আর্ত চিৎকার শোনা গেল সঙ্গে সঙ্গে, 'ও খ্যাপা মোষের কাছে তাহলে আজ আর রক্ষা নেই!'

টার্কা তখন আমার নির্দেশ মতো কেনির বন্দুকটা ফেলে দিয়ে জিপ চালিয়ে দিয়েছে।

কেনি পাগলের মতো তার পেছনে ছুটে যাবার চেষ্টা করছিল। তাকে এক হাতে টেনে ধরে ঘাড়ে একটা আদরের রদ্দা দিয়ে বললাম, 'তোমার সাহস দেখে মুগ্ধ হয়ে যাচ্ছি, কেনি।'

কেনি মাটির ওপর তখন বসে পড়েছে উবু হয়ে। ঘাড়টা পেছন থেকে ধরে তাকে টেনে তুলে গালে একটা থাপ্পড় দিয়ে প্রশংসা জানিয়ে বললাম, 'আর কী তোমার দয়ার শরীর! নিজে জিপে উঠে পালিয়ে শুধু আমাকে জখম খ্যাপা মোষের মওড়া নেবার সুযোগ দিতে চাও। কিন্তু আর তোমায় সুযোগ দিতে হবে না। ফিরে দেখো, আমাদের নিয়তি নিজেই ছুটে আসছে।'

কেনি আঁতকে ফিরে তাকাল। সাক্ষাৎ যমরাজের বাহনের মতো ঝোপের আড়াল থেকে ফ্রন্টিয়ার মেল ট্রেনের ইঞ্জিনের মতো ছুটে বেরিয়ে মোষটা তখন স্বয়ং শয়তানের হাতে আঁকা সেকেন্ড ব্র্যাকেটের মতো শিং-সাজানো মাথাটা একটু নুইয়ে হঠাৎ একটু থমকে থেমেছে মাত্র হাত কয়েক দূরে।

একবার সেদিকে চেয়েই তার নিজের ইষ্টনাম হেঁকে কেনি পেছনে ফিরে দে ছুট!

'ছুটো না। ছুটো না, কেনি! ছুটলেই সর্বনাশ!' তার পেছনে চিৎকার করলাম। কিন্তু কে কার কথা শোনে!

খ্যাপা মোষটা মাথা নুইয়ে আই-সি-বি-এম-এর মতো তখন তাকে তাড়া করেছে।"

ঘনাদা থামলেন।

"তারপর? তারপর?" শিবুর মাসতুতো ভাইয়ের ব্যাকুল গলাই শুধু শোনা গেল, "কী হল ওই ফ্র্যাঙ্ক কেনির?"

"কী হল, তা আবার বলতে হবে?" শিশির সিগারেটের টিনটা ঘনাদার সামনে খুলে ধরে প্রায় ঘনাদার মতোই বাঁকা হাসি হাসবার চেষ্টা করলে।

"না, না, মাথাটা তেমন সবল নয়। ওকে বুঝিয়ে বলাই দরকার।" ঘনাদাই করুণা করলেন, "মোষের শিংজোড়া টার্কাকেই দিয়ে এসেছি।"

"তার মানে আপনি কেনিকে বাঁচাতে ওই খ্যাপা মোষকে মারলেন?" বিস্ফারিত চোখে জিজ্ঞাসা করলে শিবুর মাসতুতো ভাই শম্ভু।

"মারব কেন?" ঘনাদা যেন অবাক হয়ে বললেন, "খ্যাপা মোষটা তার শিংজোড়া পায়ের কাছে খুলে রেখে প্রণামী দিয়ে গেল। আপনাদের নেফার ডেয়ারির ওই গয়াল-গাউররা তা দেয় না?"

"যাঃ, কী যে বলেন!" শিবুর মাসতুতো ভাই শম্ভু এবার লজ্জিত।

"ভুল বললাম বুঝি!" ঘনাদাও লজ্জিত হলেন, "হ্যাঁ, ভুলের কথায় মনে পড়ল, আপনাদের নেফার ডেয়ারির গাউর-গয়ালরাও এখন বনস্পতি মেশানো দুধ দিচ্ছে দেখছি। এই যে রসিদটা দেখুন না!"

ঘনাদা কখন ঘি-এর ভাঁড়ের কাগজের মোড়কটা খুলেছেন, কেউ দেখিনি। হাতে নিয়ে দেখি, সত্যিই মোড়কের সঙ্গে বনস্পতি কেনার রসিদটা থেকে গেছল।

কৈফিয়ত কিছু খুঁজে পাবার আগেই ঘনাদা আবার মাসতুতো ভাইকে বললেন,

“আমি বলি কি, নেফায় ডেয়ারি করেও সুবনসিরি কি ডাফলা আপাতানিদের নাম যখন ভুলে যান তখন আপনি নিজেই কিছু ব্রাহ্মীশাক দিয়ে ফুটিয়ে এই ঘি-টা খান গিয়ে। স্মরণশক্তি বাড়তে পারে।”

“না, না, ওসব ব্রাহ্মীঘৃত-টৃত নয়,” শিবু সোৎসাহে বলে উঠল, “এর ওষুধ আর্জেন্টাম নাইট্রিকাম।”

হাসলাম, কিন্তু শিবুর সাজা মাসতুতো ভাইয়ের জন্য একটু দুঃখও হল। বেচারা আমাদের মদত দিতে এসে গৌরের ‘শক থেরাপি’র মানে চমক-চিকিৎসার ‘শক’টা নিজেই খেয়ে গেল। কিন্তু ‘পার্টে’র মর্ম না বুঝে খোদার ওপর খোদকারি করে স্ক্রিপ্টের বাইরে ‘ডায়লগ’ সে নিজের মুখে বসাতে যায়ই বা কেন?

গ্রন্থপরিচিতি

ঘনাদার গল্প । ইণ্ডিয়ান অ্যাসোসিয়েটেড্ পাবলিশিং কোং প্রাইভেট লিমিটেড। ষষ্ঠ মুদ্রণ, শ্রাবণ ১৩৭৩। পৃ. [৬] + ১৫৬। মূল্য ৩.৫০।

প্রথম সংস্করণ—৭ আশ্বিন, ১৩৬৩।

উৎসর্গ ॥ শ্রীসুধীরচন্দ্র সরকারকে।

প্রচ্ছদ ও অলংকরণ ॥ অজিত গুপ্ত।

সূচী ॥ মশা, পোকা, নুড়ি, কাঁচ, মাছ, টুপি, ছড়ি, লাট্টু।

অদ্বিতীয় ঘনাদা। ইণ্ডিয়ান অ্যাসোসিয়েটেড্ পাবলিশিং কোং প্রাইভেট লিমিটেড। চতুর্থ মুদ্রণ, আষাঢ় ১৯০০ শকাব্দ। পৃ. [৪] + ১৪৪। মূল্য ৬.৫০।

প্রথম সংস্করণ— ৭ আশ্বিন, ১৮৮১ শকাব্দ।

উৎসর্গ ॥ শ্রীসুকুমার দাশগুপ্ত।

প্রচ্ছদ ও অলংকরণ ॥ অজিত গুপ্ত।

সূচী ॥ দাদা, ফুটো, দাঁত, ঘড়ি, হাঁস, সুতো।

আবার ঘনাদা। ইণ্ডিয়ান অ্যাসোসিয়েটেড্ পাবলিশিং কোং প্রাইভেট লিমিটেড। তৃতীয় মুদ্রণ, আষাঢ় ১৯০০ শকাব্দ। পৃ. [৬] + ১০৪। মূল্য ৬.০০।

প্রথম সংস্করণ—৭ ফেব্রুয়ারি, ১৯৬৩।

উৎসর্গ ॥ মনীষী ও কমলাকে।

প্রচ্ছদ ও অলংকরণ ॥ অজিত গুপ্ত।

সুচি ॥ ঢিল, ছুঁচ, শিশি।

ঘনাদাকে ভোট দিন। ইণ্ডিয়ান অ্যাসোসিয়েটেড্ পাবলিশিং কোং প্রাইভেট লিমিটেড। প্রথম সংস্করণ, ৭ ফাল্গুন ১৮৮৬ শকাব্দ। পৃ. [৮] + ১১৪। মূল্য ৩.০০।

উৎসর্গ ॥ শ্রীতুষারকান্তি ঘোষকে।

প্রচ্ছদ ও অলংকরণ ॥ অজিত গুপ্ত।

সূচি ॥ ঘনাদাকে ভোট দিন, কেঁচো, মাছি।

ঘনাদা নিত্য নতুন। ইণ্ডিয়ান অ্যাসোসিয়েটেড্ পাবলিশিং কো
লিমিটেড। দ্বিতীয় মুদ্রণ, আশ্বিন ১৯০০ শকাব্দ। পৃ. [৮] + ১০০। মূল

প্রথম সংস্করণ—৭ আশ্বিন, ১৮৮৮ শকাব্দ।
উৎসর্গ ॥ ভবানী মুখোপাধ্যায়।
প্রচ্ছদ ও অলংকরণ ॥ অজিত গুপ্ত।
সূচি ॥ জল, চোখ, ছাতা, ঘনাদা কুলপি খান না।

ঘনাদার জুড়ি নেই। শৈব্যা প্রকাশন বিভাগ। সপ্তম মুদ্রণ, জুলাই ১৯৮৩। পৃ. [৪] + ৯৬। মূল্য ১০.০০।
প্রথম সংস্করণ—শ্রাবণ, ১৩৭৭।
উৎসর্গ ॥ শ্রীতাপস বসুকে।
প্রচ্ছদ ও অলংকরণ ॥ ধীরেন বল।
সূচি ॥ তেল, ভাষা, মাপ, মাটি।

প্রাইভেট
৬.০০।